I0593120

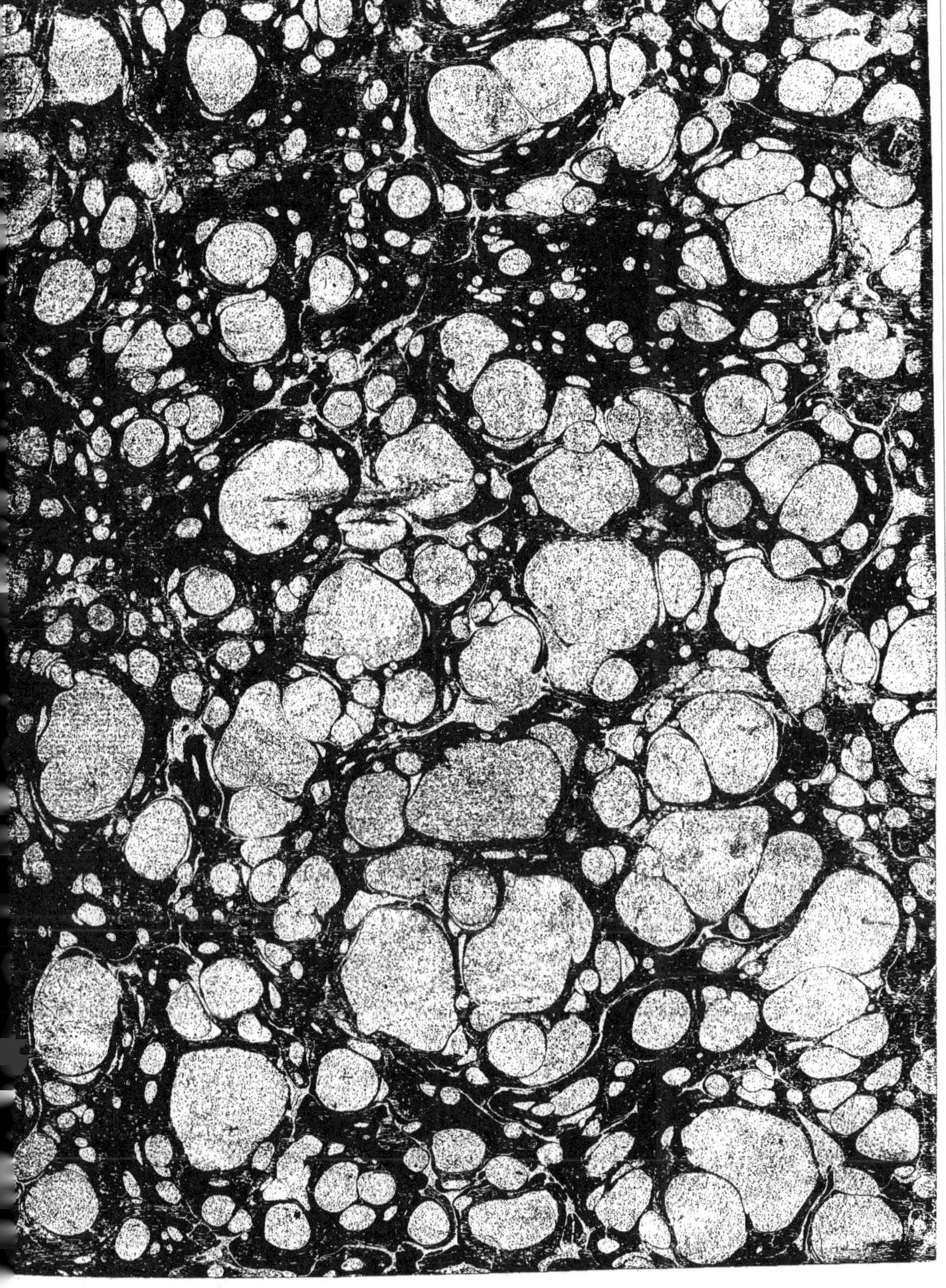

I. K 7 Réserve
6091

TABLEAU

HISTORIQUE ET PITTORESQUE

DE PARIS.

TABLEAU

HISTORIQUE ET PITTORESQUE

DE PARIS,

DEPUIS LES GAULOIS JUSQU'A NOS JOURS.

PAR M. ****.

Miratur molem...... magalia quondam.
ÆNEID, lib. 1.

TOME SECOND.

A PARIS,

Chez H. NICOLLE, à la librairie stéréotype, rue de Seine, n° 12.
Et chez LE NORMANT, rue des Prêtres-Saint-Germain-l'Auxerrois, n° 17.

DE L'IMPRIMERIE DE MAME FRÈRES.
1809.

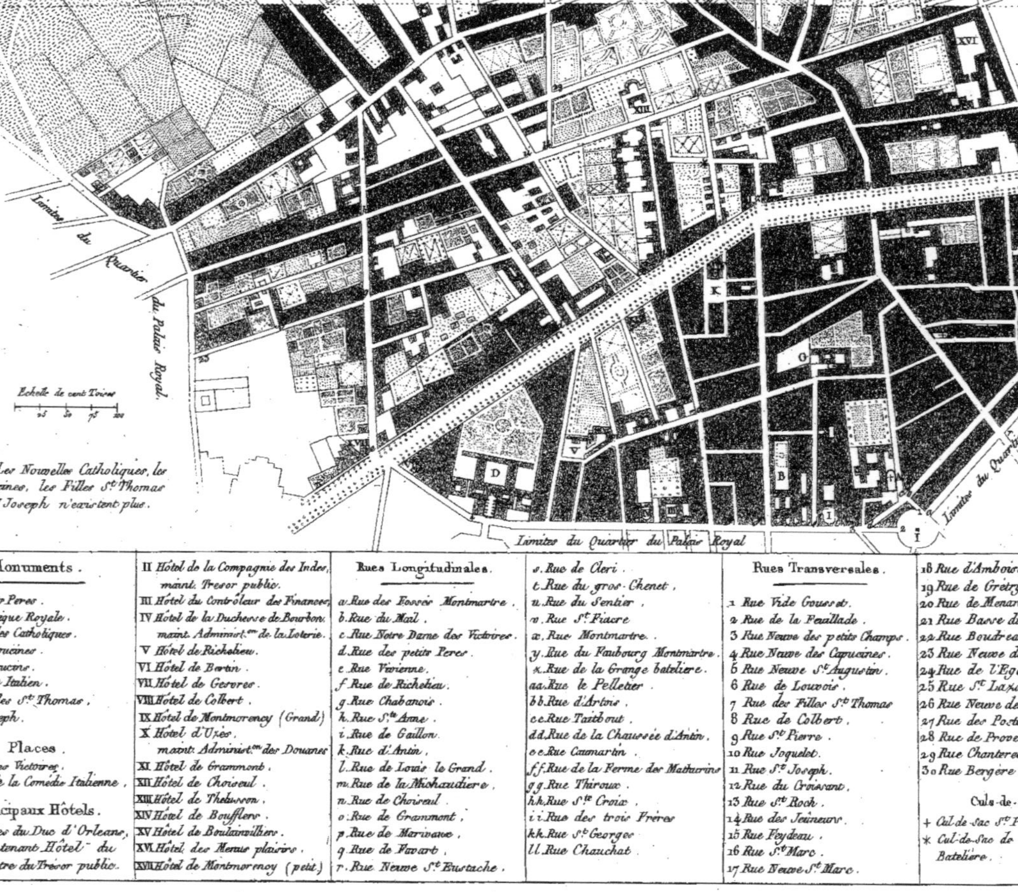

Monuments.		Rues Longitudinales.		Rues Transversales.	
A Les petits Peres.	II Hôtel de la Compagnie des Indes, maint. Tresor public.	a. Rue des Fossés Montmartre.	s. Rue de Cleri.	1 Rue Vide Gousset.	18 Rue d'Amboise.
B Bibliothèque Royale.	III Hôtel du Contrôleur des Finances.	b. Rue du Mail.	t. Rue du gros Chenet.	2 Rue de la Feuillade.	19 Rue de Grétry.
C Nouvelles Catholiques.	IV Hôtel de la Duchesse de Bourbon, maint. Administ.on de la Loterie.	c. Rue Notre Dame des Victoires.	u. Rue du Sentier.	3 Rue Neuve des petits Champs.	20 Rue de Menars.
D Les Capucines.	V Hôtel de Richelieu.	d. Rue des petits Peres.	v. Rue St Fiacre.	4 Rue Neuve des Capucines.	21 Rue Basse du Rempart.
E Les Capucins.	VI Hôtel de Boron.	e. Rue Vivienne.	x. Rue Montmartre.	5 Rue Neuve St Augustin.	22 Rue Boudreau.
F Théâtre Italien.	VII Hôtel de Gevres.	f. Rue de Richelieu.	y. Rue du Faubourg Montmartre.	6 Rue de Louvois.	23 Rue Neuve des Mathurins.
G Les Filles St Thomas.	VIII Hôtel de Colbert.	g. Rue Chabanois.	z. Rue de la Grange bateliere.	7 Rue des Filles St Thomas.	24 Rue de l'Egout.
H St Joseph.	IX Hôtel de Montmorency (Grand).	h. Rue St.te Anne.	aa. Rue le Pelletier.	8 Rue de Colbert.	25 Rue St Lazare.
	X Hôtel d'Uzès, maint. Administ.on des Douanes.	i. Rue de Gaillon.	bb. Rue d'Artois.	9 Rue St Pierre.	26 Rue Neuve des Capucins.
Places.	XI Hôtel de Grammont.	k. Rue d'Antin.	cc. Rue Taitbout.	10 Rue Joquelot.	27 Rue des Postes.
I Place des Victoires.	XII Hôtel de Choiseul.	l. Rue de Louis le Grand.	dd. Rue de la Chaussée d'Antin.	11 Rue St Joseph.	28 Rue de Provence.
K Place de la Comédie Italienne.	XIII Hôtel de Thelusson.	m. Rue de la Michaudiere.	ee. Rue Caumartin.	12 Rue du Croissant.	29 Rue Chanterelle.
	XIV Hôtel de Boufflers.	n. Rue de Choiseul.	ff. Rue de la Ferme des Mathurins.	13 Rue St Roch.	30 Rue Bergère.
Principaux Hôtels.	XV Hôtel de Boulainvilliers.	o. Rue de Grammont.	gg. Rue Thiroux.	14 Rue des Jeuneurs.	
I. Ecuries du Duc d'Orleans, maintenant Hôtel du Ministre du Tresor public.	XVI Hôtel des Menus plaisirs.	p. Rue de Marivaue.	hh. Rue St.te Croix.	15 Rue Feydeau.	Culs-de-Sacs.
	XVII Hôtel de Montmorency (petit).	q. Rue de Favart.	ii. Rue des trois Freres.	16 Rue St Marc.	+ Cul de Sac St Pierre.
		r. Rue Neuve St Eustache.	kk. Rue St Georges.	17 Rue Neuve St Marc.	* Cul-de-Sac de la Grange Bateliere.
			ll. Rue Chauchat.		

PLAN DU QUARTIER MONTMARTRE (1re Partie)

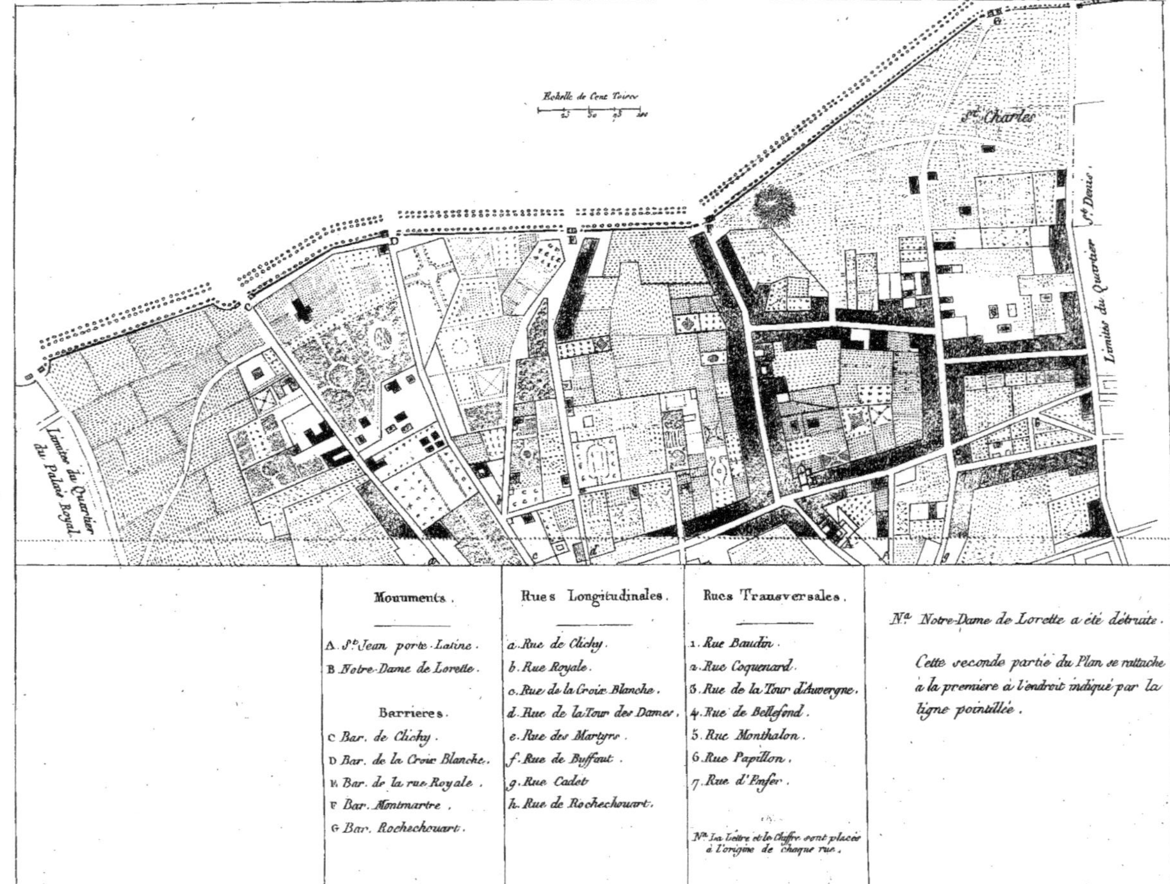

Monuments.	Rues Longitudinales.	Rues Transversales.	
A . St. Jean porte Latine .	a . Rue de Clichy .	1 . Rue Baudin .	Nᵃ Notre-Dame de Lorette a été détruite.
B . Notre-Dame de Lorette .	b . Rue Royale .	2 . Rue Coquenard .	
	c . Rue de la Croix Blanche .	3 . Rue de la Tour d'Auvergne .	Cette seconde partie du Plan se rattache à la première à l'endroit indiqué par la ligne pointillée .
Barrieres .	d . Rue de la Tour des Dames .	4 . Rue de Bellefond .	
C . Bar. de Clichy .	e . Rue des Martyrs .	5 . Rue Monthalon .	
D . Bar. de la Croix Blanche .	f . Rue de Buffaut .	6 . Rue Papillon .	
E . Bar. de la rue Royale .	g . Rue Cadet	7 . Rue d'Enfer .	
F . Bar. Montmartre .	h . Rue de Rochechouart .		
G . Bar. Rochechouart .		Nᵃ La Lettre et le Chiffre sont placés à l'origine de chaque rue .	

PLAN DU QUARTIER MONTMARTRE (2ᵐᵉ Partie)

TABLEAU

HISTORIQUE ET PITTORESQUE

DE PARIS.

QUARTIER MONTMARTRE.

Ce quartier est borné à l'orient par les rues Poissonnière et du faubourg Poissonnière exclusivement jusqu'aux barrières ; au septentrion, par l'extrémité des faubourgs inclusivement ; à l'occident, par les rues de l'Arcade et du Rocher jusqu'à la barrière de Mouceaux ; au midi, par la rue Neuve-des-Petits-Champs, la place des Victoires, et par les rues des Fossés-Montmartre et Neuve-Saint-Eustache aussi inclusivement.

On y comptoit, en 1789, soixante-dix-huit rues, trois culs-de-sacs, une église paroissiale, deux chapelles, deux couvents d'hommes, deux couvents et une communauté de filles, deux places, une salle de spectacle et une bibliothèque publique.

LA régence du dauphin, depuis Charles V, et le règne de Charles VI, sous lesquels on éleva l'enceinte qui, du coté oriental, traversoit une petite portion de ce quartier (1), sont mémorables par les grands évènements qui se passèrent alors à Paris.

Pour bien faire comprendre ces évènements, il est nécessaire que nous

---

(1) Elle étoit bâtie sur l'emplacement où sont la rue des Fossés-Montmartre et la place des Victoires ; c'étoit la seule partie du quartier Montmartre qui existât alors.

revenions de nouveau à des considérations générales sur la situation politique de la France dans les premiers âges de la monarchie, et que nous ajoutions quelques développements au tableau déjà offert des révolutions diverses qu'elle a éprouvées.

En suivant nos braves et grossiers aïeux depuis leur sortie de la Germanie jusqu'à l'époque que nous allons retracer ici, on est frappé des rapports singuliers qui se trouvent presque toujours, dans une si longue suite de siècles, entre des situations, en apparence différentes, mais qui, dans le fond, présentent toujours le même esprit d'indépendance dans les sujets, et la même foiblesse d'autorité dans le souverain : roi de France ou prince d'une horde de sauvages, c'est toujours un chef puissant pendant la guerre, à qui la paix ôte presque tout son pouvoir. Le président Hénault est fondé sans doute à dire que les fiefs ne s'établirent que vers la fin de la seconde race ; il y a de fortes raisons de croire que les droits provenants de cette nouvelle seigneurie ont pris leur source dans une coutume ou loi non écrite des Lombards ; mais il n'en est pas moins certain qu'il faut voir le premier principe du régime féodal dans le caractère des barbares du nord qui s'emparèrent de l'Europe. Fiers, indépendants, courageux jusqu'à l'enthousiasme, accoutumés à se faire justice par le glaive, ils communiquèrent à leurs descendants leurs mœurs féroces, leurs coutumes licencieuses, et ce furent ces traditions gothiques qui, perpétuées d'âge en âge, opposèrent si long-temps, dans cette vaste contrée, une résistance invincible à l'établissement de la véritable monarchie. Une lutte terrible et renouvelée sans cesse entre le prince et les sujets fit pendant dix siècles un champ de carnage et de désolation de cette fertile Europe : la France fut sur le point d'y succomber sous les deux premières races, et principalement sous la seconde. Vers les derniers temps de cette dynastie, l'indépendance des sujets ayant reçu une nouvelle force de la création des fiefs, les foibles monarques qui régnoient alors furent facilement renversés du trône par des rebelles qu'un intérêt nouveau venoit de réunir contre eux ; après la chute des Carlovingiens, le plus puissant de ces petits souverains fut nommé roi, parcequ'il prit l'engagement de maintenir les usurpations de ses égaux, devenus ses sujets à cette seule condition ; et l'on peut dire que Hugues Capet ne reçut la couronne qu'en promettant de ne pas user du pouvoir souverain.

Cependant, au moment même où le chef de la troisième race sembloit renoncer pour lui et pour ses descendants à presque toutes les prérogatives du trône, une politique nouvelle prenoit déjà naissance avec les nouveaux intérêts que lui inspiroit sa nouvelle dignité. Dès-lors toutes les démarches qu'il put faire, toutes les institutions qu'il lui fut possible de créer, tendirent à rétablir dans son intégrité ce pouvoir qu'il avoit été forcé d'avilir pour s'en emparer. Les commencements d'une si grande entreprise furent foibles ; et ni ce monarque, ni ses premiers successeurs ne jouirent de cette autorité suprême et royale qu'ils se contentèrent de préparer à leurs successeurs. Nous avons déjà dit quels furent les principaux moyens qu'ils employèrent pour arriver à ce but : la réversion à la couronne des domaines des vassaux en cas de félonie, ou, dans certains cas, à défaut d'héritiers mâles ; l'affranchissement des serfs ; l'abolissement des combats judiciaires en matière civile ; l'appel à la juridiction royale ; l'admission du tiers-état aux assemblées générales de la nation ; et par-dessus tout, l'établissement des communes, au moyen desquelles les hommes libres trouvèrent une sûreté indépendante de la protection des barons, ce qui diminua beaucoup l'influence et l'autorité des grands vassaux, en même temps que celle du roi, seul seigneur que reconnussent ces nouvelles associations, s'en accroissoit de jour en jour. Sous Philippe-le-Long, elles étoient devenues tellement importantes, que l'on vit même des nobles rechercher leur alliance, et former avec elles des traités pour la défense de leurs droits et de leurs privilèges mutuels ; à cette époque, le roi les convoquoit déjà aux assemblées des états généraux en des termes pleins d'égards et de considération ; et, dans ces assemblées, elles jouissoient d'un crédit que le souverain avoit l'art de diriger au profit de sa puissance ; car, quoiqu'en apparence les députés de ces communes n'agissent que pour leurs intérêts particuliers, et souvent contre les droits du prince, ce qu'il y avoit d'important pour lui, étoit qu'elles fussent absolument indépendantes des grands vassaux. Ceux-ci affoiblis, les villes revenoient nécessairement sous l'autorité royale, qui d'ailleurs, en les défendant continuellement contre leurs ennemis naturels, acquéroit chaque jour de nouveaux droits à leur amour et à leur confiance ; enfin, dès ce temps-là, on voit les seigneurs, le clergé, le peuple, presque toujours opposés dans leurs intérêts, s'adresser isolément au roi pour obtenir justice ou protection, et les officiers de la couronne, introduits dans presque toutes les juridictions féodales, y exerçant leurs fonctions au nom du prince, faire peu à peu prévaloir son autorité sur tous les droits et toutes les coutumes particulières.

Quoiqu'une véritable monarchie eût dès-lors succédé, dans la plupart des provinces, à la police barbare et anarchique des fiefs, cependant le gouvernement féodal subsistoit encore tout entier dans quelques parties du royaume. Plusieurs grands vassaux, entre autres les ducs de Bourgogne, de Bretagne, le comte de Flandre, etc., avoient été assez forts pour ne point se laisser accabler de cette puissance qui, par-tout ailleurs, avoit tout envahi; ils ne voyoient encore dans le prince qu'un seigneur suzerain, et les moyens qu'ils avoient de lui résister étoient soutenus de tous ceux d'un monarque étranger, qu'une circonstance particulière rendoit aussi le vassal de la France. Cependant il étoit impossible que, souverains d'une partie de leurs États, les princes français se contentassent d'être seigneurs suzerains de l'autre, et il étoit de toute nécessité que ces grands vassaux, jusqu'alors indépendants, devinssent des sujets ou fussent traités comme des ennemis. Un nouveau combat s'engagea donc entre le roi et ces barons orgueilleux : il fut le plus terrible de tous, et les évènements qu'il fit naître peuvent être regardés comme les plus remarquables de l'histoire de la monarchie, et particulièrement de celle de Paris.

Ce fut, comme on sait, par le divorce impolitique de Louis-le-Jeune avec Éléonore de Guienne que les rois d'Angleterre devinrent possesseurs de deux des plus belles provinces du royaume. On conçoit facilement que ces princes, par la même raison qui rendoit insupportable aux rois de France l'esprit d'indépendance des hauts barons, ne souffroient qu'impatiemment le joug d'un vasselage humiliant, et incompatible avec leur dignité. Dès le règne de Philippe-le-Bel, on voit Édouard Ier, ajourné à la cour de son seigneur pour y répondre à l'accusation de félonie, refuser d'y comparoître, et préférer à cette humiliation les hasards d'une guerre dans laquelle il fut dépouillé de la Guienne, que le roi ne rendit ensuite à son fils que sous la condition de la posséder à titre de fief, comme avoient fait ses prédécesseurs. Sous ce dernier prince, la guerre se rallume de nouveau, et la cause en est encore dans les prétentions réciproques du vassal et du suzerain. Enfin, un prince guerrier et d'un génie supérieur étant monté sur le trône d'Angleterre, la lutte, devenue plus sanglante et plus acharnée entre les deux rivaux, reçut d'une circonstance particulière un caractère plus grave et plus important.

Les querelles qui s'étoient élevées entre Jeanne, fils de Louis Hutin, et Philippe V, dit le Long, querelles qui donnèrent lieu à la première application de la loi salique dans la succession au trône, s'étoient renouvelées après la mort de Charles-le-Bel. Ce prince avoit aussi laissé sa femme enceinte : elle accoucha d'une fille qui fut nommée Blanche, et pour laquelle on revendiqua également la couronne. D'un autre côté., le monarque anglais , dont le règne mémorable préparoit tant de malheurs à la France, Édouard III, prétendoit à succéder à Charles , appuyant son droit sur ce que sa mère Isabelle étoit fille de Philippe-le-Bel , dont par conséquent il étoit le petit-fils , et plus proche parent que Philippe de Valois, neveu de ce monarque. Mais la même loi qui avoit fait exclure Jeanne du trône fit rejeter Blanche ; et les prétentions d'Édouard, qui ne présentoit d'autres titres d'héritage que ceux que lui donnoit la ligne féminine , ne parurent pas meilleures aux douze pairs et aux barons assemblés. Le roi d'Angleterre , forcé de céder, n'en conserva pas moins la persuasion que son droit étoit légitime , et la sentence qui l'en dépouilloit, la plus injuste qui eût jamais été rendue.

A l'époque où ces nouveaux ressentiments excitoient contre le roi de France un ennemi si actif et si puissant, si nous examinons la situation de ce prince à l'égard des autres grands vassaux, nous le voyons également entouré de périls et d'inimitiés.

Ce fut, comme le dit le président Hénault, sous le règne de Philippe-le-Hardi que la loi des apanages (1) avoit commencé à être connue ; loi trop

---

(1) Sous les deux premières races, les enfants des rois partageoient également la couronne entre eux ; sous le commencement de la troisième, l'inconvénient de ces partages fit prendre le parti de démembrer quelques portions de terres, dont le fils puîné auroit la propriété ; mais à mesure que les principes de la vraie politique se perfectionnèrent, l'inconvénient du démembrement d'une partie du domaine de la couronne s'étant fait sentir davantage, les partages ou apanages dont l'apanagé pouvoit auparavant disposer comme de son bien devinrent une espèce de *majorat* ou de substitution , et furent enfin chargés de retour à la couronne à défaut d'*hoirs*. (HÉNAULT.)

Dans les premières dispositions de la loi, les héritiers de l'apanagé, mâles ou femelles, étoient appelés à succéder : ce fut seulement sous Philippe-le-Bel que cette succession fut restreinte aux seuls héritiers mâles. Tel étoit le dernier état de cette jurisprudence.

tardive, qui mit sans doute un terme aux démembrements que chaque règne faisoit au domaine de la couronne, mais qui n'avoit pu réparer le mal déjà fait avant qu'elle eût été mise en pratique, ni empêcher que la propriété des provinces données par les prédécesseurs de ce prince à leurs enfants cadets ne se perpétuât dans les diverses branches de la famille royale, hérédité qui avoit lieu, en suivant la ligne directe de descendance, sans distinction de mâles et de femelles.

Le comté d'Artois, qui avoit été séparé ainsi de la couronne, étant devenu vacant par la mort de Robert II, Philippe-le-Bel, fondé sur ce que la représentation n'avoit pas lieu dans ce comté, l'avoit adjugé, en 1302, à Mahaud, fille de ce prince, par préférence à Robert III, qui n'étoit que son petit-fils, et neveu de l'héritière. Robert ayant rappelé de ce jugement sous Philippe-le-Long, et essayé même de soutenir son droit par la force des armes, un nouvel arrêt (1) confirma Mahaud dans la possession du comté-pairie d'Artois, et Robert, contraint une seconde fois de s'y soumettre, resta tranquille pendant les règnes assez courts de ce prince et de Charles-le-Bel son successeur.

Mais, sous celui de Philippe de Valois, dont il étoit beau-frère, et à qui il avoit rendu des services assez importants, Robert crut pouvoir faire revivre ses prétentions, et attaqua pour la troisième fois le jugement rendu en faveur de Mahaud; sa condamnation est célèbre par toutes les formalités qui y furent observées, et qui nous ont conservé la forme dans laquelle les pairs de France étoient jugés dans les procès criminels. Banni du royaume, le comte d'Artois va chercher un asile en Angleterre, et là devient redoutable à Philippe, en aigrissant les ressentiments d'Édouard, et en le portant à déclarer la guerre au roi de France. Les Flamands, mécontents de leur souverain, que soutenoit ce monarque, se font, dans cette guerre, les auxiliaires des Anglais; une trève d'un an succéda à ces premières hostilités, qui n'eurent rien de décisif.

---

(1) Cet arrêt fut rendu en faveur d'une femme, et au préjudice d'un héritier mâle, dans le temps même qu'un arrêt bien plus solennel dépouilloit Jeanne, fille de Louis Hutin, de la couronne de son père, pour la transmettre à un héritier mâle plus éloigné. Cette contradiction apparente s'explique en ce que les coutumes de chaque province fixoient la nature des fiefs, et que la couronne n'étoit dans aucune coutume, parcequ'elle n'étoit pas un fief; car quoique Mézeray ait dit que le royaume se gouvernoit comme un grand fief, on sent bien qu'il ne vouloit pas dire que la France fût un fief, puisqu'un fief suppose un suzerain et des vassaux, et que la couronne ne relève que de Dieu, et n'a que des sujets. (HÉNAULT.)

Des troubles naissent en Bretagne au sujet de la souveraineté de ce grand fief : Philippe de Valois prend parti pour l'un des deux contendants ; l'autre aussitôt s'allie avec l'Angleterre contre la France ; la guerre recommence, cesse encore, et recommence de nouveau à l'occasion du meurtre d'Olivier de Clisson dont nous avons déjà parlé. On ne peut sans doute excuser Philippe de l'avoir fait exécuter sans aucune formalité ; mais il n'en est pas moins vrai que ce seigneur avoit signé un traité secret avec l'Angleterre, et que le monarque anglais, à la faveur de cette anarchie du régime féodal qui régnoit encore toute entière dans les grands fiefs, trouvoit, au milieu même des états du roi de France, les plus acharnés et les plus redoutables ennemis de ce prince.

D'un autre côté, cette application de la loi salique qui avoit porté sur le trône Philippe-le-Long et Philippe de Valois, au préjudice de deux filles de nos rois, n'avoit pu avoir lieu sans faire naître une foule de mécontents, et le premier de ces deux princes avoit été forcé à faire de grands sacrifices pour apaiser les plus puissants. Dans ces diverses transactions, Eudes de Bourgogne, oncle de Jeanne, avoit obtenu en mariage la fille aînée du roi, et pour dot le comté de Bourgogne, ce qui le rendit possesseur des deux grands fiefs de ce nom. Pour obtenir un si riche présent, Eudes avoit sacrifié entièrement les intérêts de sa pupille, et la fille de Louis Hutin, mariée à Philippe comte d'Évreux, étoit restée dépouillée de presque tout apanage jusqu'à l'avènement de Philippe de Valois. Ce prince, en montant sur le trône, crut devoir lui rendre le royaume de Navarre, comme une sorte de compensation de la perte qu'elle avoit essuyée ; mais cette donation, qui peut-être étoit juste dans les idées et les coutumes bizarres de ce temps-là, suscita bientôt un ennemi de plus aux rois de France, en créant encore un grand fief ; et nous allons voir bientôt Charles, roi de Navarre, fils de Jeanne et de Philippe d'Évreux, appeler à son tour l'Anglais dans le cœur de la France.

Cette faute, qui causa presque tous les malheurs de ce royaume pendant la captivité du roi Jean, fut suivie d'une faute plus grande encore que commit ce dernier prince lorsqu'il eut été délivré de sa prison ; mais ce n'est pas ici le lieu de parler de cet évènement, auquel il faut attribuer en grande partie les désastres du règne de Charles VI.

Contre de tels ennemis, et au milieu de ces éléments de discorde sans cesse renaissants, les rois, qui ne possédoient ni assez de sujets immédiats, ni assez de revenus pour tenter seuls des entreprises importantes, n'avoient de ressources que dans les subsides extraordinaires qu'ils devoient à la bonne volonté des peuples, et dans les troupes levées à la hâte que les vassaux étoient obligés de leur fournir suivant les conditions de la tenance militaire; ces subsides étoient accordés souvent avec répugnance, toujours avec économie; car les peuples, qui sortoient alors de l'esclavage, ne connoissant pas bien encore les bornes de la liberté sociale, passèrent d'abord à la licence; et les rois, qui commençoient aussi en quelque sorte à régner, n'étoient pas mieux instruits du véritable caractère de leur autorité; quant aux soldats, ils n'avoient aucune notion de discipline régulière, n'étoient habitués ni à la subordination, ni à l'art de la guerre; on ne pouvoit les tenir en campagne que pendant un temps très-court; ils pouvoient refuser de marcher loin du lieu de leur résidence, plus attachés d'ailleurs à leur souverain particulier qu'au monarque qu'ils servoient, et disposés même, au gré de ces seigneurs factieux, méfiants et jaloux, à traverser les vues du prince lorsqu'ils étoient appelés pour les seconder.

Les choses étoient en cet état peu de temps avant que le roi Jean livrât la funeste bataille de Poitiers; les Flamands, les Bretons et une partie des seigneurs normands, introduisoient à l'envi les Anglais jusque dans le cœur de la France, marchoient sous leurs bannières, ou les aidoient de toute leur puissance. Mais de tous ces ennemis intérieurs, le plus dangereux étoit ce fameux roi de Navarre, Charles-le-Mauvais, prince qui joignoit malheureusement à tous les vices du cœur toutes les ressources de l'esprit, et dont on ne peut mieux peindre la perversité qu'en disant qu'il a complètement mérité le surnom odieux que lui a conservé l'histoire. Toutefois on ne peut se dissimuler que le roi fut en partie cause de tous les maux que ce génie turbulent et perfide ne cessa de faire à la France, en commettant lui-même à son égard une assez grande injustice. En effet, Jean avoit donné à Charles d'Espagne, son connétable et son favori, le duché d'Angoulême, que Charles de Navarre réclamoit comme faisant partie de la dot de sa femme, fille du roi: sa réclamation n'ayant point été écoutée, il s'en vengea comme il lui convenoit de le faire, en faisant assassiner le connétable, et en ouvrant aux Anglais les places fortes qu'il possédoit 1353. en Normandie. Réduit à faire un traité honteux avec ce traître, et le cœur

toujours ulcéré du meurtre de son connétable, Jean fait arrêter à Rouen et
1353. exécuter sur-le-champ les seigneurs qui avoient aidé le Navarrais dans cet
assassinat; ce prince est arrêté lui-même à Paris, où il étoit venu, à la prière
du dauphin, pour assister à sa réception comme duc de Normandie. « Cette
« action auroit l'air d'une perfidie, dit le président Hénault, si le roi n'avoit
« pas été informé que Charles traitoit avec l'Anglais, et avoit voulu séduire
« jusqu'à son fils : mais le meurtre du connétable n'auroit-il pas été une
« excuse suffisante à cette vengeance ? »

1356. L'emprisonnement du roi de Navarre fait courir aux armes son frère
Philippe, et les parents des seigneurs qui avoient été exécutés à Rouen;
ils appellent à leur secours Édouard III : la trève entre la France et l'Angleterre, tant de fois rompue et renouvelée, se change enfin en une guerre
cruelle.

Le roi Jean marche contre le prince de Galles, l'atteint à Maupertuis, à
deux lieues de Poitiers, dans des vignes d'où il lui étoit impossible de se
sauver, livre bataille, la perd par cette inconsidération et cette témérité
qui étoit le mobile de toutes ses actions, est fait prisonnier, et laisse son
royaume en proie aux factieux, déchiré par la guerre civile et extérieure,
et n'ayant pour tout appui, dans de telles extrémités, qu'un jeune prince
sans expérience et sans considération personnelle : en effet, on auguroit
mal de l'esprit du dauphin pour avoir prêté un moment l'oreille aux séductions du Navarrais, qui vouloit le mettre mal avec son père ; de
son courage, parcequ'on l'accusoit de s'être retiré du combat dès le
commencement de la bataille de Poitiers (1) ; telle étoit l'opinion qu'on
avoit alors de ce Charles, *jeune d'âge et de conseil*, comme dit Frois-
sart, et qui fut depuis le sauveur de la France, et l'un de ses plus grands
rois.

Ce prince revint à Paris aussitôt après cette funeste bataille, y prit le
titre de lieutenant général du royaume (2), et assembla les états-généraux
pour en obtenir des secours et des conseils dans une situation aussi pres-
sante : de telles assemblées, si souvent dangereuses, le sont sur-tout dans

---

(1) Ce fut, dit-on, la faute de son gouverneur, qui le força, ainsi que deux de ses frères, à cette action
dont le résultat fut d'indisposer contre eux tous les esprits.

(2) Le dauphin n'avoit alors que dix-neuf ans, et par les lois du royaume il ne pouvoit être majeur qu'à
vingt-un ans; sa minorité étoit incompatible avec la régence, à moins d'un ordre particulier du roi.

les moments de trouble et de foiblesse du gouvernement. Celle-ci commença par se plaindre de l'administration, des ministres, etc., et fut d'autant plus turbulente, que le tiers-ordre y eut la principale influence (1); l'arrestation d'un grand nombre de serviteurs du roi (2), et la mise en liberté de Charles-le-Mauvais, furent ensuite demandées: on vouloit que le dauphin se fît un conseil pris parmi les membres des états, et que rien ne s'exécutât sans sa participation : c'étoit à ce prix qu'on lui accordoit des troupes et de l'argent. Ce prince, qui sentit l'atteinte que de telles demandes portoient à son autorité, feignit d'être disposé à y consentir en même temps qu'il cherchoit des mesures pour les déconcerter; il n'y en avoit point d'autres à prendre que de rompre à l'instant cette assemblée de factieux : c'est ce qu'il fit en leur déclarant qu'il attendoit des ordres du roi, sans lesquels il ne pouvoit rien décider, et qu'il étoit aussi résolu de consulter à ce sujet l'empereur son oncle. L'assemblée se sépara, non sans murmures, et le peuple, à qui on avoit fait concevoir de grandes espérances de la nouvelle administration, commença à éprouver du mécontentement.

Le dauphin partit en effet pour aller trouver l'empereur Charles IV qui étoit alors à Metz, et laissa le duc d'Anjou son frère à Paris, avec le titre de son lieutenant. Avant son départ, il avoit été arrêté entre ces deux princes que, pendant l'absence du premier, l'autre publieroit une ordonnance sur la mise en circulation d'une monnoie nouvelle où l'espèce étoit altérée, fâcheuse, mais seule ressource qu'il fût possible d'employer, puisqu'on n'avoit obtenu de l'assemblée aucun subside. Une fermentation sourde régnoit dans la ville : il sembloit qu'elle n'attendît qu'un coup d'autorité pour éclater. A peine l'ordonnance fut-elle rendue publique, qu'Étienne Marcel, prevôt des marchands, qui déjà s'étoit fait remarquer dans l'assemblée des états par la violence de ses opinions, et qui va jouer un rôle si odieux dans cette funeste époque de notre histoire, se rendit au Louvre, suivi de quelques factieux, et là parla au duc d'Anjou avec tant de hardiesse

---

(1) La noblesse étoit alors sans crédit. Ecrasée à la bataille de Crecy, la défaite de Poitiers avoit achevé sa ruine. Ceux qui n'y avoient point été tués ou pris étoient l'objet du mépris du peuple, qui les accusoit d'avoir abandoné le roi.

(2) Entre autres, Pierre de La Forest, chancelier de France, archevêque de Rouen; Simon de Bussy, premier président du parlement; Robert de Lorris, chambellan du roi; Jean Chamillart et Pierre d'Orgemont, présidents du parlement; Jean Poilvillain, souverain maître des monnoies, etc.

et d'insolence, que ce prince intimidé consentit à suspendre l'exécution de cette mesure jusqu'à l'arrivée de son frère.

De retour à Paris, le dauphin, voyant qu'il lui étoit impossible de détruire le crédit que cet homme ambitieux et pervers avoit su prendre sur les Parisiens, essaya de le gagner, car il étoit urgent pour lui de donner cours à la nouvelle monnoie. Une entrevue eut lieu, dans une maison du cloître Saint-Germain l'Auxerrois, entre plusieurs envoyés du prince et le prevôt des marchands; mais ils essayèrent vainement de le ramener à des sentiments plus modérés; non seulement Marcel demeura inflexible et sourd à toutes leurs propositions, mais, jugeant très bien qu'il pouvoit mettre à profit un semblable incident pour accroître encore son influence, il alla, en sortant de cette assemblée, apprendre au peuple tout ce qui venoit de s'y passer.

Il y eut aussitôt un soulèvement général; toutes les boutiques furent fermées; les ouvriers cessèrent leurs travaux; les bourgeois prirent les armes, et l'on n'entendit plus de tous côtés que des injures et des menaces contre le gouvernement : on n'avoit point de troupes à opposer à ce peuple révolté, et ce fut une nécessité de céder pour le moment à l'orage; en conséquence, le dauphin se rendit le lendemain au palais, et là, en présence de Marcel, il annonça la suppression de la nouvelle monnoie et le pardon du tumulte de la veille. Devenu plus audacieux par cet acte de condescendance, le prevôt des marchands demanda de nouveau la proscription des serviteurs du roi, qu'il avoit rendus les objets de la haine publique, ajoutant à cette demande celle de la confiscation de leurs biens, et d'une seconde convocation des états-généraux : il fallut encore consentir à ces demandes séditieuses.

Ce fut dans cette assemblée que l'autorité du dauphin, déjà si chancelante, reçut les dernières atteintes. Un nouveau conseil lui fut donné, composé de trente-six membres tirés du sein des états, et il n'est pas besoin de dire que Marcel fut le premier choisi. Ce conseil eut l'administration des finances, la conduite de toutes les affaires, et l'on ne laissa au lieutenant-général du royaume d'autre marque d'autorité que la triste prérogative de consacrer les délibérations absolues de ces insolents conseillers par une ordonnance publiée en son nom. Il avoit été décidé qu'on lèveroit un subside pour former une armée : il fut arrêté qu'eux seuls pourroient en disposer. Sur leur demande, les deux cours supérieures du parlement et de la chambre des comptes furent dissoutes, et ils créèrent eux-mêmes un nouveau parlement qu'ils remplirent de gens dévoués à leurs volontés. Tels furent les premiers excès auxquels se livrèrent les factieux pendant la tenue des états; et Robert Lecoq, évêque de Laon, l'un des plus emportés d'entre eux, termina la dernière séance par un discours séditieux qui prouva qu'ils ne comptoient point en rester au point où ils étoient parvenus.

Cependant le roi prisonnier venoit de conclure à Bordeaux une trève de deux années, pendant laquelle on devoit négocier de sa rançon : la nouvelle en fut apportée à Paris par le comte d'Eu, le comte de Tancarville et l'archevêque de Sens. Ces seigneurs étoient en même temps porteurs d'une lettre signée du roi, qui annuloit, en conséquence du nouveau traité, tout ce qu'avoient fait les états, et sur-tout la levée du subside. Ce fut alors qu'on put voir jusqu'où va l'aveuglement d'un peuple livré à des chefs de parti. Ceux-ci, voyant le coup terrible qu'un tel message alloit porter à leur autorité, trouvèrent le moyen de persuader à cette populace insensée qu'une telle mesure étoit un attentat contre sa propre sûreté; de manière qu'elle s'attroupa de nouveau, demandant la levée du subside avec une fureur qui n'eût été explicable que si l'on eût voulu le maintenir, et qu'elle en eût demandé la suppression. Les députés du roi, menacés pour leur vie, furent forcés de quitter Paris, et le dauphin ne put apaiser le tumulte qu'en publiant, contre l'ordre de son père, la prorogation des états et la levée de l'impôt : ce qui rétablit pour quelque temps un ordre apparent dans la capitale.

1357. Cependant Marcel et ses partisans, qui vouloient une révolte déclarée, répandirent le bruit que les députés du roi n'avoient quitté Paris que pour rassembler des troupes contre ses habitants, et que la noblesse des environs avoit pris parti pour ces trois seigneurs : aussitôt le peuple effrayé prit les armes, et plaça des corps-de-garde et des sentinelles dans les différents quartiers; les portes de la ville furent fermées; des chaînes furent tendues dans les rues, dans les carrefours; on alla plus loin, et, avant d'examiner si ce bruit avoit quelque fondement, on entreprit le travail immense d'achever les nouvelles fortifications qui avoient été commencées après la bataille de Poitiers (1), et dont l'objet étoit de renfermer dans la ville une partie des

____

(1) Voyez tome Ier, page 37.

faubourgs bâtis depuis le règne de Philippe-Auguste; des fossés furent creusés autour de la muraille qui défendoit la partie occidentale, et embrassèrent les faubourgs situés à l'orient; on éleva des parapets, on construisit des redoutes, on plaça sur les remparts des canons et des balistes, et cette terreur panique fit achever en peu de jours des travaux qui, dans une circonstance ordinaire, auroient demandé plusieurs années; il en résulta même que par la suite l'autorité du dauphin en fut affermie, ce qui certainement n'avoit pas été le but des factieux.

Ceux-ci, pour soulever le peuple de Paris, avoient suivi la marche des démagogues de tous les temps et de tous les pays, en l'enivrant de vaines illusions, en lui donnant l'espoir d'une félicité jusqu'alors inconnue. Il arriva qu'ils perdirent leur crédit, comme l'ont toujours perdu leurs pareils, par l'impossibilité où ils se trouvèrent de réaliser ces chimériques promesses. Ils rencontrèrent d'abord un obstacle embarrassant dans le clergé et la noblesse, qui résistèrent à toutes leurs séductions, et se séparèrent d'eux, aimant mieux abandonner momentanément les rênes de l'État à ces tyrans subalternes, que d'être, même en apparence, complices de leurs violences. Plusieurs députés du tiers-ordre, ayant reconnu la méchanceté de Marcel et de ses complices, se détachèrent également de leur parti; de manière qu'il ne se trouva plus, du conseil des réformateurs, que dix à douze membres, bourgeois ou échevins de Paris, qui voulussent prendre part aux affaires.

Cependant le clergé et la noblesse refusoient de contribuer au subside dont le poids entier retomba sur le peuple; il se fit en outre, dans la perception de cet impôt, des dilapidations telles qu'il fut impossible de lever les troupes pour lesquelles il avoit été ordonné; d'où il arriva que Philippe, frère du roi de Navarre, faisant des courses jusqu'aux environs de Paris, on se trouva sans moyen de défense à lui opposer. Une si fâcheuse situation fit ouvrir les yeux, et les réformateurs commencèrent à tomber dans le mépris.

Le dauphin crut cette circonstance favorable pour secouer le joug sous lequel il gémissoit depuis si long-temps. Marcel, l'évêque de Laon et leurs complices furent mandés au Louvre, et là le prince, leur parlant avec un ton d'autorité qu'il n'avoit osé prendre jusqu'alors, leur déclara qu'il prétendoit gouverner désormais sans tuteurs, et qu'il leur défendoit de se mêler davantage des affaires du royaume. Abandonnés par le peuple, les factieux se montrèrent aussi lâches qu'ils avoient été insolents dans leur puissance usurpée : ils se retirèrent confus et consternés ; mais ils s'étoient trop avancés pour se croire en sûreté dans une entière soumission, et ils ne parurent céder que pour se donner le temps de tramer de nouveaux complots.

L'occasion ne tarda pas à s'en présenter. Après ce coup d'autorité, Charles avoit quitté Paris pour aller dans différentes villes du royaume solliciter les secours qu'il ne pouvoit obtenir de cette ville, et qu'exigeoit impérieusement la situation présente des affaires. Après avoir pris leurs mesures dans le plus profond secret, les conjurés députèrent vers lui pour l'engager à revenir au milieu d'eux, lui promettant de l'argent en abondance, se rétractant de leurs premières demandes, et lui faisant d'ailleurs de telles protestations de respect et de soumission, qu'il ne poussa pas plus loin son voyage, qui d'ailleurs n'avoit pas l'effet qu'il en attendoit ; mais à peine fut-il de retour à Paris, qu'il put reconnoître à quel point il s'étoit trompé en comptant sur leur sincérité ; car, lorsqu'il fut question de réaliser les promesses qu'ils lui avoient faites, Marcel, répondant au nom du conseil, lui déclara qu'il ne pouvoit rien décider que les états ne fussent convoqués pour la troisième fois : ils savoient le parti qu'ils pouvoient tirer d'une semblable assemblée. Malgré l'expérience du passé, le dauphin eut encore la foiblesse d'y consentir.

A peine les états étoient-ils ouverts, qu'on apprit l'évasion de Charles-le-Mauvais. Le château d'Arleux en Pailleul (1), où il étoit renfermé, avoit été surpris la nuit par Jean de Pecquigny, gouverneur d'Artois, qui en avoit retiré ce prince, et venoit de le conduire à Amiens. Les conjurés virent d'abord tout le parti qu'ils pouvoient tirer d'un semblable évènement, et ce qui fit frémir tous les gens bien intentionnés fut pour eux un sujet de joie et de triomphe. Ils commencèrent par présenter ce prince aux Parisiens mécontents comme un ami et un protecteur, de qui ils avoient le droit de tout attendre : lorsqu'ils furent assurés de lui avoir gagné l'affection de la multitude, Marcel, l'évêque de Laon et Pecquigny (le même qui venoit de délivrer le roi de Navarre) allèrent,

---

(1) Sur les frontières de la Picardie et du Cambresis.

non plus avec une apparence de soumission, mais avec l'audace qu'inspire le succès, demander au dauphin un sauf-conduit sans réserve pour son plus cruel ennemi. Ils l'obtinrent du prince, accablé d'un tel revers; et le Navarrais, précédé d'une troupe de brigands qu'il avoit recueillie dans les prisons d'Amiens, entra dans la capitale, aux acclamations d'une population immense, qui voyoit en lui son libérateur.

Le lendemain de son arrivée, Charles-le-Mauvais, qui étoit allé loger à l'abbaye Saint-Germain-des-Prés, monta sur un échafaud dressé contre les murs de ce monastère, et de là harangua le peuple de Paris qu'il avoit réuni dans le Pré-aux-Clercs. Il s'y trouva plus de dix mille personnes, et le dauphin lui-même étoit présent. Dans ce discours adroit et éloquent, le Navarrais fit une peinture touchante des injustices et des maux qu'il avoit soufferts, pour exciter à son égard la pitié et l'intérêt, parla avec amertume des fautes de l'administration actuelle, pour aigrir encore davantage les esprits contre le jeune prince, et finit par protester de son dévouement pour la France, faisant même entendre qu'il y auroit maintenu l'ordre s'il avoit eu quelque autorité.

Le peuple, avide de nouveautés, écouta la harangue du roi de Navarre avec la plus vive satisfaction. Aussitôt Marcel, dont toutes les démarches étoient combinés avec lui, alla trouver le dauphin au Palais, où il venoit de se retirer, et le pria de rendre justice à ce prince sur tous les griefs dont il se plaignoit. Entouré de la troupe de ce brigand, il fallut que l'héritier présomptif de la couronne consentît, non seulement à voir l'ennemi mortel de son père et de toute sa famille, mais encore à lui faire toutes les satisfactions qu'il lui plut d'exiger. L'entrevue eut lieu dans l'hôtel de la reine Jeanne, et dès le lendemain, sur la requête du roi de Navarre, le conseil décida que le dauphin lui donneroit une amnistie entière pour lui et pour tous les seigneurs de son parti; que tous ses biens, terres et forteresses confisqués, lui seroient rendus; qu'on réhabiliteroit la mémoire des seigneurs exécutés à Rouen; et, ce qui passe toute croyance et met le comble à l'opprobre d'un semblable traité, que toutes les prisons seroient ouvertes pour en laisser sortir tous les malfaiteurs, quels qu'ils fussent. C'étoit une des conditions expressément exigées par le Navarrais, qui donna lui-même la liste de tous les crimes pour lesquels

il demandoit grace (1). Cette ame atroce, et qui ne méditoit que des forfaits, sembloit jouir d'avance de son impunité dans celle de ces misérables, qui d'ailleurs pouvoient lui fournir d'utiles instruments de ses
coupables entreprises.

Toutefois, malgré ces complaisances, ou pour mieux dire cette extrême
foiblesse du dauphin, la paix entre les deux princes ne fut pas de longue
durée. Après un très court séjour à Paris, pendant lequel ils se visitèrent
avec une feinte cordialité, et dìnèrent même quelquefois ensemble (2), le
Navarrais partit pour aller se mettre en possession des places qui lui
avoient été restituées par le traité ; mais comme ceux qui les gardoient
au nom du roi refusèrent de les lui rendre, il saisit ce prétexte pour lever
de nouveau des troupes, et, s'avançant vers Paris, il en ravagea les environs, et fit des courses jusqu'aux portes même de la ville.

Le dauphin, vivement touché des désastres auxquels le peuple des
campagnes étoit exposé, voulut de son côté lever une armée pour s'y
opposer. Les factieux, toujours poursuivis par l'image de leurs crimes,
s'imaginèrent que cet armement se préparoit contre eux, et, pour en détourner l'effet, ne trouvèrent d'autre moyen que de jeter de nouvelles
alarmes parmi les Parisiens. Ils y réussirent tellement, que, malgré toutes
les protestations du prince, il y eut un refus général de recevoir dans la
ville aucun homme armé; alors Marcel, remarquant que cet incident avoit
redoublé l'animosité de la multitude, crut que le moment étoit venu de
donner à son parti un caractère d'indépendance et de révolte déclarée. Il fut
convenu que, pour s'unir plus étroitement et se distinguer de ceux qu'ils
appeloient des traîtres à la patrie, tous ceux qui suivoient la bonne cause
prendroient un signe visible qui pût leur servir de ralliement: ce signe étoit
un chaperon ou *capuce* (3), mi-parti de drap rouge et *pers*. Les sentiments

---

(1) Larrons, meurtriers, voleurs de grands chemins, faux monnoyeurs, faussaires, coupables de
viol, ravisseurs de femmes, perturbateurs du repos public, assassins, sorciers, sorcières, empoison-
neurs, etc. (Tres. des ch. reg. 80, p. 268.)

(2) On a cru que ce fut dans un de ces festins que le roi de Navarre trouva le moyen de faire prendre au
dauphin un poison si violent, que, malgré la promptitude avec laquelle il fut secouru, il en perdit les
ongles et les cheveux, et conserva toute sa vie une langueur qui en avança la fin.

(3) Ce capuce ressembloit à celui que portoient nos religieux. Le *pers* étoit une couleur d'un bleu
tirant sur le vert. (Du CANGE.)

religieux dont le peuple ne cessoit point d'être animé, même au milieu de
ses plus grands excès, paroissant aux conjurés propres à fortifier encore leurs
attentats politiques, ils érigèrent une confrérie (1) sous l'invocation de
Notre-Dame, dans laquelle on vint en foule se faire inscrire. De même on
ne vit plus dans les rues que des chaperons de deux couleurs, et personne
n'osa plus sortir sans ce signe de salut (2).

Cependant le dauphin, dont l'esprit et le caractère se formoient au milieu
de ces orages populaires, osa cette fois-ci lutter ouvertement contre les
factieux, et, puisque tout se faisoit par le peuple, essayer de leur disputer
son affection. Ayant fait avertir les Parisiens de s'assembler aux halles, il
s'y rendit accompagné seulement de cinq personnes. Cette marque de confiance fit d'abord impression sur la multitude; et lorsque ce prince, prenant
la parole, eut expliqué les motifs qui l'avoient porté à lever des troupes, et
donné sur ses intentions les explications nobles et franches qu'il lui étoit si
facile de trouver, on vit ce peuple aussi inconstant dans sa haine que dans
son amour, et toujours entraîné par l'impression du moment, lui rendre
toute sa faveur et répondre à son discours par les plus vives acclamations.

Mais il ne tarda pas à donner une preuve nouvelle de cette méprisable ver-
satilité; car il arriva que Marcel, justement effrayé de ce changement, l'ayant
à son tour harangué le lendemain dans l'église de S.-Jacques-de-la-Boucherie,
regagna aussitôt une partie de cette populace qui, toujours plus portée à
croire les méchants, parcequ'ils flattent ses passions, rejeta cette fois-ci tout
ce que le dauphin put dire pour la ramener. Il est vrai qu'il fit la faute de ne
pas se rendre lui-même à l'assemblée, et d'y envoyer son chancelier, ce qui
ne pouvoit pas produire la même impression.

Dans cette nouvelle disposition des esprits il falloit peu de chose pour
rallumer le feu de la sédition. Le juste supplice du changeur Perrin Macé (3),
qui assassina dans la rue Jean Baillet, trésorier du dauphin, fut la cause

---

(1) Cette politique odieuse fut depuis imitée par le duc de Guise sous le règne de Henri III.

(2) L'Université seule donna dans cette conjoncture un témoignage éclatant de fidélité, dont il est
étonnant que nos historiens modernes ne fassent aucune mention. Le recteur de ce corps, alors très
considérable par l'affluence des écoliers qui s'y rendoient de toutes les parties de l'Europe, défendit, par
un mandement, à toutes les personnes académiques de prendre aucunes marques de faction. (*Hist. de
l'Univ.*, t. 4, p. 336.)

(3) Voyez tom. Ier, page 241.

accidentelle de nouveaux excès qui passèrent tous ceux qui s'étoient commis jusqu'alors. Le coupable s'étoit sauvé dans l'église de Saint-Jacques-de-la-Boucherie d'où il fut arraché par ordre du dauphin, qui le fit juger et exécuter sur-le-champ. Aussitôt l'évêque de Paris, qui étoit lui-même un des factieux les plus ardents, se récria contre la violation des immunités ecclésiastiques, redemanda le corps, qu'on fut obligé de lui rendre, et auquel il fit faire des obsèques honorables. Le prevôt des marchands y assista suivi d'une foule nombreuse, qui ne voyoit qu'une victime dans ce meurtrier, et s'animoit de plus en plus contre le dauphin.

Vainement ce prince essaya-t-il d'intimider les conjurés en faisant répandre la nouvelle de la délivrance prochaine du roi : ceux-ci informés, par leurs liaisons secrètes, de ce qui se passoit en Angleterre, ne rabattirent rien de leur insolence; elle éclata même plus vivement encore, peu de jours après, dans une députation qu'ils lui firent, au sujet de Charles-le-Mauvais, qui, toujours armé et ne cessant de dévaster la campagne de Paris, continuoit à demander l'exécution du traité. Un moine jacobin, nommé frère Simon de Langres, qui étoit à la tête des députés, eut l'audace de signifier au prince qu'il eût à rendre justice au roi de Navarre, ajoutant que, par une délibération faite entre eux, il avoit été arrêté que sur-le-champ toutes ses forteresses lui seroient rendues; un autre moine, religieux de Saint-Denis, alla plus loin encore, et lui déclara qu'ils étoient déterminés à prendre parti contre celui des deux qui refuseroit de se soumettre à l'arrangement qu'ils venoient de régler. Ils n'ignoroient pas qu'il ne dépendoit pas du dauphin de faire rendre au Navarrais ses places de Normandie, mais ils remplissoient leur but, qui étoit de le rendre odieux au peuple, en le présentant comme l'infracteur du traité; et Charles-le-Mauvais, dans le projet qu'il méditoit, n'étoit point fâché d'un incident qui fortifioit des troubles dont il étoit bien résolu de profiter.

Toutefois de telles violences n'étoient que le prélude d'attentats plus grands que préparoit Marcel; et l'on peut ici remarquer que tous ces vils ambitieux qui cherchent à parvenir au pouvoir suprême par la révolte des peuples, ne manquent jamais de les pousser à quelques crimes atroces, pour leur ôter toute idée de retour au devoir, en leur enlevant tout espoir de pardon. Le jeudi 22 février fut choisi par le prevôt des marchands pour les scènes sanglantes qu'il avoit depuis long-temps concertées. Dès le matin une populace armée et nombreuse, composée en partie de gens de métier, s'assembla, par son ordre, aux environs de l'église de Saint-Éloi dans la cité. L'intention de ces furieux paroissoit être d'entourer le palais où logeoit alors le dauphin, lorsqu'ils en virent sortir l'avocat-général Regnaut-d'Aci qui s'en retournoit à sa maison, située près de l'église de Saint-Landry. Il est aussitôt désigné, poursuivi jusque près de l'église de la Magdeleine, où les séditieux l'atteignent et le percent de mille coups. Marcel, les voyant échauffés par ce premier meurtre, se met à leur tête, marche vers le palais, en monte les degrés, et entre dans la chambre du dauphin. Le voyant étonné et effrayé de cette multitude qui remplissoit ses appartemens : « Sire, lui dit-il, ne vous esbahissés de chose que vous voyez ; « car il est ordonné et convient qu'il soit ainsi. » Se tournant ensuite vers ses gens : « Allons, continua-t-il, faites en bref ce pourquoi vous êtes venus « ici. »

A peine eut-il cessé de parler que ces furieux se jetèrent sur les maréchaux de Champagne et de Normandie. Le premier, qui étoit le seigneur de Conflans, est massacré à l'instant devant le prince. Robert de Clermont (1), le second de ces deux seigneurs, est immolé dans la chambre prochaine, où il venoit de se sauver. Tous les officiers qui environnoient le dauphin fuient et se dispersent épouvantés, le laissant seul à la merci de ces forcenés. Il crut d'abord un moment qu'on en vouloit à ses jours ; on dit même qu'il s'abaissa jusqu'à demander la vie à Marcel, qui lui dit : « Sire, vous n'avez garde (2) », et sur-le-champ ôtant son chaperon, il le lui mit sur la tête pour gage de sa sûreté.

Cependant les corps des deux seigneurs massacrés furent traînés devant l'infortuné Charles, roulés le long des degrés du palais jusqu'à la pierre de marbre placée sous les fenêtres de son appartement, et là, ils restèrent exposés tout le reste de la journée aux regards et aux insultes de cette vile populace (3).

Dès que cette œuvre fut consommée, Marcel se rendit à l'hôtel de ville, entouré des exécuteurs de ses assassinats, et traversant une foule

(1) C'étoit ce seigneur qui avoit arraché Perrin Macé de l'église de Saint-Jacques-de-la-Boucherie.

(2) « N'ayez pas peur. »

(3) Ils furent portés le soir au cimetière de Sainte-Catherine-du-Val-des-Écoliers, où on les enterra *sans solennités*, avec Regnaut-d'Acy, tué le même jour.

immense qui remplissoit la place, il parut bientôt à une fenêtre, et de là
rendit compte au peuple de ce qu'il venoit de faire pour son salut et pour le
bien du royaume : on lui répondit par des acclamations générales. Aussitôt
il retourne, ou plutôt il est porté au palais, et ose remonter à l'appartement du dauphin pour lui demander son approbation sur ce qui venoit de se passer, disant que tout s'étoit fait par la volonté du peuple.
Un refus eût produit de nouveaux crimes. Le prince accorda tout, et,
pour gage de réconciliation, le prevôt lui envoya dès le soir même deux
pièces de drap aux couleurs de la faction, dont il fut fait sur-le-champ
des chaperons pour lui et pour tous les officiers de sa maison.

Les états avoient tenu avant ces évènements, et tinrent depuis plusieurs
assemblées, dans lesquelles se trouvèrent quelques députés des provinces,
qui n'avoient point encore quitté Paris. Intimidés par les factieux, ils les
laissèrent maîtres absolus des délibérations, et ratifièrent toutes les lois
que ceux-ci proposèrent pour le maintien de leur autorité, lois qui furent
aussitôt portées à la sanction du dauphin, et approuvées par lui, comme
il avoit approuvé le meurtre de ses deux maréchaux.

Sur ces entrefaites, le roi de Navarre arriva à Paris, suivi d'une troupe
nombreuse de gens armés, et il fut visible qu'il y avoit été appelé par les
conjurés ; car le jour même de son arrivée, le prevôt des marchands alla
le trouver à l'hôtel de Nesle, où il étoit descendu, et là eut avec lui une
très longue conférence. Toutefois il paroît que ce méchant prince ne
trouva pas que les dispositions séditieuses des Parisiens fussent parvenues
au point où il désiroit qu'elles fussent amenées ; car il consentit à entrer
dans une sorte d'arrangement avec le dauphin, qui signa sans contestation
tous les articles d'un traité dressé par les chefs de la faction, et notamment
par l'évêque de Laon. Alors le Navarrais, sûr de ses complices, et bien persuadé qu'il avoit dissipé toutes les méfiances de Charles, quitta Paris pour
aller ourdir ailleurs de nouvelles trames, et attendre une occasion plus
favorable d'y rentrer.

Le lendemain de son départ, le dauphin, qui jusque-là n'avoit porté
que le titre de lieutenant du royaume, ayant atteint sa vingt et unième
année (1), prit le titre de régent, et quoique son pouvoir fût plus borné

---

(1) Ce fut lui qui fixa depuis cette majorité à quatorze ans, comme nous le dirons ci-après.

que jamais, il ne paroît pas que personne se soit avisé de lui contester un titre qui appartenoit légitimement à l'héritier présomptif de la couronne. Il arriva seulement que l'éclat de cette nouvelle dignité inquiétant davantage les conjurés, ils multiplièrent les vexations et les affronts de toute espèce dont ils prenoient plaisir à l'accabler, le forçant à recevoir dans le conseil de nouveaux factieux pris parmi les échevins de Paris, le contrariant dans ses moindres résolutions, observant jusqu'à ses moindres démarches. Enfin cette tyrannie alla si loin, et lui devint si insupportable, qu'il résolut de secouer enfin le joug de ces misérables, en sortant de Paris, bien déterminé à ne rentrer dans cette ville que lorsqu'il seroit dans une situation à pouvoir punir les traîtres qui l'avoient soulevée. Ce dessein fut conduit avec mystère et exécuté avec adresse ; car dix-huit mois de contrainte et de malheurs avoient appris à ce prince à dissimuler à propos ses sentiments. Dès qu'il fut hors des murs, il se rendit à Compiègne, où toute la noblesse des environs vint aussitôt le trouver. Toute celle qui habitoit Paris abandonna cette ville aussitôt qu'elle eut appris son départ, et se rendit également auprès de lui, de manière qu'en peu de jours il se trouva à la tête d'une petite armée, toute composée de gentilshommes. Il reçut en même temps des députés de plusieurs provinces, qui lui offroient des subsides et des secours contre les Parisiens. Enfin, dans l'assemblée des états-généraux qu'il convoqua sur-le-champ dans la ville où il se trouvoit, tout ce qui s'étoit passé dans la capitale fut condamné d'une voix unanime, et l'autorité légitime commença à reprendre sa force et sa dignité.

1358.   Alors les factieux sentirent renaître leurs frayeurs ; ils apprirent en outre que, dans une entrevue que le roi de Navarre venoit d'avoir avec le régent, celui-ci avoit rejeté toutes les propositions que l'autre avoit pu lui faire d'un accommodement avec les Parisiens, et montré la ferme résolution de punir tous ceux qui les avoient entraînés dans la révolte. Ils essayèrent alors de conjurer l'orage en envoyant au régent quelques membres de l'université, qui, au nom de leur corps, l'invitèrent à rentrer dans la ville, lui protestant de la soumission de ses habitants. Charles les reçut avec bonté, et ne refusa point une amnistie générale, mais sous la condition expresse qu'on livreroit entre ses mains cinq ou six des chefs les plus coupables, promettant d'ailleurs de ne point attenter à leur vie.

Marcel et ses complices n'eurent garde d'accepter de semblables conditions ; ils ne crurent pas même que le prince fût disposé à les remplir ; et prenant, comme tous les grands criminels, une sorte d'énergie dans la terreur même des supplices qu'ils avoient mérités, ils résolurent d'opposer la force à la force, et, s'il falloit succomber, de reculer du moins, à quelque prix que ce fût, le moment de leur perte. Ils marchèrent d'abord vers le Louvre, dont ils s'emparèrent sans éprouver la moindre résistance. On répara les brèches des fortifications, on creusa des fossés, on éleva des remparts dans les parties qui étoient encore découvertes ; et toute la multitude, à qui les conjurés avoient persuadé que Charles s'avançoit à la tête de sa noblesse pour exercer sur elle les plus terribles vengeances, secondoit leurs travaux avec une incroyable activité. A cette triste époque, il sembloit qu'une fureur épidémique se fût emparée de tous les esprits. Tandis que les insensés Parisiens se fortifioient ainsi dans leur ville, résolus de s'y défendre jusqu'à la dernière extrémité, la France entière étoit dans la plus épouvantable confusion : désolée à la fois par les *Grandes compagnies* (1) et par la révolte frénétique des paysans, connue sous le nom de la *Jacquerie* (2) ; elle n'offroit de tous côtés qu'un vaste théâtre de pillages, de massacres et d'incendies.

Cependant l'armée du régent s'accroissoit de jour en jour ; il faisoit fortifier les places qui environnoient Paris, et tout annonçoit qu'il ne tarderoit pas à marcher sur cette ville. Les rebelles, au nombre d'environ

---

(1) Ces *grandes compagnies* étoient composées, la plupart, de soldats échappés à la bataille de Poitiers auxquels s'étoient joints des vagabonds de tous les pays : et cette multitude, accoutumée à vivre de rapines et de pillages, s'étoit répandue dans les campagnes, où elle commettoit tous les désordres imaginables. La France ne fut entièrement délivrée de ce fléau que par le connétable Bertrand Duguesclin, qui détermina les grandes compagnies à le suivre en Espagne.

(2) Ils furent poussés à cette révolte par la situation extrême à laquelle les réduisoient les partis qui désoloient la France. Les campagnes étoient devenues un séjour affreux pour leurs habitants, également opprimés, rançonnés, dépouillés par les vainqueurs et par les vaincus ; tant de maux les jetèrent dans une sorte de fureur qui fut principalement dirigée contre les nobles, dont ils avoient juré l'entière extermination. La première étincelle éclata dans le Beauvoisis, et dans un moment l'embrasement fut général. Le détail des horreurs auxquelles se livra cette multitude féroce et désespérée fait frissonner, et passe tout ce que la vengeance et la barbarie ont jamais imaginé de plus exécrable. La noblesse, épouvantée d'abord, se réunit ensuite pour arrêter ce nouveau fléau, tellement terrible, qu'il suspendit un moment l'animosité des factions ; et ce qui peut paroître surprenant, c'est que le roi de Navarre, qui désiroit la perte des nobles presque tous attachés au régent, contribua beaucoup à la destruction des *Jacques*. Ils furent anéantis dans cette même année 1358.

trois cents, venoient de faire sur la ville de Meaux, alors en son pouvoir, une tentative qui ne leur avoit point réussi; et le comte de Foix, à la tête seulement de vingt-cinq hommes d'armes, avoit repoussé facilement cette troupe mal armée et sans aucune expérience de la guerre. Leur courage fut tellement abattu de ce petit échec, que, pour le ranimer, Marcel se vit dans la nécessité de rappeler le roi de Navarre, qui sembloit avoir compté sur les extrémités où se trouveroient les factieux, et en attendre impatiemment les effets. Il rentra donc dans Paris, suivi d'une troupe de soldats, jura de le défendre de toutes ses forces, et reçut le titre de capitaine et de gouverneur-général de la ville, titre qui parut, même aux yeux de ses partisans, avilir sa dignité de roi, mais qui servoit le dessein où il étoit d'accoutumer par degrés les Parisiens à sa domination. On l'accuse d'avoir conçu dès ce moment le dessein de monter sur le trône de France; et sa conduite, chef-d'œuvre d'adresse et de perfidie jusqu'à la fin des troubles, ne permet guère d'en douter.

L'armée du régent, nombreuse et aguerrie, étoit déjà sous les murs de la capitale. Le Navarrais fit d'abord, à la tête de six mille hommes, une sortie qui ne réussit pas, et sur-le-champ demanda une seconde fois à traiter. Vaincu par les sollicitations de la reine Jeanne, le prince voulut bien y consentir. L'entrevue eut lieu entre Vincennes et l'abbaye Saint-Antoine, et là une nouvelle convention fut faite, par laquelle Charles-le-Mauvais s'engageoit de nouveau à s'unir avec lui *envers et contre tous, le roi de France excepté.* Le régent la signa, intérieurement convaincu que son ennemi ne tarderoit pas à la violer.

En effet, deux jours après il revint à Paris, sous prétexte d'y faire ratifier le traité. Les Parisiens, comme il l'avoit prévu, ou pour mieux dire, les chefs de la faction, bien loin de vouloir y accéder, firent une nouvelle sortie, dans laquelle ils furent complètement battus par les troupes royales. Alors le roi de Navarre prétendit que par ce combat le régent avoit enfreint les conditions de l'accommodement, et renouvela ses alliances avec eux.

Quelque temps après, les rebelles, encouragés par un petit succès qu'ils avoient obtenu du côté de Corbeil, sortirent de nouveau, et en très grand nombre, de Paris, ayant à leur tête le roi de Navarre lui-même; mais, à leur grand étonnement, dès que ce prince eut aperçu les troupes du régent, il s'avança vers leurs chefs, eut une longue conférence avec eux, et ramena ensuite ses gens dans la ville sans avoir combattu. Une telle conduite commença à le rendre suspect. Ses soldats, qui avoient aussi fait partie de l'expédition, furent insultés par le peuple, et ce prince irrité, ou feignant de l'être, quitta brusquement Paris, et vint s'établir à Saint-Denis.

Cependant la reine Jeanne, toujours médiatrice entre les deux partis, et qui étoit restée auprès du régent, dans l'espérance de renouer les négociations, parvint à l'amener encore une fois à des conférences nouvelles, qui furent tenues à l'extrémité du pont des Carrières, village dans lequel ce prince étoit logé. Dans le traité qui fut alors proposé, le roi de Navarre eut l'air d'abandonner entièrement les Parisiens, qui devoient se remettre à la discrétion du régent, toutefois avec cette clause, qu'il ne seroit rien décidé à leur sujet que d'après l'avis unanime de la reine Jeanne, du roi de Navarre, du duc d'Orléans et du comte d'Étampes. Le Navarrais s'attendoit bien que les rebelles recevroient encore plus mal ce second traité que le premier, et en effet ils ne répondirent que par des menaces et des injures à ceux qui vinrent le leur présenter, non que le peuple ne fût las des maux qu'il souffroit et de ses vains efforts pour maintenir sa rébellion, mais parceque Marcel, désespéré, comprimoit tous les mouvements qui auroient pu le porter à rentrer dans le devoir.

C'étoit à cette situation extrême que le roi de Navarre vouloit amener le traître pour le forcer, lui et les siens, à se remettre entièrement entre ses mains, et c'est ce qui arriva. En effet, le prevôt des marchands, voyant sa ruine inévitable et dans cette lassitude du peuple et dans les forces redoutables qui se dirigeoient contre lui, alla trouver Charles-le-Mauvais, qui, retiré à Saint-Denis, et toujours flottant en apparence entre les deux partis, attendoit dans ce lieu le succès de son astucieuse politique. La situation du rebelle étoit telle, que son salut dépendoit alors du caprice d'un homme encore plus méchant que lui, et qui ne le regardoit plus que comme un vil instrument de ses méchancetés. Dès qu'il eut pris avec le Navarrais le ton d'un suppliant, celui-ci commença par le dépouiller des trésors qu'il avoit amassés, en exigeant de lui des sommes considérables; il lui fit perdre ensuite par degrés le peu de faveur populaire qui lui restoit, en l'engageant dans de fausses démarches qui aliénoient de plus en plus les esprits, par exemple, en le forçant à délivrer environ cent cinquante Anglais que les Parisiens avoient eux-mêmes emprisonnés au Louvre. Enfin les choses en vinrent au point que Marcel, détesté de ce même peuple dont il avoit été l'idole, et, de quelque côté qu'il tournât les yeux, ne voyant plus qu'une mort honteuse et certaine, convint de livrer la ville au Navarrais, et promit de le faire couronner roi de France, s'il vouloit le protéger, lui et ses complices, contre les fureurs de ce peuple détrompé.

Marcel, ayant pris toutes les mesures qu'il jugea nécessaires pour l'exécution de son projet, fit avertir le roi de Navarre, qui s'approcha secrètement de la ville avec une troupe de soldats; à un signal convenu, les portes devoient lui en être ouvertes. La nuit qui précéda le 1er d'août étoit celle qu'ils avoient choisie pour l'exécution de leur complot; en conséquence, le prevôt se rendit à la porte Saint-Antoine, qui étoit une de celles qu'il devoit livrer, releva la compagnie de bourgeois qui la gardoit par une troupe de gens à sa dévotion, et reçut les clefs des mains de l'officier qui en étoit le dépositaire. Jusque-là la trahison n'avoit rencontré aucun obstacle, et Paris alloit devenir la proie du Navarrais, lorsqu'un fidèle et courageux citoyen, *Jean Maillard*, capitaine d'un des quartiers de la ville, survenant avec une troupe de ses amis, eut la gloire immortelle de punir le traître et de sauver la patrie. Attaché secrètement à l'autorité légitime, n'attendant que l'occasion de faire éclater son zèle, ses yeux étoient continuellement ouverts sur ce chef des conjurés, et il avoit pénétré quelque chose de ses secrets desseins. Il arrive au moment où le crime alloit être consommé, et jugeant, à la contenance de Marcel, qu'il se préparoit quelque chose d'extraordinaire, il l'aborde : « Estienne, « lui dit-il, que faites-vous ici à cette heure ? — Jean, répondit le « prevôt, à vous qu'en monte (1) de le sçavoir? Je suis ici pour prendre « garde à la ville, dont j'ai le gouvernement.—Pardieu, reprit Maillard, « il n'en va mie ainsi, ains n'êtes ici à cette heure pour nul bien, et je « vous montrerai, continua-t-il, en s'adressant à ceux qui étoient auprès « de lui, comme il tient les clefs de la porte en ses mains pour trahir la « ville. — Jean, vous mentés, répliqua le prevôt. — Mais vous, Estienne, « mentés, s'écria Maillard transporté de fureur. » En même temps il lève

---

(1) Qu'importe.

sa hache d'armes : Marcel veut fuir, il le joint, le frappe à la tête et le renverse roide mort. Ses compagnons se jettent sur les gens du prevôt, en massacrent une partie, s'assurent des autres, et marchent ensuite avec lui vers la porte Saint-Honoré, par laquelle les Navarrais devoient aussi être introduits. En traversant la ville ils en éveillent les habitants, et les appellent à la défense de la sûreté commune. Dans un moment les rues sont remplies de citoyens, et le bruit de ce qui vient d'arriver est répandu par-tout; les cris de *Monjoye Saint-Denis*, mêlés aux noms du roi et du régent, retentissent de toutes parts : ce peuple, qui avoit voulu secouer le joug de ses maîtres, n'avoit fait que les remplacer par des tyrans, et le moment qui le rendoit à l'autorité légitime étoit réellement celui de sa délivrance. On cherche de tous côtés les partisans de Marcel ; tous ceux que l'on rencontre sont massacrés ; beaucoup sont pris dans leurs demeures, chargés de fers et traînés en prison. La populace exerce mille outrages sur le corps du traître et sur ceux de quatre de ses complices les plus criminels, qui furent percés de coups aussitôt qu'on les eut découverts. Les autres périrent, les jours suivants, par la main du bourreau, et, à l'exception de l'évêque de Laon, pas un seul n'échappa (1).

Trois jours après ce grand évènement, le régent rentra dans la ville, soumise et repentante, au milieu de mille cris de joie, et alla loger au Louvre. Le gouverneur de ce château, nommé Pierre Caillard, eut la tête coupée pour l'avoir mal défendu contre Marcel.

Cependant le roi de Navarre, voyant ses projets avortés du côté des Parisiens, se livre tout entier au roi d'Angleterre, avec lequel il avoit toujours négocié, même dans le temps qu'il faisoit avec le régent traité sur traité; et cessant dès-lors de garder aucune mesure avec ce prince, lui déclare une guerre ouverte, bloque Paris avec une nombreuse armée, et ravage ses environs. La situation du dauphin parut en ce moment plus difficile que jamais. Il avoit beaucoup de peine à lever les troupes nécessaires pour combattre avec succès un ennemi aussi acharné ; car la noblesse étoit rentrée dans ses foyers aussitôt qu'elle l'avoit vu maître de Paris; et, dans les désordres qu'une licence générale faisoit naître en France, chaque ville, forcée de

---

(1) Cet évènement est raconté un peu différemment par les historiens de Paris. Nous avons préféré suivre généralement, dans ce précis historique, Vely, le père Daniel, le président Hénault, etc.

songer à sa propre sûreté, ne s'empressoit guère à lui fournir des soldats. D'un autre côté, il n'osoit s'éloigner de la capitale, où il y avoit encore des mécontents et de nouveaux complots à craindre, où son autorité étoit loin d'être bien affermie. Il en fit dans ce temps-là même une assez fâcheuse expérience : douze bourgeois accusés d'intelligence avec le roi de Navarre avoient été arrêtés par son ordre. Cette arrestation excita de grands murmures, et tel étoit l'esprit de méfiance et de mutinerie qui régnoit encore, que ce prince fut obligé de se rendre sur la place de Grève, et là, monté sur les degrés de la croix, de se justifier devant le peuple de cet acte d'autorité, en donnant la preuve que ces hommes étoient coupables ; bien qu'ils fussent convaincus, il n'osa pas ensuite les punir.

Toutefois ce prince mit dans sa conduite un tel mélange de douceur et de fermeté ; il montra tellement, par toutes ses démarches, qu'il n'avoit en vue que le bien de l'État, qu'il parvint peu à peu à se concilier tous les esprits, et qu'il obtint des Etats-Généraux, qui furent convoqués peu de temps après, des forces suffisantes pour tenir tête au Navarrais. Alors 1359. celui-ci osa encore proposer de faire un traité, et tel étoit le malheur des temps, que le dauphin jugea avantageux de l'accepter, et reçut même dans Paris, avec toutes sortes d'honneurs et de caresses, un perfide qui ne méditoit que sa ruine, qui même, en signant cette paix frauduleuse, continuoit en effet la guerre ; car son frère Philippe de Navarre avoit refusé, d'accord avec lui, d'entrer dans l'accommodement, et venoit de réunir aux troupes du roi d'Angleterre les soldats qu'il commandoit, lesquels appartenoient réellement à Charles-le-Mauvais (1).

Peu de temps après, fut présenté aux États assemblés le traité négocié en Angleterre pour la liberté du roi Jean : les conditions en étoient si honteuses, qu'il excita une indignation générale, et fut rejeté d'une voix unanime. Edouard irrité rentre dans la France, désolée par tant d'ennemis intérieurs, l'attaque par l'Artois, la Champagne et la Bourgogne, ne trouvant nulle part de résistance, et s'avance jusqu'aux portes de Paris, chassant devant lui les habitants de la campagne, qui se réfugièrent dans ses murs.

---

(1) Tandis que Philippe dévastoit les provinces avec les troupes de son frère, celui-ci conspiroit encore à Paris pour y introduire les Anglais. Le complot fut découvert par deux fidèles citoyens qu'on avoit voulu y faire entrer. Le roi de Navarre quitta alors Paris avec précipitation, et se retira à Mantes, d'où il envoya défier le régent et ses frères.

Ce fut dans cette circonstance que le dauphin donna ordre de mettre le feu aux maisons qui étoient hors de l'enceinte, du côté méridional (1), afin que les Anglais ne pussent pas s'y loger. Ceux-ci, après être demeurés huit jours devant la ville, furent forcés de décamper, faute de vivres (2). Edouard se retira dans la Beauce avec son armée, et l'année d'après, le traité de Brétigny (3) rendit la liberté au roi Jean. Charles-le-Mauvais fit en même temps sa paix avec ce prince, par la médiation du roi d'Angleterre.

1360.   Ce fut le 13 décembre de l'année 1360 que le roi rentra enfin dans sa capitale, après une absence de quatre années. Il y fut reçu au milieu des transports de la plus vive allégresse. Les Parisiens, à son aspect, sembloient oublier tous les maux qu'ils avoient soufferts, et se livroient, pour l'avenir, aux plus douces espérances. De nouvelles calamités les attendoient : une famine affreuse, suite ordinaire des guerres civiles, vint désoler la ville et y causa de grands ravages. La misère du peuple étoit à son comble, et cependant il falloit fournir les sommes énormes (4) qui avoient été promises à l'Anglais par un des articles du traité. Fidèle observateur de sa parole, Jean rejeta constamment tous les moyens qu'on put lui offrir de l'éluder ; mais ceux qu'il employa pour l'accomplir attestent la situation extrême à laquelle il se trouvoit réduit. Il n'en trouva point d'autres qu'une nouvelle altération des monnoies, et le rappel des Juifs, toujours riches, quoique sans cesse dépouillés, et aspirant toujours à rentrer dans un pays où ils devoient s'attendre à chaque instant à une nouvelle proscription. Un tel phénomène moral étonne d'abord, mais s'explique ensuite facilement, si l'on considère qu'eux seuls connoissoient l'industrie et le commerce, et que les Français d'alors, oisifs, ignorants et fastueux, étoient, par leurs passions et par leur paresse, une proie qui se livroit d'elle-même aux usures sans cesse renaissantes de ces traitants habiles. Ils donnèrent donc avec empressement une

(1) Voyez tome Ier, page 38.

(2) On dit que dans le dépit qu'il conçut de ne pouvoir s'en emparer, Edouard envoya un défi au régent, qui eut le bon esprit de le refuser.

(3) Un orage violent qu'Edouard essuya dans cet endroit épouvanta, dit-on, si fort son armée, qu'il crut y reconnoître l'ordre du ciel de faire la paix. (HÉNAULT).

(4) Elles s'élevoient à trois millions d'écus d'or.

somme très forte pour la rançon du roi, se soumirent à un tribut annuel
non moins considérable, et, à ces conditions, obtinrent la liberté de
rentrer en France et d'y demeurer pendant vingt années. Ce fut ainsi qu'on
parvint à exécuter cette clause du traité, bien onéreuse sans doute, mais
moins fatale que celles par lesquelles le roi consentit à l'établissement des
Anglais dans le sein même de la France, clauses qui concoururent, avec
tant d'autres principes de désordres, aux désastres que nous allons bientôt
décrire.

Il se passa, du reste, peu d'évènements importants à Paris pendant les
dernières années du règne du roi Jean. Il n'y fut point fait d'autres fondations que celles du collège de Boissi, des petites écoles, et de l'hôpital
du Saint-Esprit pour les pauvres orphelins. Ce prince, aidé des sages
conseils de son fils, s'occupa à rétablir la police dans cette grande ville.
Il réorganisa le parlement, dont les désordres de la régence avoient suspendu les séances et dispersé les membres les plus éclairés et les plus
vertueux. Il fit aussi des règlements pour une meilleure organisation du
1363. guet de Paris (1). Une contagion horrible enleva, cette année, près de la
moitié de ce qui restoit d'habitants dans cette capitale.

En 1364, Jean retourna en Angleterre, pour traiter de la rançon du
duc d'Anjou, son fils, et y mourut peu de temps après son arrivée : « C'étoit
« un prince peu avisé, dit le président Hénault, mais d'un grand courage,
« et estimable par sa bonne foi. » Qu'il fût peu avisé, rien ne le prouve
plus qu'un des derniers actes d'autorité qu'il exerça avant de quitter pour

---

: (1) Nous apprenons par ce règlement que, de toute ancienneté, un certain nombre de bourgeois tirés
des corps de métiers veilloient, pendant la nuit, dans les divers quartiers de la ville. Deux inspecteurs,
appelés *clercs du guet*, étoient chargés d'avertir chaque communauté d'artisans du jour où elle devoit
fournir le nombre de gardes nécessaires. Dans la suite, les rois ajoutèrent à cette troupe bourgeoise vingt
sergents à cheval et vingt-six sergents à pied, sous la conduite d'un officier appelé *le chevalier du
guet.*

L'évènement qui donna lieu à l'ordonnance du roi Jean mérite d'être cité. Ce fut un procès qui s'éleva
entre le prevôt et l'évêque de Paris, Jean de Meulant. Les évêques avoient le droit de faire faire le
guet autour de la cathédrale pendant toute la nuit, et d'y faire prendre et punir les malfaiteurs. Les archers
du châtelet, ayant rencontré les gens de Jean de Meulant qui traversoient la ville armés, leur enlevèrent
leurs armes et les mirent en prison. Sur la plainte de l'évêque, le parlement rendit un arrêt par lequel il
fut maintenu dans son droit, mais sous la condition que les officiers de sa justice seroient obligés de porter
leurs armes dans des sacs jusqu'à la cour de l'évêché, et de les remporter de même.

toujours son royaume. En 1361, Philippe de Rouvre, dernier duc de Bourgogne, de la première maison souveraine de ce duché, étoit mort âgé de quatorze ans. Jean avoit réuni ce grand fief à la couronne, par le droit du sang, comme le plus proche parent de ce jeune prince. Tout sembloit lui faire une loi de le garder, pour réparer, du moins en partie, les brèches énormes que le traité de Bretigni avoit faites au territoire de la France. Cependant, par une inconcevable imprudence, et un mouvement de tendresse aveugle que ses enfants payèrent bien cher par la suite, au lieu de conserver un domaine aussi important, il le donna à Philippe-le-Hardi, son quatrième fils, à titre d'apanage. Cette donation fut faite le 6 septembre 1363. Ce prince réunit depuis la comté-pairie de Flandre à la branche de Bourgogne, par son mariage avec Marguerite, dernière héritière des comtes de cette province, et un nouveau vassal s'éleva au milieu du royaume, plus puissant, et plus redoutable encore que tous ceux qui le désoloient depuis si long-temps.

Cette belle France étoit au dernier degré d'abaissement lorsque Charles V monta sur le trône. Elle avoit perdu tout ce que Philippe-Auguste avoit conquis sur les Anglais. Ce fut par une faveur spéciale de la Providence qu'elle obtint un chef d'une prudence aussi consommée, d'un esprit aussi ferme et aussi pénétrant. Cet esprit supérieur et cette prudence salutaire lui fournirent les moyens de réparer tous les maux qui avoient affligé le royaume sous le règne de son père. Le nouveau roi n'étoit point un prince guerrier: la foiblesse de sa complexion, et les infirmités dont il étoit accablé, ne lui permettoient point les exercices militaires, et jamais il ne parut à la tête de ses armées. Mais tandis que, dans le fond de son cabinet, il méditoit des plans pour le bonheur de son peuple et la gloire de son règne, un général, le plus habile de son siècle, et qu'il eut l'adresse de s'attacher, les exécutoit avec le plus rare bonheur. C'est ainsi que, par la sagesse de Charles V et la valeur de Duguesclin, la France recouvra presque tout ce qu'elle avoit perdu sous Philippe de Valois et le roi Jean. Les ennemis intérieurs furent également subjugués, entre autres le Navarrais, toujours perfide, toujours uni aux ennemis de la France, et combattant tour à tour à force ouverte ou par des assassinats. Sous ce règne mémorable, les provinces se virent enfin délivrées de l'horrible fléau des *grandes compagnies*, que le connétable sut employer utilement, en les emmenant à la conquête de l'Espagne (1). Les lettres fleurirent (2) , l'agriculture se ranima ; et si le ciel eût accordé une vie plus longue à un si grand roi, il est hors de doute que les malheurs affreux qui désolèrent celui de son successeur ne seroient jamais arrivés.

Sous de tels princes, les capitales des empires sont assez heureuses pour n'offrir que peu de pages à l'histoire. Le théâtre de la guerre est loin d'elles : une sage police y maintient l'ordre , et rarement il s'y passe de grands évènements. Paris eut ce bonheur tant que vécut Charles V. Sa tranquillité ne fut troublée que par quelques querelles qui s'élevèrent entre les écoliers de l'Université et les fermiers de l'impôt du vin. Malgré les fraudes dont ceux-ci les accusoient , ils furent maintenus dans le droit de franchise de cet impôt, dont ils jouissoient de temps immémorial. Le prevôt de Paris, Hugues Aubriot, qui sembloit vouloir tenir tête à l'Université elle-même, en différant de prêter le serment qu'il lui devoit, ne put également soutenir une lutte aussi inégale contre un corps si puissant et si spécialement favorisé du monarque. Il fut obligé 1366. de se rendre le 10 octobre dans l'assemblée générale des quatre facultés , qui se tint aux Bernardins, et là, de faire publiquement le serment par lequel il s'engagea à conserver les privilèges de l'Université tant qu'il seroit en charge.

1368. La cinquième année du règne de ce prince fut remarquable par l'établissement des religieux hospitaliers de l'ordre de Saint-Antoine à Paris, et par la naissance du dauphin, depuis le plus malheureux de nos rois, sous le nom de Charles VI. Quelques jours après sa naissance, ce prince fut porté avec une pompe extraordinaire dans l'église de Saint-Paul, et tenu sur les fonts baptismaux par Charles de Montmorency et par la reine douairière Jeanne d'Evreux. Le roi donna le dauphiné en apanage à son fils aussitôt qu'il eut reçu le jour. Il fut ainsi le premier des enfants de France qui porta, en naissant, le titre de dauphin.

1369. Assemblée mémorable du parlement, le 9 mai, veille de l'Ascension , dans laquelle comparurent les comtes d'Armagnac, de Foix, et plusieurs

---

(1) Il en chassa Pierre-le-Cruel, et fit couronner à sa place Henri , comte de Transtamare , frère bâtard du roi.

(2) Charles V peut être regardé comme le fondateur de la Bibliothèque Royale de Paris.

autres seigneurs, appelants au roi contre Edouard, roi d'Angleterre. Ce prince y est cité comme vassal de la couronne, et n'ayant pas comparu, les terres qu'il possédoit en France sont confisquées. Ce fut la cause d'une nouvelle guerre que le roi prévoyoit, et à laquelle il se préparoit depuis long-temps. Ce fut alors que l'abbé de Saint-Germain, ayant reçu l'ordre de fortifier son abbaye, fut obligé, pour le mettre à exécution, de démolir la chapelle de Saint-Martin-des-Orges, dépendante de l'Université, et même de disposer de quelques arpents de terrain qui appartenoient également à cette compagnie, à laquelle il donna en échange le droit de patronage sur la cure de Saint-Germain-le-Vieux (1).

1370.   Cette année, Hugues Aubriot, prevôt de Paris, pose la première pierre des fondements de la Bastille. Cette énorme forteresse ne fut achevée que sous le règne suivant. Cependant les Anglais, qui s'étoient avancés dans l'intérieur de la France, pénètrent jusqu'aux portes de la capitale, et se présentent en bataille entre Ville-Juif et Paris. Le roi, qui n'avoit que douze cents hommes d'armes, reste renfermé dans la ville, et permet seulement une légère escarmouche du côté du faubourg Saint-Marceau. L'ennemi est battu, et décampe le même jour pour se retirer en Anjou.

1371.   Le roi confirme les habitants de Paris dans le droit qu'ils avoient de temps immémorial de jouir de tous les privilèges de la noblesse (2). Mort de la reine Jeanne d'Evreux. Fondation du collège de Bayeux : celui de Beauvais avoit été fondé l'année précédente.

1374.   On continue l'enceinte de la ville commencée sous la régence ; elle ne fut achevée que sous Charles VI. Le prevôt de Paris fait en même temps rétablir le grand pont qui s'étoit rompu. On croit que le pont Saint-Michel fut bâti sous le même règne et quelques années après.

Cette même année est mémorable par l'ordonnance de Charles V, du mois d'août, qui fixe la majorité de nos rois à quatorze ans. L'Université, le prevôt des marchands et les échevins de la ville furent présents à l'enregistrement qui en fut fait au parlement. Il étoit temps de mettre ordre à l'abus des régences, qui absorboient l'autorité royale.

---

(1) Voyez tome Ier, page 103.

(2) Ils avoient la garde et le bail de leurs enfants ; ils pouvoient posséder des fiefs nobles et arrière-fiefs, user de brides d'or et autres ornements attachés à l'ordre de la chevalerie, prendre des armes de chevalier comme les nobles d'origine, etc.

1378. Entrée solennelle de l'empereur Charles IV, qui vint à Paris accompagné de son fils Venceslas, roi des Romains (1). Le motif du voyage de ce prince étoit d'acquitter un vœu qu'il avoit fait de visiter l'abbaye de Saint-Maur à Paris. Il mourut quelques mois après. Des assassins envoyés par le roi de Navarre pour attenter à la vie du roi sont arrêtés et exécutés.

1379. Le roi confisque la Bretagne sur le comte de Montfort, et la réunit à son domaine pour crime de félonie, sauf les droits des enfants de Charles de Blois (2). Commencement du schisme qui, pendant quarante ans, divisa l'église. Après la mort de Grégoire XI, Urbain VI avoit été élu par les cardinaux qui étoient alors à Rome. Plusieurs étant sortis de la ville prétendirent que l'élection n'avoit pas été libre, parcequ'effectivement ils avoient été contraints par le peuple d'entrer au conclave; et s'assemblant de nouveau, ils élurent Clément VII, qui se retira à Avignon. L'Université de Paris, consultée par le roi, reconnut ce dernier pape qu'il favorisoit.

1380. Fondation du collège de Daimville. La santé du roi avoit toujours été languissante depuis la maladie terrible qu'il avoit eue pendant sa régence, maladie dont on attribua la cause au poison qui lui fut donné par Charles-le-Mauvais. Un médecin en suspendit l'effet en lui ouvrant le bras, et déclara que, quand cette plaie se refermeroit, le prince mourroit. La plaie se referma, et Charles V mourut le 16 septembre de cette année, âgé de quarante-trois ans. Le jour même de sa mort, il supprima, par une ordonnance expresse, une partie des impôts qu'il avoit établis.

Ce prince avoit acheté, pendant la prison du roi son père, une maison appartenant au comte d'Etampes, et située près de l'église Saint-Paul. Il appeloit ce palais *l'hôtel solennel des grands ébattements*, et l'habitoit de préférence à toutes les autres demeures royales. Nous donnerons en son lieu une description de cet hôtel, qu'il orna de tout ce que le luxe de ce temps-là put lui faire imaginer de plus magnifique. « L'argent immense « qu'il y dépensa, dit le président Hénault, dans des temps si malheu- « reux, pourroit étonner; aussi donna-t-il des lettres, en 1364, pour

----

(1) Voyez tome Ier, page 77.

(2) Cette réunion n'eut pas lieu, parceque le duc sut se défendre, et que le roi mourut peu de temps après. (HÉNAULT.)

« que cet hôtel fût réuni au domaine. Mais ce fut l'effet d'une plus sage
« administration ; car ayant trouvé, à la mort de son père, le trésor
« épuisé, il répara les finances, ses troupes furent bien payées, il gagna
« les princes ses voisins, il bâtit plus qu'aucun de ses prédécesseurs, et
« il ne mit pas d'impôts. »

Sous un prince si sage la France avoit respiré un moment ; elle commençoit à se remettre des blessures profondes qu'elle avoit reçues sous les premiers Valois, lorsqu'un nouveau règne, plus malheureux qu'aucun de ceux qui l'avoient précédé, la replongea dans des désastres plus grands encore, et la réduisit à de telles extrémités, qu'il s'en fallut peu que, devenue une des provinces de son plus implacable ennemi, elle cessât d'être comptée au nombre des nations. Dans ce tableau, dont nous allons rassembler les principaux traits, on verra réunis tous les fléaux dont la vengeance du ciel peut affliger un peuple qu'elle a résolu de punir : une minorité orageuse ; le long règne d'un roi en démence ; des princes avides et ambitieux se disputant le pouvoir ; la France entière divisée en factions, au gré de ces tyrans subalternes ; l'ennemi extérieur prenant part à nos guerres civiles, et introduit dans le sein même de l'État par ceux qui devoient le défendre ; l'honneur et la foi bannis de tous les cœurs ; la fureur aveugle, le vil intérêt, tous les genres de corruption infectant toutes les classes de la société ; enfin, ce qui passe tant d'horreurs, ce qui est presque sans exemple dans les annales du monde, une reine à la fois voluptueuse et cruelle, femme coupable, mère dénaturée, qui trahit son époux malheureux, qui conspire contre son propre fils, le proscrit, se ligue avec l'étranger pour lui ravir son héritage, satisfaite de le voir chasser du trône de ses ancêtres, si elle peut obtenir une part de ses dépouilles : le règne de Charles VI offre le spectacle de toutes ces calamités.

Les trois frères de Charles V lui avoient survécu : ils étoient encore dans la force de l'âge, tous les trois ambitieux, et cette passion se joignoit, dans le duc d'Anjou, à la cruauté et à une insatiable avarice ; dans le duc de Berri les mêmes vices étoient tempérés par une indolence qui faisoit le fonds de son caractère. Le duc de Bourgogne étoit le seul dont l'ambition fut ennoblie par des qualités brillantes et par des sentiments généreux.

Les vives contestations qui s'élevèrent entre ces trois princes au sujet d'une régence qui ne devoit durer que deux années, furent un triste pronostic des troubles et des divisions auxquels la France alloit être livrée. A peine Charles eut-il les yeux fermés, que les ducs de Berri et de Bourgogne se rendirent à Melun, où ils s'emparèrent de la personne de l'héritier du trône et de ses frères, alors dans cette ville. Quant au duc d'Anjou, il courut à Paris se saisir des trésors du feu roi. On convoqua ensuite une assemblée, où fut appelé tout ce qu'il y avoit de plus grand dans l'Etat : là, après une contestation très longue et très animée, dans laquelle le duc d'Anjou fit éclater les prétentions les plus immodérées, on nomma des arbitres, qui lui déférèrent la régence et la présidence du conseil. L'éducation du roi et la surintendance de sa maison furent confiées au duc de Bourgogne et au duc de Bourbon, oncle maternel du jeune prince ; mais il fut arrêté en même temps que, *pour le bien de la chose publique et pour le bon gouvernement du royaume*, le roi seroit émancipé et sacré avant l'âge.

Cependant la ville de Paris étoit entourée de soldats, que les princes, dans ces circonstances difficiles, avoient jugé à propos d'y appeler. Le duc de Bourgogne, qui les commandoit, pressoit journellement le duc d'Anjou de payer leur solde sur les fonds dont il s'étoit emparé ; non seulement le régent refusoit de le faire, mais il levoit encore sur les Parisiens de nouveaux impôts, dont il accroissoit les sommes immenses qu'il avoit déjà amassées. Il en résulta que les soldats, privés de leur paye, ravagèrent les campagnes, et que les paysans, dépouillés et maltraités par eux, vinrent encore augmenter la misère des Parisiens en se réfugiant dans la ville. Le mécontentement que fit naître, dans une circonstance aussi fâcheuse, cette augmentation d'impôts, s'accrut encore de la rigueur avec laquelle on les exigeoit. Des murmures on en vint aux menaces ; les violences des percepteurs continuant toujours, la populace se soulève, et s'assemblant tumultuairement, force le prevôt des marchands de marcher à sa tête, et de la conduire au palais, où elle demande à grands cris l'abolition des impôts, ordonnée en mourant par le feu roi. Le duc d'Anjou savoit prendre des mesures violentes et tyranniques, mais il n'avoit point dans le caractère assez de vigueur pour les soutenir. Il plia devant les rebelles, accrut par-là leur insolence, et dès-lors on put prévoir un soulèvement général, si toutes les demandes qu'ils avoient faites ne leur étoient pas accordées. Tels furent les premiers effets de l'avarice et de la foiblesse du régent.

Le sacre du jeune roi fit naître des espérances, qui parurent calmer quelques instants les esprits. Cette cérémonie eut lieu le 4 novembre, et le même jour le duc d'Anjou quitta le titre de régent; mais il n'en resta pas moins à la tête du conseil, dont il dirigeoit toutes les opérations. L'influence qu'il y conservoit se fit bientôt reconnoître par les nouvelles exactions dont la France entière, et particulièrement la ville de Paris, furent accablées, et aussitôt la sédition se ralluma. Un nouveau rassemblement se forme : les mutins tirent l'épée, s'emparent encore du prevôt des marchands, qu'ils entraînent avec eux au palais, et demandent à grands cris que le roi, ou le duc d'Anjou, se présente pour entendre leurs plaintes. Le duc paroît, monte sur la table de marbre, écoute le prevôt forcé de parler dans le sens de la multitude, et fait une réponse vague, dans laquelle il fait entendre à ces furieux qu'on pourra avoir égard à leurs demandes lorsqu'ils cesseront d'employer la violence pour les obtenir. De semblables paroles annonçoient le dessein de résister à la rébellion, et en même temps trop peu de courage d'esprit pour l'exécuter. Le peuple se retira en effet, mais enhardi par ce qui venoit de se passer, et bien résolu de se porter aux dernières extrémités, si l'on cherchoit encore à l'amuser de vaines promesses. Du reste, toutes ces demandes, si coupables dans la forme, étoient justes en effet, et c'étoit le régent qui poussoit le peuple au désespoir.

Cependant le conseil du roi s'étoit rassemblé, et l'on délibéroit sur les demandes des séditieux, dont le nombre augmentoit à chaque instant. Enfin l'avis le plus timide, et par conséquent le plus mauvais, prévalut. Il fut décidé qu'on annonceroit une abolition de tous les nouveaux subsides imposés en France depuis le règne de Philippe-le-Bel ; et telle étoit la frayeur de la cour, que le chancelier, en publiant cette ordonnance à la multitude assemblée, le fit en des termes pleins de douceur et de bienveillance, déclarant que le roi abolissoit ces impôts pour récompenser *l'obéissance et la fidélité de son peuple*. L'effet d'un tel discours fut de porter au dernier degré l'insolence de cette populace. A peine le chancelier avoit-il cessé de parler, qu'un cri général s'éleva pour demander l'expulsion des juifs, dont plusieurs étoient au nombre des receveurs publics. Le chancelier, déconcerté, retourne au conseil faire part de cet incident; et sur-le-champ, sans attendre une nouvelle délibération, la foule se porte aux maisons de ces malheureux, enfonce les portes, brise les caisses, pille les meubles et l'argent, massacre tous ceux qu'elle peut rencontrer, sans distinction de sexe ni d'âge. La plupart d'entre eux se sauvèrent au Châtelet, où les cachots leur servirent d'asile. Cependant ce nouvel attentat resta encore impuni. On se contenta de rétablir les juifs dans leurs demeures, et d'exiger des Parisiens une restitution des effets pillés, à laquelle personne n'obéit.

1380. Dans les états-généraux, qui furent tenus peu de temps après, les princes tentèrent vainement de rétablir les impôts qu'ils avoient été forcés de supprimer. Non seulement ils n'obtinrent rien de cette assemblée, mais il arriva ce qui est un effet assez ordinaire de ces sortes de réunions sous un gouvernement foible et corrompu; c'est que les députés, qui sentirent l'avantage qu'ils avoient sur un ministère inhabile et incertain dans ses résolutions, parlèrent et agirent dans le sens des factieux, demandant un changement total dans l'administration, proposant des réformes, réclamant les anciennes *franchises et libertés* de la nation, imaginant des plans de constitution, etc., toutes choses inexécutables, dont la plupart furent cependant adoptées par ce conseil imprudent et pusillanime, qui, loin de diriger les évènements, se laissoit entraîner par l'impulsion journalière qu'il en recevoit. Il en résulta que le peuple, bercé d'espérances chimériques, conçut, de l'inexécution de ces projets absurdes, un mécontentement profond que rien ne put apaiser, et qu'on peut regarder comme la source principale de tous les désordres qui se succédèrent jusqu'à la fin de ce règne déplorable.

1381. Le duc d'Anjou venoit d'être appelé au trône de Naples par l'adoption de la reine Jeanne. Avant de sortir de France, il voulut faire encore quelques tentatives pour en arracher des sommes nouvelles; il sembloit que ce fût une proie qu'il n'abandonnoit qu'à regret; dans le conseil, c'étoit toujours sur les besoins de l'État et sur la création de nouveaux impôts qu'il ramenoit toutes les délibérations; il essaya même quelques tentatives auprès de la multitude, à qui il envoya Philippe de Villiers et Jean Desmarets avocat du roi, dont le crédit étoit très grand auprès d'elle; mais, loin de persuader le peuple par les discours qu'ils lui tinrent à ce sujet, ils ne tirèrent d'autre fruit de leur éloquence que d'exciter tout à coup une nouvelle sédition. A peine les Parisiens eurent-ils connu les intentions de la cour, qu'ils déclarèrent ennemi public quiconque entreprendroit de rétablir les impôts abolis par le roi. Ils ne s'en tinrent pas à cette déclaration : ils prirent les armes, se saisirent des portes, tendirent des chaînes, et se formèrent en compagnies pour la sûreté commune. Plusieurs autres villes où l'on voulut exercer les mêmes actes d'autorité se livrèrent aux mêmes excès, entre autres la ville de Rouen. La révolte y prit même un caractère si grave et si inquiétant, qu'on jugea nécessaire d'en faire un exemple éclatant, et qui pût intimider les autres. En conséquence il fut résolu que le roi partiroit sur-le-champ avec une armée pour faire justice de la ville rebelle. Il y fut suivi de ses oncles et de toute la cour.

Le duc d'Anjou crut cette circonstance favorable pour réaliser ses projets financiers, principalement pour rétablir les aides, dans lesquelles on lui avoit accordé un droit ; mais par une supercherie ridicule, et qui prouve l'extrême foiblesse de son caractère, il avoit ordonné que, pendant son absence, le bail en fût proclamé à huis clos dans les cours du Châtelet. Il le fut en effet ; des adjudicataires osèrent se présenter, et le lendemain l'adjudication en fut publiée, au milieu du marché, par un homme à cheval, qui s'enfuit ensuite à toutes brides. Le jour suivant, les receveurs se présentèrent aux halles ; le premier qui entra en exercice s'étant approché d'une pauvre fruitière, et voulant lever sur sa marchandise ce droit, qui n'étoit que d'un denier, elle appela à son secours, et sur-le-champ il fut mis en pièces. Le soulèvement, déjà préparé, sembloit n'attendre qu'un premier meurtre pour éclater avec plus de violence que jamais. Cinq cents hommes de la lie du peuple se trouvent rassemblés dans un moment ; armés de bâtons, de fourches, et de tous les instruments que le hasard peut leur présenter, ils poursuivent les collecteurs, les massacrent par-tout où ils les rencontrent, jusqu'au pied des autels, où plusieurs d'entre eux s'étoient réfugiés ; leurs maisons sont pillées et démolies ; à chaque instant le nombre des séditieux augmente, et les quartiers les plus fréquentés en sont inondés : leur audace s'accroissant avec le nombre, ils courent à l'hôtel de ville, en enfoncent les portes, se saisissent des habillements de guerre, des armes, et particulièrement de *maillets* (1) de plomb fabriqués

---

(1) C'est de là que ces séditieux reçurent le nom de *Maillotins*.

sous le règne précédent, et déposés dans cet édifice. Il manquoit un chef à ces mutins; ils se souvinrent que Hugues Aubriot, ancien prevôt des marchands, accusé peu de temps auparavant par l'Université, qui le haïssoit, et condamné sur ses poursuites à une prison perpétuelle, étoit alors enfermé dans les cachots de l'évêché. Ils allèrent aussitôt l'en tirer, et le mirent à leur tête. Mais ce magistrat donna, en cette circonstance, une grande preuve de fidélité, car, la nuit suivante, il trouva le moyen de s'échapper de leurs mains, et sortit de Paris.

De l'hôtel de ville, les séditieux se rendirent en appareil de guerre à l'abbaye Saint-Germain, où on leur avoît dit que plusieurs partisans et un grand nombre de juifs s'étoient réfugiés avec les deniers royaux. Ce monastère étoit alors revêtu des fortifications commencées sous le dernier règne, et ils y livrèrent vainement plusieurs assauts, dans lesquels, malgré leur acharnement, ils furent toujours repoussés. Les plus emportés proposèrent alors d'aller piller et raser les maisons royales; on ne sait ce qui les détourna de cette résolution.

La nuit vint suspendre leur fureur; mais le lendemain ils se rassemblèrent de nouveau, et, plus animés que jamais, ils sortirent en foule de la ville, dans l'intention d'aller couper le pont de Charenton, pour fermer le retour aux troupes royales; la crainte d'être enveloppés par les gens de guerre qu'ils aperçurent dans la campagne fit qu'ils rentrèrent précipitamment sans avoir pu exécuter ce projet.

Cependant tout ce qu'il y avoit de citoyens aisés et paisibles étoit dans les plus vives alarmes; dix mille bourgeois s'étoient armés, résolus d'opposer la force à la force, si cette populace tentoit le pillage de la ville; et les deux partis en présence s'apprêtoient à s'entr'égorger. Dès le commencement de l'émeute, l'évêque, les principaux magistrats, tous ceux qui, par leur autorité ou leur influence, auroient pu arrêter les progrès de la sédition, s'étoient enfuis, dans la crainte d'en être les victimes : Jean Desmarets eut seul le courage de rester, et cet acte de dévouement apaisa l'orage. Il étoit éloquent; le peuple l'aimoit et le respectoit; il osa lui parler et essayer de le ramener à l'obéissance : mêlant avec adresse des menaces de la vengeance du roi à la promesse de l'abolition des impôts, intimidant à la fois et donnant des espérances à ces furieux, il parvint à les calmer un peu, et à les déterminer à attendre qu'on fît droit à leurs demandes.

1582.   La nouvelle du soulèvement de Paris parvint à Rouen, où le roi étoit resté quelque temps, après avoir tiré une vengeance exemplaire de la rébellion de cette ville. Aussitôt le conseil fit marcher des troupes vers la capitale, résolu de faire subir un châtiment non moins terrible à ses habitants. Ceux-ci, de leur côté, instruits de ce qui venoit de se passer à Rouen, étoient bien déterminés à se défendre jusqu'à la dernière extrémité, et sur-tout à ne point entendre parler de subsides. Ils avoient posé des corps-de-gardes dans les principaux quartiers ainsi qu'aux portes de la ville, et le feu de la révolte paroissoit prêt à se rallumer. Cependant les bourgeois de Paris, étrangers à tous ces mouvements, placés entre les fureurs de la populace et les ressentiments de la cour, qui pouvoit les confondre dans sa vengeance, pensoient à apaiser la colère du roi. Ils obtinrent en conséquence qu'on lui envoyât une députation composée de membres de l'Université, à la tête de laquelle l'évêque de Paris s'offrit de marcher. Elle fut introduite auprès du prince, auquel elle présenta les supplications de cette classe fidèle de citoyens en des termes si touchants, qu'il en fut profondément ému, et accorda en leur faveur la suppression des impôts si ardemment désirée, et une amnistie générale, de laquelle il exceptoit cependant les auteurs de la révolte. Cette grace fut publiée aussitôt dans Paris par Desmarets lui-même, qui, accablé d'années et d'infirmités, se fit porter en litière, pour avoir la joie d'annoncer une si heureuse nouvelle à ce peuple coupable; mais il eut la douleur de le trouver insensible à cet acte de clémence : l'esprit de révolte étoit si loin d'être éteint, que les mutins s'opposèrent ouvertement à l'exécution de quelques uns de leurs chefs, que le prevôt des marchands vouloit envoyer au supplice. Un nouveau soulèvement étoit sur le point d'éclater, si la cour n'eût ordonné de suspendre ces exécutions ; on fut obligé de faire noyer (1) secrètement les plus criminels.

---

(1) Cette manière de faire mourir ceux qu'on ne vouloit pas exécuter publiquement étoit fort en usage dans ce siècle. On enfermoit les criminels qu'on vouloit faire périr ainsi dans un sac lié par en haut ; on les précipitoit ordinairement sous le Pont-au-Change ou hors de la ville, au-dessus des Célestins. L'auteur des Antiquités de Paris pense que c'est de là qu'est venue l'expression de *gens de sac et de corde*, employée pour désigner les scélérats. (*Antiq. de Paris, t.* 2, *l.* 10.)

Le roi ne jugeant pas à propos de rentrer à Paris, à cause de ces mauvaises dispositions du peuple, parcourut diverses villes peu éloignées de cette capitale, telles que Compiègne, Meaux, Pontoise, et par-tout son conseil eut des conférences avec les députés des provinces pour le rétablissement des impôts ; par-tout il éprouva une résistance que soutenoit l'exemple donné par les Parisiens. On tenta alors avec ceux-ci de nouvelles négociations, dans lesquelles ils se montrèrent aussi intraitables qu'auparavant. Ils refusèrent l'établissement des gabelles, auquel le conseil réduisoit ses demandes, comme ils avoient refusé celui des aides. Enfin le duc d'Anjou, voyant qu'il étoit impossible de vaincre l'obstination de cette multitude, prit la résolution de faire revenir les troupes, et de leur abandonner la campagne de Paris. Les dégâts qu'elles y commirent retomboient principalement sur les riches bourgeois de la ville, c'est-à-dire sur ceux qui n'avoient pris aucune part à la révolte ; mais il en résulta que, par leur entremise, les conférences furent renouées, et que, par un accord qui satisfit à la fois et le peuple et la cour, le roi rentra dans Paris, sous la condition qu'il ne seroit plus parlé des impôts, source de toutes ces querelles, mais que la ville lui paieroit une somme de cent mille francs (1), à titre de présent. Cette somme fut encore livrée au duc d'Anjou, mais ce fut la dernière de ses exactions ; il partit enfin pour la conquête de Naples, où l'on sait qu'il perdit et ses trésors et la vie. Le duc de Bourgogne le remplaça dans la direction suprême des affaires. Quant au duc de Berri, il gouvernoit alors le Languedoc, dont il étoit à la fois le spoliateur et le tyran.

Peu de temps après, le roi marcha avec une armée au secours de Louis de Male, comte de Flandre, dont les sujets s'étoient révoltés. Le duc de Bourgogne, héritier par sa femme de ce comté, commandoit les Français, et gagna sur les Flamands la bataille de Rosebecq, qui les força à rentrer sous le joug de l'autorité légitime.

Pendant cette expédition, les *Maillotins*, toujours inquiets sur les dispositions de la cour, crurent l'occasion favorable pour recommencer leurs désordres. Il y eut de nouveaux rassemblements de factieux, dans lesquels il n'étoit question de rien moins que de raser le Louvre et la

______

(1) Environ un million de notre monnoie.

Bastille ; mais ils en furent détournés par un marchand nommé *Nicolas le Flamand*, qui leur conseilla d'attendre l'issue de la guerre de Flandre, qu'ils espéroient devoir être fatale au roi. Cette circonstance ne fit qu'accroître la colère de ce prince, qui, revenant sous les murs de Paris avec une armée triomphante, résolut enfin de faire un exemple éclatant de cette ville rebelle.

On n'osa pas, cette fois, lui en disputer l'entrée ; elle se fit par la porte Saint-Denis, dont toutes les barrières furent arrachées. Une députation voulut en vain arrêter le jeune roi, qui s'avançoit au milieu de ses oncles et de toute sa cour. Il passa outre sans daigner l'écouter, se rendit à la cathédrale, et de là au Palais. L'armée, distribuée dans les différents quartiers, s'empara des corps-de-gardes, des places publiques et de tous les lieux où les rebelles avoient coutume de s'assembler.

Alors les habitants reçurent l'ordre de déposer leurs armes au Palais et au château du Louvre (1). On procéda en même temps à la recherche des plus coupables, qui furent arrêtés au nombre de trois cents ; deux furent exécutés sur-le-champ, et les autres conduits en prison. La duchesse d'Orléans, l'Université en corps tentèrent vainement de fléchir le monarque, que son oncle, le duc de Berri, maintenoit dans son inflexibilité.

Les jours suivants on noya un grand nombre des rebelles arrêtés. Nicolas le Flamand eut la tête tranchée. Son supplice étoit juste sans doute (2), et tous ces actes de rigueur nécessaires ; mais cette vengeance légitime que le prince tiroit de ses sujets fut souillée par le meurtre du vertueux Desmarets. Ce magistrat vénérable, plus que septuagénaire, l'organe des lois, l'honneur et l'amour de ses concitoyens, fut condamné à subir la même peine que les factieux dont il avoit si souvent arrêté les excès. On lui faisoit un crime de ce qui auroit dû lui mériter des récompenses, d'être resté au milieu de ces mutins. Son véritable crime étoit de s'être attiré la haine des ducs de Berri et de Bourgogne, en prenant hautement contre eux le parti du duc d'Anjou. Il protesta de son inno-

---

(1) Il fut résolu en même temps d'abattre l'ancienne porte Saint-Antoine, d'achever la Bastille, commencée sous le règne précédent, et de construire à côté du Louvre une nouvelle tour, qui seroit environnée d'un fossé rempli d'eau, et rendroit ainsi le roi maître des deux principales entrées de Paris.

(2) Ce séditieux avoit déjà reçu une fois sa grace pour avoir participé au meurtre des maréchaux massacrés sous la régence du dauphin, depuis Charles V.

cence sur l'échafaud , et son supplice couvrit d'une honte éternelle ceux qui l'avoient condamné.

Ces exécutions terribles n'étoient que les préliminaires d'une scène plus effrayante encore, mais dont les suites furent moins funestes. On avoit dressé un trône sur les degrés du Palais. Charles VI y parut accompagné des princes, du conseil et d'un grand nombre de seigneurs. Une foule immense remplissoit la cour: dès que le roi eut pris place, le chancelier d'Orgemont prononça un discours véhément, dans lequel il remit sous les yeux de cette multitude tous les crimes dont elle s'étoit rendue coupable, et rappela les exécutions déjà faites, ajoutant que tout n'étoit pas fini, et qu'un grand nombre subiroient encore la mort qu'ils avoient méritée. A ces mots, les oncles du roi se jetèrent à ses genoux , en le priant d'avoir pitié de son peuple. *Les dames et les demoiselles de Paris, sans coiffure, échevelées,* demandèrent la même grace, tandis que les hommes, prosternés, *crioient miséricorde.* Alors le jeune roi, dont la leçon étoit faite, dit qu'il pardonnoit aux Parisiens , et qu'il convertissoit la peine criminelle en *civile ,* c'est-à-dire en amendes. L'avarice des princes avoit imaginé ce honteux expédient, et de ces amendes, qui furent excessives, il n'en entra pas un tiers dans le trésor royal.

Du reste, les aides, les gabelles et autres impôts furent rétablis sans la moindre opposition , la charge du prevôt des marchands supprimée et réunie à celle du prevôt de Paris , l'échevinage aboli , ainsi que les quarteniers, dixainiers et autres officiers de ce genre, etc. C'est ainsi que se terminèrent ces premiers troubles ; mais il étoit aisé de voir qu'ils avoient laissé dans les cœurs de profonds ressentiments , et que la moindre occasion suffiroit pour les faire renaître.

Il y eut une trève d'un an entre la France et l'Angleterre, qui reprirent ensuite les armes à l'occasion du schisme. Tandis que le pape Urbain , pour qui tenoit l'Angleterre, publioit dans ce pays une espèce de croisade contre la France , Clément VII , que le clergé français avoit reconnu, et qui avoit établi son siège à Avignon, tenta d'élever, sur tous les bénéfices du royaume, une taxe arbitraire à laquelle l'Université s'opposa de toutes ses forces. Le roi , protecteur des libertés de l'église gallicane , défendit la levée du subside imposé , et le pape , malgré ses plaintes et ses menaces, se vit forcé de renoncer à ses prétentions.

1385. La mort du comte de Flandre commença cette puissance formidable des ducs de Bourgogne. Philippe-le-Hardi, son gendre, lui succéda dans les comtés de Flandre, de Bourgogne, d'Artois, de Rhetel, de Nevers, etc. L'année d'après, ce prince fit sa paix avec les Flamands, qui n'avoient cessé d'être en révolte ouverte contre leur dernier souverain. Cette même année, un projet de descente en Angleterre, habilement concerté par le connétable de Clisson, manqua par la faute du duc de Berri, qui arriva trop tard au rendez-vous. On prétend que ce prince avare avoit été gagné par Richard II, que cette expédition eût perdu sans ressource. L'hiver suivant, on fit de nouveaux préparatifs, toujours dirigés par Clisson, sujet fidèle et grand capitaine. Cette foisci, le monarque anglais s'adressa au duc de Bretagne, qui croyoit avoir quelque sujet de se plaindre du connétable : poussé par son animosité personnelle, plus encore que par le désir de plaire à Richard, le duc attira Clisson dans ses États, et l'y retint prisonnier. Son premier projet avoit été de le faire mourir ; mais revenu à des sentiments plus humains, sans se montrer cependant entièrement généreux, il le rendit au roi de France, au moyen d'une forte rançon, et en se faisant céder quatre ou cinq places. Cet évènement déconcerta encore les projets formés contre l'Angleterre.

Ce fut à cette époque que commencèrent les querelles entre l'Université et les Jacobins, au sujet de l'immaculée conception de la Vierge, que ces derniers refusoient d'admettre. L'Université porta la question au pied du trône pontifical, où elle fut jugée en sa faveur. Les Jacobins s'étant obstinés, malgré cette décision, à la rejeter, furent retranchés du corps enseignant, et forcés, par l'autorité temporelle, à se rétracter. Ce ne fut qu'après seize ans de querelles et de persécutions qu'ils parvinrent enfin à se réconcilier avec l'Université, qui leur permit de rentrer dans son sein, et de continuer à donner des leçons (1). On ne peut nier que dans cette

---

(1) Quoique le concile de Bâle ait décidé depuis que l'opinion de l'immaculée conception devoit être embrassée par tous les catholiques, cependant il est de fait que l'église ne s'est point prononcée à ce sujet de manière à en faire un article de foi. Le concile de Trente, à laquelle cette proposition fut soumise, la laissa indécise. Paul V défendit, en 1617, de rien enseigner de contraire à cette croyance, ce qui fut confirmé par Grégoire XV et par Alexandre VII. (HÉNAULT.)

futile controverse cette compagnie n'ait montré plus d'animosité contre les Dominicains que de véritable zèle pour la vérité.

L'attentat du duc de Bretagne auroit eu des suites funestes pour lui, si les ducs de Berri et de Bourgogne, jaloux du crédit de Clisson, n'eussent apaisé la colère du roi et ménagé une négociation dont le résultat fut que le duc remettroit au connétable l'argent et les places qu'il lui avoit extorquées. Ce prince vint ensuite à Paris, où il rendit hommage au roi, et fit à Clisson une simple réparation civile, qui ne rétablit entre eux qu'une vaine apparence d'amitié ; cette année fut remarquable par la mort de Charles-le-Mauvais (1).

1389. La reine Isabelle de Bavière, que le roi avoit épousée quatre ans auparavant, fait son entrée à Paris. Cette princesse, qui devint depuis un objet de haine et d'horreur pour tous les bons Français, en étoit alors l'amour et l'espérance. Elle avoit déjà donné un dauphin, et étoit enceinte lorsqu'elle fit cette entrée, qui surpassa en magnificence tous les spectacles de ce genre offerts jusqu'alors à la curiosité des Parisiens.

Peu de temps après le roi voulut enfin prendre les rênes de l'État, que les ducs de Bourgogne et de Berri avoient si long-temps sacrifié à leur ambition et à leur intérêt. Ces deux princes, malgré leur mécontentement, se virent forcés de céder un pouvoir emprunté, et se retirèrent, l'un dans son gouvernement de Languedoc, l'autre dans ses États de Flandre. Les nouveaux ministres, à la tête desquels fut placé le duc de Bourbon, oncle du roi, avoient de l'habileté et de bonnes intentions : ils réformèrent de nombreux abus dans l'administration de la justice et des finances ; une partie des impôts fut supprimée ; d'un autre côté, le connétable n'attendoit que l'expiration d'une trêve faite avec les Anglais pour achever de les chasser de France, et leur rendre ensuite les maux qu'ils nous avoient faits, en portant la guerre dans leur propre pays. Tout sembloit annoncer un règne
1392. glorieux et fortuné : cet espoir ne fut pas de longue durée. La nuit du 13 au 14 juin 1392, ce seigneur, sortant peu accompagné de l'hôtel Saint-Paul, est

---

(1) Il mourut d'un accident aussi horrible que singulier. Pour ranimer ses forces épuisées par la débauche, il avoit coutume de se faire coudre dans un drap imbibé d'eau-de-vie. Le feu y ayant pris un jour par l'imprudence d'un domestique, il fut consumé par les flammes, et périt après trois jours des plus excessives souffrances. Peu de temps avant sa mort, il avoit tenté de faire empoisonner Charles VI et sa famille.

attaqué, dans la rue Culture-Sainte-Catherine, par vingt hommes armés, que Pierre de Craon, favori du duc d'Orléans, frère du roi, avoit apostés pour l'assassiner (1). Clisson, après s'être long-temps défendu, aidé par un seul domestique, qui eut le courage de ne point l'abandonner, tomba sur le seuil d'une porte entr'ouverte, où il reçut encore plusieurs coups d'épée de ses assassins, qui le crurent mort et se retirèrent; cependant il n'étoit point blessé mortellement, et guérit. Trois des complices de Craon, ayant été saisis, firent bientôt connoître le principal auteur du crime, qui se sauva aussitôt de Paris, et alla se réfugier en Bretagne. Le duc, sommé de le rendre, répondit qu'il avoit passé dans ses États, mais qu'il n'y étoit plus. Le roi, que les liaisons de ce vassal avec l'Angleterre, et sa mauvaise foi dans l'exécution du traité conclu avec Clisson, avoient déjà fort indisposé, résolut aussitôt de porter la guerre dans ses États. Les ducs de Berri et de Bourgogne, à qui il envoya l'ordre de venir le joindre avec les troupes qu'ils devoient fournir, obéirent, mais en criant hautement que cette guerre étoit injuste. Le 5 d'août l'armée partit du Mans et prit la route de Nantes; on prétend qu'on remarquoit, depuis trois ou quatre jours, quelque égarement dans l'esprit et dans les yeux du roi : une espèce d'apparition qui s'offrit à lui (2) pendant qu'il traversoit la forêt du Mans augmenta le désordre dans lequel il étoit plongé, et peu d'instants après il fut frappé d'un coup de soleil qui acheva de le rendre furieux. On le vit tout à coup s'élancer, l'épée à la main, sur ceux qui l'environnoient; et avant qu'on eût pu le saisir et le désarmer, il tua, dit-on, quatre de ses officiers; tels furent les premiers signes de cette démence, qui, pendant un long règne, ne lui laissa que quelques intervalles de raison, et plongea l'État dans les malheurs inouïs dont il nous reste à parler.

---

(1) Il accusoit le connétable de lui avoir fait perdre les bonnes graces de ce prince.

(2) On prétend qu'un grand fantôme noir, revêtu d'une robe blanche, ayant la tête et les pieds nus, l'air égaré et le regard furieux, s'élança subitement d'entre deux arbres, et saisit la bride de son cheval, en lui criant : *Roi, ne chevauche plus avant, mais retourne, car tu es trahi.* Le roi, glacé d'horreur, s'arrêta en frémissant et sans pouvoir proférer une seule parole. Quelques hommes d'armes qui se trouvoient auprès de lui frappèrent sur les mains du spectre, ce qui le contraignit à lâcher les rênes. Il se retira ensuite sans que personne songeât à l'arrêter. Saint-Foix, qui juge mieux qu'à l'ordinaire de cette époque de notre histoire, croit voir, dans cet évènement singulier, une nouvelle manœuvre des indignes princes qui obsédoient l'infortuné monarque, et il est difficile en effet d'en juger autrement.

Dès ce moment il ne fut plus question de faire la guerre au duc de Bretagne ; on ramena le roi à Paris : les ministres qu'il s'étoit choisis furent chassés et persécutés par les ducs de Berri et de Bourgogne, qui s'emparèrent de nouveau du gouvernement ; on ne pensa plus à profiter des troubles dont l'Angleterre étoit agitée ; une trève de vingt-huit ans fut signée avec Richard II. Sur la demande de ce prince, Pierre de Craon obtint sa grace, et cet assassin revint à la cour en même temps qu'on en bannissoit Clisson, et qu'on le dépouilloit de toutes ses charges.

Depuis cette époque jusqu'à celle de la mort du duc de Bourgogne, il se passa peu d'évènements importants à Paris. De temps en temps l'état du roi sembloit donner des lueurs d'espérances qui ne tardoient pas à s'évanouir ; les processions, les prières publiques, l'exposition des reliques, tout ce que la piété superstitieuse de ces temps-là pouvoit imaginer étoit employé pour obtenir du ciel sa guérison ; les moyens humains n'é- toient pas plus efficaces, et l'art des médecins s'étoit vainement épuisé à chercher des remèdes à cette funeste maladie (1). Cependant les ducs de Berri et de Bourgogne continuoient à gouverner et à dépouiller la France. Le duc d'Orléans, non moins ambitieux et peut-être encore plus avide, ne voyoit qu'avec une extrême jalousie le pouvoir de ces deux princes, et se plaignoit de ce qu'étant frère du roi, et par conséquent plus près du trône que ses oncles, il n'avoit cependant qu'une très petite part dans l'administration. Il haïssoit sur-tout le duc de Bourgogne, plus actif et plus entreprenant que l'autre ; et cette haine, qui bientôt devint réci- proque, fut dès-lors poussée à un tel point, que les deux rivaux rassem- blèrent des troupes aux environs de Paris, et qu'il s'en fallut peu qu'ils ne donnassent à ses habitants le spectacle d'un combat où le sang français seul auroit coulé. La reine et les autres princes du sang parvinrent avec beau-

---

(1) Le roi, fatigué de tant de tentatives inutiles, ne vouloit plus absolument voir de médecins, lorsque le maréchal de Sancerre, qui commandoit en Guienne, lui envoya deux moines augustins de ce pays-là, qui passoient pour très habiles dans la médecine et dans l'astrologie. Ces deux hommes osèrent accuser le duc d'Orléans d'avoir jeté un sort sur le roi son frère. L'accusation étoit insensée de toutes manières ; ayant été interpellés d'en donner des preuves, et n'ayant pu le faire, ils furent condamnés à mort et exécutés. C'est à cette occasion que fut donnée la déclaration qui accorde des confesseurs aux criminels, ce qui auparavant ne se pratiquoit pas en France. Ce fut Pierre de Craon qui sollicita cette déclaration.

coup de peine à rétablir entre eux une apparente réconciliation. Toutefois le conseil, assemblé par ordre du roi dans un de ces moments de calme que lui laissoit son mal, décida que le duc de Bourgogne auroit la principale administration, parcequ'effectivement il avoit plus d'expérience, et paroissoit moins disposé à abuser de l'autorité que le duc d'Orléans, qu'entraînoient la fougue de ses passions et un goût de dépense effréné. Celui-ci, forcé de céder, en conserva un ressentiment profond ; dès-lors ce ne fut plus que cabales et intrigues de la part de ces deux princes, cherchant mutuellement à se supplanter, à s'arracher le pouvoir ; la reine soutenoit son beau-frère ; les ministres et le peuple donnoient la préférence au duc de Bourgogne. Tel fut le prélude des désordres que devoit produire la longue rivalité de ces deux maisons, rivalité dans laquelle on vit la nation française, toujours légère, enthousiaste quelquefois jusqu'à l'imbécillité, déchirer elle-même son propre sein pour soutenir l'odieuse querelle de princes qui ne combattoient qu'afin d'usurper le droit d'être ses tyrans.

1399. Révolution en Angleterre. Richard II est détrôné par son cousin germain le duc de Lancastre, qui fut proclamé roi sous le nom de Henri IV, et qui le fit mourir peu de temps après avoir usurpé son trône. Richard avoit épousé la fille aînée de Charles VI, et, dans toute autre situation, ce monarque eût sans doute tiré vengeance de son assassinat ; mais l'avis du duc de Bourgogne fut de reconnoître l'usurpateur, et il prévalut. Cependant l'occasion eût été favorable pour rompre une trève onéreuse, et enlever aux Anglais le peu de places et de châteaux qui leur restoient en France. Dans ses courts intervalles de bon sens, le roi revenoit sans cesse à cette pensée ; il ordonnoit d'envoyer des troupes en Guienne, et des secours aux mécontents ; mais ces ordres restoient sans exécution, parcequ'il retomboit presque aussitôt dans sa déplorable démence.

1402. Naissance du cinquième fils de Charles, lequel fut roi depuis sous le nom de Charles VII. Les deux aînés étoient morts en bas âge ; les deux autres vivoient encore.

1404. Nous touchons à cette époque où il n'y a plus ni patrie, ni roi, ni nation. Le duc de Bourgogne meurt le 7 avril de cette année à Hall, dans le Brabant. Jean, dit *Sans peur*, son fils aîné, après avoir pris possession de ses nombreux États, vient à la cour, où la reine et le duc d'Orléans, maîtres absolus de l'esprit du malheureux roi, tour à tour furieux ou imbécille, ne se servoient de l'autorité entièrement remise entre leurs mains que pour assouvir leur avarice et leurs voluptés. Le mécontentement étoit extrême et général; le nouveau duc de Bourgogne, qui venoit de marier sa fille aînée avec le dauphin, et le comte de Charolais son fils avec une des filles du roi, appuyé de cette double alliance et de sa qualité de prince du sang, demanda dans le conseil une place qu'on ne put lui refuser : il s'en servit habilement pour détruire le crédit de son rival, en s'élevant fortement contre les impositions nouvelles que celui-ci ne cessoit d'y proposer; par-là il gagna la faveur des Parisiens, tandis que leur haine croissoit à chaque instant contre le duc d'Orléans. Quelque temps après il se retira de la cour, comme s'il lui eût été impossible de supporter plus long-temps le spectacle des profusions de la reine et de son beau-frère, et leurs indécentes familiarités (1).

Cependant le désordre augmentoit de jour en jour davantage; la misère du peuple étoit à son comble; on murmuroit de tous les côtés contre le luxe insolent de la cour et contre cette avidité du duc d'Orléans que rien ne pouvoit assouvir. Un moine augustin, prêchant devant la reine, osa se rendre l'organe de ces plaintes populaires; on essaya de l'effrayer; mais il n'en parla qu'avec plus de force devant le roi, qui avoit désiré de l'entendre. Ce prince, dont le cœur étoit droit et les intentions bonnes, fut frappé du discours du prédicateur; et comme il se trouvoit alors dans un moment où son mal lui laissoit quelque relâche, il assembla lui-même le conseil pour délibérer sur la situation de l'État; il s'y trouva des conseillers assez hardis pour confirmer tout ce qu'avoit dit le moine; dès-lors une réforme fut résolue, et l'on manda le duc de Bourgogne. Il partit pour Paris aussitôt qu'il en eut reçu l'ordre, mais il eut soin de se faire suivre par un gros corps de troupe; et cette opération fut conduite avec un tel mystère, que, lorsque la nouvelle en parvint à la cour, son armée étoit déjà sous les murs de la capitale.

Le roi venoit de tomber dans un accès plus violent qu'aucun de ceux qu'il avoit éprouvés jusqu'alors; on ne pensoit déjà plus aux projets de réforme, et la reine, ainsi que le duc d'Orléans, étoient alors plus puissants

---

(1) On soupçonnoit entre eux quelque intrigue galante, et le caractère de tous les deux rend ce soupçon très vraisemblable.

que jamais. Cette arrivée subite du duc de Bourgogne les frappa de terreur. Ils n'avoient aucune force à lui opposer ; le peuple les détestoit ; presque tout le conseil étoit contre eux, et ils se trouvoient en quelque sorte à la merci de leur ennemi ; dans cette situation extrême, le duc d'Orléans ne vit d'autre parti à prendre que celui de la fuite ; et la reine, qui n'eut pas honte de le suivre, chargea, avant son départ, Louis de Bavière, son frère, et quelques seigneurs qui lui étoient attachés, d'enlever le dauphin. Elle les attendoit à Corbeil, où le duc d'Orléans étoit allé la joindre ; mais le duc de Bourgogne, instruit à temps de cet enlèvement, avoit volé aussitôt sur les traces des ravisseurs, et ramené le jeune prince, qui d'ailleurs ne s'étoit décidé à les suivre qu'avec la plus grande répugnance. Alors la reine et son beau-frère, plus effrayés que jamais, quittèrent Corbeil et se réfugièrent à Melun. Le dauphin, conduit par le duc de Bourgogne, rentra dans Paris aux acclamations de tous ses habitants.

Cependant le duc d'Orléans faisoit fortifier Melun, et envoyoit des ordres dans toutes les provinces pour faire lever des troupes ; en même temps le parlement recevoit de lui des lettres, dans lesquelles l'action du duc de Bourgogne étoit traitée d'attentat contre la majesté souveraine. Bientôt il se trouva à la tête de vingt mille hommes, avec lesquels il s'approcha de la capitale. Son ennemi prenoit de son côté des mesures pour défendre cette ville, et il étoit secondé par ses habitants. Les chaînes et les armes qu'on leur avoit enlevées lors de la révolte des Maillotins leur fûrent rendues ; on mit le Louvre et la Bastille en état de défense ; plus de vingt-cinq mille soldats furent rassemblés dans l'enceinte de la ville, sans compter les corps répandus dans les villages circonvoisins. On s'attendoit à une bataille, dont l'issue ne pouvoit qu'être funeste à la France, quel qu'eût été le vainqueur. Les princes du sang sentirent alors toute l'étendue du péril ; ils se firent médiateurs entre les deux rivaux, et, après deux mois de mouvements et d'alarmes, on parvint enfin à conclure à Vincennes un traité, dans lequel le duc de Bourgogne fut admis à partager, avec le duc d'Orléans, l'autorité de lieutenant-général du royaume.

1406.   Cette paix hypocrite dura une année, pendant laquelle les deux princes, à la tête de deux armées qu'on avoit levées pour achever d'expulser les Anglais du royaume, se montrèrent aussi mauvais capitaines qu'ils étoient 1407. habiles en intrigues et en factions. Ils reparurent ensuite dans le conseil, où leur animosité réciproque sembla avoir pris de nouvelles forces. Toujours opposés l'un à l'autre dans les débats, soutenant leur avis avec aigreur et emportement, on trembloit à chaque instant qu'ils n'en vinssent à quelque violence, et les princes n'étoient occupés que du pénible soin d'apaiser ces fougueux ennemis. Cependant on étoit loin de s'attendre à la catastrophe qui étoit sur le point d'arriver. Le duc de Bourgogne avoit formé, depuis six mois, le dessein de faire assassiner le duc d'Orléans. On prétend qu'une indiscrétion de ce dernier, qui s'étoit vanté d'avoir obtenu les faveurs de la duchesse de Bourgogne, contribua plus encore que leurs haines politiques à pousser l'époux outragé à cet horrible attentat. Quoi qu'il en soit, il fut médité et conduit avec un sang-froid et une patience qui le rendent encore plus exécrable. Les assassins, au nombre de dix-huit, entrèrent, le 6 novembre, dans une maison portant l'enseigne de Notre-Dame, près la porte Barbette, et y restèrent cachés pendant dix-sept jours. Le 20 du même mois il se fit, par les soins du duc de Berri, une nouvelle réconciliation entre les deux princes; et l'on ne peut raconter sans frémir que, conduits tous les deux aux Augustins par leur médiateur, ils y communièrent à la même messe, et que mille témoignages de confiance et d'amitié succédèrent à cette pieuse cérémonie.

Trois jours après, le duc d'Orléans, qui avoit passé une partie de la journée à l'hôtel Saint-Paul, se rendit à l'hôtel Barbette, où demeuroit la reine, alors en couches; il y soupa. Vers huit heures, Schas de Courte-Heuse, valet de chambre du roi, et l'un des conjurés, se fit annoncer, et lui dit que ce prince le demandoit à l'instant à l'hôtel Saint-Paul pour une affaire de la plus grande importance. Le duc fit seller sa mule et partit sur-le-champ, accompagné seulement de deux écuyers montés sur le même cheval, et précédé de quelques valets de pied qui portoient des flambeaux. Les assassins étoient rangés le long d'une maison située au-dessus de l'hôtel Notre-Dame; aux premiers mouvements qu'ils firent, le cheval qui portoit les deux écuyers prit le mors aux dents, et ne s'arrêta qu'à l'entrée de la rue Saint-Antoine. Le duc fut aussitôt enveloppé par cette troupe de scélérats, qui l'attaqua en criant : *A mort. — Je suis le duc d'Orléans*, dit-il en élevant la voix. *Tant mieux*, repartit un des meurtriers, *c'est ce que nous demandons*, et en même temps un coup de hache lui abattit la main gauche, dont il tenoit le pommeau de sa selle. Plusieurs coups de glaive et de massue s'étant rapidement succédés, il tomba bientôt de cheval, épuisé par le sang qu'il perdoit, et se défendit encore quelque temps à terre, relevé sur ses genoux, et parant avec le bras les nouveaux coups qu'on lui portoit. *Qu'est ceci? d'où vient ceci?* s'écrioit-il de temps en temps. Enfin un dernier coup de massue lui fit sauter la cervelle, et l'étendit roide mort sur le pavé (1). Les assassins, en se retirant, mirent le feu à la maison qui leur avoit servi de retraite, et semèrent des chausse-trapes pour arrêter ceux qui voudroient les poursuivre.

Cependant les écuyers revinrent; les domestiques qui étoient restés à l'hôtel Barbette arrivèrent (2); ils relevèrent le cadavre défiguré de leur maître et le portèrent dans l'hôtel du maréchal de Rieux, situé vis-à-vis de l'endroit où le meurtre venoit de se commettre. Dans un moment la funeste nouvelle est répandue: la reine, à demi morte de douleur et d'effroi, se fait transporter à l'hôtel Saint-Paul. Dès la pointe du jour les princes s'assemblent à l'hôtel d'Anjou, rue de la Tixeranderie; on fait fermer les portes de la ville; des corps-de-garde sont placés dans les rues, et l'on commence la recherche des assassins. Le corps du duc d'Orléans fut alors transféré dans l'église des Blancs-Manteaux, où les princes allèrent le visiter. Aucun d'eux ne donna plus de signes de douleur, ne manifesta une plus vive indignation que le duc de Bourgogne; il croyoit son crime bien caché: en effet, on n'eut garde de jeter les soupçons sur lui, et ils errèrent pendant plusieurs jours sur diverses personnes que le duc d'Orléans avoit offensées. Enfin le prevôt de Paris, ayant appris qu'un des assassins s'étoit réfugié dans l'hôtel de Bourgogne, vint sur-le-champ au conseil, et demanda des ordres pour être autorisé à faire des perquisitions dans les palais des princes du sang. Le duc, qui jusque-là avoit joué son rôle avec toute l'audace d'un scélérat consommé, perdit

---

(1) Lorsqu'il ne donna plus aucun signe de vie, les assassins approchèrent un flambeau, pour voir s'il étoit mort. Alors un homme, dont le visage étoit caché sous un *chaperon vermeil*, sortit de l'hôtel Notre-Dame : il tenoit une massue, dont il déchargea un dernier coup sur le prince, en disant: *Éteignez tout, allons-nous-en, il est mort.* Étoit-ce le duc de Bourgogne? (VILLARET.)

(2) Les valets de pied qui l'accompagnoient s'étoient enfuis; un seul, nommé Jacob, voyant son maître renversé, se jeta sur lui, essayant de lui faire un rempart de son corps. On le trouva expirant lorsqu'on vint relever le corps du duc : *Haro, monseigneur mon maître,* s'écria ce fidèle et courageux serviteur, et il rendit les derniers soupirs.

alors contenance. Frappé comme d'un coup de foudre par cet incident, auquel il étoit loin de s'attendre ; prévoyant quelle seroit la décision du conseil, et les suites terribles qu'elle alloit avoir, il conduisit le duc de Berri à l'une des extrémités de la salle, et là, d'une voix tremblante et la pâleur sur le front, il lui confessa son crime et sortit. L'horreur qu'un tel aveu inspira à ce prince ne lui permit de prendre à l'instant même aucune mesure contre l'assassin. Le lendemain on voulut, mais trop tard, s'assurer de sa personne ; il étoit déjà loin de Paris et hors de toute atteinte (1).

1407. Les suites furent loin de répondre au premier mouvement d'indignation que produisit un crime aussi atroce. Vainement la duchesse d'Orléans (2), qui étoit à Château-Thierry lorsqu'elle apprit cette fatale nouvelle, accourut à Paris se jeter aux pieds du roi et lui demander vengeance ; vainement l'infortuné monarque, alors dans son bon sens, lui jura de faire un grand exemple du coupable ; le duc de Bourgogne, qui ne voyoit de salut pour lui que dans son audace, du fond de ses États, où il rassembloit toutes ses forces, menaçoit déjà ses ennemis, et leur faisoit éprouver toutes les terreurs dont il avoit été un moment frappé. Non seulement on n'avoit point de troupes à lui opposer, mais la reine et les princes voyoient avec douleur que les Parisiens, satisfaits de la mort du duc d'Orléans, étoient disposés à favoriser son assassin, que ses déclamations contre les impôts avoient rendu cher à la populace. On se vit donc bientôt dans la triste nécessité de négocier avec celui qu'on avoit voulu punir ; les conférences se tinrent à Amiens, et le duc de Bourgogne s'y montra tellement intraitable, que le duc de Berri et le roi de Sicile (3), qu'on avoit envoyés auprès de lui pour obtenir qu'au moins il demandât pardon au roi de son crime, s'en revinrent sans avoir pu rien terminer. Alors il s'approcha de la capitale avec son armée, résolu d'y entrer de vive force si l'on tentoit de lui opposer quelque résistance.

---

(1) Il fit rompre le pont de Saint-Maixence, pour arrêter ceux qui pourroient le poursuivre ; et ayant trouvé des chevaux préparés sur la route, il arriva en six heures à Bapaume. En mémoire de son heureuse délivrance, ce prince ordonna qu'on y sonneroit à perpétuité l'*angelus* à une heure après midi. Ces pratiques de dévotion, mêlées aux crimes les plus exécrables, sont des traits qui caractérisent ces siècles de barbarie.

(2) Valentine de Milan.

(3) Louis II, fils du duc d'Anjou, qui, après la mort de son père, revint en France, et conserva le titre de roi, quoiqu'il n'eût pas un pouce de terrain dans le royaume dont il se prétendoit souverain.

A l'approche du meurtrier de son époux, la duchesse d'Orléans sortit de Paris. Le Bourguignon y entra comme dans une place conquise, au milieu de la consternation de la cour et des transports de joie du peuple, qui voyoit en lui son libérateur. Il osa non seulement se présenter aux yeux du roi, mais demander à justifier l'assassinat du duc d'Orléans. Cette justification inouïe eut lieu dans la grande salle de l'hôtel Saint-Paul ; l'assemblée étoit composée des princes du sang, des prélats, des seigneurs, des cours souveraines, du prevôt des marchands et des principaux bourgeois. Un cordelier nommé *Jean Petit* , dont la mémoire doit être encore plus détestable que celle du duc, y parut en son nom, et prononça une harangue, dans laquelle il osa étaler et soutenir les maximes les plus abominables du tyrannicide. Un morne silence régnoit dans l'assemblée pénétrée d'horreur. Le lendemain, l'infâme orateur répéta son discours sur un échafaud dressé au milieu du parvis de Notre-Dame ; et la populace assemblée l'écouta avec les plus vifs applaudissements.

La reine, effrayée, s'enfuit précipitamment à Melun avec le dauphin et ses autres enfants : les princes du sang la suivirent. C'étoit ce que demandoit le duc de Bourgogne, qui, devenu par-là l'arbitre suprême du gouvernement, n'éprouva plus aucun obstacle pour arracher à un monarque imbécille cette approbation qu'il désiroit avec tant d'ardeur. Charles VI signa en effet des lettres, dans lesquelles il déclaroit que le duc de Bourgogne n'avoit tué son frère *que par le fervent et loyal amour et bonne affection qu'il a eu à lui et à sa lignée.*

1408.   Le triomphe de ce prince fut court ; et c'est une chose remarquable, dans ces temps de désastres, que cette alternative de bons et de mauvais succès, signe évident de la foiblesse des deux factions. Tandis que le duc de Bourgogne dominoit à Paris, la reine et la duchesse d'Orléans rassembloient leurs partisans, le duc de Bretagne leur amenoit une armée ; et bientôt leurs forces furent telles, que ces deux princesses menacèrent à leur tour la capitale, et que leur adversaire ne chercha qu'un prétexte honorable pour leur céder la place. Il le trouva dans la révolte des Liégeois contre leur souverain. Celui-ci l'appeloit à son secours : il y vola. Alors la reine, la duchesse et les princes rentrèrent à Paris, où ils ne trouvèrent que haine et ressentiment contre eux, tandis qu'on y regrettoit ouvertement le duc de Bourgogne. A peine furent-ils arrivés qu'ils firent indiquer un lit de justice, où la mémoire du duc d'Orléans fut justifiée, et une accusation intentée contre son meurtrier. On alloit le condamner, lorsqu'on apprit la nouvelle de la victoire signalée qu'il venoit de remporter sur les Liégeois dans la plaine de Tongres. Ce succès jeta l'effroi au milieu de cette cour foible et incertaine, en même temps qu'il accrut l'insolence et l'animosité des Parisiens ; l'on vit à son tour le duc de Bourgogne se rapprocher en vainqueur des murs de la capitale , et forcer de nouveau ses ennemis à la fuite ; mais cette fois-ci ils jugèrent à propos d'emmener avec eux le malheureux Charles , et cette cour fugitive prit la route de la Touraine , tandis que le duc rentroit à Paris.

Le départ du roi déconcerta ce prince : quel que fut pour lui l'attachement des Parisiens, il avoit besoin de la présence du monarque pour ôter à sa conduite une apparence de révolte qui auroit fini par lui enlever tous ses partisans. Cette circonstance le rendit disposé à écouter les propositions qui lui furent faites par ses ennemis, non moins embarrassés que lui. Une nouvelle négociation fut donc entamée , et la mort de la duchesse d'Orléans (1), qui arriva sur ces entrefaites, la rendit plus facile qu'on ne l'avoit d'abord espéré ; enfin on conclut à Tours un traité, dans lequel la paix devoit être scellée par le mariage du comte de Vertus , fils puîné du duc d'Orléans , avec une fille du duc de Bourgogne (2), et la ville de Chartres fut choisie pour le lieu de l'entrevue. Elle se fit dans la cathédrale ; le duc s'y prosterna aux pieds du roi, et lui demanda pardon ; se présentant ensuite devant les jeunes fils du duc d'Orléans (3), il les pria d'ôter de leur cœur tout souvenir de son crime. Les réponses, concertées d'avance, furent favorables ; on s'embrassa mutuellement , et chacun se sépara conservant dans son cœur sa haine et ses projets de vengeance. Le roi revint alors à Paris , accompagné du duc de Bourgogne, et les princes d'Orléans retournèrent à Blois.

1409.   Pour ne point voir le triomphe de son ennemi, la reine se retira de

---

(1) Elle mourut de douleur de la fin funeste de son mari , et du regret de n'en pouvoir tirer vengeance.

(2) Ce mariage ne se fit point.

(3) Ce prince avoit laissé trois fils légitimes : Charles, père de Louis XII ; Philippe, comte de Vertus ; et Jean , comte d'Angoulême, aïeul de François Ier ; il avoit un fils naturel qui fut le célèbre comte de Dunois.

nouveau à Melun, emmenant avec elle le dauphin, qui entroit dans sa
quatorzième année; et, par une politique mal entendue, elle affecta de ne
paroître à la cour que dans les intervalles de santé dont jouissoit quelquefois le roi. C'étoit ce que demandoit le duc de Bourgogne : il mit à
profit ces instants précieux pour regagner la confiance des princes ; des
recherches sévères qu'il affecta de faire sur les dilapidations des financiers,
et le supplice du surintendant Montagu (1), qui fut la suite de cette
enquête, lui acquirent de nouveaux droits à la confiance des Parisiens;
enfin il trouva le moyen d'endormir la reine elle-même dans une fausse
sécurité, en ayant l'air de n'oser rien entreprendre sans la consulter, en
lui faisant part de toutes les délibérations. Par cette conduite habile et
modérée, il parvint à se faire nommer surintendant de l'éducation du
dauphin, et maître absolu des affaires, au point que la haine et la jalousie des princes se réveillèrent avec une nouvelle fureur. Tel fut le motif
1410. de leur première confédération tenue à Gien le 15 avril de cette année.
L'intérêt de l'Etat, le maintien de la justice, le service du roi étoient les
prétextes de cette ligue; l'expulsion du duc de Bourgogne en étoit le
véritable objet. Ce fut à cette conférence qu'on arrêta le mariage du duc
d'Orléans, qui venoit de perdre son épouse, avec Bonne, fille du comte
d'Armagnac. Ce seigneur, l'un des plus grands hommes de son temps,
devint alors l'ame du parti auquel il étoit attaché; il eut le funeste privilège de lui donner son nom, et en fut par la suite l'une des plus illustres
victimes.

Le duc de Bourgogne se préparoit, de son côté, à recevoir ses ennemis. Il rassembloit des troupes, il s'assuroit des alliés, et entre autres le
duc de Bretagne, qu'il avoit trouvé le moyen de détacher du parti
contraire. Cependant les *Armagnacs*, car il faut maintenant employer

---

(1) Il avoit la faveur du roi, de la reine et de la plupart des princes. Ses malversations dans la place
éminente qu'il exerçoit lui avoient fait acquérir des richesses immenses, et sous ce rapport il étoit coupable; mais pour le perdre plus sûrement, on y joignit des accusations de sortilège et de poison dont
il étoit innocent. Ce fut le prevôt de Paris Désessarts qui présida le tribunal par lequel il fut condamné, tribunal de *commissaires* et non de *juges*, suivant l'observation naïve et profonde qu'en fit
un religieux de l'abbaye de Marcoussy * à François I⁻. On dit que ce prince fut si frappé de cette
distinction, que, mettant la main sur l'autel, il fit serment de ne jamais faire mourir personne par
commissaires.

* Montagu y fut enterré quelques années après son exécution.

ce mot et celui de *Bourguignons* pour désigner les deux factions qui s'apprêtoient à déchirer l'État, les *Armagnacs* s'avançoient des bords de la Loire vers Paris, ravageant impitoyablement tout le pays. Arrivés à Chartres, les princes écrivirent au roi une lettre dans laquelle ils déclaroient n'avoir pris les armes que pour l'affranchir, ainsi que le dauphin, de la tyrannie du duc de Bourgogne. Le conseil y répondit par une injonction de mettre bas les armes; le roi, qui trouvoit toujours juste le parti entre les mains duquel il étoit, vouloit lui-même marcher contre les rebelles, dont l'armée, divisée en trois corps, campoit déjà sous les murs de Paris.

Cependant tant de préparatifs formidables, car chaque armée s'élevoit à près de cent mille combattants, ne produisirent rien de décisif. L'hiver approchoit, et les princes craignoient le manque de vivres et la dissolution de leurs troupes; de son côté, le duc de Bourgogne étoit peu sûr d'alliés rangés sous ses drapeaux pour un intérêt qui leur étoit étranger, et il éclatoit déjà dans son armée des germes de divisions qui lui donnoient de vives inquiétudes. Un nouveau traité fut donc encore conclu au château de Wicestre (1) par les soins du duc de Berri, le médiateur accoutumé. Les conditions de ce traité, que dictoit l'impuissance de se nuire, furent que les chefs des deux partis se retireroient de la cour, et ne pourroient y reparoître sans un ordre du roi. Ils s'engageoient en outre à ne point armer avant Pâques de l'année 1412, époque à laquelle on espéroit que le dauphin seroit en état de gouverner par lui-même.

1411. Cette paix fut rompue presque aussitôt que signée, et l'on ne peut dissimuler que le duc d'Orléans fût l'infracteur du traité (2). Les deux partis arment de nouveau. Pour prévenir les malheurs dont on étoit menacé, la reine veut faire déclarer le dauphin régent du royaume. Le vieux duc de Berri, toujours ambitieux et jaloux, s'oppose à cette mesure, qui auroit pu sauver l'État. Cependant l'animosité des *Armagnacs* et des

---

(1) Depuis Bicêtre. On le nommoit ainsi parcequ'il avoit appartenu à Jean, évêque de Wicestre en Angleterre.

(2) En faisant arrêter le seigneur de Crouy, que le duc de Bourgogne envoyoit en qualité d'ambassadeur au duc de Berri. Le duc d'Orléans le soupçonnoit d'être un des assassins de son père. Il est vrai que ces assassins avoient été exclus du traité; mais il n'étoit pas permis d'arrêter Crouy et de le faire mettre à la question sur un simple soupçon.

Bourguignons éclatoit par les menaces et les injures les plus violentes. Les premiers avoient passé la Seine et s'avançoient vers Paris, ravageant le Beauvoisis et le Soissonnois, tandis que le duc de Bourgogne rassembloit ses forces dans le Vermandois. De nouvelles conférences tenues à Melun n'eurent aucun succès, et le duc de Berri, par la partialité qu'il y montra pour la faction orléanaise, perdit toute la confiance des Parisiens; on le soupçonna de vouloir livrer la ville, ce qui le força d'en sortir. Dans cet état de trouble et d'inquiétude, le corps municipal et les principaux bourgeois, craignant le retour des horreurs dont ils avoient déjà été les témoins, crurent bien faire en nommant à la place de gouverneur de Paris, vacante par la retraite du duc, le comte de Saint-Paul, zélé partisan du Bourguignon; et en cela, loin de détruire le mal, ils l'aggravèrent. Pour favoriser le parti auquel il étoit attaché, le nouveau gouverneur de Paris voulut rendre sa domination indépendante de la cour, et ce fut dans les dernières classes du peuple qu'il chercha des instruments propres à l'exécution d'un tel projet. Une compagnie, composée de bouchers, d'écorcheurs et d'un ramas de misérables pris dans la plus vile populace, fut rassemblée sous le commandement des *Goix*, des *Sainctyons*, des *Thiberts*, propriétaires de la Grande-Boucherie de Paris (1). Ce corps reçut le nom de *Milice royale*, et ce fut à lui que la garde de Paris fut confiée. Il s'en rendit bientôt la terreur : ces hommes féroces parcoururent la ville, répandant le sang humain comme celui des animaux qu'ils étoient accoutumés à verser. Le nom d'*Armagnac* devint un signe de proscription, et quiconque le recevoit d'un de ses ennemis étoit sur-le-champ, et sans examen, assommé, noyé ou massacré. Il suffisoit de déplaire à ces scélérats ou d'exciter leur avidité pour éprouver leurs fureurs; et s'ils épargnoient quelques uns des plus riches citoyens, c'étoit pour les traîner en prison, et leur faire acheter chèrement leur liberté. Toutes les autorités se taisoient devant eux; ils assiégeoient journellement le palais du souverain, les diverses juridictions, et il ne se publioit plus d'ordonnances qu'au gré de cette insolente milice; enfin leurs excès allèrent au point qu'on ne crut pas le roi et le dauphin en sûreté à l'hôtel Saint-Paul, et qu'on jugea nécessaire de les transférer au Louvre. Des citoyens paisibles s'étoient exilés de la

---

(1) Voyez tome Ier, page 233.

ville ; espérant trouver un asile dans les campagnes; des dangers plus grands encore les y attendoient. Les paysans, à qui le roi avoit permis, l'année précédente, de s'armer pour résister aux gens de guerre qui les opprimoient, étoient devenus eux-mêmes des brigands qui prenoient le nom de *Bourguignons* pour se livrer impunément au meurtre et au pillage ; et l'on vit se renouveler, non seulement aux environs de Paris, mais dans la France entière, toutes les horreurs de la *Jacquerie*.

Ce n'étoit pas assez pour ces indignes princes d'avoir armé les malheureux Français les uns contre les autres, et de détruire ainsi la France par les mains de ses propres enfants, on les vit appeler à cette destruction nos plus implacables ennemis. Les deux partis mendièrent bassement le secours des Anglais, qui, malgré la trève, ne cessoient de désoler nos côtes, et le duc de Bourgogne eut le honteux avantage d'en obtenir les premiers secours. Par suite d'un traité qu'il signa avec le roi d'Angleterre Henri IV, six mille archers lui furent envoyés sous la conduite du comte d'Arundel. Il fit depuis avec Henri V un traité encore plus infâme, dont nous ne tarderons pas à parler.

Cependant les troupes orléanaises s'avançoient dans l'intention de s'emparer de Paris ; mais il n'y avoit pas d'apparence qu'elles pussent y entrer autrement que de vive force, car la cour, entourée de la faction bourguignone, n'avoit pas la liberté du choix ; et, assiégée dans le Louvre par les factieux, elle se voyoit dans la nécessité de se déclarer pour leur parti. Les princes apprirent alors que le duc de Bourgogne, après avoir pris d'assaut la ville de Ham, et réduit toutes les places environnantes, marchoit à leur rencontre : ils lui évitèrent la moitié du chemin, et les deux armées se trouvèrent en présence près de Montdidier. Une bataille décisive sembloit inévitable ; mais un incident qui résultoit de la mauvaise discipline militaire de ces temps-là les empêcha encore d'en venir aux mains. Les Flamands, qui faisoient la principale force du duc, se retirèrent tout à coup de son armée, alléguant que le temps pour lequel ils s'étoient engagés venoit d'expirer. Prières, menaces, promesses, rien ne put les retenir ; et le duc, frémissant de rage, fut obligé de faire lui-même une prompte retraite devant ses ennemis.

Alors les Orléanais, traversant l'Oise, se dirigèrent rapidement sur Paris, qu'ils regardoient comme une proie assurée. A leur approche, toutes les villes ouvrirent leurs portes, excepté Saint-Denis, qui bientôt fut forcé de capituler. Il n'en fut pas de même de la capitale : vainement les princes y envoyèrent des hérauts d'armes pour annoncer la fuite du duc de Bourgogne, et protester de la pureté de leurs intentions. Cette horde de brigands qu'avoit armée le comte de Saint-Paul se composoit alors de presque tous les artisans de la ville; aux Goix, aux Thiberts et autres chefs s'étoient joints Jean de Troye, chirurgien, et un écorcheur nommé *Caboche* (1), d'où les nouveaux factieux furent appelés *Cabochiens*. Ces misérables exerçoient un empire absolu, et les crimes atroces qu'ils avoient commis, ceux qu'ils commettoient encore tous les jours, ne leur laissoient d'autre ressource que de se défendre en désespérés. La reine, que le départ du duc de Bourgogne avoit déterminée à revenir à Paris pour essayer d'y ressaisir l'autorité, s'y trouvoit alors traitée en captive; la cour, tremblante devant cette troupe forcenée, rendoit contre les princes ordonnances sur ordonnances ; les chaires retentissoient d'invectives et d'anathèmes contre eux ; et ces déclamations augmentoient encore la haine des Parisiens, toujours religieux, même au milieu de leurs plus grandes fureurs. Ils demandèrent à grands cris de faire une sortie contre les *Armagnacs*, qui campoient alors tranquillement à leurs portes; le comte de Saint-Paul et le prevôt de Paris Désessarts, cédant à leur désir, les conduisirent vers un poste ennemi; mais ils furent complètement battus, quoique six fois plus nombreux. Peu de jours après ils s'en vengèrent, en allant mettre le feu au château de Wicestre, qui appartenoit au duc de Berri. Cependant il n'y avoit pas d'apparence qu'une populace presque sans armes et nullement aguerrie pût faire lever le siège à une armée telle que celle des princes, lorsque le duc de Bourgogne, qui venoit d'être joint par les troupes que le roi d'Angleterre s'étoit engagé à lui fournir, accourut au secours de la capitale, où il entra, non sans quelque danger.

A son arrivée tout changea de face; une nouvelle ordonnance plus précise et plus sévère que celles qui l'avoient précédée fut rendue contre les princes ligués et leurs adhérents ; ils y furent déclarés ennemis publics et criminels de lèse-majesté. La publication qu'on en fit porta un coup mortel

---

(1) C'étoit un sobriquet qu'on lui avoit donné. Son véritable nom étoit *Simon Coutelier,*

à la faction orléanaise ; la désertion commença à se mettre parmi ses partisans , et devint en peu de temps si forte , que, se trouvant dans l'impossibilité de défendre les postes qu'il avoit enlevés , le duc d'Orléans fut à son tour obligé de songer à une retraite, qui de jour en jour devenoit plus urgente. Elle fut exécutée de nuit , et l'armée marcha sans se reposer jusqu'à Étampes. A peine fut-elle partie, que les *Bourguignons* se répandirent dans la campagne de Paris, achevant d'y dévaster ce qui avoit échappé au brigandage des *Armagnacs*. Ils s'emparèrent ensuite de Dourdan et d'Étampes, où le parti ennemi avoit laissé une forte garnison. De leur côté , les troupes orléanaises remportèrent , près de Tours , un avantage assez considérable sur le comte de la Marche (1).

1412. Ce fut alors que les princes négocièrent ouvertement avec l'Angleterre, pour le détacher du parti bourguignon. Tandis qu'ils prenoient l'engagement de lui livrer une portion considérable de la France, en renouvelant les principales clauses du traité de Bretigny, le duc de Bourgogne se servoit à Paris de cette indigne transaction pour prouver au roi et à la France entière que la faction orléanaise avoit formé le projet de le détrôner. L'animosité des partis parut alors plus furieuse que jamais; plusieurs provinces devinrent tour à tour le théâtre de la guerre, entre autres le Berri, dans lequel le roi s'avança à la tête de cent mille hommes. Toutes les villes lui ouvrirent leurs portes, et il arriva en maître irrité devant Bourges, dont le siège fut aussitôt entrepris. Le duc de Berri, épouvanté, fit faire des propositions d'accommodement, que le Bourguignon voulut d'abord faire rejeter ; mais telle étoit alors la mauvaise constitution des armées, que les vainqueurs se trouvoient en peu de temps aussi embarrassés que les vaincus. L'armée royale manquoit de vivres, et étoit sur le point de se dissoudre. On saisit donc avec empressement cette ouverture d'une nouvelle paix, qu'on espéroit enfin rendre plus durable que les précédentes. Le dauphin, gendre du duc de Bourgogne, força en quelque sorte ce prince à une entrevue avec le duc de Berri, par suite de laquelle fut signé un nouveau traité, qui renouvela toutes les conditions de celui de Chartres. On le ratifia peu de temps après dans une assemblée solennelle tenue à Auxerre , où se trouvèrent tous les grands du royaume

---

(1) Le boucher *Goix*, blessé dans ce combat, vint mourir à Paris ; on lui fit des funérailles magnifiques , auxquelles le duc de Bourgogne n'eut pas honte d'assister.

Tome II. 9

et des députés de toutes les cours souveraines (1). Les deux partis y renoncèrent à toute alliance étrangère, sur-tout à celle de l'Angleterre. Enfin
des tournois et des fêtes brillantes terminèrent ce congrès de manière à
faire espérer un avenir meilleur, si l'on n'avoit pas eu une si triste expérience du passé.

Les méfiances et les haines étoient en effet bien loin d'être apaisées ;
et déjà auprès des deux partis existants s'en élevoit un troisième plus
imposant, auquel chacun des deux autres essaya de se rattacher ; ce parti
étoit celui du dauphin. Ce jeune prince, d'un caractère altier et bouillant,
commençoit à s'indigner de cette ambition de son beau-père, qui ne cessoit
d'attaquer un pouvoir dont il devoit un jour hériter. Pour la combattre
avec avantage, il imagina de favoriser les partisans de la maison d'Orléans,
tandis que le duc de Bourgogne, qui ne désiroit rien tant que la rupture
du traité, leur suscitoit mille difficultés pour en éluder les conditions et
aigrir leurs ressentiments. Il étoit aussi de son intérêt de jeter dans le
peuple de nouveaux ferments de révolte contre la cour ; et pour y parvenir
il provoqua une assemblée des états-généraux, dans laquelle l'administration désastreuse des finances fut exposée au grand jour, et attaquée sur-
tout par les députés du tiers-état. Un moine nommé Eustache de Pavilly
y lut un mémoire, dans lequel aucun des agents de ce ministère ne fut
épargné ; ce qui jeta une telle terreur parmi eux, que la plupart s'enfuirent, entre autres Désessarts, le plus coupable de tous. Long-temps
créature du duc de Bourgogne, il s'étoit attiré la haine de ce prince en le
trahissant (2), et cette haine étoit devenue plus violente encore depuis
qu'il s'étoit attaché ouvertement au parti du dauphin.

1413. Ce changement fit sa perte : par suite de cette nouvelle liaison, il quitta,
l'année suivante, la ville de Cherbourg, où il s'étoit retiré, se rapprocha
de Paris, et trouva le moyen de s'emparer de la Bastille. Son dessein,

---

(1) Le duc de Bourgogne, dans un conseil secret qu'il tint avec deux de ses créatures, Jacqueville et
Désessarts, leur fit part du projet qu'il avoit conçu, de profiter de l'occasion de cette assemblée pour
faire égorger à la fois les ducs de Berri, d'Orléans et le comte de Vertus. Désessarts ne put dissimuler
l'horreur qu'un tel projet lui inspiroit, et détermina ce méchant prince à l'abandonner. Il fit en même
temps avertir le duc d'Orléans, qui vint à Auxerre escorté par deux mille hommes d'armes. Le Bourguignon sut depuis cette trahison, et ne la pardonna jamais à Désessarts.

(2) Voyez la note précédente.

concerté avec le dauphin , étoit , dit-on, d'enlever ce jeune prince et de le
mettre à la tête du parti orléanais, qui devoit ensuite lui fournir les moyens
de rentrer en maître dans la capitale. Alors le duc de Bourgogne, poussé
à bout, ne balance plus à lever le masque ; ses partisans s'assemblent,
c'est-à-dire cette troupe de brigands qui avoit déjà désolé la ville ; ils sou-
lèvent le peuple ; on court à la Bastille, où Désessarts, surpris et déconcerté,
consent à se livrer, avec Antoine Désessarts (1) son frère, entre les mains
du duc, après en avoir obtenu la promesse qu'il ne leur seroit fait aucun
mal. Les deux prisonniers furent sur-le-champ conduits au Louvre.

Devenue plus insolente par ce premier succès, la populace furieuse se
précipite vers l'hôtel de Guienne, où logeoit le dauphin, en brise les
portes et pénètre jusqu'à l'appartement du prince. On saisit devant lui
plusieurs de ses officiers (2), que l'on conduit en prison dans l'hôtel même
du duc de Bourgogne ; quelques uns sont massacrés avant d'y arriver.
Le lendemain les séditieux demandent à grands cris qu'on leur livre Désessarts ; et le duc, malgré la foi jurée, l'abandonne à ces forcenés. Il
est plongé dans les cachots du Châtelet. Alors se renouvelèrent, avec
des excès plus grands encore, les horreurs des premiers mouvements
populaires ; et la plume fatiguée se refuse presque à retracer ce tableau
monotone des mêmes violences et des mêmes assassinats. Le dauphin est
retenu prisonnier dans l'hôtel St.-Paul ; de nouvelles listes de proscriptions
sont dressées ; les factieux osent violer ce qu'ils avoient jusqu'alors respecté,
l'appartement même du roi. Ils y entrent armés, et s'emparent à ses yeux
des plus grands seigneurs de sa cour (3), et de vingt dames ou demoiselles
attachées au service de la reine. Les proscrits, sans distinction de sexe ni
d'âge, sont liés deux à deux, placés sur des chevaux, et dans cet état
conduits en prison au milieu des huées et des outrages de la multitude ;
on force le roi à publier des ordonnances qui autorisent ces attentats. Un

---

(1) Ce fut cet Antoine Désessarts qui fit depuis élever le Saint-Christophe colossal que l'on voyoit dans
l'église de Notre-Dame. (*Voyez t.* I, *pag.* 138.)

(2) Le duc de Bar, Jean de Wailly, son nouveau chancelier, les seigneurs de la Rivière, de Marcoi-
gnet, de Boissay ; de Rambouillet, etc.

(3) Ces seigneurs étoient Louis de Bavière, frère de la reine, l'archevêque de Bourges, le chancelier
et le trésorier d'Aquitaine, etc. ; les dames Baune d'Armagnac, chancelière de la reine ; du Quénoy,
d'Anclus, de Noviant, du Châtel, etc.

grand nombre de ces infortunés sont noyés pendant les ténèbres, ou massacrés dans les cachots. Un nouveau code dicté par ces scélérats parut alors sous le nom d'*ordonnances cabochiennes;* et le roi, accompagné des princes et du conseil, ayant sur la tête le chaperon blanc, nouveau signe de ralliement adopté par la faction, fut forcé d'aller au parlement faire enregistrer ces monuments de crime et de licence. Désessarts, qui, dans des circonstances à peu près pareilles, avoit condamné Montagu à mort, périt du même supplice et par un jugement non moins inique, mais qu'on peut regarder comme un juste châtiment de la Providence. Enfin les excès de cette populace en vinrent à un tel point, que le duc de Bourgogne, principal moteur de toutes ces atrocités, commença à en craindre pour lui-même les aveugles effets, et crut prudent d'éloigner au moins de cette ville désolée le duc de Charolais son fils, et le seul espoir de sa race.

Il résulta de cette inquiétude du duc de Bourgogne, et de la situation violente du dauphin, qu'on poussoit au désespoir, un changement dans les affaires plus prompt qu'on ne pouvoit l'espérer. Ce jeune prince avoit vainement tenté de s'échapper; on le gardoit à vue; et tous les jours en butte à de nouveaux outrages (1), il n'attendoit désormais son salut que de la faction des princes, avec laquelle il trouvoit le moyen d'entretenir des relations secrètes. Leur ligue, qui s'étoit fortifiée par la jonction du roi de Sicile et du duc de Bretagne, commençoit aussi à alarmer leur ennemi. La guerre sembloit prête à renaître : cependant, avant de commencer les hostilités, ils jugèrent convenable de proposer à la cour de nouvelles négociations, basées sur les conditions de la paix d'Auxerre. Elles furent tenues à Pontoise; et le duc de Bourgogne, placé entre des ennemis puissants, les ressentiments du dauphin et une multitude effrénée qu'il ne pouvoit plus maîtriser, se vit forcé d'y envoyer des députés. Un projet de pacification, dont le principal article fut la soumission entière des princes à l'autorité du souverain, fut présenté au roi et ratifié par le parlement,

---

(1) Nous en citerons un exemple : Jacqueville, capitaine de la milice de Paris, passant avec sa troupe près de l'hôtel Saint-Paul, où le dauphin donnoit un bal, monta brusquement à l'appartement du prince, et lui reprocha la dissolution dans laquelle il vivoit. S'adressant ensuite au seigneur de La Trémoille, il l'accabla d'invectives, l'accusant d'être le conseiller et le ministre de ces indécentes orgies. Le dauphin indigné tira sa dague, et s'élança sur Jacqueville pour l'en percer. Alors les soldats de celui-ci se jetèrent sur La Trémoille, qu'ils auroient massacré, si le duc de Bourgogne, qui survint, ne lui eût sauvé la vie.

auquel la cour crut devoir l'envoyer, afin d'en imposer aux mutins par un acte aussi éclatant. Il eut tout l'effet qu'on en pouvoit désirer. Les citoyens honnêtes, qui gémissoient en silence de tant de calamités, se ranimèrent dès qu'ils virent l'autorité disposée à les soutenir; on tint dans les divers quartiers des assemblées dont le but étoit de chercher des moyens de désabuser le peuple sur les scélérats qui l'entraînoient dans l'abîme. Il fut moins difficile à persuader qu'on ne l'avoit craint d'abord; et le désir de la paix commençoit à devenir général, lorsque le traité qu'on avoit renvoyé aux princes fut remis, ratifié par eux, entre les mains du roi.

Alors les chefs des rebelles tentèrent un dernier effort : ils se rendirent à l'hôtel Saint-Paul, et demandèrent qu'on leur communiquât les articles. Sur le refus qu'on leur en fit, ils coururent s'emparer de l'hôtel-de-ville ; et dans ce poste, où ils étoient les plus forts, ils décidèrent qu'à l'instant la ville délibèreroit sur le traité ; mais ils ne purent empêcher que cette délibération ne fût remise à la pluralité des voix recueillies dans les quartiers. Ce fut là le coup mortel porté à la faction bourguignonne. Il se trouva, par un heureux hasard, qu'une partie de sa milice étoit sortie de la ville pour une expédition, sous la conduite de Jacqueville, ce qui les empêcha de tenter de nouvelles violences. Vainement le chirurgien de Troie essaya-t-il le lendemain de haranguer le peuple assemblé; un cri de paix qui s'éleva de tous côtés le força bientôt à se taire. Le parlement, les cours souveraines, l'université se rendirent à l'hôtel Saint-Paul, où le roi leur donna audience des fenêtres du palais. Là il fut supplié d'ordonner l'exécution du traité de Pontoise, et l'élargissement des prisonniers.

Alors les factieux désespérés se rassemblèrent au nombre d'environ trois mille hommes près de Saint-Germain-l'Auxerrois, résolus de marcher vers l'hôtel Saint-Paul. Mais la troupe qui accompagnoit le dauphin et le duc de Berri, grossie à tous moments par les bourgeois armés qui venoient s'y réunir en foule, s'élevoit déjà à plus de trente mille hommes, et le duc de Bourgogne, jugeant que la partie n'étoit pas égale, fit avertir ces furieux de se retirer. On le vit lui-même, s'efforçant de faire bonne contenance, venir se joindre aux deux princes, qu'il accompagna toute la journée ; mais il comptoit si peu qu'il y eût désormais quelque sûreté pour lui à Paris, qu'il s'enfuit peu de jours après, abandonnant à la rigueur des lois ceux de ses partisans qui avoient différé de se sauver (1). Alors les *Armagnacs* rentrèrent en vainqueurs ; et par cette révolution subite., qui suivoit toujours les succès de l'un ou de l'autre parti , les ministres et officiers institués par le duc de Bourgogne furent destitués et remplacés par des créatures des princes ; de nouvelles déclarations faites par le roi abolirent toutes celles qu'il avoit publiées contre eux ; enfin le gouvernement absolu de l'État fut tout entier entre les mains de la faction triomphante.

Jusqu'ici les *Bourguignons* et les *Armagnacs* , tour à tour oppresseurs ou opprimés , n'ont excité aucun intérêt , soit dans leurs succès , soit dans leurs revers. Cependant si , dans cette lutte de factieux qui cherchent à s'arracher un pouvoir usurpé , on éprouve moins d'indignation contre un des deux partis , ce parti est sans contredit celui des princes de la maison d'Orléans. Sans parler de l'assassinat qui rend le duc de Bourgogne si détestable , et qui légitime en quelque sorte la haine et la vengeance de ses ennemis ; entre deux partis dont l'un emploie sans cesse les fureurs de la populace, les massacres , les supplices, toutes les violences pour assurer ses succès , tandis que l'autre a dans ses intérêts tous ceux qui , dans les désordres publics , ont quelque chose à perdre , il est difficile de rester long-temps indécis.

Presque tous ceux qui ont écrit l'histoire de France nous semblent n'avoir pas établi avec assez de discernement les caractères si différents de ces deux factions. Incertains dans leurs jugements , vagues dans leurs récits, ils les confondent sans cesse dans le même mépris., dans la même indignation , ce qui est injuste dans toutes les époques de leurs longs débats., ce qui l'est sur-tout dans la catastrophe à jamais exécrable dont il nous reste à parler.

Le dauphin manquoit de jugement et de caractère ; il étoit livré à ses plaisirs, foible et emporté tout à la fois ; enfin , sous tous les rapports, incapable de gouverner dans des temps aussi difficiles. Cependant il étoit avide du pouvoir , et c'étoit pour en avoir été écarté par le duc de Bourgogne qu'il avoit appelé le parti orléanais à son secours. Les chefs de ce parti , parmi lesquels se trouvoit un homme supérieur, le

---

(1) Plusieurs furent punis du dernier supplice , entre autres le frère de Jean de Troye. On trouva chez ce scélérat une liste de proscription qui dévouoit à la mort plus de quatorze cents personnes.

comte d'Armagnac, sentant l'incapacité de ce jeune prince, l'éloignèrent également des affaires. Cette conduite lui sembla tyrannique et insupportable. Un acte de rigueur exercé par sa mère contre quelques seigneurs (1), compagnons de ses plaisirs, acheva de pousser sa patience à bout; et, changeant aussitôt de parti, au gré de ses passions insensées et impétueuses, il ne cessa d'écrire lettres sur lettres au duc de Bourgogne, pour l'inviter à venir le délivrer de cette servitude. Celui-ci étoit alors dans ses États de Flandre, où il songeoit déjà à réparer l'échec qu'il avoit essuyé, en levant des impôts et des soldats. Il saisit avec avidité ce prétexte de recommencer la guerre, et s'avança de nouveau vers Paris à la tête d'une nombreuse armée, annonçant hautement le projet d'arracher le dauphin à ses tyrans. Ici commence une nouvelle suite de malheurs que nos historiens n'ont pas manqué de rejeter sur cette prétendue tyrannie des Armagnacs : cependant que pouvoient-ils faire ? Placés entre un roi imbécille, une reine ambitieuse et avare, un ennemi aussi atroce que perfide, un jeune prince sans prudence et sans énergie; entourés d'une multitude aveugle et dévouée au parti contraire, devoient-ils abandonner et le salut de la France et le soin de leur propre sûreté à des mains incapables d'en répondre ? N'étoient-ils pas réellement les seuls protecteurs des citoyens honnêtes et paisibles ? Les vit-on jamais commettre des assassinats pour maintenir leur autorité ? Ne falloit-il pas que l'État fût gouverné, et ne valoit-il pas mieux qu'avec les mêmes droits et de meilleures intentions que le duc de Bourgogne, les princes de la maison d'Orléans s'emparassent de ce gouvernement ?

Mais si l'on pouvoit prouver en outre que, dès cette époque, l'infâme Bourguignon avoit conclu avec le roi d'Angleterre (2) un traité par lequel il reconnoissoit ses droits au trône de France, et s'engageoit à lui livrer son roi et son pays, est-il possible alors de balancer un seul instant? ne faut-il pas voir désormais dans les *Armagnacs* les défenseurs de la patrie, le vrai parti de l'État, et un insensé dans le jeune prince qui appelle à son secours l'ennemi le plus dangereux de sa famille, un traître digne du dernier

---

(1) C'étoient les seigneurs de Moï, de Brimeu, de Montauban et de Croy. Ils furent arrêtés dans sa chambre, parcequ'on les soupçonnoit d'être attachés au duc de Bourgogne. Le dauphin fut si irrité de cet affront, qu'il voulut sortir pour appeler le peuple à son secours; les princes le retinrent.

(2) Henri V, qui venoit de succéder à son père, mort en 1412.

supplice ? Ce traité existe (1); excepté le père Daniel et Villaret, aucun de nos historiens ne semble l'avoir connu, et, pour en avoir ignoré la véritable date, ni l'un ni l'autre n'en tire les conséquences qu'il est nécessaire d'en tirer. Cependant la face des choses est entièrement changée par l'existence et sur-tout par la date de cette pièce. Elle explique et les mesures prises contre l'aveuglement du dauphin et la violence des poursuites exercées contre le duc de Bourgogne, et la mort subite du second dauphin; elle fait comprendre l'entreprise, folle en apparence, de Henri V, abordant les côtes de France avec une armée peu nombreuse, non plus pour rentrer dans la possession de quelques villes, mais avec la résolution manifeste de s'emparer du royaume.

Reprenons la suite des faits : le duc de Bourgogne arriva à Saint-Denis avec une armée trop peu nombreuse pour faire le siège de Paris; mais il comptoit sur l'affection que lui portoit toujours la multitude, et sur le parti que pouvoit avoir le dauphin : il en arriva autrement qu'il ne l'avoit espéré. Il avoit affaire à un homme d'un grand caractère, et le comte d'Armagnac prit sur-le-champ le parti qu'il falloit prendre. Il força le

---

(1) Ces deux auteurs n'en parlent qu'à la date de 1416, et Saint-Foix prouve très bien qu'il ne fut que renouvelé à cette époque, et qu'il avoit été conclu dès l'année 1414. Dans cette transaction, le duc de Bourgogne expose que :

« Jusqu'alors, faute de bonnes informations, il avoit méconnu et ignoré les véritables droits du roi d'Angleterre et de ses héritiers à la couronne de France; qu'en ayant pris connoissance, il les reconnoît justes et légitimes; qu'il promet et s'engage en conséquence de faire une guerre mortelle à Charles VI et au dauphin, et se soumet à faire hommage-lige audit roi d'Angleterre, dès qu'il sera en possession d'une notable partie du royaume de France; reconnoissant que, quoique cet hommage soit dû dès à présent, il a été différé, pour le plus grand avantage de l'un et de l'autre;

« Que, par toutes les voies secrètes qu'il saura ou qui lui seront indiquées, il fera en sorte que ledit roi d'Angleterre soit mis en possession réelle et paisible dudit royaume de France;

« Que, pendant que ledit roi d'Angleterre sera occupé à poursuivre ses droits, lui, duc de Bourgogne, fera la guerre, avec toutes ses forces, aux ennemis que ledit roi d'Angleterre a dans le royaume de France; c'est à savoir, à A. B. C. D. et à tous leurs pays et partisans désobéissants audit roi d'Angleterre;

« Que, dans les traités d'alliance, lettres-patentes ou autrement, s'il paroît toujours tenir pour Charles VI, soi-disant roi de France et pour le dauphin, ce ne sera que par dissimulation, pour un plus grand bien et pour faire mieux réussir le projet formé entre ledit roi d'Angleterre et lui, duc de Bourgogne. »

C'est ainsi qu'un prince du sang, petit-fils du roi Jean, et premier pair du royaume, se lioit avec les ennemis naturels de sa patrie pour arracher le sceptre de sa maison, et le faire passer dans celle d'un usurpateur, d'un étranger, à qui même la couronne d'Angleterre n'appartenoit pas. (SAINT-FOIX.)

dauphin de désavouer son beau-père ; un messager que celui-ci osa adresser au roi fut renvoyé sans être entendu , et menacé de mort s'il osoit reparoître. En même temps qu'une ordonnance du monarque déclaroit ce prince ennemi de l'État, des mesures sévères contenoient le peuple , toujours prêt à se soulever. Les artisans et autres gens de peine eurent défense d'approcher des remparts , sous peine de mort ; tous les habitants indistinctement furent désarmés ; on leur ôta de nouveau les chaines qui leur avoient été rendues ; des soldats parcouroient les rues , marchant en bataille, enseignes déployées , prêts à fondre sur les mutins au premier signal ; et c'est alors que l'on put juger combien il étoit facile de contenir cette multitude, si terrible lorsqu'elle a brisé ses entraves. Personne n'osa remuer ; mais les Parisiens en conçurent contre le comte d'Armagnac une haine implacable.

1414. Des mesures si vigoureuses déconcertèrent le duc de Bourgogne , qui s'enfuit précipitamment dans ses États, où il fut poursuivi par une armée nombreuse que commandoit le roi en personne. Battu sur tous les points, réduit aux dernières extrémités , il se vit contraint à demander lui-même une paix qu'il falloit lui refuser, que jamais les princes, et sur-tout le comte, ne lui eussent accordées, mais que l'impatient dauphin sut faire accepter à son père, parcequ'il croyoit y trouver une occasion de secouer ce qu'il appeloit la tyrannie des Armagnacs.

Cette nouvelle paix fut signée à Arras ; mais si l'on en considère les articles, il n'est pas difficile de voir que le dauphin , mécontent du parti d'Orléans , ne se méfioit pas moins du duc de Bourgogne , dont il connoissoit sans doute alors les liaisons avec le roi d'Angleterre. Entre autres conditions extrêmement dures , il fut expressément enjoint à ce prince de ne point approcher de Paris sans la permission du roi et du dauphin : il s'y soumit ; mais tout étoit déjà préparé pour l'horrible trahison qu'il méditoit depuis long-temps.

Pendant l'absence de Charles, des ambassadeurs de Henri V étoient venus à Paris demander la princesse Catherine , sa fille , en mariage pour le nouveau roi ; et par une audace que la trahison du duc de Bourgogne peut seule expliquer, ils réclamèrent en même temps le rétablissement des clauses du traité de Bretigny. Le duc de Berri, qui les reçut, les renvoya , en leur disant qu'il ne pouvoit rien décider par lui-même.

Le roi d'Angleterre fit, dès ce moment, ses préparatifs pour porter la guerre en France.

Après la paix d'Arras, les princes et le dauphin revinrent ensemble à Paris, mais déjà divisés entre eux. *Armagnacs* et *Bourguignons*, tout étoit également odieux au fils de Charles VI; il vouloit le pouvoir sans partage, et son parti entièrement détaché des deux autres parut bientôt à découvert. Cependant les premières tentatives qu'il fit pour secouer le joug ne lui réussirent point (1), et les ducs d'Orléans et de Bourbon, instruits à temps, rompirent ses mesures. Alors le jeune prince, outré de dépit, sort de Paris et se rend à Bourges. La reine et les princes effrayés lui écrivent dans les termes les plus pressants pour l'engager à revenir; il a l'air de se rendre à leurs sollicitations, leur indique un rendez-vous à Corbeil; et par une ruse hardie qu'on étoit loin d'attendre de son caractère, tandis que toute la cour l'attendoit dans cette ville, il force sa marche vers Paris, fait lever, en passant, le pont de Charenton, arrive au Louvre, s'empare de la ville, dont il fait fermer les portes, et envoie sur-le-champ ordre à tous les princes, le duc de Berri excepté, de se retirer dans leurs terres.

Devenu maître par ce coup d'autorité, le dauphin s'abandonna, dès ce moment, à toute la fougue de son caractère altier et violent, à son goût effréné pour les plaisirs et pour la dissipation. Les trésors de l'État furent prodigués aux compagnons et aux ministres de ses voluptés; mais ce qui prouve, contre l'avis de plusieurs historiens, que le duc de Bourgogne n'étoit pour rien dans l'entreprise qu'il venoit de faire, c'est qu'un des premiers essais qu'il fit de son pouvoir fut de reléguer à Saint-Germain la dauphine, fille de ce prince, afin de se livrer sans contrainte à ses dérèglements.

1415.   Il étoit impossible qu'un semblable caractère pût se maintenir dans les circonstances plus critiques encore où la France alloit se trouver, et lui-même parut le sentir. En effet, Henri V venoit de débarquer à Harfleur (2), dont il s'étoit emparé; et, maître de la campagne, il s'avançoit à travers la Picardie, demandant hautement la couronne de France, en vertu des

---

(1) Les conjurés, dont les chefs étoient les courtisans du dauphin, devoient aller au Louvre, mettre ce prince à leur tête, s'emparer des postes les plus importants, chasser les Orléanais et massacrer ceux qui feroient résistance.

(2) Depuis le Havre-de-Grace.

droits d'Édouard. Dans cette extrémité il fallut songer à remettre la défense de l'État à l'un des deux partis : quels que fussent les ressentiments du dauphin à l'égard des princes d'Orléans, il n'hésita pas un seul instant à leur donner la préférence sur un perfide dont la trahison étoit maintenant dévoilée à ses yeux ; le duc osa faire des offres de services (1), qui furent rejetées avec mépris ; enfin, après la malheureuse bataille d'Azincourt (2), plus sanglante que décisive, il tenta de nouveau de séduire et le roi et le dauphin, en leur offrant une armée qu'il s'engageoit à mettre entièrement à leur disposition ; mais il fut de nouveau repoussé ; on lui défendit de paroître à la cour autrement qu'avec sa suite ordinaire, et les villes reçurent l'ordre de refuser passage à ses troupes.

Ce fut pendant le cours de cette négociation, où le duc de Bourgogne tenta vainement de ramener à lui le dauphin, que ce jeune prince mourut d'un mal subit et violent qui l'emporta en six jours. On soupçonna qu'il avoit été empoisonné, et les deux factions s'en accusèrent réciproquement: mais parmi leurs chefs, lequel avoit le plus besoin de cette mort ? qui, du Bourguignon et des princes d'Orléans, étoit le plus accoutumé à commettre des assassinats?

A ce dauphin Louis succédoit le prince Jean son frère, âgé de dix-sept ans. Il étoit alors à Valenciennes, auprès du comte de Hainaut, dont il avoit épousé la fille. Le nouveau dauphin, d'un esprit borné et d'un caractère encore plus foible que son frère, ne faisoit rien que d'après les conseils de son beau-père. Il refusa de revenir à la cour, où on le pressoit de se rendre, si le roi ne faisoit sa paix avec le duc de Bourgogne, auquel le duc de Hainaut étoit entièrement dévoué.

---

(1) Villaret, toujours persuadé que le traité du Bourguignon avec le roi d'Angleterre n'existoit point encore, blâme, comme impolitique, un refus très raisonnable, et une méfiance qu'on auroit dû avoir plus tôt. Pour n'avoir pas connu un point historique aussi essentiel, cet historien ne peut ici rien éclaircir, rien expliquer, et donne aux personnages des motifs, aux évènemens des causes entièrement opposées à la vérité.

(2) Elle fut perdue par la faute du connétable d'Albret, qui y périt avec la fleur de la noblesse française et six princes du sang. Le duc d'Orléans y fut fait prisonnier. Cependant le vainqueur, épuisé et réduit à dix-huit mille hommes, de cinquante mille qu'il avoit à son arrivée, fut forcé de regagner Calais et de repasser en Angleterre. *Sa victoire*, dit Rapin de Thoiras, *ne lui avoit pas acquis un pouce de terre ;* plus des deux tiers de l'armée française n'avoient pas donné, et rien n'eût été plus facile à réparer qu'un semblable échec dans des circonstances ordinaires.

Cependant le comte d'Armagnac, appelé à Paris par Charles, venoit de recevoir de sa main l'épée de connétable et le titre de premier ministre. Tout plioit sous ses ordres, et pour la première fois les rênes de l'État se trouvèrent dans une main capable de les diriger. C'est une grande inconséquence de la part du continuateur de Vély d'avoir accusé ce grand homme de hauteur et d'inflexibilité dans la situation extraordinaire où il se trouvoit. Cet historien n'avoit pas vécu au milieu des discordes civiles; s'il en eût fait la triste expérience, il eût su que ce n'est point par la confiance et la douceur que l'on peut ramener des esprits qu'une longue licence a livrés à tous les genres de corruption. Paris fut tranquille, parceque l'administration fut sévère et même dure; et en effet il ne s'agissoit point ici de se faire aimer, mais de se faire craindre. Le nouveau ministre employa, pour déconcerter les traîtres, étouffer les complots, tous les moyens de rigueur nécessaires, l'exil, l'emprisonnement, les supplices; il fit ce qu'il devoit faire, et il faut en accuser le malheur des temps. Tandis qu'il maintenoit ainsi la tranquillité dans Paris, la défense du royaume n'étoit point oubliée; il faisoit réparer les forteresses, méditoit des plans pour chasser les Anglais du continent, et s'efforçoit de rétablir l'ordre dans les finances. Enfin il résulta des mesures prises par le connétable, que le duc de Bourgogne, cantonné dans la Brie (1), où une foule de petits combats fatiguoient inutilement son armée, attendant vainement quelque mouvement favorable des partisans qu'il avoit dans la ville, se vit dans la nécessité de se faire donner, par le dauphin, un ordre de désarmer, afin de couvrir au moins la honte de sa retraite.

La fin de cette année fut remarquable par l'arrivée de l'empereur Sigismond à Paris. Ce prince, qui venoit, en apparence, dans l'intention de faire cesser les divisions de la France et de l'Angleterre, prit en effet des engagements contre elle avec Henri V et le duc de Bourgogne, trouva le moyen de mécontenter tout le monde pendant le court séjour qu'il fit dans la capitale (2), et partit ensuite pour Calais, d'où il alla à Londres continuer ses intrigues.

---

(1) Il se tenoit principalement dans la ville de Lagny, ce qui lui fit donner par les Parisiens le nom de *Jean de Lagny qui n'a pas hâte.*

(2) Voyez tom. Ier, page 77.

1416. Les conspirations renaissoient à chaque instant; les partisans du duc de Bourgogne, toujours nombreux, toujours actifs, malgré les rigueurs employées contre eux, profitèrent d'un moment où le connétable étoit allé en Normandie, pour tenter une nouvelle entreprise. Elle devoit être décisive : il ne s'agissoit pas moins que de massacrer le roi et la reine, les princes, et sans distinction tous les partisans de la faction orléanaise. Cet horrible complot fut découvert par la femme d'un changeur nommé Michel Laillier. Les conjurés périrent dans les supplices, et avouèrent, avant de mourir, que toutes ces horreurs avoient été non seulement approuvées mais commandées par le duc de Bourgogne.

A la première nouvelle de cet évènement, le connétable revint précipitamment à Paris, où sa présence porta de nouveau la terreur dans le parti contraire. Ce fut alors que la Grande-Boucherie, berceau de toutes les séditions, et point de rassemblement des factieux, fut rasée jusqu'aux fondements. Les taxes furent augmentées; on multiplia les proscriptions, les emprisonnements, les supplices ; personne n'osa murmurer. On ne peut assez admirer le généreux courage de ce grand ministre, qui, dans une situation aussi terrible, entouré d'ennemis intérieurs qu'il avoit tant de peine à contenir, n'en rejetoit pas moins avec une noble fierté toute espèce de trève avec les Anglais, qu'il vouloit absolument chasser de France. Il partit en effet de nouveau pour aller faire le siège de Harfleur, qu'il fut bientôt forcé d'abandonner, trahi dans cette entreprise hardie par la fortune plus que par son génie; et c'est alors que Henri, ne trouvant plus d'obstacles, se disposa à rentrer en France ; que le Bourguignon alla à Calais renouveler l'infâme traité de 1314 ; et que tout se prépara pour consommer la ruine de ce malheureux royaume.

Le duc de Berri, oncle du roi, mourut cette année à Paris, dans son hôtel de Nesle. Ce prince, l'un des principaux artisans des malheurs publics, étoit alors sans pouvoir et sans considération. Personne ne le regretta; sa mort même ne fit aucune sensation; mais le connétable en profita pour commencer à produire le jeune Charles, comte de Ponthieu, second fils du roi ; il le fit nommer gouverneur de Paris.

Cependant le dauphin refusoit toujours de se rendre à la cour ; le comte de Hainaut, sur les nouvelles sollicitations qui furent faites à ce jeune prince, osa venir lui-même à Paris signifier qu'on ne devoit point compter sur son retour si l'on ne faisoit la paix avec le duc de Bourgogne. On savoit que ce seigneur étoit la seule cause de cette obstination insensée; on résolut de l'arrêter. Instruit de ce dessein, il se retira précipitamment à Compiègne, où il trouva, à son arrivée, le dauphin expirant. On ne douta point qu'il n'eût été empoisonné, et les soupçons tombèrent tour à tour sur la reine, sur le connétable, sur le roi de Sicile, beau-père du nouveau dauphin, sur le duc de Bourgogne. Les présomptions des historiens se portent principalement sur le roi de Sicile : mais l'homme qui avoit déjà commis et médité tant d'assassinats, qui, dans ce moment même, venoit de jurer la perte de toute la famille régnante, ne doit-il pas être plus justement soupçonné d'un crime qui ne pouvoit être utile qu'à lui? Le comte de Ponthieu devint par cette mort l'héritier présomptif du trône et l'unique espoir de la France.

Henri V venoit de descendre à la Touques, en Normandie; le duc de Bourgogne s'avançoit, de son côté, à la tête d'une armée nombreuse, appelant les peuples à la défense de la patrie, publiant des manifestes contre les Armagnacs, dans lesquels il nioit impudemment ses liaisons avec l'étranger. Par-tout où il passoit il abolissoit les impôts, et la multitude, se laissant prendre à cet appât frivole et usé, combloit de bénédictions un perfide qui n'avoit pour objet que de faire une diversion en faveur de l'Angleterre. Cependant le connétable, entouré de tant d'ennemis, manquant d'argent pour lever des soldats, forcé d'abandonner la campagne à l'Anglais et au Bourguignon, avoit encore à lutter contre les jalousies de la reine, avide de pouvoir et incapable de commander, contre l'orgueil des grands, qu'humilioit la hauteur de son caractère et l'excès de sa puissance. Dans ces temps malheureux, où il n'y avoit plus ni honneur ni patrie, on haïssoit, on vouloit perdre le seul homme capable de tout sauver. La reine, sur-tout, dévorée d'ambition au milieu de la vie molle et voluptueuse qu'elle menoit au château de Vincennes, étoit son ennemi le plus acharné et le plus redoutable (1). Ce fut pour prévenir

1417.

---

(1) On avoit fait un fonds pour le paiement des troupes; cette princesse avare voulut s'en emparer, sous prétexte de l'entretien de sa maison et des pensions qui lui étoient dues; le connétable s'y opposa, elle le menaça. Il la connoissoit, et crut devoir aller au-devant de sa vengeance. Cependant on ne peut nier que le moyen qu'il employa ne fût indigne d'un homme tel que lui, et même de tout homme d'honneur.

ses mauvais desseins qu'il avertit le roi de ses intrigues galantes avec Bois-bourdon, son grand-maître d'hôtel. On arrêta Boisbourdon; il fut mis à la question, où il avoua tout, cousu dans un sac et jeté dans la rivière. Isabelle fut reléguée à Tours; et le dauphin, par l'avis du connétable, se saisit, pour les besoins de l'État, des trésors qu'elle avoit amassés. Depuis l'assassinat du duc d'Orléans elle ne pouvoit entendre prononcer le nom du duc de Bourgogne sans frémir : cette horreur céda au désir de se venger, et quoique gardée à vue, elle trouva le moyen de lui écrire pour implorer son secours. Depuis deux mois le traître tournoit aux environs de Paris, s'éloignant, s'approchant, et assiégeant les petites villes des environs. Sa faction étoit si puissante dans cette capitale, que le connétable et le dauphin n'osoient presque en sortir, ce qui favorisoit les progrès des Anglais en Norman-die (1). A la réception de cette lettre, il part à la tête de quinze cents cavaliers choisis, arrive à Tours avec une diligence inconcevable, délivre la reine et la conduit à Troies. Elle y établit sa cour, prend le titre de régente, crée une chambre souveraine à Amiens, après avoir cassé le parlement de Paris et les autres cours supérieures, et défend de reconnoître l'autorité du roi et du dauphin, sous le prétexte si souvent employé qu'ils ne jouissoient pas de leur liberté.

1418.   Pendant ce temps les hostilités continuoient aux portes mêmes de Paris; on se prenoit mutuellement des villes; on se harceloit par de petits combats; dans les murs, les conspirateurs ne cessoient point de s'agiter, et leurs conspirations sans cesse avortées produisoient de nouvelles rigueurs, qui augmentoient encore le nombre des mécontents. Cependant les Anglais s'avançoient rapidement dans l'intérieur de la France; et la réunion de tous les membres de la famille royale, si elle eût été possible, pouvoit seule sauver le royaume. Quelques évêques s'entremirent pour tâcher d'arriver à ce but si désirable. La prétendue régente et le duc de Bourgogne nommèrent des députés; le dauphin en nomma de son côté. Ces

---

(1) Du désordre que le duc de Bourgogne causoit dans l'État, il arrivoit que les autres grands vassaux séparoient leurs intérêts de ceux de la monarchie; la reine de Sicile, duchesse du Maine et de l'Anjou, fit une trève avec Henri pour ses terres, c'est-à-dire qu'elle s'engagea à ne point fournir son contingent à la France; le duc de Bretagne en fit une pareille : la Bourgogne, la Champagne, la Picardie, l'Artois et la Flandre étoient au pouvoir du duc de Bourgogne; on peut juger dans quel embarras devoient être le connétable et le dauphin pour trouver de l'argent et des troupes. (SAINT-FOIX.)

députés tinrent plusieurs assemblées au village de la Tombe , entre Montereau et Bray-sur-Seine , dans lesquelles on finit par convenir que la décision des principaux articles seroit remise à deux légats du Saint-Siège qui étoient venus offrir leur médiation. Ces légats assistèrent donc aux conférences , et dressèrent ensuite un traité qui portoit que le dauphin et le duc de Bourgogne gouverneroient conjointement le royaume. Le connétable et le chancelier de Marle détournèrent hautement le roi et le dauphin de ratifier une semblable transaction (1) , et tout espoir de rapprochement fut rompu de nouveau et sans retour.

La vigilance et la vigueur d'esprit du connétable étoient telles , qu'on peut présumer que le duc de Bourgogne n'eût point recueilli de ses crimes tout le fruit qu'il en attendoit, si une trahison tramée par un petit nombre de citoyens obscurs , et par cela même aussi inattendue qu'impénétrable , n'eût renversé en un instant toutes les mesures prises par son redoutable adversaire. Il arriva que dans un moment où presque toutes les troupes royales étoient sorties de la ville pour essayer de reprendre Marcoussy , Montlhéry et quelques autres villes enlevées par le parti bourguignon , un certain *Perrinet Leclerc*, fils d'un marchand de fer sur le Petit-Pont, fut maltraité par les gens d'un des seigneurs du parti d'Armagnac, et n'en put obtenir justice du prevôt de Paris. Outré de ce refus, il résolut de se venger , s'associa quelques complices , et fit savoir à Lisle-Adam, qui commandoit dans Pontoise pour le duc de Bourgogne, que , s'il vouloit s'approcher secrètement de la ville, il espéroit pouvoir l'y introduire par la porte de Bucy. Dans la nuit du 28 au 29 mai, ce seigneur s'y présenta , accompagné de huit cents hommes d'armes. Perrinet Leclerc, qui en avoit dérobé les clefs sous le chevet du lit de son père, l'un des quarteniers de la ville , et gardien de cette porte, la lui ouvrit à un signal convenu. Lisle-Adam entre avec sa troupe; ils marchent en silence jusqu'au Châtelet, où cinq cents bourgeois, avertis par les émissaires de la faction bourguignonne, venoient de se rassembler , et se joignent à eux. Tous s'écrient à l'instant : *La paix ! la paix ! vive le roi et Bourgogne !* et, se parta-

---

(1) Villaret accuse encore ici l'ambition du connétable d'Armagnac, que cette paix auroit, dit–il, dépouillé de toute sa puissance. La même erreur produit jusqu'à la fin les mêmes inconséquences dans le récit de cet historien.

geant en plusieurs corps, se répandent dans les quartiers, où ces cris sont répétés. La populace se précipite aussi des maisons dans les rues en faisant retentir l'air des mêmes acclamations, et, s'armant aussitôt de tout ce qu'elle peut trouver, se joint aux conjurés. Ils vont à l'hôtel Saint-Paul, éveillent le roi, l'obligent de s'habiller, de marcher à cheval à leur tête, et le promènent ainsi dans les rues, pour faire croire qu'il approuve l'entreprise. Tanneguy-du-Châtel, prévôt de Paris, tremblant, aux premiers cris, pour les jours du dauphin, avoit volé à son hôtel; ce jeune prince dormoit tranquillement: il l'enveloppe dans un de ses draps, l'enlève de son lit, et est assez heureux pour arriver à la Bastille, chargé de ce précieux fardeau. Le lendemain il le conduisit à Melun. Cependant les chefs des conjurés dirigent leurs hordes sur les hôtels du chancelier, des ministres et des principaux partisans de la faction contraire. Le chancelier de Marle, l'archevêque de Reims, plusieurs évêques, une foule de seigneurs et de membres des cours souveraines sont arrachés de leurs lits, chargés de fers et traînés en prison. Le comte d'Armagnac, qu'on avoit vainement cherché dans sa demeure, ne tarda pas à être découvert et arrêté (1). Toutefois, pendant la première nuit et les deux jours qui la suivirent, il y eut peu de sang répandu. On attendoit le retour d'un courrier expédié au duc de Bourgogne, alors à Dijon, lorsque Tanneguy-du-Châtel, le maréchal de Rieux et les autres seigneurs qui s'étoient emparés de la Bastille, rentrèrent dans cette forteresse avec seize cents hommes d'armes, et de là se jetèrent dans la ville, espérant surprendre les Bourguignons, et délivrer le connétable; mais ils rencontrèrent ceux-ci préparés à les recevoir, et il se livra, au milieu de la rue Saint-Antoine, un combat opiniâtre, dans lequel, accablés par la supériorité du nombre, ils furent forcés de se retirer, après avoir laissé quatre cents des leurs sur la place. La Bastille se rendit alors à composition. Sur ces entrefaites, l'horrible milice des bouchers, proscrite et bannie de la ville par les Armagnacs, y rentra, ne respirant que la vengeance et le crime; et le 10 juin arrivèrent enfin les nouvelles que l'on attendoit du duc de Bourgogne. Aussitôt les

---

(1) Il s'étoit caché chez un maçon, qui n'eut pas le courage de braver un ordre par lequel il étoit défendu, sous peine de mort, de donner asile aux Armagnacs. Dès que cet ordre eut été publié, il alla lui-même dénoncer le connétable.

bruits les plus sinistres et les plus alarmants sur les projets des partisans du dauphin sont répandus parmi le peuple, dont on allume à dessein la fureur ; ces bruits s'accroissent en volant de bouche en bouche, et cette multitude est bientôt persuadée que son salut dépend de l'entière extermination des Armagnacs ; enfin le 12 juin, jour à jamais exécrable, parvenue au dernier degré de la rage, elle court d'abord à la Conciergerie, en enfonce les portes, en fait sortir tous les prisonniers, et, quels qu'ils soient, Armagnacs, Bourguignons, criminels, débiteurs, les égorge tous, sans épargner ni le sexe ni l'âge ; dans un moment la cour du palais est inondée de sang et couverte de cadavres ; le chancelier, six évêques, un grand nombre de membres du parlement expirent percés de mille coups ; le connétable est au nombre de ces illustres victimes. Les mêmes atrocités se renouvellent dans toutes les prisons. Au Grand-Châtelet, les prisonniers, au désespoir, veulent résister, et du haut de ses tours essaient de repousser leurs assassins : on y met le feu, et on les force à se précipiter eux-mêmes sur la pointe des piques et des épées placées en bas pour les recevoir. Ces scènes abominables se terminèrent par le spectacle peut-être plus horrible encore des outrages que ces barbares exercèrent sur les restes mutilés de leurs victimes. Les cadavres du connétable et du chancelier, après avoir été traînés pendant trois jours dans les rues, furent jetés à la voirie.

Le 14 juillet, la reine et le duc de Bourgogne arrivèrent à Paris. « Ils « y firent, disent les historiens, une entrée triomphante ; le peuple jetoit des « fleurs sur leur passage ; on n'entendoit de tous côtés qu'un cri général « d'acclamation et d'allégresse ; la joie brilloit sur tous les visages. » Entourés de ces bandes d'assassins, cortège bien digne d'eux, ils allèrent descendre à l'hôtel Saint-Paul, où l'infortuné Charles, entièrement privé de sa raison, reçut Isabelle comme l'épouse la plus tendre et la plus vertueuse, et le duc de Bourgogne comme le sujet le plus affectionné et le plus fidèle.

« Le ciel, dit Saint-Foix, purgea Paris de ses infâmes habitants (1) ;

---

(1) Il y eut encore, quelques jours après, de nouveaux assassinats. Les troupes qui environnoient Paris empêchant les vivres d'arriver, on persuada au peuple que c'étoient les Armagnacs qui étoient cause de la famine ; sur ce bruit ses fureurs se rallumèrent ; il courut aux prisons, où il massacra encore toutes les personnes arrêtées depuis la première boucherie. Capeluche, bourreau de la ville, étoit à la tête des assassins, et le duc de Bourgogne, moteur secret de ces nouvelles horreurs, eut une con-

avant la fin de l'année il en mourut plus de cent mille , *presque tous de la populace , et meurtriers* (1).

Les évènements qui terminèrent ce malheureux règne n'appartiennent plus qu'indirectement à l'histoire de la ville de Paris , désormais soumise aux tyrans qu'elle s'étoit choisis , et n'osant plus secouer un joug dont elle commença alors à sentir toute la pesanteur. Le roi d'Angleterre s'avançoit en conquérant dans la Normandie , où cependant la résistance héroïque de la ville de Rouen le retint assez long-temps , et lui fit perdre assez de monde , pour qu'on pût juger qu'il n'eût retiré de son expédition que des revers et de la honte , si la France n'eût pas été d'avance trahie et livrée entre ses mains. Tandis que l'armée anglaise étoit occupée à ce siège , le dauphin , qui résistoit à peine au duc de Bourgogne , voyant un nouvel ennemi prêt à fondre sur lui , essaya de traiter avec Henri , qui accepta la négociation , la fit durer tout le temps qu'il jugea nécessaire à ses intérêts , et la rompit en faisant des propositions absurdes qu'il fallut rejeter. Déjà les Anglais

1419· étoient répandus dans l'Ile-de-France , et faisoient des incursions jusque dans les faubourgs de Paris. Le dauphin , au désespoir , ne voit plus de ressources que dans une réconciliation avec le duc de Bourgogne ; il fait faire auprès de lui des démarches qui sont accueillies ; il en résulte une entrevue à Poissy-le-Fort , où les deux princes se donnent des témoignages très vifs de confiance et d'amitié qui pouvoient être sincères de la part du dauphin , mais qui , suivant toutes les probabilités , n'étoient qu'une nouvelle perfidie de l'infâme Bourguignon. Ils signèrent un traité dans cette conférence , et il y fut convenu qu'ils se reverroient le 18 août suivant à Montereau-Faut-Yonne. Dans cette seconde entrevue , *Jean-sans-Peur* est poignardé par les gens de la suite du dauphin. Les historiens ont tellement varié sur les circonstances de ce meurtre , qu'on ignorera probablement toujours s'il étoit prémédité , et si ce jeune prince fut réellement complice d'un assassinat que rien ne peut justifier , quoiqu'il eût été commis sur un des hommes les plus exécrables qui aient jamais existé.

---

férence avec lui au palais. Quelques jours après , voyant que ces excès alloient plus loin qu'il ne l'avoit voulu d'abord , il fit saisir et exécuter ce scélérat , ainsi que plusieurs autres chefs , et tout rentra dans l'ordre.

(1) *Juvenal des Ursins.* Il est l'auteur d'une histoire de Charles VI , depuis 1580 jusqu'à 1422 , et étoit fils du célèbre prevôt des marchands du même nom , qui exerça cette charge sous ce malheureux prince , et fut un de ses plus fidèles et de ses plus courageux serviteurs.

Son caractère, naturellement doux et humain, et qui ne se démentit pas un seul instant dans tout le cours de sa vie, porte à croire qu'il n'avoit aucune connoissance du complot, et qu'il l'eût empêché s'il l'avoit connu. D'ailleurs, pourquoi supposer un complot? N'est-il pas plus naturel de penser que le duc de Bourgogne, accoutumé à tous les crimes, ayant voulu commettre ici le plus détestable de tous en s'emparant de ce dernier rejeton de la famille royale, dont il avoit d'ailleurs promis la ruine à l'usurpateur, fut tué dans le cas d'une légitime défense (1)?

Quoi qu'il en soit, ce meurtre, loin d'avancer les affaires du dauphin, les rendit encore plus mauvaises. L'odieuse Isabelle se lia contre son propre fils avec Philippe-le-Bon, fils et successeur de *Jean-sans-Peur*, et ce jeune prince, aveuglé par la vengeance, n'eut pas honte de seconder les projets formés par le roi d'Angleterre pour la destruction de sa propre maison. Le résultat de leur triple alliance fut cette convention inouïe signée à Troyes le 1420. 21 mai, par laquelle Henri V, devenu l'époux de la princesse Catherine, est déclaré régent et héritier du royaume après la mort de Charles VI.

Cette même année les deux rois firent leur entrée à Paris le premier dimanche de l'Avent. Charles VI fut conduit à l'hôtel Saint-Paul, où la coupable Isabelle, désormais sans honneurs et sans crédit, fut obligée de le suivre. Le roi d'Angleterre se logea au Louvre. Bientôt les taxes multipliées, les outrages et les violences de toute espèce apprirent aux Parisiens la différence qu'il y a entre le règne du souverain légitime et celui de l'étranger. Insolents et mutins sous l'autorité paternelle de leurs rois, ils se montrèrent dociles et même rampants sous celle de leurs oppresseurs. Telles sont les bassesses du cœur humain, lorsqu'il est livré à sa corruption.

Le 23 décembre, le roi tient un lit de justice où dominent des juges vendus à Henri V. Les auteurs de l'assassinat du duc de Bourgogne y sont déclarés criminels de lèse-majesté, et par conséquent indignes de toute succession. Le roi, dans cette déclaration, ne parle du roi d'Angleterre qu'en le qualifiant de *son très amé fils, héritier et régent du royaume*, tandis que, parlant de son propre fils, il le nomme sans cesse Charles, *soi-disant dauphin* (2).

---

(1) C'est ainsi que plusieurs historiens ont présenté cet événement.

(2) Il faut remarquer dans cette déclaration, qu'aucun des complices du meurtre de *Jean-sans-Peur* n'y est nommé, et que, malgré la terreur que pouvoit inspirer la présence du roi d'Angleterre, qui

Cependant ce jeune prince ne se laissoit point abattre à des coups aussi rudes, et songeoit à reconquérir par la force un bien qui lui appartenoit si légitimement. Il faisoit fortifier les villes d'au-delà de la Loire, transportoit à Poitiers le parlement et l'université de Paris, et prenoit hautement le titre de régent du royaume. « Ainsi, disent nos historiens, on vit « en même temps en France deux rois, deux reines, deux parlements, « deux universités de Paris. »

1421. « La bataille de Beaugé, gagnée par le maréchal de La Fayette sur le duc de Clarence, lieutenant-général de Normandie, qui y fut tué, en l'absence de Henri V, son frère, repassé en Angleterre, rassure le dauphin. Le comte de Douglas, qui lui avoit amené sept mille Ecossais, eut grande part à cette victoire, et fut fait connétable. »

1422. « Henri V repasse la mer et accourt pour se venger de la défaite de Beaugé ; il commet plusieurs actes d'hostilités, et meurt à Vincennes le 31 août, âgé de trente-six ans. Il laisse la régence à son frère le duc de Betfort, et la régence de l'Angleterre à son cadet le duc de Glocester. Charles VI le suivit de près. Sa mort sauva la France, comme celle de Jean-sans-Terre avoit sauvé l'Angleterre (1). »

Les évènements politiques sont tellement enchaînés les uns aux autres pendant le cours du malheureux règne dont nous venons de tracer le tableau, qu'il n'a pas été possible d'y placer les évènements moins importants qui se passèrent, à la même époque, dans Paris. Il n'y fut construit qu'un seul monument public, le pont Notre-Dame ; et l'on n'y voit d'autre fondation que celle de trois collèges (2).

---

désiroit sans doute que le dauphin fût déclaré coupable, on ne parle de lui, à l'occasion du meurtre, qu'en termes équivoques ; ce qu'il est d'autant plus nécessaire d'observer, que tous nos historiens qui ont parlé de cet arrêt en ont parlé sans l'avoir vu, et se sont contentés de copier Monstrelet, qui, en historien téméraire, a cru que le dauphin fut cité à la table de marbre, etc., et que, n'ayant pas comparu, il fut jugé par contumace avec tous ses complices, banni à perpétuité, et déclaré incapable de succéder à la couronne, ce qui est absolument contraire à la vérité. (*Rapin Thoyras, actes de Rymer.*) Les pères bénédictins s'expliquent de même. (*Art de vérifier les dates.*) « Ce fait, quoiqu'attesté par Monstrelet « et par tous les historiens, ne paroît pas néanmoins bien constant. » (Hénault.)

(1) Hénault.

(2) Les collèges de Fortet, de Reims et de Cocquerel.

Sous ce règne l'Université se mêla moins des affaires de l'État qu'auparavant, parceque ceux qui gouvernoient parurent moins disposés à le souffrir ; mais on la voit, soutenant toujours ses privilèges avec la même ardeur, fermer ses classes sur le moindre déni de justice, jeter ainsi l'alarme dans tous les esprits, et obtenir, par ce moyen immanquable, une prompte satisfaction de ses ennemis. Elle força Charles de Savoisi, dont les gens avoient insulté et maltraité ses suppôts, à une réparation flétrissante pour ce seigneur, qui étoit chambellan du roi, et jouissoit à la cour de la plus haute considération. Elle osa braver le conseil du roi même, qui portoit atteinte à ses droits, et le conseil fut obligé de céder. N'eût-il pas mieux valu ne pas l'offenser, puisqu'elle étoit si redoutable, que de compromettre ainsi l'autorité ? ou plutôt ne doit-on pas s'étonner qu'une compagnie de gens de léttres ait eu alors une telle influence ? Cette influence, trop grande sans doute et souvent même dangereuse, prouve du moins l'estime qu'on faisoit alors de la science, et les efforts continuels de la nation pour sortir de la barbarie dans laquelle elle étoit plongée.

Du reste, ce corps illustre se distingua, dans ces temps malheureux, par sa fidélité constante à l'autorité légitime ; ce fut lui qui dénonça au parlement l'apologie du duc de Bourgogne par le docteur Jean Petit (1), et qui sollicita la condamnation des maximes détestables qu'elle contenoit. Il ne se fit pas moins remarquer par le bon esprit qu'il montra dans les démêlés violents élevés à l'occasion du schisme. En même temps qu'il s'opposoit avec la plus grande vigueur aux exactions de la cour d'Avignon, on le vit soutenir sans cesse la soustraction d'obédience aux deux pontifes qui divisoient alors le monde chrétien, comme le seul moyen d'éteindre ce schisme scandaleux. Il n'y en avoit effectivement point d'autre ; et après de longs et infructueux débats, une foule de propositions illusoires et inexécutables, on fut obligé d'en revenir à l'avis de l'Université.

Les mœurs sont toujours les mêmes : c'est toujours le même mélange de vices et de superstitions, et la barbarie, sous Charles VI, semble arrivée à son dernier degré de corruption ; mais, par un effet assez ordinaire, ce fut dans l'excès du mal qu'on en trouva le remède. Le corps politique, ainsi que le corps humain, tend toujours à sa conservation, et l'abus même

---

(1) Voyez page 58.

qu'il fait de ses forces lui apprend à en mieux diriger l'emploi. Dans cette horrible confusion où l'on vit l'État prêt à se dissoudre, ses membres conservoient encore une énergie morale qu'il s'agissoit de bien diriger pour en tirer les fruits les plus heureux, et c'est ce qui arriva sous le règne suivant. Instruits par l'expérience de tant de malheurs, les Français apprirent enfin à connoître la véritable limite de leurs droits et de leurs devoirs, et nous allons voir, par une révolution générale, la nation prendre un nouvel esprit, et la monarchie sortir de ses ruines.

A ces causes principales d'un si heureux changement, s'en joignit une moins importante, mais qui ne laissa pas que d'y contribuer puissamment. Ce fut le rétablissement fait long-temps auparavant par Charles V, des lois et de l'ancienne discipline de la chevalerie, négligées depuis plusieurs siècles, et même tombées en désuétude. Il dut à ces nobles institutions les succès éclatants qui illustrèrent son règne et qui sauvèrent alors la France. Une sage politique l'avoit porté à les faire refleurir; elles se soutinrent sous son fils Charles VI, par la passion que ce prince eut toute sa vie pour les armes et pour les exercices militaires (1). Pendant les troubles qui agitèrent son déplorable règne, la chevalerie dégénéra, parceque les chefs de parti, qui avoient besoin d'instruments de leurs fureurs, multiplièrent sans mesure le nombre des chevaliers, et firent entrer dans cet ordre une foule de gens indignes d'y prendre place, tant par la bassesse de leur origine que par leur inexpérience dans la guerre. Elle se releva de nouveau sous Charles VII, conquérant et pacificateur de la France.

Dès Philippe-le-Bel, le duel judiciaire avoit été défendu en matière civile; mais il fut encore autorisé long-temps dans les poursuites criminelles; et, sous le règne de Charles VI, on fit à Paris une triste épreuve de cette coutume aussi absurde que barbare. La dame de Carrouge avoit accusé auprès de son mari un gentilhomme nommé Legris d'avoir attenté à son honneur:

---

(1) Son ardeur pour les tournois étoit telle qu'elle lui attira souvent des reproches dans ces temps où les tournois étoient le plus en honneur. Contre l'usage ordinaire des princes, et sur-tout des rois, il s'y mesuroit avec les plus braves et les plus adroits jouteurs, sans aucun examen de la disproportion du rang; et en même temps qu'il compromettoit sa dignité, il exposoit témérairement ses jours dans ces luttes imprudentes. Cette passion ne l'abandonna pas même dans les dernières années de sa vie, où sa maladie avoit presque entièrement épuisé ses forces, et, en 1414, on le voit encore paroître dans les tournois.

Legris nia le fait, et, sur la plainte de Carrouge, le parlement déclara qu'il *échéoit gage*, et ordonna le duel. Legris y fut tué, et, dans la suite, son innocence fut reconnue par le témoignage même de l'auteur du crime, qui le déclara en mourant.

Les fleurs de lis *sans nombre* dans l'écu de France, avant le règne de Charles V, furent réduites à trois par ce prince, en l'honneur de la Sainte-Trinité, comme cela est prouvé par un passage où Raoul de Presle parlant à Charles lui dit : *Si portez les armes de trois fleurs de lis, en signe de la benoîte Trinité, etc.*

ORIGINE DU QUARTIER MONTMARTRE.

CE quartier est ainsi appelé, parcequ'une de ses rues principales conduit à une montagne située au nord de Paris, laquelle porte maintenant le nom de *Montmartre*, mais dont le nom primitif est incertain. Frédégaire, un de nos plus anciens chroniqueurs, l'appelle *mons Mercomire, mons Mercori, mons Cori;* Abbon, dans son poëme du siège de Paris, la nomme en différents endroits *mons Martis, cacumina Martis.* C'est d'après ces deux autorités que quelques uns de nos historiens l'ont désignée indifféremment sous les noms de *mont de Mercure* et de *mont de Mars;* ils ont même prétendu que les deux églises qu'on y a bâties remplaçoient deux temples consacrés sur cette montagne à ces fausses divinités. On ne peut en effet donner une autre interprétation que celle de *mont de Mars* aux expressions dont Abbon s'est servi; mais Jaillot remarque que ce même auteur a employé le mot *Cori* pour exprimer le vent de *nord-ouest,* et il en conclut qu'il ne seroit pas impossible que Frédégaire ne l'eût entendu qu'en ce sens, en désignant la montagne seulement par sa situation, et que ses copistes, qui ne comprenoient pas ce mot, ne l'eussent rendu par celui de *mons Mercori* ou *mons Mercurii.* Dans ce cas le nom primitif de *mons Martis* ou *mont de Mars* seroit le seul véritable.

Quoi qu'il en soit de cette difficulté si peu importante à éclaircir, Hilduin, abbé de Saint-Denis, qui écrivoit ses *Aréopagitiques* vers l'an 834, est le premier qui se soit servi du nom de *mont des Martyrs,* au lieu de celui de *mont de Mercure,* que ce lieu portoit alors suivant son témoignage. C'est sur la foi de cet historien que l'on a cru, d'après une tradition qui s'est conservée jusqu'à nous, que saint Denis et ses compagnons avoient été martyrisés sur cette montagne. Toutefois cette tradition a été combattue : on lui a opposé l'auteur de la vie de sainte Geneviève et celui des actes de saint Denis, qui fixent le lieu du martyre de ces saints confesseurs à six milles de Paris, *in sexto à Parisiis milliario vitam finierunt.* L'un d'eux appelle ce lieu *vicus Catoliacensis,* et l'on a cru y reconnoître la ville de Saint-Denis. Ceux qui prennent parti pour Hilduin, après avoir prouvé que son témoignage étoit préférable à celui des deux écrivains anonymes cités contre lui, le fortifient encore de celui de l'auteur des gestes de Dagobert, qui, sans désigner le lieu du martyre de saint Denis et de ses compagnons, dit qu'ils furent exécutés *à la vue même de la ville*, *In prospectu ipsius civitatis interemptos*. Ils ajoutent à cette circonstance un grand nombre d'autres raisons qui prouvent leur patience et leur sagacité, et rendent leur sentiment beaucoup plus probable que l'autre ; cependant leurs preuves ne nous semblent point assez évidentes pour qu'il soit possible de prononcer définitivement sur une question qui d'ailleurs est d'une si petite importance, qu'on peut regretter que de savants hommes aient employé leurs veilles et perdu un temps précieux à faire des recherches aussi frivoles.

Si nous examinons maintenant le quartier qui doit son nom à cette montagne fameuse, nous trouvons que, bien que son extrémité méridionale fût renfermée dans l'enceinte élevée sous Charles V et Charles VI, cependant il n'a réellement commencé à se former que dans les premières années du dix-septième siècle, et lorsque cette enceinte eut été abattue. Jusque-là, un grand terrain couvert de cultures et de marais remplissoit l'espace qui séparoit les faubourgs Montmartre et Saint-Honoré, dont les grandes rues isolées se prolongeoient à travers la campagne.

A l'époque où Louis XIII fit construire la dernière muraille fortifiée dont Paris ait été entouré, la porte Montmartre, située (1) à peu près entre la rue Neuve-Saint-Eustache et celle dite des Fossés-Montmartre, fut reculée, comme nous l'avons déjà dit, à plus de deux cents toises de sa première position, à l'endroit où est maintenant le boulevard, et où commence la rue du faubourg qui porte le même nom. Dans ce nouvel espace, qui, dans sa largeur, s'étendoit jusqu'à la porte Saint-Honoré, on commença dès-lors à percer des rues et à élever de nouveaux édifices.

Ces murailles furent, peu de temps après, démolies par ordre de Louis XIV, et, sur la place qu'elles occupoient, fut plantée la double rangée d'arbres qui

---

(1) Nous donnons une représentation de cette ancienne porte Montmartre, d'après le plan de Paris exécuté en tapisserie sous Charles IX. Quant à la nouvelle, elle ressembloit entièrement à la porte Saint-Honoré, bâtie également sous Louis XIII. (Voyez tome Ier, page 382.)

forme la promenade appelée aujourd'hui *Boulevard*. Ces nouveaux ouvrages avoient été poussés, en 1684, jusqu'à la porte Sainte-Anne, et là, la suite en fut interrompue par la rencontre des fossés de la ville, des buttes de terre qui avoient autrefois servi aux fortifications, et de quelques maisons bâties sur les contrescarpes. Cet obstacle, qui dura deux années, fut enfin levé par des lettres-patentes du mois de juillet 1686, lesquelles, confirmant deux arrêts précédents, permirent aux prevôt des marchands et échevins de faire aplanir les buttes, combler les fossés, et de se mettre en possession des maisons et terrains qui se trouvoient dans l'alignement du *cours*, après en avoir payé la valeur aux propriétaires. Tout l'emplacement des fortifications et les matériaux provenant des démolitions leur furent également accordés, sous la condition que le produit en seroit employé aux embellissements de la ville. L'espace entier qu'entouroit la nouvelle promenade fut bientôt couvert d'édifices.

Ce n'est qu'à la fin du siècle dernier qu'on a vu s'élever, sur la portion de ce quartier située au-delà du boulevard, et qu'on nomme *chaussée d'Antin*, ces belles constructions qui en font une des parties les plus régulières et les plus belles de Paris, et la demeure de ses plus riches habitants.

Porte Montmartre sous Charles VI.

MONASTÈRE DES CAPUCINES.

Pour ne point mettre de confusion dans la description des monuments de
ce quartier, nous sommes forcés de faire ici quelque changement à l'ordre
que nous suivons ordinairement. Au lieu de commencer par les édifices
qui sont situés dans sa partie orientale, nous transporterons d'abord le
lecteur à l'extrémité de la rue Neuve-des-Petits-Champs, pour le ramener, en suivant cette rue, jusqu'à la place des Victoires, d'où nous
pourrons ensuite nous avancer, par une marche assez régulière, jusqu'aux
extrémités de l'espace que nous avons à parcourir.

C'étoit dans cette partie de la rue Neuve-des-Petits-Champs, et vis-à-
vis de la place Vendôme, qu'étoient situés l'église et le monastère des
religieuses Capucines, dont les jardins s'étendoient jusqu'aux boulevards.
Elles avoient occupé, dans le principe, un autre couvent à peu de distance de celui-ci ; mais quoique nous ayons déjà indiqué (1) à quelle
occasion elles le quittèrent pour venir s'établir dans cette nouvelle habitation, il convient cependant de donner ici avec plus de détail l'histoire de
la fondation de cet ordre et de l'établissement de ces religieuses.

Elles reconnoissoient pour leur fondatrice Louise de Lorraine, veuve
de Henri III. Après la mort funeste de ce prince, la reine s'étoit retirée
à Moulins, où des œuvres de piété occupèrent entièrement les dernières
années de sa vie : ce fut dans cette retraite qu'elle forma le projet de fonder
un couvent de l'ordre des Capucines ; mais la mort l'ayant surprise
avant qu'elle eût pu l'exécuter, elle en chargea, par son testament (2),

____

(1) Voyez tome I, page 457.

(2) Ce testament, en date du 28 janvier 1601, énonce que ce couvent doit être fondé dans la ville
de Bourges ; et les lettres-patentes que Henri IV accorda, au mois d'octobre 1602, pour autoriser cet
établissement, portent que la fondation avoit été faite à Paris. Il paroît qu'il y eut des obstacles à l'accomplissement littéral des dernières volontés de la feue reine ; mais aucun des historiens de Paris ne fait
connoître la raison de cette discordance. On sait seulement que madame de Mercœur, qui devoit être
instruite des dernières intentions de la reine, sa belle-sœur, se crut obligée de faire demander le consentement de l'archevêque et des maire et échevins de la ville de Bourges.

Philippe-Emmanuel de Lorraine, duc de Mercœur, son frère, auquel elle légua les sommes qu'elle crut nécessaires pour la fondation et la dotation de ce couvent. Le duc de Mercœur étant mort lui-même l'année d'après, Marie de Luxembourg, sa veuve, se fit un devoir d'exécuter les dernières volontés de la reine, sa belle-sœur (1) ; et son zèle la porta même à ajouter de ses propres deniers à la somme de 60,000 liv. léguée par cette princesse, somme qui ne se trouva point suffisante pour l'entière exécution de ce pieux dessein.

L'hôtel de Retz, appelé alors l'hôtel du Peron, situé sur une partie du terrain qu'occupe actuellement la place Vendôme, lui ayant paru convenable à la fondation qu'elle méditoit, madame de Mercœur en fit l'acquisition, et donna des ordres pour qu'on y construisît sur-le-champ une chapelle et les autres lieux réguliers qui constituent un monastère. Elle en posa elle-même la première pierre le 29 juin 1604 ; toutefois, pour que cet établissement auquel elle prenoit un si vif intérêt n'éprouvât aucun retard, cette princesse, mettant à profit le temps que demandoient les constructions et les dispositions intérieures qu'elle faisoit faire dans cet hôtel, s'étoit retirée au faubourg Saint-Antoine, dans une grande maison composée de deux corps de logis (2), dont elle occupa l'un et destina l'autre pour les filles qui voudroient embrasser la vie austère de l'ordre réformé de Saint-François. Douze filles prirent l'habit de cet ordre le 24 juillet 1604 ; et deux ans après les bâtiments de leur monastère étant achevés, le cardinal de Gondi, assisté de l'évêque de Paris, son neveu, y installa solennellement les douze nouvelles religieuses (3).

La règle de ce monastère étoit, sans contredit, la plus austère de toutes celles établies dans les communautés de filles. Vêtues de la bure la plus grossière, les Capucines ne vivoient que d'aumônes, marchant toujours nu-pieds, excepté dans la cuisine et dans le jardin, et ne faisant

---

(1) Elle éprouva d'abord quelques difficultés de la part des Capucins, qui s'opposoient à Rome à cet établissement, ne voulant en aucune manière se charger de confesser et gouverner ces religieuses ; mais le pape Clément VIII le leur ayant ordonné par son bref de l'an 1603, ces religieux s'y soumirent, et les obstacles furent entièrement levés.

(2) Cette maison se nommoit *la Roquette*, et étoit accompagnée de prés et de terres labourables. Elle a été occupée depuis par des religieuses hospitalières.

(3) Les Capucins, au nombre de quatre-vingts, allèrent les chercher à leur demeure du faubourg Saint-Antoine, et les conduisirent processionnellement jusqu'à leur nouveau monastère.

jamais usage de chair, même dans les maladies mortelles, etc. Cette rigoureuse austérité a fait croire que le couvent de Paris étoit le seul de cet institut qui fût en France; mais il est bien certain qu'il y en avoit trois, un à Tours, un autre à Marseille et celui de Paris.

Les religieuses Capucines demeurèrent dans la maison fondée par la duchesse de Mercœur jusqu'au 19 avril 1688, époque de leur translation au couvent que Louis XIV leur fit bâtir dans la rue Neuve-des-Petits-Champs, lorsqu'on eut formé le projet d'élever la place Vendôme. Ce prince leur accorda de nouvelles lettres-patentes le 25 mars 1689; et le 27 août suivant leur église fut dédiée sous le titre de Saint-Louis.

Le portail de cette église, construit seulement en 1722, étoit un des exemples les plus frappants de ce goût bizarre pire que la barbarie, dans lequel l'architecture étoit tombée au commencement du siècle dernier. Deux pilastres d'ordre dorique, quoique de proportion toscane, s'élevoient de chaque côté; ils étoient surmontés d'un entablement gigantesque, dont la frise et la corniche formoient un plein-cintre énorme qui couronnoit cette singulière composition; l'archivolte de la porte, hors de toute proportion avec une si vaste corniche, étoit surmontée d'un bas-relief remplissant tout l'espace qui séparoit ces deux portions de cercle, ce qui complétoit le ridicule de cette décoration; enfin elle étoit si mauvaise de tous points, qu'on n'a jamais su quel fut l'architecte qui en avoit donné le dessin, tous ceux à qui on crut devoir l'attribuer dans les ouvrages écrits à cette époque s'étant empressés de le désavouer.

L'auteur de la sculpture étoit *Antoine Vassé*. Cet ouvrage médiocre, mais cependant bien supérieur au portail, étoit composé d'un grand cartouche soutenu par trois anges, au milieu duquel on lisoit ces mots en lettres d'or : *Pavete ad sanctuarium meum, ego Dominus*. Au-dessus de la corniche s'élevoit une croix qu'accompagnoient deux anges en adoration.

L'intérieur de l'église étoit peu spacieux, mais proprement décoré, et remarquable sur-tout par des chapelles (1) et des mausolées d'une grande magnificence.

---

(1) En 1756, il fallut reprendre sous œuvre et le portail et l'église, qui étoient d'une construction peu solide; alors ces mausolées furent détruits et rétablis ensuite, mais avec négligence. C'étoit pour la troisième fois qu'on restauroit ce portail, qu'il eût mieux valu abattre dès la première.

Les bâtiments du monastère, construits sur les dessins de *d'Orbay*, avoient coûté au roi près d'un million; toutes les cellules des religieuses étoient boisées, et les cloîtres vitrés, ce qui fut fait sans doute pour prévenir les accidents auxquels elles étoient exposées par l'excessive sévérité de leurs institutions (1).

CURIOSITÉS DU MONASTÈRE ET DE L'ÉGLISE DES CAPUCINES.

TABLEAUX.

Sur le maître-autel, une descente de croix, copie de *Jouvenet*, par *Restout* (2).

Dans la chapelle dite de Louvois, une Résurrection, par *Antoine Coypel*.

Dans la première chapelle à droite en entrant, le martyre de saint Ovide, par *Jouvenet*.

Dans une autre chapelle, saint Jean, par *François Boucher*.

TOMBEAUX.

Au milieu du chœur des religieuses reposoit, sous une simple tombe de marbre noir, le corps de Louise de Lorraine, reine de France, et fondatrice de ce couvent. Elle avoit ordonné par son testament que son corps y fût inhumé. L'épitaphe, aussi modeste que le tombeau, étoit conçue en ces termes:

« Ci gist Louise de Lorraine, reine de France et de Pologne, qui décéda à Moulins en 1601, et « laissa vingt mille écus pour la construction de ce couvent, que Marie de Luxembourg, duchesse de « Mercœur, sa belle-sœur, a fait bâtir l'an 1605. *Priez Dieu pour elle.* »

Dans la chapelle de Saint-Ovide (3) étoit le tombeau de Charles, duc de Créqui, mort le 13 février 1687. Ce monument, exécuté par *Pierre Mazeline*, se voit aujourd'hui au Musée de la rue des Petits-Augustins.

Sur un cénotaphe en marbre blanc est couchée la statue, aussi en marbre blanc, du duc, revêtu du grand habit de l'ordre du Saint-Esprit; l'Espérance le console et lui soutient la tête, tandis qu'un génie, placé à ses pieds, semble pleurer sa mort.

---

(1) Ce monastère, ainsi que tant d'autres monuments de ce genre, a été démoli depuis la révolution. Sur son emplacement ou a percé une rue qui forme la traverse de la rue Neuve-des-Petits-Champs au boulevard.

(2) L'original, qu'avoient autrefois possédé ces religieuses, avoit été transporté dans les salles de l'Académie de Peinture.

(3) Le corps de ce saint avoit été donné par ce seigneur aux Capucines. Ce fut le concours extraordinaire de peuple qu'attiroit sa fête, célébrée le 31 août, qui donna naissance à la foire de Saint-Ovide, tenue jusqu'en 1771 sur la place Vendôme, et transportée depuis à la place Louis XV.

Armande de Lusignan, épouse du duc de Créqui, morte le 11 août 1709, fut inhumée dans le même tombeau.

Une autre chapelle servoit de sépulture à la famille de Letellier-Louvois. On y voyoit le tombeau du marquis de Louvois.

Ce monument, également déposé au Musée des Petits-Augustins, représente ce célèbre ministre à moitié couché sur un sarcophage de marbre vert antique; une femme assise à ses pieds, et tenant un livre ouvert, le regarde en pleurant; cette figure est le portrait d'Anne de Souvré de Courtanvaux, son épouse. Le groupe entier est de la main de *Girardon*, et offre des beautés remarquables.

Au bas du sarcophage sont deux figures en bronze, l'une, du même sculpteur, représentant la Sagesse sous la forme de Minerve; l'autre, commencée par *Desjardins*, et terminée par *Vancleve*, représentant la Vigilance.

Dans ce même tombeau avoient été inhumés, Anne de Souvré de Courtanvaux, épouse du marquis de Louvois, morte en 1715;

Louis-François-Marie, marquis de Barbesieux, fils du marquis et de la marquise de Louvois, mort en 1691;

Camille Letellier, connu sous le nom de l'abbé de Louvois, frère du précédent, mort en 1718.

Les autres personnages remarquables qui avoient leur sépulture dans cette église étoient,

M. de Saint-Pouange, fils de Jean-Baptiste Colbert, cousin germain de M. de Louvois, mort en 1706;

Marie de Berthemet de Saint-Pouange, son épouse, morte en 1732;

La marquise de Pompadour, morte en 1764;

Alexandrine Le Normand d'Étiole, sa fille.

Portail de l'Église des Capucines.

LES NOUVELLES-CATHOLIQUES.

Cette communauté de filles, instituée pour la propagation de la religion catholique, apostolique et romaine, étoit établie rue Sainte-Anne, entre les rues Neuves Saint-Augustin et des Petits-Champs. En formant cet établissement, on avoit eu pour but d'offrir aux personnes du sexe qui désiroient renoncer au judaïsme ou à l'hérésie un asile où elles pussent trouver des secours temporels et l'instruction nécessaire pour assurer leur conversion. Le projet de cette institution, conçu par le Père *Hyacinthe*, franciscain, fut approuvé en 1634 par François de Gondi, premier archevêque de Paris, et autorisé par une bulle d'Urbain VIII, du 3 juin de la même année : le roi Louis XIII la confirma par ses lettres-patentes du mois d'octobre 1637, et Louis XIV, par de nouvelles lettres du mois d'octobre 1649.

Les premières supérieures de cette communauté furent la sœur *Garnier* de l'hospice de la Providence, et mademoiselle *Gaspi*, deux saintes filles qui avoient eu connoissance, dès le principe, du projet du P. Hyacinthe et l'avoient favorisé de tout leur pouvoir. La nouvelle institution fut d'abord placée derrière Saint-Sulpice, dans la rue des Fossoyeurs; de là, les Nouvelles-Catholiques furent transférées rue Pavée, au Marais. Elles y étoient encore en 1647 ; mais peu de temps après on leur procura une maison plus commode, située rue Sainte-Avoie. Il étoit à craindre cependant que cette communauté, qui n'avoit encore aucuns fonds permanents pour subsister, ne pût se soutenir long-temps. Mais il en arriva autrement ; et c'est une chose remarquable que, dans ce royaume, et principalement dans sa capitale, un établissement public conçu dans des vues utiles, et sur-tout avec l'intention d'instruire et d'édifier, n'a jamais manqué de trouver de puissants protecteurs et de nobles libéralités dans la première classe de ses citoyens. Cette bienfaisance éclairée se propageoit de race en race, et l'on peut dire que de telles traditions d'honneur,

de vertu et de bienséances n'étoient pas un des moindres soutiens de l'État. Les Nouvelles-Catholiques, à qui le roi faisoit une pension annuelle de 1,000 livres, virent bientôt leur existence assurée par les dons de plusieurs personnes pieuses, et notamment d'une des plus illustres maisons de France (1); ce qui les mit en état, non seulement de remplir sans inquiétude l'objet de leur institution, mais encore, au moyen d'une économie sévère établie dans leur administration, d'acheter, rue Sainte-Anne, un terrain sur lequel elles firent bâtir une maison et une chapelle (2).

La première pierre du maître-autel fut posée, au nom de la reine, par la duchesse de Verneuil, le 12 mai 1672, et la chapelle fut bénite le 27 du même mois, sous le titre de l'Exaltation de la Sainte-Croix et de sainte Clotilde. Cette maison jouissoit de tous les privilèges accordés aux maisons de fondation royale; privilèges qui furent renouvelés et confirmés de nouveau par lettres-patentes du roi, en date du mois d'avril 1673, sous la condition expresse qu'elle ne pourroit être changée en maison de profession religieuse, et que les filles qui en feroient partie resteroient dans l'état séculier, et vivroient selon les règles et statuts donnés par l'archevêque de Paris.

Les principales charges de cette communauté étoient triennales, et les engagements entre le corps et les particulières, étant réciproquement libres, pouvoient se rompre de part et d'autre sans aucune difficulté (3).

CURIOSITÉS DE L'ÉGLISE DES NOUVELLES-CATHOLIQUES.

Sur le maître-autel, un beau tableau de *Le Brun*, représentant un Christ. On voyoit au pied de la croix sainte Clotilde, reine de France, y déposant sa couronne.

(1) La maison de Créqui.

(2) Quelques historiens ont avancé que c'étoit M. de Turenne qui avoit donné aux Nouvelles-Catholiques leur maison de la rue Sainte-Anne. Jaillot révoque ce fait en doute. Les raisons sur lesquelles il se fonde nous ont paru assez solides. «Je ne doute point, dit-il, que M. de Turenne, qui avoit abjuré la « religion protestante, n'ait été du nombre des bienfaiteurs des Nouvelles-Catholiques; mais je n'ai trouvé « aucunes preuves qu'il leur eût donné la maison où elles demeurent actuellement; il n'est pas nommé « dans le contrat d'acquisition; et si sa modestie l'eût engagé à cacher ses bienfaits, la reconnoissance « des Nouvelles-Catholiques se seroit empressée de les publier après sa mort, ou au moins de consigner « ce fait dans leurs archives. »

(3) Il y avoit un second établissement de ce genre, connu sous le nom de *Filles de l'Union Chrétienne*, communément appelées *Filles de Saint-Chaumont*. Nous en parlerons en son lieu.

Au-dessus de la grille du chœur, un Saint-Sébastien assez beau, sans nom d'auteur. Vis-à-vis une descente de croix attribuée à *Palme-le-Vieux*.

Près de la chaire, saint Claude ressuscitant un enfant, par *Pierre d'Ulin*.

Cette communauté avoit pour sceau une croix avec ces paroles : *Vincit mundum fides nostra* (1).

BIBLIOTHÈQUE DU ROI.

LA bibliothèque, connue jusqu'en 1792 sous le nom de bibliothèque du roi, est placée rue de Richelieu, dans le vaste édifice qui s'étend depuis l'arcade Colbert jusqu'à la rue Neuve-des-Petits-Champs.

Comme la ville de Paris, dont elle est un des plus beaux ornements, cette bibliothèque eut de très foibles commencements, et son accroissement suivit pour ainsi dire celui de cette capitale.

Charlemagne fut le premier de nos souverains qui essaya de faire naître en France le goût des sciences et des lettres ; mais ses efforts, et ceux des savants qu'il avoit attirés à sa cour, n'eurent pas le succès qu'il en avoit espéré. La France redevint barbare sous le règne de ses foibles successeurs, et, pendant près de quatre siècles de guerres intestines et de tyrannie féodale, les ténèbres les plus épaisses couvrirent ce beau royaume, que la religion chrétienne put seule empêcher alors de redevenir une contrée tout-à-fait sauvage. Cependant tous les établissements utiles créés par ce grand monarque ne périrent pas avec lui : les écoles qu'il avoit instituées auprès des monastères et de chaque cathédrale subsistèrent et continuèrent à être fréquentées, même dans les temps de la plus profonde ignorance ; il est vrai que les leçons qu'on y donnoit se réduisoient à peu de chose : quelques principes de grammaire, d'une dialectique puérile et fausse, de théologie et de musique, faisoient toute la science des professeurs ; et cette science ne sortoit pas des cloîtres. Les clercs et les moines étoient les seuls qui sussent lire en France,

---

(1) Elle a été détruite et remplacée par des maisons particulières.

et qui possédassent le petit nombre des livres existants dans ce royaume, sans que personne fût tenté de leur envier une semblable possession. On voyoit parmi ces livres peu d'exemplaires des ouvrages grecs et latins, qui passoient pour aussi profanes que leurs auteurs, et qu'on ne lisoit point sans permission. Des copies de la Bible, quelques traités des Pères de l'église, des Canons, des Missels, des livres liturgiques et de plain-chant, formoient dans ces temps-là toutes les bibliothèques. Saint Louis, qui semble avoir eu quelque projet de créer un dépôt public de livres, n'y donna point de suite, puisqu'il légua sa bibliothèque aux Jacobins et aux Cordeliers de Paris, à l'abbaye de Royaumont et aux Jacobins de Compiègne. Avant et depuis ce prince jusqu'à Charles V, nos rois n'avoient d'autres livres que ceux qui étoient nécessaires à leur usage particulier; et quoique Sauval ait dit que ce dernier prince « tira du « Palais-Royal tous les livres que lui et ses prédécesseurs avoient amassés « avec non moins de dépenses que de curiosité », on peut cependant avancer, sans crainte de se tromper, que cette collection n'étoit pas nombreuse, et nous apprenons par le *Mémoire historique sur la bibliothèque du roi*, imprimé à la tête du catalogue des livres qui la composent, que le roi Jean n'avoit que six volumes de sciences et d'histoire, et trois ou quatre de dévotion.

Charles V doit donc être regardé comme le véritable fondateur de la bibliothèque royale. Ce prince aimoit les lettres et les savants. La protection qu'il leur accordoit en augmenta le nombre et multiplia les ouvrages; on s'empressoit de toutes parts à lui en offrir, et il faisoit copier tous ceux qu'il jugeoit les plus utiles. Cette collection, immense pour le temps, fut placée, comme nous l'avons déjà dit, dans une tour du Louvre qu'on nomma la *tour de la librairie*. Elle en occupoit les trois étages; l'inventaire que Gilles Mallet en fit en 1373 nous apprend que cette bibliothèque étoit alors composée de 910 volumes (1).

Elle fut entièrement dispersée sous le règne désastreux de l'infortuné Charles VI: le duc de Bedford, qui prenoit alors le titre de régent du royaume, en acheta la plus grande partie pour la somme de 1200 livres,

----

(1) Voyez tome 1er, page 339.

et la fit passer en Angleterre, avec les archives déposées également dans le palais du Louvre.

Charles VII, pendant les troubles continuels qui agitèrent son règne, ne put s'occuper du rétablissement de cette bibliothèque. Louis XI, plus tranquille, recueillit quelques livres épars dans différentes maisons royales, et l'imprimerie nouvellement inventée lui fournit des moyens plus faciles d'en augmenter le nombre. Charles VIII joignit à cette petite collection quelques livres qu'il avoit rapportés de Naples, seul fruit qu'il retira de la conquête de ce royaume. La garde de cette collection fut confiée à Laurent *Palmier*.

Elle s'accrut encore sous Louis XII, qui y réunit la bibliothèque formée à Blois par Louis d'Orléans, laquelle étoit composée de quelques volumes tirés originairement de la librairie du Louvre. Ce prince y ajouta encore les livres qui avoient appartenu au célèbre Pétrarque, et la bibliothèque des ducs de Milan. Le gardien qu'il y préposa se nommoit Jean *de La Barre*.

Cependant toute cette collection, déposée alors dans cette même ville de Blois, ne contenoit encore, en 1544, que 1,890 volumes, lorsque François Ier l'incorpora à celle qu'il avoit commencée de former à Fontainebleau, sous la garde de Mathieu *La Bisse*. Ce prince, nommé à si juste titre le restaurateur des sciences et des lettres, sentant l'extrême importance d'un semblable dépôt, chargea ses ambassadeurs auprès des cours étrangères d'acheter et de recueillir tous les manuscrits grecs ou latins qu'ils pourroient se procurer. Plusieurs savants distingués voyagèrent aussi par ses ordres dans les contrées lointaines pour le même objet. Cette bibliothèque royale commença alors à devenir vraiment digne du titre qu'elle portoit. Pierre *Duchâtel* en étoit le gardien.

Cependant, quoique l'imprimerie eût déjà fait de rapides progrès, à l'exception de 200 volumes imprimés, il n'y avoit que des manuscrits dans la bibliothèque. Henri II contribua plus efficacement encore à son augmentation par son ordonnance de 1556 (1), laquelle enjoignoit aux libraires qui faisoient imprimer de fournir un exemplaire en vélin,

---

(1) Cette ordonnance fut renouvelée par Louis XIII en 1617.

et relié, de chaque livre dont on leur accordoit le privilège. Cette utile et sage précaution avoit été imaginée par un avocat nommé Raoul *Spifame.* Catherine de Médicis joignit à tant de livres déjà rassemblés la bibliothèque que le maréchal de Strozzi avoit achetée après la mort du cardinal Ridolfi, neveu du Pape Léon X (1). Pierre Duchâtel fut conservé par Henri II. Pierre *de Montdoré* lui succéda.

Cette bibliothèque resta languissante sous Henri III, et ne fut augmentée que des livres imprimés avec privilège. Après Montdoré, le célèbre Jacques *Amiot,* nommé maître de la librairie, se fit un plaisir d'en procurer l'entrée aux savants. Il eut pour successeur un homme non moins célèbre, l'historien Jacques-Auguste *de Thou.*

Henri IV, dont le règne fut malheureusement si court et si agité, étendit néanmoins ses soins sur cet établissement. Par ses lettres du 14 juin 1594, il donna des ordres pour faire transporter à Paris la bibliothèque que François Ier avoit établie à Fontainebleau (2); il y ajouta celle de Catherine de Médicis, malgré l'opposition et les vives réclamations des créanciers de cette reine ; et la collection entière fut placée dans les salles du collège de Clermont alors vacant, sous la garde du président *de Thou,* qui avoit succédé à son père. En 1604, cette bibliothèque fut transportée dans une grande salle du cloître des Cordeliers. Isaac *Casaubon* étoit alors maître de la librairie, et conserva cette place jusqu'à la mort de Henri IV.

Sous Louis XIII, elle fut enrichie de manuscrits syriaques, turcs, arabes, persans, sans compter les livres imprimés avec privilège. Elle fut alors transférée, du cloître des Cordeliers, dans une grande maison située rue de la Harpe, au-dessus de Saint-Côme. On y distribua les livres dans le rez-de-chaussée et dans le premier étage, ce qui la fit appeler la haute et la basse librairie (3). Cependant, malgré les efforts

---

(1) Elle s'empara de cette bibliothèque, sous le prétexte, plus spécieux que réel, qu'elle étoit un démembrement de la bibliothèque des Médicis.

(2) Cet ordre ne fut exécuté qu'au mois de mai 1599.

(3) Les principaux gardes de la bibiothèque, depuis cette époque jusqu'à nos jours, furent MM Dupuy, Jérôme Bignon, Bignon fils, l'abbé Le Tellier, l'abbé Bignon, Bignon, prévôt des marchands, son neveu, Bignon, fils du précédent, etc.

réunis de tant de souverains, la bibliothèque ne contenoit pas encore 7,000 volumes à la mort de ce prince (1).

Louis XIV, dont le nom rappelle tant de genres de gloire, imprima à cet établissement le caractère de grandeur qui a signalé toutes les entreprises de son règne. Les acquisitions que fit ce prince, soit en manuscrits, soit en livres imprimés, furent si considérables et se succédèrent si rapidement, qu'en 1674 on y comptoit déjà plus de 30,000 volumes, et qu'à sa mort, arrivée en 1715, il en renfermoit environ 70,000 (2).

Dès 1666, la maison de la rue de la Harpe ne suffisoit plus pour contenir la bibliothèque du roi, qui s'accroissoit de jour en jour. Louis XIV lui destinoit une place au Louvre, dont il avoit déjà fait reprendre les travaux. En attendant qu'on pût y placer ce précieux dépôt, M. de Colbert le fit transporter rue Vivienne, dans deux maisons qui lui appartenoient et qui touchoient son hôtel. Ce fut alors qu'on y joignit les autres curiosités qu'elle contient maintenant, et dont nous ne tarderons pas à parler. M. de Louvois, qui succéda à ce ministre, songeoit à la transporter dans les bâtiments de la place Vendôme, qu'on élevoit en 1687, lorsque sa mort fit évanouir ce projet.

La bibliothèque, augmentée encore par les soins du régent, resta donc dans les deux maisons de la rue Vivienne jusqu'en 1721, époque à laquelle il devint impossible de l'y laisser plus long-temps, à cause de la quantité toujours croissante des livres qu'elle contenoit. Alors, sur la proposition de M. l'abbé Bignon, qui, à cette époque, en étoit le gardien, le duc d'Orléans la fit placer dans les vastes bâtiments qu'elle occupe encore aujourd'hui (3).

---

(1) C'est ce qu'on peut juger par l'état où elle se trouvoit en 1661. Suivant le *Mémoire historique* ci-dessus cité, Louis XIV y avoit joint plus de 9,000 volumes imprimés et 200 manuscrits légués par MM. Dupuy, 1923 volumes manuscrits du comte de Béthune, etc. Cependant la bibliothèque ne contenoit alors que 6088 manuscrits et 10,658 volumes imprimés. On y ajouta dans la suite, et après la mort du cardinal Mazarin, les manuscrits de Brienne.

(2) Louis XV l'augmenta depuis plus qu'aucun de ses prédécesseurs ; à la fin de son règne le nombre des livres imprimés s'élevoit déjà à plus de 100,000 volumes.

(3) Ces bâtiments étoient un démembrement du palais du cardinal Mazarin, qui avoit été divisé en deux parties par ses héritiers.

Ces bâtiments s'étendent dans la rue de Richelieu depuis la rue Neuve-des-Petits-Champs jusqu'à celle de Colbert; et, dans cette immense façade, n'offrent qu'un mur presque entièrement nu et une porte cochère dépouillée de tout ornement. Cette porte donne entrée dans une cour assez vaste, mais dont la proportion est vicieuse, et les constructions correspondantes sans symétrie. On peut reconnoître au premier coup d'œil, et par ce manque de régularité, et par la mauvaise disposition de ces constructions, que non seulement cet édifice n'a pas été bâti pour contenir une bibliothèque, mais encore que les corps-de-logis qui le composent ont été élevés à plusieurs reprises et pour divers usages : il ne faut donc point s'étonner de n'y pas trouver l'heureuse distribution et les communications commodes que l'on auroit le droit d'exiger dans un monument construit exprès pour une semblable collection.

Toutes les salles du rez-de-chaussée, qui entourent la cour dans une étendue de 115 toises, sont destinées à servir aux bureaux, magasins et ateliers dépendant de la bibliothèque, laquelle est divisée en cinq départements ou dépôts.

DÉPÔT DES LIVRES IMPRIMÉS.

Il est situé au premier étage, et l'on y arrive par un grand escalier, précédé d'un vestibule, lequel est à droite de l'entrée principale. Cet escalier (1), remarquable par la hardiesse de sa construction et la beauté de sa rampe de fer, conduit dans une première galerie de neuf croisées de face, de là dans un salon de quatre, et enfin dans une autre immense galerie, formant deux retours d'équerre, laquelle est éclairée par trente-trois croisées. Toutes ses ouvertures donnent sur la cour ; et sur les murs opposés sont distribués des corps d'armoires dans toute la hauteur du plancher. Cette hauteur est divisée par un balcon en saillie, qui continue horizontalement dans toute la longueur de ces galeries. On y monte par plusieurs petits escaliers pratiqués dans la boiserie, de manière que tous

---

(1) Il y avoit sur la voûte une peinture à fresque exécutée, du temps du cardinal Mazarin, par un italien nommé *Pellegrini*. Elle étoit tellement dégradée par le temps et l'humidité, qu'on a jugé à propos de l'effacer entièrement lors des restaurations qu'on a faites de cet escalier.

les livres, rangés par étage depuis le parquet jusqu'au plafond, peuvent être atteints et communiqués au public avec la plus grande facilité.

Ce dépôt étoit composé, en 1789, d'environ 150,000 volumes (1), sans compter une quantité prodigieuse de pièces rares sur toutes les matières possibles, conservées avec soin dans des porte-feuilles. Les livres y sont divisés en cinq classes : *théologie*, *jurisprudence*, *histoire*, *philosophie* et *belles-lettres*.

CURIOSITÉS DU DÉPÔT DES LIVRES IMPRIMÉS.

Dans la partie de la grande galerie qui traverse d'une aile à l'autre sont,

1° Les bustes en marbre de Jérôme Bignon et de l'abbé Bignon, tous deux bibliothécaires ;

2° Le monument en bronze élevé à la gloire de Louis-le-Grand, de la France et des arts, par *Titon du Tillet*. Tous les grands écrivains dont la France s'honore, principalement ceux du dix-septième siècle, y sont représentés rangés sur le Mont-Parnasse : des médailles sont consacrées aux auteurs d'un moindre mérite. Ce monument, dont les figures n'ont pas plus d'un pied de proportion, est mesquin et de mauvais goût ;

3° Dans une cinquième salle qui communique à la dernière aile de cette galerie, on voit la partie supérieure des deux fameux globes composés à Venise par *Vincent Coronelli*, frère mineur, et présentés à Louis XIV, en 1683, par le cardinal d'Estrées, qui les avoit fait faire exprès pour ce monarque. Ils ont trente-quatre pieds six pouces et quelques lignes de circonférence, et sont entourés de deux grands cercles de bronze de treize pieds de diamètre, qui en forment les horizons et les méridiens (2). La partie inférieure de ces deux sphères colossales est placée dans une pièce à rez-de-chaussée, dont le plafond, ouvert circulairement, laisse passer dans la salle du premier étage une portion de leurs hémisphères (3) ;

(1) On aura peine à croire que, pendant les vingt années de la révolution, cette bibliothèque se soit accrue de près de 200,000 volumes. Il n'y a cependant aucune exagération dans ce calcul, et nous pouvons affirmer, d'après les autorités les plus sûres et les renseignements les plus exacts, qu'elle contient aujourd'hui au moins 300,000 volumes. La manie de faire des livres est une maladie épidémique qui a gagné l'Europe entière ; et certes ce dépôt, tout immense qu'il est, ne contient pas la moitié des sottises, des erreurs, des folies niaises ou perverses qui s'impriment depuis la Tamise jusqu'à la Néva.

(2) Ces cercles ont été exécutés par Butterfieldt, fameux ingénieur du roi, mort à Paris en 1724, âgé de 89 ans.

(3) Ces deux globes furent placés, en 1704, dans les deux pavillons du jardin de Marly ; de là on les transporta dans une salle du Louvre, d'où Louis XV les fit tirer, en 1722, pour en orner la bibliothèque. Ce n'est qu'en 1731 que fut construit le salon dans lequel ils sont placés. Il est inutile sans doute de dire que, d'après les nouvelles découvertes faites en géographie, ces belles machines ne sont plus que des objets de pure curiosité.

4° Aux deux angles des retours en équerre de la même galerie sont placés deux petits globes gravés et réduits d'après les grands;

5° On y conserve aussi plusieurs planches de l'imprimerie en bois, appelée imprimerie à planches fixes, laquelle a précédé la découverte de l'imprimerie à caractères mobiles.

DÉPÔT DES MANUSCRITS.

Sur le même palier à droite est la porte d'entrée qui conduit à ce précieux dépôt. Il est renfermé dans cinq petites pièces en retour, qui forment le premier étage du petit côté de la cour, au-dessus du vestibule, et dans une grande galerie dite *galerie Mazarine*, dont le rez-de-chaussée dépend des bâtiments de la trésorerie.

Cette belle galerie est éclairée par huit croisées en voussures, ornées de coquilles dorées. En face sont des niches décorées de paysages (1), par *Grimaldi Bolognèse*, qui en a également couvert les embrasures des croisées; mais ce qui est sur-tout remarquable, c'est le plafond peint à fresque, en 1651, par *Romanelli*. Ce peintre célèbre y a représenté plusieurs sujets de la fable, et il n'est aucun de ses ouvrages qui offre une plus belle couleur, un meilleur goût de dessin (2), une disposition plus gracieuse. Ces divers tableaux sont distribués dans des compartiments bien entendus, mêlés de médaillons en camaïeux, soutenus par des figures et ornements imitant le stuc. Toute cette décoration, faite dans le style du temps, n'a pas sans doute l'élégante simplicité qu'on exigeroit aujourd'hui, mais n'est point cependant dépourvue de noblesse et d'élégance.

Les cinq pièces qui précèdent cette galerie sont aussi décorées de peintures à fresque que le temps a dégradées.

Les manuscrits contenus dans ce dépôt sont divisés par fonds, et chaque fonds porte le nom de celui qui en a fait la collection, qui l'a légué ou vendu à la bibliothèque.

Cette collection, la plus riche et la plus intéressante qui existe en ce

---

(1) Ces peintures sont masquées aujourd'hui par les tablettes où sont placés les manuscrits.

(2) Nous ne prétendons pas dire par-là que ce dessin soit excellent. *Romanelli* avoit les défauts communs à presque tous les peintres de son temps. Ses figures sont maniérées, et le style est loin d'en être sévère. Il n'en est pas moins vrai que cette grande machine, peinte avec franchise et vigueur, est une production très estimable. Elle a conservé encore toute sa fraîcheur.

genre, s'élevoit, en 1789, à près de 50,000 volumes. Elle se composoit d'abord de manuscrits en langues anciennes et orientales, rangés dans l'ordre suivant : les manuscrits hébreux, les syriaques, les samaritains, les cophtes, les éthiopiens, les arméniens, les arabes, les persans, les turcs, les indiens, les siamois, les livres et manuscrits chinois, les grecs, les latins, etc. ; ce qui formoit à peu près 25,000 volumes.

Les manuscrits italiens, allemands, anglais, espagnols, français, etc., formoient une seconde division non moins nombreuse; parmi ces derniers, on distingue une suite très précieuse de mémoires, titres et autres matériaux relatifs à l'histoire de France, et qui peuvent y répandre un grand jour, sur-tout depuis Louis XI (1).

Les principaux fonds qui composent cette immense collection sont, d'abord l'ancien fonds du roi; ensuite ceux de Dupuy, de Béthune, de Brienne, de Gaignières, de Doat, de Dufourni, de Louvois, de La Mare, de Baluse, de de Mesmes, de Colbert, de Cangé, de Lancelot, de du Cange, de Serilly, d'Huet, de Fontanieu, de Sautereau, etc.

CURIOSITÉS DU DÉPÔT DES MANUSCRITS.

Elles se composent principalement de missels, d'heures et d'évangiles du moyen âge, dont les couvertures sont chargées d'ornements et de sculptures en or, en argent, en ivoire, etc. Parmi ces manuscrits, qui sont en très grande quantité, on distingue principalement,

1° Le manuscrit fameux des épîtres de saint Paul, en grec et en latin, écrit à deux colonnes, en belles lettres majuscules. C'est un des plus anciens que l'on connoisse; il paroît être du sixième ou du septième siècle;

2° La bible et les heures de Charles-le-Chauve. La couverture des heures est enrichie de pierres précieuses et de deux bas-reliefs d'ivoire d'un travail très curieux.

---

(1) Cette collection a été, de même que celle des livres imprimés, considérablement augmentée depuis la révolution, et s'élève aujourd'hui à 70,000 volumes. Les accroissements qu'elle a reçus se composent des 500 manuscrits de la bibliothèque du Vatican, de ceux de la bibliothèque de Saint-Marc à Venise; de plusieurs autres tirés de Bologne, de Milan, de Munich et autres villes d'Allemagne et d'Italie; mais sur-tout des riches collections de la Sorbonne, de Saint-Victor, de Saint-Germain-des-Prés, etc., etc., Nous saisissons avec plaisir cette occasion de rappeler que c'est en grande partie aux soins de M. *Van-Prat*, savant distingué, et l'un des conservateurs actuels de la bibliothèque, qu'on doit la conservation de cette dernière collection, qui fut sur le point d'être consumée dans l'incendie des bâtiments de l'abbaye, arrivé pendant la révolution.

DÉPÔT OU CABINET DES MÉDAILLES.

Le sallon qui contient ce précieux dépôt est situé à l'extrémité de la première partie de la grande galerie des livres imprimés.

François Ier, Henri II et Charles IX paroissent avoir été les premiers de nos rois qui aient songé à faire des collections d'antiques et de médailles (1). Mais les troubles qui agitèrent la France sur la fin du règne de ce dernier prince, et sous celui de son successeur, dispersèrent ce que ses prédécesseurs et lui avoient eu tant de peine à recueillir. Henri IV eut aussi le projet de former une collection semblable ; mais sa mort précipitée l'empêcha de le réaliser.

Il étoit réservé à Louis XIV, à ce roi né pour donner à la monarchie française tous les genres de supériorité sur les nations qni l'environnent, d'exécuter un semblable dessein, à peine commencé jusqu'à lui. « Gaston « d'Orléans, dit M. l'abbé Barthélemy, avoit donné au roi une suite « de médailles en or ; et comme M. de Colbert s'aperçut que Sa Majesté « se plaisoit à consulter ces restes de l'antiquité savante, il n'oublia rien « pour satisfaire un goût si honorable aux lettres. Par ses ordres et sous « ses auspices, M. Vaillant (2) parcourut plusieurs fois l'Italie et la Grèce, « et en rapporta une infinité de médailles singulières. On réunit plu- « sieurs cabinets à celui du roi : et des particuliers, par un sacrifice « dont des curieux seuls peuvent connoître l'étendue, consacrèrent volon- « tairement dans ce dépôt ce qu'ils avoient de plus précieux en ce genre. « Ces recherches ont été continuées dans la suite avec le même zèle « et le même succès. Le cabinet du roi a reçu des accroissements suc- « cessifs, et l'on pourroit dire qu'il est à présent au-dessus de tous

---

(1) François Ier plaça dans le Garde-Meuble environ vingt médailles d'or et une centaine d'argent. Henri II en recueillit un assez grand nombre, qu'il réunit dans sa bibliothèque avec celles de François Ier ; il y joignit ensuite la collection précieuse que Catherine de Médicis avoit apportée en France. Enfin Charles IX essaya de consolider cet établissement, en assignant au Louvre une salle pour y rassembler les médailles et antiques, et en créant un garde particulier pour ces objets.

(2) D'autres savants parcoururent aussi, par ordre du roi, la Sicile, la Grèce, l'Égypte, là Perse, l'Asie-Mineure, et concoururent, par leurs recherches, à la splendeur de ce cabinet, entre autres MM. Demonceaux, Vaufleb, Petit de La Croix, Galland, Nointel, ambassadeur à Constantinople, Paul Lucas, etc.

« ceux qu'on connoît en Europe (1), s'il ne jouissoit depuis long-temps
« d'une réputation si bien méritée.

« Cette immense collection est divisée en deux classes principales,
« l'antique et la moderne. La première comprend plusieurs suites parti-
« culières : celle des rois, celle des villes grecques, celle des familles
« romaines, celle des empereurs, et quelques unes de ces suites se sub-
« divisent en d'autres, relativement à la grandeur des médailles et
« au métal. C'est ainsi que, des médailles des empereurs, on a formé
« deux suites de médaillons et de médailles en or ; deux autres de mé-
« daillons et de médailles en argent ; une cinquième de médaillons en
« bronze ; une sixième de médailles de grand bronze ; une septième de
« celles de moyen bronze ; une huitième enfin de médailles de petit
« bronze. La moderne est distribuée en trois classes : l'une contient les
« médailles frappées dans les différents États de l'Europe ; l'autre, les
« monnoies qui ont cours dans presque tous les pays du monde ; et la
« troisième, les jetons. Chacune de ces suites, soit dans le moderne, soit
« dans l'antique, est, par le nombre, la conservation et la rareté des
« pièces qu'elle contient, digne de la magnificence du roi et de la cu-
« riosité des amateurs. »

Ces médailles furent d'abord réunies au Louvre, ainsi que les antiquités éparses dans les maisons royales ; M. de Louvois eut ordre ensuite
de faire transférer ce cabinet à Versailles, où il fut placé auprès de
l'appartement du roi, et confié à la garde de M. *Rainsart*, savant an-
tiquaire. Ce n'est que vers la fin du siècle dernier qu'il fut rapporté à
la bibliothèque et déposé dans la salle où on le voit aujourd'hui.

Dans cette même salle est réunie la collection des pierres gravées et
le cabinet des antiques. La première contient un grand nombre de
chefs-d'œuvre des artistes grecs, gravés en creux et en relief, et les
plus belles agathes, gravées par les modernes. On remarque principalement, parmi les antiques, le tombeau de Childéric Ier, roi de France,
découvert à Tournay en 1653 ; les deux grands boucliers votifs, en

---

(1) Ceci a été écrit en 1754. Depuis, cette collection a reçu, comme toutes les autres, de grands
accroissements, et principalement jusqu'au moment de la révolution, par les soins et les recherches de
M. l'abbé Barthélemy lui-même. Depuis cette époque, elle a été presque doublée par toutes les collections
enlevées à Rome et dans l'Italie.

argent, trouvés dans le Rhône et en Dauphiné en 1656 et 1714;
la fameuse agathe de la Sainte-Chapelle; la sardoine Onix, dite *vase
de Ptolémée*, etc., etc. (1).

Il contient du reste un très grand nombre de figures, de bustes, de
vases, d'instruments de sacrifices, de marbres chargés d'inscriptions, d'urnes
funéraires, de meubles, de bijoux, etc., recueillis des antiquités grecques
et romaines. Vers le milieu du dix-huitième siècle, M. le comte de Caylus
ajouta à tant de richesses une quantité prodigieuse d'antiquités égyptiennes,
étrusques, etc., que cet illustre amateur avoit rassemblées, et qu'il a
publiées en vingt-six planches, accompagnées de notes et de dissertations
justement estimées.

DÉPÔT OU CABINET DES PLANCHES GRAVÉES ET ESTAMPES.

Ce cabinet occupe l'entre-sol au-dessous des cinq premières pièces du
dépôt des manuscrits.

On doit encore à Louis XIV la création de cette collection à laquelle
il en est peu en Europe qui soient comparables. Le goût dont ce prince étoit
possédé pour tout ce qui avoit quelque rapport aux beaux-arts le porta à
faire l'acquisition de l'importante collection amassée à grands frais par
l'abbé de Marolles, et composée des meilleures estampes depuis l'origine
de la gravure jusqu'au moment où il vivoit. Elle est contenue en 264
volumes, format grand atlas, et fut le premier fond de ce cabinet.

Quelques années auparavant, Gaston d'Orléans avoit légué au roi une
suite d'histoire naturelle, qu'il avoit fait peindre en miniature par Nicolas
Robert, d'après les plantes de son jardin botanique et les animaux de sa ménagerie de Blois. Cette suite fut jointe à celle de l'abbé de Marolles, et
augmentée des productions de trois artistes (Jean Joubert, Nicolas Au-

---

(1) Cette collection a été aussi considérablement enrichie des dépouilles de l'Italie et des autres pays
conquis par les armes françaises.

briet et mademoiselle Basseporte), qui, sous la fin du règne de ce prince et sous Louis XV, continuèrent de peindre de la même manière des objets pris dans les trois règnes de la nature. Cette partie seule contenoit 60 volumes in-folio (1).

La collection léguée au roi, en 1712, par M. de Gaignières, vint encore augmenter la richesse de ce cabinet de plus de 30,000 portraits rangés par pays et par états, et pris dans toutes les conditions, depuis le sceptre jusqu'à la houlette.

Louis XV l'enrichit aussi par les acquisitions qu'il fit des collections (2) de M. de Beringhem, de M. l'Allemand de Betz, de M. de Fontette, de M. Begon, et enfin d'une partie du cabinet de M. Mariette.

Enfin ce précieux cabinet, augmenté considérablement depuis par les acquisitions successives faites dans le siècle dernier, contenoit en 1789 environ 5,000 volumes, lesquels sont divisés en douze classes.

La première comprend les sculpteurs, architectes, ingénieurs et graveurs, depuis l'origine de la gravure jusqu'à nos jours ; cette classe est distribuée par école et chaque école par œuvres de maîtres ; les estampes gravées en bois et en clair-obscur, distinguées sous les noms de vieux-maîtres et de grands-maîtres, se trouvent aussi dans cette première classe.

La seconde est composée des livres d'estampes de piété, de morale, d'emblèmes et de devises sacrées.

La troisième renferme tout ce qui concerne la fable et les antiquités grecques et romaines.

Dans la quatrième sont les médailles, monnoies, généalogie, chronologie et blason.

La cinquième contient les fêtes publiques, cavalcades, tournois, etc.

La sixième est destinée à la géométrie, aux machines, aux mathématiques, à tout ce qui concerne la tactique, les arts et métiers.

---

(1) M. Van-Spandonck étoit chargé, en 1789, de la continuation de ce beau travail. Nous ignorons si la révolution l'a forcé à l'interrompre.

(2) La collection de M. de Beringhem est composée de 466 volumes et de 50 porte-feuilles de cartes célestes, terrestres et hydrographiques. — Celle de M. l'Allemand de Betz, de 80 volumes. — Celle de M. de Fontette remplissoit 60 porte-feuilles. — Enfin dans celle de M. Begon est une suite d'oiseaux peints à la gouache, que l'on attribue à la célèbre Sibylle de Mérian.

On trouve dans la septième les estampes relatives aux romans, facéties, bouffonneries, etc.

La botanique, l'histoire naturelle dans tous ses règnes, composent la huitième.

La neuvième est consacrée à la géographie.

Dans la dixième sont les collections des plans, l'élévation des édifices anciens et modernes, sacrés et profanes, palais, châteaux, etc.

La onzième contient les portraits, au nombre de plus de cinquante mille.

La douzième et dernière est un recueil complet de modes, habillements, coiffures et costumes de tous les pays du monde; on trouve dans ce recueil les modes françaises, depuis Clovis jusqu'à nos jours.

Ce cabinet possède en outre une collection de planches gravées, au nombre de près de deux mille (1).

DÉPÔT DES TITRES ET GÉNÉALOGIES.

Ce département, placé au second étage sur la droite de la cour, étoit composé de neuf pièces, dont trois contenoient les titres originaux des maisons et familles nobles de la France et de l'Europe.

Deux autres renfermoient les généalogies; dans la sixième étoient les mémoires des maisons et familles qui faisoient leurs preuves pour être présentées à la cour, reçues dans les chapitres nobles, etc.

On avoit commencé en 1785 un supplément qui devoit occuper les trois dernières pièces (2).

---

(1) Il faut ajouter à tant de richesses la belle collection du stathouder, qu'on y a réunie, et les acquisitions nombreuses faites depuis la révolution, pendant laquelle les productions de la gravure se sont multipliées plus que jamais.

(2) Ce dépôt pouvoit passer pour le plus riche et le plus précieux de l'Europe par l'ancienneté et l'originalité des titres dont il étoit composé. Les cabinets de MM. Gaignières et d'Hozier en formèrent le premier fonds, lequel fut augmenté, en 1720, par M. l'abbé Bignon de tout ce qu'il put trouver de purement généalogique dans les dépôts des manuscrits et des livres imprimés. On y joignit depuis les cabinets du chevalier Blondeau, de M. Jault; les généalogies d'André Duchesne, de Kerc-Daniel, de Scohier, etc., etc., etc.

VUE de la **PLACE DES VICTOIRES** en 1789.

PLACE DES VICTOIRES.

I L est peu de personnes qui ignorent que cette place fut construite dans le dix-septième siècle, par les ordres de François, vicomte d'Aubusson, duc de La Feuillade, pair et maréchal de France, colonel des gardes-françaises. Ce seigneur, comblé de bienfaits par son souverain, et poussant jusqu'à l'enthousiasme les sentiments d'admiration et d'amour qu'il ressentoit pour lui, voulut éterniser sa reconnoissance par un monument public élevé à la gloire de son auguste bienfaiteur. Sa première pensée fut de faire exécuter en marbre une statue de Louis XIV, et de la placer ensuite dans l'endroit de la ville le plus apparent et le plus convenable. Mais, la statue faite, il se dégoûta de ce premier dessein; et ne trouvant pas qu'il répondit à la grandeur du monarque qu'il vouloit honorer, il conçut un plan plus vaste et plus magnifique : ce fut de chercher un emplacement sur lequel on pût construire une place publique, et d'y élever un monument plus imposant qu'une simple statue. L'hôtel de *la Ferté-Senecterre*, édifice vaste et isolé, situé entre les rues Neuve-des-Petits-Champs (aujourd'hui la Vrillière), du Petit-Reposoir et des Fossés-Montmartre, lui ayant paru propre à l'exécution de son projet, il l'acheta en 1684, et sur-le-champ en fit commencer la démolition. Mais comme cet emplacement ne suffisoit pas, le corps-de-ville, voulant partager avec le duc de La Feuillade la gloire de cette entreprise, acheta l'hôtel d'Emery et quelques maisons et jardins contigus, qui s'étendoient le long de la rue du Petit-Reposoir et de celle des Vieux-Augustins. On commença aussitôt la place : *Jules Hardouin Mansard* en donna le dessin; la ville traita, en 1685, avec le sieur *Predot*, architecte pour la construction des bâtiments qui l'environnent, et le duc de La Feuillade se chargea seul des dépenses relatives à l'érection du monument.

Cette place est d'un diamètre peu considérable, en comparaison de plusieurs autres places régulières de Paris, car elle n'a que quarante toises de diamètre. Mais la manière dont elle est située lui donne sur toutes un grand avantage; environnée de six rues qui viennent y aboutir, et dont trois (1) ont une longueur considérable, elle offre, sous différents points de vue et à une très grande distance, la perspective de ses riches constructions, plus remarquables encore lorsque s'élevoit au milieu d'elles le beau monument que nous allons bientôt décrire.

Une ligne droite de bâtiments symétriques termine d'un côté la place des Victoires; circulaire dans le reste de son étendue, elle y présente une ordonnance uniforme qui n'est pas dépourvue de beauté. Un grand ordre de pilastres ioniques qui embrasse deux rangs de croisées s'élève sur un soubassement décoré d'arcades à refends; chaque croisée du premier étage est séparée par un pilastre, et celles du second sont placées sous l'architrave, dont la saillie est soutenue par de petites consoles d'un très mauvais goût; mais le plus grand défaut qu'on reproche à tout cet ensemble, c'est le comble à la *Mansarde* qui le termine; cette ridicule invention de croisées isolées au milieu des toits défigure le plus grand nombre des somptueux édifices élevés dans le dix-septième siècle; et en effet, l'œil le moins exercé peut sentir la différence prodigieuse que produiroit, pour l'élégance et la majesté de la place que nous décrivons, une ligne continue de balustrades remplaçant ces niches mesquines et gothiques auxquelles *Mansard* a eu le malheur de donner son nom.

Du milieu de cette place s'élevoit sur un piédestal de marbre blanc veiné la statue pédestre de Louis XIV. Ce prince, revêtu des habits de son sacre, fouloit aux pieds un Cerbère dont les trois têtes désignoient la triple alliance; une figure ailée, représentant la Victoire, un pied posé sur un globe, et l'autre en l'air, d'une main lui mettoit sur la tête une couronne de laurier, et de l'autre tenoit un faisceau de palmes et de branches d'olivier; ce groupe fondu d'un seul jet étoit de plomb doré, ainsi que les ornements (2) qui l'accompagnoient. Au bas de la statue, on lisoit cette inscrip-

---

(1) La rue de la Feuillade, au bout de laquelle se prolonge la rue Neuve-des-Petits-Champs; celle des Fossés-Montmartre et la rue Croix-des-Petits-Champs.

(2) Ces ornements étoient un globe, une massue d'Hercule, une peau de lion, un casque et un bouclier.

tion en lettres d'or : *Viro immortali* (1). Aux quatre angles du piédestal étoient autant de figures en bronze de douze pieds de proportion, représentant des esclaves chargés de chaînes ; on croyoit assez communément que ces figures désignoient les nations que Louis XIV avoit subjuguées ; mais il est plus naturel de penser qu'on avoit voulu seulement exprimer, par une allégorie générale, la puissance de ce prince, et le bonheur de ses armes.

Les bas-reliefs qui couvroient les quatre faces du piédestal représentoient, le premier, la préséance de la France sur l'Espagne en 1662 ; le second, la conquête de la Franche-Comté en 1668 ; le troisième, le passage du Rhin en 1672 ; et le quatrième, la paix de Nimègue en 1678. Le monument entier, depuis la base jusqu'au sommet de la statue, avoit trente-cinq pieds d'élévation ; le pourtour, jusqu'à neuf pieds de distance, étoit pavé de marbre et entouré d'une grille de fer de la hauteur de six pieds.

Enfin quatre grands fanaux ornés de sculpture éclairoient cette place pendant la nuit ; ils étoient élevés chacun sur trois colonnes doriques, de marbre veiné, disposées en triangles, et dont les bas-reliefs étoient chargés de plusieurs inscriptions relatives aux actions les plus mémorables du roi. La dédicace de la statue se fit le 28 mars 1686 (2) avec toute la pompe et toutes

---

(1) Plusieurs autres inscriptions, auxquelles on a reproché avec raison d'être trop fastueuses, couvroient les diverses faces du piédestal. Nous ne rapporterons que celle qui sert de dédicace, et qui explique le sujet de tout l'ouvrage.

Ludovico Magno ; Patri exercituum, et ductori semper felici. — Domitis hostibus. Protectis sociis. Adjectis imperio fortissimis populis. Extructis ad tutelam finium firmissimis arcibus. Oceano et Mediterraneo inter se junctis. Prædari vetitis toto mari piratis. Emendatis legibus. Deletá calvinianá impietate. Compulsis ad reverentiam nominis gentibus remotissimis. Cunctisque summá providentiá et virtute domi forisque compositis. — Franciscus vice comes d'Aubusson, dux de La Feuillade, ex Franciæ paribus, et tribunis equitum unus, in Allobrogibus prorex, et Prætorianorum præfectus. — Ad memoriam posteritatis sempiternam. P. D. C. 1686.

Cette même inscription étoit répétée en français :

A Louis-le-Grand, le père et le conducteur des armées, toujours heureux. — Après avoir vaincu ses ennemis, protégé ses alliés, ajouté de très puissants peuples à son empire, assuré les frontières par des places imprenables, joint l'Océan à la Méditerranée, chassé les pirates de toutes les mers, réformé les lois, détruit l'hérésie, porté, par le bruit de son nom, les nations les plus barbares à le venir révérer des extrémités de la terre, et réglé parfaitement toutes choses au dedans et au dehors par la grandeur de son courage et de son génie. — François, vicomte d'Aubusson, duc de La Feuillade, pair et maréchal de France, gouverneur du Dauphiné et colonel des Gardes-Françaises. — Pour perpétuelle mémoire à la postérité.

(2) La place n'étoit pas encore entièrement finie en 1691.

les cérémonies usitées en pareille circonstance (1). Martin *Vanden Bogaer*, connu sous le nom de *Desjardins*, avoit conduit avec autant de talent que de succès tous ces ouvrages, dont il avoit fourni les dessins. C'étoit pour la première fois que la ville de Paris étoit ornée d'un monument en relief d'un volume aussi considérable, et l'on mettoit justement alors au nombre des chefs-d'œuvre de l'art une production à laquelle on ne pouvoit rien comparer dans les travaux de ce genre qui l'avoient précédée. Nous dirons plus : depuis on n'a rien fait, dans la sculpture monumentale, qui l'ait égalée, sur-tout sous le rapport de la composition. L'attitude du monarque étoit pleine de noblesse et de majesté, et le groupe entier pyramidoit avec une rare élégance. Quoique les esclaves placés au pied de la statue fussent d'une proportion colossale, cependant l'œil n'en étoit point blessé, parcequ'elles se trouvoient dans un rapport exact avec toutes les autres parties du monument ; du reste, le faire savant et gracieux de ces figures ne le cédoit point à celui de la statue du héros, et elles étoient sur-tout estimées pour la beauté des expressions.

Afin de rendre ce monument aussi durable que les ouvrages des hommes peuvent l'être, le duc de La Feuillade céda et substitua perpétuellement de mâles en mâles, à ceux de sa maison, et après l'extinction de sa race, à la ville de Paris, le duché de la Feuillade, valant alors 22,000 livres de rente, à la charge par les possesseurs de pourvoir à toutes les réparations nécessaires, de faire redorer, tous les vingt-cinq ans, le groupe et les ornements qui l'accompagnoient, enfin d'entretenir dans les quatre fanaux des lumières suffisantes pour éclairer la place pendant la nuit dans toutes les saisons de l'année. Malgré tant de précautions prises pour assurer la durée de cette fondation, à peine le duc de La Feuillade fut-il mort, qu'on y donna atteinte. Ce seigneur mourut au mois de septembre 1691 ; et, dès le 20 avril 1699, le conseil d'état rendit un arrêt qui ordonnoit que dorénavant il ne seroit plus mis de lumière dans

---

(1) Le duc de La Feuillade y parut à cheval, et fit trois fois le tour du monument, suivi du régiment des Gardes, dont il étoit colonel, à quoi il ajouta toutes les prosternations que les Romains faisoient autrefois devant les statues de leurs empereurs. Le prevôt des marchands et les échevins assistèrent à cette cérémonie. Il y eut le soir un grand feu d'artifice devant l'Hôtel-de-Ville, et des feux de joie dans toutes les rues de Paris.

les quatre fanaux de la place des Victoires (1); cet arrêt donna lieu à un autre, qui fut rendu deux ans après la mort de Louis-le-Grand, par lequel il fut permis au maréchal Louis de La Feuillade son fils de faire démolir ces fanaux, qui, n'étant plus allumés, étoient devenus entièrement inutiles (2).

« L'abbé de Choisy, dit Saint-Foix, raconte que le maréchal de La
« Feuillade avoit dessein d'acheter une cave dans l'église des Petits-Pères, et
« qu'il prétendoit la pousser sous terre, jusqu'au milieu de cette place, afin
« de se faire enterrer précisément sous la statue de Louis XIV. Je sais que
« le maréchal de La Feuillade n'avoit pas mérité, par des actions et des vic-
« toires signalées, d'avoir un tombeau à Saint-Denis, comme Duguesclin et
« Turenne; mais il n'étoit pas aussi de ces courtisans inutiles (3) à l'État,
« qu'on devoit enterrer au pied de la statue de leur maître, dans la
« place publique consacrée à l'idole qu'ils ont encensée et peu servie. La
« plaisanterie de l'abbé de Choisy est de ces traits qui tombent à faux,
« et qui ne font tort qu'à l'écrivain dont ils décèlent la malignité. »

Le témoignage de Saint-Foix est d'autant moins suspect, qu'il saisit assez volontiers l'occasion de lancer un sarcasme et de placer une épigramme, lorsqu'il s'agit des cours et de courtisans. Cependant on ne peut s'empêcher de reconnoître que le duc de La Feuillade, dans son amour

---

(1) Cet arrêt étoit motivé sur des raisons de police si frivoles, qu'elles en sont presque ridicules : « Les « habitants des maisons de cette place étoient, disoit-on, incommodés par l'attroupement des fainéants et « vagabonds qu'attiroit la lumière de ces fanaux. » On n'a pu découvrir la véritable cause d'une semblable détermination, que quelques personnes ont attribuée à ce distique assez plaisant qu'un Gascon afficha sur le piédestal de la statue :

> La Feuillade, sandis, je crois que tu me bernes,
> De placer le soleil entre quatre lanternes.

(2) Les dégradations de ce monument ont commencé quelques jours avant la fédération du 14 juillet 1790. Alors les quatre figures d'esclaves furent enlevées et déposées dans la cour du Muséum ; on les a depuis transportées aux Invalides, où elles sont encore. Les quatre bas-reliefs sont conservés au Musée des monuments français, et adaptés au soubassement d'une colonne triomphale qui orne le jardin de cette maison. Quant à la statue, elle fut abattue le 10 août.

La représentation que nous donnons du monument entier est d'autant plus précieuse, qu'il n'en existe, même à la bibliothèque, que des gravures grossières qui n'en peuvent donner aucune idée satisfaisante. Celle-ci a été faite sur un dessin très exact, exécuté, d'après le monument même, par un artiste distingué.

(3) Il s'étoit fait avantageusement connoître à la bataille de Réthel, en 1650 ; aux sièges de Mouson, de Valenciennes, d'Arras, etc. Il ne se fit pas moins remarquer au combat de Saint-Gothard contre les Turcs, en 1664, ainsi que dans la campagne du roi en Franche-Comté, où il emporta le fort Saint-Étienne l'épée à la main.

pour Louis XIV, passa peut-être un peu les bornes des affections qu'il est permis d'avoir pour un simple mortel; et en rejetant l'histoire du caveau qui n'est point appuyée d'autorités suffisantes, du moins faut-il convenir qu'il avoit résolu de fonder des lampes qui auroient brûlé nuit et jour devant la statue; projet insensé dont l'exécution ne manqua que parce-qu'on ne voulut pas le lui permettre.

Monument de la Place des Victoires.

LES AUGUSTINS RÉFORMÉS.

Nous avons déjà eu occasion de remarquer que dans le quatorzième siècle, soit par le malheur des temps, soit par une suite naturelle de la foiblesse de l'homme qui tend sans cesse au relâchement, plusieurs ordres monastiques avoient beaucoup perdu de leur première ferveur. Quelques saints personnages, animés d'un zèle apostolique, entreprirent à différentes époques de faire revivre les observances établies par les fondateurs, et d'introduire la réforme dans les monastères qui s'étoient plus ou moins écartés de l'esprit de leur institution. Tel fut le père *Thomas de Jésus*, augustin portugais, d'une famille illustre par ses dignités et ses services, lequel conçut, en 1565, le projet de ramener les religieux de son ordre à une vie plus régulière. Quoiqu'il soit regardé par la plupart des historiens comme le principal auteur de la réforme des Augustins, cependant il est certain qu'il n'eut pas la satisfaction d'exécuter un si beau dessein ; car on voit dans un abrégé de la vie de ce saint religieux, placé à la tête du livre des *Souffrances de Jésus-Christ*, dont il est l'auteur, « que son zèle pour la « rigueur de l'observance lui fit entreprendre une réforme, mais qu'il « trouva de si grands obstacles dans l'exécution, qu'il fut obligé *d'abandonner son projet*. » Il paroît en effet que tous ses efforts ne purent les surmonter, et qu'une longue captivité qu'il endura ensuite en Afrique le força à renoncer entièrement à une si louable et si grande entreprise.

Ce ne fut que cinq ans après sa mort, arrivée en 1582, que le projet de la réforme fut renouvelé et accepté par le chapitre général, tenu à Tolède le 30 novembre 1588. Le père Louis de Léon, premier définiteur, en rédigea les constitutions, qui n'étoient que les anciennes observances, et elles furent approuvées par le pape Sixte-Quint. Cette réforme, reçue sous le nom d'Augustins *déchaussés*, fit des progrès rapides en Espagne et en Italie, où elle fut d'abord soumise à la juridiction du provincial de Castille. Mais comme les Augustins non réformés crurent pouvoir lui disputer cette autorité, le pape Clément VIII, par sa bulle du 11 février 1682, érigea les couvents réformés en province, avec faculté d'élire un provincial et des prieurs. Cette réforme étoit alors composée de dix congrégations, toutes hors de France, et gouvernées chacune par un vicaire général, sous la juridiction, visite, et correction du général de l'ordre.

En 1594, Guillaume d'*Avançon*, archevêque d'Embrun et alors ambassadeur du roi auprès du souverain pontife, proposa d'établir dans le royaume des religieux de cette réforme, et offrit de les recevoir dans son prieuré de Villars-Benoît (1), ce qui fut agréé par un bref de Clément VIII. Toutes les formalités nécessaires pour l'exécution de ce projet étant remplies, les pères François *Amet* et Mathieu *de Sainte-Françoise*, Augustins français, qui, quelque temps auparavant, s'étoient rendus à Rome pour y vivre au milieu des Augustins réformés, revinrent en France à la sollicitation de l'archevêque d'Embrun, et s'établirent à Villars-Benoît vers la fin de juillet 1596.

Les deux puissances temporelle et spirituelle concoururent à favoriser cette réforme; le pape, par un bref du 21 décembre de l'an 1600, permit aux religieux de la nouvelle observance de s'étendre par toute le France, de recevoir des novices, des fondations etc.; et Henri IV leur accorda, le 26 juin 1607, des lettres-patentes par lesquelles il approuve leur établissement à Villars-Benoît, et leur permet d'en former d'autres dans telle partie de son royaume qu'ils voudroient choisir. Mais ce fut à Marguerite de Valois, première femme de ce monarque, que les Augustins durent particulièrement leur établissement à Paris. Cette princesse étant revenue dans cette capitale en 1605, et voulant accomplir le vœu qu'elle avoit fait d'y fonder un monastère, en action de graces du danger imminent dont elle avoit été délivrée lorsqu'elle étoit renfermée dans le château d'*Usson* en Auvergne, résolut de bâtir un couvent et une église sous l'invocation de la Sainte-Trinité, avec une chapelle dite *des Louanges*, où quatorze religieux, se relevant tour à tour, deux par deux et d'heure en heure, devoient chanter les louanges de Dieu jour et nuit sans discontinuation. Pour l'exécution de ce dessein, elle jeta les yeux sur la communauté du père Amet son confesseur et son prédicateur ordinaire, le chargea de rassem-

---

(1) Il étoit prieur commandataire de ce bénéfice, situé dans le diocèse de Grenoble, non loin de Mont-Meillan.

bler le nombre de sujets nécessaires pour composer cette nouvelle communauté, et céda ensuite à ces religieux, sous le nom d'*Augustins réformés deschaux*, un terrain suffisant pour la construction de l'église et du couvent (1), avec 6,000 livres de rente, aux charges et conditions portées par le contrat de fondation. Ce contrat, en date du 26 septembre 1609, fut approuvé par un bref du pape du 1er juillet 1610, et confirmé par les lettres-patentes du roi, données le 20 mars de la même année. Ces actes d'ailleurs n'étoient que la confirmation solennelle des engagements que cette princesse avoit pris précédemment avec les Augustins; car avant que leur demeure pût les recevoir, elle les avoit logés dans son palais, et, dès le 21 mars 1608, la première pierre de la chapelle dite des Louanges, qui a subsisté jusqu'à ces derniers temps, avoit été posée par ses ordres.

Les Augustins réformés prirent possession du monastère et des revenus que la reine Marguerite leur avoit donnés, et ils en jouissoient depuis trois ans, lorsque cette princesse, soit par inconstance, soit par mécontentement particulier à l'égard du père Amet, révoqua la donation qu'elle avoit faite en faveur de ces religieux, et les obligea, le 29 décembre 1612, à sortir de leur couvent, et à le céder à d'autres Augustins réformés de la province de Bourges, qu'elle leur substitua par contrat du 12 avril 1613.

La reine Marguerite chercha à couvrir l'inconséquence et l'injustice de ce procédé, en alléguant que les Augustins déchaussés ne remplissoient pas, et ne pouvoient pas remplir les clauses du contrat du 26 septembre 1609, dont une portoit textuellement que lesdits religieux s'obligeoient « de « faire chanter en ladite *Chapelle des Louanges*, en l'intention de ladite « dame royne, perpétuellement les hymnes, cantiques et pseaumes « d'action de grace ci-dessus mentionnés, *et selon les airs qui en se-* « *ront baillez par ladite dame royne, etc.* » Or, disoit Marguerite, la règle des Augustins déchaussés ne leur permet pas de chanter, mais

---

(1) L'emplacement cédé par la reine Marguerite consistoit en un terrain précédemment occupé par les frères de la Charité, et une portion du petit pré aux Clercs, contenant six arpents, qu'elle avoit pris à cens et à rentes de l'Université; ce qui formoit en partie cet espace que nous voyons environné du quai Malaquais et des rues des Petits-Augustins, Jacob et des Saints-Pères, emplacement qu'elle avoit d'abord destiné à faire les jardins de son hôtel, situé rue de Seine.

seulement de psalmodier; de plus, ils sont constitués ordre mendiant; donc ils ne peuvent posséder des rentes, etc. Ceux-ci répondoient en peu de mots que toutes ces difficultés, qui existoient au moment de la donation comme alors, avoient été levées par leur acquiescement au contrat de fondation, et par la sanction du pape et du roi. Une telle réponse n'admettoit aucune réplique; mais la puissance l'emporta sur la justice, et les Augustins déchaussés, malgré leurs réclamations et leurs protestations plusieurs fois réitérées, furent contraints d'abandonner leur couvent, et même de quitter Paris et de retourner à Avignon et à Villars-Benoît (1).

Les historiens ne sont pas d'accord sur l'époque du retour de ces religieux dans la capitale: cependant on peut conjecturer avec quelque fondement qu'ils y revinrent vers l'année 1619 (2), puisque la permission de M. de Gondi, archevêque de Paris, pour l'établissement d'un couvent de cette réforme, est du 19 juin 1620. Ils se logèrent alors dans une maison qu'ils avoient louée, hors de la porte Montmartre, près de l'endroit où fut bâtie depuis l'église de Saint-Joseph.

Leur communauté s'étant fort augmentée, et le local qu'ils occupoient devenant trop resserré, les Augustins déchaussés achetèrent, en 1628, un terrain contenant environ huit arpents, lequel étoit situé près du Mail, entre le faubourg Saint-Honoré et le faubourg Montmartre, et prièrent le roi Louis XIII, alors régnant, de vouloir bien se déclarer le fondateur du nouveau couvent qu'ils avoient le projet de bâtir sur cet emplacement.

---

(1) Saint-Foix, qui a fait de ses Essais sur Paris un recueil d'épigrammes, dit à ce sujet : Assurément *ces pères n'aimoient pas la musique, car ils s'obstinèrent à ne vouloir que psalmodier.* On voit combien cette froide plaisanterie porte à faux. Mais ce qui est réellement plaisant, c'est de voir avec quelle complaisance tous les auteurs de *Manuels*, de *Voyages*, de *Promenades*, de *Miroirs*, et autres ouvrages de ce genre sur Paris, ont servilement répété les quolibets de Saint-Foix, qui, pour la plupart, n'ont pas de fondement plus solide que celui que nous relevons ici.

(2) L'abbé Lebeuf place ce retour en 1623, les historiens de Paris en 1629; mais ces dates ne conviennent ni à leur premier établissement à Paris en 1608, ni à ceux qu'ils ont eus depuis, soit à Paris, soit aux environs. Sauval s'est encore trompé en disant qu'ils avoient été établis avant cette époque dans la forêt de Saint-Germain-en-Laye, puisque le roi ne leur donna la chapelle *des Loges*, située dans cette forêt, qu'en 1626, que la reine Anne d'Autriche ne leur fit bâtir l'église qu'en 1644, et qu'enfin elle ne s'en déclara la fondatrice que par ses lettres-patentes du mois de février 1648. Ainsi c'est également sans fondement que l'abbé Lebeuf place au même endroit des ermites de Saint-Augustin dans le seizième siècle.

Ce monarque, ayant bien voulu leur accorder cette faveur, descendit, le 9 décembre 1629, dans les fondements, posa la première pierre de l'église ; et en reconnoissance des victoires qu'il avoit remportées par l'intercession de la sainte Vierge, et spécialement de celle qui lui avoit soumis la Rochelle l'année précédente, il ordonna que l'église qu'on alloit bâtir fût dédiée sous l'invocation de *Notre-Dame-des-Victoires*.

Cette église étant devenue trop petite relativement au quartier, dont la population s'augmentoit tous les jours, on commença à en bâtir une nouvelle en 1656 : elle fut bénite le 20 décembre de l'année suivante ; mais, faute de moyens pécuniaires, la construction en fut interrompue à différentes reprises, et ce n'est qu'en 1740 qu'elle fut totalement achevée. M. Leblanc, évêque de Joppé, qui avoit été religieux augustin, la consacra le 13 novembre de la même année.

Les religieux qui vivoient sous la règle de Saint-Augustin étoient fort multipliés au seizième siècle, mais les différentes congrégations de cet ordre n'étoient point uniformes dans leur habillement ni dans leur chant. Benoît XIII, par son bref du 27 janvier 1726, enregistré en parlement le 27 juillet de la même année, ordonna qu'ils se conformeroient au chant grégorien, qu'ils porteroient un capuce rond, et se feroient raser la barbe ; un autre bref de Benoît XIV, du 1er février 1746, approuvé par lettres-patentes du roi, données le 7 avril suivant, permit aux Augustins déchaussés de porter la chaussure comme les autres religieux augustins ; ils furent soumis, à cette époque, et par ce même bref, à un vicaire-général élu par le chapitre de la congrégation.

Quant au nom de *Petits-Pères* qu'on donnoit vulgairement à ces religieux, nous n'avons rien trouvé de bien authentique sur son origine. Les uns croient qu'ils durent cette dénomination à la petitesse et à la pauvreté de leur premier établissement ; d'autres racontent que Henri IV ayant aperçu dans son antichambre les pères Mathieu de Sainte-Françoise et François Amet, qui étoient fort petits, demanda qui étoient ces *petits pères-là*, et que dès-lors on commença à les appeler *Petits-Pères*.

L'église de cette congrégation, qui existe encore, mais qui a changé de destination (1), n'est ni d'une étendue considérable, ni d'une bonne distribution. Elle se compose d'une nef de trente-quatre pieds de largeur dans œuvre, sur vingt-deux toises cinq pieds de longueur, y compris le sanctuaire, et de quarante-neuf pieds de hauteur sous clef. Cette nef, décorée d'une ordonnance ionique de vingt-six pieds d'élévation, est flanquée dans toute sa longueur de chapelles de quinze pieds de profondeur, dont les murs de refend étoient fermés de portes et de grilles de fer. Ces portes étoient dans l'alignement des petites portes collatérales du portail, de manière que les chapelles de cette église lui tenoient lieu de bas-côtés.

Au-dessus de l'ordre ionique s'élève la voûte sphérique en plein cintre, laquelle se prolonge sur toute la capacité du vaisseau. On y a pratiqué des croisées formant lunettes, et séparées par des archivoltes qui tombent à l'aplomb de chaque pilastre, le tout couvert de cassettes, tables chantournées, etc. Le maître-autel, qui séparoit le chœur de la nef, étoit isolé à la romaine, construit en marbre et enrichi de bronzes, dorures, etc. On estimoit la menuiserie du jeu d'orgues et celle du chœur; du reste cette église, décorée de tribunes en pierres, percée de cette quantité d'arcades formant chapelles, surchargée d'ornements bizarres et mesquins, est encore un de ces monuments du mauvais goût qui a régné si long-temps dans l'architecture française. Les fondations en furent commencées par *Pierre-le-Muet;* *Libéral Bruant* éleva l'église jusqu'à sept pieds au-dessus de terre; et elle fut enfin achevée par un troisième architecte, *Gabriel Leduc.* Toutefois l'ouvrage resta imparfait jusqu'en 1739, qu'on construisit le portail sur les dessins de *Cartaud,* architecte du roi.

Ce portail est encore une imitation de ces formes pyramidales imaginées par Mansard, et employées dans presque toutes les églises bâties à cette époque. Il est composé de deux ordres de pilastres, l'un ionique et l'autre corinthien; les critiques d'alors blâmèrent ces pilastres, et auroient préféré des colonnes; mais quelque parti qu'on eût pris, avec de semblables lignes et un ensemble aussi bizarre il étoit bien impossible de produire

---

(1) Elle a servi, pendant les premières années de la révolution, de salle d'assemblée pour la municipalité, les élections, etc. Elle est maintenant la *Bourse* provisoire de la ville de Paris. Les bâtiments du couvent existent encore, et forment une des douze maisons municipales de cette ville.

un beau monument. La façade entière a soixante-trois pieds d'élévation non compris le fronton, et soixante-quinze pieds et demi de largeur.

Les bâtiments du couvent étoient situés à la gauche du chœur, et n'avoient rien de remarquable (1).

CURIOSITÉS DU MONASTÈRE ET DE L'ÉGLISE DES AUGUSTINS DÉCHAUSSÉS.

TABLEAUX.

Au-dessus de la corniche du pourtour de la croisée, les quatre Évangélistes, par *Robin*.

Dans la quatrième chapelle à gauche, un saint Jean dans le désert, par *Bon Boullogne*.

Dans la première chapelle à droite, un autre saint Jean dans le désert, par *M. La Grénée jeune*.

Dans la quatrième chapelle du même côté, saint Nicolas de Tolentin, par *Galloche*.

Le chœur étoit décoré de sept tableaux peints par *Carlo Vanloo*, premier peintre du roi.

1° Le baptême de saint Augustin, et celui d'Alipe son ami.

2° Saint Augustin prêchant devant Valère.

3° Son sacre.

4° Sa dispute contre les Donatistes.

5° La mort de ce saint évêque.

6° La translation de ses reliques.

7° Louis XIII, accompagné du cardinal de Richelieu, promettant à la Vierge de lui bâtir un temple.

Sur la porte de la sacristie, saint Grégoire délivrant les ames du purgatoire, par *Bon Boullogne*.

Au fond de cette même sacristie, la translation que fit faire *Luitprand*, roi des Lombards, des reliques de saint Augustin, par *Galloche*.

---

(1) Il y avoit dans l'église des Augustins une confrérie de Notre-Dame-des-Sept-Douleurs; si l'on en croit Baillet, la dévotion à la Vierge, sous cette dénomination, est la plus ancienne de toutes; elle commença en orient, et passa en occident du temps des croisades. Elle consiste à honorer Marie affligée au pied de la croix. Ce fut la reine Anne d'Autriche qui établit cette confrérie dans l'église de ces religieux; elle fut approuvée par Alexandre VII, qui donna un bref d'indulgences le 26 mai 1656; des lettres-patentes du 20 décembre de la même année l'autorisèrent; la reine s'en déclara la protectrice; et le 24 mars de l'année suivante elle vint dans cette église, où elle fut reçue en cette qualité. Les princesses et autres dames qui l'accompagnoient se firent inscrire en même temps dans cette sainte association.

Il y avoit encore un grand nombre de tableaux de différents maîtres dans le cloître, le réfectoire et la bibliothèque, et principalement dans un cabinet contenant des médailles, des antiquités et des objets d'histoire naturelle. — La collection qu'on y voyoit étoit composée de morceaux très précieux des trois écoles.

SCULPTURES ET TOMBEAUX.

Dans la chapelle de la Vierge, sa statue, sous le nom de Notre-Dame de Savone. Cette chapelle avoit été revêtue de marbre en 1674, par ordre de Louis XIV, qui en avoit fait la promesse à la reine sa mère. La statue de la Vierge y fut alors placée.

C'étoit une figure de marbre blanc de Carrare, de six pieds de proportion, revêtue d'un manteau, et ayant sur la tête une couronne dorée, telle que l'aperçut, dans une vision, *Antoine Botta,* paysan des environs de Savone, qui institua cette dévotion. Sa figure, en petit et à genoux, se voyoit sur une console près de l'autel.

Dans la chapelle en face, la statue en marbre de saint Augustin, par *Pigalle.*

La sixième chapelle à droite contenoit le tombeau du marquis de l'Hôpital, mort en 1702, par *Jean-Baptiste Poultier.* Ce tombeau étoit de marbre noir. Au-dessus on voyoit une pleureuse assise, tenant d'une main un mouchoir, et de l'autre un médaillon, sur lequel étoient deux têtes, représentant le marquis et la marquise de l'Hôpital.

On voyoit dans la quatrième chapelle à gauche le tombeau du célèbre musicien *Lulli,* mort en 1687. Ce monument, que l'on voit encore au Musée des Petits-Augustins, est composé d'un cénotaphe noir, auquel sont adossées deux femmes dans l'attitude de la plus profonde douleur. Deux génies, qu'on suppose représenter les deux genres de la musique, sont assis sur la pierre du tombeau : au-dessus est placé le buste en bronze de ce musicien célèbre. Toute cette composition, qui n'est pas dépourvue de mérite, quoiqu'un peu maniérée, sur-tout dans le jet des draperies, a été exécutée par un sculpteur nommé *Cotton,* élève du célèbre Anguier.

Dans le même tombeau avoit été aussi inhumé Michel Lambert, beau-père de Lulli, mort en 1696.

Dans une autre chapelle étoit la sépulture de *Gédéon Dumetz,* comte de Rosnay, président honoraire de la chambre des comptes, mort en 1709.

La bibliothèque de ces pères, l'une des plus belles des monastères de Paris, avoit cent trente-un pieds de long sur dix-neuf de large ; elle contenoit près de 40,000 volumes, rangés dans un très bel ordre. On y voyoit deux globes de Coronelly, et beaucoup de portraits de grands hommes et de savants, parmi lesquels on remarquoit celui d'un dé leurs religieux, peint par *Rigaud*. Au milieu du plafond étoit une fresque remarquable en ce qu'elle avoit été exécutée en dix-huit heures par *Mathey* ; elle représentoit la Religion s'unissant à la Vérité pour chasser l'Erreur.

Portail de l'Eglise des Petits-Peres.

L'ÉGLISE SAINT-JOSEPH.

CETTE chapelle, qui dépendoit de la paroisse de Saint-Eustache, n'étoit pas précisément une succursale, comme quelques auteurs l'ont cru; car l'abbé Lebeuf observe qu'elle n'avoit ni saint ciboire ni fonts baptismaux. Voici ce que les historiens de Paris, qui ont parlé très succinctement de cette petite église, nous apprennent de son origine : Le cimetière de la paroisse de Saint-Eustache étoit placé, en 1625, dans la rue du Bouloi, derrière l'hôtel du chancelier Séguier. Ce terrain, qui contenoit environ trois cents toises, se trouvant à la convenance de ce magistrat, il fit un traité avec les marguilliers de Saint-Eustache, par lequel ils lui cédèrent l'emplacement de leur cimetière, à la charge de leur en fournir un autre dans le faubourg Montmartre, et d'y faire construire une chapelle sous l'invocation de saint Joseph. Cette convention fut ratifiée, la même année, par l'archevêque de Paris (1). Cependant il paroît qu'elle ne fut pas exécutée sur-le-champ, car des lettres du même archevêque, du 14 juillet 1640, nous apprennent que, ce même jour, la première pierre d'une chapelle qui devoit être dédiée sous le titre et l'invocation de saint Joseph fut bénite par le curé de Saint-Eustache, et posée par M. le chancelier Séguier, qui s'étoit obligé de la faire construire à ses frais. Le cimetière de la rue du Bouloi fut en même temps transféré à côté de cette chapelle. Il existoit à Paris peu d'édifices de ce genre dont l'architecture fût plus simple et plus médiocre ; mais ce lieu n'en est pas moins à jamais célèbre : c'étoit là que deux des plus beaux génies du grand siècle, *Molière* et *La Fontaine*, avoient leur sépulture (2).

(1) On avoit déjà accordé une semblable permission en 1560.

(2) On a fait de l'église un marché, qui conserve le nom de Saint-Joseph. L'emplacement du cimetière ayant été couvert de maisons, les cendres de ces deux grands hommes en ont été retirées et renfermées dans des sarcophages, actuellement déposés dans le jardin du Musée des Monuments français, où nous espérons qu'on ne les laissera pas. (Voyez, tome Ier, page 65.

LES FILLES DE SAINT-THOMAS-D'AQUIN.

Les filles Saint-Thomas étoient des religieuses de l'ordre de Saint-Dominique, dont le couvent étoit situé rue Neuve-Saint-Augustin, en face de la rue Vivienne (1). Ces filles devoient leur établissement à Paris à *Anne de Caumont*, femme de François d'Orléans de Longueville, comte de Saint-Pol et duc de Fronsac. Cette dame ayant obtenu du cardinal Barberin, légat du pape Urbain VIII (2), la permission de fonder à Paris un monastère de religieuses de l'ordre des frères prêcheurs réformés, sous l'invocation de sainte Catherine de Sienne, fit venir de Toulouse, avec le consentement de l'archevêque de cette ville, la mère Marguerite de Jésus et six autres religieuses du même ordre. Arrivées à Paris le 27 novembre 1626, le 2 mars de l'année suivante elles furent installées, avec l'approbation de l'archevêque de Paris, dans une maison appelée l'hôtel du Bon Air, située au faubourg Saint-Marcel, rue Neuve-Sainte-Geneviève. Ces religieuses y demeurèrent jusqu'en 1632, qu'elles allèrent se loger vieille rue du Temple, au Marais ; mais la maison qu'elles y occupoient n'étant pas encore d'une distribution assez commode pour une communauté, on construisit pour elles, dans la rue Neuve-Saint-Augustin, un couvent où elles vinrent s'établir le 7 mars 1642 (3), et dans lequel elles sont demeurées jusqu'à leur suppression.

Ces religieuses étant entrées dans leur nouveau domicile le jour que l'église célèbre la fête de saint Thomas, l'un des personnages les plus

---

(1) Cette partie de la rue Neuve-Saint-Augustin prit, quelque temps après, le nom de rue des Filles-Saint-Thomas.

(2) Par une bulle datée du 5 octobre 1625.

(3) Plusieurs historiens, entre autres Sauval, l'abbé Lebeuf, La Caille, Labarre et Piganiol ne placent cette translation qu'en 1652. Nous avons suivi Jaillot, qui, ordinairement très exact dans ses recherches, assure avoir vu des plans publiés en 1641 et en 1647, lesquels indiquent ce couvent comme existant déjà dans la rue Neuve-Saint-Augustin.

illustres de l'ordre de saint Dominique, jugèrent à propos de signaler une époque si solennelle pour leur communauté en prenant le nom de ce saint docteur : telle est l'origine de cette dénomination.

Le portail extérieur de leur monastère faisoit face à la rue Vivienne et n'avoit rien de remarquable. Le frontispice de l'église, qui ne fut totalement achevée qu'en 1715, et qui existe encore, ne l'est pas davantage (1); elle est décorée intérieurement de pilastres et d'arcades, et n'avoit d'autre ornement qu'un tableau peint par *d'Ulin*, lequel représentoit saint Jérôme au désert.

La comtesse de Saint-Pol, fondatrice des Filles Saint-Thomas, avoit été inhumée dans l'église de leur ancien couvent au Marais. Ses cendres furent transportées dans celle du nouveau monastère, lorsque ces filles y eurent été établies.

THÉÂTRE ITALIEN.

Ce théâtre, uniquement occupé, depuis son érection, par la troupe de l'Opéra-Comique, doit le nom qu'il porte encore aux comédiens italiens, dont les acteurs *chantants* ne furent pendant long-temps que de simples

---

(1) Ce monastère a été détruit, et il n'en reste plus que la chapelle, qui va être incessamment abattue. Ses jardins, qui occupoient un vaste emplacement, depuis la rue Notre-Dame-des-Victoires jusqu'à une petite distance de celle de Richelieu, furent en partie dénaturés dès les premières années de la révolution. On y construisit dès-lors un passage *, une rue nouvelle et un théâtre. Bâti d'abord pour l'Opéra-Buffa, qu'on nommoit à cette époque *Théâtre de Monsieur*, il fut ensuite occupé par diverses troupes; maintenant il est exclusivement destiné aux acteurs de l'Opéra-Comique. Cet édifice, dans lequel les architectes ont eu à surmonter les difficultés d'un terrain étroit et entouré de maisons particulières, offre dans sa façade, dont la forme est circulaire, quelque rapport avec la décoration du temple de *Minerve-Poliade* à Athènes.

Sur ce qui reste de ce vaste emplacement, on a formé le projet de bâtir un monument qui doit servir de Bourse à la ville de Paris. Les fondations en sont déjà commencées.

* Le passage *Feydeau*.

associés. L'établissement en France de ces farceurs ultramontains remonte jusqu'au règne de Henri III, qui en fit demander une troupe à Venise pour jouer devant lui pendant les états de Blois. Ils vinrent ensuite à Paris, où ils débutèrent le 15 juin 1577, à l'hôtel du Petit-Bourbon, sous le titre singulier de *gli Gelosi* (1). « Il y avoit un tel concours, dit « un auteur contemporain, que les quatre meilleurs prédicateurs de « Paris n'en avoient pas tous ensemble autant quand ils prêchoient. » Le même auteur ajoute « que le 26 juin suivant, la cour assemblée aux « Mercuriales fit défense aux *Gelosi* de plus jouer leurs comédies, par- « cequ'elles n'enseignoient que paillardises. »

Cette défense ne tarda pas à être levée : par ordre exprès du roi, les comédiens italiens rouvrirent leur théâtre après trois mois d'interruption, et continuèrent encore pendant quelque temps de représenter leurs farces grossières ; mais les troubles du royaume les forcèrent bientôt de l'abandonner et de retourner en Italie.

En 1584 on vit paroître une autre troupe qui ne fit à Paris qu'un très court séjour, et fut remplacée, en 1588, par une troisième dont l'apparition ne fut pas de plus longue durée. Henri IV en amena de Piémont une quatrième qui quitta encore la France au bout de deux années. Trois nouvelles troupes se succédèrent sans beaucoup de succès sous Louis XIII et sous le ministère du cardinal Mazarin. Enfin il en vint une qui, plus heureuse ou pourvue de meilleurs acteurs, obtint sous Louis XIV la permission de jouer à l'hôtel de Bourgogne (2) alternativement avec les comédiens français ; sur le théâtre du petit Bourbon avec la troupe de Molière ; et ensuite sur celui du Palais-Royal. Bientôt après les deux troupes d'acteurs français s'étant réunies dans la salle de la rue Guénégaud, les comédiens italiens se trouvèrent seuls possesseurs de l'hôtel de Bourgogne, où ils continuèrent leurs représentations.

La composition de leurs pièces, les personnages qu'ils y faisoient paroître sembloient offrir quelque image imparfaite de l'ancienne comédie latine ; mais du reste on y retrouvoit toute la licence et toute la barbarie d'un

---

(1) *Les Jaloux.* Ce nom doit s'entendre ici dans le sens de *jaloux ou ambitieux de plaire.*

(2) Rue Mauconseil.

théâtre encore dans son enfance. Ces personnages dont les noms et les caractères étoient invariablement fixés, et qui reparoissoient sans cesse dans toutes leurs intrigues, étoient en Italie au nombre de douze (1), dont quatre seulement furent conservés en France sur leur théâtre devenu par degrés plus régulier. Quant aux pièces italiennes, c'étoient de simples canevas qu'on attachoit derrière les coulisses, et que chaque acteur consultoit avant d'entrer en scène, où il parloit ensuite d'inspiration. Il résultoit le plus souvent de cette comédie improvisée des conversations plates, diffuses et ennuyeuses, mais quelquefois aussi un dialogue très naturel et très plaisant, lorsque l'acteur avoit de l'esprit, et que le fond de la situation étoit réellement comique. Les deux *Dominique*, *Thomassin* y excellèrent ; et, vers la fin du siècle dernier, on a vu le dernier et peut-être le plus parfait de ces Arlequins, *Carlin*, aussi admirable par le naturel de son jeu que par la finesse naïve de ses saillies, attirer encore la foule et charmer la meilleure compagnie de Paris dans des scènes entières qu'il composoit sur-le-champ, et rendoit aussitôt avec une grace inimitable.

Cependant ces pièces à canevas, débitées au milieu de la capitale, dans une langue étrangère, n'eurent jamais un succès général, et les comédiens italiens, qui sentoient l'impossibilité de se soutenir avec d'aussi foibles ressources, hasardèrent, dès le commencement de leur établissement à l'hôtel de Bourgogne, d'y mêler quelques pièces françaises. Les acteurs français s'en plaignirent : Louis XIV ayant daigné se faire juge du différent, une saillie (2) du célèbre Dominique, qui portoit la parole au nom de sa troupe, décida le gain de sa cause, et le monarque, qu'il avoit fait rire, voulut que les Italiens continuassent à jouer en français. Mais ils abusèrent de cette permission : les pièces qu'ils représentoient, composées par des auteurs médiocres, n'eurent de succès que par les indécences et les personnalités dont elles étoient remplies. Ils poussèrent même l'audace jus-

---

(1) L'arlequin, le pantalon, le docteur, le scapin, le beltrame, le capitan, le scaramouche, le giangurgolo, le mezzetin, le tartaglia, le polichinelle et le pierrot. Les quatre premiers sont ceux qui ont été conservés.

(2) Baron, qui parloit au nom des Français, ayant exposé les griefs de sa troupe, le roi ordonna à Dominique de parler à son tour : *Sire*, dit-il, *comment parlerai-je ?* — *Parle comme tu voudras*, lui répondit le roi. — *il ne m'en faut pas davantage*, reprit Dominique, *j'ai gagné ma cause* ; et en effet ce jeu de mot la lui fit gagner.

qu'à travestir sur leur scène les personnages les plus distingués (1); et ce scandale devint si intolérable, que le roi donna ordre que leur théâtre fût fermé, avec défense expresse aux acteurs de jouer à Paris sur quelque autre théâtre que ce fût. Cet ordre fut exécuté le 4 mai 1697.

Dix-neuf ans après, le duc d'Orléans, régent, fit venir d'Italie une nouvelle troupe pour laquelle on rouvrit le théâtre de l'hôtel de Bourgogne, où elle débuta le 16 mai 1716, par une pièce intitulée l'*Inganno Fortunato* (l'Heureuse surprise). A leurs anciens canevas italiens, ces nouveaux acteurs joignirent aussi des pièces françaises, mais qui furent faites avec plus d'art et de talent; et c'est alors que *Marivaux* et *Boissy* enrichirent ce théâtre de leurs ouvrages. Cependant son succès fut si médiocre, qu'en 1721 ses acteurs imaginèrent de quitter l'hôtel de Bourgogne pour venir s'établir à la Foire. Ils y jouèrent trois années consécutives, pendant le temps de la foire seulement (2). Mais la fortune ne les ayant pas traités plus favorablement dans ce nouvel établissement, ils se virent forcés de retourner à leur ancien domicile.

Dans cette même année 1721, où les comédiens italiens faisoient leur début à la foire Saint-Laurent, on y vit reparoître les acteurs de *l'Opéra-Comique* qui en avoient été long-temps exclus, et qui étoient alors, pour les premiers, des rivaux extrêmement redoutables. Ce spectacle, dont la destinée a été si brillante vers la fin du siècle dernier, avoit eu l'origine la plus obscure, ne jouissoit encore que d'une existence précaire, et éprouva de grandes vicissitudes avant d'obtenir quelque consistance. En 1678 une misérable troupe ambulante étoit venue s'établir aux foires Saint-Germain et Saint-Laurent ; elle y représenta quelques intermèdes qui n'étoient qu'un composé bizarre de plaisanteries grossières, de danses, de machines et de sauts périlleux : tels furent les commencements de *l'Opéra-Comique.*

Toutefois ces comédiens forains ne prirent ce dernier titre que trente-sept ans après, au moyen d'un traité qu'ils firent avec les syndics et directeurs de l'Opéra. Les pièces qui composèrent leur premier répertoire

____

(1) On les accusa d'avoir voulu peindre le caractère de madame de Maintenon dans une comédie intitulée *la Fausse prude*, qu'ils étoient sur le point de donner. Ce fut cette accusation vraie ou fausse qui décida leur perte.

(2) A leurs canevas italiens, ils joignirent alors des parodies, des intermèdes, des ballets héroïques ou pantomimes, et jusqu'à des feux d'artifice.

n'étoient que de petites comédies en prose mêlées de vaudevilles, et accompagnées de danses et de ballets, auxquelles ils joignirent des parodies
de toutes les pièces représentées à l'opéra et à la comédie française. Plusieurs
écrivains d'un véritable talent, entre autres le célèbre *Le Sage*, ne dédaignèrent point alors de travailler pour ce théâtre. On y vit bientôt paroître
une foule de petits ouvrages petillant d'esprit et de gaieté, qui y attirèrent
un tel concours de spectateurs, que les grands théâtres furent entièrement
abandonnés. Les comédiens français, voyant leur salle déserte, se plaignirent
de nouveau, et, faisant valoir leurs privilèges, obtinrent une ordonnance qui
défendoit aux comédiens forains de jouer autre chose que des pantomimes.
Réduits au rôle de personnages muets, ceux-ci imaginèrent plusieurs
expédients qui piquèrent la curiosité et ajoutèrent encore à leur succès.
Le premier fut d'écrire sur des cartons, et en caractères assez gros pour
qu'on pût les lire dans toute la salle, la prose ou les vers que l'acteur ne
pouvoit pas débiter (1). Le second, qui parut plus piquant, fut de faire
jouer par leur orchestre des airs connus sur lesquels des gens payés par
eux et répandus dans le parterre chantoient des couplets, tandis que
l'acteur faisoit des gestes sur le théâtre. Il arrivoit souvent que les spectateurs s'unissoient à eux par un *chorus* général, ce qui répandoit une sorte
d'ivresse dans la salle, et faisoit tourner toutes les têtes. Enfin l'engouement
pour les acteurs de l'Opéra-Comique devint tel, que les comédiens français
ne virent d'autre moyen pour éviter leur ruine complète que d'obtenir que
ce théâtre seroit tout-à-fait fermé. Ce fut à la foire Saint-Laurent de 1718
que la défense de revenir aux foires suivantes leur fut signifiée.

Cette défense dura trois ans. En 1721 on les voit reparoître, comme
nous venons de le dire, d'abord à la foire Saint-Germain, où ils ne jouèrent
que des vaudevilles, ensuite à celle de Saint-Laurent, où ils obtinrent la
permission de représenter des opéra-comiques. Depuis cette époque jusqu'en 1752, pendant un espace de trente ans, tour à tour supprimés ou
rétablis, ils passèrent successivement sous l'administration de plusieurs
directeurs toujours incertains de conserver leur entreprise, et faisant

---

(1) Ces caractères étoient roulés; chaque acteur en avoit dans une de ses poches le nombre qui lui étoit
nécessaire pour son rôle. Il tiroit le carton dont il avoit besoin, le dérouloit et le mettoit ensuite dans la
poche opposée. Ce moyen bizarre n'amusa pas long-temps.

d'ailleurs d'assez mauvaises affaires, à cause des obstacles de tout genre que leur suscitoient les grands théâtres. Enfin, en 1752, le privilège de l'Opéra-Comique ayant été accordé pour la seconde fois au sieur *Monnet*, il imagina de faire bâtir une salle élégante à la foire Saint-Laurent, rassembla un orchestre excellent, fit un choix de pièces agréables, ce qui ramena le public à ce spectacle, et lui fournit le moyen de faire une petite fortune après quatre ans d'administration. A sa retraite, la direction de ce théâtre passa entre les mains d'une compagnie à la tête de laquelle étoit le célèbre *Favart.* Il en fit l'ouverture à la foire Saint-Germain, et l'enrichit d'un grand nombre d'ouvrages dont la grace et la délicatesse sembloient devoir assurer la prospérité de son entreprise. Mais la nouvelle société étoit à peine établie que l'Académie royale de musique, toujours maîtresse souveraine des destinées de tous ces théâtres subalternes, jugea à propos de lui retirer son privilège et de l'affermer aux Italiens, qui ne l'avoient sollicité que dans l'espérance de se relever un peu, par cette réunion, du discrédit dans lequel ils étoient tombés. Les deux théâtres quittèrent alors pour toujours les foires Saint-Laurent et Saint-Germain, et se fixèrent à l'hôtel de Bourgogne. Ceci arriva en 1761.

Ce fut là l'époque brillante de l'Opéra-Comique. Alors parurent les olies bagatelles qui formèrent le fond de son répertoire, et les compositeurs célèbres dont la musique expressive et gracieuse fait encore aujourd'hui le charme des vrais amateurs. Cette troupe possédoit en même temps des acteurs excellents, et dont le rare ensemble n'a point été depuis égalé. Son orchestre étoit un des meilleurs de Paris. Enfin tout sembloit réuni pour faire de l'Opéra-Comique un spectacle nouveau et enchanteur. Il en résulta que les canevas italiens, déjà discrédités, parurent encore plus insipides après la réunion. Plusieurs acteurs qui se retirèrent ne furent point remplacés, et après la retraite de Carlin, qui seul soutint ce genre jusqu'en 1780, il n'y eut plus d'Italiens à ce théâtre. L'Opéra-Comique y tint alors la première place, et joua alternativement avec les comédiens français de la la troupe italienne, qui peu à peu ont aussi disparu, parcequ'ils étoient médiocrement goûtés.

En 1783, ces deux dernières troupes, encore réunies, quittèrent la rue Mauconseil pour s'établir dans la nouvelle salle qu'on venoit de construire pour eux, entre les rues de Grammont et de Richelieu, sur l'emplacement d'un hôtel appartenant à M. le duc de Choiseul. Cet édifice, qu'ils ont quitté encore depuis la révolution, est celui dont nous donnons ici la description.

Il fut élevé en 1782, sur les dessins de M. Heurtier. Un péristyle de huit colonnes de l'ordre ionique antique en décore la façade. Six de ces colonnes sont placées sur le devant, et deux en retour sont engagées dans le massif du bâtiment. Les proportions de cette ordonnance ont un caractère mâle et peut-être trop sévère pour un édifice de ce genre. L'architecte s'est même abstenu d'y introduire aucun ornement de sculpture ; un *acrotére* (1) lisse couronne le dessus de l'entablement, et les joints horizontaux de l'appareil sont la seule richesse qui relève le mur du fond, percé de baies, carrées au rez-de-chaussée, et cintrées en arcades au premier étage.

La place sur laquelle donne cette façade est régulièrement bâtie, et ce monument a l'avantage de présenter une masse parfaitement isolée entre quatre points de communication, la place, le boulevard et les deux rues latérales ; ce qui donne à son ensemble un aspect assez imposant. Toutefois nous ne pouvons nous empêcher d'exprimer, après tous ceux qui en ont parlé, le regret qu'on éprouve généralement de voir adossée à cet édifice une maison particulière dont le terrain, réuni à celui du théâtre, eût fourni à l'architecte les moyens d'étendre sa composition, en pratiquant du côté du boulevard un portique, de vastes foyers, une salle de répétition ; enfin en mettant cette partie dans un rapport symétrique avec le reste du monument. C'est ainsi que dans les grandes entreprises d'architecture faites à Paris, il arrive trop souvent que des vues d'intérêt personnel viennent en traverser l'exécution, et mécontentent à la fois le public et l'architecte.

L'intérieur de la salle offroit dans le principe une forme ovale divisée en trois rangs de loges couronnées par un entablement, derrière lequel s'élevoit une grande voussure en caissons. Peu de temps après on jugea à propos d'y faire des changements dont la direction fut confiée à M. de Wailly. Dans la hauteur de cet entablement et de la voussure, il pratiqua deux rangs de loges de plus sur les côtés, et, dans la partie qui fait face au théâtre, un paradis en forme d'amphithéâtre.

______

(1) Les *acrotères* sont des espèces de petits murs que l'on place à côté des piédestaux, entre le socle et la tablette des balustrades. Ils sont destinés à soutenir la tablette continue d'un piédestal à l'autre, et font l'office de demi-balustres.

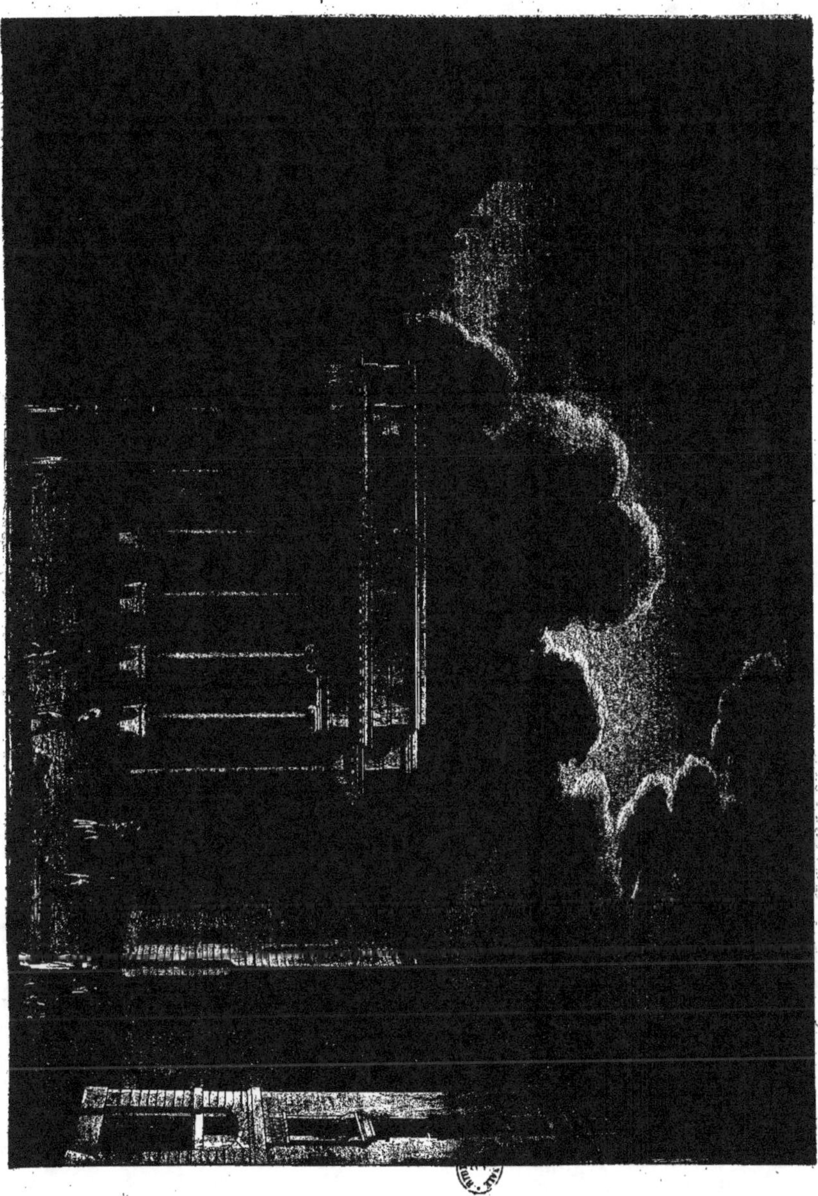

VUE du THÉÂTRE ITALIEN.

VUE du CLOÎTRE des CAPUCINS de la Chaussée d'Antin.

Le plafond peint par M. Renou représentoit Apollon et les Muses. Il a été détruit dans les dernières restaurations faites à cette salle (1).

LES CAPUCINS DE LA CHAUSSÉE D'ANTIN.

Dans les vingt dernières années qui précédèrent la révolution, le quartier de la Chaussée d'Antin avoit totalement changé de face ; on y avoit percé de nouvelles rues et bâti un grand nombre de belles maisons qui se remplissoient d'habitants. Il en résulta bientôt que cette partie de la ville, devenant de jour en jour plus considérable, se trouva trop éloignée de la paroisse Saint-Eustache, dont elle dépendoit, pour en obtenir régulièrement les secours nécessaires à une si nombreuse population. Cette circonstance fit naître l'idée d'y établir un couvent de religieux ; et le gouvernement ayant jeté les yeux sur les Capucins, qu'il jugea propres à remplir le but qu'il se proposoit, leur fit construire, au bout de la rue Thiroux, la maison dont nous parlons. Dès qu'elle fut achevée, les religieux de cet ordre qui habitoient le monastère de la rue Saint-Jacques y furent transférés solennellement le 15 septembre 1783. La bénédiction de l'église avoit été faite par l'archevêque le 20 novembre 1782.

Ce monument, qui existe encore (2), offre, du côté de la rue Thiroux, une surface de vingt-sept toises de largeur sur sept de hauteur, y compris le portail de l'église. La façade, d'une belle proportion, présente, dans son étendue, un corps de logis et deux pavillons en avant-corps. Les pavillons sont composés d'un grand fronton et d'un petit attique, et sur

---

(1) Dans ces restaurations faites en 1797, l'architecte, M. Bienaimé, a jugé à propos de changer les dispositions intérieures de la salle, à laquelle il a donné une forme sphéroïdale ; il a aussi donné une nouvelle distribution aux loges, et un aspect nouveau à la décoration générale. Tous ces changements ont paru de bon goût.

(2) On y a établi un lycée, où l'on reçoit seulement des externes.

la ligne entière de la façade sont pratiquées huit niches destinées à recevoir des figures ; au-dessus étoient placés deux bas-reliefs de *Clodion*, qui en ont été arrachés.

On entre dans cet édifice par trois portes percées dans le corps de logis et dans les deux pavillons. Celle du milieu (1) conduit à une grande cour couverte en terrasse ; elle est élevée de deux marches, et décorée d'un ordre toscan, qui présente en petit une imitation des monuments de *Pestum*. Cette galerie servoit de point de communication entre les diverses parties de l'édifice ; elle conduisoit à l'église, située dans le pavillon à gauche, et aux logements des religieux, qui occupoient celui de la droite. La façade contenoit un vestibule, les parloirs, les escaliers ; et par les portes latérales extérieures on entroit dans l'église et dans les cellules.

Ce joli monument fait le plus grand honneur à son architecte, M. *Brongniart*. Les formes en sont gracieuses, les profils purs, l'ordonnance générale d'une noble simplicité. L'intérieur de l'église est également digne d'attention : il est décoré d'une ordonnance dorique ; des joints d'appareil sont tracés sur toute la surface des murs et des voûtes ; et cette décoration, élégante et simple, est exécutée avec autant d'intelligence que de goût.

Le porche d'entrée de l'église forme tribune ; l'ancien autel, en forme de sarcophage, étoit en bois ; et au fond du chœur des religieux, pratiqué derrière cet autel, on voyoit pour toute peinture une grisaille imitant le bas-relief, laquelle représentoit la prédication de saint François.

Plusieurs personnes se sont étonnées et s'étonnent encore de ce que, dans une église si nouvellement bâtie, on ne voit de chapelles que d'un côté : c'étoit un ancien usage établi dans les maisons de l'ordre de Saint-François, et l'architecte a été forcé de s'y conformer.

Cet ordre n'est pas le seul où cet usage singulier, et dont nous n'avons pu découvrir l'origine, soit constamment pratiqué. Plusieurs autres maisons d'ordres mendiants l'observent dans la construction de leurs églises ; et nous citerons entre autres les Augustins, qui n'ont également qu'un rang de chapelles latérales.

Au-delà du cloître étoit un jardin assez étendu et une cour de service ayant entrée sur la rue.

---

(1) Aux deux côtés de cette porte principale on a placé deux cuvettes qui reçoivent l'eau par des mascarons, et forment des fontaines publiques.

La bibliothèque de ces religieux étoit composée de cinq à six mille volumes , parmi lesquels on distinguoit la première bible imprimée au
Louvre. On y voyoit aussi cinq tableaux de *Vignon*, représentant différents traits de la vie de saint François.

Façade du Couvent des Capucins

LA CHAPELLE NOTRE-DAME-DE-LORETTE

OU DES PORCHERONS.

Cette chapelle étoit située (1) au bout du faubourg Montmartre, à l'extrémité de la rue Coquenart. On ignore et l'époque précise de son érection et le nom de son fondateur. Le premier acte authentique où il en soit fait mention est un titre du 13 juillet 1646, par lequel M. de Gondi, archevêque de Paris, permet aux habitants des Porcherons, des paroisses de Saint-Eustache et de Montmartre, d'y établir une confrérie sous le titre de Notre-Dame-de-Lorette, dont la fête devoit être célébrée le jour de la nativité de la sainte Vierge. On voit, par les lettres que ce prélat fit expédier à cette occasion, que c'étoient ces mêmes habitants qui avoient demandé et obtenu la permission de faire construire cette chapelle pour y recevoir, *en cas de nécessité*, les sacrements et autres consolations spirituelles. Comme elle fut bâtie sur le territoire de la paroisse de Montmartre, elle ne fut reconnue alors que pour une *aide* de cette paroisse, et non pour une succursale, comme le dit Jaillot, qui confond mal à propos ces deux dénominations. En effet, les lettres de l'archevêque de Paris dont nous venons de parler portent que les confrères n'y pourront faire chanter la messe à haute voix, excepté les jours de fêtes consacrés spécialement à la Vierge ; qu'on n'y fera point d'eau bénite, et qu'il n'y sera offert de pain à bénir que pendant ces mêmes solennités. Ce n'est que vers la fin du dernier siècle que le service divin s'est fait dans cette chapelle d'une manière régulière, comme dans une église succursale. Nous n'avons pu découvrir si cet usage s'introduisit par le consentement

---

(1) Elle a été détruite. Il n'en reste plus que la façade à demi ruinée, et son intérieur forme maintenant un cul-de-sac où l'on a construit des baraques.

formel du curé de Montmartre, ou simplement avec son approbation tacite.

Il se pratiquoit dans cette chapelle un usage assez singulier. Le jour de la fête de la Présentation, dite de *la Chandeleur*, tous les garçons des Porcherons et des environs y rendoient le pain bénit, et alloient à l'offrande un cierge à la main.

LA CHAPELLE SAINT-JEAN-PORTE-LATINE.

Cette chapelle, bâtie peu de temps avant la révolution, sur la droite de la grande rue du faubourg Montmartre, au-dessus de la rue de Buffaut, étoit desservie par deux prêtres, et servoit d'aide à la paroisse Saint-Eustache.

On y a depuis quelque temps transporté la dévotion de Notre-Dame-de-Lorette, et elle est devenue paroisse sous ce dernier nom.

HÔTELS.

ANCIENS HÔTELS DÉTRUITS.

Hôtel de Beautru.

Il étoit situé rue Neuve-des-Petits-Champs. On en fit depuis les écuries d'Orléans.

Hôtel de Choiseul.

Il étoit situé rue de Richelieu, à l'endroit où est maintenant la rue Neuve-Saint-Marc. C'est sur l'emplacement de ses jardins qu'a été bâti le théâtre Italien et les édifices qui l'environnent (1).

Hôtel de Clery.

Cet hôtel existoit en 1540 dans la rue qui porte son nom, et aboutissoit alors aux fossés de la ville.

Hôtel de la Ferté-Senectere.

Ce vaste édifice, isolé entre les rues Neuve-des-Petits-Champs et des Fossés-Montmartre, fut abattu lors de la construction de la place des Victoires (2).

Hôtel de Ménars.

Cet hôtel, élevé dans la rue qui en a pris le nom, avoit succédé à celui de *Grancey* et au jardin de M. *Thevenin*, dont Sauval fait une longue et pompeuse description.

Hôtel de Grammont.

Il étoit situé rue Neuve-Saint-Augustin. Cet hôtel fut démoli en 1766,

(1) Voyez page 136.
(2) Voyez page 113.

et c'est sur son emplacement que fut ouverte la rue désignée sous le même nom, et qui aboutit au boulevard. C'étoit un édifice immense qu'accompagnoit un jardin magnifique. Les ducs de Grammont l'ont possédé pendant trois ou quatre générations.

Hôtel de Louvois.

Cet hôtel s'élevoit dans la rue de Richelieu, où il occupoit un terrain considérable en face de la rue Colbert. Il avoit été mis en vente peu de temps avant la révolution, et étoit dès ce temps-là destiné à être abattu, pour ouvrir une communication avec la rue Sainte-Anne. Ce projet a été exécuté depuis, et un grand nombre de constructions nouvelles ont été élevées sur son vaste emplacement (1).

HÔTELS EXISTANTS EN 1789.

Hôtel de madame la duchesse de Bourbon,
(rue Neuve-des-Petits-Champs.)

Tout l'intérieur en avoit été décoré par *Rousset*, architecte du roi. Il étoit enrichi de peintures des plus grands maîtres.

Hôtel de la compagnie des Indes.

Cet hôtel, dont la principale entrée est sur la rue Neuve-des-Petits-Champs, faisoit anciennement partie du palais Mazarin, le plus grand qu'il y eût alors à Paris, après les maisons royales. Il s'étendoit depuis la rue

---

(1) Trois rues ont été percées, et deux théâtres ont été bâtis, depuis la révolution, sur le terrain de cet hôtel. Le premier de ces théâtres, long-temps connu sous le nom de Louvois, a été successivement occupé par des acteurs d'opéra-comique, de vaudeville, par une partie des comédiens français avant leur réunion, et enfin par la troupe dont M. Picard étoit directeur. Il est maintenant abandonné.

L'autre, plus vaste, fut élevé par des vues de spéculations particulières, vis-à-vis la Bibliothèque ; et l'on pensa moins à lui donner l'élégance et la majesté d'un monument public qu'à en disposer les parties de manière à favoriser le plus possible le calcul des propriétaires. Ce bâtiment, isolé entre quatre rues, offre, dans sa façade principale, un grand portique composé de onze arcades, au-dessus duquel est le foyer. Les trois autres côtés n'ont rien de remarquable, et la presque totalité de leur surface est employée en boutiques et en locations. Ce théâtre, après avoir éprouvé aussi un grand nombre de révolutions, est actuellement occupé par l'opéra.

Vivienne jusqu'à celle de Richelieu, et se composoit, dans ce vaste espace, d'un nombre presque infini d'appartements magnifiquement décorés, où ce ministre, plus puissant et plus riche que bien des souverains, avoit rassemblé une quantité immense d'objets d'arts les plus précieux. On comptoit dans ce palais plus de quatre cents morceaux des plus belles sculptures antiques en marbre, en bronze, en porphyre, etc. Il étoit décoré de plus de cinq cents tableaux des plus grands peintres, parmi lesquels il s'en trouvoit sept de *Raphaël*, trois du *Corrège*, huit du *Titien*, deux d'*André del Sarte*, douze de *Louis Carrache*, cinq de *Paul Véronèse*, vingt-un du *Guide*, vingt-huit de *Vandick*, etc., etc.

La bibliothèque, placée dans une galerie qui règne le long de la rue de Richelieu, étoit composée des livres les plus rares, et si l'on en croit *Gabriel Naudé*, un des plus savants bibliothécaires de ces temps-là, on y comptoit plus de quarante mille volumes (1). Tous ces livres furent dispersés dans ces troubles de la fronde qui forcèrent le cardinal Mazarin à sortir du royaume.

Après la mort de ce ministre, son palais fut partagé en deux parties par ses héritiers ; la plus considérable demeura au duc de Mazarin, et continua de porter le nom de palais Mazarin, jusqu'en 1719, que le roi en fit l'acquisition pour y placer les bureaux de la compagnie des Indes. C'est aussi dans l'enceinte de cet hôtel qu'en 1724 on établit la *Bourse* du commerce de Paris.

L'autre partie, qui étoit échue en partage au marquis de Mancini, duc de Nevers, prit le nom d'hôtel de Nevers, qu'il porta jusqu'à l'époque où le régent en fit l'acquisition pour y établir la banque royale, dont le trop fameux *Law* fut le directeur. Nous avons déjà dit qu'après la suppression de cette banque on y plaça la bibliothèque.

Ier hôtel de Choiseuil, (rue Grange-Batelière).

Il fut bâti par *Carpentier*, architecte du roi, pour feu M. Bouret. Il a

---

(1) Pour bien apprécier un luxe aussi prodigieux, il faut se rappeler qu'à cette époque la bibliothèque du roi en contenoit à peine sept mille.

appartenu successivement à M. de La Borde, à M. de La Reynière, et en
dernier lieu à M. le duc de Choiseul dont il a pris le nom.

Hôtel de Colbert, (rue Vivienne, en face de la rue de Colbert.)

Cet hôtel fut aussi appelé *de Croisi*, parcequ'il avoit appartenu à M. de
Colbert, marquis de Croisi.

Hôtel du contrôleur-général, (rue Neuve-des-Petits-Champs.)

Louis Levau en fut l'architecte ; il l'avoit bâti pour Hugues de Lionne,
secrétaire d'état. Louis Phelippeaux de Pont-Chartrain, chancelier de
France, l'acheta en 1703. Cet hôtel fut ensuite destiné par le roi, d'abord
au logement des ambassadeurs extraordinaires, ensuite à celui du ministre
des finances. Lorsque M. de Calonne parvint à ce ministère, il y fit faire
de grands embellissements, et l'orna d'un grand nombre d'objets d'arts
extrêmement précieux, entre autres d'une collection de tableaux des trois
écoles qui a joui d'une grande réputation.

Hôtel de Gesvres, (rue Neuve-Saint-Augustin.)

Il fut élevé par l'architecte *Le Pautre*, pour M. de Boisfranc, chancelier du duc d'Orléans. Par le mariage de la fille de ce seigneur avec le duc
de Tresme, cet hôtel passa dans cette maison : il fut connu depuis sous le
nom d'hôtel *de Tresme*.

Hôtel des Menus-Plaisirs, (rue Bergère.)

Cet hôtel, qui a sa principale entrée sur cette rue, occupe une vaste
étendue de terrain. Il servoit d'entrepôt aux machines employées dans les
divertissements destinés à la cour, et l'on y avoit bâti une jolie salle de spectacle, dans laquelle on faisoit les répétitions des opéras et des ballets
qui devoient se donner à Versailles (1).

L'école royale de chant et de déclamation étoit placée dans un bâtiment
construit exprès au coin des rues Poissonnière et Bergère, et qui fait partie

____

(1) Cet hôtel sert encore de magasin pour toutes les décorations et machines de l'Opéra.

de l'hôtel des Menus-Plaisirs. L'ouverture de cette école, établie sous la monarchie par les soins de M. le baron de Breteuil, se fit le 1er avril de l'année 1784. M. Gossec en fut alors nommé directeur (1).

Nota. Cet établissement n'a rien de commun avec l'hôtel de l'académie de musique, situé autrefois rue Saint-Nicaise, et dont l'histoire doit faire partie de celle du grand Opéra.

Grand hôtel de Montmorency, (rue Saint-Marc.)

Ce grand et magnifique hôtel, bâti, en 1704, sur les dessins de *Lassurance*, de l'académie royale d'architecture, dans une situation avantageuse, avec un superbe jardin (2) appartenoit, au moment de la révolution, à M. le duc de Montmorency, qui y avoit fait faire des embellissements considérables. La façade sur la cour est décorée d'un ordre d'architecture ionique, élevé sur les dessins de *Perin*.

Petit hôtel de Montmorency, (rue Basse-du-Rempart.)

Il a ses vues sur le boulevard; ses deux faces équilatérales sont décorées de colonnes, à l'aplomb desquelles on a placé des figures. Ce joli édifice a été élevé sur les dessins de M. *Le Doux*, architecte du roi.

Hôtel de Richelieu.

Cet hôtel, situé rue Neuve-Saint-Augustin, avoit été bâti, en 1707, avec plus de dépense que de goût et de régularité, sur les dessins d'un

---

(1) Cet hôtel, qui conserve toujours la même destination, est connu maintenant sous le nom de *Conservatoire de musique*. A l'ancien directeur, M. Gossec, sont adjoints deux des plus grands compositeurs de l'Europe, MM. *Méhul* et *Chérubini;* et l'on peut compter l'établissement qu'ils dirigent au nombre des plus florissants de la capitale.

(2) Tout s'étant tourné, depuis la révolution française, vers les spéculations mercantiles, les vastes jardins de cet hôtel, qui s'étendoient jusqu'au boulevard, ont été détruits en partie, et sur leur emplacement on a percé un passage connu sous le nom de passage du *Panorama*, parcequ'effectivement il renferme deux rotondes destinées à ce genre de spectacle. A côté on a élevé, depuis quelques années, un théâtre pour les *Variétés*, établies auparavant dans la salle dite de *Montensier*, au Palais-Royal. Ce petit édifice, dont la façade est décorée de deux ordres (dorique et ionique), avec fronton et amortissement, sans autre construction accessoire, offre, du côté du boulevard, une décoration simple et légère, et dans toute sa composition fait beaucoup d'honneur à M. *Celerier*, son architecte.

architecte nommé *Pierre Levé.* Son premier propriétaire fut un riche financier ; il passa ensuite au comte de Toulouse , puis au duc d'Antin , directeur-général des bâtiments ; enfin le maréchal de Richelieu , qui l'acheta en 1757, en fit sa demeure habituelle, et l'embellit de tout ce que les arts purent lui fournir alors de plus riche et de plus élégant.

Ces décorations , qui passeroient aujourd'hui pour être de mauvais goût, ont été entièrement changées; mais ce qui étoit digne , dans cette maison, de fixer en tout temps l'attention des connoisseurs, c'étoient trois statues placées dans ses jardins, dont une étoit antique, et les deux autres passoient pour être de la main de Michel-Ange (1).

Hôtel de Thélusson, (rue de Provence, en face de celle d'Artois.)

Il avoit été bâti pour feu madame Thélusson , par le même architecte, M. *Le Doux.* Peu de temps avant la révolution il étoit occupé par M. de Pons-Saint-Maurice.

Cette maison, construite dans un goût tout-à-fait moderne, est remarquable par une très large voussure décorée de caissons, qui en forme l'entrée. Elle est composée d'un avant-corps circulaire qui domine sur les deux ailes, ce qui donne à ce petit édifice de la grace et de la légèreté. C'est une des plus jolies habitations particulières de Paris.

Hôtel d'Uzès, (rue Montmartre.)

Ce bâtiment a encore été construit sur les dessins de M. *Le Doux.* Il est remarquable par l'arc de triomphe qui lui sert d'entrée, et par la décoration imposante de la façade qui règne sur la cour (2).

---

(1) Nous croyons que les deux statues attribuées à Michel-Ange ont été transportées au Muséum, et placées pendant quelque temps à l'entrée de la grande galerie des tableaux.

. Les jardins de l'hôtel de Richelieu , qui s'étendoient jusqu'au boulevard , où ils étoient terminés par un joli pavillon nommé *pavillon d'Hanovre*, ont été considérablement diminués depuis la révolution ; une rue nouvelle a été ouverte , et beaucoup de maisons ont été bâties sur la partie qu'on en a détachée.

(2) L'hôtel d'Uzès est actuellement occupé par l'administration des douanes.

Hôtel de la Vallière, (rue Neuve-Saint-Augustin.)

Il appartenoit dans le principe au duc de Lorges, qui le vendit à la princesse, première douairière de Conti. A sa mort, arrivée en 1739, le duc de La Vallière, étant devenu propriétaire de cet hôtel, lui donna son nom, qu'il a toujours porté depuis.

AUTRES HÔTELS

LES PLUS REMARQUABLES DE CE QUARTIER.

Hôtel d'Aubeterre, rue d'Artois.
—— d'Aumont, rue Caumartin.
—— de Balincourt, rue de la Chaussée-d'Antin.
—— de Bertin, au coin de la rue Neuve-des Capucines et du boulevard.
—— de Berulle, rue de Richelieu.
—— de Boufflers, rue de Choiseul, au coin du boulevard.
—— de Boulainvilliers, rue Bergère.
—— de Brancas, au coin de la rue Taitbout et du boulevard.
—— de Caumont, même rue.
—— (deuxième) de Choiseul, rue d'Artois.
—— du Dreneuc, rue de Provence.
—— d'Egmont, rue de Louis-le-Grand.
—— de Gouy, rue de Provence.
—— de Grammont, rue Grange-Batelière.
—— d'Imécourt, rue Boudreau.

Hôtel le Pelletier-d'Aunay, rue Neuve-des-Mathurins.
—— de Lubert, rue de Cléry.
—— de Marsan, rue Neuve-St.-Augustin.
—— de Massiac, place des Victoires (1).
—— de Mathan, rue Neuve-des-Capucines.
—— de Miromesnil, rue de Richelieu.
—— de Montfermeil, rue la Chaussée-d'Antin.
—— de Montesson, rue de Provence.
—— de Montholon, boulev. Montmartre.
—— de Moy, rue de Richelieu.
—— de Noé, rue Neuve-des-Mathurins.
—— de Pons, rue Neuve-Saint-Augustin.
—— de Saint-Chamant, rue Chantereine.
—— de Talaru, rue Vivienne,
—— de Thun, rue de Provence,
—— de Tourdonnet, rue de Richelieu.
—— de Valentinois, rue Saint-Lazare.

BARRIÈRES.

Les limites du quartier Montmartre terminent la ville de Paris du côté du septentrion, dans un espace qui s'étend depuis la barrière de Mouceaux

---

(1) Maintenant hôtel de la Banque de France.

jusqu'à celle de Sainte-Anne , et comprend dans cette partie des nouvelles murailles cinq barrières placées dans l'ordre suivant :

1. Barrière de Clichy.
2. ——— de la Croix-Blanche.
3. ——— de la rue Royale (1).

4. Barrière Montmartre (2).
5. ——— Rochechouart.

---

(1) Maintenant barrière Montmartre.

(2) Maintenant barrière des Martyrs.

RUES ET PLACES

DU QUARTIER DE MONTMARTRE.

Rue d'Amboise. Cette rue, qui donne d'un côté dans la rue de Richelieu, de l'autre dans celle de Favart, fut percée vers le temps où l'on bâtit le théâtre italien, c'est-à-dire de 1783 à 1784.

Rue Sainte-Anne. La partie de cette rue qui dépend de ce quartier commence à la rue Neuve-des-Petits-Champs et finit à la rue Neuve-Saint-Augustin. Dans tous les plans publiés au commencement du siècle dernier elle est désignée sous le nom de *Lionne*, qu'elle devoit à l'hôtel de M. de Lionne, secrétaire d'état. Nous ignorons à quelle époque elle prit celui de Sainte-Anne, que portoit déjà l'autre partie, et que la rue entière a gardé jusqu'au commencement de la révolution (1).

Rue d'Antin. Elle donne d'un bout dans la rue Neuve-Saint-Augustin, de l'autre dans la rue Neuve-des-Petits-Champs, vis-à-vis de l'hôtel d'*Antin*, depuis de *Richelieu*, d'où elle a pris son nom. Dès le 14 mai 1713 il avoit été ordonné qu'il seroit percé une rue en face de cet hôtel; mais cet arrêt n'ayant pas été exécuté alors, il en fut rendu un second confirmatif du premier, avec lettres-patentes du premier décembre 1715, enregistrées le 8 février suivant.

Le marché aux chevaux se tenoit anciennement dans l'espace occupé par la rue et l'hôtel d'Antin.

Rue d'Artois (2). Elle fut ouverte en 1769 sur le boulevard, et vis-à-vis la rue de Grammont. On la perça à travers des jardins qui appartenoient à M. de La Borde. Alors la rue de Provence n'existoit point encore, et la nouvelle rue aboutissoit à un égout situé sur une partie du terrain que l'autre occupe aujourd'hui.

Rue Neuve-Saint-Augustin. Elle aboutit d'un côté à la rue de Richelieu, et de l'autre à celle de Louis-le-Grand. Cette rue, qui fut percée vers le milieu du dix-septième siècle, s'appela rue *Saint-Augustin* depuis la rue Notre-Dame-des-Victoires jusqu'à celle de Richelieu, et l'on donna ensuite indifféremment le même nom et celui de *rue Neuve-Saint-Augustin* à la continuation qu'on en fit jusqu'à la rue de Gaillon. Dans un censier de l'archevêché de 1663, on la trouve indiquée sous le nom de *rue Neuve-de-Saint-*

------

(1) On la nomme maintenant rue *Helvétius*.
(2) Depuis la révolution, rue *Cérutti*.

Augustin, jadis dite de Saint-Victor; mais il n'est point dit dans quelle partie elle a pu porter ce dernier nom. Elle finissoit à la rue de *Lorges*, nom que portoit alors la partie septentrionale de la rue de Gaillon. Ce ne fut qu'en mars 1701 que le roi ordonna qu'elle seroit prolongée, et qu'elle formeroit jusqu'à la rue Neuve-des-Petits-Champs un retour d'équerre qui seroit appelé rue de *Louis-le Grand*. Cet arrêt fut confirmé par un autre, du 3 juillet 1703, par lequel il paroît que depuis la rue de Gaillon jusqu'à celle de Louis-le-Grand, la continuation de la rue Neuve-Saint-Augustin devoit être appelée rue *de Lorges*. Soit qu'il se fût élevé des difficultés dans l'acquisition des terrains nécessaires, soit que les religieux de Saint-Denis-de-la-Chartre, qui avoient des droits sur cet emplacement, eussent fait naître alors des obstacles à l'exécution de ces arrêts pour la conservation de leur censive, ou pour en être indemnisés, on voit par un troisième arrêt, du premier décembre 1715, que ce projet avoit été suspendu, au moins en partie. Il n'a été absolument exécuté qu'en 1718.

La rue Saint-Augustin étoit ainsi nommée parcequ'elle régnoit le long d'un mur de clôture des religieux augustins, vulgairement appelés Petits-Pères.

Rue de la Tour d'Auvergne. Elle va transversalement de la rue de Rochechouart à celle des Martyrs. Cette rue ne se trouve indiquée sur aucun plan avant 1762; c'étoit la continuation du chemin qui conduisoit de la Nouvelle-France à Montmartre.

Rue Basse ou *chemin du Rempart.* Elle règne le long du boulevard. Par arrêt du conseil, du 7 août 1714, il avoit été défendu de bâtir le long du rempart à plus de trente toises de distance. L'objet de cette défense étoit de conserver ce chemin pour les voitures, et de ménager à ce moyen le sol du boulevard. Les mêmes défenses furent renouvelées en 1720, mais avec une exception qui permettoit à la ville de supprimer ce chemin depuis la Ville-l'Évêque jusqu'à la chaussée de Gaillon. Il le fut en effet, mais on ne tarda pas à sentir combien il étoit nécessaire, et l'on décida qu'il seroit rétabli. Ce fut alors qu'on commença à construire dans sa longueur les jolies maisons qui lui ont fait donner le nom de rue *Basse*, parceque le terrain en est beaucoup plus bas que celui du rempart.

Rue Baudin. C'est une petite ruelle qui, commençant d'un côté à la rue Blanche, aboutit de l'autre à la rue Saint-George, dans les marais des Porcherons; elle tenoit ce nom d'un jardinier qui avoit présidé à l'établissement d'une grande partie des jardins dont sont accompagnées les maisons qui forment cette rue (1).

Rue Bellefond. Elle traverse de la rue Poissonnière dans celle de Rochechouart. On croit qu'elle doit son nom à madame de Bellefond, abbesse de Montmartre. Dans quelques plans on la trouve mal à propos indiquée sous le nom de rue *Jollivet*.

Rue Bergère. Elle aboutit à la rue Poissonnière et à celle du Faubourg-Montmartre. Ce n'étoit dans son origine qu'un chemin dont la direction a souvent varié du côté du faubourg Montmartre. La communication en fut ensuite interrompue, et il ne forma plus qu'un cul-de-sac dans lequel il y en avoit un autre plus petit qui subsistoit encore en 1738.

---

(1) On a changé son nom en celui de rue *de la Tour des Dames*, et elle se trouve fermée par un mur élevé dans la rue de *la Rochefoucault*, où elle vient finir aujourd'hui.

Tous deux aboutissoient à des jardins potagers. Enfin ce chemin fut ouvert et continué en ligne droite, et l'on commença à y bâtir des maisons. Comme cette rue coupe en partie le terrain qu'on appeloit anciennement *Clos aux Halliers*, elle ne fut long-temps connue que sous cette dénomination générale donnée à tout le territoire. Cependant d'anciens titres de l'archevêché prouvent que le nom de rue *Bergère* qu'on lui donna ensuite étoit un vieux nom sous lequel elle étoit désignée dès 1652. On la trouve aussi indiquée dans quelques plans sous celui de rue *du Berger*.

Rue Boudreau. Cette rue, percée depuis 1780, donne d'un côté dans la rue Caumartin, de l'autre dans celle de Trudon.

Rue de Buffaut. Cette rue, percée également depuis 1780, aboutit d'un côté à la rue du Faubourg-Montmartre, de l'autre à la rue Coquenart.

Rue Cadet. Elle commence au faubourg Montmartre, presque vis-à-vis la rue de Provence, et aboutit à la rue de Rochechouart, au coin des rues d'Enfer et Coquenart. Sur presque tous les plans on la trouve indiquée sous le nom de *Voirie*, parcequ'en effet il en a existé une pendant long-temps dans cet endroit. On a depuis donné le nom de *Cadet*, tant à cette rue qu'à une croix élevée à l'une de ses extrémités. Ce nom vient du *clos Cadet*, lequel étoit situé au-dessus à droite.

Rue Neuve-des-Capucins. Cette rue fut ouverte dans la chaussée d'Antin à l'époque où l'on bâtit le nouveau couvent de ces religieux; elle donne d'un côté dans la rue Thiroux, de l'autre dans celle de la chaussée d'Antin (1).

Rue des Capucines. Elle fait la continuation de la rue Neuve-des-Petits-Champs, depuis la rue Louis-le-Grand et la place Vendôme jusqu'au boulevard. Elle doit son nom au couvent des religieuses capucines qui y étoit situé. Quelques historiens ne la distinguent pas de la rue Neuve-des-Petits-Champs.

Rue Caumartin. C'est une de ces rues nouvelles percées depuis 1780 dans les marais de la chaussée d'Antin. Elle est ouverte d'un côté sur le boulevard, et aboutit de l'autre à la rue Neuve-des-Mathurins.

Rue de Chabanois. Cette rue, ouverte en 1777, commence dans la rue Neuve-des-Petits-Champs, entre les rues Sainte-Anne et de Richelieu, et, par un retour d'équerre, se termine à la rue Sainte-Anne.

Rue Neuve-des-Petits-Champs. Elle aboutit à la rue de la Feuillade et à celle des Capucines. Son nom vient du lieu où elle est située, lequel étoit autrefois couvert de marais et de jardins potagers. Elle commençoit autrefois à la rue des Petits-Champs (depuis rue de la Vrillière), et ne fut prolongée que successivement: il paroît que, de là jusqu'à la rue Vivienne, elle fut appelée ensuite rue *Beautru*, du nom d'un hôtel qui y étoit situé.

Rue Chanterelle. C'est une petite rue qui fait la continuation de la rue des Postes, et aboutit à celle du Faubourg-Montmartre. Jaillot pense que le nom de Chanterelle est un mot altéré qui vient de *Chante-Reine*, lequel étoit le véritable nom de cette rue. Ce

---

(1) Cette rue a pris dans la révolution le nom de rue *Joubert.*

n'étoit autrefois, ainsi que la rue des Postes, qui en fait la continuation, qu'une ruelle qui traversoit des jardins, et toutes les deux ne sont désignées, dans les plans du siècle dernier, que sous le nom de *ruellettes aux marais des Porcherons.*

Rue Chauchat. Cette rue nouvelle, percée depuis 1780, donne d'un bout dans celle de Provence, de l'autre dans la rue Chantereine.

Rue de la Chaussée d'Antin (1). Elle va du boulevard à la rue Saint-Lazare. Ce n'étoit, dans le dix-septième siècle, qu'un chemin tortueux qui conduisoit aux Porcherons (2). Il commençoit à la porte de Gaillon, et tout le long régnoit un égout découvert. De là lui sont venus les différents noms de *Chemin des Porcherons,* de *rue de l'Égout de Gaillon* et de *Chaussée de Gaillon.* On l'a aussi appelée dès ce temps-là *la Chaussée d'Antin,* à cause de l'hôtel d'Antin, depuis de Richelieu, en face duquel ce chemin étoit ouvert. Il prit ensuite le nom de chemin de *la Grande Pinte,* de l'enseigne d'un cabaret situé à son extrémité. Enfin on le désigna sous celui de rue *de l'Hôtel-Dieu,* à cause d'une ferme appartenant à cet hospice, située rue Saint-Lazare, et d'un pont placé sur l'égout, appelé le pont de l'Hôtel-Dieu.

Le quartier de Gaillon s'étant considérablement augmenté au commencement du dix-huitième siècle, sur-tout après la mort de Louis XIV, le roi ordonna, par son arrêt du conseil, du 31 juillet 1720, que le chemin de Gaillon, qui, comme nous l'avons dit, alloit en serpentant, seroit redressé jusqu'à la barrière des Porcherons, dans la largeur de dix toises, et planté d'un rang d'arbres de chaque côté; mais la ville ayant représenté qu'il seroit plus convenable et plus utile de faire construire une rue droite de huit toises de large, et de redresser l'égout jusqu'à la barrière de la Grande Pinte, une ordonnance du 4 décembre de la même année lui en accorda la permission. L'égout fut revêtu de murs et voûté, et la rue percée et alignée d'après le plan présenté.

Telle est l'origine de la rue de la *Chaussée d'Antin,* maintenant l'une des plus belles de Paris; les rues qui l'environnent se formèrent successivement, et un nouveau quartier, le plus riche aujourd'hui, et le plus brillant de tous, fut ajouté à la ville.

Rue du Gros Chenet. Elle aboutit d'un côté dans la rue de Cléry, de l'autre dans celle du Sentier, et doit son nom à l'enseigne que portoit autrefois une maison située au coin

---

(1) Cette rue a reçu, dans la révolution, le nom de rue de *Mirabeau* et celui de rue du *Mont-Blanc* qu'elle porte encore aujourd'hui.

(2) Les Porcherons étoient autrefois une espèce de bourg séparé du quartier Montmartre, et situé un peu au-dessus des barrières. Ce lieu étoit rempli de cabarets, où le peuple se rendoit en foule le dimanche, parceque le vin s'y vendoit à meilleur marché. Depuis que les Porcherons ont été compris dans l'enceinte de Paris, ils ont cessé d'être fréquentés, et c'est principalement à Belleville que se font maintenant ces sortes de rassemblements. Il y avoit et il y a encore aux environs de Paris un assez grand nombre d'endroits de cette espèce, que l'on désigne sous la dénomination générale de *Guinguettes,* tels que la Nouvelle-France, la Petite-Pologne (auprès des Porcherons), la plaine des Sablons, celle de Grenelle, le moulin de Javelle, Vaugirard, le Grand et le Petit-Gentilly, la Rapée, le Grand et le Petit-Charonne, Menil-Montant, la Haute-Borne, la Courtille, le Gros-Caillou, le Port-à-l'Anglais.

de la rue Saint-Roch. Valleyre la désigne sur son plan sous le nom de *Gros-Chéne*. Il paroît que c'est une erreur, et rien n'indique qu'elle ait jamais porté ce nom.

Rue de Choiseul. Elle a été ouverte depuis 1780, à travers les hôtels qui bordoient la partie septentrionale de la rue Neuve-Saint-Augustin, et de là elle s'étend jusqu'au boulevard.

Rue de Cléry. La partie de cette rue qui est de ce quartier va de la rue Montmartre à celle des Petits-Carreaux. Son nom vient de l'hôtel de Cléry (1) qui y étoit situé. Valleyre dit que cette partie de la rue s'appeloit aussi *Mouffetard*. C'est une erreur; ce nom n'a été donné autrefois qu'à la partie qui va des Petits-Carreaux à la porte Saint-Denis.

Rue de Clichy. Cette rue, qui commence dans celle de Saint-Lazare, et aboutit à une des barrières de Paris, a porté jusqu'en 1780 le nom de rue *du Coq*. Elle le devoit à une grande maison située vis-à-vis de son ouverture, et qu'on appeloit le *Château-Cocq*, ou *du Cocq*, du nom d'une ancienne famille dont on voyoit encore, vers la fin du siècle dernier, les armes sculptées sur une vieille porte murée, avec la date de 1320. Au-dessus étoit une chapelle où l'on disoit la messe les dimanches et jours de fêtes. L'hôtel *Cocq* étoit aussi connu sous le nom de *château des Porcherons*.

La rue du Coq n'est désignée sur les anciens plans que sous le nom de *Chemin de Clichy*, parcequ'effectivement elle conduit à ce village.

Rue de Colbert. Elle traverse de la rue Vivienne dans celle de Richelieu, et doit son nom à l'hôtel de Colbert, en face duquel elle a été ouverte vers le milieu du dix-septième siècle, sur une partie de l'emplacement du palais Mazarin.

Rue Coquenart (2). Elle donne d'un bout dans la rue du Faubourg-Montmartre, de l'autre elle joint l'extrémité de la rue Cadet. Elle est ainsi appelée du lieu où elle a été percée, lequel est désigné dans de vieux titres sous ceux de *Coquemard* et *Coquenart*. L'abbé Lebeuf l'appèle rue *Goguenard*. A la fin du dix-septième siècle elle reçut de la chapelle qui y est située le nom de rue de Notre-Dame-de-Lorette.

Rue du Croissant. Elle va de la rue Montmartre à celle du Gros-Chenet, et doit à une enseigne ce nom sous lequel elle étoit connue dès 1612.

Place de la comédie Italienne. Elle est peu spacieuse, et formée par la rue de Favart, celle de Marivaux, la façade du monument, et un bâtiment isolé nommé *le Pâté des Italiens*.

Rue Sainte-Croix. C'est une rue nouvelle percée depuis 1780, laquelle fait la continuation de la rue Thiroux, et aboutit à la rue Saint-Lazare.

Rue de la Croix-Blanche. Elle commence à la rue Saint-Lazare ou des Porcherons, et aboutit à la barrière. On l'appeloit aussi simplement *rue Blanche*.

Rue de la Tour des Dames (3). Cette rue est parallèle à la rue de la Croix-Blanche, et fut ainsi nommée d'un moulin qui s'y trouvoit, lequel appartenoit aux dames de Montmartre.

---

(1) Voyez page 142.

(2) Il y a dans cette rue un cul-de-sac nouveau, nommé cul-de-sac de *Brutus*.

(3) Ou l'appelle maintenant rue *de la Rochefoucault*.

Rue de l'Égout (1). Elle fait suite à la rue de Provence, prenant son origine à la rue de la Chaussée d'Antin, et finissant à celle de la Pologne, où se termine le quartier. Cette rue, qui fut ouverte à peu près en même temps que celle dont elle est la continuation, doit son nom à l'égout découvert qui se prolongeoit autrefois sur ce terrain et dans cette direction.

Rue d'Enfer (2). Elle aboutit d'un côté dans la rue Cadet, de l'autre dans la rue Poissonnière où finit le quartier.

Rue Neuve-Saint-Eustache. Elle donne d'un bout dans la rue Montmartre, et de l'autre dans celle des Petits-Carreaux. Cette rue, qui fut formée sur l'emplacement du fossé de l'enceinte de Charles VI, s'appeloit anciennement *rue Saint-Côme*, ou *du Milieu-du-Fossé*. Dès l'an 1641 on la trouve désignée sous le nom de rue Neuve-Saint-Eustache.

Rue de Favart. Elle commence à l'extrémité du *Pâté des Italiens*, forme à droite un des côtés de la place de la comédie italienne, et va se terminer au boulevard. Elle fut construite en même temps que le monument.

Rue de la Feuillade. Elle fait la continuation de la rue Neuve-des-Petits-Champs, et aboutit à la place des Victoires. On lui a donné ce nom en l'honneur de M. de La Feuillade, qui avoit fait bâtir la place des Victoires et élever le monument qui la décoroit. Avant cette époque, cette rue étoit connue sous le nom de *rue des Jardins*.

Rue Feydeau. Cette rue donne d'un bout dans la rue Montmartre, de l'autre dans celle de Richelieu ; elle a été ainsi appelée du nom d'une famille qui, sous la monarchie, avoit rempli les plus hautes places de la magistrature. On la désignoit en 1675 sous le titre de rue *des Fossés-Montmartre*, auquel on ajouta l'épithète de *Neuve*, pour la distinguer de celle des Fossés-Montmartre, qu'on nommoit alors simplement rue *des Fossés*. La rue Feydeau ne portoit ce nom qu'à son extrémité, du côté de la porte *Gaillon* ; mais elle s'étendoit sous celui *des Fossés* jusqu'à la porte Montmartre. Toute cette partie ayant été couverte des maisons et jardins qui formèrent la rue Neuve-Saint-Augustin, on donna à celle qui fut conservée le nom de *Feydeau*, qu'elle avoit déjà porté vers la fin du dix-septième siècle.

Rue Saint-Fiacre. Elle va de la rue des Jeûneurs aux boulevards, et, à la fin du dernier siècle, elle se fermoit encore à ses deux extrémités. Cette rue doit son nom à l'ancien fief de Saint-Fiacre sur lequel elle est située. Sauval l'a confondue avec le cul-de-sac du même nom, situé rue Saint-Martin, qu'il appelle *rue du Figuier*. La Caille l'indique sous la dénomination de rue de Saint-Fiacre et du *Figuier*. Elle conserve aujourd'hui le premier de ces noms qu'elle portoit originairement, comme on le voit dans les plans de Chuyes, et même dans un côte de 1630.

---

(1) On la nomme aujourd'hui rue *Saint-Nicolas*.

(2) On ignore l'étymologie de ce nom, qu'elle a changé pendant la révolution contre celui de rue *Bleue*. Il y a dans cette rue un passage désigné sous le nom de *Saulnier*, lequel communique à une autre rue bâtie depuis la révolution, et parallèle à la rue Bergère. Cette rue qu'on nomme *Richer* étoit un passage *sans nom* en 1772, lequel fut nommé depuis passage de *la Grille*.

Rue des Trois Frères. Elle a été percée pour ouvrir une communication entre la rue de Provence et la rue Chantereine. Nous ignorons l'étymologie de son nom, de même que celui de *Houssaie* que porte aujourd'hui sa partie méridionale.

Rue de Gaillon. Cette rue qui s'étendoit autrefois d'un côté jusqu'à la rue Saint-Honoré (1), se prolongeoit de l'autre entre les emplacements de l'hôtel de Richelieu et de celui de la Vallière jusqu'à une des portes de la ville, qui avoit reçu d'elle le nom de porte *Gaillon.* Louis XIV ayant ordonné en 1645 que toutes les places vides entre les portes Saint-Denis et Saint-Honoré fussent vendues et couvertes d'édifices, la partie de celle-ci qui dépassoit la rue Neuve-Saint-Augustin fut supprimée, et la porte abattue en 1700. Nous avons déjà fait connoître, en parlant de la rue Saint-Roch (cinquième quartier), l'étymologie du nom de celle de Gaillon.

Rue Saint-Georges. Ce n'étoit dans le principe qu'une ruelle qui donnoit dans la rue Baudin et dans celle de Saint-Lazare ; c'est maintenant une rue superbe, couverte de riches hôtels, qui traverse cette dernière, et se prolonge jusqu'à la rue de Provence.

Rue de Grammont. Elle fait la continuation de la rue Sainte-Anne et aboutit au boulevard. Cette rue a été percée en 1767, sur l'emplacement de l'hôtel de Grammont, rue Neuve-Saint-Augustin, lequel fut démoli à cette époque.

Rue de la Grange-Batelière. Elle commence au boulevard, et conduisoit à une maison appelée encore dans le siècle dernier *la Grange-Batelière,* laquelle lui a donné son nom. Cette maison, qui avoit appartenu dans le principe à l'évêque, fut donnée par la suite avec son territoire au chapitre de Sainte-Opportune, et le prélat en conserva seulement la suzeraineté ; elle passa depuis en plusieurs mains. A la fin du quatorzième siècle, on voit que ce fief étoit possédé par Gui, comte de Laval, et un acte de 1424 contient la donation que fait Jean de Malestroit, évêque de Nantes et chancelier de Bretagne, de l'hôtel, cour, grange, colombier, jardins, etc. de la Grange-Batelière, au monastère de Saint-Guillaume des Blancs-Manteaux. On apprend par le même acte que cet hôtel relevoit de l'évêque de Paris, et que les terres qui en dépendoient contenoient 120 arpents. En 1473 il appartenoit à Jean de Bourbon, comte de Vendôme, qui, sans doute, l'avoit acheté de ces religieux.

Lorsqu'on traça le boulevard, il y avoit devant cette maison une place vague où les eaux et les boues de la rue de Richelieu venoient se perdre dans une fosse profonde qu'on y avoit creusée ; ce qui répandoit une infection dangereuse pour les quartiers environnants. Cette circonstance détermina à former de cette place une rue de même largeur et dans la même direction que la rue de Richelieu : on en perça une autre en retour d'équerre jusqu'à la rencontre du chemin des marais, on y pratiqua un égout découvert qui alloit se perdre dans le grand, et cette nouvelle rue fut appelée rue *des Marais.* Telle est l'origine du cul-de-sac *de la Grange-Batelière* (2). Le retour d'équerre

---

(1) Voyez tome Ier, page 525.

(2) Le cul-de-sac Grange-Batelière, ouvert maintenant sur la rue d'Artois, forme une rue nouvelle qui a pris le nom de M. *Pinon,* président à mortier au parlement de Paris, et propriétaire du fief de la Grange-Batelière.

que fait la rue du même nom dans celle du Faubourg-Montmartre fut alors appelé rue *Neuve-Grange-Batelière*, quoiqu'il eût été tracé avant l'autre partie. Il y passoit aussi un égout découvert.

Les noms de la Grange-Batelière varient beaucoup dans les anciens titres. Elle est indiquée en 1243 sous celui de *Granchia Batilliaca*; en 1252 et 1254, elle est appelée *Granchia-Bataillie*; en 1290, *Granchia-Bail-Taillée*, et en 1308, *la Grange-au-Gastelier*, etc.

Rue de Grétry. Elle forme derrière le pâté des Italiens un retour d'équerre avec la rue de Favart, et aboutit de l'autre côté à la rue de Grammont. Elle a été construite, comme toutes les rues environnantes, en même temps que le théâtre italien.

Rue des Jeûneurs. Elle va de la rue Montmartre à celle du Gros-Chenet. Le véritable nom de cette rue est celui de *Jeux-Neufs*, lequel vient de deux jeux de boules dont elle occupe la place; et ce n'est que par corruption qu'on la nomme rue des Jeûneurs. Cependant cette dernière dénomination a prévalu.

Rue Joquelet. C'est une petite rue qui traverse de la rue Montmartre dans celle de Notre-Dame-des-Victoires. Elle a pris ce nom d'un bourgeois qui y avoit une maison.

Rue Saint-Joseph. Cette rue qui aboutit à la rue Montmartre et à celle du Gros-Chenet, est désignée sur tous les plans publiés dans le dix-septième siècle sous le nom de rue *du Temps-Perdu*. Cependant elle étoit connue sous celui de Saint-Joseph dès 1646, et c'est ainsi qu'elle est appelée dans un contrat ensaisiné à l'archevêché le 13 juillet de cette année. De Chuyes l'indique aussi sous les deux noms dans son Guide des chemins de 1647. Celui de Saint-Joseph lui vient de la chapelle qui y étoit située.

Rue Saint-Lazare. Elle va de la Pologne à la rue du Faubourg-Montmartre. Elle est aussi connue sous le nom de rue des Porcherons. Plusieurs plans du dernier siècle la nomment *rue des Porcherons* ou *d'Argenteuil*, parcequ'elle conduit à ce bourg.

Rue de Louis-le-Grand (1). Elle commence à la rue Neuve-des-Petits-Champs et finit au boulevard. D'après les plans manuscrits et gravés du siècle dernier, il paroît qu'il y avoit le long du monastère des Capucines un chemin qui fut depuis couvert par les maisons de la rue Louis-le-Grand. Un arrêt du conseil, du 20 mars 1701, ordonna l'ouverture de cette rue. Elle ne devoit s'étendre que depuis la rue Neuve-Saint-Augustin jusqu'à celle des Petits-Champs; mais on la prolongea jusqu'au boulevard, en vertu d'un autre arrêt, du 3 juillet 1703.

Rue du Mail. Cette rue aboutit dans celle des Petits-Pères et dans la rue Montmartre; elle doit son nom à un *mail* ou *palemail* sur lequel elle fut ouverte, et qui régnoit depuis la porte Montmartre jusqu'à celle de Saint-Honoré. Elle portoit ce nom dès 1636. Un traité fait sous Louis XIII, pour la continuation des fortifications commencées par ordre de Charles IX, adopté par le conseil le 23 novembre 1633, et enregistré au parlement le 5 juillet de l'année suivante, portoit entre autres clauses l'ouverture et la cons-

---

(1) Elle a reçu d'abord, dans la révolution, le nom de rue *des Piques*; on la nomme maintenant rue *de la place Vendôme*.

truction des rues du Mail, Cléry, Neuve-Saint-Eustache, Neuve-Saint-Augustin, Notre-Dame-des-Victoires, Neuve-des-Petits-Champs, Richelieu, Sainte-Anne, Neuve-Saint-Honoré, etc.

Rue Saint-Marc. Elle traverse de la rue de Richelieu dans la rue Montmartre. C'étoit un chemin de communication entre les faubourgs Montmartre et Saint-Honoré. Elle a été ouverte vers le milieu du dix-septième siècle, et doit vraisemblablement son nom à quelque enseigne.

Rue Neuve-Saint-Marc. Elle fait la continuation de la précédente, et donne d'un bout dans la rue de Richelieu, de l'autre sur la place de la comédie italienne. Cette rue a été ouverte sur une partie de l'hôtel de Choiseul.

Rue de Marivaux. Cette rue, parallèle à celle de Favart, et qui a reçu, comme elle, le nom d'un des plus illustres auteurs de la comédie italienne, a été construite en même temps et sur le même plan.

Rue des Martyrs (1). Cette rue, qui est la continuation de celle du Faubourg-Montmartre jusqu'à la barrière, doit son nom à une chapelle érigée à l'endroit où l'on croit que Saint-Denis et ses compagnons ont été décapités. Elle étoit connue anciennement sous le nom de rue des Porcherons. Sur plusieurs plans on la trouve confondue avec la rue du Faubourg-Montmartre.

Rue Neuve-des-Mathurins (2). Cette rue, percée en 1778, aboutit d'un côté à la rue de la Chaussée d'Antin, de l'autre à celle de l'Arcade, où finit le quartier. Elle doit son nom à son emplacement sur lequel les Mathurins avoient plusieurs possessions.

Rue de la Ferme des Mathurins (3). Elle fut percée à la même époque dans la rue précédente, d'où elle va aboutir à droite et à gauche dans la rue Saint-Nicolas, ci-devant de l'Égout.

Rue de Menars. Elle aboutit d'un côté dans la rue de Richelieu, de l'autre dans celle de Grammont. Le nom qu'elle porte lui vient d'un hôtel situé en cet endroit, lequel appartenoit au président de Menars. C'étoit autrefois un cul-de-sac qui a été ouvert en 1767.

Rue de la Michodière (4). Cette rue qui fait suite à celle de Gaillon, et vient aboutir au boulevard, a été percée depuis 1780, sur une partie du terrain et des jardins de l'hôtel de Richelieu et des maisons adjacentes. Elle doit son nom à M. de La Michodière, conseiller d'état.

Rue Monthalon. Cette rue qui fait suite à la rue Coquenart, et vient aboutir à celle du Faubourg-Poissonnière, a été percée sur des jardins depuis 1780.

---

(1) On a percé dans cette rue un chemin qui aboutit aux murs de Paris, et qu'on a nommé ruelle *Beauregard.*

(2) On a ouvert dans cette rue, du côté de celle de la Chaussée-d'Antin, un passage désigné sous le nom de *la Grille,* lequel donne dans la rue Basse-du-Rempart.

(3) Il y a vis-à-vis un cul-de-sac qui porte le même nom.

(4) A côté de cette rue, et sur les jardins de l'hôtel de Richelieu, on a percé une rue nouvelle qui donne dans celle de Louis-le-Grand, et se nomme *de la Fontaine.*

Rue Montmartre. La partie de cette rue qui dépend de ce quartier ne commence qu'à la rue Neuve-Saint-Eustache, et aboutit au boulevard. Dans cette rue se trouve le *cul-de-sac de Saint-Pierre*, qui doit ce nom à la rue Saint-Pierre dont il est voisin. En 1622 il portoit le nom *des Mazures*. Il prit ensuite celui de *cul-de-sac de la rue Neuve-Montmartre;* puis *des Marmouzets.* La Caille et Piganiol le nomment *Gourtin* et *Saint Pierre-Gourtin.*

Il y avoit encore autrefois dans cette rue un autre cul-de-sac nommé cul-de-sac *des Commissaires.* C'étoit anciennement une rue nommée de *l'Arche,* parceqn'elle étoit ouverte sur le fief de l'Arche, autrefois Saint-Mandé. Lorsqu'on eut coupé cette rue, la partie qui subsista fut nommée cul-de-sac de *l'Epée Royale,* comme on peut le voir dans de Chuyes; c'étoit le nom d'une enseigne. En 1647, il le quitta pour prendre celui d'un particulier appelé *Ragouleau.* Ce cul-de-sac est désigné sous ce nom dans un censier de l'archevêché de 1663. Enfin on lui avoit donné celui *des Commissaires,* nous ignorons à quelle occasion.

Rue du Faubourg-Montmartre. Elle va du boulevard à l'abbaye de Montmartre, en comprenant sous ce nom la rue des Martyrs dont nous venons de parler (1).

Rue des Fossés-Montmartre. Elle traverse de la rue Montmartre à la place des Victoires. Avant la construction de cette place elle s'étendoit jusqu'à la rue des Petits-Champs, en face de l'hôtel de la Vrillière, aujourd'hui de Toulouse. Cette rue doit son nom au fossé qui se prolongeoit jusqu'à la porte Montmartre, et c'est sur son emplacement qu'elle a été bâtie. Elle fut d'abord nommée rue *du Fossé, des Fossés.* Cependant dès 1647 elle portoit le même nom qu'aujourd'hui.

Rue Papillon. C'est une petite rue de traverse ouverte depuis 1780, qui donne d'un côté dans la rue Monthalon, et de l'autre dans celle d'Enfer.

Rue le Pelletier. C'est une rue nouvelle percée peu de temps avant la révolution, et qui donne sur le boulevard et dans la rue de Provence.

Rue des Petits-Pères. Elle aboutit d'un côté aux rues de la Vrillière et de la Feuillade,

---

(1) L'église et l'abbaye de Montmartre, étant situées hors des murs de Paris, se trouvent naturellement rejetées de notre plan. Cependant la célébrité du lieu est telle, que, sans en faire l'histoire, nous croyons devoir du moins lui consacrer une note. Il y avoit, dès la fin du septième siècle ou au commencement du suivant, une église consacrée sur cette montagne à Saint-Denis, et une petite chapelle *ædicula, parva ecclesia,* où l'on conservoit les reliques de plusieurs autres martyrs dont les noms ne sont pas parvenus jusqu'à nous. En 1096, ces deux églises furent données, avec quelques terres qui en dépendoient, aux moines de Saint-Martin-des-Champs. Ces religieux les cédèrent, en 1133, au roi Louis-le-Gros, en échange de Saint-Denis-de-la-Chartre * ; et, l'année suivante, ce prince et Alix de Savoie, sa femme, y fondèrent l'abbaye de Bénédictines, qui en jouissoit encore dans les derniers temps de la monarchie. Le couvent qu'on y voyoit occupoit la place de la chapelle; il fut d'abord érigé en prieuré dépendant de l'abbaye située sur le sommet de la montagne; mais depuis il avoit été réuni. Les religieuses, ayant fait ensuite bâtir des lieux réguliers et une église, laissèrent l'ancienne pour le service de la paroisse.

* Voyez tome Ier, page 107.

de l'autre au coin de la rue Vide-Gousset. C'est une continuation de l'ancien mail et de la rue qui en porte le nom. Elle doit le sien au couvent des religieux augustins réformés, vulgairement appelés *Petits-Pères*.

Rue Saint-Pierre. Elle aboutit d'un côté dans la rue Montmartre, de l'autre dans celle de Notre-Dame-des-Victoires. Elle doit son nom à une maison qui avoit pour enseigne l'image de saint Pierre. Elle prit en 1603 celui de *Pénécher*, d'un particulier qui y demeuroit. On en fit ensuite par corruption la rue *Péniche*; puis en 1666 rue *Péniche, dite de Saint-Pierre*. Il paroît qu'elle avoit été ouverte sur un terrain que les titres du seizième siècle appellent le *clos Gautier*, autrement des *Mazures*, et le *petit chemin herbu*.

Rue des Postes. C'étoit ainsi qu'on nommoit autrefois la partie de la rue Saint-Georges qui va de la rue Chantereine à celle de Saint-Lazare. Des postes de commis, établis en cet endroit par les fermiers-généraux pour empêcher la contrebande, lui avoient fait donner ce nom. Nous avons déjà fait connoître, à l'article de la rue Chantereine, celui sous lequel elle étoit désignée avant cette dernière dénomination.

Rue Projetée (1). C'est une rue nouvelle, ouverte sur la rue de Choiseul, et qui lui sert de communication avec la rue de la Michodière.

Rue de Provence. Le projet de cette rue fut conçu en 1771, lorsque l'on eut résolu de couvrir l'égout qui traversoit ce terrain dans toute sa longueur. Elle est devenue depuis une des plus belles de Paris, et n'est presque composée que d'hôtels somptueux et de maisons élégantes.

Rue Ribouté. Cette petite rue, ouverte depuis 1780, communique de la rue d'Enfer à celle de Monthalon.

Rue de Richelieu (2). La partie de cette rue située dans ce quartier commence à la rue Neuve-des-Petits-Champs et finit au boulevard. Dans le principe elle se nommoit rue Royale, et venoit aboutir à une porte du même nom, située près de la rue Feydeau. La porte fut démolie en 1701, et, en 1704, un arrêt du conseil ordonna que la rue seroit continuée jusqu'au boulevard.

Rue Saint-Roch. Elle fait la continuation de la rue des Jeûneurs, ou Jeux-Neufs, et va de la rue du Gros-Chenet à la rue Poissonnière. Elle est indiquée *sans nom* dans le plan de de Chuyes.

Rue de Rochechouart (3). Elle fait la continuation de la rue Cadet, et aboutit au chemin de Clignancourt. Elle doit sans doute son nom à Marguerite de Rochechouart de Mont-Pipeau, abbesse de Montmartre, morte en 1727.

Rue Royale. Ce n'étoit autrefois qu'un chemin, qui, de la rue de la Croix-Blanche

---

(1) On la nomme aujourd'hui rue de *Hanovre*, et elle s'étend, à travers la rue de la Michodière, jusqu'à celle de Louis-le-Grand.

(2) Les rues qu'on a percées depuis la révolution sur le terrain de l'hôtel de Louvois, et qui communiquent de la rue de Richelieu à la rue Sainte-Anne, se nomment rue de *Louvois*, de *Rameau*, et de *Lully*.

(3) Le chemin *sans nom* qui est au bout de cette rue se nomme maintenant rue *Pétrelle*.

conduisoit à Montmartre. C'est maintenant une très belle rue garnie de maisons élégantes, et qui se termine à la barrière nommée aujourd'hui de *Montmartre* (1).

Rue du Sentier. Cette rue fait la continuation de celle du Gros-Chenet, et aboutit au boulevard. Elle doit son nom au sentier sur lequel on l'a bâtie. On la trouve désignée mal à propos dans quelques plans sous les noms de *Centière*, *Centier* et *Chantier*.

Rue Taitbout. Cette rue, percée depuis 1780 sur le boulevard, entre la rue d'Artois et celle de la Chaussée-d'Antin, va aboutir à la rue de Provence (2).

Rue Thiroux. Cette rue a été ouverte, depuis 1780, dans la rue Neuve-des-Mathurins, vis-à-vis la rue Caumartin. Elle donne dans celle de Sainte-Croix, qui en fait la continuation.

Rue des Filles-Saint-Thomas. Elle commence à la rue Notre-Dame-des-Victoires, et finit à celle de Richelieu, vis-à-vis la rue Neuve-Saint-Augustin. Cette rue doit son nom au couvent des Filles-Saint-Thomas qui y étoit situé; elle a été ouverte, partie sur le terrain des Augustins, partie sur celui de ces religieuses.

Rue Notre-Dame-des-Victoires. Elle fait la continuation de la rue des Petits-Pères, et va, par un retour d'équerre, aboutir dans la rue Montmartre. Son nom lui vient de l'église des Augustins, qui étoit sous l'invocation de Notre-Dame-des-Victoires. On l'a nommée anciennement le *chemin Herbu*; rue des *Victoires*; et en 1647, rue des *Augustins déchaussés*, autrement, de *Notre-Dame-des-Victoires*.

Rue Vivienne. Elle traverse de la rue des Petits-Champs dans celle des Filles-Saint-Thomas, et se prolongeoit autrefois jusqu'à la rue Feydeau; mais dans cette dernière partie elle s'appeloit rue Saint-Jérôme (3). Elle doit le premier nom à une famille très connue qui portoit celui de Vivien. On la trouve indiquée sous ce nom de *Vivien* sur les plans de *Gomboust* et de *Bullet* (4).

---

(1) Cette rue se nomme aujourd'hui rue *Pigale*, parceque ce sculpteur célèbre y avoit une maison. On y a percé à droite une rue transversale qu'on a appelée rue de *Laval*.

(2) Depuis la révolution on a ouvert, sur une caserne de Gardes-Françaises, une nouvelle rue nommée du *Helder*, qui, du boulevard, aboutit aussi dans la rue de Provence.

(3) Les religieuses de Saint-Thomas avoient ensuite renfermé cette partie de rue dans l'enceinte de leur monastère. Depuis la destruction de ce couvent, on a percé sur cet emplacement un passage couvert nommé passage *Feydeau*, au bout duquel se trouve la nouvelle salle occupée maintenant par les comédiens de l'Opéra-Comique. (*Voyez* p. 130.)

(4) « En 1628, un jardinier, fouillant la terre dans l'endroit de cette rue où se tenoit la Bourse, y « trouva neuf cuirasses qui avoient été faites pour des femmes; on n'en pouvoit douter à la façon dont « elles étoient relevées en bosse, et arrondies sur l'un et l'autre côté de l'estomac. Quelles étoient « ces héroïnes, et dans quel siècle vivoient-elles? c'est ce que je n'ai pu découvrir; j'ai seulement trouvé « dans Mézerai, année 1147, à l'article de la croisade prêchée par saint Bernard, que plusieurs « femmes ne se contentèrent pas de prendre la croix, mais qu'elles prirent aussi les armes pour la dé— « fendre, et composèrent des escadrons de leur sexe, rendant croyable tout ce qu'on a dit des « prouesses des Amazones. » (Saint-Foix.)

Rue Vide-Gousset. Elle commence au bout des rues des Petits-Pères et de Notre-Dame-des-Victoires, et se termine à la place des Victoires. Avant la construction de cette place elle faisoit partie de la rue du Petit-Reposoir, qui se trouve de l'autre côté. Son nom lui vient probablement de quelque vol qui aura été commis dans cet endroit.

Monuments.

A. Halle au Bled.
B. S.ᵗ Eustache.
C. Communauté de S.ᵗᵉ Agnès.
D. Chapelle de la Jussienne.
E. Chapelle S.ᵗ Clair.

Hôtels.

F. Hôtel d'Aligre.
G. Hôtel des Fermes.
H. Hôtel de Bullion.
I. Hôtel Royal des Postes.
K. Hôtel de Charost.
L. Hôtel de Massiac.
M. Hôtel de Toulouse.

Rues Longitudinales.

a. Rue des Bons Enfants.
b. Rue de la Croix des Petits Champs.
c. Rue du Bouloi.
d. Rue de Grenelle.
e. Rue d'Orléans.
f. Rue des Vieilles Etuves.
g. Rue du Four.
h. Rue des Prouvaires.
i. Rue de Vannes.
k. Rue de Varennes.
l. Rue Babille.
m. Rue Mercier.
n. Rue de Sartine.

Suite des Rues Longitudinales.

o Rue Oblin.
p Rue de Viarmes.
q Rue du Jour.
r Rue Platrière.
s Rue Coq-Héron.
t Rue des Vieux Augustins.
u Rue de la Vrilliere.
v Rue neuve des Bons Enfants.
x Petite Rue de la Vrilliere.
y Rue de la Jussienne.
z Rue Montmartre.

Rues Transversales.

1 Rue du Pélican.
2 Rue des deux Ecus.
3 Rue Lenoir.
4 Rue Trainée.
5 Rue Coquilliere.
6 Rue Bailhf.
7 Rue du petit Reposoir.
8 Rue Pagevin.
9 Rue Soly.
10 Rue Verderet.
11 Rue Tiquetonne.
12 Rue du bout-du-Monde.

Culs-de-Sacs.

13 Cul-de-Sac S.ᵗ Claude.

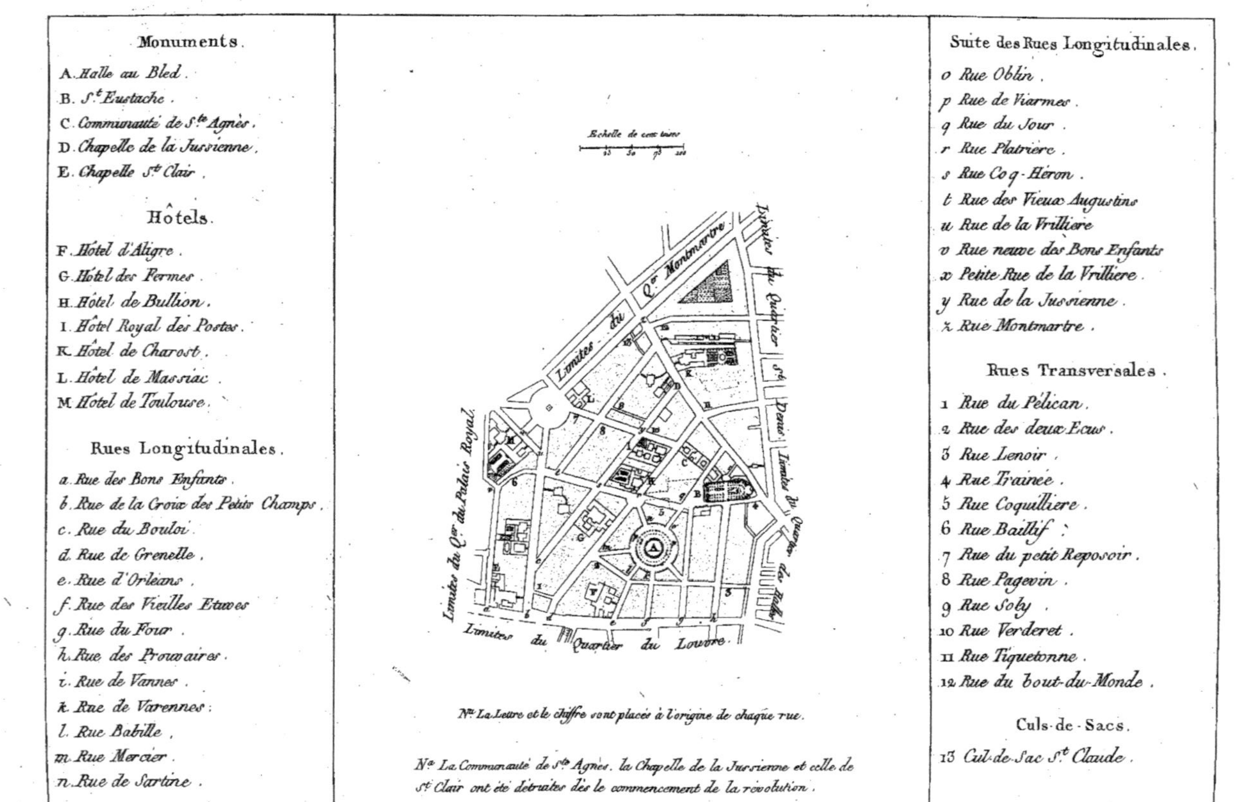

N.ᵃ La Lettre et le chiffre sont placés à l'origine de chaque rue.

N.ᵃ La Communauté de S.ᵗᵉ Agnès, la Chapelle de la Jussienne et celle de S.ᵗ Clair ont été détruites dès le commencement de la révolution.

PLAN DU QUARTIER S.ᵀ EUSTACHE.

QUARTIER

SAINT-EUSTACHE.

*Ce quartier étoit borné à l'orient par les rues de la Tonnellerie,
Comtesse-d'Artois et Montorgueil exclusivement, jusqu'au coin
de la rue Neuve-Saint-Eustache ; au septentrion, par les rues
Neuve-Saint-Eustache et des Fossés-Montmartre, et par la place
des Victoires aussi exclusivement ; à l'occident, par la rue des
Bons-Enfants inclusivement ; et au midi, par la rue Saint-Honoré
exclusivement.*

*On y comptoit, en 1789, trente-six rues, un cul-de-sac, une
église paroissiale, deux chapelles, une communauté de filles,
une halle au blé, etc.*

Avant Philippe-Auguste, le quartier que nous allons décrire formoit
un de ces bourgs dont Paris étoit alors environné, et que ce prince renferma dans la nouvelle enceinte qu'il fit élever. Ce bourg, bâti sur un
territoire dépendant de l'église Saint-Germain-l'Auxerrois, déjà entourée
elle-même d'un gros bourg qui portoit son nom, étoit connu sous la dénomination de nouveau bourg Saint-Germain-l'Auxerrois (1).

La muraille que ce prince éleva autour de sa capitale ne renferma cependant qu'une partie de l'espace qui forme aujourd'hui le quartier Saint-
Eustache. Cette muraille passoit entre les rues d'Orléans et de Grenelle,
traversoit le terrain occupé depuis par l'hôtel de Soissons, aujourd'hui par
la Halle au blé, et de là se prolongeoit le long des rues Platrière, du
Jour, la pointe Saint-Eustache, la rue Montorgueil, etc. Il y avoit dans

(1) Voyez le plan de Paris sous Louis-le-Jeune.

cet espace deux portes : celle qui étoit placée vis-à-vis Saint-Eustache, entre les rues Platrière et du Jour (1), et une *fausse* porte percée dans la rue Montorgueil, pour la commodité des comtes d'Artois, qui possédoient un hôtel dans les environs.

Les murailles élevées sous Charles V et Charles VI achevèrent de renfermer dans la ville ce qui restoit encore de ce quartier hors de la vieille enceinte. Ces nouveaux murs passèrent sur l'emplacement où est situé l'hôtel de Toulouse, traversèrent ensuite le terrain de la place des Victoires, et se prolongèrent sur la ligne de la rue des Fossés-Montmartre, des rues Montmartre, de Bourbon, etc. Cet état de choses fut maintenu jusqu'au règne de Louis XIII.

L'ÉGLISE SAINT-EUSTACHE.

Cette grande paroisse n'étoit d'abord qu'une simple chapelle, sous l'invocation de sainte Agnès. Les conjectures les plus probables portent à croire qu'elle fut bâtie et érigée vers le commencement du treizième siècle, mais ce sont de simples conjectures; car il ne nous reste aucun renseignement certain ni sur l'époque précise de sa fondation, ni sur le nom de son fondateur. Une tradition vulgaire veut que *Jean Alais* ait fait construire cette chapelle de Sainte-Agnès *en satisfaction d'avoir été le premier auteur d'un impôt d'un denier sur chaque panier de poisson qui arrivoit aux Halles.* Il porta même plus loin le témoignage de ses regrets; car, selon quelques écrivains, il voulut que son corps fût jeté, après sa mort, dans un cloaque où se perdoient les eaux et immondices de ce marché. Cet égout, qui existoit encore au milieu du dernier siècle, au bas de la rue Montmartre et de la rue Traînée, étoit couvert d'une pierre élevée qu'on nommoit le *Pont Alais.*

---

(1) Voyez tom. Ier, page 36.

VUE de l'EGLISE SAINT EUSTACHE en 1789.

Quoi qu'il en soit de la vérité de cette tradition, qui n'est appuyée sur aucun titre, il est certain que, dès l'an 1213, il y avoit en cet endroit une chapelle de Sainte-Agnès, qui dépendoit du chapitre de Saint-Germain-l'Auxerrois. On lit en effet dans un cartulaire de cette église un jugement rendu au mois de février 1213, sur une contestation survenue entre le doyen et les chanoines, au sujet des offrandes qui se faisoient aux quatre principales fêtes de l'année dans la chapelle de Sainte-Agnès, nouvellement bâtie, *super oblationibus novæ capellæ sanctæ Agnetis;* et ce jugement est le premier acte où il soit fait mention de l'origine de cette église. L'abbé Lebeuf semble n'avoir pas eu connoissance de cette pièce; car, en citant une sentence arbitrale rendue en 1216, par laquelle il est décidé que le doyen de Saint-Germain-l'Auxerrois a les mêmes droits dans la chapelle de Sainte-Agnès que dans l'église Saint-Germain, il ajoute ensuite que *c'est le premier acte qui regarde l'origine de la paroisse de Saint-Eustache.*

Il y a lieu de penser que, peu de temps après la dernière de ces deux époques, cette chapelle fut érigée en paroisse, pour la commodité du grand nombre d'habitants qui demeuroient aux environs; car, dès l'an 1223, on la trouve qualifiée du titre d'*Ecclesia sancti Eustachii.* On voit en outre dans l'histoire de Paris que des contestations élevées entre Guillaume de Varzi, doyen de Saint-Germain, et le prêtre ou curé de cette église, furent terminées au mois de juillet de la même année 1223; et l'on présume qu'ayant déjà été rebâtie et agrandie, elle avoit été dédiée sous le nom de saint Eustache, parcequ'elle possédoit sans doute quelques reliques de ce saint, qui souffrit le martyre à Rome, mais dont le corps étoit déposé, depuis environ un siècle, dans l'abbaye de Saint-Denis. Forcés de choisir entre des conjectures, celle-ci nous paroît beaucoup plus vraisemblable que ce qui a été avancé sans aucune preuve par l'auteur anonyme d'une vie de saint *Eustase,* abbé de Saint-Luxeu. Cet auteur prétend que « l'église de Saint-Eustache doit son titre à une chapelle con-
« sacrée sous l'invocation de saint *Eustase,* qui existoit depuis plusieurs
« siècles près de celle de Sainte-Agnès, et que le peuple, altérant la pronon-
« ciation d'*Eustase,* en avoit fait *Eustache,* lequel se trouve écrit dans
« les anciennes chroniques saint *Wistasse,* saint *Vitasse* et saint *Hui-*
« *tace.* » Cette opinion a été rejetée par tous les historiens de Paris.

Aussitôt que cette chapelle eut été érigée en paroisse , plusieurs pieux citoyens s'empressèrent d'y fonder des chapellenies (1) , qui , avec les oblations ordinaires des fidèles , assurèrent la subsistance de son clergé. On trouve dans les titres de ces fondations qu'un riche particulier nommé *Guillaume Poin-l'Asne* , fonda , au mois de mars de l'année 1223 , dans l'église de Saint-Eustache , deux chapellenies avec une dotation de 300 liv. de rente. Une autre fut fondée en 1342, avec une rente de 12 liv. , en exécution d'une clause du testament de dame *Marie la Pointe* , *pâtissière*. Cette fondation étoit établie sous la condition de trois messes par semaine ; et les exécuteurs testamentaires demandèrent qu'elle fût exécutée à l'autel de Saint-Jacques et Sainte-Anne. Enfin on lit parmi les noms des fondateurs de ces chapellenies ceux de Louis d'Orléans, frère du roi Charles VI ; de MM. Nicolaï, seigneurs de Gousainville, et de quelques autres personnages éminents.

Plusieurs confréries furent aussi établies dans cette église : une des plus anciennes étoit celle de Saint-Louis, instituée par les porteurs de blé, avec la permission de Charles VI. Le premier président du parlement fut également autorisé , en 1496, à former une confrérie en l'honneur de saint Roch, dans une chapelle de la même église; et en 1622 on y trouve , sous le nom de Notre-Dame-de-Bon-Secours , une autre confrérie créée pour le soulagement des pauvres honteux.

L'église de Saint-Eustache fut , à différentes époques , réparée et augmentée ; mais en 1532 la résolution ayant été prise de la rebâtir entièrement, on commença à y travailler le 19 août de cette même année (2). Les

---

(1) Les chapellenies, dont nous avons déjà parlé plus d'une fois , étoient des espèces de bénéfices auxquels étoient attachés certains revenus provenant d'un capital ou d'un immeuble cédé par le fondateur , à la charge par celui qui en jouissoit de dire des messes ou autres prières dans une chapelle érigée ou désignée à cet effet parmi celles qui existoient dans l'église. Comme les immeubles légués avoient quelquefois une certaine étendue, ils acquirent dans la suite des temps de l'importance , à raison de l'accroissement du quartier où ils se trouvoient situés. Ainsi nous voyons que les chapelains de Saint-Eustache avoient, au commencement du quatorzième siècle, droit de basse-justice, et des amendes jusqu'à soixante sous en trois rues , hors des murs de la ville et dans le quartier Saint-Eustache. En conséquence ils préposoient des officiers pour rendre la justice dans les lieux soumis à leur juridiction. Ces droits , qui furent confirmés à différentes époques par des arrêts du parlement, avoient fait de ces chapellenies de très bons bénéfices. Aussi les trouve-t-on qualifiées dans les anciennes chartes d'*optimæ capelleniæ*.

(2) On prit à cet effet un terrain considérable du côté de la rue du Jour. Il paroît qu'il y avoit

dépenses considérables que nécessitoit la construction d'un édifice aussi important, élevé sur un plan extrêmement vaste, ne permirent pas de le terminer aussi promptement qu'on l'eût désiré. Il ne put être achevé qu'en 1642 ; et ce fut particulièrement aux libéralités du chancelier Séguier et de M. de Bullion, surintendant des finances, que l'on dut son entier achèvement. Cependant, dès le mois d'avril 1637, la consécration en avoit été faite par M. de Gondi, archevêque de Paris.

L'architecture de cette église excita, dans le temps, une admiration générale, et l'on regardoit comme un chef-d'œuvre de goût ce dessin extraordinaire, qui s'éloignant du gothique pour se rapprocher des formes antiques, offre cependant un mélange bizarre de l'un et de l'autre ; on trouvoit qu'elle réunissoit tout ce qu'on peut désirer dans un monument de ce genre, grandeur du vaisseau, belle disposition, richesse de matière, ornements délicats, etc. ; le portail sur-tout enlevoit tous les suffrages : « Il est environné, dit un des anciens historiens de Paris, d'un grand « circuit formé de balustres, et c'est un des plus beaux de Paris pour sa « largeur et l'excellence de ses ouvrages taillés fort mignonnement et dé- « licatement sur la pierre. »

Cependant le goût ne tarda pas à devenir meilleur, et sous le règne de Louis XIV on reconnut que ce portail avoit été bâti sur un plan défectueux ; alors M. de Colbert fit don d'une somme de 20,000 liv. (1) pour en faire construire un autre, somme qui se trouva tellement insuffisante, qu'il fut impossible à la fabrique de remplir les intentions du donataire. Sur les représentations qui lui furent faites, ce ministre permit qu'on en différât l'exécution jusqu'à ce que les intérêts de cette somme, réunis au capital, eussent formé un fonds assez considérable pour l'entier achèvement de cette construction.

En 1752, le curé et les marguilliers, voyant que les 20,000 livres et les intérêts s'élevoient à un capital de 111,147 livres, jugèrent qu'il étoit temps d'en remplir la destination ; et la construction du nouveau portail

---

anciennement, entre l'église et cette rue, une autre rue parallèle. Jaillot pense que ce pouvoit être la rue de la *Croix-Neuve*, désignée sur d'anciens plans.

(1) Piganiol dit 40,090 livres ; nous avons suivi Jaillot, qui est toujours plus exact.

fut décidée. La première pierre en fut posée avec grand appareil par le duc de Chartres le 22 mai 1754. A peine ce portail eut-il été élevé jusqu'au premier ordre, qu'il se trouva que la somme amassée étoit déjà épuisée, ce qui força d'interrompre les travaux. Ils furent repris en 1772, mais le manque de fonds obligea une seconde fois de les suspendre, et jusqu'à ce jour cette façade est restée imparfaite. Elle avoit été érigée sur les dessins de *Mansard de Joui*, et continuée après lui par *Moreau*, architecte du roi et de la ville de Paris.

Cette composition, qu'on peut regarder comme une imitation malheureuse du portail de Servandoni, à Saint-Sulpice, n'a d'autre mérite que d'avoir été exécutée sur une assez grande échelle. La largeur, beaucoup trop considérable de ses entre-colonnements, sur-tout au second ordre, entraînera sa destruction; et déjà le poids énorme de la plate-bande qui supporte le fronton y a causé de fâcheuses dégradations, et semble écraser les maigres colonnes qui la soutiennent. Le genre de cette architecture massive, et qui n'est ni antique ni moderne, n'a d'ailleurs aucune espèce de rapport avec le reste de l'édifice; on en peut dire autant du bâtiment de la sacristie, pratiqué au rond-point de l'église, sur le carrefour dit la Pointe-Saint-Eustache, bâtiment parasite, qui renouvelle le funeste exemple, tant de fois donné, d'adosser des maisons particulières aux temples, dont le caractère principal est d'être isolé de toute habitation profane.

L'intérieur de cette église, la plus spacieuse de Paris après celle de Notre-Dame, n'est remarquable que par la hauteur prodigieuse de ses voûtes; car, nous le répétons, il n'est rien de plus choquant que ce mélange d'architecture gothique et moderne dont elle est composée. Au milieu de la voûte de la croisée et au centre de celle qui termine le fond du chœur sont deux clefs pendantes, dont la saillie est très grande, et où viennent aboutir les arêtes de ces voutes. Du reste, les piliers sont tellement multipliés dans la longueur de la nef, qu'il faut absolument être au milieu pour bien juger de l'étendue de tout le vaisseau.

A la construction du nouveau portail étoit lié le plan d'une place symétrique qui l'auroit entouré; et le roi avoit déjà même accordé 100,000 écus pour les premiers frais de cette opération; mais les différentes circons-

VUE INTÉRIEURE de l'ÉGLISE Saint EUSTACHE.

tances obligèrent de changer la destination de cette somme (1), et ce projet, qui eût été à la fois utile et agréable aux habitants de ce quartier, resta sans exécution.

Le maître-autel de cette église étoit décoré d'un corps d'architecture soutenu par quatre colonnes de marbre d'ordre corinthien : six statues de la même matière ornoient cet autel ; elles étoient de la main du célèbre *Sarrasin*, et représentoient saint Louis (2), la Vierge, saint Eustache, sainte Agnès et deux anges en adoration.

L'œuvre, dessiné par *Cartaud*, et la chaire à prêcher exécutée sur les dessins de *Le Brun* par *Le Pautre*, avoient de la réputation comme ouvrages de sculpture et de menuiserie. On remarquoit en outre dans cette église un très grand nombre de peintures et de monuments, dont nous allons donner, suivant notre coutume, une notice exacte et détaillée.

CURIOSITÉS DE L'ÉGLISE DE SAINT-EUSTACHE.

TABLEAUX.

Derrière le maître-autel, une Cène attribuée à *Porbus*.

Dans la chapelle de la Vierge, deux tableaux de *Lafosse*, placés des deux côtés de l'autel, et représentant ensemble la salutation angélique.

Dans la septième chapelle à droite, saint Jean dans le désert, par *Le Moyne*.

Dans la chapelle suivante, la prédication du même saint, par *Vincent*.

Lors de la construction du nouveau portail, on détruisit deux chapelles. Dans la première étoient trois tableaux à fresque de *Pierre Mignard* :

1° Au plafond, les cieux ouverts et le Père éternel au milieu d'une gloire d'anges ;

2° Sur la partie droite du mur, la Circoncision ;

3° Sur la partie gauche, saint Jean baptisant Jésus-Christ dans le Jourdain.

On voyoit dans l'autre trois sujets exécutés dans la même manière par *Lafosse* : au plafond, le Père éternel accompagné des quatre évangélistes, donnoit la bénédiction aux mariages d'Adam et d'Ève et de Marie avec Joseph, qui étoient peints sur les murs latéraux de cette chapelle.

---

(1) Elle fut employée à bâtir une maison, rue Traînée, pour le logement du curé et des prêtres attachés au service de cette paroisse.

(2) Cet artiste avoit imaginé de donner à la figure de saint Louis la ressemblance de Louis XIII ; celle de la Vierge étoit le portrait d'Anne d'Autriche, et le petit Jésus qu'elle tenoit entre ses bras ressembloit à Louis XIV encore enfant.

STATUES ET TOMBEAUX.

Au-dessus de la chaire du prédicateur étoit représenté saint Eustache implorant le secours du ciel pour ses deux enfants, emportés par un lion et une louve. Ce morceau de sculpture avoit été exécuté sur les dessins de *Le Brun*.

Sur la grille de fer qui séparoit la nef du chœur s'élevoit un crucifix de bronze, l'un des plus grands morceaux de ce genre qu'il y eût en France. Il étoit d'un sculpteur nommé *Étienne Laporte*. Ce Christ, qui pesoit, avec la croix, 1054 livres, fut trans- porté ensuite dans la chapelle des fonds.

Sous un grand arc, à côté de la chapelle de la Vierge, étoit le tombeau de J. B. Colbert, l'un des plus grands ministres qui aient illustré la France, mort en 1683 (1).

Colbert, représenté à genoux sur un sarcophage de marbre noir, avoit les yeux fixés sur un livre qu'un ange tenoit ouvert devant lui ; la Religion et l'Abondance, grandes comme nature, étoient assises des deux côtés du monument. La figure du ministre et celle de l'Abondance étoient de *Coyzevox*; celles de l'ange et de la Religion, de *Tuby* (2).

Des médaillons de bronze représentoient Joseph occupé à faire distribuer du blé au peuple d'Égypte, et Daniel donnant les ordres du roi Darius aux satrapes et aux gou- verneurs de Perse ; sur les jambages de l'arcade, sous laquelle étoit posé le tombeau, on lisoit plusieurs passages de l'Écriture.

J. B. Colbert, marquis de Seignelay, fils aîné du ministre, mort en 1690, fut inhumé dans le même tombeau.

Vis-à-vis de ce monument, et sur un des piliers de la nef, un bas-relief de marbre blanc représentoit l'Immortalité soutenant le buste de *Martin Cureau de La Chambre*, médecin ordinaire de Louis XIV, et membre de l'Académie française, mort en 1669, à l'âge de

---

(1) Au bas de ce tombeau, du côté de la chapelle qui lui étoit adossée, on lisoit l'épitaphe suivante :

D.   O.   M.

Præclará ac pernobili stipite equitum Colbertorum, qui anno Domini 1285 ex Scotiá in Galliam transmigrárunt, ortus est vir magnus, Joannes Baptista Colbertus, marchio de Seignelai, etc., regi administer, ærarii rationes in certum et facilem statum redegit. Rem navalem instauravit. Promovit commercium. Bonarum artium studia fovit ; summa regni negotia pari sapientiá et æquitate gessit. Fidus, integer, providus, Ludovico Magno placuit. Obiit Parisiis, anno Domini 1683, ætatis 64.

Nota. L'auteur qui rapporte cette épitaphe ajoute qu'elle étoit très peu apparente et presque cachée, ce qu'il attribue à la crainte que le public ne remarquât avec malignité que l'on faisoit descendre Colbert d'une famille noble d'Écosse, tandis que réellement il étoit d'une origine française fort commune.

(2) Ce monument, vanté comme un chef-d'œuvre de noblesse et de correction par tous les historiens, est déposé aujourd'hui dans le Musée des Monuments français. On ne peut nier qu'il n'y ait de la vérité dans la figure de Colbert, mais les deux satues allégoriques de l'Abondance et de la Religion manquent de caractère et d'expression, et présentent dans le jet de leurs draperies l'affectation et le mauvais goût qui entraînoient déjà l'École vers cette dégradation totale où elle est tombée sous le règne de Louis XV. La figure de l'ange a été détruite pendant la révolution.

soixante-quinze ans. Ce morceau, que l'on voit au Musée des monuments français, a été exécuté par *Tuby*, d'après les dessins du *Cavalier Bernin*.

Plusieurs autres personnages illustres, soit par leur naissance, soit par leurs talents, avoient encore leur sépulture dans cette église. Les plus remarquables étoient :

René Benoît, docteur de Sorbonne, d'abord curé de Saint-Eustache, puis nommé à l'évêché de Troie (1), mort en 1608. Il fut un de ceux qui, en 1593, furent appelés pour instruire Henri IV dans la religion catholique.

François d'Aubusson de La Feuillade, pair et maréchal de France, mort en 1691. Nous en avons déjà parlé en donnant la description de la place des Victoires.

Anne-Hilarion de Constantin, *comte de Tourville*, vice-amiral, maréchal de France, et l'un des plus grands hommes de mer qu'elle ait possédés, mort en 1701.

Gabriel-Claude, *marquis d'O*, lieutenant-général des armées navales du roi, mort en 1728.

Gabriel-Simon, *marquis d'O*, brigadier des armées du roi, mort en 1734, âgé de trente-sept ans. En lui finit la maison d'O, l'une des plus anciennes de la Normandie.

François de Chevert, lieutenant-général des armées du roi, mort en 1769. On voit, au Musée des monuments français, son buste et son tombeau, avec une épitaphe composée par d'Alembert pour ce grand capitaine (2).

Bernard de Girard, seigneur du Haillan, né à Bordeaux en 1535. Il fut historiographe de France, secrétaire des finances, et le premier qui exerça la charge de généalogiste du Saint-Esprit (3). Mort en 1610.

Marie Jars de Gournay fille adoptive de Montagne, et à laquelle on est redevable de la compilation des œuvres de cet homme célèbre, morte en 1645 (4).

Vincent Voiture, écrivain qui passa pour le plus bel esprit de la France quelque temps avant qu'elle eût produit des hommes de génie, mort en 1648.

Claude Favre, *sieur de Vaugelas*, habile grammairien, mort en 1650.

François de La Motte Le Vayer, savant illustre, et précepteur de Philippe de France, duc d'Orléans, mort en 1672.

---

(1) Il ne put obtenir de bulles, et fut obligé de renoncer à cet évêché.

(2) Cette épitaphe, écrite en français, mérite d'être rapportée :

« François de Chevert, gouverneur de Givet et de Charlemont, lieutenant-général des armées du « roi : sans aïeux, sans fortune, sans appui, orphelin dès l'enfance, il entra au service à l'âge de « xi ans ; il s'éleva, malgré l'envie, à force de mérite, et chaque grade fut le prix d'une action d'éclat. « Le titre seul de maréchal de France a manqué, non pas à sa gloire, mais à l'exemple de ceux qui le « prendront pour modèle. Il étoit né à Verdun-sur-Meuse, le 2 février 1693, il mourut à Paris le « 24 janvier 1769. »

(3) Son Histoire de France depuis Pharamond jusqu'à la mort de Charles VIII est le premier recueil de ce genre qu'on ait composé en français ; mais les erreurs innombrables dont elle est remplie, et la barbarie du style, l'ont fait reléguer dans la poussière des bibliothèques.

(4) On lisoit sur sa tombe l'épitaphe suivante :

« *Maria Gornacensis, quam Montanus ille filiam, Justus Lipsius adeòque omnes docti sororem* « *agnoverunt, vixit annos 80, devixit 13. Jul. an. 1645. Umbra æternùm victura.* »

Amable de Bourzeys, abbé de Saint-Martin-des-Cores, mort en 1672.

Antoine Furetière, célèbre par un bon Dictionnaire français, et par ses démêlés avec l'Académie française, mort en 1688.

Isaac de Benserade, poëte ingénieux et habile courtisan, mort en 1691.

Claude Genest, auteur de plusieurs tragédies, entre autres de celle de *Pénélope*, qui est restée au théâtre. Il étoit abbé de Saint-Vilmer, aumônier de la duchesse d'Orléans, et secrétaire des commandements de M. le duc du Maine, mort en 1719.

Nota. Les sept personnages que nous venons de nommer étoient tous membres de l'Académie française.

Charles Lafosse, l'un des meilleurs peintres de son temps, mort en 1716.

Guillaume Homberg, chimiste, physicien, naturaliste, renommé par ses vastes connoissances et par les nombreux écrits dont il a enrichi les Mémoires de l'Académie des sciences, mort en 1715.

A côté du chœur, à droite, étoit la chapelle de Sainte-Marguerite, dans laquelle on voyoit deux petits monuments en marbre et en bronze doré. Ils avoient été élevés à la mémoire d'*Hilaire de Rouillé du Coudray* et du *marquis de Vins*.

A peu de distance, et du même côté, on trouvoit une autre chapelle dite de Saint-Jean-Baptiste, dans laquelle avoient été inhumés deux ministres d'état, père et fils : *Joseph-Jean-Baptiste Fleuriau d'Armenonville*, garde des sceaux de France en 1722, mort en 1728. *Charles-Jean-Baptiste Fleuriau*, comte de Morville, secrétaire d'état sur la démission de son père en 1722, et reçu la même année à l'Académie française, mort en 1732. Leur tombeau, exécuté par *Bouchardon*, consistoit en une urne accompagnée de quelques ornements fort simples.

La paroisse de Saint-Eustache étoit un démembrement de celle de Saint-Germain-l'Auxerrois ; et la nomination de la cure appartenoit au chapitre de Notre-Dame, comme ayant succédé, après la réunion, aux droits du chapitre de Saint-Germain. La circonscription de cette paroisse étoit d'une très grande étendue, elle comprenoit :

La rue de la Lingerie des deux côtés, le côté gauche de la rue Aux-Fers ; de là elle prenoit le côté gauche de la rue Saint-Denis jusqu'à l'espace compris entre la rue Mauconseil et celle du Petit-Lion. Ensuite, traversant la rue Française, elle s'étendoit jusqu'au cul-de-sac de la Bouteille, d'où elle reprenoit la rue Montorgueil, la rue des Petits-Carreaux, et suivoit tout le côté gauche de la rue Poissonnière.

Cette paroisse avoit encore le côté gauche de la rue d'Enfer, des rues Coquenart et de Saint-Lazare. En revenant elle avoit les rues nouvellement bâties dans la Chaussée-d'Antin ; puis la rue Neuve-Saint-Augustin ; une partie de la rue de Richelieu jusqu'à la rue Saint-Honoré ; et depuis le coin de la rue Saint-Honoré, tout le côté gauche, jusqu'à celle de la Lingerie, point de départ.

Parmi les reliques qu'on gardoit dans cette église, on en remarquoit une de saint Eustache, son patron, renfermée dans une châsse d'argent. Cette relique lui avoit été envoyée, sous le pontificat de Grégoire XV, par le cardinal d'Est et par le chapitre de Saint-Eustache de Rome (1).

---

(1) L'Église de Saint-Eustache, rendue au culte, est aujourd'hui l'une des paroisses de Paris. Elle est, comme tous les monuments du même genre, entièrement dépouillée des ornements qui l'enrichissoient autrefois.

Ancien Portail de St Eustache.

COMMUNAUTÉ DE SAINTE-AGNÈS.

Cette communauté, située dans la rue Plâtrière, avoit été instituée dans l'intention charitable de procurer aux jeunes filles pauvres du quartier un moyen honnête d'existence, en les élevant gratuitement dans les différents genres d'industrie propres à leur sexe, tels que la couture, la broderie, la tapisserie, etc. *Léonard de Lamet*, curé de Saint-Eustache, avoit conçu l'idée de cet établissement, à la formation duquel plusieurs personnes pieuses s'empressèrent de concourir. Ces premières libéralités suffirent pour pourvoir aux besoins les plus pressants de cette maison, qui ne fut d'abord composée que de trois sœurs ; mais en 1681, trois ans après sa fondation, on y comptoit déjà quinze sœurs-maîtresses, qui donnoient des leçons à plus de deux cents jeunes filles. Le roi, convaincu des avantages que la classe indigente pouvoit retirer d'un pareil établissement, le confirma par lettres-patentes du mois de mars 1682, enregistrées le 28 août 1683. Par ces lettres il est dit que cette communauté jouira de toutes les franchises et privilèges des maisons de fondation royale, à condition néanmoins qu'elle ne pourra être changée en maison de profession religieuse, et qu'elle continuera, comme elle a commencé, à remplir l'objet de son institution. La même année M. de Colbert lui fit don de 500 livres de rentes.

Rien n'étoit comparable au zèle et à la charité des saintes filles qui dirigeoient cette utile fondation. Dans l'extrême pauvreté où elles vivoient, elles se privoient souvent du nécessaire pour fournir aux besoins des enfants qui leur étoient confiés. On les vit, dans l'hiver rigoureux de 1709, et dans la disette qui le suivit, pousser cette ardente charité jusqu'à sacrifier leur contrat de 500 livres, seul bien qu'elles possédassent, pour acheter la farine nécessaire à la subsistance de leurs pauvres petites élèves. Tels sont les prodiges du christianisme ; et une vertu si touchante mérite d'autant plus d'être louée, que trouvant en elle-même la seule récompense qu'elle désire, elle évite la louange, et fait ses délices de l'obscurité.

Le curé de Saint-Eustache étoit chargé de la surveillance de la communauté de Sainte-Agnès, dont la maison avoit, dans la rue du Jour, une
porte par laquelle les sœurs se rendoient à l'office divin de la paroisse. On
y prenoit aussi en pension de jeunes demoiselles, qui recevoient une
éducation honorable et chrétienne dans une partie de l'édifice séparée
de l'école des pauvres filles (1).

CHAPELLE DE SAINTE-MARIE-ÉGYPTIENNE,

OU DE LA JUSSIENNE.

On ignore également et le nom du fondateur et dans quel temps fut
bâtie cette chapelle, qui faisoit le coin de la rue Montmartre et de celle
de la Jussienne. Tous les auteurs qui en ont parlé n'ont présenté que des
conjectures qui ne sont appuyées sur aucun acte authentique. Dubreul,
dom Félibien, et Piganiol qui les copie, lui assignent une origine fort
ancienne, et, sur la foi de quelques titres mal interprétés, se sont imaginés qu'elle avoit été donnée aux Augustins lors de leur premier établissement à Paris, c'est-à-dire vers l'an 1250.

L'abbé Lebeuf conjecture que « cette chapelle a pu servir de clôture à
« une femme de Blois (2), qui s'y sera renfermée pour faire pénitence de
« s'être mêlée du métier des Égyptiens ou Bohémiens, ou bien à une
« autre de ces Égyptiennes qui se disoient condamnées à faire des pèleri
« nages par pénitence et par mortification, et qui se scroit renfermée
« dans cette chapelle pour y finir ses jours, à l'imitation de sainte Marie-
« Égyptienne. »

Jaillot pense que toutes ces opinions sont destituées de fondement. Il

(1) Cette institution n'existe plus. Ses bâtiments sont maintenant occupés par des particuliers.
(2) Cette chapelle est désignée dans quelques titres sous le nom de Sainte-Marie-l'Égyptienne-de-
Blois.

prétend d'abord que les Augustins n'ont jamais possédé cette chapelle; et les preuves qu'il en donne sont que ces religieux achetèrent une maison et un jardin hors la porte de Montmartre ; que non seulement il n'est point fait mention dans le contrat d'acquisition qu'il y eût alors de chapelle en ce lieu, mais qu'il est au contraire prouvé qu'il n'y en avoit point, par l'acte même d'amortissement du mois de décembre 1259, lequel porte qu'ils y devoient faire construire une maison et une chapelle, *ibidem domum et oratorium construere.* Celle qu'ils y firent élever portoit le nom de Saint-Augustin, et c'est ainsi qu'elle est désignée dans la bulle du pape Alexandre IV, du 6 juin 1260. Lorsque les Augustins abandonnèrent cette demeure en 1285, il n'est fait mention de la chapelle ni dans la cession qu'ils firent de leur manoir, en 1290, à Guillaume le Normand, ni dans la vente que l'évêque de Paris en fit en 1293 à Robert, fils du comte de Flandre. « On stipula, dit-il, dans « cet acte que *le cimetière ne seroit point employé à des usages pro-* « *fanes :* le silence qu'on garde sur la chapelle ne donneroit-il pas lieu de « penser que, si elle eût existé, on auroit également stipulé ou qu'elle seroit « conservée, ou que, si l'on venoit à l'abattre, le terrain n'en seroit pas « moins respecté que celui du cimetière ? Il y a plus : auroit-on permis aux « Augustins de la vendre à un particulier ? Il en faut donc conclure qu'elle « ne subsistoit plus alors, et que celle de Sainte-Marie-Égyptienne fut bâtie « depuis sur l'emplacement de l'ancienne ou sur celui du cimetière qui lui « étoit contigu. »

Le même critique oppose aux conjectures de l'abbé Lebeuf que les Égyptiens et Bohémiens dont il parle ne furent connus à Paris, suivant les anciens auteurs, que dans l'année 1427 (1), et que cette chapelle existoit

---

(1) Paris étoit alors au pouvoir des Anglais. La populace ignorante et crédule de cette malheureuse ville reçut, comme des gens inspirés, ces étrangers qui la bercèrent des contes les plus ridicules. Ils débitèrent que, nés dans la Basse-Egypte, ils avoient d'abord abjuré leur fausse religion pour embrasser la religion catholique ; mais qu'étant ensuite retombés dans leurs premières erreurs, ils n'avoient pu en obtenir l'absolution du pape que sous la condition de courir le monde pendant sept ans. Ils arrivèrent d'abord au nombre de douze, dont deux se disoient, l'un duc et l'autre comte; les dix autres passoient pour des gens de leur suite, et les traitoient avec une apparence de respect. Le reste de la troupe les suivit de près ; mais comme ils étoient environ cent vingt, hommes, femmes, vieillards et enfants, ils reçurent l'ordre de s'arrêter au village de la Chapelle, entre Paris et Saint-Denis. Ce fut là que les

bien auparavant, puisqu'il en est fait mention dans le censier de l'évêché de 1372, où elle est appelée chapelle de *Quoque Héron*, et dans celui de 1399, où elle est indiquée sous le nom de la chapelle de l'*Égyptienne*; et que le surnom de *Blois* se trouve pour la première fois dans une opposition faite par l'évêque, le 19 juin 1438, aux criées d'une maison rue Coqhéron, près l'*Égyptienne-de-Blois*.

Après avoir détruit l'assertion des auteurs qui l'ont précédé, Jaillot avoue qu'il n'a rien trouvé d'authentique, ni sur la fondation de cet édifice, ni sur l'étymologie de son nom ; "nous imiterons sa réserve, n'ayant pas plus que lui le moyen d'éclaircir ce point si obscur de l'histoire des monuments de Paris (1).

Les marchands drapiers avoient choisi cette chapelle pour y placer leur confrérie, et y faisoient dire une messe tous les dimanches et fêtes, usage qui s'est pratiqué jusqu'à la révolution.

Nous saisissons cette occasion de réparer une omission que nous croyons la seule importante qui nous soit échappée dans le cours de cet ouvrage. Le corps des drapiers avoit son bureau dans la rue des Déchargeurs, au quartier Sainte-Opportune. Ce monument, dont nous n'avons point parlé, est cependant remarquable par la richesse de son frontispice, exécuté vers le milieu du dix-septième siècle, sur les dessins de *Libéral Bruant*, architecte célèbre. Il est composé d'une ordonnance dorique, dans laquelle on remarque des innovations et des omissions qui prouvent, comme tant d'autres monuments, que les architectes d'alors ne suivoient point de marche sûre, et étoient loin de s'astreindre à toute la sévérité des principes ; mais il offre dans l'exécution de diverses parties, principalement dans celle de la sculpture, assez de mérite pour justifier la longue réputation dont il a joui dans des temps

---

Parisiens, et sur-tout les femmes, allèrent consulter ces vagabonds, qui abusèrent bien étrangement de leur simplicité. Ils disoient aux femmes : *ton mari t'a fait cousse;* aux hommes, *ta femme t'a fait coux.* Ces oracles impertinents produisirent un tel désordre dans les ménages, que l'évêque fut obligé, pour les faire cesser, de se rendre lui-même au village de la Chapelle ; là un religieux prêcha avec force contre les diseurs de bonne aventure, et excommunia, par son ordre, tous ceux qui leur avoient montré leurs mains et avoient ajouté foi à leurs prédictions. Cette cérémonie effraya tellement les esprits, que dès le jour même le village de la Chapelle fut désert, et que les Bohémiens, n'y trouvant plus de pratiques, allèrent chercher fortune ailleurs.

(1) Cette chapelle a été détruite dans la révolution, et remplacée par une maison particulière.

où, ni les artistes, ni les amateurs ne pouvoient apprécier les véritables beautés de l'art (1).

---

(1) Il n'existe plus qu'une portion dégradée de ce monument, lequel sert maintenant d'habitation à des particuliers. Les cariatides et tous les ornements de sculpture dont il étoit couvert ont été détruits, et la balustrade qui s'élevoit au-dessus du second fronton, abattue. La représentation que nous en donnons est copiée d'après une ancienne gravure, devenue très rare.

Façade du Bureau des Marchands Drapiers.

COLLÈGE DES BONS ENFANTS (1),

ET CHAPELLE DE SAINT-CLAIR.

Ce collège, depuis long temps détruit, étoit situé près de l'église St.-Honoré, dans la rue à laquelle il a donné son nom, et la chapelle de Saint-Clair en dépendoit. Quelques historiens en ont attribué la fondation à *Renold Chereins* ou *Cherei*, fondateur de l'église collégiale de Saint-Honoré; mais les auteurs de l'*Histoire Universelle* disent positivement que la construction de cette basilique n'étoit pas encore achevée lorsque *Étienne Belot* et *Ada* sa femme projetèrent, en 1208, de faire construire auprès d'elle une maison pour treize pauvres écoliers, qui seroient instruits par un chanoine de Saint-Honoré, dont ils auroient fondé la prébende. Ce qui a pu tromper ceux qui ont soutenu l'autre opinion, c'est que Renold Cherei voulut bien contribuer à cette bonne œuvre par la cession de l'emplacement sur lequel fut bâtie cette maison, laquelle fut appelé l'*Hôpital des pauvres écoliers*.

C'étoit l'évêque de Paris qui nommoit les boursiers de ce collège; et quoiqu'il ne fût pas situé dans le quartier de l'Université, il n'en étoit pas moins soumis à ses lois comme toutes les autres institutions du même genre. Les choses restèrent en cet état jusqu'en 1432, que, sur la demande du chapitre de Saint-Honoré, qui se disoit fort pauvre, cet établissement, alors composé seulement d'un chanoine-maître, d'un chapelain et de quatre pauvres écoliers, fut réuni, avec sa chapelle, à cette collégiale, par Jacques du Chastelier, évêque de Paris; mais ce changement ne fut pas de longue durée. L'Université se hâta de représenter qu'il existoit une prébende spécialement fondée pour le service de ce collège, et cette représentation détermina l'évêque à casser l'union qu'il avoit prononcée, et à rétablir le collège sur le même

---

(1) Cette dénomination des Bons Enfants étoit autrefois commune à tous les collèges de France; mais ces établissements s'étant multipliés, on s'accoutuma à les distinguer par le nom de leurs fondateurs.

pied qu'auparavant. Ceci dura jusqu'en 1602, époque à laquelle les chanoines de Saint-Honoré, par des raisons que les historiens n'indiquent
pas, obtinrent une nouvelle réunion de ce collège à leur chapitre,
réunion qui fut confirmée par une bulle de Clément VIII du mois
d'octobre de la même année, vérifiée au parlement le 30 juillet 1605. Il
paroît vraisemblable que le chapitre avoit promis de se charger directement d'y faire continuer l'enseignement ; car dans l'année 1611 on y
voit encore deux professeurs ; mais cette nouvelle administration ne fut
point continuée ; les études y cessèrent bientôt entièrement, et le collège
resta incorporé et annexé au chapitre, ainsi que la chapelle qui en dépendoit. Dédiée d'abord sous l'invocation de la Sainte-Vierge, elle
prit ensuite le nom de Saint-Clair, à l'occasion d'une confrérie en
l'honneur de ce saint qui y avoit été établie en 1486, et qui l'en a fait
regarder depuis comme le principal titulaire (1).

HALLE AU BLÉ.

L_A Halle au blé, placée autrefois dans le quartier où étoient les principales Halles de Paris, consistoit en une place irrégulière, mais d'une très
vaste étendue, et entourée de maisons. On peut s'en faire une idée assez
juste en se figurant un grand espace vide au milieu des maisons qui donnent
sur les rues de la Lingerie, de la Cordonnerie, des Grands-Piliers, de la
Tonnellerie et de la Friperie.

Il y avoit en outre une autre Halle ou Marché au blé, qui, de temps
immémorial, se tenoit dans la Cité, vis-à-vis l'église de la Magdeleine. Ce
marché appartenoit aux rois de France ; et l'on trouve qu'en 1216 Philippe-

______

(1) Dans cette chapelle avoit été inhumé Geoffroi Cœur ou Cueur, maître-d'hôtel du roi Louis XI,
et fils de Jacques Cœur, trésorier du roi Charles VII. Cette circonstance a fait croire à quelques uns qu'il
étoit l'un des fondateurs de cette chapelle et du collège, ce qui ne pouvoit être, puisqu'il mourut en 1478,
ainsi que le portoit son épitaphe. On ne peut le regarder que comme un bienfaiteur qui aura contribué
à leur rétablissement.

VUE de la HALLE au bled.

Auguste, qui venoit de faire construire les Halles dans *Champeaux*, en fit présent à son échanson, dont il vouloit récompenser les services. Un siècle après il appartenoit à un chanoine de Notre-Dame de Paris, et en 1436 le chapitre de cette église en étoit propriétaire. Ce n'est que vers le milieu du dix-septième siècle que l'on jugea à propos de réunir ensemble les deux marchés au blé dans le quartier commun à tous les marchés de Paris.

La ville ayant fait l'acquisition, en 1755, du terrain qu'avoit occupé l'hôtel de Soissons, démoli quelques années auparavant, la résolution fut prise de bâtir sur cet emplacement une nouvelle Halle au blé, et d'abandonner l'ancienne, dont l'incommodité se faisoit sentir de jour en jour davantage. Cet édifice, commencé en 1763, fut achevé dans l'espace de trois ans, par les soins de M. *de Viarmes*, prevôt des marchands (1), d'après les dessins de M. *Le Camus de Mézières*, architecte.

Ce monument, formé d'un vaste portique circulaire qui règne autour d'une cour de cent vingt pieds de diamètre, est le seul de ce genre qui existe à Paris, et qui puisse nous donner une idée des théâtres et amphithéâtres des anciens, composés, il est vrai, les uns d'un simple demi-cercle, les autres dans une forme elliptique, mais dont la masse devoit offrir à l'œil un effet à peu près semblable.

La cour immense que renferme cet édifice fut laissée découverte, lors de sa construction; mais on s'aperçut bientôt que les portiques voûtés qui l'environnent n'étoient pas suffisants pour abriter tous les grains auquel il sert d'entrepôt, et le projet de couvrir cette cour fut arrêté. MM. Legrand et Molinos, architectes, chargés, en 1782, de ce grand travail, l'exécutèrent avec une rare perfection, d'après le système ingénieux et économique de Philibert Delorme, c'est-à-dire en charpente, composée de planches de

---

(1) Le projet de démolir l'hôtel de Soissons avoit été conçu dès le règne de Louis XIV, et M. de Colbert avoit résolu de faire de ce grand espace une des plus belles places monumentales de Paris. On eût vu au sommet d'un rocher très élevé, et dont la base eût été assise au milieu d'un immense bassin, la statue en bronze de Louis XIV, foulant aux pieds la Discorde et l'Hérésie. Quatre fleuves, également en bronze, et d'une proportion colossale, auroient versé de larges nappes d'eau dans le bassin, entouré d'une balustrade de marbre; là se seroient rendues les eaux de l'aqueduc d'Arcueil, pour être ensuite distribuées par des canaux dans différents quartiers de la ville. Tout étoit disposé pour l'exécution de ce grand dessein, lorsque la mort du ministre le fit avorter. Le modèle du monument, déjà exécuté en petit par *Girardon*, a long-temps orné le cabinet de ce sculpteur célèbre.

sapin appareillées deux à deux (1). Cette coupole, presque égale en diamètre à celle du Panthéon de Rome, percée de vingt-cinq rayons garnis de vitraux, produisoit le plus grand effet, et paroissoit d'une grandeur et d'une légèreté surprenante. L'œil parcouroit avec étonnement cette voûte immense de cent quatre-vingt-dix-huit pieds de développement dans sa montée, trois cent soixante-dix-sept pieds de circonférence, et cent pieds de hauteur du pavé à son sommet ; on ne concevoit pas comment elle pouvoit se soutenir ainsi découpée, et sur moins d'un pied d'épaisseur apparente (2).

Ce monument, si imposant par sa masse, mérite encore d'être remarqué pour sa construction soignée, la légèreté de ses voûtes en briques, la forme recherchée et l'appareil de ses deux escaliers ; enfin il est peu d'édifices à Paris qui présentent, sous tous les rapports d'ensemble et de détails, un aspect plus satisfaisant (3).

La colonne astronomique que l'on voit accolée à sa surface extérieure est celle que Catherine de Médicis fit élever, en 1572, dans la cour de l'hôtel de Soissons, et le seul débris qui reste de cette demeure royale. Cette colonne, d'ordonnance dorique, a quatre-vingt-quinze pieds d'élévation. *Bullant*, qui en fut l'architecte, creusa dans son intérieur un escalier (4) qui existe encore, et qui conduisoit autrefois à une espèce d'observatoire établi sur le tailloir, dans lequel on prétend que Catherine de Médicis se retiroit souvent avec ses astronomes.

A l'époque de la construction de la Halle au blé, cette colonne, qui

---

(1) Ces planches n'avoient qu'un pied de largeur, un pouce d'épaisseur, et quatre pieds de longueur.

(2) Cette coupole fut incendiée en 1802, par la négligence d'un plombier. On s'occupe maintenant du projet de sa reconstruction, dans la même forme, mais en matières incombustibles. Il paroît qu'elle sera rétablie en fer fondu, moyen dont on a déjà fait une application heureuse dans la construction des nouveaux ponts de l'Arsenal et des Arts,

(3) Sur le mur de face intérieure on voyoit trois médaillons en bas-relief, exécutés par M. Roland, représentant les portraits de Louis XV, de M. Le Noir, lieutenant de police, et de Philibert Delorme. Les deux premiers ont été détruits.

(4) Cet escalier est orné de bas-reliefs qui représentent des trophées, des couronnes, des *C* et des *H* entrelacés, des miroirs cassés, et des lacs d'amour déchirés, emblèmes du veuvage et de la douleur de cette princesse,

avoit été conservée par les soins généreux d'un simple particulier (1), fut engagée dans le mur du nouveau monument, ce qui lui a fait perdre une partie de son effet. On pratiqua en même temps dans le soubassement une fontaine publique, et sur le fût on traça un méridien très ingénieux, composé par le père Pingré, chanoine régulier de Sainte-Geneviève, et de l'Académie des sciences.

(1) M. *Louis Petit de Bachaumont*, le même qui nous a laissé trente volumes d'anecdotes et de nouvelles. On alloit la démolir avec le reste de l'hôtel lorsqu'il en fit l'acquisition moyennant 800 liv., et la céda ensuite à la ville, sous la condition qu'elle seroit conservée.

HÔTELS.

ANCIENS HÔTELS DÉTRUITS.

Hôtel d'Aligre.

Cet hôtel, situé rue d'Orléans, s'étendoit anciennement jusqu'aux rues Saint-Honoré et de Grenelle (1). Il appartenoit, sous le règne de Henri II, à M. de Roquencourt, contrôleur-général des finances, qui en fit don à Diane de Poitiers, duchesse de Valentinois ; de cette famille il passa à Pierre Brûlart, marquis de Sillery, puis à M. Achille de Harlay, maître des requêtes ; son fils, ayant été nommé premier président en 1689, le vendit à M. de Verthamont. Du reste, cet édifice n'avoit rien de remarquable ni dans son architecture ni dans son intérieur.

Hôtel de Chamillart.

Cet hôtel étoit situé rue Coqhéron. Il a porté le nom d'hôtel de Gesvres, puis celui de Chamillart, contrôleur-général des finances, qui en avoit fait l'acquisition. Il prit ensuite celui de Coigny, du maréchal de ce nom qui l'habita long-temps, ainsi que sa famille. Il n'avoit rien de remarquable.

Hôtel de Flandre.

Sauval, le seul des historiens de Paris qui ait parlé de cet hôtel avec quelque détail, est tellement obscur et embrouillé dans ce qu'il en dit, son récit offre même tant de contradictions évidentes, qu'il n'est pas facile d'y démêler la vérité ; cependant, en le comparant avec les foibles renseignements que l'on rencontre ailleurs, on trouve que Gui de Dampierre, comte de Flandre, acheta, vers l'an 1292, d'un bourgeois nommé Coquillier, une grande maison située dans la rue ap-

---

(1) Il en existe encore une partie assez considérable dans la rue d'Orléans.

pelée de son nom rue *Coquillière* (1), et que ce comte ne la trouvant point assez vaste, il acquit de *Simon Matiphas de Buci*, évêque de Paris, trois arpents et demi de terres voisines, sur lesquels il fit construire son hôtel et les jardins qui en dépendoient. Cet hôtel étoit situé près des murailles qui formoient l'enceinte de la ville sous le règne de Charles V, et avoit sa principale entrée sur la rue Coquillière.

Il paroît qu'il occupoit tout l'espace renfermé entre les rues des Vieux-Augustins, Pagevin, Plâtrière et Coquillière. Robert, fils aîné du comte de Flandre, fit, en 1293, une nouvelle acquisition de l'évêque de Paris; les censiers de l'archevêché nous apprennent qu'il en acheta (2) le *pourpris* ou *manoir*, qui avoit servi aux Augustins lors de leur premier établissement dans cette ville, et toutes les terres qui l'environnoient (3).

Cet hôtel appartint à ses descendants jusqu'au mariage de Marguerite de Flandre avec Philippe de France, fils du roi Jean, et premier duc de Bourgogne de la seconde race. Il passa ensuite à Antoine de Bourgogne, duc de Brabant, leur second fils. Après sa mort et celle de ses fils, qui ne laissèrent point d'enfants, cet hôtel fut réuni aux domaines des ducs de Bourgogne, comtes de Flandre.

En 1493 il appartenoit encore à Marie de Bourgogne, fille unique du dernier duc de ce nom, laquelle épousa Maximilien, archiduc d'Autriche; leurs enfants en héritèrent, et l'hôtel subsista jusqu'en 1543. Au mois de septembre de cette année, François Ier ordonna, par lettres-patentes, qu'il seroit démoli, et l'emplacement divisé en plusieurs places, que l'on vendroit à des particuliers. On ne conserva de cet édifice que deux gros pavillons carrés, bâtis l'un dans l'alignement de la rue Coquillière, et l'autre le long de la rue Coqhéron, lesquels ne furent démolis qu'en 1618.

L'enceinte de cet hôtel étoit si étendue, que, sur le terrain qu'il occupoit, on bâtit depuis les hôtels d'Armenonville (actuellement des Postes), de Chamillart, de Bullion, et un grand nombre d'autres maisons moins considérables.

. (1) Voyez ci-après, page 195.

(2) Voyez l'article de la chapelle de Sainte-Marie-Égytienne, page 175.

(3) Cet espace comprenoit tout ce que nous voyons aujourd'hui entre les rues de la Jussienne, Montmartre, des Vieux-Augustins et Pagevin.

Hôtel de Laval.

Cette maison, dont François Mansard fut l'architecte, avoit été bâtie au bout de la rue Coquillière, près de l'emplacement des anciennes fortifications de la ville. Elle appartenoit, en 1684, à M. Berrier, qui, faisant faire des fouilles dans son jardin, y trouva, à deux toises de profondeur, les fondements d'un ancien édifice, et dans les ruines d'une vieille tour, une tête de femme (1) en bronze antique. Elle étoit un peu plus grande que nature, surmontée d'une tour qui lui servoit de coiffure ; et les yeux en avoient été arrachés, apparemment parcequ'ils étoient d'argent. La découverte de cette figure exerça beaucoup la sagacité des antiquaires, et fit naître une foule de conjectures. La tour crénelée et à six faces dont elle étoit couronnée parut à quelques uns une preuve convaincante que c'étoit une tête de la déesse Cybèle, autrefois en grande vénération dans les Gaules. Le P. Molinet pensa que ce pouvoit être celle d'une statue d'Isis, spécialement honorée à Paris. Enfin les savans du Journal de Trévoux crurent y voir une représentation de la ville elle-même, déifiée sous le nom de la *déesse Lutèce*.

Hôtel de Royaumont.

Cet hôtel, bâti en 1613 par Philippe Hurault, évêque de Chartres et abbé de Royaumont, étoit situé rue du Jour, et fut pendant quelque temps le rendez-vous général des duellistes de Paris. Il étoit alors occupé par François de Montmorency, comte de Boutteville ; et les braves de la cour et de la ville s'y assembloient le matin dans une salle basse, où l'on trouvoit toujours du pain et du vin sur une table dressée exprès, et des fleurets pour escrimer.

Hôtel de Soissons.

Cet hôtel, bâti sur l'emplacement qu'occupe actuellement la Halle au blé, s'étendoit d'un côté jusqu'aux rues Coquillière, du Four, de Grenelle, et de l'autre comprenoit dans son enceinte une partie des rues d'Orléans et des Vieilles-Étuves ; mais il n'eut pas toujours ni le même

---

(1) Cette tête se voit maintenant au cabinet des antiques de la Bibliothèque.

nom ni la même étendue, car depuis le treizième siècle, époque à laquelle remontent les notions que l'on possède sur ce monument, jusqu'à sa destruction, nous trouvons qu'il changea vingt fois de maître et cinq fois de nom. Il fut nommé d'abord l'hôtel de *Nesle*, puis l'hôtel de *Bohême*, ensuite le *couvent des Filles Pénitentes*, l'hôtel de *la Reine*, et enfin l'hôtel de *Soissons*.

Il fut d'abord connu sous le nom d'hôtel de Nesle, parcequ'il appartenoit, au treizième siècle, aux seigneurs de cette illustre maison. On voit, par les titres du trésor des chartes, que Jean II de Nesle, châtelain de Bruges, et Eustache de Saint-Pol sa femme, le donnèrent, en 1232, au roi saint Louis et à la reine Blanche sa mère (1), à laquelle il appartint presque aussitôt en entier, par le don que le roi lui fit de tous les droits qu'il pouvoit y avoir. Dès que la reine Blanche en fut devenue l'unique propriétaire, elle en fit sa demeure habituelle; et ce fut dans cette maison qu'elle mourut.

Il est très probable qu'après la mort de la reine Blanche cet hôtel fut réuni aux domaines de la couronne, puisqu'en 1296 Philippe-le-Bel, petit-fils de saint Louis, le donna à Charles, comte de Valois son frère, et qu'en 1327 Philippe de Valois, depuis roi de France, en fit présent à son tour à Jean de Luxembourg, roi de Bohême. Jusqu'à cette époque l'hôtel de Nesle n'avoit pas changé de nom, mais alors on lui donna celui du nouveau propriétaire; et depuis ce temps on le trouve désigné dans plusieurs chartes du quatorzième siècle sous les noms de *Behagne*, *Bahaigne*, *Béhaine*, *Bohaigne*, etc., dont on se servoit alors pour exprimer celui de *Bohême*. Après la mort du roi de Bohême, *Bonne* de Luxembourg, sa fille, ayant épousé Jean de France, fils aîné de Philippe de Valois, et depuis son successeur, cet hôtel revint de nouveau, par ce mariage, au domaine de la couronne.

On trouve ensuite que Jean, et Charles son fils, en firent don à

---

(1) Il y avoit à Paris deux hôtels de *Nesle* : celui dont il est fait mention ici, et le fameux hôtel dont nous avons déjà parlé plusieurs fois, lequel étoit situé de l'autre côté de la rivière, auprès de la porte du même nom. Quelques auteurs ont avancé que ce fut ce dernier qui fut donné à saint Louis et à sa mère; mais plusieurs titres authentiques prouvent d'une manière évidente que l'hôtel en question étoit dans la censive de l'évêque de Paris. L'hôtel de Nesle, situé sur la rive méridionale, étoit dans la seigneurie de l'abbé de Saint-Germain, d'où il s'ensuit nécessairement que ce devoit être celui dont nous parlons ici.

Amédée VI, comte de Savoie, en vertu d'un traité conclu entre eux le 5 janvier 1354. Cet hôtel passa ensuite à la maison d'Anjou ; mais nous n'avons trouvé aucun titre qui ait pu nous instruire si ce fut par don ou par acquisition que cette famille en devint propriétaire ; quoi qu'il en soit, il est certain qu'en 1388 il appartenoit à Marie de Bretagne, veuve de Louis de France, fils du roi Jean, duc d'Anjou, roi de Jérusalem et de Sicile, et à Louis II du nom, leur fils ; car dans cette année 1388 ils le vendirent 12,000 livres au roi Charles VI, qui le donna à son frère Louis de France, duc de Touraine et de Valois, depuis duc d'Orléans. On continua cependant toujours à l'appeler hôtel de Bohême, et il fut connu sous ce nom jusqu'en 1492 ou 1493, époque à laquelle le duc d'Orléans (depuis Louis XII) accorda une partie de cet hôtel aux Filles Pénitentes pour y établir leur couvent et communauté (1) : il prit alors le nom de *Maison des Filles Pénitentes.*

Comme ce fut à cette occasion que commencèrent les changements qui par degrés firent disparoître toutes les anciennes constructions de ce monument, nous croyons à propos de donner ici une idée de ce qu'il étoit à cette époque. L'hôtel, ou plutôt le palais de Bohême, presque toujours habité par des souverains ou par des princes du sang de France, ne le cédoit alors ni au Louvre ni aux autres maisons royales, soit par l'étendue, soit par la richesse des décorations intérieures. Le principal corps de logis contenoit deux grands appartements de parade avec tous leurs accessoires. Ils étoient éclairés par des croisées longues et étroites, et fermées de fil d'archal ; les lambris et plafonds étoient en bois d'Irlande, couvert de sculptures, ce qui étoit alors un très grand luxe, car ceux qui décoroient au Louvre les appartements du roi et de la reine n'étoient ni d'un autre travail ni d'une autre matière. Le jardin placé devant ces appartements avoit à peu près quarante-cinq toises de longueur, et s'étendoit depuis la rue d'Orléans jusqu'à la place qui est devant Saint-Eustache ; au milieu du jardin étoit un bassin avec un jet d'eau, et auprès se trouvoit une grande esplanade, où le roi et les princes venoient s'exercer à la joute et aux autres jeux guerriers en usage dans ces temps-là. Tel étoit le magnifique manoir qui excitoit l'admiration de nos aïeux, et dont les historiens nous ont

____

(1) Voyez tome Ier, page 258.

VUE de L'HOTEL de SOISSONS.

transmis la description la plus détaillée, avec les regrets les plus vifs de ce qu'après la cession faite d'une partie de cette maison aux Filles Pénitentes, de si beaux lieux eussent été convertis en chapelle, dortoirs, cloîtres, etc.

Ces filles achetèrent, en 1498, le reste de la maison, et alors cet hôtel ne fut plus désigné que sous le nom de *Maison des Filles Pénitentes*. D'après ce que nous venons de dire, on voit qu'il occupoit dèslors une vaste étendue de terrain ; cependant on se tromperoit si l'on croyoit qu'il comprît alors tout celui qui fut renfermé depuis dans l'hôtel de Soissons. Qu'on se figure les murs de l'enceinte de Philippe-Auguste qui traversoient cet endroit à une certaine distance de la rue de Grenelle ; qu'on se représente la rue d'Orléans prolongée jusqu'à la rue Coquillière, on aura une idée assez juste de l'étendue de l'hôtel de Bohême remplissant l'espace intermédiaire ; ce qui pouvoit former à peu près la moitié du terrain qu'a occupé depuis l'hôtel de Soissons. Déjà même on avoit percé et démoli le mur de clôture de la ville pour agrandir cet édifice, lorsque les Filles Pénitentes s'y établirent. Elles y restèrent jusqu'en 1572, époque à laquelle Catherine de Médicis, ayant abandonné la construction des Tuileries, les fit transférer rue Saint-Denis, et choisit cet endroit pour y faire bâtir un nouveau palais, qui fut appelé *hôtel de la Reine*.

Cette princesse acheta pour cet effet plusieurs maisons du côté de la rue du Four, fit abattre le monastère et l'église des Filles Pénitentes avec tout ce qui en dépendoit ; par ses ordres on coupa les rues d'Orléans et des Étuves, qu'elle fit renfermer dans le plan du nouvel édifice ; de sorte qu'il ne resta pas le moindre vestige ni de l'hôtel de Nesle, ni de celui de Bohême, ni du couvent des Filles Pénitentes. Les bâtiments qu'elle fit élever formoient cinq appartements immenses, et d'une magnificence vraiment royale. En effet Sauval dit l'avoir vu occupé en même temps par plusieurs princes du sang, et il ajoute que cet hôtel étoit si vaste et si commode, qu'il n'y avoit à Paris que le Palais Cardinal qu'on pût lui comparer.

On entroit dans cette belle demeure par un superbe portail imité de celui de Farnèse à Caprarole ; au-delà de la grande cour étoit un parterre, au milieu duquel s'élevoit une Vénus de marbre blanc, ouvrage de *Jean Goujon* ; elle étoit portée sur quatre consoles, et placée au-dessus d'un bassin en marbre de la même couleur.

Du côté des rues Coquillière et de Grenelle on avoit tracé un autre grand parterre, accompagné de plusieurs allées d'arbres qui servoient de promenade publique. A l'un des angles de ce jardin s'élevoit une chapelle qui passoit pour la plus grande et la plus ornée qu'il y eût alors à Paris (1).

A sa mort, arrivée en 1589, Catherine de Médicis avoit légué son hôtel à Christine de Lorraine, sa petite-fille; mais ses créanciers empêchèrent l'effet de cette donation, et il fut vendu, en 1601, à Catherine de Bourbon, sœur de Henri IV. Trois ans après cette princesse mourut, et cet édifice changea encore de maître. L'acquisition en fut faite par Charles de Soissons, fils de Louis de Bourbon, premier prince de Condé, d'où il passa dans la maison de Savoie, par le mariage d'une de ses filles avec Thomas-François de Savoie, prince de Carignan. Cette princesse lui porta en dot cet hôtel, qui ne cessa point d'être appelé hôtel de Soissons.

Après la mort du prince de Carignan, la propriété en fut transmise à ses créanciers, qui le firent démolir en entier dans les années 1748 et 1749, à la réserve de la colonne dont nous avons déjà parlé. Enfin, en 1755, la ville de Paris, en vertu de lettres-patentes, fit l'acquisition de ce terrain, pour y faire construire la Halle au blé (2). Nous ne finirons point cet article sans faire remarquer qu'il y avoit dans la rue du Four un hôtel appartenant au duc de Berri, lequel occupoit presque tout l'espace compris entre l'hôtel de Bohême et les rues des Vieilles-Étuves et des Deux-Écus. Cette demeure, qui passa au connétable d'Albret vers le commencement du quinzième siècle, fut ensuite confisquée sur son fils, et vendue à divers particuliers. Nous croyons que c'est le même hôtel qui appartenoit, un siècle auparavant, à Jacques de Bourbon, connétable de France sous le règne du roi Jean.

Les abbé et religieux de Royaumont avoient aussi leur hôtel dans ce quartier (rue du Jour). Ce fut en 1316 qu'ils vinrent s'y établir; ils demeuroient avant rue Saint-Germain-l'Auxerrois.

---

(1) La vue que nous donnons ici de ce monument est extrêmement rare.

(2) On peut remarquer qu'en 1604 Charles de Soissons acheta cet hôtel en entier 90,300 liv., et que cent cinquante ans après, en 1755, la ville de Paris acheta l'emplacement seul 2,800,367 liv.

HÔTELS EXISTANTS EN 1789.

Hôtel de Bullion (rue Plâtrière.)

Cet hôtel fut bâti vers l'an 1630 par Claude Bullion, surintendant des finances. Un tel édifice, qui n'a rien que de médiocre dans son architecture, nous paroîtroit peu digne aujourd'hui de servir de logement à un surintendant des finances (1). On remarquoit seulement dans l'intérieur deux galeries qui avoient été peintes et décorées par trois artistes célèbres, *Vouet*, *Blanchard* et *Sarazin*. Ces décorations ont été détruites.

Hôtel des Fermes, ci-devant de Séguier (rue de Grenelle.)

Cet hôtel, dont la porte principale est dans la rue de Grenelle, a été habité par des princes et par plusieurs personnages illustres. Il est connu dès le seizième siècle, et consistoit alors en deux maisons qui appartenoient à Isabelle Le Gaillard, femme de René Baillet, seigneur de Sceaux, et second président du parlement. Cette dame les vendit, en 1573, à Françoise d'Orléans, veuve de Louis de Bourbon, premier prince de Condé. On voit ensuite cette demeure passer entre les mains de Henri de Bourbon, dernier duc de Montpensier, et sa veuve le revendre, après sa mort, à Roger de Saint-Larri, duc de Bellegarde, qui en étoit propriétaire en 1612. Celui-ci le fit rebâtir et agrandir, au moyen de quelques acquisitions qu'il fit dans la rue du Bouloi; et ces nouvelles constructions furent faites sous la direction de *du Cerceau*. Elles furent composées, suivant l'usage de ce temps-là, de briques liées ensemble par des chaînes de pierres en bossage; mauvais genre d'architecture dont nous avons déjà remarqué la bizarrerie.

Pierre Séguier, chancelier de France, ayant acheté cet hôtel en 1633, l'augmenta depuis de deux vastes galeries construites l'une sur l'autre, et qui régnoient entre les deux jardins, depuis le grand corps de logis jusqu'à la rue du Bouloi. La galerie supérieure formoit une biblio-

---

(1) Il est depuis long-temps habité par des particuliers. Avant la révolution, le rez-de-chaussée avoit déjà été converti en salles de vente, où l'on faisoit sur-tout des expositions de tableaux.

thèque ; et toutes les deux avoient été ornées de peintures par *Simon Vouet.*

Le même peintre avoit enrichi la chapelle de tableaux, dont les sujets étoient pris de la vie de la sainte Vierge et de celle de Jésus-Christ. Sur l'autel étoient deux statues de *Sarazin*, qui représentoient saint Pierre et sainte Magdelaine, patrons du chancelier Séguier et de son épouse.

Ce fut dans cet hôtel que ce magistrat se fit un plaisir d'accueillir les artistes et les savants, qui trouvèrent en lui un protecteur puissant et éclairé. Ce zèle et cet amour qu'il témoigna toute sa vie pour les sciences et les arts déterminèrent l'Académie française à le choisir pour son chef après la mort du cardinal de Richelieu. Le chancelier ayant accepté un si honorable patronage, cette illustre compagnie tint ses séances dans sa maison jusqu'en 1673, que le roi lui accorda une salle au Vieux-Louvre.

Ce fut dans ce même hôtel que le chancelier Séguier eut plus d'une fois l'honneur de recevoir Louis XIV, et qu'en 1656 la reine de Suède honora l'Académie française de sa présence.

Vers la fin du dix-septième siècle, les fermiers-généraux en firent l'acquisition, pour y tenir leurs assemblées et placer leurs bureaux ; et ils en sont demeurés propriétaires jusqu'au moment de la révolution.

Hôtel des Postes (rue Plâtrière.)

Cet hôtel n'étoit, vers la fin du quinzième siècle, qu'une grande maison, appelée *l'Image Saint-Jacques,* laquelle appartenoit à Jacques Rebours, procureur de la ville. Jean-Louis de Nogaret de La Valette, duc d'Épernou, l'ayant achetée et fait rebâtir, elle fut vendue par Bernard de Nogaret son fils à Barthélemi d'Hervart, contrôleur-général des finances, qui la fit reconstruire presque en entier, et n'épargna rien pour en faire une habitation magnifique. On y remarquoit particulièrement alors plusieurs ouvrages de *Mignard ;* et le tableau de la chapelle, représentant la Prédication de saint Jean-Baptiste, par *Bon Boulongne.*

Cet hôtel passa ensuite à M. Fleuriau d'Armenonville, secrétaire d'état, et à M. le comte de Morville son fils, ministre secrétaire d'état aux affaires étrangères ; il portoit encore le nom d'hôtel d'Armenonville, lorsqu'en 1757 le roi le fit acheter pour y placer les bureaux des Postes. On y fit alors les constructions et distributions nécessaires à sa nouvelle destination (1).

La maison de l'intendant-général des postes est renfermée dans l'enceinte de cet hôtel. Sa porte d'entrée, qui donne sur la rue Coqhéron, est accompagnée de deux pavillons.

Hôtel de Toulouse.

Cet hôtel fut bâti vers l'an 1620, sur les dessins de *François Mansard*, pour Raymond-Phelypeaux de La Vrillière, secrétaire d'état; en 1701, il fut vendu à M. Rouillé, maître des requêtes; enfin le comte de Toulouse, qui l'acheta en 1713, lui donna le nom qu'il n'a point cessé de porter jusqu'aux derniers temps de la monarchie. Cet hôtel est situé en face de la petite rue de la Vrillière. Le portail, que l'on a long-temps admiré, passoit pour un des ouvrages les plus remarquables de *Mansard*.

Cet édifice, bâti sur un terrain irrégulier, s'étend le long de la rue Neuve-des-Bons-Enfants jusqu'à la rue Baillif. Il n'offre rien dans sa construction de vraiment beau; et dans un temps où l'on n'étoit pas difficile en architecture, on y trouvoit déjà de grands défauts.

Les vastes et nombreux appartements qu'il renferme étoient décorés avec un luxe d'ornements prodigieux. La galerie et les cabinets contenoient une collection de tableaux de grands maîtres qui jouissoit de beaucoup de réputation. Formée par le comte de Toulouse, elle avoit été augmentée par son fils M. le duc de Penthièvre, qui, à l'époque de la révolution, habitoit cet hôtel avec madame la princesse de Lamballe sa fille.

Le grand escalier intérieur, placé dans l'aile gauche, conduisoit à une salle dite *des Amiraux*, et ainsi appelée parcequ'on y voyoit les portraits de tous les amiraux de France, depuis Florent de Varennes, qui vivoit en 1270, jusqu'à M. le duc de Penthièvre inclusivement.

---

(1) Elle n'a point changé depuis la révolution.

RUES ET PLACES

DU QUARTIER SAINT-EUSTACHE.

Rue des Vieux-Augustins. Elle aboutit d'un côté à la rue Montmartre, de l'autre à la rue Coquillière, et doit cette dénomination aux Grands-Augustins, qui s'y établirent en arrivant à Paris. Il paroît que depuis cette époque elle a toujours été appelée ainsi, mais seulement jusqu'à la rue Pagevin, qui donnoit autrefois son nom à la continuation de celle-ci jusqu'à la rue Coquillière. En effet, le territoire de ces religieux ne s'étendoit pas au-delà de la rue *Soli.* Ce domaine, qui passa ensuite dans les mains de plusieurs propriétaires, s'appeloit, au seizième siècle, *le clos Gautier Saulseron.*

Rue Babille. En construisant la Halle au blé sur l'emplacement de l'hôtel de Soissons, on pratiqua six rues, pour en faciliter l'accès et les débouchés; celle-ci forme la continuation de la rue d'Orléans, et doit son nom à M. Babille, avocat au parlement, chevalier de l'ordre du roi, alors échevin.

Rue Baillif. Elle va de la rue des Bons-Enfants à celle de la Croix-des-Petits-Champs. Tous les plans du dix-septième siècle la confondent avec la rue des Bons-Enfants, qu'ils font aboutir en retour d'équerre dans la rue Croix-des-Petits-Champs. Elle en étoit cependant distinguée dès le siècle précédent. Sauval dit qu'elle s'appelle *Baliffre,* et qu'elle doit ce nom à Claude Baliffre, surintendant de la musique de Henri IV, à qui ce prince donna les places qui bordent cette rue. Jaillot pense que cette assertion n'est pas juste, et que Sauval a confondu les noms. Cet emplacement avoit été donné, selon lui, par la ville à bail emphytéotique à Claude Baillifre, sur la succession duquel elle fut saisie, et adjugée par décret, le 19 décembre 1626, à Henri Bailli. La maison est énoncée dans ce décret « comme étant située rue *Bailliffre,* au bout de la rue des Petits-Champs, dans la pointe « du rempart, tenant d'une part au sieur Bailli, intendant de la musique du roi, et de « l'autre à Mathieu Baillifre. » Mathieu et Claude Baliffre sont aussi désignés dans les censiers de l'archevêché comme propriétaires de maisons situées rue *Baliffre.*

Rue du Bouloi ou *Bouloir.* Elle aboutit d'un côté à la rue Coquillière, de l'autre à celle de la Croix-des-Petits-Champs. Sauval, qui l'appelle *rue du Bouloir,* dit qu'en 1359 elle se nommoit la *rue aux Bulliers,* dite la *cour Basile,* et que, de *Bulliers* ou *Boulliers,* le peuple a fait *Bouloi* ou *Bouloir.* En effet, dans tous les titres de l'archevêché du quatorzième siècle, elle est désignée sous le nom de *rue aux Bouliers* et de la *cour Basile.* Cette cour étoit située vis-à-vis le cimetière de Saint-Eustache, qui fut vendu, comme

nous l'avons dit, au chancelier Séguier (1). La maison du *Bouloi*, qui a donné son nom
à cette rue, étoit située vis-à-vis la douane, et on l'appeloit ainsi dès le commencement
du seizième siècle. Les Carmélites ont eu autrefois un couvent dans cette rue, où elles
s'établirent en 1656.

Rue du Bout du Monde. Elle traverse de la rue Montmartre à celle de Montorgueil.
On la nommoit, en 1489, *ruelle des Aigoux;* en 1564, *rue où souloient être les égouts
de la ville.* C'étoit en effet le passage d'un égout découvert. Un misérable *rébus* qui
formoit l'enseigne d'une maison (2) lui fit donner le nom qu'elle porte aujourd'hui; on
y avoit représenté un os, un bouc, un duc (oiseau) et un globe, figure du monde,
avec l'inscription *os bouc duc monde* (au bout du monde).

Rue de Calonne (3). Cette rue, ouverte depuis 1780, lorsque M. de Calonne étoit
contrôleur-général des finances, sert de communication entre les rues des Prouvaires
et de la Tonnellerie, où se termine ce quartier à l'orient.

Rue Croix-des-Petits-Champs. Cette rue, qui donne d'un bout dans la rue Saint-
Honoré, et de l'autre aboutit à la place des Victoires, tire la dernière partie de son nom du
terrain sur lequel elle a été construite, lequel consistoit en jardins et en petits champs.
Elle ne fut originairement connue que sous ce nom de *rue des Petits-Champs*, et alors
elle se terminoit à la rue qui s'appelle aujourd'hui de la Vrillière; on la prolongea jusqu'à
la place des Victoires peu de temps après la construction de cette place. La dénomination
de *rue Croix-des-Petits-Champs* qu'elle reçut dans la suite, et qu'elle conserve encore
aujourd'hui, lui vient d'une croix qui s'y trouvoit placée à l'entrée, du côté de la rue Saint-
Honoré, et qu'on recula depuis jusqu'à l'angle formé par la rue du Bouloi. Elle a aussi
porté le nom d'*Aubusson* dans la partie voisine de la place des Victoires; mais ce nom
n'a pas subsisté long-temps.

Rue Coqhéron. Elle fait la continuation de la rue de la Jussienne, et aboutit à la rue
Coquillière. On l'a ainsi appelée dès son origine, qui est très ancienne; du reste on
ignore l'étymologie ou la cause de cette dénomination. Ce n'étoit qu'un cul-de-sac en
1298. On trouve dans le grand cartulaire de l'évêché le titre d'une reconnoissance de
8 deniers sur une maison située au bout d'une ruelle, *sine capite quæ vocatur Quoque-
heron—.* Cette rue s'est ensuite prolongée jusqu'à la rue Montmartre. Plusieurs titres du
seizième siècle la nomment rue de l'*Égyptienne*, dite *Coquehéron;* mais cette dénomination ne peut s'appliquer qu'à la partie de cette rue connue aujourd'hui sous le nom de la
Jussienne.

Rue Coquillière. Elle aboutit d'un côté à la petite place qui est devant l'église de Saint-
Eustache, et de l'autre à la rue Croix-des-Petits-Champs. Quelques auteurs ont dit,
d'après Sauval, que cette rue fut d'abord nommée *Coquetière*, parceque les coquetiers,
qui font trafic d'œufs, arrivoient à la Halle par cette rue; et que du temps de Marot on

---

(1) Voyez page 128.
(2) C'étoit la cinquième à droite en entrant par la rue Montmartre.
(3) Depuis rue de la Fayette, aujourd'hui rue du Contrat-Social.

l'appeloit *Coquillart*, du nom d'un particulier. Il est plus vraisemblable qu'elle doit son nom à Pierre Coquillier, qui, en 1292, vendit à Guy de Dampierre une grande maison qu'il avoit fait bâtir dans cette rue. Il paroît constant que cette famille étoit ancienne dans ce quartier, car on lit dans un manuscrit de la bibliothèque du roi qu'en 1262 et 1265 Odeline Coquillière (Coclearia) fonda une chapelle à Saint-Eustache; dans un acte de 1255 il est également fait mention d'Adam et Robert Coquillière. Enfin la considération dont jouissoient ces bourgeois étoit telle, qu'ils firent donner leur nom à celle des portes de l'enceinte de Philippe-Auguste qui fut élevée à l'extrémité de cette rue; on la trouve effectivement désignée, dans les titres de ce siècle et du suivant, sous le nom de *la porte au Coquiller*.

Rue des Deux-Écus. Cette rue, qui traverse de la rue des Prouvaires dans celle de Grenelle, n'a pas toujours eu une aussi grande étendue. Quoiqu'elle fût autrefois bornée à la rue d'Orléans, elle portoit trois noms, depuis cette rue jusqu'à celle des Prouvaires. A partir de cette dernière jusqu'à la rue du Four, et même jusqu'à celle des Vieilles-Étuves, on la trouve nommée *Traversaine*, *Traversane* et *Traversine*; ensuite entre ces deux rues, *rue des Écus*, *des Deux-Écus*; enfin *rue de la Hache* et *des Deux-Haches*, depuis la rue des Vieilles-Étuves jusqu'à celle de *Neelle*, dite depuis d'Orléans; et ses diverses parties étoient encore distinguées sous ces trois noms au commencement du seizième siècle. Corrozet indique aussi la rue des Deux-Écus et celle des Deux-Haches; il ajoute ensuite la *rue de la Vielle*, celles *de la Brehaigne* et *Pressoir du Bret*. Guillot parle aussi d'une *rue Raoul-Menuicet*. Les changements survenus à l'hôtel de Nesle, dit depuis hôtel *de Soissons*, ont fait disparoître ces rues, dont nous allons indiquer la situation.

La rue d'Orléans s'appeloit alors *rue de Nesle;* elle traversoit le terrain de l'hôtel de Soissons, et aboutissoit à la petite place qui fait face à l'église Saint-Eustache; il en subsiste encore une partie dans la rue Oblin, qui, avant la démolition de cet hôtel, se nommoit *cul-de-sac de l'hôtel de Soissons.*

La rue des Vieilles-Étuves se prolongeoit aussi, et aboutissoit dans la rue de Nesle, presque vis-à-vis la porte de l'hôtel du même nom; c'est cette partie de rue, depuis celle des Deux-Écus jusqu'à l'angle qu'elle formoit avec la rue de Nesle, qu'on appeloit la *Vieille-Behaigne*, nom que Corrozet a mal à propos séparé en deux.

A l'égard du *Pressoir du Bret* (1), il étoit vis-à-vis, dans la rue des Deux-Écus, entre celles du Four et des Vieilles-Étuves.

C'est dans ce même endroit, c'est-à-dire entre les rues des Vieilles-Étuves et d'Orléans, que la rue des Deux-Écus s'appeloit *des Deux-Haches*, de l'enseigne d'une maison située au coin de la rue des Étuves, dite aujourd'hui rue de Varennes.

Quant à la rue *Raoul Menuicet*, ou plutôt *Raoul Mucet*, Jaillot la place dans la partie de la rue des Vieilles-Étuves comprise dans l'hôtel de Soissons; il fonde cette assertion sur le dire des rues de Guillot, dont voici les termes (2) :

_____

(1) C'est par altération que ce pressoir est nommé *du Bret*, il faut dire *d'Albret*, la maison du connétable d'Albret étant située entre ces trois rues.

(2) Voyez tome Ier, page 196.

En la rue Raoul Menuicet
Trouvai un homme qui mucet,
Une femme en terre et ensiet,
La rue des Étuves en près siet.

Il s'appuie en outre du témoignage de l'abbé Lebeuf, qui croit reconnoître cette rue dans le cul-de-sac de Soissons, qui faisoit la continuation des rues de Nesle et des Étuves qui y aboutissoient; d'où il résulte que la rue *Raoul Mucet* devoit être près celle des Étuves.

Enfin il ajoute qu'il y avoit un cimetière en cet endroit, lequel étoit certainement situé entre la rue du Four et la continuation de celle des Vieilles-Étuves. En effet, les censiers de l'évêché indiquent en cet endroit plusieurs maisons qui appartenoient à la fabrique de Saint-Eustache; celui de 1372 énonce *une maison aux bourgeois de Saint-Huitasse, qui est à présent cimetière;* et pour ne laisser aucun doute sur sa position, la désigne comme contiguë aux maisons qui *furent au vicomte de Melun.* Or, tous les titres nous apprennent qu'il y en avoit six qui furent acquises par Mathieu de Nanterre, président au parlement, et qu'elles étoient situées entre les rues que nous nommons du Four, des Deux-Écus et la Nouvelle-Halle au Blé.

Enfin la rue des Deux-Écus fut depuis prolongée jusqu'à la rue de Grenelle; ce fut, selon le plus grand nombre des historiens de Paris, Catherine de Médicis qui la fit ouvrir sur son terrain pour la commodité du public, et en quelque sorte pour le dédommager des parties des rues d'Orléans et des Vieilles-Étuves qu'elle avoit supprimées et enclavées dans son hôtel. Cependant Jaillot pense qu'elle ne fut ouverte qu'après la mort de cette reine, dans l'an 1606.

Rue des Bons-Enfants. Elle commence à la rue Saint-Honoré, et aboutit à la rue Baillif et à la rue Neuve-des-Bons-Enfants. Cette rue doit son nom au collège qui jadis y étoit situé, et dont nous avons déjà plusieurs fois parlé. Avant l'établissement de ce collège et la fondation de l'église Saint-Honoré, cette rue n'étoit connue que sous la dénomination de *chemin qui va à Clichi;* elle prit ensuite le nom de *ruelle par où l'on va au collège des Bons-Enfants*, et de *rue aux Ecoliers de Saint-Honoré.*

Rue Neuve-des-Bons-Enfants. Elle fait la continuation de la rue des Bons-Enfants, et aboutit à la rue Neuve-des-Petits-Champs. Cette rue fut percée sur un terrain de sept cent onze toises que le cardinal de Richelieu avoit acquis en 1634, et qu'il rétrocéda à un particulier nommé Barbier; quelques titres paroissent fixer l'époque de l'ouverture de cette rue à l'année 1640. Il est certain du moins que l'année suivante elle étoit couverte de maisons du côté du Palais-Royal.

Rue des Vieilles-Étuves. Elle va de la rue Saint-Honoré à celle des Deux-Écus, et doit ce nom à des étuves ou bains, particulièrement destinés aux dames (1), qui s'y

---

(1) L'usage des étuves étoit anciennement aussi commun en France, même parmi le peuple, qu'il l'est et l'a toujours été dans la Grèce et dans l'Asie; on y alloit presque tous les jours. Saint Rigobert fit bâtir des bains pour les chanoines de son église, et leur fournissoit le bois pour chauffer l'eau. Grégoire de Tours parle de religieuses qui avoient quitté leur couvent, parcequ'on s'y comportoit dans

t:ouvoient situés. En 1300 on la nommoit simplement des Étuves, et en 1350, des Vieilles-Étuves.

Rue du Four. Elle conduit de la rue Saint-Honoré au carrefour qui est vis-à-vis l'église Saint-Eustache, et doit son nom au four bannal de l'évêque qui y étoit situé. On l'appeloit, en 1255, *le Four de la Couture*, parcequ'il étoit situé dans la *couture* de l'évêque, *vicus Furni in Culturâ et justitiâ episcopi.*

Rue de Grenelle. Cette rue aboutit d'un côté dans celle de Saint-Honoré, et de l'autre dans la rue Coquillière; elle doit vraisemblablement son nom à *Henri de Guernelles,* qui y demeuroit au commencement du treizième siècle. C'est par altération dans la manière de le prononcer qu'il a été changé depuis en ceux de *Guarnelles, Guarnales, Garnelle,* et enfin de *Grenelle,* que cette rue porte aujourd'hui (1).

Rue du Jour. Elle donne d'un côté dans la rue Coquillière, et de l'autre dans la rue Montmartre. Cette rue a porté d'abord le nom de *Raoul Roissolle* ou *Rissolle,* ensuite celui de *Jean le Mire,* qui, dans le quatorzième siècle, possédoit des maisons dans cette rue. Vers l'an 1434 elle prit le nom de rue du *Séjour,* d'un manège et de plusieurs autres bâtiments que Charles V y fit construire. Cet hôtel, appelé le *Séjour du roi* lorsque la rue se nommoit encore *Jehan le Mire,* consistoit en trois cours, six corps de logis, une chapelle, une grange et un jardin. Ce dernier nom fut ensuite abrégé, et l'on s'accoutuma à dire seulement la *rue du Jour.* On la trouve indiquée ainsi dès 1526.

Rue de la Jussienne. Elle aboutit d'un côté dans la rue Coqhéron, et de l'autre dans la rue Montmartre. Son vrai nom est rue *de Sainte-Marie-l'Égyptienne,* qu'elle devoit

---

le bain avec peu de modestie. Le pape Adrien Ier recommandoit au clergé de chaque paroisse d'aller se baigner processionnellement tous les jeudis, en chantant des psaumes.

Il paroît que les personnes que l'on prioit à dîner ou à souper étoient en même temps invitées à se baigner. « Le roi et la reine, dit la Chronique de Louis XI, firent de grandes chères dans plusieurs « hôtels de leurs serviteurs et officiers de Paris; entre autres, le dixième de septembre mil quatre cent « soixant-sept, la reine, accompagnée de madame de Bourbon, de mademoiselle Bonne de Savoie sa « sœur, et de plusieurs autres dames, soupa en l'hôtel de maître Jean Dauvet, premier président en « parlement, où elles furent reçues et festoyées très noblement, et on y fit quatre beaux bains riche- « ment ornés, croyant que la reine s'y baigneroit, ce qu'elle ne fit pas, se sentant un peu mal disposée, « et aussi parceque le temps étoit dangereux; et en l'un desdits bains se baignèrent madame de Bourbon « et mademoiselle de Savoie; et dans l'autre bain à côté se baignèrent madame de Monglat et Perrette de « Châlon, bourgeoise de Paris........ Le mois suivant, le roi soupa à l'hôtel du sire Denis Hesselin, « son panctier, où il fit grande chère, et y trouva trois beaux bains richement tendus, pour y prendre « son plaisir de se baigner, ce qu'il ne fit pas, parcequ'il étoit enrhumé, et qu'aussi le temps étoit « dangereux. » (SAINT-FOIX.)

(1) Il y avoit dans cette rue un hôpital ou hospice qui subsistoit encore vers le milieu du dernier siècle, lequel avoit été fondé, en 1497, pour huit pauvres filles ou veuves de quarante à cinquante ans. Il étoit situé près de la rue des Deux-Écus, et devoit son établissement à Catherine du Homme, veuve de Guillaume Barthélemi.

à la chapelle dédiée sous l'invocation de cette sainte, qui y étoit située. On la trouve sous cette dénomination et sous celles de *l'Égyptienne*, de *l'Égyptienne-de-Blois*, *Gipecienne*, et enfin, par une altération plus grande, de la *Jussienne*. Elle faisoit autrefois partie de la rue Coqhéron.

Rue Mercier. Cette rue va d'un bout à la rue de Grenelle, de l'autre à la Halle au blé. Elle doit son nom à M. Mercier, l'un des échevins de la ville lors de la construction de cette Halle, et fut percée à la même époque.

Rue Montmartre. La partie de cette rue qui se trouve dans ce quartier commence à la pointe Saint-Eustache, et finit au coin des rues Neuve-Saint-Eustache et des Fossés-Montmartre. On l'appeloit, au quatorzième siècle, *rue de la Porte-Montmartre*, parceque la porte désignée sous ce nom y étoit située (1).

Rue Oblin. Elle va de la place qui est devant Saint-Eustache à la Halle au blé, et doit son nom à l'un des entrepreneurs de ce dernier édifice.

Rue d'Orléans. Elle va de la rue Saint-Honoré à celle des Deux-Écus. Son premier nom étoit *rue de Nesle*, et alors elle se prolongeoit jusqu'à la rue Coquillière. Lorsque le roi de Bohême, Jean de Luxembourg, y demeura, elle prit le nom de *Bohême*; et en 1388 on l'appela *rue d'Orléans*, après que Louis de France, duc d'Orléans, fut devenu propriétaire de l'hôtel de Bohême. On la trouve aussi quelquefois sous la dénomination de *rue d'Orléans*, dite *des Filles Pénitentes* et *des Filles Repenties*.

Rue Pagevin. Elle fait la continuation de la rue Verderet, depuis la rue Coqhéron jusqu'à celle des Vieux-Augustins, et doit son nom à un particulier qui y demeuroit. Cette rue existoit dès 1293, et n'etoit connue alors que sous la dénomination de *ruelle*; depuis elle fut appelée *rue Breneuse*, vieux mot qui désignoit une rue étroite et mal-propre; peut-être n'étoit-ce qu'une altération du nom de *Jacques Berneult*, sous lequel elle est indiquée dans le rôle de taxe de l'année 1313. On la trouve encore nommée *rue Berneuse* sur le plan de Dheullan et dans Corrozet : cependant elle étoit connue sous celui de Pagevin dès 1575.

Rue du Pélican. C'est une petite rue qui traverse de la rue de Grenelle dans celle de la Croix-des-Petits-Champs. Le nom obscène qu'elle portoit anciennement a été heureusement changé depuis plus de deux cents ans en celui de *Pélican*. Cette rue est ainsi nommée dans un titre de 1565.

Rue Plâtrière (2). Elle fait la continuation de la rue de Grenelle depuis la rue Coquillière jusqu'à la rue Montmartre. Sauval dit que dans une charte de 1283 il a trouvé « *Domus* « *Guillemi Plasterii in vico Henrici de Guernelles*; or, ajoute-t-il, comme la rue de « Grenelle est contiguë à la rue Plâtrière, de là on peut inférer que la rue Plâtrière

---

(1) Il y a dans cette partie de la rue Montmartre un cul-de-sac nommé *cul-de-sac de Saint-Claude*. Les censiers de l'évêché du siècle passé l'indiquent sous le nom de *cul-de-sac de la rue du Bout-du-Monde*; Boisseau, sur son plan, le nomme *rue du Rempart*, et sur un plan manuscrit il est nommé *rue du Puits*; de Chuyes et Valleyre l'appellent *rue Saint-Claude*, quoiqu'il y ait plus de deux siècles que ce soit un cul-de-sac. Ce dernier nom lui vient d'une enseigne.

(2) Actuellement rue Jean-Jacques Rousseau.

« s'appeloit anciennement *rue Guernelle*, et qu'avec le temps elle a pris son nom de
« ce Guillaume Plâtrier. »

Cette conjecture, adoptée par plusieurs auteurs, 'est rejetée par Jaillot, qui pense que
le nom de cette rue ne vient point de celui d'un particulier, mais d'une plâtrière qui se
trouvoit dans cet endroit. On ne la trouve point en effet sous la dénomination de
Guillaume Plâtrier, comme cela devroit être si ce particulier lui eût donné son nom;
mais tous les actes de ce temps et la taxe de 1313 l'indiquent sous celui de *la Plâtrière*,
vicus Plastrariæ et *Plastreriæ*. Cet ancien nom et la preuve de sa véritable étymologie
sont également consignés dans le contrat de vente que fit, en 1293, *Simon Matifas de
Buci*, évêque de Paris, en faveur du comte de Flandre, du terrain qu'avoient occupé
les Augustins, et des terres labourables qui en étoient voisines : ce terrain étoit séparé de
celui de l'hôtel de Flandre par une ruelle représentée aujourd'hui par la rue Pagévin.
L'évêque cède cette ruelle autant qu'il est en lui, et s'exprime ainsi : *Ruellam pourprisio
antedicto, quæ ruella in directum protenditur, usque ad murum mansionis, vel manerii
potentissimi viri comitis antedicti, et tendit usque ad vicum qui dicitur vicus* MAVERSÆ
in quo vico est PLASTRERIA *quædam.*

C'est donc cette plâtrière qui a fait donner à la rue dont il s'agit le nom qu'elle porte,
et qu'elle a toujours conservé depuis.

Rue des Prouvaires. Elle fait la continuation de la rue du Roule, et aboutit à la rue
Traînée, en face du portail méridional de Saint-Eustache. Le véritable nom de
cette rue est celui des *Prévoires* ou *Provoires*, mot qui, dans l'ancien langage, vouloit
dire *prêtres;* et ce nom lui avoit été donné parceque dès le treizième siècle les prêtres de
Saint-Eustache y demeuroient. La preuve que le mot *provoire* ou *prevoire* signifioit
autrefois *prêtre* se trouve dans une chronique française du quatorzième siècle, où on lit
que *li prèvoires chantèrent leurs litanies par la ville, et gittèrent eau bénite par les
hosteux* (1).

Rue du Reposoir, ou *du Petit-Reposoir.* On ignore l'étymologie du nom de cette rue,
qui, faisant la continuation de la rue Pagevin, vient aboutir à la place des Victoires; elle
se prolongeoit autrefois jusqu'à la rue du Mail, et la rue Vide-Gousset en faisoit partie
avant la construction de la place. On ne la connoissoit dans le principe que sous le nom de
rue Breneuse, qui lui étoit commun avec la rue Pagevin et la rue Verderet, dont nous
allons parler tout à l'heure.

----

(1) En 1476, Alphonse V, roi de Portugal, vint à Paris pour y solliciter des secours contre Ferdinand,
fils du roi d'Arragon, qui lui avoit enlevé la Castille. Louis XI, disent les historiens, lui fit rendre de
grands honneurs, et tâcha de lui procurer tous les agréments possibles. On le logea rue des Prouvaires,
chez un épicier nommé *Laurent Herbelot.* On le mena au Palais, où il eut le plaisir d'entendre plaider
une belle cause. Le lendemain il alla à l'évêché, où l'on procéda en sa présence à la réception d'un
docteur en théologie; et, le dimanche suivant, premier décembre, on ordonna une procession de
l'université qui passa sous ses fenêtres. Voilà un roi bien honorablement logé et bien amusé. (SAINT-FOIX.)

Rue de Sartine. Cette rue, qui commence au carrefour des rues Coquillière, Plâtrière et de Grenelle, et va aboutir à la Halle au blé, fut ainsi nommée, parceque M. de Sartine étoit lieutenant-général de police lorsqu'elle fut ouverte.

Rue Soly. Cette rue, qui traverse de la rue de la Jussienne dans celle des Vieux-Augustins, a pris son nom d'un particulier appelé *Bertrand Soly*, lequel étoit propriétaire de plusieurs maisons dans la rue des Vieux-Augustins.

Rue Tiquetonne. Elle va de la rue Montmartre dans celle de Montorgueil. On la nommoit en 1372 rue de *Denys le Coffrier*, du nom d'un de ses habitans. Celui de Tiquetonne lui vient par altération, de Rogier de *Quiquetonne*, boulanger, lequel y demeuroit en 1399, et obtint, après Denys le Coffrier, l'honneur de lui donner le nom qu'elle a conservé jusqu'à ce jour.

Rue Traînée. Elle règne le long de l'église de Saint-Eustache, depuis la rue du Four jusqu'à la rue Montmartre. Sauval dit qu'en 1300 elle s'appeloit *ruelle au Curé.* Dans le rôle de 1313 on lit la *ruelle* au curé de *Saint-Huystace.* Cette rue s'appeloit aussi anciennement *rue de la Barillerie;* elle est ainsi énoncée dans les titres de l'archevêché, et dans les criées d'une maison qui y étoit située en 1476. Les censiers de 1489 et de 1530 lui donnent le même nom, et l'indiquent comme située devant *le petit huis Saint-Eustache.* C'est dans un titre nouvel, du 2 mars 1574, qu'on la trouve pour la première fois nommée rue Traînée. Du reste, on ignore l'étymologie de ce dernier nom.

Rues de Vannes, de Varennes et de Viarmes. Ce sont des communications pratiquées pour faciliter l'entrée de la Halle au blé.

La rue de Viarmes est l'espace circulaire qui règne autour de la Halle; elle doit son nom à M. *de Viarmes,* prévôt des marchands. Celle de Vannes doit le sien à M. *Jolivet de Vannes,* avocat et procureur du roi et de la ville; et celle de Varennes à M. *de Varennes,* échevin.

Rue Verderet où *Verdelet.* Elle aboutit d'un côté à la rue Plâtrière, et de l'autre au coin des rues de la Jussienne et Coq-Héron. Ce nom est altéré. Nos aïeux, plus naïfs, voulant désigner une rue très mal-propre, l'avoient appelée rue *Merderet.* Tel étoit son véritable nom en 1295. Au siècle suivant, on la trouve sous celui de *l'Orde-rue,* autrement la rue sale, et de rue *Breneuse;* ce dernier nom lui étoit commun, comme nous l'avons dit, avec les ruelles qui en faisoient la continuation. Cette rue fut élargie, en 1758, de cinq pieds, qu'on prit sur le terrain de l'hôtel des postes.

Rue de la Vrillière. Elle traverse de la rue Croix-des-Petits-Champs dans la rue Neuve-des-Petits-Champs, dont autrefois elle faisoit partie. Son nom lui vient de M. Phelypeaux *de la Vrillière,* secrétaire d'état, qui y fit bâtir, en 1620, un magnifique hôtel, lequel passa depuis au comte de Toulouse (1).

Rue (petite) de la Vrillière. Elle va de la grande rue de la Vrillière à la place des Victoires, qui, dans l'origine, n'avoit point d'issue de ce côté; il y avoit même un corps-de-logis

---

(1) Voyez page 193.

bâti dans la rue de la Vrillière, sur la partie du terrain qu'avoit occupée la rue des Fossés-Montmartre, laquelle se prolongeoit anciennement jusqu'à cet endroit. M. Phelypeaux de Châteauneuf obtint qu'il seroit abattu, et procura par-là à son hôtel un point de vue à peu près semblable à celui dont il jouissoit auparavant. Cette nouvelle issue fut d'abord appelée *rue Percée*, ensuite petite rue *de la Vrillière*.

A. Fontaine des Innocents.
B. Halle aux Draps.
C. Halle aux Viandes.
D. Boucherie de Beauvais.

Rues Longitudinales.

a Rue de la Tonnellerie.
b Rue Le Noir. *
c Rue de la Lingerie.
d Rue de la Fromagerie.
e Rue Jean de Beausse.
f Rue des Potiers d'Etain.
g Rue de Mondetour.
h Rue de la Réale.
i Rue Verdelet.
k Rue Comtesse d'Artois.
l Rue de la pointe St. Eustache.

* C'est par erreur que, dans le Quartier
précédent, on a indiqué une rue sous
ce nom, elle s'appelle rue de Calonne.

Echelle de cent toises

N°. La Lettre et le chiffre sont placés à l'origine de chaque rue.

Rues Transversales.

1 Rue au Lard.
2 Rue de la Poterie.
3 Rue de la petite Friperie.
4 Rue de la grande Friperie.
5 Rue de la Cordonnerie.
6 Rue aux Fers.
7 Rue de la Cossonnerie.
8 Rue des Prêcheurs.
9 Rue de la Chanverrerie.
10 Petite Rue de la Truanderie.
11 Rue Pirouette ou Tirouane.
12 Rue de la grande Truanderie.
13 Rue du Cigne.

PLAN DU QUARTIER DES HALLES.

QUARTIER DES HALLES.

Ce quartier est borné à l'orient par la rue Saint-Denys exclusivement, depuis le coin de la rue de la Ferronnerie jusqu'au coin de la rue Mauconseil ; au septentrion, par la rue Mauconseil aussi exclusivement ; à l'occident, par les rues Comtesse-d'Artois et de la Tonnellerie inclusivement ; et au midi, par la rue de la Ferronnerie et partie de celle de Saint-Honoré exclusivement.

On y comptoit, en 1789, vingt-quatre rues, une place, plusieurs halles, etc., et, plus anciennement, une église paroissiale et un cimetière public.

Sous le règne de Charles VII, lorsque, par une suite des malheurs du règne précédent, un prince anglais s'arrogeoit le titre de roi de France, et que Paris, sous sa domination tyrannique, recevoit un juste châtiment de sa rébellion, le quartier que nous allons décrire fut le théâtre de plusieurs scènes aussi tragiques que touchantes. C'étoit aux Halles que l'on exécutoit ordinairement les coupables de conspiration contre l'État, ou de trahison contre les intérêts du prince ; et comme on appeloit alors traîtres et conspirateurs tous ceux qui, restés fidèles à leur légitime souverain, cherchoient à le servir autrement que par des vœux stériles, plusieurs citoyens généreux qui conspirèrent ainsi, à différentes époques, pour l'honneur et pour la justice, criminels uniquement par le mauvais succès de leur entreprise, vinrent sur cette place recevoir la mort de la main d'un bourreau.

Dans cette épouvantable confusion où la démence de Charles VI et les attentats de Jean-sans-Peur avoient plongé la France ; dans cette suite d'évènements prodigieux qui la relevèrent contre toute probabilité, qui arrachèrent enfin sa capitale au joug de l'étranger, il se trouve un tel enchaînement de causes et d'effets, que l'histoire de Paris devient celle de la monarchie entière, et qu'on ne peut en rendre la suite intelligible sans présenter en même temps quelque esquisse de ce vaste tableau.

Tout sembloit désespéré : l'autorité légitime avoit non seulement perdu la force qui lui étoit nécessaire pour se maintenir et se faire respecter, mais encore presque tout cet ascendant moral qui seul pouvoit la lui faire recouvrer. Charles, déshérité par son père, soupçonné d'un meurtre qui sembloit justifier ce traitement barbare, ne possédoit d'ailleurs aucune de ces qualités brillantes qui, dans les situations difficiles, éblouissent et ramènent le vulgaire, maîtrisent les évènements, et finissent par enchaîner la fortune. Pour reconquérir un grand royaume, il falloit joindre à une activité infatigable une constance à toute épreuve, une politique profonde, toute la science d'un habile général. Le dauphin, à peine âgé de vingt ans, n'avoit que le courage d'un soldat : du reste, un caractère foible, doux, facile à dominer, un penchant très vif pour les plaisirs et la volupté, une indolence presque invincible, telles étoient les dispositions d'un prince qui, resserré entre les pays asservis sous la domination anglaise et les vastes États du duc de Bourgogne (1), entouré d'une noblesse valeureuse sans doute, mais où l'on ne comptoit pas alors un seul chef expérimenté (2), d'une poignée de soldats découragés et sans discipline, avoit à lutter contre un ennemi (3) maître de sa capitale et de la plus grande partie de ses provinces, contre des armées puissantes que commandoient les premiers

----

(1) Voici quelle étoit la position respective des deux partis :

Les Anglais, maîtres de Paris, possédoient la Normandie, l'Ile-de-France, la Brie, la Champagne, la Picardie, le Ponthieu, le Boulonais, le Calaisis, jusqu'aux frontières de la Flandre ; la partie la plus considérable de l'Aquitaine jusqu'aux Pyrénées et à l'Océan ; ils disposoient, par leur alliance avec le duc de Bourgogne, du duché de ce nom et des provinces de Flandre et d'Artois.

Charles étoit réduit à la province de Languedoc, arrachée avec peine au comte de Foix, à celles du Dauphiné, de l'Auvergne, du Bourbonnais, du Berry, du Poitou, de la Saintonge, de la Touraine et de l'Orléanais. Il pouvoit aussi compter sur quelques parties de l'Anjou et du Maine, qui jusque-là n'avoient point été entamées. La Bretagne, incertaine encore entre les deux partis, sembloit attendre les évènements.

(2) Ils se formèrent depuis dans les combats innombrables qu'il leur fallut livrer pour rétablir leur maître sur son trône ; et en effet l'expérience n'a que trop prouvé que, dans la guerre sur-tout, la théorie n'est rien sans une pratique continuelle. Mais à cette époque, Xaintrailles, La Hire, La Fayette, Narbonne, Dunois, le duc d'Alençon, etc., etc., n'étoient encore que de braves guerriers, tandis que Salisbury, Warwick, Arundel, Sommerset, Suffolk, Talbot étoient des généraux aussi habiles que courageux.

(3) Henri VI, nommé pendant près de vingt ans roi de France et d'Angleterre, et depuis chassé du premier royaume et dépouillé du second, n'étoit alors qu'un enfant de neuf mois ; mais l'intrépidité et les lumières de Henri V sembloient revivre dans son frère, le duc de Bedfort, qu'il avoit nommé, en mourant, régent de France.

capitaines de l'Europe. D'ailleurs, telle étoit alors la corruption où un demi-siècle de discordes intestines avoit plongé les esprits, qu'aux yeux d'un très grand nombre de Français, un roi d'Angleterre, petit-fils de leur propre souverain, apportant en outre à la couronne de France de prétendus droits, toujours contestés, mais réclamés sans cesse, n'avoit nullement les apparences d'un usurpateur. Un prince du sang royal, puissant et considéré, s'étoit déclaré en sa faveur; et le nouveau duc de Bourgogne, succédant à la haine de son père contre Charles, sembloit faire un acte de piété filiale qui augmentoit encore cette affection aveugle que le peuple portoit à sa maison. Enfin, tel étoit l'état des choses et le vertige qui entraînoit la nation, que s'il eût été possible que les conquérants, oubliant qu'ils avoient une autre patrie, se fussent faits Français pour gouverner la France, il est presque indubitable que la révolution eût été complète et sans retour.

Mais c'est un vice radical attaché à toute conquête où le vainqueur, conservant les liens naturels qui l'attachent à son pays, apporte au milieu de la nation conquise son esprit national et ses habitudes étrangères, que, dès le commencement de sa domination, il s'établit nécessairement entre ses anciens et ses nouveaux sujets des différences humiliantes pour ces derniers, et qui excitent en eux de vifs ressentiments. Leur mécontentement fait bientôt naître des méfiances qui divisent sans retour les deux peuples; et la tyrannie, d'un côté, la révolte, de l'autre, sont des suites inévitables de ce choc des passions et des intérêts. Dans cet état de choses, si la nation est brave et généreuse, et qu'il se présente un chef assez imposant pour rallier autour de lui tous ceux qui sont impatients du joug, ce n'est pas une armée qu'il rassemble, c'est une population entière, à laquelle il est difficile que le conquérant, qui n'a que des soldats, puisse long-temps résister. Telle fut, dans la révolution qui rendit à Charles VII l'héritage de ses pères, la marche et la cause des évènements; et nous pensons, contre l'opinion de plusieurs historiens, que ce fut moins par amour pour son roi que par haine contre un vainqueur insolent, que la France entière se souleva pour replacer sur le trône un prince qu'elle en avoit vu chasser, pour ainsi dire, avec joie. Du reste, ces discordes intestines, ces désordres qui sembloient devoir perdre à la fois l'État et son souverain, augmentèrent en effet la gloire et la prospérité de l'un et de l'autre; car de telles

révolutions ne se font point sans que l'autorité légitime n'en acquière
de nouvelles forces, par la raison que, revenant à elle à cause du besoin
extrême qu'ils en ont, les sujets sont alors disposés à lui accorder même
plus qu'elle n'eût jamais osé demander. Aussi verrons-nous, par suite de
cet heureux retour, le peuple français prendre un esprit meilleur, et la
monarchie plus de puissance et de majesté.

1422.   Charles étoit dans le château d'Espally, situé auprès du Puy en Velay,
lorsqu'il reçut la nouvelle de la mort de son père. Après les premiers
moments donnés à sa douleur, il pensa à poursuivre le projet légitime
qu'il avoit formé de remonter sur le trône de ses ancêtres. La bannière de
France fut déployée dans la chapelle du château ; un petit nombre de
courtisans et d'officiers qui l'accompagnoient l'y proclamèrent roi, et, peu
de jours après, le nouveau monarque prit la route de Poitiers, où il se
fit couronner avec un plus grand appareil. On vit à cette cérémonie les
princes de Clermont, d'Alençon, et les principaux seigneurs attachés à
son parti.

Tandis que ces choses se passoient, le duc de Bedfort, régent du
royaume, rassembloit à Paris, dans la grand'chambre du parlement,
tous les membres de cette cour suprême, les magistrats des autres cours
supérieures, ceux du châtelet, les députés des divers chapitres, l'université, les prevôts de la ville, ses échevins et ses principaux bourgeois.
Dans cette assemblée, si imposante en apparence, mais dont les membres
étoient ou dominés par la terreur, ou aveuglés par la passion, le chancelier
fit, du traité de Troyes, une lecture et une apologie qui furent suivis
d'un serment de fidélité au roi d'Angleterre Henri VI, que l'on exigea
de tous les assistants, que prêtèrent ensuite tous les bourgeois séparément,
et généralement tous les habitants de la ville, depuis les princes et les
prélats jusqu'aux domestiques et aux simples artisans.

Après cette vaine formalité, qui, loin d'affermir le pouvoir de l'usurpateur, prouvoit au contraire l'embarras de sa situation présente, et ses
inquiétudes pour l'avenir, le duc de Bedfort sortit de Paris au milieu
de l'hiver ; car la rigueur de la saison n'avoit point suspendu les hostilités,
et s'avança vers Meulan, dont ses troupes avoient déjà ouvert le siège.
Ce fut vainement qu'un corps de royalistes, commandé par les comtes
de Narbonne et d'Aumale, entreprit de le faire lever : la mésintelligence

des chefs et le défaut de paye des soldats arrêta cette troupe à six lieues de la ville ; elle se débanda, et Meulan se rendit. Pendant ce temps, le maréchal de l'Ile-Adam, l'un des généraux du duc de Bourgogne, recouvroit la Ferté-Milon, dont les Français s'étoient emparés, et Luxembourg achevoit de les chasser de la Picardie. Une conspiration tramée en faveur du roi fut découverte en même temps à Paris, et n'eut d'autre suite que le supplice de la plupart des conjurés. Michel Lallier, qui en étoit le chef, et que nous verrons reparoître par la suite, eut le bonheur de se sauver.

1423. A ces mauvais succès du parti de Charles, se joignit bientôt la défection du duc de Bretagne, entraîné dans le parti des Anglais par le duc de Bourgogne, plus animé que jamais à poursuivre la vengeance du meurtre de son père. Une entrevue qui eut lieu à Amiens entre le régent et ces deux princes s'y termina par une triple alliance et un double mariage. Le duc de Bedfort épousa Anne de Bourgogne, sœur de Philippe, et la dauphine Marguerite fut accordée au comte de Richemont, frère du duc de Bretagne, à ce Richemont, depuis le sauveur de la France, alors son ennemi. Les trois princes jurèrent de s'aimer comme des frères, de s'entr'aider comme n'ayant qu'un même intérêt, et dès le commencement les affaires de Charles parurent perdues sans ressource.

Un nouveau revers l'attendoit encore. Les hostilités continuoient avec le même acharnement; une foule de petites places étoient tour à tour prises, reprises par l'un et l'autre parti ; les Anglais s'étoient emparés de Pont-sur-Seine, de Vertus, de Mortagne, etc. De leur côté, les royalistes avoient emporté Mâcon, et ensuite Crevant, que les ennemis ne tardèrent pas à leur arracher. Il arriva qu'au moment où cette dernière place capituloit, Stuart, connétable d'Écosse, nouvellement arrivé avec quelques renforts que ce pays fournissoit au roi, accourut, suivi de quelques chefs royalistes, pour l'empêcher de se rendre. Trouvant la ville entre les mains des ennemis, et se voyant, par leur réunion, à la tête d'environ dix mille hommes, les généraux français résolurent de la reprendre de vive force. Le général anglais Salisbury, occupé alors au siège de Montaguillon, le quitte à cette nouvelle avec la plus grande partie de ses troupes, vole à la rencontre des Français, et traverse l'Yonne à la vue de ses impétueux ennemis, qui sur-le-champ abandonnent une position formidable, d'où rien n'auroit pu les forcer, pour s'élancer dans la plaine et y provoquer un combat inégal. Le courage étoit le même des deux côtés : la discipline et la science militaire assuroient la supériorité des Anglais. Jamais victoire ne fut plus complète ; cette petite armée, presque la seule ressource de l'infortuné Charles, fut anéantie. La défection d'une foule de places qui tenoient encore pour lui dans diverses provinces suivit de près ce fatal évènement. L'Anjou et le Maine furent ravagés, et la victoire que le comte d'Aumale remporta quelque temps après à la Gravelle (1) sur une portion de l'armée anglaise, assez importante pour donner au parti royaliste le temps de respirer, mais non pour offrir aucun résultat décisif, laissa toujours une supériorité marquée au parti de l'usurpateur.

1424. La bataille de Crevant avoit mis Charles à deux doigts de sa perte ; celle de Verneuil parut achever entièrement sa ruine. Elle se donna sur les frontières du Perche et de la Normandie ; le duc de Bedfort, Salisbury, Warwick commandoient les troupes anglaises. Les Français, conduits encore par le connétable d'Écosse, venoient de reprendre la petite ville d'Ivry : les généraux anglais qui accouroient pour en faire lever le siège leur offrirent la bataille qu'ils acceptèrent avec la même imprudence, et qu'ils perdirent par le même défaut d'ordre et de discipline. Cinq mille hommes restèrent sur le champ de bataille, parmi lesquels étoit le général écossais et la fleur de la noblesse française : elle fut écrasée à cette bataille comme à celle d'Azincourt.

Cette victoire fut célébrée à Paris par des réjouissances publiques, et l'on voudroit en vain dissimuler que la multitude de ses habitants, alors dévouée au duc de Bedfort, la reçut avec la plus vive allégresse. Pour changer en si peu de temps ces esprits foibles et passionnés, il avoit suffi de supprimer quelques impôts, appât grossier, mais immanquable, qu'ont toujours su mettre en usage ceux qui connoissent les bassesses du vulgaire, et qui ont besoin de sa faveur. Cependant, dans le temps même où ce peuple insensé faisoit éclater sa joie, des citoyens fidèles conspiroient encore pour le roi ; et le duc, à son retour, eut de nouveaux conjurés à punir.

---

(1) Petite ville située sur le ruisseau de l'Oudon, entre les rivières du Maine et de la Villaine.

Charles n'avoit plus de troupes ; ses finances étoient épuisées, ses partisans découragés (1). Après la déroute des Français à Verneuil, l'ennemi s'étoit jeté dans le Maine, dont il avoit enlevé les principales places, et ses partis parcouroient sans résistance l'Anjou et toutes les provinces voisines jusqu'aux bords de la Loire. Les Bourguignons étoient sur le point de se joindre aux Anglais pour achever d'anéantir le petit nombre de royalistes qui luttoient encore contre la fortune. C'en étoit fait de la monarchie : des divisions particulières qui s'élevèrent tout à coup entre le duc de Glocestre et Philippe-le-Bon furent la première cause de son salut.

Jacqueline de Hainaut, veuve du dauphin Jean (2), et depuis mariée au duc de Brabant, n'avoit point voulu reconnoître ce second époux, et venoit de contracter un troisième mariage avec le duc de Glocestre, à qui elle apportoit en dot un des plus riches héritages de l'Europe. Le duc de Brabant étoit neveu du duc de Bourgogne : celui-ci, irrité de l'affront qu'on faisoit à un prince de sa maison, s'en plaignit au duc de Bedfort, qui, prévoyant les suites fâcheuses d'un semblable évènement, voulut, dès le principe, en arrêter les effets. Mais l'imprudent Glocestre, loin d'écouter les sages conseils de son frère, levoit des troupes en Angleterre pour soutenir les prétentions de son épouse; et ces troupes, avec lesquelles il arriva à Calais six semaines après la bataille de Verneuil, furent employées, non à achever d'écraser l'ennemi commun, incapable alors d'opposer la moindre résistance, mais à marcher contre l'allié le plus considérable de son parti, qu'il attaqua sur-le-champ, en s'emparant du Hainaut. Le duc de Bourgogne surpris, mais non déconcerté, eut bientôt rassemblé une armée suffisante pour arrêter les progrès de son adversaire, et les Pays-Bas, auparavant si tranquilles, devinrent le théâtre d'une guerre acharnée. Toutefois elle ne fut pas de longue durée : Glocestre

---

(1) Ce fut alors que les Anglais, enorgueillis de tant de succès, lui donnèrent le nom de *roi de Bourges.*

> Les Anglais, avec leurs croix rouges,
> Voyant lors sa confusion,
> L'appelèrent le roi de Bourgès,
> Par forme de dérision.

(*Vigiles de Charles VII.*)

(2) Voyez page 75.

étoit hors d'état de résister long-temps à un aussi puissant souverain ; et bientôt, accablé par des forces supérieures, il se vit forcé de retourner honteusement en Angleterre ; mais l'effet de cette entreprise extravagante fut tel, que le roi de France put s'apercevoir, dans une négociation qu'il osa tenter auprès du duc de Bourgogne, que ce prince, blessé jusqu'au fond du cœur de la conduite de l'Anglais, pourroit revenir un jour au seul parti que son honneur et son véritable intérêt lui ordonnoient de suivre.

On négocioit en même temps auprès du duc de Bretagne ; et Charles profitant avec habileté du mécontentement du comte de Richemont, que le duc de Bedfort venoit d'offenser (1), lui faisoit offrir l'épée de connétable. Cette démarche, mal reçue d'abord, eut bientôt un plein succès. Le projet d'alliance fut approuvé par le duc de Bretagne et par les États assemblés ; et Richemont, qui étoit allé en Flandre pour obtenir l'agrément de Philippe sur la nouvelle dignité qui lui étoit proposée, trouva ce prince disposé non seulement à le lui accorder, mais même à sacrifier ses ressentiments, si Charles eût voulu également lui sacrifier les meurtriers de son père, devenus ses favoris. Le refus qu'il en fit éloigna seul cette réconciliation, et prolongea les malheurs de la France.

Avant de rien accepter, Richemont avoit demandé que du moins ces favoris (2) fussent éloignées ; et, dans l'extrémité où il se trouvoit, Charles n'avoit rien osé refuser. A peine ces demandes du nouveau connétable furent-elles connues, que la petite cour du monarque fut remplie de cabales et d'intrigues. La division se mit entre les courtisans ; et l'on vit, ce qu'on aura peine à croire, ce foible prince, incapable de résister à leurs séductions et même à leurs violences (3), fuir de ville en ville à l'approche de son connétable, qui revenoit auprès de lui à la tête d'une armée qu'il avoit rassemblée pour le défendre. Enfin il fallut céder au cri général qui s'éleva contre son aveugle obstination. Tanneguy du Châtel

---

(1) Il lui avoit refusé le commandement des troupes.

(2) Entre autres le président Louvet, Davaugour, Frottier, et le prevôt Tanneguy du Châtel. Les trois premiers avoient trempé dans la conjuration des Penthièvre contre le duc de Bretagne, et le dernier étoit toujours soupçonné d'être le principal auteur de la mort de Jean-sans-Peur.

(3) Le comte dauphin d'Auvergne fut tué en plein conseil, aux yeux mêmes du roi, par Tanneguy du Châtel.

eut la générosité de s'exiler lui-même ; les autres reçurent ordre de se retirer de la cour ; mais en s'éloignant, l'un d'eux (le président Louvet) eut l'adresse de se faire remplacer auprès de Charles par le seigneur de Giac, sa créature. L'indolent monarque s'abandonna également sans

1425. réserve à ce nouveau ministre, qui, plus dangereux et plus avide encore que les autres, laissa sans solde, sans vivres, sans secours, la petite armée de Richemont, qui venoit d'entrer en campagne. Le connétable éprouve

1426. des revers, revient à la cour frémissant d'indignation ; et, par une hardiesse que les circonstances terribles où étoient réduites les affaires peuvent à peine justifier, il fait enlever Giac, le livre, pour la forme, à un tribunal devant lequel ses crimes et ses déprédations sont dévoilés, et fait tomber sa tête sur un échafaud. Un nouveau favori le remplace, et, loin d'être effrayé de la catastrophe de son prédécesseur, abuse encore plus insolemment de sa faveur : le connétable le fait assassiner ; et lorsque Charles, indigné, lui demande compte de ces violences injurieuses, il ne se justifie qu'en lui déclarant que ce qu'il a fait est pour le bien du royaume. Cependant cet homme, si redoutable aux flatteurs de son roi, commit bientôt après une faute irréparable, en mettant lui-même dans la confiance de ce jeune prince un homme qu'il croyoit entièrement dévoué à ses intérêts, et qui devint bientôt le plus fatal de tous ses ennemis, et le plus grand obstacle au rétablissement de la monarchie. La Trémoille, plus adroit, plus ambitieux, d'une naissance plus illustre que tous ceux qui l'avoient précédé, prit bientôt, sur un maître qui ne demandoit qu'à être dominé, un ascendant que pendant long-temps rien ne put détruire ; et le premier usage qu'il fit de sa faveur fut de se mettre en état de n'avoir rien à craindre des entreprises de celui qui la lui avoit procurée. Par ses intrigues, Charles, déjà offensé de la hauteur de son connétable, lui donne tous les dégoûts qui peuvent le détacher de ses intérêts ; et, dans une situation à peu près désespérée, se prive lui-même du seul sujet qui pouvoit empêcher sa ruine entière. Tout étoit perdu, si la conduite des Anglais n'eût été aussi impolitique, ou, pour mieux dire, aussi insensée que celle du monarque français. Ils traitoient déjà la France en pays de conquête, eux qui ne s'y maintenoient que par l'espèce de délire dont la nation étoit en quelque sorte enivrée. Le duc de Bedfort en partageoit les provinces avec son frère le duc de Glocestre ; ils accabloient d'impôts des peuples dont le soulèvement pouvoit, en un moment, détruire leurs foibles armées (1) et leur puissance factice. Ils avoient déjà commencé à mécontenter un prince dont les dispositions favorables ou contraires auroient seules suffi pour décider de leur sort ; et l'affaire de Jacqueline de Hainaut, que le duc de Glocestre s'obstina à soutenir, même après avoir été chassé de la Flandre, et qu'il n'abandonna que lorsque cette princesse eut été entièrement dépouillée de ses Etats par le duc de Bourgogne, fut, comme nous l'avons dit, la source d'un refroidissement que nous allons voir s'accroître de jour en jour, jusqu'au moment où il se changera en une rupture ouverte qui leur portera les derniers coups.

1427.   Cependant cette rupture étoit loin encore d'éclater, et les divisions qui régnoient dans le parti du roi favorisoient les entreprises des Anglais. Ils continuoient à prendre des villes, lorsqu'ils se virent tout à coup arrêtés par le bâtard d'Orléans, si fameux depuis sous le nom de Dunois. Ce prince, à peine alors sorti de l'enfance, remporta une victoire complète sur deux capitaines expérimentés, Suffolk et Warwick, et leur fit lever le siège de Montargis. Sur cette nouvelle, le duc de Bedfort, absent depuis huit mois, hâte son retour en France, amenant avec lui des renforts considérables. A son arrivée, le duc de Bretagne, qu'il menace, abandonne le parti du roi, sans pouvoir ébranler la fidélité du comte de Richemont, qui persiste à suivre la mauvaise fortune d'un prince ingrat, dont il étoit haï et persécuté. Mais en même temps qu'il donnoit des preuves d'un dévouement si magnanime, on le vit, par un effet de cette hauteur de caractère qu'il ne pouvoit dompter, essayer, en s'unissant aux princes, aussi fatigués que lui de l'insolence de La Trémoille, de former un parti qui pût écraser ce perfide. Déjà les conjurés s'étoient emparés de Bourges, lorsque le roi, quittant avec précipitation la ville de Chinon, qui étoit sa résidence ordinaire, vint se présenter à eux. Son arrivée et les intrigues du favori dissipèrent en un instant ces premiers germes de guerre civile ; toutefois le connétable, exclu de la paix que firent les princes, se vit forcé de se réserver pour des temps meilleurs.

1428.   Assuré du duc de Bretagne, croyant n'avoir plus rien à redouter des suites de la querelle de Glocestre avec le duc de Bourgogne, Bedfort

---

(1) Quoique beaucoup plus puissants que le parti de Charles, ils n'avoient pas alors dix mille hommes de troupes effectives.

jugea le moment favorable pour achever d'abattre un prince sans caractère, entouré de mécontents, sans troupes, sans argent, réduit enfin aux dernières extrémités. Afin de rendre ce dernier coup décisif, il convoqua à Paris une nouvelle assemblée, dans laquelle il eut l'imprudence de demander tous les biens, rentes et héritages donnés aux églises depuis quarante ans. Il étoit inouï qu'on eût jamais fait une demande aussi audacieuse, aussi contraire aux idées qui régnoient alors non seulement à Paris, mais dans toute la France; aussi le duc éprouva-t-il une résistance telle, qu'il se vit forcé de suspendre d'abord, et ensuite d'abandonner entièrement son projet. Il en résulta néanmoins ce mauvais effet, que le peuple, dont une légère suppression d'impôts lui avoit gagné les esprits, commença à murmurer contre son gouvernement, et à sentir toute la pesanteur du joug étranger.

Ces difficultés n'empêchèrent pas le duc d'ouvrir la campagne avec des forces tellement supérieures, que Charles n'osa pas même tenter de mettre quelque obstacle à leurs mouvements. Salisbury étoit à leur tête, et parcourut en conquérant cette vaste partie de la France qui est renfermée entre la Seine et la Loire. Toutes les places qui environnoient Orléans ouvrirent leurs portes ou furent emportées d'assaut, et le siège de cette ville importante fut résolu par le général anglais. C'étoit une entreprise décisive, mais difficile : la garnison, peu nombreuse à la vérité, étoit commandée par des chefs intrépides; La Hire, Xaintrailles, Chabannes, Villars, le bâtard d'Orléans, suivis de la fleur de la noblesse française, s'étoient jetés dans la place, résolus de défendre jusqu'à la dernière extrémité ce dernier boulevard de la monarchie; et ils avoient inspiré aux moindres soldats ainsi qu'aux habitants toute l'ardeur dont ils étoient animés. La sape, la mine, des assauts continuels, tout fut employé du côté des assiégeants, dont l'armée grossissoit à chaque instant; les assiégés, qui recevoient aussi de temps en temps des renforts, disputoient le terrain pied à pied, ne cédoient un fort que lorsqu'ils se voyoient prêts à être ensevelis sous ses ruines, et offroient, dans un rempart nouveau, construit à l'instant même, de nouveaux obstacles à l'ennemi. La mort de Salisbury, emporté par un boulet de canon, n'interrompit point les opérations du siège; et les capitaines qui lui succédèrent, Talbot, Suffolk, le lord Poll, n'en exécutèrent pas moins le projet qu'avoit conçu cet habile général, d'entourer la place d'une circonvallation qui rendoit l'arrivée des convois de jour en jour plus difficile et plus meurtrière. La ville, bloquée de toutes parts, commença bientôt à ressentir la disette des vivres, et devoit succomber dans peu si elle n'étoit promptement secourue. A une armée de vingt-quatre mille hommes qui l'assiégeoit, Charles ne pouvoit opposer que trois mille soldats mal disciplinés, et dont ni lui ni ses généraux ne savoient même tirer parti. Cependant cette foible ressource lui fut encore enlevée dans cette bataille, si fameuse sous le nom de la *Journée aux Harengs* (1), où cette petite troupe, commandée par le comte de Clermont, fut presque entièrement exterminée. A cette fatale nouvelle, le roi voyant tout perdu, vouloit se retirer dans le Dauphiné : il en fut détourné par la reine son épouse, princesse d'un courage et d'une vertu supérieure; on dit que la fameuse Agnès Sorel ne lui donna pas des conseils moins généreux; mais il étoit réservé à une femme plus célèbre et plus digne de l'être que la maîtresse d'un roi, de sauver la France, et de rendre à Charles l'honneur et sa couronne. C'est au milieu de cette indécision honteuse à laquelle ce malheureux prince étoit livré, qu'on voit paroître cette fille étonnante, singulière, que l'on crut alors envoyée par le ciel même, dont encore aujourd'hui le courage et l'enthousiasme religieux forcent au respect les esprits même les plus corrompus, et feront à jamais l'admiration de la postérité. Quelle que soit la source des inspirations puissantes, invincibles, qui poussèrent une jeune vierge, aussi innocente que timide, née dans l'obscurité, élevée dans l'ignorance, à vaincre tant d'obstacles pour arriver jusqu'à un grand monarque, pour oser lui promettre des victoires regardées comme chimériques par ses meilleurs capitaines, en fixer l'époque, s'en déclarer le principal instrument; inspirations dont l'effet fut si prodigieux, qu'on vit le roi de France, son intrépide noblesse, son armée entière, subjugués par le plus inconcevable ascendant, marcher sous la conduite d'une simple villageoise à des combats qui sembloient devoir achever leur perte, et obtenir des triomphes qu'on avoit jusque-là jugés impossibles; quelques conjectures que l'on forme, quelque opinion que l'on adopte sur cet évènement unique dans l'histoire, il faut absolu-

1429.

---

(1) Elle fut ainsi nommée parceque le général anglais conduisoit un convoi composé principalement de barrils remplis de cette espèce de poisson. Le but du comte de Clermont étoit d'enlever ce convoi.

ment y reconnoître un des coups les plus éclatants de cette Providence spéciale à laquelle les païens, même les plus grossiers, ont rendu hommage, Providence qui veille sur les empires, décide de leur sort, les perd ou les sauve à son gré, souvent par les agents les plus obscurs, par les moyens qui sont le plus éloignés de toute prévoyance humaine. Jeanne d'Arc, dite la Pucelle, avoit promis que l'ennemi lèveroit le siège d'Orléans, que le roi seroit couronné et sacré à Reims, que Paris rentreroit sous sa domination, que les Anglais seroient entièrement expulsés du royaume. Pour commencer l'accomplissement de sa prédiction, elle pénètre dans la ville assiégée à la tête d'un convoi : son aspect y fait renaître l'espérance; et les assiégeants, déjà frappés de sa renommée, sont saisis d'une terreur soudaine. Les Français, conduits par cette héroïne, osent attaquer à leur tour, jusque dans ses forts, cet ennemi qui, la veille encore, insultoit leurs remparts, et le siège d'Orléans est levé en peu de jours comme par une sorte d'enchantement. Jargeau, Beaugency, plusieurs autres villes de l'Orléanais sont emportées par les royalistes, qui reprennent aussitôt l'offensive. Bedfort, déconcerté, envoie des renforts à ses troupes éperdues : l'armée française, plus foible que celle des Anglais, mais désormais invincible, marche à sa rencontre, et remporte, à Patay, une victoire éclatante, que suit bientôt la reddition d'une foule de places. Les routes de la Champagne sont ouvertes; sur les sollicitations de l'héroïne, Charles, renfermé dans la petite ville de Loches, où il vivoit dans l'oisiveté et dans les plaisirs, tandis qu'on faisoit pour lui la conquête de son royaume, se décide alors à la quitter et à marcher vers Reims, car Jeanne avoit déclaré que l'objet principal de sa mission étoit de le conduire dans cette ville pour y recevoir l'onction sacrée. Sur la route elle parvient à ménager une réconciliation entre le roi et son fidèle connétable. La ville de Troyes, qui veut résister, est forcée; Châlons ouvre ses portes; les Bourguignons, renfermés dans Reims, et qui pouvoient le défendre, l'évacuent à l'arrivée de l'armée royale (1); enfin, le 27 juillet 1429, Charles fait son entrée dans cette ville aux acclamations du peuple, et peu de jours après il y est sacré, et reconnu solennellement souverain légitime de la France.

Une révolution si rapide, si inattendue, jeta le duc de Bedfort dans des

---

(1) On présuma qu'ils en avoient reçu secrètement l'ordre du duc de Bourgogne.

terreurs qu'il ne lui fut plus possible de dissimuler. Il se vit alors réduit à implorer humblement ce même duc de Bourgogne que, quelques mois auparavant, il avoit lui-même outragé (1), lorsqu'il voyoit d'avance la chute d'Orléans inévitable, et la conquête de la France assurée. Sur ses instances réitérées, Philippe, respectant encore en lui son beau-frère, vint à Paris, et parut se prêter aux mesures qui furent prises pour en contenir les habitants, disposés à se soulever en faveur de leur roi. On tint divers conseils pour former un plan de campagne qui pût arrêter les progrès rapides de l'ennemi. Les chaires retentirent de nouveau de déclamations furieuses contre les Armagnacs ; des processions publiques furent ordonnées; enfin, dans une assemblée où il avoit encore convoqué les principaux habitants de Paris, le régent essaya d'exciter leur indignation en faisant relire devant eux le traité conclu entre Jean-Sans-Peur et le dauphin, en remettant sous leurs yeux l'assassinat de Montereau, la foi du serment violée, etc. ; mais il fut loin d'en obtenir l'effet qu'il attendoit; et ce discours, auquel le duc de Bourgogne mêla ses anciennes protestations, fut accueilli avec des marques visibles d'improbation. On n'en exigea pas moins de nouveaux serments d'attachement au roi d'Angleterre, serments qui n'étoient pas plus sincères que les vaines démonstrations du duc de Bourgogne. En effet ce prince ne tarda pas à reprendre la route de ses Etats; et tandis qu'on attendoit à Paris des troupes qu'il avoit promises, et qu'il n'envoya pas, il s'arrêtoit à Arras pour y écouter des députés de Charles, qui conçut enfin des espérances fondées de l'amener à cette réconciliation tant désirée.

De nouveaux succès étoient le moyen le plus sûr d'y parvenir; et déjà le monarque vainqueur s'étoit avancé jusqu'à Dammartin (2), menaçant sa capitale : deux fois le duc de Bedfort en sortit, et vint s'établir dans un camp retranché, en face de l'armée française, espérant l'engager dans d'imprudentes attaques ; mais l'expérience des fautes passées n'avoit point été perdue ; les Français surent contenir leur impétuosité, et le régent rentra

---

(1) Les généraux qui commandoient dans cette place, ayant perdu l'espoir de la défendre encore long-temps, avoient offert de la mettre en séquestre entre les mains du duc de Bourgogne, et ce prince avoit agréé leur proposition ; mais le duc de Bedfort la rejeta avec une hauteur et des réflexions offensantes qui blessèrent Philippe jusqu'au fond du cœur.

(2) A neuf lieues de Paris.

dans Paris sans avoir pu les faire donner dans le piège. La réduction de Compiègne et de Beauvais suivit de près cet évènement; et le prince anglais, qui voyoit en frémissant tomber ainsi toutes les places qui protégeoient la capitale, se vit cependant forcé d'en sortir précipitamment pour aller s'opposer au connétable, qui venoit de se jeter dans la Normandie, avoit surpris Évreux, et parcouroit sans obstacle toute la province. Les précautions qu'il prit avant son départ prouvèrent qu'il ne comptoit plus sur l'affection d'un peuple détrompé. La garnison fut augmentée d'un renfort considérable ; une police active et sévère, répandue dans tous les quartiers, jeta la méfiance et l'alarme dans ces cœurs ulcérés et accablés sous le poids de leurs regrets et de leurs maux ; car Paris subissoit alors dans toute sa rigueur le sort ordinaire des villes rebelles à leurs souverains légitimes. La misère et la tyrannie avoient détruit ou fait fuir le plus grand nombre de ses habitants, et ceux qui restoient étoient dépouillés chaque jour de leurs biens pour fournir à leurs tyrans de nouveaux moyens de les opprimer. Les gens d'église eux-mêmes n'étoient point épargnés ; on s'étoit saisi de tous les dépôts judiciaires; le commerce et l'industrie avoient disparu ; enfin Paris n'étoit plus que l'ombre de cette ville autrefois si peuplée et si florissante.

Cependant, ni les forces dont ils s'entouroient, ni la sévérité de leur police, ni l'appareil des supplices ne suffisoient pour rassurer les oppresseurs; et par cette inconséquence, qui est une suite presque inévitable de l'inquiétude continuelle des tyrans, ils imaginèrent de lier, par des serments nouveaux, un peuple que leurs violences pouvoient à peine contenir. Ce fut l'évêque de Thérouanne, Jean de Luxembourg, gouverneur de la ville en l'absence du duc de Bedfort, qui conçut cette idée absurde de convoquer encore une assemblée générale des cours souveraines, de l'université, des chefs du clergé, des principaux bourgeois, assemblée dans laquelle furent renouvelés et la garantie du traité de Troies, et ce serment de fidélité déjà prêté tant de fois ; mais le comble de la démence fut de nommer des commissaires, qui reçurent l'ordre de parcourir les divers quartiers, et d'y recevoir le même serment de tous les corps et de tous les habitants de la ville.

Le roi étoit alors à Compiègne, incertain s'il marcheroit sur Paris, ou s'il se dirigeroit vers la Picardie, dont les principales villes étoient disposées à le reconnoître. Il paroît que la crainte de causer quelque ombrage au duc de Bourgogne, avec lequel il continuoit toujours à négocier, le détermina à prendre le premier parti. Il entra donc à Saint-Denis, que les ennemis avoient abandonné, et en même temps ses soldats occupèrent les postes de la Chapelle, d'Aubervilliers et de Montmartre. Le duc de Bedfort étoit absent; cette circonstance fit espérer qu'il pourroit s'exciter dans le peuple quelque mouvement favorable (1), et l'on résolut de tenter un assaut. On a accusé Jeanne d'Arc d'avoir conçu cette entreprise vraiment téméraire; mais il existe de fortes preuves qu'elle n'y eut d'autre part que d'y avoir vaillamment combattu. Depuis le grand évènement de Reims, regardant sa mission comme finie, elle avoit plusieurs fois sollicité sa retraite, que Charles lui avoit toujours refusée. On la vit dès-lors s'éloigner des conseils, et, moins sûre de la victoire, ne plus paroître dans les batailles que pour y prodiguer sa vie, et donner aux soldats l'exemple du courage le plus héroïque.

L'assaut étant décidé, le dimanche 8 septembre, l'armée, commandée par le duc d'Alençon, le comte de Clermont et le sire de Montmorency, s'approcha de la porte Saint-Denis, et fit de ce côté une fausse attaque, tandis qu'un corps de troupes se portoit sur un retranchement élevé devant le rempart du *marché aux Pourceaux*, situé à l'endroit où est aujourd'hui la Butte Saint-Roch. Le rempart fut emporté; mais le soulèvement sur lequel on avoit compté ne se fit point, parceque les Anglais eurent l'adresse de répandre sur-le-champ dans la ville des bruits sinistres qui jetèrent l'alarme, et continrent les esprits. Tandis qu'ils couroient à la défense de la partie attaquée, des voix s'élevèrent dans tous les quartiers, s'écriant *que tout étoit perdu ; que les royalistes ,*

---

(1) Quelques jours auparavant, le duc d'Alençon et les autres généraux avoient trouvé le moyen de faire semer dans Paris plusieurs écrits, par lesquels ils exhortoient les citoyens à reconnoître leur souverain légitime, et à seconder les efforts qu'il alloit faire pour les délivrer de l'oppression sous laquelle ils gémissoient. Pour effacer l'impression que ces lettres auroient pu produire, les Anglais firent courir le bruit que le roi, plus irrité que jamais contre les Parisiens, avoit juré leur entière destruction ; que son projet étoit d'abord de livrer la ville au pillage et à la brutalité de ses soldats, ensuite de tout exterminer sans distinction de sexe ni d'âge, de renverser de fond en comble les édifices, et de faire passer la charrue sur le sol qu'ils occupoient; ces fables grossières firent alors peu d'impression *, et ont été employées depuis avec plus de succès dans des siècles où l'on a prétendu avoir plus de raison et de lumières.

* Les registres du parlement disent positivement que ce projet *ne paroissoit pas vraisemblable.*

maîtres de la ville, n'épargnoient personne, et que chacun songeât à sa propre sûreté. Cette ruse eut tout l'effet qu'on en pouvoit attendre; les habitants effrayés se hâtèrent de se réfugier dans leurs maisons, et les royalistes, ne voyant paroître sur les murailles que des ennemis, prirent le parti de se retirer. Jeanne fut blessée, dans cette action, d'un trait d'arbalète qui lui traversa la cuisse (1). Quatre jours après l'armée décampa, et prit la route de Lagny-sur-Marne, qui venoit de se soumettre au roi.

Tandis que Charles s'éloignoit, Bedfort rentroit dans Paris, et employoit toutes les ressources de son courage et de son esprit pour réparer ses fautes passées, et ramener la fortune qui l'abandonnoit. Il venoit d'écrire en Angleterre afin de presser l'envoi de nouveaux secours; frappé de l'effet qu'avoit produit sur les peuples la cérémonie du sacre de Charles, il demandoit qu'on fît partir au plus tôt le jeune Henri, et publioit avec éclat que ce prince venoit pour être couronné dans sa ville capitale; il cherchoit enfin à regagner l'amitié du duc de Bourgogne, qu'il combloit de caresses, de marques de déférence, qu'il ne cessoit d'inviter à revenir à Paris, en lui manifestant sa résolution de ne plus rien faire que de concert avec lui.

1430.   Il y vint en effet; mais ce retour, loin d'avancer les affaires du régent, sembla en précipiter la ruine. Philippe fit son entrée dans cette ville à la tête d'une nombreuse noblesse et de huit cents hommes d'armes, qui lui donnèrent à l'instant sur son allié, humilié et jaloux, une prépondérance qu'augmentoit encore l'affection que lui portoient les Parisiens. Cette supériorité fut telle, que peu de jours après il ne craignit point de publier, dans la grand'salle du palais, une trêve que ses députés venoient de conclure, à Saint-Denis, avec les ambassadeurs du roi, principalement pour les provinces de Picardie, d'Artois, de Champagne et de Bourgogne. Il alla plus loin: dans la même journée, sur la demande des

---

(1) Elle reçut cette blessure pour s'être obstinée à rester sur le bord du fossé, criant qu'on lui apportât des fascines pour le combler, lorsque l'armée avoit déjà commencé sa retraite. Forcée, par la douleur et par le sang qu'elle perdoit, de se coucher derrière le revers d'une petite éminence, elle y resta couchée jusqu'au soir, que le duc d'Alençon vint enfin la chercher, et la fit transporter à Saint-Denis. L'indifférence avec laquelle elle avoit été traitée dans cette circonstance lui fit renouveler avec plus d'instances que jamais ses sollicitations auprès du roi pour obtenir enfin la liberté de quitter la cour; mais Charles persista toujours à lui refuser son congé.

habitants et de l'université, il se fit nommer, jusqu'à Pâques de l'année suivante, lieutenant-général du royaume et gouverneur de Paris; et le régent, réduit alors au seul gouvernement de la Normandie, se vit forcé de remettre la plus grande partie de la France entre les mains d'un prince à qui, six mois auparavant, il avoit refusé le séquestre d'Orléans. Outré de dépit, il partit aussitôt pour cette province, et Philippe retourna en Flandre, laissant le maréchal de l'Isle-Adam pour commander dans la ville.

L'hiver n'interrompit point les hostilités; elles continuèrent sans aucun succès décisif; mais ces combats partiels, dans lesquels on exerçoit contre les malheureux habitants des provinces toutes les violences que légitimoit alors l'insubordination de l'état militaire, satisfaisoient l'avidité des chefs et des soldats, qui, presque indépendants de leurs souverains, formoient alors plutôt des bandes de partisans que de véritables armées. Aussi la misère des peuples et la barbarie de cette guerre ne se peuvent-elles concevoir : il n'y avoit plus d'asile dans les campagnes pour le laboureur, à qui l'on ôtoit tout, jusqu'au moyen de les cultiver; dans une foule de sièges, où les villes étoient tour à tour prises, reprises par les deux partis, l'usage étoit de ne faire aucun quartier aux habitants, qu'on massacroit tous sans exception, si quelques uns d'entre eux avoient pris part à la défense; quant à la garnison, on l'envoyoit ordinairement au supplice. Enfin, telle étoit la licence inconcevable de ces temps grossiers, qu'au milieu de cette guerre nationale on vit des seigneurs attachés au bon parti se faire des guerres particulières (1), aussi funestes au roi qu'à eux-mêmes; d'autres, au milieu des suspensions d'armes, ravager les provinces déjà soumises, afin de maintenir sous leurs ordres les aventuriers qu'ils soudoyoient. Il falloit que le prince tolérât toutes ces horreurs, et ce n'étoit qu'en désolant la France qu'il étoit possible de la sauver.

Charles, en quittant l'île de France, en avoit laissé le gouvernement au comte de Clermont, qui s'empara de quelques villes, prenant toujours la précaution de se tenir à une très petite distance de Paris. Le terme de Pâques approchoit, époque à laquelle le duc de Bourgogne devoit en rendre le commandement aux Anglais : la crainte de rentrer sous leur

---

(1) Entre autres Richemont et La Trémoille.

domination, et la proximité de l'armée royale firent concevoir encore à quelques sujets fidèles le projet de s'emparer de la ville pour la remettre aux généraux de Charles. Les conjurés, au nombre desquels on comptoit plusieurs membres du parlement et du châtelet, et quelques uns des principaux bourgeois, trouvèrent le moyen de correspondre avec les royalistes, par l'entremise d'un religieux qui se chargea de la commission périlleuse de porter leurs messages. Toutes les mesures sembloient heureusement concertées ; à un signal donné, on devoit livrer une des portes aux troupes du roi ; des marques avoient été distribuées pour servir de signe de ralliement à tous les membres de la conspiration ; elle alloit éclater, lorsque le religieux fut arrêté. Appliqué à la torture, les tourments lui arrachèrent les noms de ses principaux complices, dont on s'empara, au nombre de plus de cent cinquante ; six furent décapités aux Halles, plusieurs exécutés secrètement ou précipités dans la Seine. Quelques uns rachetèrent leur vie par la perte de leur fortune.

Jusqu'à l'époque qui devoit faire rentrer Paris sous cette autorité royale, après laquelle il soupiroit, il devoit se passer encore de bien nombreux évènements. Dans la situation embarrassante où il se trouvoit, le duc de Bedfort n'épargnoit aucun moyen pour s'attacher le duc de Bourgogne : négociations, caresses, dons, promesses, tout fut employé de nouveau pour regagner sa confiance et son amitié. Cette obstination ne fut pas sans quelque succès ; toutefois le concert de ces deux princes, plutôt apparent que réel, n'eut d'autre effet que de prolonger les malheurs de la France.

Philippe continua donc à faire la guerre au roi, et commença la campagne par le siège de Compiègne, dont il ne put s'emparer (1). Mais la plus belle victoire n'eût pas semblé aux Anglais plus avantageuse pour eux que cette vaine entreprise, puisqu'elle les rendit maîtres de celle qu'ils regardoient comme l'unique cause de tous leurs désastres. Jeanne, qui s'étoit jetée dans la place, fut faite prisonnière dans une sortie. Personne n'ignore quelle fut la suite de ce malheureux évènement : indignement livrée à ses implacables ennemis, traînée long-temps de cachots en cachots,

---

(1) Charles attachoit une si grande importance à l'alliance de Philippe, que, dès qu'il sut qu'il vouloit attaquer Compiègne, il donna des ordres pour qu'on remît cette ville entre ses mains, et que le gouverneur fut puni pour l'avoir défendue et conservée malgré lui.

amenée à Rouen devant un tribunal composé pour sa perte, condamnée par ces barbares au plus affreux supplice, elle fit éclater, dans ce long cours d'iniquités, une patience, une grandeur d'ame qui augmentent encore l'admiration qu'inspirent son courage et ses vertus. L'opprobre dont on voulut la couvrir dans cette infâme procédure retomba tout entier sur ses juges abominables; et Charles qui, vingt-cinq ans après, réhabilita sa mémoire, et confirma les titres de noblesse qu'il avoit accordés à cette héroïne et à sa famille, ne peut être absous du reproche d'avoir abandonné, dans de telles extrémités, celle à laquelle il devoit son honneur et le salut de la France.

Reprenons la suite des évènements : les royalistes triomphoient partout; après la délivrance de Compiègne, une foule de places tombèrent entre leurs mains; Xaintrailles battit les Anglais à Germigni; Barbazan remporta sur les Bourguignons une victoire éclatante à la Croisette (1); l'empressement des villes et des provinces à rentrer sous l'autorité du roi 1431. sembloit s'accroître de jour en jour ; le découragement, la terreur étoient alors passés dans le parti des Anglais, qui n'opposoient plus que des efforts languissants au mouvement de cette révolution qu'un enthousiasme si extraordinaire avoit commencée. Le retour du duc de Bourgogne manquoit seul à la fortune de Charles, qui, du reste, toujours indolent, toujours livré aux caprices et aux intérêts de son favori, ne triomphoit encore que par l'expérience et la valeur de ses généraux. On le vit même, tant étoit grand son aveuglement pour ce La Trémoille qui le dominoit, prendre parti pour lui dans la guerre particulière qu'il avoit en Poitou contre le connétable, et employer, pour assiéger les places du premier officier de sa couronne, des troupes nécessaires au salut de la France et au rétablissement de ses affaires. Tel étoit alors ce prince, qui depuis, par une conduite entièrement opposée, fit voir qu'il n'étoit pas dépourvu des qualités d'un roi.

Vers ce temps-là Henri VI, qui depuis dix-huit mois étoit en France, quitta enfin la ville de Rouen, et vint à Paris pour cette cérémonie du couronnement, dont on attendoit de si grands effets. Il y fit son entrée, entouré de seigneurs anglais ; et l'on doit dire, pour l'honneur de la noblesse française, qu'il ne s'y trouva aucun membre de ses plus illustres

---

(1) Aux environs de Châlons en Champagne.

maisons. La ville déploya dans cette occasion toute la magnificence barbare en usage dans les entrées de nos rois. Les rues par lesquelles le monarque passa étoient tendues en tapisseries; on avoit élevé, d'espace en espace, des échafauds, sur lesquels des acteurs muets représentoient des mystères (1). On voyoit près de la porte de Paris un enfant monté sur une longue estrade, revêtu d'habits royaux, et la tête ornée de deux couronnes; autour de lui étoient de jeunes garçons représentant les pairs de France et d'Angleterre, dont ils portoient sur leurs vêtements les armes relevées en broderies. Lorsque Henri VI parut, cette troupe s'avança vers lui, et lui offrit les deux écus des deux nations. Le cortège se rendit d'abord au Palais, où le roi s'arrêta quelque temps pour visiter les reliques et autres curiosités de la Sainte-Chapelle; de là il prit le chemin du palais des Tournelles (2), qu'on avoit préparé pour le recevoir. Quelques jours après, ce jeune prince reçut l'onction sacrée, dans la cathédrale, des mains du cardinal de Wincester, et dîna le même jour publiquement au Palais. On lui fit tenir ensuite un lit de justice, dans lequel il reçut le serment des corps et l'hommage des seigneurs; du reste le peuple n'éprouva dans cette circonstance solennelle aucune marque de cette munificence paternelle à laquelle ses souverains l'avoient accoutumé. Les subsides continuèrent à être levés avec plus de rigueur que jamais; il ne fut accordé aucune grace ni publique ni particulière; et peu de temps après son couronnement, Henri VI quitta Paris et la France pour retourner en Angleterre.

1432. Cette année et les trois suivantes n'offrent guère que le spectacle affligeant et monotone de combats partiels, de forteresses emportées tour à tour par les deux partis, de ravages, de massacres, de pillages continuels; mais, au milieu de tant d'horreurs, il est facile de reconnoître que le parti du roi

---

(1) Il n'y avoit pas long-temps qu'on avoit imaginé ces sortes de pantomimes; jusque-là les mystères avoient été des espèces de drames, où l'acteur parloit et gesticuloit à la fois. Nous aurons occasion d'en parler plus longuement par la suite.

(2) Les historiens racontent que ce prince, passant devant l'hôtel Saint-Paul, qui n'étoit séparé du palais des Tournelles que par la rue Saint-Antoine, on lui fit remarquer, à une des fenêtres, la reine son aïeule, qu'il salua *en abaissant son chaperon*. La malheureuse Isabelle ne put soutenir un spectacle qui lui rappeloit le souvenir de ses crimes; elle rendit le salut, laissa échapper quelques larmes, et courut renfermer au fond de son palais sa honte et ses remords.

prenoit chaque jour un nouvel ascendant. La ville de Chartres venoit de lui être livrée ; peu s'en fallut qu'un coup de main ne le rendît maître de Rouen. Bedfort, dont les embarras augmentoient de jour en jour sur le continent, voyoit croître encore ses alarmes des brouilleries qui s'élevoient en Angleterre, où le parlement refusoit de fournir de nouveaux subsides pour une conquête qui achevoit d'épuiser la nation. Le duc de Bourgogne, occupé dans ses propres Etats par ses sujets révoltés, étoit sur le point de lui échapper, et ne tenoit plus à son parti que par la tendresse qu'il avoit pour la duchesse de Bedfort sa sœur. La mort prématurée de cette princesse rompit ce dernier lien. Cependant tel étoit l'aveuglement de l'usurpateur, tel étoit l'orgueil dont l'avoit enflé l'habitude du succès, que, dans des conférences qui furent tenues peu de temps après pour tenter d'arriver à une paix générale, il refusa à Charles le titre de roi, et, pour vouloir tout avoir, perdit l'occasion de conserver sans danger la plus grande partie de sa conquête.

Toutefois les évènements se pressoient pour sa ruine. Par son nouveau mariage avec Jacqueline de Luxembourg, Bedfort sembla prendre plaisir lui-même à changer en mésintelligence déclarée la froideur qui existoit depuis long-temps entre lui et le duc de Bourgogne ; la Normandie entière se souleva ; enfin le roi, plutôt fatigué de son favori qu'éclairé sur les torts dont il étoit coupable, permit qu'on le lui enlevât par un moyen à peu près semblable à celui qui l'avoit débarrassé des autres (1), et Richemont, le soutien et l'espoir de la France, fut enfin rappelé. Alors Philippe sort de cette incertitude funeste où il étoit demeuré si long-temps. Décidé à faire sa paix avec le roi, il veut, par un reste d'égards, tenter un dernier effort pour faire entrer l'Anglais dans le traité. Celui-ci, plus aveuglé que jamais, refuse la cession que le roi consent à lui faire de la Guienne et de la Normandie, et se retire sans même daigner entamer les 1435. négociations. Sa retraite détermine cette paix tant désirée entre le roi et son terrible vassal, qui en dicte les conditions, humiliantes pour son souverain, et par cela même honteuses pour lui, puisqu'elles prouvèrent

_____

(1) Il fut enlevé à Chinon, à l'insçu du roi, chargé de fers et conduit au château de Montrésor. Charles d'Anjou, comte du Maine, et la reine de Sicile étoient, en apparence, à la tête de ce complot, dont Richemont, quoiqu'absent, étoit l'ame.

que c'étoit son intérêt particulier et non un mouvement généreux qui le portoit à un acte d'où dépendoit le salut de la France.

Isabelle de Bavière mourut dix jours après la signature de ce traité. On prétend que la terreur dont fut frappée cette mère dénaturée à la nouvelle d'une paix qui ne lui laissoit plus que la honte d'un crime inutile, hâta le moment de sa mort. Cependant dès long-temps sa punition avoit commencé; et l'histoire offre peu d'exemples aussi frappants des vengeances que le ciel exerce sur les grands coupables. En horreur à tous les bons Français qu'elle avoit trahis, méprisée des Anglais eux-mêmes qui profitoient de sa trahison, rassasiée d'outrages, réduite souvent aux dernières extrémités de la misère, depuis la signature du traité de Troies elle traînoit, dans l'hôtel Saint-Paul, une vieillesse obscure et déshonorée, n'obtenant pas même la pitié que l'on accorde aux derniers des humains. Cette haine et ce mépris la poursuivirent jusqu'après sa mort : à peine ses funérailles étoient-elles achevées, que tous ceux qu'un reste de respect humain avoit forcés d'y assister abandonnèrent son cercueil; on le transporta la nuit de Notre-Dame au port Saint-Landri, escorté seulement de quatre personnes; là il fut déposé dans un petit bateau, qui le conduisit à Saint-Denis, où on l'inhuma, sans aucune pompe, auprès du tombeau de Charles VI (1).

Mais une mort plus remarquable fut celle du duc de Bedfort. Il succomba, comme Isabelle, au chagrin que lui causoit une paix qui achevoit d'arracher la France de ses mains. Sa perte porta le dernier coup au parti anglais, qu'il soutenoit seul depuis long-temps par la vigueur et l'activité de son esprit, après l'avoir ébranlé par son orgueil et sa fausse politique. La nouvelle de sa mort (2) vint encore augmenter les alarmes des troupes qu'il avoit laissées à la garde de la capitale. Les chefs qui les commandoient imaginèrent, dans cette extrémité, de tenter une expédition sur Saint-Denis, qu'ils enlevèrent, et dont ils rasèrent les fortifications; ils espé-

---

(1) On lui érigea depuis un tombeau en marbre, qui se voit au Musée des monuments français, avec ceux de Charles VI, du duc d'Orléans son frère, de Valentine de Milan, de Tanneguy du Châtel, etc. Tous ces personnages y sont représentés, suivant l'usage du temps, revêtus de leurs habits, et couchés sur leur tombe.

(2) Il mourut à Rouen.

roient, par cette opération, ôter du moins une ressource à l'ennemi, qui les pressoit chaque jour davantage ; mais les royalistes , maîtres de toutes les places qui environnoient Paris , chassèrent les soldats qui s'étoient logés dans la place démantelée , occupèrent le pont de Charenton , et bloquèrent ainsi cette grande ville de tous les côtés. Bientôt les horreurs de la famine vinrent accroître les maux qu'y causoit la tyrannie.

1436. A mesure que la situation de l'étranger devenoit plus périlleuse, cette tyrannie devenoit plus cruelle. La ville étoit remplie de délateurs ; la terreur avoit frappé tous les esprits ; les fers, les tortures, les supplices punissoient à l'instant, non seulement les murmures , mais le moindre signe d'impatience et de mécontentement ; et ce qui peint mieux que tout ce qu'on pourroit dire les mœurs affreuses de ces temps déplorables, c'est que trois évêques (1) étoient les principaux auteurs de tant de maux. Par l'ordre de cet odieux triumvirat, plusieurs citoyens, soupçonnés seulement d'être attachés au parti du roi , furent précipités secrètement dans la Seine; et l'activité de leurs recherches sembloit rendre toute conspiration impossible.

Il se trouva cependant des hommes d'un courage assez héroïque pour ne pas s'effrayer du danger presque inévitable qui les menaçoit, et pour tenter de nouveau la noble entreprise de remettre Paris sous l'autorité légitime. A leur tête étoit ce Michel Lallier (2) que nous avons déjà vu échouer une fois dans ce grand projet, et qui avoit trouvé, on ne sait comment , le moyen de rentrer dans la ville. Uniquement occupés de l'intérêt commun , ces magnanimes citoyens firent avertir le roi de leur dessein , ne lui demandant, pour prix d'un service aussi signalé, qu'un pardon général pour leurs compatriotes. Assurés de sa parole royale et des promesses du duc de Bourgogne, ils ne pensèrent plus alors qu'aux moyens d'accomplir leur projet ; et tandis qu'ils formoient, dans les murs de Paris , un parti composé de tous les habitants dont la fidélité leur étoit connue , le connétable , d'accord avec eux, rassembloit les garnisons des places voisines , et se tenoit prêt à tout évènement.

---

(1) Les évêques de Thérouanne , de Beauvais et de Paris.

(2) Les autres se nommoient Jean de La Fontaine, Michel de Lancrais , Thomas Pigache, Nicolas de Louviers et Jacques de Bergières.

Les mesures furent si bien concertées, et le choix des nouveaux conjurés fait avec tant de bonheur et de prudence, que les ennemis ne purent remonter à la source de la conspiration, quoiqu'il en transpirât des indices suffisants pour les jeter dans les plus vives alarmes. Leur trouble se manifesta bientôt dans l'incertitude de leurs résolutions, et dans les mesures insensées qui les suivirent. D'un côté ils écrivoient au conseil de régence établi à Rouen pour demander des secours ; de l'autre, ils députoient au duc de Bourgogne pour obtenir qu'il ménageât une suspension d'armes : ils ordonnoient des processions publiques ; ils faisoient défendre aux habitants, sous peine de mort, d'approcher des remparts ; enfin, comme s'ils eussent voulu se rendre aussi ridicules qu'ils étoient odieux, ils imaginèrent, pour dernière ressource, de faire prêter encore le serment du traité de Troies. Cependant la garnison anglaise, composée seulement de deux mille hommes, manquoit de munitions de guerre, et n'avoit plus de vivres que pour trois jours.

Enfin tout étant préparé pour le succès de la conspiration, les chefs de l'entreprise firent avertir le connétable de s'avancer. Ce prince, suivi seulement d'un corps de troupes suffisant pour seconder la bonne volonté des Parisiens, accompagné du maréchal de l'Ile-Adam, du bâtard d'Orléans et de plusieurs autres seigneurs et chevaliers d'un courage éprouvé, marcha toute la nuit, et vint, à la pointe du jour, se poster derrière les Chartreux ; c'étoit le vendredi 15 avril 1436. Des soldats qu'il envoya aussitôt à la porte Saint-Michel lui rapportèrent qu'on leur avoit crié, du haut des murs, « Que cette porte ne pouvoit s'ouvrir, qu'ils allassent « à celle de Saint-Jacques, et qu'*on besognoit pour eux aux Halles.* » Richemont, sans perdre de temps, se rend à la porte où il étoit attendu ; il y renouvelle à haute voix l'assurance de l'amnistie déjà promise, et à l'instant même on lui ouvre une poterne, par laquelle les gens de pied commencent à défiler. Les premiers entrés brisent la serrure qui retenoit le pont-levis, et donnent passage à la cavalerie. Cependant l'Ile-Adam, impatient de se signaler, s'étoit saisi d'une échelle qu'on lui avoit tendue du haut des murailles, et déjà parvenu sur les remparts, il y avoit arboré la bannière royale, en s'écriant *ville gagnée !* A ces cris, à l'aspect du connétable et de ses braves guerriers qui se précipitoient dans la ville, le peuple s'assemble, les rues retentissent d'acclamations ; les cris de *vive le roi et le duc de Bourgogne* se mêlent à ceux des vainqueurs. Les Anglais, surpris et effrayés, courent aux armes ; Wilbi, gouverneur de la ville, l'évêque de Thérouanne, Morhier, prevôt de Paris, le boucher Sainctyon se mettent à leur tête, et leur troupe se dirige vers les quartiers des Halles, Saint-Denis et Saint-Martin, où ils espéroient pouvoir se retrancher. Mais le signal avoit été donné en même temps par-tout ; par-tout ils rencontrent les habitants en armes, et portant déjà la croix blanche sur leurs habits. On les presse de toutes parts, on les repousse de rue en rue, on les écrase du faîte des maisons, et, à mesure qu'ils reculent, on tend les chaînes. Animé par ce premier succès, le peuple court au rempart Saint-Denis, et pointe sur eux quelques pièces d'artillerie, qui augmentent encore leur désordre, et les forcent à fuir précipitamment vers la porte Saint-Antoine, où Wilby, accompagné de l'élite de sa troupe, s'efforçoit encore de tenir ferme. Mais tout l'effort de la multitude s'étant alors porté de ce côté, les Anglais, accablés sous le nombre, déjà réduits aux deux tiers des leurs, ne virent plus d'autre moyen de salut que de se renfermer dans la Bastille, où ils eurent à peine le temps d'arriver. Cependant le connétable recevoit, sur le pont de Notre-Dame, Lallier, qui, suivi des autres chefs de la conjuration, venoit lui présenter un étendard aux armes de France. Il embrassa ce généreux citoyen, et s'adressant aux bourgeois qui l'environnoient : « Mes « bons amis, leur dit-il, le bon roi Charles vous remercie cent mille fois, « et moi de par lui, de ce que si doucement lui avez rendu la maîtresse « cité de son royaume, et si quelqu'un a mépris par devers monsieur le « roi, soit absent ou présent, il lui est tout pardonné. » Les soldats reçurent en même temps la défense, sous peine de mort, d'exercer la moindre violence contre les habitants ; et le jour même de cette révolution, qui n'avoit pas coûté une seule goutte de sang français, on vit la tranquillité rétablie dans la ville ; des marchés publics, fermés depuis plus de trente années, furent rouverts, et l'abondance et la joie prirent la place de la famine et du désespoir. Deux jours après, les Anglais, pressés par la disette, se trouvèrent heureux d'obtenir une capitulation qui leur permettoit de se retirer en Normandie ; telle étoit la haine qu'ils avoient inspirée, qu'on fut forcé de les conduire par les dehors de la ville pour les soustraire aux insultes de la populace.

Le parlement, auquel il étoit possible d'adresser de justes reproches, mais qui pouvoit aussi s'excuser sur les violences dont on avoit usé à son égard, vint faire ses soumissions. Il étoit alors réduit à vingt membres (1), parmi lesquels on comptoit un très petit nombre de partisans des Anglais. Avant de lui laisser reprendre le cours de ses séances, le connétable eût désiré avoir l'ordre du roi ; mais les inconvénients qui pouvoient résulter de l'interruption de la justice ne lui permirent pas de l'attendre, et les juridictions inférieures rentrèrent également dans l'exercice de leurs fonctions ; enfin le rappel des bannis, sous la condition de prêter un nouveau serment, acheva de combler les vœux de la ville de Paris, qui vit bientôt rentrer dans son sein toutes les familles que les troubles en avoient exilées.

L'université eut sa part de ce pardon général, et elle en avoit besoin. On ne peut dissimuler que, pendant une époque si honteuse pour la France, elle n'eût démenti cette fidélité dont elle avoit donné des preuves si éclatantes sous le règne précédent. On peut dire plus : c'est qu'elle prodigua aux ennemis de l'État les marques du dévouement le plus vil et le plus lâche, lorsque le parlement, les cours supérieures, le corps de ville, soumis à la même tyrannie, gardoient du moins le silence en lui obéissant ; cependant, malgré ce pardon, cette compagnie perdit, dès ce moment, beaucoup de l'autorité et de la considération (2) dont elle avoit joui jusqu'alors.

1437. La guerre continuoit avec les Anglais ; mais le duc de Bourgogne, embarrassé par les séditions sans cesse renaissantes de ses sujets, ne pouvoit être d'une grande utilité au roi, qui, après tout, n'en avoit pas un extrême besoin. La campagne de cette année s'ouvrit par la prise de plusieurs places ; elle fut sur-tout mémorable par le siège de Montereau-faut-Yonne, dans lequel Charles, déployant cette valeur héroïque (3) qui semble avoir été héréditaire dans la maison de France, s'exposa plus sans doute qu'il ne

---

(1) Le roi le recomposa, cette année même, avec les magistrats qui l'avoient suivi à Poitiers ; mais ceux qui étoient restés à Paris furent conservés, ce qui prouve qu'on trouva, dans le malheur du temps, des raisons suffisantes pour excuser leur apparente infidélité.

(2) Jusque-là elle n'avoit connu, en matière de discipline, que l'autorité du souverain pontife ; sous ce règne elle se vit forcée de recevoir de la puissance séculière des règles de mœurs et de conduite.

(3) Il se précipita le premier dans le fossé, le traversa ayant de l'eau jusqu'à la ceinture, planta lui-même une échelle, et, l'épée à la main, parvint au haut des murs à travers une grêle de traits.

convient à un roi, mais accrut encore l'amour de ses sujets, et arracha l'admiration de ses ennemis. Ce fut au milieu de l'éclat que répandoit sur lui cet exploit guerrier que ce prince rentra dans sa capitale, vingt ans après en être sorti. Jamais entrée ne fut plus touchante et plus solennelle : la joie des Parisiens alloit jusqu'à l'ivresse ; le souverain et les sujets, également attendris, confondoient ensemble leurs larmes et leurs transports. Les façades des maisons décorées de riches tapis, les spectacles distribués, de distance en distance, sur des échafauds, des représentations de mystères, des fontaines d'où couloient des flots de liqueurs, offroient à chaque pas des témoignages de l'allégresse et de l'enthousiasme des habitants. Les clefs furent présentées au roi, dès le village de la Chapelle, par le corps de ville ; les échevins portèrent d'abord le dais, et furent ensuite relevés par le corps des marchands. Le goût barbare du siècle se mêloit à la magnificence de ce grand appareil : une mascarade composée des *sept péchés mortels* à cheval, et des *sept vertus*, conduisoit la marche des seigneurs, du parlement et des juridictions inférieures ; trois anges *chantant moult mélodieusement*, reçurent le roi à la porte Saint-Denis, tandis que d'autres anges, élevés sur une terrasse, *entouroient un saint Jean-Baptiste montrant l'Agnus Dei*. Le roi et le dauphin s'avançoient au milieu de ce cortège, armés de toutes pièces et la tête découverte. Le grand écuyer (1) portoit le casque, le roi d'armes une cuirasse, et un autre écuyer l'épée royale ; à la droite du roi marchoit le connétable, tenant à la main le bâton blanc, marque de sa dignité. Huit cents archers composoient la *bataille du roi*. Les princes du sang, une foule de seigneurs et de chevaliers se pressoient sur ses pas, étalant sur leurs habits et sur tout leur attirail un luxe éblouissant (2). Ils étoient couverts, ou plutôt chargés, eux et leurs chevaux, de draps d'or, d'argent, et de plaques d'orfèvrerie armoiriées. Charles mit pied à terre au portail de la cathédrale, où il écouta la harangue de l'université, et prêta *le serment de l'évêque* (3). De l'église il se rendit au palais, où il coucha. Le

---

(1) Pothon de Xaintrailles.

(2) Ce luxe, dit justement un historien, étoit formé du sang des peuples, rançonnés impitoyablement par la plupart de ces guerriers avides.

(3) Voici quelle étoit la forme de cet ancien usage introduit par la piété de nos monarques : « Le jour « de sa première entrée dans la capitale, le roi, accompagné des princes de son sang, des seigneurs

lendemain le monarque montra lui-même au peuple assemblé les reliques conservées dans la Sainte-Chapelle, et le même jour il quitta la Cité pour aller habiter l'hôtel situé vis-à-vis le palais des Tournelles (1).

Telle fut cette pompe solennelle, qu'on peut vraiment appeler une fête nationale, puisqu'elle sembloit le gage d'un avenir aussi heureux que le passé avoit été misérable. Cependant ces jours de bonheur et de repos étoient encore éloignés. Malgré la misère excessive des peuples, les besoins extrêmes de l'État forcèrent le roi à maintenir les impôts, et même à les exiger avec une sorte de rigueur. Pour comble de maux, une épidémie affreuse, qui se répandit sur toute la France, exerça sur-tout ses ravages sur Paris, où elle enleva, en peu de temps, plus de cinquante mille habitants. Le roi se hâta de quitter cette malheureuse ville ; les princes, les seigneurs, les gens de guerre la désertèrent en foule ; et elle se trouva tellement abandonnée, qu'on eut quelque crainte de la voir retomber au pouvoir de l'ennemi. Mais plusieurs citoyens courageux (2) se dévouèrent dans un péril si éminent, et, bravant les dangers de la contagion, restèrent dans la ville, en prirent le commandement, et y maintinrent un tel ordre, que les Anglais n'osèrent pas faire la moindre tentative. La famine vint joindre ses horreurs à celles de la peste, comme si le ciel n'eût pas encore épuisé toute sa vengeance sur ce peuple coupable, à qui son roi avoit pardonné.

« et de toute sa cour, se rend dans le parvis de la cathédrale, dont les portes sont fermées ; l'évêque, « revêtu de ses habits pontificaux, et escorté de son clergé, les fait ouvrir, et vient au-devant du sou- « verain avec la croix, l'encensoir et le livre des évangiles. Il lui adresse ces paroles : Seigneur, avant « que vous entriez dans cette église, vous devez et êtes tenu de prêter le serment à l'exemple de vos « prédécesseurs rois de France, à leur nouvel et joyeux avènement. Le prince adore la croix, baise le « livre des évangiles ; un ecclésiastique présente la formule du serment conçu en ces termes : Suivant « les anciennes concessions qui nous ont été accordées par vos prédécesseurs, nous vous demandons « que vous conserviez à chacun de nous, et aux églises qui nous sont confiées, le privilège canonique, « le bénéfice de la loi, la justice et la protection, ainsi qu'un roi y est obligé envers chaque évêque et « l'église dont il a l'administration. Le monarque s'oblige dans les mêmes termes au maintien des privi- « lèges, et confirme son serment par ces mots : *Ainsi je le veux et le promets.* » (Extrait et traduit par Villaret des mss. de M. de Brienne, vol. 268, fol, 1.)

(1) Cette entrée offre à peu près les mêmes particularités que celle de Henri VI ; et ces deux récits suffisent pour donner une idée de celles qui les ont précédées, lesquelles ne diffèrent de celles-ci que par quelques circonstances de peu d'importance, principalement en ce qu'on n'y représenta point de mystères, ce genre de spectacle n'ayant été introduit à Paris que sous Charles VI.

(2) Ambroise de Lore, prevôt de Paris ; Adam de Cambrai, premier président ; et Simon Charles, président de la chambre des comptes.

Les dernières années de ce règne, si fécond encore en grands évène-ments, n'ont plus qu'une foible liaison avec l'histoire de Paris, désormais soumis et paisible sous l'autorité de son roi légitime. Charles VII y fit peu de séjour : lorsque la guerre lui donnoit quelque relâche, c'étoit à Chinon, à Tours, à Angers qu'il faisoit habituellement sa demeure. Une grande partie de la France restoit encore à conquérir : elle ne le fut en-tièrement qu'au bout de treize années, avec des alternatives continuelles de bons et de mauvais succès. Enfin la bataille de Fourmigni acheva cette grande révolution ; et les Anglais, chassés de la Normandie, leur dernier refuge, se virent, en 1350, réduits à la seule ville de Calais, qu'ils possédèrent encore pendant plus d'un siècle. On sait d'ailleurs que Charles eut d'autres ennemis non moins dangereux à combattre : les révoltes du dauphin (depuis Louis XI), l'ingratitude de ses premiers sujets, de ceux même qui avoient reçu les marques les plus éclatantes de sa faveur, remplirent d'amertume les derniers jours de ce bon roi. Il fut le seul qui ne jouit pas de ce calme profond que son règne avoit procuré à la France. Quelque temps avant sa mort il soupçonna même la fidélité des Parisiens, et cessa de revenir dans leur ville. Toutefois ses soupçons n'étoient pas fondés (1) ; et si l'on excepte les disputes éternelles de l'université avec les bourgeois et les autres autorités, il ne se passa rien dans cette ville qui en troublât la tranquillité, ni qui mérite d'être re-marqué.

1461.   Charles VII mourut à Mehun-sur-Yèvre le 22 juillet de cette année. Les historiens prétendent que les chagrins dont il étoit dévoré, et les craintes continuelles qu'il avoit qu'on ne l'empoisonnât, aliénèrent son esprit au point qu'il se laissa lui-même mourir de faim.

Il nous semble que ce prince a été jugé trop légèrement par le président Hénault : « Charles VII, dit-il, ne fut que le témoin des merveilles de « son règne ; on eût dit que la fortune, en dépit de l'indifférence du

---

(1) Ils furent occasionnés par un voyage mystérieux que fit à Paris Antoine, bâtard du duc de Bour-gogne ; le roi s'imagina qu'il se tramoit encore quelque nouvelle ligue entre le duc de Bourgogne et les Parisiens ; et ses inquiétudes le portèrent même à envoyer des officiers pour y faire une enquête, dont le résultat le rassura entièrement sur la fidélité de sa capitale.

« monarque, et pour faire quelque chose de singulier, s'étoit plu à lui
« donner à la fois des ennemis puissants et de vaillants défenseurs, sans
« qu'il semblât avoir part aux évènements.... Sa vie étoit employée en ga-
« lanterie, en jeux, en fêtes, etc... » C'est ce qu'on peut dire en effet de la
première moitié de cette vie si orageuse ; et nous n'avons point cherché
à dissimuler sa foiblesse, son indolence, son goût pour les plaisirs, son
aveuglement pour ses favoris, défauts, sur-tout funestes dans les extrémités
où il se trouvoit. Mais ce que cet historien n'a point dit, c'est que les
malheurs de sa jeunesse mûrirent cet esprit léger, fortifièrent ce caractère foible et indécis, et qu'on le vit raffermir, par sa propre sagesse, ce
trône qu'avoit conquis l'épée de ses capitaines. Son administration fut à
la fois ferme et bienfaisante ; il fit une foule de règlements utiles et de
réformes salutaires, principalement dans l'administration de la justice ;
sous son gouvernement les peuples furent plus tranquilles et plus heureux
qu'ils ne l'avoient été depuis bien des siècles ; et cet état de calme et de
bonheur, ils le durent à une entreprise d'une politique et d'une vigueur
qui annoncent dans ce monarque un esprit aussi éclairé que courageux,
entreprise qui suffiroit seule pour le mettre au rang des plus grands rois.
Personne n'ignore que ce fut lui qui porta enfin le coup mortel aux institutions féodales et à la tyrannie de la noblesse. On a vu à quel prix ces nobles
orgueilleux et turbulents lui avoient vendu leurs services pendant cette
guerre si longue et si opiniâtre : il ne les avoit maintenus dans le devoir qu'en
abandonnant en quelque sorte la nation à leur avidité et à leurs fureurs, qu'en
souffrant lui-même leurs hauteurs, en fermant les yeux sur leur insupportable licence ; et telle avoit été, depuis le commencement de la troisième
race, la situation des rois de France dans toutes les circonstances difficiles.
Les abus d'un régime aussi détestable n'avoient jamais été sentis plus
vivement que dans celle-ci : on leur devoit la longue durée de la guerre
et tous les maux qui l'avoient accompagnée. Charles VII profita avec
habileté et de cette force nouvelle que les malheurs même de l'État avoient
donnée à son autorité, et de l'impression de terreur que les Anglais
avoient laissée dans l'ame de ses sujets pour exécuter ce que ses prédécesseurs n'auroient pas même osé tenter sans danger. Sous prétexte d'avoir
toujours sur pied des forces suffisantes pour résister aux invasions de ces
redoutables ennemis, ce prince, en licenciant ses autres troupes, conserva

un corps de neuf mille hommes d'infanterie et de seize mille cavaliers ; des fonds furent assignés pour l'entretien de cette petite armée , qui fut soumise à une discipline militaire constante et régulière, commandée par des officiers dévoués au monarque , et distribuée dans les places de son royaume qu'il jugea les plus favorables à la surveillance générale qu'il vouloit établir. La plus illustre noblesse ne tarda pas à briguer l'honneur d'entrer dans ce corps, et s'accoutuma dès-lors, non seulement à n'attendre que du souverain les honneurs et les récompenses , mais encore à dépendre absolument de son autorité. Il résulta de cette heureuse innovation que la milice féodale, composée de vassaux rassemblés à la hâte sous les bannières de leurs seigneurs, tomba peu à peu dans le mépris, parcequ'elle ne pouvoit soutenir la comparaison avec cette troupe vraiment militaire ; elle cessa par-là même d'être redoutable au prince, et la véritable monarchie fut enfin établie en France. On s'empressa de suivre un tel exemple dans l'Europe entière , également asservie sous les institutions féodales ; et cette révolution fut , en grande partie , la cause des progrès continuels que dès-lors y fit la civilisation.

Il n'y eut, sous ce règne, d'autre fondation que celle de l'hôpital des veuves, faite en 1425, dans la rue de Grenelle, quartier Saint-Eustache. Cet établissement, créé par un garde de la monnoie nommé Chenard, fut augmenté, en 1497, par Catherine Duhomme (1).

---

(1) Voyez, page 198, l'article de la rue de Grenelle, où l'on a mal à propos présenté Catherine Duhomme comme la première fondatrice.

LES HALLES.

Le premier marché qu'il y ait eu à Paris étoit situé dans la Cité, entre le monastère de Saint-Éloi et la rue ou chemin qui conduisoit d'un pont à l'autre, et qui subsiste encore sous le nom de la rue du Marché Palu. L'accroissement de la ville du côté du nord obligea d'en établir un autre à la place de Grêve, et ce nouveau marché subsista jusqu'au règne de Louis VI, dit le Gros (1). D'après les conjectures les plus probables, ce fut ce prince qui le fit transporter sur l'emplacement qu'il occupe encore aujourd'hui, lequel n'étoit originairement qu'une grande pièce de terre nommée *Campelli*, *Champeaux* ou *Petits-Champs*, et située entre l'ancienne ville de Paris et quelques uns des bourgs qui y furent renfermés sous Philippe-Auguste.

Ce territoire étoit dans la censive de plusieurs seigneurs: le roi, l'évêque de Paris, le chapitre de Sainte-Opportune, le prieuré de Saint-Martin-des-Champs, celui de Saint-Denis-de-la-Chartre, l'évêque de Thérouanne, en avoient chacun une partie (2). Ces droits divers, défendus avec toute la licence qu'autorisoit alors le régime féodal, donnèrent de l'embarras à nos rois, qui ne parvinrent à lever de tels obstacles qu'en faisant des transactions et en accordant des indemnités, dont il est resté des traces jusque dans le dix-septième siècle. Dans une charté de l'an 1137, Louis VII reconnoît devoir cinq sous de cens au chapitre de Saint-Denis-de-la-Chartre, pour le rachat de ses droits sur un fond de terre dans Champeaux. Il est probable que tous les autres propriétaires reçurent de

---

(1) L'existence de ce marché à la place de Grêve est prouvée par une charte de Louis VII de l'an 1141; et ce fut sans doute parceque Louis-le-Gros en avoit établi un aux Champeaux, que Louis VII consentit, moyennant soixante-dix livres, que la place de Grêve restât à perpétuité libre et sans édifice.

(2) Le chapitre de Notre-Dame y possédoit aussi quelque chose. On voit dans ses registres que Louis-le-Gros lui donna *locum in suburbio Paris., qui dicitur Campellus, et ejusdem loci fossatum.* Ces lettres sont datées de l'an 29 de son règne, et 4 de Louis son fils.

semblables dédommagements; mais ce fut sur-tout l'évêque de Paris qu'il fut difficile de satisfaire. Possesseur de la plus grande partie de ce vaste emplacement, il fallut que le roi consentît à partager avec lui et la souveraineté et les droits qui se percevoient dans le marché. C'est alors que fut faite cette fameuse transaction dont nous avons déjà parlé (1), par laquelle il fut convenu que l'évêque jouiroit de la troisième partie de tous ces droits (2).

Quoique tout porte à croire que le règne de Louis-le-Gros fût l'époque de la translation du marché de la Grève aux Champeaux, cependant les historiens ni aucuns titres ne nous donnent de renseignements certains sur l'époque précise de ce nouvel établissement; on ne connoît pas non plus d'une manière positive quelle étoit l'étendue de ce terrain, dont Sauval établit les bornes du côté de la ville à l'endroit de la rue Saint-Denis où étoit le couvent des religieuses de Saint-Magloire (3). Les juifs établis

---

(1) Voyez tome Ier, page 145.

(2) Telle est l'origine de la *tierce semaine* de l'évêque dont il est parlé dans une foule d'actes, et des juridictions opposées du For-le-Roi, du For-l'Évêque. Ce droit de l'évêque subsistoit encore dans le dix-septième siècle; mais comme il survenoit fréquemment des contestations entre les préposés des deux parties pour la perception, le roi jugea à propos, en 1664, de le racheter; et par différents arrêts on a liquidé à 25,880 liv. ce qui pouvoit revenir à ce prélat, tant pour son droit de tierce-semaine que pour l'indemnité de ses justices supprimées et réunies au Châtelet en 1674.

(3) Cet écrivain tombe ici dans une erreur assez grave, car il ajoute que dans les dixième et douzième siècles le prieuré de Saint-Martin-des-Champs devoit en faire partie; c'est la conséquence qu'il tire de la dénomination de *S. Martinus de Campellis* qui se trouve, dit-il, dans les bulles de Benoît VI et d'Alexandre III, et dans les lettres de Louis VII. Une simple réflexion pouvoit lui suffire pour éviter ces anacronismes et ces méprises; il auroit vu, 1° qu'il ne pouvoit être question du prieuré de Saint-Martin-des-Champs, qui n'existoit plus au dixième siècle, et qui n'a été rebâti que vers 1060, par conséquent plus de quatre-vingts ans après le pontificat de Benoît VI, mort en 974; 2° ce n'est pas Benoît VI mais son successeur immédiat, Benoît VII, qui a donné une bulle dans laquelle il est fait mention de Saint-Martin *in Campellis* : or, cette bulle sans date, qu'on peut fixer, avec les auteurs du *Gallia Chistiana*, vers 980, confirme à Elysiard, évêque de Paris, la possession de cette église comme une dépendance ou appartenance de son évêché. Ce pape est mort en 984, et Elysiard en 988, par conséquent plus de douze ans avant que Saint-Martin-des-Champs fût rebâti. La bulle d'Innocent II, dont Alexandre III a adopté tous les termes, indique seulement *Ecclesiam in Campellis*, mais ce n'est qu'une confirmation en faveur de l'église de Paris de toutes les dépendances qui lui appartenoient alors; or Sauval n'ignoroit pas que jamais l'évêque de Paris n'a eu de droit sur l'abbaye du prieuré de Saint-Martin-des-Champs, et que dans les actes qu'il cite il n'en est pas question, mais de la petite abbaye ou église de *Saint-Martin-de-Champeaux* en Brie, qui véritablement dépendoit de l'église de Paris.

A l'égard des lettres de Louis VII de l'an 1137, que cite Sauval, il ne les avoit pas sans doute lues,

dans Champeaux, comme il est prouvé par une bulle de Calixte II de l'an 1119, occupoient alors, suivant toutes les apparences, le terrain qui est entre les rues de la Lingerie, de la Tonnellerie et de la Cordonnerie. Un diplôme de Louis VII de 1137, appelé la *grande charte de Saint-Martin*, nous apprend qu'il y avoit aussi en cet endroit des merciers et des changeurs.

A peine Philippe-Auguste fut-il monté sur le trône, qu'il s'occupa du soin d'embellir et d'agrandir la ville de Paris. Le marché des Champeaux lui ayant paru mériter une attention particulière, il le fit environner de murs, et y transféra la foire de Saint-Ladre ou Saint-Lazare, qu'il acheta à cet effet des religieux de ce prieuré, et des lépreux qui, demeurant hors la ville, avoient apparemment quelques droits sur cette foire. Cette acquisition fut faite en 1181, et si quelques auteurs ne placent l'établissement des Halles que deux ans plus tard, c'est que la construction n'en fut entièrement achevée qu'en 1183. Elle se composoit de magasins ou appentis bien clos pour conserver les marchandises, et les préserver des injures de l'air, et d'étaux pour les exposer en vente. Lorsque ce marché eut été achevé, on eut soin d'y adapter des portes, qui étoient exactement fermées, la nuit, pour la sûreté des marchands et celle de leurs denrées. L'expulsion des juifs et la confiscation de leurs biens facilitèrent l'exécution de cet utile établissement.

Les Halles s'augmentèrent sous saint Louis; ce prince y fit construire deux bâtiments pour les marchands de draps, et un troisième pour les merciers et corroyeurs. Ces derniers lui payèrent d'abord 75 liv. de loyer, vu qu'il en étoit propriétaire; mais en 1263 ils obtinrent de ce prince l'entière propriété de leur marché, à charge de 13 deniers parisis de cens et d'investiture. Saint Louis permit aussi aux lingères et aux vendeurs de menues friperies d'étaler le long d'un des murs du cimetière des SS. Innocents.

Philippe-le-Hardi y ajouta une Halle pour les cordonniers et les peaussiers. Enfin, dans les siècles suivants, les Halles se multiplièrent tellement, qu'il n'y avoit guère de sorte de marchands qui n'eût la sienne. C'est

---

car dans deux endroits cette église est nommée *S. Martinus de Campis*: dans les diplômes de Henri Ier et de Philippe Ier, et dans les bulles des papes depuis 1060, on lit toujours *S. Martinus ad Campos* ou *de Campis*. (JAILLOT.)

de là que viennent les noms de la plupart des rues environnantes, telles que celles de la Toilerie, la Lingerie, la Cordonnerie, la Friperie, la Poterie, etc.; on y vendoit aussi, à certains jours, des œufs, du beurre, des graisses, du poisson, des grains et du vin; enfin plusieurs marchands forains y avoient des Halles particulières qui portoient le nom de leurs villes, telles que la Halle de Douay, d'Amiens, de Pontoise, de Beauvais, etc. (1).

Les Halles subsistèrent en cet état jusqu'à François Ier; alors on nomma des commissaires pour retirer au profit du roi les loges et étaux du domaine qui avoient été aliénés. On racheta les Halles, on les détruisit pour en former de nouvelles, telles à peu près qu'on les voyoit avant la révolution, ce qui ne fût entièrement exécuté que sous Henri II.

Les Champeaux ou les Halles étoient un des anciens lieux patibulaires de Paris. Dès l'an 1209 plusieurs criminels y avoient été suppliciés; et Jacques d'Armagnac, duc de Nemours, y fut décapité sur un échafaud qui étoit dressé à demeure sur cette place (2). Le pilori, situé près de l'endroit où se tient encore aujourd'hui, à certains jours, le marché au beurre et au fromage (3),

---

(1) La boucherie de Beauvais, qui existoit encore pendant les premières années de la révolution, devoit son nom à cette Halle, qu'on prit en partie, en 1416, pour y établir vingt-huit étaux de bouchers. Les habitants de Beauvais y renoncèrent entièrement en 1474, et l'on perça, en 1553, le passage par lequel on alloit de la rue de la Féronnerie à cette boucherie.

(2) On lit dans Sauval des détails de cette exécution qui sont curieux et propres à faire connoître les usages de ces temps.

« On sait que Jacques d'Armagnac, duc de Nemours, eut la tête tranchée, en 1477, sous le règne
« de Louis XI. Cet infortuné seigneur fut conduit de la Bastille aux Halles, monté sur un cheval
« caparaçonné de noir. Étant arrivé, il fut mené aux chambres de la Halle aux poissons, lesquelles on
« avoit exprès tendues en noir; on les avoit aussi arrosées de vinaigre, et parfumées avec deux sommes
« de cheval de bourrée de genièvre, qu'on y avoit fait brûler, pour ôter le goût de la marée, que
« lesdites chambres et greniers sentoient. Ce fut là que le duc de Nemours se confessa; et pendant cet
« acte de religion, on servit une collation composée de *douze pintes de vin*, *de pain blanc et de*
« *poires*, pour messieurs du parlement et officiers du roi étant esdits greniers. Pour cette collation on
« donna douze sous parisis à celui qui l'avoit fournie. Le duc de Nemours s'étant confessé, fut conduit
« à l'échafaud par une galerie de charpente qu'on avoit pratiquée depuis lesdites chambres et greniers
« jusqu'à l'échafaud du pilori, où il fut exécuté. »

(3) Les plus fameux étymologistes du dix-septième siècle, tels que *Borel*, *Spelman*, *du Cange*, *Ménage*, ont cherché l'étymologie du mot *pilori*, et aucun d'eux n'a pu en trouver une satisfaisante. Sauval dit que ce nom a été donné à ce gibet par altération, parcequ'il y avoit en cet endroit un puits qu'un contrat de l'année 1295 appelle *Puteus dictus Lori*, et que le puits *Lori*, ou de *Lori* a fait donner le nom au gibet qui a été bâti aux environs, trois cents ans après. Cette étymologie est assez ingénieuse et paroît d'abord assez vraisemblable; mais Jaillot la combat par des raisons si solides, qu'il est impossible de

n'a été démoli qu'en 1786. C'étoit une ancienne tour octogone (1), percée à l'étage supérieure de grandes fenêtres sur toutes les faces; au milieu de cet espace vide on avoit pratiqué une machine de bois tournante, également percée de trous, dans lesquels on faisoit passer la tête et les bras de certains criminels, tels que les banqueroutiers frauduleux, les concussionnaires et autres, dont les délits n'étoient pas assez graves pour que la loi les condamnât à la perte de la vie. On les y exposoit pendant trois jours de marché consécutifs, deux heures chaque jour; et de demi-heure en demi-heure on leur faisoit faire le tour du pilori, pour qu'ils fussent vus de tous les côtés, et exposés aux insultes de la populace.

Dans cette même place, auprès de la tour dont nous venons de parler, s'élevoit une croix, ainsi qu'il y en avoit aux autres gibets de Paris. C'étoit au pied de cette croix que les cessionnaires devoient venir déclarer l'abandon qu'ils faisoient de leurs biens, et qu'ils recevoient le bonnet vert de la main du bourreau; sans cette cérémonie infamante, les effets de la cession n'avoient pas lieu.

La disposition des Halles a reçu de grandes améliorations lors de la suppression du cimetière des Innocents et de la démolition de l'église et des charniers qui environnoient cette enceinte, démolition qui étoit à peine entièrement effectuée au moment de la révolution. Voici la situation des différentes Halles ou Marchés dans les dernières années de la monarchie.

Halle à la Marée.

Cette Halle étoit située auprès de la rue de la Cossonnerie. A l'époque où saint Louis destina ce lieu à la vente du poisson de mer, il dépendoit

---

l'admettre. Il établit, 1° qu'un pilori est un mot générique qui signifie un poteau ou pilier du seigneur, au haut duquel sont ses armes, et qui porte au milieu des chaînes ou carcans, marques de sa haute justice; que ces poteaux étoient connus à Paris et dans les provinces sous le nom de *piloris*, quoiqu'il n'y eût ni puits, ni voisins qui s'appelassent *Lori*; 2° que Sauval, qui dit que ce pilori n'a été élevé qu'en 1542, en fait mention en plusieurs autres endroits avant l'époque qu'il lui donne ici, et qu'il n'ignoroit pas qu'il en existoit de semblables dans le quatorzième siècle au carrefour des rues de Bussy, du Four et des Boucheries. 3° Enfin un tableau conservé à Saint-Germain-des-Prés, que *dom Bouillart* a fait graver, et a inséré dans l'histoire de cette abbaye, représente le pilori qu'elle avoit en 1368, à peu près semblable à celui des Halles.

(1) Nous donnons une représentation de cette tour faite d'après un dessin qui en a été levé lors de sa démolition. C'est la première fois qu'elle est gravée.

d'un fief appartenant à une famille de Paris, du nom d'*Hellebick*, qu'il fallut indemniser, et à laquelle on accorda pour cet effet de certains droits à prendre sur la vente du poisson. Après l'extinction de la famille *Hellebick*, ce droit se trouva partagé : une partie fut acquise par les élus et procureurs de la marchandise de poisson de mer ; l'autre fut cédée, en 1530, à l'Hôtel-Dieu de Paris (1). Le manoir de ce fief et les droits qu'il donnoit sur la vente du poisson ont subsisté jusqu'à la suppression des droits féodaux.

Halle au Poisson d'eau douce.

Elle se tenoit, avant la révolution, dans une maison située rue *de la Cossonnerie*. C'étoit là que se faisoit, à trois heures du matin, la distribution du poisson aux petits marchés de Paris (2).

Halle à la Viande.

Elle se tenoit dans la boucherie de Beauvais, située vis-à-vis la rue au Lard, entre la rue Saint-Honoré et celle de la Poterie (3).

Halle aux Fruits.

C'étoit dans l'ancienne Halle au blé, où se tient aujourd'hui le marché de la viande, que se vendoit tout le fruit qui arrivoit à Paris. Cette vente se faisoit pendant la nuit et au lever du jour (4).

---

(1) On lit dans un état des biens de cette maison, imprimé en 1651, que le revenu casuel de la moitié de ce fief consistoit alors dans le droit de deux deniers sur chaque charrette de marée venant aux Halles, et qu'il produisoit deux cents livres année commune.

Le marché de la marée s'étend maintenant le long de la rue du Marché aux Poirées (ci-devant de la Fromagerie) jusqu'à la seconde entrée de la Halle à la viande. Il est couvert pour la vente seulement.

(2) La destination de cette maison a été changée ; elle est habitée par des particuliers, et le marché au poisson d'eau douce se tient maintenant au bout de la rue de la Cossonnerie, vis-à-vis les piliers des Potiers-d'Étain.

(3) Elle a été transportée depuis sur la place qui servoit autrefois de Halle au blé, et qui porte maintenant le nom de *Halle à la viande*. On vend aussi de la volaille sur cette même place, mais seulement dans la partie située au nord.

(4) Le marché aux fruits se tient maintenant le matin sur la place des Innocents, le long de la rue aux Fers. Au nord-est de la fontaine se vendent les fruits rouges, et à l'ouest les fruits à pepin,

Halle aux Poirées.

Elle occupoit un emplacement situé entre la rue de la Fromagerie (maintenant rue *du marché aux Poirées*), celle de la Lingerie et la rue aux Fers (1).

Halle aux Herbes et aux Choux.

Il se tenoit le long de la rue de la Ferronnerie, et obstruoit le passage avant que les charniers eussent été abattus (2).

Halle au Fromage.

Elle se tenoit, le mardi matin, sur l'ancienne place de la Halle au Blé. C'étoit là que l'on vendoit aussi le beurre et les œufs (3).

Halle aux Cuirs.

Cette halle, étoit originairement située entre la rue au Lard et celle de la Lingerie. On la transféra, en 1785, rue Mauconseil, dans un autre emplacement dont nous aurons bientôt occasion de parler.

Halle aux Draps et aux Toiles.

Cette halle, isolée entre les rues de la Poterie et de la petite Friperie, aboutit par ses deux extrémités opposées aux rues de la Lingerie et de la Tonnellerie. Elle a été restaurée en 1787 sur les dessins et la conduite de MM. Legrand et Molinos, qui employèrent, pour la couvrir, les procédés déjà si heureusement appliqués à la coupole de la Halle au Blé. Ce monument, composé d'une voûte en berceau, formant un demi-cercle parfait de cinquante pieds de diamètre sur quatre cents pieds de longueur, est éclairé par un grand nombre de croisées carrées, que séparent des arcs doubleaux ornés de sculpture, et présente, dans sa masse et dans ses détails, une élégante simplicité (4).

---

(1) Ce marché n'a point changé de local.

(2) Il se tient maintenant, partie dans cette rue et partie sur la place des Innocents.

(3) Ces denrées se vendent encore, le mardi, dans le même emplacement; et les autres jours sous les piliers des Potiers d'Étain.

(4) La vue que nous donnons du marché des Innocents offre, dans le fond, la façade de ce monument.

Il y avoit dans ce quartier, outre la fontaine des Innocents, monument dont nous allons donner la description, une autre fontaine placée à la pointe Saint-Eustache. Elle fut construite en 1601, pendant que M. Antoine *Guyot*, président en la chambre des comptes, étoit prevôt des marchands ; mais les eaux n'y furent conduites que sous la prevôté de M. *François Miron*. C'est à quoi faisoient allusion les vers de l'inscription qu'on y lisoit avant la révolution :

Saxeus agger eram, ficti modo fontis imago :
Viva mihi laticis Miro *fluenta dedit* (1).

---

(1) Cette fontaine vient d'être rétablie sur un dessin entièrement nouveau.

Le Pilori.

VUE de L'ÉGLISE et du CIMETIÈRE des SS. INNOCENTS.

L'ÉGLISE DES SAINTS-INNOCENTS.

L'église des Saints-Innocents étoit située vis-à-vis la rue Saint-Denis, sur une partie de l'emplacement des halles. Cette église doit être mise au nombre des plus anciennes de Paris, et, quoiqu'on ignore la date précise de sa fondation, des lettres authentiques prouvent qu'elle existoit déjà dans le douzième siècle. En effet, sans citer l'autorité des auteurs du *Gallia Christiana*, qui disent qu'en 1150 les doyen et chapitre de Saint-Germain-l'Auxerrois consentirent au décret de l'évêque de Paris, qui décidoit que la présentation à la cure des Saints-Innocents appartiendroit au chapitre de Sainte-Opportune, on trouve dans un cartulaire de Saint-Magloire l'acte d'une permutation faite en 1156, entre le chapitre de Saint-Merri et l'abbaye Saint-Magloire, à laquelle ce chapitre donne une certaine portion de terrain en échange d'une autre qui est *au chevet de l'église des Saints-Innocents : Pro parte cujusdam terre que est ad capucium ecclesie Sanctorum Innocentium.*

L'existence de l'église des Saints-Innocents dans le douzième siècle est encore confirmée par les bulles d'Adrien IV, du 4 des ides de mars 1159, et d'Alexandre III, des calendes d'octobre 1178, lesquelles énoncent, parmi les privilèges du chapitre de Sainte-Opportune, le droit de nomination à la cure des Saints-Innocents, droit confirmé par une foule d'actes subséquents, et d'autant plus légitime que le terrain sur lequel cette église étoit bâtie appartenoit primitivement à ce chapitre (1).

D'après des actes si précis et si authentiques, on ne peut s'empêcher

---

(1) Des chartes de Louis VII, publiées en 1625, par *Gosset*, chevecier de cette église, paroissent supposer qu'en vertu d'un traité fait entre Louis-le-Gros et l'évêque de Paris, une partie du territoire de Champeaux, sur lequel étoit bâtie l'église des Innocents, appartenoit au clergé de Sainte-Opportune.

d'être étonné qu'il ait régné une si grande diversité d'opinions entre les historiens de Paris sur l'origine de cette église. La plupart se contentent de dire qu'elle fut bâtie ou *rebâtie* sous le règne de Philippe-Auguste : quelques-uns même ont insinué que ce prince y employa une partie des sommes confisquées sur les Juifs, lors de leur expulsion du royaume, ce qui rapprocheroit l'origine de ce monument à une époque postérieure à l'an 1182. Nous venons de donner la preuve qu'il existoit bien antérieurement (1).

D'autres, sur la foi d'une ancienne chronique, ont avancé que l'église des Saints-Innocents fut construite à l'occasion d'un jeune enfant appelé *Richard,* que des Juifs avoient crucifié à Pontoise ; et la seule preuve qu'ils en rapportent, c'est que dans cette chronique elle est quelquefois désignée sous le nom de *Saint-Innocent (Ecclesia Sancti Innocentii.)* On ne peut avancer une assertion dont la fausseté soit plus évidente. En effet, l'évènement dont il est question eut lieu à Pontoise dans l'année 1179 ; et, selon d'autres historiens du temps, le corps du jeune martyr fut transféré de cette ville dans l'*église des Innocents :* donc elle existoit déjà, et nous ajouterons qu'il est même très probable qu'à cette époque elle avoit été reconstruite (2).

Sur l'origine du nom qu'elle portoit, il y a lieu de croire que cette église, bâtie à l'angle du cimetière, avoit remplacé une chapelle dédiée sous le vocable des saints Innocents, pour lesquels le roi Louis VII avoit une dévotion particulière. On sait en effet que dans les anciens cimetières il y avoit toujours quelque chapelle dans laquelle les fidèles venoient offrir des prières pour les morts ; et ce qui fortifie cette opinion, c'est qu'à l'époque où Philippe-Auguste fit entourer de murs le cimetière de Champeaux,

---

(1) Sauval a commis plusieurs anachronismes en parlant de cette église. Il dit qu'en 1380 le pape Clément VIII unit cette cure au chapitre de Sainte-Opportune : c'étoit alors Urbain VI qui occupoit le siège de l'Église, Clément VIII n'ayant été élu pape que le 30 janvier 1591. Il n'est pas mieux fondé à dire que cette union fut cassée par une bulle de Calixte III, du 1er septembre 1457, car il est certain que la cure des Saints-Innocents dépendoit du chapitre de Sainte-Opportune plus de quatre cents ans avant cette dernière époque.

(2) Dubreul et Piganiol se sont trompés en disant que ce fut dans le cimetière que cette relique fut déposée, et que par-dessus on éleva une tombe de la hauteur de trois pieds. Rigord, auteur contemporain, dit formellement que ce fut dans l'église, le lieu saint convenant certainement mieux au dépôt du corps d'un martyr qu'on vouloit exposer à la vénération des fidèles.

rebâtir et augmenter (1) l'église des Saints-Innocents , il existoit dans cet enclos une chapelle semblable sous le nom de Saint-Michel (2), laquelle fut renfermée dans l'enceinte·de l'église : on la voyoit dans la seconde aile, du côté du midi.

Cette église ne fut dédiée qu'en 1445, par *Denys Dumoulin*, patriarche d'Antioche et évêque de Paris. L'époque de cette dédicace a fait encore croire à quelques auteurs que, construite sous Philippe-Auguste, elle avoit été rebâtie en 1445. Ils auroient évité cette erreur s'ils eussent fait attention que l'on ne peut pas déduire de l'époque de la dédicace d'une église, celle de sa construction. En effet, il y avoit un grand nombre d'églises à Paris, qui, quoique élevées dans le quatorzième et le quinzième siècle, n'avoient été dédiées que dans le seizième, les évêques ne faisant guère de dédicaces autrefois qu'elles ne leur fussent demandées (3).

Une statue de bronze adossée à l'un des piliers de la chapelle de la Vierge représentoit *Alix La Burgote, recluse* (4) du quinzième siècle, décédée en 1466, et inhumée dans cette paroisse. Cette figure originairement couchée sur un marbre noir, soutenu par quatre lions de bronze, formoit la décoration d'un tombeau qui avoit été élevé à cette sainte fille par ordre de Louis XI. Ce même monarque avoit fondé dans cette église, en 1474 , six places d'enfants de chœur pour y faire le service en musique, ce qui s'est exécuté jusqu'à sa destruction.

---

(1) Les constructions faites par ordre de ce prince existoient encore à l'époque où cette église a été détruite. La tour, dont le haut fut refait dans le dix-huitième siècle , et les galeries qui entouroient cet édifice, annonçoient bien, par leur style, l'époque de Philippe-Auguste. Il faut en excepter cependant cette seconde aile méridionale, laquelle sembloit être un peu plus moderne.

(2) C'étoit aussi une coutume de bâtir dans les cimetières une chapelle sous le vocable de cet archange.

(3) Selon l'abbé Lebœuf, l'église de Notre-Dame n'a pas encore été dédiée.

(4) Les *Recluses* étoient des femmes qui, par un excès de dévotion, faisoient vœu de se renfermer à perpétuité dans des cellules pratiquées auprès de quelque église. Ces cellules, dont la porte étoit murée dès qu'elles y étoient entrées, avoient deux ouvertures étroites et grillées, l'une du côté de l'église, par laquelle la recluse entendoit le service divin, l'autre du côté opposé, par laquelle elle recevoit ses aliments. La cellule des Saints-Innocents étoit la plus célèbre. Alix La Burgote y vécut quarante-six ans, ainsi que le portoit son épitaphe; avant elle, une autre femme, nommée *Jeanne La Vodrière*, y avoit été renfermée, et l'on en compte encore plusieurs autres dans le courant du même siècle.

CURIOSITÉS DE L'ÉGLISE DES INNOCENTS.

TABLEAUX.

Sur le maître autel, un tableau représentant le massacre des Innocents, par *Michel Corneille*.

SCULPTURES ET TOMBEAUX.

Dans une chapelle voisine de la porte méridionale, on voyoit la figure en relief d'un prêtre revêtu des habits sacerdotaux, et la tête couverte de l'aumusse. Cette représentation gothique, d'une assez bonne exécution, paroissoit être du commencement du treizième siècle.

Les personnages les plus remarquables, inhumés dans cette église, étoient,

Simon de Perruche, évêque de Chartres, neveu du pape Martin VI, mort en 1297: sa tombe étoit dans le chœur.

Jean Sanguin, seigneur de Betencourt, conseiller et maître de la chambre des comptes, mort en 1425, et *Guillaume Sanguin*, échanson du roi Charles VI, conseiller et maître d'hôtel du duc de Bourgogne, vicomte de Neufchâtel, mort en 1441. Ces deux personnages avoient été inhumés dans le même tombeau.

On y voyoit aussi les épitaphes de plusieurs personnes du nom de *Potier*, à commencer par *Nicolas Potier*, seigneur de *Groslay*, mort en 1501, jusqu'à Bernard Potier de Blancmesnil, mort en 1610.

———

Les historiens de Paris rapportent une anecdote qui peint assez vivement les mœurs singulières des temps malheureux dont nous venons de tracer un rapide tableau. En 1429, lorsque les Anglais étoient encore maîtres de Paris, un cordelier nommé frère Richard arriva dans cette ville pour y prêcher la réforme et la pénitence. Afin de frapper plus vivement les esprits, il persuada d'abord à la multitude qu'il venoit d'outremer, où il avoit visité le tombeau de J. C. Cette circonstance, vraie ou fausse, fit à l'instant de ce moine un objet de vénération, et la foule se porta dans l'église des Saints-Innocents, où le nouvel apôtre, monté sur un échafaud de huit à neuf pieds de hauteur, prêcha plusieurs jours de suite depuis cinq heures du matin jusqu'à dix, sans qu'un sermon aussi long parût le fatiguer, ni ennuyer cinq à six mille personnes qui s'étouffoient pour l'entendre. L'impression qu'il fit sur les imaginations foibles et ardentes de ce peuple enfant fut telle que les auditeurs, touchés jusqu'aux larmes, sortoient de son sermon pour allumer des feux où ils jetoient *leurs dez, leurs cartes, les billes de billards, les boules* et autres jeux. Les femmes, par un plus grand sacrifice encore, y faisoient brûler leurs rubans, leurs parures, en chargeant d'injures pieuses toutes ces frivolités. Les flammes consumèrent encore un grand nombre de talismans connus alors sous les noms de *madagoires*, *mandragores* ou *mains de gloire*, que des gens sottement crédules conservoient précieusement dans leurs maisons comme des gages certains des faveurs de la fortune. Frère Richard prêcha aussi dans d'autres églises, notamment dans celle de Notre-Dame-de-Boulogne. Enfin il devoit débiter son dernier sermon un dimanche à Montmartre : l'empressement pour aller l'écouter fut si vif, qu'un grand nombre d'habitants de Paris de tout sexe et tout âge sortirent de la ville dès le samedi, et couchèrent dans les champs, afin d'être mieux placés le lendemain à cette intéressante cérémonie. Mais leur attente fut cruellement trompée, et le matin ils apprirent, à leur grand chagrin, que frère Richard étoit sorti précipitamment de Paris pour aller joindre le roi Charles. Ce monarque, sentant de quelle utilité pouvoit être un homme qui avoit un talent si merveilleux pour toucher la multitude, n'avoit rien épargné pour l'attirer dans son parti. Ce n'étoit pas la première fois que la politique avoit appelé la religion à son secours, et que ceux qui gouvernoient avoient pu reconnoître les prodigieux effets de la prédication sur un peuple dont la dévotion peu éclairée recevoit facilement toutes les impressions qu'on vouloit lui donner. On en avoit horriblement abusé sous les règnes précédents ; et nous verrons par la suite des profanations encore plus scandaleuses de ce ministère de paix et de vérité. Cette fois-ci, il fut habilement employé dans une cause noble et juste, et frère Richard contribua, en prêchant dans les villes et les villages, à augmenter le nombre des partisans du roi. Du reste, on ne tarda pas à l'oublier à Paris. « On regretta, disent les historiens, les « billards brûlés ; les femmes reprirent tous les affiquets et les joyaux « qu'elles avoient abandonnés, et toutes mirent bas les médailles au nom « de Jésus qu'elles portoient, pour remettre à la place la croix de saint « André que frère Richard leur avoit fait ôter. »

L'église des Innocents n'avoit de paroissiens que dans trois rues. Sa circonscription comprenoit la rue de la Féronnerie, des deux côtés, la partie de la rue Saint-Denis qui étoit derrière l'église, et le côté de la rue aux Fers qui touchoit à la galerie du cloître, ce qui formoit en tout soixante à quatre-vingts maisons. L'abbé Lebeuf cite cinq ou six chapellenies fondées dans cette église pendant le cours du quinzième siècle.

CIMETIÈRE DES SS. INNOCENTS.

Ce cimetière, qui occupoit l'emplacement où se tient actuellement le grand marché aux fruits et aux légumes, avoit fait autrefois partie du territoire de Champeaux, situé à peu de distance de l'enceinte de la ville. Il est probable que, dès la plus haute antiquité, ce terrain fût destiné à la sépulture des habitants de ce quartier (1) ; car les premiers chrétiens, à l'imitation des Romains, n'enterroient point leurs morts dans les villes, mais sur les grands chemins ou dans les champs qui en étoient voisins. Il n'y avoit, dans les premiers temps du christianisme, que les rois, les princes, les évêques et les abbés qui obtinssent l'honneur d'être inhumés dans les cryptes des basiliques ou dans les oratoires qu'on avoit bâtis auprès ; c'est ainsi que Clovis, sainte Clotilde sa fille, et les enfants de Clodomir eurent leur tombeau dans la basilique de Saint-Pierre, depuis Sainte-Geneviève ; Childebert, dans celle de Saint-Vincent ; et Saint-Germain, évêque de Paris, dans l'oratoire de Saint-Symphorien.

Le lieu dont nous parlons servit d'abord de cimetière aux paroissiens de Saint-Germain, et devint bientôt commun, d'abord aux paroisses qui en furent démembrées, ensuite à quelques autres, ainsi qu'aux hôpitaux qui se trouvoient dans le voisinage. C'étoit, dans le principe, un grand terrain ouvert de toutes parts, au milieu d'un espace entièrement désert ; mais lorsque les Champeaux eurent été renfermés dans la ville, et qu'on eut établi les halles à peu de distance de ce lieu consacré, il arriva que le silence religieux qui devoit y régner fut bientôt troublé par le bruit et le passage continuel d'une population entière qui se portoit en foule aux divers marchés ; les cendres des morts furent profanées, foulées aux pieds par les hommes et par les animaux les plus vils ; les anciens historiens prétendent même, ce qui semble presque incroyable, que dès que le jour avoit cessé,

---

(1) Les autres cimetières avoient été placés primitivement sur la montagne de Sainte-Geneviève, hors de l'enceinte, du côté du midi. Il y avoit aussi un cimetière aux environs de Saint-Gervais.

VUE des CHARNIERS des SS-INNOCENTS.

il devenoit, pour les dernières classes du peuple, un lieu de débauche et de prostitution. Instruit de ces désordres, Philippe-Auguste se hâta d'y remédier, en faisant entourer ce cimetière de murs, où l'on pratiqua des portes, qui ne s'ouvroient que pour les cérémonies funéraires. Cette clôture fut faite en 1186, quoique quelques auteurs mal informés la placent deux ans plus tard.

L'augmentation progressive des habitants de Paris se faisant sentir très rapidement, sur-tout dans ce quartier, il devint bientôt urgent de donner plus d'étendue au cimetière; ce fut aux libéralités de Pierre de Nemours, évêque de Paris, que l'on dut cet accroissement. Ce prélat fit don, en 1218, d'une place qui lui appartenoit du côté des halles, laquelle, d'après son intention, fut jointe à l'ancien emplacement. Depuis, cet enclos n'a point été augmenté.

LES CHARNIERS.

Autour du cimetière des Innocents s'élevoit une immense galerie voûtée, connue sous le nom de *charniers*. Ses arcades avoient été construites à diverses époques, et notamment vers la fin du quatorzième siècle, par plusieurs notables bourgeois de Paris, dont elles portoient le chiffre ou les armes (1); quelques unes offroient des inscriptions, principalement celle qui avoit été élevée par Nicolas Flamel, du vivant de sa femme; elle étoit située du côté de la rue de la Lingerie : on y voyoit le chiffre de cet écrivain, *N. F.*, et plusieurs figures symboliques, entre autres *un homme tout noir* peint sur la muraille. Lorsqu'en 1786 on détruisit cette enceinte, il y avoit long-temps que toutes ces figures avoient disparu, mais on y déchiffroit encore ce reste d'inscription :

> Hélas mourir convient,
> Sans remède homme et femme,

---

(1) La cinquième du côté de la rue de la Lingerie avoit été bâtie par Nicolas Boulard, bourgeois de Paris, qui y avoit fait graver son écusson. On a conservé aussi une inscription placée sur une de ces voûtes, et conçue en ces termes : *L'an de grace* 1397 *fut fondé ce charnier, et le fit faire Pierre Potier, pelletier, et bourgeois de Paris, en l'honneur de Dieu et de la vierge Marie, et tous les benoîts saints et saintes du paradis, pour mettre les ossements des trépassés. Priez Dieu pour lui et pour les trépassés.* On devoit aussi plusieurs de ces arcades au maréchal de Boucicault, mort au commencement du quinzième siècle.

. . . . Nous en souvienne,
Hélas mourir convient,
Le corps. . . . .
Demain peut-être Dampnés,
A faute. . . . .
Mourir convient,
Sans remède homme et femme.

La première arcade du côté de la rue Saint-Denis étoit encore due aux libéralités de Flamel, et c'est là qu'étoit placé le monument que cet homme, si singulièrement célèbre, avoit fait élever uniquement pour sa femme ; car l'opinion qui veut qu'il ait aussi été enterré sous les charniers des Innocents est fausse : il eut sa sépulture à Saint-Jacques-de-la-Boucherie. Ce tombeau de Pernelle a vivement exercé l'imagination d'une foule de visionnaires entêtés des chimères de l'alchimie, lesquels ont prétendu trouver dans les figures qui y étoient représentées, ainsi que dans celles du portail de Notre-Dame, un sens mystérieux et profond qui n'a jamais existé que dans leurs cerveaux malades (1).

(1) Cette sculpture représentoit le Père éternel soutenu par deux anges jouant des instruments ; trois autres anges environnoient sa tête, et portoient des rouleaux sur lesquels étoient gravés des passages de l'Écriture et des sentences dévotes. A droite et à gauche on voyoit Flamel et Pernelle présentés à Dieu par saint Pierre et saint Paul ; au-dessous, dans de petits cartels, étoient sculptés des animaux symboliques, etc. Il n'y a rien dans tout cela d'extraordinaire, ni qui sorte du goût de dévotion en usage dans ce temps-là.

Au-dessus du cintre qui contenoit ce bas-relief, on lisoit en gros caractères gothiques :

Nicolas Flamel et Pernelle sa femme.

A l'entour étoient plusieurs tables en pierre, qui contenoient les vers suivants :

Les pauvres ames trépassées,
Qui de leurs oirs sont oubliées,
Requièrent des passants par cy,
Qu'ils prient à Dieu que mercy
Veuille avoir d'elles ; et leur fasse
Pardon, et à vous doint sa grace.
L'église et les lieux de céans
Sont à Paris bien moult séans,
Car toute pauvre créature
Y est reçue à sépulture,
Et qui bien y fera, soit mis
En paradis et ses amis.
Qui céans vient dévotement
Tous les lundis ou autrement,

AUTRES MONUMENTS ET CURIOSITÉS DU CIMETIÈRE DES SAINTS-INNOCENTS.

La Tour de Notre-Dame-des-Bois. Ce monument, qui a subsisté jusqu'à la suppression du cimetière, est au nombre de ceux dont l'origine et l'usage sont entièrement inconnus. Il étoit d'une forme octogone, d'une construction demi-gothique, haut d'environ qua-

> Et de son pouvoir y fait dons,
> A indulgence et pardons.
> Ecrits céans en plusieurs tables,
> Moult nécessaires et profitables.
> Nul ne sait que tels pardons vaillent
> Qui durent quand d'autres bons faillent.
> De mon paradis,
> Pour mes bons amis,
> Descendu jadis,
> Pour être en croix mis *.

Nous croyons devoir saisir cette occasion, qui sera peut-être la dernière que nous aurons de parler de ce personnage, pour rectifier ce que nous en avons dit à l'article de l'église de Saint-Jacques-de-la-Boucherie. Alors, sans adopter toutes les fables qu'on a débitées sur son compte, nous admirâmes cependant, comme tant d'autres, et sur-tout d'après l'autorité de *Saint-Foix*, sa fortune considérable et mystérieuse. Nous ignorions qu'un auteur plein de sens et d'érudition (l'abbé Villain) s'étoit donné la peine de faire, dès long-temps, un travail complet sur cette matière, et que la critique exacte et savante qu'il y a répandue, non seulement fait évanouir tout le merveilleux dont on avoit voulu entourer *Nicolas Flamel*, mais prouve qu'à l'exception de quelque bizarrerie, qu'il est possible de remarquer dans son caractère, ses œuvres et sa vie ne sortent pas de la classe des évènements les plus communs. Pour parvenir à ce résultat, M. l'abbé Villain a compulsé, lu, vérifié une foule d'actes, de titres, de contrats, ensevelis dans la poussière des dépôts, et notamment dans les archives de Saint-Jacques-de-la-Boucherie. Soutenu de toutes ces pièces, il prouve jusqu'à la dernière évidence, 1° que le bien de Flamel n'étoit pas très considérable, et qu'il a pu facilement le gagner dans son état d'écrivain, qui, loin d'être *peu lucratif*, étoit une profession honorée et avantageuse avant la découverte de l'imprimerie; 2° que sa femme Pernelle, à laquelle il survécut de plus de vingt années, avoit accru sa fortune par une donation qu'elle lui fit du patrimoine assez considérable qu'elle possédoit; 3° qu'il vivoit avec l'économie la plus sévère, à cause de ce goût de piété qui le portoit à consacrer au service des églises la fortune que Dieu lui avoit donnée; 4° enfin, et ceci est sans réplique, qu'après un recensement fait et de son avoir et des fondations dont il est le créateur, il est démontré que ces établissements ne passent pas la valeur de son capital. Ce petit ouvrage, extrêmement curieux, est un vrai triomphe remporté par la critique judicieuse et éclairée sur l'ignorance et les préventions.

* Pour exécuter un projet de construction, les marguilliers de la paroisse des Saints-Innocents voulurent faire abattre ce monument; mais ceux de Saint-Jacques-de-la-Boucherie s'y opposèrent, en qualité d'exécuteurs testamentaires de Nicolas Flamel, et leur opposition força les autres de renoncer à leur projet.

rante pieds, et placé en avant et à droite du portail de l'église. Sauval et Piganiol, qui lui ont supposé une antiquité antérieure même au christianisme, antiquité que démentoit le seul aspect de sa construction, ont débité à ce sujet une foule de conjectures dépourvues de preuves et de critiques. Nous croyons que, dans l'ignorance complète où nous sommes à ce sujet, le silence est préférable à de vaines et inutiles suppositions. Une niche contenant l'image de la Vierge, et pratiquée dans sa partie orientale, lui avoit fait donner le nom qu'il a porté jusqu'à sa destruction (1).

La Croix Gastine. Cette croix avoit d'abord été élevée sur l'emplacement d'une maison appartenante à Philippe de Gastine, pendu en 1571, par arrêt du parlement, pour avoir tenu chez lui des assemblées de calvinistes. Nous avons déjà dit que, par suite de l'édit de pacification accordé à ces sectaires, cette croix avoit été transportée dans le cimetière des Innocents; elle étoit placée vis-à-vis la première arcade des charniers du côté de la rue Saint-Denis, et près de la face latérale de l'église. Ce monument, d'une forme pyramidale et d'une architecture élégante, étoit sur-tout remarquable par un bas-relief de la main de *Jean Goujon*, représentant le triomphe du saint Sacrement (2).

Le Préchoir. C'étoit un petit bâtiment carré, orné de quatre pilastres qui supportoient un toit pyramidal extrêmement élevé. Il étoit situé vis-à-vis le portail de l'église, et à peu de distance des charniers qui s'étendoient dans la longueur de la rue aux Fers. Nous ignorons quelle étoit la destination de cette construction singulière; mais son nom semble indiquer qu'elle servoit à faire des sermons ou des conférences à certains jours de l'année (3).

Le Calvaire. Ce monument gothique, et de plein relief, étoit placé du même côté sous une arcade des charniers, et entouré d'une grille dans toute sa hauteur. Il représentoit, suivant toutes les apparences, le Christ apparoissant aux saintes Femmes. Il a été entièrement détruit.

La Chapelle de Villeroy. Ce petit monument, d'un style gothique assez élégant, étoit adossé aux charniers qui régnoient le long de la rue de la Lingerie. On ignore à quelle époque il a été construit, et quel nom il portoit avant que la famille de Villeroy en eût fait l'acquisition pour en faire un lieu de sépulture qui lui appartenoit exclusivement (4).

La chapelle Pomereux. Elle étoit située du même côté, en se rapprochant de la rue de la Féronnerie. C'étoit un simple massif carré, en pierres de taille, surmonté d'une calotte et d'une croix. Elle servoit également de sépulture à la famille dont elle portoit le nom.

Le Squélétte de Germain Pilon. Cette petite figure en ivoire étoit précieusement con-

---

(1) Voyez la gravure représentant l'église et le cimetière des Innocents, où ce monument est figuré à la place même qu'il occupoit.

(2) Voyez la même gravure. Nous croyons que ce monument est actuellement dans une maison de campagne aux environs de Paris.

(3) On voit une partie de ce monument sur le premier plan de la vue que nous donnons de ces charniers. Cette vue est gravée pour la première fois d'après un dessin fait sur les lieux, lors de la démolition.

(4) Elle est également gravée ici pour la première fois d'après un dessin original et authentique.

servée dans une armoire pratiquée sur une des faces de la tour de Notre-Dame-des-Bois, et qui ne s'ouvroit pour le public qu'une fois par an, le jour de la Toussaint. Cet ouvrage, digne, par son exécution, du sculpteur célèbre qu'on en croit l'auteur, se voit encore aujourd'hui au Musée des monuments français.

Le cimetière des Innocents contenoit encore un grand nombre d'autres monuments sépulcraux, croix, tombes, inscriptions, etc., dont nous ne tarderons pas à parler.

SÉPULTURES.

Parmi la multitude innombrable de personnes qui avoient été inhumées dans ce cimetière, on n'en cite qu'un très petit nombre qui méritent d'être remarquées ; savoir,

Jean Le Boulanger, premier président du parlement, mort en 1482.

Cosme Guymier, président aux enquêtes, écrivain du quinzième siècle.

Jean l'Huillier, conseiller au parlement, mort en 1535.

André Sanguin, conseiller, mort en 1539.

Nicolas Lefebvre, qui fut précepteur de Henri de Bourbon, prince de Condé, puis de Louis XIII, mort en 1612.

Le célèbre historien *François-Eudes de Mezerai*, mort en 1683.

Suivant Gilles Corozet, on lisoit de son temps dans ce cimetière l'épitaphe suivante, gravée sur une plaque de cuivre :

Cy gist Iollande Bailly, qui trépassa l'an 1514, la quatre-vingt-huitième année de son âge, la quarante-deuxième de son veuvage, laquelle a vu ou pu voir, devant son trépas, deux cent quatre-vingt-treize enfants issus d'elle (1).

Les galeries des charniers étoient occupées par un grand nombre de marchands de toute espèce, par des écrivains publics qui ne craignoient

---

(1) On rapporte qu'en 1365, sous Charles V, Raymond du Temple, architecte de ce prince, faisant, par son ordre, des réparations dans le Louvre, et manquant de pierres pour ce travail, fut obligé d'en prendre dans le cimetière des Innocents. Il acheta, le 27 septembre de cette même année 1365, dix tombes, qu'il paya 14 sols parisis la pièce, à *Thibault de La Nasse*, marguillier de la paroisse des SS. Innocents.

En 1484, les Anglais, maîtres de Paris, choisirent ce cimetière pour en faire le théâtre d'une fête qu'ils donnèrent en réjouissance de la bataille de Verneuil. Ce fut un spectacle anglais dans toute la force du terme : des personnes des deux sexes, de tout âge et de toutes conditions y passèrent en revue, et exécutèrent diverses danses, ayant la mort pour coryphée. Cette triste et dégoûtante allégorie s'appeloit la danse *Macabrée*. (Villaret prétend en trouver l'étymologie dans les mots anglais *to make*, faire, et *to break*, briser) ; mais cet historien n'explique point le rapport qu'il peut y avoir entre ces deux mots et une pareille danse. Nous serions tout aussi embarrassés que lui de le faire.

pas d'habiter continuellement un foyer de putréfaction, dont l'activité devenoit de jour en jour plus forte et plus dangereuse. Il y avoit déjà long-temps qu'on en sentoit les graves inconvénients, même pour la ville entière, au centre de laquelle il étoit placé ; et, dès l'an 1765, le parlement de Paris avoit rendu un arrêt par lequel il ordonnoit qu'à partir du 1er janvier 1766, il ne seroit plus fait d'inhumations dans les cimetières situés dans l'intérieur de la ville, et il avoit en même temps indiqué les endroits qui paroissoient les plus convenables et les plus commodes pour huit cimetières communs. Il sembloit que la sagesse d'un tel règlement n'eût dû éprouver ni obstacles ni contradictions; cependant, par des motifs plus spécieux que solides, et qui n'auroient pas dû entrer un moment en comparaison avec un intérêt aussi grand que celui de la conservation des citoyens, l'exécution de cet arrêt fut suspendue pendant très long-temps, et ce n'est qu'en 1780 qu'on cessa tout-à-fait d'enterrer des morts dans le cimetière des Innocents.

La démolition en fut commencée environ six ans après, sous la direction de MM. Legrand et Molinos. On abattit l'église et les charniers : les fosses furent ouvertes à une grande profondeur, et l'on s'occupa d'en recueillir les ossements avec le soin le plus religieux. Tandis que cette opération se faisoit, on préparoit hors de la ville un lieu convenable pour les recevoir. Une maison située près de la barrière Saint-Jacques, et nommée *la Tombe-Isouard*, avoit paru propre à remplir le but qu'on se proposoit, en ce qu'elle étoit située au-dessus des carrières de Montrouge, et qu'il étoit facile d'y ouvrir une communication avec ces vastes souterrains. Un puits fut creusé à cet effet dans un petit enclos attenant à cette maison, et les ossements, apportés successivement dans des chariots couverts, y furent descendus et déposés sur deux lignes parallèles, et à six pieds de hauteur. Des prêtres en surplis et chantant l'office des morts suivoient les chariots. Lorsque le transport fut entièrement achevé, on éleva un mur en maçonnerie qui sépara ces nouvelles catacombes des autres parties des carrières, et l'archevêque lui-même y descendit pour les bénir.

Quant aux monuments sépulcraux, tels que les croix, les tombes en pierre et en plomb, les épitaphes et autres inscriptions, ils furent rangés avec beaucoup d'ordre dans le jardin de cette maison, où l'on a pu les voir encore dans les premiers temps de la révolution. Nous croyons

que , sous la *terreur* , ils ont été en grande partie détruits ou dispersés.

La Chapelle de Villeroy.

LA PLACE ET LA FONTAINE DES INNOCENTS.

Cette fontaine, construite en 1550 sur les dessins de *Pierre Lescot*, et ornée de sculptures par *Jean Goujon*, n'avoit point, dans l'origine, la forme qu'elle offre maintenant. Composée alors seulement de trois arcades, elle occupoit l'angle de la rue Saint-Denis et de la rue aux Fers, développant en ligne droite deux de ses arcades sur cette dernière rue, et la troisième en retour sur la rue Saint-Denis. Dans cet espace, elle remplaçoit une ancienne fontaine qui existoit dès le treizième siècle, puisqu'il en est fait mention dans un accord passé en 1273, entre Philippe-le-Hardi et le chapitre de Saint-Mérri. Chacune de ces arcades, comprise dans la hauteur d'un ordre de pilastres composites, avec piédestal, entablement et attique, étoit couronnée d'un fronton, et le tout s'élevoit sur un soubassement d'où l'eau s'échappoit par de petits mascarons. Cinq figures de Naïades occupoient les intervalles des pilastres, et six bas-reliefs ornoient les frontons et les entablements.

Lorsque la démolition de l'église et des charniers des Innocents eut été achevée, et qu'on eut converti leur emplacement en un marché public, on sentit aussitôt la nécessité de décorer d'un monument public la nudité de cette place immense. La destination du lieu indiquoit que ce monument devoit être une fontaine, et l'on regrettoit que celle des Innocents, reléguée à l'une de ses extrémités, n'offrît pas dans sa construction un ensemble qui la rendît propre à cette décoration. L'irrégularité de sa forme sembloit opposer en effet des obstacles invincibles, lorsqu'une inspiration heureuse rendit tout à coup facile ce qui d'abord avoit paru impraticable. M. *Six*, architecte, eut la gloire de résoudre ce problème abandonné par mille autres; il proposa au baron de Breteuil, alors ministre de Paris, d'oser changer la forme primitive de cette fontaine, et de la reconstruire au centre de la place, sans rien changer à sa déco-

VUE de la PLACE des INNOCENTS.

-ration, mais en ajoutant seulement une quatrième face aux trois premières, et en faisant du tout un carré parfait.

Ce moyen à la fois simple, ingénieux et économique, dont le résultat
étoit d'isoler, sous un aspect peut-être encore plus élégant, un monument
conçu dans son origine sur un plan si différent, fut accueilli avec empressement, et valut une récompense à son inventeur. Sous la direction
de M. Poyet, alors architecte de la ville, et de MM. Legrand et Molinos,
architectes des monuments publics, la fontaine fut démontée, transportée
et reconstruite sans que la sculpture eût éprouvé la moindre altération.
M. Pajou, chargé de l'exécution des bas-reliefs et des trois figures qui
devoient décorer la nouvelle façade, sut imiter le style de son modèle
de manière à mériter des éloges. Les lions du soubassement et les autres
ornements furent partagés entre MM. l'Huilier, Mézières et Daujon. Le
monument offrit alors, dans son nouvel ensemble, un quadrilatère surmonté d'une coupole recouverte en cuivre, et formée en écailles de poisson:
le tout, posé sur un socle et des gradins de dix pieds de hauteur, présenta
une élévation totale de quarante-deux pieds et demi.

Ce chef-d'œuvre, l'honneur de l'école française, et comparable peut-être
aux plus belles productions de l'antiquité, n'a pas toujours été apprécié
à sa juste valeur, même par des gens de l'art; et, dans le siècle dernier,
un architecte célèbre (1) trouvoit qu'il n'avoit pas le caractère mâle qui
convenoit à une fontaine, que les ornements trop riches et trop re-
cherchés dont il est couvert étoient une faute contre le goût et les conve-
nances. Plus éclairés aujourd'hui sur les vrais principes de la belle architecture, les connoisseurs admirent au contraire avec quel discernement exquis
les deux grands artistes ont su allier dans leur ouvrage la simplicité de
l'ensemble à la richesse des détails, étaler avec une sage retenue, et dans
une harmonie parfaite, ce que l'architecture a de plus brillant, ce que
la sculpture peut offrir de plus élégant et de plus gracieux. Ce n'étoit pas
trop de tout le luxe corinthien pour accompagner ces bas-reliefs incom-
parables dans lesquels Jean Goujon semble s'être surpassé lui-même.
C'est là sur-tout que l'on peut voir ce qu'étoit le talent de cet homme

______

(1) Jacques-François Blondel.

extraordinaire, qu'on a comparé au *Corrège* pour la grace de ses productions, et qui certainement l'emportoit de beaucoup sur lui pour la
noblesse du style et la pureté du dessin. Ici la finesse des contours, la
souplesse des mouvements, l'heureux agencement des draperies sous
lesquelles le nu se développe avec le sentiment le plus délicat, tout
rappelle la naïveté et la perfection de l'antique dont Goujon a été, depuis
la renaissance des arts, le plus excellent imitateur; et nous ne craignons
point d'être accusés d'exagération, en donnant à ces bas-reliefs le premier
rang parmi les chefs-d'œuvre de la sculpture moderne.

Cette merveille de l'art excita, dès son origine, une vive et profonde
admiration, devenue plus grande encore aujourd'hui que le goût de l'école
est plus que jamais porté vers l'étude et l'imitation de l'antique. Cependant
nous ferons remarquer comme une singularité assez frappante qu'elle ne
pût inspirer au meilleur poëte latin du dix-septième siècle, chargé d'en
faire l'éloge, qu'une pensée froide et absurde, renfermée dans un distique
qu'on ne laissa pas de graver sur le soubassement. Au milieu de tant de
graces et de perfections, Santeuil ne fut saisi que de la vérité avec laquelle
le sculpteur avoit rendu les eaux, qui cependant sont d'une imitation très
médiocre, par la raison qu'il est impossible à la sculpture de les imiter;
et cette impression bizarre lui fit composer cés deux vers, qui ne le sont
guère moins :

Quos duro cernis simulatos marmore fluctus,
　Hujus Nympha loci credidit esse suos.

Dans les petites tables placées au-dessóus des impostes, on lit ces
mots : *Fontium Nymphis* ; et avant que cette fontaine eût été changée de
place, une inscription française, gravée sur le soubassement du côté de la
rue Saint-Denis, faisoit savoir que ce côté avoit été disposé, en 1708, pour
fournir une plus grande quantité d'eau.

Cet édifice, dont l'entretien avoit été fort négligé, fut réparé dans
cette même année 1708. Vers 1741 on se proposa de le restaurer
une seconde fois ; mais comme cette restauration auroit altéré la
beauté de la sculpture, que les entrepreneurs avoient imaginé de faire
regratter, on fit heureusement jeter bas les échafauds avant que
cette opération barbare eût été commencée, et il fut décidé que

l'on conserveroit à la postérité ce magnifique ouvrage dans toute sa
pureté (1).

(1) On a introduit depuis peu dans cette fontaine un très grand volume d'eau, qui, se répandant
en nappes et en gerbes dans les bassins, contribue à augmenter le bel effet de sa masse.

La Fontaine des Innocents.

RUES ET PLACES

DU QUARTIER DES HALLES.

Rue de la Chanverrerie. Un de ses bouts donne dans la rue Saint-Denis, l'autre dans celle de Mondetour. L'orthographe du nom de cette rue a considérablement varié. On trouve *Chanverie* dans Guillot, *Chanvrerie* dans la taxe de 1313, *Chanvoirerie* dans Corrozet, *Champ-Verrerie* dans Sauval, *Chanverrerie* dans de Chuyes, *Champvoirie* dans La Caille, *Champvoirerie*, *Chanvoirie*, etc. Cette différence d'orthographe a fait naître deux opinions sur l'étymologie de ce nom. Quelques uns ont cru que l'endroit où cette rue est située étoit une campagne, ou faisoit partie du terrain de Champeaux, dans lequel se trouvoit une verrerie, et qu'ainsi il faut écrire *Champ-Verrerie*. Ce sentiment, destitué de toute preuve, n'est appuyé que sur l'autorité de Sauval. L'autre opinion fait venir le nom de cette rue du mot chanvre, et semble plus probable. En effet, 1º on trouve qu'on vendoit aux halles les filasses et les chanvres, et l'on ne trouve aucune mention ni indice qu'il y ait eu une verrerie en cet endroit ; 2º le nom de *Chanverie* que lui donne Guillot, et celui de *Chanvrerie* qu'on lit dans la taxe de 1313, sont plus analogues au chanvre qu'à une verrerie ; 3º ce qui semble lever toute difficulté est le mot latin *Canaberia*, que des actes lui donnent. Dans les lettres de Pierre de Nemours, évêque de Paris, du mois de juin 1218, il est fait mention d'une maison *in vico de Chanaberia, prope S. Maglorium*. Dans un amortissement du mois d'octobre 1295, cette rue est nommée *Vicus Canaberie*, et afin qu'on ne la confonde pas avec une autre, elle y est indiquée *in censiva Morinensi* (le fief de Thérouenne). Enfin les registres capitulaires de Notre-Dame indiquent toujours cette rue sous les noms de *Chanvrie*, de *Chanvrerie* (1).

Rue Comtesse d'Artois. Elle commence à la pointe Saint-Eustache, et finit à la rue Montorgueil, au coin de la rue Mauconseil. Dans les titres du quatorzième siècle, elle est indifféremment nommée rue *au comte d'Artois*, rue de la *Porte à la Comtesse*, et rue à la *Comtesse d'Artois*. Le nom de rue au comte d'Artois venoit de Robert II, neveu

---

(1) Dès 1459 il y avoit dans cette rue une maison appelée *l'hôtel de la marchandise de poisson de mer*. Cette maison, destinée pour y faire dessaler le poisson, fut transportée depuis dans la rue de la Cossonnerie.

de saint Louis, dont l'hôtel étoit situé entre les rues Pavée et Mauconseil. Ce prince fit percer le mur d'enceinte, et ouvrir, pour sa commodité et celle du public, une fausse porte, laquelle prit le nom de porte au comte d'Artois, et le donna à la rue (1). Elle est confondue maintenant avec la rue Montorgueil, dont elle a pris le nom.

Rue de la Cordonnerie. Elle traverse de la rue de la Tonnellerie au marché aux Poirées. Elle a pris son nom des cordonniers (2) et vendeurs de cuirs, qui quittèrent, suivant les apparences, la rue des *Fourreurs,* nommée d'abord de la Cordonnerie, pour venir s'établir aux halles dans celle que nous décrivons.

Rue de la Coçonnerie, ou Cossonnerie. Elle va de la rue Saint-Denis aux halles. Cette rue est fort ancienne. Sauval dit qu'au douzième siècle elle portoit le nom de *Via Cochoneria,* et en 1330 de la *Coçonnerie.* On lit *Vicus Quoconneriæ* dans un titre de Saint-Magloire, en 1283 ; *in Buco Coconnerie ante halas* dans un acte du mois d'octobre 1295. Sauval dit que ces noms viennent des cochons et de la charcuiterie qu'on y vendoit, ou des volailles, gibiers et œufs qui s'y débitoient, *Cossonnerie voulant dire la même chose que Poulaillerie.* On la trouve indiquée dans nos nomenclatures *Cossonnerie,* ce qui ne suit pas aussi exactement l'orthographe du vieux mot latin que l'autre manière.

Rue du Cygne. Elle va de la rue Saint-Denis dans celle de Mondetour ; elle doit ce nom à une enseigne. Dès la fin du treizième siècle on connoissoit la maison *O Cingne.* Guillot indique la rue au *Cingne,* et le rôle de 1313 la rue au *Cigne.*

Rue de l'Échaudé. C'étoit un petit passage qui alloit de la rue au Lard dans celle de la Poterie. On ignore d'où lui vient ce nom qu'on ne donne qu'à trois rues disposées en triangle. Il se confond maintenant avec la rue *Le Noir,* dont il fait la suite.

Rue de la Pointe-Saint-Eustache. Un de ses bouts donne à l'extrémité de la rue

---

(1) L'abbé Lebeuf, dans ses notes sur le dire des rues de Paris par Guillot, avance, et d'autres ont répété d'après lui que cette rue s'appeloit, en 1253, rue de la Savaterie ; en 1300, au Comte-d'Artois ; de Bourgogne, Nicolas Arode, et de la porte à la Comtesse au quinzième siècle. On ne trouve aucun acte où cette rue soit appelée de la *Savaterie,* non plus que de *Bourgogne ;* à l'égard de la rue de Nicolas d'Arode, l'abbé Lebeuf, qui croit la reconnoître dans la rue Comtesse-d'Artois, avoit oublié qu'il en avoit indiqué une de ce nom dans le quartier Saint-Martin-des-Champs, d'où l'on pourroit supposer, ou qu'il y en avoit deux du même nom, ce qu'on ne trouve nulle part, ou que cette rue portoit ce nom avant qu'on lui eût donné celui de Comtesse-d'Artois, ce qui ne peut se concilier avec l'énoncé du rôle de 1313. Voici ce qu'il porte : « *La première queullette de la paroisse de Saint-Huystace se commence de la porte de feu Nicolas Arrode jusqu'à la pointe Saint-Huystace, d'illec jusqu'à la porte de Montmartre...... La troisième queullette, de la porte au Comte d'Artois jusqu'au coin devant le Pilori.* » D'où il est facile de concevoir que la rue Nicolas Arrode devoit être celle que nous nommons la rue de la Pointe-Saint-Eustache, et non la rue de la Comtesse-d'Artois, laquelle commençoit où l'autre finissoit.

(2) Ce n'est que par syncope que ceux qui font et vendent des souliers sont nommés cordonniers, car originairement on les appeloit *cordouanniers,* parceque le premier cuir dont les Français se servirent pour leurs souliers venoit de Cordoue, et en conséquence étoit appelé du *Cordouan.*

Traînée, et l'autre aux halles, au coin de la rue de la Tonnellerie. Son nom vient, selon quelques uns, du clocher de l'église de Saint-Eustache, qui étoit bâti en pointe, ou pyramide. Selon d'autres, il vient de la pointe formée par les rues qui y viennent aboutir. Ce carrefour est en effet indiqué en 1300 et dans les siècles suivants, sous le nom de la *Pointe-Saint-Huystace*. Nous avons déjà dit que nous croyons cette rue la même que celle qui est désignée par Guillot sous le nom de Nicolas Arrode (1).

Rue aux Fers. Elle va de la rue Saint-Denis au marché aux Poirées. On a beaucoup varié sur le nom de cette rue qui est très ancienne : elle étoit connue dès le treizième siècle. Sur plusieurs plans, tant anciens que modernes, on lit rue aux *Fers*; d'autres écrivent au *Ferre*, et aux *Fèves*. Le voisinage de la hâlle où l'on vend des légumes a sans doute servi de fondement à cette dernière dénomination. Le rôle de 1313 et d'autres actes l'indiquent sous le nom de rue au *Féure*. Sauval dit qu'elle le portoit en 1297, et il peut lui convenir, ainsi que celui de *Fouare*, qui signifie aussi *paille*, parcequ'on croit, dit-il, qu'elle a *servi de marché*. Jaillot pense que son véritable nom est celui de rue au *Fèvre*, qu'on écrivoit anciennement au *Feure*, la consonne *v* ne se distinguant point alors dans les actes d'avec la voyelle *u*. Dans ce sens le mot *fèvre* veut dire un artisan, un fabricant, *faber*. C'est ainsi qu'elle est nommée dans un arrêt du 26 mars 1321: *in capite vici Fabri juxta halas*. Ainsi la dénomination de la rue aux Fers qu'on lui donne depuis plus de cent-cinquante ans n'a pas d'autre fondement que l'usage.

Rues de la Friperie (la grande et la petite). Ces deux rues doivent leur nom aux fripiers qui en habitent la plus grande partie; elles aboutissent toutes deux à la rue de la Tonnellerie. La grande rue de la Friperie se termine à la rue Jean-de-Beausse, et la petite à celle de la Lingerie (2).

Rue de la Fromagerie. Elle aboutit d'un côté dans la rue de la Pointe-Saint-Eustache, de l'autre dans le marché aux Poirées. On la nommoit anciennement de la *vieille Fromagerie*, sans doute à cause des marchands de fromages qui y demeuroient; et c'est ainsi qu'on la trouve indiquée dans les plans de la fin du quinzième siècle. Guillot l'appelle *de la Formagerie*.

Rue Jean-de-Beausse. Elle traverse de la rue de la Friperie dans celle de la Cordonnerie, et doit son nom à un particulier qui y avoit un étal. Il en est fait mention dans un compte du hallage, en 1484. Son nom n'a pas varié depuis (3).

---

(1) On la nomme maintenant *place de la Pointe-Saint-Eustache*.

(2) La petite rue de la Friperie est indiquée, sur quelques plans, sous le nom de la *Chausseterie*. On donnoit anciennement ce nom à la rue Saint-Honoré, depuis les piliers des halles jusqu'à la rue des Prouvaires.

(3) Il y avoit encore, à la fin du siècle dernier, une petite rue qui formoit une partie circulaire, laquelle sortoit de la rue Jean-de-Beausse et y rentroit. Cette rue, qu'on nommoit *du Petit-Saint-Martin*, s'appeloit, au quinzième siècle, suivant Jaillot, ruelle ou rue *du Four-Saint-Martin*. Cette opinion est fondée sur des actes qui prouvent que, dès 1119, le prieuré de Saint-Martin-des-Champs jouissoit

Rue au Lard. Elle commence à la rue de la Lingerie et aboutit à la boucherie de Beauvais. Presque toutes les nomenclatures portent rue *Aulard*, comme si elle empruntoit ce nom d'un particulier. Cependant il est certain qu'on y vendoit autrefois du lard et des chaircuiteries, ce qui donne lieu de croire qu'il faut écrire *au Lard*, opinion que fortifie la vue de plusieurs anciens plans où l'on s'est conformé à cette orthographe (1).

Rue de la Lingerie. Une de ses extrémités donne dans la rue de la Féronnerie, l'autre dans le marché aux Poirées, au coin de la rue aux Fers. Elle doit son nom aux lingères et vendeurs de menues friperies à qui saint Louis permit d'étaler le long du cimetière des Innocents jusqu'au marché aux Poirées, privilège qui leur fut confirmé par plusieurs de ses successeurs. Les gantiers étoient établis de l'autre côté de cette rue : aussi trouve-t-on dans plusieurs actes la lingerie et la ganterie indiquées au même endroit. Les étaux de lingères subsistèrent en ce lieu jusqu'au règne de Henri II. Ce prince ayant racheté toutes les halles, vendit cet emplacement à des particuliers pour y construire des maisons (2), lesquelles ont formé une rue qui a pris le nom de *rue de la Lingerie.*

Rue de Mondetour. Elle aboutit d'un côté dans la rue des Prêcheurs, et de l'autre dans celle du Cygne. Guillot et ceux qui l'ont suivi ont écrit *Maudetour*, et avec raison. Elle est ainsi nommée dans les rôles de 1300 et de 1313, et ce nom subsistoit encore du temps de Corrozet. Sauval dit qu'elle s'appeloit au quatorzième siècle *Maudestour* et *Maudestours*, et depuis la rue du Cygne jusqu'à celle de la Truanderie, ruelle ou rue *Jean Gilles.* On varie sur l'étymologie de ce nom. L'abbé Lebeuf a inféré du nom de *Maudetour*, qui veut dire *mauvais détour*, ou que c'étoit un endroit dans lequel on avoit fait quelque mauvaise rencontre, ou que ce nom pouvoit venir de l'ancien château de Maudestor. Jaillot pense que c'est un nom de famille, et il cite à l'appui de son sentiment plusieurs titres et actes anciens, et entre autres les déclarations rendues au roi en 1540, parmi lesquelles on trouve celle d'une maison sise rue Pyrouet en Therouenne, aboutissant des deux parts aux héritiers de feu *Claude Foucaut, sieur de Maudetour.*

Rue Le Noir. Cette rue, qui donne de la rue Saint-Honoré dans celle de la Poterie, a

---

d'un four aux halles. Ce four, dont il est fait mention dans une bulle de Calixte II, est désigné dans tous les titres de cette abbaye sous le nom de *fief de la Rapée* (au marché aux Poirées), *in vico qui dicitur Judæorum.* Or, cette rue des Juifs, le même auteur la croit remplacée par la grande rue de la Friperie, qui aboutissoit à celle du Petit-Saint-Martin. Il ne reste plus aucun vestige de cette dernière, dont l'emplacement est entièrement couvert par des maisons. On a également fermé un cul-de-sac ou passage qui donnoit dans cette rue, et qui existoit encore avant la révolution. On l'avoit alors partagée en deux parties qui formoient des cours, et on l'appeloit rue *Grosnière.* Ce nom, dont nous ignorons l'origine, a beaucoup varié, et l'on trouve ce même passage sous ceux de l'*Engronnerie*, l'*Angrognerie*, de la *Grongnerie.* On l'a aussi nommée *petite rue Saint-Martin.*

(1) L'ancienne boucherie de Beauvais étoit placée en face de cette rue, et en faisoit la continuation. C'est maintenant un cul-de-sac, nommé, comme la rue, *cul-de-sac au Lard.*

(2) Ils s'étoient engagés à les construire avec des arcades de pierres et quatre étages au-dessus, ce qui ne fut pas entièrement exécuté.

été ouverte depuis 1780, et doit son nom à M. Le Noir, lieutenant-général de police.

Rue de la Poterie. Elle donne d'un bout dans la rue de la Lingerie, et de l'autre dans celle de la Tonnellerie. Son nom lui vient des poteries qui s'y vendoient encore dans le dix-septième siècle. Elle a porté anciennement les noms de *rue des deux Jeux de Paume*, *rue Neuve des deux Jeux de Paume*, parcequ'effectivement il y en avoit deux qui occupoient l'emplacement où est aujourd'hui la halle aux draps et aux toiles.

Rue des Potiers d'Étain. On désigne sous ce nom la partie des piliers des halles qui règne depuis la rue Pirouette jusqu'à celle de la Cossonnerie. Elle doit ce nom aux potiers d'étain qui s'y sont établis. On la désignoit plus ordinairement sous le nom général de *Piliers des Halles*, et quelquefois sous celui de *Petits Piliers*, parcequ'il y en a un plus petit nombre de ce côté (1).

Rue des Prêcheurs. Elle aboutit d'un côté dans la rue Saint-Denis, et de l'autre à la halle. On la connoissoit sous ce nom dès le douzième siècle. Sauval dit qu'en 1300 elle s'appeloit *rue aux Prêcheurs*, et depuis *au Prêcheur*, à cause d'une maison où pendoit pour enseigne le prêcheur, et qui étoit nommée en 1381 l'hôtel du Prêcheur.

Jaillot croit que la maison et l'enseigne devoient leur nom à un particulier, car il dit avoir vu des lettres de Maurice de Sully, évêque de Paris, de l'an 1184, qui attestent que *Jean de Mosterolo* avoit donné à l'abbaye de Saint-Magloire ce qu'il avoit de droit *in terrâ Morinensi*, et 9 sous sur la maison de Robert le Prêcheur, *Prædicatoris*. Au siècle suivant, cette rue se nommoit des Prêcheurs; elle est indiquée ainsi dans un amortissement du mois de juin 1252, concernant une maison située *in vico Prædicatorum.*

Rue de la Réale. Elle donne d'un bout dans la rue de la Grande Truanderie, et de l'autre sous les piliers des halles. Dans les titres du quinzième siècle, elle est appelée ruelle ou rue Jean *Vingne*, *Vuigne*, *Vigne*, des *Vignes*. Ce mot que Jaillot croit être une altération de celui de Jean *Bigne*, ou *Bingne*, ainsi que l'écrivoit Guillot, a été le nom de plusieurs particuliers dont les actes font mention. Du reste, on trouve cette rue déjà désignée sous le nom de *la Réale* sur tous les plans du dix-septième siècle.

Rue Tirouane. Elle va d'un côté aux rues de Mondetour et de la Petite Truanderie, et de l'autre aux piliers des halles. On la connoît également sous le nom de rue *Pirouette*. Il y a apparence que ce terrain formoit anciennement deux rues, dont l'une s'appeloit *Therouenne*, qui est le nom du fief. Quant au nom de la seconde, il a été souvent altéré. On trouve dans la liste des rues du quinzième siècle, rue *Pétonnet*, et rue *Tironne*, ou *Térouenne*; dans Corrozet et Bonfons, rue du *Petonnet*, *du Peronnet*, *Tironnet* et *Teronne*. Enfin elles semblent ne former plus qu'une seule rue sous le nom de Pirouet en *Tiroye*, en *Tiroire*, en *Theroenne*, *Tirouer*, *Thérouanne* et *Tirouanne* en 1413. *Pierret de Terouenne*, *Pirouet en Therouenne* dans le quinzième et seizième siècle; enfin *Pirouette en Therouenne*, qui est son véritable nom.

---

(1) On la nomme aujourd'hui *les Piliers des Potiers d'Étain.*

Rue de la Tonnellerie. Elle aboutit d'un côté dans la rue Saint-Honoré, et de l'autre dans celle de la Fromagerie et à la halle ; elle portoit ce nom dès le treizième siècle. On la trouve quelquefois désignée sous le nom de la *Toilerie*, parcequ'autrefois cette rue étoit distinguée en deux parties. La tonnellerie étoit la rue ou chemin sous les piliers ; l'autre côté étoit la toilerie. On l'appeloit aussi rue des Toilières, et au quatrième livre des comptes de Marcel, en 1557, elle est indiquée *rue des Toilières, qui fait front aux rues de la Tonnellerie et aux toilières du côté de la halle au blé*. On connoît plus particulièrement cette rue sous le nom *des grands Piliers des Halles* (1).

Rue de la Grande Truanderie. Elle traverse de la rue Comtesse d'Artois dans celle de Saint-Denis. On donne à ce nom deux étymologies ; les uns le font venir du vieux mot *truand*, qui signifioit un gueux, un vagabond, un diseur de bonne aventure, espèce de gens que les partisans de cette étymologie supposent avoir occupé autrefois cette rue, à laquelle ils auroient donné leur nom. D'autres, et c'est le plus grand nombre, font dériver ce nom du vieux mot *tru, truage*, qui signifie tribut, impôt, subside. Jaillot penche pour cette dernière opinion. « De ce mot *trus*, dit Pasquier dans ses Recherches, « vint celui de *Truander*, pour dire gourmander, parceque ceux qui sont destinés à exiger « les tributs sont ordinairement gens fâcheux qui ont peu de pitié des pauvres sur lesquels « ils exercent les mandements du roi. » Il y a grande apparence, ajoute-t-il, qu'on donna le nom de truanderie aux rues où les bureaux de ces fermiers et receveurs étoient établis.

Rue de la Petite Truanderie. Elle commence au coin de la rue Mondetour et aboutit dans la rue de la Grande Truanderie, à la place du puits d'Amour (2), d'où cette rue fut appelée anciennement rue du *Puits d'Amour* et de *l'Ariane*, ou *Arienne*.

---

(1) Molière naquit dans une maison de cette rue, laquelle subsiste encore ; c'est la seconde du côté de la rue Saint-Honoré, sous les piliers. On y a placé, depuis quelques années, son buste, avec une inscription qui rappelle cet événement.

(2) Ce puits, qui ne subsiste plus, se trouvoit à la pointe de la grande et de la petite *Truanderie*. Il fut, dit-on, ainsi nommé à cause de la fin tragique d'une jeune fille qui s'y précipita et s'y noya, se voyant trompée et abandonnée par son amant. Environ trois cents ans après cette aventure, un jeune homme, réduit au désespoir par les rigueurs de sa maîtresse, choisit le même puits pour terminer sa vie et ses tourments ; mais le résultat en fut bien différent, il s'y jeta avec tant de bonheur, qu'il ne fut pas même blessé, et que sa maîtresse, touchée de cette preuve d'amour, consentit ensuite à l'épouser. L'heureux époux, voulant marquer sa reconnoissance envers ce puits, le fit refaire à neuf, et fit graver sur la margelle ces deux vers, qu'on y lisoit encore, dit Sauval, vers la fin du seizième siècle.

  L'amour m'a refait,
  En 1606, tout à fait.

Cependant Piganiol n'a aucun égard à ces anecdotes, et prétend que le puits d'amour n'a reçu ce nom que *parcequ'il servoit de rendez-vous aux valets et aux servantes, qui, sous prétexte de venir puiser de l'eau, y venoient faire l'amour*. Jaillot trouve cette explication suspecte, ainsi que celle de *puy* ou *podium*, qui, selon le même auteur, signifie un carrefour ou une petite éminence, et qu'il suppose avoir été donné anciennement à cet endroit à cause de sa situation. Toutefois ce critique ne paroît pas adopter davantage l'autre étymologie, et pense que ce nom vient du propriétaire ou de l'enseigne de la maison à laquelle le puits étoit adossé.

Tome II.   34

Rue Verdelet. Cette rue qui traverse de la rue Mauconseil dans celle de la Grande Truanderie, se nommoit anciennement rue *Merderiau*, *Merderai*, *Merderel* et *Merderet*. On a adouci ce mot en changeant deux lettres, et, au commencement du dix-septième siècle, on la nommoit déjà rue *Verdelet*.

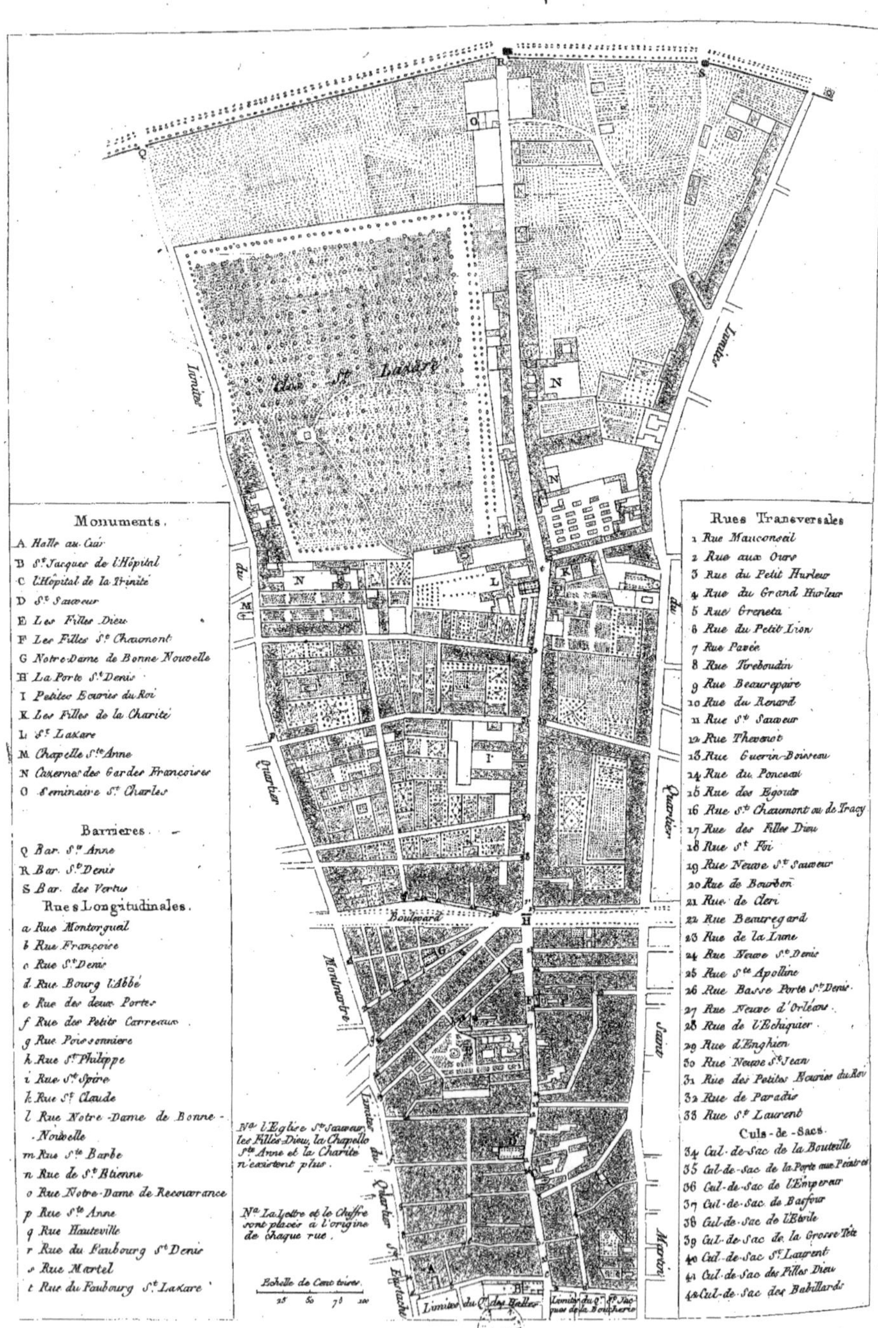

PLAN DU QUARTIER SAINT DENIS.

QUARTIER SAINT-DENIS.

*Ce quartier est borné à l'orient par la rue Saint-Martin et par celle
du faubourg du même nom exclusivement ; au septentrion, par
les faubourgs Saint-Denis et Saint-Lazare inclusivement et jusqu'aux barrières ; à l'occident, par les rues du Faubourg-
Poissonnière, Poissonnière et Montorgueil jusqu'au coin de la
rue Mauconseil inclusivement ; et au midi, par les rues aux
Oues (1) et Mauconseil aussi inclusivement.*

*On y comptoit, en 1789, cinquante et une rues, onze culs-de-
sacs, trois églises paroissiales, une église collégiale, une chapelle,
une communauté d'hommes, un couvent et trois communautés de
filles, un hôpital, etc.*

Ce quartier, qui commence au centre de la ville, et qui finit à son
extrémité septentrionale, a suivi, dans son accroissement, celui des
diverses enceintes qui se sont succédées.

Avant Philippe-Auguste il n'existoit point encore, puisque la clôture
qui environnoit Paris du temps de Louis-le-Jeune passoit à l'endroit où
est aujourd'hui le cloître Saint-Médéric. Les murailles que Philippe fit
bâtir embrassèrent un vaste terrain qui, dans la partie dépendante de
ce quartier, s'étendoit depuis la rue Montorgueil jusqu'à celle du Bourg-
l'Abbé, renfermant dans son circuit une partie du bourg qui a donné son
nom à cette dernière rue, l'hôpital Saint-Josse et le couvent de Saint-
Magloire, avec les cultures qui en dépendoient (2).

Ces cultures furent bientôt couvertes de maisons ; et la rue Saint-Denis,
qu'on nomma depuis *la grant rue, la grant chaussée de M. saint
Denis*, commença à se former. Un faubourg nouveau la prolongea

---

(1) Vulgairement *aux Ours*.
(2) Voyez, tome I, le deuxième plan de Paris, et successivement les autres plans.

bientôt hors de l'enceinte ; et lorsque , sous Charles V, on jugea nécessaire de reculer les fortifications de la ville , le terrain qui fut renfermé
dans le quartier dont nous parlons étoit déjà presque entièrement couvert
de maisons. La porte Saint-Denis fut dès-lors placée à l'endroit où elle
étoit encore au commencement du règne de Louis XIV ; car, depuis
Charles V jusqu'à cette grande époque , cette partie de l'enceinte de Paris
ne reçut aucun nouvel accroissement; mais à peine eut elle été bâtie, qu'on
vit une autre rue extérieure , faisant encore suite à la rue Saint-Denis, se
prolonger dans la campagne avec le nom de rue du Faubourg Saint-Denis.

Cette dernière rue, qui conduisoit à la maison de Saint-Lazare , resta, jusqu'au règne de Louis XIV , isolée au milieu des champs. Sous ce prince, on
la voit enfin coupée par quelques rues transversales qui la lient aux autres
faubourgs ; mais le terrain que renfermoient ces rues ne contenoit encore
que des jardins, des marais et autres terres labourables.

Ce n'est que dans le dix-huitième siècle qu'on a commencé à couvrir ces
places vides , et que ce faubourg est devenu successivement un des plus
populeux de la capitale.

Porte Saint Denis sous CHARLES VI.

SAINT-JACQUES-DE-L'HÔPITAL.

Cet hôpital et son église avoient été fondés pour y recevoir les pèlerins qui iroient à Saint-Jacques de Compostelle et qui en reviendroient : mais par qui et à quelle époque ? c'est sur quoi les historiens ne sont pas d'accord. On a pu déjà remarquer que dans l'histoire des anciens monuments de Paris, ce sont presque toujours ces deux points qui sont enveloppés d'une plus profonde obscurité. Ce n'est qu'en discutant les différentes opinions, en comparant les dates, en vérifiant les actes, qu'on peut espérer d'y jeter quelques lumières, et de démêler la vérité à travers tant de traditions confuses et d'erreurs accréditées ou par l'ignorance ou par l'intérêt personnel. Par exemple, une ancienne tradition attribue la fondation de l'hôpital et de l'église de Saint-Jacques à Charlemagne ; et quoique cette opinion soit destituée de tout fondement, elle a cependant été adoptée par une foule d'écrivains, tant anciens que modernes (1). Les chanoines mêmes de cette église sembloient l'avoir autorisée par la forme de leur sceau, qui représentoit, d'un côté, saint Jacques, et de l'autre, Charlemagne. Cependant il n'y a d'autre autorité, pour soutenir une origine aussi peu vraisemblable, que la Chronique du faux Turpin, laquelle dit que ce monarque avoit fait bâtir, entre Paris et Montmartre, une église du titre de Saint-Jacques. Non seulement on s'est trompé en croyant que cela devoit s'entendre de Saint-Jacques-de-l'Hôpital, mais il s'est trouvé qu'on commettoit une double erreur ; car quoique le fait ne soit pas plus vrai à l'égard de Saint-Jacques-de-la-Boucherie, cependant ceux qui ont fabriqué l'histoire de Turpin n'ont pu avoir en vue que cette dernière église, puisqu'il existe des manuscrits de cette histoire fabuleuse écrits dès le treizième siècle, temps auquel l'église de Saint-Jacques-de-l'Hôpital n'étoit certainement pas bâtie. Les auteurs les plus

---

(1) Fauchet, Corrozet, Belleforest, Duchesne, Lemaire, les auteurs du Dictionnaire historique.

exacts fixent l'époque de sa fondation en 1315 ; une ancienne inscription gravée sur une des portes la marquoit en 1317 ; l'abbé Lebeuf la place en 1322.

Il paroît constant que cet hôpital fut fondé, au commencement du quatorzième siècle, par des Parisiens qui, ayant fait le pèlerinage de Saint-Jacques de Compostelle, lequel étoit célèbre dès le neuvième siècle, imaginèrent, pour perpétuer la mémoire de ce pieux voyage, de former entre eux une société ou confrérie. Quelques historiens prétendent que, dès 1298, elle tenoit ses assemblées dans l'église de Saint-Eustache ; mais on ne voit point qu'elle ait été autorisée avant le règne de Louis X., qui, par ses lettres-patentes du 10 juillet 1315, approuva cette association, et lui permit de tenir ses assemblées aux Quinze-vingts. Charles de Valois, comte d'Anjou, et plusieurs notables bourgeois de Paris qui s'y étoient fait inscrire, en augmentèrent tellement les fonds par leurs libéralités, que dès 1317 les confrères se crurent assez riches pour entreprendre la construction d'un hôpital et d'une chapelle. Ils achetèrent à cet effet le terrain qu'occupoient encore, dans ces derniers temps, l'église, le cloître et les maisons de leur dépendance ; mais s'étant bientôt aperçus qu'ils avoient commencé une entreprise au-dessus de leurs facultés, ils s'adressèrent à l'official de Paris, qui, en 1319, leur accorda des lettres par lesquelles les fidèles étoient exhortés à secourir de leurs aumônes les confrères pèlerins de Saint-Jacques, et qui autorisoient ceux-ci à faire des quêtes dans les différents quartiers de la ville et au dehors, pour la construction de leur hôpital. Ces quêtes eurent un succès complet, et procurèrent des sommes plus que suffisantes pour continuer les bâtiments déjà commencés ; cependant ils se virent forcés d'en suspendre quelque temps les travaux, par les oppositions que formèrent bientôt à leur établissement le chapitre de Saint-Germain-l'Auxerrois et le curé de Saint-Eustache. Une requête que les confrères adressèrent alors au pape Jean XXII, pour faire lever ces obstacles, nous apprend que leur intention étoit que la chapelle fût desservie par quatre chapelains, dont un seroit appelé *trésorier*, auroit l'administration des biens destinés pour la célébration du service divin, et seroit comptable envers les administrateurs choisis par les confrères ; que ce service seroit célébré par lesdits chapelains, lesquels seroient aussi obligés de dire l'office canonial, et de résider ; que le trésorier auroit 5o liv. de revenu, et les chapelains 4o liv. ; que toutes les offrandes faites à l'hôpital, pour quelque cause que ce fût, seroient employées totalement tant à la construction de l'hôpital qu'à la nourriture des pèlerins, des pauvres et des malades; qu'enfin il y auroit, pour le service de la chapelle, une cloche de poids suffisant, et près de l'hôpital un cimetière destiné à la sépulture des pèlerins, des pauvres et des serviteurs de la maison.

Jean XXII, par une bulle du 18 juillet 1322, donna son approbation au projet des confrères pèlerins, toutefois après avoir fait vérifier, par des commissaires délégués à cet effet, si la confrérie avoit les moyens d'exécuter les promesses mentionnées dans la requête (1). Ces mêmes commissaires réglèrent en même temps les indemnités qu'il étoit juste de payer aux chapitre et doyen de Saint-Germain-l'Auxerrois, ainsi qu'au curé de Saint-Eustache, sur le territoire desquels cet hôpital devoit être bâti, et qui, comme nous venons de le dire, s'étoient d'abord opposés à son établissement. Les premiers abandonnèrent leurs prétentions moyennant la somme de 4o liv. parisis, et le curé de Saint-Eustache renonça aux siennes pour celle de 160 liv. Les commissaires décidèrent aussi que les confrères, étant garants du revenu de 170 liv. affecté aux quatre prêtres de cet hôpital, il étoit juste qu'ils présentassent aux bénéfices ; qu'en conséquence la nomination du trésorier seroit faite par l'évêque d'après leur présentation, et celle des chapelains par le trésorier. Ce droit de patronage et de présentation fut ensuite confirmé en faveur des confrères pèlerins par une bulle du même pape Jean XXII de l'année 1326, et par une autre du pape Clément VI en 1342.

Les choses restèrent dans cet état jusqu'au commencement du quinzième siècle, où il se fit, dans la chapelle de cet hôpital, appelée alors église, plusieurs autres fondations de chapelains de deux espèces différentes (2):

(1) Cette bulle fut adressée à l'évêque de Beauvais, et non à celui de Paris, sans qu'on puisse en connoître la raison. La même année 1322 Charles le-Bel avoit donné des lettres patentes pour autoriser cet établissement.

(2) Il avoit aussi été réglé, vers la fin du quinzième siècle, qu'on pourroit admettre au nombre des confrères des fidèles qui n'auroient pas fait le voyage de Saint-Jacques en Galice, sous la condition qu'ils constateroient en avoir été empêchés par quelque incommodité, et qu'ils donneroient à l'hôpital une somme égale à celle que le voyage auroit coûté. Aux quinzième et seizième siècles on admit encore dans cette société les confrères de deux autres célèbres pèlerinages ; savoir, celui de Saint-Claude en Franche-Comté, et celui de Saint-Nicolas de Varengeville, connu autrement sous le nom de Saint-Nicolas en Lorraine.

la première fut de quatorze chapelains, depuis réduits à douze, lesquels devoient dire un certain nombre de messes, avec le droit et l'obligation d'assister à l'office du chœur, de loger dans le cloître, et de recevoir certaines distributions. On créa dans la seconde neuf autres chapelains, distingués des premiers en ce qu'ils n'avoient ni séance au chœur ni logement dans le cloître; ces derniers furent supprimés en 1482, et l'on appliqua une partie des fonds de leurs chapellenies à l'entretien des enfants de chœur. Depuis cette époque on ne compta dans l'église de Saint-Jacques-de-l'Hôpital que vingt titulaires, dont huit étoient chargés de faire l'office du chœur à tour de semaine, et prenoient en conséquence la qualité de chanoines; les douze autres, qui n'étoient tenus que d'assister à l'office et de dire un certain nombre de messes, avoient conservé le nom de chapelains. On y ajouta depuis quatre vicaires, un sacristain et quatre enfants de chœur.

Les confrères pèlerins continuèrent à jouir, sans aucune contestation, du plein exercice de leurs droits sur cet hôpital et sur son église, jusqu'au mois de décembre 1672. Le roi ayant rendu à cette époque un édit, par lequel il donnoit à l'ordre de Notre-Dame-du-Mont-Carmel et de Saint-Lazare-de-Jérusalem l'administration et la jouissance perpétuelle des maisons, droits, biens et revenus de plusieurs ordres hospitaliers, hospices, hôpitaux, etc., Saint-Jacques-de-l'Hôpital se trouva au nombre des maisons dont cet acte d'autorité changeoit la destination. Les confrères réclamèrent vivement contre une telle spoliation : après vingt ans de contestations et de plaidoiries, un nouvel édit, vérifié au grand conseil le 9 avril 1693, révoqua celui du mois de décembre 1672, et remit Saint-Jacques-de-l'Hôpital à ses premiers administrateurs. De nouvelles difficultés s'élevèrent bientôt au sujet de cette maison; mais comme il seroit aussi long que fastidieux d'en donner le détail, nous nous bornerons à dire qu'en 1722 elle fut réunie une seconde fois à l'ordre de Mont-Carmel et de Saint-Lazare, et qu'enfin elle en fut encore séparée en 1734. Les arrêts du conseil qui rétablirent l'ancienne administration furent confirmés par lettres-patentes du 15 avril de la même année, et enregistrés au parlement le 4 juin suivant. Les choses restèrent en cet état jusqu'au 1er juillet 1781, que de nouvelles lettres-patentes décidèrent irrévocablement du sort de cet hôpital, dont elles accordèrent les biens à celui des Enfants-Trouvés; celui-ci

en a joui jusqu'au moment où on les a vendus comme biens nationaux.

A l'époque de 1789, il ne restoit plus de bénéficiers dans Saint-Jacques-
de-l'Hôpital qu'un trésorier, quatre chapelains, un vicaire-sacristain et
quatre enfants de chœur. Le trésorier exerçoit les fonctions curiales dans
l'étendue du cloître seulement. Tous les ans, le premier lundi d'après la
fête de saint Jacques le majeur, les confrères s'assembloient dans l'église,
et faisoient une procession solennelle, où ils assistoient, ayant un bourdon
d'une main et un cierge de l'autre.

Cette église, qui n'avoit rien de remarquable, avoit été bâtie en 1322,
et dédiée, en 1323, par Jean de Marigni, évêque de Beauvais (1). Le
trésor contenoit différents reliquaires fort riches, qu'il devoit aux libéralités de Philippe-le-Long, de Jeanne d'Évreux, troisième femme de
Charles-le-Bel, et de quelques autres bienfaiteurs.

On lisoit au-dessus des portes de l'hôpital, du côté du cloître, les deux
inscriptions suivantes, gravées en lettres d'or sur deux tables de marbre
noir.

*Nullos fundatores ostento, quia humiles, quia plures, quorum
nomina tabella non caperet, cœlum recepit: vis illis inseri? Vestem
præbe, panem frange pauperibus peregrinis.*

Sur la seconde :

« Hôpital fondé, en l'an de grace 1317, par les pèlerins de Saint-

---

(1) Les historiens varient beaucoup sur la personne qui posa la première pierre de cette église.
Dubreul et dom Félibien prétendent qu'elle fut posée par la reine Jeanne d'Évreux, assistée de sa mère,
de ses filles et autres princes et princesses ; mais le premier entend par-là Jeanne, reine de France
et de Navarre, femme de Philippe-le-Bel, laquelle mourut en 1304. Le second, Jeanne d'Évreux,
troisième femme de Charles-le-Bel, qui ne fut mariée qu'en 1325. Piganiol et Le Maire ont cru faire
une découverte en y voyant Jeanne de France, fille de Louis Hutin ; mais cette princesse, qui, à la
vérité, a été reine de Navarre, et mariée à Philippe, comte d'Évreux, n'a jamais été reine de France,
n'a point eu de sœur, et Marguerite de Bourgogne, sa mère, étoit morte dès 1315. Enfin Jaillot
pense que la reine qui fit cette cérémonie étoit Jeanne de Bourgogne, femme de Philippe-le-Long.
Ce sentiment paroît en effet plus probable ; sa mère Mahaut, comtesse d'Artois, vivoit encore, et la
reine, alors veuve, avoit elle-même trois filles.

« Jacques, pour recevoir leurs confrères, réparé et augmenté en l'année
« 1652 (1). »

(1) Les bâtiments de cette collégiale ne sont point entièrement détruits, et servent de magasins à divers particuliers ; le cloître, qui existe encore, est devenu un passage public, qui a trois issues sur les rues Mauconseil et du Cygne. La représentation que nous en donnons est gravée, pour la première fois, d'après un dessin fait dans le dix-septième siècle.

St. Jacques de l'Hôpital.

L'HÔPITAL DE LA TRINITÉ.

La plupart des historiens de Paris qui nous ont précédés nous offrent peu de secours lorsqu'il est question de fixer les dates et de démêler les origines ; et il suffit qu'un monument ait quelque antiquité pour que l'on trouve à son sujet vingt opinions contradictoires. Par exemple, au sujet de l'hôpital de la Trinité, Corrozet et Sauval disent que « deux chevaliers, « seigneurs de Galendes, donnèrent, en 1202, leur maison pour y fonder « un prieuré de l'ordre de Prémontré, lequel fut achevé en 1210. » Dubreul et Le Maire ont écrit que « deux Allemands firent construire un hôpital « pour les pèlerins ; qu'en 1210 ils obtinrent la permission d'y bâtir « une chapelle, et qu'ils fondèrent trois religieux de Prémontré. » L'auteur des *Tablettes parisiennes* n'en place la fondation qu'en 1217, et La Caille en recule l'époque jusqu'en 1544. Sans entrer dans la discussion des raisons qui ont fait assigner des époques si différentes à l'origine de cet hôpital, nous tâcherons de la découvrir par l'examen des titres qui en font mention. Quoiqu'il n'en reste aucun qui soit antérieur à l'an 1202, il est hors de doute cependant que ces titres ne sont pas les premiers, puisqu'on trouve dans le cartulaire de Saint-Germain-l'Auxerrois des lettres d'Eudes de Sully, évêque de Paris, dans lesquelles il déclare que de son consentement et de son autorité on avoit construit une chapelle dans la maison hospitalière de *la Croix-de-la-Reine*. Or, ces lettres, qui sont de la date de 1202, et qui furent données pour terminer une contestation élevée entre les frères de cet hôpital et le chapitre de Saint-Germain, prouvent évidemment que la fondation en avoit été faite avant cet incident. Ces mêmes lettres nous apprennent en outre, 1° que cet hôpital avoit été fondé par Guillaume *Escuacol*, à l'usage des pauvres de ce quartier, *ad opus pauperum ejusdem loci ;* 2° qu'il s'appeloit l'hôpital de la *Croix-de-la-Reine* à cause d'une croix ainsi nommée, placée au coin des rues Greneta et de Saint-Denis, où cet hôpital avoit été construit ; 3° enfin, que l'on convint qu'il seroit payé par les frères, à l'église de Saint-

Germain, une rente de 10 sous, pour l'indemniser des droits qu'elle avoit sur ce terrain, et qu'il n'y auroit point de cloches à la chapelle. Toutefois ce dernier article ne fut pas long-temps observé, et les frères de l'hôpital prétendirent bientôt avoir des cloches. Le chapitre de Saint-Germain s'y opposa avec une grande vivacité. Choisi une seconde fois pour arbitre, Eudes de Sully décida, par sa sentence du mois d'août 1207, que les frères auroient ces cloches qu'on leur contestoit, en payant annuellement 10 autres sous au chapitre de Saint-Germain. On voit dans cet acte que cette maison prit dès-lors le nom de *la Sainte-Trinité*, qui étoit apparemment le vocable de la chapelle.

Il paroît que cet état de choses subsista jusqu'en 1210, et que, jusqu'à cette époque, cet hôpital, administré par un chapelain, fut véritablement un lieu d'asile pour les pauvres. Mais soit que les fondateurs eussent reconnu des vices dans cette forme d'administration, soit que leurs affaires particulières ne leur permissent pas d'y donner tous leurs soins, ils jugèrent plus convenable de n'y recevoir désormais que des pèlerins, et d'en confier la conduite aux religieux de Prémontré. Des lettres de Pierre de Nemours, évêque de Paris, de cette dernière année, nous apprennent que Guillaume Escuacol et Jehan Paâlée, son frère utérin, offrirent à Thomas, abbé d'Hermières, la direction de cette maison, à condition qu'il y auroit au moins trois religieux de son ordre chargés d'y exercer l'hospitalité à l'égard des pèlerins, mais seulement de ceux qui ne font que passer. *Ministerium hospitalitatis peregrinorum tantummodo transeuntium ;* qu'ils célèbreroient la messe et l'office divin, etc. On lit dans les annales de l'ordre de Prémontré que l'abbé Thomas souscrivit à ces conditions, et y envoya un maître et quatre de ses chanoines (1).

----

(1) L'abbé Lebeuf dit, en parlant de cet hôpital, qu'en 1348 on en prit le cimetière pour inhumer les pestiférés, et qu'au seizième siècle cela se pratiquoit encore. Ce fait, dont il n'apporte aucune preuve, manque tout-à-fait de vraisemblance. Le cimetière de la Trinité ne devoit pas être fort vaste ; et comme, suivant les historiens de Paris, la maladie épidémique qui régnoit alors emportoit, à l'Hôtel-Dieu seulement, plus de cinq cents personnes par jour, et que d'ailleurs on avoit été obligé de fermer le cimetière des Innocents, il n'est pas croyable que celui de cet hôpital pût contenir tant de morts. Il est probable que l'abbé Lebeuf a anticipé sur l'époque, et qu'il a voulu parler d'un acte de 1353, dont il est fait mention dans un manuscrit de la bibliothèque de Saint-Germain-

Les religieux d'Hermières restèrent seuls maîtres de la maison de la Trinité jusque vers le milieu du seizième siècle; mais long-temps avant cette époque l'hospitalité avoit cessé d'y être exercée; et ce qui pourra sembler aussi étonnant que bizarre à ceux qui n'entrent pas dans l'esprit de nos siècles d'ignorance, c'est que cette maison religieuse, où les offices divins ne cessèrent point d'être pratiqués, fut en même temps, et pendant plus d'un siècle, la seule salle de spectacle que possédât la ville de Paris. Nous nous réservons, lorsque nous traiterons de l'histoire du Théâtre-Français, de dire à quelle occasion les représentations des *mystères* succédèrent aux bouffonneries obscènes des *jongleurs* qui existoient en France de temps immémorial; et comment, par un zèle indiscret et ridicule, on voulut faire un moyen d'édification des mêmes spectacles qui, pendant si long-temps, avoient été des écoles de scandale et de libertinage. Il ne sera question ici que de leur établissement à Paris. Le commissaire Delamare et dom Félibien prétendent que le premier essai s'en fit, en 1398, à l'abbaye de Saint-Maur-des-Fossés (1). Les pieux histrions qui figuroient dans ces mystères étoient alors nommés *pèlerins*, parcequ'ils n'avoient point encore de demeure fixe, et qu'ils promenoient de ville en ville leur spectacle extravagant. Le succès qu'ils obtinrent leur fit naître l'idée de venir se fixer à Paris, où ils ne trouvèrent point de local plus commode pour leurs représentations qu'une salle de l'hospice de la Trinité, destinée originairement à loger les voyageurs, mais déjà vacante à cette époque. Ils louèrent cette salle, qui avoit vingt-une toises de long sur six de large, et débutèrent par le *mystère de la Passion*, qui leur attira une grande foule de spectateurs. Mais quelles que fussent la grossièreté et la superstition du temps, le mélange monstrueux qu'ils y firent de ce que la morale a de plus saint aux plaisanteries les plus grossières, fit une impression si désagréable sur les esprits éclairés, qu'une ordonnance du prevôt de Paris, du 3 juin de la même année, défendit *de repré- senter aucuns jeux de personnages, soit des vies des saints ou*

---

des-Prés, par lequel les religieux qui étoient à la Trinité cédèrent à la ville une partie de leur jardin pour y faire un cimetière commun, et se chargèrent de l'entretenir, moyennant 18 deniers par fosse ordinaire, et 6 deniers pour celles des enfants.

(1) Cette abbaye étoit située sur les bords de la Marne, à deux lieues de Paris.

*autrement, sans le congé du roi, à peine d'encourir son indigna-
tion, et de forfaire envers lui.*

Cette défense détermina les pèlerins à recourir à l'autorité du roi lui même; et, pour se le rendre favorable, ils imaginèrent d'ériger leur société en confrérie de *la Passion de Notre Seigneur.* Leur entreprise, présentée sous un aspect nouveau qui flattoit une manie de dévotion alors répandue dans toutes les classes de la société, changea totalement de nature même, aux yeux les plus prévenus. Charles VI, qui auroit peut-être repoussé les histrions, accueillit les *confrères* avec bienveillance, assista à leur mystère, et leur permit, par ses lettres-patentes du mois de décembre 1402, de le représenter, ainsi que d'autres pièces semblables, tant à Paris que dans l'étendue de la prévôté et vicomté. Ces mêmes lettres nous apprennent que cette confrérie étoit déjà fondée dans l'église de la Trinité sous le titre de *maître et gouverneurs de la confrérie de la Passion et Résurrection de Notre Seigneur ;* que ces spectacles avoient déjà été représentés avant 1402 ; et, ce qui est plus curieux sans doute, que Charles VI s'étoit fait inscrire au nombre des confrères. Du reste, le succès de ces farces monstrueuses, regardées presque alors comme des cérémonies religieuses, fut si prodigieux, et l'invention en parut si favorable à la piété, que, pendant long-temps, les curés de Paris eurent la complaisance d'avancer l'heure des vêpres, les dimanches et fêtes, jours de ces représentations, afin de procurer à leurs paroissiens la liberté de jouir de ce spectacle édifiant : il perdit depuis beaucoup de sa première vogue, mais ce n'est pas ici le lieu d'en parler.

Toutefois les choses restèrent en cet état jusque vers le milieu du seizième siècle. Dès le 14 janvier de l'an 1536, le parlement avoit ordonné « que les deux salles de la Trinité, dont la haute servoit pour la repré- « sentation des farces et jeux, seroient appliquées à l'hébergement de « ceux qui étoient infectés de maladies vénériennes et contagieuses. » Mais il paroît que cet arrêt n'eut point son exécution, car on voit ces mêmes malades placés à l'hôpital Saint-Eustache, en vertu d'un autre arrêt du 3 mars de la même année. Enfin, en 1545, un troisième arrêt ayant ordonné « que les enfants mâles des pauvres, étant au-dessus de l'âge « de sept ans, seroient ségrégés d'avec leurs pères et mères, et mis à un lieu « à part, pour y être nourris, logés et enseignés en la religion chrétienne, l'hôpital de la Trinité parut le lieu le plus convenable qu'il fût possible de choisir pour ce nouvel établissement; et les confrères de la Passion, malgré leurs vives réclamations, se virent forcés d'abandonner leur salle, dans laquelle on pratiqua des dortoirs pour ces pauvres enfants.

Les religieux de Prémontré qui desservoient précédemment cet hôpital continuèrent cependant, malgré ce changement, d'y faire leur demeure et d'y célébrer le service divin, ce qui dura jusqu'en 1562, qu'ils jugèrent convenable d'en laisser l'administration entière à ceux que le parlement en avoit chargés.

Ces administrateurs étoient le curé de la paroisse de Saint-Eustache et quatre bourgeois notables de la ville (1). L'établissement avoit été fondé pour y recevoir cent garçons et trente-six filles orphelins de père ou de mère, mais valides. Les garçons donnoient, en entrant, 400 liv., et les filles 50, sommes qui leur étoient rendues en sortant. Le frère et la sœur ne pouvoient être reçus dans cette maison que successivement; on leur apprenoit à tous à lire et à écrire, et les métiers pour lesquels ils montroient le plus d'aptitude. Pour parvenir plus facilement à ce but de l'institution, on avoit obtenu que l'enclos de la maison seroit privilégié. Les artisans qui s'y établissoient gagnoient la maîtrise en instruisant dans leur art un de ces enfants, qui acquéroit en même temps la qualité de fils de maître (2).

Cet établissement, si utile à la classe indigente, si salutaire à la société en général, puisqu'il arrachoit aux désordres, qui sont la suite de la misère et de l'oisiveté, une foule de malheureux jetés dans son sein sans aucune ressource, avoit obtenu de nos rois une protection spéciale et paternelle qui en assuroit le succès, lorsque la révolution, opérée, disoit-on, pour rendre au foible et au pauvre *ses droits imprescriptibles*, est venue l'envelopper dans cette destruction générale qu'elle a faite de tous les établisements créés pour l'indigence et la foiblesse.

L'église de cette maison fut rebâtie et agrandie en 1598. Elle étoit sombre, peu commode, et n'avoit rien de remarquable que son portail,

---

(1) Le procureur-général fut par la suite chef des administrateurs.

(2) Comme ces enfants étoient vêtus d'étoffe bleue, ils étoient vulgairement connus sous le nom d'*Enfants bleus*.

élevé dans le siècle suivant (en 1671), sur les dessins de *François d'Orbay*. Cette construction, qui subsiste encore, est composée d'une ordonnance corinthienne, surmontée d'un attique (1).

Au coin de la rue Greneta étoit une ancienne fontaine, qui subsiste encore, et dont la forme présente une portion de cercle adossée à l'angle de la rue. On la nommoit *Fontaine de la Croix-de-la-Reine*, nom que l'hôpital avoit aussi porté dans l'origine, et dont nous avons fait connoître l'étymologie.

---

(1) Elle sert maintenant de magasin à un marchand de liqueurs; du reste, tous les bâtiments de cet hôpital ont été dénaturés, divisés entre plusieurs particuliers, et la cour est devenue un passage public.

Portail de la Trinité.

ÉGLISE PAROISSIALE DE SAINT-SAUVEUR.

Cette église n'étoit originairement qu'une chapelle, bâtie auprès d'une ancienne tour qui s'élevoit au coin de la rue Saint-Sauveur, et qu'on n'a démolie que dans l'année 1778. La chapelle en avoit reçu le nom de *chapelle de la Tour*, et dépendoit de Saint-Germain-l'Auxerrois, à qui appartenoit ce territoire. On ignore absolument par qui et dans quel temps elle fut construite; il ne se trouve aucun acte, aucun titre qui puisse indiquer l'époque de cette fondation. Sauval et ses copistes ont imaginé que cette chapelle avoit été bâtie, vers l'an 1250, par les ordres de saint Louis, pour y faire ses prières, et se reposer lorsqu'il alloit à pied à Saint-Denis. Il est très possible que ce monarque se soit arrêté plusieurs fois dans cette chapelle, dans cette dévote intention; mais il s'en faut tellement que l'on trouve dans cette circonstance la preuve qu'il l'a fait bâtir, que le contraire est évidemment prouvé par la simple comparaison des époques : tout le monde sait que saint Louis partit pour la Terre-Sainte le 12 juin 1248, et n'en revint qu'en 1254; et quand même on n'auroit pas cet argument décisif à opposer, il seroit facile de produire des titres relatifs à ce monument, lesquels sont antérieurs à la naissance de ce saint roi. En effet, dès l'an 1216 il y eut une sentence arbitrale rendue au mois de décembre, qui confirma le doyen de Saint-Germain-l'Auxerrois dans la perception des droits qu'il prétendoit avoir sur la chapelle de la Tour.

On n'est pas plus instruit sur le temps où elle fut érigée en église paroissiale, sous le nom de Saint-Sauveur, et l'on a vainement cherché quelque titre qui fixât l'époque de cette érection. Les pièces les plus anciennes où il soit fait mention de la paroisse de Saint-Sauveur sont deux actes que Jaillot dit avoir découverts dans les archives de l'archevêché et dans le cartulaire de Saint-Germain-l'Auxerrois : l'un est un amortissement de 1284, accordé par l'évêque de Paris au *curé* de Saint-Sauveur, de 10 sous parisis sur trois maisons situées près de la porte Montmartre;

l'autre est un contrat du 10 août 1299, par lequel Mathilde donne au *prêtre* de Saint-Sauveur 12 deniers de cens à prendre sur sa maison sise dans la rue qui porte le même nom. La découverte de ces titres est d'autant plus importante, que l'abbé Lebeuf, ordinairement assez exact dans ses recherches, se contente de dire qu'en 1303 le chapitre de Saint-Germain tiroit quelque revenu de cette église, laquelle portoit alors le nom de Saint-Sauveur; et qu'en 1335 Thomas de Ruel, qui en étoit curé, avoit prêté serment aux chanoines en cette qualité.

On voit, par ce que nous venons d'établir, que, dès le commencement du treizième siècle, cette chapelle étoit une succursale de Saint-Germain-l'Auxerrois, et qu'elle fut érigée en paroisse vers la fin de ce même siècle. Les faubourgs de Paris s'étant considérablement accrus et peuplés depuis l'enceinte de Philippe-Auguste, il est assez vraisemblable que l'éloignement de l'église de Saint-Germain occasionnant des difficultés pour l'administration des sacrements, le chapitre de cette église sentit la nécessité de faite ériger en paroisse la chapelle de la Tour qui étoit située au-delà de cette enceinte (1).

Cette église fut entièrement reconstruite sous le règne de François Ier, et sept chapelles y furent bénites en 1537 ; on l'agrandit en 1571 et en 1622 ; enfin, en 1713, elle fut réparée et embellie au moyen du bénéfice d'une loterie qui lui fut accordée par le roi. C'étoit un édifice d'un gothique assez élégant (2). Une partie de ses constructions ayant été ébranlée par la démolition de la tour qui l'avoisinoit, et l'église entière menaçant ruine, on l'avoit abattue quelque temps avant la révolution, et, sur l'emplacement qu'elle occupoit, s'élevoit déjà une nouvelle et très belle basilique, dont M. *Poyet*, architecte du duc d'Orléans, avoit donné le plan, lorsque le règne de *la philosophie et de la raison* arriva : l'église prit aussitôt la forme d'une salle de comédie, qui cependant n'a point été achevée (3).

CURIOSITÉS DE L'ÉGLISE SAINT-SAUVEUR.

Il n'y avoit de remarquable dans l'ancienne église que la chapelle de la Vierge, décorée

---

(1) On a pu remarquer que cette origine est commune au plus grand nombre des paroisses de Paris.

(2) On peut en juger par la gravure, extrêmement rare, que nous en donnons.

(3) Ce sont des bains publics qui occupent aujourd'hui cet emplacement.

dans le siècle dernier par trois des plus célèbres artistes de ce temps. Les dessins de l'autel avoient été donnés par Blondel, architecte du roi. *Jean-Baptiste Lemoine* fils avoit fait les *sculptures*, et *Noël-Nicolas Coypel* les *peintures*, qui consistoient en un tableau de l'*Assomption* placé au-dessus de l'autel, et un plafond représentant les cieux qui s'ouvroient pour recevoir la sainte Vierge.

SÉPULTURES.

Sauval assure que *Turlupin, Gautier-Garguille, Gros-Guillaume* et *Guillot-Gorju*, *les plus excellents acteurs* (1) *qu'il y ait jamais eu*, ont été enterrés dans cette église; néanmoins on ne trouve que le nom de Gautier-Garguille sur les registres mortuaires de cette paroisse. Mais il faut observer qu'avant 1660 il n'y avoit point de registres réguliers dans les églises paroissiales, et que la négligence avec laquelle on constatoit les naissances et décès étoit telle, qu'il en est résulté des erreurs et des omissions sans nombre, qui ne permettent de regarder comme certains et authentiques que tous les actes de ce genre faits depuis cette dernière époque.

Dans l'église de Saint-Sauveur avoient été aussi inhumés :

Guillaume Colletet, avocat au parlement, un des quarante de l'Académie française, plus connu par les Satires de Boileau que par ses ouvrages, mort en 1659.

Raymond Poisson, comédien, mort en 1690.

Jacques Vergier, poëte érotique, mort en 1720.

La cure de cette église étoit dans l'origine à la nomination du chapitre de Saint-Germain-l'Auxerrois; mais depuis qu'il avoit été réuni au chapitre de Notre-Dame, le curé étoit nommé par l'archevêque de Paris.

Une particularité assez remarquable touchant l'église de Saint-Sauveur, c'est que dans le commencement du quinzième siècle, *Alexandre Nacart*, qui en étoit curé, étoit en même temps procureur au parlement, et s'acquittoit à la fois de ce double ministère. Les historiens de Paris (2) rapportent fort au long les contestations de ce curé avec les doyens et chapitre de Saint-Germain-l'Auxerrois, qui prétendoient avoir droit aux offrandes et émoluments curiaux qui se percevoient dans cette église; ils se plaignoient en outre que *Nacart* ne résidoit point, et qu'il donnoit plus d'application à ses fonctions de procureur qu'à celles de curé. *Nacart* ayant été condamné par sentence de l'official du 16 mars de l'an 1407,

---

(1) Ces trois personnages sont fameux dans l'ancienne histoire du théâtre français, et excelloient effectivement dans les farces qui précédèrent chez nous la renaissance de la bonne comédie. Nous aurons occasion d'en reparler.

(2) Histoire de Paris, tome I, page 349.

il se soumit à tout ce qu'on exigea de lui , et les parties demeurèrent d'accord, sans qu'il fût plus question de sa non-résidence, ni de ce qu'on lui avoit objecté touchant sa qualité de procureur.

La circonscription de cette paroisse formoit un carré à angles fort inégaux. En partant de la rue Saint-Denis, elle commençoit à la première maison qui se trouve après la rue Mauconseil, suivoit ce côté de la rue Saint-Denis, d'où elle entroit dans la rue de Bourbon, qu'elle comprenoit du même côté, jusqu'à la rue du Petit-Carreau ; suivant ensuite le côté gauche de cette dernière rue, elle embrassoit une partie de la rue Montorguéil du même côté, jusque vis-à-vis le cul-de-sac de la Bouteille. A cet endroit, la ligne qui séparoit les territoires des paroisses Saint-Sauveur et Saint-Eustache coupoit les deux côtés de la rue Françoise ; et de là celle de Saint-Sauveur embrassoit les maisons qui se trouvoient derrière jusqu'au point de départ.

Eglise de Saint Sauveur.

COMMUNAUTÉ DES FILLES-DIEU.

L'opinion générale des historiens de Paris est que l'établissement des Filles-Dieu doit son origine à Guillaume d'Auvergne, depuis évêque de Paris. Prédicateur plein de zèle et de charité, il avoit déterminé, par la force et l'onction de ses sermons, plusieurs femmes de mauvaise vie à sortir du vice où elles étoient plongées, et à expier par la pénitence les désordres de leur vie passée. Touché de leur repentir, mais craignant les rechutes auxquelles leur misère ou leur foiblesse pouvoit les exposer, le pieux ecclésiastique forma le dessein de les réunir dans un asile où elles pussent vivre loin du monde, et au milieu des pratiques continuelles de la religion. Il leur fit bâtir à cet effet une maison sur une partie du terrain que Guillaume Barbette, bourgeois de Paris, lui avoit vendu; ce terrain de deux arpents et demi étoit situé hors de la ville, et près de Saint-Lazare (1).

Ce fut l'an 1226 que ces filles (2) entrèrent dans cette maison. Cette date, sur laquelle presque tous les historiens sont d'accord, suffit pour réfuter l'opinion du petit nombre de ceux qui regardent saint Louis comme le fondateur de cette communauté, puisque ce prince, alors âgé de douze ans, ne monta sur le trône qu'à la fin de cette même année;

---

(1) Cet établissement éprouva d'abord quelques obstacles de la part des prieur et religieux de Saint-Martin-des-Champs et du curé de Saint-Laurent, sur le territoire et paroisse desquels cette maison avoit été bâtie; mais ils furent entièrement levés au mois d'avril de l'année 1226, par un accord qui fut passé entre ces pauvres femmes nouvellement converties, les religieux de Saint-Martin et le curé de Saint-Laurent. Par cet acte il fut convenu que la maison seroit érigée en hôpital, qu'elle ne pourroit servir à un autre usage sans le consentement des parties contractantes; que le curé de Saint-Laurent seroit indemnisé des droits curiaux arbitrés à 20 sous de rente annuelle; que les chapelains seroient à la nomination du prieur de Saint-Martin ; que ces femmes auroient un cimetière, des fonts et deux cloches, et qu'elles pourroient acquérir jusqu'à treize arpents de terrain.

(2) Elles furent dès-lors connues sous le nom de *Filles-Dieu*, sans qu'on sache pour quelle raison et par qui elles furent autorisées à s'appeler ainsi. Cependant Sauval dit qu'elles ne prirent le nom de *Filles-Dieu* qu'en 1232, et que jusque-là on les appela *Filles-Nouvellement-Converties*.

mais la bienveillance particulière dont il ne cessa d'honorer cet établissement, les bâtiments nouveaux qu'il fit élever dans son enceinte, les revenus qu'il fixa pour l'entretien des filles qui l'occupoient, et les priviléges qu'il leur accorda lui ont justement mérité ce titre de fondateur, et c'étoit sans doute pour ces motifs qu'il étoit désigné comme tel dans l'inscription placée sur la porte d'entrée de ce monastère.

L'an 1232 il y eut une cession faite aux Filles-Dieu par les frères et prieur de Saint-Lazare, de quatre arpents de terre avec la censive et la justice qu'ils y exerçoient, ainsi que le droit de dîmes; cession qui fut faite moyennant 12 liv. de rente. On voit aussi, par les anciennes chartes, qu'en 1253 elles acquirent encore huit autres arpents de terre contigus aux précédents. Saint Louis leur accorda presque aussitôt l'amortissement des fonds qu'elles venoient d'acquérir, y ajouta la permission de tirer de l'eau de la fontaine de Saint-Lazare, et de la faire conduire dans leur couvent, et, pour mettre le comble à ses bienfaits, les dota de 400 liv. de rente (1) assignées sur son trésor : mais en faisant cette dotation il augmenta le nombre de ces religieuses, qui fut alors porté jusqu'à deux cents (2).

Vers l'an 1349, la peste horrible qui ravagea Paris, la famine, la misère qui en furent la suite, firent périr plus de la moitié de ces religieuses. Ce triste évènement engagea l'évêque de Paris à réduire leur nombre à soixante. Sur une telle réduction faite par l'autorité du diocésain, et dont la communauté ne pouvoit être responsable, les trésoriers de France se persuadèrent qu'ils avoient le droit de réduire aussi de leur côté la rente de ces religieuses à 200 liv. Ils donnoient pour raison que saint Louis n'avoit constitué la rente de 400 liv. qu'à condition qu'elles seroient au nombre de deux cents, et que l'évêque n'avoit pu, de son autorité privée, diminuer ce nombre sans le consentement du roi. Les Filles-Dieu réclamèrent vivement contre ce retranchement de leurs revenus, et leurs représentations furent favorablement écoutées par le roi Jean ; ce prince,

---

(1) On verra, par l'évaluation des mounoies qui sera donnée à la fin de cet ouvrage, que cette rente, qui paroît modique, avoit alors une valeur très considérable.

(2) Le titre de cette fondation ne se trouve pas, mais le nombre des religieuses et le revenu qui leur fut affecté sont connus par les lettres du roi Jean du mois de novembre 1350, rapportées tout au long dans l'*Histoire de Paris* de dom Félibien et Lobineau, tom. III, pag. 116 et suiv.

par sa charte de l'an 1350, leur continua la rente entière que saint Louis leur avoit accordée, mais sous la condition qu'à l'avenir elles seroient au moins au nombre de cent.

Les Filles-Dieu demeurèrent dans ce monastère jusqu'après là malheureuse bataille de Poitiers, dans laquelle ce monarque fut fait prisonnier. Nous avons déjà dit (1) que les Parisiens épouvantés, croyant déjà voir l'ennemi au pied de leurs murailles, prirent la résolution d'en accroître les fortifications, brûlèrent les faubourgs peu considérables qui s'étendoient autour de l'enceinte méridionale, et renfermèrent dans des fossés et arrière-fossés les faubourgs beaucoup plus étendus qui s'étoient formés au nord de la ville. D'après le plan arrêté, les arrière-fossés devoient traverser la culture et l'enclos des Filles-Dieu : elles furent donc obligées d'abandonner leur maison, de la faire démolir, et de se retirer dans la ville. Jean de Meulant, alors évêque de Paris, les transféra dans un hôpital situé près la porte Saint-Denis, et fondé, en 1316, par *Imbert de Lyons* ou *de Lyon*, bourgeois de Paris, en exécution des dernières volontés de deux de ses fils morts avant lui. Leur but, en fondant cet hôpital, avoit été de procurer l'hospitalité aux femmes mendiantes qui passeroient à Paris. Elles devoient y être logées une nuit, et congédiées le lendemain avec *un pain et un denier*. Il paroît, par les différents actes, que la chapelle de cette maison étoit sous le titre de Saint-Quentin.

L'évêque, en établissant les Filles-Dieu dans ce nouvel asile, y fonda une autre chapelle sous le nom de la Magdeleine; et les soumettant aux mêmes pratiques de charité qui s'y exerçoient auparavant, il régla, dans les statuts qu'il leur donna, qu'il y auroit douze lits pour les pauvres femmes mendiantes. Ces religieuses firent construire alors les lieux réguliers nécessaires à leur communauté; et, pour n'être point troublées dans les exercices du cloître et dans la récitation des divins offices, elles commirent le soin de l'hospitalité à des sœurs converses (2).

---

(1) Voyez tome Ier, page 258.

(2) On n'a aucun renseignement précis sur la règle que suivoient ces religieuses, ni sur la couleur et la forme de leur vêtement; mais il paroît qu'elles étoient particulièrement soumises à l'évêque de Paris, qui nommoit, pour gouverner le spirituel et le temporel de ce monastère, un prêtre sous le titre de maître-proviseur et gouverneur de la maison des Filles-Dieu.

Les désordres et l'esprit de licence qui marquèrent la fin de ce siècle introduisirent peu à peu le relâchement dans cette maison. L'ordre et l'esprit monastique se perdirent; on vit s'affoiblir par degrés la ferveur et la piété des premiers temps ; et le relâchement en vint au point que les divins offices, d'abord négligés, y cessèrent enfin tout-à-fait. Aux religieuses, dont le nombre diminuoit de jour en jour, succédèrent des victimes infortunées du libertinage, qui, bien différentes de celles pour lesquelles cet asile avoit été fondé, cherchèrent moins à y cacher la honte de leurs désordres qu'à se préserver de l'indigence, qui en est la suite ordinaire ; et ce *lieu*, suivant l'expression d'une ordonnance de Charles VIII, *fut appliqué à pécheresses qui, toute leur vie, avoient abusé de leur corps, et à la fin étoient en mendicité.* Résolu de faire cesser un tel scandale, ce monarque ordonna qu'on fît venir des religieuses réformées de Fontevrault pour occuper ce monastère ; mais quoique les lettres-patentes données par lui à cet effet soient du 27 décembre 1483, cependant quelques discussions sur les droits que l'évêque exerçoit précédemment dans cet hôpital, droits qui sembloient contraires aux constitutions de l'ordre de Fontevrault (1), apportèrent du retard à l'exécution des ordres de Charles VIII. L'obstacle fut enfin levé par le sacrifice que le prélat fit de ses privilèges, en considération de l'avantage qui devoit résulter de ce changement; et, dans l'année 1494 ou 1495, huit religieuses de cet ordre célèbre (2) furent installées dans cette maison, où il ne restoit plus que trois ou quatre des anciennes religieuses, et à peu près autant de sœurs converses, qui négligeoient même de s'acquitter des devoirs de l'hospitalité qui leur étoit confiée.

Les nouvelles religieuses, quoique toujours soumises à la règle de Fontevrault, prirent le nom de Filles-Dieu, qu'elles ont conservé jusqu'à la destruction des ordres religieux, et continuèrent à exercer l'hospitalité prescrite par le fondateur de la maison jusque vers l'an 1620, où l'hôpital et la chapelle furent détruits. On ignore par quelle raison ce changement eut lieu, et si elles y furent autorisées par les supérieurs ecclésiastiques ;

---

(1) Personne n'ignore que toute l'autorité, dans l'ordre de Fontevrault, résidoit dans l'abbesse, dont les religieux mêmes dépendoient immédiatement.

(2) On les avoit tirées du monastère de la Magdelaine, près d'Orléans, et de celui de Fontaine, près de Meaux.

mais il est présumable que les lois de police, qui, à cette époque, commençoient à se perfectionner, avoient déjà considérablement diminué le nombre des femmes mendiantes auxquelles cet hôpital devoit servir d'asile, et rendu cette fondation à peu près inutile.

L'année même de leur établissement, les nouvelles Filles-Dieu commencèrent à faire construire l'église qu'on voyoit encore avant la révolution. Ce fut Charles VIII qui en posa la première pierre, sur laquelle étoient gravés le nom de ce roi et les armes de France. Cette église, achevée seulement en 1508, fut dédiée la même année. Elle n'avoit rien de remarquable dans son architecture ni dans son intérieur. Le maître-autel, décoré de quatre colonnes corinthiennes en marbre, fut élevé depuis sur les dessins de *François Mansard*. Contre un des piliers de la nef étoit une statue du Christ attaché à la colonne (1).

Avant la révolution on voyoit encore, au chevet extérieur de cette église, un crucifix devant lequel on conduisoit anciennement les criminels qu'on alloit exécuter à Montfaucon; ils le baisoient, recevoient de l'eau bénite, et les Filles-Dieu leur apportoient trois morceaux de pain et du vin : ce triste repas s'appeloit *le dernier repas du patient.* On ignore l'origine et les motifs de cet usage. Plusieurs ont pensé qu'il étoit imité des juifs, qui donnoient du vin de myrrhe, et quelques autres drogues fortifiantes, aux criminels, pour les rendre moins sensibles au supplice qu'ils alloient souffrir (2).

Dans un titre de 1581, on voit que Pierre de Gondy, évêque de Paris, unit à ce monastère la chapelle de Sainte-Magdeleine, que Jean de Meulant avoit fondée lorsqu'il transféra les Filles-Dieu dans la ville.

---

(1) Les nombreux historiens de Paris, dont aucun ne s'est montré difficile sur le mérite des ouvrages de l'art, conviennent tous cependant que le dessin de cette figure étoit très mauvais ; mais on ne peut s'empêcher de trouver quelque chose de risible dans l'emphase avec laquelle ils parlent de la corde qui l'attachoit à la colonne. « L'exécution en étoit si vraie, disent-ils, que les cordiers eux-mêmes y étoient « trompés. » On sait aujourd'hui apprécier à leur juste valeur les prestiges d'une imitation aussi puérile, prestiges tellement faciles à produire dans ces minces accessoires, que les grands artistes les négligent presque toujours, et que ces minuties font ordinairement tout le mérite de ceux qui n'en ont aucun.

(2) Les bâtiments des Filles-Dieu ont été en partie détruits, et sur l'emplacement qu'occupoient ces constructions a été percée une rue qui établit une communication nouvelle entre la rue Bourbon-Villeneuve et celle de Saint-Denis. La portion conservée a changé de forme : c'est maintenant un passage garni de boutiques, que l'on nomme *Foire du Caire.*

LES FILLES DE L'UNION-CHRÉTIENNE,

OU DE SAINT-CHAUMONT.

Voici encore une de ces institutions créées par l'esprit de charité, et que nous voyons s'élever presque à chaque pas que nous faisons dans cette grande cité, pour le pauvre, pour le foible, pour celui qui souffre, pour toutes les infirmités humaines : tels sont les prodiges d'une religion attaquée, calomniée par tant de mauvais esprits, devenus aveugles et presque stupides à force de perversité. Il n'est point ici besoin d'apologie : les murs de ces touchants asiles, leurs ruines, s'il en est encore que la cupidité n'ait pas fait disparoître, ont une éloquence qui l'emporte de beaucoup sur tout ce que pourroit dire l'historien. Plus nous avançons dans notre carrière, plus ils vont se multiplier à nos yeux ; et nous ne doutons pas que le lecteur, frappé du simple récit des faits, n'admire cette harmonie merveilleuse de la religion et du pouvoir, liés ensemble, sous la monarchie, par d'indissolubles nœuds, et se prêtant de mutuels secours pour rendre les hommes meilleurs et plus heureux.

Près de la porte Saint-Denis, et sur le côté droit de la rue du même nom, étoit la communauté des Filles de l'Union-Chrétienne, autrement de Saint-Chaumont. Elle avoit été fondée en 1661 par demoiselle Anne de Croze, d'une famille noble et ancienne, pour l'instruction des nouvelles catholiques et des jeunes filles qui manquoient de secours temporels et de protecteurs qui pussent les leur procurer. L'association des Filles de la Providence, formée par madame de Pollalion, servit de modèle à la nouvelle institution ; ce fut même dans la maison créée par cette sainte veuve que les premiers fondements en furent jetés ; toutefois c'est par erreur que plusieurs historiens lui en ont attribué l'origine, et ce ne fut que trois ans après sa mort, arrivée en 1657, que commença l'établissement dont nous parlons ici.

Mademoiselle de Croze fut aidée dans l'exécution de son dessein par un
prêtre nommé *Jean-Antoine Le Vachet*, qui, depuis plusieurs années ,
travailloit à Paris avec beaucoup de succès à l'instruction des nouvelles catholiques. Trois dames, élèves de madame de Pollalion , s'étant offertes
pour partager les travaux de la pieuse fondatrice , elle leur offrit de s'établir avec elle dans une maison qui lui appartenoit à Charonne ; et c'est
là que furent faits les premiers essais de ce nouvel institut. Ils furent si heureux, que cette charitable demoiselle résolut d'y consacrer entièrement sa
personne et ses biens , et fit sur-le-champ au séminaire qu'elle venoit de
former une donation de la maison et des dépendances qui y étoient attachées. Non seulement Louis XIV approuva ce contrat, mais il y ajouta
la faveur de donner, en 1673, des lettres-patentes qui autorisèrent l'établissement, et permirent à ces filles de recevoir, acquérir et posséder tous dons,
legs et héritages à titre de fondation. On doit bien penser que l'équité et
la reconnoissance mirent la fondatrice à la tête de cette communauté,
laquelle ne tarda pas à procurer à la religion des avantages supérieurs
même aux espérances qu'on en avoit conçues. Pour les rendre encore plus
efficaces, la sœur de Croze et ses associées jugèrent qu'il étoit nécessaire de
transférer leur institution dans le sein même de la capitale; et M. de
Harlai, archevêque de Paris, auprès de qui elles en sollicitèrent la permission, n'apporta aucun obstacle à ce projet. Il s'agissoit de choisir un
local : ces dames n'en trouvèrent point qui fût plus convenable que l'hôtel
de Saint-Chaumont, près la porte Saint-Denis. Ce lieu, qu'on nommoit,
au commencement du 17ᵉ siècle , *la Cour Bellot*, avoit reçu son nouveau
nom de Melchior Mitte, marquis de Saint-Chaumont, qui, en 1631, en
avoit fait l'acquisition, et qui, s'étant également rendu propriétaire de dix
maisons environnantes, avoit fait bâtir un hôtel sur ce vaste emplacement.
Cette propriété, passée depuis en d'autres mains , étoit alors en vente, et
les Sœurs de l'Union-Chrétienne se trouvèrent en état de l'acheter pour la
somme de 92,000 liv. Le contrat d'acquisition fut passé le 30 août 1683.
Le roi autorisa encore cette translation par de nouvelles lettres-patentes données au mois d'avril 1687, et enregistrées le 18 novembre de
la même année, lesquelles portent expressément que *cette maison ne
pourra être changée ni convertie en maison de profession religieuse;
que les sœurs qui y sont actuellement et celles qui leur succéderont*

seront toujours en l'état de séculières, suivant leur institut. Cette formalité nécessaire pour rendre un établissement légal n'étoit cependant pas entièrement remplie lorsque les Filles de l'Union-Chrétienne vinrent à Paris ; car elles s'y rendirent au commencement de l'année 1685, dès que l'acte qui assuroit leur possession eut été ratifié, et, au mois de février suivant, leur chapelle fut bénite sous l'invocation de Saint-Joseph.

Les maisons de cet institut se multiplièrent: on en comptoit vingt distribuées dans différentes villes du royaume, et qui formoient une congrégation dont le séminaire de Saint-Chaumont étoit la maison principale, et la résidence de la supérieure générale.

Une partie de cette maison, ainsi que la chapelle, avoient été rebâties en 1781, sur les dessins de M. *Convers*, architecte de la princesse de Conti. Ce fut cette princesse, protectrice de la communauté de Saint-Chaumont, qui en posa la première pierre, et l'année suivante la bénédiction en fut faite par l'archevêque de Paris. Cette chapelle, dont la façade existe encore, offre une décoration composée de colonnes ioniennes, au-dessus desquelles règne une voûte ornée de caissons. On voyoit sur le maître-autel un tableau représentant une Nativité, par M. *Ménageot*, peintre du roi (1).

C'est dans le jardin de cette maison, où logea autrefois le duc de La Feuillade, que fut jetée en fonte la statue de Louis XIV, qui étoit sur la place des Victoires.

------

(1) Ces bâtiments existent encore, et sont occupés par des marchands et des particuliers.

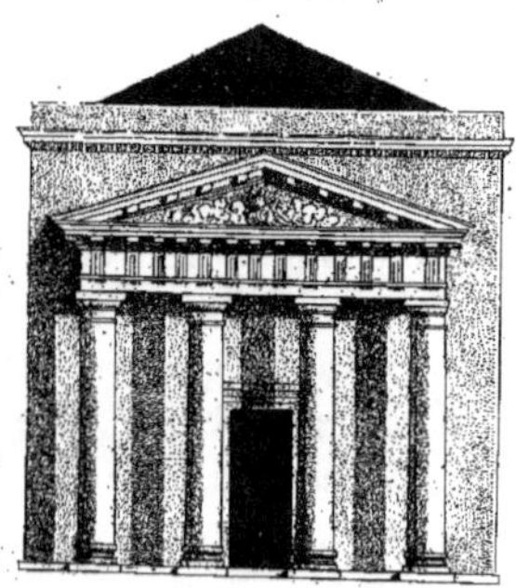

Portail de St Chaumont

NOTRE-DAME-DE-BONNE-NOUVELLE.

Cette église, située dans le quartier qu'on appeloit autrefois Ville-Neuve-sur-Gravois, entre la rue Beauregard et celle de la Lune, a succédé à une chapelle qui y avoit été construite en 1551, pour servir de succursale à la paroisse de Saint-Laurent. Cette chapelle porta le nom de Saint-Louis et de Sainte-Barbe jusqu'en 1563, qu'elle fut dédiée par Jean-Baptiste Tiercelain, évêque de Luçon, sous l'invocation de la Sainte-Vierge (1). Ce n'étoit au reste qu'un très petit édifice, long de treize toises, sur quatre de large.

Lors des guerres de la Ligue, en 1593, on fut obligé de raser les maisons de ce quartier, ainsi que cette chapelle, pour y construire des fortifications. La paix et la tranquillité ayant succédé aux désordres que ces divisions intestines avoient fait naître, ce lieu abandonné se repeupla assez promptement, au moyen des privilèges qui furent accordés aux ouvriers qui vinrent s'y établir. En 1624, la population en étoit déjà si nombreuse, que ses habitants déclarèrent à l'archevêque de Paris que, se trouvant trop éloignés de la paroisse de Saint-Laurent, ils désiroient obtenir la permission de faire rebâtir la chapelle de Notre-Dame-de-Bonne-Nouvelle, dont il restoit encore quelques débris; permission qui leur fut accordée par ce prélat, toutefois après qu'il se fût assuré du consentement du curé de Saint-Laurent. Il paroît que ce pasteur, qui le donna d'abord, jugea à propos par la suite de le retirer, car il survint des difficultés qui suspendirent l'entier achèvement de l'église; et quoiqu'une inscription placée au frontispice marquât qu'elle avoit été achevée en 1626, ce n'est cependant qu'en 1652 qu'un arrêt du 21 mai permit aux habitants d'en reprendre les travaux. Cependant plusieurs actes antérieurs portent à croire qu'on y célébroit le service divin avant cette

---

(1) Piganiol et ceux qui l'ont copié se sont trompés en disant que cette dédicace n'eut lieu qu'après la reconstruction de cette chapelle. (*Voyez* l'abbé Lebeuf, pag. 491.

dernière époque. Elle ne fut érigée en cure ou vicairie perpétuelle que dans le mois de juillet 1673.

Les curés de cette église eurent depuis quelques contestations moins importantes avec les prieurs et religieux de Saint-Martin-des-Champs, curés primitifs de Notre-Dame-de-Bonne-Nouvelle, et qui réclamoient tous les ans certains privilèges et certaines redevances auxquels ces pasteurs cherchèrent vainement à se soustraire. Un arrêt du parlement, donné en 1676, les força à reconnoître le patronage de ce monastère, et à remplir les obligations contractées envers lui. On remarquera ici qu'il faut dire et écrire *Notre-Dame-de-Bonne-Nouvelle*, et non pas *de Bonnes-Nouvelles*, comme plusieurs auteurs l'ont cru mal à propos; car le titre de cette église est relatif à l'Annonciation de la Vierge, et, dans tous les actes latins passés par les curés de cette église, ils se qualifient *pastor à Bono Nuntio*.

La circonscription du territoire de cette paroisse étoit triangulaire. Elle commençoit au coin de la rue de Bourbon et de celle du Petit-Carreau; toutes les maisons à droite, qui terminoient cette dernière rue, ainsi que toutes celles du côté droit de la rue Poissonnière étoient de cette paroisse. Au bout de cette rue, suivant le rempart aussi à droite, revenant au premier coin de la rue de Bourbon, et longeant ensuite cette dernière rue jusqu'à son bout qui donne dans la rue du Petit-Carreau, on se trouve avoir fait le tour du triangle; ce triangle renfermoit ainsi dans ces deux côtés la moitié de la rue de Cléry, la rue Beauregard, et plusieurs autres petites rues adjacentes.

FILLES DE LA PETITE UNION-CHRÉTIENNE.

Cet établissement faisoit partie de la congrégation de l'Union-Chrétienne, dont nous venons de parler; il avoit à peu près le même but et la même destination. Ce fut au vertueux ecclésiastique, dont le zèle avoit si puissamment contribué à la fondation de la première communauté,

que l'on dut encore cette nouvelle institution. Témoin des dangers et
des embarras auxquels étoient exposées des personnes persécutées par
leurs parents pour avoir embrassé la foi catholique, des extrémités
auxquelles étoient réduites de jeunes filles qui, cherchant à se mettre
en condition, manquoient de toutes les ressources de la vie, et même
d'asile, il persuada à plusieurs personnes pieuses de partager l'intérêt
que lui inspiroient ces êtres foibles et malheureux, et leur eut bientôt
trouvé des protecteurs assez puissants (1) pour pouvoir penser à leur procurer une retraite et les secours nécessaires. Les membres de cette association charitable jetèrent les yeux sur une maison située rue de la Lune,
que François *Berthelot*, secrétaire des commandements de Marie-Victoire
de Bavière, dauphine de France, et Marie *Regnault* son épouse, avoient
fait bâtir pour y recevoir et soigner cinquante soldats revenus de l'armée,
malades ou blessés. La construction de l'hôtel royal des Invalides, que le roi
avoit ordonné vers ce temps-là, ayant rendu inutiles les vues bienfaisantes
de ces deux époux, ils acceptèrent avec plaisir les propositions qui leur furent
faites de céder cette maison aux Filles de l'Union-Chrétienne, que la sœur
Anne de Croze envoya de Charonne pour administrer le nouvel établissement. Ceci se passa en 1682; des lettres-patentes du mois de février 1685,
enregistrées au parlement le 5 février 1686, et à la chambre des comptes le
4 du même mois de l'année suivante, confirmèrent ensuite cette donation.

Sainte-Anne étoit la patrone titulaire de cette maison, qui a subsisté
jusqu'au commencement de la révolution (2).

---

(1) Louis-Antoine de Noailles, évêque de Châlons; la duchesse de Noailles sa mère; mademoiselle
de Lamoignon; mademoiselle Mallet, etc.

(2) La maison, qui existe encore, est maintenant habitée par des particuliers.

LA PORTE SAINT-DENIS.

Dans la première enceinte, élevée sous le règne de Philippe-Auguste, la porte Saint-Denis étoit située entre la rue Mauconseil et celle du Petit-Lion ; sous Charles IX, elle fut reculée et placée entre les rues Neuve-Saint-Denis et Sainte-Apolline. Une suite constante de victoires et de prospérités avoit déjà fait ériger deux arcs de triomphe à la gloire de Louis XIV : la rapidité de ses conquêtes en 1672, le passage du Rhin, quarante villes fortifiées, et trois provinces soumises dans l'espace de deux mois, engagèrent la ville de Paris à lui élever ce nouveau monument de son amour et de sa reconnoissance.

Les murailles de Paris avoient été abattues ; les faubourgs touchoient à la ville, dont ils terminoient alors le vaste circuit. L'isolement du nouveau monument, sa forme, son caractère, ses attributs, ses inscriptions, tout concouroit à en donner une autre idée que celle que produit l'aspect d'une *porte* de ville. Cependant cette dénomination populaire a prévalu, tant pour cet arc de triomphe que pour celui qui l'avoisine (1) ; et quoiqu'elle manque entièrement de justesse, la tyrannie de l'usage ne nous permet pas d'en employer une autre.

François Blondel, le plus savant et peut-être le plus grand architecte du dix-septième siècle, fit élever sur ses dessins cette magnifique composition. Il lui donna une largeur de soixante-douze pieds sur une hauteur précisément égale ; puis, partageant cette largeur en trois parties, chacune de vingt-quatre pieds, il assigna celle du milieu pour l'ouverture de l'arc, et réserva les deux autres pour ses piédroits, au milieu desquels il perça deux portes de cinq pieds d'ouverture sur le double de hauteur (2).

---

(1) La porte Saint-Martin.

(2) Ces portes avoient été faites, dans l'origine de ce bâtiment, pour le passage des gens de pied. L'intérieur de chaque passage, voûté en cintre bombé, sert de communication à un escalier qui monte à

VUE de la PORTE SAINT-DENIS.

Sur le nu de ces piédroits sont placées de grandes pyramides en bas-relief, qui, de leurs piédestaux, s'élèvent jusqu'au-dessous de l'entablement, où elles se terminent par un globe que porte un petit amortissement. Ces piédestaux et ces pyramides également répétés sur la façade qui regarde la ville, et sur celle qui est tournée vers le faubourg, sont chargés de trophées d'armes disposés avec un art admirable, et dont l'exécution ne le cède qu'à peine à celle des ornements de la colonne Trajane.

Au pied des pyramides qui sont en regard de la ville, à droite, est représenté le Rhin saisi d'étonnement et d'épouvante; on voit à gauche la Hollande, sous la figure d'une femme éperdue, assise sur un lion demi-mort, qui, d'une de ses pattes, tient une épée rompue, et de l'autre un faisceau de flèches brisées et en partie renversées (1). Les pyramides de l'autre façade n'offrent point de figures : elles posent sur des lions couchés (2).

Deux bas-reliefs placés au-dessous de l'arc représentent du côté de la ville, le passage du Rhin à Tholuys, de l'autre, la prise de Maëstricht; dans la frise de l'entablement qui règne immédiatement au-dessus, on

---

des entresols pris au-dessus les uns des autres dans l'épaisseur des piles. L'un de ces escaliers, contenant cent cinquante marches, s'élève depuis le rez-de-chaussée jusqu'à la plate-forme.

Du reste ce fut contre son gré que Blondel fit ces ouvertures, et il se plaint avec juste raison, dans un de ses ouvrages, de la nécessité de pratiquer de telles percées dans les piédestaux et sous des pyramides qui semblent avoir besoin d'un soubassement de la plus grande solidité.

(1) Blondel dit qu'il a imaginé ces figures au bas des pyramides, « à l'exemple des médailles que nous « avons d'Auguste et de Titus, où l'on voit des figures de femmes assises au pied des trophées et des « palmiers, qui marquoient ou la conquête de l'Égypte par Auguste, ou celle de la Judée par Titus. »

(2) Sur des tables placées sous les piédestaux des pyramides étoient quatre inscriptions, composées par Blondel lui-même, aussi bon littérateur que grand architecte, savoir;

A droite, du côté de la ville :

Quod diebus vix sexaginta Rhenum, Vahalim, Mosam, Isalam superavit. Subegit provincias tres. Cepit urbes munitas quadraginta.

A gauche, du même côté :

Emendata malè memori Batavorum gente. Præf. et Ædil. Poni c. c. *anno* R. S. M. DC. LXXII.

A droite, sur la façade en regard du faubourg :

Præf. et Ædil. Poni c. c. *anno* R. S. M. DC. LXXIII.

A gauche, sur la même façade :

Quod Trajectum ad Mosam XIII *diebus cepit.*

A côté de ces inscriptions, et sur le retour supérieur des piédroits des portes sont des trophées d'armes en bas-relief, dans le goût de ceux du piédestal de la colonne trajane.

lisoit en gros caractères cette inscription : *Ludovico Magno*. Une niche carrée, figurée au-dessous des bas-reliefs, reçoit la porte : elle a pour claveau la dépouille d'un lion dont la tête et les pattes pendent sur le sommet de l'archivolte ; et dans les tympans triangulaires de la niche, sont sculptées des Renommées en bas-relief, tant à la face du faubourg qu'à celle de la ville.

Girardon avoit été chargé d'abord de l'exécution de tous ces ornements de sculpture ; et déjà il avoit achevé les rosaces du grand archivolte, lorsqu'il se vit obligé d'abandonner cette entreprise pour aller à Versailles, où le roi l'appeloit à d'autres travaux. Anguier l'aîné, qui lui succéda, ne le fit point regretter ; et l'on convient généralement qu'il n'a point été produit, dans le siècle de Louis XIV, de sculpture qui soit supérieure à celle de ce monument.

Sous le rapport de l'architecture, il est également considéré, tant pour l'harmonie et le grand caractère de ses proportions, que pour l'excellente exécution de toutes ses parties, comme un des plus beaux ouvrages de cette époque célèbre. « On peut même avancer, dit un habile architecte, qu'il « n'est peut-être point d'édifice en France qui porte un caractère plus viril et « plus capable de mériter l'attention des hommes qui se destinent aux arts, « et d'attirer l'admiration des connoisseurs (1). »

---

(1) On s'occupe dans ce moment-ci de la réparation de ce monument, tombé, par l'abandon total où il avoit été laissé pendant plus d'un siècle, dans un tel état de dégradation, qu'il y avoit à craindre qu'il ne s'ensuivît une ruine totale. Cette opération s'exécute sous la direction de M. Cellerier, architecte très distingué, qui y apporte, à ce qu'on assure, les soins les plus délicats et les plus dignes d'éloges. Non seulement les parties d'architecture et d'ornements dégradées se rétablissent scrupuleusement dans leur état primitif, mais, pour faire disparoître les traces de ces réparations, on a soin de teinter les parties neuves de manière à les accorder avec les anciennes ; ce qui vaut mieux sans doute que de regratter celles-ci pour leur donner l'éclat des autres. Les inscriptions détruites par le fanatisme révolutionnaire seront également rétablies.

LA MAISON DE SAINT-LAZARE.

Il y a grande apparence que la maison de Saint-Lazare a été bâtie sur les ruines du monastère de Saint-Laurent, dont Grégoire de Tours fait mention, et dont nous ne tarderons pas à parler. Toutefois ce sont de simples conjectures ; et il faut avouer qu'il est impossible de rien présenter de certain sur les commencements de cet ancien hospice. Il avoit été institué pour servir d'asile aux malades attaqués de la lèpre, et l'on a des preuves qu'il existoit dès le douzième siècle. Cependant, bien qu'on ne puisse fixer précisément la date de son établissement, on peut assurer qu'à cette époque il étoit encore nouveau, par la raison qu'il n'y avoit pas très long-temps que la maladie affreuse et incurable qu'on y soignoit avoit pénétré en France. En effet, soit qu'avant les croisades le peu de communication que nous avions avec l'Orient, où elle existoit de temps immémorial, nous eût préservés de ce fléau, soit que les progrès en eussent été arrêtés par cette police sage et sévère qui interdisoit l'entrée des villes aux lépreux, nous ne voyons pas qu'on ait établi de léproseries dans ce royaume sous les deux premières races de nos rois.

Une des principales causes de l'obscurité qui règne sur l'origine de Saint-Lazare, c'est la perte presque totale des titres originaux de cette maison. Ils furent, en grande partie, dispersés ou détruits dès le commencement de ces temps malheureux où la ville de Paris étoit sous la domination des Anglais, ainsi que le roi Charles VI le reconnoît lui-même dans ses lettres du 1er mai 1404. De là l'incertitude et les contradictions des historiens, tant sur l'état primitif de cette espèce de communauté, que sur celui de la léproserie qui y étoit jointe.

Quelques uns ont pensé que c'étoit un prieuré de Saint-Augustin, sans doute parce que, dans plusieurs actes, il est fait mention du prieur et du couvent de Saint-Lazare. L'abbé Lebeuf, qui penche pour cette opinion, ajoute qu'on ne connoît rien de certain sur cette maison avant l'an 1147, et que ce n'est qu'en 1191 qu'il y fut établi un clergé régulier, composé d'un prieur et de religieux de l'ordre que nous venons de nommer.

Lemaire a avancé une autre opinion : il a prétendu que les religieux du monastère de Saint-Laurent, qui existoit anciennement en cet endroit, prirent le titre de Saint-Lazare, qui leur fut donné par Philippe-Auguste au mois de juin 1197. Les auteurs du *Gallia Christiana* disent, au contraire, qu'en 1150, Louis-le-Jeune ayant ramené avec lui de la Terre-Sainte douze chevaliers hospitaliers de Saint-Lazare, il leur donna un palais qu'il avoit hors de la ville et la chapelle qui en dépendoit, laquelle depuis ce temps a pris le nom de Saint-Lazare.

Le commissaire Delamare, qui a adopté leur sentiment, donne à cet évènement une époque antérieure : il dit que les Sarrasins ayant chassé les Chrétiens de la Terre-Sainte, les chevaliers de Saint-Lazare se retirèrent en France l'an 1137, et se mirent sous la protection de Louis VII, qui leur donna la maison dont il s'agit. Mais ni ces anecdotes ni ces dates ne sont malheureusement soutenues de la moindre autorité. 1° Lorsque Louis-le-Jeune revint de la Terre-Sainte, l'hôpital de Saint-Lazare existoit depuis plus de quarante ans; et s'il fut donné par lui aux chevaliers hospitaliers, ce n'est pas d'eux qu'il a pris son nom, puisqu'il le portoit auparavant. 2° On ne trouve aucune preuve de ce don; il n'existe pas la moindre trace que les chevaliers de Saint-Lazare aient joui de cette maison, qu'ils l'aient conservée, ni qu'ils l'aient cédée, soit volontairement, soit par autorité.

Nous n'esssaierons pas d'ajouter des conjectures nouvelles à celles de ces écrivains ; et laissant pour incertain ce qui ne peut être suffisamment éclairci, nous nous bornerons à faire connoître ce que nous avons pu réunir de plus authentique sur cette institution, d'après les titres et les actes qui en font mention.

C'est, comme nous venons de le dire, lorsque nous traiterons de l'église Saint-Laurent, que nous donnerons les raisons qui nous portent à croire que cette basilique étoit située, dans le principe, à l'endroit où fut construite depuis la léproserie dont nous parlons; mais, sans nous occuper ici de cette origine, si nous examinons uniquement ce dernier établissement, nous ne voyons pas qu'il en soit question nulle part avant le règne de Louis-le-Gros.

Le premier qui en ait parlé est un auteur contemporain de ce prince (1), lequel nous apprend qu'en allant à Saint-Denis il s'arrêta long-temps dans la maison des lépreux, *tandem foràs progrediens, leprosorum adiit officinas.* On sait aussi qu'Adélaïde de Savoie, sa femme, en fut la principale bienfaitrice ; que le même prince accorda à cette maison, en 1110, une foire, qui fut depuis rachetée par Philippe-Auguste, et transférée aux Halles, comme nous l'avons remarqué en parlant de ce quartier. Enfin les marques de bienveillance et de protection que leur donnèrent ces souverains et leurs premiers successeurs (2) furent telles, que la plupart des historiens en ont tiré la conséquence que cette maison étoit de fondation royale, et lui en ont donné la qualification.

On ne peut douter que cette léproserie n'ait eu dès ses commencements une chapelle, et qu'on n'ait donné à l'une et à l'autre le nom de Saint-Lazare, vulgairement *Saint-Ladre*, car la plus grande partie des établissements de ce genre sont sous son invocation (3). Il est certain aussi que cette maison étoit gouvernée par un prêtre qui prenoit la qualité de prieur ; mais nous pensons avec Jaillot, et contre le sentiment de l'abbé Lebeuf, que ce titre n'indique point ici le supérieur d'une communauté régulière. En effet, les termes de *prieur* et de *couvent* n'avoient pas toujours alors l'acception positive qu'on leur donne aujourd'hui ; le mot *religiosi* ne signifioit pas toujours des religieux, mais une société de personnes pieuses engagées dans l'état ecclésiastique, ou vivant en communauté, quoique séculières : telle étoit sans doute la communauté des frères et sœurs qui composoient la maison dont nous parlons ; et l'on peut opposer aux actes où son chef est appelé prieur une foule de titres non moins authentiques, où il n'est question que *du maître et des frères, tant sains que malades de la maison de Saint-Lazare.* Mais il est une preuve plus forte, et même sans réplique, qu'on ne peut voir dans cette institution un ordre

---

(1) *Odo de Diogilo*, *Hist. Ecc. Par. t. 2, pag.* 456.

(2) Nous apprenons d'une charte de Louis-le-Jeune, de l'an 1147, que les lépreux de Saint-Lazare avoient droit de faire choisir dans les caves de Paris, où étoit le vin du roi, dix muids de vin par an, et qu'ensuite on leur donna en échange la pièce de bœuf royal avec six pains et quelques bouteilles de vin.

(3) Les historiens modernes ont souvent confondu les léproseries avec les hôpitaux, en les appelant *maladeries*, qui est le nom de ces derniers, au lieu de *maladreries*, qui ne convient qu'aux léproseries.

régulier; c'est que cette maison étoit dans la dépendance du chapitre de Notre-Dame (1), et que le maître, nommé par l'évêque, étoit amovible à sa volonté. L'évêque seul avoit le droit de visiter la léproserie, de faire des règlements, de les changer, de réformer les abus, de se faire rendre des comptes, etc.; et l'on sait que tous ces actes d'autorité étoient exercés, dans les communautés régulières, par le chapitre général et particulier. Enfin dans les institutions de ce genre, on nomme souvent pour prieurs d'une maison des sujets qui lui sont étrangers; ici il devoit être pris dans la maison même: l'abbé Lebeuf, qui cite les statuts que Foulques de Chanac, évêque de Paris, donna en 1348 à la maison de Saint-Lazare, statuts qui furent confirmés par Audouin, son successeur immédiat, détruit lui-même par cette citation l'opinion qu'il a avancée. Un des articles porte : « que « le prieur seroit un frère *Donné*, et cependant prêtre; qu'il seroit *curé* « des frères et des sœurs, et administrateur de leurs biens ». Or, il ne pouvoit ignorer ce qu'étoient les Donnés (2), et ce seul mot devoit suffire pour le convaincre qu'il n'y avoit point de religieux à Saint-Lazare.

Il y a grande apparence que cette maison fut ainsi administrée jusqu'au commencement du seizième siècle : mais les visites que l'évêque y fit en 1513 l'ayant convaincu de la nécessité d'une réforme et de la difficulté d'y réussir sans changer entièrement l'administration, il usa du droit

---

(1) La maison de Saint-Lazare étoit assujettie à une redevance envers le clergé et les marguilliers de Notre-Dame de Paris, dont un manuscrit de l'an 1490 parle en ces termes : « Les marguilliers ont « toujours pris, le lundi avant l'Ascension, quand la procession est retournée de Montmartre, à Saint- « Ladre, **XXI** sistreuses de vin (chaque sistreuse contenant trois chopines) par les mains des sergents « du chapitre; lequel vin les frères Saint-Ladre payent et livrent auxdits sergents. »

(2) Les frères Donnés, *Donati, Condonati*, étoient différents de ceux qu'on appeloit *Oblats, oblati*. On entendoit, par les premiers, des personnes qui se dévouoient à des monastères, auxquels elles donnoient leur bien en tout ou en partie, pour y être vêtues, nourries et logées. C'étoient des personnes libres qui prenoient ce parti par dévotion, et pour éviter les dangers que l'on court dans le monde. Ce nombre étoit composé d'ecclésiastiques et de séculiers. Les *Oblati*, au contraire, étoient des gens d'une condition basse et servile qui s'agrégeoient à un monastère pour y rendre les services les plus grossiers. Ils étoient astreints, les uns et les autres, à l'obéissance envers l'abbé ou les supérieurs; mais il y avoit une différence marquée dans leur dévouement et dans leurs fonctions : les uns ne se donnoient aux monastères que pour s'y sanctifier, et y mener une vie douce et tranquille; un contrat solennel déposé sur l'autel formoit leur engagement. Les autres, au contraire, sembloient contracter une sorte de servitude; ils se passoient autour du cou la corde des cloches, et se mettoient sur la tête trois ou quatre deniers, qu'ils déposoient ensuite sur l'autel en signe d'esclavage.

qu'il avoit, et y introduisit en 1515 des chanoines réguliers de Saint-Victor. Il paroît que, même alors, cette maison ne prit pas le titre de prieuré, ou du moins qu'il lui fut contesté ; car le parlement, qui, dès 1660, avoit nommé des commissaires pour la visiter, donna enfin, sur le vu des lettres, titres et papiers concernant cette maison et *prétendu prieuré de Saint-Lazare,* un arrêt de règlement, le 9 février 1566, par lequel le tiers du revenu de ladite maison est destiné à *la nourriture et entretenement des pauvres lépreux, auquel est affectée la léproserie dudit lieu,* un autre tiers à la subsistance des religieux, et le tiers restant à payer les dettes dudit *prétendu prieuré.* Cet arrêt prouve, au moins, que le parlement ne regardoit pas cette maison comme un prieuré, et en outre qu'à cette époque il y avoit encore en France des lépreux. Par ce même arrêt l'évêque est maintenu dans son droit de visite et de réforme, et le prieur tenu de lui représenter tous les trois mois les registres de recette et de dépense, et une fois chaque année de lui rendre compte de son administration. Un tel acte suffit seul pour détruire absolument l'opinion de Lemaire et autres, qui supposent un prieuré affecté à Saint-Lazare, auquel on joignit depuis une léproserie.

Au commencement du siècle suivant, les guerres de religion, et les malheurs de la Ligue, furent des obstacles à l'entière exécution du règlement dont nous venons de parler : la lèpre ayant cessé en France, on ne voyoit plus de malades à Saint-Lazare ; la mésintelligence régnoit entre le chef et les membres ; la subordination n'existoit plus, et le temporel étoit mal administré. Adrien Lebon, alors prieur ou chef de cette maison, n'ayant pu, malgré sa sagesse et sa prudence, y rétablir l'ordre et la concorde, prit enfin le parti d'offrir la conduite de cet établissement au célèbre Vincent-de-Paule, instituteur et supérieur des Prêtres de la Mission, et de consentir à l'union qui en fut faite à cette congrégation par un concordat du 7 janvier 1632.

Les Prêtres de la Mission.

Ce ne fut pas tout-à-fait, comme le dit le père Hélyot, dans son Histoire des ordres religieux, à l'instar de la congrégation de l'Oratoire, ni dans la vue de former de jeunes ecclésiastiques à la piété et à la vertu, que le

saint et grand personnage que nous venons de nommer jeta les fondements de la congrégation de la Mission. Le nom seul de cette institution
annonce l'objet que Vincent-de-Paule se proposoit : il avoit reconnu
par lui-même le besoin d'instruction qu'on éprouvoit dans les campagnes,
où trop souvent la négligence des pasteurs, quelquefois même leur peu de
lumières et de discernement, laissoient les hommes simples et grossiers
qui les habitent dans l'ignorance des premiers éléments de la religion.
Ce fut donc pour dissiper cette ignorance, aussi préjudiciable aux individus
qu'à la société, que cet homme apostolique se dévoua particulièrement à
ces missions. Quelques prêtres vertueux et choisis par lui l'aidoient dans
ces pieux travaux : et le fruit qu'ils produisirent dans les terres du comte
de Joigny, auquel Vincent-de-Paule étoit attaché, firent naître à ce
seigneur, ainsi qu'à la dame son épouse, le désir de former à Paris un
établissement de ce genre, et sous sa direction. Toutefois ce projet, conçu
dès 1617, n'eut son exécution que quelques années après. Ce fut en 1624
que M. de Gondi, archevêque de Paris, et frère de M. le comte de Joigny,
voulant favoriser un projet si utile et si saint, donna à Vincent-de-Paule
la place de principal et chapelain du collège des Bons-Enfants, près de
Saint-Victor. Ce prélat destina dès-lors ce collège pour la fondation de la
nouvelle congrégation, à laquelle il l'unit et l'incorpora par son décret du 8
juillet 1627.

Cependant il restoit encore beaucoup à faire pour arriver au but que l'on
s'étoit proposé; le collège et les maisons qui en dépendoient menaçoient
ruine, et les revenus en étoient trop modiques pour subvenir aux besoins
de l'établissement : M. et Mme de Joigny sentirent la nécessité d'achever
l'œuvre qu'ils avoient si heureusement commencée, et donnèrent une
somme de 40,000 liv., tant pour la reconstruction des édifices que pour
l'entretien des membres de la communauté. Le contrat, qui est du 7
avril, annonce la piété des fondateurs et l'objet de l'institut, dont les
*membres doivent s'occuper de l'instruction des pauvres de la cam-
pagne, ne prêcher ni administrer les sacrements dans les grandes
villes, sinon en cas d'une notable nécessité, et assister spirituellement
les pauvres forçats, afin qu'ils profitent de leurs peines corporelles.*

Les services que la congrégation des Missions rendit dès ses commencements furent si utiles à la religion, que le souverain pontife, par sa bulle

du mois de janvier 1632 , l'érigea en titre, sous le nom de *Prêtres de la Mission ;* ce qui fut depuis confirmé par lettres-patentes du mois de mai 1642 , enregistrées au mois de septembre suivant.

Ce fut à cette époque que M. Lebon, prieur ou chef de la maison de Saint-Lazare , en offrit l'administration à saint Vincent-de-Paule ; celui-ci, vaincu par des instances réitérées pendant plus d'une année, et déterminé par des conseils qu'il ne pouvoit ni ne devoit rejeter , consentit enfin à l'accepter. Le concordat fut passé, comme nous l'avons dit, le 7 janvier 1632, enregistré le 21 mars suivant, et approuvé par la bulle d'Innocent X , du 18 avril 1645. De nouvelles lettres-patentes du mois de mars 1660, enregistrées le 15 mai 1662 , confirmèrent cette transaction.

En plaçant à Saint-Lazare les Prêtres de la Mission , le cardinal de Gondi exigea qu'il y eût au moins douze ecclésiastiques pour célébrer les saints offices , et acquitter les fondations ; il les chargea de recevoir les lépreux de la ville et des faubourgs , de faire des missions chaque année dans quelques bourgs ou villages de son diocèse (1) , de faire des catéchismes, de confesser, prêcher, et préparer les jeunes ecclésiastiques aux ordinations. Personne n'ignore que, jusqu'au moment de sa suppression, les membres de cette congrégation s'acquittèrent de tous ces devoirs avec autant de zèle que de succès (2).

Dès que saint Vincent-de-Paule et ses dignes associés furent entrés en possession de Saint-Lazare, tout commença à y prendre une face nouvelle. La maison , qui menaçoit ruine de tous côtés , fut réparée, en attendant qu'on en eût bâti une plus grande et plus convenable à une communauté nombreuse : elle devint bientôt le chef-lieu de la mission et la résidence du supérieur général.

Ce fut *Edme Joly ,* troisième général de la congrégation, qui fit élever la plupart des vastes et solides édifices qui composent cette maison,

---

(1) La bulle d'érection portoit que les ecclésiastiques qui voudroient y entrer s'obligeroient à ne jamais prêcher dans les villes où il y a archevêché, évêché ou présidial. Cette congrégation étoit du corps du clergé séculier ; on y faisoit cependant les quatre vœux simples , dont on ne pouvoit être relevé que par le pape ou le supérieur général.

(2) Il s'y faisoit en outre des retraites pour les ecclésiastiques à chaque ordination ; on y recevoit également des laïques qui vouloient faire des exercices spirituels, et particulièrement des jeunes gens dérangés que leurs parents y faisoient renfermer ; ce qui s'exécutoit sur un ordre du roi.

et qui existent encore aujourd'hui. Cependant le grand corps de logis qui donne du côté de la ville avoit été construit quelque temps avant lui. Quant aux anciens bâtiments de l'hôpital Saint-Lazare, ils avoient tous été détruits, à l'exception de l'église, qui étoit petite (1), et dont la construction gothique n'avoit rien de remarquable. L'enclos de cette communauté étoit le plus grand qu'il y eût à Paris et dans les faubourgs (2).

CURIOSITÉS DE L'ÉGLISE DE SAINT-LAZARE.

TABLEAUX.

Dans la nef, un tableau représentant l'apothéose de saint Vincent-de-Paule; par frère *André*.

Dans le chœur, huit autres tableaux, savoir :

1. Saint Vincent-de-Paule prêchant les pauvres de l'hôpital du Saint-Nom-de-Jésus; par le même.

2. Le même saint faisant une mission dans les campagnes; par *de Troy*.

3. Louis XIII au lit de mort, assisté par ce saint prêtre, comme il l'avoit désiré; par le même.

4. Saint Vincent présidant une conférence ecclésiastique; par le même.

5. Le conseil de conscience établi par Anne d'Autriche, dans lequel siégeoit saint Vincent; par le même.

6. Saint Vincent prêchant les galériens; par *Restout*.

7. Le même saint présentant à Dieu les prêtres de sa congrégation; par *Baptiste*.

8. Le saint au milieu d'une assemblée de dames, qu'il exhorte à faire des charités aux enfants trouvés; par *Galloche*.

Au fond du réfectoire, où le général de la congrégation mangeoit toujours au milieu de deux pauvres, qui partageoient les mets qu'on lui servoit, étoit un grand tableau représentant le déluge universel. Ce réfectoire pouvoit contenir plus de deux cents personnes.

TOMBEAUX ET INSCRIPTIONS.

Au milieu du chœur, près de l'aigle, étoit autrefois une tombe plate, sur laquelle on lisoit :

---

(1) Nous donnons, à la fin de cet article, une représentation de cette église telle qu'elle étoit avant la construction du corps de logis qui fait la façade du bâtiment. Cette petite vue n'a jamais été gravée.

(2) Cet enclos, planté d'arbres, existe encore en entier. Il est seulement bordé de maisons du côté du faubourg Poissonnière. Il paroît qu'on y fera passer une branche du canal de l'Ourcq.

HIC JACET

Venerabilis vir Vincentius à Paulo, *præsbyter, fundator, seu institutor et primus superior generalis congregationis missionis, nec non puellarum charitatis. Obiit die* 26 *septembris anno* 1660 *, ætatis verò suæ* 84.

Vincent-de-Paule ayant été béatifié par le pape Innocent XIII le 13 août 1729, le 29 septembre suivant son corps fut exhumé en présence de l'archevêque de Paris, et déposé dans une châsse d'argent, que l'on plaça sur l'autel de la chapelle de Saint-Lazare.

Sur le premier pilier de l'église, en entrant dans le chœur, à gauche, étoit une inscription latine, où étoient gravées les principales conditions auxquelles l'hôpital Saint-Lazare avoit été donné à saint Vincent-de-Paule et à sa congrégation.

L'apothicairerie et la bibliothèque méritoient d'être vues, pour le bel ordre qui y régnoit.

Lorsque nos rois vouloient faire leur entrée solennelle dans Paris, ils se rendoient autrefois à Saint-Lazare, où ils recevoient le serment de fidélité et d'obéissance de tous les ordres de la ville ; cette cérémonie se faisoit dans un bâtiment nommé le *Logis du Roi ;* puis la cavalcade partoit de là pour entrer ensuite dans la ville par la porte Saint-Denis (1). L'usage étoit aussi de déposer dans cette maison les corps des rois et des reines de France lorsqu'on les conduisoit à Saint-Denis pour être inhumés. L'archevêque de Paris et tous les prélats du royaume se trouvoient entre les deux portes du prieuré, pour recevoir ces restes précieux, chantoient sur le cercueil le *De profundis* et les autres prières accoutumées, y donnoient l'eau bénite, et ensuite le corps étoit porté à Saint-Denis par les *hannouars,* ou vingt-quatre porteurs de sel jurés de la ville (2).

---

(1) Vers la fin du dix-huitième siècle, ces entrées commencèrent à se faire par la porte Saint-Antoine.

(2) Voici ce qu'on lit dans le récit de la pompe funèbre de Charles VIII : « Marchoient les vingt-quatre « porteurs de sel de la ville, qu'on appèle *hannouars* ; lesquels disoient que, par privilège, ils devoient « porter le corps dudit seigneur roi *, depuis Paris jusqu'à la Croix-Pendante, près de Saint-Denis ; « mais il fut dit que les gentilshommes de la chambre le porteroient, sans préjudice du privilège que « disoient avoir lesdits hannouars. »

Sur quel motif, dit Saint-Foix, pouvoit être fondé ce privilège ? Voici ce que j'imagine : On avoit perdu l'art d'embaumer les corps ; on les coupoit par pièces, qu'on saloit, après les avoir fait bouillir dans de l'eau, pour séparer les os de la chair. Apparemment que les porteurs de sel étoient chargés de ces grossières et barbares opérations, et qu'ils obtinrent l'honneur de porter ces tristes restes, etc. **.

* Ils avoient porté les corps de Charles VI et Charles VII, et portèrent celui de Henri IV. (de Thou, liv. 3, ch. 25.)

** Henri V, roi d'Angleterre, étant mort à Vincennes en 1422, « son corps fut mis par pièces et bouilli dans un « chaudron, tellement que la chair se sépara des os ; l'eau fut jetée dans un cimetière, et les os avec la chair furent mis « dans un coffre de plomb, avec plusieurs espèces d'épices et de choses odoriférantes et sentant bon. »

A l'extrémité de l'enclos de Saint-Lazare et sur la rue du faubourg, étoit une grande maison appelée *le Séminaire Saint-Charles* ; c'étoit une dépendance de celle des Prêtres de la Mission, destinée pour ses membres convalescents et pour les retraites de quelques ecclésiastiques (1).

(1) La maison de Saint-Lazare est actuellement destinée à la reclusion des femmes condamnées par jugement du tribunal criminel. Elles y sont occupées aux différents travaux convenables à leur sexe.

Eglise de Saint Lazare.

LES FILLES DE LA CHARITÉ.

La maison principale des Filles de la Charité, également instituée par saint Vincent-de-Paule, étoit vis-à-vis celle de Saint-Lazare. Quoique cet établissement ne fût pas fort ancien, les historiens de Paris ne paroissent cependant pas d'accord sur l'époque de son institution ; cette discordance vient sans doute des différentes manières dont chacun d'eux a considéré cet établissement comme projeté, naissant ou consolidé par l'autorité civile et ecclésiastique. En effet, dom Félibien et l'abbé Lebeuf placent l'institution des Filles de la Charité en 1642 ; Piganiol en 1633 ; La Caille et l'auteur des *Tablettes parisiennes* en 1653. On en pourroit faire remonter l'origine jusqu'à l'an 1617, dans laquelle ce saint prêtre institua en province *l'Association de la Charité des Servantes des Pauvres.* Cette louable et pieuse institution avoit pour objet de rendre aux pauvres malades les soins qu'exigeoit leur état. Elle se répandit dans les provinces voisines, et fut même adoptée à Paris dans la paroisse de Saint-Sauveur ; mais une telle association n'étoit alors que ce que nous appelons encore aujourd'hui des *Assemblées de Dames de Charité.* Le zèle et la prévoyance ne suffisoient pas ; il falloit des forces et une certaine activité qu'on ne peut guère trouver dans des personnes délicates et élevées dans toutes les habitudes de l'aisance et de la mollesse : *Louise de Marillac*, veuve de M. Legras, secrétaire des commandements de la reine Marie de Médicis, se distinguoit alors par son ardente charité envers les pauvres, au service desquels elle s'étoit particulièrement dévouée ; l'exercice des vertus chrétiennes augmentant de jour en jour l'ardeur de son zèle, cette vertueuse personne désira de s'y consacrer encore d'une manière plus spéciale, c'est-à-dire par un vœu solennel. Vincent-de-Paule, sous la direction duquel elle s'étoit placée, l'ayant soumise aux épreuves réitérées que la prudence exigeoit, lui permit enfin d'entreprendre l'utile établissement qu'elle projetoit. Madame Legras commença, le 21 novembre 1633, à en faire l'essai dans la maison qu'elle occupoit près de Saint-Nicolas-du-Chardonnet ; le succès passa ses espérances, et le nombre de celles qui, entraînées par un si grand exemple, vinrent s'offrir pour partager ses charitables travaux, devint en peu de temps assez considérable pour l'engager à chercher une plus vaste demeure : en 1636 elle alla habiter une maison située à la Villette. Dans ce nouvel asile la communauté continua à s'accroître ; mais elle étoit également éloignée des secours de la maison de Saint-Lazare, sous l'administration et la direction de laquelle elle avoit été mise, et des pauvres auxquels ses services étoient consacrés. Ces inconvénients engagèrent, cinq ans après, madame Legras à se rapprocher de Saint-Lazare, et à s'établir vis-à-vis de cette maison. Ce fut dans ce dernier domicile que cette communauté, chef-lieu de toutes les maisons des Sœurs de la Charité, demeura fixée jusqu'au moment où la révolution, après avoir anéanti les premières classes de la société, exerça ses fureurs jusque sur les servantes des pauvres, qu'elle chassa de leur asile, qu'elle dispersa au nom de la philosophie et de l'humanité.

La communauté des Sœurs de la Charité avoit été érigée en confrérie par M. de Gondi, coadjuteur de l'archevêque de Paris, le 20 novembre 1646 : ce prélat, plus connu sous le nom du cardinal de Retz, ayant succédé à M. de Gondi son oncle, approuva, le 18 janvier 1655, les règlements que Vincent-de-Paule avoit faits pour cette communauté. L'autorité royale ne tarda pas à confirmer cet établissement par des lettres-patentes, qui furent expédiées au mois de novembre 1658, et enregistrées le 16 décembre suivant.

Par les règles et constitutions données aux Filles ou Sœurs de la Charité, elles étoient mises sous la direction perpétuelle du général de la Mission, et l'on renouveloit, tous les trois ans, l'élection de leur supérieure. Il n'y eut que madame Legras, fondatrice de la communauté, qui, à la prière de saint Vincent-de-Paule, conserva cette dignité suprême pendant le reste de sa vie. Elle mourut le 15 mars 1660, âgée de soixante-huit ans.

Les Sœurs de la Charité n'étoient, dans le commencement de leur institution, que des filles de la campagne ou d'une naissance commune, propres, par leurs habitudes et leur éducation, à des travaux pénibles et grossiers ; mais la charité chrétienne, qui rapproche tous les états, et

la piété qui consulte moins les forces que le courage, montrèrent bientôt
dans leurs rangs des filles de bonne famille et d'une naissance distinguée,
qui, suivant à la lettre les maximes de l'Évangile, quittoient le monde pour
Dieu, et préféroient le vêtement le plus humble, et les occupations les
plus dures, les plus rebutantes, au luxe et à la vanité du siècle, souffroient avec patience et douceur les rebuts et les vivacités de ceux qu'elles
servoient, et, par cette vertu plus qu'humaine, prouvoient qu'il est de
ces ames privilégiées qui réunissent tous les caractères que saint Paul donne
à la charité, et qui en remplissent tous les devoirs. On les appeloit vulgairement *Sœurs Grises*, de la couleur de leur habillement. Après cinq
ans d'épreuves, elles faisoient des vœux simples qu'elles renouveloient
le 25 mars de chaque année. Leur emploi étoit de prendre soin des pauvres
et des malades dans les paroisses, les hôpitaux, et d'instruire les jeunes
filles, auxquelles elles apprenoient à lire et à écrire. L'utilité de ces
établissements en avoit si heureusement multiplié le nombre, qu'on en
comptoit environ quatre cents dans le royaume. Il y avoit autrefois
quarante de ces filles aux Invalides, vingt aux Incurables, et plus de
quatre-vingts dans les principales paroisses de Paris (1).

LA FOIRE SAINT-LAURENT.

Nous avons déjà eu plus d'une fois l'occasion de rappeler que Louis-le-
Gros avoit accordé une foire aux lépreux de Saint-Lazare, et que cette
concession, confirmée par Louis-le-Jeune, avoit été rachetée, en 1181,
par Philippe-Auguste, lorsqu'il fit établir les Halles de Champeaux.
Cette acquisition avoit été faite moyennant la somme de 300 liv., que
ce même prince échangea ensuite avec la maison de Saint-Lazare, en lui
accordant la foire de Saint-Laurent, laquelle n'étoit, dans l'origine,

(1) Le bâtiment de cette communauté a été détruit en partie, et en partie changé en maisons particulières. Sur son emplacement on a percé une rue nouvelle qui conduit à l'église Saint-Laurent.

qu'un rendez-vous momentané de marchands, tel qu'on en voit encore dans toutes les parties de la France à certains jours de fêtes patronales. Cette foire, qui commençoit alors le matin de la Saint-Laurent, et finissoit le soir de la même journée, fut successivement prolongée jusqu'à quinze jours. Elle éprouva ensuite quelque interruption; et ce n'est que lorsque les Prêtres de la Mission eurent été établis à Saint-Lazare, qu'il fut question de faire revivre cet ancien privilège. Cependant, quoiqu'ils eussent été substitués à tous les droits de cette maison, et que cette foire leur eût même été spécialement accordée, ils furent obligés, dans cette circonstance, de recourir à l'autorité du roi, qui, par ses lettres-patentes du mois d'octobre 1661, enregistrées le 30 janvier 1663, « approuva, « ratifia et confirma le don qui avoit été fait précédemment de la foire « aux Prêtres de la Mission, avec tous les droits et privilèges qui y étoient « attachés. »

Cette foire s'étoit tenue jusque-là dans le faubourg, sur une place découverte qu'on appeloit le *Champ de Saint-Laurent*. Par ces mêmes lettres il fut permis aux Prêtres de la Mission de la transférer dans un lieu quelconque de leur domaine; ils destinèrent à cet effet un champ de cinq à six arpents, entouré de murs, dans lequel ils firent percer des rues bordées d'arbres, et construire des boutiques qu'occupèrent des traiteurs, des limonadiers et des marchands de toute espèce. La foire de Saint-Laurent, qui n'a cessé d'être fréquentée qu'à la fin du dix-huitième siècle, duroit alors trois mois, étant ouverte le 1er juillet et finissant le 1er septembre. Ce lieu, jusque-là désert, s'animoit alors, devenoit le rendez-vous de toutes les classes de la société, et offroit ce mélange varié et agréable que présentent toutes les réunions publiques des grandes villes, réunions que la gaieté française rendoit encore plus piquantes et plus remarquables à Paris que par-tout ailleurs. Il s'y établit des spectacles, qui firent pendant long-temps tourner toutes les têtes; et cette foire partagea, avec celle de Saint-Germain, la gloire d'avoir été le berceau de l'opéra-comique (1).

---

(1) L'enclos de la foire Saint-Laurent, presque entièrement abandonné, n'est maintenant rempli que de masures, dans lesquelles cependant on retrouve encore quelque chose de l'ancienne disposition des bâtiments.

CHAPELLE SAINTE-ANNE.

Ce petit monument, qui n'existe plus depuis long-temps, avoit été élevé, sous l'invocation de cette sainte, dans la rue qu'on nomme aujourd'hui rue du Faubourg-Poissonnière, pour la commodité de quelques habitants trop éloignés de l'église de Montmartre. Sur la permission qu'il en obtint de l'abbesse de ce monastère, *Roland de Buce*, confiseur, destina à cet établissement une maison dont il étoit propriétaire dans ce faubourg. Il fit construire la chapelle et la maison du chapelain, puis céda le tout à l'abbaye de Montmartre, par contrat du 23 octobre 1656. Toutefois cette cession fut loin d'être désintéressée, car il ne la fit qu'à condition d'être remboursé de la valeur de la terre et des frais de la construction.

Cette chapelle, qui étoit située un peu au-dessus de la rue de Paradis, et du côté opposé, fut bénite le 27 juillet 1657; et, le 11 août suivant, l'archevêque de Paris permit d'y célébrer le service divin, toutefois sous la condition expresse de reconnoître le curé de Montmartre comme pasteur.

HÔTELS.

Hôtel de Bourgogne (détruit).

Cet hôtel avoit été originairement bâti pour les comtes d'Artois : il paroît qu'il étoit situé dans la rue Pavée, non loin des murs de l'enceinte de Philippe-Auguste, lesquels bornoient l'espace où il étoit renfermé. Cette enceinte ayant été reculée de ce côté, l'hôtel d'Artois s'étendit dans la rue Mauconseil jusque vis-à-vis Saint-Jacques-de-l'Hôpital. Marguerite, comtesse d'Artois et de Flandre, qui dès-lors en étoit propriétaire, le porta en dot à Philippe-le-Hardi, fils du roi Jean, lequel fut la tige de la nouvelle branche de Bourgogne. Il devint ensuite l'habitation favorite de Jean-sans-Peur son fils, qui le préféra à l'hôtel de Flandre, dont ce prince lui avoit laissé le choix (1). Les ducs de Bourgogne qui lui succédèrent en firent également leur demeure, sans qu'il perdit totalement pour cela son premier nom d'hôtel d'Artois, qu'on retrouve encore dans plusieurs actes ; cependant dès-lors et depuis on l'appela plus communément l'hôtel de Bourgogne.

Cet hôtel, ainsi que les autres biens de la maison de Bourgogne, ayant été réunis à la couronne après la mort de Charles-le-Téméraire, tué au siège de Nanci en 1477, fut successivement occupé par différents particuliers, auxquels nos rois avoient accordé des logements dans les habitations royales, ce qui dura jusqu'au temps de François Ier ; alors cet antique édifice, apparemment mal entretenu, tomboit si fort en ruine, qu'il devint presque inhabitable, ce qui détermina ce monarque

---

(1) Sauval rapporte que *Jean-sans-Peur*, assassin du duc d'Orléans, y avoit fait construire une chambre tout en pierres de taille, avec tous les accessoires nécessaires pour s'y défendre, et que c'étoit là qu'il couchoit toutes les nuits. Ces terreurs dont il étoit agité ont été, dans tous les temps, la première punition des grands crimes ; et jamais surnom ne convint moins à un scélérat et à un tyran que celui qu'on lui avoit donné.

à ordonner, par son édit du 20 septembre 1543, qu'il seroit démoli, et
son emplacement divisé par portions, que l'on vendroit à l'enchère. Peu
de temps après les confrères de la Passion, qu'on venoit d'expulser de
l'hôpital de la Trinité, achetèrent de Jean Rouvet, acquéreur principal,
une partie de ce terrain, moyennant 16 livres de cens, et 225 livres
de rente rachetable de 4,500 liv., à la charge d'y faire construire une
salle pour les représentations de leur spectacle, et des loges, dont une
appartiendroit audit Rouvet et aux siens leur vie durant. Le contrat
d'acquisition est du 30 août 1548. Un arrêt du 17 novembre de la
même année nous apprend que la salle étoit déjà construite, puisqu'il
permet d'y jouer des sujets profanes et licites, et qu'il défend aux confrères
d'y représenter le mystère de la Passion, ni quelqu'autre mystère sacré
que ce soit. Des lettres d'amortissement pour cette acquisition furent
expédiées par le roi Charles IX au mois de janvier 1566, et enregistrées
en la chambre des comptes le 25 février 1567. Dès que les confrères
eurent fait construire leur salle, on ne donna plus d'autre nom à cet
hôtel que celui d'hôtel de Bourgogne.

D'après la défense qui venoit de leur être faite, les confrères, ne croyant
pas qu'il fût de leur honneur de monter sur le théâtre pour y représenter
des pièces profanes, prirent le parti de louer leur hôtel (1) et leur privilège à une troupe de comédiens qui venoit de se former, se réservant
toutefois deux loges pour eux et leurs amis, lesquelles furent appelées
loges des maîtres.

Les confrères de la Passion demeurèrent propriétaires de l'hôtel de
Bourgogne jusqu'au mois de décembre 1676, époque à laquelle cette
association fut supprimée, et ses revenus attribués à l'hôpital général,
pour la nourriture et l'entretien des enfants trouvés ; on voit alors
le théâtre de cet hôtel occupé par les comédiens italiens qui s'é-
toient introduits en France sous le règne de Henri III ; un ordre du
roi ayant fait fermer ce théâtre en 1697, il servit ensuite de salle pour

____

(1) Ils avoient fait sculpter sur l'une des portes (celle qui donnoit sur la rue Françoise), les instruments de la Passion ; mais c'est à tort que Piganiol a prétendu que ce fut *pour marquer que leur*
théâtre étoit uniquement destiné à la représentation des choses saintes, puisque l'arrêt de 1548 le
leur défendoit expressément. Ils vouloient seulement indiquer, par cet emblème, le droit de propriété
qu'ils avoient sur cet hôtel.

le tirage des loteries jusqu'au 18 mai de l'an 1716, que le duc d'Orléans, régent, y rétablit les comédiens italiens.

Nous avons déjà raconté les révolutions, les alternatives de bonne et de mauvaise fortune qu'éprouva cette troupe étrangère jusqu'au moment où, réunie avec les acteurs de l'opéra comique, elle abandonna l'hôtel de Bourgogne, pour venir s'établir dans le nouveau théâtre qu'on lui avoit construit sur l'emplacement de l'hôtel de Choiseul, évènement qui n'arriva qu'en 1783.

La salle fut ensuite abattue, et sur l'espace vide qu'elle occupoit on transféra, en 1784, le marché aux Cuirs, situé auparavant dans le quartier des Halles.

Hôtels les plus remarquables existants en 1789.

Parmi un assez grand nombre de maisons nouvellement construites à l'extrémité du quartier Saint-Denis, et principalement dans le faubourg Poissonnière, on remarquoit :

L'hôtel d'Espinchal, au coin de la rue des Petites-Écuries du roi.
————— de Jarnac, même rue.
————— de Tabari, même rue (1).

BARRIÈRES.

Les limites de ce quartier terminent la ville du côté du septentrion, et renferment trois barrières, savoir :

1. Barrière Sainte-Anne (2).
2. ————— Saint-Denis.
3. ————— des Vertus.

____

(1) Depuis la révolution, le nombre des maisons élégantes bâties dans cette partie de la ville s'est prodigieusement augmenté.

(2) Aujourd'hui barrière Poissonnière.

RUES ET PLACES

DU QUARTIER SAINT-DENIS.

Rue Sainte-Apolline. Elle traverse de la rue Saint-Denis dans la rue Saint-Martin. C'est par erreur que sur les plans de Jouvin et de Bullet elle est désignée sous le nom de *rue Neuve-d'Orléans.*

Rue Sainte-Barbe. Elle commence à la rue Beauregard, et se termine au Boulevard; cette rue étoit connue sous ce nom dès 1540, et le devoit à la chapelle érigée sous l'invocation de Saint-Louis et de Sainte-Barbe, dont nous avons parlé à l'article de Notre-Dame de Bonne-Nouvelle.

Rue Beauregard. Elle aboutit aux rues de Cléry et Poissonnière; on la connoissoit, dès le seizième siècle, sous ce nom, dont nous ignorons d'ailleurs l'étymologie.

Rue Beaurepaire. Elle donne d'un bout dans la rue Montorgueil, et de l'autre dans celle des Deux-Portes. Cette rue, qui existoit dès 1255, se trouve indiquée dans les cartulaires de l'évêché de cette année, sous le nom de *Bellus locus;* on la trouve encore dans un acte de 1258 sous celui de *Vicus qui dicitur Bellus Reditus.* Dès l'an 1313, cette rue et le terrain sur lequel elle étoit située avoient changé leur nom latin en celui de Beaurepaire. En 1478 on y voyoit une plâtrière qui portoit le même nom.

Rue de Bourbon (1). Cette rue, qui aboutit d'un côté aux rues des Petits-Carreaux et Montorgueil, et de l'autre vient finir à la porte Saint-Denis, doit son nom à dame Jeanne de Bourbon, abbesse de Fontévrauld, à qui les dames de la communauté des Filles-Dieu, sorties de cet ordre, voulurent faire honneur; en effet ce furent elles qui changèrent son ancienne dénomination, laquelle étoit rue *Saint-Côme* et rue *du Milieu des Fossés,* noms qu'elle portoit conjointement avec celles qui couvroient le fossé qu'on avoit creusé en cet endroit. On la trouve indiquée, dès 1639, sous le nom de rue de Bourbon (2).

Rue du Bourg-l'Abbé. Elle aboutit d'un côté dans la rue aux Oues (ou aux Ours), et de l'autre dans la rue Greneta. Il y a plusieurs opinions sur l'étymologie de ce nom. Sauval prétend qu'elle le doit à un particulier nommé *Simon du Bourg-l'Abbé* ou *du*

---

(1) Maintenant rue *d'Aboukir.* Les bâtiments de cette rue n'étoient pas encore entièrement achevés au commencement du dix-huitième siècle.

(2) La rue percée sur le terrain des Filles-Dieu, et qui aboutit de cette rue dans celle de Saint-Denis, se nomme rue *du Caire.*

Bourlabbé; Jaillot présume qu'elle le doit à un ancien bourg qui existoit sous les rois de la seconde race; ce bourg s'étant accru, on y construisit la chapelle de Saint-George, dont nous avons déjà parlé, laquelle prit depuis le nom de Saint-Magloire; et comme elle dépendoit de l'abbé de ce monastère, il lui paroît vraisemblable que le bourg voisin, qui s'augmentoit tous les jours, en prit le nom *de Bourg-l'Abbé*.

Le commissaire Delamare a cru que ce nom venoit de l'abbé de Saint-Martin-des-Champs, sur la censive duquel ce bourg étoit, dit-il, en partie situé; mais il a confondu le Beaubourg, qui étoit véritablement dans la censive de Saint-Martin-des-Champs, avec le Bourg-l'Abbé, qui a été jusqu'aux derniers temps dans celle de Saint-Magloire.

Rue du Petit-Carreau ou *des Petits-Carreaux*. Elle commence à la rue Saint-Sauveur, et va jusqu'à celle de Cléry, en faisant la continuation de la rue Montorgueil. La plupart des anciens plans ne la distinguent point de cette dernière rue; mais ils indiquent en cet endroit *les Petits-Carreaux*, qui étoient l'enseigne d'une maison, laquelle subsistoit encore à la fin du siècle dernier, et devoit ce nom au lieu où elle étoit située. En 1628 le registre des ensaisinements désigne aussi la rue sous le nom *des Petits-Carreaux*. Sauval lui donne le même nom. Ce n'est que dans les plans et nomenclatures modernes qu'elle est nommée *du Petit-Carreau*. La partie de cette rue qui tient à la rue Poissonnière contenoit plusieurs étaux de bouchers, et s'appeloit, en 1637, rue *des Boucheries* (1).

Rue Saint-Claude. Cette rue, qui aboutit d'un côté dans la rue Sainte-Foi, et de l'autre dans la rue de Cléri, n'est ouverte que depuis 1652. On lui donna d'abord le nom de *Sainte-Anne*; celui qu'elle porte aujourd'hui lui vient d'une maison faisant l'un des coins de la rue de Bourbon, laquelle avoit pour enseigne l'image de Saint-Claude.

Rue de Cléri. La partie de cette rue qui dépend de ce quartier commence à la rue des Petits-Carreaux, et se termine à celle de Saint-Denis. On a déjà remarqué qu'elle devoit son nom à l'hôtel de Cléri, et qu'elle le portoit, dès 1540 dans toute son étendue. Il y a quelques actes du dix-septième siècle dans lesquels la partie de cette rue qui s'étend du côté de la porte Saint-Denis est nommée rue *Mouffetard* (2).

---

(1) Il y avoit autrefois dans cette rue deux culs-de-sacs. Le premier s'appeloit de la Corderie. Il forme aujourd'hui l'entrée de la rue Thévenot et le cul-de-sac de l'Étoile.

Le second a porté différents noms; en 1622 on l'appeloit ruelle du Crucifix, et il le portoit encore en 1646. Suivant les censiers de l'archevéché, Dechuyes et Valleyre le nomment cul-de-sac du Petit-Jésus : et sur plusieurs plans on le trouve sous la dénomination de cul-de-sac *de Saint-Claude*. Ces différents noms viennent des enseignes qu'on a substituées les unes aux autres. Il avoit repris son ancien nom *du Crucifix* au milieu du dix-septième siècle, et il est encore énoncé ainsi dans un arrêt du conseil du 9 août 1768, et dans les lettres-patentes expédiées en conséquence le 1er septembre suivant, en vertu desquelles, de l'avis du prevôt des marchands et des échevins du 7 mars précédent, il est permis au sieur *Pierre Leprieur*, de le supprimer et d'en employer le terrain à son profit, moyennant 3 deniers de cens par toise, et une redevance annuelle de 30 livres au domaine.

(2) Il y a dans cette rue une ruelle, autrefois sans nom, qui va dans la rue Beauregard; on la nomme aujourd'hui rue *des Degrés*.

Rue Saint-Denis. La partie de cette rue qui dépend de ce quartier commence aux rues aux Oues et Mauconseil, et aboutit à la porte Saint-Denis. Nous avons déjà remarqué qu'on l'appeloit anciennement *la chaussée* et *la grant rue Saint-Denys* (1).

Rue du Faubourg-Saint-Denis. Elle commence à la porte Saint-Denis, et finit à la maison de Saint Lazare et au coin de la rue Saint-Laurent.

Rue Neuve-Saint-Denis. Elle traverse de la rue Saint-Denis dans celle de Saint-Martin. On l'appela d'abord rue *des Deux-Portes,* parcequ'elle aboutissoit aux portes Saint-Denis et Saint-Martin. On la trouve indiquée, dès 1655, sous le nom de rue *Neuve-Saint-Denis.*

Rue Basse-Saint-Denis. Cette rue règne le long du boulevard, et continuoit autrefois jusqu'à la rue du Faubourg-Poissonnière; mais vers 1770 elle fut coupée presqu'à la moitié de son ancienne étendue. On l'appeloit autrefois rue *des Fossés-Saint-Denis, Basse-Villeneuve, Neuve-des-Filles-Dieu* (2).

---

(1) Il y a dans la rue Saint-Denis quatre culs-de-sacs.

Le premier se nomme *le cul-de-sac des Peintres*; il est situé près de l'endroit où étoit l'ancienne porte de l'enceinte de Philippe-Auguste, laquelle fut démolie en 1535. C'étoit anciennement une ruelle appelée de *l'Arbalétre*, de l'enseigne d'une maison dans laquelle étoient deux jeux de paume pratiqués le long des anciens murs. On la nomma ensuite ruelle *sans chef, dite des Étuves*, puis ruelle *de l'Asne-Rayé*, de l'enseigne d'une hôtellerie qui lui étoit contiguë; enfin on croit que ce cul-de-sac a pris le nom qu'il porte aujourd'hui d'un peintre nommé Guyon Le Doux, qui fit bâtir une maison avec une tournelle en saillie au coin de cette ruelle : d'autres pensent que cette dénomination lui vient d'une famille qui y demeuroit au treizième siècle; car en 1303 la maison de l'Arbalétre appartenoit aux enfants de *Gilles le Peintre*, ce qui est prouvé par un acte authentique de cette même année.

Le second, situé du même côté, près la Trinité, a le nom de *cul-de-sac de Bas-Four*; il a porté successivement ceux de *rue Sans-Chef; ruelle Sans-Chef, aboutissant à la Trinité ; ruelle Sans-Chef*, appelée *Bas-Four*. On ignore l'étymologie de ce dernier nom, qui a prévalu.

Le troisième, appelé *cul-de-sac de l'Empereur* *, étoit situé de l'autre côté de la rue. Il doit ce nom à l'enseigne d'une maison, et le portoit dès 1391 ; cependant il paroît que cette ruelle, ainsi que la rue Thévenot, portoient aussi les noms de rue *des Cordiers* et *de la Corderie*, parcequ'elles renfermoient plusieurs ateliers de ce genre. On la trouve indiquée sous ce dernier nom, et en même temps sous celui de l'Empereur dans un titre de 1591.

Le quatrième cul-de-sac, appelé *cour Sainte-Catherine*, doit son nom à une maison et à un jardin anciennement appelés le *Pressoir*, lesquels appartenoient aux religieuses de Sainte-Catherine; elles avoient acquis cette petite propriété pour venir y prendre de temps en temps quelque repos, et y avoient fait construire une chapelle en 1641.

(2) Il y a dans cette rue trois culs-de-sacs.

1° Le *cul-de-sac Saint-Laurent*, qui doit sans doute son nom au territoire où il est situé, lequel dépendoit de la paroisse Saint-Laurent.

2° Le *cul-de-sac des Filles Dieu*, parcequ'il se trouve sur le terrain de leur ancien enclos. Ce cul-de-sac s'appeloit anciennement *ruelle Couvreuse*.

3° Le *cul-de-sac des Babillards*, on ignore l'étymologie de cette dénomination; à l'extrémité de

* On le nomme maintenant *cul-de-sac Mauconseil.*

Rue de l'Échiquier. Cette rue, construite depuis 1780, traverse de la rue du Faubourg-Poissonnière dans celle de Saint-Denis. Elle a pris ce nom d'une maison dite de l'*Échiquier*, située sur une partie du terrain au travers duquel elle a été percée.

Rues des Petites-Écuries. Elle donne aussi d'un bout dans la rue du Faubourg-Saint-Denis, de l'autre dans celle du Faubourg-Poissonnière, et doit son nom aux petites écuries du roi situées autrefois dans la première de ces deux rues.

Rue d'Enghien (1). Cette rue, parallèle à celle de l'Échiquier, et plus avancée dans le faubourg, traverse également de la rue du Faubourg-Poissonnière à celle du Faubourg-Saint-Denis. Elle a été ouverte quelques années avant la rue de l'Échiquier.

Rue Saint-Étienne ou *rue Neuve-Saint-Étienne-à-la-Villeneuve.* Un de ses bouts donne dans la rue Beauregard, l'autre sur le boulevard. Elle étoit connue sous ce nom en 1540, et on le lui a redonné, environ cent ans après, lorsqu'on a rebâti les maisons de la Villeneuve.

Rue des Filles-Dieu. Elle va de la rue Saint-Denis dans celle de Bourbon. Le censier de l'archevêché de 1530 la nomme *rue Neuve-de-l'Ursine* aliàs *des Filles-Dieu.* Dans celui de 1643 on indique une *rue Saint-Guillaume* entre les rues Neuve-des-Fossés et de Cléri, et une maison sise rues Saint-Guillaume et Sainte-Foi. Ainsi l'on doit en inférer, que là rue Saint-Guillaume est représentée par le retour d'équerre que fait aujourd'hui la rue des Filles-Dieu dans celle de Bourbon.

Rue Sainte-Foi. Elle commence à la rue Saint-Denis, et se termine à celle des Filles-Dieu. On l'appela *rue du Rempart,* ensuite *des Corderies,* enfin rue Sainte-Foi. Elle portoit ce dernier nom dès 1644.

Rue Françoise. Elle traverse de la rue Mauconseil dans la rue Pavée. Le premier nom qu'elle ait porté étoit simplement *rue Neuve.* On la trouve désignée sous celui de *rue Neuve-Saint-François* dans Sauval, et un autre auteur ajoute à ce nom l'épithète de *Percée.* Corrozet ne l'indique que sous le nom général de *rue qui traverse par dedans l'hôtel de Bourgogne.* Elle fut ouverte, en 1543, par ordre de François Ier, sous le règne duquel il se fit de grands changements dans ce quartier, par la démolition de l'hôtel de Bourgogne.

C'est dans cette rue qu'étoit la principale porte de la salle des confrères de la Passion, au-dessus de laquelle on voyoit encore, peu de temps avant la révolution, une croix et quelques autres instruments de la Passion.

Rue Greneta. Elle va de la rue Saint-Denis dans celle de Saint-Martin. Tous les titres du treizième siècle nous apprennent que cette rue se nommoit alors *Darnetal* ou *d'Arnetal.* On la trouve cependant désignée, dans un acte de 1236, sous le nom de *la Trinité.* Le nom d'Arnetal, qu'elle portoit en 1262, 1265, etc., s'altéra insensiblement dans les

---

cette rue, du côté du faubourg Poissonnière, étoit le cimetière de Notre-Dame-de-Bonne-Nouvelle *

(1) Aujourd'hui *rue de Mably.*

* Sur l'emplacement qu'il occupoit on a élevé une maison particulière.

siècles suivants, et se changea en ceux de *Guernetat*, *Garnetat* et *Grenetat*, enfin, en supprimant la lettre finale, *Greneta*. Dans cette rue étoit placée la principale entrée de l'hôpital de la Trinité (1).

Rue Guérin-Boisseau. Elle traverse de la rue Saint-Denis dans celle de Saint-Martin, et doit son nom à un particulier. Cette rue étoit connue dès le milieu du treizième siècle, et les actes de ce temps en font mention sous le nom de *vicus Guerini Bucelli*; au commencement du siècle suivant on disoit *rue Guerin-Boucel*, et dès 1345 rue Guérin-Boisseau.

Rue Hauteville. Cette rue, qui fut ouverte dans le siècle dernier, donne d'un bout dans la rue Basse-Saint-Denis, et, se prolongeant dans le faubourg, va aboutir dans celle de Paradis. Nous ignorons l'étymologie de ce nouveau nom. Dans l'origine elle portoit celui de la *Michodière*.

Rue du Grand-Hurleur. Elle aboutit d'un côté dans la rue Bourg-l'Abbé, et de l'autre dans celle de Saint-Martin. Elle est nommée de *Heuleu* et *Huleu* dans un bail à cens du mois de février 1253, et ce nom se retrouve dans un nombre infini de titres, ainsi que sur les anciens plans. Jaillot dit avoir vu des manuscrits où elle est indiquée sous le nom de *rue du Pet*; et en effet elle est ainsi désignée sur les plans de Gomboust et de Bullet. Dans des actes de 1627 et 1643 on la nomme *rue des Innocents*, autrement dit du *Grand-Heuleu*; elle porte le même nom des Innocents dans le procès-verbal du 24 avril 1636.

Rue du Petit-Hurleur. Elle commence rue Bourg-l'Abbé, et aboutit dans celle de Saint-Denis. On l'appeloit, suivant Corrozet et Boisseau, *du Petit-Heuleu*, de même que la précédente avoit le nom *du Grand-Heuleu*, et *du Petit-Leu*, suivant Gomboust et Bullet. Elle est nommée sur quelques plans *Rue Palée*; ce nom venoit apparemment de Jean Palée, l'un des fondateurs de l'hôpital de la Trinité ou de quelqu'un de sa famille; car dans une transaction du mois d'octobre 1265 elle est nommée *vicus Johannis Palée*: elle le portoit encore en 1540.

Piganiol remarque, d'après Adrien Le Valois, que le nom de ces rues est altéré; qu'il faut dire *Hue-le*; et selon ces auteurs, l'étymologie de ce mot vient de ce que, ces rues étant autrefois habitées par des filles publiques, dès que le peuple y voyoit entrer un homme, il excitoit les enfants à se moquer de lui, en disant *hüe-le* (*raille-le*, *crie après lui*). Jaillot combat cette étymologie, qui ne soutient pas l'examen d'une saine critique. En effet, nous venons de voir qu'il n'y avoit que la rue du Grand-Hurleur qui fut appelée *de Heuleu*; ainsi l'étymologie de M. Le Valois n'auroit aucune application à la petite; en outre, dans le nombre des rues désignées, par les ordres de saint Louis et

---

(1) Cette entrée et la cour de cet hôpital forment maintenant un passage qui donne de la rue Greneta dans celle de Saint-Denis, vis-à-vis l'ancien emplacement de Saint-Sauveur. Il se nomme *passage de la Trinité*.

C'étoit à l'origine de la rue Greneta qu'étoit placée la porte aux Peintres, bâtie du temps de Catherine de Médicis.

de ses successeurs, pour servir de retraites aux femmes publiques, qu'ils se virent forcés de tolérer, on ne trouve point celle de *Heuleu*. Elle ne devoit donc pas son nom aux huées que méritent les courtisannes et ceux qui les fréquentent. Il y a plus, l'ordonnance de saint Louis n'est que de 1254, et, comme nous l'avons observé plus haut, la rue se nommoit de Heuleu dès 1253 et même auparavant. Jaillot pense qu'il est plus vraisemblable de croire que cette rue doit son nom à un particulier. Il est certain, ajoute-t-il, qu'anciennement on disoit *Heu* pour *Hugues*, et *Leu* pour *Loup*. On trouve un amortissement fait par un chevalier nommé *Hugo Lupus*, d'un don fait à l'église de Saint-Magloire, au mois de mars 1231, et enfin, dans les archives de l'abbaye d'Hières, il y avoit un acte de concession d'un moulin faite à cette abbaye vers l'an 1150, par lequel on voit que Clémence, abbesse d'Hières, étoit sœur de *Heu-Leu*, *Hugonis Lupi*. Il conclut de tout ceci que l'ancienne orthographe usitée du temps de saint Louis, où l'on écrivoit *hüe leu*, est la véritable. L'abbé Lebeuf avoit, avant lui, adopté cette opinion.

Rue Saint-Laurent. Elle traverse du faubourg Saint-Lazare dans celui de Saint-Laurent, et doit son nom à l'église Saint-Laurent, qui se trouve auprès. On l'a quelquefois appelée *rue Neuve-Saint-Laurent*, pour la distinguer de celle du faubourg, qu'on appeloit aussi *rue Saint-Laurent* (1).

Rue du Faubourg-Saint-Lazare. Ce n'est que la continuation du faubourg Saint-Denis, à laquelle on a donné ce nom, et même celui de *rue Saint-Lazare*, parceque l'église y étoit située (2).

Rue du Petit-Lion. Elle fait la continuation de la rue Pavée, et aboutit à celle de Saint-Denis. En 1360 elle s'appeloit *rue du Lion d'or* outre la porte Saint-Denis. Dans ce même siècle et dans le suivant on la nommoit simplement *rue au Lion* ou *du Lion*; mais dans les quinzième et seizième siècles on l'appeloit *rue du Grand-Lion*, de l'enseigne d'une maison qui y étoit située; elle prit, peu de temps après, le nom *du Petit-Lion*, qu'elle a toujours gardé depuis. Sauval et quelques autres ont dit que cette rue s'est quelquefois appelée *rue de l'Arbalétre* ou *des Arbalétriers*, qui, dit-il, y ont eu longtemps un lieu très vaste destiné à leurs exercices : toutefois elle n'est ainsi nommée dans aucun titre; mais comme en 1421 les maisons de la *rue au Lion* aboutissoient, par derrière, au jardin du maître des arbalétriers, on peut croire qu'elle en avoit reçu la dénomination populaire de *rue de l'Arbalétre*.

---

(1) La rue percée sur les bâtiments détruits des Sœurs de la Charité se nomme *rue de la Fidélité*; elle conduit à la place qui est devant l'église Saint-Laurent, laquelle porte aussi le nom de la Fidélité; sur la gauche, une ruelle sans nom, qui donne dans la rue Saint-Laurent, a reçu depuis peu le nom *de la Charité*.

(2) On l'appelle aujourd'hui indistinctement *faubourg Saint-Denis*. On comptoit dans cette rue trois casernes des Gardes-Françaises.

A son extrémité et dans l'espace qui la sépare de la rue du Faubourg-Saint-Martin, sont trois chemins sans nom avant la révolution, et qui traversent de l'une à l'autre rue. On les nomme aujourd'hui *rue des Fossés-Saint-Martin, rue de la Chapelle* et *rue du Château-Landon*.

Rue de la Longue-Allée. Ce n'est qu'un passage qui conduit de la rue Saint Denis dans celles du Ponceau, des Égouts et Neuve-Saint-Denis; elle s'est appelée aussi *rue de la Houssaie* (1).

Rue de la Lune. Elle va d'un bout dans la rue Poissonnière, et de l'autre au boulevard, près la porte Saint-Denis. Elle étoit bâtie dès 1648, et l'on croit que son nom lui vient de quelque enseigne.

Rue Martel. Cette rue, percée depuis 1780, donne d'un bout dans celle des Petites-Écuries, de l'autre dans la rue de Paradis.

Rue Mauconseil. Elle traverse de la rue Saint-Denis dans celle de Montorgueil; il ne paroît pas que cette rue ait jamais porté d'autre nom; dès 1250 elle est appelée *vicus Mali Consilii*; en 1269, 1300, etc. *rue Mauconseil.* Sauval pense que le nom de *Mauconseil* vient du seigneur du château de Mauconseil situé en Picardie : cette étymologie paroît assez vraisemblable.

Rue Montorgueil. Elle fait la continuation de la rue Comtesse-d'Artois, et aboutit à celle des Petits-Carreaux. On ignore l'étymologie du nom de cette rue, qu'on désignoit, dès le treizième siècle, sous celui de *vicus Montis Superbi* (2).

Rue Notre-Dame-de-Bonne-Nouvelle. Elle traverse de la rue Beauregard au boulevard. Il paroît qu'elle a remplacé une ancienne rue qui étoit en cet endroit avant la démolition de la Villeneuve, et qui s'appeloit *rue Neuve-Saint-Louis et Sainte-Barbe.* Elle doit son nom à l'église de Notre-Dame-de-Bonne-Nouvelle.

Rue Notre-Dame-de-Recouvrance. Elle va également de la rue Beauregard au boulevard; en 1540 elle portoit déjà ce nom. Quand on la rebâtit, au commencement du dix-septième siècle, on l'appela *Petite rue Poissonnière*, probablement parcequ'elle est parallèle à la rue Poissonnière; depuis elle a repris le nom qu'on lui avoit donné dans son origine.

---

(1) On la nomme aujourd'hui *passage Lemoine.*

(2) Au coin de cette rue et de la rue Tiquetonne étoit anciennement un hôpital ou hôtel-Dieu, dont les censiers de l'évêché font mention : en 1372 ils indiquent qu'il fut fondé par Philippe de Marigny; celui de 1489 énonce une maison *rue Quiquetonne, tenant à l'hôpital Pierre Godin*; il existoit encore au siècle suivant; et il en est fait mention dans plusieurs titres sous le nom de *l'Hôtel-Dieu Saint-Eustache.*

Il y a dans cette rue un cul-de-sac appelé *cul-de-sac de la Bouteille*, qui règne le long des anciens murs de l'enceinte de Philippe-Auguste. Ce cul-de-sac se nommoit, dans le dix-septième siècle, *cul-de-sac de la Cueiller*, et devoit ce nom à une maison qui y étoit située en 1603. Il fut nommé ensuite *rue Commune*, et prit enfin, d'une enseigne, le nom de cul-de-sac de la Bouteille, qu'il porte aujourd'hui.

Vis-à-vis ce cul-de-sac, et au milieu de la rue Montorgueil, on voyoit encore, à la fin du quinzième siècle, une tour de l'ancienne enceinte; mais comme elle gênoit le passage pour arriver aux halles, sur la requête des habitants de cette rue et de Nicolas Janvier, marchand de poisson, la ville en ordonna la démolition le 17 décembre 1498.

Rue Neuve-d'Orléans. Elle traverse le long du boulevard, du faubourg Saint-Denis à celui de Saint-Martin, et n'offre qu'un rang de maisons qui donne sur cette promenade. Quelques uns ont cru que la rue Sainte-Apolline avoit anciennement ce nom. Si véritablement elle l'a porté, on a voulu le conserver en le donnant à celle-ci, qui n'étoit, dans l'origine, qu'un simple chemin, lequel ne fut couvert de maisons que long-temps après l'autre. Ce qu'il y a de certain, c'est qu'elle étoit désignée ainsi il y a plus de cent cinquante ans, ce qui est prouvé par des plans qui remontent à cette époque (1).

Rue aux Ours (ou *aux Ouës*). Elle donne d'un bout dans la rue Saint-Denis, de l'autre dans celle de Saint-Martin. Nous avons déjà dit que c'étoit par corruption que cette rue étoit appelée *aux Ours*, et désignée ainsi sur les inscriptions qui sont à ses extrémités. Nos anciens écrivoient et prononçoient *oë* ou *ouë* pour oie ; et comme il y avoit, dès le treizième siècle, des rôtisseurs établis dans cette rue, la grande quantité d'oies qu'ils faisoient cuire en avoit fait donner le nom à la rue, *vicus ubi coquuntur anseres,* la rue où l'on cuit les oies ; *vicus Anserum ,* la rue as oues, *via ad aucas , vicus ad ocas* (2).

---

(1) Dans cette rue il y a un passage qui communique, par un retour d'équerre, à la rue du Faubourg-Saint-Denis, et qu'on nomme *passage du Bois-de-Boulogne.*

(2) Au milieu de cette rue, et au coin qui la joint à la *rue Salle-au-Comte ,* étoit autrefois une statue de la Vierge, enfermée dans une grille de fer , et connue vulgairement sous le nom de *Notre-Dame de la Carole.* Il n'est aucun historien de Paris qui ait omis de parler d'un attentat sacrilège commis sur cette statue par un soldat, le 3 juillet 1418. On rapporte que ce malheureux, sortant désespéré d'un cabaret où il avoit perdu tout son argent, frappa cette figure de plusieurs coups de couteau, *qui,* ajoute-t-on, *en firent sortir du sang.* Ayant été pris et conduit devant le chancelier de Marle, son procès lui fut fait, et il subit le dernier supplice. Toutes ces circonstances étoient représentées dans un tableau qu'on voyoit à Saint-Martin-des-Champs , dans la chapelle de la Vierge , derrière le chœur. Les uns ajoutent qu'après cet attentat la statue fut portée dans cette église , et qu'il est vraisemblable que c'étoit elle qu'on voyoit posée dans la nef sur un autel , où elle étoit révérée sous le nom de *Notre-Dame de Carole ,* parceque cet évènement arriva , disent-ils, sous le règne de Charles VI : d'autres prétendent qu'elle fut laissée à sa place, et que c'étoit la même qu'on voyoit encore dans la rue au moment de la révolution.

Quelques auteurs judicieux, entre autres Jaillot, ont manifesté des doutes sur la réalité du fait qui a donné lieu à cette dévotion et à tout ce qui s'est pratiqué depuis à ce sujet. Voici les motifs sur lesquels ils se fondent pour ne pas adopter légèrement cette histoire d'après une tradition incertaine.

1° Le journal de Charles VI, l'histoire de ce prince par Jean Juvénal des Ursins, la continuation de celle de Le Laboureur, par Jean Lefevre, de même que nos meilleurs historiens, ne parlent point de ce fait.

2° En le supposant vrai, on ne peut pas dire que le coupable ait été traduit devant le chancelier de Marle, puisque ce magistrat, victime de la faction de Bourgogne, avoit été massacré le 12 juin précédent.

3° Les registres du parlement portent que le 29 mai, avant l'aurore, le duc de Bourgogne étant entré dans Paris, le parlement suspendit ses fonctions, et ne les reprit que le 25 juillet suivant.

4° La chapelle de Notre-Dame de la Carole , qui étoit au rond point ou chevet de l'église de Saint-

Rue de Paradis. Elle aboutit d'un côté à la rue du Faubourg-Saint-Denis, de l'autre à la rue Poissonnière. Ce n'étoit autrefois qu'une ruelle, indiquée sous ce nom dès 1643; auparavant elle se nommoit rue Saint-Lazare, parcequ'elle faisoit la continuation de la grande rue de ce nom, ainsi que la rue d'Enfer (1).

Rue Pavée. Elle commence à la rue Montorgueil, et se termine à celle du Petit-Lion, au coin de la rue des Deux-Portes; elle est très ancienne, et énoncée sous ce nom dans le rôle de taxe de 1313 et dans plusieurs actes postérieurs.

Rue Saint-Philippe. Elle va de la rue Bourbon dans celle de Cléri, et fut ouverte, en 1719, sur un terrain vide qui étoit entre ces deux rues. On ignore pourquoi elle porte le nom de Saint-Philippe.

Rue Poissonnière. Elle fait la continuation de la rue des *Petits-Carreaux*, et se termine au boulevard. Avant que la clôture de Charles VI eût été reculée sous Louis XIII, ce n'étoit qu'un chemin appelé *du val Larroneux*; il est ainsi nommé dans un acte de l'an 1290, *cheminus qui dicitur vallis Latronum*: il devoit ce nom au terrain auquel il est contigu: on le nomma aussi *chemin et rue des Poissonniers et des Poissonnières*, parceque c'étoit par cet endroit qu'arrivoient les marchands de marée. On la trouve aussi sous les noms *de la Poissonnerie* et de *rue de Montorgueil, dite de la Poissonnerie.* Une partie des bâtiments qui forment cette rue fut faite en 1633; le terrain sur lequel elle est située s'appeloit, en 1391, le *clos aux Halliers*, autrement dit *les masures de Saint-Magloire*; depuis on l'a nommé *le champ aux Femmes.*

Rue du Faubourg-Poissonnière. Elle fait la continuation de la rue Poissonnière par-delà le boulevard, et traverse jusqu'à la barrière cette portion de Paris connue sous le nom de la *Nouvelle-France* (2). Cet endroit, dont la population étoit considérable dès le milieu du dix-septième siècle, fut érigé en faubourg en 1648, et prit, ainsi que la rue, le nom de *Sainte-Anne*, de la chapelle qui y fut bâtie à peu près dans ce temps sous l'invocation de cette sainte: telle est l'opinion de quelques historiens de Paris; cependant,

---

Martin-des-Champs, et la statue qu'on y voyoit, existoient sous ce nom avant le règne de Charles VI; enfin, ce n'est que sur la tradition de l'évènement dont il s'agit qu'on plaça à l'entrée de cette chapelle un tableau qui en représentoit les différentes circonstances.

Quoi qu'il en soit, il y avoit un grand concours de peuple dans cette rue le 3 juillet de chaque année; le soir on y allumoit un feu d'artifice, après lequel on brûloit une figure d'osier revêtue de l'habit des Suisses. Cette nation réclama contre un usage qui lui étoit injurieux, et dont elle avoit d'autant plus lieu de se plaindre, qu'il n'y avoit point de Suisses en France à l'époque où l'on suppose que cet évènement arriva. Sous le règne de Louis XV, le gouvernement fit cesser ces justes plaintes, et l'on supprima d'abord le feu d'artifice, qui d'ailleurs, dans un endroit si resserré, pouvoit occasionner des incendies. Toutefois la coutume de promener, le même jour, dans Paris, une figure gigantesque et ridicule, qui n'étoit propre qu'à effrayer les femmes enceintes et les enfants, subsista encore quelque temps, et ne fut abolie que peu d'années avant la fin de la monarchie.

(1) Il y a dans cette rue une rue nouvelle qui la traverse, et qui conduit à la caserne des Gardes-Françaises, bâtie depuis sur le terrain des prêtres de la Mission. Cette rue donne par un retour d'équerre dans celle du Faubourg-Poissonnière, et se nomme *rue des Messageries*. Elle étoit sans nom avant la révolution.

(2) La Nouvelle-France étoit autrefois une des guinguettes de Paris.

comme la chapelle ne fut érigée qu'en 1655, il est plus probable que le nom de rue Sainte-Anne lui venoit d'une porte construite à l'entrée du faubourg en 1645, et qui avoit reçu cette dénomination pour faire honneur à la reine Anne d'Autriche. Auparavant, cette rue n'étoit connue que sous le nom de *chaussée de la Nouvelle-France*.

Rue du Ponceau ou des Égouts. Elle va de la rue Saint-Denis à celle de Saint-Martin. Les plans de Paris et les tables des rues diffèrent presque tous en cet endroit; les uns ne présentent qu'une seule rue des Égouts, d'autres distinguent cette rue de celle du Ponceau; il y en a qui placent la rue du Ponceau, du côté de la rue Saint-Martin, jusqu'au coude qui s'y trouve, d'autres, au contraire, qui lui donnent ce nom depuis ce coude jusqu'à la rue Saint-Denis; et c'est l'opinion qui paroît la mieux fondée (1).

Ces deux noms viennent d'un égout qui passe encore aujourd'hui dans cette rue, et d'un petit pont qu'on avoit construit au-dessus pour la facilité du passage. On trouve dans les archives de Saint-Martin-des-Champs une foule de titres qui font mention, dès le quatorzième siècle, *du Poncel et des maisons bâties sur le Poncel, à l'opposite de la chapelle Ymbert, et près le Ponceau et la rue Guérin-Boisseau.*

Cet égout fut couvert en 1605, et l'on y fit une rue par l'ordre et aux dépens de M. Miron, alors prevôt des marchands. Ce magistat fit en même temps réparer la fontaine voisine, qui porte le même nom.

Rue des Deux-Portes. Elle va de la rue Pavée dans la rue Thévenot. Ce nom lui vient de deux portes qui la fermoient autrefois à ses extrémités; en 1427 elle se bornoit à la rue Saint-Sauveur, et se nommoit alors *rue des Deux-Petites-Portes.*

Rue du Renard. Elle aboutit d'un côté dans la rue Saint-Denis, de l'autre dans celle des Deux-Portes. Sauval n'a point parlé de cette rue, quoiqu'elle soit fort ancienne; il en est fait mention dans le rôle des taxes de 1313, sous le nom de *rue Perciée,* et depuis *rue Percée.* Il y a toute apparence qu'elle doit son nom à un particulier, car on trouve dans le censier de l'évêché, de 1372, que Robert Renard avoit sa maison au coin de cette rue, devant la Trinité; et dans celui de 1399, que cette maison avoit pour enseigne le Renard : la rue en avoit pris le nom dès la fin du quatorzième siècle.

Rue Saint-Sauveur. Elle va de la rue Saint-Denis à l'endroit où se joignent les rues Montorgueil et des Petits-Carreaux : ce nom lui vient de l'église Saint-Sauveur. On voit par plusieurs actes que cette rue existoit dès l'an 1285 (2).

Rue Neuve-Saint-Sauveur. Elle aboutit dans les rues de Bourbon et des Petits-Carreaux, et fut ainsi nommée parcequ'on avoit projeté d'ouvrir une rue qui devoit traverser de la rue de Bourbon dans celle de Saint-Sauveur. Ce projet n'ayant pas été exécuté, on a

---

(1) Cette division avoit été adoptée dans ces derniers temps; mais, dans la dernière nomenclature, la rue entière a été désignée sous le nom de *rue du Ponceau.*

(2) Les historiens de Paris font mention d'un hôpital fondé dans cette rue, en 1425, par Jean Chenart, garde de la monnoie de Paris, pour huit pauvres femmes veuves de la paroisse de Saint-Sauveur. Le censier de l'évêché, de 1489, fait mention de l'Hôtel-Dieu de Jean Chenart, épicier.

donné à celle-ci le nom qu'on avoit destiné à l'autre. Anciennement elle s'appeloit *rue de la Corderie*, ensuite *rue Boyer*, du nom d'un particulier. On la trouve sous ces deux noms dans les censiers de l'archevêché : celui de 1603 la nomme *rue des Corderies, alias cour des Miracles*, et celui de 1622, *rue Neuve-Saint-Sauveur*, anciennement dite *Boyer* (1).

Rue Saint-Spire. Elle a été bâtie sur un emplacement de figure triangulaire qui se trouvoit entre les rues de Bourbon, de Sainte-Foi et des Filles-Dieu; elle traverse de l'une à l'autre de ces deux dernières (2).

Rue Thévenot. Elle traverse de la rue des Petits-Carreaux à celle de Saint-Denis. Ce n'étoit, dans son origine, qu'un cul-de-sac dans la rue des Petits-Carreaux, qu'on appeloit, en 1372, *des Cordiers*, ensuite *de la Cordière* et *de la Corderie*. Elle portoit encore cette dernière dénomination, lorsqu'à la fin du dix-septième siècle on la prolongea jusqu'à la rue Saint-Denis. Le sieur André Thévenot, ancien contrôleur des rentes de l'hôtel de ville, y ayant fait bâtir plusieurs maisons, elle prit aussitôt son nom (3).

Rue Tireboudin. Cette rue, qui aboutit d'un côté dans la rue des Deux-Portes, et de l'autre dans celle de Montorgueil, portoit anciennement un nom très indécent, et qui se ressentoit de la simplicité, ou, pour mieux dire, de la grossièreté des mœurs de nos ancêtres. Sur le changement de nom qu'elle a éprouvé, Saint-Foix raconte, sans examen, l'anecdote suivante : « Marie Stuart, femme de François II, passant dans cette rue, en demanda « le nom; il n'étoit pas honnête à prononcer, on en changea la dernière syllabe, et ce « changement a subsisté. » Celui qui a fourni ce petit conte à cet écrivain a manqué

---

(1) Dans cette rue est la cour des Miracles. Ce nom étoit commun à tous les endroits où se retiroient autrefois les gueux, les vagabonds et gens sans aveu, et celui-ci étoit un des plus considérables. Cette cour consistoit en une place assez vaste et en un très grand cul-de-sac *. On assure qu'avant qu'on enfermât les mendiants dans l'Hôpital-Général, à Bicêtre, etc., on y comptoit plus de cinq cents familles entassées les unes sur les autres.

Ce fut par antiphrase que l'on donna aux lieux qui étoient habités par de pareils gens, le nom de *Cour des Miracles*, parceque ces gueux, qui, pendant la journée, erroient dans la ville, contrefaisant les malades et les estropiés, trouvoient, *sans miracle*, en rentrant le soir dans leur repaire, la santé la plus parfaite et le libre usage des membres dont ils avoient affecté de ne pouvoir se servir afin d'exciter la commisération publique.

Dans les dernières années de la monarchie, on avoit établi dans cette cour, et du côté de la rue Bourbon-Villeneuve, une halle au poisson qui n'existe plus.

(2) Le cimetière de Saint-Sauveur étoit situé dans cette rue.

On y voit aussi un cul-de-sac appelé de *la Grosse-Tête*. On présume que ce nom lui vient d'un particulier qui, en 1341, avoit sa maison dans cet endroit, ou peut-être d'une enseigne, car le censier de l'évêché, de 1372, énonce la maison de *la Grosse-Tête*.

(3) La partie du cul-de-sac qui subsistoit encore hors de l'alignement de la rue a été conservée, et forme le *cul-de-sac de l'Étoile*, lequel doit son nom à une enseigne.

* La disposition des lieux est changée. La cour des Miracles offre actuellement un passage qui communique par trois ouvertures à différentes rues. La première, percée sur la nouvelle rue du Caire, se nomme *rue des Forges*; la seconde, nommée *rue Damiette*, donne sur l'ancien emplacement de la Halle au Poisson; enfin, la troisième communique avec la rue Thévenot par le cul-de-sac de l'Étoile, qu'on a ouvert à cet effet.

d'exactitude, car Marie Stuart, reine d'Écosse, fut mariée à François II en 1558, et dès 1419 le censier de l'évêché indique cette rue sous le nom de rue Tireboudin : elle porte le même nom dans le compte des confiscations pour les Anglais, en 1420 et 1421 (1).

Rue de Tracy. Cette rue, percée en 1781, lorsqu'on construisit le nouveau portail de Saint-Chaumont, donne d'un côté dans la rue du Ponceau, et de l'autre dans celle de Saint-Denis. Elle portoit, dans l'origine, le nom de *rue des Dames de Saint-Chaumont*.

------

(1) Cependant, d'après ce récit évidemment faux, la rue vient de recevoir dernièrement la dénomination de *rue de Marie Stuart*.

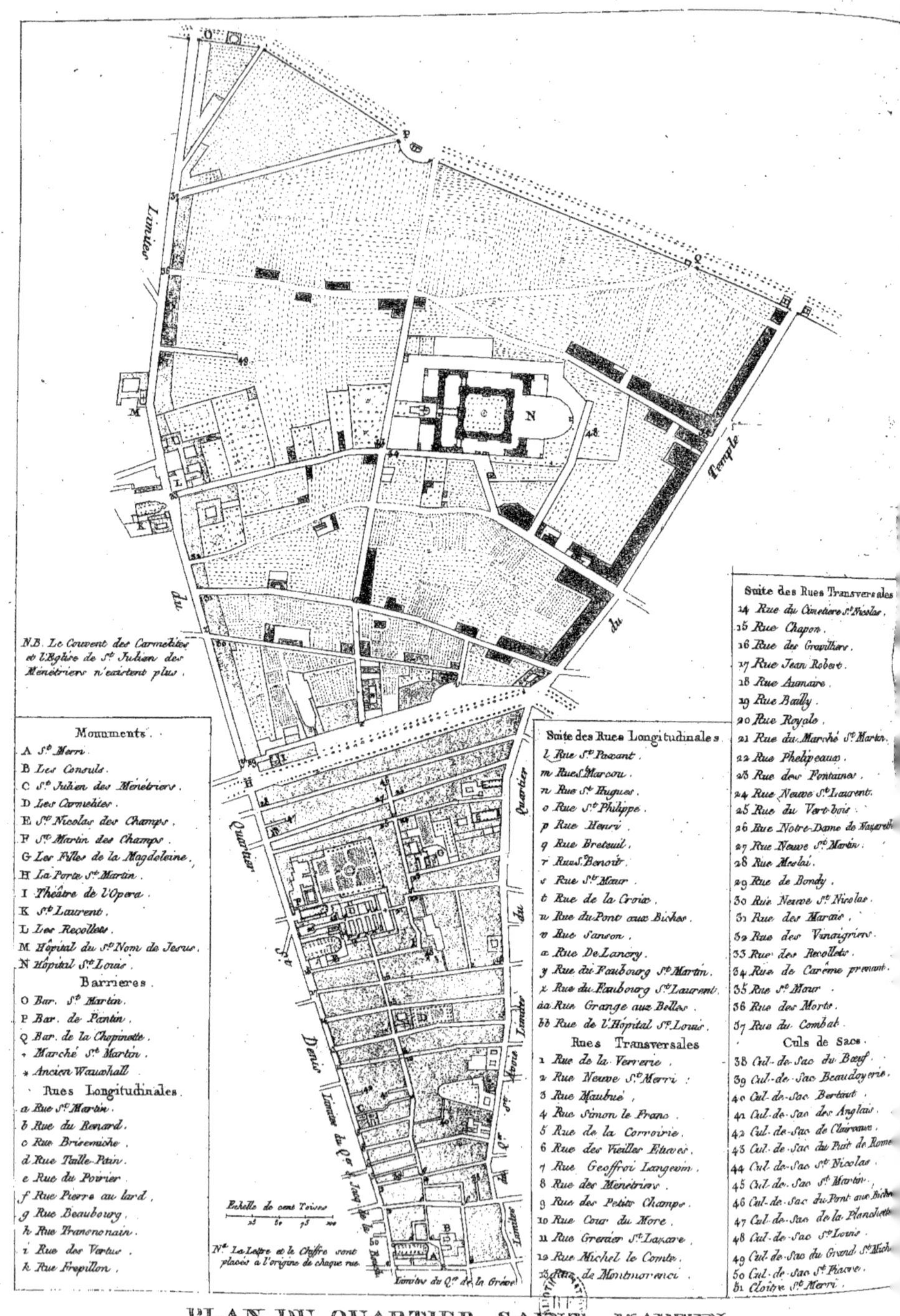

N.B. Le Couvent des Carmelites et l'Eglise de St Julien des Ménétriers n'existent plus.

Monuments.

A St Merri.
B Les Consuls.
C St Julien des Ménétriers.
D Les Carmelites.
E St Nicolas des Champs.
F St Martin des Champs.
G Les Filles de la Magdeleine.
H La Porte St Martin.
I Théâtre de l'Opéra.
K St Laurent.
L Les Recollets.
M Hôpital du St Nom de Jesus.
N Hôpital St Louis.

Barrieres.

O Bar. St Martin.
P Bar. de Pantin.
Q Bar. de la Chopinette.
+ Marché St Martin.
* Ancien Wauxhall.

Rues Longitudinales.

a Rue St Martin.
b Rue du Renard.
c Rue Brisemiche.
d Rue Taille-Pain.
e Rue du Poirier.
f Rue Pierre au lard.
g Rue Beaubourg.
h Rue Transnonain.
i Rue des Vertus.
k Rue Trepillon.

Suite des Rues Longitudinales.

l Rue St Paxant.
m Rue St Marcou.
n Rue St Hugues.
o Rue St Philippe.
p Rue Henri.
q Rue Breteuil.
r Rue St Benoit.
s Rue St Maur.
t Rue de la Croix.
u Rue du Pont aux Biches.
v Rue Sanson.
x Rue De Lancry.
y Rue du Faubourg St Martin.
z Rue du Faubourg St Laurent.
aa Rue Grange aux Belles.
bb Rue de l'Hôpital St Louis.

Rues Transversales

1 Rue de la Verrerie.
2 Rue Neuve St Merri.
3 Rue Maubue.
4 Rue Simon le Franc.
5 Rue de la Corroirie.
6 Rue des Vieilles Etuves.
7 Rue Geoffroi Langevin.
8 Rue des Ménétriers.
9 Rue des Petits Champs.
10 Rue Cour du More.
11 Rue Grenier St Lazare.
12 Rue Michel le Comte.
13 Rue de Montmorenci.

Suite des Rues Transversales

14 Rue du Cimetière St Nicolas.
15 Rue Chapon.
16 Rue des Gravilliers.
17 Rue Jean Robert.
18 Rue Aumaire.
19 Rue Bailly.
20 Rue Royale.
21 Rue du Marché St Martin.
22 Rue Phelipeaux.
23 Rue des Fontaines.
24 Rue Neuve St Laurent.
25 Rue du Vert-bois.
26 Rue Notre-Dame de Nazareth.
27 Rue Neuve St Méen.
28 Rue Meslai.
29 Rue de Bondy.
30 Rue Neuve St Nicolas.
31 Rue des Marais.
32 Rue des Vinaigriers.
33 Rue des Recollets.
34 Rue de Carême prenant.
35 Rue St Maur.
36 Rue des Morts.
37 Rue du Combat.

Culs de sac.

38 Cul-de-Sac du Boeuf.
39 Cul-de-Sac Beaudoyerie.
40 Cul-de-Sac Bertaut.
41 Cul-de-Sac des Anglais.
42 Cul-de-Sac de Clairvaux.
43 Cul-de-Sac du Puit de Rome.
44 Cul-de-Sac St Nicolas.
45 Cul-de-Sac St Martin.
46 Cul-de-Sac du Pont aux Biches.
47 Cul-de-Sac de la Planchette.
48 Cul-de-Sac St Louis.
49 Cul-de-Sac du Grand St Michel.
50 Cul-de-Sac St Fiacre.
51 Cloitre St Merri.

Echelle de cent Toises
25 50 75 100

N.ta La Lettre et le Chiffre sont placés à l'origine de chaque rue.

PLAN DU QUARTIER SAINT MARTIN.

QUARTIER SAINT-MARTIN.

*Ce quartier est borné à l'orient par les rues Barre-du-Bec , de
Sainte-Avoie et du Temple exclusivement ; au septentrion , par
le faubourg Saint-Martin jusqu'aux barrières inclusivement ; à
l'occident , par la rue Saint-Martin et par la grande rue du
faubourg du même nom inclusivement ; et au midi , par la rue de
la Verrerie inclusivement, depuis le coin de la rue Saint-Martin
jusqu'au coin de la rue Barre-du-Bec.*

*On y comptoit , en 1789, soixante-trois rues , treize culs-de-sacs ,
trois églises paroissiales , dont une collégiale , trois communautés
d'hommes, deux couvents de filles , deux hôpitaux , un théâtre , etc.*

L'ÉGLISE de Saint-Martin-des-Champs, à laquelle ce quartier doit son
nom, fut souvent visitée par Louis XI. On lit qu'il avoit une grande vénération pour les reliques nombreuses qu'elle possédoit, et que, chaque
fois qu'il venoit leur rendre hommage, il y déposoit des pièces d'or dont le
nombre devint assez considérable pour que, dans une circonstance urgente,
les religieux de cette maison demandassent au parlement la permission de
les employer aux besoins de leur communauté, ce qui leur fut accordé par
un arrêt de l'an 1475.

Le règne de ce prince offre un grand spectacle. Pendant une longue
suite de siècles, nous avons vu l'autorité monarchique comprimée, les
peuples tourmentés et avilis par une aristocratie aussi absurde que funeste,
qui, divisant les forces de la France souvent pour les armer les unes
contre les autres , légitimant toutes les violences, allumant toutes les
passions féroces, livroit l'état sans défense à toutes les entreprises de ses
ennemis; quand l'ennemi se retiroit, continuoit de le déchirer par des
guerres intestines ; éteignoit dans les cœurs tous sentiments généreux;

arrêtoit les progrès de toute industrie; retenoit la nation dans un isolement qui s'opposoit à toute civilisation ; enfin faisoit à la fois sa honte et son malheur. On pourroit s'étonner qu'une institution aussi barbare, et qui portoit en elle-même tous les principes de destruction, eût continué si long-temps à désoler cette belle France, si l'on ne savoit qu'elle étoit également en vigueur chez toutes les nations limitrophes, où elle répandoit les mêmes semences de foiblesse et de division. Depuis Hugues Capet jusqu'à Charles VII, nous avons fait voir l'autorité royale luttant sans cesse contre cette tyrannie anarchique , lui tendant continuellement de nouveaux pièges; la resserrant de jour en jour dans des bornes plus étroites; faisant quelquefois des fautes qui doubloient tout à coup les forces de son ennemi ; exposée dans cette lutte aux plus affreux dangers ; triomphant enfin par les circonstances heureuses qui environnèrent la fin du règne de ce dernier roi, et par l'adresse avec laquelle il sut en profiter. Cependant le monstre bien qu'abattu étoit encore plein de vie. Cette noblesse turbulente et factieuse, que contenoient l'éclat des victoires du monarque et la crainte de retomber sous le joug honteux des Anglais, étoit loin d'avoir renoncé à ses orgueilleuses prérogatives; elle conservoit encore tous ses anciens souvenirs, tous ses gothiques préjugés , et les dernières années de Charles sont remplies des chagrins et des inquiétudes que lui causèrent ces sujets impatients de leur joug nouveau, et toujours tout prêts à se révolter. Tout ce qui résulta des heureux efforts de ce prince, c'est que le pouvoir monarchique, qui jusque-là avoit été plus foible que l'anarchie féodale , parvint enfin , par cette unité d'action et de conseils qui fait un de ses principaux avantages, à pouvoir se mesurer avec elle à forces égales. Réveillés tout à coup par les dangers nouveaux qui les menaçoient, ces petits souverains , sur le point d'être tout-à-fait subjugués , se rallièrent par cet intérêt commun , épiant l'occasion de ressaisir leur proie et de s'asseoir une seconde fois sur les débris du trône; et si Charles VII eût eu un foible successeur, c'en étoit fait peut-être sans retour d'un royaume qui cependant avoit en lui tous les moyens de salut et de prospérité. Mais un roi vint d'un esprit supérieur, d'un courage prudent et actif, d'une politique profonde , convenable sur-tout aux circonstances périlleuses où il se trouvoit; et ce roi consolida, par sa sagesse et par sa vigueur, ce que le bonheur de son père avoit commencé. Dans cette lutte nouvelle qu'il lui fallut encore engager, la monarchie, s'accroissant sans cesse des forces qu'elle ôtoit à son implacable ennemi, prit enfin sur lui un ascendant tel, qu'elle n'eut plus de véritables dangers à craindre de ses efforts impuissants.

Cet éloge de Louis XI pourra surprendre beaucoup de gens accoutumés à voir ce prince présenté sans cesse sous les plus odieuses couleurs. A Dieu ne plaise que nous pensions un seul instant à excuser les actions cruelles ou perfides qu'on peut lui reprocher, et à justifier ce qu'il peut y avoir de vicieux dans son caractère. La suite de ce récit pourra prouver, comme tout ce qui l'a précédé, que personne ne hait plus que nous la bassesse et la tyrannie ; mais en blâmant ce qui mérite réellement de l'être, qu'il nous soit du moins permis d'éviter les préjugés fanatiques de ces esprits superficiels et faux qui, poussés par cette frénésie de liberté que l'on doit regarder comme l'opprobre du dix-huitième siècle, ont voué ce prince à l'exécration de la postérité, non parcequ'il eut un mauvais cœur, un caractère faux et soupçonneux, mais parcequ'il fut un souverain ferme, inflexible, qui se fit obéir, qui châtia les brouillons et les séditieux, et sut, à travers mille obstacles, maintenir l'ordre et la subordination au milieu de ses vastes états.

Les évènements qui s'étoient passés pendant les dernières années du règne de Charles VII étoient déjà de sinistres avant-coureurs des orages qui menaçoient le règne suivant ; les seigneurs avoient dès-lors perdu sans doute la plus grande partie de leur influence sur les peuples désabusés, et dans la France proprement dite, le pouvoir du roi ne rencontroit presque plus d'obstacles ; mais le duc de Bretagne régnoit toujours en souverain dans ses états ; la puissance du duc de Bourgogne étoit peut-être plus grande que celle du roi lui-même. Séparés l'un de l'autre seulement par la Normandie, ces deux vassaux pouvoient, au premier signal, inonder de troupes cette province, et à la fois l'envahir et y opérer une jonction redoutable. Ils communiquoient par la mer avec les Anglais, toujours maîtres de Calais, et qui, au milieu des révolutions sanglantes qui les agitoient, n'avoient renoncé ni à leurs projets ni à leurs prétentions chimériques sur la France. Tous les deux, suivant la marche ordinaire de tous les gouvernements, visoient à s'agrandir, à se rendre indépendants, et ne voyoient pas sans de vives alarmes l'accroissement progressif de la prérogative royale. N'osant pas alors s'y opposer à force ouverte, ils attisoient les mécontentements ; ils prenoient part secrètement aux révoltes des grands (1). Le duc de Bourgogne sur-tout, au sein d'une paix apparente et forcée, étoit réellement contre le roi dans un état de guerre perpétuelle. Tandis que Charles refusoit de favoriser la rébellion du fils de son vassal, celui-ci donnoit dans sa cour un asile au dauphin révolté contre son père.; ajourné à la cour comme pair de France dans la procédure entamée contre le duc d'Alençon, il n'avoit répondu à cet appel qu'en levant des troupes et en réclamant les articles du traité d'Arras qui le dispensoient de toute sujétion personnelle ; et cependant, infidèle lui-même peu de temps après à ce traité qu'il rappeloit sans cesse, il n'avoit pas craint de prendre sans la participation du roi divers engagements avec l'Angleterre. Enfin ce n'étoient que plaintes , que méfiances, que démêlés continuels qui sembloient à tout moment devoir dégénérer en rupture ouverte , et qui sans doute eussent fini par les dernières violences, sans la considération particulière qu'inspiroit la personne du roi, et peut-être sans le grand âge de Philippe-le-Bon, prince magnifique et voluptueux jusqu'au milieu des glaces de l'âge, et qui trouvoit des douceurs dans le repos.

1461.   Louis étoit encore dans les états de son vassal lorsqu'il apprit la mort du roi son père. Il partit aussitôt pour la France , non sans quelques alarmes sur les dispositions que Charles avoit pu faire à son sujet, et persuadé que tous ceux qui remplissoient les premières places de l'état étoient autant d'ennemis disposés, s'il étoit possible, à lui contester ses droits légitimes. Cette idée dont il étoit frappé développa, dès ces premiers instants, ce caractère inquiet et soupçonneux qu'on lui a justement reproché, et qui contribua sans doute à aggraver les agitations de son règne ; en effet, dans ces alarmes qui le tourmentoient sur les dispositions de la France à son égard, il avoit engagé le duc de Bourgogne à rassembler des troupes pour lui ouvrir l'entrée de ses états, et cent mille hommes formoient le cortège avec lequel les deux princes s'acheminoient vers Reims, où le nouveau monarque vouloit avant tout se faire sacrer. Mais l'empressement

---

(1) Ils entrèrent, par exemple , dans la révolte des princes du sang et des grands seigneurs contre le roi en 1442. Cette révolte avoit été précédée de la guerre connue sous le nom *de la Praguerie* , dont le dauphin fut complice, et où il n'étoit question de rien moins que de détrôner son père pour le mettre à sa place.

avec lequel les villes ouvroient leurs portes, et celui de tous les ordres de l'état à venir lui faire leurs soumissions ayant promptement dissipé ces vaines inquiétudes, elles se reportèrent aussitôt sur l'ami trop puissant qui l'accompagnoit; et, sans oser cependant les lui témoigner trop ouvertement, il ne fut tranquille que lorsqu'il eut persuadé à Philippe de congédier sa nombreuse armée, et de ne garder avec lui qu'une escorte de quatre mille hommes. Alors il affecta, et dans le voyage et pendant la cérémonie, de le combler d'honneurs et de marques de considération, ce qui parut toucher tellement le vieux duc, qu'il rendit hommage au roi non seulement pour ses domaines relevant de la courónne, mais encore pour toutes ses autres possessions, quoique les conventions d'Arras l'exemptassent formellement de cet acte de sujétion. Dans cette intelligence, en apparence si parfaite, les deux princes prirent ensemble la route de Paris, où le roi fit son entrée avec une pompe à laquelle jusque-là il n'y avoit rien eu de comparable; le cortège se montoit à plus de douze mille hommes; l'or et les pierreries éclatoient sur les habits des seigneurs, et sur les harnois de leurs chevaux. Au milieu d'un si brillant appareil, Louis, donnant déjà des preuves de cette manie bizarre qui lui fit dédaigner, souvent jusqu'à l'indécence, ce faste extérieur si propre cependant à relever encore la dignité royale, s'avançoit monté sur un cheval blanc, « vêtu, disent les chroniques, « d'une robe de soie blanche sans manches, et affublé d'un petit chapeau « loqueté (1). » Quatre bourgeois de Paris soutenoient au-dessus de sa tête un dais de drap d'or; et les cours souveraines vinrent le recevoir aux portes de la ville. Du reste, les cavalcades bizarres, les mascarades, les représentations de mystères et tous les autres jeux en usage dans ces temps grossiers se répétèrent sur sa route jusqu'à son arrivée à la cathédrale. Là, le monarque, après avoir fait sa prière et prêté le serment accoutumé, alla tenir *cour plenière* au palais, qu'il quitta le lendemain pour s'établir au château des Tournelles.

Le caractère de Louis n'étoit pas seulement ombrageux, il étoit encore absolu, capricieux et vindicatif. Ces passions haineuses, qu'il sut depuis si bien contenir ou dissimuler lorsque son intérêt le lui commandoit, l'entraînèrent dans ces premiers moments du pouvoir à une démarche

______

(1) Découpé en pointes.

qui lui causa depuis d'amers repentirs, et l'exposa à de grands dangers. Par un coup d'autorité le plus impolitique qu'il fût possible d'imaginer, il destitua presque tous les officiers civils et militaires qui avoient obtenu leurs emplois de Charles VII; il en fit même emprisonner quelques uns, et ce bouleversement général remplit d'abord tous les cœurs d'alarmes, et jeta les premiers germes du mécontentement; il l'augmenta bientôt par des taxes nouvelles et exorbitantes qui, dans plusieurs villes, excitèrent même des séditions; enfin ce mécontentement fut porté à son comble, lorsqu'on le vit, par cette haine profonde qu'il avoit conçue pour tout ce qui avoit été fait sous le gouvernement de son père, se rendre la dupe des intrigues de la cour de Rome, en abolissant la pragmatique sanction (1), regardée comme le boulevart des libertés gallicanes.

1462.   Cependant, dès cette époque, il commençoit à mettre en usage les manœuvres de cette politique insidieuse, qui depuis fut le principal ressort de toutes les opérations de son règne; et tandis qu'il prodiguoit au duc de Bourgogne, et sur-tout au comte de Charolois son fils, les marques de la plus tendre amitié et d'une confiance sans bornes, il renouveloit secrètement avec les Liégeois, ces ennemis déclarés de leur maison, l'alliance que Charles VII avoit contractée avec eux. Mais soit que ses intrigues n'eussent point échappé aux regards du jeune comte, soit plutôt que cet esprit violent et ambitieux prévît ce que la puissance du monarque français pouvoit apporter d'obstacles aux projets qu'il formoit déjà pour l'agrandissement des états qui lui étoient destinés, on le vit dès-lors commencer à lui susciter des ennemis et à se rendre l'ame des complots qui se tramèrent contre son autorité. Dans un voyage que le roi fit à Tours, ce prince, qui étoit venu l'y joindre sous prétexte d'un pèlerinage, eut des conférences secrètes avec les envoyés du duc de Bretagne, conférences dont Louis fut informé sans pouvoir en pénétrer le mystère, mais qui le déterminèrent à éloigner de la cour le comte de Charolois avant l'arrivée du duc, qui venoit lui-même, suivant l'usage établi au commencement de chaque règne, renouveler la

---

(1) Elle se composoit de plusieurs décrets du concile de Bâle, où les élections étoient rétablies, les réserves et les expectatives abolies, aussi-bien que les annates. Elle avoit été arrêtée par Charles VII, à Bourges, en 1458.

cérémonie de l'hommage. Les inquiétudes de ce vassal étoient les mêmes
que celles de la maison de Bourgogne ; elles furent encore augmentées
par un voyage que le roi fit dans ses états , où il voulut exercer une
violence (1) à laquelle le duc crut devoir s'opposer. Tous les deux se
séparèrent très mécontents l'un de l'autre , et celui-ci se confirma dans la
pensée qu'il n'y avoit plus de sûreté pour lui que dans son alliance avec
les ennemis de son suzerain. On vit aussi, dès ce moment, le roi, frappé
de la terreur qu'il inspiroit à ses vassaux , bien informé d'ailleurs que
la liaison commencée entre le duc de Bretagne et le comte de Charolois se
resserroit de jour en jour davantage , ne pas perdre une seule occasion de
traverser les desseins de ce dernier , et de lui causer des mortifications dont
l'effet étoit d'aigrir encore davantage cette ame plus ardente et non moins
vindicative que la sienne.

Cependant le nombre des ennemis du gouvernement augmentoit dans
l'intérieur ; plusieurs actes d'une rigueur excessive exercés mal à propos
sur d'anciens serviteurs de son père avoient porté la haine contre Louis au
dernier degré d'animosité. Le duc et le comte se mirent aussitôt en rapport
avec les mécontents , parmi lesquels on comptoit le comte de Dunois, le
duc de Bourbon, et Charles, duc de Berry, propre frère du roi, qui
croyoit avoir à se plaindre de la modicité de son apanage, et qu'on
aigrissoit à dessein pour en faire l'instrument principal des complots qui
se tramoient contre sa propre maison. Louis, confusément instruit qu'il
se formoit contre lui des associations dangereuses , ne pouvoit cependant
percer ce labyrinthe d'intrigues et de cabales; sa situation devenoit de jour
en jour plus difficile ; mais le grand talent de ce prince étoit moins d'éviter
le danger que de trouver des ressources pour s'en tirer lorsqu'il y étoit
engagé. Soit que ce fût un simple effet de sa haine contre le comte de
Charolois , soit qu'il fût guidé par cette politique raffinée dont il donna
depuis tant de preuves, il avoit trouvé le moyen de semer la division entre
le duc de Bourgogne et son fils, et cette mésintelligence , au moyen de
laquelle la cour de ce prince se trouvoit partagée, l'occupoit assez pour
qu'il ne pensât point à se mêler des affaires de ses voisins. Il étoit sur-tout

---

(1) Il vouloit faire enlever Françoise d'Amboise, veuve de Pierre II, dernier duc de Bretagne, dans
le dessein de la faire épouser au duc de Savoie.

très éloigné de se brouiller avec le roi qui l'accabloit à dessein des plus vifs témoignages d'amitié et de bienveillance. Tranquille de ce côté, sûr également qu'il n'avoit rien à craindre des Anglais encore fatigués de leurs dissensions intestines, jugeant bien qu'il étoit impossible que le duc de Bretagne ne fût pas un des principaux moteurs d'un complot dont les fils lui échappoient, mais dont l'existence lui étoit démontrée, Louis prit la résolution hardie de déconcerter les conjurés, en portant sur-le-champ la guerre dans les états de ce perfide vassal. Ses mesures furent prises dans un si profond secret, les mouvements des troupes se firent avec tant de précautions, que le duc ne sortit de la sécurité dans laquelle il étoit plongé que lorsque l'armée du roi bordoit déjà ses frontières et étoit sur le point d'inonder ses états. Surpris par une inexcusable imprévoyance, il eut recours à la ruse et à la soumission, ressource ordinaire de la lâcheté et de la foiblesse. Il promit tout ce qu'on voulut, demandant seulement au roi de rassembler les états de son royaume et de les consulter avant de signer un traité définitif; et ce qui ne peut assez étonner de la part de Louis, c'est qu'au lieu d'écraser un ennemi dont la soumission apparente ne pouvoit lui imposer, il lui accorda le délai demandé et renvoya ses troupes. Cette faute, qui n'est pas la seule qu'il ait commise dans cette circonstance, devient d'autant plus inexplicable, que l'étroite intimité qui régnoit entre ce prince et le comte de Charolois ne cessoit point d'être l'objet de ses plus vives alarmes. Il sembloit par-là prendre plaisir à les augmenter encore; et en effet le duc, dès qu'il se vit hors de danger, n'en travailla qu'avec plus d'ardeur à susciter à son ennemi assez d'embarras pour qu'il se trouvât hors d'état de pouvoir une seconde fois le réduire à de semblables extrémités. Ses 1463. messagers parcoururent aussitôt toute la France, portant à tous les princes du sang et aux plus grands seigneurs des lettres dans lesquelles il leur peignoit sous les couleurs les plus sinistres les desseins et la politique du roi à leur égard, et les pressoit, au nom de leurs plus chers intérêts, de prévenir par leur réunion et leur résistance ouverte les malheurs dont ils étoient menacés. Ces caractères hautains et indépendants n'étoient déjà que trop disposés à suivre de tels conseils; et l'esprit de haine et de révolte contre un roi qui vouloit réellement être le maître, étoit si généralement répandu que le duc de Bretagne ne rencontra pas un seul sujet fidèle disposé à révéler la trahison. Tous s'unirent à lui et s'engagèrent réciproquement les uns avec les autres.

Il ne manquoit plus que la jonction du duc de Bourgogne aux conjurés pour que la perte du monarque parût inévitable. Jusque-là Philippe ne s'étoit point montré disposé à entrer dans aucune ligue contre Louis ; et quoiqu'il y eût entre eux de fréquents démêlés toujours relatifs aux clauses du traité d'Arras, ils n'étoient cependant pas assez violents pour produire une rupture ouverte, que le vieillard sembloit même vouloir éviter. Un incident, dont le comte de Charolois profita avec la plus grande dextérité, changea ces dispositions : le roi toujours occupé des intrigues mystérieuses qui l'environnoient, instruit que le vice-chancelier de Bretagne avoit fait plusieurs voyages en Flandre, et qu'il étoit alors à la cour d'Angleterre, donna commission à l'un de ses officiers de l'enlever à son retour, espérant découvrir par ce coup hardi le nœud de tous ces complots. Cet officier, instruit sans doute que l'envoyé breton devoit se rendre auprès du comte de Charolois, vint se poster avec un vaisseau armé à l'entrée d'un petit port de la Hollande, où ce prince venoit de se rendre. Mais il arriva qu'étant imprudemment descendu à terre, il fut reconnu et pris. Aussitôt le comte fit répandre le bruit que le dessein de Louis avoit été de le faire enlever. La politique peu scrupuleuse du monarque, qui, tout récemment, venoit de s'emparer, par des moyens à peu près pareils, d'un des fils du duc de Savoie, donna de la vraisemblance à cette accusation, sur laquelle les historiens n'ont osé prononcer, mais qui semble entièrement dénuée de vraisemblance, si l'on réfléchit qu'une telle violence eût été directement contre les intérêts de ce prince, au moment où il avoit à craindre un soulèvement général qu'une démarche aussi odieuse auroit en quelque sorte légitimé. Quoi qu'il en soit, cet évènement commença à jeter des alarmes dans l'esprit du vieux duc de Bourgogne ; elles furent même si vives, que, se trouvant alors à quelques lieues du roi sur les frontières de la Picardie, il ne s'y crut pas en sûreté et partit précipitamment pour l'Artois. Ce fut 1464 en vain que Louis fit auprès de lui tous les efforts possibles pour se justifier ; vainement lui envoya-t-il un ambassadeur pour redemander le prisonnier. La réponse de Philippe fit voir qu'il ne croyoit point à sa justification et la liberté de son agent lui fut refusée. Bientôt, au comte de Charolois, dont les plaintes amères ne cessoient d'aigrir les ressentiments de son père, vint se joindre le duc de Bourbon, l'un des principaux chefs de la nouvelle ligue. Il avoit un grand ascendant sur Philippe, dont il étoit le parent, et il sut lui peindre avec tant de force les dangers auxquels tous les princes se trouvoient exposés de la part d'un monarque qui ne faisoit consister sa grandeur que dans leur abaissement, que le duc ébranlé consentit que son fils levât des troupes, mais uniquement pour surveiller les entreprises de Louis et sans projet d'entamer une guerre offensive. Un premier engagement de la part de son père étoit tout ce que demandoit le comte. Tandis qu'il formoit une armée, le parti des mécontents ne cessoit de s'accroître : on conspiroit contre le roi dans sa cour, près de lui, sous ses yeux, sans qu'il pût parvenir à connoître aucun de ses ennemis, quoique des avis multipliés vinssent chaque jour redoubler ses alarmes. Une aiguillette verte attachée à la ceinture étoit le signe de reconnoissance adopté par les conjurés; et les écrivains contemporains rapportent que la cathédrale de Paris leur servit plus d'une fois de rendez-vous. Enfin Louis, dévoré d'inquiétudes, et se répentant amèrement d'avoir épargné si long-temps le duc de Bretagne, le moteur secret et l'ame de tous ces complots, résolut de l'attaquer encore une seconde fois, mais plus efficacement que la première. Toutefois, avant de prendre un parti aussi violent, il jugea que les circonstances lui commandoient des ménagements bien pénibles sans doute pour son esprit inflexible et altier, et l'on vit ce prince qui, jusqu'alors, avoit

1465. affecté de dédaigner les grands, les convoquer à Tours dans une assemblée solennelle où ses griefs contre le duc furent exposés, et dans laquelle il les établit en quelque sorte juges entre son vassal et lui. Quelques uns de nos historiens ont admiré naïvement le dévouement sans bornes que lui témoignèrent alors les chefs de la noblesse, et prétendent que ce fut sa dureté envers le duc d'Orléans (1), qui lui aliéna de nouveau les esprits. Nous ne pouvons adopter une semblable opinion; et quoiqu'il soit difficile de justifier entièrement les caprices impérieux du monarque, il suffit d'avoir quelque connoissance du cœur humain pour reconnoître que les vices particuliers de son caractère influoient moins ici sur les déter-

---

(1) Le duc s'étoit permis de lui faire quelques représentations sur les abus du gouvernement, et de hasarder quelques paroles en faveur du duc de Bretagne ; ce qui irrita tellement le roi, qu'il l'acabla des plus sanglants reproches, l'accusant publiquement de prendre, contre son souverain, le parti des révoltés. On prétend que la douleur que ce prince ressentit d'un tel affront hâta la fin de ses jours. Il mourut en effet peu de temps après ; mais il faut observer qu'il étoit âgé de soixante-quatorze ans.

minations de ces rebelles que le caractère nouveau qu'avoit pris l'autorité royale. Ces preuves de dévouement n'étoient qu'une perfidie de plus : la plupart étoient engagés avec le duc de Bretagne, et la révolte étoit sur le point d'éclater. Ce prince, condamné par l'assemblée de Tours, s'humilia devant le roi, lui envoya une ambassade pour demander grace, souscrivit à tout pour gagner du temps ; et tandis que Louis, qu'il avoit si souvent trompé, se laissoit amuser encore par ces vaines démonstrations, le duc de Berri, se livrant enfin aux conjurés, partit inopinément de la cour et se réfugia en Bretagne, d'où il fit publier un manifeste contenant ses griefs contre son frère et les motifs de son évasion.

Son départ fut le signal de la révolte : le roi, enflammé de colère, veut sur-le-champ porter en Bretagne le fer et la flamme ; il ordonne au duc de Bourbon de lever des troupes, et de se hâter de venir le joindre : celui-ci ne lui répond que par les reproches les plus amers sur son administration, et par une déclaration formelle du parti qu'il a pris avec les autres grands du royaume de s'unir étroitement « pour l'engager à changer de « système, à réformer les abus, le tout *par compassion pour le pauvre* « *peuple* (1). » Le duc de Calabre se déclara aussitôt après lui, et sa défection fut suivie de celle de tous les autres princes et seigneurs. Ceux même que le roi avoit le plus comblés de bienfaits, le duc d'Alençon et le comte d'Armagnac, se rallièrent aux mécontents, preuve nouvelle que les motifs apparents que l'on présentoit pour justifier cette rébellion n'étoient pas les véritables. Au moment même où ces choses se passoient au cœur du royaume, un ennemi plus dangereux à lui seul que tous les autres ensemble, le comte de Charolois, après avoir fait enfin connoître à son père la ligue puissante à laquelle il étoit lié par les plus pressants intérêts, lui déclara qu'il alloit porter la guerre en France ; de manière que, de tous les points de ses états, le monarque, pressé entre de si nombreux et de si implacables ennemis, sembloit être au moment d'éprouver une révolution aussi funeste que celle qui avoit failli arracher le sceptre à son père et renverser de fond en comble sa maison.

La supériorité de son génie le sauva. Il avoit sur ses ennemis cet

---

(1) C'est de ce prétexte, continuellement mis en avant par les conjurés, que cette guerre reçut le nom de *guerre du bien public*.

avantage si prodigieux de l'unité d'action et de conseils ; il en profita avec un courage et une habileté qu'on ne peut s'empêcher d'admirer. La monarchie n'étoit plus heureusement ce qu'elle avoit été : le temps étoit passé où l'on pensoit à lever des troupes lorsqu'il s'agissoit de commencer la guerre ; une force militaire disciplinée, et dans une activité permanente, étoit aux ordres du monarque ; il avoit pour lui les peuples, qui trouvoient incomparablement plus de douceur sous une autorité ferme et régulière que sous la tyrannie capricieuse des seigneurs; placé au centre de tant de chefs de partis, qui, réunis en apparence pour un intérêt commun, n'avoient en effet pour but que des intérêts particuliers, il n'étoit question que de les diviser pour les affoiblir, et même pour anéantir tout ce formidable appareil. Louis se fortifie d'abord de l'alliance du duc de Milan ; grièvement offensé par le roi d'Angleterre, il dissimule son dépit, et obtient de ce côté une prorogation de trève ; des négociations adroitement entamées avec son frère, bien qu'elles n'eussent obtenu aucun succès décidé, commencent à jeter de la méfiance parmi les rebelles; il fait publier solennellement une amnistie pour tous ceux qui, dans six semaines, rentreront dans le devoir ; un ordre général est donné, par-tout et au même instant, pour la sûreté des villes , dont les fortifications sont réparées, les garnisons renforcées ; et tandis que les comtes d'Eu et de Nevers, sur la Somme, le duc du Maine , sur les frontières de la Normandie, surveillent les mouvements du duc de Bretagne et du comte de Charolois, le roi, à la tête d'un corps d'armée de quatorze mille hommes , traverse rapidement le Poitou, une partie du Berri, et, sans s'arrêter à faire aucun siège de ville , se précipite sur les états du duc de Bourbon, le plus foible des princes ligués, et que par cela même il avoit sagement jugé nécessaire d'attaquer le premier.

Ce qu'il avoit prévu ne manqua pas d'arriver : le duc de Bourbon, pensant que tout l'effort de Louis se porteroit d'abord contre ses puissants alliés, n'avoit point songé à sa propre sûreté. Surpris à l'improviste par une armée si supérieure (1) aux troupes qu'il pouvoit lui opposer, il consentit, dans son premier trouble, à mettre bas les armes, et à se soumettre aux conditions que le roi voulut lui dicter. Reprenant ensuite

______

(1) Elle s'étoit accrue, dans la marche du roi, de plus de dix mille hommes.

courage à l'arrivée du duc de Nemours et des comtes d'Armagnac et d'Albret, qui vinrent se joindre à lui à la tête de leurs troupes, et soutenu d'un renfort que lui envoyoit le duc de Bourgogne, il rompit presque aussitôt ses premières conventions, et voulut résister ; mais toutes ces forces réunies étoient loin encore d'égaler les troupes royales ; et Louis ne laissant pas aux rebelles le temps de respirer, y trouva même cet avantage, qu'au lieu d'un seul ennemi il en réduisit en même temps plusieurs. Une trève fut signée avec ces princes ; et quoiqu'elle ne fût que conditionnelle, que même le roi ne doutât pas qu'ils ne tarderoient pas à la rompre, satisfait pour le moment d'avoir rompu leur concert avec les véritables chefs de la ligue, le comte de Charolois et le duc de Bretagne, il tourna sa marche du côté de ces deux redoutables adversaires, dont le premier, suivi de vingt-six mille Flamands, s'avançoit vers la Somme, tandis que l'autre dirigeoit son armée le long des rives de la Seine. Le rendez-vous des confédérés étoit dans l'Ile-de-France, où l'on avoit décidé d'établir le théâtre de la guerre.

Le comte de Charolois ne rencontra sur sa route que de foibles obstacles : la plupart des villes de Picardie lui ouvrirent leurs portes ou se rendirent à la première sommation. Il se hâtoit d'arriver dans l'Ile-de-France, bien persuadé qu'il alloit y trouver l'armée du duc de Bretagne et les troupes que le maréchal de Bourgogne s'étoit engagé à lui amener. Son étonnement fut grand d'arriver seul au rendez-vous. Le maréchal, coupé par l'armée des royalistes, qui s'étoit emparée de tous les passages, se trouvoit dans l'impossibilité de le joindre ; l'armée du duc de Bretagne avoit éprouvé des retards par le refus qu'avoit fait le duc de Vendôme de lui donner passage sur ses terres, acte de courage et de fidélité qui, dans ces circonstances extrêmes, sauva peut-être la monarchie. Le comte, déconcerté, mais cependant soutenu par le vice-chancelier de Bretagne, qui lui annonçoit l'arrivée prochaine des troupes bretonnes, résolut de faire une tentative pour se rendre maître de Paris.

Il fut proposé d'abord dans le conseil de tenter de s'en emparer de vive force ; mais la ville étoit trop bien fortifiée pour qu'une semblable entreprise pût être praticable, et cet avis fut rejeté. On essaya alors d'intimider les Parisiens, en développant à la vue de leurs remparts toute l'armée bourguignonne rangée en bataille. Le comte conçut même l'espérance que cet aspect guerrier pourroit ranimer quelques restes de l'ancien parti attaché à sa maison; mais les habitants de Paris, malheureux pendant plus d'un siècle par la fureur des factions, n'ayant trouvé de relâche à des maux si prolongés que sous l'autorité monarchique, étoient entièrement détrompés; et l'on pouvoit les mettre au nombre des sujets sur lesquels le roi avoit le plus droit de compter. Ils n'avoient pas attendu ce moment pour faire éclater leur zèle; et, dès la première nouvelle de la guerre, les bourgeois de cette ville s'étoient empressés de prendre les armes à la première réquisition que leur en avoit faite Charles de Melun, leur gouverneur. Le guet avoit été augmenté; on avoit distribué les postes, rétabli les chaînes; et les portes de la ville, à l'exception de deux, furent aussitôt exactement murées; enfin ils avoient fait preuve d'une telle ardeur pour le service du roi, que Louis députa quatre de ses officiers pour les en remercier. Peu de temps après que ces dispositions eurent été faites, le maréchal de Gamaches, sorti de Péronne, étoit venu se renfermer avec un corps de troupes dans la ville assiégée, et ce renfort avoit encore redoublé la résolution des bourgeois et de la garnison. Ils se hasardèrent même à faire des sorties, dans lesquelles ils obtinrent sur l'ennemi de petits avantages. Le comte de Charolois, voyant que rien ne pouvoit ébranler leur fidélité, essaya une ruse de guerre qui ne lui réussit pas davantage. Quatre hérauts d'armes vinrent, de sa part, se présenter à la porte Saint-Denis, demandant le passage et des vivres, avec menaces, en cas de refus, de tout saccager. Tandis qu'ils amusoient ainsi, par leurs discours, l'officier qui commandoit à cette porte, deux compagnies de l'armée bourguignonne s'avançoient secrètement vers le faubourg Saint-Lazare, dont les barrières furent sur le point d'être forcées. Mais l'alarme ayant été donnée aussitôt, la milice bourgeoise se porta avec rapidité sur le point attaqué, et repoussa les Bourguignons, qui, foudroyés en même temps par l'artillerie des remparts, se retirèrent en désordre et avec une perte considérable.

Le comte de Charolois, désespérant alors de s'emparer de Paris, prit la résolution de marcher au-devant du duc de Bretagne, et d'opérer sa jonction avec lui, dans quelque lieu que ce fût. Le plus grand intérêt de Louis étoit d'empêcher cette réunion, et, décidé à les attaquer séparément, il préféra de se diriger vers le comte de Charolois, parcequ'une victoire remportée sur lui devenoit plus décisive. Les deux armées se rencontrèrent dans la plaine de Long-Jumeau, près de Montlhéry. Là fut livrée cette bataille fameuse et singulière, dans laquelle les deux princes donnèrent des preuves égales de sang-froid et d'intrépidité, et dont les succès furent tellement balancés que chacun d'eux crut d'abord l'avoir perdue, et que le lendemain tous les deux s'attribuèrent la victoire. Cependant les terreurs et les inquiétudes de Louis furent plus grandes que celles de son ennemi, car il s'enfuit à Corbeil, le laissant maître du champ de bataille. Cette retraite, le bruit même qui se répandit qu'il avoit été tué dans le combat, donnèrent au comte de Charolois les apparences du triomphe, tandis qu'on agitoit réellement dans son conseil si l'on ne reprendroit pas à toute hâte la route de la Bourgogne, et que des fuyards de son armée furent trouvés jusqu'aux portes de Paris, et massacrés ou faits prisonniers par ses habitants.

La disparition de l'armée royale rendit bientôt le courage à cette troupe abattue, et, passant d'une extrémité à l'autre, le comte de Charolois en conçut une confiance et un orgueil qui depuis influèrent sur toutes les actions de sa vie. Il opéra le même jour sa réunion avec le duc de Bretagne, tandis que le roi, qui, de son côté, ne trouvoit plus d'obstacle, marchoit vers Paris, où il entra deux jours après la bataille. Ainsi, par une suite de cette action, non moins singulière que l'action elle-même, deux armées qui s'étoient crues mutuellement vaincues, trouvèrent dans cette défaite mutuelle tous les avantages d'une victoire.

La présence du roi et l'arrivée successive de ses troupes donnèrent un nouveau degré d'énergie aux Parisiens; et le monarque, par des manières populaires qui furent toujours dans sa politique, et que les circonstances présentes rendoient sur-tout nécessaires, acheva d'y gagner tous les cœurs. Il visitoit familièrement les principaux bourgeois, s'entretenoit avec eux, les admettoit même à sa table. A ces marques de bonté, si puissantes pour toucher le vulgaire, il joignit des bienfaits réels dont l'effet fut plus puissant encore. La plupart des impôts furent abolis, les privilèges de la ville confirmés; mais ce qui toucha le plus les Parisiens, ce fut l'admission au conseil de six bourgeois notables, de six membres de l'université, et d'un nombre égal de membres du parlement, pour y prendre part à l'administration et aider à l'expédition des affaires les plus pressées. Louis, après s'être ainsi adroitement assuré des dispositions d'une ville qu'il lui étoit si important de conserver, crut pouvoir, sans aucun risque, s'en éloigner et exécuter le dessein qu'il avoit formé de parcourir la Normandie, tant pour en tirer les troupes qu'il y avoit laissées, que pour faire prendre les armes à la noblesse du pays.

Cependant le comte de Charolois, ayant rassemblé tous les corps qui s'étoient dispersés à la journée de Montlhéry, s'avança vers Paris au moment même où le roi venoit de le quitter. Ce fut alors que se fit réellement cette réunion menaçante des princes confédérés. Les ducs de Berri et de Bretagne accompagnoient le comte avec leur armée; le duc de Bourgogne envoyoit à son fils un renfort considérable de cavalerie; on vit successivement arriver les princes et seigneurs que Louis avoit d'abord forcés de se soumettre, les ducs de Bourbon et de Nemours, le comte d'Armagnac, le seigneur d'Albret; le duc de Calabre vint bientôt se réunir à cette foule d'ennemis, amenant avec lui le premier corps de Suisses qui soit entré dans le royaume. Bientôt l'Ile-de-France put à peine contenir les troupes dont elle étoit inondée. On y comptoit plus de cent mille chevaux : toutefois, dans l'espérance que les confédérés conservoient encore de gagner les Parisiens, ils firent observer à cette nombreuse armée la plus exacte discipline. Elle passa la Seine sur des ponts de bateaux, parceque les assiégés avoient repris, dans le temps de la bataille de Montlhéry, les ponts de Saint-Cloud et de Charenton; et s'étendant ensuite en demi-cercle, elle ferma toute la partie septentrionale de Paris qui s'étend de l'un à l'autre pont : les troupes du roi occupoient le côté du midi.

Malgré l'inutilité de ses premiers efforts, l'idée de s'introduire dans Paris à la faveur d'une négociation occupoit toujours le comte de Charolois. La présence du duc de Berri, à qui les révoltés donnoient le titre de régent du royaume, la terreur que pouvoit inspirer une armée si formidable, commandée par ce qu'il y avoit de plus grand dans la France, le motif apparent de leur réunion qui étoit le *bien du peuple*, sur-tout l'absence du roi, tout sembloit présenter les circonstances les plus favorables pour intimider ou séduire. Il fut décidé qu'on demanderoit une conférence aux Parisiens; et des lettres signées du duc de Berri furent adressées à cet effet au parlement, au clergé, à l'université, au corps municipal. Cette démarche ébranla les esprits, et Melun, gouverneur de la ville, quoiqu'il fût à la tête d'une garnison nombreuse, ne put empêcher que l'entrevue ne fût acceptée.

Elle se passa au camp des confédérés, où les députés de la ville de Paris furent reçus avec l'appareil le plus imposant (1). Le comte de Dunois parla au nom des princes : sa harangue, dans laquelle la personne du roi fut très maltraitée, et la violence de son gouvernement peinte sous les couleurs les plus odieuses, se termina par une apologie de la conduite des princes « que tant d'abus avoient réduits à prendre les armes, et à « se rendre à Paris pour demander *le commun jugement des Français* « et l'assemblée des trois états, afin de remédier aux vices de l'adminis-« tration : *que vraiment Loys étoit leur roi, mais qu'à leur dignité* « *appartenoit de l'exhorter et admonester* de suivre les traces de ses « prédécesseurs, de se conformer aux lois, et *d'avoir pitié du peuple.* » A ces plaintes et aux promesses d'un meilleur avenir étoient entremêlées des menaces de livrer les environs de la capitale à tous les ravages de la guerre, si l'on persistoit à leur en refuser l'entrée.

Toutefois cette conférence, si facilement accordée, n'eut point le résultat que les princes en avoient espéré ; et les Parisiens, fermes dans leur devoir, refusèrent absolument de recevoir l'armée ennemie dans leurs murs sans la permission du roi. Tandis que ces choses se passoient, le monarque, à qui on en avoit porté la nouvelle, revenoit à toute hâte à Paris, tremblant que les intrigues des rebelles ne fussent parvenues à lui enlever une ville à laquelle il attachoit à la fois son salut et celui de l'état (2).

Il y arriva le 28 août, amenant avec lui un renfort considérable de troupes ; et jugeant que la sévérité étoit aussi nécessaire dans cette circonstance que sa feinte douceur l'avoit été dans l'autre, il parut très

---

(1) Lorsqu'on les admit à l'audience, le duc de Berri, comme représentant le souverain, étoit seul assis et couvert. Le comte de Charolois, les ducs de Bretagne et de Calabre, ayant la tête nue, et du reste armés de toutes pièces, se tenoient debout aux deux côtés du siège.

(2) Guillaume, seigneur de Montmorency, déjà sorti de l'enfance à cette époque, et qui vivoit encore soixante ans après, lorsqu'en 1525 le parlement s'assembla pour donner ordre à la sûreté de Paris, après la fatale journée de Pavie, rapporta qu'il avoit entendu dire à Louis XI, dans le temps de la *guerre du bien public*, « qu'il falloit qu'il gardât sa bonne ville de Paris, et que, s'il plaisoit à Dieu « qu'il y pût entrer le premier devant ses ennemis, il se sauveroit, et avec sa couronne sur la tête ; mais « que, si ses ennemis y entroient les premiers que lui, il seroit en danger. » (*Regist. du Parlement.*)

irrité, et traita avec la plus grande rigueur tous ceux qui avoient pris
part aux délibérations faites sur les propositions des princes. Les principaux agents de cette conférence furent exilés ; il destitua le gouverneur
de la ville ; Chartier, évêque de Paris, et chef de la députation, ne dut
qu'à son caractère sacré d'être plus épargné que les autres ; mais le roi,
qui l'accabla des plus vifs reproches, forma dès-lors le projet de lui faire
faire un jour son procès comme criminel de lèse-majesté ; et il l'auroit
exécuté, si la mort de ce prélat, arrivée peu de temps après, ne l'eût mis
à l'abri de son courroux. Ce prince profita ensuite, avec l'activité qui lui
étoit propre, de la confiance que sa présence répandoit parmi les habitants
pour hasarder contre ses ennemis d'utiles entreprises. On fit journellement des sorties, dans lesquelles les royalistes eurent presque toujours
l'avantage ; et telle étoit l'heureuse position que la prévoyance du roi avoit
fait prendre à ses troupes, que l'abondance régnoit dans la ville assiégée,
tandis que l'armée des assiégeants étoit en proie aux horreurs de la
plus cruelle famine. Cette particularité est d'autant plus remarquable, que
jusqu'alors dans les sièges que Paris avoit essuyés, on n'avoit pris aucune
mesure pour le préserver de ce fléau ; et nous verrons encore cette ville,
lorsque Henri IV se présentera devant ses portes, presqu'aussitôt affamée
qu'investie.

Ces sorties devinrent si fréquentes et si vigoureuses, qu'elles forcèrent
les ennemis, qui avoient poussé leurs postes avancés jusqu'à Bercy,
qu'on appeloit alors *la Grange aux Merciers*, de se retirer à Conflans,
où étoit le quartier du comte de Charolois. Les royalistes occupoient la
rive opposée de la Seine, où ils avoient élevé des batteries qui en défendoient l'accès, et les rendoient maîtres des passages. Les princes, à qui
il eût été si facile de s'en emparer dans le principe, essayèrent de
réparer cette faute ; et pour y parvenir, le comte de Charolois entreprit
de jeter un pont de bateaux sur la Seine, vis-à-vis du Port-à-l'Anglais.
Des batteries, postées à propos sur ce point, foudroyèrent les Bourguignons lorsqu'ils voulurent tenter le passage ; et leur pont, détaché du
rivage par la hardiesse d'un archer, fut détruit et abandonné au courant.
Une tentative nouvelle pour faire passer des troupes par le pont de Charenton n'eut pas un succès plus heureux. Cependant il ne s'engageoit point
d'action décisive : ce n'étoit ni l'intention ni l'intérêt de Louis, qui ne cher-

choit qu'à fatiguer ses ennemis et à les diviser, pour profiter de leur fatigue et de leur découragement.

Ces divisions, plus utiles au roi que des victoires, commençoient déjà à éclater parmi les confédérés; et leur réunion, uniquement fondée sur l'intérêt personnel, malgré le vain étalage de leur zèle patriotique, devoit avoir le sort de toutes les associations de ce genre, dans lesquelles l'allié le plus foible ne tarde pas à s'apercevoir qu'il n'est qu'un vil instrument dans la main du plus fort, et de la méfiance passe presque aussitôt à l'inimitié. Il suffisoit de temporiser pour produire de semblables effets; et Louis, si supérieur en habileté à ses ennemis, dans le temps même qu'il usoit leurs forces, en les obligeant à rester dans l'inaction, suscitoit encore au comte de Charolois des ennemis sur ses frontières et dans ses propres États. Les Liégeois, excités par ses intrigues, venoient de faire une irruption dans le Brabant, et les habitants de Dinant ravageoient le comté de Namur; de manière qu'on vit à la fois les ducs de Nemours, d'Armagnac et plusieurs autres, s'apercevant trop tard qu'ils ne faisoient une guerre incertaine et ruineuse qu'au profit du Bourguignon, chercher à entamer des négociations avec le roi; et le comte de Charolois, menacé chez lui des dangers les plus pressants, témoigner lui-même le désir de faire la paix. Ces dispositions produisirent une trève, qui se prolongea quelques jours, et pendant laquelle on essaya de travailler à un accommodement définitif.

Les conférences se tinrent à la Grange aux Merciers; les demandes des princes furent d'abord si excessives, qu'encore que le roi, dans sa politique artificieuse, fût disposé à tout accorder pour dissiper la ligue, il crut devoir contester quelques points, afin de ne jeter aucun soupçon sur sa bonne foi. Les difficultés s'élevèrent principalement sur l'apanage du duc de Berri: l'intérêt des princes ligués étoit visiblement d'élever dans le sein même de la France une nouvelle puissance rivale de celle du souverain; et leurs demandes à ce sujet furent si exorbitantes, que Louis, en refusant d'y accéder, put en tirer parti pour exciter l'indignation publique, ranimer le zèle des Parisiens, et prouver à la France que les obstacles à la paix ne venoient point de lui. La publicité qu'il leur donna eut un plein succès, et cette confiance qu'il témoignoit à son peuple produisit un tel enthousiasme, que, sur le bruit qui se répandit qu'on devoit livrer aux Bourguignons la porte de la Bastille, les bourgeois, de leur propre mouvement, prirent

les armes, tendirent les chaînes, posèrent des corps-de-garde, et allu-
mèrent des feux dans toutes les rues. Ce bruit n'étoit que trop véritable,
car on s'aperçut le lendemain que la porte Saint-Antoine étoit restée
ouverte, et qu'on avoit encloué l'artillerie dont elle étoit environnée. Les
soupçons du roi se portèrent aussitôt sur Charles de Melun, à qui il
avoit confié la garde de la Bastille. Il avoit déjà quelques raisons de voir
un traître dans cet officier ; mais il en eut aussi pour ne pas éclater dans ce
moment, et pour remettre sa vengeance à des temps plus favorables. Du
reste, les lâches trahisons qui éclatoient de tous les côtés sembloient justifier
la sévérité quelquefois cruelle dont il usoit dans ses vengeances. Le commandant de Boulogne venoit d'être arrêté, pour avoir voulu livrer cette
place aux Anglais ; un coup de main avoit livré Péronne à l'un des lieutenants du comte de Charolois, et l'on soupçonnoit fortement le duc de
Nevers, qui en étoit gouverneur, d'avoir favorisé cette entreprise ; Pontoise fut rendu de la même manière au duc de Bretagne ; enfin la ville de
Rouen tomba dans le même temps au pouvoir du duc de Bourbon, par
la plus odieuse des perfidies (1). Environné de traîtres et d'ennemis,
menacé chaque jour de complots même contre sa personne (2), le monarque n'étoit pas moins pressé de conclure la paix à quelque prix que
ce fût, que les princes, dont l'armée, épuisée par la famine et par les
maladies, ne pouvoit plus tenir devant Paris. Ces derniers évènements
le décidèrent même à ne plus rejeter aucune demande, à ne plus mettre
le moindre obstacle aux négociations entamées. Leur résultat fut le fameux
traité de Conflans, par lequel le comte de Charolois rentra en possession
des villes sur la Somme, rachetées par le roi au duc de Bourgogne, et
obtint en outre une foule de concessions. Par le même traité, le duc de
Berri eut pour son apanage le duché de Normandie avec la suzeraineté

---

(1) Elle fut livrée par la dame de Varennes, veuve de Pierre de Proze, sénéchal de Normandie, tué
à la bataille de Montlhéry. Cette femme perfide, que le roi avoit comblée de bienfaits, le trompoit par
des lettres, où elle l'assuroit qu'elle avoit donné les meilleurs ordres pour la sûreté de la ville, tandis
qu'elle introduisoit le duc dans la citadelle.

(2) Les ennemis avoient fait répandre dans Paris des libelles séditieux, dans lesquels le monarque et
ses ministres n'étoient point épargnés. On commençoit déjà à commettre des désordres dans la ville ;
et l'évêque d'Évreux Balue, l'un des plus intimes confidents de Louis, fut attaqué la nuit rue Barre-
du-Bec, reçut deux coups d'épée, et ne dut son salut qu'à la vitesse de sa mule.

de la Bretagne et d'Alençon ; le duc de Bretagne , les comtés d'Étampes et de Montfort, et le gouvernement de la Basse-Normandie; tous les autres princes et seigneurs, des terres, des villes, des châteaux, comme si la France eût été une proie qui dût leur être partagée; traité, du reste, tellement honteux et révoltant, que sa violence même le rendoit impraticable, et que, s'il eût été exécuté, Louis eût été, plus qu'aucun de ses prédécesseurs, réduit au vain titre de roi. Il se parjuroit en le signant, car il étoit bien résolu à ne pas le tenir; mais ces vassaux insolents, qui réduisoient leur roi à de telles extrémités, étoient encore plus coupables que lui.

Toutefois il se pressa trop de conclure ; et comme on ne peut accuser ce prince d'avoir manqué de courage, on est forcé de convenir que la sagacité de son esprit ne le servit pas dans cette circonstance, et qu'il avoit conçu sur sa situation des frayeurs qui lui en exagéroient le danger. S'il eût attendu encore quelque temps, il eût pu voir cette armée si formidable, réduite aux dernières extrémités de la misère et de la faim, se fondre en quelque sorte sous ses yeux. En effet, aussitôt après la signature du traité, la première demande que firent les chefs de la ligue fut qu'on leur fournît des vivres; et ce fut un spectacle remarquable de voir des assiégés, après une longue défense, procurer aux assiégeants la subsistance dont ils manquoient.

Ainsi finit la guerre du bien public, le seul des grands évènements de ce règne dans lequel la ville de Paris ait joué un rôle important. Cette guerre, qui sembloit devoir renverser de fond en comble la monarchie et le monarque, et la paix déshonorante qui la suivit, contribuèrent au contraire à raffermir l'un et l'autre, en éclairant ce prince sur ses fautes, et en lui offrant, pour se tirer à l'avenir d'une situation aussi extrême, des ressources que la tournure de son esprit fin et dissimulé le rendoit plus propre qu'un autre à faire valoir. Convaincu par une si triste expérience que les grands de l'état étoient ses ennemis irréconciliables, il vit qu'il n'avoit d'espoir de salut que dans leur désunion, et dès ce moment toutes ses pensées, toutes ses actions, tous les traités qu'il fit, toutes les faveurs qu'il accorda, tendirent à ce but unique de mettre leurs intérêts en opposition et de les affoiblir en les désunissant.

Ce fut ainsi que, mettant à profit les divisions qui ne tardèrent pas à s'élever entre son frère et le duc de Bretagne, il sut adroitement gagner celui-ci, en lui confirmant tous les avantages qu'il avoit obtenus dans le traité; et du reste, tranquille du côté du comte de Charolois, à qui il avoit suscité des embarras dans ses états héréditaires, rentrer de vive force dans la Normandie, six semaines après l'avoir donnée au duc de Berri. Tandis qu'il combattoit ainsi par les armes et la politique des ennemis puissants qu'il ne pouvoit séduire, il n'étoit pas de moyens qu'il n'employât pour regagner les seigneurs qui avoient pris part à la guerre du bien public. Tous ceux qui se présentèrent à lui furent reçus avec la plus grande faveur et un entier oubli du passé; souvent il ne dédaigna pas de faire lui-même les premières démarches. Abolitions générales et particulières, promesses, bienfaits, il mit tout en usage; satisfait même de rendre suspects à leurs alliés ceux qui ne revenoient à lui que pour le tromper, il les traitoit quelquefois avec une bienveillance plus marquée que les autres. Aussi actif, aussi intrépide que le comte de Charolois, il fut heureux et pour la France et pour lui qu'il eût sur cet implacable adversaire une si grande supériorité de vues et de conduite, car il est hors de doute que le projet de celui-ci étoit de détruire de fond en comble la monarchie, et d'en partager les dépouilles avec les complices de sa rébellion; et ce fut sur-tout après la mort de son père que ces funestes projets éclatèrent dans toute leur violence. Vainqueur des Liégeois que le roi avoit abandonnés par une politique aussi fausse que perfide (car cet esprit si rusé et si perçant commit quelquefois les fautes les plus impardonnables), Charles, devenu duc de Bourgogne, renoua toutes ses anciennes liaisons, reprit avec plus d'activité que jamais la suite de ses projets, et retrouva ses alliés naturels dans les mêmes dispositions. Plusieurs ont pensé que cette animosité furieuse et continuelle, que la mort seule put éteindre, prenoit sa source dans l'opposition des caractères, dans une antipathie naturelle qui, dès qu'ils s'étoient connus, avoit éclaté entre Louis et le comte de Charolois; mais, nous le répétons, il faut pénétrer plus avant et chercher la cause de cette guerre d'extermination dans la constitution même de l'état. Un vassal assez puissant pour lever cent mille hommes, et dont les états étoient aussi vastes et aussi florissants que ceux de son seigneur, ne pouvoit plus supporter l'humiliation et les servitudes qu'entraînoit avec elle la féodalité. Il falloit ou qu'il fût subjugué par le suzerain, ou que, secouant le joug de son autorité, il le mît dans une position à ne pouvoir plus réclamer ses anciennes prérogatives. C'étoit uniquement pour parvenir à ce but que Jean-sans-Peur avoit bouleversé la France ; Philippe-le-Bon, plus modéré que lui, n'en avoit pas moins imposé à son souverain les conditions les plus humiliantes ; un caractère tel que celui de Charles-le-Téméraire devoit pousser les choses aux dernières extrémités.

Le simple récit des faits le prouve plus que toutes les réflexions ; et si nous jetons un coup-d'œil rapide sur la suite de ce règne dont les conséquences politiques furent si heureuses pour notre patrie, nous voyons cette guerre des vassaux contre leur seigneur se rallumer de nouveau chaque fois que l'occasion en semble favorable, et le roi de France pressé sans cesse entre le duc de Bretagne, le duc de Bourgogne et le roi d'Angleterre, résister avec d'autant plus de peine à ces trois ennemis, que, pour combler ses embarras, les brouillons et les séditieux, dont la France étoit infestée, trouvoient, dans sa propre famille, un chef qui les soutenoit dans leurs continuelles rébellions. On peut dire que sa vie fut un combat continuel ; on le voit placé au centre de tant d'ennemis, étudiant tous leurs mouvements, profitant de toutes leurs fautes, sachant exciter leurs passions lorsqu'elles pouvoient les aveugler sur leurs intérêts, corrompant leurs ministres, sur-tout leur suscitant à propos des adversaires qui, par d'utiles diversions, ne combattoient en quelque sorte que pour lui. Aussi habile à réparer ses fautes qu'à profiter de celles qu'il leur faisoit commettre, lorsque la fatale et imprudente

1468. entrevue de Péronne (1) l'eut livré en quelque sorte à la discrétion du duc de Bourgogne, et forcé à signer le plus déshonorant des traités, ce ne fut point à force ouverte qu'il tenta de rompre une convention qu'il étoit bien résolu de ne pas tenir ; mais se renfermant dans la dissimulation la plus profonde, il parut d'abord disposé à en exécuter toutes les clauses, et ne commença à élever des difficultés pour attaquer ensuite le traité tout entier que lorsque ses intrigues politiques eurent préparé au

1470. milieu de l'Angleterre des troubles (2) qui, changeant tout à coup les

---

(1) Louis XI, en même temps qu'il appuyoit la révolte des Liégeois, eut l'imprudence de se livrer au duc de Bourgogne, en le venant trouver à Péronne. Charles, qui apprit les intelligences du roi avec les Liégeois, le retint prisonnier proche de cette même tour où Charles-le-Simple avoit fini sa vie ; il hésita même s'il ne porteroit pas la vengeance plus loin ; enfin il le força à conclure avec lui un traité qui lui fut fort avantageux, et à l'accompagner au siège de Liège, contre ces mêmes peuples qu'il avoit lui-même excités à prendre les armes. Il assista à la prise de cette ville. (HÉNAULT.)

(2) Il produisit cet heureux changement en profitant des divisions qui s'étoient élevées entre le comte de Warwick et le roi Édouard, que ce grand capitaine avoit mis sur le trône, après en avoir précipité

intérêts de cette nation, rendirent l'allié de la France un cabinet jusque-là l'auxiliaire du duc de Bourgogne. Attentif à diviser ses ennemis, non seulement par leurs intérêts, mais encore par leur position, il avoit persuadé à son frère de recevoir pour apanage (1), au lieu de la Brie et de la Champagne qu'il lui avoit d'abord promises et qui l'auroient trop rapproché du duc de Bourgogne, la Guienne, située à l'autre extrémité de la France; et ce fut en corrompant le favori de ce prince qu'il parvint à lui faire accepter cet échange désavantageux. Aussi lent dans ses négociations astucieuses que prompt à agir lorsque la situation des choses demandoit un mouvement rapide et décisif, tandis que le duc de Warwick, d'accord avec lui, opéroit à Londres cette révolution qui alloit lui procurer de si grands avantages, il amusoit d'un côté le duc de Bourgogne par des promesses vagues, par une feinte modération, de l'autre châtioit d'une manière aussi prompte que terrible les ducs d'Armagnac et de Nemours qui s'étoient de nouveau révoltés, et frappoit d'épouvante le duc de Bretagne, en se montrant toujours prêt à fondre sur lui, s'il osoit tramer de nouveaux complots. C'étoit ainsi qu'il attendoit le grand évènement d'Angleterre : aussitôt qu'il est consommé, Louis lève le masque; le duc de Bourgogne est déclaré criminel de lèse-majesté; il le fait ajourner au parlement de Paris et entre à main 1471. armée dans ses états. Jamais succès ne furent plus brillants et plus décisifs, parceque jamais conduite n'avoit été plus active et plus prévoyante; mais la fortune et la trahison ne permirent pas au roi d'en recueillir tous les fruits. La cour de Guienne étoit devenue le centre de toutes les intrigues que tramoit de nouveau contre lui cette foule de vassaux subalternes frémissants sous le joug qu'il les forçoit à porter; et dans leurs projets assez habilement concertés, projets dont le frère de Louis étoit l'aveugle instrument, ils ne servoient le roi dans cette guerre contre le duc de Bourgogne que pour forcer celui-ci à contracter avec le jeune prince une alliance qui

---

Charles VI. Marguerite d'Anjou, veuve du roi détrôné, étoit alors réfugiée en France avec le jeune prince de Galles son fils : peu de temps après Warwick, qui s'étoit brouillé avec Édouard, y arriva aussi en fugitif, et Louis XI, profitant avec la plus grande habileté du malheur commun de deux ennemis qui sembloient devoir être à jamais irréconciliables, rendit leurs intérêts inséparables par le mariage politique du prince de Galles avec une des filles de Warwick. Celui-ci repassa aussitôt en Angleterre, où il battit Édouard, le renversa du trône, et y fit remonter Henri VI, qu'on tira de la prison où il étoit renfermé. Cette révolution ne fut pas malheureusement de longue durée.

(1) Cet échange fut fait en 1469.

eût porté à la monarchie le coup le plus mortel (1); de manière que, plus
la situation de Charles devenoit fâcheuse, plus il étoit à-craindre qu'il ne
prît un parti qui, à l'instant, auroit produit la défection de tous les grands
du royaume, et réduit le roi lui-même aux plus fâcheuses extrémités. Louis
ignoroit cette ténébreuse intrigue, et ce fut le duc de Bourgogne lui-même qui
la lui dévoila, parceque l'alliance proposée ne lui convenoit pas, et qu'il voyoit
dans cet aveu un moyen sûr d'obtenir du roi une paix dont il avoit besoin.
Arrêté dans ses succès par cette fatale nouvelle, forcé d'accorder à son ennemi une trève, dont personne ne pouvoit deviner les motifs secrets, et qui
indisposa la France entière contre lui (2), ce prince, qui venoit d'échapper
à peine à la plus odieuse trahison, eut bientôt à combattre, dans les évènements mêmes, des dangers bien plus pressants. Une révolution plus rapide
encore que celle qui l'avoit si bien servi écrasa en Angleterre le parti de Warwick, rétablit sur le trône Édouard qu'il en avoit précipité, et ranima avec
plus de force que jamais la ligue des grands vassaux. Dans les négociations qui
s'entamèrent alors entre le roi d'Angleterre, les ducs de Bourgogne et de
Bretagne, il ne s'agissoit de rien moins que de démembrer la France, et d'en
faire entre eux le partage ; et pour que rien ne s'opposât au succès de leur
ligue nouvelle, ils maintenoient le duc de Guienne dans sa révolte, en lui
donnant de nouveau l'espoir de cette alliance qui faisoit l'objet de tous ses
vœux, et que le Bourguignon étoit bien décidé à ne jamais conclure. Ce
fut alors que Charles, déclaré peu de temps auparavant criminel de lèse-
majesté, se déclara à son tour quitte de tout devoir de vassal envers le roi.
Celui-ci, incapable de résister par la force à une ligue aussi formidable,
appelle la ruse à son secours : le duc de Bourgogne se laisse tromper encore

---

(1) Le duc de Guienne, sans la participation du roi, et pour se fortifier contre lui, pressoit le duc de
Bourgogne de lui donner en mariage sa fille unique ; il étoit secondé dans cette demande par le connétable
de Saint-Pol, à qui la guerre étoit nécessaire pour maintenir son crédit, ainsi qu'au duc de Bretagne,
qui prévoyoit que le roi ne chercheroit qu'à les abattre quand il n'auroit plus d'affaires avec le duc de
Bourgogne. (HÉNAULT.)

(2) Cette trève déplut également et à ses sujets fidèles et à ceux qui ne lui témoignoient de l'attachement que pour le trahir. Les Parisiens affichèrent des placards, où ils se déchaînèrent sans ménagement
contre les conseillers du roi : le duc de Bretagne, ne pouvant cacher le mépris que lui inspiroit la conduite
de Louis, l'appeloit hautement *le roi couard*. Le duc de Bourgogne étoit le seul qui lui rendit intérieurement justice, parcequ'il se sentoit encore plus humilié que le roi d'avoir été dans la nécessité de lui faire
de semblables aveux.

1472. dans une négociation où Louis lui offroit d'acheter la paix, en lui abandonnant des villes (1) qu'il réclamoit depuis long-temps, et dont le siège
eût été lent et douteux ; mais de même qu'il étoit bien résolu à ne pas
exécuter cette convention, son ennemi, non moins perfide que lui, l'étoit
également à continuer la guerre, aussitôt que cette proie lui auroit été
livrée. Tandis que le roi gagne ainsi du temps, le duc de Guienne
meurt, empoisonné par deux de ses domestiques (2). Cette mort, arrivée
si à propos pour les intérêts de Louis, élève contre lui les plus affreux
soupçons ; et quoiqu'il n'y ait à ce sujet rien de positif, ni même qui offre
des probabilités suffisantes, c'est cependant un argument fâcheux contre
le caractère de ce prince, qu'on ait pu un seul instant le soupçonner d'un
crime aussi atroce. Quoi qu'il en soit, la Guienne est aussitôt soumise,
et le foyer de révolte intérieure, sinon éteint, du moins assoupi. Le combat
1473. s'engage alors entre le roi et son terrible vassal ; et tel étoit l'état des
choses, que le duc de Bourgogne pouvoit à lui seul balancer les forces de
la monarchie ; car le duc de Bretagne, incapable d'opposer par lui-même
une utile résistance, forcé de se soumettre chaque fois que les troupes
royales entroient dans ses états, ce qui arriva deux fois encore dans cette
lutte nouvelle, ne se soutenoit que par les diversions qu'opéroit son puissant allié. La guerre se fit d'abord avec des succès divers, ensuite avec
des succès marqués pour le roi ; mais il étoit arrêté que les trahisons
continuelles des grands viendroient sans cesse lui arracher le fruit de ses
victoires. Tandis qu'il battoit le duc de Bourgogne, un prince du sang,
le duc d'Alençon, traitoit avec cet ennemi du roi et de la France pour lui
livrer ses places fortes dans le Maine et dans la Normandie ; le comte
d'Armagnac se révoltoit de nouveau à l'autre extrémité du royaume ; et le
duc de Lorraine se déclaroit ouvertement pour le Bourguignon. D'autres
1474. soins se mêloient encore à des embarras aussi cruels (3), de manière que

---

(1) Les villes de Saint-Quentin, d'Amiens, de Roye et de Montdidier, rachetées par Louis XI à
Philippe-le-Bon.

(2) L'un des deux étoit un moine bénédictin, abbé de Saint-Jean-d'Angéli, nommé Jean Faure de
Vercors ou Versois ; l'autre se nommoit Henri de La Roche, et étoit écuyer de la bouche du duc. Ils
l'empoisonnèrent, dit-on, par le moyen d'une pêche préparée, avec la dame de Monsoreau sa maîtresse.
Celle-ci mourut le jour même ; le jeune prince languit encore quelque temps.

(3) Il trompoit alors le roi d'Aragon par de feintes démonstrations d'amitié, tandis qu'il faisoit entrer
une armée dans le Roussillon, dont il s'empara.

Louis, dont l'activité avoit su prévenir la réunion des forces de ses ennemis, et qui, par des mesures si bien concertées, se voyoit sur le point d'humilier, de subjuguer peut-être son vassal, se vit contraint de demander une trève désavantageuse, que celui-ci n'eut garde de refuser, puisqu'en le tirant d'une situation périlleuse, elle lui fournissoit les moyens de porter à ce prince des coups plus certains. Il falloit du temps pour qu'Édouard, rétabli sur le trône par une révolution, pût agir de concert avec lui; et d'ailleurs son insatiable ambition lui suggéroit des projets qu'il croyoit devoir exécuter sur-le-champ, et qui demandoient qu'il fût tranquille du côté de la France. Il ne s'agissoit de rien moins que de s'emparer de la Lorraine, de faire ériger son duché en royaume, et de devenir, par une alliance avec la maison d'Autriche, vicaire de l'empire et souverain indépendant; mais il avoit affaire à un ennemi dont l'œil étoit fixé sans cesse sur toutes ses démarches. Louis XI, tandis qu'il exerçoit sur ses vassaux rebelles les plus terribles châtiments, déconcertoit les projets de Charles sur la Lorraine, et semoit entre l'empereur et lui des méfiances qui renversèrent également ceux qu'il avoit formés pour l'indépendance et la royauté.

Ce fut cette ambition désordonnée de Charles-le-Téméraire qui sauva Louis; car, quelles que fussent les ressources que lui fournissoient son génie et son expérience, si un parfait concert se fût établi entre tant d'ennemis (1) qui se préparoient à l'attaquer, il étoit impossible que ce prince, échappé déjà à de si grands dangers, n'y succombât pas cette dernière fois, et tout sembloit préparé pour son entière destruction. Mais tandis qu'Édouard, sur la foi du traité qui le lioit au duc de Bourgogne,

---

(1) Outre les forces combinées du roi d'Angleterre et de ses deux puissants vassaux, il avoit encore à redouter le connétable de Saint-Pol, à qui sa charge, sa naissance, sa fortune et ses talents donnoient un grand crédit parmi la noblesse; le duc de Bourbon, mécontent de la cour, ami et allié de la maison de Bourgogne; le roi René, comte de Provence, lequel imputant à Louis ses pertes et ses malheurs, avoit déjà conçu le dessein d'instituer Charles son héritier; le duc de Nemours, irrité de son humiliation et de la mort encore récente du comte d'Armagnac, chef de sa maison; la duchesse de Savoie, la propre sœur de Louis, que l'espérance de marier son fils à l'héritière de Bourgogne avoit mise dans les intérêts de Charles, et qui avoit entraîné dans le même parti son allié le duc de Milan; le roi de Naples, dont le fils étoit à la cour de Bourgogne; le roi d'Aragon et le prince Ferdinand son fils, alors en guerre ouverte contre la France. (*Histoire de France*, VILLARET.)

rassembloit contre la France une armée formidable, celui-ci soulevoit imprudemment tout l'empire contre lui, par cette passion qu'il avoit d'agrandir ses états, consumoit ses troupes au siège d'une ville, et fournissoit ainsi au roi les moyens de lui susciter tous ses voisins pour ennemis.

1475. On peut dire que ce prince se surpassa lui-même en cette circonstance, par la sagesse, la prévoyance et l'activité qui dirigèrent toutes ses démarches. Édouard n'étoit pas encore embarqué, que Charles, forcé de combattre à la fois les Suisses, que Louis tira le premier de leur obscurité pour les armer contre lui; le duc de Lorraine, qui l'attaqua sur-le-champ, parcequ'il craignoit d'en être attaqué; le roi lui-même, qui fit une irruption subite dans l'Artois, où il ne trouva aucune résistance, se vit dans la nécessité de lever le siège qu'il s'étoit obstiné à faire, après qu'une partie de son armée eut été taillée en pièce par les généraux du roi, et réduit ensuite à la honte de paroître sans ressources et sans soldats devant un allié qui ne venoit sur le continent que dans l'espoir d'être soutenu par toutes ses forces. On put voir dans cette circonstance quel est le vice radical de ces associations qu'un intérêt commun semble avoir formé, et que traversent en effet mille passions particulières. Édouard avoit compté sur Charles; Charles comptoit à son tour sur le connétable de Saint-Pol, qui, toujours mêlé à toutes les intrigues qui s'ourdissoient contre le roi, toujours dévoré de l'ambition de se faire aussi une souveraineté indépendante, avoit promis aux alliés de leur livrer la place importante de Saint-Quentin. Des intérêts étrangers à la ligue empêchoient Charles de tenir sa parole; une méfiance qui prenoit aussi sa source dans l'intérêt personnel détourna également le connétable de tenir la sienne. Le premier, ne pouvant soutenir les reproches d'Édouard, l'abandonna brusquement pour aller tirer vengeance du duc de Lorraine, qui continuoit à lui faire la guerre; le second, sommé de rendre la place qu'il avoit promise, soit qu'il ne s'attendît pas à recevoir sitôt une semblable sommation, soit que, dans la situation des choses, il n'y vît pas de sûretés suffisantes pour lui, fit tirer le canon sur les Anglais lorsqu'ils s'approchèrent des murailles. Cependant le roi, qui déjà recueilloit les fruits d'une division excitée par ses manœuvres, semoit la corruption dans le cabinet d'Édouard pour en obtenir une trève, qu'on peut regarder comme un des chefs-d'œuvre de sa politique artificieuse. Dans les embarras où il étoit réduit, Charles se vit forcé d'y accéder, en frémissant

de rage; et le connétable, qui vouloit y mettre obstacle, devenu également odieux et suspect à tous les partis qu'il avoit trahis tour à tour, fut
enfin livré au roi par le duc lui-même, et reçut, sur un échafaud, la juste
récompense de ses perfidies et de sa folle ambition.

1476.   Le reste de la conduite de Louis jusqu'à la fin tragique de Charles-le-
Téméraire n'offre ni moins de prudence ni moins d'habileté. Le caractère
de son ennemi lui étoit connu; il avoit déjà été si heureusement servi par
les passions violentes de ce malheureux prince, qu'il ne vit rien de mieux
à faire que de s'en remettre à elles du soin de le perdre sans retour. Ce fut
donc avec une joie secrète qu'il le vit, aussitôt que la trève eut été signée,
rentrer à main armée dans la Lorraine, et s'en rendre entièrement possesseur. Loin de le troubler dans une si rapide conquête, il lui en eût plutôt
aplani les chemins, bien sûr qu'une conduite aussi extravagante alloit
exciter contre lui les plus horribles tempêtes. On sait quel en fut le résultat:
Charles, aveuglé par le succès, prenant pour de la timidité les artifices
de son ennemi, attaque les Suisses, qui le battent complètement à la
journée de Granson. A la nouvelle de cet évènement, Louis, loin de
rompre la trève conclue avec le duc, consent à la prolonger, pour le
perdre plus sûrement, et lui suscite un ennemi nouveau dans la personne
de René, duc de Lorraine, qu'il envoie secrètement se joindre à l'armée
des Suisses. Aidé de cette brave nation, ce jeune prince attaque le duc de
Bourgogne, écrase son armée, et se remet en possession de la Lorraine plus promptement encore qu'elle ne lui avoit été enlevée. L'impé
tueux Charles se livre aux plus violentes fureurs lorsqu'il apprend que
Nanci a ouvert ses portes au vainqueur; il revient avec une sorte de
désespoir sous les murs de cette ville, dont il s'obstine à faire le siège,
malgré l'état de foiblesse et de délabrement où son armée étoit réduite.
Attaqué pour la troisième fois, dans une si triste position par le duc
de Lorraine et les Suisses réunis, la trahison d'un partisan italien nommé
Campobasse lui fait perdre à la fois la bataille et la vie. Cet évènement
mémorable arriva le 5 janvier 1477.

On peut regarder la mort tragique de ce prince insensé comme le dernier coup porté au régime féodal. Dès ce moment l'équilibre fut rompu
entre le pouvoir monarchique et cette puissance monstrueuse; Charles
n'ayant point laissé d'héritiers mâles, la Bourgogne revint au domaine de

la couronne , et le roi de France entouré désormais de vassaux trop foibles
et trop divisés pour pouvoir lui causer de sérieuses inquiétudes, devenu
à peu près le seul maître dans un grand empire , dont toutes les parties
s'unissoient plus fortement de jour en jour , put à la fois assurer la paix
de l'intérieur , et agir avec plus de vigueur dans ses rapports politiques et
militaires avec les états voisins.

Toutefois les vues ambitieuses de Louis ne s'arrêtoient pas à la simple
possession de la Bourgogne ; la Picardie, l'Artois, tous les états de
l'héritière de Charles , lui faisoient envie ; et leur réunion à la France en
auroit fait sans doute la monarchie la plus puissante de l'Europe. Une
alliance sembloit être le moyen le plus simple et le plus naturel pour y
parvenir , soit qu'on fît épouser la jeune princesse au dauphin, soit qu'on
la mariât au comte d'Angoulême , prince du sang. Le premier parti parut
impraticable à Louis , peut-être même impolitique (1) ; le second déplai-
soit à son caractère ombrageux : il craiguoit, en agrandissant un prince
de la maison de France , de ressusciter les droits et les prétentions des ducs
de Bourgogne. Il y avoit bien sans doute à cela quelque danger ; toutefois
le projet auquel il s'arrêta, de s'emparer par la force des provinces que
Marie tenoit de la couronne, et même de pousser plus loin ses conquêtes
dans les domaines de cette princesse , étoit encore plus mauvais. Car à
peine eut-il manifesté ces intentions hostiles , que les Flamands , qui
redoutoient par-dessus tout de tomber sous sa domination, entamèrent
avec l'empereur une négociation, dont le résultat fut le mariage de leur
souveraine avec l'archiduc Maximilien , mariage qui mit la maison
d'Autriche en possession de l'héritage de Bourgogne, devint la base de la
puissance où s'éleva depuis Charles-Quint, et l'origine des querelles qui,
pendant deux siècles, ont coûté tant de sang à la France, traversé les
mesures, comprimé les forces, et arrêté tous les progrès des successeurs de
Louis XI.

---

(1) Une telle alliance ne pouvoit se faire que par un traité qui auroit conservé à Marie tous ses droits.
Or, la jeune princesse étoit nubile , le dauphin n'étoit encore qu'un enfant ; et si le mariage n'eût pu
être consommé du vivant du roi, ce qui étoit très vraisemblable ; si, après sa mort, des intrigues de cour
et des cabales presque inséparables d'une minorité eussent fait rompre des nœuds mal assortis ; enfin si
la princesse , se retirant dans ses états , eût fait choix d'un autre époux , la France perdoit une occasion
unique de recouvrer une partie de cette riche succession. (Villaret.)

Cependant on ne peut nier que, dans ce plan conçu par une politique plus astucieuse que raisonnable, ce prince n'ait déployé une adresse et des talents extraordinaires. S'il ne réussit pas à dépouiller entièrement Marie, il parvint du moins à s'assurer la jouissance tranquille de la Bourgogne, qui lui appartenoit légitimement, et acquit la possession éventuelle de l'Artois et de la Picardie. Ces conquêtes qui furent le résultat d'une guerre longue et acharnée qu'il lui fallut soutenir contre Maximilien ; ses négociations adroites avec le roi d'Angleterre, qu'il sut toujours empêcher de se réunir à ses ennemis ; les intrigues qui consommèrent la réunion à la France de la Provence et de l'Anjou ; dans l'intérieur une administration aussi sage que vigoureuse, remplirent les dernières années de la vie de Louis XI, qui mourut au château du Plessis-lès-Tours le 3o août 1483, un mois après avoir fiancé le dauphin avec Marguerite, fille de Marie, espérant par ce mariage assurer à la France la possession de l'Artois, que ses armes avoient déjà conquis.

Paris jouit sous ce règne d'une tranquillité qu'il n'a jamais goûtée que lorsqu'il est resté fidèle à ses souverains légitimes. Depuis la guerre du bien public ses murs n'étoient plus menacés par des armées ennemies ; les factions étoient éteintes, et chacun jouissoit avec délices d'une paix qui ne fut momentanément troublée que par quelques uns de ces évènements que, dans certaines circonstances, sont au-dessus de toute prévoyance humaine. On a déjà pu remarquer que dans ces temps d'une police imparfaite (1) les maladies épidémiques étoient beaucoup plus fréquentes que de nos jours, où le soin que l'on donne à l'entretien de la propreté des rues maintient dans l'air une salubrité suffisante pour la santé des citoyens. En 1466 Paris fut affligé d'un fléau de ce genre, que la superstition attribua à l'apparition d'une comète, mais dont la véritable cause fut une pluie continuelle, suivie tout à coup d'excessives chaleurs. Cette peste emporta dans l'espace de deux mois plus de quarante mille habitants de cette grande cité, et ne commença que vers l'automne à ralentir son activité meurtrière (2). Une catastrophe si remarquable en

---

(1) Voyez tome 1ᵉʳ, page 188.

(2) Dix ans après cet évènement, les inconvénients de la malpropreté des rues devinrent si graves, que, par un arrêt du parlement, il fut arrêté que Paris seroit nettoyé, et que tous les habitants contribueroient aux frais de cette opération, privilégiés ou non.

elle-même le devint encore davantage par le moyen bizarre et condamnable que Louis XI employa pour réparer la population sensiblement diminuée de sa capitale. Ce fut d'ouvrir un asile à toutes sortes de personnes indistinctement : gens perdus de dettes, notés d'infamie, chargés de crimes, voleurs, assassins ; les criminels de lèse-majesté furent seuls exceptés. Un historien observe avec raison que depuis la fondation de Rome on n'avoit rien imaginé de pareil, et qu'une si honteuse association apportoit dans la ville une peste morale pire que le fléau physique qui l'avoit ravagée. On ignore du reste quel fut le résultat de cette étrange opération ; mais ces calamités dont Paris avoit été affligé dans les premières années de ce règne se renouvelèrent encore peu de temps avant la mort du roi (1). Une famine affreuse désola le royaume entier, et sur-tout l'Ile-de-France ; la misère fut telle que l'on vit les habitants des campagnes, chassés par la faim de leurs tristes demeures, se précipiter en foule dans la capitale pour y chercher une subsistance qu'on ne pouvoit que difficilement leur procurer. Ils arrivoient, extenués par une longue abstinence, traînant avec eux leurs familles mourantes ; les hôpitaux pouvoient à peine les contenir ; presque tous y périrent, et leur séjour fut sur-tout funeste aux Parisiens, parcequ'à la famine succéda une fièvre ardente qui s'étendit sur la ville entière et moissonna de nouveau un grand nombre de ses habitants (2). Du reste, dans l'espace de vingt-deux années que régna Louis XI, les historiens de Paris ne racontent presque plus rien d'important de cette capitale. Les fêtes politiques données aux ambassadeurs d'Aragon ; l'arrivée du roi de Portugal, et la réception très peu royale (3) qui lui fut faite ; quelques autres fêtes données à l'occasion des évènements les plus importants de ce règne ; la revue militaire que le roi voulut faire des parisiens (4), dans un voyage qu'il fit dans leur ville, car on sait qu'il n'en fit jamais son séjour habituel ; quelques fondations, telles que celles des écoles de médecine, du couvent de l'*Ave-Maria*, etc.,

---

(1) En 1483.

(2) Parmi ces victimes, on compte un grand nombre de personnes illustres, entre autres les archevêques de Narbonne et de Bourges ; l'évêque de Lisieux ; Jeanne de France, sœur du roi, et femme de Jean, duc de Bourbon ; Gaucourt, gouverneur de Paris ; Jean Le Boulanger, premier président du parlement, etc.

(3) Voyez page 200.

(4) Dans cette revue, faite en 1467, aux environs de Conflans, il se trouva que cette ville pouvoit fournir quatre-vingt mille hommes, dont plus de la moitié étoient bien armés, et en état de servir.

tels sont les petits évènements dont ils nous entretiennent; mais tous ont appelé l'attention sur les terribles exécutions du duc de Nemours et du connétable de Saint-Pol, dont Paris offrit le lugubre spectacle. Nous avons déjà dit que le premier fut décapité aux halles (1). L'autre avoit eu la tête tranchée long-temps auparavant sur la place de Grève. Cette punition de deux coupables convaincus juridiquement du plus grand crime qu'un sujet puisse commettre, et condamnés par un tribunal légitime et jugeant suivant les lois de l'état, excita sans doute cette compassion que les grandes infortunes font toujours naître parmi le vulgaire; mais elle étoit juste, nécessaire, et ne fut appelée tyrannique et cruelle que par des factieux qui auroient désiré pour eux-mêmes l'impunité.

L'imprimerie, inventée en Allemagne dans le courant de ce siècle, fut apportée à Paris sous le règne de Louis XI; mais nous nous réservons d'en donner l'histoire lorsque nous traiterons de celle de l'université.

Louis XI doit-il être compté au nombre des tyrans, et partager l'exécration que méritent ces ennemis des hommes, quels que soient d'ailleurs l'éclat et le bonheur de leurs entreprises, les prestiges dont la flatterie les a environnés, les grandes choses même qu'ils ont pu exécuter? Sur une semblable question dont l'intérêt et l'importance demanderoient de longs développements, nous ne pouvons qu'offrir des vues rapides comme l'exposé que nous avons fait de la vie de ce prince. Dans cette vie si agitée, si remplie d'évènements, la première chose qui frappe un esprit droit et dépouillé de toutes préventions, c'est la situation vraiment déplorable d'un roi qui, de quelque côté qu'il tourne ses regards, ne voit que des ennemis acharnés à sa perte. Sur ses frontières, des voisins puissants le combattent sans relâche, non pour l'appât de quelques provinces, ou pour venger quelques injures passagères, mais pour le précipiter d'un trône dont l'existence les inquiète sur leur propre salut; et cette terreur dont ils sont frappés réunit d'abord leurs intérêts divers dans un seul intérêt, et donne à leurs attaques un concert et une vigueur qui semblent lui ôter toute espérance de salut. Dans des périls aussi imminents, qui menacent à la fois et sa personne et la société entière dont la providence lui a confié les destinées, il oppose tour

(1) Voyez page 238.

à tour la ruse et la force aux violences et aux perfidies; à des négociations insidieuses, il répond par des traités frauduleux; il trahit les secrets qu'il a su arracher; il flatte toutes les passions; aveugle ceux qu'il veut perdre, corrompt ceux qu'il veut s'attacher. Prodige de dissimulation, il sait feindre tous les sentiments : le calme et l'assurance, lorsqu'il est dévoré d'inquiétudes et d'alarmes, la foiblesse et la peur, lorsqu'il est prêt à porter les coups les plus terribles et les plus imprévus; enfin il ne répugne à aucuns moyens, dès qu'ils peuvent le mener à son but qui est de perdre ceux qui cherchent également sa perte par tous les moyens possibles; car le simple récit des faits prouve qu'avec moins d'habileté, ses adversaires n'étoient ni moins dissimulés ni moins fourbes que lui. Certes, il sera difficile, quel que soit le courage d'un tel prince, sa prudence, son activité, la supériorité de ses vues, de le présenter comme un héros, comme un caractère noble et généreux. Une politique aussi perverse ne pourra se faire estimer, parcequ'il est faux, quoi qu'on en ait dit, que ceux qui gouvernent les hommes soient dispensés de suivre les lois de la probité; et si d'absurdes déclamateurs ont prétendu, dans leurs vains systèmes, que la morale étoit souvent incompatible avec le salut des empires, nous avons aujourd'hui des exemples éclatants qui prouveront à jamais à la postérité que ce machiavélisme infâme en amène tôt ou tard la ruine et le déshonneur. Mais quelque odieux que soient de tels principes, il seroit injuste et même déraisonnable de considérer comme une tyrannie l'usage que Louis XI en a pu faire dans le cas de la défense la plus légitime; et l'on n'est point un tyran pour chercher à détruire des ennemis qui nous attaquent à main armée. Si nous examinons ensuite ce prince dans l'intérieur de ses états, nous l'y voyons entouré d'ennemis plus dangereux peut-être et sur-tout plus coupables. Ils ne cessent de tramer contre lui d'indignes complots; ces trames mystérieuses se rattachent aux desseins funestes des ennemis du dehors, et parmi ces traîtres on compte des hommes qu'il a tirés de la poussière pour les combler de bienfaits, pour les élever aux dignités les plus éminentes; des ingrats à qui il a déjà plusieurs fois pardonné; des perfides qu'il honore de sa confiance la plus intime. Il fait éclater sa colère contre ces hommes pervers; il les livre à toute la sévérité des lois; ils ne sont condamnés qu'après avoir été convaincus devant des tribunaux légalement institués, et subissent le juste supplice qu'ils ont mérité : où donc est la tyrannie ? On a cité avec une indignation exagérée ces cages de fer, dans lesquelles des prisonniers languirent pendant de longues années; mais il n'est point prouvé que Louis XI ait fait subir une semblable peine à des innocents; et personne n'ignore que le cardinal Balue et l'évêque de Verdun, d'Haraucourt, qui y furent si long-temps renfermés, et qui du reste étoient eux-mêmes les inventeurs de ces affreux cachots, méritoient la mort la plus honteuse et la plus cruelle, pour avoir trahi le prince et l'état. Son caractère ombrageux, qu'aigrissoient encore les trahisons continuelles dont il étoit environné, lui fit commettre quelques injustices envers de fidèles serviteurs : mais quel est le souverain, même le meilleur, dont la vie n'offre pas quelques unes de ces foiblesses ? Lui reprochera-t-on l'augmentation des impôts, lorsqu'on le voit employer l'argent qu'il tire de ses peuples à assurer leur tranquillité, en achevant d'organiser les armées créées par son père, à consolider d'utiles traités, à faire fleurir le commerce et l'agriculture, enfin à améliorer toutes les parties de l'administration ? A quelle époque les cours souveraines purent-elles user avec moins de danger du droit de remontrances et même d'opposition aux volontés du prince (1) ? Enfin si sous Louis XI les peuples furent heureux et tranquilles, les lois respectées, la religion florissante; si l'on ne peut lui reprocher d'avoir maintenu, au prix du sang des hommes, une autorité qui ne lui appartenoit pas, doit-on l'accuser de tyrannie, parcequ'il réduisit sous un joug salutaire, et rendit ainsi utiles à l'état des nobles factieux qui depuis tant de siècles en étoient les véritables tyrans (2) ?

---

(1) En 1467, Jean de Saint-Romain, procureur-général du parlement de Paris, étant seul en la cour, osa s'opposer à l'enregistrement des lettres qui abrogeoient la pragmatique sanction, et reprocher hautement à l'évêque d'Évreux, qui conduisoit cette intrigue, qu'il trahissoit le prince et l'état. Cette hardiesse, loin de lui nuire, ne fit qu'accroître l'estime que le roi avoit conçue pour ce magistrat, et le parlement entier approuva sa conduite. En 1483, l'année même de la mort de Louis XI, Jacques de La Vacquerie, premier président, ayant reçu des édits qu'il jugeoit contraires au bien de l'état, se présenta devant lui à la tête d'une députation de cette cour souveraine. Le roi, surpris de leur arrivée, leur ayant demandé ce qu'ils vouloient : *la perte de nos charges ou même la mort*, répondit La Vacquerie, *plutôt que d'offenser nos consciences*. Ce prince, admirant une si généreuse réponse, retira ses édits.

(2) Nous ne prétendons point justifier les violences exercées au Plessis pendant les deux dernières années de son règne; mais nous soutenons qu'il ne faut point juger la vie entière d'un roi sur ces actes d'un esprit malade et même aliéné par tant de trahisons dont il n'a pas cessé un seul instant d'être environné.

ORIGINE DU QUARTIER SAINT-MARTIN.

Avant Philippe-Auguste, tout le terrain que comprend ce quartier étoit en bourgs et en cultures ; et il n'y avoit de renfermé dans l'enceinte de la ville que l'église et le cloître de Saint-Merri. La porte de cette première enceinte, que l'on croit avoir été bâtie sous les derniers rois de la seconde race, étoit située un peu au-delà de cette collégiale ; et il en subsistoit encore quelques vestiges au quinzième siècle sous le nom de l'*archet Saint-Merri*. Les anciennes chroniques rapportent qu'elle fut donnée par Dagobert à l'abbaye de Saint-Denis ; et nous avons déjà dit que dans les comptes que Suger, abbé de ce monastère, et régent du royaume pendant l'absence de Louis-le-Jeune, nous a laissés de son administration, il nous apprend que cette porte, dont les droits d'entrées n'avoient jusque-là produit au trésor que 12 livres par an, rapportèrent depuis, par ses soins, jusqu'à 5o liv. Suivant Raoul de Presle, on voyoit encore, sous le règne de Charles V, un des jambages de cette porte.

Les nouvelles murailles élevées par Philippe traversèrent l'endroit où est maintenant la rue Grenier-Saint-Lazare, renfermant ainsi dans cette partie de leur circonférence tout cet amas de maisons bâties dans le onzième siècle, et que l'on connoissoit sous le nom de *Beaubourg*. L'abbaye de Saint-Martin-des-Champs, qui depuis donna son nom au quartier, étoit toujours hors de la ville.

Elle y fut renfermée dans le quatorzième siècle, lors de l'enceinte élevée sous Charles V et Charles VI ; alors les vides qui séparoient les bourgs et les diverses cultures de l'enceinte précédente se trouvoient couverts d'édifices, et la rue Saint-Martin se prolongeoit hors des murs, par-delà l'abbaye.

Sous les règnes suivants, jusqu'à celui de Louis XIII, la nouvelle rue qui commença à se former en dehors de la dernière enceinte resta isolée au milieu des champs, et l'on ne voit pas, dans les anciens plans, qu'elle se soit étendue au-delà de l'église Saint-Laurent. Sous Louis XIV elle commença, de même que la rue du faubourg Saint-Denis, à être coupée de rues transversales, c'est-à-dire que des chemins qui existoient déjà depuis long-temps furent par gradation couverts de maisons, ce qui se continua sous les deux règnes suivants, pendant lesquels ce quartier parvint enfin à cette grande étendue qu'il présente aujourd'hui (1).

---

(1) L'ancienne porte Saint-Martin, dont nous donnons ici une vue gravée d'après le plan en tapisserie exécuté sous le règne de Charles IX, étoit située au coin de la rue Grenier-Saint-Lazare.

Ancienne Porte Saint Martin.

~~~~~~

L'ÉGLISE COLLÉGIALE ET PAROISSIALE

DE SAINT-MERRI.

———

CETTE église a été bâtie sur la place qu'occupoit anciennement une chapelle dédiée sous l'invocation de saint Pierre, dont on ne connoît ni l'origine ni le fondateur, mais dont l'existence remonte jusque vers la fin du sixième siècle. On lit en effet dans la vie de saint Merri ou Médéric, que ce pieux personnage ayant quitté le monastère de Saint-Martin d'Autun, dont il étoit abbé, vint à Paris avec *Frodulfe* ou *Frou* son disciple, qu'ils logèrent dans une cellule bâtie auprès de la chapelle de Saint-Pierre; et enfin que saint Merri, après l'avoir habitée pendant trois ans, y mourut en odeur de sainteté, et fut inhumé dans cette chapelle. Or, son historien fixe l'époque de sa mort au 29 août de l'an 700; et cette date établit nécessairement l'existence antérieure de la chapelle (1).

———

(1) Les anciens historiens qui ont parlé de cette chapelle ont commis deux erreurs; ils disent qu'elle s'appeloit *Saint-Pierre-des-Bois*, parceque la partie septentrionale de Paris où elle étoit située étoit anciennement couverte d'une forêt. « Mais, dit Jaillot, il n'est rien moins que prouvé qu'à l'époque dont il « s'agit ici, il n'y eût que des bois au nord et au midi de Paris; supposons-le cependant, on ne pourra « du moins disconvenir que du temps des Romains, ou sous le règne de nos rois de la première race, il « n'y ait eu une enceinte au nord, et je ne crois pas qu'on puisse douter qu'elle ne s'étendît au-delà de « l'endroit où est aujourd'hui située l'église de Saint-Merri: Or, puisque cette église étoit renfermée dans « cette enceinte, on ne voit pas la raison pourquoi on auroit donné le surnom *des Bois* à la chapelle de « Saint-Pierre, qui n'étoit pas dans une forêt. » Quoi qu'il en soit de la valeur de ces raisons, que nous ne donnions pas comme péremptoires, cette erreur est assez légère; la seconde est plus grave.

Quelques auteurs, et parmi eux les savants bénédictins à qui nous devons une Histoire de Paris, ont avancé que cette chapelle avoit été qualifiée de *petite abbaye*. Cependant on ne trouve aucun monument qui constate qu'il y ait jamais eu un monastère en cet endroit, nul titre, nul acte qui en fasse mention. Ces historiens se sont fondés sans doute sur un diplôme de Louis d'Outremer, du 1er février 936; mais avec un examen un peu plus approfondi, ils auroient vu que le titre *d'abbaye* n'est
~~~~~~

VUE EXTÉRIEURE de l'Eglise SAINT — MERRI.

Nous apprenons, par un diplôme de Louis-le-Débonnaire de l'année 820, que ce lieu étoit dès-lors très célèbre par les miracles qu'y opéroient les reliques de saint Merri. Sous Charles-le-Chauve on y avoit déjà établi en son honneur un culte public, ce qui est prouvé par un martyrologe composé sous le règne de ce prince par *Usuard*, dans lequel le nom de ce saint prêtre fut inséré, et qui, depuis cette époque, fut lu dans tous les chapitres.

La chapelle de Saint-Pierre continua long-temps encore de porter son ancien nom ; et l'on voit, dans les actes de Saint-Merri, qu'en 884 un prêtre nommé *Théodelbert*, qui la desservoit, ne trouvant pas que le corps de ce saint fût placé dans un lieu convenable, en fit préparer un plus digne de le recevoir, et pria *Goslen*, évêque de Paris, de venir faire la translation de ce précieux dépôt. Les mêmes actes ajoutent que l'évêque, n'ayant pu s'y rendre, s'y fit représenter par ses archidiacres, qui présidèrent à cette cérémonie en présence du clergé séculier, des moines de Paris et des environs, et d'un grand concours de peuple.

On voit ensuite qu'à l'occasion de cette translation, et suivant l'usage de ces temps-là, un certain comte Adalard et plusieurs autres firent à cette église des donations (1), qui furent successivement approuvées par les rois Eudes et Carloman. Louis d'Outremer les confirma de nouveau par sa charte déjà citée, laquelle fut donnée à Laon le 1ᵉʳ février 936. L'abbé Lebeuf a pensé, avec raison, qu'on pouvoit fixer à l'époque de cette translation l'existence d'un petit clergé destiné à soulager le chapelain dans ses fonctions, à célébrer avec lui l'office divin, et à remplir les fondations. Les libéralités qui venoient d'être faites à cet oratoire pouvoient en effet suffire pour assurer l'existence de ces nouveaux ministres.

Ce fut alors que cette chapelle fut changée en une église, sous l'invocation de saint Pierre et de saint Merri. On ignora long-temps le nom

---

pas donné à l'église Saint-Merri de Paris , mais à une autre située à *Linas*, près de Montlhéry, laquelle dépendoit de la première. Les termes de ce diplôme ne sont ni obscurs ni équivoques :

Præcipimus atque jubemus ut tam prænominatæ personæ..... quam successores eorum prædicti ecclesiæ Sancti Petri et pretiosissimi confessoris Christi Mederici ABBATIOLAM *ubi adspiciunt in* VILLA LINAIAS *munselli XX, etc. in suorum usibus omni tempore possideant, etc.*

(1) Dans ces donations étoit comprise, suivant la note précédente, la *petite abbaye de Linas* et vingt petites maisons qui en dépendoient.

du fondateur de cette nouvelle basilique ; et ce n'est que sous le règne de François Ier, qu'en la démolissant pour la reconstruire telle que nous la voyons aujourd'hui (1), on trouva, dans un tombeau de pierre, le corps d'un guerrier qui avoit aux jambes des bottines de cuir doré, et une inscription qui portoit ces mots :

Hic jacet Vir bonæ memoriæ Odo Falconarius fundator hujus ecclesiæ (2).

Il y a lieu de croire que dès le temps de la fondation cette église étoit devenue paroissiale ; et l'on en trouve une preuve commune à beaucoup d'autres églises, dans son éloignement des deux paroisses au milieu desquelles elle étoit située, et dans la population nombreuse de ce quartier. Mais on ne connoît aucun titre qui la présente alors comme une collégiale desservie par des chanoines, ainsi que l'ont avancé quelques auteurs; et lorsqu'en 1007 le chapitre de Notre-Dame la demanda et l'obtint de Renaud, évêque de Paris, les lettres qui furent données à ce sujet ne font nullement mention de ces chanoines, dont le consentement eût été essentiel pour opérer cette union, s'ils eussent effectivement existé. On n'y parle que de l'archidiacre *Élisiard*, de qui cette église dépendoit, et du prêtre *Herbert* qui la desservoit, et à qui on la conserva pendant sa vie. Telle est du reste l'origine de la supériorité que l'église mère a toujours conservée sur celle de Saint-Merri, qui, pour cette raison, étoit nommée l'une des filles de Notre-Dame.

Une simple tradition veut que le chapitre de la cathédrale, s'étant mis en possession de l'église de Saint-Merri, y ait aussitôt placé sept de ses bénéficiers, qui prirent le titre de chanoines, et formèrent dès-lors cette collégiale telle qu'elle étoit au moment de sa suppression. Quel qu'ait été le nombre des prêtres qui furent employés alors au service de cette église,

---

(1) L'église construite sous le règne de François 1er étoit le second édifice bâti depuis la chapelle de Saint-Pierre, ou du moins l'église fondée par Odon avoit été considérablement agrandie, si elle ne fut pas rebâtie en entier vers l'an 1200.

(2) On peut présumer que cet *Odon le Fauconnier* étoit ce fameux guerrier de Paris, lequel, avec Godefroi, autre guerrier non moins célèbre, défendit si vigoureusement la ville contre les Normands en l'an 886, sous les ordres du comte Eudes, qui devint roi deux ans après ; du moins ne trouve-t-on aucun autre monument qui fasse mention d'un *Odo Falconarius*. Il peut se faire que ce surnom de *Falconarius* lui fût venu de ce que le comte Eudes l'auroit fait son fauconnier lorsqu'il se vit élevé à la royauté, ou de ce que, pour repousser les Normands, il se seroit servi de l'espèce de lance qu'on appeloit *falco*, parcequ'elle étoit recourbée. (L'abbé LEBEUF, *Histoire du Diocèse de Paris*, t. 1.)

il est constant qu'ils portoient, au douzième siècle, le nom de chanoines, et qu'ils administroient alternativement, et par semaine, les sacrements, usage qui subsista jusqu'en 1219, qu'à la requête et du consentement de ces chanoines de Saint-Merri, le chapitre de Notre-Dame attacha la cure de leur église à la prébende dont étoit alors pourvu *Étienne Dupont;* ordonna qu'à l'avenir elle seroit toujours annexée à cette prébende, sans jamais pouvoir en être séparée, et déchargea les autres chanoines du soin des ames et de toutes les fonctions qui y sont relatives. Ce chanoine curé fut appelé *pleban, presbyter plebanus, qui plebi præest, qui plebem regit.*

Le nombre des paroissiens s'étoit déjà si fort augmenté au commencement du quatorzième siècle, que le chanoine pleban ou curé se vit dans la nécessité de demander un coadjuteur, qui lui fut accordé. Ils partageoient entre eux les fonctions curiales, et les remplissoient alternativement; cependant la prééminence et quelques prérogatives utiles et honorifiques distinguoient le premier du second. Tous les deux étoient nommés *chefciers* (1).

L'établissement de deux chefciers ou curés à Saint-Merri, contraire à l'esprit et aux lois de l'église, fut quelquefois une source de scandale et de division. Il subsista cependant jusqu'en 1683, que le projet de la réunion des deux cures fut approuvé par une bulle d'Innocent XI. La transaction passée en conséquence entre les deux curés, le 12 avril de la même année, fut ratifiée par l'archevêque, par le chapitre de Notre-Dame et par les marguilliers de Saint-Merri, dans le courant du mois de mai 1685; tous donnèrent leur consentement à l'exécution des lettres-patentes obtenues à cet effet, au mois d'avril précédent; elles furent enregistrées au parlement le 25 de mai de la même année.

Le chapitre de Saint-Merri étoit composé du chefcier curé, de six chanoines et de six chapelains en titre. Tous ces bénéfices étoient conférés

---

(1) Les auteurs sont partagés sur l'étymologie de ce mot; les uns le font dériver de la cire que ces dignitaires prenoient, *capicerius à capiendá cerá;* d'autres disent *capitiarius à capitio,* qui est le chevet de l'église, ou le sanctuaire dans lequel se portoient les offrandes. Dom Mabillon et l'abbé Lebeuf ont adopté cette dernière étymologie. Jaillot pense, au contraire, que chefcier, en latin, *capicerius,* venant de *caput* et de *cera,* est la même chose que *primi cerius,* parceque, selon lui, le chefcier étoit le premier inscrit sur une petite planche enduite de cire, qui contenoit la table ou liste des ecclésiastiques d'une église, et que la dignité de chefcier répondoit à celle de primicier, qui jouissoit, dans d'autres églises, de la même prérogative.

Tome II. 47

par deux chanoines de Notre-Dame, qui jouissoient exclusivement de ce droit attaché à leur canonicat.

L'église qui subsiste aujourd'hui, bien qu'elle ait été bâtie sous le règne de François Ier, est d'une architecture gothique. On y fit, dans le siècle dernier, de grandes réparations et beaucoup d'embellissements, suivant le goût du temps, c'est-à-dire qu'ils étoient d'une extrême richesse et d'un style peu sévère.

Le chœur avoit été décoré sur les dessins des frères *Slodtz*. Les arcades en étoient revêtues d'un stuc imitant le marbre; celles du sanctuaire étoient enrichies de bas-reliefs représentant des vases sacrés. On y voyoit la châsse de saint Merri soutenue par deux anges; elle étoit d'argent, enrichie de pierres précieuses, et contenoit la plus grande partie de ses reliques. Le grand autel, isolé en forme de tombeau, étoit orné, dans ses faces et dans ses encognures, des consoles de bronze doré; et deux anges placés au bas du chœur soutenoient les pupitres de l'épître et de l'évangile; du reste, l'intérieur est composé, comme le plus grand nombre des églises gothiques, d'une nef étroite, de bas côtés et de chapelles (1).

CURIOSITÉS DE L'ÉGLISE DE SAINT-MERRI.

TABLEAUX.

Dans la chapelle de la Communion, les Pèlerins d'Emmaüs, par *Charles Coypel*.

Le Purgatoire, par *Couet*.

La réparation de la sainte Hostie, par *Belle*.

Dans une autre, près de la sacristie, une Adoration des Bergers, par d'*Ulin*.

Dans les quatre chapelles de la croisée, lesquelles étoient décorées de colonnes de marbre, la Vierge et l'Enfant Jésus, par *Carle Vanloo*.

Saint Charles Borromée, par le même.

Un tableau de *Vouet*.

Un tableau de *Restout père*.

Dans la seconde chapelle à gauche, près le chœur, un tableau en mosaïque fort estimé, représentant la Vierge et l'Enfant Jésus entre deux anges; il étoit de *David Florentin*, et avoit été apporté d'Italie en 1496 par Jean de Ganay, qui avoit suivi le roi Charles VIII dans sa funeste expédition.

------

(1) Cette église est une de celles que la rage révolutionnaire a le plus épargnées. Le chœur a conservé presque toutes ses décorations; les vitraux même n'ont été que très peu endommagés. C'est maintenant une des paroisses de Paris.

Les tapisseries de cette église, faites sur les dessins de *Louis Lerambert*, sculpteur de l'Académie, représentoient l'histoire de N. S. J. C.

Les amateurs de la peinture sur verre admiroient, à Saint-Merri, plusieurs vitraux exécutés dans le seizième siècle, c'est-à-dire dans le temps où cet art étoit parvenu à son dernier degré de perfection, par les plus habiles artistes de ce genre. *Pinaigrier* en avoit peint plusieurs; mais on cite, entre autres, une *Susanne*, qui passoit pour le chef-d'œuvre de *Parroy*, autre célèbre peintre sur verre. Ce morceau se voit encore aujourd'hui au Musée des monuments français.

SÉPULTURES.

Dans cette église étoient inhumés Jean de Ganay, premier président au parlement, puis chancelier, mort en 1512.

Simon Marion, avocat général, jurisconsulte d'une grande réputation dans son temps, mort en 1699.

Jean Chapelain, de l'Académie française, auteur de *la Pucelle*, mort en 1674 (1).

Arnaud, marquis de Pomponne, ministre d'État, mort en 1699.

Jean Auberi, marquis de Vastan, mort en 1711.

CIRCONSCRIPTION.

On ne peut représenter le circuit et l'étendue de la paroisse de Saint-Merri qu'à diverses reprises, son territoire embrassant plusieurs parties

---

(1) Ce poëte, qui fut pendant si long-temps l'oracle de la littérature, dont son nom est aujourd'hui l'opprobre, avoit été gratifié par ses héritiers bénévoles, et sans doute assez satisfaits de son riche héritage *, d'une épitaphe qu'on pouvoit lire encore avant la révolution, et qui certainement est une des plus curieuses que la flatterie ait jamais imaginées; la voici:

D. O. M. S. Et memoriæ sempiternæ D. Clar. Joannis Chapelain *regi à consiliis; qui præter exquisitam rei poëticæ cognitionem, scriptis immortalibus abundè publico testatam, tot, tantasque dotes animo complectebatur, ut universum virtutis, bonarumque artium nomen quàm latè diffunditur, hic collegisse semet ac fixisse sedem videri posset. Prudentiæ singularis, comitatis, candoris, integritatis, studii in demerendis non minus exteris, quam popularibus suis, præsertim ab disciplinâ liberaliori, instructis quibuscumque ut nunquam non parati, sed sic prorsùs indefessi, rarissimo et amabili planè exemplo. Is principum tempestatis suæ virorum, at in hisce maximorum regum Ludovici utriusque, patris et filii; Armandi adhæc Richelii, tum Julii Mazarini, principuè verò Longavillæi ducis, munificum favorem solidè consecutus cum esset, hac omni prærogativa tamen adeò sibi moderatè utendum est arbitratus, ut intra privati laris angustias adfluentis ultrò fortunæ, atque ad majora identidem invitantis auram modestus coerceret. Hæredes animum, uti par erat, professi gratum, benemerenti posuerunt. Vixit an. 78, mens. 2, dies 18. Obiit Lutetiæ natali in solo an. 1674, die 22 februarii.*

* On sait que Chapelain étoit de la plus sordide avarice, et que cet homme, qui se refusoit le plus absolu nécessaire, laissa, après sa mort, plus de cinquante mille écus.

fort éloignées les unes des autres; mais on peut faire le tour de la portion principale de la manière suivante :

En sortant de l'église et allant toujours à la gauche des rues, il faut suivre ainsi la rue des Arcis, puis celle de la Planche-Mibrai; entrer dans le haut de la rue de la Vannerie, la suivre à gauche, ainsi que la rue de la Coutellerie; remonter la rue de la Poterie dans son côté gauche, et le même côté de la rue de la Verrerie, depuis le coin de la rue du Renard. Entrer dans la rue Barre-du-Bec, dont la plus grande partie étoit de cette paroisse, ainsi que les rues Sainte-Croix, du Plâtre et des Blancs-Manteaux, mais seulement dans les extrémités qui aboutissoient à la rue Sainte-Avoie. Elle avoit aussi la rue Geoffroi-Langevin toute entière, et tournant à gauche au bout de cette rue, le côté gauche de la rue Beaubourg. Mais depuis le coin de la rue de la Courroyerie les deux côtés de cette même rue Beaubourg lui appartenoient. On entre ensuite dans la rue Maubué, dont elle avoit le côté gauche; enfin, à partir du bout de cette rue elle avoit le côté gauche de la rue Saint-Martin jusqu'à Saint-Merri. Dans ce circuit étoient renfermées les rues de la Verrerie en partie, de la Lanterne, de Saint-Bon, de la Tâcherie, de Jean-Pain-Molet, de Taille-Pain, Brise-Miche, du Renard, Neuve-Saint-Merri, du Poirier, Pierre-Aulard et Simon-le-Franc.

Cette paroisse offroit les écarts suivants :

1° Du côté de Saint-Julien-des-Ménétriers, elle avoit la rue des Petits-Champs, la rue de la Cour-du-More, jusqu'aux culs-de-sacs de Clairvaux et des Anglais, avec les maisons de la rue Saint-Martin et de la rue Beaubourg, qui font le retour de la rue des Petits-Champs; de plus, le côté gauche du cul-de-sac Bertrand et de la rue Beaubourg.

2° Dans la rue Saint-Denis, à partir de l'église du Sépulcre, elle embrassoit toutes les maisons situées du même côté jusqu'au coin de la rue Aubry-le-Boucher, où elle possédoit encore deux maisons.

3° Dans la rue Saint-Martin elle avoit quelques maisons après la rue Aubry-le-Boucher jusqu'au-delà de la rue de Venise; de plus, elle renfermoit la rue de Venise en son entier, le cul-de-sac du même nom qui est au bout, et quelques maisons dans la rue Quinquempoix.

Outre le corps de saint Merri, cette église possédoit un grand nombre d'autres reliques, dont l'abbé Lebeuf donne l'histoire et la description. (*T.* 1, *pag.* 260.)

Hospice de Saint-Merri.

Cet hospice, situé dans le cloître Saint-Merri, fut fondé, le 15 décembre 1783, en faveur des pauvres de cette paroisse. On y comptoit seize lits. Les malades y étoient soignés par les sœurs grises (1), sous l'administration du curé et de MM. de la compagnie de Charité. Les Écoles de charité, situées derrière cet hospice, avoient leur entrée par la rue Brise-Miche.

LES JUGES CONSULS.

LA maison de la juridiction consulaire, actuellement nommée *tribunal de commerce*, est située dans le cloître Saint-Merri, derrière le chevet de cette église. Les juges consuls furent établis à Paris par édit de Charles IX du mois de novembre 1563, pour connoître et décider sommairement toutes contestations entre marchands et autres, pour le fait de la marchandise, et les juger sans appel, pourvu toutefois que la demande n'excédât pas 500 livres. L'établissement de cette juridiction, dont on ne connoissoit pas encore toute l'utilité, souffrit d'abord quelques difficultés, et le parlement n'enregistra l'édit que par provision, et pour obéir aux lettres de jussion qui lui furent adressés à ce sujet; mais l'enregistrement s'en fit ensuite purement et simplement au mois de janvier 1565.

Les juges consuls prirent d'abord l'auditoire de Saint-Magloire pour y tenir leur séance; mais le 16 novembre 1570, ayant acheté, dans le cloître Saint-Merri, la maison du président Baillet, ils y firent faire les dispositions nécessaires pour y établir leur tribunal, et s'y installèrent peu de

______

(1) Cet hospice existe encore sous la surveillance du Bureau de Bienfaisance.

temps après. Cette juridiction consulaire étoit composée d'un juge et de quatre consuls, et tenoit ses séances trois fois par semaine (1).

CURIOSITÉS.

Au-dessus de la principale porte de la maison consulaire, une statue de marbre par *Guillain*, représentant Louis XIII.

Dans la salle d'audience un tableau représentant le jugement de Salomon.

Le roi Charles IX remettant aux juges consuls l'édit de leur création, par *Porbus*.

Le portrait en pied, et grand comme nature, de Louis XV, dont ce prince avoit fait présent, en 1758, à ce tribunal.

La salle du conseil étoit ornée d'un tableau de *Lagrenée* le jeune, représentant le buste de Louis XVI soutenu par la Justice.

Les consuls portoient le titre de *Sire*. Cette qualification appartenoit autrefois indistinctement à tous les seigneurs français d'une haute naissance; on disoit le *sire de Joinville*, le *sire de Coucy ;* mais depuis le seizième siècle elle n'a plus été donnée qu'aux rois et aux consuls en charge.

L'ÉGLISE SAINT-JULIEN-DES-MÉNÉTRIERS.

Le surnom de cette église indique quels furent ses fondateurs. On rapporte qu'en 1330 deux ménétriers ou joueurs d'instruments, touchés de compassion de voir une femme paralytique que son extrême misère forçoit à rester nuit et jour exposée aux injures de l'air, formèrent sur-le-champ le charitable dessein de fonder, dans l'endroit même où ils avoient trouvé

____

(1) Ce tribunal a subi peu de changements ; le nombre des juges est toujours le même.

cette infortunée, un petit hôpital qui pût servir d'asile aux pauvres passants. Ce terrain, situé dans la rue Saint-Martin, un peu au-dessus de Saint-Merri, appartenoit à l'abbesse de Montmartre, qui consentit à le leur vendre, moyennant cent sous de rente et huit livres payables dans six ans. L'acte, daté de la même année 1330, le dimanche avant la Saint-Denis, nous apprend que ces deux hommes se nommoient *Jacques Grare* et *Huet* ou *Hugues Le Lorrain*. L'hôpital fut aussitôt bâti ; les ménétriers, qui étoient déjà formés en confrérie, s'unirent alors aux deux fondateurs par un nouvel acte du 21 août 1331, et obtinrent la permission de faire construire une chapelle, sous la condition de la doter de seize liv. Cette condition ayant été remplie, l'hôpital fut dès-lors connu sous le nom de *Saint-Julien* et *Saint-Genès*, et la chapelle dédiée sous ceux de *Saint-Georges*, *Saint-Julien* et *Saint-Genès*. Le pape, le roi, l'évêque de Paris approuvèrent cet établissement, et la chapelle fut érigée en bénéfice à la nomination des ménétriers.

Les choses restèrent en cet état jusqu'au mois de novembre 1644, que l'archevêque de Paris jugea à propos de charger les pères de la Doctrine Chrétienne du soin de desservir cette chapelle, qui fut définitivement unie à leur congrégation en 1649. Cette union excita de vives réclamations de la part de la confrérie des Ménétriers, et fit naître d'assez longues contestations, dont le détail ne présenteroit aujourd'hui aucun intérêt, et qui furent définitivement terminées en 1658, par un arrêt qui confirma les pères de la Doctrine Chrétienne dans la possession de cette chapelle. Les ménétriers n'y conservèrent que le droit de nommer un chapelain, et quelques autres prérogatives dont jouissoient ordinairement les fondateurs.

L'église ou chapelle des Ménétriers n'avoit rien de remarquable ni dans son architecture ni dans ses ornements intérieurs. On remarquoit seulement, parmi les figures de ronde-bosse qui en ornoient le portail, celle d'un jongleur qui tenoit un instrument de ce temps-là que l'on nommoit *vielle* ou *rebec*, et dont on jouoit avec un archet (1).

______

(1) Cette petite église a été changée en maison particulière.

LES RELIGIEUSES CARMELITES

DE LA RUE CHAPON.

Ces religieuses, établies dès 1604 au faubourg Saint-Jacques, durent ce second établissement à la faveur de la jeune reine Anne d'Autriche, qui protégeoit leur ordre institué en Espagne, et qui en désiroit l'accroissement. Sur l'autorisation qu'elle leur fit obtenir de la puissance spirituelle, les nouvelles Carmélites se logèrent d'abord dans une maison située rue Chapon, où elles furent entièrement installées le 8 septembre 1617; mais ayant bientôt reconnu les inconvénients d'une demeure qui n'étoit ni assez spacieuse ni assez commode pour une communauté, elles jetèrent les yeux sur un hôtel voisin, dont l'évêque et le chapitre de Châlons (1) étoient propriétaires. Ceux-ci donnèrent leur consentement à cette transaction dès le mois de janvier 1618; et en 1619, Cosme Clausse de Marchaumont, alors évêque de cette ville, en fit la vente aux religieuses Carmélites. Le contrat, passé le 6 août de cette année, fut ratifié le 6 septembre suivant par l'archevêque de Reims, et approuvé par lettres-patentes du 23 janvier 1621, enregistrées le 16 mars de la même année. Cette communauté y est appelée *Prieuré et couvent de la Sainte-Mère de Dieu, ordre de Notre-Dame du Mont-Carmel.*

Les Carmélites avoient pris possession de leur nouvelle habitation dès le mois d'octobre 1619. Aidées des libéralités de madame la duchesse douairière d'Orléans-Longueville, de M. le duc son fils, et de plusieurs autres pieuses personnes, elles y firent construire les lieux réguliers, et une chapelle qui fut dédiée en 1625. La sage économie qu'elles mirent dans leur administration leur permit, peu d'années après, de faire dans le voisinage des

---

(1) Cet hôtel appartenoit, au douzième siècle, aux archevêques de Reims : il fut ensuite aliéné et racheté par eux en 1266. Les évêques de Châlons l'acquirent dès le commencement du siècle suivant.

VUE EXTÉRIEURE de l'Eglise St NICOLAS des-Champs.

acquisitions qui étendirent considérablement leur enclos, lequel comprenoit un grand espace entre les rues Chapon et de Montmorency.

Le roi, par ses lettres-patentes du mois d'avril 1688, amortit toutes ces acquisitions, et mit le dernier sceau de l'autorité à cet établissement. Sur le consentement de l'archevêque de Paris du 15 juin, et sur l'avis du lieutenant de police et du prevôt des marchands et des échevins, des 15 et 28 juillet, ces lettres furent enregistrées le 17 août de la même année. Comme on y lit que « le roi amortit la moitié de la maison des reli-« gieuses de l'Incarnation, acquise par les Carmélites, et comprise dans « leur couvent et enclos », on pourroit peut-être en inférer qu'il y avoit eu en cet endroit un couvent de l'Incarnation; ce qui seroit une erreur. Il s'agit seulement de la première habitation de ces religieuses rue Chapon, laquelle appartenoit aux Carmélites de la rue Saint-Jacques, dont le monastère étoit dédié sous le titre de l'Incarnation.

L'église ni le couvent n'avoient rien de remarquable. On voyoit sur le maître-autel une Nativité de *Simon Vouet;* et dans le chœur des religieuses dix-neuf tableaux représentant une partie de la vie de J. C. par *Verdier* et *Chéron.*

Catherine de Gonzague et de Clèves, duchesse douairière d'Orléans-Longueville, l'une des principales bienfaitrices de ces religieuses, avoit été inhumée dans le cloître de cette maison (1).

SAINT-NICOLAS-DES-CHAMPS.

Tous les anciens historiens ont été dans l'erreur au sujet de cette église, en avançant que le roi Robert avoit un palais près de Saint Martin-des-Champs, et que Saint-Nicolas en étoit la chapelle. La critique plus exacte des antiquaires du dix-huitième siècle a prouvé que ce prétendu palais n'avoit jamais existé, et que ces premiers compilateurs, pour avoir mal

---

(1) Le couvent des Carmélites a été en partie détruit, en partie changé en maisons particulières.

compris le véritable sens des passages d'*Helgaud* et de *Guillaume de Nangis*, ont attribué à l'oratoire dont il est ici question ce qui ne doit s'entendre que de la chapelle de Saint-Nicolas au Palais, dont nous avons parlé en décrivant ce monument. *In civitate Parisius ecclesiam (œdificavit) in honore sancti Nicolai Pontificis in Palatio.* Tels sont les termes dont se sert l'ancien historien de la vie du roi Robert.

On peut ajouter que cette chapelle de Saint-Nicolas ayant été bâtie vers l'an 1030, au rapport de Nangis, cette époque, beaucoup trop reculée, ne peut convenir à Saint-Nicolas-des-Champs, puisque cette dernière chapelle fut construite pour l'usage des domestiques de Saint-Martin-des-Champs et de ceux qui vinrent former des habitations sur son territoire ; et que ce monastère, ruiné depuis long-temps de fond en comble, n'avoit été lui-même rebâti que sous le règne de Henri Ier, qui succéda à Robert en 1031.

Si l'époque précise de l'érection de cette chapelle est enveloppée de quelque obscurité, on a du moins des preuves qu'elle existoit en 1119 par une bulle de Calixte II, du 5 des calendes de décembre (27 novembre) de cette même année, dans laquelle il est fait mention de la chapelle de Saint-Nicolas, située près du monastère Saint-Martin ; et comme il n'en est pas parlé dans les bulles d'Urbain II, du 14 juillet 1097, et de Paschal II, du 30 avril 1108, on peut en inférer que la chapelle de Saint-Nicolas n'avoit pu être bâtie qu'entre les années 1108 et 1119.

L'abbé Lebeuf a pensé que cette chapelle pouvoit bien être déjà paroisse vers cette année 1119, quoiqu'on ne la trouve désignée sous ce titre que vers l'an 1220. Il se fonde sur ce que Saint-Jacques-la-Boucherie, qui étoit certainement paroisse à cette époque, est qualifié encore de chapelle dans les années 1175 et 1176 : « C'étoit, ajoute-t-il, une paroisse « desservie dans une chapelle, laquelle suffisoit pour contenir ceux qui en « étoient paroissiens. »

Jaillot, qui dans ces matières pousse l'exactitude jusqu'au scrupule, trouve l'opinion de l'abbé Lebeuf un peu hasardée, parceque, dit-il, les deux églises dont il est ici question sont mentionnées dans les mêmes bulles avec des qualifications spécialement différentes. On y désigne Saint-Nicolas comme une simple chapelle, et Saint-Jacques comme une chapelle paroissiale. *In suburbio Parisiacæ urbis capellam Sancti-Jacobi cum*

PAROCHIA. Prope *monasterium Sancti-Martini* CAPELLAM *Sancti-Nicolai*. Il en conclut que cette distinction n'eût point été faite, si ces deux chapelles avoient été également décorées du même titre.

Le même auteur ajoute qu'elle existoit sous le titre de paroisse en 1184, ce qu'il avance cependant sans en donner aucune preuve satisfaisante. Cependant on ne peut douter qu'elle n'eût cette qualité avant l'an 1220, et la preuve s'en trouve dans un acte de cette année même, où elle est qualifiée du titre d'*ecclesia*, de manière à faire clairement entendre qu'elle le possédoit depuis long-temps; il suffit de le lire pour s'en convaincre. En effet, jusqu'à cette époque, la cour de Saint-Martin-des-Champs avoit tenu lieu de cimetière, quoique la disposition du lieu la rendît peu propre à cet usage. Cet emplacement n'étoit point fermé, et ne pouvoit l'être sans causer un notable préjudice au monastère; il étoit étroit, malpropre, et les enterrements fréquents troubloient le repos des religieux. Ces inconvénients engagèrent l'abbé de Saint-Martin et Gautier, prêtre de l'église de Saint-Nicolas, à demander à Guillaume de Seignelai, évêque de Paris, la translation de ce cimetière dans un autre endroit. Ce prélat y consentit, et dans les lettres qu'il donna à cet effet, en date du mois de mars 1220 (1), on lit que *l'église de Saint-Nicolas n'avoit point de cimetière suffisant pour enterrer les* PAROISSIENS: *ad sepelienda corpora defunctorum de* PAROCHIA *ejusdem ecclesiæ; que le peuple de cette* PAROISSE *s'étoit si fort augmenté que ceux qui mouroient sur cette paroisse*, etc. Ces expressions de *prêtre* et de *paroisse* ne permettent pas de douter que la chapelle de Saint-Nicolas ne fût une cure en forme avant l'époque des lettres de Guillaume de Seignelai. C'est de là que Jaillot conjecture

---

(1) Au commencement du dernier siècle, les religieux de Saint-Martin-des-Champs firent construire dans cette cour plusieurs maisons qu'ils louoient à des marchands. On y voyoit encore avant la suppression du monastère une chapelle sous l'invocation de saint Michel. (Nous avons déjà dit que c'étoit l'usage d'en bâtir une dans les cimetières sous son invocation.) Elle avoit été érigée par Nicolas Arrode *. Les marchands rubaniers établirent ensuite leur confrérie dans cette chapelle, qui, sépulcrale dans son origine, devint ensuite baptismale, et servoit à ce dernier usage pour les enfants de la paroisse Saint-Laurent qui naissoient sur la partie du territoire de cette église, renfermée dans la ville par l'enceinte de Philippe-Auguste.

* Dom Marrier nous a conservé l'épitaphe de ce fondateur. Elle est ainsi conçue :

Ci gît Nicolas Arrode (fuiz feu Heudon Arrode), qui édifia cette chapelle, qui trépassa en l'aage de LIX ans. en l'an MCCLII, lendemain de la Saint-Lorens, priez pour lui que Dex ayt merci de l'ame.

qu'elle avoit été érigée en titre peu après qu'on eut entièrement achevé le monastère de Saint-Martin.

Le nombre des paroissiens s'étant considérablement augmenté, on fut obligé, en 1420, d'agrandir cette chapelle. Le grand portail et le bas de la tour semblent être de ce temps-là. Les constructions qui s'élevèrent alors successivement ne comprirent que sept arcades à partir de la grande porte ; car à la huitième, on reconnoît un genre d'architecture tout différent et plus nouveau. On travailloit encore à l'achèvement des chapelles de cette partie occidentale en 1480. Cette église fut depuis élargie : le lieu où avoient été les chapelles devint la seconde aile, et les chapelles furent rebâties à côté, ce qui est prouvé par plusieurs actes cités par l'abbé Lebeuf.

Enfin, vers l'an 1575, les religieux de Saint-Martin cédèrent une portion de terrain de vingt toises carrées du côté de l'orient, à l'endroit où étoit l'entrée de leur prieuré (1), et sur cet emplacement on construisit la suite de la nef, le passage d'une porte à l'autre, le chœur et le sanctuaire avec leurs collatéraux et les chapelles du chevet. C'est à cette époque que fut construit le portail méridional de cette église. Il est composé d'une ordonnance de pilastres corinthiens avec entablement et fronton ; et les sculptures en sont traitées avec beaucoup de délicatesse. On y voyoit, avec la statue de saint Nicolas, celle de saint Jean l'évangéliste, parcequ'effectivement cette église avoit été dédiée sous l'invocation de ces deux saints. Du reste, l'intérieur de ce monument est d'un gothique très peu remarquable.

Une inscription posée sur la porte des charniers indiquoit qu'en 1668 il avoit été fait plusieurs embellissements à Saint-Nicolas-des-Champs, et principalement que la tour en avoit été exhaussée.

Cette église est toujours restée dans la dépendance des moines de Saint-Martin, qui en étoient les curés primitifs. Ils nommoient à la cure en cette qualité, dans laquelle ils furent maintenus par arrêt du grand conseil du 29 novembre 1720, malgré tous les efforts du curé et des marguilliers pour les dépouiller de cette prééminence.

---

(1) De ce côté étoient aussi les prisons qui en dépendoient. Il fallut changer toutes ces dispositions, et la fabrique de Saint-Nicolas transigea avec les religieux, en leur cédant en échange une cour qui donnoit sur la rue Saint-Martin.

CURIOSITÉS DE SAINT-NICOLAS-DES-CHAMPS.

TABLEAUX ET SCULPTURES.

Sur le maître-autel, une Assomption, peinte par *Vouet*, et deux anges sculptés par *Sarrazin*.

Deux médaillons sur les portes des deux côtés de l'autel, représentant saint Nicolas et saint Jean, par *Robin*.

Dans la chapelle de la Communion, saint Charles Borromée donnant la communion aux pestiférés, par *Godefroy*. Cette chapelle avoit été décorée, quelques années avant la révolution, par M. *Boullan*, architecte.

SÉPULTURES.

Plusieurs personnes distinguées par leur savoir et leurs talents avoient été inhumées dans cette église, entre autres :

Guillaume Budé, savant illustre, mort en 1540 ;

Théophile Viau, poëte français, mort en 1626.

Pierre Gassendi, astronome, mort en 1655 ;

Henri et Adrien de Valois, érudits, morts en 1676 et 1692 ;

François Milet, connu sous le nom de *Francisque,* fameux peintre de paysage, mort en 1680.

Magdeleine de Scudéri, célèbre dans le dix-septième siècle par ses productions littéraires, morte en 1701 , etc.

Les chapelles de Brieff, d'Ormesson et de Montmort contenoient des monuments consacrés à la mémoire de divers membres de ces familles.

Il y avoit dans cette église une confrérie sous le nom de *Notre-Dame de Miséricorde* , dont les membres faisoient vœu d'exercer continuellement des actes de charité envers les pauvres malades de la paroisse.

La dévotion à saint Nicolas y avoit introduit autrefois des usages assez bizarres : Les registres du parlement nous apprennent que , sous le règne de François Ier, les enfants de chœur de Notre-Dame célébroient la fête de ce saint en se donnant en spectacle au milieu des rues qui conduisoient à son église , et qu'ils s'y rendoient ainsi , faisant mille postures ridicules, et débitant des *facéties par le chemin*. Sauval marque que des excès commis en 1525, par des gens malintentionnés qui se mêlèrent parmi eux, attirèrent les plaintes de la cour ; que sur ses réclamations le chapitre jugea à propos d'y mettre ordre, et qu'on s'en tint par la suite à un salut que ces enfants alloient chanter à cette église, accompagnés des chantres et des chapelains (1).

(1) Saint-Nicolas-des-Champs est maintenant une des paroisses de Paris.

Portail Méridional de St Nicolas-des-Champs.

VUE EXTÉRIEURE de l'Eglise SAINT MARTIN des CHAMPS.

LE PRIEURÉ ROYAL

DE SAINT-MARTIN-DES-CHAMPS.

On ne peut révoquer en doute ni l'antiquité ni la célébrité du culte de saint Martin. Les historiens contemporains attestent que, peu de temps après sa mort, son tombeau devint le pèlerinage le plus fréquenté du royaume. Nos rois de la première race voyoient en lui le Saint tutélaire de la France, et le protecteur de leur couronne. Ils faisoient porter sa *chape* au milieu des batailles, la regardant comme un bouclier qui les mettoit à couvert des traits de leurs ennemis, et c'étoit sur cette relique que se prononçoient les serments solennels alors en usage. On vit, dans presque toutes les villes, s'élever des églises sous son invocation ; d'où l'on peut conclure que Paris ne fut pas la dernière à honorer un si grand saint, et qu'au sixième siècle, ou du moins au commencement du septième, il y avoit, dans cette capitale, une église ou une chapelle bâtie sous son nom. Mais les historiens sont loin d'être d'accord entre eux à ce sujet. Ils parlent d'un monastère ou abbaye de Saint-Martin, sans nous apprendre quand, ni par qui cette basilique fut fondée. On ignore même le lieu où elle étoit située. Les uns la placent au midi, les autres au nord ; ceux-ci croient qu'elle s'élevoit près de la porte septentrionale, ceux-là à l'endroit même où sont encore aujourd'hui les restes du prieuré de Saint-Martin-des-Champs ; et ces opinions opposées, que soutiennent des savants distingués par leur profonde érudition, sont appuyées de témoignages qui leur donnent également un air de vérité. Sans prétendre rien décider, nous allons exposer ce qui nous a paru être le plus vrai, ou du moins le plus vraisemblable, d'après l'examen des longues discussions des auteurs qui ont traité ce point obscur des antiquités de Paris.

Les deux principales opinions qui ont partagé les historiens du prieuré de Saint-Martin-des-Champs sont fondées sur deux passages de Grégoire de Tours, dans lesquels il fait mention du lieu où de son temps saint Martin étoit honoré. Dans l'un il dit, *que Domnole, abbé de Saint-Laurent, ayant appris que le roi Clotaire vouloit le mettre sur le siège épiscopal d'Avignon, vint à la basilique de Saint-Martin, où ce prince faisoit sa prière.* Dans l'autre, parlant de l'incendie qui consuma une partie de la ville de Paris en 586, il ajoute, *que le feu s'étendit jusqu'à un oratoire qu'on avoit bâti près de la porte en l'honneur de saint Martin, lequel avoit autrefois guéri un lépreux en cet endroit.*

Ceux qui placent le monastère de Saint-Martin au nord de la ville croient le reconnoître dans la *basilique* dont parle Grégoire de Tours. Dans cette hypothèse, elle étoit voisine de celle de Saint-Laurent, dont Domnole étoit abbé, et cette proximité leur semble une probabilité de plus, puisqu'il est dit que ce saint moine vint y trouver Clotaire. Cependant une telle explication de ce texte a été justement contestée.

En effet, cet historien ne dit point que Clotaire fut alors à Paris. Cette ville n'étoit point dans son partage en 559, époque où se passa cet évènement, et il ne régna seul sur les Français qu'en 560. Il paroit plus vraisemblable de croire qu'il parle en cet endroit de la basilique de Saint-Martin de Tours, où étoit le tombeau du saint évêque, et où l'on accouroit alors en pèlerinage de toutes les parties de la France. De plus, quand ce prélat, dans le cours de son histoire, dit simplement *la basilique de Saint-Martin*, sans désigner un pays particulier, il veut toujours indiquer celle qui étoit près de sa ville épiscopale. Cette conjecture acquiert presque le caractère d'une preuve, 1° par un passage de la vie de saint Lubin, où il est dit qu'un incendie considérable, arrivé en 547, et miraculeusement arrêté par les prières de ce Saint, *commença du côté de Saint-Laurent;* 2° par un autre passage de Grégoire de Tours, dans lequel, parlant de l'inondation de 583, il ajoute *que cet évènement causa plusieurs naufrages entre la ville et l'église Saint-Laurent.* S'il y eût eu un *monastère*, une *abbaye*, ou une *basilique* de Saint-Martin au lieu même où elle fut depuis élevée, il est probable que cet historien, et l'auteur de la Vie de saint Lubin en auroient fait mention par préférence à une église qui n'étoit pas aussi remarquable, et dont la situation étoit plus éloignée; d'où l'on peut conclure presqu'avec certitude qu'à l'époque dont parle Grégoire dans son premier

passage, il n'existoit point encore de basilique de Saint-Martin au nord de
la ville.

D'autres historiens, s'appuyant du second passage du même auteur,
relatif à l'incendie de 586, et dont nous avons rapporté la substance,
ont métamorphosé l'oratoire dont il parle en *une basilique*, et l'ont placée
au midi de la ville : il y a deux erreurs manifestes dans cette assertion. En
effet, 1° cet oratoire, suivant l'historien même, n'étoit qu'une très petite
chapelle couverte de branchages, bâtie depuis peu par un simple particulier,
qui vivoit encore à l'époque où il écrivoit; 2° cet oratoire étoit au nord, car
Grégoire de Tours dit expressément que le feu commença par la première
maison près de la porte méridionale, et que par la force du vent il s'étendit
jusqu'à l'autre porte, où il y avoit un oratoire bâti en l'honneur de saint
Martin, parcequ'il avoit guéri un lépreux dans ce lieu même en l'embrassant (1). Or cette autre porte ne pouvoit être que la porte septentrionale.
D'ailleurs les mots *urbs* et *civitas*, employés par cet auteur, ne peuvent
et ne doivent s'entendre que de la *ville*, de la *cité*, et non des faubourgs
ouverts du côté du midi.

Il est probable que cette chapelle de Saint-Martin ne subsista pas long-
temps (2), et il y a des preuves que dès le huitième siècle il y avoit une

---

(1) Voici le texte du passage de Grégoire de Tours :

*Domus prima secus portam quæ ad medium diem pandit egressum....... incendio concre-
matur....... Igitur cum* PER TOTAM CIVITATEM, *huc atque illuc, flante vento, flamma ferretur,
totisque viribus regnaret incendium, adpropinquare ad* ALIAM PORTAM *cœpit, in quâ beati Martini
oratorium habebatur ; quod hoc aliquando factum fuerat, eo quod ibi lepram maculosi hominis
osculo depulisset.*

(2) Les différents historiens de Paris se sont livrés à de longues discussions pour déterminer l'endroit
précis où étoit situé cet oratoire. Adrien de Valois le place au nord en-deçà de la porte du grand pont.
L'abbé Lebeuf a embrassé cette opinion, et a fixé la situation de cette chapelle à l'endroit où est pré-
sentement la tour de l'horloge. Jaillot combat l'opinion de ces deux écrivains, et insinue qu'il devoit être
beaucoup plus loin au-delà du pont, hors l'enceinte de la ville. Il fonde son sentiment 1° sur ce qu'il n'y a
nulle preuve que l'oratoire de Saint-Martin fût construit dans le lieu du palais indiqué par l'abbé Lebeuf,
parcequ'alors ce palais ne comprenoit pas l'endroit où est la tour de l'horloge ; 2° sur ce que Grégoire de
Tours dit positivement que cet oratoire fut bâti au lieu même où saint Martin avoit guéri un lépreux.
Or, on sait qu'il n'étoit pas permis aux lépreux d'entrer dans les villes ; ils se tenoient aux environs des
portes ou sur les ponts, etc. Nous avons abrégé autant que possible cette discussion, laquelle n'offre
aucun intérêt, puisqu'elle n'est appuyée sur aucune preuve positive, et qu'on ne rencontre, dans la
suite, nul vestige de ce monument.

autre *église érigée* au nord sous l'invocation du saint *évêque de Tours* ; car il existe une charte de Childebert III, sous la date de 710, qui porte formellement que « la foire de Saint-Denis avoit été transférée depuis quelque temps « entre les églises de Saint-Laurent et de Saint-Martin » ; mais comme rien n'indique le lieu où elle étoit précisément située, chaque auteur a formé encore sur ce sujet des conjectures plus ou moins probables. L'abbé Lebeuf place cette église vers l'endroit où se trouve aujourd'hui Saint-Jacques-de-la-Boucherie , et il fonde son opinion sur ce que dans un acte du dixième siècle le terrain de Saint-Martin est marqué comme contigu à celui de Saint-Merri, et de Saint-George, depuis Saint-Magloire ; mais outre qu'un acte du dixième siècle ne peut établir l'état de ce qui existoit au huitième, on ne peut disconvenir qu'à cette dernière époque il y avoit une enceinte, dans laquelle Saint-Jacques-de-la-Boucherie et ses environs jusqu'au-delà de Saint-Merri étoient renfermés, et par conséquent à l'abri de la fureur des Normands : or, il y a des preuves sans nombre et sans réplique qu'ils détruisirent l'église de Saint-Martin, et que la ville fut préservée de leur dévastation par l'enceinte septentrionale qui la défendoit de ce côté, d'où il faut nécessairement conclure que la basilique de Saint-Martin étoit bâtie au-delà.

Dans le concours de ces différentes opinions on pourroit avancer avec beaucoup de probabilité que le monastère ou abbaye de Saint-Martin étoit, dès son origine, au lieu où on le voyoit encore avant la révolution. Ce sentiment est fondé sur les titres mêmes qui constatent sa reconstruction. Henri Ier, dans son diplôme de 1060, dit « qu'il y avoit « devant la porte de la ville de Paris une abbaye en l'honneur de saint « Martin, qui avoit été tellement détruite par la rage tyrannique des « Normands, qu'il ne sembloit presque pas qu'elle eût existé : *quasi non « fuerit, omnino deletam.* » La charte de Philippe Ier, de l'an 1067, présente les mêmes expressions, et dit qu'elle étoit presque réduite à rien : *pené ad nihilum redactam.* Ces termes nous donnent certainement à entendre que cette abbaye n'existoit plus , mais qu'il en restoit encore des vestiges. Le premier de ces diplômes indique qu'elle étoit située devant la porte, *ante Parisiacæ urbis portam.* Plusieurs auteurs ont conclu que ces expressions signifioient le grand Châtelet ; mais ils n'ont pas pensé que la partie septentrionale de la ville , étant environnée d'une enceinte, la porte dont il est fait mention dans ce diplôme devoit être celle qui étoit alors près de Saint-Merri, et qui subsistoit dès le temps du roi Dagobert, puisqu'il est prouvé par des titres authentiques qu'il en fit don à l'abbaye de Saint-Denis (1).

On pourroit peut-être objecter que les mots *devant la porte* ne conviennent pas au lieu où l'église de Saint-Martin étoit située, lequel étoit à une distance assez éloignée de cette porte et dans la campagne, ce qui fit donner à cette église le surnom de Saint-Martin-des-Champs. A cette objection on répond que c'étoit la seule expression dont on pût se servir pour marquer qu'elle étoit située dans la rue qui conduisoit directement à l'entrée de la ville. On a plusieurs exemples de cette manière de s'exprimer. L'église de Saint-Germain-des-Prés n'étoit pas aussi près de la porte méridionale; cependant Childebert dit qu'il avoit commencé à la faire bâtir *in urbe Parisiacæ prope muros civitatis ;* et dans un diplôme de Lothaire et de Louis-le-Fainéant la chapelle de Saint-Magloire est dite, *haud procul à mœnibus ;* enfin la charte de Philippe Ier, déjà citée, nous apprend que Henri Ier avoit fait rééditfier cette abbaye, et elle ne dit pas que ce fût dans un autre endroit, *Henricus eam renovare et reœdificare studuerat.* Il paroît donc très vraisemblable que ce prince fit reconstruire l'église et le monastère de Saint-Martin au même lieu, ou à peu près, sur lequel l'ancien avoit été bâti ; mais on ignore l'année précise de cette reconstruction, et la recherche de cette date a encore beaucoup occupé les savants. Nous ne les suivrons pas dans cette aride discussion, qui ne nous donneroit aucun résultat satisfaisant (2).

---

(1) Voyez page 364.

(2) Nous ne devons cependant pas dissimuler qu'il est difficile de concilier les trois dates qu'on lit dans la charte de Henri I, citée ci-dessus. Elle porte l'an 1060, la vingt-septième année du règne de ce prince, *indiction quinze.* Or Henri fut associé à la couronne par Robert son père le 14 mai 1027; si l'on compte de cette époque, la vingt-septième année de son règne tomboit à l'an 1054, et alors c'étoit l'indiction sept. Il succéda au roi Robert le 20 juillet 1031. Si l'on date de ce jour, la vingt-septième année étoit révolue à pareil jour de l'an 1058, et c'étoit l'indiction onze. Les savants bénédictins qui nous ont donné le *Gallia Christiana* et la collection des historiens de France, n'ayant pu concilier ces dates, se sont bornés à dire qu'elles étoient fautives ; qu'en 1060 c'étoit la vingt-neuvième année du règne de Henri, et qu'il faut aussi corriger l'indiction qui étoit la treizième en cette année. Jaillot, tout en reconnoissant le poids de cette autorité, propose cependant aussi ses conjectures. Il croit que la

Henri Ier avoit choisi des chanoines séculiers pour desservir l'église de Saint-Martin ; Philippe Ier leur substitua en 1079 les religieux de Cluni. Ce changement fit perdre à cette église le titre d'abbaye ; ce ne fut plus alors qu'un prieuré, qui étoit le second de cet ordre. Cette cession fut approuvée en 1097 par une bulle d'Urbain II. Louis-le-Gros en 1111, et Louis-le-Jeune en 1137, confirmèrent aussi tous les privilèges et toutes les possessions des religieux de Saint-Martin ; elles sont détaillées dans cette dernière charte, qu'on appelle par cette raison *la grande charte de Saint-Martin.*

Cette maison eut d'abord des prieurs réguliers. Au commencement du dix-septième siècle ils furent changés en prieurs commendataires. Quelques uns d'entre eux ont été abbés de Cluni, évêques et cardinaux, et l'on a vu dans ce monastère plusieurs religieux qui ne se sont pas rendus moins recommandables par leur érudition que par leurs vertus.

Ces religieux étoient seigneurs dans leur enclos, et ils y avoient en conséquence un bailliage et une geole ou prison. Ce bailliage connoissoit de toutes les causes civiles et criminelles dans l'étendue de son ressort. Les appels se relevoient au parlement.

L'église de Saint-Martin ne conservoit que le sanctuaire et le fond de l'ancien édifice bâti dans le onzième siècle. Ce fond qui se terminoit en rond étoit appelé *carole*, par corruption du mot latin *choraula*, rond-point. Quelques antiquaires, ignorant l'étymologie de ce nom, ont imaginé qu'il

---

véritable date est l'année 1059, indiction douze. Les copistes, dit-il, par ignorance ou négligence, auront pu facilement omettre la lettre I entre L et X, et auront écrit MLX pour MLIX, et, réunissant les deux II, auront mis XV pour XII à l'indiction. Les raisons dont il appuie son sentiment sont, 1° qu'il a été plus facile de se tromper sur ces chiffres que sur d'autres ; 2° que, suivant le calcul de nos anciens historiens, Henri est mort en 1059, et que par conséquent on ne pourroit admettre une charte de ce prince datée de 1060 ; enfin, qu'un auteur anonyme cité par Duchesne place en 1032 la mort du roi Robert, père de Henri I : la vingt-septième année du règne de ce prince tomberoit par conséquent à l'année 1059. Nous avouerons que ces preuves ne nous ont paru nullement décisives. L'auteur anonyme et les autres historiens ne s'accordant point sur l'époque de la mort du roi Robert, ne peuvent faire ensemble autorité pour déterminer le nombre des années du règne de Henri I, non plus que pour celle de sa mort. Il y a plus, on lit dans l'histoire de France du président Hénault qu'Henri I parvint à la couronne le 20 juillet 1031, âgé d'environ vingt-sept ans, qu'il *mourut sur la fin de l'année* 1060, âgé de cinquante-cinq ans. Suivant la supputation de l'âge, il seroit *mort en* 1059. Tout cela, nous le répétons, n'est pas facile à concilier ; mais il n'en est pas moins constant que Henri I fut le second fondateur de Saint-Martin-des-Champs.

tiroit son origine d'une image miraculeuse qui y fut placée du temps de Charles VI (1); mais l'abbé Lebeuf a prouvé que ce nom de *carole* existoit dès le quatorzième siècle, et qu'il étoit en usage dans d'autres pays. La tour des grosses cloches étoit aussi du genre de construction en usage sous Henri Ier et sous Philippe ; le grand portail paroissoit être également du même temps. Quant au chœur et à la nef, ils étoient d'un genre d'architecture bien postérieur. Ces deux parties de l'édifice formoient un grand vaisseau fort large, sans piliers, sans ailes et sans voûte ; il étoit simplement lambrissé et paroissoit avoir été élevé vers le règne de Philippe-le-Bel.

Au commencement du dix-huitième siècle cette église fut réparée, décorée d'une nouvelle façade et revêtue d'une riche boiserie, dans laquelle on encadra de très bons tableaux. Les bâtiments des religieux furent reconstruits à la même époque sur les dessins d'un architecte nommé *Le Tellier*. La façade sur le jardin avoit soixante-deux pieds de longueur sur dix de largeur et environ quarante cinq pieds de hauteur. Un pavillon de sept toises et demie de face, formant avant-corps au milieu, offroit les armes du roi sculptées dans son fronton ; les dimensions des deux ailes présentoient une longueur de vingt-deux toises sur cinq de largeur. C'étoit dans une de ces ailes qu'étoit la bibliothèque.

On admiroit le réfectoire bâti sur les dessins de Montereau, à cause de la légèreté de son architecture gothique, de la hardiesse de la voûte et de la délicatesse des piliers qui la soutenoient.

CURIOSITÉS DE SAINT-MARTIN-DES-CHAMPS.

TABLEAUX.

Dans la nef de l'église : quatre tableaux de *Jouvenet*.
1. J. C. chassant les marchands du temple.
2. La résurrection du Lazare.
3. J. C. à table chez les Pharisiens.
4. Les apôtres jetant leurs filets.

---

(1) Voyez page 324.

Au dessus du maître autel : une Nativité, par *Vignon*.

Dans le chœur, le Centenier, par *Cazès* ; l'Aveugle-né, par *Lemoine* ; l'entrée de J. C. dans Jérusalem, par *J. B. Vanloo* ; le Paralytique sur le bord de la piscine, par *Restout* père.

Dans la salle du chapitre : une Annonciation, par *Cazès* ; une adoration des mages, par *Oudry* ; une Présentation au temple, par *Carle Vanloo* ; les noces de Cana, par *Louis-Michel Vanloo*.

Dans le réfectoire : J. C. dans le désert, par *Nicolas Poilly* ; la vie de saint Benoît, représentée dans onze petits tableaux, par *Louis Sylvestre*.

La bibliothèque étoit composée d'environ quarante mille volumes, parmi lesquels il y avoit beaucoup de manuscrits. On y voyoit aussi deux très beaux globes de Coronelli.

TOMBEAUX.

Dans l'église avoient été inhumés : Philippe de Morvilliers, premier président au parlement, et Jeanne du Drac, son épouse, fondateurs en cette église d'une chapelle de saint Nicolas (1).

Pierre de Morvilliers, chancelier de France, leur fils, mort en 1476.

Dans la chapelle dite de Saint-Michel, située au midi de l'église Saint-Martin, à la distance de vingt pas, étoient les sépultures de tous ceux qui composoient la famille des *Arrodes*, anciens bourgeois de Paris du treizième siècle. Ces tombes étoient au nombre de trente-deux, à commencer par celle de Nicolas Arrode, fondateur de cette cha-

---

(1) Sur une table de marbre attachée à l'un des piliers de cette chapelle, on lisoit une fondation faite par eux en 1426, en faveur de l'église de Saint-Martin-des-Champs, à la charge que les religieux, *par leur maire et un religieux, doivent donner chacun an la veille de Saint-Martin d'hiver, au premier président du parlement, deux bonnets à oreilles, l'un double et l'autre sengle *, en disant certaines paroles ; et au premier huissier du parlement de Paris ungs gands et une escriptoire, en disant certaines paroles ; et doivent être lesdits bonnets du pris de vingts sols parisis, et lesdit gands et escriptoire de douze sols parisis*, etc.

Voici les compliments que le maire et un religieux faisoient au premier président et au premier huissier du parlement, en leur présentant les présents ordonnés par la fondation.

AU PREMIER PRÉSIDENT.

Monseigneur,

Messire Philippe de Morvilliers, en son vivant premier président en parlement, fonda, en l'église et monastère de monsieur Saint-Martin-des-Champs à Paris, une messe perpétuelle, et certain autre service divin, et ordonna, pour la mémoire et conservation de ladite fondation, être donné et présenté, chacun an à ce jour, à monseigneur le premier président du parlement, qui pour le temps seroit, par le maire desdits religieux, et un d'iceux religieux, ce don et présent, lequel il vous plaise prendre en gré.

Le discours au premier huissier étoit le même, à l'exception de la qualité.

* *Sengle* veut dire simple, sans ornements ni fourrures.

pelle (1), et mort en 1252. Les plus nouvelles ne passoient pas le quatorzième siècle, et leurs épitaphes, conservées par dom Marrier, sont remarquables pour l'orthographe.

L'église Saint-Martin possédoit un petit ossement de son patron, et plusieurs autres reliques qui, quoique peu authentiques, jouissoient à Paris d'une grande réputation. (Lebeuf, *t. 1, p.* 307) (2).

LES FILLES DE LA MAGDELEINE.

Voici encore une de ces institutions créées par cet amour de l'ordre et cet esprit de charité que la religion répandoit autrefois à Paris dans toutes les classes de la société. Ce n'étoit pas seulement dans les plus illustres maisons, parmi ceux à qui leur rang et leurs richesses rendoient ces vertus plus faciles, que l'on rencontroit de ces bienfaiteurs de l'humanité souffrante ; il n'étoit pas rare de trouver dans les classes les plus obscures des hommes à qui la piété inspiroit de ces généreux desseins, que sans elle ils n'eussent sans doute jamais eu la force de concevoir et d'exécuter. En 1618, deux filles, engagées dans le libertinage et tombées dans l'abandon et la misère qui en sont les suites ordinaires, trouvèrent le moyen de faire connoître leur situation au sieur *Robert Montri*, marchand de vin, que sa bienfaisance et la sainteté de ses mœurs rendoient respectable à tout son quartier. En implorant ses secours, elles lui témoignèrent un tel repentir de leurs égarements, un désir si vif de sortir de leur malheureux état et de se convertir, que cet homme charitable, touché de leur affliction, les retira chez lui, et forma dès-lors le projet de procurer une retraite à celles qui voudroient suivre leur exemple. Après s'être assuré par une courte épreuve de la sincérité de leurs résolutions, il engagea la dame *Chaillou*, qui demeuroit près de la porte Saint-Honoré, à se charger de ces deux infortunées; mais cette dame ayant rompu peu de temps après l'engagement

---

(1) Voyez page 379.

(2) L'église de Saint-Martin-des-Champs sert aujourd'hui de dépôt au Conservatoire des Arts et Métiers.

qu'elle avoit pris avec lui, Montri fit rentrer ces filles dans sa propre demeure, située près de la Croix-Rouge, et en prit une autre à loyer où il alla s'établir avec sa famille. A peine cet asile eut-il été ouvert, que quelques autres filles vinrent se joindre aux premières. Les Bénédictines de l'abbaye Saint-Germain-des-Prés, dans la censive desquelles se trouvoit la maison qu'elles occupoient, leur accordèrent aussitôt la permission d'avoir une chapelle qui fut bénite, et dans laquelle on dit la première messe le 25 août de la même année 1618.

L'accroissement rapide de cet établissement démontra bientôt combien il étoit utile : il s'agissoit d'en assurer la stabilité en lui procurant des ressources suffisantes, ce qui étoit au-dessus des moyens du pieux fondateur; mais il ne tarda pas à trouver des coopérateurs d'une si bonne œuvre. M. Dupont, curé de Saint-Nicolas-des-Champs, le P. Athanase Molé, capucin, et M. Dufresne, officier aux gardes, entrèrent d'abord dans ses vues et apportèrent les premiers secours; ils furent bientôt heureusement secondés par une main plus puissante. *Marguerite-Claude de Gondi*, veuve de *Florimond d'Halluyn, marquis de Maignelay*, se déclara fondatrice du nouvel établissement. Déjà celles qui le composoient, sentant les dangers auxquels les exposoit la liberté qu'elles avoient de sortir et de revoir le monde qu'elles vouloient entièrement quitter, avoient demandé la clôture et l'avoient obtenue : elles abandonnèrent alors la demeure de Montri, et ce fut madame de Maignelay qui acheta, de ses propres deniers, la maison située rue des Fontaines que ces religieuses ont occupée jusqu'au moment de la révolution. Elle les en rendit propriétaires en les y installant le 29 octobre 1620, et joignit à ce premier bienfait un legs de 101,600 livres, somme très considérable pour ce temps-là, quoiqu'insuffisante encore pour tous les besoins d'une communauté.

Louis XIII, informé qu'un établissement dont on retiroit des avantages si considérables n'avoit pas encore tous les moyens nécessaires pour se soutenir, voulut aussi être au nombre de ses bienfaiteurs et lui assigna une somme de 3000 livres, à prendre chaque année sur la recette générale de Paris. Le brevet de ce prince, daté du mois de mai 1625, fut enregistré au bureau des finances le 11 février 1626.

Comme une institution de cette nature ne peut se maintenir que par la sagesse et la prudence de son administration, on jugea qu'il n'étoit pas convenable de la confier à des personnes sans expérience, et dont la ferveur et le repentir ne pouvoient remplacer les talents nécessaires à un ministère aussi difficile et aussi délicat. Il fut donc décidé qu'on chercheroit hors de la maison les personnes à qui seroit remis le soin de la gouverner. Les religieuses de la Visitation de Sainte-Marie acceptèrent cette direction qu'on vint leur offrir ; M. de Gondi approuva ce choix le 13 juillet 1629; et le 20 du même mois quatre religieuses de cet ordre furent mises à la tête de la nouvelle communauté.

Le nouvel institut fut approuvé par une bulle d'Urbain VIII, du 15 décembre 1631, et confirmé par des lettres-patentes du 16 novembre 1634, enregistrées au parlement le 30 août 1640, à la chambre des comptes le 24 mars 1662, et au bureau des finances le 29 mars 1678. Pour que rien ne pût en altérer la solidité, les religieuses de la Visitation firent dresser en 1637 des constitutions que M. de Gondi approuva le 7 juillet 1640.

Elles gardèrent pendant plus de quarante ans le pénible emploi dont elles s'étoient volontairement chargées; et ce n'est qu'en 1671 qu'elles témoignèrent le désir d'être remplacées dans l'administration de cette maison. On leur substitua des Bénédictines de l'abbaye de Bival en Normandie, qui cinq ans après (le 31 mars 1677) firent place à des Ursulines de la maison de Sainte-Avoie. Celles-ci montrèrent plus de patience et de courage, et ne se retirèrent qu'après trente ans d'administration, le 18 juillet 1707. Les Ursulines de Saint-Denis, qui vinrent après elles, n'y restèrent que trois ans ; à celles-ci succédèrent les Hospitalières de la Miséricorde de Jésus, qui, après un séjour de dix ans dans cette maison, la quittèrent à leur tour le 2 mai 1720.

Enfin ce gouvernement si difficile fut confié aux religieuses de Saint-Michel qui s'y sont maintenues jusqu'à l'époque de la révolution, d'autant plus admirables dans leur zèle et dans leur dévouement, que toutes celles auxquelles elles succédoient avoient éprouvé que les vertus ordinaires de la vie religieuse ne suffisoient pas pour diriger un établissement de l'espèce de celui-ci, et n'avoient pu triompher d'aussi pénibles épreuves.

Cette communauté étoit distribuée en trois classes.

La première, sous le titre de la Magdeleine, étoit composée de celles dont la ferveur et la piété, après plusieurs épreuves, avoient été reconnues assez solides pour qu'elles pussent être admises à faire des vœux. Celles-ci portoient l'habit de l'ordre de Saint-Augustin.

La seconde, sous le nom de Congrégation de Sainte-Marthe, comprenoit celles qui, revenues de leurs égaremens, ne montroient pas encore une vocation assez décidée pour qu'on pût les admettre dans la première, ou qui ne pouvoient y entrer à cause des engagemens qu'elles avoient contractés dans le monde. Cette classe portoit un habit gris.

Enfin la troisième comprenoit un certain nombre de personnes qui avoient été placées dans la maison contre leur gré pour y faire une pénitence involontaire. Cette dernière classe étoit distinguée par un habit noir.

L'église de ce couvent étoit sous l'invocation de la Sainte-Vierge : elle fut bâtie en 1680 et dédiée le 2 septembre 1685 (1).

Comme le couvent de la Magdeleine étoit dans la censive du prieuré de Saint-Martin-des-Champs, il lui payoit tous les ans, le jour de saint Jean-Baptiste un cens annuel, et de plus cent sous à chaque mutation de prieur de Saint-Martin-des-Champs, que ces religieuses avoient choisi pour *leur homme vivant et mourant* (2) ; cette dernière redevance étoit établie pour le droit d'indemnité de l'acquisition qu'elles avoient faite de trois maisons, par contrat du 3 septembre 1633.

L'église et la maison n'avoient rien dans leur intérieur qui fût digne d'être remarqué (3).

---

(1) En 1647 on avoit construit dans ce couvent une chapelle semblable à celle de Notre-Dame-de-Lorette, et sous le même titre. Elle fut bâtie par les ordres de M. de Fieubet, trésorier de l'épargne, et de dame Claude Ardier, sa veuve, pour satisfaire à la dernière volonté de demoiselle Marguerite de Fieubet leur fille, morte à l'âge de seize ans, le 11 novembre 1646. Elle avoit visité deux fois la chapelle de Notre-Dame-de-Lorette, et témoigné un désir très ardent d'en faire bâtir une semblable. La reine Anne d'Autriche assista à la première messe qui fut chantée dans cette chapelle le 22 mars 1648.

(2) Voyez tome Ier, p. 506.

(3) Cette communauté, vulgairement connue sous le nom de *Magdelonnettes*, est aujourd'hui une maison de réclusion.

VUE DE LA PORTE SAINT MARTIN, (côté de la Ville.)

LA PORTE SAINT-MARTIN.

La porte Saint-Martin, construite peu de temps après celle de Saint-Denis, est comme elle un monument de l'amour et de la reconnoissance de la ville de Paris envers Louis XIV. Elle fut élevée sur les dessins de Pierre *Bullet*, disciple de François Blondel ; mais quoiqu'elle offre des beautés, elle est loin d'égaler le caractère noble et élégant de l'autre édifice.

La masse générale de cette porte offre, de même que la première, un carré parfait. Sa hauteur est de cinquante-quatre pieds sur une largeur égale, y compris l'attique qui règne au-dessus de l'entablement, lequel a onze pieds de hauteur ; son épaisseur est de quinze pieds : elle est percée de trois arcades en plein cintre, une grande et deux petites. Celle du milieu a quinze pieds de largeur sur trente de hauteur ; les deux autres huit sur seize ; quatre pieds-droits larges de cinq pieds et demi soutiennent ces portes latérales. Les deux faces et les retours sont ornés de bossages vermiculés, excepté les deux côtés du grand arc qui sont occupés par des bas-reliefs. Le tout est couronné d'un riche entablement dont la saillie est soutenue par des consoles pratiquées dans la frise ; au-dessus règne un attique dans toute la largeur du monument.

Les deux bas-reliefs qui ornent la façade du côté de la ville représentent la prise de Besançon et la triple alliance. Ceux qui sont en regard du faubourg offrent la prise de Limbourg, et la défaite des Allemands exprimée par la figure allégorique du dieu Mars repoussant un aigle. Ces sculptures ont été exécutées par quatre artistes, *Desjardins, Marsy, Le Hongre et Le Gros.*

Aux extrémités de l'attique qui couronne toute cette construction sont placés deux pilastres angulaires saillants, entre lesquels est une grande table enrichie dans sa bordure de moulures et taillée d'ornements. Cette table répétée des deux côtés de la façade contient des inscriptions qui, comme celles de la porte Saint-Denis, sont de la composition de François Blondel (1).

L'usage de vermiculer les pierres étoit très pratiqué avant Louis XIV, et de son temps quelques architectes avoient encore conservé ce genre d'ornement. L'espèce de richesse qu'il répand sur un édifice, nous a toujours semblé de mauvais goût, et présenter, dans son effet, quelque chose de rustique qui convenoit peu sur-tout à la décoration d'une porte triomphale élevée dans la capitale. Il donne au monument dont nous parlons une sorte de pesanteur qui n'est pas le caractère qu'il doit avoir; et par un contraste qui forme une inconvenance de plus, le grand entablement à consoles qui couronne l'arc et le sépare de l'attique, quoique exécuté avec une grande pureté, est composé de trop de petites parties, et chargé de trop d'ornements relativement à la simplicité du reste de l'édifice. Tels sont, selon nous, les défauts de cette construction qui, sous le rapport de l'harmonie qui règne dans les proportions générales, mérite des éloges.

L'OPÉRA.

LE théâtre dont nous allons parler a subi depuis sa naissance de grandes révolutions. Personne n'ignore qu'il se compose d'une réunion complète de toutes les merveilles des beaux-arts. C'est un tableau pompeux et magique dans lequel la poésie, la musique, la peinture, la sculpture, l'architecture, étalent à l'envi, et souvent déploient dans le même instant toutes leurs

---

(1) Dans la table du côté de la ville on lit :

Ludovico Magno, Vesontione Sequanisque bis captis, et fractis Germanorum, Hispanorum et Batavorum exercitibus, Præf. et ædil. poni C. C. anno R. S. H. M. DC. LXXIV.

Du côté du faubourg :

Ludovico Magno, quod Limburgo capto impotentes hostium minas ubiquè repressit, Præf. et ædil. poni C. C. anno R. S. H. M. DC. LXXV.

richesses : l'œil est séduit, l'oreille enchantée ; on essaie aussi d'y toucher le cœur et d'y intéresser l'esprit. Mais peut-être faut-il chercher dans cette surabondance même de jouissances, dans ces prestiges si divers, si multipliés, si éblouissants, la cause du peu d'effet que ce spectacle produit sur les esprits délicats, qui, comme le dit La Bruyère, n'y trouvent assez ordinairement que de la fatigue et de l'ennui, malgré la dépense *toute royale* que l'on prend plaisir à y prodiguer.

Nous empruntâmes ces faux brillants à l'Italie : c'est là qu'il faut chercher le berceau de l'opéra (1), dont on fit d'abord en France d'informes essais, pour le porter ensuite à un degré de perfection que les inventeurs n'avoient pas même soupçonné. Des deux parties principales qui le composent, le poëme lyrique et les ballets d'action, celle-ci fut la première qui s'introduisit parmi nous. Dès le commencement du seizième siècle, on faisoit entrer dans la composition des fêtes de la cour des danses figurées que l'on entremêloit de récits et de dialogues ; mais il n'y avoit dans cet assemblage bizarre ni règles ni invention. Le premier où l'on remarqua quelques traces de bon goût fut celui que l'on dansa, en 1581, aux noces du duc de Joyeuse et de mademoiselle de Vaudemont, sœur de la reine. Il avoit été composé par un Italien nommé *Balthasarini*, devenu valet-de-chambre de Catherine de Médicis, sous le nom de *Balthasar de Beaujoyeux*.

Quelque temps avant les fêtes de ce mariage, *Jean-Antoine Baïf*, qui étoit à la fois poëte et musicien, et qui, à cette époque, passoit pour exceller également dans ces deux arts, avoit déjà essayé d'introduire en France les spectacles qu'il avoit vus dans son enfance à Venise, où il étoit né pendant que son père y étoit ambassadeur. Mais dans cette alliance qu'il voulut faire de la poésie avec la musique, il se trompa sur le génie de la langue française, qui, jusqu'à Malherbe, semble avoir été méconnu de tous nos poëtes, et offrit dans ses productions lyriques des vers composés d'ïambes, de dactyles et de spondées, où il prétendit imiter l'harmonie et les formes

---

(1) Il fut, dit-on, inventé par un poëte italien nommé *Ottavio Rinuccini*, natif de Florence, et qui vivoit dans le seizième siècle. S'étant associé avec un musicien nommé *Giacomo Corsi*, ils composèrent ensemble, et firent représenter, devant le grand-duc de Toscane, le premier opéra qui ait été donné en Italie. Cette pièce étoit intitulée *les Amours d'Apollon et de Circé*. Ce Rinuccini vint ensuite en France à la suite de la reine Marie de Médicis.

de la poésie grecque et latine. Toutefois son entreprise eut du succès : le roi Charles IX, qui aimoit la musique, assistoit une fois par semaine aux représentations que Baïf donnoit dans sa propre maison, faubourg Saint-Marcel, et l'avoit autorisé à donner à son spectacle le nom d'*Académie de musique*, par des lettres-patentes où il s'en étoit déclaré le protecteur et le *premier auditeur*. Henri III lui continua la même protection, et sous son règne il ne se fit à la cour ni ballets ni mascarades qui ne fussent inventés et dirigés par Baïf, et par son associé *Jacques Mauduit*, greffier des requêtes, et comme lui poëte et musicien.

Après la mort de Baïf, arrivée en 1589, l'académie de musique fut transférée chez Mauduit ; mais elle ne s'y soutint que foiblement, et finit par s'éteindre entièrement au milieu des agitations des guerres civiles, qui arrêtèrent tout à coup en France les progrès de tous les beaux-arts.

Depuis cette époque jusqu'au milieu du siècle suivant, on ne voit plus aucune trace de ce spectacle, dont on avoit même presque perdu le souvenir, lorsqu'en 1645 et 1647 le cardinal Mazarin fit venir d'Italie, pour l'amusement du jeune roi, des acteurs qui jouèrent au Petit-Bourbon deux opéras italiens (1). Cette nouveauté fit un plaisir extrême à toute la cour. On admira la beauté de la musique et des voix, le jeu surprenant des machines, la magnificence des habits et des décorations ; et dès ce moment les poëtes français conçurent l'idée d'imiter ces représentations italiennes.

L'Andromède du grand Corneille, donnée en 1650, fut le premier essai que l'on fit en ce genre. C'étoit une espèce de tragédie à machines, où les personnages chantoient et déclamoient tour à tour. Elle fut aussi jouée sur le théâtre du Petit-Bourbon par la troupe royale ; et l'on n'épargna aucune dépense pour que la pompe de cette représentation égalât celle des opéras italiens. Toutefois ce n'étoit point encore tout-à-fait le même spectacle : personne n'osoit hasarder l'union complète de la musique avec des paroles françaises, parcequ'on étoit déjà imbu de ce préjugé que beaucoup de personnes ont conservé jusqu'à présent, que notre langue n'est point propre à être chantée ; du reste on manquoit de musiciens et de belles voix. La

---

(1) Le premier avoit pour titre : *La Festa Théatrale de la Finta Pazza ;* le second : *Orfeo e Euridice.*

cour offroit seule de temps en temps quelque image des opéras dans les ballets ingénieux que composoit le poëte *Benserade*, divertissements qu'il entremêloit de déclamations et de symphonies, et dans lesquels les princes, les plus grands seigneurs de la cour, et le roi lui-même ne dédaignoient pas de figurer.

Enfin, en 1659, l'abbé *Perrin*, successeur de Voiture dans la charge d'introducteur des ambassadeurs auprès de Gaston, duc d'Orléans, entreprit de vaincre ces fausses délicatesses qui sembloient mettre un obstacle insurmontable à l'établissement de l'opéra français. Quoiqu'il fût absolument dépourvu de tout talent pour la poésie et pour le théâtre, il eut la hardiesse de composer une pastorale en cinq actes qu'il fit mettre en musique par *Cambert*, organiste de Saint-Honoré, et l'un des plus grands musiciens qu'il y eût alors. Quoique l'invention de cet ouvrage fût misérable et que les vers en fussent très mauvais, il obtint cependant un très grand succès à Issy, où il fut d'abord représenté dans une maison particulière, et ensuite à Vincennes, où on le joua devant le roi. « Ce fut, dit Saint-Evremont, « comme un essai d'opéra qui eut l'agrément de la nouveauté; mais ce qu'il « y eut de meilleur encore, c'est qu'on y entendoit des concerts de flûtes, « ce que l'on n'avoit point entendu sur aucun théâtre, depuis les Grecs « et les Romains. »

Toutefois ce spectacle avoit été représenté sans danses et sans machines, c'est-à-dire qu'il étoit encore dépourvu de la plus grande et de la plus belle partie des agréments de l'opéra italien. L'abbé Perrin, encouragé par le succès qu'il venoit d'obtenir, et sur-tout par la satisfaction que lui témoigna le cardinal Mazarin (1), étendit ses vues plus loin, et s'étant associé le marquis de *Sourdéac*, seigneur très riche, et qui avoit fait une étude approfondie de l'art de machines, il obtint, conjointement avec lui, des lettres-patentes du roi, datées du 28 juin 1669, par lesquelles il leur fut permis d'établir, pendant douze années, dans la ville de Paris et dans les autres villes du royaume, des académies de musique, pour chanter en

---

(1) Il composa, sur la demande de ce ministre, un opéra d'Ariane, plus mauvais encore que sa pastorale, mais dont la musique fut jugée le chef-d'œuvre de Cambert. Il fut joué en 1661, l'année même de la mort du cardinal; et cette mort, qui en arrêta les représentations, suspendit aussi quelque temps les progrès de ce nouveau genre de spectacle.

public des pièces de théâtre, à l'imitation de ce qui se pratiquoit en
Italie, en Allemagne et en Angleterre. Un certain *Champeron*, admis
dans leur association, fournissoit aux principaux frais de l'entreprise. On
fit venir du Languedoc les plus célèbres musiciens que l'on tira des cathé-
drales, où il y avoit depuis assez long-temps des musiques fondées; Cambert
y joignit les meilleures voix qu'il put trouver, et l'on commença aussitôt
les répétitions d'un opéra intitulé *Pomone*, et qui étoit encore de la
composition de l'abbé Perrin. Pendant ces répétitions on achevoit d'arran-
ger un théâtre que les entrepreneurs avoient fait élever dans un jeu de
paume de la rue Mazarine, vis-à-vis la rue Guénégaud (1). Le 28 mars 1671,
l'ouvrage y fut représenté avec beaucoup de magnificence et un très
grand succès. Mais l'intérêt jeta bientôt de la division parmi les associés;
le marquis de Sourdéac, sous prétexte des avances qu'il avoit faites,
s'empara de la recette, et voulut même expulser entièrement l'abbé Perrin
de cette entreprise, en s'associant pour un nouvel opéra avec *Gilbert*,
secrétaire des commandements de la reine de Suède, et son résident en
France.

Ce fut alors que Jean-Baptiste Lully, devenu depuis si célèbre et déjà
surintendant de la musique du roi, obtint, à la faveur de ces divisions,
le privilège de l'administration de l'Opéra. L'abbé Perrin, dégoûté des
tracasseries qu'il venoit d'éprouver, lui céda sans beaucoup de regrets tous
ses droits, et Cambert, déplacé par un rival qui lui étoit de beaucoup
supérieur, passa en Angleterre, où il mourut en 1677, surintendant de la
musique de Charles II. Les lettres-patentes qu'obtint Lully furent conçues
de manière qu'elles le rendoient maître absolu de l'entreprise (2); et sur-
le-champ, pour n'avoir rien à démêler avec les associés de Perrin, dont il
avoit conçu une juste méfiance, il refusa de se servir du théâtre de la rue

---

(1) Il en existe encore des débris.

(2) Ces lettres-patentes permettoient au sieur *Lully* d'établir une Académie royale de musique à
Paris, composée de tel nombre et qualité de personnes qu'il aviseroit, et que le roi choisiroit et arrêteroit
sur son rapport. Ce privilège, dont il devoit jouir sa vie durant, étoit en outre transmissible à celui de
ses enfants qui seroit pourvu de la survivance de la charge de surintendant de la chambre du roi. Ces
mêmes lettres ajoutoient que l'Académie royale de musique étoit érigée sur le pied des académies d'Italie,
et que les gentilshommes et les demoiselles pourroient y chanter, sans que, pour cela, ils fussent censés
déroger aux titres de noblesse, ni à leurs privilèges, charges, droits, immunités, etc.

Mazarine, et alla en établir un nouveau dans le jeu de paume du Bel-Air, situé rue de Vaugirard, à peu de distance du palais du Luxembourg. Il s'étoit déjà attaché *Quinault*, pour la composition des poëmes, et pour les machines il engagea un Italien, nommé *Vigarani*, lequel étoit en ce genre un des hommes les plus habiles de l'Europe.

L'ouverture de leur théâtre se fit le 15 novembre 1672, et ils continuèrent d'y représenter jusqu'au mois de juillet 1673. Mais la mort de Molière, arrivée le 17 février de cette même année, ayant inspiré au roi le dessein de faire quelques changements dans les théâtres établis à Paris, la salle du Palais-Royal, qui depuis 1661 étoit alternativement occupée par la troupe de cet homme illustre et par les comédiens italiens, fut accordée à Lully pour les représentations de l'Opéra, ce qui dura jusqu'à sa mort arrivée en 1687, et continua ensuite sous l'administration de *Francine*, son gendre et premier maître-d'hôtel du roi.

Francine en jouit jusqu'en 1712, époque à laquelle sa mauvaise administration le mit dans la nécessité d'abandonner à ses créanciers la direction de l'entreprise. Ceux-ci choisirent parmi eux un régisseur qui dirigea les affaires au nom de Francine, et qui toutefois ne fut pas plus heureux que lui, car il se trouva qu'en 1724 il avoit endetté l'Opéra de plus de 300,000 liv. Le roi prit alors le parti de nommer lui-même un directeur et un caissier comptables envers lui; ce qui dura jusqu'au 1er juin 1730, qu'un arrêt du conseil accorda, pour trente années, le privilège de l'Opéra au sieur *Gruer*, sous la condition qu'il en acquitteroit toutes les dettes.

Cet engagement, qui sembloit assurer solidement, et pour un terme assez long, les destinées de ce théâtre, ne dura qu'un moment; Gruer fut forcé, au bout d'un an, pour des fautes assez graves, de se démettre de son privilège, qui fut donné au sieur *Lecomte*, sous-fermier des aides. On voit, au bout de trois ans, celui-ci solliciter sa retraite pour quelques tracasseries qu'il ne voulut point supporter. A ce dernier administrateur succède un ancien capitaine au régiment de Picardie, nommé *Thuret*, qui conduit cette entreprise difficile plus heureusement que ses devanciers, et la garde jusqu'en 1744. A cette époque elle tombe entre les mains d'un sieur *Berger*, ancien receveur des finances, qui, dans l'espace de trois ans et demi, la grève de 450,000 liv. de dettes, ce qui fut reconnu, après sa mort, arrivée le 3 novembre 1747.

Fatigué de tant de révolutions , le roi crut y porter remède en remettant la régie de l'Opéra aux sieurs *Francœur* et *Rebel*, tous les deux surintendants de sa musique; mais il ne paroît pas que cette direction ait été moins mauvaise que les précédentes; car , le 4 mai de l'année suivante, un sieur de *Tresfontaine* en obtint de nouveau le privilège , à la charge d'acquitter toutes les dettes contractées par Berger ; mais , peu de temps après , ce nouveau contrat fut encore rompu , parceque celui qui l'avoit signé se trouva hors d'état d'en remplir les engagements.

Après tant de fâcheuses catastrophes , la chute totale d'un théâtre qui faisoit un des plus beaux ornements de la capitale sembloit être inévitable. Pour prévenir un évènement dans lequel la gloire nationale étoit en quelque sorte intéressée , on ne vit d'autre parti à prendre que d'annuler tous les privilèges accordés jusqu'à cette époque , et de charger à perpétuité de cette administration les officiers composant le corps de ville , sous la condition d'en rendre compte au secrétaire d'état ayant le département de la maison de Sa Majesté. Ce nouvel ordre fut établi par un arrêt du conseil, du mois d'août 1749.

En conséquence de cet arrêté , le bureau de la ville prit la direction de l'Opéra , et se chargea lui-même de l'administrer , ce qu'il fit jusqu'en 1757. A cette époque , les anciens directeurs , Francœur et Rebel, reparoissent dans cette affaire , et reprennent , comme fermiers de la ville , la régie de ce théâtre , ce qu'ils continuèrent pendant dix années seulement , quoique leur bail fût de trente. Mais les conditions en étoient trop onéreuses pour qu'ils pussent l'exécuter jusqu'au bout , et il paroît qu'on en fut frappé , puisqu'ils en obtinrent , sans beaucoup de peine , la résiliation. Depuis leur retraite jusqu'en 1775 , on voit plusieurs particuliers (1) prendre successivement leur place , essayer de résoudre le problème impossible de balancer la recette avec la dépense , et se retirer presque aussitôt après avoir commencé ces périlleux essais. L'Opéra étoit cependant bien loin d'avoir la pompe et la richesse qu'on y déploie maintenant.

En 1776 les administrateurs des Menus-Plaisirs imaginèrent qu'ils seroient plus habiles ou plus heureux , et demandèrent à la ville de leur

---

(1) Les sieurs Trial, Le Breton, Joliveau et d'Auvergne.

céder cette direction , qu'ils s'empressèrent de lui rendre dès l'année suivante. Après eux vint encore un entrepreneur (le sieur *de Vismes*), qui
ne tint aussi qu'une année. Enfin , en 1780 , il fut tellement démontré
que ce spectacle ne pouvoit se soutenir dignement que par la munificence
royale , qu'on prit définitivement le seul parti qu'il fût convenable de
prendre , lequel étoit de le faire rentrer pour toujours sous la protection
puissante du roi. Des directeurs nouveaux furent nommés sous l'inspection immédiate du ministre de l'intérieur, et le trésor public se chargea
de l'excédant des dépenses. Ce nouvel ordre s'est maintenu jusqu'à la fin
de la monarchie , et pendant ce court espace de temps , l'Opéra , dont le
déficit n'a cessé d'augmenter , s'est aussi tellement accru en merveilles et
en magnificence , qu'il est devenu, sans contredit , le spectacle le plus
étonnant de l'Europe.

Ce théâtre avoit éprouvé bien d'autres vicissitudes : en 1763, le feu prit à la
salle du Palais-Royal, où il étoit toujours resté depuis qu'il y avoit succédé à
la troupe de Molière. L'incendie se communiqua avec la plus extrême violence à la partie du bâtiment qui tenoit au palais, et fit en peu de temps des
progrès si considérables, que la salle fut consumée avant qu'il eût été possible d'y apporter le moindre secours (1). Cet accident interrompit les représentations de l'académie royale de musique jusqu'au 24 janvier 1764, que
le roi permit à ses membres de s'établir dans la salle des Tuileries, vulgairement nommée *salle de machines* (2). Ce fut là qu'ils donnèrent la
première représentation de l'opéra de *Castor et Pollux*.

Ils y restèrent dix ans. Pendant cet intervalle on reconstruisit la façade
entière du Palais-Royal (3) ; et sur un terrain donné par M. le duc
d'Orléans, fut bâtie, aux frais de la ville, une nouvelle salle plus vaste et
beaucoup plus riche que la première. Elle avoit été élevée sur les dessins de
M. Moreau, à qui l'on devoit aussi la nouvelle façade ; et tous les historiens
de Paris ont vanté l'élégance de cette construction, dont la forme arrondie
étoit à peu près la même que celle qu'on emploie aujourd'hui. Elle devoit
en effet , quels que fussent ses défauts , paroître un chef-d'œuvre à côté de

(1) Le comble du grand escalier s'écroula en une heure et demie.
(2) Voyez tom. Ier, page 425.
(3) Voyez tome Ier, page 393.

l'ancienne , bâtie dans le dix-septième siècle , et à une époque où l'on n'apportoit ni soin ni expérience dans la disposition de semblables édifices.

L'ouverture s'en fit le 26 janvier 1770 ; et le 21 juin 1781 , un nouvel incendie , aussi violent que le premier , consuma , en quelques heures , ce riche monument. Le goût du public pour ce genre de spectacle étoit alors plus vif que jamais , et l'idée d'en être privé pendant un long intervalle répandit , au milieu d'un peuple dont les frivolités étoient alors la plus grande affaire , une sorte de consternation qu'on jugea à propos de faire cesser le plus promptement possible. Des ordres furent donnés pour que l'on construisît à l'instant même , et avec tous les moyens qui pouvoient en accélérer l'édification , une salle provisoire où l'académie royale de musique pût continuer ses représentations , en attendant qu'il plût au roi de désigner la place qu'il vouloit qu'elle occupât. On choisit à cet effet un emplacement situé entre le boulevard Saint-Martin et la rue de Bondi ; et l'architecte chargé de cette entreprise , M. *Le Noir* , y mit une telle activité , que , dans l'espace de soixante-quinze jours , la nouvelle salle fut composée , bâtie , décorée , et qu'on put en faire l'ouverture.

Cet édifice , entièrement construit en charpente , et élevé en si peu de temps , n'en étoit pas moins , tant pour la solidité de sa construction que pour l'élégance de son ensemble , un des monuments les plus remarquables en ce genre qu'il y eût alors à Paris.

Sa principale façade sur le boulevard a quatre-vingt-seize pieds de long sur cinquante-quatre de haut , non compris l'attique , qui s'élève encore de douze pieds au-dessus. Cet attique , percé de cinq croisées , et surmonté d'un comble , est posé à l'aplomb de l'avant-corps , qui a environ douze pieds de saillie sur les arrière-corps.

L'ordonnance de cette façade est composée d'un soubassement appareillé en refends horizontaux et verticaux sur l'avant-corps seulement. Huit cariatides adossées aux piliers qui forment les portes d'entrée en font la décoration ; sur cette première ordonnance sont posées huit colonnes ioniques accouplées , et dont la corniche architravée se termine à une niche carrée, dans laquelle toutes ces parties d'ornements sont renfermées , ainsi que le bas-relief qui les surmonte. Entre les colonnes étoient autrefois placés les bustes de Quinault , de Lully , de Rameau , et de Gluck ; et dans les entrecolonnements, des croisées ornées d'archivoltes et de bas-reliefs conduisent au balcon du foyer, lequel est porté par les cariatides. Tout cet avant-corps est terminé par un entablement d'ordre dorique composé, avec colonnes cannelées, et finit en plinthe sur les arrière-corps.

L'intérieur de la salle offre un cercle parfait, coupé par l'avant-scène. Cette forme, qui se conservoit alors jusqu'aux quatrièmes loges, se terminoit au-dessus par un carré long tronqué dans les angles (1). L'avant-scène avoit trente-six pieds d'ouverture, le théâtre soixante-douze de profondeur, et quatre-vingt-quatre dans sa largeur totale d'un mur à l'autre. Toute cette composition étoit décorée avec élégance et légèreté.

C'est sur ce théâtre que l'Opéra a commencé à développer cette magnificence de décorations, cette variété de tableaux, en un mot, tous ces prestiges de l'art qui en font aujourd'hui un spectacle unique dans le monde. L'époque où il fut ouvert est aussi celle d'une nouvelle école de danse, dans laquelle cet art a été tellement perfectionné, qu'on peut douter qu'il soit jamais possible d'aller au-delà; et les ballets d'action qu'on y a représentés, ceux que compose encore aujourd'hui M. Gardel, sont, sans contredit, la merveille la plus ravissante de ce séjour enchanté. Une révolution non moins heureuse s'étoit faite peu de temps auparavant dans la musique. Elle n'avoit été, sous Lully, qu'une sorte de déclamation notée, pauvre d'effets, parceque l'art étoit encore dans son enfance, mais qui ne manquoit ni d'expression ni de naïveté; *Rameau* lui avoit donné plus de richesse d'harmonie, des effets d'orchestre plus brillants; mais, dans ses compositions, la déclamation avoit perdu de sa vérité, la mélodie étoit devenue lourde et monotone. Son école, qui forme la seconde époque de l'art musical en France, fut suivie d'une troisième, que *Gossec* et *Philidor* eurent la gloire de préparer. Ces deux estimables compositeurs surent profiter des ressources trouvées par Rameau, en évitant les vices de sa mélodie systématique, et ouvrirent la carrière au célèbre *Gluck*, qui réunit, à la vérité de la déclamation, à la beauté des chants, toute la richesse des effets. Il ne laissoit à désirer qu'un peu plus de charme et de suavité dans la mélodie : on dut ce perfectionnement à *Sacchini*. Sans faire une nouvelle époque, cet Italien fameux semble être venu pour mettre la dernière main à l'œuvre si heureusement commencée par ses prédéces-

---

(1) Cette disposition a été changée depuis la restauration de cette salle.

seurs; après lui, d'habiles compositeurs, qui sont encore aujourd'hui l'honneur et l'exemple de l'école, tels que MM. *Méhul, Chérubini*, etc., nous paroissent avoir fixé le véritable caractère de la musique française, en faisant entrer dans la leur les richesses de l'un et de l'autre de ces deux grands maîtres.

Quant aux poëmes lyriques, *Quinault* les avoit portés, dès le commencement, à une perfection qui, depuis, n'a point été égalée. Après s'être long-temps traînés sur ses traces, les poëtes d'Opéra imaginèrent, vers la fin du siècle dernier, de donner un caractère nouveau à leurs productions en les rapprochant davantage de la tragédie. Il en est résulté que, sans pouvoir jamais arriver à ces beaux développements de passions qui donnent un si grand intérêt à ce dernier genre de spectacle, ils se sont privés d'une foule de richesses théâtrales qui appartiennent exclusivement à l'Opéra. On sent aujourd'hui les inconvénients de ce genre mixte et faux, et l'on paroît disposé à rendre à la poésie lyrique toutes ses féeries mythologiques qui lui donneront, sans contredit, plus de charmes, en même temps qu'elles fourniront aux compositeurs une foule de ressources musicales qu'on leur avoit enlevées (1).

---

(1) L'Opéra, depuis la révolution, a été transporté rue de Richelieu (*Voyez page* 143), et la salle dont nous parlons est maintenant abandonnée à un spectacle de boulevard.

Portail de l'Opéra.

VUE EXTÉRIEURE de l'Eglise S. LAURENT.

L'ÉGLISE DE SAINT-LAURENT.

On ignore par qui et dans quel temps cette église a été bâtie ; on n'a pas même la certitude qu'elle ait toujours été située dans l'endroit où nous la voyons aujourd'hui ; cependant on ne peut douter qu'elle ne soit une des plus anciennes basiliques de Paris ; cette antiquité est prouvée par le témoignage de Grégoire de Tours , qui nous apprend qu'elle existoit déjà au commencement du sixième siècle , et que c'étoit alors une abbaye. En effet, cet auteur dit (1) que, *du temps de Clotaire , Domnole , abbé du monastère de Saint-Laurent , fut le successeur immédiat de saint Innocent, évêque du Mans , lequel mourut en 543 ; et dans un autre endroit déjà* cité (2), *que l'inondation de l'année 583 fut si considérable , qu'il arriva de fréquents naufrages entre la ville et l'église de Saint-Laurent.*

Nous ne devons pas dissimuler que quelques auteurs , dont le nom est célèbre dans la critique littéraire , ont regardé comme suspect, et ajouté par un faussaire, le chapitre où Grégoire de Tours a parlé de la basilique de Saint-Laurent. Cette opinion, adoptée par le P. Lecointe, le P. Papebroch, a été attaquée et refutée par dom Thierri Ruinart, dom Mabillon, M. Le Courvoisier et le P. Bondonnet, savants dont l'autorité suffit au moins pour contre-balancer celle des précédents. Mais quand on supposeroit, ce qui n'est pas facile à prouver, que le chapitre 9 du sixième livre de Grégoire de Tours a été interpolé dans des temps postérieurs, cela ne prouveroit pas que les faits rapportés par l'auteur fussent contraires à la vérité : du moins trouvons-nous son témoignage, relativement à l'existence de la basilique de Saint-Laurent , confirmé par celui de l'auteur de la *Vie de saint Lubin.* Nous avons déjà eu l'occasion de citer le passage dans lequel, parlant d'un violent incendie miraculeusement éteint par les prières de ce

---

(1) Hist. de Fr. , liv. 6, ch. 9.
(2) *Ibid* , ch. 21.

saint évêque, cet auteur dit que « *le feu, venant du côté de Saint-*
« *Laurent*, avoit déjà gagné les maisons qui étoient sur le pont : *A parte*
« *Basilicæ B. Laurentii, noctu edax ignis exiliens* » *;* et tous
les historiens s'accordent à dire que cet incendie arriva en 547. Voilà donc
encore une preuve de l'existence d'une basilique de Saint-Laurent dans
le sixième siècle.

Adrien de Valois et dom Duplessis, sans contester l'authenticité des
passages de Grégoire de Tours, en ont inféré que l'église de Saint-Laurent
ne pouvoit être située au nord de la Cité. Ils se sont fondés, pour soutenir
cette opinion, sur la distance qui devoit se trouver, à cette époque, entre
la ville et Saint-Laurent. « Si l'église de Saint-Laurent, disent-ils, eût été
la même que celle qui subsiste aujourd'hui, il est impossible qu'il n'y eût
pas déjà entre la ville et le faubourg plusieurs monuments remarquables,
que l'historien eût probablement cités de préférence. » De plus, cet endroit
leur semble trop éloigné de la rivière pour qu'il soit vraisemblable que
tout le terrain intermédiaire eût pu être inondé au point d'occasionner
des naufrages ; d'où ils tirent cette conclusion, qu'il est plus probable
que la basilique dont parle Grégoire de Tours étoit bâtie sur la rive méridionale. D'après cette supposition, appuyée des conjectures extrêmement
hasardées, dom Duplessis ne craint pas d'avancer que cette église de
Saint-Laurent, étant abbatiale, ne pouvoit être autre que l'église de
Saint-Severin, qui existe encore aujourd'hui ; et la raison qu'il en donne,
c'est que dans un diplôme de Henri Ier on la trouve désignée avec trois
autres dont quelques unes avoient le titre d'abbaye.

On objecte à ce système (1), 1° que le sol de Paris n'étoit pas alors,
à beaucoup près, aussi élevé qu'il l'est aujourd'hui ; que cependant depuis,
et malgré cette élévation successive, la Seine, dans ses débordements, a
souvent inondé les marais au milieu desquels l'église de Saint-Laurent
est située ; que dans ces temps reculés il n'y avoit ni fossés qui pussent
absorber une partie des eaux, ni quais pour rétrécir le lit de la rivière,
et par conséquent qu'il est extrêmement probable que le terrain qui se trouve
au-delà des portes Saint-Martin et Saint-Denis pouvoit être facilement

---

(1) Jaillot.

inondé ; 2° que lorsque Grégoire de Tours parle de la basilique de Saint-Laurent, il ne dit pas que les eaux se fussent étendues jusqu'au pied de ses murs, mais qu'il se contente de l'indiquer comme un des endroits les plus remarquables du faubourg où l'inondation avoit étendu ses ravages ; et l'on peut ajouter que, si, dès ce temps-là, il y avoit une muraille au nord de la ville, comme il n'est guère possible d'en douter, cet historien ne pouvoit pas citer les monuments renfermés dans son enceinte, parcequ'ils étoient en quelque sorte à l'abri de l'inondation, ou en état d'y résister plus long-temps que de simples maisonnettes, telles qu'étoient alors celles des faubourgs ; 3° que le terme de *naufrage*, dont se sert Grégoire de Tours, ne doit pas se prendre à la lettre, mais dans un sens plus étendu, qui comprend le renversement des jardins, la chute des murs et des maisons, en un mot, tous les désastres qu'occasionne la crue subite des eaux, désastres qui, sans doute, auroient été beaucoup plus considérables, et peints d'une manière plus animée et plus frappante, si le monastère de Saint-Laurent eût été situé sur le terrain qu'occupe aujourd'hui Saint-Severin ; 4° dans le diplôme que l'on cite, Henri Ier donne à Imbert, évêque de Paris, les églises de Saint-Étienne, de Saint-Julien, de Saint-Severin, solitaire, et de Saint-Bache, dont quelques unes avoient été abbayes ; mais il est remarquable qu'il ne spécifie pas que ce titre eût été donné à Saint-Severin ; et nous ferons voir, à l'article de cette église, qu'il n'est guère vraisemblable que, sous le règne de Childebert et de Clotaire, elle fût celle d'un monastère.

Nous convenons cependant que les expressions de l'auteur de la vie de saint Lubin, que nous venons de citer, en prouvant l'existence de la basilique de Saint-Laurent au sixième siècle, ne fixent pas positivement l'endroit où elle étoit située. Suivant lui, le feu commençoit à brûler les maisons du pont, *domos pendulas, quæ per pontem constructæ erant, exurere cœpit*. Adrien de Valois, et ceux qui ont adopté son système, ont cru pouvoir appliquer ces termes au Petit-Pont, et placer l'église de Saint-Laurent au midi : mais ne peut-on pas également les appliquer au Grand-Pont situé au nord ? Telle est l'opinion de dom Bouquet, du P. Dubois, de l'abbé Lebeuf, et autres. Aux raisons que nous avons déjà de lui donner la préférence, se joint l'autorité d'un diplôme de Childebert III, cité par dom Mabillon. Par ce titre authentique, dont la date est de l'an 710, il paroît que le marché ou foire de Saint-Denis avoit été transféré depuis quelque temps à Paris, dans un lieu situé entre les églises de Saint-Laurent et de Saint-Martin. *Clade intercedente, de ipso vico sancti Dionysii ipse marcadus fuit emutatus, et ad Parisius civitate, inter sancti Martini et sancti Laurentii baselicis, ipse marcadus fuit factus,* etc. Cette charte n'avoit pas sans doute échappé aux savantes recherches d'Adrien de Valois, puisque lui-même, pressé par l'évidence de ces preuves, après avoir avancé que l'église de Saint-Laurent étoit située au midi, convient que, dès l'an 65o, il y avoit au nord une basilique sous le même nom. Nous croyons avoir démontré, par tout ce que nous venons de dire, et par les autorités que nous avons rapportées, que, sous la première race de nos rois, il n'a existé qu'une seule église de Saint-Laurent. Cette dernière preuve, reconnue par ceux même qui soutiennent l'opinion contraire, ne permet donc pas de douter un seul instant qu'elle ne fût située au nord de la Cité. Mais en doit-on conclure qu'elle étoit placée précisément où nous la voyons aujourd'hui ? c'est sur quoi les avis sont partagés.

L'historien de l'Église de Paris, le P. Dubois, et quelques autres, ont pensé que cette basilique a toujours été située dans la place qu'elle occupe encore maintenant. Dubreul, le commissaire Delamare et l'abbé Lebeuf ont cru, au contraire, que la situation primitive de ce monastère étoit un peu plus reculée du côté du faubourg Saint-Denis, à l'endroit où a été bâtie depuis la maison de la congrégation de Saint-Lazare ; et cette opinion paroît la plus vraisemblable. On sera porté à l'adopter de préférence, si l'on fait attention que le chemin qui conduit actuellement en ligne droite de Saint-Martin à Saint-Laurent n'existoit pas alors, mais que, commençant en effet à Saint-Martin, il se réunissoit, un peu au-dessus de cette église, à la grande chaussée qui conduisoit à Saint-Denis. Cette disposition des lieux ne permet pas de douter que le fondateur de l'abbaye de Saint-Laurent l'aura plutôt fait bâtir le long d'un chemin public très fréquenté, que dans un marais situé vis-à-vis, et dont le terrain étoit souvent impraticable, tant par la nature et la position du sol, que par l'exhaussement de la chaussée. Mais comme dans les premiers siècles de la monarchie, l'usage d'enterrer les morts dans les églises ne s'étoit pas encore introduit parmi nous, ne pourroit-on pas penser que le cimetière de l'ancienne abbaye étoit situé au même lieu qu'occupe aujourd'hui Saint-Laurent, et que depuis cette basilique aura pris la place de la chapelle qui, suivant la coutume établie par-tout, devoit s'élever au milieu de cet enclos consacré ? Cette opinion n'est point une conjecture vague et dépourvue d'autorités ; elle est appuyée sur la découverte que l'on fit, en creusant la terre entre l'église et le cimetière, vers la fin du dix-septième siècle, de plusieurs tombeaux antiques en pierre et en plâtre, dans lesquels on trouva des corps dont les vêtements noirs parurent semblables à des habits de moines ; et nous ajouterons que l'abbé Lebeuf et les auteurs dont nous avons cité le témoignage ont fait la remarque importante que le prieuré de Saint-Lazare se trouvoit chargé, envers le chapitre de Notre-Dame, de certaines redevances qui, dans l'origine, avoient été acquittées par l'abbaye de Saint-Laurent, redevances auxquelles il ne se seroit pas assujetti si les lieux qu'il occupoit n'avoient pas fait autrefois partie de cette abbaye.

La situation de ce monastère l'exposoit à toute la fureur des Normands ; et l'on ne peut douter qu'il n'ait été, à plusieurs reprises, dévasté par ces barbares, car il n'en restoit presque pas de vestiges à la fin du neuvième siècle ; les religieux qui avoient été forcés de l'abandonner, ou n'existoient plus, ou manquoient des moyens nécessaires pour le rétablir, et jusqu'au douzième siècle nos annales n'en font plus aucune mention. A cette époque, on voit reparoître l'église de Saint-Laurent ; des lettres de Thibaud, évêque de Paris, semblent faire entendre qu'en 1149 elle appartenoit au prieuré de Saint-Martin-des-Champs, et l'abbé Lebeuf insinue que ce pouvoit être un don de cet évêque qui avoit été prieur de ce monastère (1).

Il n'est pas bien facile d'assigner l'époque précise où cette église commença à devenir paroissiale. Sauval, Lacaille et Piganiol la placent en 1180, sans en indiquer la preuve ; Dubreul, sous Philippe-Auguste, lorsque ce prince ordonna de faire élever l'enceinte achevée pendant son règne ; ce qui recule cette époque de dix ans. L'abbé Lebeuf, très instruit dans ces matières, ne s'explique pas clairement sur cet article, cependant il laisse entrevoir qu'il croit à cette paroisse une plus grande antiquité. Jaillot est du même avis ; il ne doute point que cette église n'ait

---

(1) Ces donations ne se faisoient point sans le consentement du chapitre, qui se réservoit certains droits et redevances, comme marques de sa juridiction.

été baptismale dans des temps antérieurs à la clôture de Philippe-Auguste : la distance qu'il y avoit entre elle et la ville, et le nombre considérable d'habitants qui demeuroient sur son territoire, en sont une preuve qu'il est difficile de combattre. Ce fut cette multitude de citoyens dont le nombre augmentoit tous les jours dans les bourgs environnant Paris, qui donna lieu à l'érection des curés. Dans le concile tenu en 829 dans cette capitale, on voit qu'il est défendu aux ecclésiastiques de posséder deux cures à la fois ; et celui de 847 ordonne aux évêques d'ériger, dans les villes et dans les faubourgs, des *titres-cardinaux*, c'est - à - dire des paroisses, et d'y préposer des prêtres : or le prieur de Saint-Martin-des-Champs et le curé de Saint-Laurent sont nommés parmi ces prêtres-cardinaux (1).

La nomination de cette cure appartenoit au prieur de Saint-Martin-des-Champs, qui avoit le droit d'envoyer plusieurs religieux de son monastère officier à la paroisse Saint-Laurent, conjointement avec les chanoines députés de Notre-Dame. Ce droit fut restreint au prieur titulaire seulement par une déclaration du roi, de l'an 1726 ; de sorte que dans ces derniers temps il n'y avoit plus que les députés de l'église métropolitaine qui y vinssent chanter la grand'messe le 10 août, jour de Saint-Laurent. C'étoit une marque de la supériorité de l'église-mère sur ces paroisses érigées par elle, et de leur dépendance de la cathédrale.

L'église de Saint-Laurent, qui subsistoit au douzième siècle, fut rebâtie au commencement du quinzième, et la dédicace en fut faite le 19 juin 1429 par Jacques du Chatellier, évêque de Paris. On l'augmenta en 1548 ; elle fut reconstruite en grande partie en 1595 ; enfin en 1622 on y fit des réparations considérables, et on y ajouta le portail qui existe encore aujourd'hui.

Il n'y avoit dans cette église aucun tableau remarquable. Elle possédoit quelques sculptures médiocres de *Gilles Guérin*, professeur de l'académie royale de peinture et sculpture, mort en 1678, et inhumé sous le jubé. Dans la chapelle de la Visitation avoit été enterrée *Louise de Marillac*,

---

(1) C'est de là que les évêques avoient introduit l'usage de se faire assister à l'autel, les jours de Noël, de Pâques et de l'Assomption, par ces prêtres-cardinaux, et, qu'à la tête de leur chapitre, ils alloient célébrer la fête patronale dans leurs églises.

veuve de M. Legras, fondatrice et première supérieure des filles de la Charité; et dans l'église, *Charlotte Gouffier*, épouse de François d'Aubusson, duc de la Feuillade, morte en 1623.

CIRCONSCRIPTION.

La paroisse de Saint-Laurent s'étendoit du côté du nord jusqu'au village de la Chapelle. A l'orient elle comprenoit une partie de la Courtille, et l'hôpital Saint-Louis; d'un autre côté elle revenoit passer à la Villette, dont presque toutes les maisons lui appartenoient. Au midi elle s'étendoit au-delà des portes Saint-Denis et Saint-Martin dans la rue Saint-Denis, et son territoire y finissoit à la communauté de Saint-Chaumont. Du côté de la porte Saint-Martin il se prolongeoit à peu près jusqu'aux maisons qui font face à la rue de Montmorency, ce qui embrassoit les rues Saint-Apolline, des Deux-Portes, Guérin-Boisseau, une portion de la rue Greneta et de la rue du Grand-Hurleur, du côté où elle touche à celle de Saint-Martin. Saint-Josse et Notre-Dame de Bonne-Nouvelle étoient succursales de Saint-Laurent.

Il y avoit dans cette église une chapelle d'un revenu considérable, fondée en 1431 par *Jeanne de Tasseline*, veuve de Regnault de Guillonet, écuyer-panetier de Charles VII. Le chapelain étoit à la nomination du curé (1).

LE COUVENT DES RÉCOLLETS.

Le zèle et la ferveur, qui s'étoient ranimés dans l'ordre de Saint-François, avoient déjà fait naître deux communautés réformées (2); lorsque vers la fin du seizième siècle il s'en forma une troisième, non moins ardente que les autres

---

(1) L'église de Saint-Laurent, rendue au culte, est maintenant l'une des paroisses de Paris.

(2) La première fut celle des Capucins, la seconde fut celle des religieux du Tiers-Ordre ou Picpus.

à ramener la règle à la sévérité primitive établie par son fondateur ; ceux qui l'embrassèrent prirent le nom de *frères mineurs de l'étroite observance de Saint-François* ; mais ils étoient plus généralement connus sous celui de *Récollets* (1).

L'étroite observance des frères mineurs avoit pris naissance en Espagne dès l'an 1484, et de là étoit passée en Italie vers 1525. On voit, par l'histoire des ordres monastiques, qu'elle étoit déjà connue en France en 1582 ; mais elle n'y fut reçue qu'en 1592, et les troubles dans lesquels le royaume étoit alors plongé empêchèrent qu'elle y eût un état fixe et légal avant 1597. Ce fut à Nevers que s'en fit le premier établissement.

Le pape Clément VIII ne se contenta pas d'approuver cette réforme, et de confirmer les bulles de Clément VII et de Grégoire XIII, qui l'avoient autorisée ; il donna encore, en 1601, un bref, par lequel il invitoit les archevêques et évêques de France à assigner aux PP. Récollets un ou deux couvents dans leurs diocèses. Sur cette invitation du souverain pontife, Henri de Gondi, alors évêque de Paris, leur donna la même année la permission de s'y établir ; Henri IV les prit sous sa protection, et la piété charitable de deux citoyens obscurs leur procura dès 1603 un asile dans cette capitale. *Jacques Cottard*, marchand tapissier, et *Anne Grosselin*, sa femme, leur prêtèrent d'abord une maison dont ils étoient propriétaires au faubourg Saint-Laurent, et leur en firent ensuite, le 4 décembre de la même année, une donation que confirmèrent des lettres-patentes accordées le 6 janvier suivant. Ces religieux y firent aussitôt construire une petite église qui fut consacrée par l'archevêque d'Auch, le 19 décembre 1605. Henri IV leur donna en même temps un champ assez vaste et contigu à leur jardin ; et quelques années après, les libéralités de plusieurs illustres bienfaiteurs (2) leur fournirent les moyens d'augmenter leurs bâtiments et de faire rebâtir leur église qu'ils trouvoient trop petite. La reine Marie de Médicis, qui s'étoit déclarée fondatrice de ce couvent par ses lettres du 5 janvier 1605, posa la première pierre du nouvel édifice, qui fut dédié le 30 août 1614 sous le titre de l'Annonciation de la Sainte-Vierge.

---

(1) Ce mot vient de *récollection*, qui, en style mystique, signifie le recueillement, les réflexions que l'on fait sur soi-même, et l'éloignement de tout ce qui peut nous en distraire.

(2) Le baron de Thisi, son épouse, M. de Bullion, le chancelier Séguier, etc.

Les religieux de cet ordre rendoient de grands services à la religion et à l'état, soit en aidant les prêtres séculiers dans les fonctions du saint ministère, soit par les prédications dont ils s'acquittoient avec autant de zèle que de succès (1). C'étoit ordinairement des récollets qu'on envoyoit dans les Colonies et qu'on employoit dans les armées en qualité d'aumôniers (2).

CURIOSITÉS DU COUVENT DES RÉCOLLETS.

Ce couvent étoit orné de plusieurs tableaux peints par le frère *Luc*, religieux de cet ordre.

La bibliothèque étoit composée d'environ trente mille volumes ; on y voyoit aussi deux très beaux globes de *Coronelli*.

SÉPULTURES.

Dans cette église avoient été inhumés :

Guichard Faure, baron de Thisy, et Magdeleine Brûlart sa femme, morts en 1623 et 1635.

Noël de Bullion, président à mortier au parlement de Paris, mort en 1670.

Françoise de Créqui, épouse de Maximilien de Béthune, duc de Sully, grand-maître de l'artillerie de France, morte en 1657, et Louise de Béthune sa fille, morte en 1679.

Gaston, duc de Roquelaure, connu par ses bons mots, mort en 1683.

Antoine-Gaston de Roquelaure, duc et maréchal de France, fils du précédent, mort en 1738.

Marie-Louise Laval, son épouse, morte en 1735.

---

(1) Cet ordre a produit deux prédicateurs qui ont honorablement occupé les meilleures chaires de Paris. Le premier se nommoit *Olivier Juvernay*, et l'autre *Candide Chalippe*.

(2) Depuis la révolution on a converti ce couvent en un hospice consacré à recevoir des hommes indigents attaqués d'infirmités graves et incurables. On y compte environ quatre cents lits.

HÔPITAL DU SAINT-NOM-DE-JÉSUS.

ON ignore quel est le fondateur de cet hôpital , non qu'il soit très ancien, car son établissement ne date que du milieu du dix-septième siècle; mais parceque ce fondateur, aussi modeste que charitable, voulut accomplir à la lettre le précepte de l'Évangile, en cachant aux yeux des hommes les actes de sa bienfaisance. Le célèbre Vincent de Paule fut le seul confident de ce bienfait mystérieux.

Le projet de l'inconnu étoit d'assurer, dans un asile convenable , une retraite paisible à vingt pauvres artisans de chaque sexe, que la vieillesse ou les infirmités mettroient hors d'état de gagner leur vie.

Pour remplir ce dessein, Vincent de Paule acheta deux maisons contiguës, et un assez grand emplacement dans le faubourg Saint-Laurent, un peu au-dessus de l'église paroissiale; il y fit construire une chapelle et deux corps-de-logis séparés l'un de l'autre , mais tellement disposés que les hommes et les femmes pouvoient entendre la même messe, et la lecture qu'on faisoit pendant le repas , sans avoir la faculté de se voir, ni de se parler. Il acheta en même temps des outils et fit dresser des métiers , afin d'occuper ces pauvres gens selon leur talent et le degré de leurs forces. L'argent qui lui resta après que toutes ces dispositions eurent été faites fut converti en une rente annuelle au profit de l'établissement.

Cet hospice , fondé par contrat du 29 octobre 1653 , approuvé par l'archevêque de Paris le 15 mars 1654, et confirmé par lettres-patentes du mois de novembre de la même année , étoit sous la direction de MM. de Saint-Lazare, qui commettoient un prêtre de leur congrégation pour y dire la messe et y administrer les sacrements : il étoit desservi , quant au temporel, par les sœurs de la Charité.

Les privilèges qui furent accordés à cette maison lors de son établissement

VUE INTÉRIEURE de L'HÔPITAL SAINT LOUIS.

furent confirmés ensuite par d'autres lettres-patentes du mois de décembre 1720 , et par celles de surannation du 11 septembre 1738 (1).

HÔPITAL DE SAINT-LOUIS.

Les suites funestes de la contagion dont la ville de Paris fut affligée en 1606 firent sentir la nécessité de prévenir dorénavant la communication rapide de ces désastreuses épidémies, en construisant un hôpital destiné à recevoir et à séparer sur-le-champ de la société tous ceux qui en seroient frappés. On avoit d'abord pensé à préparer pour cet objet l'hôpital du faubourg Saint-Marcel ; mais comme on eut bientôt reconnu qu'il étoit trop petit, on choisit un lieu plus commode entre le faubourg du Temple et celui de Saint-Martin , dans lequel il fut résolu qu'on feroit élever un plus vaste édifice. Les administrateurs de l'Hôtel-Dieu furent chargés de l'exécution de ce projet ; et pour leur en fournir les moyens , le roi , par son édit du mois de mars 1607 , accorda à cet hospice 10 sous sur chaque minot de sel qui se vendroit dans les greniers de Paris pendant quinze ans , et 5 sous à perpétuité après l'expiration de ce terme. Assurés d'un tel secours , ces administrateurs conclurent, le 20 juin de la même année, un marché pour la construction de cet édifice ; et l'on mit dans les travaux une telle activité, que la première pierre de la chapelle fut posée le 13 juillet suivant (2). On travailloit en même temps à l'hôpital *de la Santé* du faubourg Saint-Marcel ; tous les deux furent achevés en quatre ans et demi , et la dépense totale monta à 795,000 liv. Celui-ci fut nommé l'hôpital de Saint-Louis, non comme l'a dit un auteur (Germain Brice), parceque Louis XIII régnoit

---

(1) Le nombre des pauvres qui étoient entretenus dans cette maison avoit été réduit, en 1719, à quinze hommes et quinze femmes ; il fut ensuite porté à dix-huit vers la fin du siècle dernier. C'est maintenant une maison de santé, sous la direction de l'administration générale des hospices.

(2) Sauval dit que cet hôpital fut commencé par Henri IV en 1604, et achevé par Louis XIII en 1617. L'abbé Lebeuf et plusieurs autres en placent la fondation en 1608. Toutes ces dates manquent d'exactitude.

alors, mais par un ordre exprès de Henri IV, dont l'intention étoit d'honorer la mémoire de ce saint roi, mort de la peste devant Tunis ; l'erreur de cet écrivain est d'autant plus inconcevable, que ce fait étoit constaté sur une inscription gravée au-dessus de la porte.

Quoique l'octroi accordé fût considérable, il paroît cependant, par les registres du parlement, qu'il ne se trouva pas suffisant pour subvenir à toutes les dépenses qu'exigeoit une si grande entreprise. Un arrêt du 4 septembre 1609 autorisa en conséquence les administrateurs de l'Hôtel-Dieu à emprunter à rente une somme de soixante mille livres, à mesure que le besoin l'exigeroit, sous la condition qu'ils la rembourseroient, dans la suite, du produit de cet octroi. C'étoit dans la même intention que, dès le mois d'août précédent, le roi avoit adjugé à l'Hôtel-Dieu l'argenterie et les ornements d'église employés au service de la confrérie des Changeurs, anciennement établie dans l'église de Saint-Leufroi, et qui avoit cessé d'exister.

Cet hôpital étoit, comme nous l'avons dit, principalement destiné à recevoir les personnes attaquées de maladies contagieuses ; mais comme de tels fléaux ne sont heureusement que passagers, on fut quelque temps incertain de savoir quelle destination on lui donneroit dans les longs intervalles qui séparent la courte durée des épidémies. Un projet charitable conçu par madame de Bullion indiqua bientôt le parti qu'il étoit possible d'en tirer. Cette dame, touchée de l'état de détresse où se trouvoient une foule de convalescents qui, n'étant plus assez malades pour rester à l'Hôtel-Dieu, n'avoient cependant point encore recouvré les forces nécessaires pour reprendre leurs travaux et pourvoir à leur subsistance, avoit formé le projet de procurer un asile momentané à quelques uns d'entre eux, et venoit de fonder à cet effet un hospice pour huit personnes sortant de *l'hôpital de la Charité.* L'exemple étoit assez beau pour n'être pas perdu, et l'on résolut de faire en grand, dans l'hôpital Saint-Louis, ce qu'elle n'avoit pu exécuter qu'en petit. Le cardinal de Mazarin légua, dans cette vue, une somme de 70,000 liv. à l'Hôtel-Dieu ; le duc de Mazarin y ajouta 30,000 liv. ; les libéralités réunies de quelques autres personnes formèrent une troisième somme de 60,000 liv. ; et pour faciliter encore une entreprise si utile, on unit à l'Hôtel-Dieu le prieuré de Saint-Julien-le-Pauvre. Malgré de si généreux secours, il s'en falloit cependant encore de beaucoup que ce capital fût suffisant même pour la dépense des bâtiments nécessaires; et il eût été imprudent de les commencer sans savoir comment on pourroit soutenir les charges de ce nouvel établissement. Les administrateurs de l'Hôtel-Dieu demandèrent en conséquence la permission de faire dans l'hôpital Saint-Louis une épreuve de la dépense la plus indispensable, afin de voir s'ils pourroient la soutenir; cette demande leur fut accordée par arrêt du 24 novembre 1676, sous la condition néanmoins que, si la ville se trouvoit affligée de quelque mal contagieux, ils seroient obligés de faire retirer les convalescents de l'hôpital, pour le laisser libre aux malades. L'épreuve fut tentée, et elle eut tout le succès qu'on en pouvoit désirer.

En 1709, la rigueur de l'hiver, et la misère qu'elle occasionna, causèrent différentes maladies, et principalement le scorbut. L'hôpital Saint-Louis fut aussitôt destiné à recevoir tous ceux qui en étoient attaqués : et comme le nombre en étoit très considérable, on augmenta les bâtiments, on répara les anciens, et on les mit dans l'état où on les voyoit en 1789.

L'architecture d'un hôpital doit avoir un caractère particulier. Les points les plus essentiels pour arriver au but important qu'on se propose dans la construction d'un semblable édifice consistent dans une situation avantageuse, une étendue de terrain suffisante, sur-tout une distribution bien entendue du plan, qui permette la réunion de toutes les choses nécessaires au service intérieur, et une disposition telle qu'elles puissent toutes, sans confusion, se prêter un mutuel secours. Toute décoration seroit superflue ; il suffit qu'à l'extérieur les masses soient grandes, simples et régulières.

Sous ces différents rapports, on peut présenter le plan de l'hôpital Saint-Louis comme un modèle en ce genre, et le meilleur qui existe à Paris.

Autour d'une grande cour de cinquante-deux toises carrées, servant de promenoir commun aux malades, s'élèvent quatre grands corps de bâtiment, contenant au rez-de-chaussée huit salles et huit pavillons. Ces huit salles ont vingt-quatre toises de longueur sur quatre de largeur, et onze pieds d'élévation. Elles sont partagées en deux nefs par un rang de piliers qui soutiennent les voûtes. Les huit pavillons d'entrée ont chacun cinq toises et demie en carré, et sont voûtés à la même hauteur

que les salles. Deux de ces pavillons renferment des escaliers ; deux contiennent des chapelles, deux autres des chauffoirs : les deux derniers
servent de vestibule.

Le premier étage a la même étendue et la même distribution que le
rez-de-chaussée ; les greniers placés au-dessus sont absolument vacants.
Au sommet des pavillons, on a pratiqué des lanternes pour l'épurement
de l'air.

Indépendamment de toutes les précautions particulières, dont aucune
n'a été négligée pour la perfection de cet établissement, les dispositions
générales sont telles que le grand bâtiment qui contient les malades
est totalement isolé par une cour plantée d'arbres, laquelle forme un
intervalle de seize toises entre ce bâtiment et un premier mur de clôture.

C'est sur ce mur que sont appuyées toutes les constructions qui forment
les logements des personnes attachées au service des malades, les dépôts
et les magasins : près de là sont les pompes, les lavoirs, etc.

Derrière cette première clôture règne, dans tout le pourtour, un très
grand espace employé aux jardins, aux cours, aux cuisines, à la bou-
langerie, au logement des personnes occupées de ces différents services.
Elles ne peuvent jamais pénétrer dans la première clôture pour y porter
les aliments, et les personnes de l'intérieur ne peuvent la franchir pour
les recevoir : l'introduction s'en fait par le moyen d'un tour placé dans un
pavillon construit à cet effet.

Ces cours et ces jardins sont entourés d'un second mur de clôture,
à vingt toises de distance de la voie publique. Au-delà, et d'un côté
seulement, sont deux autres terrains (1) séparés par une cour qui conduit
à l'église. Ce dernier bâtiment est construit de manière que les personnes
du dehors peuvent entrer dans la nef, et celles de la maison dans le chœur,
sans se communiquer.

Ce beau monument, élevé sur les dessins d'un architecte nommé *Claude
Châtillon*, est contenu dans un parallélogramme de cent quatre-vingts

---

(1) L'un est un verger, l'autre un jardin botanique.

toises de longueur, sur cent vingt de largeur, ce qui donne une superficie de vingt-un mille six cents toises. Au moment de la révolution, il contenoit mille malades (1).

---

(1) L'hôpital Saint-Louis existe encore, et contient huit cents malades ; il est particulièrement destiné aux personnes des deux sexes qui sont attaquées de maladies chroniques, dartres, teignes et gales compliquées.

Eglise de l'hôpital S.º Louis.

HÔTELS.

Les traditions ne nous présentent point, dans ce quartier, d'anciens hôtels détruits qui soient dignes d'être cités. Dans le petit nombre d'hôtels modernes qu'il renfermoit en 1789, les plus remarquables étoient:

L'hôtel d'Aligre, rue de Bondi.
——— de Rosambo, même rue.
——— de Boyne, faubourg Saint-Martin.

WAUXHALL D'ÉTÉ.

Cet édifice, construit en 1785, à l'extrémité de la rue de Bondi, près du boulevard, occupoit un emplacement d'un arpent et demi, y compris le jardin. L'intérieur offroit une salle de danse de forme elliptique, décorée avec beaucoup d'élégance, environnée d'un double rang de galeries pour les spectateurs, et se prolongeant dans une dimension de soixante-douze pieds sur cinquante-six de largeur; le plafond, soutenu par des cariatides, avoit cinquante pieds d'élévation; et sous la salle étoit pratiqué un café souterrain. On donnoit dans cet emplacement des fêtes, des feux d'artifice, etc., qui, depuis la révolution, ont été successivement transportés au jardin de Marbeuf et à Tivoli (1).

(1) Le Wauxhall est occupé maintenant par des bains publics.

BARRIÈRES.

L'extrémité septentrionale de ce quartier en offroit trois ; savoir,

La barrière Saint-Martin (1).
———————— de Pantin (2).
———————— de la Chopinette.

(1) Cette barrière est partagée maintenant en deux entrées, dont la plus orientale se nomme barrière de *Pantin*, l'autre, barrière de *la Villette*.

(2) Il y a également dans cette barrière deux entrées ; celle qui est à l'orient se nomme barrière du *Combat*, l'autre, barrière de *la Boyauterie*.

RUES ET PLACES

DU QUARTIER SAINT-MARTIN.

Rue Bailly. Cette rue, ouverte depuis 1780 dans le marché Saint-Martin, forme un angle avec la rue Henri et celle de Saint-Paxent.

Rue Beaubourg. Elle aboutit à la rue Simon-le-Franc et à la rue Grenier-Saint-Lazare. Son nom lui vient de quelques maisons qui furent bâties en cet endroit vers la fin du onzième siècle, ou au commencement du suivant. Elles formèrent un territoire auquel on donna le nom de *Beaubourg, in Pulchro Burgo*. Il comprenoit l'espace qui est aujourd'hui renfermé entre les rues Maubué, Grenier-Saint-Lazare, Saint-Martin, Sainte-Avoie ; ce qui duroit encore dans le quatorzième siècle, temps auquel toute cette étendue n'étoit désignée que sous le nom général de *Biau-Bourc*, qu'on a donné privativement depuis à la rue qui traverse cet espace du nord au sud (1).

---

(1) Il y a dans cette rue deux culs-de-sacs fort anciens. Le premier et le plus grand est situé entre les rues Geofroi-l'Angevin et Michel-le-Comte, et s'appelle aujourd'hui *cul-de-sac Bertaut*. Il est indiqué dans l'accord fait en 1273, entre Philippe-le-Hardi et le chapitre de Saint-Merri, sous le nom de *cul-de-sac sans chef : Item quemdam vicum, qui vocatur cul-de-sac sine capite*. Il a été ensuite prolongé jusqu'à un autre cul-de-sac de la rue Geofroi-l'Angevin, qu'on a supprimé depuis, et qui formoit le retour d'équerre de celui-ci. On ne trouve point que, jusqu'au milieu du quatorzième siècle, ce dernier cul-de-sac ait eu un nom particulier ; mais en 1342 on le nommoit *rue Agnès-aux-Truyes*, et en 1386 *rue des Truyes*. Il conserve ce nom sur le plan de Gomboust, et l'a même porté long-temps depuis ; dans le papier terrier de Saint-Merri de 1723, toutes les maisons de ce cul-de-sac sont désignées *rue des Truyes*, autrement *grand cul-de-sac de la rue Beaubourg*. Les mêmes énonciations se trouvent dans les terriers de Saint-Martin-des-Champs.

Le second cul-de-sac de cette rue est nommé dans l'inscription *cul-de-sac des Anglais*. Dans l'accord de 1273, que nous avons cité, il est simplement désigné *cul-de-sac-le-Petit sine capite* et *petit cul-de-sac près la fausse Poterne Nicolas Hydron*. Dans des temps postérieurs, et vers l'an 1577, Jean Bertaut fit construire, rue Beaubourg, un jeu de paume qui régnoit le long de ce cul-de-sac, ce qui lui fit donner le nom de *cul-de-sac du Tripot-de-Bertaut*, nom qu'il portoit encore en 1640. Dans les déclarations des censitaires de Saint-Merri en 1722, on le nomme *cul-de-sac de la rue Beaubourg, tenant au jeu de paume appelé Bertaut*. Ainsi le nom de ce particulier ayant prévalu dans la dénomination de ce cul-de-sac, il n'est pas surprenant qu'il se trouve dans les titres qui en font mention, sur les plans de Gomboust et sur ceux qui ont été publiés depuis. D'après toutes ces autorités, fondées sur les

Cette rue fut depuis coupée en deux par le mur de l'enceinte ordonnée par Philippe-Auguste. On ouvrit en cet endroit une fausse porte ou poterne désignée dans tous les anciens titres sous le nom de *Nicolas Huidelon,* et quelquefois, mais mal à propos, *Huidron* et *Hydron.* On trouve aussi que, depuis cette porte jusqu'à la rue Transnonain, la rue Beaubourg s'appeloit *rue outre la poterne Nicolas Hydron;* mais la partie en-deçà de cette porte n'a jamais été nommée *cul-de-sac le Grand,* comme le prétendent Sauval et l'auteur des Tablettes parisiennes. En effet, cette partie de rue ne pouvoit nullement être regardée comme un cul-de-sac, *angiportus*; ce mot signifie une ruelle qui n'a pas d'issue; or la rue Beaubourg, comme nous venons de le dire, aboutissoit à une porte; elle en avoit même reçu le nom de rue de la *Poterne* et de la *Fausse Porte;* et c'est ainsi qu'elle est désignée dans la liste des rues du quinzième siècle. D'ailleurs elle avoit des issues dans toutes les rues voisines, dont la plupart existoient déjà à cette époque.

Rue Saint-Benoît. C'est une des rues ouvertes depuis 1765 dans le marché Saint-Martin. Elle est fermée dans sa partie septentrionale, et donne de l'autre côté dans la rue Royale.

Rue de Bondi. Cette rue commençoit à la rue du Faubourg Saint-Martin, et aboutissoit autrefois à une voirie de laquelle elle avoit pris d'abord le nom de *chemin de la voirie.* On la nomma ensuite rue *des Fossés-Saint-Martin,* et depuis elle fut prolongée jusqu'à la barrière du Temple, sous le nom de *rue Basse-Saint-Martin,* parcequ'elle est en effet plus basse que le boulevard le long duquel elle est située. C'est ainsi qu'elle est désignée dans un arrêt du conseil, du 7 août 1769. Le roi en rendit un second le 17 mars 1770, par lequel il ordonna qu'elle seroit continuée en ligne droite, parallèlement à la grande allée du Rempart, jusqu'à la rue du Faubourg-du-Temple. Cette rue ayant été alignée en conséquence de cet ordre, le nom de rue Basse-Saint-Martin fut changé en celui de *Bondi,* par l'effet d'un troisième arrêt du conseil, du mois de décembre 1771 (1).

Rue de Breteuil. Cette rue, ouverte depuis 1765 dans le marché Saint-Martin, donne d'un côté dans la rue Royale, et vient finir dè l'autre, par un retour d'équerre, dans le passage qui borne ce marché au nord : elle est fermée à cette extrémité.

Rue Brise-Miche. Cette rue, qui aboutit au cloître Saint-Merri et dans la rue Neuve-Saint-Merri, n'a été ouverte qu'au commencement du quinzième siècle. Jusqu'à cette époque, il n'y avoit là qu'une seule rue représentée aujourd'hui par la rue *Taille-Pain.* Elle aboutissoit à la rue Neuve-Saint-Merri; étoit fermée par une porte à chacune de ses extrémités, et portoit le nom de rue *Baillehoë,* nom qui étoit déjà corrompu et altéré; car on trouve dans les archives de Saint-Merri un acte du 8 octobre 1207, dans lequel on lit très distinctement *vicus de Bay-le-Hœu;* et, dans l'énonciation de la censive de Saint-Martin-

---

titres et les anciens plans, il nous paroît démontré que c'est par une méprise de ceux qui, dans le siècle dernier, ont renouvelé les inscriptions, qu'on a appliqué le nom de *Bertaut* au premier cul-de-sac dont nous venons de parler, et qu'il appartient incontestablement au dernier, appelé mal à propos cul-de-sac des Anglais.

(1) Il y avoit autrefois dans cette rue une caserne des Gardes-Françaises; et depuis la révolution on y a bâti, au coin de la rue de Lancry, une petite salle de spectacle, connue sous le nom de *Théâtre des Jeunes Artistes.* Elle vient d'être abattue.

des-Champs, en 1540, on indique *la Villette Saint-Ladre au lieu dit* Bailleheu, *autrement Chaulmont*, ce qui fait conjecturer que ces deux endroits devoient leur nom à un particulier.

Il y avoit dans cette rue un petit cul-de-sac qui fut prolongé et ouvert du côté du cloître. On donna dans le quinzième siècle le nom de *Brise-Miche* à cette nouvelle rue, et le nom de *Baillehoë* fut conservé à la partie qui étoit du côté de la rue de Saint-Merri. Il fut également affecté à l'entrée de la rue Taille-Pain, comme on peut le voir sur le plan manuscrit de la censive de Saint-Merri, fait en 1512 (1).

Sauval a conjecturé que *le nom de Brise-Miche pouvoit venir de quelques-uns des devanciers d'Étienne Brise-Miche, curé de Besons, qui mourut en* 1515. Comme il n'appuie cette conjecture sur aucune autorité, nous croyons trouver une étymologie plus vraisemblable, en supposant que les noms *Brise-Pain*, *Tranche-Pain*, *Taille-Pain* et *Brise-Miche* (2) ont été donnés à cet endroit parcequ'on y faisoit la division et la distribution des pains de *chapitre*, que l'usage étoit de donner aux chanoines de la collégiale de Saint-Merri.

Rue de Carême-Prenant. Elle va de l'hôpital Saint-Louis à la rue du Faubourg-du-Temple. Il paroît, par les plans de Gomboust, La Caille et autres, qu'elle commençoit autrefois à la rue du Faubourg-Saint-Laurent, et que la rue des *Récollets* en faisoit alors partie. Cette rue doit son nom au territoire sur lequel elle a été ouverte. A la fin du quatorzième siècle on appeloit cet endroit la *Courtille Jacqueline d'Epernon;* et, en 1417, *la Courtille Barbette.* On trouve dans les archives de Saint-Merri un titre de 1465, qui énonce *le clos Jacqueline d'Épernon, autrement dit Carême-Prenant, et la Courtille tenant au chemin qui conduit à Saint-Maur.* Elle est indiquée rue de Carême-Prenant dans le terrier du roi, de 1540 (3).

Rue des Petits-Champs. Elle traverse de la rue Beaubourg dans celle de Saint-Martin. Il en est fait mention sous ce nom dans l'accord de Philippe-le-Hardi avec le chapitre de Saint-Merri, en 1273. *Vicus de Parvis Campis.*

Rue Chapon. Elle aboutit à la rue Transnonain et à celle du Temple. On l'appeloit anciennement *vicus Roberti Begonis, et Beguonis sive Caponis,* comme l'indiquoient les terriers de Saint-Martin, de 1293 et de 1300. On la trouve sur quelques plans prolongée

---

(1) Sauval et ses copistes ont parlé inexactement de cette rue, en disant qu'en 1273 elle s'appeloit la *rue Baillorhe;* en 1399, 1424 et 1427, la *rue Boullehouë, Baillehoë* et *Baillehoc.* On voit, par ce que nous venons de dire, que ces auteurs se sont trompés, tant pour l'orthographe que pour la situation.

(2) L'abbé Lebeuf pense que Guillot a voulu désigner ces deux rues par celles qu'il appelle *rues à Chavetiers* et *de l'Étable du Cloître.* Mais outre qu'on n'a trouvé, dans les archives de Saint-Merri, aucun acte qui fît mention des deux rues indiquées par Guillot; il paroît, par la marche de ce poëte, que ces rues ne pouvoient être de ce côté, mais qu'elles étoient du côté de la rue de la Verrerie et de l'entrée du cloître qui conduit au tribunal des Consuls.

(3) Depuis la révolution il a été ouvert dans cette rue un cul-de-sac qui a reçu le nom de *cul-de-sac Saint-Fiacre.*

mal à propos jusqu'à la rue Saint-Martin : car la rue du Cimetière-Saint-Nicolas, qui en est la continuation, existoit sous ce nom dès 1220. L'auteur du supplément *aux Antiquités de Paris*, de Dubreul, a voulu, de son autorité privée, ennoblir le nom de cette rue ; il l'appelle rue *du Coq*. Dès 1313 elle étoit connue sous celui qu'elle porte aujourd'hui.

Rue du Combat (1). Cette rue qui commence à la rue du Faubourg-Saint-Laurent, et se prolonge jusqu'à la barrière de Pantin, étoit encore un chemin sans nom dans le siècle dernier. Elle prit celui qu'elle porte aujourd'hui, quelques années avant la révolution, et le dut au spectacle connu sous le nom de *Combat du Taureau*, spectacle qui subsiste encore, et qui n'est fréquenté que par la dernière classe du peuple.

Rue de la Corroyerie. Elle aboutit à la rue Beaubourg et à celle de Saint-Martin. Cette rue s'appeloit au treizième siècle *rue de la Plâtrière*. Cependant le censier de Saint-Martin-des-Champs, de 1300, indique d'abord *vicus Plastrariæ*, et quelques lignes après *vicus Correarii* ce qui sembleroit marquer deux rues différentes. Quoi qu'il en soit, on voit par un registre de la chambre des comptes qu'on la nommoit rue de *la Platrière* en 1313 et en 1482. Dans la liste du quinzième siècle, elle est désignée sous le nom de *la Plastaye*. Elle avoit déjà pris le nom de *Conroirie* en 1500, quoique Sauval lui donne une origine plus moderne d'un siècle. Sur les plans de Gomboust, de Bullet et autres, elle est indiquée sous le nom de *Courroyerie*, et mal à propos sous celui de *Courrerie* dans les tables de La Caille et de Valleyre (2).

Rue Cour-au-Villain. (Voyez rue Montmorency.)

Rue Cour-du-More. Cette rue, qui traverse de la rue Beaubourg dans celle de Saint-Martin, doit sans doute son nom à une cour qu'on aura percée et prolongée. On l'appeloit, suivant le rôle de 1313, rue *Jehan Palée*, et ensuite *Palée*. Elle est encore désignée sous ce nom dans une déclaration des religieuses de Montmartre, du 3 juillet 1551. Cependant, dès le commencement du quatorzième siècle, la proximité de l'église de Saint-Julien, à laquelle elle est contiguë, lui avoit fait donner le nom de *ruelle* ou *rue de Saint-Julien*, sous lequel elle est indiquée dans le compte des confiscations de 1421, et dans Corrozet. On l'a aussi nommée rue de *la Poterne* et de *la Fausse Poterne*, parcequ'elle aboutissoit dans la rue Beaubourg, à peu de distance de la poterne ou fausse porte de Nicolas Huidelon. Depuis on lui a donné le nom de *Cour-du-More* et de *rue du More* qu'elle portoit dès 1606, suivant plusieurs titres des archives de Saint-Merri. On la trouve aussi, en 1640, indiquée *Cour-du-More*, dite des *Anglais*. Jaillot pense que c'est sans fondement qu'on a gravé sur plusieurs anciens plans *Cour des Morts*, étymologie que l'abbé Lebeuf a suivie.

---

(1) Au-delà de cette rue on en a ouvert une nouvelle qui donne également dans la rue du Faubourg-Saint-Laurent, et va aboutir à l'ouverture orientale de la barrière Saint-Martin. Elle porte le nom de *rue du chemin de Pantin*.

(2) Il y a dans cette rue un cul-de-sac qu'on appèle *cul-de-sac Baudroirie*. Sauval et ceux qui l'ont suivi ont été induits en erreur par la dénomination de ce cul-de-sac, lorsqu'ils ont dit qu'en 1300 cette rue s'appeloit de la *Baudraërie*, et depuis *Baudroirie*, ils ont confondu cette rue avec celle du Poirier, ainsi nommée alors, ou avec la rue Maubuée, à laquelle on a quelquefois donné ce nom par extension.

Rue de la Croix. Elle aboutit d'un côté à la rue Phelipeaux, et de l'autre au coin des rues Neuve-Saint-Laurent et du Verdbois. Ce nom lui vient d'un canton de la Courtille-Saint-Martin, hors les murs, qui s'appeloit *la Croix-Neuve* en 1546; et dans le terrier de cette année, cette rue est effectivement indiquée sous le nom de rue de la Croix-Neuve. La dénomination de ce canton, suivant toute apparence, étoit due à une croix qu'on y avoit élevée ou rétablie depuis peu. On sait que c'étoit l'usage ordinaire de placer des croix à la sortie des villes, à l'entrée des principaux chemins et dans les carrefours.

Rue des Étuves. Elle traverse de la rue Saint-Martin à la rue Beauboug. Son nom lui vient des étuves aux femmes, situées dans la rue Beaubourg, au coin de celle-ci. Ces étuves avoient pour enseigne le lion d'argent, et il en est fait mention dans des lettres de Philippe-le-Bel, de 1313. Il est même certain qu'elles existoient avant ce temps-là, puisque déjà Guillot énonce cette rue sous le même nom : en 1578 elles subsistoient encore. On l'a quelquefois appelée rue des Vieilles-Etuves. Au milieu du treizième siècle, on la nommoit *rue Geofroi-des-Bains, vicus Gaufridis,* ou *Godefridi de balneolis sive stupharum* (1).

Rue des Fontaines. Cette rue donne d'un bout dans la rue du Temple, et de l'autre dans celle de la Croix. Dès le commencement du quinzième siècle, elle étoit connue sous ce nom, qu'elle a toujours conservé depuis. Quelques auteurs la nomment des *Madelonettes,* à cause du couvent des filles de la Magdeleine, qui en étoit voisin; mais cette dénomination étoit entièrement populaire.

Rue Frepillon. Elle fait la continuation de la rue de la Croix, et aboutit au cul-de-sac de Rome et à la rue au Maire. Elle doit son nom à celui d'une famille qui demeuroit dans cette rue au treizième siècle. Dans un acte de 1269, elle est nommée *vicus Ferpillonis;* rue Ferpillon en 1282; *vicus Ferpillionis* dans le terrier de Saint-Martin-des-Champs, de 1300. Depuis ce temps, ce nom a été altéré par le peuple ou par les copistes, et l'on a écrit *Ferpeillon, Serpillon, Frepillon, Fripilon,* etc.

Rue Geoffroi-l'Angevin. Elle traverse de la rue Beaubourg à celle de Sainte-Avoie. Dès le milieu du treizième siècle elle portoit ce nom, et l'a toujours conservé depuis, à quelques variations près, introduites dans l'orthographe ou dans la prononciation. Ainsi

---

(1) Il y avoit dans cette rue une petite maison, vieille et sans apparence, dont la porte offroit un marbre noir avec cette inscription :

> Dieu tient le cœur des rois en ses mains de clémence,
> Soit chrétien, soit payen, leur pouvoir vient d'en haut,
> Et nul mortel ne peut (c'est un faire le faut),
> Dispenser leurs sujets du joug d'obéissance.

Une tradition populaire veut que cette maison ait été bâtie par un architecte de Henri IV, ou qu'elle lui ait appartenu. Sur quoi Jaillot remarque que si cette opinion a quelque fondement, la maison fait moins d'honneur au goût et aux talents de l'architecte, que l'inscription n'en fait au cœur et aux sentiments du citoyen.

on la trouve écrite *Gefroi-l'Angevin* en 1278 et 1287, et *Giefroi-l'Angevin* dans Guillot (1).

Rue Grange-aux-Belles. Cette rue, ouverte depuis 1780, commence à la rue des Marais en face de la rue de Lancry, et traverse la rue de Carême-Prenant et celle des Récollets jusqu'à celle de l'Hôpital-Saint-Louis. Nous ignorons l'étymologie de son nom.

Rue des Gravilliers. Elle donne d'un bout dans la rue Transnonain et de l'autre dans celle du Temple. Son véritable nom est rue *Gravelier*, ou du *Gravelier*, *vicus Gravelarii*, qu'elle portoit en 1250. On l'a appelée depuis rue des *Graveliers*. Elle conservoit ce nom jusqu'à la rue Saint-Martin, comme on peut le voir sur plusieurs anciens plans.

Rue Henri. Cette rue, ouverte dans le marché Saint-Martin depuis 1765, donne d'un côté rue Bailly, de l'autre rue Royale. Le nom qu'elle porte lui a sans doute été donné en l'honneur de Henri I, qui rebâtit le monastère de Saint-Martin.

Rue Saint-Hugues. Elle a été ouverte dans le même temps que la précédente et dans la même direction. Elle est seulement située un peu plus à l'orient du marché.

Rue Jean Robert. Elle fait la continuation de la rue des Gravilliers, dont elle portoit le nom, ainsi que nous venons de le dire, et aboutit à la rue Saint-Martin. Celui qu'elle porte actuellement ne lui a été donné qu'au commencement du siècle dernier.

Rue Grenier-Saint-Lazare. Elle commence à la rue Saint-Martin, et aboutit au coin des rues Transnonain et Beaubourg, vis-à-vis la rue Michel-le-Comte. L'usage des siècles passés l'avoit fait appeler *rue Grenier-Saint-Ladre* : c'est ainsi qu'on nommoit alors Saint-Lazare. Toutefois le premier nom avoit été altéré; car anciennement on disoit *Garnier-Saint-Lazare*, *vicus Garnerii de sancto Lazaro*. C'étoit le nom d'une famille connue à la fin du douzième siècle, et la rue qui le porte étoit déjà habitée au milieu du siècle suivant.

Au coin de cette rue, et un peu en-deçà, étoit la porte Saint-Martin, de l'enceinte de Philippe-Auguste.

Rue de Lancry. Cette rue, ouverte depuis 1780, traverse de la rue de Bondi dans celle des Marais, en face de la rue Grange-aux-Belles.

---

(1) Jaillot relève une erreur commise par Sauval, qui dit que *cette rue s'appeloit*, en 1273, *Vicus sine capite, qui vocatur Cul-de-Pet*; en 1389, *une ruelle sans bout, nommée Cul-de-Pet*, et en 1445, *la rue du Cul-de-Sac*. Cette erreur a été adoptée par l'auteur des *Tablettes parisiennes*, qui sans doute n'avoit, non plus que Sauval, lu ni l'original ni la copie du titre qu'il cite; car, dans l'accord de 1273, cette rue est énoncée : *Item totum vicum Gaufridi Langevin, sicut se comportat ab utrdque parte cum quâdam ruellâ sine capite, quæ vocatur Cul-de-Pet.* Ce qui prouve clairement qu'ils ont confondu la rue et la ruelle, et qu'ils ont pris pour la rue Geoffroi-l'Angevin le cul-de-sac qu'on y trouvoit, et qui a subsisté très long-temps. La maison qui le terminoit avoit sa sortie dans le cul-de-sac nommé aujourd'hui, mal à propos, *cul-de-sac Bertaut*, sur lequel ces deux auteurs se sont encore trompés. Du reste, le cul-de-sac nommé *Cul-de-Pet* dans le treizième siècle, n'avoit point de nom dans le quinzième; et dans le suivant il étoit désigné par l'enseigne de la maison devant laquelle il étoit situé. C'est pourquoi, immédiatement après la rue Geoffroi-l'Angevin, Corrozet indique *une ruelle devant le Petit-Paon.* Elle ne subsiste plus aujourd'hui.

Rue Neuve-Saint-Laurent. Elle aboutit à la rue du Temple, à l'angle de celles de la Croix et du Pont-aux-Biches. On l'a ouverte sur la culture de Saint-Martin, et elle étoit connue dès le quinzième siècle sous ce nom qu'elle a toujours conservé depuis. Dans un terrier de 1546, elle est appelée rue Neuve-Saint-Laurent, dite du Verdbois.

Rue du Faubourg-Saint-Laurent. Elle fait la continuation du Faubourg-Saint Martin, depuis l'égout jusqu'au chemin qui conduit au village de la Chapelle. Sur quelques plans on trouve l'extrémité de ce faubourg désignée sous le nom de *Faubourg-de-Gloire* (1).

Rue de l'Hôpital-Saint-Louis. Elle est située à l'extrémité de la rue des Récollets, et aboutit à la rue Saint-Maur, ou du chemin de Saint-Denis. Elle doit ce nom à l'hôpital Saint-Louis, qui en est voisin.

Rue au Maire. Elle commence à la rue Saint-Nicolas, et aboutit à la rue Frepillon et au petit cul-de-sac du puits de Rome. Le nom de cette rue n'a varié que dans l'orthographe. On disoit rue au Maire dès le treizième siècle, et au *Mayre* en 1450 et 1560 : c'étoit son véritable nom, *vicus Majoris sancti Martini.* On l'a défiguré depuis en écrivant *Omer, Aumair, Aumere* et *Aumaire,* comme on le voit sur plusieurs plans et dans les nomenclatures. Ce nom lui vient du maire ou juge de la justice de Saint-Martin-des-Champs, qui avoit son domicile affecté dans cette rue, et y tenoit sa juridiction. Elle se prolongeoit autrefois jusqu'à la rue du Temple. Sur un plan manuscrit de 1546, cette dernière partie est désignée sous le nom de *rue de Rome* (2).

Rue Saint-Marcou. Cette rue, ouverte depuis 1765, dans le marché Saint-Martin, est située à l'orient de la rue Saint-Hugues, et dans la même direction.

Rue Saint-Martin. Cette rue, qui commence au coin des rues de la Verrerie et des Lombards, et vient finir à la porte Saint-Martin, doit son nom au prieuré de Saint-Martin-des-Champs qui y étoit situé. Dans les anciens titres, on trouve désignée, sous les noms de *rue Saint-Merri* et de *l'Archet-Saint-Merri,* la partie de la rue Saint-Martin comprise entre la rue Neuve-Saint-Merri et celle de la Verrerie. Nous avons déjà fait connoître l'origine de cette dénomination; cependant, dans un petit terrier latin de Saint-Martin-des-Champs, dont l'écriture est au moins du treizième siècle, cette partie de la rue est déjà désignée par son nom actuel *vicus sancti Martini juxta portam sancti Mederici.* Et, dans le même terrier, toute la rue Saint-Martin est énoncée *extra et infra muros* (3). On la trouve également indiquée dans toute son étendue actuelle sous le même

---

(1) Il y a dans cette rue un cul-de-sac, un peu au-dessus de l'hospice des Récollets, nommé le *cul-de-sac de Saint-Michel.* Ce nom lui vient probablement d'une enseigne.

(2) Il y a dans cette rue un petit cul-de-sac nommé *cul-de-sac du Puits de Rome.* Ce nom lui vient de l'enseigne d'une maison qui étoit ainsi appelée. Auparavant on le nommoit *rue aux Cordiers et des Cordiers.* Les titres de Saint-Martin, de 1382 et de 1386 *énoncent une maison rue aux Cordiers y séant delez de la rue au Maire,* et une autre *faisant le coin de la rue Frepillon et de la rue des Cordiers.*

(3) Dès le commencement de la révolution, l'on s'empressa de bâtir dans cette rue une salle de spectacle, où l'on n'a joué que par intervalles, et qui est maintenant entièrement abandonnée. On la nommoit *Théâtre de Molière.*

nom de *vicus sancti Martini de Campis*, dans le cartulaire de Saint-Maur, en 1231 et en 1247 (1).

Rue du Faubourg-Saint-Martin. Cette rue doit également son nom à l'abbaye de Saint-Martin. Elle commence à la porte Saint-Martin, et finit à l'endroit où commence celle du Faubourg-Saint-Laurent (2).

Marché Saint-Martin. Ce marché qui se tenoit autrefois dans la rue Saint-Martin, où il causoit beaucoup d'incommodité au public, fut transporté, en 1765, dans le territoire du prieuré, sur un espace d'environ cinq cents toises, qui en fut séparé à cet effet. On y arrive par les rues Frepillon, Aumaire et Saint-Martin.

Rue du Marché-Saint-Martin. Elle commence rue Frepillon, et finit au marché qui lui a donné son nom. Ouverte en même temps que ce marché fut construit, elle n'a reçu sa dénomination que depuis 1780.

Rue Neuve-Saint-Martin. Elle commence à la rue Saint-Martin et finit à la rue Notre-Dame-de-Nazareth, au coin de celle du Pont-aux-Biches. Cette rue tire son nom du territoire sur lequel elle est située, lequel s'appeloit autrefois la *Pissotte de Saint-Martin* (3). Elle portoit sa dénomination actuelle dès le commencement du quinzième siècle. On l'appeloit aussi rue du *Mûrier*; et, dans un procès-verbal de 1638, on lit *la rue du Mûrier, dite rue Neuve-Saint-Martin*.

Rue des Marais du Faubourg-Saint-Martin. Elle traverse de la rue du Faubourg-Saint-Martin à celle du Faubourg-du-Temple, et tire son nom des marais ou jardins sur lesquels elle a été ouverte.

Rue Maubuée. Elle aboutit d'un côté à la rue Saint-Martin, et de l'autre au coin de la rue du Poirier, vis-à-vis la rue Simon-le-Franc, dont elle fait la continuation. Elle étoit connue sous le nom qu'elle porte dès le commencement du quatorzième siècle. On la trouve aussi en 1357 sous celui de *la Fontaine Maubuée*, à cause de la fontaine qu'on avoit fait construire au coin de cette rue, et qui fut rebâtie à neuf en 1734, suivant les censiers de Saint-Merri, on la nommoit aussi rue de la Baudroirie dans les quatorzième et quinzième siècles, parcequ'elle faisoit le retour d'équerre de la rue du Poirier, qui portoit alors ce nom.

Rue Saint-Maur. Elle commence à la rue du Faubourg-du-Temple, et fait la continuation du chemin de Saint-Denis, dont on lui donne quelquefois le nom par extension; elle a pris celui qu'elle porte du lieu où elle est bâtie, indiqué dans tous les titres anciens sous la dénomination de *Chemin de Saint-Maur*.

---

(1) Guillot indique une *rue de la porte Saint-Merri*, mais ce nom n'a rien de commun avec aucune partie de la rue Saint-Martin, et ne convient qu'au bout de la rue de la Verrerie, du côté de la rue Neuve-Saint-Merri, ou au cul-de-sac de Saint-Fiacre, comme l'abbé Lebeuf l'a pensé.

(2) Il y a dans cette rue un cul-de-sac nommé *des Égouts*, à cause des eaux qui se rendent dans cet endroit.

(3) On entend par ce mot, des échoppes, de petites chaumières, ou lieux couverts de branchages.

Rue des Ménétriers (1). Elle aboutit à la rue Saint-Martin et à la rue Beaubourg. Cette rue ne doit pas son nom, comme on pourroit le penser, à l'église de Saint-Julien des Ménétriers, qui n'en est pas éloignée, mais aux joueurs de vielle qui demeuroient dans cet endroit. On trouve dans le grand pastoral de Notre-Dame un acte du mois de mai 1225, un chapitre intitulé *vicus Viellatorum,* dans lequel est énoncée une maison sise *in vico des Jugleours ;* et, dans un terrier de Saint-Martin-des-Champs, du treizième siècle, cette rue est nommée *vicus Joculatorum.* Au commencement du quinzième siècle, on disoit rue des *Menestrels.* Elle étoit connue en 1482 sous celui de Ménétriers.

Rue du Cloître-Saint-Merri. Elle aboutit dans la rue Saint-Martin et dans celle de la Verrerie. Ce cloître comprenoit autrefois les rues Taille-Pain et Brise-Miche, et étoit fermé à toutes ses issues. A l'entrée, du côté de la rue Saint-Martin, il y avoit une porte et une barrière, et cet endroit en avoit pris le nom de *Barre-Saint-Merri.* Ce nom pouvoit aussi venir de la juridiction temporelle que les chanoines de Saint-Merri faisoient exercer dans cette enceinte ; car leur auditoire et les prisons du chapitre y étoient situées, et c'étoit là qu'on tenoit encore dans les derniers temps les assemblées capitulaires. La partie de ce cloître qui donne dans celle de la Verrerie a reçu depuis le nom de rue des *Consuls,* nom qu'elle doit à ce tribunal qui y est encore aujourd'hui situé.

Rue Neuve-Saint-Merri. Elle aboutit à la rue Saint-Martin, et finit à la rue Barre-du-Bec, vis-à-vis celle de Sainte-Croix-de-la-Bretonnerie. Cette rue étoit déjà bâtie au commencement du treizième siècle, et peu après la nouvelle enceinte ordonnée par Philippe-Auguste. On lui donna le surnom de Neuve, non seulement parcequ'elle étoit nouvellement bâtie, mais encore pour la distinguer de la rue de la Verrerie, qu'on appeloit en 1284 rue Saint-Merri dans sa partie occidentale. Elle est indiquée sous son nom actuel dans l'accord fait entre Philippe-le-Hardi et le chapitre Saint-Merri, en 1273, et l'a toujours conservé depuis (2).

---

(1) Par le mot de ménétriers on entend aujourd'hui les joueurs de vielle ou de violon qui vont dans les guinguettes et dans les villages. Celui de *jongleurs* n'a pas une signification plus noble ; mais, dans l'origine, c'étoient des poëtes qui alloient réciter leurs vers dans les châteaux des grands, où ils étoient honorablement reçus. On donna ensuite ce nom à des bateleurs ou farceurs qui chantoient les poésies des *Trouvères* ou *Troubadours,* et accompagnoient ces chants ou récits sur différents instruments.

(2) A l'extrémité de cette rue est un cul-de-sac appelé *du Bœuf.* Dans les actes les plus anciens des archives de Saint-Merri il est nommé *de Bec-Oye ;* dans les titres subséquents de *Buef et Oë,* de *Bœuf et Oué,* enfin, *cul-de-sac de la rue Saint-Merri.*

Le bureau des jurés-crieurs étoit situé dans cette rue. Une tradition, qui n'est appuyée toutefois d'aucun témoignage authentique, veut que Catherine de Médicis ait logé dans la maison où il étoit établi. On prétendoit aussi que la maison voisine, laquelle a dû faire partie de la première, avoit appartenu à Blanche de Castille, mère de saint Louis ; et cette opinion n'avoit d'autre fondement qu'une simple fleur-de-lis sculptée sur le mur extérieur, ce qui certainement ne suffit pas pour prouver que ce fût l'hôtel d'une reine de France. Toutefois on ne peut douter qu'elle n'ait été jadis occupée par des personnes d'un rang très distingué, et l'on y voyoit encore, à la fin du siècle dernier, un cabinet orné de peintures, de sculptures et de dorures, qui donnoient l'idée d'une grande magnificence dans l'ancienne décoration de cette maison.

Rue Meslai. Elle traverse de la rue Saint-Martin à celle du Temple. Au commencement du dernier siècle, il n'y avoit encore dans cette rue que quelques maisons bâties du côté de la rue du Temple. La principale étoit l'hôtel *Meslai*, dont par la suite la rue a pris le nom : car alors elle s'appeloit *rue des Remparts.* Du côté de la rue Saint-Martin étoit une butte sur laquelle étoient placés trois moulins. On abattit cette butte ; on aligna la rue qu'on y ouvrit avec celle de Sainte-Apolline, et elle fut nommée d'abord *rue Sainte-Apolline*, ou *de Bourbon.* En 1726, cette rue ayant été continuée et couverte de maisons des deux côtés, elle prit le nom de *rue Meslai* dans toute son étendue (1).

Rue Michel-le-Comte. Elle donne d'un bout dans la rue Beaubourg, vis-à-vis la rue Grenier-Saint-Lazare, dont elle fait la continuation, et de l'autre dans la rue du Temple, au coin de celle de Sainte-Avoie. Dès le milieu du treizième siècle, elle portoit ce nom, *vicus Michaelis comitis*, et n'en a pas changé depuis.

Rue de Montmorency. Elle commence à la rue Saint-Martin et finit à celle du Temple. Cette rue se bornoit ci-devant à la rue Transnonain, et sa prolongation s'appeloit *Cour-au-Villain*, et par corruption *Court-au-Villain* ; mais à la requête des habitants, le roi rendit un arrêt en son conseil, au mois de mars 1768, par lequel il supprima le nom de *Cour-au-Villain*, et ordonna qu'elle seroit appelée *de Montmorency* dans toute son étendue. On la nommoit anciennement *rue au seigneur de Montmorency*, parceque son hôtel y étoit situé. C'est sous ce nom qu'elle est indiquée dans les censiers de Saint-Martin-des-Champs du quatorzième siècle. Sauval dit qu'elle étoit habitée dès 1297 (2).

Rue des Morts. Cette rue étoit autrefois un chemin sans nom, qui donnoit d'un bout dans la rue Saint-Maur, de l'autre dans celle du Faubourg-Saint-Laurent. Elle n'a reçu que depuis 1780 le nom qu'elle porte, et peut-être le doit-elle au cimetière des protestants, situé à son extrémité orientale.

Rue des Moulins (3). C'est une ruelle ou chemin qui conduisoit autrefois de la rue

---

(1) Il y a dans cette rue un cul-de-sac nommé de *la Planchette.* C'étoit le commencement d'une rue ouverte en 1680, et qu'on n'a pas continuée. Dans un compte de 1423, rapporté par Sauval, on trouve l'indication d'une maison rue Saint-Martin, *devant la Planchette* ; et, dans un contrat de vente, du 15 octobre 1614, consigné dans les archives de l'archevêché, on fait mention d'une maison rue Saint-Martin, où pendoit pour enseigne la *Planchette.* On conjecture que ce nom pouvoit venir de la planche établie sur l'égout, qui passoit à découvert en cet endroit depuis la rue du Temple jusqu'à celle de Saint-Martin.

(2) Le même auteur rapporte que Nicolas Flamel fit bâtir et fonda un hospice ou hôpital dans cette rue. Germain Brice a suivi cette opinion, que Jaillot trouve absolument dénuée de preuves. Il est vrai que Flamel avoit une maison dans cette rue, qu'il y avoit fait sculpter des caractères et des figures sur le mur ; et qu'entre les legs qu'il fait à sa servante, il énonce *le louage par bas de la maison haute où est le puits en la rue de Montmorency.* Mais il ne dit pas que ce fût un hôpital, il ne donne point à entendre que le *louage haut* fût occupé par des pauvres ou des pèlerins ; et il seroit assez singulier que ce charitable personnage, qui, par son testament, fit des legs à tous les hôpitaux, eût oublié d'en faire un justement à celui qu'il auroit fait bâtir.

(3) Cette rue, que l'on nomme maintenant *rue Bouison*, donne dans une rue nouvelle appelée

Saint-Maur aux Moulins qui sont sur la butte de Chaumont, et c'est de-là qu'elle avoit tiré son nom. Elle est indiquée sur quelques plans sous le titre de ruelle des *Cavées ;* nom qu'elle avoit pris d'un clos nommé *Cavon,* sur lequel elle a été ouverte. Il est fait mention de ce clos dans les titres de Saint-Martin.

Rue Notre-Dame-de-Nazareth. Elle donne d'un bout dans la rue du Pont-aux-Biches, et de l'autre dans celle du Temple. C'est une continuation de la rue Neuve-Saint-Martin, dont elle portoit autrefois le nom. Celui qu'on lui a donné depuis vient des religieux du tiers-ordre de Saint-François, connus sous le nom des *Pères de Notre-Dame-de-Nazareth,* lesquels possédoient une maison dans son voisinage.

Rue du Cimetière-Saint-Nicolas. Elle commence à la rue Saint-Martin et finit à la rue Transnonain. Cette rue, ouverte en 1220, conduisoit à l'emplacement que les religieux de Saint-Martin avoient cédé à la paroisse de Saint-Nicolas, pour y établir son cimetière. Elle en prit dès-lors le nom qu'elle a toujours conservé depuis (1).

Rue Neuve-Saint-Nicolas. Cette rue, sans nom avant 1780, donne d'un bout dans celle du Faubourg-Saint-Martin, de l'autre dans la rue *Sanson.*

Rue Saint-Paxant. Cette rue, ouverte depuis 1765 dans le marché Saint-Martin, et dans la même direction que la rue Saint-Marcou, mais plus à l'orient, doit son nom à saint Paxant, dont le prieuré de Saint-Martin possédoit les reliques, et célébroit annuellement la fête.

Rue Phelipeaux. Elle aboutit dans la rue du Temple et au coin des rues Frepillon et de la Croix. Son véritable nom est *Frépaut.* Elle le portoit en 1397. On l'a depuis altéré et défiguré. Elle est nommée sur différents plans *Frapaut, Fripaux, Frépaux, Frippau, Phelipot, Philipot.* On a enfin adouci ce nom en l'appelant rue *Phelipeaux,* et ce changement a prévalu.

Rue Pierre-Aulard. Elle commence à la rue Saint-Merri, et, retournant en équerre, aboutit à la rue du Poirier. Elle formoit autrefois deux rues distinctes, et désignées dans les anciens titres sous différents noms. La partie qui donne dans la rue Saint-Merri s'appeloit en 1273 *vicus Aufridi de Gressibus,* et au siècle suivant la rue *Espaulart.* L'autre partie, aboutissant dans la rue du Poirier, étoit nommée *vicus Petri Oilart.* Elles sont toutes deux distinguées dans le rôle de taxe de 1313. Ce nom ne tarda pas à changer. Elle est indiquée dans un acte de 1303 sous le nom de *Pierre Allard.* Guillot écrit *Pierre o lard,* d'autres *au lard* et *Aulart.* En 1500 cette rue n'étoit plus distinguée de la rue Espaulart, et depuis on la trouve toujours sous le nom qu'elle porte aujourd'hui.

Rue du Poirier. Elle traverse de la rue Neuve-Saint-Merri à la rue Maubué. Cette rue

---

rue de la *Chopinette,* laquelle aboutit elle-même à celle de l'hôpital Saint-Louis près de la rue Saint-Maur, et va finir à la barrière qui lui a donné son nom.

(1) Vis-à-vis cette rue, dans celle de Saint-Martin, étoit une maison ayant pour enseigne saint Fiacre. Elle étoit occupée, en 1637, par Jacques Sauvage, qui tenoit les coches publics. Il imagina de faire faire des carrosses de louage, qui reçurent, de cette enseigne, le nom de *Fiacres,* nom qu'ils ont conservé jusqu'à ce jour, et qui a même passé aux cochers qui les conduisent.

s'appeloit autrefois *de la Petite-Bouclerie, Parva Bouclearia* (1). Elle porte ce nom dans un acte de 1302. Guillot l'appelle aussi la Bouclerie. A ce nom succéda celui de la *Beaudroirie,* qu'elle portoit encore en 1512, et même en 1597, quoiqu'avant cette dernière époque on lui eût donné, d'après une enseigne, le nom du *Poirier.*

Rue du Pont-aux-Biches. Elle fait la continuation de la rue de la Croix jusqu'au coin des rues Notre-Dame-de-Nazareth et Neuve-Saint-Martin. Ce nom lui vient d'un petit pont construit sur l'égout pour faciliter la communication des deux rues auxquelles elle aboutit, et d'une enseigne représentant des biches (2).

Rue des Récollets. Elle commence à la rue du Faubourg-Saint-Laurent, et finit à celle de Carême-Prenant, vis-à-vis l'hôpital Saint-Louis. Ce n'étoit autrefois qu'une ruelle à laquelle on a donné le nom des religieux dont elle cotoyoit l'enclos (3).

Rue du Renard. Elle traverse de la rue Neuve-Saint-Merri dans celle de la Verrerie. Elle s'appeloit anciennement *la Cour Robert de Paris,* ou *la Cour Robert.* On trouve dans les archives de Saint-Merri des titres où elle est énoncée sous ce nom en 1185, ainsi que dans l'accord de 1273, et dans d'autres actes. Guillot lui donne le même nom. Corrozet l'appelle *rue du Regnard qui prêche.*

Rue Royale. Cette rue, qui traverse le marché Saint-Martin de l'orient au couchant, a été ouverte dès l'origine de ce marché, mais n'a reçu le nom qu'elle porte que depuis 1780.

Rue Sanson. Cette rue, ouverte depuis 1780, donne d'un côté dans la rue de Bondi, sur le boulevard; de l'autre, dans celle des Marais.

Rue Simon-le-Franc. Elle aboutit à la rue Sainte-Avoie et à la rue Maubué qui en fait la continuation. Cette rue est très ancienne. Sauval parle d'un Simon Franque, mort avant 1211. Ce qu'il y a de certain, c'est que, suivant les cartulaires de Saint-Maur et de Saint-Eloi, il y avoit une rue portant ce nom dès 1237. Elle l'a toujours conservé jusqu'à ce jour.

Rue Taille-Pain. Elle aboutit au cloître de Saint-Merri et à la rue Brise-Miche, avec laquelle on l'a souvent confondue, ainsi que nous l'avons remarqué à l'article de cette dernière rue. Sur un plan manuscrit de 1512, elle est nommée Brise-Pain; dans le retour d'équerre, *Baillehoë;* et *Brise-Miche* depuis la rue Neuve-Saint-Merri jusqu'au cloître. Le nom de Brise-Pain a été successivement changé en celui de *Mâche-Pain, Tranche-Pain,* enfin *Taille-Pain* qui lui est resté.

Rue Transnonain. Elle aboutit à la rue au Maire, et au coin des rues Grenier-Saint-Lazare et Michel-le-Comte. Le premier nom que cette rue ait porté est celui de *Châlons.*

---

(1) Sauval, qui donne à cette rue le nom de *Petite-Boucherie,* a été induit en erreur par une copie inexacte de l'accord fait, en 1273, entre Philippe-le-Hardi et le chapitre de Saint-Merri.

(2) Vis-à-vis l'extrémité de cette rue est un petit cul-de-sac qui porte le même nom; il a été aussi appelé *cul-de-sac de la Chiffonnerie* par ceux qui donnoient ce nom à la rue Neuve-Saint-Martin.

(3) Au milieu de cette rue on a ouvert, depuis la révolution, un cul-de-sac qui se nomme *cul-de-sac des Marais-Rouges.*

Elle le devoit à l'hôtel des évêques de Châlons, qui y étoit situé : on le lui donnoit encore en 1323 et en 1379 ; mais depuis la rue Chapon jusqu'à la rue au Maire, on la nommoit *Trace-Nonain*. La mauvaise réputation des femmes qui demeuroient dans la rue Chapon fit donner à celle-ci, par le bas peuple, des noms peu décents auxquels a succédé celui qu'elle porte aujourd'hui.

Rue de la Verrerie. La partie de cette rue qui dépend de ce quartier commence à la rue Saint-Martin, et finit au coin de la rue Barre-du-Bec. Nous avons observé précédemment qu'en cet endroit on l'appeloit *rue Saint-Merri*. On ignore quand elle a quitté ce nom pour prendre dans sa totalité celui de la Verrerie, que portoit l'autre partie ; mais il est certain qu'elle étoit ainsi désignée dès 1380 (1).

Rue des Vertus. Elle traverse de la rue des Gravilliers à la rue Phelipeaux. On n'a de renseignements ni sur l'origine ni sur l'étymologie du nom de cette rue. Jaillot la trouve indiquée pour la première fois dans un papier-censier de Saint-Martin, en 1546.

Rue du Vert-Bois. Elle commence à la rue Saint-Martin, et finit au Pont-aux-Biches. Il paroît qu'anciennement on ne la distinguoit pas de la rue Neuve-Saint-Laurent, dont elle fait la continuation ; car dans le censier de Saint-Martin, de 1546, cité ci-dessus, on lit rue Neuve-Saint-Laurent, dite du *Verbois*. Comme cet endroit étoit en marais et en jardinages, il est assez vraisemblable que le nom de Vertbois qu'on lui a donné vient des arbres qui environnoient de ce côté l'enclos du prieuré Saint-Martin, avant qu'on eût percé la rue. Quelques plans la désignent sous le nom du *Gaillard-Bois*.

Rue des Vinaigriers. Elle commence à la rue Saint-Martin, et, se divisant ensuite en deux branches, elle aboutit à la rue de Carême-Prenant et à celle des Marais-Saint-Martin. Ce n'est qu'une ruelle ou chemin serpentant, dont le commencement est désigné sur la plupart des plans sous le nom de rue de *Carême-Prenant*. Elle doit celui qu'elle porte à un champ appelé *des Vinaigriers*, qu'elle cotoie, et dont elle suit les irrégularités. Sur un plan de 1654, elle est nommée *ruelle à l'Héritier*.

---

(1) Plusieurs titres font mention d'une rue nommée *Heliot de Brie*, qui devoit aboutir dans celle-ci, et qui ne subsiste plus. Sauval dit que, si ce n'est pas la rue *Jean-Pain-Mollet*, *il ne sait quelle elle peut-être.* Jaillot pense que Sauval s'est trompé dans sa conjecture, parce que la rue Jean-Pain-Mollet existoit sous ce nom en 1261 ; il lui semble que la rue Helliot de Brie étoit située entre les rues Saint-Bon et de la Poterie ; les cartulaires de Saint-Maur et de Sainte-Geneviève ne permettent pas, dit-il, d'en douter ; ils énoncent *Domum D. Helyoti de Braia in quadrivio sancti Mederici, in strata quæ tendit versus orientem.*

Monuments.

A Hôtel-de-Ville.
B St Jean.
C Chapelle des Haudriettes.
D St Gervais.
E Les Sœurs de la Croix.
F Hôtel de Charni.
G Le St Esprit.
H Chapelle St Bon.
I Arsenal de la Ville.

Places.

K Place de Grève.
L Place Baudoyer.
M Marché St Jean.

Quais.

N Quai Pelletier.
O Quai de la Grève.
P Port au Bled.

Rues Longitudinales.

a Rue Planche Mibrai.
b Rue des Teinturiers.
c Rue des Haudriettes.
d Rue Pernelle.
e Rue des Plumets.
f Rue de Longpont.
g Rue des Barres.

Suite des Rues Longitudinales.

h Rue Renaud le Fevre.
i Rue des Mauvais Garçons.
k Rue des deux Portes.
l Rue du Coq.
m Rue des Coquilles.
n Rue de la Poterie.
o Rue St Bon.
p Rue des Arcis.
q Rue de la Tâcherie.
r Rue de la Coutellerie.
s Rue Jean de l'Epine.
t Rue du Mouton.
u Rue des Vieilles Garnisons.
v Rue du Pet au Diable.
x Rue de la Levrette.
y Rue Simon-Finet.

Rues Transversales.

1 Rue de la Tannerie.
2 Rue de la Vannerie.
3 Rue Jean Pain-Mollet.
4 Rue de la Lanterne.
5 Rue de la Tisseranderie.
6 Rue de Berci.
7 Rue Grenier sur l'eau.
8 Rue du Pourtour.
9 Rue du Monçeau St Gervais.
10 Rue du Martrois.
11 Rue de la Mortellerie.

Culs-de-Sacs.
12 Cul-de-Sac St Benoist.
13 Cul-de-Sac St Faron.

Nta. La Lettre et le Chiffre sont placés à l'origine de chaque rue.

Na. L'Eglise St Jean, la Chapelle des Haudriettes, le St Esprit, la Chapelle St Bon, la Maison des Sœurs de la Croix n'existent plus.

PLAN DU QUARTIER DE LA GRÈVE.

QUARTIER DE LA GRÈVE.

Ce quartier est borné à l'orient par la rue Geoffroi-l'Asnier et par la vieille rue du Temple exclusivement ; au septentrion, par les rues de la Croix-Blanche et de la Verrerie exclusivement ; à l'occident, par les rues des Arcis et de Planche-Mibrai inclusivement ; et au midi, par les quais Pelletier et de la Grève inclusivement, jusqu'au coin de la rue Geoffroi-l'Asnier.

On y comptoit, en 1789, trente-quatre rues, deux culs-de-sacs, deux églises paroissiales, deux chapelles, une communauté de filles, un hôpital, l'Hôtel-de-Ville, deux places, etc.

Ce quartier est, sans contredit, l'un des plus anciens de la partie septentrionale de la ville de Paris ; et l'on voit d'abord sur les plans, qu'il étoit renfermé dans cette première enceinte élevée avant les murs bâtis par Philippe-Auguste.

Toutefois il reste encore sur le véritable état des lieux qu'il embrasse aujourd'hui des incertitudes qu'il est difficile de résoudre, mais qui forcent du moins à douter dans des matières où plusieurs historiens ont prononcé trop affirmativement ; par exemple, sur la foi de Sauval et du commissaire Delamare, presque tous ont écrit que l'église de Saint-Gervais, qui fait partie de ce quartier, étoit hors des murs avant l'enceinte de Philippe. Nous l'avons répété comme eux, et nos plans la représentent d'après cette hypothèse. Jaillot prétend, au contraire, que la porte *Baudoyer* étoit située près de la rue Geoffroi-l'Asnier (1), et par conséquent que cette basilique étoit, à cette époque, renfermée dans la ville. Les preuves qu'il en donne ne sont point, à la vérité, suffisantes, et ne peuvent même passer que pour de simples conjectures ; cependant, comme l'autre opinion n'est pas appuyée sur des raisons meilleures, il en résulte que, jusqu'à ce qu'on ait

---

(1) Quartier Saint-Paul.

obtenu des renseignements plus positifs, il n'est pas permis de rien prononcer sur ce point très obscur des antiquités de Paris.

Il en est de même de l'établissement des juifs dans ce quartier. En reconnoissant qu'ils y ont effectivement possédé une synagogue, le même auteur a jeté quelques doutes sur l'opinion qui veut qu'ils y aient occupé plusieurs rues, et nous aurons incessamment occasion de faire connoître les raisons qu'il en a données.

Quant aux changéments assez nombreux qui se sont opérés pendant une si longue suite de siècles dans l'intérieur de ce quartier, la description des anciens édifices et la nomenclature historique des rues développeront tout ce que les traditions en ont laissé parvenir jusqu'à nous.

PLACE DE GRÈVE.

C'est de sa situation sur le bord de la Seine que cette place a reçu le nom qu'elle porte , nom qu'elle a donné ensuite à tout le quartier. Nous avons déjà dit que c'étoit sur cet emplacement que se tenoit, dans l'origine, le marché de toute la partie septentrionale de la ville de Paris ; et ce fut en conséquence de cette ancienne disposition, qu'après le transport du marché dans les Champeaux , les bourgeois habitants de la Grève et du Monceau-Saint-Gervais demandèrent à Louis-le-Jeune qu'à l'avenir il ne fût élevé dans cet espace aucun bâtiment. La charte qui leur accorde ce privilège est datée de 1141 , et porte qu'ils l'ont obtenu moyennant la somme de 70 liv. une fois payée.

Tous les ans, la veille de la Saint-Jean , les prevôt et échevins de la ville faisoient tirer un feu d'artifice au milieu de cette place. Avant l'invention de la poudre on y allumoit simplement un grand bûcher , auquel plusieurs de nos rois ne dédaignèrent point de mettre eux-mêmes le feu. Cette solennité, pratiquée parmi nous de temps immémorial , remonte , par une suite non interrompue , jusqu'à la plus haute antiquité. L'usage d'allumer des feux et d'illuminer les rues et les places publiques à certains jours de fête se trouve chez les Romains à toutes les époques, chez les Grecs dès leurs premiers temps ; et saint Bernard a remarqué que les Turcs et les Sarrasins allumoient un grand feu à peu près à la même époque que celle de notre feu de la Saint-Jean. On croit trouver l'origine de cette coutume dans les feux sacrés , qui servoient, dans les anciennes religions, à brûler les victimes. La place de Grève étoit encore le lieu où se faisoient les réjouissances les plus remarquables , à la naissance de nos princes, et dans les autres circonstances heureuses et importantes.

Par un contraste qui peut paroître singulier , cette place étoit depuis long-temps le théâtre des exécutions publiques (1). Les historiens ne

(1) Elles s'y font encore aujourd'hui.

nous apprennent point positivement à quelle époque on commença à la consacrer à ces tristes cérémonies. La première exécution faite en ce lieu, dont l'histoire fasse mention, est celle de Marguerite Porette, hérétique, laquelle y fut brûlée en 1310; en 1398, deux prêtres y furent dégradés, et ensuite décapités, dans le même endroit, suivant Le Laboureur; aux Halles, suivant Juvénal des Ursins. Toutefois il y a des preuves que, dans le siècle suivant, les exécutions des criminels se faisoient encore ordinairement sur la place aux Chats, aux Halles et au marché aux Pourceaux.

On voit, par les registres de la ville, que l'étape, ou marché aux vins, fut transférée de la Halle sur cette place par lettres de Charles VI, du mois d'octobre 1413 (1). Cependant il y a lieu de croire qu'òn y déposoit déjà du vin avant cette époque, car dans un recueil d'ordonnances on en trouve une des généraux trésoriers *pour le fait de la boîte du vin étant en Grève, pour la délivrance du roi Jean, du* 16 *décembre* 1357. On voit dans le même recueil que la place du charbon y étoit établie en 1642.

HOSPICE ET CHAPELLE

DES HAUDRIETTES.

LES anciens historiens de Paris ont adopté trop légèrement les fables imaginées sur l'origine de cet hôpital, origine qu'ils reculent jusqu'au règne de saint Louis. Cependant le premier monument authentique où il en soit

---

(1) C'est sans doute à ce marché que faisoient allusion les deux vers qu'on lisoit sur une fontaine élevée dans un coin de cette place.

Grandia quæ cernis statuit sibi regna Lyæus.
Ne violenta gerat, suppeditamus aquas.

Cette fontaine, construite en 1624, fut abattue en 1674, et transportée à la place Maubert.

fait mention, est une charte de Philippe-le-Bel, donnée à Milly au mois d'avril 1306; par cette charte, ce prince permet à Étienne Haudri, son panetier, de bâtir sur la place *qu'il a nouvellement acquise à la Grève, tenant d'un long à l'hôpital des pauvres qu'il a fondé;* et il y a bien de l'apparence que cette fondation avoit été faite depuis peu de temps, puisqu'il n'y avoit point encore de chapelle (1).

Étienne Haudri, fils du précédent, fonda une seconde chapellenie, et Jean son frère en créa deux autres, dont le revenu fut amorti par Philippe-le-Bel en 1309. Le même Jean Haudri et sa femme y fondèrent aussi deux chapelains, ainsi qu'il résulte d'un acte daté du 5 août 1327.

Il ne paroît pas que les fondateurs aient fixé le nombre des femmes veuves qui devoient être reçues dans cet hôpital; et l'historien de l'église de Paris manque d'exactitude en affirmant qu'il avoit été établi pour douze de ces femmes, puisqu'il est certain que l'on en trouve plus ou moins dans ce siècle et dans les suivants. Une bulle de Clément VII, de 1386, nous apprend qu'à cette époque il y en avoit alors trente-deux; on les appeloit les *Bonnes-Femmes de la chapelle des Haudriettes.*

Les statuts qui leur furent donnés en 1414 n'indiquent point que cette maison dût être regardée comme un couvent. On n'y parle que d'une maîtresse et de femmes hospitalières vivant en commun; et ce qui prouve que leur engagement n'étoit que conditionnel, c'est qu'il y est déclaré que, dans certains cas, elles seront chassées honteusement. Dans la quittance des droits d'amortissement, qui leur fut donnée le 10 novembre 1521, elles

---

(1) Quelques historiens ont avancé que la chapelle de cet hôpital avoit été bâtie sur l'emplacement d'un ancien monastère, fondé par sainte Geneviève au lieu même où elle demeuroit. Cependant il n'en existe aucune tradition authentique; et en supposant qu'il y eût des monastères à Paris du temps de cette sainte fille, ce qu'il seroit difficile de prouver, nous demanderons quand et par qui celui-ci a été détruit, et dans ce cas, comment il se fait qu'on n'en ait conservé aucun souvenir? Les Parisiens auroient-ils laissé ensevelir sous des ruines la demeure de leur patrone et des vierges qui composoient sa communauté? Auroient-ils perdu jusqu'à la mémoire d'un lieu consacré par les vertus de cette sainte, et par la pieuse reconnoissance qu'ils lui ont toujours conservée?

Cette opinion est aussi dénuée de preuves que de vraisemblance, et nous l'aurions passée sous silence, ainsi que tant d'autres contes de ce genre qu'on trouve dans les vieilles légendes, si elle n'avoit été adoptée par dom Duplessis, auteur moderne, renommé par son érudition *.

* Ces historiens paroissent avoir confondu cette chapelle avec la chapelle *des Vierges*, que sainte Geneviève fit effectivement bâtir près de Saint-Jean-Baptiste, dans la Cité. (*Voyez t.* I, *p.* 102.)

ne sont qualifiées, comme auparavant, que de Maîtresses et Bonnes-Femmes de la chapelle Étienne Haudri. Il paroît cependant par quelques actes que la maîtresse prenoit le titre de supérieure, et les hospitalières celui de sœurs.

Il seroit assez difficile d'assigner l'époque où elles contractèrent des vœux, et devinrent réellement religieuses ; mais il est certain qu'elles l'étoient lorsqu'en 1622 elles furent transférées rue Saint-Honoré (1).

L'HÔTEL-DE-VILLE.

L'ORIGINE de cette espèce de juridiction est très obscure. Elle a varié dans ses formes, dans son nom, dans ses attributions; peut-être même, en cherchant à éclaircir cette obscurité qui environne son berceau, et en voulant remonter jusqu'à l'antiquité la plus reculée, les historiens de Paris ont-ils accru les difficultés et épaissi les ténèbres. Ce que l'on sait de positif sur ces premiers temps se réduit en effet à bien peu de chose : lorsque Paris eut enfin été subjugué par les Romains et réduit au rang des villes tributaires, on voit, sous la protection immédiate du proconsul qui étoit seul chargé du gouvernement de la Gaule celtique, s'élever dans ses murs un corps d'officiers subalternes, chargé de rendre la justice en son nom et dans des cas peu importants, dont on pouvoit même appeler encore devant ce magistrat suprême. Ces officiers, qui prenoient le nom de *défenseurs de la cité*, étoient tirés d'une société de *nautes*, ou commerçants par eau, laquelle étoit elle-même composée des premiers citoyens de la ville. Ces nautes jouissoient d'une grande considération ; on les retrouve dans toutes les principales villes de l'empire, et plusieurs étoient même décorés du titre de chevaliers romains (2).

---

(1) *Voyez* t. Iᵉʳ, p. 472. Des Capucins remplacèrent les Haudriettes dans leur ancienne demeure, qui maintenant est changée en maisons particulières.

(2) Dans une fouille qui fut faite en 1711, dans le chœur de l'église Notre-Dame, on découvrit, à la profondeur de six pieds, des fragments d'autels chargés de bas-reliefs et d'inscriptions. Parmi ces

VUE de l'HÔTEL de VILLE.

Ce gouvernement municipal, qui se maintint jusqu'à la fin de l'empire, ne fut point détruit par les barbares. Ils le conservèrent, de même qu'une foule d'autres institutions romaines, avec cette différence que les *défenseurs de la cité* ne furent plus , sous le nom de *scabins* et de *rachinbruges*, que des assesseurs du tribunal ordinaire ; ils n'eurent plus ni siège particulier , ni justice, ni administration populaire ; et quant à la police de la navigation, qu'ils avoient jusque-là seuls exercée, elle fut confiée au corps entier des nautes dont ils étoient tirés ; de sorte que, tandis qu'on diminuoit les privilèges d'une juridiction émanée de ceux-ci, leur corporation acquéroit effectivement une considération plus grande. Cette compagnie, regardée dès-lors comme municipale, changea son premier nom en celui de *hanse*, qui signifie *union*, *association*, et étendit sa direction sur tous les marchands forains qu'elle força de s'associer à sa confédération et d'en prendre des lettres.

Ce n'étoit pas seulement à Paris qu'on trouvoit une semblable société ; elle étoit également établie dans toutes les villes de la France, et elle y subsista jusqu'à ce que les ravages des Normands et la tyrannie féodale eussent achevé de détruire ce qui restoit encore des institutions romaines. On voit ces associations renaître par degrés dès les premiers temps de la troisième race sous le nom de *communes*, et ce sont, comme nous l'avons remarqué , les premiers efforts qui furent faits pour secouer le joug de fer des seigneurs. Mais il n'arriva rien de pareil à Paris ; et quoiqu'on n'ait aucun titre qui constate bien précisément ce qu'étoit le gouvernement municipal de cette ville sous les rois de la première et de la seconde race, cependant quelques règlements faits par Dagobert en 630, par Charlemagne en 798, et par Charles-le-Chauve en 865 , concernant la police de la navigation ,

---

inscriptions, qui ont fort exercé la sagacité des antiquaires, et dont plusieurs écrites en langue celtique, et à moitié effacées, sont entièrement inintelligibles , on en lit une mieux conservée que les autres, écrite en langue latine, et conçue en ces termes :

  Tib. Cæsare. Aug. Jovi optumo Maxumo.
  M. Nautæ Parisiaci publice posierunt.

 Cette inscription suffit pour prouver que , dès le temps de Tibère , les *nautes* de Paris formoient un corps assez riche et assez considérable pour pouvoir consacrer des monuments publics. Parmi les figures, quelques-unes représentent des dieux du paganisme, tels que Jupiter, Vulcain , Mars , d'autres , des divinités gauloises et des figures symboliques qui paroissent avoir rapport à leurs cérémonies religieuses. On peut voir ces monuments extrêmement curieux au Musée des Petits-Augustins.

ne nous permettent pas de douter que le commerce par eau ne fût alors florissant. On trouve aussi une ordonnance de Louis-le-Débonnaire au sujet de certains droits qu'on levoit pour le roi sur les marchandises qui remontoient la rivière, ordonnance dans laquelle il est dit que ces droits se percevoient déjà du temps du roi Pepin; et de toutes ces autorités il résulte que les corps des *nautes* n'a point cessé d'y exister sous différents noms. Une charte de Louis VII, dans laquelle il confirme les coutumes et les privilèges dont les *marchands de l'eau* jouissoient sous Louis VI, dit le Gros, son père, constate encore plus particulièrement l'antiquité de ce commerce (1). En 1315 on voit encore de nouveaux privilèges accordés par Philippe-Auguste au corps des *marchands de l'eau hansés* de Paris.

Jusque-là il n'est point encore parlé de prevôt des marchands et d'échevins; et c'est à tort que quelques écrivains en ont attribué la création à ce dernier roi, car il n'existe pas un seul acte qui puisse servir de fondement à cette opinion (2). Cependant, dès cette époque, la ville avoit des armoiries qu'elle avoit prises au commencement des croisades (3). Ce n'étoit pas alors ce gros vaisseau voguant à pleines voiles, qu'on a vu dans son écusson jusqu'aux derniers temps de la monarchie, mais seulement une nef mise à flot, sur un champ parsemé de fleurs de lis sans nombre. Cet emblème étoit aussi gravé sur son sceau (4).

Le premier titre où il soit parlé des prevôt des marchands et échevins est une ordonnance de police, d'Étienne Boileau, prevôt de Paris, où les échevins sont tour à tour présentés sous cette dénomination et sous celle de

---

(1) Les principaux articles des privilèges dont ce prince leur accorda la confirmation portoient que les marchands de cette capitale pouvoient seuls faire remonter les bateaux depuis le pont de Mantes jusqu'au port de Paris; que ceux qui contrevenoient aux défenses faites à ce sujet perdoient leurs marchandises, dont la moitié étoit confisquée au profit du roi, et l'autre moitié au profit des marchands de l'eau de Paris. On y lit de plus que si le valet d'un marchand se rend coupable de quelque crime, il n'est justiciable que de son maître, à moins qu'il n'eût été pris sur le fait par la justice du roi.

(2) Son testament, que l'on cite à ce sujet, ne fait mention que d'une commission particulière donnée à quelques habitants de Paris, pour avoir, en son absence, le dépôt de ses finances; ce qui n'a aucun rapport avec les droits de la ville.

(3) Elle le fit à l'exemple des nobles, qui inventèrent ces armoiries pour se distinguer les uns des autres, et établir en même temps la distinction de leurs sceaux.

(4) On le trouve sur un ancien sceau gravé vers le temps de saint Louis, avec cette inscription : *Sceau de la marchandise de l'eau de la ville.*

jurés de la confrérie des marchands de Paris. Le chef de ces jurés est également appelé *prevôt des marchands* dans un arrêt du parlement de la Chandeleur, donné en 1269. Cependant ce nom ne lui étoit pas encore définitivement accordé ; car en 1273 on le trouve désigné sous celui de *maître des échevins* de la ville de Paris, dans un autre arrêt du parlement de la Pentecôte. Enfin, l'année suivante, sous Philippe-le-Hardi, l'on abandonna entièrement ces anciens titres, pour celui que le corps municipal n'a point cessé de porter jusqu'à sa destruction.

L'hôtel-de-ville jouit de tous les privilèges qui lui avoient été successivement accordés par nos rois jusqu'à Charles VI. Ce prince, voulant tirer une vengeance éclatante de la sédition des Maillotins, ne se contenta pas d'ôter aux bourgeois leurs armes, la garde, les chaînes de la ville, il supprima encore la prevôté des marchands, l'échevinage, la juridiction, la police et le greffe ; et le prevôt de Paris fut chargé de l'administration de la ville, à laquelle on voulut bien admettre quelques bourgeois, mais sans leur en rendre la propriété. Cet état violent ne fut pas de longue durée. Le roi, s'étant apaisé, rétablit en 1411 *le parloir aux bourgeois,* et rendit à la ville tous ses privilèges ; mais il ne put lui rendre également les titres sur lesquels ils étoient fondés. Il s'étoit commis pendant cette interruption du gouvernement municipal des désordres irréparables dans les archives qui avoient été presque entièrement détruites ou dissipées. Il fallut pour remédier à un tel désastre travailler à une ordonnance générale qui pût servir de règle dans l'administration de la police et de la justice municipale. On tâcha, autant qu'il fut possible, de rassembler les chartes, les titres, les registres égarés ; pour éviter les innovations dans le nouveau code, aux preuves par écrit furent réunies les preuves testimoniales, et des assemblées furent formées, dans lesquelles on réunit tous ceux qui pouvoient donner des éclaircissements sur cette matière importante. Ce fut ainsi qu'après trois ans de soins et de recherches on parvint à rétablir l'ancien droit de la ville, lequel fut rédigé dans une ordonnance générale, scellée du grand sceau au mois de février 1415. Cette ordonnance étoit composée de près de 700 articles, parmi lesquels on pouvoit sur-tout remarquer ceux qui regardoient le commerce par eau, et la juridiction que la ville de Paris a toujours eue sur la rivière de Seine et sur toutes celles qui s'y jettent.

Pendant ces diverses révolutions du corps municipal, nos historiens font mention de quatre endroits dans lesquels il a tenu successivement ses assemblées. Le premier, situé *à la vallée de Misère* (1), étoit connu sous le nom de *maison de la Marchandise*. Le second, que l'on nommoit le *parlouer aux bourgeois*, étoit dans le voisinage de l'église Saint-Leufroi et du Grand-Châtelet. On voit ensuite les officiers municipaux tenir leurs séances près la porte Saint-Michel, dans de vieilles tours qui appartenoient à la ville; enfin, en 1357, ce corps acheta une grande maison située à la place de Grève. Elle se nommoit, en 1212, *la maison de la Grève*, et appartenoit alors à Philippe *Cluin*, chanoine de Notre-Dame, qui la vendit cette année même à Philippe-Auguste. On la nomma ensuite la *maison aux piliers*, parcequ'elle étoit dès-lors soutenue par un rang de piliers assez semblables à ceux qu'on y voyoit encore avant la révolution. Enfin elle prit le nom de *maison aux dauphins*, parcequ'on en avoit fait don aux deux derniers dauphins de Viennois. Charles de France, à qui elle appartenoit en cette qualité, finit par la donner à *Jean d'Auxerre*, receveur des gabelles de la prevôté de Paris; et celui-ci la vendit à la ville, par contrat du 7 juillet 1357, moyennant 2880 liv. parisis. Cette demeure étoit bien loin alors d'être aussi considérable qu'elle l'est aujourd'hui (2); mais dans la suite des temps la ville ayant fait l'acquisition d'un assez grand nombre de maisons environnantes, il fut décidé, lorsqu'on crut posséder un terrain assez vaste, que les anciennes constructions seroient démolies, et que sur leur emplacement on élèveroit un monument plus digne d'une aussi grande capitale.

Ce fut en 1532 que le projet du nouvel édifice fut définitivement arrêté; et le 15 juillet de l'année suivante la première pierre en fut posée par Pierre *Niole*, alors prevôt des marchands. Il avoit été conçu d'abord sur un plan

---

(1) Voyez tome Ier, page 269.

(2) Cet hôtel Dauphin n'étoit qu'une maison formée par deux pignons, et située entre plusieurs maisons de simples particuliers. « Il y avoit, dit Sauval, deux cours, un poulailler, des cuisines hautes « et basses, grandes et petites; des étuves accompagnées de chaudières et de baignoires; une chambre « de parade, une autre d'audience, appelée *le plaidoyer*; une chapelle lambrissée, une salle couverte « d'ardoises, longue de cinq toises et large de trois, et *plusieurs autres commodités*. » Cette maison, qui nous paroîtroit aujourd'hui si chétive, étoit une des plus grandes de ce temps-là, et servoit non seulement de lieu d'assemblée aux officiers municipaux, mais encore de logement au prevôt des marchands et à sa famille. En 1384, Juvénal des Ursins y demeuroit avec ses frères.

gothique, et s'élevoit déjà jusqu'au second étage, lorsqu'on en suspendit tout à coup la construction. On commençoit à se dégoûter en France de ce style barbare; et cette lumière des beaux-arts, qui venoit de renaître en Italie, avoit déjà pénétré jusqu'à nous. Un architecte italien (*Dominique Bocca-doro*, *dit Cortone*) conçut un projet qu'il présenta, en 1549, au roi Henri II, et qui fut adopté : c'est celui du bâtiment qui subsiste encore aujourd'hui. Toutefois l'inventeur n'eut pas la satisfaction de le voir achever ; de même que presque tous les grands monuments de Paris, celui-ci n'a été construit que lentement et à plusieurs reprises; et ce n'est qu'en 1605, sous le célèbre prévôt des marchands, *François Miron* (1), qu'il fut entièrement achevé. Henri IV régnoit alors, et ce fut ce magistrat qui fit placer la statue équestre de ce monarque, qu'on voyoit avant la révolution dans le cintre qui surmonte la porte d'entrée (2), ainsi qu'une autre statue de bronze représentant Louis XIV. Celle-ci étoit pédestre, de ronde-bosse, et placée sous l'arcade de la cour qui fait face à celle de l'entrée.

Quoique l'Hôtel-de-Ville ne soit pas un monument d'un style très pur, ni conçu d'après les vrais principes de la bonne architecture, il est cependant extrêmement remarquable, si l'on considère l'époque à laquelle il fut bâti. Il y règne une ordonnance qui annonce le retour au bon goût de l'antiquité. Les entablements, les profils, les chambranles des fenêtres et les détails de la sculpture d'ornement répandue tant au dehors qu'au dedans, annoncent une tendance bien marquée vers la régularité des formes et le vrai style de décoration. La cour intérieure, assez spacieuse pour le bâtiment, est environnée de portiques.

C'est avec raison sans doute que l'on regarde aujourd'hui cet édifice comme hors de toute proportion avec les besoins actuels d'une ville aussi immense et aussi opulente que Paris, puisqu'il n'offre pas même d'entrée aux voitures; « mais, comme l'a judicieusement observé un auteur mo-

---

(1) Ce fut lui qui changea le don que la ville faisoit tous les ans à Notre-Dame, d'une bougie d'une longueur égale à celle de l'enceinte de Paris, en celui d'une lampe d'argent. (*Voyez* t. 1er, p. 133.) Dans une courte administration de deux années, il fit à lui seul plus d'embellissements à la ville, et fonda plus de monuments utiles que tous les prévôts ensemble qui l'avoient précédé.

(2) Au-dessus de cette porte étoit gravée, en lettres d'or, l'inscription suivante :

Sub Ludovico Magno, felicitas urbis.

« derne (1), il y auroit de l'injustice à en accuser les hommes d'alors.
« Paris est plus que doublé, depuis ce temps, en étendue et en population,
« et le luxe des commodités de la vie s'est accru dans une proportion beau-
« coup plus grande encore. L'Hôtel-de-Ville n'étoit d'ailleurs destiné
« jadis qu'à quelques cérémonies annuelles, et il n'étoit, à vrai dire, le
« centre d'aucune grande administration. Une vaste salle pour les banquets
« publics étoit la partie la plus importante de ces sortes de bâtiments. C'est
« encore dans ce système qu'est bâti l'Hôtel-de-Ville d'Amsterdam, l'un
« des beaux édifices de l'Europe. »

Les prevôt des marchands et échevins tenoient leur juridiction les mercredis et samedis matin. Elle s'étendoit, dans les derniers temps de la monarchie, sur les rentes de l'Hôtel-de-Ville, sur la police des quais et ports de la rivière, sur les marchandises qui arrivoient par eau, etc. (2).

CURIOSITÉS DE L'HÔTEL-DE-VILLE en 1789.

La statue de Henri IV, dont nous avons déjà parlé. Elle étoit en bronze doré, et fixée sur un marbre noir qui subsiste encore. Cette statue, qui passoit pour le chef-d'œuvre de *Biard*, habile sculpteur de ce temps-là, fut dégradée en 1652, dans une émeute popu-laire, restaurée ensuite avec la plus grande maladresse par *Biard* le fils, et enfin détruite entièrement pendant la révolution.

Au milieu de la base d'une des arcades qui environnent la cour intérieure, la statue également en bronze de Louis XIV. Elle étoit pédestre et posée sur un piédestal de marbre blanc, chargé de bas-reliefs et d'inscriptions (3). Dans ce monument, qui passoit pour un des chefs-d'œuvre de *Coizevox*, le monarque étoit représenté revêtu de l'habit d'un triomphateur romain, appuyé d'une main sur un faisceau d'armes, et étendant l'autre en signe de commandement.

---

(1) Feu M. Legrand.

(2) Outre le prevôt des marchands et les quatre échevins, qui étoient élus tous les ans le 16 août, jour de saint Roch, avec beaucoup de pompe, il y avoit vingt-six conseillers de ville, un procureur, un avocat du roi, un substitut, un greffier, un receveur, des quarteniers, dixainiers, cinquanteniers, trois cents archers et leurs officiers, des commis, des huissiers, des commissaires de police sur les ports, des étalonneurs, etc.

(3) La principale étoit conçue en ces termes :

Ludovico Magno, victori perpetuo, semper pacifico, ecclesiæ et regum dignitatis assertori; Præfectus et ædiles æternum hoc fidei, obsequentiæ, pietatis et memoris animi monumentum posue-runt an. R. S. H. M. D. C. LXXXIX.

Le long des portiques, on voyoit incrustés dans le mur les portraits en médaillons d'un grand nombre de prevôts des marchands, et plus de trente inscriptions composées par *André Félibien*, lesquelles étoient relatives aux évènements les plus glorieux des règnes de Louis XIV et de Louis XV.

Dans les vastes salles de cet édifice étoient plusieurs autres monuments, savoir :

Dans l'antichambre de la salle des gouverneurs, un tableau peint par *de Troy* le père, à l'occasion de la naissance du duc de Bourgogne, père de Louis XV.

Dans la salle des gouverneurs, 1° Sur la cheminée, un portrait de Louis XV, donné par ce prince en 1736 à l'Hôtel-de-Ville ; 2° un grand tableau de *Carle Vanloo*, représentant le même monarque qui reçoit sur son trône les actions de graces des prevots et échevins de Paris, à l'occasion de la paix de 1739.

Dans l'antichambre de la salle des petites audiences, plusieurs tableaux, parmi lesquels on remarquoit celui où Louis XIV reçoit les hommages des échevins, en 1654.

Dans la grande salle, 1° Louis XIV rendant à la ville les lettres de noblesse dont elle avoit été dépouillée, par *Louis Boullongne* ; 2° deux tableaux de *Rigaud*, représentant des hommages rendus au roi par le corps-de-ville ; 3° le mariage du duc de Bourgogne avec Adélaïde de Savoie, par *Largillière* ; 4° la réception de Louis XV à l'Hôtel-de-Ville, après sa maladie de Metz, par *Roslin* ; 5° l'inauguration de la statue de ce monarque, par *Vien* ; 6° la naissance du dauphin, fils de Louis XVI, par *Ménageot* ; 7° deux tableaux de Porbus, dans lesquels on voyoit les échevins aux pieds de Louis XIII, avant et après sa majorité.

Dans la salle d'audience, 1° Henri IV faisant son entrée à Paris, après la réduction de cette ville ; 2° l'entrée de Louis XVI à Paris, à l'occasion du rétablissement des parlements, en 1774. Ce dernier tableau avoit été peint par *Robin*.

On voyoit dans une autre pièce les douze mois de l'année sculptés par *Jean Goujon*. Nous n'avons pu nous assurer si ces sculptures existoient encore ; mais il est inutile sans doute de dire que tous les autres monuments ont été détruits par la rage révolutionnaire.

A l'entrée de la rue de la Mortellerie, au-dessus de l'arcade qui sert d'entrée à la rue du *Martroy*, est un bâtiment qui servoit autrefois d'arsenal à la ville. Nous ignorons maintenant quelle est sa destination.

L'HÔPITAL DU SAINT-ESPRIT.

Tous les historiens de la ville de Paris fixent la foundation de cet hôpital à l'année 1362 (1), et s'accordent à dire que les malheurs du temps ayant considérablement augmenté le nombre des pauvres orphelins, quelques personnes charitables se réunirent pour leur procurer un asile et des secours; elles achetèrent à cet effet une maison et une grange à la place de Grève. Dans la même année, *Jean de Meulent*, évêque de Paris, permit la construction, sur cet emplacement, d'un hôpital, et l'érection d'une confrérie qui devoit fournir aux frais de l'établissement. Le pape Urbain V ne tarda pas à l'approuver, et sa bulle fut confirmée par deux autres papes, Grégoire XI et Clément VII. On bâtit la chapelle en 1406, elle fut bénite le 4 août 1415, et dédiée le 15 juillet 1503.

C'est encore dans cette église, le 8 septembre 1413, que fut fondée une confrérie de Notre-Dame de Liesse. Le roi Charles VI et Isabelle de Bavière, sa femme, en furent les principaux bienfaiteurs; et c'est la cause pour laquelle on voyoit leurs portraits peints sur les vitraux auprès du grand autel.

Cet hôpital étoit destiné aux orphelins des deux sexes, nés à Paris en légitime mariage, et dont les pères et mères étoient décédés à l'Hôtel-Dieu. On y recevoit ces enfants jusqu'à l'âge de neuf ans. Ils donnoient en y entrant la somme de 150 liv., qui leur étoit rendue lorsqu'ils en sortoient pour apprendre un métier.

L'administration de cet hôpital fut réunie à celle de l'hôpital général, par lettres-patentes du 23 mai 1679, enregistrées le 18 avril de l'année suivante.

---

(1) L'abbé Lebeuf est le seul qui dise, sur la foi d'un pouillé de l'ordre du Saint-Esprit, imprimé au commencement du dix-septième siècle, que l'hôpital du Saint-Esprit existoit avant l'an 1228, et que de son temps il restoit une tradition selon laquelle cet hôpital avoit été établi au haut de la rue Geoffroi-l'Asnier; mais il ajoute que peut-être il y a eu deux hôpitaux du même nom.

CURIOSITÉS.

Dans l'église de cet hospice étoient quatre tableaux.

Un saint Sébastien, par *Lépicier;* sainte Geneviève, saint Éloi, saint Nicolas, par *Eysen.*

La classe des garçons étoit ornée d'un tableau représentant la Vierge protégeant des enfants bleus.

Grand Bureau des pauvres.

Il étoit situé près de cet hôpital. François Ier, par ses lettres-patentes du 5 novembre 1544, ayant chargé le corps-de-ville du soin général des pauvres et de l'administration de tout ce qui concerne cette classe souffrante de la société, les magistrats qui le composoient choisirent treize personnes notables qu'elles chargèrent de diriger cette opération importante, conjointement avec quatre commissaires nommés par le parlement. Il avoit été décidé d'abord que les directeurs du nouvel établissement tiendroient leurs assemblées dans une salle de l'Hôtel-de-Ville; mais comme, à cette époque, les bâtiments n'en étoient point encore achevés, les officiers municipaux achetèrent une maison dans laquelle ce bureau fut établi et s'est maintenu jusqu'au moment de la révolution (1).

CHAPELLE SAINT-BONT.

Cette chapelle, située dans la rue qui porte son nom, étoit fort ancienne, et la grossièreté de son architecture faisoit reconnoître d'abord cette haute antiquité. On y descendoit par plusieurs marches; et la tour élevée sur le côté méridional du sanctuaire paroissoit avoir été bâtie depuis environ six ou sept cents ans. Quant à l'époque de la fondation entière de l'édifice, il étoit impossible d'en juger autrement que sur les apparences, car il ne reste aucuns documents authentiques, ni sur cette origine, ni sur le nom du fondateur. La seule chose qui soit certaine, c'est que cette

---

(1) Ce bureau n'existe plus, et les bâtiments de l'hôpital du Saint-Esprit sont employés à divers usages.

chapelle existoit au commencement du treizième siècle sous le nom d'*Ecclesia Sancti Boniti ,* qu'elle a toujours conservé depuis.

Cette chapelle n'a jamais été érigée en paroisse ; elle servoit seulement à faire l'office de quelques confréries (1).

L'ÉGLISE SAINT-JEAN.

Cette église n'étoit originairement que la chapelle baptismale de Saint-Gervais. Elle devint paroissiale, comme tant d'autres, par l'augmentation considérable des habitants de la partie septentrionale de la ville après l'érection de l'enceinte ordonnée par Philippe-Auguste. Pour établir cette nouvelle cure , *Pierre de Nemours ,* évêque de Paris (2) , partagea en deux la paroisse de Saint-Gervais, après avoir obtenu le consentement de l'abbé du Bec-Hellouin et du prieur de Maulent, à qui appartenoit la présentation de la cure de Saint-Gervais, et qui n'autorisèrent cette division qu'en se réservant le droit de présenter le nouveau curé.

Il est donc constant que Saint-Jean étoit un démembrement de la paroisse Saint-Gervais: *Cura Sancti Joannis suum sumpsit exordium à curâ Sancti Gervasii,* comme le porte l'acte d'érection du mois de janvier

---

(1) L'abbé Lebeuf a tâché de prouver que l'église de Sainte-Colombe, dont il est fait mention dans la vie de saint Éloi, étoit la même que la chapelle Saint-Bont ; il a prétendu encore que ce n'étoit point à la gloire de saint Bont ou Bonnet, évêque de Clermont, qu'elle avoit été élevée, mais bien à la gloire de saint Baldus, pénitent et solitaire de Sens ; cependant ce savant avoue qu'il n'en n'a point trouvé de preuves entièrement décisives ; et en effet les conjectures, qu'il établit fort longuement, ne portent que sur ce qu'il a pu entrevoir de plus probable. Jaillot, qui avoit fouillé toutes les archives, et consulté la plupart des chartes et des titres concernant les anciennes églises, réfute, par un grand nombre de raisons, l'opinion de l'abbé Lebeuf. Nous avons cru devoir épargner à nos lecteurs cette longue discussion, qui n'offre pour résultat que des *conjectures,* sur un monument qui d'ailleurs est par lui-même peu important.

La chapelle Saint-Bont n'existe plus, elle est remplacée par des maisons particulières.

(2) Sauval ou ses éditeurs attribuent cette érection à *Pierre Louis,* mais ils se sont évidemment trompés, n'y ayant eu aucun évêque de Paris ainsi nommé. L'auteur du *Calendrier historique* nomme avec aussi peu de fondement *Pierre Lombart ,* oubliant que cet évêque étoit mort cinquante-deux ans auparavant.

1212. En conséquence l'évêque voulut que le nouveau curé supportât une partie des redevances dues au chapitre de Notre-Dame par le curé de Saint-Gervais, et que le jour des Morts il vînt en procession au cimetière de cette paroisse. Il fut mis, peu de temps après, au nombre des prêtres-cardinaux qui devoient accompagner l'évêque célébrant aux grandes fêtes.

Cette église étoit dans l'origine peu spacieuse. L'accroissement successif et continuel de population, qui avoit déterminé à en faire une paroisse, mit bientôt dans la nécessité de l'agrandir (1). En 1324, le roi Charles IV, fils de Philippe-le-Bel, accorda des lettres-patentes qui permettoient de démolir plusieurs maisons voisines pour construire sur leur emplacement l'église qui a subsisté jusqu'à la fin du siècle dernier (2). C'étoit un bâtiment gothique d'une assez belle exécution (3). Les connoisseurs estimoient sur-tout la tribune de l'orgue, faite, long-temps après, sous la conduite de *Pasquier de Lille*, et exécutée par *Daily*, un des meilleurs appareilleurs de la fin du quinzième siècle. Elle étoit extrêmement surbaissée et toute suspendue en l'air par un arrière-voussure de vingt-quatre pieds d'ouverture. Cette construction d'une exécution hardie avoit en outre l'avantage de se raccorder très ingénieusement avec la forme des piliers de la nef.

Ce monument fut reblanchi et restauré en entier au commencement du siècle dernier (en 1724), et peu de temps après (en 1733), on construisit sur une partie du cimetière (4) une chapelle de la communion qui passoit pour un morceau d'architecture très estimable. Elle avoit été élevée sur les dessins d'un architecte nommé *François Blondel*, qui passoit pour avoir du mérite, mais qu'il ne faut cependant pas confondre avec le célèbre auteur de la porte Saint-Denis.

---

(1) Outre les nombreux paroissiens qui en dépendoient, le miracle de la Sainte-Hostie, dont nous parlerons à l'article des Billettes, y attiroit un concours prodigieux de fidèles de toutes les parties de la ville.

(2) L'église de Saint-Jean avoit déjà été agrandie; car on trouve qu'au mois d'août 1255, saint Louis accorda l'amortissement de la maison de Marie La Goulière, que les curés et marguilliers de Saint-Jean devoient acheter pour augmenter l'église et bâtir la maison curiale.

(3) Le portail en étoit entièrement masqué par le bâtiment de l'Hôtel-de-Ville.

(4) Avant que ce terrain fût destiné à la sépulture des paroissiens de Saint-Jean, on le nommoit *la place au Bon-Homme*. Il portoit ce nom en 1322.

Dans les processions publiques le clergé de cette paroisse étoit accompagné des religieux de Saint-Benoit, dits les Blancs-Manteaux, des Carmes-Billettes, des Capucins qui avoient remplacé les Haudriettes, et des enfants de l'hôpital du Saint-Esprit. On appeloit ces quatre communautés *les Fillettes de Saint-Jean.*

CURIOSITÉS DE L'ÉGLISE DE SAINT-JEAN.

Le maître-autel étoit décoré d'une demi-coupole soutenue par huit colonnes de marbre rare, et d'ordre corinthien, avec ornements dorés. Sous cette coupole étoit un groupe de marbre blanc, représentant le baptême de J. C. par saint Jean. Ces deux figures, grandes comme nature, étoient de *Lemoine.*

Dans le chœur étoient cinq tableaux de *Colin de Vermont :*

1° Le naissance de saint Jean ;

2° Le baptême de J. C.

3° La prison de saint Jean ;

4° Sa mort ;

5° La présentation de sa tête à Hérode ;

La danse d'Hérodiade, par *Noël Coypel* ;

La prédication de saint Jean, par *Lucas ;*

La Visitation, par *Dumesnil.*

Dans le vestibule de la chapelle de la Communion : la Manne, par *Colin de Vermont;*

La Piscine, par *Lamy.*

TOMBEAUX.

Dans cette église avoient été inhumés Alain Veau, célèbre financier sous les rois François Ier, Henri II, François II et Charles IX ;

Claude Le Tonnellier de Breteuil, conseiller-d'état ;

Jean-Pierre Camus, évêque de Bellay ;

Simon Vouet, peintre estimé, et maître de Le Sueur et de Lebrun ;

Michel-Antoine Baudran, célèbre géographe.

Le fameux *Gerson,* qui fut chancelier de l'université et l'une des lumières du quinzième siècle, avoit été curé de Saint-Jean-en-Grève.

CIRCONSCRIPTION.

Cette paroisse n'avoit au midi qu'un assez petit canton, où étoient

compris trois carrés de maisons dont la rue du Martroy formoit un côté ;
la droite de la rue Pernelle, en descendant vers la rivière, formoit le second ;
elle embrassoit ensuite l'Hôtel-de-Ville, la place de Grève, la rue
du Mouton, le côté droit des rues de la Vannerie, de la Coutellerie, et
la rue Jean-l'Épine.

Au nord elle avoit plus d'étendue. Elle comprenoit une partie du côté
droit de la rue de la Tisseranderie et du Pet-au-Diable, toute la rue des
Vieilles-Garnisons, et le côté droit du Cloître ; elle reprenoit ensuite les
côtés gauches des rues de la Tisseranderie, Regnaud-Lefebvre, et du
marché Saint-Jean ; une partie de la rue de la Verrerie jusqu'à la rue
de la Poterie, dont elle avoit pareillement le côté gauche en descendant ;
puis les rues des Coquilles, du Coq, des Deux-Portes et des Mauvais-
Garçons. Elle avoit quelques maisons dans la rue Bar-du-Bec, toutes les
rues des Billettes et de Moussy, la plus grande partie des rues Sainte-
Croix de la Bretonnerie et du Puits, plus toute la rue de l'Homme-
Armé et celle du Plâtre ; à l'exception de quelques maisons, la plus
grande partie des rues des Blancs-Manteaux et du Chaume. Elle comprenoit en outre tout le carré formé par cette rue du Chaume, par celle
du Paradis, la vieille rue du Temple et celle des Quatre-Fils ; de
plus un second carré formé par la même rue des Quatre-Fils, par celles
du Grand-Chantier, d'Anjou, la vieille rue du Temple, avec les rues
d'Orléans, du Perche et de Touraine contenues dans ce carré ; enfin le
côté gauche de la rue du Temple jusqu'à la rue de Bretagne, où elle finissoit.

Quoique la construction de la dernière église de Saint-Jean-en-Grève
ait été commencée sous le règne de Charles IV, cependant le caractère de
ses diverses parties indiquoit clairement que, de même que la plupart
des monuments de Paris, elle n'avoit été bâtie qu'à différentes reprises,
et à des époques extrêmement éloignées les unes des autres. La nef et le
chœur furent effectivement achevés en entier sous Charles IV ; leur struc-
ture et ce qu'on y avoit conservé des anciens vitrages indiquoient ce temps-
là. Il est probable qu'alors cet édifice avoit une forme carrée, et qu'il fut
percé depuis pour la construction du sanctuaire, dont la bâtisse et les vitres
paroissoient postérieures de plus d'un siècle à celles du chœur et de la nef.
Les deux tours et la porte qui donnoit sur la rue paroissoient n'être que

du quinzième siècle, et les chapelles des ailes étoient des additions, suivant toutes les apparences, encore plus nouvelles. Il est marqué, dans les *Miracles de saint Louis*, écrits vers l'an 1280, que le sol de cette basilique étoit alors plus bas d'un côté que celui de la rue, et qu'il falloit descendre plusieurs degrés pour y entrer (1).

Il étoit peu d'églises à Paris qui possédassent un aussi grand nombre de reliques que Saint-Jean-en-Grève. L'abbé Lebeuf en a parlé avec beaucoup de détail, et donné en même temps l'historique de plusieurs chapellenies qui y avoient été fondées. (Hist. du Diocèse de Paris, t. I, p. 140.)

---

(1) Cette église, dont nous donnons une vue relevée d'après divers plans, et gravée pour la première fois, a été entièrement détruite au commencement de la révolution, à l'exception de la chapelle de la communion, qui a servi dernièrement aux séances du grand Sanhédrin, et dont on vient d'achever depuis peu la démolition.

LE MARCHÉ

OÙ VIEUX CIMETIÈRE SAINT-JEAN.

Lorsqu'on eut renoncé à l'usage salutaire d'enterrer les morts hors des cités, les cimetières furent établis dans des portions de terrain contiguës aux églises. Quelques cercueils antiques trouvés dans la rue de la Tisseranderie en 1612 prouvent que, dans des temps très reculés, cet endroit avoit été destiné à la sépulture; et les anciens titres nous fournissent plusieurs preuves qu'il avoit déjà cessé de servir à cet usage vers le commencement du treizième siècle. En effet, on voit dans les lettres de Philippe-le-Hardi en faveur de Saint-Éloi, données en 1280, et citées par le commissaire Delamare, que dès-lors on appeloit cette place le vieux cimetière, *platea veteris cimetarii;* Guillot lui donne le même nom en 1300.

On seroit d'abord porté à croire, par sa proximité de l'église Saint-Jean, que cet ancien cimetière étoit encore employé à cet usage, et auroit pu être annexé à cette église vers l'année 1212, époque où elle fut érigée en paroisse. Cependant on n'en trouve aucune preuve; on voit au contraire que les corps des paroissiens de cette église étoient portés au cimetière Saint-Gervais; et quelques arrêts du seizième siècle font foi que le droit de sépulture dans ce dernier cimetière, ayant été contesté au curé de Saint-Jean, il y fut maintenu. Quoiqu'il parût que ses prétentions ne fussent fondées que sur la nécessité et sur l'usage, les juges décidèrent sans doute suivant l'axiome : *Possession vaut titre.* Peut-être le curé de Saint-Jean auroit-il pu faire valoir la clause des lettres de Pierre de Nemours, portant érection de sa cure, clause qui l'obligeoit d'aller en procession, le jour des Morts, au cimetière Saint-Gervais. Pourquoi cette obligation, si le cimetière n'eût été commun aux deux paroisses? On en peut donc conclure que dès-lors le vieux cimetière étoit entièrement abandonné; et en effet, dès l'an 1313, le rôle des taxes nous apprend qu'il étoit converti en un marché, qu'on y appelle le *marçiai Saint-Jean.*

Tome II. 58

Les biens de Pierre de Craon ayant été confisqués (1), et son hôtel, situé à l'extrémité de la rue de la Verrerie, ayant été abattu en 1392 , l'église de Saint-Jean obtint de Charles VI l'emplacement sur lequel s'élevoit cet édifice. Dans les lettres d'amortissement, données à ce sujet le 16 mars 1393 , il est dit « que le roi a ordonné que cet hôtel fût démoli, et que l'em-« placement en fût donné, excepté les vergers et jardins, aux marguilliers de « Saint-Jean, pour y faire un cimetière, qui seroit appelé *cimetière neuf de* « *Saint-Jean.* » Ces lettres furent enregistrées à la chambre des comptes le 21 octobre 1393, et depuis ce temps cet emplacement, qui étoit de 408 toises, fut effectivement destiné à un cimetière que les titres et les plans appellent le *cimetière vert.* Il a été depuis converti en marché.

Les historiens anciens et modernes (2) sont tombés dans une étrange erreur à l'égard de ces deux cimetières. Ils ont confondu le vieux et le nouveau, en disant, 1° que l'hôtel de Craon étoit situé rue des Mauvais-Garçons; 2° que de son emplacement on fit un cimetière, et de ce cimetière un marché. On vient de voir par les titres et autorités cités ci-dessus, que plus de quatre-vingts ans avant la démolition de l'hôtel de Craon , situé rue de la Verrerie, et non rue des Mauvais-Garçons, le vieux cimetière ou marché Saint-Jean, depuis long-temps détruit, existoit sous ces deux dénominations.

L'église de Saint-Jean avoit encore, suivant l'ancien usage, un autre cimetière, dans un terrain contigu à ses constructions. C'est sur une partie de l'espace qu'il occupoit que fut construite, comme nous l'avons déjà dit, la chapelle de la communion. Le reste formoit une petite place.

CLOÎTRE SAINT-JEAN.

L'ABBÉ Lebeuf a conjecturé que les comtes de Meulent , ayant donné l'église de Saint - Gervais et la chapelle de Saint-Jean aux religieux de

---

(1) Après l'assassinat du connétable de Clisson. (*Voyez* p. 49 et 50.)
(2) Brice, Piganiol, Saint-Foix.

Saint-Nicaise de Meulent, ceux-ci vinrent s'établir à Paris et agrandirent cette chapelle. Il ajoute qu'ils ne l'abandonnèrent que lorsqu'elle fut érigée en cure, et que c'est du séjour qu'ils firent dans cet endroit qu'est venu l'usage de dire *cloître Saint-Jean*. Jaillot ne trouve cette raison ni décisive, ni même suffisante pour établir une pareille conjecture, parce-qu'on dit encore aujourd'hui le cloître Notre-Dame, le cloître Saint-Germain-l'Auxerrois, le cloître Saint-Marcel, etc., quoiqu'il n'y ait point eu de religieux dans ces églises. « J'avoue, ajoute-t-il, qu'il y a eu des « chanoines qui vivoient en commun, mais c'est dans des temps postérieurs « à l'érection de cette paroisse. Je crois donc que le nom de cloître « qu'on lui a donné vient de la forme carrée des cloîtres monastiques « qu'avoit le territoire de Saint-Jean avant la construction du chevet de « cette église. » Au reste, cette conjecture pourroit bien être aussi hasardée que l'autre (1).

PLACE BAUDOYER.

Cette place se trouve derrière Saint-Gervais, au commencement de la rue Saint-Antoine, et nous apprenons, dans les anciens titres, qu'une des portes de l'enceinte de Philippe-Auguste, située vis-à-vis la rue Geoffroi-l'Asnier, portoit le même nom. Le devoit-elle à la place, ou la place devoit-elle son nom à la porte ? c'est ce qu'il n'est pas facile de découvrir. Il n'est guère plus aisé d'expliquer la véritable étymologie de ce mot barbare ; car il en est peu qui aient été écrits avec d'aussi nombreuses altérations. Dans les actes du treizième siècle on trouve *vicus et porta Balderii, Baldaeri, Bauderii, Baldeorum, Bauderia, Baudia, Baudeti.* On l'appeloit en français *porte Baudéer, Baudier, Baudez, Baudais, Baudois, Baudayer* et *Baudoyer.* Nous ne parlerons pas du nom de porte des *Bagauds,* ou *Bagaudes,* que quelques écrivains supposent

___

(1) Ce cloître s'appelle aujourd'hui *rue du Sanhédrin.*

qu'on lui avoit donné parcequ'elle étoit située devant le chemin qui conduit à Saint-Maur-des-Fossés, lieu où l'on prétend que, sous Dioclétien, étoient le camp et le château des Bagaudes, *Castrum Bagaudarum*. L'abbé Lebeuf a réfuté solidement cette opinion (1), et a prouvé que la tradition qui s'en est conservée n'est fondée que sur des chartes absolument fausses ou du moins très suspectes. Le même auteur a pensé que la place et la porte pouvoient avoir pris leur nom de *Baudacharius* (défenseur de Paris), officier ou magistrat dont la charge dans le temps étoit très importante, et dont le nom se trouve dans le testament d'une dame Hermentrude, de l'an 700. Cette conjecture paroît assez naturelle. On pourroit peut-être objecter que la finale des noms latins terminés en *carius* se traduit en français par *caire* ; mais il ne faut pas être trop rigoureux sur le latin de ces temps reculés, ni sur les traductions qui en ont été faites. Il est très possible que de *Baudacharius* on ait fait par contraction *Baudarius* ; et l'on voit alors combien il a été facile de faire ensuite de *Baudarius*, *Baudaire*, *Baudaier* et *Baudier* ; de ce dernier on a fait *Baudoyer*, qu'on lit dans une charte de Charles V en 1366 ; et quoiqu'on l'ait encore altéré depuis, ce dernier nom a cependant prévalu.

L'ÉGLISE DE SAINT-GERVAIS.

Cette église est, dans la partie septentrionale de Paris, la plus ancienne dont l'histoire fasse mention. On ignore l'époque précise de sa fondation et même le nom de son fondateur ; mais on a des preuves certaines que, dès le sixième siècle de l'ère chrétienne, il y avoit à Paris une église du titre de Saint-Gervais. Fortunat, qui a écrit la vie de Saint-Germain, évêque de cette ville, dit qu'il vint deux fois faire sa prière dans la basilique de Saint-Gervais et de Saint-Protais : *in basilicâ Sanctorum Gervasii et*

---

(1) Tome V de l'Histoire du diocèse de Paris, pag. 97 et suiv.

VUE EXTÉRIEURE de l'Eglise SAINT GERVAIS[1].

Protasii. Or, la dénomination de *basilique*, comme nous avons déjà eu occasion de le remarquer, ne convenoit qu'aux grandes églises; par conséquent on ne peut douter que celle dont il s'agit ici n'existât déjà quelque temps avant la mort de saint Germain, et personne n'ignore qu'il mourut en 576. Le testament d'Hermentrude, déjà cité, et conservé à l'abbaye de Saint-Denis, fait mention de cette basilique, immédiatement après la cathédrale, en ces termes: *Basilicæ Domini Gervasi anolo aureo* (*Sic. Lege anolom aureom*, pour *annulum aureum*) *nomen meum in se habentem scriptum dari præcipio.* On ne peut donc douter que dès le septième siècle cette église n'eût quelques clercs qui la desservoient. Il est aussi probable que l'édifice qui existoit en ce temps-là étoit à la même place que celui d'aujourd'hui, ou tout au moins aux environs; car souvent pour agrandir les églises on les rebâtissoit dans les lieux où avoient été leurs cimetières (1).

De même qu'on ignore l'époque de sa fondation, on ne sait pas non plus quand cette église devint paroissiale. Il y a lieu de croire que Paris s'étant accru de ce côté, on l'érigea en paroisse pour la commodité de ceux qui habitoient la plus grande partie de l'enceinte septentrionale. Trop éloignés du Grand-Pont, ils étoient souvent hors d'état d'aller dans la cité, à cause des inondations et de la rapidité des eaux qui en empêchoient l'accès, ou rendoient le passage dangereux. Ce fut alors que cette église obtint le privilège d'avoir une chapelle baptismale qui, suivant l'ancien usage, fut dédiée sous le nom de Saint-Jean-Baptiste, et devint depuis la paroisse de Saint-Jean-en-Grève, dont nous venons de parler.

Au onzième siècle, l'église de Saint-Gervais et les biens qui en dépendoient appartenoient aux comtes de Meulent, qui, vers ce temps-là, en firent don au prieuré de Saint-Nicaise, qu'ils avoient fondé dans la ville de leur comté. Galeran de Meulent confirma, en 1141, cette donation et toutes celles qui avoient été faites par ses ancêtres. Sa charte nomme spécialement les églises de Saint-Gervais et de Saint-Jean, situées à Paris *in vico qui dicitur Greva.*

Jaillot dit avoir lu dans un pastoral de Notre-Dame que Guillaume,

____

(1) Lorsque vers l'an 1717 on creusa le cimetière de Saint-Gervais, pour bâtir les maisons qui se trouvent entre l'église et la place Baudoyer, on y trouva plusieurs cercueils de pierre à plus de douze pieds de profondeur; ce qui prouve qu'ils étoient très anciens.

archidiacre de Paris , donna au chapitre de Notre-Dame, du consentement de l'évêque Galon, *tertiam partem altaris Sancti Gervasii Parisiensis.* Cet acte est de 1108, étant daté de la première année du règne de Louis-le-Gros, indiction 1 , et de la quatrième année de l'épiscopat de Galon. Cette donation, en supposant qu'elle soit authentique, ne peut causer aucun embarras : elle prouve seulement que cet archidiacre pouvoit avoir quelques droits dans l'église de Saint-Gervais , sans que cette circonstance soit de nature à détruire ou même à infirmer la validité des actes que nous venons de citer.

Le prieuré de Saint-Nicaise de Meulent ayant été concédé à l'abbaye du Bec-Hellouin , le droit de présentation aux cures de Saint-Gervais et de Saint-Jean, qui en est un démembrement, fut dévolu à l'abbé de ce monastère ; néanmoins l'église de Saint-Gervais étoit, sous quelques rapports, dans la dépendance du chapitre de Notre-Dame, auquel le curé devoit certaines redevances ; par exemple , on voit qu'en 1230 il étoit tenu de donner aux chanoines un certain nombre de moutons, et qu'en 1484 les enfants de chœur de la cathédrale avoient l'offrande du jour de la fête patronale de Saint-Gervais , et qu'en outre le curé étoit obligé de leur donner des cerises.

Cette église , rebâtie en 1212 et dédiée en 1420, fut considérablement augmentée en 1581. Les voûtes en sont hardies et d'une grande élévation ; elles sont traversées par de doubles nervures croisées avec art, et dont plusieurs soutiennent des clefs pendantes, enrichies d'ornements ; celle de la chapelle de la Vierge est sur-tout remarquable par son volume extraordinaire et par son évidement, dont la délicatesse est telle qu'elle lui donne l'apparence d'un petit temple suspendu au sommet de la voûte, dans l'appareil des pierres.

Cependant le merveilleux de ces sortes d'ouvrages est au fond peu de chose , et n'étonne que ceux qui ignorent les procédés de l'art *du trait* ou de la construction des voûtes. Il s'agit seulement de donner une très grande saillie aux pierres qui composent le *lanternon ,* autrement la clef de la voûte, et à les évider ensuite à différents degrés, en employant alors les procédés de la sculpture, et déguisant avec art les soutiens des divers ornemens de figure ou d'architecture qu'on y fait entrer. Ces prestiges, qui annoncent plus d'adresse et de patience que de jugement et de bon goût, étoient considérés , dans les principes de l'architecture gothique, comme des beautés du premier ordre.

A l'entrée de cette antique construction on éleva , en 1616, un portail d'un style bien différent. La première pierre en fut posée par Louis XIII, et le fameux Desbrosses, architecte du palais du Luxembourg et de la grande salle du palais de justice , en donna le dessin. Il fit dans cette occasion un heureux emploi des ordres de l'architecture romaine , auxquels il donna un caractère mâle et soutenu , et qu'il assembla dans d'excellentes proportions.

Ce portail a joui d'une très grande célébrité. Son échelle immense, la forte saillie de ses membres opposés à la maigreur du gothique, ou à la délicatesse des petits ordres qu'on employoit dans ces temps voisins de la renaissance de l'art, produisirent , dès l'origine , une forte impression qui n'est point encore entièrement détruite. Son ensemble présente en effet de l'unité , de l'harmonie ; les détails dont il est composé sont habilement enchaînés dans sa masse imposante , et l'œil les parcourt sans embarras et sans confusion ; cependant un examen plus réfléchi fait découvrir que tout cet appareil si brillant et si riche n'est au fond qu'une décoration postiche, sans liaison avec l'édifice devant lequel elle est placée , sans aucun but d'utilité dans aucune de ses parties; ce qui est absolument contraire à tous les principes de la bonne architecture.

En face de cette église étoit un orme qu'on avoit soin de renouveler de temps en temps, quoiqu'il offusquât le portail et gênât la voie publique. Guillot en fait mention, et l'appelle l'*Ourmeciau*. Il paroît que c'étoit un ancien usage, qui se conserve encore en quelques endroits , de planter un orme devant les églises et les maisons seigneuriales; c'est là que s'assembloient les paysans après l'office ; les poëtes mêmes ont conservé cette tradition , en plaçant toutes les fêtes de village sous un ormeau. C'étoit encore sous ces arbres que venoient s'asseoir les juges *pédanés* , qu'on appeloit aussi *juges de dessous l'orme ;* les juges des seigneurs y tenoient également leur juridiction , et les vassaux y venoient payer leurs redevances. Il y a lieu de croire que l'orme de Saint-Gervais n'a eu ni une autre origine ni une autre destination. Dans un compte de 1443, on trouve une déclaration des vignes et terres appartenant à M. le duc de Guienne , à cause de son hôtel du Pont-Perrin , près la Bastille, *dont ceux qui les tiennent sont obligés de payer la rente à l'orme Saint-Gervais, à Paris, le jour de Saint-Remi et à la Saint-Martin d'hyver (1).*

On en donne encore une autre explication. Les premiers chrétiens, pour distinguer les tombeaux des martyrs, gravoient sur la pierre de leur tombeau les instruments de leur supplice, ou une palme, symbole de la victoire qu'ils avoient remportée ; et dans plusieurs endroits l'usage s'introduisit de planter des palmiers ou des ormes devant les basiliques qui portoient le nom des martyrs. C'étoit peut-être pour conserver la mémoire de cet ancien usage que sur la bannière, le banc de l'œuvre, une des portes de cette église, et sur les jetons que ses marguilliers faisoient frapper, on voyoit représenté un orme placé entre les figures de Saint-Gervais et de Saint-Protais.

L'église de Saint-Gervais étoit l'une des plus riches de Paris en belles peintures et autres monuments des arts.

CURIOSITÉS DE L'ÉGLISE DE SAINT-GERVAIS.

TABLEAUX.

Dans la nef : saint Gervais et saint Protais refusant de sacrifier aux idoles, par *Le Sueur* (2).

Saint Gervais sur le chevalet et fouetté jusqu'à la mort, par *Goulay* ;

La décollation de saint Protais, par *Bourdon* (3) ;

L'apparition de ces deux saints à saint Ambroise, par *Philippe de Champagne* ;

L'invention de leurs reliques, par *le même* ;

La translation de leurs corps, par *le même* (4).

Sur le maître-autel : *les Noces de Cana*, par un peintre inconnu.

Dans une chapelle : J. C. mis au tombeau, par *Le Sueur* ;

---

(1) Cet orme a été abattu depuis peu de temps.

(2) Ce tableau est actuellement dans la collection du Musée français, ainsi que le Christ porté au tombeau que l'on voyoit dans une des chapelles. On admire dans la première de ces deux excellentes peintures un grand style de dessin, une composition noble et dramatique. C'est un des chefs-d'œuvre de ce grand peintre et de l'École française.

(3) Ce tableau du Bourdon, inférieur à ceux de Le Sueur et de Champagne, est aussi dans le Musée français.

(4) Ces trois tableaux, dont le premier sur-tout est une des meilleures productions de cet habile peintre, sont réunis dans la même collection.

Toutes ces peintures ont été exécutées en tapisserie.

Un portement de croix, par *le même.*

Dans la chapelle de la Providence : la multiplication des pains, par *Cazès.*

Sur les vitraux du chœur : la Samaritaine, le Paralytique et le martyre de saint Laurent, par *Jean Cousin.*

Sur ceux de la chapelle des Trois-Maries, la vie de sainte Clotilde, par *le même.*

Sur ceux de la chapelle Saint-Michel : le mont Saint-Michel, où arrivent quantité de pèlerins, par *Pinaigrier.*

Sur ceux de la chapelle Le Camus : le martyre de saint Gervais et saint Protais, par *Perrin,* sur les dessins de Le Sueur, etc. etc. (1).

SCULPTURES.

Au maître-autel : les statues de saint Gervais et de saint Protais, par *Bourdin.*

Sur la porte du chœur : un crucifix, par *Sarrazin ;*

Les figures de la Vierge et de saint Jean, par *Buirette.*

Dans la chapelle de Fourci : un *Ecce Homo* en pierre, grand comme nature, par *Germain Pilon.*

TOMBEAUX.

Dans cette église étoient inhumés : Matthieu de Longuejoue, seigneur d'Yverni, évêque de Soissons, et garde des sceaux, mort en 1558 ;

Pierre du Ryer, auteur tragique, et membre de l'académie française, mort en 1658 ;

Paul Scarron, auteur du Roman Comique, poëte burlesque, et le premier mari de Françoise d'Aubigné, depuis madame de Maintenon, mort en 1660 ;

Marin, sieur de Gomberville, de l'académie française, mort en 1674 ;

Philippe de Champagne, peintre célèbre, mort en 1674.

Michel Le Tellier, chancelier de France, mort en 1685. Son mausolée, exécuté par deux sculpteurs, *Mazeline* et *Hurtrel,* se voyoit dans une chapelle à la droite du chœur (2);

Charles Dufresne, plus connu sous le nom de du Cange, savant distingué, mort en 1688 ;

Louis Boucherat, chancelier de France, mort en 1699 ;

Amelot de La Houssaye, érudit, mort en 1706 ;

Antoine de La Fosse, auteur de Manlius, mort en 1708 ;

---

(1) Ces précieux vitraux, notamment ceux qui ont été peints par *Jean Cousin,* sont extrêmement mutilés, et chaque jour ajoute encore à leur dégradation. A mesure qu'ils se brisent on remplace les vides par des vitres blanches, qui changent entièrement l'effet doux et mystérieux de la lumière, et produisent du reste sur ces peintures les plus bizarres disparates.

(2) Ce monument, déposé aujourd'hui au Musée des Petits-Augustins, représente le chancelier, les mains jointes, et à moitié couché sur un sarcophage de marbre noir. On voit à ses pieds un génie en pleurs appuyé sur son écusson. Malgré tous les éloges qu'on a donnés à ce morceau, nous ne le regardons que comme une production très médiocre. L'attitude a de la roideur, la draperie est lourde, la tête manque d'expression ; l'enfant n'offre ni élégance ni souplesse dans ses contours, et son attitude maniérée est peut-être plus mauvaise encore que celle de la statue.

Charles Maurice Le Tellier, archevêque, duc de Reims, mort en 1710 ; il fut inhumé dans le tombeau du chancelier Le Tellier, son père ;

Claude Le Pelletier, contrôleur-général des finances, mort en 1711 ;

Claude Voisin, chancelier de France, mort en 1717.

Dans une chapelle, vis-à-vis la porte latérale du chœur, étoit le mausolée de François Feu, curé de cette paroisse, mort en 1761. Il avoit été exécuté en stuc par *Feuillet*.

CIRCONSCRIPTION.

Le territoire de Saint-Gervais consistoit en plusieurs portions ; savoir,

1° Le carré formé par les rues Pernelle, du Monceau, de Long-Pont et de la Mortellerie, avec les deux petits carrés qui sont au-dessous de cette étendue et qui bordent le quai ; il faut ensuite y comprendre la rue de Long-Pont, la rue du Pourtour, la rue des Barres, le côté occidental de la partie inférieure de la rue Geoffroi-l'Asnier, et le côté méridional de la rue Grenier-sur-l'Eau ;

2° Tout l'assemblage de maisons qui n'étoient séparées du chevet de Saint-Jean que par un petit passage ; il falloit suivre ensuite le dedans du cloître Saint-Jean à droite, la rue du Pet-au-Diable du même côté, le côté droit de la rue de la Tisseranderie, et revenir par la place Baudoyer, près du chevet de Saint-Jean, d'où l'on étoit parti ;

3° Quelques maisons à l'entrée de la rue Saint-Antoine, et dans la rue Cloche-Perche.

4° Un carré de maisons formé par la rue Saint-Antoine, par une partie de la vieille rue du Temple à gauche jusqu'à la rue de Berci, qui étoit en entier de cette paroisse, puis par le côté gauche du cimetière Saint-Jean.

5° La portion la plus considérable de la paroisse de Saint-Gervais commençoit au coin de la rue du Roi de Sicile, le plus avancé dans la vieille rue du Temple : elle comprenoit tout le côté droit de cette même rue du Temple jusqu'aux remparts, puis les deux côtés de la rue Saint-Louis-du-Marais et presque toutes les rues environnantes jusqu'à la rue Neuve-Saint-Gilles, dont elle avoit le côté septentrional. Après quoi, revenant par la rue du Parc-Royal dont elle embrassoit pareillement le côté septentrional, elle reprenoit le côté droit de la rue des Trois-Pavillons, puis les deux côtés de la rue des Juifs ; tournant enfin dans la rue du Roi de Sicile, elle en rprenoit encore le côté droit jusqu'au point d'où nous sommes partis.

6° Le territoire de cette paroisse s'étendoit aussi un peu au-delà de la place de Grève ; savoir,

De la rue de la Vannerie à la place de Grève, elle avoit les maisons qui commencent à gauche, jusque dans la rue des Arcis, où elle continuoit à gauche ; elle renfermoit également les maisons de la rue Planche-Mibrai, jusqu'au milieu du pont Notre-Dame, toujours du même côté ; ensuite, le quai Pelletier avec son retour jusqu'au coin de la rue de la Vannerie, point de départ.

On comptoit plus de vingt chapellenies fondées dans cette église depuis le treizième siècle, et trois confréries, au nombre desquelles étoit la fameuse confrérie des Ligueurs, de laquelle nous aurons, par la suite, occasion de parler (1).

Hôpital Saint-Gervais.

Vers le milieu du siècle dernier on voyoit encore, au bout de la rue de la Tisseranderie, la chapelle et les restes d'un hôpital qui y a long-temps subsisté sous le nom de Saint-Gervais. Il avoit été construit par les soins et aux frais d'un maçon, nommé *Garin*, et de son fils ; celui-ci étoit prêtre et se nommoit *Harcher*. Ces deux particuliers destinèrent à cet établissement une maison dont ils étoient propriétaires devant l'église de Saint-Gervais, laquelle fut amortie, en 1171, par Robert, comte de Dreux (2). Les bâtiments de cet hospice tombant en ruines, on les abattit en 1758, et sur leur emplacement on construisit des maisons particulières.

---

(1) L'église de Saint-Gervais a été rendue au culte. C'est une des paroisses de Paris.

(2) Nous en parlerons plus au long à l'article des religieuses de Sainte-Anastase ou Hospitalières de Saint-Gervais, vieille rue du Temple.

LES FILLES DE LA CROIX.

Cette société, formée d'abord à Roye par les soins d'un vertueux ecclésiastique, nommé *Guérin*, avoit pour objet d'exercer envers les jeunes filles, nées de pauvres parents, toutes les œuvres spirituelles et temporelles qu'exigent l'instruction chrétienne et l'éducation de leur sexe. Les désordres que la guerre occasionnoit en Picardie ayant forcé les vertueuses personnes qui composoient cette communauté à venir, en 1636, chercher un asile à Paris, le P. Lingendes, jésuite, trouva le moyen d'intéresser en leur faveur *Marie Luillier*, veuve de Claude Marcel, maître des requêtes, et seigneur de Villeneuve-le-Roi. Cette dame, dont la charité étoit ardente et la dévotion éclairée, conçut d'abord toute l'utilité qu'il étoit possible de tirer d'un semblable établissement pour les mœurs et pour la religion; et non contente de procurer à ces pieuses institutrices une maison à Brie-Comte-Robert, elle voulut elle-même venir l'habiter avec elles et partager tous leurs travaux. Le 15 février 1640 M. de Gondi, archevêque de Paris, érigea, à sa sollicitation, cette société en congrégation sous le nom de Filles de la Croix, et les règlements qu'il lui donna furent confirmés par la puissance temporelle en 1642 et 1644.

Peu de temps après, madame de Villeneuve se retira à Vaugirard avec une partie de ses compagnes, comme le lui permettoient les lettres-patentes qu'elle avoit obtenues; mais ayant voulu outrepasser les statuts qui défendoient aux membres de cette société aucun vœu solennel, et exiger de ces filles qu'elles s'engageassent, en même temps qu'elle, à la vie religieuse, quelques unes d'entre elles qui ne voulurent pas se soumettre à cette loi nouvelle restèrent à Brie-Comte-Robert, et celles qui consentirent à suivre son exemple l'accompagnèrent peu de temps après à Paris; ainsi se formèrent deux sociétés, l'une dite de la Congrégation de la Croix, l'autre des Filles de la Société de la Croix. C'est à la tête de celle-ci qu'étoit madame de Villeneuve.

Les filles qui composoient la première restèrent encore quelques années à Brie-Comte-Robert, et dans cette retraite elles se bornèrent, suivant leur institut, à vivre en communauté et à exercer envers les jeunes filles les charités et les œuvres spirituelles auxquelles elles s'étoient engagées; mais le séjour à Paris de madame de Villeneuve et de son troupeau ayant fait connoître de quelle utilité pouvoient être de tels établissements dans une si grande capitale, on jugea qu'il étoit utile de les y multiplier, et les sœurs de la Congrégation de la Croix obtinrent de M. de Péréfixe la permission de venir se fixer dans cette ville. Ceci arriva en 1664, et les lettres qu'elles obtinrent à ce sujet furent confirmées par M. de Harlai et par des lettres-patentes du roi en 1686 et 1687. Jusqu'au moment de la révolution, elles ont continué, dans la même maison, rue des Barres, l'exercice de leurs travaux charitables.

La supérieure de cette communauté ne prenoit que le titre de *sœur première* (1).

---

(1) Les bâtiments de cette communauté sont maintenant occupés par des particuliers.

HÔTELS.

ANCIENS HÔTELS DÉTRUITS.

Il y avoit autrefois dans ce quartier plusieurs hôtels fameux par leur étendue et par la qualité des personnes qui les habitoient.

Hôtel de Sicile ou *d'Anjou.*

Il étoit situé dans la rue de la Tisseranderie, où il occupoit tout l'espace qui se trouve entre la rue du Coq et celle des Coquilles jusqu'à la rue de la Verrerie. Sauval dit qu'il s'étendoit jusqu'à celle de la Poterie, ce qu'il ne faut entendre que des dépendances de cet hôtel; car la rue Gentien ou des Coquilles, qui traverse cet emplacement, existoit déjà à cette époque; peut-être son erreur vient-elle de ce qu'il a confondu cet édifice avec un autre hôtel qui portoit le nom du *Chantier d'Anjou,* et subsistoit encore en 1575 (1). L'hôtel de Sicile fut aussi appelé l'*Hôtel du roi Louis*, parcequ'il fut habité, à la fin du quatorzième siècle, par Louis II, duc d'Anjou, roi de Naples, de Jérusalem, d'Aragon et de Sicile, petit-fils de Jean, roi de France.

Hôtels de Berri, du connétable de Bourbon, de Faron et d'Auxerre.

Entre la rue du Coq et celle des Deux-Portes étoient situés les hôtels de Jacques de Bourbon, connétable de France sous le roi Jean, et du duc de Berri, fils de ce monarque. Ces deux hôtels furent ensuite réunis et

---

(1) Cet hôtel prit ensuite le nom de *la Macq*, de Thomas La Macque, qui demeura d'abord vis-à-vis, et occupa depuis cette maison, dans laquelle, selon Sauval, on a pratiqué, pour la première fois, l'art de filer de l'or, suivant les procédés employés à Milan, et introduits en France vers cette époque.

passèrent à Blanche de Navarre , seconde femme de Philippe de Valois. Telle est l'origine du nom d'*Hôtel de la reine Blanche*, qu'ils portèrent après leur réunion.

Dans le même temps les abbés de Saint-Faron et les comtes d'Auxerre avoient leurs hôtels dans cette rue et dans celle de la Verrerie.

Hôtel du Pet-au-Diable.

Dans la rue du Pet-au-Diable étoient une maison et une ancienne tour carrée appelée comme la rue, l'*Hôtel du Pet-au-Diable*. Cette demeure avoit encore plusieurs autres noms que nous ferons connoître en parlant de la rue. Des titres authentiques nous apprennent que le 18 août 1379, Raoul de Couci acheta cet hôtel de François Chante-Prime; et l'on y lit qu'il étoit situé au *martelet Saint-Jehan*. Par un autre acte de 1463, il paroît que cet édifice avoit appartenu à Jean de Béthisi, et ensuite à Jean Thuillier; il passa depuis à M. Jacques de l'Hôpital, seigneur de Sainte-Mesme , et tous les titres du dix-septième siècle le nomment en conséquence l'Hôtel de Sainte-Mesme. M. de Torci en devint ensuite propriétaire par son mariage avec Sylvie de l'Hôpital. Son fils le vendit en 1719, et il fut possédé depuis par différents particuliers.

Hôtel de Chelles.

Dans la rue de Berci les religieuses de Chelles avoient un hôtel, où elles se sont quelquefois retirées en temps de guerre; elles le possédoient encore à la fin du dernier siècle, sous le nom de *Maison du Mouton*.

HÔTELS EXISTANTS EN 1789.

Hôtel de Charni.

Cet hôtel portoit anciennement le nom d'*Hôtel des Barres*, nom qu'il a donné à la rue dans laquelle il est situé. Il existoit au treizième siècle , et fut amorti, au mois de juin 1364 , en faveur des religieux de Saint-

 QUARTIER

Maur-des-Fossés ; on l'appeloit alors l'Hôtel Saint-Maur , autrement de *la Barre*.

A la fin du dix-huitième siècle on avoit établi dans cet édifice le bureau de l'administration générale des aides , lequel fut depuis transporté rue de Choiseul, dans le quartier Montmartre.

RUES ET PLACES

DU QUARTIER DE LA GRÈVE.

Rue des Arsis, ou *Areis*. Elle est située entre les rues Planche-Mibrai et Saint-Martin, depuis la rue de la Vannerie jusqu'à celle de la Verrerie. Sauval dit que dans le douzième siècle elle s'appeloit *de Arcionibus, vicus de Assiz* : lui-même la nomme *rue des Assis*. Toutefois les étymologies qu'il en donne ne sont fondées que sur des conjectures faciles à détruire. Dans les anciens titres elle est nommée indifféremment rue des *Assis*, des *Arcis*, et des *Arsis*, mais plus ordinairement de cette dernière manière. On la trouve dans un pastoral de 1254 appelée *magnus vicus qui dicitur des Ars*.

La rue des Arsis fut élargie en 1673, ainsi que la rue Planche-Mibrai (1).

Rue des Barres. Cette rue, qui aboutit d'un côté à la rue Saint-Antoine, et de l'autre au quai de la Grève, doit son nom à l'hôtel des Barres qui y étoit situé : vis-à-vis étoient des moulins qui en 1293 appartenoient aux Templiers. De là vient que la rue a été appelée tantôt *ruelle aux Moulins des Barres*, tantôt *ruelle des Moulins du Temple* ; mais elle portoit ce nom seulement depuis la rue de la Mortellerie jusqu'à la rivière. La partie située du côté la rue de Saint-Antoine étoit confondue avec celle du *Pourtour*, alors appelée rue du Cimetière-Saint-Gervais. Vers la fin du quatorzième siècle, on la nomma rue du *Chevet-Saint-Gervais*, et rue des *Barres*. Enfin, vers le milieu du seizième siècle, le bout de cette rue, du côté de la rivière, fut appelé rue *Malivaux*. On lui donnoit ce nom à cause du moulin de Malivaux qui étoit placé sur la rivière, vis-à-vis de son ouverture.

Rue de Berci. Elle aboutit d'un côté à la vieille rue du Temple, et de l'autre au cimetière Saint-Jean. Sur le plan de Saint-Victor, publié par d'Heuland, elle est nommée rue *du Hoquoton*, et sur celui de Boisseau, rue de *la Réale*.

Rue Saint-Bont. Elle traverse de la rue Jean-Pain-Mollet dans celle de la Verrerie. Dans les titres du treizième siècle, elle portoit déjà ce nom, *vicus sancti*

---

(1) Le censier de Saint-Éloi de 1367 énonce dans la rue des Arsis *une maison qui fait le coin d'une ruelle qui va vers Saint-Jacques devers la Planche-Mibrai*. Cette ruelle s'appeloit, en 1304, ruelle *Richard-Arrode*. Elle a été depuis comprise dans l'église Saint-Jacques-de-la-Boucherie.

Boniti. Elle le devoit à la chapelle qui y étoit située, et l'a conservé jusqu'à nos jours.

Rue du Coq. Elle traverse de la rue de la Verrerie dans celle de la Tisseranderie. Le premier nom que cette rue ait porté est celui d'*André Malet* : elle est ainsi nommée dans un acte de 1243. On voit, dans l'accord de Philippe-le-Hardi avec le chapitre de Saint-Merri en 1273, que cette rue y est énoncée sous le nom de *Lambert de Râle* ou *André Malet*. Guillot lui donne ce dernier nom. Dès 1416, elle avoit pris d'une enseigne le nom de rue du Coq.

Rue des Coquilles. Elle va de la rue de la Tisseranderie à celle de la Verrerie. On voit dans les actes du quatorzième siècle, qu'elle se nommoit ruelle *Gentien*. Le cartulaire de Saint-Maur fait mention de Pierre Gentien, dont la maison, située dans la rue de la Tisseranderie, vis-à-vis de celle-ci, étoit occupée par les Lombards. On l'a depuis nommée *ruelle Jean Gentien*; elle prit ensuite celui de *Jacques Gentien*, et de rue Gentien, *vicus Gentianus*. A la fin du quinzième siècle, on bâtit au coin de cette rue une maison dont la porte et les fenêtres étoient ornées de coquilles, laquelle fut nommée hôtel des Coquilles; et dès-lors la rue prit ce nom qui lui est resté. Jaillot croit que c'est cette rue que les anciens titres indiquent sous le nom de *vicus Radulphi de S. Laurentio*.

Rue de la Coutellerie. Elle aboutit aux rues de la Tisseranderie et de la Vannerie. Sauval dit qu'en 1300 on la nommoit *rue aux Commanderesses*, et un censier de Saint-Eloi, de 1495, énonce une maison faisant le coin de la rue de la Vannerie et de la rue des Couteliers, dite des *Recommandaresses* (1). Cette rue n'étoit connue au treizième siècle que sous le nom de *Vieille-Oreille*, *Veteris Auris*. On trouvoit dans les archives de Saint-Maur une foule de titres qui faisoient mention du carrefour, de la rue et du four de Vieille-Oreille. Ce nom, dont aucun historien n'a pu découvrir l'étymologie (2), a été depuis altéré en celui de *Guigne-Oreille* et de *Guillori*. Le rôle des taxes de 1313 nous apprend qu'un maréchal nommé *Guillori* demeuroit au carrefour de cette rue; on trouve aussi un fief qui porte le même nom; et c'est là sans doute ce qui aura engagé à le donner au carrefour. Enfin les couteliers qui vinrent s'établir dans cette rue lui firent perdre son ancien nom pour prendre celui de *rue aux Couteliers*, et de la Coutellerie, qu'elle portoit dès le règne de Henri II, et qu'elle a toujours porté depuis.

Rue des Mauvais-Garçons. Elle traverse de la rue de la Tisseranderie dans celle de

---

(1) Jaillot pense que ce nom n'étoit donné qu'à la partie de cette rue qui va du petit carrefour à la rue Planche-Mibrai.

(2) L'auteur des Tablettes Parisiennes dit *qu'on nommoit ce carrefour Guigne-Oreille , parce-qu'on y coupoit les oreilles au Pilori, qui y étoit du temps de Raoul de Presle*. Jaillot pense que cette étymologie ne mérite pas une grande confiance. « Il est vrai, dit-il, qu'on coupoit les oreilles dans « les carrefours, aux halles et autres places publiques, et celui-ci pouvoit être un lieu patibulaire de la « justice de Saint-Eloi ou Saint-Maur; mais je ne vois pas que dans notre ancien langage, ni dans le « nouveau, le mot *guigner* ait jamais signifié *couper*. »

la Verrerie. Tous les anciens titres qui parlent de cette rue prouvent qu'elle s'appeloit rue de *Chartron*. Ce n'est que dans ceux du seizième siècle qu'elle est indiquée sous le nom de rue *de Chartron, dite des Mauvais-Garçons* (1).

Rue des Vieilles-Garnisons. Elle se termine d'un bout à la rue de la Tisseranderie, et de l'autre aboutissoit à la place ou cloître Saint-Jean. Cette rue étoit connue au treizième siècle sous le nom du *Marteret, Martrai et Martroi-Saint-Jean*. Elle commençoit au-delà de l'arcade que l'on voit à la Grève, et passant entre l'église Saint-Jean et l'Hôtel-de-Ville actuel, elle aboutissoit à la rue de la Tisseranderie, comme elle fait à présent. Un compte de la prevoté, de 1448, énonce la *rue des Garnisons,* et le compte de l'ordinaire de Paris, de 1463, l'indique comme une petite ruelle à laquelle il ne donne aucun nom. Sauval en parle sous le nom de ruelle *Jehan-Savari*. Jaillot croit y reconnoître la rue *Simon-Bade* dont il est fait mention dans un acte de 1482, lequel indique, rue de la Tisseranderie, *une maison faisant le coin de la rue Simon-Bade tenant au maître qui fut des garnisons.* Elle a été aussi appelée *du Saint-Esprit,* à cause des bâtiments de cet hôpital qui en étoient voisins.

Rue du Monceau-Saint-Gervais (2). Cette rue, qui fait la continuation de la rue du Martroi, et aboutit à l'église Saint-Gervais, doit son nom au terrain plus élevé que la Grève, sur lequel cette église a été bâtie. On la confondoit à la fin du treizième siècle avec la rue du Pourtour, et on l'appeloit *rue entre Saint-Gervais et Saint-Jean,* et *rue du Cimetière-Saint-Gervais.*

Rue Grenier-sur-l'eau. Elle traverse de la rue Geoffroi-l'Asnier dans celle des Barres. Le véritable nom de cette rue est *Garnier-sur-l'eau*. Sauval dit qu'en 1257 on la nommoit *André-sur-l'eau*. Guillot et le rôle de 1313 l'appellent *Garnier-sur-l'yauë,* qui est le nom d'un bourgeois de Paris (3).

---

(1) Sauval a prétendu que les seigneurs de Craon avoient, dans cette rue, un hôtel dont elle avoit pris d'abord le nom ; que Pierre de Craon ayant caché dans cet hôtel quelques gens apostés pour assassiner le connétable de Clisson, l'on donna à la rue le nom des *Mauvais-Garçons,* que l'hôtel fut rasé, et la place donnée aux marguilliers de Saint-Jean pour être convertie en cimetière. Non seulement les historiens modernes ont adopté ce récit peu exact, il y en a même qui ont fait de nouvelles fautes, en disant que ce cimetière avoit été *depuis* converti en marché. Nous avons déjà prouvé, en parlant du cimetière Saint-Jean, que cette opinion est contraire aux titres, que l'hôtel de Craon n'étoit point dans cette rue, et qu'on a confondu l'ancien cimetière avec le nouveau.

(2) Le Monceau-Saint-Gervais, *Moncellum,* étoit connu sous ce nom avant le règne de Louis le Jeune ; il en est fait mention dans une charte de ce prince de l'an 1141. On voit, par le petit cartulaire de l'évêché de Paris, que le *monceau* de Saint-Gervais étoit un fief de cet évêché ; que Pierre de Nemours le transmit, par un échange, en 1216, à Gautier, fils de Jean-le-Chambrier ; et que celui-ci le céda ensuite au roi, ainsi qu'il est constaté par la charte de Philippe-Auguste de 1222. Ce fief étoit qualifié de prevôté ; car on voit dans le trésor des chartes, qu'au mois de juin 1245, saint Louis acquit, de Gui de Gentilli et d'Isabelle sa femme, 100 sous sur la prevôté du Monceau-Saint-Gervais.

(3) Sauval et l'auteur des Tablettes parisiennes ont avancé qu'en 1410 cette rue s'appeloit la *rue aux Bretons ;* ils se sont trompés, et l'ont confondue avec une ruelle nommée *aux Bretons* qui avoit d'un

Rue des Haudriettes. Elle aboutit à la rue de la Mortellerie et au quai de la Grève. Cette rue doit son nom à la chapelle qui y étoit située ; et il ne paroît pas qu'elle en ait jamais eu d'autres. Quelques plans ne l'indiquent que sous le nom général de *ruelle descendant à la Seine.*

Rue Jean de l'Epine. Elle aboutit à la Grève et à la rue de la Coutellerie. Il paroît qu'elle doit son nom à Jean de l'Epine, dont la maison, suivant un cartulaire de Saint-Maur, de 1284, s'ouvroit dans la rue de Vieille-Oreille, et avoit sa sortie dans la place de Grève. Sauval dit, mais sans en donner des preuves, qu'elle s'est appelée autrefois *rue de la Tonnellerie* et du *carrefour Guillori.* Elle porte le nom de Philippe-l'Epine dans la liste du quinzième siècle ; mais le premier nom a prévalu, et cette rue l'a depuis toujours conservé.

Rue Jean-Pain-Mollet. Elle commence à la rue des Arsis et aboutit au carrefour Guillori, vis-à-vis la rue Jean-de-l'Epine. Sauval seul dit qu'elle s'est nommée *rue du Croc.* Elle étoit connue dès 1261 sous le nom de Jean-Pain-Mollet, qui étoit celui d'un bourgeois de Paris. Il ne paroît pas qu'elle en ait changé depuis.

Rue de la Lanterne. Elle aboutit d'un côté à la rue des Arsis, et de l'autre à la rue Saint-Bont. Dès le milieu du treizième siècle, on la connoissoit sous le nom de *ruelle Saint-Bont.* Elle est ainsi désignée dans l'accord fait entre Philippe-le-Hardi et le chapitre de Saint-Merri. On ne sait pas précisément à quelle époque elle prit le nom de la Lanterne, qui lui vient probablement d'une enseigne ; mais elle le portoit en 1440, comme on peut le voir dans un contrat de vente de cette même année, qui se trouve dans les archives de l'archevêché. Cependant de Chuyes l'appelle *rue de la Dentelle,* et l'auteur des Tablettes Parisiennes lui donne le même nom, quoiqu'on ne trouve aucun titre où elle soit indiquée ainsi.

Rue de la Levrette. Elle donne d'un côté dans la rue du Martroi, et de l'autre dans celle de la Mortellerie. Cette rue se prolongeoit autrefois jusqu'au quai de la Grève, sous le nom de rue *Pernelle,* dont elle conserve encore le nom dans cette extrémité. On voit dans un compte du domaine de 1491 qu'elle se nommoit à cette époque *ruelle aux Poissons,* et Sauval dit qu'en 1552 elle s'appeloit la rue des *Trois Poissons.* Gomboust, qui publia son plan dans le siècle suivant, la nomme rue Pernelle.

Rue de Longpont. Elle commence vis-à-vis l'église de Saint-Gervais, et aboutit au quai de la Grève. Les religieux de Longpont y avoient sans doute un hospice au treizième siècle ; car alors on la nommoit rue aux moines de *Longpont.* Au commencement du seizième siècle on l'appeloit *rue du Port-Saint-Gervais, autrement de Longpont.* Elle a repris ce dernier nom, et ne l'a pas quitté.

---

bout issue dans une maison de la rue Grenier-sur-l'Eau, et de l'autre dans la rue de la Mortellerie. Dreux Budé, secrétaire du roi, et audiencier en la chancellerie, avoit, en 1449, sa maison rue des Barres ; elle aboutissoit, par derrière, sur la ruelle aux Bretons, et il obtint la permission de renfermer dans son enclos la partie de cette ruelle qui régnoit le long de sa maison. Sauval en convient lui-même en rapportant le compte qui en fait mention.

Rue du Martroi. Elle aboutit d'un côté à la place de Grève, et de l'autre à la rue du Monceau-Saint-Gervais. Nous avons déjà vu qu'on l'appeloit du *Marteret, Martrai,* et *Martroi-Saint-Jean.* Le censier de l'évêché de 1372 la nomme *le Martelet-Saint-Jean.* On la trouve aussi désignée sous le nom *du Chevet-Saint-Jean,* et de *rue Saint-Jean* dans plusieurs actes et sur les plans du dix-septième siècle. On lui a ensuite donné le nom de *Martroi,* que portoit celle qui venoit y aboutir, et depuis ce nom a été altéré de différentes façons. Corrozet l'appelle *du Martel-Saint-Jean,* les autres *du Maltois, Martrois* et *Martrai.* L'étymologie de ce nom n'est pas facile à donner. Sauval le fait dériver du vieux mot *Martyretum,* diminutif de *Martyrium,* qui, selon lui, signifie un tombeau, une châsse, un cimetière, une église. En admettant la signification qu'il donne à ce mot, un tel nom auroit plutôt convenu à la rue du Monceau-Saint-Gervais; cependant on ne voit point qu'on le lui ait jamais donné. Borel, dans son *Trésor des recherches et antiquités gauloises,* dit que le mot Martroi vient de *Martyrium,* qui signifie *lieu de supplice.* Cette étymologie paroît mieux fondée que celle de Sauval, d'autant plus que cette rue n'a porté ce nom que depuis que la place de Grève où elle aboutit a été destinée au supplice des criminels (1).

Rue de la Mortellerie (2). La partie de cette rue qui est dans ce quartier commence à la Grève et finit au coin de la rue Geoffroi-l'Asnier. Il y a plusieurs opinions relativement à l'étymologie de son nom. Quelques uns ont cru qu'elle l'avoit pris des meurtres qu'on y commettoit autrefois. Sauval prétend qu'elle le doit à Pierre et à Richard *Le Mortelier,* qui y demeuroient en 1348, qu'on la nomma à cause d'eux *Mortelière,* ensuite *de la Morteillerie,* et enfin *de la Mortellerie.* Jaillot pense que ce nom vient des *Morteliers,* espèce d'ouvriers qui emploient la chaux et le plâtre, et dont il est parlé dans les *règlements de la marchandise.* Quoi qu'il en soit, si cette rue doit son nom à une famille des *Mortelier,* elle le portoit long-temps avant l'époque que Sauval lui assigne : car elle est nommée rue *de la Mortellerie* dans un acte de 1212, et *Mortelleria* dans un autre de 1264, ainsi que dans des lettres de Simon, évêque de Paris en 1289. Guillot et le rôle de 1313 l'appellent aussi la Mortellerie, et il ne paroît pas que ce nom ait varié (3).

---

(1) Le jeune roi Philippe, que son père, Louis-le-Gros, avoit associé à la couronne, passant par cette rue, un cochon s'embarrassa dans les jambes de son cheval et l'abattit; la chute du jeune prince fut si rude, qu'il en mourut le lendemain, 13 octobre 1131. Il fut alors défendu de laisser vaguer des pourceaux dans les rues.

(2) Dans cette rue, entre celle de Longpont et la rue des Barres, sont deux rues autrefois sans nom. La plus occidentale se nomme aujourd'hui *rue des Trois-Maures,* l'autre *rue Frileuse.* Cependant celle-ci offre une ancienne inscription gravée sur la pierre, laquelle porte le nom de *Chat-Frileux.*

Entre la rue des Barres et celle de Geoffroi-l'Asnier, se trouve encore une rue sans nom, qui a reçu celui de *rue Hyacinthe.*

(3) Quelques titres indiquent dans cette rue la *cour Brisset,* laquelle devoit être située entre les rues *Pernelle* et *de Longpont.* Jaillot parle aussi d'une *ruelle aux Foulons* et d'une *rue Dame-Agnès,* qu'il dit avoir trouvées mentionnées dans des titres du quinzième siècle, mais dont il n'a pu découvrir aucune trace. Cette dernière étoit située près de la chapelle des Haudriettes.

Rue du Mouton. Elle aboutit à la rue de la Tisseranderie et à la place de Grève. Son nom est dû à l'enseigne d'une maison qui probablement le devoit elle-même au propriétaire : car au treizième siècle Jean Mouton en possédoit deux en cet endroit. Cette maison est appelée *domus de ariete*, et *domus arietis* dans le cartulaire de Saint-Maur de 1263 (1).

Rue Pernelle. Elle fait la continuation de la rue de la Levrette, et va depuis celle de la Mortellerie jusqu'au quai de la Grève. Sur la plupart des anciens plans elle n'est pas distinguée de celle de la Levrette. L'abbé Lebeuf l'appelle *Peronelle.* Elle n'étoit anciennement connue que sous le nom général de *ruelle de Seine.* Corrozet paroît l'indiquer sous celui de ruelle du Port au Bled. La Caille la nomme *Pernelle* ou *Prunier.*

Rue du Pet-au-Diable (2). Elle va de la rue de la Tisseranderie au cloître Saint-Jean. La singularité de ce nom a engagé plusieurs auteurs à en chercher la véritable étymologie. Sauval, que les historiens modernes ont copié, dit que ce nom vient d'une ancienne tour carrée qui y étoit située, et qu'on nommoit autrefois la *Synagogue, le Martelet-Saint-Jean, le Vieux-Temple,* et *l'hôtel du Pet-au-Diable* (3), par dérision des Juifs. Cette étymologie nous semble fausse, attendu qu'il ne paroît pas naturel que les Juifs eussent une synagogue dans cet endroit, puisqu'ils en possédoient certainement une dans la rue de la Tâcherie, qui en est si voisine. On donne au nom de cette rue une autre origine, qui a l'air d'une plaisanterie, et qui cependant pourroit bien être la véritable. On suppose que la maison et la tour dont il s'agit ont été possédées et occupées par un particulier appelé *Petau,* qui étoit si méchant qu'on le surnomma *Diable ;* et que son nom est resté à la rue. Le poëte Villon, dans son *grand testament,* parle d'un roman qui portoit le même nom.

> Je lui donne ma librairie
> Et le roman du Pet-au-Diable.

Cette rue n'étoit autrefois qu'une ruelle que l'auteur des Tablettes Parisiennes appelle par inadvertance ruelle *Tournai,* ayant mal entendu ces deux vers de Guillot, qui dit simplement qu'il tourna dans une ruelle.

> . . . . . En une ruelle *tournai*
> Qui de Saint-Jean voie à Porte.

Corrozet et Bonfons indiquent seulement une rue au *Chevet-Saint-Jean.* Le rôle de 1636 l'appelle rue du *Cloître-Saint-Jean ;* mais de Chuyes, Boisseau, Gomboust, la nomment rue du Pet-au-Diable.

---

(1) On a autrefois fabriqué de la monnoie à la Grève, et c'étoit peut-être dans cette maison. Nos annales font mention des *moutons d'or* et des *écus au mouton.* Saint Louis passe pour être le premier qui les ait fait frapper ; on les appeloit des *agnels d'or :* ils portoient pour empreinte un mouton ou agneau d'or, avec ces mots : *Ecce Agnus Dei.*

(2) On la nomme maintenant *rue du Sanhédrin.*

(3) Voyez page 471.

Rue Planche-Mibrai. Elle commence en face du pont Notre-Dame, et aboutit à la rue des Arsis. On disoit simplement en 1300 le *Carrefour de Mibrai*, en 1313 *les Planches de Mibrai*, et en 1319 *les Planches dou petit Mibrai*. Ce n'étoit alors qu'une ruelle qui conduisoit à la rivière. Il y avoit en cet endroit des moulins et un pont de planches pour y conduire (1). Quelques uns ont pensé que le nom de *Mibrai* venoit de ce que le bras de la rivière qui passoit auprès n'avoit que la moitié de la largeur de la rue. René Macé, moine de Vendôme, dans son poëme manuscrit intitulé *le Bon Prince*, en donne une étymologie plus juste :

> L'empereur vient par la Coutellerie
> Jusqu'au Carfour nommé la Vaunerie,
> Où fut jadis la Planche de Mibray :
> Tel nom portoit pour la vague et le bray (2)
> Getté de Seyne en une creuse tranche,
> Entre le pont que l'on passoit à planche,
> Et on l'otoit pour être en seureté, etc.

La construction du pont Notre-Dame mit dans la nécessité d'élargir la ruelle de Mibrai (3).

Rue des Plumets. C'est une ruelle qui descend de la rue de la Mortellerie sur le quai de la Grève, entre les rues Pernelle et de Longpont. Elle ne porte aucun nom sur les anciens plans ; il paroît que c'est elle que Corrozet indique sous celui de *ruelle du Petit-Port-Saint-Gervais.*

Rue des Deux-Portes. Elle traverse de la rue de la Tisseranderie dans celle de la Verrerie. Cette rue doit son nom aux portes qui la fermoient anciennement à ses extrémités, et non aux portes d'une ancienne enceinte, comme l'ont pensé quelques auteurs modernes. En 1281 elle se nommoit *rue entre deux Portes*, et en 1300 *rue des Deux-Portes.* On trouve aussi quelquefois *rue Galiace*, ou *des Deux-Portes.*

Rue de la Poterie. Elle donne d'un bout dans la rue de la Verrerie et de l'autre au carrefour Guillori. Sauval et quelques autres disent que cette rue s'appeloit autrefois de *Vieille-Oreille*, et par corruption *Guigne-Oreille* et *Guilleri*. Nous avons déjà remarqué qu'on avoit confondu cette rue et d'autres avec le carrefour où elles aboutissent. Le cartulaire de Saint-Maur de 1263 et 1264 indique et distingue le carrefour et les deux rues, *in vico qui dicitur Poteria, in vico veteris Auris, in quadrivio veteris Auris.* Sauval a avancé que le nom de cette rue étoit dû à Guillaume et Gui Potier, qui avoient leur maison en cet endroit dans le treizième siècle, ainsi qu'on le lit dans le cartulaire cité ci-dessus. Jaillot pense qu'il ne vient ni d'eux ni de leurs ancêtres, attendu qu'on trouve dans les archives de Saint-Martin-des-Champs un acte de donation fait en 1172, dans

---

(1) Il est fait mention dans un diplôme de Henri Ier d'environ 1032, et dans la grande charte de Saint-Martin-des-Champs en 1137, d'un moulin en Mibrai, que Robert Pisel avoit donné à ce prince, *in Malbraio.*

(2) *Fange, boue.*

(3) C'étoit au coin de cette rue que le voyer de Paris tenoit autrefois sa justice.

lequel cette rue est nommé *Figularia*, ce qui prouve qu'elle le tenoit des potiers qui s'y étoient établis long-temps auparavant. Le nom de la rue de la Poterie n'a pas varié depuis: on la nommoit *Poteria* dès 1228.

Rue du Pourtour. On donne ce nom à la continuation de la rue du Monceau-Saint-Gervais jusqu'à la place Baudoyer. On l'appeloit anciennement le *Monceau-Saint-Gervais*, et en 1300 *rue du Cimetière*, parce que l'enclos du cimetière s'étendoit alors jusqu'à la place; ce n'est qu'en 1473 qu'on en prit une partie pour y bâtir des maisons. Corrozet la nomme rue Saint-Gervais. Elle fut élargie de sept pieds en 1583, ainsi que l'indiquoit une inscription rapportée par le même auteur.

Rue Renaud-le-Fevre. Elle aboutit à la place Baudoyer et au cimetière ou marché Saint-Jean. Ce n'étoit qu'une ruelle au seizième siècle, laquelle n'étoit alors désignée que sous ce nom général de *ruelle par laquelle on va au cimetière Saint-Jean*, ainsi qu'on le voit dans la déclaration de l'abbaye Saint-Antoine, en 1522. Le nom de cette rue n'a varié depuis que dans l'orthographe, *Regnault, Regnaud le Feure, le Fèvre*. La Caille la nomme *Renard-le-Fevre*.

Rue de la Tâcherie. Elle aboutit d'un côté à la rue de la Coutellerie, et de l'autre à la rue Jean-Pain-Mollet. C'étoit anciennement le lieu de la demeure et des écoles ou synagogue des Juifs (1), aussi n'est-elle désignée, dans les anciens titres, que sous le nom de *Juiverie*. Dans les lettres de l'official de Paris de 1261, elle est nommée *Judæaria sancti Boniti;* dans l'accord de Philippe-le-Bel avec le chapitre de Saint-Merri, *Judæaria;* et *vetus Judæaria* en 1284, dans le cartulaire de Saint-Maur. Dès 1300 elle avoit pris le nom de la Tâcherie, comme on peut le voir dans Guillot, et il ne paroît pas qu'elle en ait changé depuis (2).

Rue de la Tannerie. Elle va de la rue Planche-Mibrai à la place de Grève. Cette rue portoit ce nom en 1300, puisque Guillot en fait mention. Sauval dit, sans en donner de preuves bien solides, qu'en 1348 elle s'appeloit *ruelle de la Planche-aux-Teinturiers*, et depuis *rue de l'Écorcherie* (3).

Rue de la Vieille-Tannerie. Cette rue, qui aboutit de la rue de la Tannerie au bord de la rivière en passant sous le quai, portoit aussi le nom de *Simon-Finet*, qu'elle vient

---

(1) Lorsque les juifs furent chassés par Philippe-le-Bel, en 1306, ce prince donna, l'année suivante, leur synagogue à Jean Pruvin, son cocher.

(2) Il y a dans cette rue un cul-de-sac appelé *Saint-Benoît*, il se nommoit auparavant *Ruelle des Bons-Enfants*. Ces deux noms viennent d'une enseigne. La Caille l'appelle *de la Petite-Tâcherie*.

(3) Il y avoit dans cette rue, au commencement du dix-septième siècle, trois ruelles descendant à la rivière, lesquelles n'existent plus : la première du côté de la Planche-Mibrai, est simplement appelée *ruelle*, sans aucun nom dans les censiers de l'archevêché. Peut-être étoit-ce celle qu'on nommoit *Jean-Le-Forestier* en 1369. La seconde, nommée de l'*Archet*, à cause d'une arcade qui étoit au bout, faisoit la continuation de la rue des Teinturiers, laquelle va maintenant jusque sur le quai. La troisième est celle que Corrozet désigne sous le nom de *ruelle allant aux chambres de Maitre Hugues* : on nommoit ainsi trois moulins qui étoient situés vis-à-vis l'entrée de cette ruelle, et qu'un particulier nommé Me Hugues Restoré avoit eu la permission de faire reconstruire. Gomboust les a marqués sur son plan.

de reprendre dans la nouvelle nomenclature faite depuis quelques années. Elle le devoit
à Simon Finet, dont le père obtint, le 5 juin 1481, *la permission de ficher quatre pieux
en la rivière de Seine, pour soutenir un quai derrière sa maison, faisant le coin d'une
petite ruelle qui va à Seine.* (Arch. de l'archevêché.)

Rue des Teinturiers. Elle traverse de la rue de la Vannerie à celle de la Tannerie. Les
censiers du quinzième siècle et le compte des aniversaires de Notre-Dame de 1482 ne la
désignent que comme *une ruelle qui va de la Tannerie en la Vannerie.* Il paroît, par le
plan de Gomboust, qu'on lui donnoit un nom qui n'est pas honnête, et qui ne devoit
s'appliquer qu'au bout qui donne sur la rivière, car, suivant de Chuyes, cette rue s'appeloit depuis long-temps des *Teinturiers,* à cause des artisans de cette profession que
le voisinage de la rivière avoit engagés à s'y établir. L'autre bout étoit nommé de
l'*Archet,* comme nous l'avons remarqué dans l'article de la rue de la Tannerie. On l'a
depuis appelé *Navet* et *des Trois-Bouteilles,* à cause d'une enseigne.

Rue de la Tisseranderie (1). Elle aboutit d'un côté au carrefour Guillori, de l'autre à
la place Baudoyer. Le commencement de cette rue, du côté du carrefour jusqu'à la rue du
Mouton, se nommoit *rue de Vieille-Oreille,* nom qui, comme nous l'avons remarqué,
fut donné à plusieurs des rues qui aboutissoient au carrefour Guillori; le reste s'appeloit
de la Tisseranderie, comme on le voit dans un contrat du mois de décembre 1263, inséré
dans le trésor des chartes. Il ne paroît pas qu'elle ait porté d'autre nom que celui-ci,
nom qu'elle devoit probablement aux tisserands qui l'habitoient. En 1300 on l'appeloit la
Viez-Tisseranderie; on la trouve même ainsi indiquée dès 1293, dans un amortissement
fait à Saint-Nicolas-du-Louvre (2).

Rue de la Vannerie. Elle va de la rue Planche-Mibrai à la place de Grève. Sauval dit
que cette rue s'appeloit, en 1269, *vicus in Avenaria,* et *rue de l'Avoincrie* en 1396.
Jaillot croit que c'est une faute du copiste, parceque, dit-il, dans une transaction entre
le sieur Saint-Germain et le prieur de Saint-Éloi, passée au mois de novembre 1252, elle
est appelée *Vaneria;* elle porte le même nom dans l'accord de Philippe-le-Hardi avec le
chapitre de Saint-Merri; Guillot, le rôle de la taxe de 1313, la nomme la Vannerie.
On l'a quelquefois distinguée en Haute et Basse-Vannerie (3).

____

(1) Il y a dans cette rue un cul-de-sac nommé le *cul-de-sac Saint-Faron,* lequel doit ce nom à l'hôtel
des abbés de Saint-Faron, qui y étoit autrefois situé. On trouve qu'il a été aussi nommé successivement
rue de l'*Escullerie, rue de la Violette* en 1513, et depuis *cul-de-sac* et *rue des Juifs, ruelle* ou
cul-de-sac Barentin; enfin *cul-de-sac Saint-Faron.*

(2) Paul Scarron logeoit au second étage d'une maison située au milieu de cette rue; lui et sa femme
(depuis madame de Maintenon) n'avoient pour tout logement que deux chambres sur le devant,
séparées par l'escalier, une cuisine sur la cour, et un cabinet où couchoit un petit laquais.

(3) Il y a dans cette rue un carrefour ou aboutit la rue de la Coutellerie, que quelques auteurs ont,
mal à propos appelé le *carrefour Guilleri* ou *Guillori,* dont nous avons déjà parlé. Sauval le nomme
carrefour des Recommandaresses; et il en a conclu avec raison que le haut de cette rue, du côté de la
Planche-Mibrai, étoit appelé *rue des Recommandaresses.* On voit en effet, dans une sentence du
trésor du 12 juillet 1597, concernant le fief de *Mercadé,* qu'il consiste entre autres en deux maisons
rue de la Coutellerie, et une en la *rue des Recommandaresses,* autrement dite *rue de la Vannerie.*

QUAIS.

Quai Pelletier ou *quai Neuf.* Ce quai, qui commence à l'entrée de la rue Planche-Mibrai, a pris son nom de *Claude Pelletier,* prevôt des marchands, qui le fit construire en 1675 par *Pierre Bullet,* habile architecte. Auparavant on ne voyoit, depuis la Grève jusqu'au pont Notre-Dame, que quelques vieilles maisons habitées par des tanneurs et des teinturiers, dont les travaux infectoient ce quartier. Il fut ordonné, par arrêt du conseil du 24 février 1673, qu'ils iroient s'établir au faubourg Saint-Marcel et à Chaillot; et par un second arrêt du 17 mars de la même année, le roi ordonna que le quai de Gêvre fut continué sur cet emplacement, depuis la première culée du pont Notre-Dame; ce qui fut exécuté en deux années par le magistrat que nous venons de nommer. Tout le trottoir en est porté sur une voussure d'une coupe très hardie; il se termine à la place de Grève.

Quai de la Grève. Il règne depuis la place à laquelle il doit son nom jusqu'au coin de la rue des Barres. C'étoit autrefois un chemin qui, en 1254, se nommoit *vicus Merrenorum,* la rue des *Merreins.* Dès ce temps-là et depuis, jusqu'à nos jours, ce lieu a toujours été destiné à la décharge du charbon, du foin et autres marchandises qui arrivent par eau en cet endroit.

Le port au Blé. Il fait la continuation du quai de la Grève jusqu'à la rue Geoffroi-l'Asnier. Son nom indique assez à quel usage il étoit destiné. Cet usage n'a point changé.

Il paroît que ce carrefour a été formé par le retranchement de quelques maisons, retranchement qui fut ordonné le 19 mars 1565, ainsi qu'on le voit dans les registres de la ville.

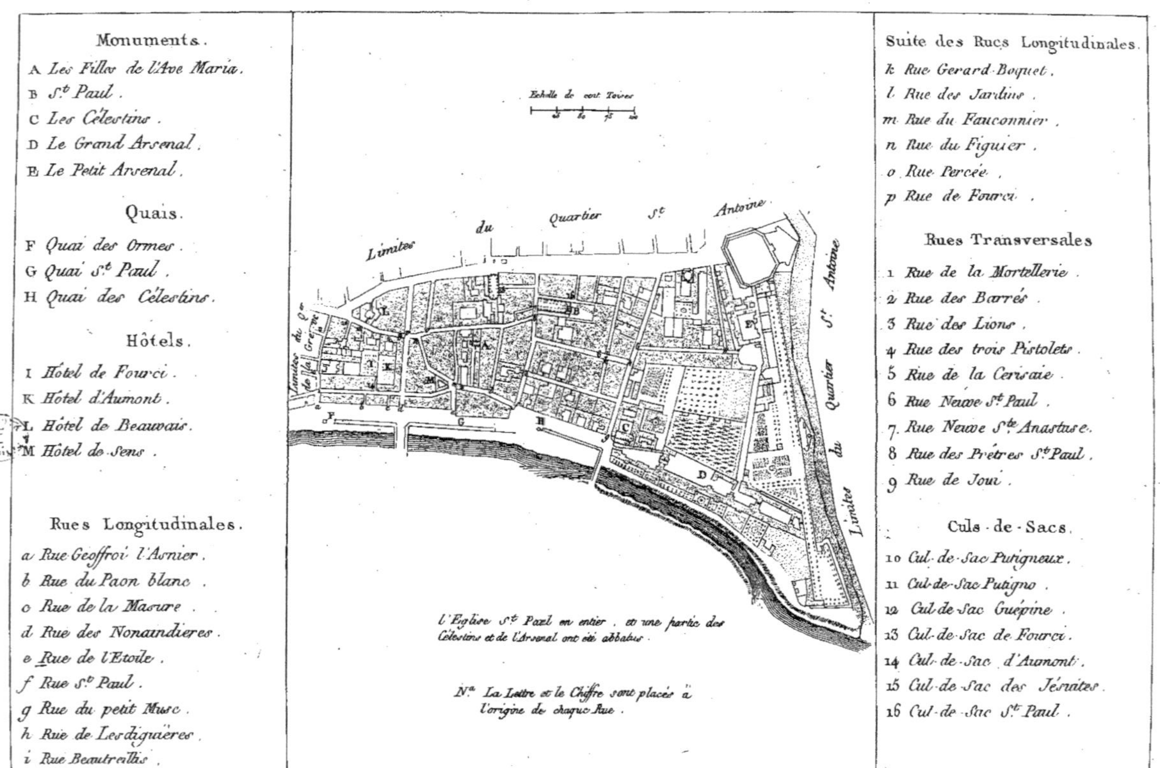

PLAN DU QUARTIER S.T PAUL OU DE LA MORTELLERIE.

QUARTIER SAINT-PAUL

OU DE LA MORTELLERIE.

Ce quartier est borné à l'orient par les fossés de l'Arsenal inclusivement (1), depuis la rivière jusqu'à la porte Saint-Antoine ; au septentrion, par la rue Saint-Antoine exclusivement ; à l'occident, par la rue Geoffroi-l'Asnier inclusivement ; et au midi, par les quais inclusivement, depuis le coin de la rue Geoffroi-l'Asnier jusqu'à l'extrémité de l'emplacement de l'ancien Mail.

On y comptoit, en 1789, vingt-quatre rues, sept culs-de-sacs, une église paroissiale, une communauté d'hommes, une de filles, un arsenal, trois quais, etc.

Sous les règnes de Charles VIII et de Louis XII, on ne voit pas qu'il se soit opéré de changements importants, ni passé aucun évènement remarquable dans ce quartier, à moins qu'on ne veuille regarder comme tel l'union définitive des religieuses de Sainte-Claire à celles du Tiers-Ordre, qui occupoient le couvent des Béguines, connu dès cette époque sous le nom de l'*Ave-Maria*. Cette union, déjà projetée sous le règne de Louis XI, long-temps suspendue par des obstacles que nous ferons connoître, fut enfin consommée dans les premières années du règne de son successeur, par la dame de Beaujeu, fille du feu roi, et protectrice de cette institution.

La ville entière de Paris n'est pas moins stérile en grands évènements pendant ces deux règnes, dont l'influence politique fut toutefois si puissante sur les destinées de l'Europe entière, qu'on peut les considérer comme la source d'un nouvel ordre de choses, entièrement opposé à

---

(1) Depuis que la Bastille a été abattue, une partie de ces fossés a été remplacée par un nouveau boulevard ; mais le mur de revêtement existe encore du côté de la rue Contrescarpe, et la ligne qu'il décrit forme de ce côté la limite de ce quartier.

l'ancien. Grace à ce Louis XI, dont la mémoire étoit dès-lors abhorrée, l'administration hautement décriée, dont on recherchoit les agents et les favoris comme des criminels dignes du dernier supplice (1), les rois de France dont la prérogative étoit désormais établie sur des fondemens inébranlables, n'étoient plus dans la triste nécessité de consumer leurs forces dans des discordes intestines, ni de déchirer l'état pour parvenir à le sauver. Les peuples, insensiblement détachés de ces grands dont la domination leur avoit été si funeste, n'avoient plus qu'une seule affection, ne connoissoient plus qu'un seul devoir; et Paris sur-tout, si long-temps le foyer des factions et des révoltes, trouvoit dans le souvenir encore récent de ses malheurs, et dans le calme heureux qui les avoit suivis, plus de motifs qu'aucune autre ville pour demeurer fidèle; et cette fidélité que nous verrons par la suite se démentir encore n'eut peut-être jamais été altérée, si l'on n'eût employé pour séduire ses habitants que ces intrigues purement politiques, dont ils avoient fait une si cruelle expérience, et dont ils connoissoient si bien tout le danger et toutes les vaines illusions.

On eut, dès le commencement du règne de Charles VIII, une preuve éclatante de ce bon esprit qui animoit alors les Parisiens. Le gouvernement de la personne du roi encore en bas âge, et par conséquent l'administration de l'état, étoient entre les mains de la dame de Beaujeu, ainsi que l'avoit ordonné une des clauses du testament de Louis XI. Il arriva alors

1485.

---

(1) Olivier Le Daim et Jean Doyac, les deux hommes qu'il avoit le plus tendrement aimés, qu'il avoit recommandés avec le plus de soin à son fils avant de mourir, furent livrés à la justice l'année même de sa mort, et subirent tous les deux, à Paris, le supplice qu'ils avoient en effet mérité. La haine publique les poursuivoit depuis long-temps, et on les accusoit avec raison d'abus de pouvoir et de cruautés atroces, sur-tout pendant les trois dernières années du règne du feu roi. Le Daim, convaincu de plusieurs assassinats, fut pendu avec un de ses agents; Doyac, qui avoit fait le métier de délateur, n'évita la potence que pour subir un autre supplice plus long et non moins ignominieux : il fut condamné à être fouetté dans tous les carrefours de Paris, à avoir une oreille coupée et la langue percée d'un fer chaud. On le conduisit ensuite à Montferrand en Auvergne, lieu de sa naissance; là, il fut fouetté de nouveau, perdit l'autre oreille et fut banni à perpétuité.

Le médecin de Louis XI, le fameux Cotier, fut enveloppé dans la même disgrace. Toutefois, comme on ne pouvoit lui reprocher qu'un orgueil extrême et une insatiable avarice, il ne fut condamné qu'à des restitutions, qui le replacèrent dans son ancienne médiocrité. On dit que, content d'être échappé au naufrage et rendu à sa première profession, il fit sculpter sur sa maison un abricotier, avec ce rebus en forme de devise : *A l'Abri-Cotier.*

ce qui ne manque presque jamais d'arriver dans les minorités : ce pouvoir passager devint l'objet de l'envie de tous ceux qui crurent y avoir quelque droit. La reine-mère éleva d'abord des réclamations, qui cessèrent bientôt par sa mort, arrivée trois mois après celle de son époux; et à l'instant même parurent sur les rangs le duc de Bourbon et le duc d'Orléans, que leur qualité de princes du sang sembloit autoriser à disputer ces honorables fonctions. Ils remplirent le conseil de leurs créatures, s'attachèrent sur-tout à décrier le nouveau gouvernement, et, confondant ensemble leurs intérêts, se réunirent pour demander la convocation des états-généraux, comme le seul moyen de remédier aux abus, et d'établir une forme de gouvernement à la fois solide et salutaire. Quelque danger qu'il y eût à former une telle assemblée au commencement d'un règne dont la foiblesse frappoit déjà tous les yeux, et après les violences du règne précédent, il étoit plus dangereux encore de mécontenter par un refus toutes les classes de l'état, auxquelles une demande aussi solennelle avoit fait concevoir les plus flatteuses espérances. Telle fut l'origine de ces fameux états de Tours, dont les suites toutefois ne furent pas aussi fâcheuses pour la régente qu'elle avoit dû le craindre d'abord ; car, quoiqu'on y eût agité une foule de questions, et même établi certains principes qui n'étoient pas sans quelque danger pour l'autorité du monarque, les dispositions du testament du feu roi y furent confirmées, et madame de Beaujeu maintenue dans l'administration du royaume.

Frustrés de leurs prétentions, les princes dissimulèrent pendant quelque temps leur dépit, mais n'en travaillèrent pas avec moins d'ardeur à supplanter celle qu'ils regardoient comme l'usurpatrice de leurs droits légitimes. La régente avoit cru les apaiser par des bienfaits. Depuis la décision solennelle donnée par l'assemblée de Tours, elle les avoit comblés de faveurs; et le duc d'Orléans, qu'il lui importoit sur-tout de ménager, déjà nommé par elle gouverneur de Paris, étoit encore président d'un conseil auquel assistoient également tous les princes du sang, et que les états avoient institué pour aider madame de Beaujeu dans son administration. Ces fonctions importantes l'approchoient de la cour et lui donnoient une grande influence dans les affaires : il se servit de l'avantage de sa position pour s'insinuer dans la confiance du jeune roi, dont il partageoit les plaisirs, et à qui il parvint à inspirer tant de dégoût pour l'espèce d'esclavage

dans lequel il étoit retenu, qu'il le détermina à se laisser enlever. Ce projet
ayant été découvert, et la régente ayant habilement soustrait son pupille aux
entreprises et aux séductions d'un si dangereux ennemi, le duc, que des
liaisons dont nous ne tarderons pas à parler rendoient de jour en jour plus
audacieux, voulut essayer si, à la faveur de son titre de gouverneur de
Paris, il ne pourroit pas parvenir à se faire un parti dans cette capitale.

1485.   Il employa pour parvenir à ce but tous ces moyens de popularité dont
le charme est si puissant sur l'esprit du vulgaire. Il affectoit de se montrer
souvent en public ; dans sa maison, où il attiroit beaucoup de monde, aux
assemblées de l'hôtel-de-ville, où il assistoit fréquemment, il ne cessoit de
déclamer hautement contre la dureté du gouvernement, et témoignoit une
grande compassion pour la misère du pauvre peuple, ainsi qu'un vif désir
d'y apporter du soulagement. Lorsqu'il jugea que toutes ces manœuvres lui
avoient suffisamment acquis la faveur de la multitude, il alla se présenter
au parlement, accompagné du comte de Dunois (1), l'ame de tous ses
conseils, et de son chancelier Denis Mercier. Celui-ci, prenant la parole au
nom de son maître, commença à faire l'éloge de ce prince, « qui, dans les
« circonstances critiques où la trop grande jeunesse du roi venoit de placer
« la France, uniquement occupé du salut de l'état et du soulagement des
« peuples, avoit demandé, conjointement avec les ducs de Bretagne et de
« Bourbon, une convocation des états-généraux, dans laquelle il avoit été
« établi une forme de gouvernement salutaire, et arrêté une foule de règle-
« ments utiles, tant pour l'administration de la justice que pour la réparti-
« tion des impôts, opérations dont les avantages eussent été considé-
« rables pour le peuple et pour le souverain, s'ils eussent été fidèlement
« suivis. » Il ajouta « que la dame de Beaujeu, les foulant aux pieds, dé-
« truisant toutes ces espérances qu'on avoit conçues d'un gouvernement équi-
« table et modéré, tyrannisoit à la fois et le roi qu'elle tenoit dans une sorte
« de captivité, et le peuple dont elle prodiguoit la substance pour s'attacher
« des créatures et cimenter son autorité despotique ; qu'il étoit à craindre
« que de telles violences ne jetassent la nation entière dans une sorte de
« désespoir ; que, comme premier prince du sang, il étoit du devoir du

---

(1) Il étoit fils de ce fameux bâtard d'Orléans dont nous avons raconté les exploits sous
Charles VII.

« duc d'Orléans de veiller à la fois sur le monarque et sur l'état ; qu'il de-
« mandoit que Charles VIII , déjà assez avancé en âge pour pouvoir se
« conduire par lui-même , fût enfin tiré de cette indigne tutelle, et libre de
« choisir sa résidence et ses conseillers ; que, bien résolu d'employer ses
« biens , de sacrifier même sa vie pour la délivrance de son souverain , il
« avoit cru devoir venir consulter à ce sujet le parlement, qui étoit *la jus-*
« *tice suprême* du royaume; déclarant en outre , pour preuve de son entier
« désintéressement, qu'au cas que la dame de Beaujeu consentît à s'éloigner
« de dix lieues de la cour, il prenoit l'engagement de s'exiler lui-même à
« quarante, et de renoncer à toute communication avec le roi. »

Le célèbre La Vacquerie étoit encore président de cette cour souveraine ;
et, dans une circonstance aussi délicate , il ne démentit point le noble caractère dont il avoit déjà donné des preuves si éclatantes sous le règne précédent. Il répondit donc, avec une rare présence d'esprit, que « le bien
« du royaume consistoit principalement dans la tranquillité publique ; que
« cette tranquillité ne pouvoit s'établir que par l'union des principaux mem-
« bres de l'état, et qu'il appartenoit sur-tout au premier prince du sang de
« chercher à la maintenir, en écartant avec soin toutes les semences de di-
« visions qui pouvoient la troubler , semences que faisoient naître souvent
« les prétextes les plus frivoles, les rapports les plus mensongers. » « Quant
« à la cour du parlement, elle a été instituée, ajouta-t-il , par le roi *pour*
« *administrer* la justice , et n'ont point ceux de la cour l'administration
« de guerre, de finances, ni du fait et gouvernement du roi ni des grands
« princes ; et sont Messieurs de la cour de parlement gens clercs et let-
« trés pour vaquer et entendre au fait de la justice; et quand il plairoit
« au roi leur commander plus avant, la cour obéiroit ; car elle a seule-
« ment l'œil et regard au roi , qui en est le chef et sous lequel elle est : et
« par ainsi venir faire ses remontrances à la cour , et faire autres exploits
« *sans le bon plaisir et exprès commandement du roi* , ne se doit pas
« faire. »

Cette réponse déconcerta le duc et ses partisans. Mercier , reprenant la
parole , se borna alors à demander que le parlement employât sa médiation dans une affaire qui intéressoit de si près le bonheur du souverain et
de la nation ; que du moins il s'informât du roi lui-même s'il étoit content de sa situation , et s'il ne désiroit point en changer. Cette fois, le pre-

mier président ne lui répliqua que pour lui demander une copie de son discours, ajoutant que la cour en délibèreroit ; et le résultat de ses délibérations fut d'envoyer au roi et à la régente une députation qui leur donna connoissance des démarches et des demandes du duc d'Orléans.

Repoussé par le parlement, ce prince crut qu'il lui seroit possible de tirer un meilleur parti de l'université. Ce corps, plus florissant alors que jamais, comptoit dans son sein plus de vingt-cinq mille étudiants, la plupart en état de porter les armes, et formoit au sein de la capitale une sorte de république indépendante, qui souvent en avoit troublé la tranquillité, et pouvoit devenir encore, entre les mains d'un chef de faction, un instrument aussi puissant que terrible. On vit donc paroître le duc d'Orléans au milieu d'une assemblée générale que l'université tenoit aux Bernardins ; et là, changeant de langage suivant l'intérêt de ses nouveaux auditeurs, il se mit à déplorer, dans un long discours, l'inutilité des soins qu'il avoit pris pour le rétablissement de la pragmatique et la confirmation des privilèges des étudiants ; faisant entendre qu'on ne pourroit rien faire ni rien espérer tant que le gouvernement seroit entre les mains de ceux qui obsédoient le jeune roi. Mais l'université, instruite par le mauvais succès que n'avoient cessé d'avoir, depuis plus d'un siècle, toutes ses révoltes contre l'autorité, demeura inébranlable comme le parlement, et suivant exactement la marche que ce corps illustre sembloit lui avoir tracée, elle se borna, par une sorte de déférence pour la qualité d'un si illustre solliciteur, à envoyer des députés au roi, les chargeant de lui rapporter simplement les paroles du duc d'Orléans, sans témoigner y prendre le moindre intérêt.

Quoique toutes les démarches de ce prince eussent été sans succès, madame de Beaujeu n'en avoit pas moins conçu les plus vives alarmes, bien persuadée qu'un caractère aussi entreprenant ne s'arrêteroit point à ces premiers obstacles, ne doutant pas même que, pour arriver à son but, il ne se portât aux dernières extrémités. Dans un danger aussi pressant, elle forma la résolution de tenter, par un coup hardi et décisif, de couper le mal dans sa racine, et de détruire ainsi dans un moment le parti qui se formoit contre elle. Des soldats déguisés, et qui lui étoient entièrement dévoués, furent envoyés avec ordre d'enlever le duc d'Orléans, qui, dans le lieu où il étoit et dans les circonstances où il se trouvoit, croyoit certainement n'avoir rien à redouter. Ils s'étoient approchés secrètement de Paris, et avoient déjà trouvé le moyen de s'introduire dans ses faubourgs, lorsqu'ils furent découverts par deux officiers de ce prince. Il étoit alors aux halles, jouant tranquillement à la paume, quand on vint l'avertir du péril qui le menaçoit. Ce péril étoit si pressant, qu'il eut à peine le temps de monter sur une mule que ces deux fidèles serviteurs lui avoient amenée, et de sortir promptement de la ville. Tandis qu'il s'en éloignoit, madame de Beaujeu qui, malgré la rigueur de l'hiver, avoit trouvé le moyen de rassembler quelques troupes, et qui suivoit de près ses émissaires, y fit son entrée, avec le roi qu'elle avoit amené, très fâchée de n'avoir pas réussi dans une entreprise qui finissoit sans trouble et sans effort des débats d'où naquirent depuis bien des maux et bien des alarmes.

En effet, le duc d'Orléans avoit contracté des liaisons intimes avec le duc de Bretagne, François II, le seul des grands vassaux qui n'eût pas encore perdu sa souveraineté. Ce prince, le dernier mâle de sa race, et déjà dans un âge avancé, voyoit avec une extrême douleur l'héritage de ses deux filles déjà disputé par plusieurs rivaux, qui, même avant sa mort, faisoient valoir de prétendus droits à sa succession ; et, dans les alarmes qui l'agitoient, il cherchoit à ces jeunes princesses des époux assez puissants pour leur servir un jour d'appui, et renouveler ainsi la race des ducs de Bretagne. Le duc d'Orléans, quoique marié à l'une des filles de Louis XI, s'étoit mis sur les rangs, attiré par Landois, favori du vieux duc, scélérat obscur (1), qui, par toutes les bassesses imaginables, s'étoit élevé à la place de premier ministre, et gouvernoit à la fois son maître et l'état. Ses vues, en favorisant les prétentions du jeune prince français, étoient de s'en faire un protecteur contre les seigneurs bretons qu'il avoit opprimés, et dont il avoit tout à redouter après la mort du duc. Les qualités personnelles de Louis avoient merveilleusement secondé son projet ; et dans un voyage que ce prince fit en Bretagne, avant les intrigues dont nous venons de parler, il avoit fait sur le cœur de la princesse Anne, fille aînée du duc, une impression si vive, qu'elle augmenta les alarmes des mécontents, qui voyoient dans ce mariage le triomphe de l'insolent favori et la continuation de la tyrannie avi-

______

(1) Il avoit été d'abord tailleur d'habits dans la petite ville de Vitré.

lissante sous laquelle ils gémissoient. Ils éclatèrent d'abord en murmures, qui finirent enfin par une révolte déclarée, et si violente, qu'ils s'adressèrent au roi de France, dont ils reconnurent les droits au duché de Bretagne (1), s'engageant à se soumettre à lui, après la mort de François II, comme à leur légitime souverain. Tant que le duc d'Orléans resta à la cour de leur prince, les rebelles ne purent que se maintenir; mais à peine fut-il revenu en France pour disputer le pouvoir à la régente, qu'ils se trouvèrent les plus forts, s'emparèrent de Landois, et le firent punir du dernier supplice. Privé de cet appui, Louis n'en avoit pas moins conservé ses relations avec le vieux duc, dont les démarches de sa noblesse auprès de Charles VIII avoient encore redoublé les inquiétudes. Ces relations du jeune prince continuèrent plus vivement que jamais après sa sortie de Paris, quoiqu'il eût été forcé de se soumettre presque aussitôt, et qu'une nouvelle confédération qu'il forma encore peu de temps après avec les autres princes du sang, confédération connue dans l'histoire sous le nom de *la guerre folle*, n'eût également abouti qu'à une paix humiliante, qui ne fit qu'aigrir ses ressentiments et ceux des grands, conjurés avec lui.

Le duc de Bretagne, qui l'avoit mal secondé dans cette dernière levée de bouclier, suivit son exemple, et fit aussi sa paix; mais dans le temps même qu'on la signoit avec lui, madame de Beaujeu, par une démarche qu'on peut regarder comme impolitique, prenoit secrètement des mesures qui tendoient à consolider les droits éventuels du roi au duché de Bretagne. Les haines et les ressentiments se rallumèrent aussitôt, et telle fut l'origine de cette guerre acharnée, qui, pendant trois années, désola cette partie de la France et rappela en quelque sorte les maux qu'avoient causés les discordes féodales, dont elle étoit en effet la dernière scène et le

---

(1) Ses droits n'étoient autre chose que ceux des Penthièvres, descendants de Charles de Blois, vaincu, sous le règne de Philippe de Valois, par le comte de Montfort, qu'assistoient les Anglais, et dépouillé de la Bretagne, quoique le roi de France, son suzerain, lui eût donné gain de cause. Les Penthièvres avoient tenté plusieurs fois de faire valoir ces droits, sans aucun succès; cependant, par une intrigue qu'il n'est point de notre sujet de faire connoître ici, l'un d'eux avoit extorqué du duc de Bretagne, François Ier, des lettres qui sembloient porter une reconnoissance de la légitimité de leurs prétentions; et c'étoit en vertu de ce titre que Louis XI, voyant la ligne masculine prête à défaillir dans la branche de Montfort, avoit acheté de Nicole de Penthièvre et de Jean de Brosses, son mari, derniers héritiers de la branche de Blois, tous leurs droits au duché de Bretagne. Quelque litigieux qu'ils fussent, ce prince se proposoit de les appuyer d'une armée formidable, et n'attendoit que la mort du duc pour les faire hautement valoir; il mourut le premier, et les transmit à son fils.

dernier effort. La marche qu'on y suivit fut exactement la même. François II, plus effrayé que jamais, indigné sur-tout que, de son vivant
même, on voulût enlever à ses filles leur légitime héritage, se ligua de
nouveau avec tous les mécontents de France, et notamment avec le
1486. duc d'Orléans. Maximilien, toujours attentif à profiter des troubles du
royaume, s'empressa d'entrer dans cette ligue, et déclara brusquement
la guerre à la France. La Bretagne devint alors l'objet de l'attention générale, et le centre de tous les mouvements de l'Europe, intéressée sur-tout
à ce qu'elle ne passât pas sous la domination de la France. Cependant il
étoit aisé de prévoir dès-lors cet inévitable évènement; et pour le pré-
dire il suffisoit de considérer un seul instant la position de cette puissance
et celle de ses ennemis. Henri VII, placé par une révolution subite sur
le trône d'Angleterre, mal affermi encore sur ce trône si souvent ensan-
glanté, ne pouvoit rien hasarder sans compromettre sa propre sûreté;
l'archiduc, toujours armé contre ses Flamands indociles, n'ayant d'ailleurs
aucun point de contact avec la province contestée, étoit encore moins à redouter; l'Espagne ne pouvoit rien sans le concours de ces deux puissances;
tandis que la France, unie désormais dans toutes ses parties, se fortifiant
de jour en jour davantage par l'ascendant toujours croissant de la prérogative royale, touchoit aux frontières de cette petite souveraineté, encore
affoiblie par mille prétentions rivales, par mille passions opposées. Aussi,
quels que fussent les efforts des princes, les espérances de François II dans
les promesses de l'archiduc, ses continuelles sollicitations auprès du roi
d'Angleterre, dès que l'armée royale parut en Bretagne, tout plia devant
1488. elle. La bataille de Saint-Aubin, gagnée par La Trémouille, et dans laquelle le duc d'Orléans fut fait prisonnier, détruisit d'abord le parti des
princes; et lorsque la mort du duc de Bretagne eut enfin amené le moment de consommer cette réunion politique, depuis si long-temps médi-
tée, quoique l'Angleterre employât alors une armée et éclatât en menaces;
malgré la résistance de la princesse Anne, qui, dans la plus tendre jeunesse, développa un courage et un caractère au-dessus de son sexe; bien
que, dans la répugnance invincible qu'elle éprouvoit pour le roi de France,
elle eût contracté par procureur un mariage secret avec l'archiduc; Charles,
qui ne vouloit pas que la Bretagne lui échappât, força les Anglais à se rem-
barquer, et la princesse à rompre son mariage; Maximilien, à qui l'on enle-

voit son épouse, se vit encore dans la nécessité humiliante de reprendre
sa fille Marguerite, fiancée dès la plus tendre enfance au jeune monarque,
1491. élevée à la cour de France, dans l'espérance d'y régner un jour, et qui lui
fut honteusement renvoyée ; et Anne de Bretagne devint, malgré elle, reine
de ce beau royaume, par un traité dans lequel les droits des deux parties
confondus ensemble, furent mutuellement cédés au dernier survivant.

1492. Leur entrée à Paris fut une des plus pompeuses que l'on eût vues depuis long-temps. « La jeune reine, dit un historien, fixoit tous les regards ;
« la multitude admiroit l'éclat de sa parure, l'élégance de sa taille (1), la
« régularité de ses traits, l'éclat de ses yeux ; les sages cherchoient à dé-
« mêler dans cet ensemble quelques indices de ces brillantes qualités qui
« l'avoient élevée, dans un âge si tendre, au rang des plus grands
« hommes. »

Pendant tous les troubles qui avoient précédé une union si heureuse
pour la France, Paris n'avoit cessé de jouir de la plus profonde tranquillité sous le gouvernement du comte de Montpensier, dauphin d'Auvergne,
que le roi en avoit fait gouverneur à la place du duc d'Orléans ; et même,
au moment où la guerre avoit éclaté, ses habitants avoient eu l'occasion
de donner un nouveau témoignage de leur fidélité, en rejetant avec mépris un manifeste que l'archiduc avoit osé leur adresser. Dans cette pièce,
où il affectoit de partager l'opinion des princes et de décrier le gouvernement de la régente, Maximilien, comme beau-père futur du roi, et par
conséquent comme intéressé à la prospérité du royaume, invitoit le parlement à s'unir avec lui pour demander une nouvelle convocation des états-
généraux, où l'empereur consentiroit à intervenir en qualité de comédia-
teur. Dans la réponse dédaigneuse que lui fit cette cour souveraine, elle
l'invita de son côté à quitter un ton d'autorité qui ne lui convenoit nullement,
et à ne point se mêler d'affaires qui ne pouvoient en aucune manière le
regarder.

Toutefois cette soumission à l'autorité légitime n'étoit pas telle que cette
ville ne sût défendre ses franchises, et éluder les demandes du prince,

---

(1) Si l'on en juge d'après ses portraits, elle étoit effectivement d'une beauté remarquable ; et les contemporains ont vanté ses graces naturelles, tout en convenant qu'elle étoit petite et un peu boiteuse.

l orsqu'elles lui sembloient contraires à l'équité et à ses intérêts. Charles,
1494. emporté par un vain désir de gloire, poussé par des conseils imprudents,
attiré même par la plupart des princes d'Italie qui espéroient en faire un
instrument utile à leurs petites ambitions particulières, avoit résolu de faire
revivre les droits que son père lui avoit laissés sur Naples; et cette conquête
qu'il méditoit n'étoit, dans les rêves de son imagination, que le prélude
d'une plus vaste entreprise qui devoit le conduire jusqu'aux portes de Constantinople. On sait quelle fut l'issue de cette folle expédition: le jeune monarque parcourut l'Italie en vainqueur, ou plutôt comme un grand souverain
qui visite une de ses provinces. Le roi de Naples, Alfonse, frappé de terreur,
mourut subitement; Ferdinand, son fils, fut forcé de prendre la fuite;
et le conquérant, porté en quelque sorte jusqu'à cette capitale, y fit son
entrée, revêtu des ornements impériaux. Cependant ceux mêmes qui l'a-
voient appelé en Italie, le duc de Milan, le pape, les Vénitiens (1), épouvantés des progrès d'une puissance plus redoutable pour eux que l'ennemi
contre lequel ils avoient imploré son secours, formèrent, pour l'en chasser, une ligue nouvelle avec toutes les puissances jalouses ou rivales de la
France; Maximilien, alors empereur; l'archiduc Philippe, son fils; Ferdinand, roi d'Aragon; Henri VII, roi d'Angleterre. Charles, qui étoit entré si facilement dans cette belle contrée, courut les plus grands dangers
pour en sortir; une armée formidable, rassemblée par les alliés, l'attendoit dans la plaine de Fornoue, et la victoire la plus éclatante put seule
1495. lui ouvrir la route de ses états (2). Les troupes qu'il avoit laissées dans le
royaume de Naples en furent chassées peu de temps après; et Ferdinand,
rappelé par ses sujets, secondé par Gonsalve de Cordoue, général de Ferdinand d'Aragon, et surnommé *le grand capitaine*, remonta sur son
1496. trône presque aussitôt après en avoir été renversé.

Ce fut dans les circonstances qui suivirent ces malheureux évènements

(1) Chacun avoit eu son intérêt particulier dans cette démarche commune. Les Vénitiens l'avoient faite
par l'espérance de s'agrandir au milieu des troubles; le pape Alexandre VI, pour procurer des établissements à sa famille; mais Ludovic Sforce y étoit sur-tout intéressé, parcequ'ayant formé le projet d'usurper
le duché de Milan sur son neveu Galéas, qu'il méditoit d'empoisonner, il vouloit donner assez d'affaires à
Ferdinand, roi de Naples, dont la petite-fille avoit épousé Galéas, pour l'empêcher de s'en venger.

(2) Les Français étoient au nombre de sept à huit mille combattants, et l'armée des confédérés, commandée par François de Gonzague, marquis de Mantoue, montoit à trente-cinq mille hommes.

que la ville de Paris fit un acte de liberté qui lui attira la disgrace du roi.
Le projet de venger l'honneur des armes françaises et de rentrer en Italie
étoit déjà formé, et pour lui assurer un succès meilleur que celui de la
première entreprise, on levoit déjà de tous côtés des impositions extraordinaires. Les Parisiens avoient été taxés à cent mille écus : cette imposition
les fit d'abord murmurer. Toutefois, sans refuser absolument de la payer,
les officiers municipaux demandèrent que du moins la répartition de cette
somme fût faite sans aucune distinction sur tous les citoyens, et suppliè-
rent le parlement d'envoyer des députés à leur assemblée pour s'entendre
avec eux à ce sujet. La cour, tout aussi mal disposée que l'hôtel-de-ville,
répondit qu'elle n'enverroit personne, mais offrit seulement d'aider de ses
conseils le corps municipal, s'il jugeoit à propos de la consulter. La ville,
s'autorisant de ce refus, n'offrit au roi que 5o mille liv., qui ne furent
point acceptées ; toutefois ce prince, qui répugnoit à employer la violence
pour se faire obéir, poussa la condescendance jusqu'à envoyer au parlement un message porté par plusieurs seigneurs de sa cour, lesquels
déclarèrent aux chambres assemblées que l'intention du roi étoit que, pour
cette fois seulement, et sans tirer à conséquence, les membres du parlement contribuassent avec les autres citoyens. La Vacquerie, premier président, après avoir pris les voix, fit réponse aux commissaires « que le
« royaume étoit épuisé par tant d'impositions qui se succédoient tous les ans,
« qu'on ne lisoit qu'avec douleur, dans les archives des cours souveraines,
« l'excès de misère où le peuple étoit réduit : *Que dure chose étoit de pré-*
« *sent rendre les bonnes villes franches, les grands personnages et cours*
« *souveraines du royaume contribuables à si grands, merveilleux et in-*
« *supportables emprunts : laquelle chose, en brief temps, pouvoit être*
« *cause de grandes désolations.* » Il pria les commissaires d'exposer au roi
la pauvreté de ses sujets, et de lui annoncer, de la part du parlement,
une députation et des remontrances. Charles VIII n'insista pas ; mais il
conçut de cette résistance un ressentiment si vif et si profond, qu'ayant
fait, peu de temps après, un voyage à Saint-Denis pour en visiter les
tombeaux avant son départ, il refusa d'entrer à Paris, où l'on s'apprêtoit
à le recevoir avec la plus grande magnificence, et reprit subitement la
route d'Amboise. Il avoit même le projet de pousser plus loin la ven-

geance, sur-tout contre le parlement (1), mais d'autres soins lui firent oublier son ressentiment.

1497. Les premières dispositions du nouveau projet sur l'Italie étoient d'envoyer d'abord le duc d'Orléans s'emparer de la ville de Gênes. « Mais ce prince, dit Hénault, qui voyoit la santé du roi chancelante, et que la mort du dauphin, âgé de trois ans, rendoit l'héritier présomptif de la couronne, crut ne devoir pas s'éloigner, ni souffrir qu'il repassât les monts. Le roi lui-même n'en avoit pas grande envie : il étoit amoureux, à Tours, d'une des *filles de la reine* (c'étoit ainsi qu'on appeloit les filles de qualité qu'Anne de Bretagne commença la première à prendre auprès d'elle.) » Deux années se passèrent donc en négociations infructueuses, en projets avortés presqu'aussitôt que conçus, lorsque ce prince, que l'âge commençoit à mûrir, et qui employoit alors à l'administration intérieure de son royaume un temps et des moyens qu'il avoit d'abord si imprudem-
1498. ment dissipés, mourut subitement à Amboise le 7 avril 1498, âgé de près de vingt-sept ans.

« Charles VIII, dit Commines, ne fut jamais que petit homme de « corps, et peu entendu ; mais il étoit si bon, qu'il n'est point possible « de voir meilleure créature. »

L'Histoire de Paris offre encore moins d'évènements importants sous le règne paternel de Louis XII que sous celui de son prédécesseur. Par son divorce politique avec Jeanne, fille de Louis XI, ce prince succéda à toute la puissance de Charles VIII, dont il épousa ensuite la veuve, Anne de Bretagne ; et le grand fief qu'elle avoit apporté pour dot à la couronne de France n'en fut point séparé.

Les premiers actes de ce règne, signalés par une admirable clémence (2), par le soulagement des peuples, auxquels Louis remit une partie des impôts, sur-tout par ces ordonnances célèbres (3) qui ont rendu le

---

(1) Ce projet étoit d'établir un nouveau parlement à Poitiers, et de lui donner pour ressort les provinces de Poitou, de Touraine, d'Anjou, du Maine, de la Marche, d'Aunis et d'Angoumois.

(2) Tout le monde connoît le beau mot de ce prince, qu'on exhortoit à se venger de ses ennemis, principalement de Louis de La Trémouille, qui l'avoit fait prisonnier à la bataille de Saint-Aubin, et ne l'avoit pas épargné dans son malheur : *Un roi de France ne venge point les querelles d'un duc d'Orléans.*

(3) Elles avoient été méditées dans une assemblée composée des magistrats les plus intègres et les plus

nom de ce prince si cher à la nation, n'excitèrent cependant pas une satisfaction générale ; et ce furent ces mêmes ordonnances, au moyen
desquelles presque tous les abus étoient extirpés, et le plus bel ordre
s'établissoit dans les parties les plus importantes de l'administration, qui
firent naître les mécontentements d'un corps nombreux, déjà trop célèbre
dans cette histoire par son orgueil et son esprit indépendant et factieux.
On voit d'abord qu'il est question ici de l'université et de ses suppôts.
1499. Toutes les classes supérieures de l'état, la noblesse, les magistrats, les gens
de guerre, s'étoient soumises sans murmurer aux utiles réformes ordonnées
par le roi. Dans la foule des règlements dont ces réformes étoient composées, ce prince avoit cru devoir attaquer de vieux privilèges de l'université, justement établis, sans doute, dans l'origine, mais devenus abusifs par
l'extension qu'on leur avoit donnée, laquelle étoit de nature à scandaliser
le peuple et à troubler l'ordre judiciaire (1). Ces abus étoient si notoires
et si généralement répandus, que les États tenus à Tours sous le règne
précédent en avoient déjà demandé la suppression. L'université, qui
auroit dû prévenir par un désistement généreux ou du moins politique
une réforme qu'il étoit impossible que l'autorité tardât long-temps à faire,
n'eut pas plutôt connoissance de l'édit qui détruisoit ces révoltantes prérogatives, qu'elle se crut attaquée jusque dans son existence, jeta les hauts
cris, et conclut, comme dans les temps de sa plus grande influence, à

éclairés du royaume, que le roi avoit convoqués à Paris, et contenoient des règlements sur presque
toutes les parties de l'administration, sur la discipline des troupes, sur celle des cours de judicature, sur
les monnoies, sur certains abus féodaux qui existoient encore, sur le grand-conseil, dont la forme fut
changée, etc., etc.

(1) Nos rois, ayant eu dans tous les temps le plus vif désir de faire fleurir les lettres en France, avoient
accordé une foule de privilèges à ceux qui venoient étudier à Paris, entre autres, celui d'avoir leurs
causes évoquées au Châtelet, et de pouvoir décliner toute autre juridiction; en cela ils considéroient la
situation particulière des étudiants, qui, forcés de s'expatrier pour résider dans la capitale, auroient été
sans cesse exposés à se voir dépouillés de leurs biens, ou à interrompre leurs études pour se transporter
dans des lieux éloignés. Mais on avoit fait la faute d'étendre ce privilège à toute la durée de la vie, au lieu
de le restreindre au cours des études, et il en résultoit que non seulement ceux qui avoient étudié dans
l'université en abusoient, mais encore que beaucoup de gens, désirant jouir d'une exemption si favorable,
trouvoient le moyen de se faire inscrire sur les registres de cette compagnie, même sans avoir jamais fait
d'études. Outre ce premier privilège, les membres de l'université avoient obtenu des papes la permission
de procéder dans les affaires qui les concernoient personnellement par la voie de l'interdit et de l'excom-
munication. C'étoient ces énormes abus que l'édit du roi attaquoit.

fermer ses écoles et à interdire la prédication dans toutes les chaires de
Paris, jusqu'à ce qu'elle eût obtenu une réparation entière de cette prétendue violation de ses droits. Jamais peut-être cette compagnie ne s'étoit mon-
trée animée d'une plus grande fureur, et cet esprit de vertige fut porté à
un tel point, que les prédicateurs chargés de notifier au peuple cette étrange
résolution, se répandirent, contre le gouvernement, en invectives violentes, dans lesquelles la personne sacrée du roi ne fut pas même épar-
gnée. Toutes ces prédications séditieuses produisirent peu d'effet sur les
Parisiens; et il n'y avoit pas lieu de craindre qu'ils prissent parti dans une
querelle qui leur étoit tout-à-fait étrangère; mais Louis, qui, dans d'autres
temps, avoit voulu faire de l'université un instrument de sédition, savoit
mieux que personne ce qu'il y avoit à redouter de cette multitude d'étudiants qu'elle renfermoit dans son sein, multitude aveugle, indisciplinée,
composée en grande partie d'étrangers ou de gens qui n'avoient rien à
perdre, et dont le premier mouvement pouvoit causer des malheurs irréparables, et provoquer sur elle les plus terribles vengeances. Déjà Paris étoit
inondé de libelles, dans lesquels les principaux ministres du roi, et sur-tout
le chancelier Guy de Rochefort, étoient déchirés sans aucun ménagement;
aux murmures avoient succédé les menaces, et le bruit se répandit même,
qu'animés par leurs maîtres, les écoliers venoient de prendre les armes,
et se portoient contre le parlement. Ce bruit étoit faux, mais il pouvoit se
réaliser, et à moins qu'on ne comprimât ces commencements de révolte par
une terreur salutaire, il étoit à craindre que la guerre civile ne s'allumât
dans Paris. Louis en avoit les moyens, et il sut les mettre en usage. Tandis
que le prevôt de Paris et le chevalier du guet disposoient, par son ordre, des
corps-de-garde dans tous les quartiers, et sur-tout dans les places publiques,
où ils dissipoient à l'instant les moindres rassemblements, ce prince, quittant Corbeil, où il faisoit alors sa résidence, s'avança vers sa capitale à la
tête de ses gardes et de toute sa maison. Ce fut assez de cette fermeté et de
ces effrayantes démonstrations pour abattre toute la fierté des mutins.
Avant même qu'il fût entré dans la ville, l'université arrêta d'envoyer des députés, pour essayer de fléchir sa colère. Leur harangue fut
humble et soumise; et le cardinal d'Amboise, répondant au nom du roi,
leur fit entendre très durement que c'étoit à sa seule clémence qu'ils devoient de ne pas éprouver le juste châtiment qu'ils avoient mérité. Louis

ajouta lui-même au discours de son ministre quelques paroles sévères et même menaçantes (1) ; et suivant de près ces députés , qu'il renvoya aussitôt , il entra dans Paris , traversa le quartier de l'Université , précédé des archers de sa garde et des deux cents gentilshommes de sa maison , armés de toute pièce , la lance en arrêt ; et , dans cet appareil formidable , se rendit au parlement , où il ordonna une seconde fois la publication de l'édit. Mais déjà tout étoit rentré dans l'ordre , les classes avoient été rouvertes , les maîtres recommençoient leurs leçons , et l'exil du chef le plus ardent de ce mouvement séditieux fut la seule vengeance que le roi crut devoir en tirer , encore ne tarda-t-il pas à le rappeler (2).

Ces soins vigilants , ce mélange de douceur et de fermeté , sembloient annoncer à la France une longue suite de prospérités ; mais les préjugés du siècle ne permirent pas à un si bon roi de s'occuper uniquement d'un peuple qui lui étoit si cher. Louis XII succédoit aux droits de Charles VIII sur le royaume de Naples ; il avoit sur le duché de Milan des droits particuliers encore plus incontestables ; et l'honneur chevaleresque , qui étoit alors le principal mobile de toutes les actions , lui ordonnoit impérieusement d'employer tous les moyens que le ciel lui avoit donnés pour tenter des conquêtes aussi légitimes. Il y trouvoit d'ailleurs des facilités faites pour le séduire. Ces princes de l'Italie , que l'apparition de Charles VIII avoit si promptement réunis dans un intérêt commun , s'étoient divisés de nouveau dès que le danger avoit été passé, et cette partie de l'Europe étoit plus que jamais agitée par des discordes intestines. Les Vénitiens étoient brouillés avec le duc de Milan ; l'impie Alexandre VI , dévoré d'ambition , souillé de tous les crimes , étoit prêt à en commettre de

____

(1) Après la réponse du cardinal, les députés s'étant adressés au roi pour lui demander ses ordres : « Saluez, de ma part, leur dit-il, ceux de vos confrères qui n'ont point eu de part à la sédition ; quant « aux autres , je ne m'en soucie guère ; ils ont osé , ajouta-t-il avec émotion , m'insulter dans leurs « sermons, je les enverrai bien prêcher ailleurs. »

(2) C'étoit le fameux Standonck , principal du collège de Montaigu. Quelques années après son bannissement, qui devoit être perpétuel, le roi ayant été informé que cet homme dur et atrabilaire étoit, au fond, vertueux et bienfaisant ; qu'il consacroit un riche patrimoine et le revenu de ses bénéfices à la subsistance des pauvres étudiants ; qu'enfin le collège de Montaigu , jusque-là l'asile de tous les jeunes gens sans fortune qui montroient des dispositions pour les lettres , étoit à la veille d'être détruit en perdant un tel protecteur, ce prince daigna lui-même , dans une lettre qu'il écrivit au parlement , faire l'éloge de son ennemi, et ordonna qu'on le rétablît avec honneur dans toutes ses places.

nouveaux, à tout faire pour accroître sa puissance temporelle. Louis XII fit avec les premiers une alliance que ces républicains acceptèrent uniquement pour la ruine de Ludovic, car ils étoient loin de souhaiter des voisins tels que les Français ; et le pape, qui désiroit ardemment obtenir un établissement en France pour son fils Borgia, accorda à ce prix sa neutralité. L'armée royale entra donc sans obstacle dans le duché de Milan ; dont elle fit la conquête en vingt jours. Par l'effet immanquable d'un semblable succès, l'équilibre de l'Italie est rompu une seconde fois, la terreur rentre dans toutes les ames, et bientôt elle est portée à son comble par l'exécution d'un traité honteux que Louis XII avoit consenti de faire avec le pape et Borgia, traité dans lequel il s'engageoit à laisser ces deux brigands dépouiller impunément une foule de maisons souveraines de

1500. l'Italie (1). Ludovic, à l'aide des troubles que produit cette haine générale qu'inspirent les Français, rentre dans sa capitale, dont il est chassé de nouveau par les généraux du roi. Il court se renfermer dans Novare, son dernier asile ; mais assiégé aussitôt par Louis de La Trémouille, trahi par les Suisses qui composoient la plus belle partie de son armée, il est fait prisonnier ; et Louis, à qui il ne sembloit pas que rien pût désormais enlever le Milanais, fait marcher une armée nouvelle à la conquête du royaume de Naples. L'Europe entière commence alors à s'agiter pour opposer des obstacles à une ambition qui en alarme tous les souverains ; et Ferdinand d'Aragon, non moins ambitieux peut-être que Louis, mais plus adroit et plus politique, est l'ame de tous ces mouvements.

1501. Il n'entre point dans notre sujet de raconter cette longue affaire d'Italie ; de développer ces mouvements compliqués de la politique et de la guerre ; les succès et les revers de Louis XII, presque toujours vainqueur les armes à la main, succombant sans cesse dans des négociations où il est toujours de bonne foi et toujours trompé ; de montrer le royaume de Naples conquis par les Français et les Espagnols réunis, et après une suite infinie de combats, de victoires, de défaites, de traités, arraché enfin sans retour au roi de France par ce même Ferdinand, « le prince le plus infidèle de son temps,

---

(1) Il s'agit ici de ces petits princes qui, pendant les troubles occasionnés par les longues factions des Guelphes et des Gibelins, s'étoient emparés, sous le titre de *vicaires de l'empire* ou *de l'église*, d'un grand nombre de villes, où ils exerçoient une entière souveraineté. Il avoit été convenu, entre le pape et le roi, qu'on formeroit une principauté à Borgia d'une partie de leurs dépouilles.

« et qui se vantoit de l'avoir souvent trompé »; ce trop crédule Louis XII,
qui s'étoit vu tour à tour l'allié ou l'auxiliaire de l'empereur, du pape, du
roi d'Espagne; qui, dans la conquête de Naples, dans la fameuse ligue de
Cambrai, n'avoit cessé d'être l'instrument de tous leurs projets ambitieux,
et constamment l'objet de leurs craintes et de leurs jalousies, forcé de se
défendre à son tour contre une ligue formidable composée de tous ces perfides alliés; faisant tête à la fois à tant d'ennemis, en Italie, en Flandre,
sur les frontières d'Espagne, avec un courage admirable et des succès divers; épuisé dans les derniers temps par la multitude autant que par l'é-
tendue des opérations qu'il avoit à soutenir; et dans l'impuissance où il
étoit de résister plus long-temps à des ennemis si supérieurs en force, et
non moins habiles que persévérants, réduit enfin à la nécessité humiliante
de terminer la guerre en abandonnant tout ce qu'il avoit acquis en Italie,
à l'exception du château de Milan et de quelques villes peu considérables
de ce duché.

1513.

Dans ce cours d'évènements rapides et variés, si les princes d'Italie,
généralement ennemis de tous les étrangers qui prétendoient s'établir dans
leur pays, parurent sur-tout animés contre les Français; si, dans l'application qu'ils firent de cette politique astucieuse de leurs petits états aux
rapports nouveaux où les circonstances les plaçoient avec les grandes puissances, la perfidie de leurs conseils fut plutôt dirigée contre la France que
contre les autres monarchies, c'est qu'effectivement dans le système d'é-
quilibre qu'ils avoient imaginé, et qui devint depuis la base de toute la
politique européenne, la situation de ce royaume leur sembloit alors plus
alarmante pour leur indépendance que celle d'aucune autre puissance. En
effet, depuis le règne de Louis XI, la France étoit le seul état de l'Europe
dans lequel les institutions féodales eussent enfin cessé d'entraver la marche du pouvoir monarchique : elles existoient encore dans toute leur force
en Allemagne, où, malgré les titres pompeux et les vains honneurs dont ils
étoient entourés, les empereurs n'avoient effectivement qu'une ombre de
pouvoir; et dans l'Espagne, quoique l'heureux mariage de Ferdinand et
d'Isabelle eût réuni sous une seule autorité tous ces petits royaumes formés
des diverses provinces successivement reconquises sur les Maures, il n'en est
pas moins vrai que les privilèges excessifs de la noblesse, les droits des communes, plus étendus peut-être chez cette fière nation que par-tout ailleurs,

y apportoient à chaque instant les plus grands obstacles à l'exercice de la
prérogative royale. D'ailleurs l'Espagne étoit séparée de l'Italie par la mer
et par des états intermédiaires. Le roi de France, au contraire, touchant
aux frontières de cette belle contrée, pouvant plus facilement rassembler
des hommes, lever des impôts, et diriger vers un but quelconque toutes
les forces de son grand empire, paroissoit, aux yeux de ces petits princes,
toujours prêt à les écraser de sa masse formidable. Ce fut donc contre lui
que se dirigèrent d'abord toutes les manœuvres de leur politique; et l'on peut
trouver, dans ces différents rapports des principales monarchies de l'Europe entre elles et avec l'Italie, les raisons qui décidèrent les nombreux
souverains qui la partageoient à s'allier plutôt à Ferdinand et à Maximilien qu'à Louis, quoiqu'au fond ils ne fussent pas plus disposés à favoriser l'établissement de ceux-ci dans leur pays, et que l'ambitieux Jules II
eût formé le projet d'en chasser tous les étrangers. Toutefois il résulta de ces
guerres d'Italie, de ces rivalités excitées à dessein entre les grandes puissances, que le système des troupes réglées et permanentes ayant été généralement adopté, l'administration intérieure des états changea insensiblement de face dans toute l'Europe : la monarchie y prit en peu de temps un
ascendant marqué sur le gouvernement féodal; la politique eut un autre
but; les entreprises eurent un autre cours, et tout annonça dès-lors une
époque nouvelle et des évènements d'un autre caractère.

On ne peut disconvenir que dans ces longues guerres, qui jetèrent
tant d'amertume sur sa vie, Louis XII n'ait commis de grandes fautes
et qu'il n'ait été un très mauvais politique. Sans parler de la témérité de
l'entreprise et du désavantage d'une conquête qu'il étoit impossible de
conserver autrement qu'en dépeuplant la France pour y envoyer des colonies et y entretenir sans cesse une armée, on peut lui reprocher avec juste
raison et son alliance avec un aussi méchant homme qu'Alexandre VI, et
sa crédule confiance aux serments tant de fois violés du perfide Ferdinand,
et sur-tout sa brouillerie imprudente avec les Suisses, qu'il étoit si facile de
ramener, et qui, en se livrant à ses ennemis, furent la principale cause de
ses revers. Mais ce qui le place au-dessus d'un grand nombre d'autres rois
qui se présentent dans l'histoire avec plus d'éclat et de bonheur, ce qui est
peut-être sans exemple dans les annales des empires, c'est que, pendant le
cours de ces désastreuses expéditions, il rendit ses peuples plus heureux qu'ils

n'auroient pu espérer de l'être sous d'autres princes, même au milieu de la paix la plus profonde. Sa vigilance sut faire observer dans la France entière les règlements paternels que sa sagesse avoit établis : la justice y fut mieux administrée, le commerce et l'agriculture y devinrent plus florissants qu'ils ne l'avoient jamais été; tant qu'il régna, les impôts qu'il avoit diminués de moitié ne furent jamais augmentés : « *Il ne courut oncques*, dit Saint-Gelais, « *du règne de nul des autres si bon temps qu'il a fait durant le sien.* » Enfin sa vie fut honorée des bénédictions, sa mort, des larmes de toute la France qui l'adoroit; le titre de *Père du peuple*, le plus glorieux qu'un monarque puisse jamais acquérir, le seul qu'il ambitionnât, lui fut donné de son vivant, et la postérité, qui juge les rois, le lui a confirmé.

Louis XII, ainsi que ses deux prédécesseurs, ne fit point de Paris sa demeure habituelle. Il séjournoit le plus souvent à Blois, et faisoit de temps en temps des voyages dans sa capitale, où sa présence étoit presque toujours signalée par quelques nouveaux bienfaits. Depuis le mouvement séditieux de l'université, on peut dire que le calme dont jouit cette ville ne fut pas troublé un seul instant. Il en résulte que les petits évènements qui s'y passèrent méritent à peine d'être racontés, ou du moins appartiennent à l'histoire particulière de ses monuments et des institutions diverses qu'elle renfermoit dans son sein. Parmi ces évènements, les plus remarquables sont la chute du pont Notre-Dame, dont nous avons déjà parlé (1); la réforme générale opérée dans divers couvents, réforme dont les détails assez curieux trouveront naturellement leur place dans l'histoire des ordres religieux qui y furent soumis; les entrées des deux reines Anne de Bretagne et Marie d'Angleterre, etc. Enfin, si l'on en excepte une de ces maladies contagieuses si fréquentes dans ces temps d'une police imparfaite, maladie qui enleva en 1503 un grand nombre de ses habitants, on peut dire que, depuis bien des années, cette grande cité n'avoit été ni si tranquille ni si heureuse.

Cet excellent prince mourut à Paris dans son palais des Tournelles, le 1ᵉʳ janvier 1515, âgé de 53 ans. A sa mort, les crieurs des corps, en sonnant leurs clochettes, crioient le long des rues : « *Le bon roi Louis, Père* « *du peuple, est mort.* »

1515.

---

(1) Voyez tome Iᵉʳ, page 174.

ORIGINE DU QUARTIER SAINT-PAUL.

Avant l'enceinte de Philippe-Auguste, tout le terrain qu'occupe ce quartier, situé alors hors des murs de la ville, étoit entièrement couvert de cultures et de terres labourables qui paroissent avoir été en grande partie dans la censive du monastère de Saint-Éloi. L'église Saint-Paul, qui depuis lui a donné son nom, n'étoit alors qu'une simple chapelle dépendante du même monastère, et située au milieu d'un bourg nommé *bourg Saint-Éloi*.

Les murs élevés par Philippe renfermèrent dans Paris l'extrémité occidentale du quartier Saint-Paul; mais l'église, suivant toutes les apparences, n'y fut point comprise, quoiqu'on trouve qu'elle ait été érigée en paroisse vers ce temps-là. Ce n'est que sous Charles V et Charles VI que les nouveaux remparts achevèrent de faire entrer dans cette capitale la partie de ce quartier qui étoit encore hors des murs; et ces remparts en formèrent les limites depuis le bord de la rivière jusqu'au château de la Bastille.

L'accroissement continuel de la population de Paris, résultat des privilèges dont jouissoient ses citoyens, produisit dans le quartier Saint-Paul les mêmes effets que par-tout ailleurs. Il se couvrit rapidement de maisons; et à ces circonstances générales s'en joignit une particulière qui contribua plus efficacement encore à accroître le nombre de ses habitants: Charles V y fit bâtir une maison royale, que, pendant plusieurs siècles, ce prince et ses successeurs habitèrent de préférence à toute autre; c'en fut assez pour que cette partie de la ville devînt la plus animée, et celle où l'on s'empressât d'aller demeurer.

Ce quartier a éprouvé de grands changements, et perdu toute son ancienne splendeur.

LES RELIGIEUSES DE L'AVE-MARIA.

Ce monastère avoit été originairement établi par saint Louis, pour y recevoir des filles ou veuves dévotes, connues sous le nom de *Béguines* (1), et son premier nom fut le *Béguinage* et *l'hôtel des Béguines*. Geoffroi de Beaulieu, qui nous a donné une vie de saint Louis, ne dit point à quelle époque ce prince les fit venir à Paris ; il se contente de remarquer qu'il leur acheta une maison, et pourvut honnêtement à leur subsistance. On présume toutefois, sans en avoir de preuves très positives, qu'elles y furent établies vers l'an 1230. Ce qu'il y a de certain, c'est que ces filles y étoient déjà en 1264, car on trouve dans le trésor des chartes, qu'au mois de novembre de cette année, l'abbé et le couvent de Tiron leur amortirent quelques acquisitions qu'elles avoient faites. Geoffroi de Beaulieu ajoute qu'il y avoit dans cette maison environ quatre cents de ces Béguignes ; et voici comment il s'exprime à ce sujet : *Domum Parisiis honestarum mulierum quæ vocantur Beguinæ de suo acquisivit, et eisdem assignavit, in quá honestè, et religiosè conversantur circiter quadringenta.* Le témoignage de cet auteur est d'autant plus digne de foi, qu'il prêchoit dans cette communauté en 1273, trois ans après la mort de saint Louis (2).

Dans les deux siècles suivants, leur nombre diminua si considérablement, qu'il ne restoit plus que trois personnes dans cette maison lorsque Louis XI jugea à propos de la donner *aux religieuses de la Tierce-Ordre, pénitente et observante de Monsieur saint François,* et ordonna qu'à l'avenir ce monastère seroit appelé de l'*Ave-Maria* (3). Quelques auteurs

---

(1) Cette institution avoit commencé, en 1226, à Nivelle en Flandre, et se répandit ensuite, en très peu de temps, dans toute la contrée, et même en France. (*Dict. de Trévoux.*)

(2) Vie des écrivains de l'ordre de Saint-Dominique, par le P. Echard, *t.* 2, *p.* 265.

(3) On sait que ce prince avoit une dévotion particulière à la sainte Vierge.

placent l'époque de ce nouvel établissement en 1461. Sauval dit que ce fut en 1471, et cette dernière date est en effet conforme à un mémoire manuscrit de cette maison, et à l'inscription qui se lisoit sur la porte du côté de la cour. Cependant les lettres-patentes de Louis XI ne sont que de l'an 1480, et l'on voit qu'elles furent enregistrées le 1er mars de la même année.

Ce changement éprouva d'abord quelques obstacles : l'université et les quatre ordres mendiants y formèrent dès le principe une opposition, qu'ils renouvelèrent en 1482. Ils furent poussés à cette démarche, à la fois violente et illégale, par le vif désir qu'ils avoient d'établir à Paris les religieuses de Sainte-Claire, qu'ils protégeoient et qui désiroient elles-mêmes d'obtenir un établissement dans cette capitale. Elles furent en même temps appuyées par Anne de France, dame de Beaujeu, fille de Louis XI ; et le monarque crut ne pas devoir refuser à ses instances, en faveur de ces religieuses, des lettres-patentes contraires à celles qu'il avoit accordées deux ans auparavant aux filles du Tiers-Ordre. Mais (et ceci est extrêmement remarquable sous un règne qu'on a tant accusé de tyrannie) le parlement n'y eut aucun égard. Par son arrêt du 2 septembre 1482, il maintint les religieuses du Tiers-Ordre de Saint-François dans la possession du couvent des Béguines, et débouta la dame de Beaujeu, l'université et autres de leurs oppositions. Par ce même arrêt, il fut défendu aux religieuses de l'*Ave-Maria* d'ériger en ce lieu aucun couvent de Cordeliers de l'observance (1), ni aucun autre édifice pour y loger des religieux.

Cependant les religieuses de Sainte-Claire obtinrent, peu de temps après, ce qu'elles désiroient ; et ce succès fut d'autant plus flatteur, qu'elles n'en furent redevables qu'à l'excès de leurs vertus. Les filles du Tiers-Ordre, pénétrées d'admiration pour les austérités que pratiquoient ces saintes recluses, leur offrirent volontairement, en 1484, de se soumettre à leur règle et de se réunir avec elles dans le même monastère ; telle étoit la tradition de cette communauté. Mais on peut croire aussi qu'Anne de Beaujeu, qui avoit obtenu l'établissement des filles de Sainte-Claire à l'*Ave-Maria*, et qui n'avoit pu l'effectuer, se voyant, après la mort de Louis XI, et pendant la minorité de Charles VIII, à la tête de

____

(1) Elles étoient sous la direction de ces religieux.

l'administration, se servit du crédit et de l'autorité que les derniers ordres
de son père lui avoient donnés, pour achever ce qu'elle n'avoit jusqu'alors qu'imparfaitement commencé. Dès ce moment les religieuses du
Tiers-Ordre ne durent pas penser à apporter la moindre résistance aux volontés de cette princesse, et ce fut sans doute pour se faire un mérite de
leur obéissance qu'elles demandèrent à s'unir aux religieuses de Sainte-Claire.

. La tradition dont nous venons de parler ajoute que Charlotte de Savoie,
veuve de Louis XI, écrivit, au sujet de cette réunion, à Innocent VIII,
et que ce souverain pontife ayant permis, par son bref du 3 des ides de janvier 1485, aux religieuses de l'*Ave-Maria* d'embrasser et de suivre la règle
de Sainte-Claire, cette princesse fit venir de Metz quatre religieuses de cet
ordre, qu'elle mit dans ce couvent. Les historiens de Paris, en adoptant cette
tradition, ont manqué de critique, et n'ont pas pris garde qu'elle ne s'accorde pas avec la chronologie, car Innocent VIII ne fut élu pape que le 29
août 1484, et Charlotte de Savoie ne put ni lui demander un bref, ni faire
venir des religieuses de Metz, et les introduire à l'Ave-Maria le 11 janvier de
cette année, puisqu'elle ne survécut que trois mois à son époux, qui étoit
mort le 30 août de l'année précédente 1483. A cette preuve démonstrative,
on peut ajouter qu'il ne paroît guère vraisemblable que cette malheureuse
reine, que la politique sombre et inquiète de Louis XI avoit constamment
tenue éloignée de Paris, et qui, dans les derniers temps de sa vie, étoit
reléguée dans le Dauphiné, s'y occupât des moyens de détruire son
propre ouvrage en faisant substituer les filles de Sainte-Claire à celles du
Tiers-Ordre qu'elle y avoit placées elle-même, et sur-tout qu'elle conçut
un semblable dessein après l'arrêt de 1482. Il est étonnant, d'après cela,
que des écrivains graves et judicieux tels que Félibien, Lobineau et les
auteurs du *Gallia Christiana* aient répété un récit aussi dénué de
vraisemblance. Ils auront sans doute été induits en erreur par des lettres
de Charles VIII, dans lesquelles il est dit « que la reine sa mère, par
« autorité apostolique à elle commise, fonda, institua et établit, de son
« consentement et autorité, ledit lieu et hôtel de Béguinage en monas-
« tère et couvent des sœurs religieuses dudit ordre de Sainte-Claire. »
Ces lettres, qui sont du mois de mai 1492, ne s'accordent pas, il est
vrai, avec ce qui a été dit ci-dessus; mais en supposant même qu'elles
soient exactes, elles ne peuvent détruire la force des raisons que nous

avons données , raisons qui prouvent invinciblement que la reine Charlotte de Savoie ne put prendre part à cette réunion.

Les religieuses de Sainte-Claire de Metz étoient dirigées par des religieux de l'Observance de Saint-François de la province de France Parisienne réformée , et elles désirèrent rester sous leur conduite ; mais comme l'arrêt de 1482 avoit défendu aux filles du Tiers-Ordre d'ériger ou faire ériger aucun couvent de Cordeliers de l'Observance , ni même d'autres religieux, la nouvelle communauté eut recours à Charles VIII, qui lui accorda cette grace par des lettres-patentes de l'année 1485, et ajouta à cette faveur le don de deux tours de l'ancienne enceinte, et du mur de clôture qui joignoit leur couvent (1).

Les austérités que pratiquoient ces saintes filles paroissent inconcevables , et surpasser en quelque sorte les forces de la nature ; elles n'avoient aucuns revenus, ne vivoient que d'aumônes , ne faisoient jamais gras, même en maladie, jeûnoient tous les jours, excepté le dimanche, marchoient pieds nuds, ne portoient point de linge, couchoient sur la dure, et alloient tous les jours au chœur à minuit, où elles restoient debout jusqu'à trois heures. Malgré la pratique d'une règle aussi rigoureuse, ce couvent fut toujours très nombreux.

L'église n'offroit rien de remarquable dans sa construction.

CURIOSITÉS DU COUVENT DE L'AVE-MARIA.

Sur la porte d'entrée située rue des Barres, et restaurée en 1660, étoient deux statues, dont l'une représentoit saint Louis et l'autre sainte Claire, par *Renaudin*.

Dans l'attique on voyoit un bas-relief représentant l'Annonciation.

La décoration intérieure de cette même porte consistoit en trois statues : la première étoit une image de la Vierge tenant l'Enfant-Jésus entre ses bras ; des deux côtés, mais plus bas, étoient celles de Louis XI et de Charlotte de Savoie. Le tout avoit été exécuté par un sculpteur nommé *François-Benoît Masson*.

SÉPULTURES.

Quelques personnes illustres avoient été inhumées dans l'église de ce couvent, savoir:

Jeanne de Vivonne, épouse de Claude de Clermont, seigneur de Dampierre, morte en

---

(1) Les historiens de Paris, suivant toujours la même tradition, font revivre Charlotte de Savoie, et lui attribuent, en cet endroit, la fondation d'un hospice propre à loger douze religieux.

1583. Sa statue, à genoux, étoit placée sur un tombeau de marbre blanc, au bas duquel on lisoit son épitaphe (1).

La célèbre Claude-Catherine de Clermont, sa fille, épouse d'Albert de Gondy, duc de Retz, morte en 1603. Elle y étoit représentée, en marbre blanc, à genoux, sur une table de marbre noir que soutenoient quatre colonnes ioniques de la même matière; deux génies en bronze accompagnoient son épitaphe. Ce monument étoit de *Barthélemi Prieur* (2).

Charlotte de La Trimouille, princesse de Condé, morte en 1629. Son tombeau étoit également décoré de sa statue à genoux, et en marbre blanc (3).

Le cœur de don Antoine, roi de Portugal, chassé de son royaume, et mort à Paris en 1595, étoit placé dans la muraille, au côté gauche du maître-autel. Au-dessous on lisoit deux inscriptions latines, l'une en vers, l'autre en prose, composées par un cordelier portugais nommé Frey Diego Carlos, cousin germain de don Antoine.

Dans le chapitre des religieuses furent inhumés, par permission du pape, le fameux Matthieu Molé, premier président du parlement de Paris, puis garde des sceaux, et Renée Nicolaï sa femme.

Sur l'un des piliers de la nef étoit l'épitaphe de Robert Tiercelin, lieutenant du grand-maître de l'artillerie, et l'un des bienfaiteurs de ce monastère, mort en 1616.

En face du chœur, et attenant à la grande grille, étoit une tribune en pierre de liais, au-dessus de laquelle on lisoit, dans un cartouche, l'inscription suivante, écrite en lettres d'or :

« *Le corps entier de saint Léonce, martyr, donné par madame de Guénégaud en* « 1709 (4). »

----

(1) Ce monument, que l'on dit exister au Musée des Petits-Augustins, n'est point encore exposé.

(2) On le voit au même Musée : c'est un ouvrage d'un travail assez médiocre, mais auquel on a ajouté deux génies en marbre, du même auteur, qui sont d'une assez bonne exécution.

(3) Cette statue, dont on ignore l'auteur, a été extrêmement vantée par tous les historiens pour la naïveté de son exécution ; quant à nous, nous n'y avons vu que de la sécheresse et une petite manière. Le vêtement, dont on louoit sur-tout la vérité, nous a semblé d'un ciseau lourd et entièrement dépourvu de sentiment. Elle existe aussi aux Petits-Augustins.

(4) L'église de l'*Ave-Maria* a été changée en un magasin de bois; on a fait une caserne du reste des bâtiments.

VUE EXTÉRIEURE de l'Église SAINT PAUL

L'ÉGLISE PAROISSIALE DE SAINT-PAUL.

CETTE église n'étoit, dans son origine, qu'une simple chapelle, sous le titre de saint Paul (1). Saint Éloi la fit bâtir au milieu d'un emplacement destiné à servir de sépulture aux religieuses du monastère qu'il avoit fondé dans la Cité (2). Ce petit édifice étoit alors hors des murs de la ville, dont il est devenu depuis une des principales paroisses; et c'est à cause de cette situation qu'il avoit reçu le nom de *chapelle de Saint-Paul-des-Champs.*

Une tradition, qui n'est appuyée sur aucun titre positif, nous apprend que les foulons et tondeurs de draps se prétendoient fondateurs de cette église; et on lit en effet, à la tête de leurs statuts imprimés en 1742, qu'ils firent bâtir l'église de Saint-Paul sous le règne de Clovis II, en 659. Il y avoit en effet sous le clocher, du côté de la rue, un vitrage où ils étoient représentés travaillant à leur métier; et ils avoient en outre conservé l'usage de faire en particulier dans cette église, et avec une grande solennité, la fête de saint Paul, le lendemain du jour qu'elle avoit été célébrée par la paroisse. Toutefois il n'est pas difficile de voir le peu de fondement de cette prétention si l'on se rappelle, 1° que le monastère de Sainte-Aure fut fondé par saint Éloi en 633, et qu'il n'est guère vraisemblable qu'on ait attendu jusqu'en 650 pour destiner un cimetière à cette communauté, composée dès-lors de trois cents religieuses; 2° que dès l'année 640, saint Éloi ayant été nommé à l'évêché de Noyon, partit aussitôt pour se rendre à Rouen, et s'y préparer à recevoir les ordres sacrés. Quant au vitrage qui,

---

(1) Tous les historiens, à l'exception de l'abbé Lebeuf, conviennent que cette chapelle cimétériale étoit sous l'invocation de saint Paul apôtre, et ils se sont fondés sur l'autorité du texte de la vie de saint Éloi, écrite par saint Ouen, son ami. Ce savant pense, au contraire, qu'elle étoit sous le nom de saint Paul, premier ermite; mais les raisons qu'il en apporte ne paroissent pas satisfaisantes.

(2) *Voyez* tome I, page 93. Sainte Aure, abbesse de ce monastère, y fut inhumée, ainsi que l'abbé Quintilien. Le corps de la sainte fut depuis transféré dans son couvent.

suivant les apparences, n'étoit que du dix-septième siècle, il avoit été fait sans doute en mémoire de quelque contribution assez considérable que les foulons, alors en très-grand nombre dans cette paroisse, avoient peut-être payée pour la construction de l'église précédente, c'est-à-dire de celle qui fut bâtie au treizième siècle. Cette opinion devient très probable si l'on considère que ces artisans avoient alors une place ou marché aux environs de la porte et de la place Baudoyer, et que le prieuré de Saint-Éloi y possédant une censive, ce lieu devoit être de la paroisse Saint-Paul.

Il ne nous reste aucun monument qui puisse nous instruire de l'état de cette église jusqu'au douzième siècle; il paroît cependant qu'elle étoit déjà un peu considérable dès le neuvième, puisque lors de l'établissement de la procession du 25 avril, introduite alors en France avec plusieurs rites romains, l'église de Paris la choisit pour la station de cette journée. Une charte de Galon, évêque de Paris, de l'an 1107, fait entendre que dès-lors c'étoit une ancienne coutume que le chapitre de Paris allât à l'église de Saint-Paul le jour de la fête, et que pour cette raison l'abbaye de Saint-Éloi étoit tenue ce jour là, envers ce chapitre, à une redevance de huit moutons, deux muids de vin, mesure du cloître, trois setiers de froment, six deniers et une obole (1). Ce titre ne prouve pas sans doute que dès-lors Saint-Paul fût paroisse, mais il est vraisemblable qu'il le devint vers ce temps là, ainsi que les autres chapelles dépendantes de l'abbaye de Saint-Éloi (2); car dans une bulle d'Innocent II de 1136, où il est parlé de quatre autres églises de la Cité, celle-ci est qualifiée d'*Ecclesia sancti Pauli extra ci-vitatem;* et vers le même temps, la qualification de *presbyter,* qui ne s'accordoit qu'aux prêtres cardinaux ou curés, fut donnée à l'ecclésiastique qui la desservoit.

On ne peut douter que la chapelle bâtie par saint Éloi n'ait été plusieurs fois ravagée par les Normands, et qu'elle n'ait entièrement cessé d'exister au dixième siècle, époque à laquelle on rebâtit la plupart des églises. Elle ne fut reconstruite que dans le cours du treizième; mais depuis la nouvelle

---

(1) *Gallia Christiana,* t. 7.

(2) Il est probable que ce changement arriva après la donation faite du monastère de Saint-Éloi et de ses dépendances à l'abbaye de Saint-Maur-des-Fossés, et lors de la remise qui en fut faite, en 1125, à l'évêque de Paris, par Thibault. (*Voyez* t. Ier, p. 94.)

enceinte de Philippe-Auguste, les environs de Saint-Paul ayant été couverts de maisons, et le nombre des habitants s'étant considérablement augmenté, tant par cette circonstance que par le voisinage de l'hôtel Saint-Paul, bâti depuis par Charles V, cette église fut de nouveau rebâtie, augmentée et décorée par les libéralités de ce prince et de ses successeurs. La dédicace en fut faite en 1431 par Jacques du Chatellier, évêque de Paris, et l'on y fit, en 1542 et 1547, des augmentations et des réparations qui se renouvelèrent encore en 1661.

La maçonnerie lourde et massive de cet édifice; ses voûtes basses et mal éclairées, annonçoient combien l'architecture avoit encore peu fait de progrès dans le temps où il fut élevé. Le bas de l'intérieur de la tour devoit être du treizième siècle; et les bases des trois portiques paroissoient avoir été construites vers le milieu du quatorzième. Le reste étoit du règne de Charles VII.

CURIOSITÉS DE L'ÉGLISE SAINT-PAUL.

TABLEAUX.

Sur le maître-autel, l'institution de l'Eucharistie, par *Jean-Baptiste Corneille*.

Dans la première chapelle à gauche, un Bénédicité, par *Lebrun*.

Dans la quatrième, une Ascension, par *Jouvenet*.

Dans la chapelle du curé, un saint Jacques, dont l'auteur est inconnu.

Les jours de fêtes, la nef étoit ornée d'une tenture de tapisserie en or, argent et soie, représentant l'histoire de saint Paul; c'étoit un présent qu'avoit fait à cette église Anne Phelypeaux de Villesavin, veuve de Bouthilier, comte de Chavigni, ministre d'état.

Le jour de la Fête-Dieu, on portoit, avec beaucoup de pompe, une arche faite sur les dessins de *Mansard*, et enrichie de pierreries.

Dans la chapelle de la communion et autour des charniers, on voyoit sur les vitraux de très belles peintures, exécutées, d'après les cartons de Vignon, par les trois *Pinaigriers*, *Levasseur*, *Monnier*, *Perrier*, *Desaugives* et *Porcher*, tous contemporains, et les premiers artistes qu'il y eût alors en ce genre (1).

TOMBEAUX.

Auprès du maître-autel avoient été inhumés trois favoris de Henri III, *Quélus*, *Maugiron* et *Saint-Mégrin*, tués en duel le même jour, comme nous le dirons ci-après. Le

---

(1) Nous croyons que ces vitraux ont été entièrement détruits pendant la révolution.

roi, qui les aimoit tendrement, leur avoit fait élever des tombeaux en marbre noir, sur lesquels on voyoit leurs statues extrêmement ressemblantes. Ces tombeaux furent détruits, en 1588, par la populace de Paris, lorsqu'on y eut appris la mort des Guises, assassinés à Blois par l'ordre de ce prince. Ils étoient tous les trois de la main de *Germain Pilon* (1).

Près la petite porte du chœur à gauche on voyoit le mausolée de François d'Argouges, premier président du parlement de Bretagne, conseiller d'état, par *Coizevox*.

Sur un pillier près la chapelle de la communion étoit un monument en marbre, érigé à la mémoire de Jules-Hardouin Mansard, par le même. Il offroit le médaillon, en marbre blanc, de cet architecte célèbre, posé sur une demi-colonne de la même matière (2). Pierre Biard, autre architecte, mort en 1609, étoit enterré dans la même église.

A côté de l'autel de cette chapelle étoit le tombeau, en marbre, d'un duc de Noailles. Ce monument, composé de plusieurs figures, avoit été exécuté par *Anselme Flamand*.

Dans la chapelle de Saint-Louis on lisoit l'épitaphe de Nicolas Gilles, auteur des Annales et Chroniques de France, mort en 1503.

Dans l'église étoient inhumés : Jacques Bourdin, sieur de La Villette, secrétaire des finances sous Charles VIII et Louis XI, mort en 1524.

Robert Ceneau, évêque d'Avranches, docteur en théologie de la faculté de Paris, auteur de plusieurs ouvrages, mort en 1560. Son tombeau, placé dans le chœur, offroit, sur une table de marbre noir, une statue en cuivre de ce personnage, décoré des attributs de sa dignité.

Adrien Baillet et Pierre-Silvain Regis, écrivains connus, morts en 1706 et 1707.

Le fameux Rabelais, mort le 9 avril 1553, avoit été enterré dans le cimetière de cette paroisse, etc. etc.

CIRCONSCRIPTION.

Pour avoir une idée du contour de la paroisse Saint-Paul, on peut le commencer à la maison qui fait le coin de la rue des Nonaindières et du

---

(1) Ces monuments étoient chargés d'épitaphes, parmi lesquels nous citerons seulement celle de Maugiron, écrite en vers français.

La déesse Cyprine avoit conçu des cieux,	Blessoit plus que devant les hommes et les Dieux.
En ce siècle dernier un enfant dont la vue	Il vient, en soupirant, s'en complaindre à sa mère ;
De flammes et d'éclairs étoit si bien pourvue,	Sa mère s'en moqua ; lui tout plein de colère,
Qu'Amour, son fils aîné, en devint envieux.	La Parque supplia de lui donner confort.
Chagrin contre son frère et jaloux de ses yeux,	La Parque, comme Amour, en devint amoureuse ;
Le gauche lui creva * ; mais sa main fut déçue ;	Aussi Maugiron gît sous cette tombe ombreuse,
Car l'autre qui étoit d'une lumière aigue,	Et vaincu par l'Amour et vaincu par la Mort.

Saint-Foix remarque avec raison qu'on peut éprouver quelque étonnement de rencontrer les Parques, l'Amour et Vénus dans une église.

(2) Ce tombeau, décoré d'une épitaphe très honorable, se voit au Musée des Petits-Augustins.

* A l'âge de seize ans, il avoit perdu un œil au siège d'Issoire.

quai des Ormes, de là suivre jusqu'aux Célestins, puis y comprendre ensuite l'Arsenal et l'emplacement de la Bastille, et après avoir passé par-devant la porte Saint-Antoine, y renfermer tout ce qui est au dedans des remparts, jusqu'à la rue Saint-Gilles, qui donne dans celle de Saint-Louis.

Dans cet endroit la paroisse traversoit cette même rue Saint-Louis ; elle prenoit ensuite le côté gauche des rues du Parc-Royal et des Trois-Pavillons, le côté oriental de la rue des Francs-Bourgeois, ensuite la rue Pavée, la rue du Roi de Sicile jusqu'à celle des Juifs : là elle n'avoit que le côté gauche et quelques maisons de la rue du Temple, à gauche, et jusqu'à la rue Saint-Antoine, qu'elle partageoit avec la paroisse Saint-Gervais. Le côté gauche de la rue de Joui lui appartenoit, ainsi qu'une grande partie du côté droit. Les rues de Fourci et des Nonaindières dépendoient d'elle en totalité. Elle comprenoit encore le carré de la rue de la Mazure, s'é-tendoit ensuite sur le quai des Ormes jusqu'à la rue du Paon-Blanc inclu-sivement, et enfin dans la rue de la Mortellerie.

Tel étoit le plus grand contour de cette paroisse, qui renfermoit les rues de Fourci, Percée, du Figuier, des Prêtres, des Barres, des Jardins, de Sainte-Anastase, de Saint-Paul, l'ancienne et la neuve, des Lions, de Gé-rard-Boquet, des Trois-Pistolets, du Beau-Treillis, du Petit-Musc, du Foin, des Minimes, de la Cerisaie, de Lesdiguières, des Tournelles, du Pas-de-la-Mule, de Sainte-Catherine, de l'Égout-Ste-Catherine, Payenne, des Barres, Cloche-Perce, et la grande rue Saint-Antoine.

Il y avoit aussi quelques cantons détachés : le plus étendu commençoit à la vieille rue du Temple, au coin de la rue de la Croix-Blanche, et s'é-tendoit à gauche de cette rue jusqu'au premier coin de la rue des Blancs-Manteaux, où il tournoit à gauche ; il continuoit de ce côté jusqu'au coin de la rue du Puits, et dans une partie des rues Sainte-Croix-de-la-Bre-tonnerie, Bourg-Thiboud et de la Croix-Blanche. Cette paroisse avoit encore plusieurs autres écarts singuliers, d'où il résultoit que son terri-toire se trouvoit enclavé en plusieurs endroits dans celui de la paroisse Saint-Gervais.

Il n'y avoit point de reliques remarquables dans cette église, et l'on n'y comp-toit guère que trois ou quatre chapellenies qui méritassent d'être citées (1).

____

(1) L'église Saint-Paul a été entièrement détruite pendant la révolution. La vue que nous en donnons, faite d'après un dessin original, et que nous croyons unique, n'a jamais été gravée.

LES CÉLESTINS.

Ces religieux furent institués vers le milieu du treizième siècle par saint
Pierre, dit de *Morron* (1), du nom d'une montagne où il s'étoit retiré
près de Sulmone, dans l'Abbruze citérieure. Ce pieux cénobite s'établit
ensuite sur le mont de Majelle, à quelque distance de cette ville, et c'est là
que, rassemblant plusieurs de ses disciples, il forma une congrégation
sous la règle de saint Benoît, laquelle fut approuvée par le concile général
tenu à Lyon en 1274. Ayant été élu pape le 5 juillet 1294, le saint fondateur prit le nom de Célestin VI, lequel fut depuis adopté par tous les
religieux de son ordre.

Saint Louis, à son retour de la terre sainte en 1254, avoit amené avec
lui six religieux du Mont-Carmel, depuis connus sous le nom de *Carmes*,
mais que l'on appeloit alors les *Barrés*, à cause de leurs manteaux blancs
et noirs. Ces religieux, que le saint roi avoit d'abord logés dans une partie
d'un vaste terrain nommé le *Champ au plâtre*, ayant été transférés en 1318 à la place Maubert, vendirent l'emplacement qu'ils venoient
de quitter à Jacques Marcel, bourgeois de Paris. Ce nouveau propriétaire
y fit bâtir deux chapelles, et les dota chacune de 20 liv. de rente amortie.
On trouve dans le grand cartulaire que l'acte de fondation en fut approuvé
le 1er juin 1319 par l'évêque de Paris.

Ce terrain, et les deux chapelles, passèrent à Garnier Marcel, fils du
précédent, qui les donna aux Célestins (2), par contrat du 10 novembre
1352. On voit cette donation confirmée la même année par des lettres de
Jean de Meulan, évêque de Paris, et de Guillaume de Melun, archevêque
de Sens. Robert de Jussi, chanoine de Saint-Germain-l'Auxerrois, et se-

---

(1) Dom Félibien écrit *de Mouron*.

(2) Dubreul attribue à Jacques Marcel la donation faite aux Célestins. Cette erreur a été relevée par
Jaillot, qui produit à l'appui de son opinion les actes et titres que nous avons cités dans le texte.

VUE EXTÉRIEURE des CÉLESTINS.

crétaire du roi, qui avoit été novice chez les Célestins à Saint-Pierre de
Châtres, près Compiègne, fut un de ceux qui contribuèrent le plus à leur
établissement à Paris.

Quoique ces religieux ne fussent qu'au nombre de six, le revenu que
Garnier Marcel leur avoit donné étoit si modique qu'ils avoient bien de
la peine à subsister. A la sollicitation de leur ardent protecteur, Robert
de Jussi, les secrétaires du roi établirent chez eux leur confrérie, et
avec la permission du roi Jean, ils donnèrent chaque mois à ce couvent
une bourse pareille à celle qu'ils recevoient pour leurs honoraires. Charles,
dauphin et régent du royaume, confirma cette libéralité en 1358, et de
plus permit aux Célestins d'acquérir 200 liv. parisis de rente, qu'il amortit
par ses lettres données à Melun au mois de juin 1360. Toutes ces dispositions furent ratifiées par le roi Jean à son retour d'Angleterre, en 1361
et 1362 ; et ces religieux ont continué à jouir de la bourse jusqu'au moment
de leur suppression.

Charles V avoit conçu une telle affection pour l'ordre des Célestins,
qu'à son avènement à la couronne il s'en déclara non seulement le protecteur, mais encore le fondateur. Au don de la bourse de la chancellerie
et des 200 livres de rente, il ajouta celui de dix mille livres, et de tous
les bois nécessaires pour la construction de leur église. Il y fit bâtir
les lieux réguliers ; en augmenta l'emplacement d'une partie des jardins
de l'hôtel Saint-Paul, et d'un hôtel contigu à leurs murs, qu'il acheta à leur
intention ; enfin il mit le comble à tant de bienfaits en accordant à ces
religieux un grand nombre d'exemptions et de privilèges, que son successeur Charles VI confirma et étendit ensuite sur tous les monastères de cet
ordre.

Lorsque l'église, aux fondements de laquelle Charles V avoit voulu poser la première pierre, eut été achevée, ce prince la fit consacrer et dédier
sous le titre de l'invocation de la sainte Vierge. Cette dédicace, faite le 15
septembre 1370, fut accompagnée d'une foule de dons précieux (1), dont

____

(1) Ces dons consistoient principalement en riches ornements, parmi lesquels on remarquoit deux
chapes de draps d'or, l'une semée de fleurs de lis et l'autre d'étoiles. A l'offertoire de la première messe
qui y fut célébrée, le roi présenta une croix d'argent doré, la reine une statue de la Vierge aussi d'argent
doré, et le dauphin, qui régna dans la suite sous le nom de Charles VI, un vase très riche du même
métal.

les auteurs contemporains nous ont transmis tous les détails, et qui furent ensuite conservés avec soin dans le trésor de ce monastère.

Le duc d'Orléans, Louis, fils puîné du roi Charles V, hérita de la prédilection de son père pour ce couvent, et ne cessa de le combler de marques de sa bienveillance. Ce fut lui qui y fit bâtir la magnifique chapelle qui portoit son nom (1), et sous l'autel de laquelle il fut inhumé en habit de Célestin, ainsi que l'avoit ordonné une disposition de son testament, daté du 19 octobre 1403 (2).

Cet ordre a donné à la France plusieurs sujets distingués : il étoit gouverné par un provincial qui, dans le royaume, avoit la même autorité sur tous les monastères de cet ordre que le général sur l'ordre entier. Cette prérogative avoit été accordée par une bulle de Clément VII; et il y eut à ce sujet en 1418, entre les Célestins de France et ceux d'Italie, un concordat qui fut ratifié par le souverain pontife en 1423. Quoique le monastère des Célestins de Paris ne fût pas le plus ancien du royaume, cependant, par des constitutions de l'an 1417, il fut arrêté qu'à l'avenir il seroit non pas le chef-lieu de l'ordre, comme quelques auteurs semblent le faire entendre, mais le chef-lieu principal de la congrégation des Célestins en France : ce qui étoit fort différent. Ce monastère fut supprimé quelques années avant la révolution.

Le couvent passoit pour une des plus belles et des plus riches maisons religieuses qu'il y eût à Paris. L'église, d'une architecture gothique et

---

(1) Un accident, dont ce prince fut la cause innocente, donna lieu à la construction de cette chapelle. Dans un bal qui se donnoit à l'occasion du mariage d'une des dames de la reine, Charles VI avoit imaginé de se déguiser en satyre avec quelques jeunes seigneurs de sa cour. Lorsqu'ils entrèrent dans la salle, le duc d'Orléans, qui n'étoit pas dans le secret de cette partie, s'étant approché avec un flambeau pour essayer de reconnoître ces masques, le feu prit à l'habit de l'un d'entre eux, et se communiqua aux autres avec d'autant plus de violence et de rapidité, que ces habits avoient été enduits de poix, afin d'y faire tenir du coton et du lin, disposés de manière à figurer le poil des satyres. Par une circonstance plus malheureuse encore, il se trouva que tous ceux qui composoient la mascarade étoient enchaînés les uns aux autres, ce qui porta le désordre à son comble, et donna une nouvelle activité à l'embrasement. Plusieurs y périrent, le roi lui-même courut risque de la vie, et n'échappa à cet affreux danger que par le courage et la présence d'esprit de la duchesse de Berri qui jeta sur lui son manteau, et étouffa les flammes en le serrant fortement dans ses bras. On rendit au ciel les actions de graces les plus solennelles, et le duc d'Orléans, pour expier son imprudence, fit bâtir aux Célestins la chapelle qui portoit son nom. C'est ce même duc d'Orléans qui fut assassiné, en 1407, par ordre du duc de Bourgogne.

(2) L'original de ce testament étoit gardé dans ce monastère.

très grossière, étoit peu digne des autres constructions, mais elle n'en étoit pas moins une des plus curieuses de cette capitale, celle que les étrangers visitoient avec le plus d'empressement, à cause de la quantité prodigieuse de monuments qui y étoient en quelque sorte entassés. Après l'abbaye de Saint-Denis, c'étoit sans contredit l'église de France qui contenoit le plus d'illustres sépultures.

CURIOSITÉS DE L'ÉGLISE DES CÉLESTINS.

TABLEAUX.

Au-dessus de la principale porte du chœur, en dedans, Jésus-Christ avec les docteurs de la loi, par *Stradan*.

Au-dessus de la même porte, en dehors, l'Econome de l'évangile, par le même.

Dans une chapelle, saint Léon devant Attila, par *Paul Mathey*.

Dans une autre, une Magdeleine, par *Pierre Mignard*.

Derrière le maître-autel, un grand tableau de la Transfiguration.

Sur l'autel de la chapelle d'Orléans, une descente de croix, peinte sur bois, par *Salviati*, Florentin.

Le plafond du grand escalier du couvent, peint par *Bon Boulongne*, représentoit Pierre de Morron enlevé au ciel par des anges.

SCULPTURES.

Le maître-autel étoit orné de quelques figures, entre autres d'une Vierge et de l'ange Gabriel, ouvrages de *Germain Pilon*.

Dans une chapelle on voyoit la figure de Charlemagne, vêtu d'un habit de guerre, par *Paul Ponce*.

TOMBEAUX ET SÉPULTURES.

Nef et Sanctuaire.

Devant le maître-autel avoient été inhumés le cœur du roi Jean, mort en 1364, et celui de Jeanne, comtesse de Boulogne, sa seconde femme, morte en 1361.

Philippe de France, premier duc d'Orléans, fils puîné de Philippe VI et de Jeanne de Bourgogne, avoit sa sépulture dans cette église, devant le sanctuaire. A l'époque où il mourut, en 1391, la chapelle d'Orléans n'étoit point encore bâtie.

A peu de distance, et aussi devant le sanctuaire, avoit été inhumé Henri, duc de Bar, mort à Venise en 1398.

Sous une tombe de cuivre, et vers la même place, étoient renfermés les corps de Jean Budé, audiencier de la chancellerie de France, mort en 1501, et de Catherine Le Picard, sa femme, morte en 1506. Le savant Guillaume Budé, maître des requêtes sous François Ier, étoit leur fils.

Dans le mur, du côté de l'évangile, étoit le mausolée de Léon de Lusignan, roi d'Arménie, mort à Paris en 1393 (1).

Plus bas, et du même côté, une épitaphe gravée sur un autre tombeau, annonçoit qu'il contenoit les cendres de Jeanne de Bourgogne, épouse du duc de Betfort, régent de France, morte en 1432. Sur ce monument, de marbre noir, étoit sa statue couchée, et en marbre blanc (2).

Du même côté, près du cloître, avoit été inhumé *Fabio Mirto Frangipani*, nonce du pape auprès de Charles IX et Henri III, mort à Paris en 1587.

Du côté de l'épître, un tombeau de marbre noir, sur lequel étoit couchée une figure de marbre blanc, contenoit les entrailles de Jeanne de Bourbon, femme de Charles V, morte en 1377.

Auprès de cette tombe furent inhumés deux fils de Louis, duc d'Orléans, et de Valentine de Milan, morts en bas âge.

Du même côté étoit le tombeau d'André d'Espinay, cardinal, archevêque de Bordeaux et de Lyon, et petit-neveu de Louis, duc d'Orléans, mort en 1500.

Au milieu de la nef, et devant le crucifix, avoient été inhumés, sous une tombe de marbre noir, Garnier Marcel, bourgeois et échevin de Paris, bienfaiteur de cette maison, et Eudeline sa femme, morts en 1352. Son père, Jacques Marcel, et sa sœur, avoient aussi leur sépulture sous le même tombeau.

Chapelle d'Orléans.

Elle contenoit un grand nombre de monuments très remarquables; savoir,

Un tombeau de marbre, orné dans son pourtour des statues des douze apôtres et de celles de plusieurs saints. Sur ce tombeau étoient couchées quatre figures, représentant Louis de France, duc d'Orléans, Valentine de Milan, sa femme, et leurs deux fils, Charles, duc d'Orléans, et Philippe d'Orléans, comte de Vertus (3).

Près de ce mausolée, trois grandes tables de marbre, sur lesquelles étoient gravés quatre écussons des armes de France et d'Orléans, contenoient des inscriptions, monuments de la piété de Louis XII, petit-fils de Louis et de Valentine de Milan.

---

(1) Ce monument, qui est déposé au Musée des Petits-Augustins, représente ce prince couché sur sa tombe, et revêtu de ses ornements royaux. Il est du gothique le plus grossier.

(2) Déposé aux Petits-Augustins.

(3) Ce tombeau, séparé maintenant, nous ne savons pourquoi, en trois parties, se voit aussi dans le même Musée. Louis d'Orléans et Valentine de Milan sont séparément sur deux portions du monument, et leurs deux fils sur la troisième. On voit déjà dans ces sculptures gothiques une sorte de retour vers l'étude de la nature. Il y a dans les grandes figures une exécution naïve qui n'est pas dépourvue d'agrément; et les petites figures d'apôtres, quoique d'un dessin très mauvais, annoncent déjà quelque science et l'origine d'une école. Elles ont été exécutées sous le règne de Louis XII, à qui l'on devoit l'érection entière du monument.

Assez près de ce tombeau, et du côté de l'autel, on voyoit ce fameux groupe des trois Graces, sculptées en albâtre par *Germain Pilon*; elles étoient debout sur un piédestal, se tenant par la main, et soutenoient sur leur tête une urne de bronze doré, dans laquelle étoient renfermés les cœurs de Henri II, de Catherine de Médicis, de Charles IX et de François de France, duc d'Anjou, son frère (1).

A l'autre extrémité du tombeau des ducs d'Orléans s'élevoit, sur un piédestal triangulaire en porphyre, une colonne de marbre blanc semée de flammes. Cette colonne supportoit une urne de bronze doré, dans laquelle étoit renfermé le cœur de François II. Au pied de la colonne on voyoit trois enfants ou génies aussi en marbre blanc, tenant chacun un flambeau. Une inscription annonçoit que ce monument avoit été érigé par Charles IX (2).

A l'entrée de la chapelle, une urne de bronze posée sur une grande colonne de marbre blanc, chargée de feuillages et de moulures, renfermoit le cœur d'Anne de Montmorency, connétable de France, tué à la bataille de Saint-Denis le 12 novembre 1567. Cette colonne étoit élevée sur un piédestal de marbre, et accompagnée de trois statues qui représentoient des vertus. Le tout étoit de la main de *Barthélemi Prieur*.

Des tables noires placées au-dessous de ces figures contenoient des vers français et latins, et une inscription en prose à la louange de cet homme illustre (3).

---

(1) Sur chacune des trois faces du piédestal étoient gravés deux vers latins.

Ire face.

Cor junctum amborum longum testatur amorem,
Ante homines junctus, spiritus ante Deum.

IIe face.

Cor quondam charitum sedem, cor summa secutum,
Tres charites summo vertice juré ferunt.

IIIe face.

Hic cor deposuit regis Catharina Mariti,
Id cupiens proprio condere posse sinu.

On étoit étonné de rencontrer dans un temple chrétien un monument dont l'allégorie étoit toute païenne, et cette inconvenance avoit en effet quelque chose de choquant; mais cette première impression, peu favorable, faisoit bientôt place à la juste admiration que faisoit naître cette excellente production. On y retrouve sans doute un peu du style maniéré de l'école florentine, mais il y a tant d'élégance dans les formes, une grace si naïve dans les attitudes, les caractères de têtes sont si vrais et si charmants, l'exécution totale d'un sentiment si délicat, qu'on pardonne facilement à l'artiste l'agencement bizarre de ses draperies, qui ressemblent un peu à de la gaze chiffonnée, et sous lesquelles toutefois il a eu l'adresse de faire sentir parfaitement le nu. Ce vêtement singulier nous semble le seul défaut qu'on puisse reprocher à ce monument, considéré avec juste raison comme l'un des chefs-d'œuvre de la sculpture française. Il est déposé aux Petits-Augustins.

(2) Ce monument, non encore exposé, existe, dit-on, dans les dépôts du même Musée.

(3) Cette colonne, que les historiens de Paris ont appelée *composite*, n'est certainement d'aucun ordre; et l'on ne peut rien imaginer de plus bizarre et de plus capricieux que les ornements dont elle est

Dans le mur, sur un tombeau de marbre noir, étoit une statue en marbre blanc, à demi couchée. Cette figure, due au ciseau de *Jean Cousin*, représentoit Philippe Chabot, amiral de France sous François Ier, mort en 1543.

Au bas de cette statue le même artiste avoit placé une petite figure de la Fortune, couchée et dans l'attitude de l'abattement (1).

A côté de ce mausolée on en voyoit un autre de marbre blanc, sur lequel étoit la statue d'un homme mort, dont la tête étoit soutenue par un petit génie. Un autre génie placé à ses pieds semble dérouler le manteau ducal qui l'enveloppe. Cette figure étoit celle de Henri Chabot, duc de Rohan, pair de France, gouverneur d'Anjou, mort en 1655 (2).

Vis-à-vis, et de l'autre côté de la chapelle, sur un piédestal de marbre noir, étoient deux génies appuyés sur un bouclier; au-dessus s'élevoit une colonne en marbre blanc, chargée de chiffres et de colonnes ducales. L'entablement, à quatre faces, et couvert des mêmes ornements, supportoit une urne dorée, dans laquelle étoit le cœur de Timoléon de Cossé, comte de Brissac, colonel général de l'infanterie, grand panetier et grand fauconnier de France, tué au siège de Mucidan en 1569.

Le mausolée de la maison d'Orléans-Longueville étoit un des monuments les plus considérables de cette chapelle; il se composoit d'une pyramide en marbre blanc, chargée de trophées en bas-relief, accompagnée, aux quatre angles de son piédestal, des quatre

---

surchargée depuis la base jusqu'au chapiteau. Toutefois ces ornements sont traités avec un soin extrême et une grande délicatesse. Il n'en est pas de même des figures; et si l'on peut juger de celles qui manquent par la seule qui nous reste, le dessin en étoit roide, mesquin, presque barbare, le travail très grossier. Cette figure est maintenant fixée sur le sommet de la colonne, où elle remplace l'urne, qui probablement aura été profanée et détruite pendant les jours révolutionnaires.

(1) Ce beau monument, qui se voit également au Musée des Petits-Augustins, doit être mis, de même que les Graces de Germain Pilon, au nombre des chefs-d'œuvre de la sculpture française. L'attitude de la figure est simple et noble, la tête pleine de vérité et du plus beau caractère; l'exécution totale d'une main ferme, savante; on reconnoît ici la grande école de Michel-Ange, et ce morceau ne seroit pas indigne de lui. Cependant il est remarquable que tous les historiens de Paris qui ont donné la description de ses monuments et prononcé sur leur mérite, accoutumés à prendre leurs jugements dans Piganiol, n'ont pas manqué de répéter très exactement, d'après lui, que tout ce monument *étoit bizarre et de mauvais goût*. Ils débitoient de semblables blasphèmes dans le temps même qu'infatués de de tous les préjugés systématiques du siècle de Louis XV, ils prodiguoient les éloges les plus outrés aux détestables productions de cette époque de dégénération et de barbarie.

La petite figure de la Fortune existe encore; l'attitude en est un peu contournée, mais le style et l'exécution y sont dignes du reste. D'ailleurs ce tombeau est composé d'une foule de pièces de rapport, de débris tirés d'autres monuments. Il n'est pas le seul qu'on ait défiguré de cette manière, et il est inutile sans doute de faire sentir le ridicule et l'inconvenance de ces restaurations arbitraires; il n'est pas un bon esprit qui d'abord n'en soit frappé.

(2) Ce monument, déposé aux Petits-Augustins, est de la main d'*Anguier*, que les mêmes historiens qualifient de *fameux*. Ils donnent aussi de grands éloges à toutes ces figures. S'il faut dire ce que nous en pensons, nous les trouvons lourdes, maniérées, d'un mauvais goût, d'une exécution qui manque de finesse, et dans laquelle on ne trouve qu'un sentiment médiocre d'imitation de la nature, mêlé à ces combinaisons systématiques qui commençoient déjà à infecter l'école.

vertus cardinales, et deux bas-reliefs dorés qui en occupoient les deux faces principales, représentant, l'un *le secours d'Arques*, et l'autre *la bataille de Senlis*. Ce mausolée, qui renfermoit les cœurs de plusieurs ducs de Longueville, avoit été commencé pour celui de Henri Ier, qui mourut à Amiens, en 1595, des suites d'un coup de mousquet (1); il fut achevé par Anne-Geneviève de Bourbon, pour Henri II, duc de Longueville, son époux, fils du précédent, et mort en 1663. On y avoit aussi déposé les restes de Charles-Pâris d'Orléans, son fils, tué au passage du Rhin en 1672. Toute la sculpture en fut alors composée et exécutée par *François Anguier* (2).

Au côté droit de l'autel, sur un tombeau de marbre noir, étoit couchée une petite statue de marbre blanc, représentant Renée d'Orléans, comtesse de Dunois, morte à Paris en 1525, à l'âge de sept ans (3).

Dans le fond de la chapelle, et sous une arcade vitrée, on voyoit une petite urne peinte et dorée, où étoient renfermées les entrailles du jeune duc de Valois et de Marie-Anne de Chartres, enfants du duc d'Orléans et de Marguerite de Lorraine, tous les deux morts en bas âge en 1656 (4).

----

(1) Dans une salve d'artillerie que l'on avoit faite pour lui à son entrée à Dourlens. Son épitaphe faisoit entendre que c'étoit un simple accident; Saint-Foix en pense autrement, et voici ce qu'il dit à ce sujet : « La princesse de Conti, dans son Histoire des amours de Henri IV, met l'assassinat de ce duc sur le « compte de Gabrielle d'Estrées, qui vouloit se venger, dit-elle, d'une fourberie qu'il lui avoit jouée ; « mais d'autres ont écrit avec plus de vraisemblance que le marquis de Humières, ayant surpris « quelques lettres de sa femme et du duc de Longueville, se détermina à faire tuer ce prince. Il est « certain, ajoute-t-il, qu'à peu près dans ce temps-là le mari, qui devenoit furieux au moindre sujet « de jalousie, étrangla sa femme avec ses propres cheveux. »

(2) Voici encore un monument présenté comme un prodige de perfection par Piganiol et par ses copistes, admiré sur parole par le vulgaire des amateurs, et qui cependant est un ouvrage de tous points médiocre et de mauvais goût. Les quatre vertus, grandes comme nature, qui en sont les parties les plus remarquables, offrent dans toutes leurs draperies un style maniéré, un agencement faux ; dans leurs formes, un dessin lourd, dépourvu de sentiment, et qu'on peut appeler en quelque sorte la *caricature* de l'antique. Les ornements qui couvrent la pyramide, les deux bas-reliefs dorés qui décorent le piédestal, sont encore plus médiocres que les statues. On remarque seulement sur les deux autres faces de ce piédestal deux petits bas-reliefs en marbre blanc, qui représentent des enfants et quelques autres sujets allégoriques, dont le dessin, le sentiment et l'exécution sont tellement supérieurs à tout le reste, qu'on peut douter qu'ils soient de la même main. (Déposé au Musée des Monuments français.)

(3) Ce petit monument existe encore dans le même Musée. L'attitude de la figure a la roideur gothique alors en usage, mais le travail en est fin et naïf, et l'on y remarque ce progrès sensible vers la bonne sculpture, qui caractérise cette époque de l'art.

(4) L'épitaphe du jeune duc de Valois étoit en vers latins très délicatement tournés ; ils exprimoient avec beaucoup de vivacité les sentiments des tendres parents à qui la mort l'avoit enlevé, mais n'offroient aucune trace de ceux qui conviennent à des chrétiens.

> *Blandulus, eximius, pulcher, dulcissimus infans,*
> *Deliciæ matris, deliciæque patris,*
> *Hic situs est teneris raptus Valesius annis,*
> *Ut rosa quæ subitis imbribus icta cadit.*

Dans la même chapelle étoient encore inhumés :

Jean de Montauban, mort en 1407.

Bonne Visconti de Milan, sœur de Valentine, duchesse d'Orléans, morte en 1409.

Arthus de Montauban, leur fils, archevêque de Bordeaux, mort en 1468.

François d'Espinay, seigneur de Saint-Luc, grand-maître de l'artillerie de France, tué au siège d'Amiens en 1597.

Jeanne de Cossé, sa femme, morte en 1602.

François de Roncherolle, dit de Maineville, tué au siège de Senlis en 1689.

Chapelle de Rostaing.

Cette chapelle, située derrière celle d'Orléans, avoit été construite en 1652 par Charles, marquis de Rostaing, en l'honneur de sa famille, qui paroît avoir été bien ridiculement entêtée de sa noble extraction (1). Les armoiries de cette maison et celles de ses alliances faisoient l'unique ornement de cette chapelle. Celle qui étoit destinée à sa sépulture étoit dans l'église des Feuillants (2).

Chapelle des dix mille Martyrs.

Au côté méridional de l'église des Célestins étoit une autre église voûtée et séparée de la première par plusieurs piliers. C'est là qu'avoit été située jadis cette chapelle abattue depuis plusieurs siècles. Son existence étoit constatée par plusieurs inscriptions, qui apprenoient que la première pierre en avoit été posée par le cardinal de Bourbon, archevêque de Lyon; la dédicace du nouveau bâtiment fut faite, en 1482, par Louis de Beaumont, évêque de Paris.

Chapelle de Gévres ou de Saint-Léon.

Elle avoit été bâtie par François, duc de Luxembourg et d'Épinay, sur une partie de l'emplacement de la chapelle des dix mille martyrs, et dédiée, le 19 juin 1621, par Pierre Scaron, évêque de Grenoble, sous l'invocation de la sainte Vierge, des dix mille martyrs et de saint Pierre de Luxembourg. Cette chapelle, qui étoit celle des ducs de Gévres, avoit pris, au commencement du siècle dernier, le nom de saint Léon, patron d'un des chefs de cette maison. Elle contenoit plusieurs tombeaux remarquables.

Du côté de l'épître étoit le mausolée de René Potier, duc de Tresmes, etc., etc., mort en 1670. Sa statue, en marbre blanc, étoit à genoux sur ce monument.

Contre le mur du chœur, et du côté de l'évangile, on voyoit, sur un tombeau de marbre blanc, la statue également à genoux de Marguerite de Luxembourg, sa femme, morte en 1645.

---

(1) On prétend que les Rostaing avoient offert aux pères Feuillants de faire reconstruire leur maître-autel, dont le dessin étoit très pauvre, à condition qu'ils y placeroient leurs armoiries en soixante endroits. Cette vanité parut à ces bons pères si déplacée et si peu chrétienne, qu'ils rejetèrent l'offre qu'on leur faisoit, quel qu'en fût d'ailleurs l'avantage.

(2) Voyez tome Ier, page 466.

Louis Potier, marquis de Gêvres, leur fils, tué, en 1643, au siège de Thionville, avoit sa sépulture dans cette chapelle. Il y étoit aussi représenté à genoux, et armé de pied en cap (1).

Vis-à-vis étoit le tombeau de Léon Potier, duc de Gêvres, premier gentilhomme de la chambre, etc., mort en 1704.

Plusieurs autres personnages illustres y avoient encore leur sépulture et leurs épitaphes; savoir :

François de Gêvres, fils du précédent, mort en 1685.

Louis de Gêvres, marquis de Gandelus, mort en 1689.

Bernard-François de Gêvres, duc de Tresmes, pair de France, etc., mort en 1739.

Dans la nef étoit un tombeau de marbre noir adossé contre le mur du chœur, sur lequel la Passion de Jésus-Christ étoit représentée en marbre blanc. Une inscription apprenoit que ce monument avoit servi de sépulture aux deux chanceliers Guy et Guillaume de Rochefort, morts en 1492 et 1527, ainsi qu'à plusieurs de leurs descendants.

Auprès de ce tombeau, et du même côté, étoit la statue, en pierre de liais, de Charles de Maigné, capitaine des gardes de la porte sous Henri II. Il étoit représenté assis, vêtu de l'habit de guerre, et la tête appuyée sur le bras gauche. Ce monument, exécuté par *Paul Ponce*, avoit été érigé à ce gentilhomme en 1556, par Martine de Maigné sa sœur (2).

Chapelle de la Magdeleine ou de Noirmoustier.

Dans cette chapelle avoient été inhumés,

Claude de Beaune, femme de Claude Gouffier, marquis de Boissy, duc de Rouanez, morte en 1561.

Louis de La Trémouille, marquis de Noirmoustier, etc., mort en 1613.

Charlotte de Beaune, femme de François de La Trémouille, et mère du précédent, morte en 1617.

Dans la nef étoit le tombeau de Zamet, ce financier fameux qui, né dans l'indigence et l'obscurité, vint d'Italie en France, où il trouva le moyen non seulement d'acquérir des richesses immenses, mais encore d'obtenir les bonnes graces de Henri IV. Ses richesses et sa considération passèrent à ses descendants, dont plusieurs avoient leur sépulture dans ce même tombeau, élevé pour sa famille par Sébastien Zamet, abbé de Saint-Arnould de Metz, évêque et duc de Langres. On y lisoit trois épitaphes de ces divers personnages.

Dans le cloître avoit été inhumé Antoine Perez, ministre de Philippe II, accusé de trahison, et refugié en France, où il mourut en 1611.

---

(1) Ces trois statues sont au Musée des Petits-Augustins.

(2) Cette figure, d'une exécution médiocre, est cependant encore de la bonne école. La roideur qu'on y remarque ne doit être attribuée qu'à l'armure dont elle est couverte, car du reste l'attitude ne manque pas de naïveté. (Déposée aux Petits-Augustins.)

Dans le chapitre, une tombe peu élevée contenoit les cendres de Philippe de Maizières, chevalier, chancelier de Chypre du temps de Pierre de Lusignan, mort en 1405.

Il y avoit encore dans cette église plusieurs autres tombeaux de prélats, présidents, conseillers au parlement, etc., etc., dont le détail seroit peu intéressant, et passeroit d'ailleurs les bornes que nous devons donner à ces sortes de nomenclatures (1).

VITRAUX DES CÉLESTINS.

Ces vitraux, précieux par leur antiquité, ne l'étoient pas moins par l'authenticité des portraits qu'ils représentoient. Les plus anciens, placés au fond du chœur vers la sacristie, offroient les portraits du roi Jean et de Charles V dans la proportion de dix-huit pouces de hauteur (2).

Les autres ornoient la chapelle d'Orléans, et représentoient également onze rois ou princes avec les costumes du temps. Dans l'origine on n'en comptoit que sept, mais l'explosion de la tour de Billy les ayant détruits, François Ier, qui les fit rétablir, y ajouta le sien, celui de François, dauphin, et de Henri, duc d'Orléans, ses deux fils aînés. On y joignit depuis le portrait de Charles IX. Une inscription latine placée sous chaque portrait faisoit connoître le personnage qu'il représentoit.

Ces derniers portraits, dégradés par le temps, et restaurés à diverses reprises, ont été presqu'entièrement détruits pendant la révolution; et à peine en reste-t-il quelques débris, que l'on conserve aux Petits-Augustins. On les attribue à un Flamand nommé *Van Orlay*, qui florissoit vers 1535.

Le cloître des Célestins passoit pour un des plus beaux de Paris, surtout à cause de la délicatesse des sculptures dont ses arcades étoient ornées (3). La bibliothèque, élégamment décorée, contenoit environ dix-sept mille volumes, parmi lesquels on remarquoit des ouvrages rares et plusieurs manuscrits très curieux. Le jardin, spacieux et bien situé, régnoit le long des murs de l'Arsenal (4).

---

(1) Presque tous les monuments dont nous venons de faire la description étoient ornés de longues épitaphes, dont la plupart avoient été composées par le père *Carneau*, célestin. Il eût été fastidieux de les rapporter; et généralement, dans ces sortes d'inscriptions, nous nous bornons à choisir celles qui offrent quelque chose de piquant ou de singulier. Nous croyons, par la même raison, devoir nous dispenser de donner sur les personnages inhumés des détails historiques que l'on peut trouver ailleurs, et qui sont étrangers à notre ouvrage.

(2) Nous croyons qu'ils sont conservés au Musée des monuments français.

(3) Dans ce cloître étoit la salle de la confrérie des secrétaires du roi. L'institution de cette confrérie, sous l'invocation des quatre évangélistes, datoit du temps même de l'établissement de ce monastère.

(4) L'église et les bâtiments des Célestins ont été depuis peu en partie abattus; ce qui reste de ces constructions forme une caserne de cavalerie. La vue que nous en donnons est curieuse, en ce qu'elle offre la perspective de l'ancien Mail qui régnoit le long de l'Arsenal.

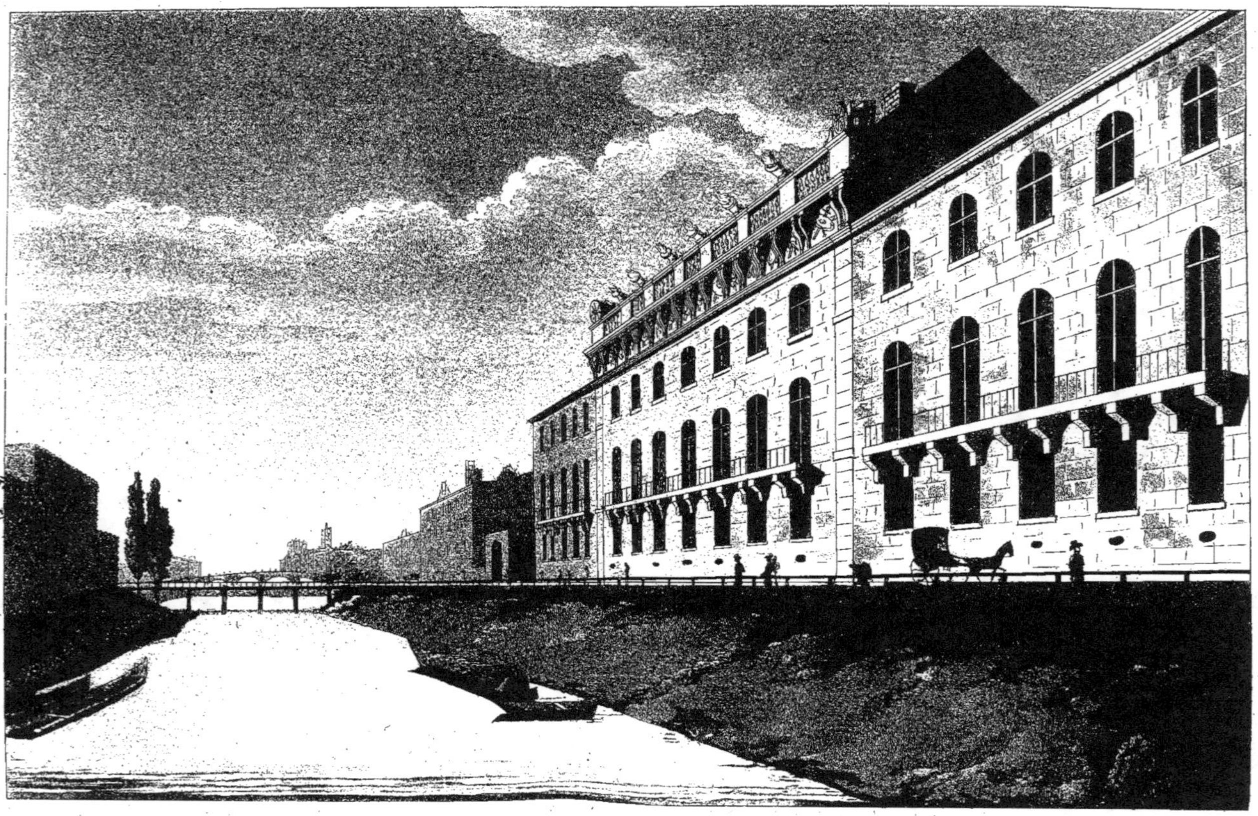

VUE DE L'ARSENAL prise du haut de la riviere.

L'ARSENAL.

ON ne peut douter que les rois de France, commandant à une nation guerrière, et occupés en effet de guerres continuelles, n'aient eu dans tous les temps des arsenaux; mais on ignore absolument en quel endroit de Paris étoient ces grands dépôts d'armes, sous la première et la seconde race, même pendant les deux premiers siècles de la troisième. Le premier arsenal, dont l'existence soit bien prouvée, étoit situé dans l'enceinte du Louvre. Nous en trouvons la preuve dans les comptes des baillis de France, rendus en la chambre en 1295. *Il y est parlé des arbalètres, des nerfs et des cuirs de bœufs, du bois, du charbon, et autres menues nécessités du service de l'artillerie.* Les comptes des domaines, des treizième et quatorzième siècles, sont remplis des noms et des pensions de ceux qui avoient la direction de cet arsenal; ils y sont désignés sous le nom *d'artilleurs, ou canonniers, maîtres des petits engins, gardes et maîtres de l'artillerie.*

Les registres des œuvres royaux de la chambre des comptes font foi qu'en 1391 la troisième chambre de la tour du Louvre étoit pleine d'armes; que cette pièce ayant été destinée à recevoir des livres, ces armes en furent enlevées, et qu'en 1392 la basse-cour, qui étoit du côté de Saint-Thomas-du-Louvre, servoit d'arsenal. Nos rois ont eu aussi de l'artillerie et des munitions de guerre au jardin de l'hôtel Saint-Paul, à la Bastille, à la tour de Billy (1), à la tour du Temple et à la Tournelle.

La ville de Paris possédoit de son côté un arsenal particulier. On comptoit autrefois, outre son hôtel, plusieurs endroits dans lesquels elle avoit des dépôts d'armes et de munitions de guerre. Mais son établissement le plus vaste en ce genre étoit situé derrière les Célestins, dans une partie de ce

---

(1) Le tonnerre étant tombé sur la tour de Billy le 19 juillet 1538, mit le feu à une grande quantité de poudre qui y étoit renfermée, et détruisit entièrement cette tour, placée sur le bord de la Seine, derrière les Célestins.

terrain dont nous avons déjà parlé, et qui se nommoit *le Champ au Plâtre.* Cet emplacement étoit si vaste, qu'en 1396 Charles VII en donna une partie à son frère, le duc d'Orléans, lequel y fit construire un hôtel; et que ce qui restoit fut encore suffisant pour y bâtir des granges et les autres bâtiments dont l'ensemble constitue un arsenal. La ville en jouit paisiblement jusqu'en 1533, que François Ier, ayant résolu de faire fondre des canons, emprunta l'une de ces granges, avec promesse de la rendre aussitôt que cette opération seroit finie. Sous prétexte de l'accélérer, il en emprunta, peu de temps après, une seconde. Cette fois-ci la ville n'obéit qu'avec beaucoup de répugnance; elle prévoyoit sans doute que la restitution n'auroit pas lieu; et en effet, elle n'étoit pas encore effectuée en 1547. A cette époque, Henri II voulant faire construire d'autres fourneaux pour une nouvelle fonte des canons, demanda encore aux prevôt des marchands et échevins quelques bâtiments de l'arsenal, en leur faisant dire toutefois que *la ville avisât à ce qu'elle vouloit pour dédommagement.* Ces magistrats acquiescèrent à la demande du roi, et la promesse du dédommagement fut oubliée. Ce prince, devenu ainsi maître de tout l'arsenal, y construisit plusieurs logements pour les officiers de l'artillerie, sept moulins à poudre, deux grandes halles et plusieurs autres bâtiments. Tout cela fut presque ruiné le 28 janvier 1562 par un accident qui mit le feu à près de vingt milliers de poudre.

Henri IV, ayant acquis quelques terrains des Célestins, fit beaucoup d'augmentations à l'arsenal; il l'embellit d'un jardin, et fit faire le long de la rivière un mail qui a été détruit (1) vers le milieu du siècle dernier. Sous Louis XIII et Louis XIV on n'y ajouta que quelques embellissements. En 1715 on détruisit une grande partie des anciens bâtiments; enfin, en 1718, ceux qui existent encore aujourd'hui commencèrent à s'élever sous la direction de *Germain Boffrand,* architecte estimé.

Cet établissement étoit divisé en deux parties, que l'on nommoit *le grand* et *le petit Arsenal.* Le grand avoit cinq cours, et le petit deux, lesquelles

---

(1) Ce fut aussi ce prince qui créa, en 1600, la charge de grand-maître de l'artillerie de France, en faveur de Sully, son ministre et son ami, chez lequel il alloit souvent; et c'est en s'y rendant, le 14 mai 1610, qu'il fut assassiné. Cette place fut supprimée par édit du 8 décembre 1755, et ses fonctions réunies au ministère de la guerre. Quelques historiens attribuent l'érection du mail à Charles IX.

communiquoient les unes avec les autres. Dans le premier étoient les appartements du grand-maître, du lieutenant-général et du secrétaire-général. Dans l'autre, celui du contrôleur-général, etc.

On y voyoit deux fonderies construites sous Henri II, et dans lesquelles on a fabriqué autrefois une très grande quantité de pièces d'artillerie; mais depuis long-temps elles avoient cessé d'être employées à ce service, parceque Louis XIV avoit jugé plus convenable de faire fondre l'artillerie sur les frontières des pays où il portoit la guerre. Sous son règne, le seul usage qu'on en tira fut de les faire servir à la fonte des statues qui décorent les jardins de Marly et de Versailles.

Au-dessus de la grande porte qui étoit placée en face du quai, près du couvent des Célestins, et qu'on avoit décorée de canons, en place de colonnes, étoit une table de marbre sur laquelle on lisoit les deux vers suivants composés par *Nicolas Bourbon* :

> *Ætna hæc Henrico Vulcania tela ministrat,*
> *Tela giganteos debellatura futuros.*

L'architecture de la seconde porte étoit d'un meilleur goût : on prétend que les ornements en avoient été sculptés par *Jean Gougeon*.

Dans l'intérieur de l'Arsenal, il y avoit un bailliage de l'artillerie de France, lequel connoissoit de toutes les affaires civiles et criminelles dans l'enclos de sa juridiction. Les appels en ressortissoient directement au parlement (1).

---

(1) Il a été opéré de grands changements dans les constructions de l'Arsenal : 1° une partie de la porte d'entrée du grand Arsenal et le pavillon situé à l'entrée de la grande cour ont été abattus pour l'ouverture d'une large rue nommée *rue de Sully*, laquelle sera probablement continuée jusqu'au nouveau boulevard. Ce pavillon réunissoit les deux parties du bâtiment où se trouve la bibliothèque ; 2° le jardin a été détruit et remplacé par le nouveau boulevard dont nous venons de parler ; 3° l'esplanade, anciennement nommé le Mail, qui suit le bord de l'eau depuis les Célestins jusqu'au fossé, formera un quai, dont les travaux vont être incessamment commencés ; 4° le petit Arsenal a été démoli en grande partie, pour l'ouverture d'une autre rue qui donne également sur le boulevard, et qu'on nomme *rue Neuve-de-la-Cerisaie.* Les deux pavillons encore existants sont occupés, l'un par l'administration générale, l'autre par la raffinerie des salpêtres.

HÔTELS.

ANCIENS HÔTELS DÉTRUITS.

Hôtel Saint-Paul.

Nous avons eu souvent occasion de parler, dans la partie historique de ce livre, de cette maison royale que Charles V fit bâtir pour être *l'hôtel solennel des grands ébattements*, ainsi qu'il est marqué dans son édit du mois de juillet 1364. Ce prince n'étoit encore que dauphin lorsqu'il acheta de Louis, comte d'Étampes, et de Jeanne d'Eu, sa femme, leur hôtel situé rue Saint-Antoine, lequel s'étendoit depuis le cimetière Saint-Paul jusqu'aux jardins de l'archevêque de Sens. Dans les deux années suivantes, il acquit encore l'hôtel de ce prélat, et un autre hôtel connu sous le nom de Saint-Maur. Quelque vaste que fût l'emplacement de ces édifices, Charles V et ses successeurs l'agrandirent encore en y joignant celui de *Pute y Muce*, et plusieurs autres ; en sorte qu'il comprenoit tout l'espace depuis la rue Saint-Paul jusqu'aux Célestins, et depuis la rue Saint-Antoine jusqu'à la rivière, à la réserve de l'église, du cimetière Saint-Paul et des granges de Saint-Éloi.

Cet hôtel, comme toutes les maisons royales de ce temps-là, étoit flanqué de grosses tours ; l'on trouvoit alors que ces lourdes constructions donnoient au bâtiment un caractère de puissance et de majesté. Le roi, la reine, les enfants de France, les princes du sang, les connétables, les chanceliers et les grands en faveur, y avoient d'immenses appartements, la plupart accompagnés de chapelles, de jardins, de préaux, de galeries ; on y comptoit plusieurs grandes cours, une entre autres si spacieuse qu'on y faisoit des exercices de chevalerie, et qu'elle en avoit pris le nom de *Cour des Joutes.*

Les historiens nous ont conservé des détails assez curieux sur l'appartement du roi: il consistoit d'abord en une grande antichambre et une chambre de parade, appelée la chambre à *parer*. Cette pièce, qui avoit quinze toises de long sur six de large, étoit aussi nommée chambre de *Charlemagne*. A la suite de cette chambre, on trouvoit successivement celle du *gîte du roi*, celle des *nappes*, celle d'*étude*, celle des *bains*, etc. Les poutres et solives des principaux appartements étoient enrichies de fleurs de lis d'étain doré. Il y avoit des barreaux de fer à toutes les fenêtres, avec un treillage de fil d'archal *pour empêcher les pigeons de venir faire leurs ordures dans les appartements*. Les vitres, peintes de différentes couleurs, et chargées d'armoiries, de devises et d'images de saints et de saintes, étoient semblables en tout aux vitraux des anciennes églises. On n'y voyoit d'autres sièges que des bancs et des escabelles. Le roi seul avoit des chaises à bras garnies de cuir rouge avec des franges de soie. Les lits étoient de drap d'or (1). L'histoire et les mémoires du temps nous apprennent que les chenets de fer de la chambre du roi pesoient cent quatre-vingts livres.

Les jardins n'étoient pas plantés d'ifs et de tilleuls, mais de pommiers, de poiriers, de vignes, de cerisiers. On y voyoit la lavande, le romarin, des pois, des fèves, de longues treilles et de belles tonnelles. C'est d'une treille qui faisoit la principale beauté de ces jardins, et d'une allée plantée de cerisiers que l'hôtel, la rue de Beautreillis et la rue de la Cerisaie ont pris leurs noms.

Les basses-cours étoient flanquées de colombiers et remplies de volailles que les fermiers des terres et domaines du roi étoient tenus de lui envoyer, et qu'on y engraissoit pour sa table et pour celles de ses commensaux. On y voyoit aussi une volière, une ménagerie pour les grands et petits lions, etc. Le principal corps-de-logis de l'hôtel Saint-Paul et la principale entrée étoient du côté de la rivière, entre l'église Saint-Paul et les Célestins.

Charles V unit cet hôtel au domaine par son édit du mois de juillet 1364, et ordonna qu'il n'en seroit *jamais démembré pour quelque cause et raison que ce pût être*. Cependant, soit qu'il tombât en ruines, ou que le

---

(1) On appeloit alors les lits *Couches* quand ils avoient dix ou douze pieds de long sur autant de large, et *Couchettes* quand ils n'avoient que six pieds de long et six de large. Il a été long-temps d'usage en France de retenir à coucher ceux à qui l'on vouloit donner une marque d'affection.

palais des Tournelles parût alors plus commode, en 1516, François Ier en permit l'aliénation , et vendit d'abord quelques-uns des édifices qui le composoient. Le reste fut acheté, en 1551 , par différents particuliers qui commencèrent à bâtir et à percer les rues que nous voyons encore sur le vaste terrain qu'occupoit cet hôtel.

Hôtel de Beautreillis.

Cet hôtel avoit été construit sur une partie de l'emplacement de l'hôtel Saint-Paul. Il contenoit plusieurs corps-de-logis, des cours, des jardins et un jeu de paume. Toutefois il paroît que ces constructions avoient été faites avec peu de soin, car, dès 1548, le roi Henri II en ordonna l'aliénation. Le parlement ayant jugé nécessaire de faire une information préalable et nommé des commissaires à cet effet, on voit, par le procès-verbal qu'ils dressèrent le 13 avril 1554, que cet hôtel tomboit en ruine, et que, pour l'utilité et la décoration de la ville, on en pouvoit diviser l'emplacement en trente-sept places à bâtir, et percer une rue sur le jardin; ce qui fut exécuté.

Hôtel de Lesdiguières (1).

Cet hôtel avoit été bâti dans la rue qui porte ce nom par Sébastien Zamet, ce financier fameux dont nous avons déjà eu occasion de parler. Il étoit très considérable , et les jardins qui en dépendoient s'étendoient jusqu'à la rue Saint-Antoine.

Ses héritiers le vendirent à François de Bonne, duc de Lesdiguières et connétable de France. Il passa ensuite, par succession, dans la maison de Villeroi ; et enfin il fut vendu dans le siècle dernier à des particuliers qui le firent démolir. Plusieurs maisons en prirent la place, et sur son

---

(1) En 1742 on voyoit encore dans les jardins de cette maison un monument assez singulier : c'étoit un petit tombeau de fort bon goût, que Paule-Françoise-Marguerite de Gondi, veuve d'Emmanuel de Créquy, duc de Lesdiguières, avoit fait ériger à une chatte qu'elle avoit tendrement aimée. On y lisoit cette épitaphe , d'un tour naïf et délicat :

> Cy gît une chatte jolie:
> Sa maîtresse qui n'aima rien,
> L'aima jusques à la folie.
> Pourquoi le dire ? on le voit bien.

emplacement on perça un passage. C'est dans cet hôtel que logea, en 1717, le czar Pierre, pendant le séjour qu'il fit à Paris.

Hôtel de la Barre.

Cet hôtel, situé dans la rue de Jouy, est célèbre dans l'histoire par la destinée extraordinaire d'un de ses possesseurs, Jean de Montaigu, grand-maître de l'hôtel du roi, lequel termina, par une mort tragique et ignominieuse, une vie qui avoit été remplie de toutes les faveurs de la fortune. Avant lui, ce manoir avoit appartenu à Hugues Aubriot, prevôt de Paris, qui l'avoit reçu en présent de Charles V. Il étoit passé ensuite à Pierre de Giac, chancelier de France; et ce fut encore par une libéralité du roi, qui lui accorda en même temps les vieux murs de la ville, qui s'étendoient depuis la rue Saint-Antoine jusqu'à son jardin. Ceci se passa en 1383; et cet édifice s'appeloit alors la *Maison du Porc-épic*. On ignore à quel titre elle fut ensuite possédée par le duc de Berri; mais on a la certitude que ce fut lui qui, en 1404, la donna à Jean de Montaigu, dont nous venons de parler.

Celui-ci y fit des augmentations considérables; mais ayant eu la tête tranchée en 1409, Charles VI donna cet hôtel à Guillaume de Bavière, après la mort duquel ce même monarque en fit encore présent à Jean de Bourgogne, duc de Brabant. Différents titres nous apprennent qu'au commencement du seizième siècle cet édifice avoit été divisé, donné ou vendu à différents particuliers. Il s'étendoit depuis la rue Percée jusqu'aux anciens murs, et de ce dernier côté il étoit appelé l'hôtel de la Barre. On voit, par le censier de l'évêché de 1498, qu'anciennement cette maison avoit été nommée *Maison des Marmouzets*.

Hôtel de Jouy et de Châlis, etc.

Dans cette même rue étoit, au treizième siècle, l'hôtel de l'abbé et des religieux de Jouy.

Les religieux de Châlis y possédoient aussi un hôtel.

Les religieux de Preuilli avoient leur hôtel dans la rue Geoffroi-l'Asnier.

Hôtel des Barbeaux.

Vis-à-vis le couvent de l'*Ave-Maria* étoit l'hôtel des *Barbeaux*. Cet hôtel devoit son nom à l'abbaye de *Portus Sacer* ou *Barbeaux*, près Melun. On l'avoit bâti sur un terrain que Philippe-le-Hardi donna à ce monastère en 1279.

Chantier du Roi.

En face de cet hôtel, du côté de la rivière, on avoit construit, sur une place que le roi destina à cet effet le 13 novembre 1392, un bâtiment de vingt-deux toises de profondeur sur six et demie de large, qu'on appela le *Chantier du Roi*. On en abattit une partie en 1606, pour continuer le quai Saint-Paul, et le reste fut donné, èn 1614, à Jean Fontaine, maître de la charpenterie. Depuis, l'édifice entier a été démoli, pour faciliter la décharge des bateaux qui débarquent au port Saint-Paul.

Hôtel Saint-Maur.

Il étoit situé sur l'emplacement où a été depuis percée la rue Neuve-Saint-Paul, et fut destiné à faire les écuries d'Isabelle de Bavière. Cette circonstance lui fit donner le nom d'*Hôtel des écuries de la Reine*.

HÔTELS EXISTANTS EN 1789.

Hôtel de Sens.

L'ancien hôtel de Sens, demeure des archevêques de ce siège, étoit situé sur le quai des Célestins, à quelque distance de celui qui existe aujourd'hui. Charles V ayant désiré l'avoir pour agrandir son hôtel de Saint-Paúl, l'archevêque Guillaume de Melun le luï vendit au commencement du seizième siècle. *Tristan de Salazar*, l'un de ses successeurs, fit depuis rebâtir cet hôtel comme on le voit aujourd'hui (1). Les traditions nous

---

(1) Nous avons jugé à propos de donner une vue de ce bâtiment, qui, dans plusieurs parties, telles que les portes et les frontons, étoit chargé des ornements les plus délicats de l'architecture gothique. On retrouve sur notre gravure toutes ces sculptures, détruites pendant la révolution. L'hôtel de Sens est depuis long-temps une maison de roulage, et on le trouve déjà indiqué sous ce titre dans le plan de La Caille.

VUE EXTÉRIEURE de l'Hôtel DE SENS.

apprennent que la reine Marguerite, première femme de Henri IV, y vint loger à son retour d'Auvergne.

Autres Hôtels les plus remarquables de ce quartier.

Hôtel d'Aumont, rue de Jouy.
— de Beauvais, même rue.
— de Fourci, rue de Fourci.

RUES ET PLACES

DU QUARTIER SAINT-PAUL.

Rue Neuve-Sainte-Anastase. Elle aboutit d'un côté à celle de Saint-Paul, vis-à-vis l'église, et de l'autre, en retournant en équerre, à la rue des Prêtres-Saint-Paul. Il paroît que cette rue est celle que le censier de Saint-Éloi, de 1367, indique sous le nom de ruelle Saint-Paul ; les plans du milieu du dix-septième siècle n'en font pas mention.

Rue des Barrés. Cette rue, qui aboutit au carrefour de l'hôtel de Sens et à la rue Saint-Paul, doit son nom aux Carmes qu'on appeloit ainsi à cause de leurs manteaux de deux couleurs. On sait que ces religieux, lors de leur arrivée à Paris, furent établis au lieu occupé depuis par les Célestins ; et la rue dont nous parlons conduisoit à leur couvent. A son extrémité étoit une porte du même nom. L'une et l'autre ont aussi été appelées *des Béguines,* parceque le couvent de ces filles y étoit situé. Enfin , dans le dix-septième siècle, la rue avoit été nommée *rue des Barrières.* C'est ainsi qu'elle est désignée dans Corrozet, Sauval, de Chuyes, et sur les plans de Gomboust, Bullet, de Fer, de L'Isle, etc.; quoique long-temps auparavant, sous le règne de François Ier, on la nommât *rue Barrée* ou *des Barrés,* nom qu'elle porte encore aujourd'hui.

Rue de Beautreillis. Un de ses bouts donne dans la rue Saint-Antoine, et l'autre se termine à la rencontre des rues Gerard-Boquet, des Trois-Pistolets et Neuve-Saint-Paul ; il paroît, par les anciens plans, qu'elle se prolongeoit autrefois jusqu'à la rue des Lions. Sauval dit qu'elle s'appeloit alors *Gerard-Bocquet* ; une partie en a véritablement le nom, mais celui de Beautreillis, dont nous avons déjà fait connoître l'étymologie, est le plus ancien ; et cette rue le prit parcequ'elle avoit été percée sur les jardins de l'hôtel qui le portoit avant elle.

Rue de la Cerisaie. Elle commence à la rue du Petit-Musc, et aboutit à la cour du petit Arsenal. Cette rue est une de celles qui furent percées sur l'emplacement de l'hôtel Saint-Paul ; et nous avons déjà dit qu'elle prit son nom d'une avenue plantée de cerisiers qu'elle remplaçoit. Jaillot présume qu'anciennement il y avoit eu une rue dans ce même endroit ; il dit avoir lu dans un cartulaire de Saint-Maur, qu'au mois d'avril 1269 on donna à *Bertaud de Canaberiis* un arpent et quatre toises et demie de terre dans la culture de Saint-Éloi, pour y bâtir et faire une rue, et l'acte porte que ces quatre toises et demie faisoient partie *d'une masure et dépendances sise hors les murs, et contiguë à la maison ou église ou monastère des frères de l'ordre de la bienheureuse Marie du Mont-Carmel.*

Rue de l'Étoile. Elle aboutit à l'extrémité de la rue des Barrés, dont elle faisoit anciennement partie, et au port Saint-Paul. Son nom est dû à une maison appelée le *château de l'Étoile*; elle a aussi porté celui *des Petites-Barrières*, parceque la rue des Barrés étoit ainsi nommée, comme nous l'avons dit ci-dessus. Dans le procès-verbal de 1637 elle est simplement indiquée *petite ruelle descendant au chantier du roi*. Jaillot croit que c'est elle qu'on trouve dans quelques titres sous la dénomination de *Petite-Barrée, Tillebarrée* et de *l'Arche-Dorée*; il se fonde sur ce que l'*Arche dorée* étoit l'enseigne d'une maison contiguë au château de l'Étoile, et qui appartenoit au sieur Dorée. Cette rue a depuis été nommée l'*Arche-Beaufils*. Le même nom fut aussi donné au quai sur lequel elle aboutissoit; et, par corruption, ce quai fut dans la suite appelé *Mofils* et *Monfils*.

Rue du Fauconnier. Elle va de la rue des Prêtres-Saint-Paul à l'extrémité des rues du Figuier et des Barrés. Son véritable nom est *des Fauconniers*; elle est indiquée ainsi dans Guillot, Corrozet, et sur tous les plans exacts. Cette rue est ancienne, car on trouve dans le trésor des chartes, qu'au mois d'avril 1265, les Béguines acquirent une maison *en la censive de Tiron, rue aux Fauconniers.*

Rue du Figuier. Elle commence comme la précédente, et suit la même direction. Dès 1300 elle portoit ce nom, et il ne paroît pas qu'elle en ait changé.

Rue de Fourci. Elle traverse de la rue Saint-Antoine à celle de Jouy. Ce n'étoit anciennement qu'un cul-de-sac, appelé, en 1313, *ruelle Sans-Chief*; en 1642, *rue Sans-Chef*; et en 1657, *cul-de-sac Sancier.* Ce nom a été altéré presque dans le même temps, car de Chuyes et Gomboust la nomment *rue Censée* et *Sansée.* Elle doit sa dénomination actuelle à M. Henri de Fourci, prevôt des marchands, qui fit percer ce cul-de-sac et ouvrir la rue jusqu'à celle de Jouy. Le premier plan où elle se trouve est celui du sieur de Fer, publié en 1692.

Rue Geoffroi-l'Asnier. Elle traverse de la rue Saint-Antoine au quai de la Grève. On trouve que dans le quatorzième siècle et même au milieu du quinzième on l'appeloit *Frogier* et *Forgier-l'Asnier*, quoique dès 1445 elle soit indiquée sous le nom de Geoffroi-l'Asnier. Cette rue doit sans doute son nom à la famille des l'Asnier, qui étoit fort connue, et il est vraisemblable qu'un Geoffroi l'Asnier aura fait substituer son prénom à celui de Frogier (1).

Rue Gerard-Boquet. Elle fait la continuation de la rue Beautreillis depuis la rue Neuve-Saint-Paul jusqu'à celle des Lions; anciennement elle n'en étoit pas distinguée,

---

(1) Il y a dans cette rue deux culs-de-sac; le premier, qu'on nomme *Putigno* *, n'est désigné sur aucuns plans antérieurs à celui de Roussel, publié en 1731; il existoit cependant dès la fin du treizième siècle. Guillot en fait mention sous le nom de *rue des Poulies-Saint-Pou* (Saint-Paul.) Sauval en parle sous celui *de Viez-Poulies*, comme d'une rue inconnue, quoiqu'il rapporte ensuite des titres où elle est clairement énoncée.

Le second, appelé *Putigneux*, a été confondu avec le premier dans la nomenclature des rues de Paris par Valleyre; Corrozet le nomme *Putigneuse.* Jaillot croit que c'est ce cul-de-sac que Guillot a désigné sous le nom de *Rue Ermeline-Boiliaue*, laquelle sans doute se prolongeoit alors jusqu'à la rue des Barrés. Ces deux culs-de-sac servoient encore, en 1640, de passage et d'entrée à deux jeux de paume.

* Ce cul-de-sac est maintenant occupé par un établissement de voitures publiques.

comme on peut le voir dans de Chuyes et sur les plans de Gomboust, Bullet, Jouvin et
autres. Les auteurs qui sont venus après la nommoient *rue du Pistolet;* on l'a ensuite
appelée Gérard-Boquet et Gerard-Bouquet, du nom d'un particulier, et pour ne pas la
confondre avec la rue des Trois-Pistolets qui vient y aboutir.

Rue des Jardins. Elle aboutit d'un côté à la rue des Barrés, et de l'autre à celle des
Prêtres-Saint-Paul. Sauval n'a pas fait mention de cette rue, qui existoit cependant au
treizième siècle; elle est ainsi nommée dans deux contrats de vente faits par l'abbé et le
couvent du Val-des-Écoliers en 1277 et 1298; elle est indiquée sous le même nom dans
les archives de l'archevêché de 1302, et dans le censier de Saint-Éloi de 1367; elle l'avoit
pris des jardins sur lesquels elle a été ouverte, lesquels aboutissoient aux murs de l'enceinte de Philippe-Auguste.

Rue de Jouy. Cette rue, qui va de la rue St-Antoine à celle des Prêtres-Saint-Paul, doit
son nom à l'hôtel que l'abbé et les religieux de Jouy y avoient dans le treizième siècle (1),
on l'appeloit alors *rue à l'Abbé-de-Joy*, et elle conservoit encore ce nom dans le siècle
suivant; elle a été aussi quelquefois appelée *rue des Juifs* par corruption du nom de Jouy,
et se prolongeoit alors jusqu'aux murs, où il y avoit une fausse poterne, ce qui l'a fait aussi
nommer *rue de la Fausse-Poterne-Saint-Paul;* mais elle ne portoit ce dernier nom
que depuis la rue des Nonaindières.

Rue Lesdiguières. C'est un passage qui conduit de la rue de la Cerisaie à celle de Saint-
Antoine: il doit son nom à l'hôtel de Lesdiguières situé jadis en cet endroit, et sur
l'emplacement duquel il a été percé.

Rue des Lions. Elle traverse de la rue Saint-Paul à celle du Petit-Musc. Sur le plan de
Dheulland elle est figurée sans nom, et Corrozet n'en fait pas mention; ainsi on ne peut
guère faire remonter son origine au-delà du règne de Charles IX. Elle doit son nom à la
partie de l'hôtel Saint-Paul où l'on gardoit les lions du roi.

Rue de la Masure. Elle va de la rue de la Mortellerie à la place aux Veaux ou quai des
Ormes. Les anciens plans ne lui donnent aucun nom, elle n'est pas même figurée sur
celui de Gomboust; il paroît cependant qu'elle existoit plus de cent ans auparavant, car
Corrozet la désigne sous le nom général d'une *descente à la rivière.*

Rue de la Mortellerie. La partie de cette rue qui se trouve dans ce quartier commence
au coin de la rue Geoffroi-l'Asnier, et finit au carrefour de l'hôtel de Sens (2).

---

(1) Il y avoit dans cette rue deux culs-de-sac. Le premier s'appelle *cul-de-sac Guépine*: l'abbé
Lebeuf a pris ce cul-de-sac pour la *rue des Viez-Poulies* de Guillot; cependant la *rue à la Guépine*
étoit connue sous ce nom, et indiquée dans un acte du mois de mai 1266, et dans le rôle de taxe
de 1313.

Le second se nomme *cul-de-sac de Fourci;* il doit ce nom à l'hôtel auquel il est contigu. Le censier
de Saint-Eloi de 1367 le nomme *petite ruelle Sans-Chef*, et ruelle qui fut jadis *Hélie-Annot.* Au
commencement du dix-septième siècle on le nommoit *rue de l'Aviron*, nom qui lui venoit d'une
enseigne. On voit cependant que dès 1633 il avoit été donné à M. de Fourci.

(2) Il y avoit dans cette rue un cul-de-sac appelé *d'Aumont.* La Caille et Valleyre l'ont confondu
avec celui de Fourci, et n'en font qu'un des deux. On voit, par l'indication qu'ils en donnent comme

Rue du Petit-Musc. Cette rue, qui traverse de la rue Saint-Antoine au quai des Célestins, occupe une partie de l'ancien *Champ-au-Plâtre* et d'une voirie qui y étoit située, d'où l'on a prétendu que lui venoit le nom de *Put-y-Muce*, qu'elle portoit anciennement. Sauval dit qu'en 1358 elle s'appeloit du *Petit-Muce* et de *Put-y-Muce*. Corrozet a jugé à propos de la nommer *rue de la Petite-Pusse*, quoique sous le règne de François Ier, et même dès 1450, elle fût connue sous le nom du *Petit-Musse*. Germain Brice avoit avancé que la rue du *Petit-Musc* étoit ainsi appelée par altération du mot latin *petimus*, parce que Charles VI avoit fait construire sur l'emplacement qu'elle occupe un logement pour les maîtres des requêtes, et que toutes celles qu'on leur présentoit étant en langue latine, suivant l'usage de ces temps-là, commençoient ainsi : *Petimus*. Piganiol a relevé cette erreur en prouvant que l'hôtel des maîtres des requêtes étoit dans la rue Saint-Paul. Jaillot ajoute que cette rue étoit ouverte avant le règne de Charles VI, et que cent ans auparavant il existoit un hôtel du Petit-Musc, dont cette rue a pris le nom, où auquel elle avoit donné le sien.

Rue des Nonaindières. Elle va depuis la rue de Joui jusqu'au quai des Ormes, en face du Pont-Marie : on devroit écrire et prononcer *rue des Nonains-d'Hières*, nom qu'elle porte dans tous les titres. En effet, Eve, abbesse d'Hières, acheta en cet endroit une maison en 1182, et c'est certainement ce qui a fait donner à la rue le nom de ces religieuses. Sauval dit que de son temps cette maison s'appeloit *maison de la Pie.*

Rue du Paon-Blanc. Elle descend de la rue de la Mortellerie sur le quai des Ormes ou place aux veaux. Valleyre ne l'énonce que comme un cul-de-sac, quoiqu'il ne paroisse pas qu'elle ait jamais été fermée à aucune de ses extrémités. Corrozet ne l'indique que sous le nom de *descente à la rivière.* Quelques auteurs lui ont donné les noms de *la Porte* ou de *l'Arche dorée*, qui ne conviennent qu'à la rue de l'Étoile.

Rue Saint-Paul. Elle commence à la rue Saint-Antoine, et aboutit au quai et port Saint-Paul. Cette rue est très ancienne, puisqu'elle doit son nom à l'église Saint-Paul, qui est elle-même d'une grande antiquité.

Rue des Prêtres-Saint-Paul. Elle fait la continuation de la rue de Joui, et aboutit à la rue Saint-Paul. Nous avons déjà fait observer que la rue de Joui se prolongeoit jusqu'aux murs de l'enceinte de Philippe-Auguste, et que dans cet endroit il y avoit une fausse porte, qui fit donner à cette partie le nom de *la Fausse-Poterne-Saint-Paul.* Lorsqu'on

---

aboutissant à la place aux Veaux, qu'ils l'ont identifié avec la rue du Paon-Blanc. Ce cul-de-sac a été bouché depuis quelques années.

Il y avoit aussi dans cette rue un autre cul-de-sac appelé de *la Longue-Allée*, qui conduisoit à un grand logis nommé *la cour Gentien.* Il est assez difficile d'en déterminer au juste la position, car dans le manuscrit du procès-verbal des commissaires, fait en 1637 et années suivantes, ce cul-de-sac est indiqué entre la rue Geoffroi-l'Asnier et celle des Nonaindières ; et dans la déclaration de l'abbé de Tiron, du 12 avril 1676, *la ruelle Gentien est dite aboutir sur le quai des Ormes et la rue des Nonainsdières, entre cette rue et le chantier du Roi, près l'hôtel de Sens.* Dans le même recueil qui contient ces actes on trouve qu'il y avoit une ruelle sans bout nommée ruelle du *Mûrier*, dont l'entrée étoit rue de la Mortellerie, et dont rien n'a pu nous indiquer la position.

continua cette rue jusqu'à celle de Saint-Paul, on lui conserva d'abord cette même dénomination de *rue de la Fausse-Poterne;* depuis on lui a donné le nom des Prêtres-Saint-Paul, parce que la plupart de ceux qui desservoient cette église avoient leur domicile dans cette rue.

Rue Neuve-Saint-Paul. Elle va d'un bout dans la rue Saint-Paul, et aboutit de l'autre au coin de celles de Beautreillis et Gerard-Boquet : elle a été ouverte sur l'ancien emplacement de l'hôtel Saint-Maur. Le voisinage de l'église Saint-Paul lui a fait donner le nom qu'elle porte aujourd'hui.

Rue Percée. Elle aboutit d'un côté à la rue Saint-Antoine, et de l'autre à celle des Prêtres-Saint-Paul. Cette rue est ancienne; Guillot en fait mention, et l'appelle *rue Percié;* on lit *rue Perciée* dans le rôle de 1313, et ce nom n'a pas changé depuis.

Rue des Trois-Pistolets. Elle fait la continuation de la rue Neuve-Saint-Paul depuis la rue de Beautreillis jusqu'à celle du Petit-Musc, et doit son nom à une enseigne.

QUAIS.

Quai des Ormes. Suivant La Caille, il s'étend depuis la rue Geoffroi-l'Asnier jusqu'à celle du Paon-Blanc. D'autres le placent entre la rue des Nonaindières et celle de l'Étoile et le nomment *Mofils* et *Monfils.* En 1586, ce lieu fut destiné par la ville au *débáclage* des bateaux, jusqu'aux Célestins, et la place aux veaux y fut transférée par arrêt du 8 février 1646.

Quai Saint-Paul. Il règne depuis le quai des Ormes jusqu'à la rue Saint-Paul. C'est celui de Paris qui a le moins d'étendue, où arrive le poisson d'eau douce et les *fruits,* et où l'on en fait la vente.

Quai des Célestins. Il commence à la rue Saint-Paul, et finit à l'Arsenal. Il est inutile de dire que ce quai, qui fut refait et pavé en 1705, doit son nom aux religieux qui se sont établis dans son voisinage.

Monuments.

A Les Billettes.
B Ste Croix de la Brétonnerie.
C St Avoye.
D La Merci.
E Les Blancs Manteaux.
F Le Mont de Piété.

Hôtels.

G Hôtel d'Argouges.
H Hôtel de la Tremouille.
I Hôtel de Mesme.
K Hôtel de Beauvilliers.
L Hôtel de Caumartin.
M Hôtel de Soubise.
N Hôtel de Strasbourg.

Rues Longitudinales.

a Rue Barre-du-Bec.
b Rue des Billettes.
c Rue de Moussi.
d Rue Bourg-Thiboud.
e Rue des Singes.
f Rue du Puits.

Suite des Rues Longitudinales

g Rue de l'Homme Armé
h Rue St Avoye.
i Rue du Chaume.

Rues Transversales.

1 Rue de la Verrerie
2 Rue de la Croix Blanche.
3 Rue Ste Croix de la Brétonnerie
4 Rue du Plâtre.
5 Rue des Blancs Manteaux.
6 Rue de Paradis.
7 Rue de Braque.

8 Cul-de-Sac Pequai.

Ste Croix de la Brétonnerie, la Merci
et St Avoye ont été détruite

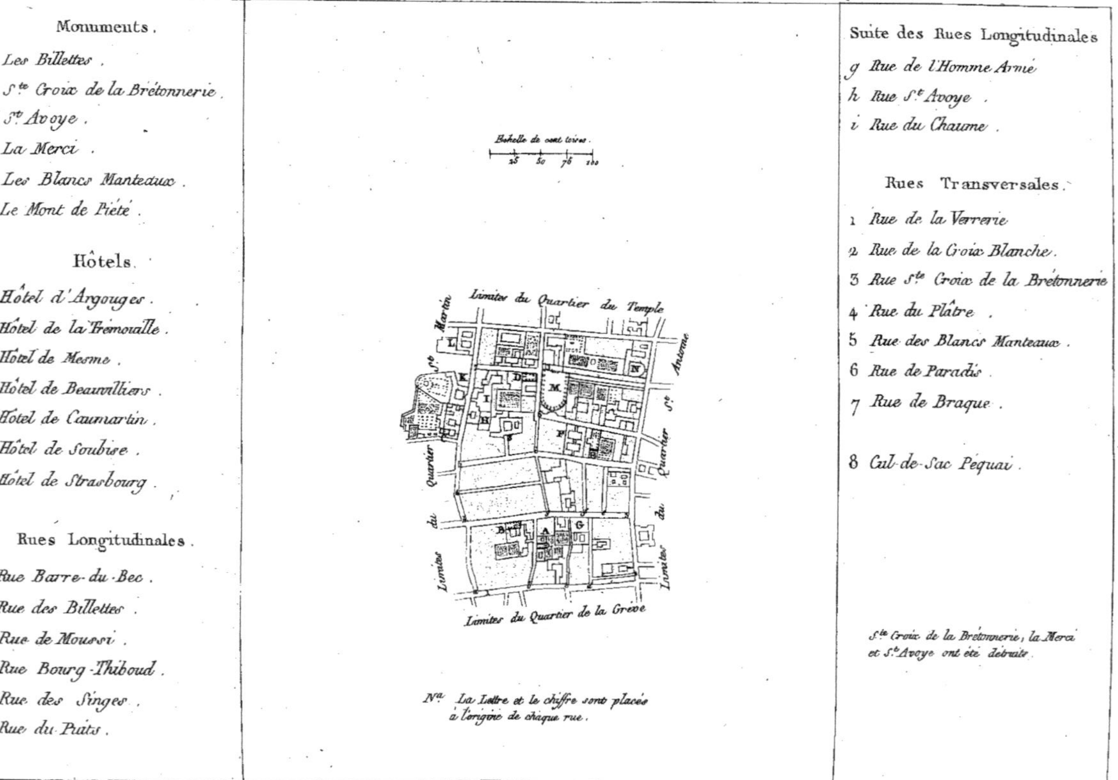

Nª La Lettre et le chiffre sont placés
à l'origine de chaque rue.

PLAN DU QUARTIER SAINTE AVOYE

QUARTIER SAINTE-AVOIE

OU DE LA VERRERIE.

*Ce quartier est borné à l'orient par la vieille rue du Temple exclu-
sivement ; au septentrion, par les rues des Quatre-Fils et des
Vieilles-Haudriettes aussi exclusivement ; à l'occident, par les
rues Sainte-Avoie et Barre-du-Bec inclusivement, depuis la rue
des Vieilles-Haudriettes jusqu'à celle de la Verrerie ; et au midi,
par les rues de la Verrerie et de la Croix-Blanche inclusivement,
depuis le coin de la rue Barre-du-Bec jusqu'à la vieille rue du
Temple.*

*On y comptoit, en 1789, seize rues, un cul-de-sac, quatre
communautés d'hommes, une de femmes, etc.*

L'ESPACE que contient ce quartier, encore hors de la ville sous Louis-le-
Jeune, fut renfermé dans son enceinte par la muraille que fit élever
Philippe-Auguste. Ce n'étoit d'abord qu'un terrain vague, lequel dépendoit en grande partie de la censive du Temple. Il se couvrit par degrés
de maisons ; plusieurs établissements religieux s'y formèrent ; et sous les
règnes de Charles V et Charles VI , si l'on en excepte sa partie septentrionale qui n'étoit point encore entièrement habitée, ce quartier étoit
à peu près tel que nous le voyons aujourd'hui. Sur cette partie septentrionale s'élevèrent successivement plusieurs hôtels qui furent ensuite
presque tous réunis pour composer le célèbre hôtel de Soubise, dont nous
ne tarderons pas à parler.

LES CARMES-BILLETTES.

LES historiens ne sont pas d'accord sur l'origine de cet établissement. Corrozet, Dubreul, Félibien, Helyot, Sauval, etc., en ont parlé chacun différemment. La vérité se perd au milieu de ce conflit d'opinions diverses; et sans fatiguer nos lecteurs d'une discussion fastidieuse et peu importante, nous nous bornerons à donner ici ce qui nous a paru le plus vraisemblable.

En 1294, Reinier Flaming, bourgeois de Paris, ayant obtenu du roi Philippe l'emplacement de la maison d'un juif condamné au dernier supplice pour un sacrilège horrible qu'il avoit commis sur la sainte hostie (1), résolut

---

(1) Nous rapporterons ce fait et le miracle dont il fut, dit-on, accompagné, d'après le témoignage unanime de tous les historiens, qui eux-mêmes ne l'ont raconté qu'en s'appuyant sur des actes de la plus grande authenticité, et sur une tradition constante qu'on fait remonter jusqu'aux auteurs contemporains. Ce juif se nommoit *Jonathas* : une pauvre femme lui ayant emprunté 3o sous parisis sur le meilleur de ses habits, et se trouvant hors d'état de retirer ce gage extrêmement précieux pour elle, le pria de vouloir bien le lui prêter seulement pour les fêtes de Pâques, afin qu'elle pût paroître décemment à cette solennité. Le juif n'y consentit que sous la condition qu'elle lui apporteroit l'hostie qu'elle recevroit à la communion. Cette malheureuse le lui promit, reçut la communion à Saint-Merri, mit l'hostie dans un mouchoir et alla la livrer au juif. Celui-ci, qui ne l'avoit demandée que pour exercer sur elle les outrages les plus insensés, prit un canif et l'en frappa à plusieurs reprises; il en jaillit aussitôt du sang, qui coula encore avec plus d'abondance lorsqu'il eut imaginé de la déchirer avec un clou, de la flageller, de la percer d'un coup de lance, imitant ainsi tous les supplices mentionnés dans la passion de Jésus-Christ. Enfin, n'ayant pu la détruire par tant d'outrages réitérés, il la jeta dans un grand feu, la plongea dans une chaudière d'eau bouillante, d'où l'hostie s'éleva, voltigeant dans la chambre, et échappant à tous les efforts qu'il faisoit pour la saisir, jusqu'à ce qu'une bonne femme du voisinage étant entrée dans sa maison pour demander du feu, l'hostie miraculeuse vint se reposer sur une jatte de bois qu'elle tenoit à la main. Elle la reçut avec respect, et la porta à Saint-Jean-en-Grève, où on la voyoit encore dans les derniers temps de la monarchie *. Telles sont les circonstances principales d'un récit sur lequel il est permis à tout le monde de former ses conjectures, mais dont la vérité, dans le fait matériel du sacrilège, ne peut être révoquée en doute. Ce crime fut commis le 2 avril 1290.

* Elle étoit enchâssée dans un petit soleil placé au-dessous du grand. On conservoit aux Carmes-Billettes le canif avec lequel le juif l'avoit percée, et le vase de bois sur lequel elle s'étoit reposée.

d'y bâtir une chapelle : le Pape Boniface VIII , instruit de ses intentions , engagea , par sa bulle du 17 juillet 1295, l'évêque de Paris à permettre l'érection de ce pieux monument , lequel fut appelé *la Maison des Miracles* (1).

Gui de Joinville, seigneur de *Dongeux* ou *Dongiers* (de Domno Georgio), avoit , en 1286, fait bâtir à Boucheraumont , dans le diocèse de Châlons-sur-Marne , un hôpital pour y recevoir *les malades et les pauvres passants*. Cet hôpital étoit desservi par une communauté séculière d'hommes et de femmes , sous le titre et la protection de la Sainte Vierge, ce qui leur avoit fait donner le nom d'*Hospitaliers de la Charité N. D.* Le succès de cet établissement ayant fait naître au fondateur la pensée d'en former un autre tout semblable à Paris , il jeta les yeux sur la Maison des Miracles , que Reinier Flaming consentit à lui céder. Non seulement Philippe-le-Bel , qui régnoit alors , donna son approbation à ce marché ; mais ce prince voulut encore favoriser la nouvelle institution , en faisant présent aux Hospitaliers des restes de la maison du juif et d'un autre bâtiment qui en étoit voisin (2).

Ceci arriva en 1299. — A cette époque les frères qui composoient cette communauté n'étoient encore d'aucun ordre approuvé par l'église. En 1300 , Gui de Joinville les engagea à choisir celui du tiers-ordre; ils l'embrassèrent en effet; mais il paroît qu'ils le firent sans autorisation des supérieurs ecclésiastiques, et sans les formalités requises ; car, quoique plusieurs actes, datés de 1312 et 1315, leur donnent déjà le titre de *religieux*, et appellent leur maison l'*Hôpital des frères religieux*, ou *Collège des Miracles de la Charité N. D.*, il n'en est pas moins vrai qu'ils

---

(1) D. Félibien a cru, sans fondement, que ce lieu étoit dans le fief *aux Flamands*, et qu'on l'avoit ainsi appelé à cause de Reinier Flaming, fondateur de la chapelle. Il est vrai que ce territoire a depuis reçu ce nom; mais on le nommoit alors *la Bretonnerie*, et il étoit possédé par Jean Arrode, panetier de France, lequel le tenoit à foi et hommage de Jean de Sèvre. (JAILLOT.)

(2) Les lettres-patentes par lesquelles Philippe-le-Bel donna cette maison aux frères de la Charité-de-Notre-Dame, se trouvoient en original dans les archives du couvent des Carmes-Billettes. Comme cette maison étoit alors dans la censive et seigneurie de la Bretonnerie, les frères de la Charité obtinrent de Jean Arrode, seigneur de ce fief, des lettres d'amortissement datées de 1302. Ce territoire prit ensuite, comme nous l'avons dit, le nom de *fief aux Flamands*. On y bâtit plusieurs hôtels et de grandes maisons, qui appartinrent par la suite aux Carmes-Billettes, et dont ils furent possesseurs jusqu'au moment de leur suppression.

reconnurent eux - mêmes qu'ils étoient illégalement constitués, dans une supplique qu'ils présentèrent au pape Clément VI, lequel, par ses bulles du 27 juillet 1346, leur donna l'absolution des censures qu'ils avoient .encourues, et commit l'évêque de Châlons pour leur donner l'habit et la règle de S. Augustin ; ce qui fut exécuté le 13 avril de l'année suivante.

La vie exemplaire que menoient ces religieux ne tarda pas à exciter la libéralité des fidèles ; et les aumônes qu'ils reçurent furent bientôt assez abondantes pour leur fournir les moyens de faire bâtir un cloître, des lieux réguliers, et d'agrandir leur chapelle, qui fut consacrée en 1350 (1). Il paroît cependant que les changements opérés dans ce quartier au commencement du quinzième siècle, et principalement l'exhaussement considérable du pavé de la rue des Billettes, les obligèrent de rebâtir de nouveau le cloître et l'église (2) : Cette dernière fut dédiée le 13 mai 1408.

Dans la suite des temps, le relâchement qui s'étoit insensiblement introduit parmi ces religieux fut enfin porté à un tel excès, qu'on songea à les réformer ; mais les différents projets que l'on proposa à ce sujet éprouvèrent tant d'obstacles qu'il fallut y renoncer, et prendre le parti de laisser éteindre cet ordre. Autorisés à vendre leurs biens pour payer leurs dettes, les Hospitaliers, après avoir offert leur maison à différents ordres religieux, traitèrent avec les Carmes de l'observance de Rennes,

---

(1) Parmi les acquisitions que les religieux de la Charité firent pour s'agrandir, étoit une maison située vis-à-vis leur église. Charles V, par ses lettres du 6 juillet 1375, leur avoit permis de faire construire une arcade sur la rue, pour communiquer de leur couvent à cet édifice ; mais il est probable qu'ils n'usèrent pas de cette permission, puisque Charles VI, par d'autres lettres du 29 juin 1382, leur permit de faire une voûte sous la rue, pour servir au même usage. Cette maison étant tombée en ruines fut entièrement démolie au commencement du seizième siècle. Il paroît que l'emplacement qu'elle occupoit forme aujourd'hui le petit cul-de-sac qui se trouve dans cette rue.

(2) L'ancienne devint alors souterraine, et servit, jusque dans les derniers temps, de cimetière aux religieux et aux bienfaiteurs du couvent. Malgré ces changements et ceux qui les ont suivis, la chapelle des Miracles fut toujours conservée, et l'on voyoit près d'elle des restes de l'ancien cloître. Sur l'entrée de cette chapelle, dans laquelle on descendoit par un escalier entouré d'une balustrade, on lisoit encore, en 1685, une inscription conçue en ces termes :

« *Ci-dessous le juif fit bouillir la sainte Hostie.* »

Mais cette partie de la chapelle souterraine ayant été depuis couverte d'une espèce de tambour de bois, l'ancienne inscription avoit été remplacée par celle-ci :

« *Cette chapelle est le lieu où un juif outragea le sainte Hostie.* »

en la province de Tours , à qui ils cédèrent *l'église, prieuré et monas-*
tère des Billettes , et tous les biens, meubles et immeubles appartenant
audit prieuré , par concordat du 24 juillet 1631 , lequel fut approuvé
la même année par l'archevêque de Paris , et confirmé par lettres - patentes du roi , vérifiées au parlement le 8 janvier 1632 , et en la chambre
des comptes le 22 mai 1635 ; enfin , l'union de ce prieuré à la congrégation des Carmes reçut le dernier sceau de l'autorité , par les bulles confirmatives que ces religieux obtinrent d'Urbain VIII , le 12 février 1632 ,
en vertu desquelles ils en prirent possession le 27 juillet 1633. Ils s'y
sont maintenus jusqu'au moment de la suppression des ordres monastiques.

Vers le milieu du dernier siècle , l'église de ce couvent fut rebâtie de
nouveau sur les dessins du frère *Claude ,* religieux dominicain , qui se
mêloit d'architecture , mais qui ne donna pas , dans cette occasion , une
grande preuve de son talent. Il étoit impossible de voir une construction
plus mauvaise , plus incohérente dans toutes ses parties que celle de cet
édifice (1).

CURIOSITÉS.

SÉPULTURES.

Dans cette église étoit le tombeau de Papire Masson, écrivain français, et érudit estimé,
mort en 1611.

Dans une des chapelles avoit été inhumé le cœur de l'historien Mezeray, ainsi que le
faisoit connoître l'inscription suivante :

D. O. M.

« Ci-devant repose le cœur de François-Eudes de Mezeray, historiographe de France ,
« secrétaire perpétuel de l'académie française. Ce cœur, après sa foi vive en Jésus-
« Christ, n'eut rien de plus cher que l'amour de sa patrie. Il fut constant ami des bons ,
« et ennemi irréconciliable des méchants. Ses écrits rendront témoignage à la postérité
« de l'excellence et de la liberté de son esprit, amateur de la vérité, incapable de flat-
« terie, qui, sans aucune affectation de plaire, s'étoit uniquement proposé de servir à
« l'utilité publique. Il cessa de respirer le 10 juillet 1683. »

---

(1) L'église des Billettes vient d'être restaurée et accordée aux religionnaires professant le culte
luthérien.

LES CHANOINES RÉGULIERS

DE SAINTE-CROIX-DE-LA-BRETONNERIE.

THÉODORE de Celles, chanoine de Liége, désirant mener une vie solitaire et contemplative, s'étoit retiré avec quelques compagnons sur une petite colline près de Huy, entre Liége et Namur. Il y avoit en cet endroit une petite église appelée Saint-Thibaud-de-Clairlieu; l'évêque de Liége la leur donna, et ils y bâtirent un monastère, qui devint depuis le chef-lieu de l'ordre. La nouvelle institution fut approuvée par Honoré III, et confirmée au concile général tenu à Lyon, en 1245, par Innocent IV. Ces chanoines suivoient alors la règle de Saint-Dominique; et comme leur occupation principale étoit de méditer sur la Passion et sur la Croix de Jésus-Christ, ils furent appelés *Frères de la Sainte-Croix, Croisiers, Portecroix, Cruciferi, Crucigeri, Cruce signati.*

Saint Louis ayant été informé de la vie édifiante de ces chanoines réguliers, et des succès des prédications de Jean de Sainte-Fontaine, leur troisième général, en fit venir quelques uns à Paris, et les plaça rue de la Bretonnerie, dans une maison où étoit l'ancienne monnoie du roi, et que depuis ils ont toujours occupée.

Les historiens ne sont pas d'accord sur l'époque précise à laquelle le pieux monarque introduisit ces chanoines à Paris; mais on peut conjecturer avec beaucoup de vraisemblance que ce fut entre les années 1254 et 1258. En effet, saint Louis partit, le 12 juin 1248, pour la Terre-Sainte, d'où il ne revint qu'à cette époque de 1254; et des lettres de ce prince, du mois de février 1258, constatent que, pour augmenter la demeure de ces chanoines, il leur avoit fait céder par Robert Sorbon quelques maisons contiguës, en lui donnant en échange d'autres maisons, situées rue Coupe-Gueule : il en faut donc conclure que les frères de Sainte-Croix étoient déjà établis en 1258, mais que leur établissement étoit très récent.

Ces chanoines restèrent long-temps paisibles dans l'obscurité de leur cloître, jusqu'à ce que le relâchement qui s'introduisoit peu à peu dans l'observation de leur règle eût fait d'assez grands progrès pour appeler sur eux l'attention de l'autorité. On tenta, au commencement du seizième siècle, et à plusieurs reprises, mais inutilement, d'y opérer une réforme ; et quoique le parlement se fût joint à cet effet à la puissance ecclésiastique, il n'en résulta rien de bien satisfaisant jusque vers la fin du règne de Louis XIII, que le cardinal de La Rochefoucauld ayant été chargé, par le souverain pontife, de la réformation des ordres religieux, saisit l'occasion de quelques désordres qui s'étoient passés dans cette maison, pour y introduire des chanoines réguliers de Sainte-Geneviève ; ceux-ci, après y être restés trois mois, furent obligés d'en sortir (1) ; mais les chanoines de Sainte-Croix, touchés sans doute du scandale qui résultoit de semblables évènements, prirent le parti de se réformer eux-mêmes, et reprirent la règle de Saint-Augustin, qu'ils n'ont cessé d'observer avec beaucoup de régularité jusqu'à la suppresion des ordres monastiques.

L'église, dédiée sous le titre de l'exaltation de la Sainte-Croix, étoit un monument gothique assez vaste, et bâti par le célèbre architecte de la Sainte-Chapelle, *Eudes de Montreuil*. Elle avoit son entrée principale rue Sainte-Croix-de-la-Bretonnerie ; et sur la plus grande porte on lisoit l'inscription suivante :

Hæc est domus Domini, 1689.

La maison étoit dans le goût moderne et nouvellement rebâtie (2).

CURIOSITÉS.

TABLEAUX.

Sur le maître-autel, un tableau représentant Notre-Seigneur mis au tombeau, par un peintre inconnu.

----

(1) Ils en sortirent le 13 octobre 1641, par un ordre du roi, que les chanoines de Sainte-Croix eurent le crédit d'obtenir.

(2) L'église et la maison n'existent plus, une moitié a été remplacée par des maisons particulières ; l'autre partie forme un passage qui donne dans le cul-de-sac ouvert vis-à-vis les Billettes.

Sur le côté gauche du chœur, une Nativité, par *Simon Vouet*.

Dans une chapelle latérale, un Christ, par *Philippe de Champagne*.

Le réfectoire étoit décoré de quelques tableaux, parmi lesquels on distinguoit un saint Jean-Baptiste et une Magdeleine, par *Colin de Vermont*. Ces tableaux étoient encadrés dans une superbe boiserie, exécutée sur les dessins de *Servandoni*.

Dans le vestibule de ce réfectoire étoit une très belle fontaine construite par le même architecte; elle étoit décorée de colonnes peintes en marbre; les caissons et autres ornements étoient de plomb doré.

SÉPULTURES.

Dans cette église avoient été inhumés :

Barnabé Brisson, second président au parlement, l'un des quatre magistrats qui furent pendus, le 15 novembre 1591, par ordre des Seize, à une poutre de la chambre du conseil du châtelet.

Hennequin, conseiller clerc. On voyoit son monument au-dessus des stalles du chœur. C'étoit un bas-relief exécuté par *Sarrazin*, lequel représentoit une Vertu en pleurs, soutenant le médaillon de ce magistrat.

Il y avoit au-dessous de l'église seize caveaux, qui servoient de sépulture à plusieurs familles de Paris.

~~~~~~

LES RELIGIEUSES DE SAINTE-AVOIE.

Les historiens se sont expliqués si différemment sur l'origine de ces religieuses, qu'il est presque impossible de démêler la vérité dans la foule de leurs récits contradictoires (1). Le père Dubois, auteur *d'une Histoire ecclésiastique de Paris*, est le seul qui nous ait paru avoir recueilli des renseignements exacts sur l'établissement de cette communauté. Cet écrivain rapporte un acte passé devant l'official de Paris, le samedi avant Noël 1288, par lequel il semble que *Jean Sequence*, chefcier de Saint Merri, avoit acheté depuis peu une maison dans la rue du Temple; que, conjointement avec une veuve nommée *Constance de Saint-Jacques*,

______

(1) Les uns attribuent leur établissement à saint Louis, d'autres confondent ces religieuses avec les *béguines de l'Ave-Maria*, et la porte des *Barrés* avec celle du Temple. Quelques uns, comme nous le dirons tout à l'heure, pensent que les béguines n'y furent pas établies d'abord, mais qu'on les y introduisit par la suite, etc.
~~~~~~

il avoit fait rebâtir cette maison, dans l'intention d'y placer une communauté de pauvres femmes veuves, âgées au moins de cinquante ans ; et, enfin, qu'à cette époque, ces deux charitables fondateurs en avoient déjà recueilli quarante. Le même acte porte qu'ils donnèrent cette maison *auxdites pauvres femmes, avec ses appartenances et dépendances,* sous la condition de reconnoître comme administrateur le chefcier de Saint-Merri, et ses successeurs.

L'abbé Lebeuf prétend que des maisons et un oratoire du nom de Sainte-Avoie furent compris dans l'acquisition de *Jean Sequence*: cette assertion nous a paru sans fondement. L'acte que nous venons de citer ne fait aucune mention de cet achat ; la fausseté de cette opinion est encore prouvée par une inscription qu'on lisoit autrefois sur le mur de la chapelle de Sainte-Avoie, et qui a été conservée par Dubreul. Elle contenoit un legs fait par *M. Jean Hersan, jadis fondateur de la chapelle de l'hôtel de Sainte-Avoie.* Le père Dubois pense aussi que le nom de Sainte-Avoie ne fut donné à la chapelle et à la maison des pauvres femmes que postérieurement à l'an 1288; il est certain qu'en 1303 et même au milieu du seizième siècle on les appeloit encore *les pauvres veuves de la rue du Temple,* et que dans tous les titres du chapitre de Saint-Merri le chefcier y est désigné ainsi : *Magister, seu provisor domús pauperum mulierum de portâ Templi.* Il est vrai que l'on trouve dans les archives de ce chapitre un contrat de 1423, où cette communauté est désignée sous le titre de *Maîtresses et bonnes femmes de l'hôtel et hôpital Sainte-Avoie ;* que Corrozet et le plan de Dheulland indiquent également *la chapelle Sainte-Avoie;* enfin, que la rue où elle est située est appelée *rue du Temple, autrement Sainte-Avoie,* dans le manuscrit d'un plan terrier de Saint-Merri, fait en 1512 ; mais on ne peut tirer aucune preuve de ces dates postérieures de beaucoup à la fondation.

Sans appartenir à aucun ordre religieux, ces femmes vivoient en communauté, soumises à des statuts et à des règlements particuliers. Cependant ayant témoigné le désir d'embrasser un genre de vie vraiment monastique, pour se conformer aux ordonnances du royaume, qui étoient contraires à leur établissement, madame *Luillier,* veuve de M. de Sainte-Beuve, leur proposa, de concert avec M. *Guy Houissier,* curé de Saint-Merri, d'adopter la règle et les constitutions des Ursulines, à qui cette dame avoit procuré un établissement , rue Saint-Jacques ; et à cette condition , elle s'engagea de leur faire une rente de mille livres.

Le concordat par lequel ces bonnes femmes acquiescèrent à ce changement (1) fut signé le 10 décembre 1621 , homologué par les grands-vicaires de M. le cardinal de Retz , évêque de Paris , le 4 janvier suivant , confirmé par le souverain pontife , et approuvé par lettres - patentes du mois de février 1623, qui furent vérifiées au parlement quelques jours après. Les religieuses ursulines furent mises en possession de la maison de Sainte-Avoie dès le mois de janvier 1622. Les bonnes femmes qui l'occupoient, et dont le nombre étoit réduit à neuf, prirent aussitôt l'habit et persévérèrent avec édification dans le nouvel institut qu'elles avoient embrassé. Ce changement ne fit rien perdre au curé de Saint-Merri de ses droits sur cette maison , et il y conserva jusqu'à la fin tous ceux dont avoient joui ses prédécesseurs (2).

Il falloit monter au premier étage pour voir l'église de ces religieuses, qui étoit assez jolie, mais fort petite. Le maître-autel étoit décoré d'un assez bon tableau représentant l'Annonciation, par un peintre inconnu.

Les religieuses de Sainte-Avoie tenoient une pension de jeunes demoiselles.

---

(1) Ce changement est le seul qu'ait subi cette maison , quoique dom Félibien, Piganiol et ceux qui les ont copiés aient dit qu'on y introduisit des *religieuses béguines*. Cette erreur a pris sa source dans le mot *béguines*, que l'on n'a pas bien entendu , ou auquel on a donné trop d'extension. Les béguines étoient des filles ou femmes dévotes qui, sans s'astreindre à aucune règle, ni s'engager par des vœux, vivoient en commun, et consacroient à la prière et à d'autres exercices de piété le temps qu'elles n'employoient pas au travail des mains. Ainsi elles tenoient un milieu entre le genre de vie des laïcs et celui des personnes qui avoient embrassé l'état religieux. Le peuple, qui n'est jamais bien instruit, prit l'habitude de donner le nom de béguines à toutes les femmes qui vivoient en commun ; et comme les bonnes femmes de Sainte-Avoie vivoient ainsi, on les appela *béguines*, sans que pour cela il y ait eu le moindre changement dans leur communauté.

(2) En reconnoissance de ces droits, le couvent faisoit présenter chaque année à l'offrande, en l'église de Saint-Merri, le jour de la fête de ce saint, un cierge d'une livre , auquel étoit attaché un écu d'or.

LES RELIGIEUX DE LA MERCI

OU DE NOTRE-DAME DE LA RÉDEMPTION DES CAPTIFS.

C'EST, selon nous, une chose admirable de voir à quel point les institutions religieuses l'emportent, dans cette grande ville, sur celles qui sont purement civiles, non seulement par leur nombre, mais encore par l'importance de leurs travaux, par la régularité de leurs actions, par le bien qu'elles font à la société. Ce que la politique n'a pu même imaginer pour le soulagement de l'humanité, parcequ'en effet il est certains dévouements qu'aucune récompense donnée par les hommes ne peut payer, des ordres religieux l'ont fait, parcequ'ils se proposoient un prix qui seul pouvoit être au-dessus de leurs sacrifices. Leur charité a prévu tout ce qui peut contribuer à l'ordre et au bonheur dans une vaste cité, toutes les misères, toutes les souffrances qui peuvent affliger ses habitants : nous les avons vus ouvrir de tous côtés des asiles pour instruire, édifier, soulager. Ils ont fait plus : ils ont étendu cette charité ardente jusque sur des malheureux dont la terre et la mer sembloient devoir les séparer à jamais. On les a vus braver tous les périls, franchir tous les obstacles pour arracher à l'esclavage et à la mort des chrétiens que leurs amis, leurs parents mêmes avoient abandonnés; et dans ce triomphe de la religion, ils ont donné une preuve éclatante qu'elle étoit plus forte que toutes les affections humaines, qu'elle l'emportoit même sur les sentiments de la nature.

L'ordre de la Merci, en qui nous admirons ce dévouement sublime et jusque-là inconnu, prit naissance à Barcelonne, en 1218 (1). Ce n'étoit,

____

(1) Ils reçurent l'habit de leur institut dans l'église cathédrale de Barcelonne, des mains de Bérenger, qui en étoit évêque, en présence de Jacques Ier, roi d'Aragon, le 10 août 1223. Cet habit, tout blanc, consistoit en une tunique, une chape et un scapulaire sur lequel étoit l'écu d'Aragon, avec une croix en chef. Leurs constitutions particulières furent dressées par Raimond de Pegnafort, dominicain fameux, qui étoit le confesseur de Pierre Nolasque, fondateur de l'ordre.

dans son origine, qu'une congrégation de gentilshommes qui, pour imiter la charité de saint Pierre Nolasque, leur fondateur, consacrèrent leurs biens et leurs personnes à la délivrance des captifs chrétiens, sur le récit qu'ils avoient entendu faire des cruautés inouïes exercées sur eux par les infidèles, qui ne leur laissoient d'autre alternative que de mourir dans les supplices ou de changer de religion. On les appeloit *les Confrères de la Congrégation de N.-D. de Miséricorde.* Ils avoient aussi le titre d'ordre royal et militaire, parceque, pendant les premiers siècles de leur institution, ils étoient aussi destinés à faire la guerre aux Maures, qui avoient envahi les plus belles provinces de l'Espagne. Aux trois vœux ordinaires de religion, ces pieux chevaliers ajoutoient celui de sacrifier leurs biens, leur liberté, et même leur vie, pour le rachat des captifs.

Les succès de cet ordre furent si rapides, que dès 1230 il fut approuvé par Grégoire IX, qui le confirma de nouveau par sa bulle du 17 janvier 1235, en le mettant sous la règle de saint Augustin. Mais, en 1308, Clément V ayant ordonné que cet ordre seroit régi par un religieux prêtre, ce changement occasionna quelques divisions entre les clercs et les laïcs : les chevaliers se séparèrent des ecclésiastiques, et insensiblement ces derniers furent les seuls admis dans l'ordre.

Les historiens n'indiquent pas la date précise de l'introduction de ces religieux en France; mais on sait d'une manière positive que, dès 1515, ils avoient à Paris une maison et un collège qui subsistoient encore au milieu du dernier siècle, au bas de la rue *des Sept - Voies*, près de la montagne Sainte-Geneviève. Ils durent leur second établissement, rue *de Braque*, à la reine Marie de Médicis, qui, par ses lettres du 16 septembre 1613, leur fit donner les chapelles de Notre-Dame et de Saint-Claude de Braque (1). Les religieux de la Merci en prirent aussitôt possession. L'évêque de Paris approuva ce changement le 4 novembre 1613, et il fut autorisé par lettres-

---

(1) En 1348, Arnould de Braque avoit fondé cette chapelle et un hôpital. On voit, par les registres de la chambre des comptes, que, le 7 juillet 1384, Charles VII donna à Nicolas de Braque, moyennant douze deniers de cens annuel, les anciens murs, avec les tours ou tourelles, et les places vagues entre la porte du Chaume et celle du Temple; Nicolas de Braque y fit bâtir un hôtel, et augmenta beaucoup la chapelle et l'hôpital. Ce dernier établissement étoit déjà détruit au commencement du dix-septième siècle; mais la chapelle, suffisamment rentée par la famille de Braque, étoit encore desservie par quatre chapelains.

patentes du premier août 1618. On bâtit alors, à la place de ces anciennes constructions, une église et un monastère ; et, depuis cette époque, on reconstruisit le portail de l'église. Il étoit composé de deux ordonnances couronnées d'un attique, au-dessus duquel s'élevoit un campanille. Le premier ordre, dont les colonnes étoient ovales et corinthiennes, fut, dit-on, bâti sur les dessins de *Cottard;* le second, dont les chapiteaux étoient *composites*, étoit de *Boffrand*, qui avoit eu, dit-on, l'intention de disposer la masse entière de ce morceau d'architecture, de manière qu'elle pût se lier avec celle de l'hôtel Soubise, situé vis-à-vis, et lui servir, en quelque sorte, de décoration. Parmi les constructions pyramidales de ce genre, celle-ci pouvoit passer pour une des plus agréables, parcequ'elle étoit une des plus simples.

CURIOSITÉS DE L'ÉGLISE DE LA MERCI.

TABLEAUX.

Dans une chapelle, un tableau représentant saint Pierre Nolasque recevant le premier, en 1223, l'habit de l'ordre de la Merci des mains de l'évêque de Barcelonne, en présence du roi d'Aragon, par *Bourdon.*

SCULPTURES.

Sur les côtés du maître-autel, les statues de saint Raymond Nonnate et de saint Pierre Nolasque, par *Michel Anguier.*

SÉPULTURES.

La famille de Braque avoit dans cette église un tombeau décoré de figures en marbre blanc. Un cartouche de marbre appliqué sur un des piliers de la nef indiquoit que les cœurs du maréchal de Themines et du marquis de Themines son fils y avoient été inhumés.

C'étoit aussi la sépulture de MM. de La Mothe et Ferrari.

Quoique le rachat des esclaves fût aussi la fin principale de l'institution d'un autre ordre religieux (les Trinitaires Mathurins), il y avoit entre eux cette différence, que non seulement les Pères de la Merci faisoient le vœu d'aller racheter les captifs, ce qui leur étoit commun avec les

Trinitaires, mais encore de demeurer en otage pour eux, vœu que ces derniers ne faisoient point (1).

---

(1) L'église et les bâtiments de ce monastère ont été démolis.

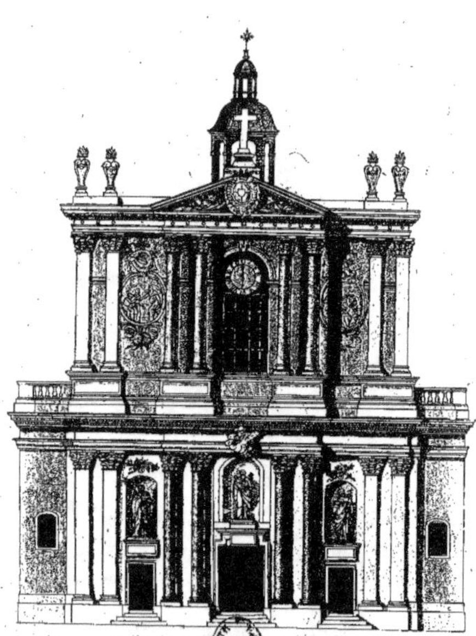

Portail de l'Eglise de la Merci.

VUE INTÉRIEURE de l'Eglise des BLANCS ~ MANTEAUX.

MONASTÈRE DES BLANCS-MANTEAUX.

Trois ordres différents ont successivement occupé ce monastère. *Les religieux serfs de sainte Marie mère de J.-C.* furent les premiers qui s'y établirent en 1258 (1). Les archives du Temple nous apprennent qu'en cette année Amauri de Laroche, maître de cette maison, permit à ces religieux d'établir dans sa censive un couvent, une chapelle et un cimetière, si l'évêque et le curé de Saint-Jean-en-Grève le trouvoient bon.

Soit que les facultés des serfs de la Vierge ne leur permissent pas de profiter alors de cette faveur, soit que quelque autre obstacle fût venu s'opposer à leur établissement, on voit qu'ils n'obtinrent le consentement de Renaud de Corbeil, évêque de Paris, qu'au mois d'août de l'an 1263, et non en 1258, comme le dit Sauval. La chapelle fut bâtie la même année par les libéralités de saint Louis. Les historiens nous apprennent que ce prince donna en outre quarante sous de rente à la maison des chevaliers du Temple, pour la dédommager du droit de censive qu'elle avoit sur le lieu où fut bâti ce monastère. C'est pourquoi il en est justement regardé comme le principal fondateur, quoique plusieurs particuliers aient aussi contribué de leurs aumônes à l'entier achèvement de cette bonne œuvre.

Les Blancs-Manteaux (2) ne jouirent pas long-temps de l'établissement que la charité leur avoit procuré dans la capitale. Dès l'an 1274, leur ordre fut supprimé par le second concile de Lyon, qui abolit tous les ordres mendiants établis depuis le quatorzième concile de Latran (3), à la réserve des jacobins, des cordeliers, des carmes et des augustins.

---

(1) Sauval et Lemaire disent, mal à propos, que ce fut en 1252.

(2) Le nom de *Monastère des Blancs-Manteaux* fut donné au couvent des serfs de la Vierge, parceque les religieux portoient des manteaux blancs. Les guillelmites, qui les remplacèrent, conservèrent ce nom, quoique les leurs fussent noirs ; et cette dénomination passa aux bénédictins, qui succédèrent aux guillelmites.

(3) Ce concile avoit été tenu sous Innocent III, en 1215.

Il paroît que les serfs de la Vierge, qui, par ordre d'Alexandre IV, et en vertu de sa bulle du 15 septembre 1257, c'est-à-dire dès leur origine, avoient adopté la règle de saint Augustin, se maintinrent encore quelque temps, malgré le décret du concile de Lyon, car ce ne fut qu'en 1297 qu'ils se réunirent à un autre ordre monastique établi à peu près à la même époque dans le diocèse de la capitale.

Les vertus de saint Guillaume de Malleval, les miracles qui s'opéroient chaque jour sur son tombeau, avoient engagé les fidèles à lui faire bâtir une église et un monastère. Les solitaires qui s'y établirent adoptèrent la règle de saint Benoît, et prirent le nom de Guillelmites, ou *hermites de saint Guillaume*. Sous le règne de saint Louis, ils obtinrent une demeure à Mont-Rouge, près de Paris. Leur maison et leur chapelle étoient alors sous le titre des Machabées.

Ces religieux, quoique mendiants, n'avoient point été du nombre de ceux que le concile de Lyon supprima, parcequ'on les considéroit comme vivant sous la loi d'un ordre approuvé par l'église. La suppression des *serviteurs de la Vierge* leur fit naître la pensée de se procurer un établissement dans la capitale; s'étant facilement entendus avec ceux qu'ils vouloient remplacer, ils exposèrent à Boniface VIII qu'il ne restoit plus que quatre membres de cette communauté, y compris le prieur, lesquels désiroient se réunir à eux et entrer dans leur ordre, et lui demandèrent de leur accorder la maison des Blancs-Manteaux. Le souverain pontife y consentit par sa bulle donnée le 18 juillet 1297, et confirmée, l'année suivante, par Philippe-le-Bel.

Dans le siècle suivant, ce monastère se trouvant trop resserré par l'enceinte de la ville à laquelle il étoit contigu, Philippe de Valois accorda, en 1334, la permission de percer le mur, et d'y pratiquer une porte, tant pour la commodité des personnes du dehors qui venoient assister au service divin, que pour celle des religieux qui possédoient par-delà l'enceinte une place et quelques bâtiments. En 1404 ils obtinrent encore de Charles VI une tour et environ quarante toises des anciens murs, à condition de payer chaque année quatre livres dix sous huit deniers parisis de rente, et huit sous six deniers parisis de fonds de terre.

Les Guillelmites demeurèrent en possession de ce monastère jusqu'en

1618, époque à laquelle leur communauté étoit réduite à un si petit nombre de religieux (1) qu'ils obtinrent d'être agrégés à la congrégation réformée des Bénédictins, nommée alors *Gallicane*, et depuis de *Saint-Maur*. Cette réforme faisoit de rapides progrès, et plusieurs monastères l'avoient déjà embrassée. Les religieux de Saint-Guillaume s'y étant unanimement soumis le 3 septembre 1618, deux jours après, Henri de Gondi, cardinal de Retz, fit entrer les Bénédictins dans leur monastère, et cette union, approuvée par des lettres-patentes de Louis XIII, données la même année, fut maintenue malgré les réclamations du général des Guillelmites, résidant alors dans la ville de Liège.

On lit dans l'histoire de Paris, de Felibien, et dans le *Gallia Christiana*, que la première église des Blancs-Manteaux fut dédiée le 30 novembre 1397, et ensuite le 13 mai 1408. Cette église étoit alors autrement située qu'elle n'est aujourd'hui ; elle s'élevoit le long de la rue des Blancs-Manteaux, et touchoit presque à la porte Barbette. L'église et le monastère furent rebâtis en 1685 ; M. le chancelier Le Tellier et dame Élizabeth Turpin son épouse en posèrent la première pierre le 26 avril de la même année.

Cette église, d'une grandeur médiocre, et sur-tout très étroite, est cependant composée d'une nef et de bas-côtés qui en sont séparés par des arcades ornées de pilastres corinthiens et de médaillons. Le tout est de cette architecture mesquine que l'on ne rencontre que trop communément dans les églises de Paris.

CURIOSITÉS DE L'ÉGLISE DES BLANCS-MANTEAUX.

TABLEAU.

Au fond du bas-côté de l'église, près de la principale porte d'entrée, un grand tableau représentant Jésus-Christ au Jardin des Olives, par *Parrocel*.

SCULPTURES ET TOMBEAUX.

Auprès du maître-autel, six figures sculptées par un frère lai de cette maison, nommé *Bourlet*.

---

(1) La communauté n'étoit plus composée que d'un prieur, six profès et deux novices.

Le tombeau de Jean Le Camus, lieutenant civil, mort en 1710, par *Simon Maizières*. Ce magistrat y étoit représenté à genoux ; un ange tenoit un livre ouvert devant lui.

La bibliothèque contenoit environ vingt mille volumes.

Cette maison a servi de retraite à plusieurs bénédictins estimés pour leur vertu et pour leur érudition. C'est là qu'ont été composés *l'Art de vérifier les dates*, *la nouvelle Diplomatique*, *la collection des Historiens de France*, et d'autres ouvrages importants (1).

----

(1) Les bâtiments des Blancs-Manteaux ont été détruits, et sur leur emplacement on a percé une rue nouvelle. L'église vient d'être rendue au culte.

VUE INTÉRIEURE de l'Hôtel de SOUBISE.

HÔTELS.

HÔTELS EXISTANTS EN 1789.

Hôtel de Saint-Aignan , (rue Sainte-Avoie.)

Cᴇᴛ hôtel portoit autrefois le nom de Beauvilliers ; il avoit été bâti par Le Muet, architecte, pour Claude de Mesmes, comte d'Avaux, célèbre par ses négociations et ses ambassades, et fut ensuite vendu à Paul de Beauvilliers, duc de Saint-Aignan, pair de France. Cet édifice, d'une construction assez régulière , offre sur la cour une ordonnance de pilastres corinthiens qui s'élèvent depuis le rez-de-chaussée jusqu'à l'entablement (1).

Hôtels de Mesmes , de la Trémouille , de Caumartin , etc. (même rue.)

L'hôtel de Mesmes étoit originairement la demeure du connétable Anne de Montmorency (2).

Henri II se plaisoit quelquefois à venir y faire un séjour passager, ce qui l'avoit fait appeler *le Logis du Roi.* Cet hôtel passa ensuite à Jean-Antoine de Mesmes, premier président du parlement.

Ce fut dans cette maison que furent d'abord établis les bureaux de la banque de Law. Peu de temps avant la révolution elle étoit occupée par M. de Vergennes et par les bureaux de la recette générale des finances (3).

On trouve encore dans cette rue les hôtels de la Trémouille et de Caumartin , et dans la rue Bourg-Thiboud l'hôtel d'Argouges.

Hôtel de Soubise.

Cet hôtel, dont la principale entrée donne sur la rue de Paradis, occupe une grande partie du carré que forment les rues du Chaume, des Quatre-Fils,

---

(1) C'est aujourd'hui le siège de la municipalité du sixième arrondissement.

(2) Ce seigneur mourut dans cet hôtel, le 12 novembre 1567, des blessures qu'il avoit reçues à la bataille de Saint-Denis ; il étoit âgé de soixante-quatorze ans, avoit servi sous cinq rois, et s'étoit trouvé à près de deux cents combats et à huit batailles rangées.

(3) C'est aujourd'hui la demeure de l'administrateur général des droits réunis.

de Paradis, la vieille rue du Temple, et réunit dans son enceinte les emplacements de plusieurs autres hôtels connus dans notre histoire. Du côté de la rue des Quatre-Fils étoit le *grand chantier du Temple*, dont les Parisiens firent présent au connétable de Clisson (1), et sur lequel il fit bâtir son hôtel en 1383. Du côté de la rue de Paradis s'élevoit l'hôtel des rois de Navarre, de la maison d'Evreux, devenu depuis la propriété du duc de Nemours, comte d'Armagnac, sur lequel il fut confisqué.

L'hôtel de Clisson appartenoit, au commencement du quinzième siècle, au comte de Penthièvre; il passa ensuite au sieur Babon de La Bourdaisière, qui, par contrat du 14 juin 1553, le vendit 16,000 liv. à Anne d'Est, épouse de François de Lorraine, duc de Guise; celui-ci le donna, le 7 octobre 1556, au cardinal de Lorraine, son frère, qui en fit don lui-même, le 4 novembre suivant, à charge de substitution, à Henri de Lorraine, prince de Joinville, son neveu.

L'hôtel de Navarre et d'Armagnac, passé au comte de Laval, fut vendu par ce seigneur, en 1545, au sieur Brinon; celui-ci le céda au cardinal de Lorraine, lequel en fit don au duc de Guise son frère, le 11 juin 1556.

Le duc de Guise acheta encore, en 1560, l'hôtel de la Roche-Guion. L'acte d'acquisition porte qu'il étoit alors possédé par Louis de Rohan, comte de Montbazon, seigneur de Guémené, et par dame Éléonore de Rohan son épouse.

Enfin les princes de cette illustre famille acquirent dans le même temps plusieurs autres maisons voisines, et c'est sur ce vaste emplacement qu'ils firent bâtir l'hôtel qui porta depuis leur nom. Il porta ce nom jusqu'en 1697, que François de Rohan, prince de Soubise, l'ayant acheté des héritiers de la duchesse de Guise, en augmenta encore considérablement les constructions.

Le principal corps-de-logis, qui s'étend depuis la rue du Chaume jus-

---

(1) Lorsque, selon Pasquier, ils se virent réduits, par son moyen, à venir crier *miséricorde* au roi dans la cour du palais; et en effet les M d'or couronnées qu'on a vues long-temps sur les murailles et sur les combles de cet hôtel y avoient été peintes pour rappeler le souvenir de la faute et du châtiment des Parisiens. Elles indiquent aussi la raison pour laquelle, sous Charles VI, et même après lui, on nommoit cet hôtel *l'hôtel de la Miséricorde*. La manière dont Froissard et les historiens nous parlent de l'assassinat d'Olivier de Clisson, entrepris en 1393, fait croire que ce connétable logeoit encore dans cette maison, et qu'il étoit en chemin pour s'y rendre lorsqu'il fut attaqué.

qu'au jardin, et dont la façade donnoit immédiatement sur le passage qui conduisoit de cette rue à la vieille rue du Temple, avoit été construit par Henri, duc de Guise, sur la conduite et sur les dessins de Lemaire. La grande cour n'existoit pas encore à cette époque. La porte d'entrée se présentoit en pan coupé sur l'angle de la rue du Chaume et de ce passage; elle étoit accompagnée de deux tourelles en saillie que l'on voit encore, et entre lesquelles étoit située la chapelle, ornée de peintures à fresque, par *Nicolo*, peintre florentin, appelé d'Italie par François Ier pour décorer le palais de Fontainebleau.

La cour d'honneur et la principale entrée sur la rue de Paradis furent ajoutées en 1697 par le prince de Soubise. On retourna l'ancienne porte dans l'alignement de la rue du Chaume, en face de celle de Braque et de l'ancien passage, lequel resta toujours ouvert au public, quoiqu'il traversât tout l'hôtel, sous les fenêtres mêmes du bâtiment principal. Il n'a été fermé que depuis la révolution.

La façade de l'ancien bâtiment fut alors décorée, au rez-de-chaussée, de seize colonnes d'ordre composite, accouplées, dont huit forment au milieu un avant-corps surmonté d'un second ordre de colonnes corinthiennes que couronne un fronton. Les huit autres colonnes du rez-de-chaussée supportent quatre statues qui représentent les quatre Saisons. Deux autres statues allégoriques, la Force et la Sagesse, s'élèvent au-dessus du fronton.

La nouvelle cour a trente et une toises de longueur sur vingt de largeur, et présente une forme elliptique dans l'extrémité qui fait face au bâtiment. Elle est entourée d'une galerie de cinquante-six colonnes accouplées, d'ordre composite, et d'un pareil nombre de pilastres correspondant aux colonnes. La galerie que forme cette colonnade est couverte en terrasse; une balustrade règne au pourtour; l'ensemble en est grand, riche et d'un bel effet.

La porte d'entrée principale est également décorée, en dehors et en dedans, de colonnes accouplées, à l'intérieur composites, corinthiennes à l'extérieur. Elles forment sur chaque face un avant-corps, qui étoit autrefois couronné de grands écussons aux armes du prince, et accompagnés de statues. Il y avoit encore sur la balustrade plusieurs trophées d'armes qui s'élevoient de distance en distance. Ces diverses sculptures avoient été exécutées par Lorrain, Costou jeune et Bourdy. Toutes ont disparu depuis la révolution, à l'exception des figures des quatre Saisons.

Le vestibule et l'escalier, dont l'ensemble est vaste et magnifique, avoient été décorés de peintures par *Brunetty* ; une salle d'assemblée renfermoit des tableaux peints par Restout ; plusieurs autres pièces offroient une collection d'ouvrages de peintres français, tels que Boucher, Trémolière, Vanloo, etc.

Hôtel de Strasbourg.

En 1712, Armand Gaston, cardinal de Rohan, évêque de Strasbourg, membre de l'académie française et de celle des sciences, fit élever, sur une partie du terrain de l'hôtel de Soubise, un autre hôtel, qu'on a nommé d'abord le Palais-Cardinal. Il a sa principale entrée sur la vieille rue du Temple, une autre sur la rue des Quatre-Fils, et une troisième sur l'ancien passage qui traversoit l'hôtel de Soubise.

La face de cet édifice, sur la cour, est d'une grande simplicité ; celle qui regarde le jardin est décorée d'un avant-corps de quatre colonnes doriques au rez-de-chaussée, et ioniques au premier étage, lequel est surmonté d'un attique, et terminé par un fronton. Le jardin est commun aux deux hôtels (1)

On ne trouve d'hôtels anciens dans ce quartier que ceux que nous avons dit avoir été réunis pour former l'hôtel de Soubise. Toutefois nous ne devons pas oublier de dire que le duc d'Orléans, fils de Philippe de Valois, avoit aussi son hôtel joignant l'emplacement où fut depuis le couvent de la Merci. Cet édifice fut en partie compris dans l'hôtel du connétable de Montmorency, dont nous avons déjà parlé.

Mont-de-Piété.

Cet établissement avoit été formé par lettres-patentes du 9 décembre 1777, au profit des pauvres de l'hôpital général. En 1786 on éleva dans la rue des Blancs-Manteaux, un peu au-dessus du couvent, un bâtiment considérable pour les bureaux et magasins de cette administration, détruite

---

(1) Ces deux édifices, abandonnés et dégradés pendant la révolution, sont destinés, dit-on, à recevoir deux grandes administrations du gouvernement, et on les répare à cet effet.

pendant la révolution, et rétablie depuis dans le même local sur des bases nouvelles. Personne n'ignore que cet établissement est destiné à prêter de l'argent à intérêt sur des nantissements composés de toutes sortes d'effets mobiliers, et à diminuer ainsi les désordres de l'usure, si funestes dans une ville immense où habitent ensemble la richesse, la pauvreté et la corruption.

RUES ET PLACES

DU QUARTIER SAINTE-AVOIE.

Rue Sainte-Avoie. Elle fait la continuation de la rue Barre-du-Bec, et aboutit à celle du Temple, au coin de la rue Michel-le-Comte. Anciennement on ne la connoissoit que sous le nom de la *grande rue du Temple*, dont elle faisoit partie. On lui a donné celui qu'elle porte à cause de la chapelle et de l'hôpital Sainte-Avoie qui y étoient situés (1).

Rue Barre-du-Bec. Elle commence à la rue de la Verrerie, et aboutit à celle de Sainte-Avoie, au coin des rues Sainte-Croix-de-la-Bretonnerie et Neuve-Saint-Merri.

Guillot l'appele *rue de l'Abbaye-du-Bec-Hellouin.* Sauval a hésité sur l'orthographe du nom de cette rue et sur son étymologie; il vient, dit-il, ou d'une maison appelée, en 1273, *Domus de Barra*, ou d'une autre qui, au milieu du seizième siècle, se nommoit l'hôtel de la Barre-du-Bec, ou enfin de l'hôtel de l'Abbé-de-Notre-Dame-du-Bec-Hellouin en Normandie. On ne voit pas trop la raison de cette hésitation, car il cite l'accord passé entre Philippe-le-Hardi et le chapitre de Saint-Merri, en 1273, lequel ne laisse à ce sujet aucune incertitude : cet acte fait mention de la maison de la Barre, qui avoit appartenu à Simon de Paris, et qui étoit alors en la possession de l'abbé du Bec. Il paroît donc certain que c'est du séjour que les abbés du Bec y ont fait qu'elle a pris son nom. A l'égard de celui de la Barre, on peut également en rapporter l'origine à cette maison, qui étoit le siège de la justice que l'abbaye du Bec possédoit en ce quartier (2). Ce nom, ainsi que celui de barreau, vient d'une barre de fer ou d'une barrière de bois qui séparoit le lieu où se tenoient les plaideurs de celui qui étoit réservé aux juges, et c'étoit à cette barrière que se plaçoient ceux-ci pour recevoir les mémoires et les requêtes qu'on avoit à leur présenter. Le chapitre de Saint-Merri avoit une semblable barre, qu'on nommoit *les barres de Saint-Merri* (3).

Rue des Billettes. Elle traverse de la rue de la Verrerie dans celle de Sainte-Croix-de-la-Bretonnerie. Au treizième siècle elle s'appeloit *rue des Jardins*. Piganiol se trompe en

---

(1) Les archives du Temple font mention d'une *rue du Four-du-Temple* qui donnoit dans celle-ci; elle étoit située entre la maison de la Barre et la rue Sainte-Croix-de-la-Bretonnerie.

(2) On appeloit ces endroits, la barre, *barra, septum curiæ, cancelli auditorium.* De là vient cette façon de parler : « la barre des requêtes du palais, la barre du chapitre Notre-Dame la barre de « l'officialité, etc. »

(3) Dans cette rue, et près celle de la Verrerie, il y en avoit une autre dont les archives du Temple font mention, en 1463, sous le nom de *rue Dorée.*

disant qu'en 1290 on la nommoit *vicus Hortorum*. Nos aïeux n'étoient pas si puristes, ils disoient simplement, *vicus Jardinorum, vicus de Jardinis*, comme on le voit dans les lettres de Philippe-le-Bel, du mois de décembre 1299; dans d'autres actes du quinzième siècle, on la trouve indiquée sous le nom de *rue où Dieu fut bouilli, du Dieu bouliz*, enfin, dans Corrozet, sous celui de Billettes.

On a cherché et donné différentes étymologies de ce nom; Sauval insinue qu'il pourroit bien venir d'une espèce de péage qu'on appeloit encore de son temps *billette*, à cause d'un billot de bois qu'on suspendoit à la porte de la maison où ce péage devoit être acquitté. Pour autoriser cette idée, il pense que, la rue de la Verrerie conduisant à l'ancienne porte Saint-Merri, on payoit peut-être le péage dans quelque maison de cette rue, située au coin de celle des Jardins, et que c'est de là que celle-ci en aura reçu le nom de *rue des Billettes*. Jaillot trouve cette conjecture un peu hasardée: « Il est vrai, dit-il, qu'on a appelé *billette* une petite enseigne posée aux lieux où on devoit payer le péage; mais la rue de la Verrerie n'étoit point un chemin royal où l'on pût établir un bureau pour la perception d'un pareil droit; les marchandises qui y étoient sujettes devoient le payer avant que d'entrer dans la ville; ainsi les droits étoient perçus, de ce côté, à la porte Baudoyer, et de l'autre à celle de Saint-Merri. » Plusieurs autres auteurs ont aussi proposé leurs conjectures, qui ne nous paroissent pas mieux fondées. Ce qui nous a paru le plus vraisemblable, après avoir examiné toutes les discussions qui se sont élevées à ce sujet, c'est que le nom de cette rue est dû aux religieux hospitaliers de la Charité de Notre-Dame qui précédèrent les Carmes dans le couvent situé dans cette rue, et qui étoient connus sous le nom de *Billettes* dès les premiers temps de leur établissement à Paris. Il n'est pas même hors de vraisemblance que ces hospitaliers, qui, dans leur origine, n'étoient ni tout-à-fait religieux ni tout-à-fait séculiers, portassent des *billettes* (1) sur leurs habits comme un signe propre à les faire reconnoître, et que ce soit à cette occasion que le peuple leur eût donné ce nom.

Rue des Blancs-Manteaux. Elle traverse de la rue Sainte-Avoie dans la vieille rue du Temple. Au treizième siècle elle n'étoit connue que sous le nom de la *Parcheminerie* et de la *Petite-Parcheminerie*. On la trouve ainsi nommée, en 1268, dans les archives du Temple; mais les religieux qui s'y établirent vers le milieu du même siècle, portant des manteaux blancs, le peuple prit l'habitude de les appeler les *Blancs Manteaux*, et l'on en donna le nom à la rue; elle le portoit dès 1289, et l'a toujours conservé depuis (2).

---

(1) *Billette*, terme de blason, petite pièce carrée qu'on met dans l'écu pour signifier constance et fermeté. (*Dict. de l'Acad.*)

(2) Il y a dans cette rue un cul-de-sac appelé *Pequai*; il tire cette dénomination d'un particulier nommé *Piquet* qui y avoit une maison, et dont on a altéré le nom. Il a porté aussi celui de *Novion*, parceque M. de Novion a occupé la maison Piquet, et enfin celui de *Blancs-Manteaux*, parceque ce monastère en étoit voisin. Sauval l'appelle *rue Piquet*, et ajoute que c'étoit autrefois la *rue Molard*. Comme il n'est point fait mention de cette rue dans Guillot ni dans les listes des rues des quatorzième et quinzième siècles, Jaillot a conjecturé que la *rue Pernelle-Saint-Pol*, qui y est distinguée de la rue de l'*Homme-Armé*, pouvoit bien être cette *rue Molard*, laquelle seroit enfin représentée aujourd'hui par ce cul-de-sac.

Rue Bourg-Thiboud. Elle donne d'un côté dans le marché du Cimetière-Saint-Jean, et de l'autre dans la rue Sainte-Croix-de-la-Bretonnerie. On trouve dans les archives de l'archevêché un contrat de vente du mois de juillet 1220, où elle est appelée *rue Bour-tibou;* dans un acte de 1280, *vicus Burgi Thiboudi.* Ce même nom se trouve dans un arrêt de 1300. Guillot écrit *rue Bourc-Thibout.* Ainsi les autres noms de cette rue, tels que *Beautibourg, Bourtibourg, Bourg-Thiébaut* ne sont que des altérations de celui-ci. Quoique Sauval prétende que les rues Bourg-l'Abbé, Beau-Bourg, Bourg-Thiboust ne viennent pas du mot *bourg,* mais de noms de famille, il paroît cependant plus vraisemblable de l'attribuer à des amas de maisons hors de la ville, qui ont formé peu à peu de petits bourgs, et auxquels on a donné le nom de l'église qui y étoit située, du seigneur ou du particulier le plus remarquable qui y demeuroit. Telle est sans doute l'origine des bourgs Saint-Germain, du bourg de l'Abbé de Saint-Magloire, du Bourg-Thiboud, etc. Cette rue n'a pas changé de nom.

Rue de Braque. Elle traverse de la rue Sainte-Avoie à celle du Chaume. Il paroît qu'anciennement elle se prolongeoit jusqu'à la vieille rue du Temple; elle portoit alors le nom de *rues des Bouchers* et *des Boucheries-du-Temple,* à cause d'une boucherie que les chevaliers du Temple y établirent en 1182. Arnoul de Braque y fit bâtir, en 1348, un hôpital et une chapelle, et alors on la nomma *rue des Boucheries-de-Braque, rue de Braque,* et *de la Chapelle-de-Braque* (1).

Rue du Chaume. Elle aboutit d'un côté dans la rue des Blancs-Manteaux, et de l'autre dans celle du Grand-Chantier, au coin de celle des Quatre-Fils. Cette rue est ancienne, car il en est fait mention dans des actes de 1290; il paroît qu'elle donna son nom à une porte que Philippe-le-Bel permit d'ouvrir dans l'enceinte de Philippe-Auguste; et c'est pourquoi elle est souvent indiquée, dans les titres des quatorzième et quinzième siècles, sous le nom de la *rue de la Porte-du-Chaume.* Il faut observer que quand cette rue (ou chemin) eut été prolongée jusqu'aux murs du Temple, elle prit dans toute son étendue le nom de *rue du Chantier-du-Temple,* à cause d'un bâtiment ainsi nommé que les Templiers y avoient fait construire, et qui fait aujourd'hui partie de l'hôtel de Soubise; elle le conserve encore dans une de ses extrémités. Lorsque la porte eut été percée, la rue prit le nom de *rue de la Porte-Neuve, rue Neuve-Poterne* et *rue d'Outre-la-Porte-Neuve.* Elle reprit depuis le nom de *rue du Chaume;* on la retrouve ensuite sous le nom |*du Vieil-Braque.* Sur le plan de Saint-Victor, elle est nommée *grande rue de Braque;* et dans Corrozet, *rue de la Chapelle-de-Braque.* Quelques modernes lui ont donné le nom de *rue de la Mersi,* à cause de la maison et de l'église de ces religieux; mais elle n'a jamais été inscrite sous cette dénomination à aucune de ses extrémités.

Rue Sainte-Croix-de-la-Bretonnerie. Elle fait la continuation de la rue Neuve-Saint-Merri, depuis la rue Barre-du-Bec jusqu'à la vieille rue du Temple. Cette rue fut ouverte sur un terrain qu'on appeloit le *Champ aux Bretons* et *la Bretonnerie.* Il a porté

---

(1) Entre cette rue et celle des Vieilles-Haudriettes étoit anciennement une rue ou ruelle appelée *de la Traverse-Cadier.*

aussi, comme nous l'avons déjà dit, celui de la *Terre aux Flamands*; en 1232 on nommoit le chemin qui le traversoit, *rue de Lagny* dite la *Grande-Bretonnerie*, parcequ'il étoit en partie sur le fief de l'abbé de Saint-Pierre de Lagny. Ce terrain devoit sans doute son nom à une famille *des Breton* ou *Lebreton* (1), connue par différents actes du treizième siècle, ce qui le fit donner ensuite à la rue et même aux chanoines réguliers qui s'y établirent. On y a depuis ajouté celui de Sainte-Croix qu'elle a reçu de ces mêmes chanoines. Il paroît par tous les titres du Temple que le commencement de cette rue s'appeloit, au quatorzième siècle, *rue Agnès-la-Buschère*. Elle aboutissoit au carrefour du Temple, formé par celle-ci et par les rues Neuves-Saint-Merri, Barre-du-Bec et Sainte-Avoie (2).

Rue de la Croix-Blanche. Elle aboutit au cimetière ou marché Saint-Jean et à la vieille rue du Temple. A la fin du treizième siècle elle étoit connue sous le nom d'*Augustin-le-Faucheur;* elle est indiquée ainsi dans des lettres de Philippe-le-Hardi du mois d'août 1280, *cuneum sancti Augustini Falcatoris*. Ce nom a été altéré depuis par les copistes, qui ont écrit *Anquetin, Anquetil, Huguetin, Annequin, Hennequin, Otin-le-Fauche*, etc. Elle doit à une enseigne de la Croix-Blanche le nom qu'elle porte, nom sous lequel elle est énoncée dans un bail du 8 juillet 1448, et dans une sentence de licitation du 27 août 1639, laquelle se trouvoit dans les archives de l'archevêché.

Rue de l'Homme-Armé. Elle traverse de la rue Sainte-Croix-de-la-Bretonnerie dans celle des Blancs-Manteaux. Sauval et l'abbé Lebeuf avancent qu'anciennement on l'appeloit *rue Pernelle-Saint-Pol*. Jaillot pense qu'ils se sont trompés, attendu que cette rue Pernelle-Saint-Pol est distinguée de celle de l'Homme-Armé dans différents actes. (*Voyez* cul-de-sac Pequai, rue des Blancs-Manteaux.) On ignore l'étymologie du nom de cette rue.

Rue de Moussy. Elle traverse de la rue de la Verrerie dans celle de Sainte-Croix-de-la-Bretonnerie. A la fin du treizième siècle elle étoit connue sous le nom *du Franc-Mourier, Morier* et *Meurier;* elle est ainsi désignée sur tous les anciens plans. Corrozet ne l'appelle que *ruelle descendant à la Verrerie*. Les papiers censiers de l'archevêché prouvent qu'elle portoit le nom de Moussi dès 1644, quoiqu'on trouve quelques actes postérieurs qui lui conservent son premier nom.

---

(1) Telle est l'opinion de Jaillot ; Saint-Foix lui donne une autre origine : « Sous le règne de saint Louis, dit-il, il n'y avoit encore dans ce quartier que quelques maisons éparses et éloignées les unes des autres. Renaud de Brehan, vicomte de Podourc et de l'Isle, qui avoit épousé, en 1225, la fille de Leolyn, prince de Galles, étoit venu à Paris pour quelque négociation secrète contre l'Angleterre. La nuit du vendredi au samedi saint 1228, cinq Anglais entrèrent dans son *vergier*, le défièrent et l'insultèrent. Il n'avoit avec lui qu'un chapelain et un domestique ; ils le secondèrent si bien, que trois de ces Anglais furent tués, les deux autres s'enfuirent ; le chapelain mourut le lendemain de ses blessures. Brehan, avant que de partir de Paris, acheta cette maison et le *vergier*, et les donna à son brave et fidèle domestique, appelé *Gallerun*. Le nom de *Champs-aux Bretons* qu'on donna au verger ou jardin à l'occasion de ce combat, devint le nom de toute la rue ; on l'appeloit encore, à la fin du treizième siècle, la *rue du Champ-aux-Bretons* ». (Essais hist. sur Paris.)

(2) Quelques auteurs prétendent que la monnoie se frappoit anciennement dans l'endroit de cette rue où furent depuis établis les chanoines réguliers.

Rue de Paradis. Elle traverse de la vieille rue du Temple dans celle du Chaume. Son nom est dû à l'enseigne d'une maison dont il est fait mention dès 1291 ; et même, suivant quelques titres du Temple, dès 1287, on la nommoit *rue de Paradis* ou *des Jardins.*

Rue du Plâtre. Elle aboutit d'un côté à la rue Sainte-Avoie, et de l'autre à celle de l'Homme-Armé. Sauval dit avec raison qu'en 1240 elle s'appeloit *rue Jehan-Saint-Pol,* et en 1280, la *rue au Plâtre,* et depuis *rue de la Plâtrière* et *du Plâtre.*

Rue du Puits. Elle traverse de la rue Sainte-Croix-de-la-Bretonnerie dans celle des Blancs-Manteaux. On la connoissoit sous ce nom au treizième siècle; il ne paroît pas qu'elle en ait changé.

Rue des Singes. Elle est parallèle à la précédente, et aboutit dans les mêmes rues. Suivant Sauval, elle s'appeloit, en 1269, la *rue Pierre-d'Estampes.* Le peuple avoit altéré et changé ce nom en celui de *Perriau, Perrot, Perreau-d'Estampe.* On voit, dans le *dit des rues de Paris* de Guillot, que dès 1300 on l'appeloit *rue à Singes,* à cause d'une maison ainsi nommée. Ce nom n'a pas varié depuis (1).

Rue de la Verrerie. La partie de cette rue qui dépend de ce quartier commence à la rue Barre-du-Bec, et aboutit à la rue Bourg-Thibond et au marché Saint-Jean. Dès le treizième siècle on la trouve ainsi nommée. Sauval dit que son nom vient d'une ou plusieurs verreries qui ont existé en cet endroit. Jaillot dit avoir lu des lettres du chapitre de Notre-Dame, de 1185, dans lesquelles il est fait mention du terrain qui va depuis la maison de Robert de Paris, rue du Renard, jusqu'à celle de Gui-le-Verrier ou le Vitrier, *usque ad domum Guidonis Vitrearii.* Il en infère qu'il est vraisemblable que c'est du nom de ce particulier qu'est venu celui de la rue où il demeuroit (2).

---

(1) Il y avoit dans cette rue une ruelle que les titres du Temple nomment *rue Étienne Le Meûnier.*

(2) C'est dans cette rue que demeuroit Jacquemin Gringonneur, peintre, qui fut l'inventeur des cartes, vers la fin du règne de Charles V ; car il en est fait mention dans la Chronique de *Petit-Jehan de Saintré,* page de ce prince. On lit aussi dans un compte de Charles Poupart, surintendant des finances et argentier de Charles VI, *donné cinquante-six sols parisis à Jacquemin Gringonneur, peintre, pour trois jeux de cartes à or et diverses couleurs, de plusieurs devises, pour porter devers ledit seigneur roi, pour son ébattement* (pendant les intervalles de sa funeste maladie.)

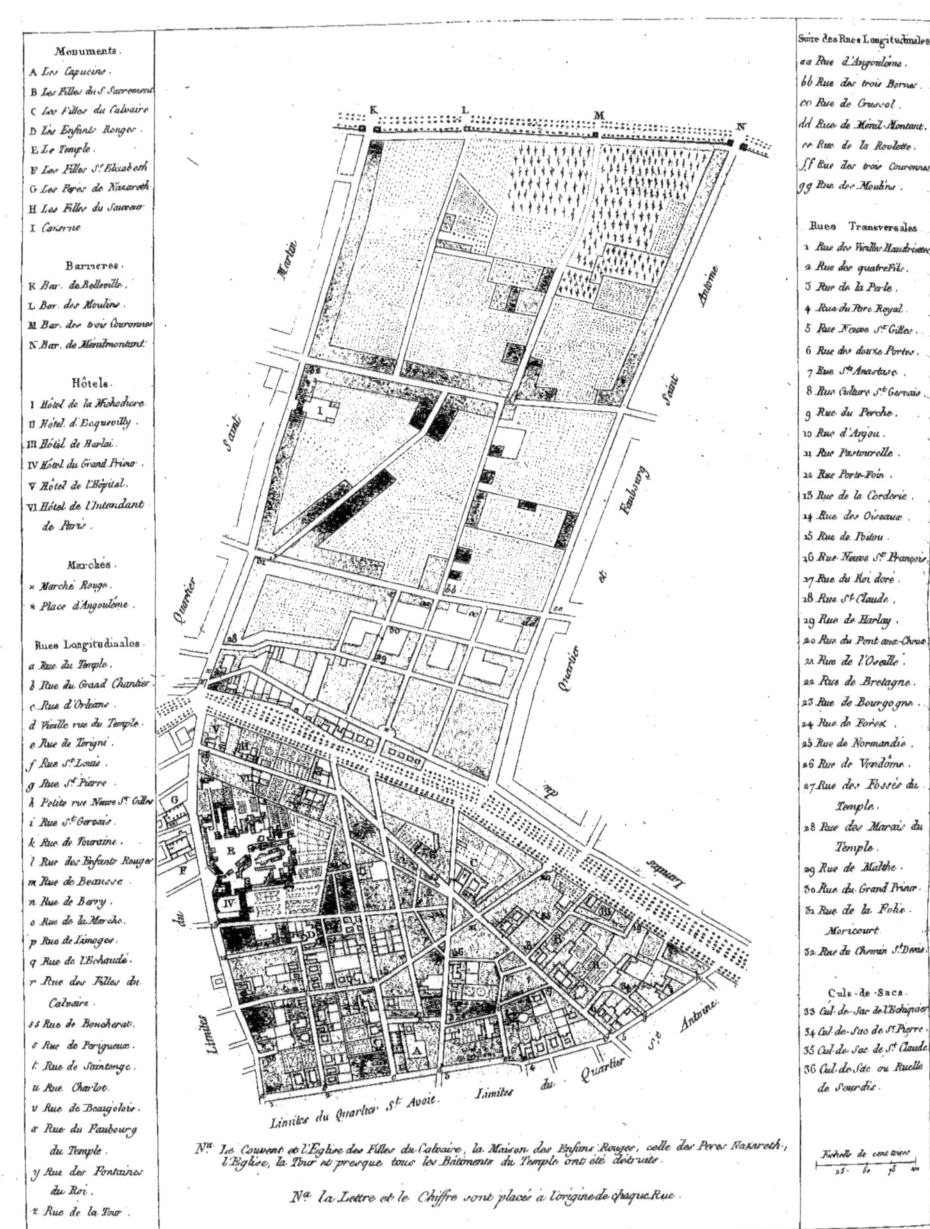

PLAN DU QUARTIER DU TEMPLE ou DU MARAIS.

QUARTIER DU TEMPLE

OU DU MARAIS.

*Ce quartier est borné à l'orient par les boulevards et par la rue de
Mesnil-Montant inclusivement ; au septentrion, par les extrémités
des Faubourgs du Temple et de la Courtille inclusivement ; à l'occident, par la grande rue des mêmes faubourgs et par la rue du
Temple inclusivement, jusqu'au coin de celle des Vieilles-Haudriettes ; et au midi, par les rues des Vieilles-Haudriettes, des
Quatre-Fils, de la Perle, du Parc-Royal et Neuve-Saint-Gilles
inclusivement.*

*On y comptoit, en 1789, soixante-quatre rues, quatre culs-de-
sacs, deux communautés d'hommes, trois couvents et une communauté de filles, le Temple, un hôpital, etc.*

Sous le règne de François Ier, dont nous allons extraire tous les
évènements qui offrent quelque rapport avec l'histoire de Paris, nous ne
trouvons pas qu'il se soit passé rien de remarquable dans le quartier du
Temple, si l'on en excepte la fondation de l'hôpital des Enfants-Rouges,
monument de la charité de ce monarque et de Marguerite de Valois,
reine de Navarre, sa sœur.

Paris, si long-temps agité par les fureurs des factions, avoit goûté,
sous les deux règnes précédents, et principalement sous le gouvernement
paternel de Louis XII, un repos et un bonheur qu'aucun nuage n'avoit
troublé. Les diverses branches de son administration civile s'étoient per-
fectionnées ; les études y étoient devenues plus raisonnables, les mœurs
moins grossières ; une communication plus active avec des peuples plus
policés y avoit déjà fait naître une industrie plus raffinée, un luxe mieux
entendu, et même quelque goût des beaux-arts. Le règne que nous allons
décrire va développer ces germes précieux d'une civilisation plus parfaite :
les Français, et par-dessus tout les Parisiens, ne mériteront plus ce nom

flétrissant de *Barbares* que leur donnoit depuis long-temps l'Italie moderne, devenue pour l'Europe ce que la Grèce antique avoit été jadis pour le monde entier. Mais des fautes politiques et des erreurs religieuses, mille fois plus funestes encore, vont lui préparer des malheurs nouveaux, qui, foibles dans leurs commencements, éclateront tout à coup sous les règnes suivants, et formeront la partie la plus longue et la plus horrible de son histoire.

Les préjugés d'honneur chevaleresque qui avoient si malheureusement entraîné Charles VIII et Louis XII hors de leurs états, qui leur avoient fait épuiser, pour des conquêtes presque impossibles à conserver, le sang de leurs sujets et les trésors de la France, avoient été adoptés plus avidement encore par leur successeur, jeune, ardent, amoureux de la gloire, et par conséquent de la guerre, car on ne connoissoit point alors de gloire 1515. plus éclatante que celle des armes. Les premiers moments de son règne furent à peine accordés à établir quelques règlements indispensables pour l'administration intérieure; le gouvernement de Paris, qu'il avoit donné d'abord à Charles de Bourbon, fut presque aussitôt transféré à François de Bourbon, comte de Saint-Pol; il fit quelques mutations d'offices, des règlements de discipline militaire, plusieurs changements utiles dans la constitution du parlement (1); mais au milieu de ces travaux passagers, les soins de la guerre l'occupoient tout entier; impatient de laver dans le sang ennemi la honte des armées françaises à Novarre et à Guinegaste, d'abaisser l'orgueil des Suisses, toutes ses pensées étoient tournées vers le duché de Milan, dont la conquête lui sembloit le seul évènement qui pût dignement signaler son avènement à l'un des premiers trônes du monde. Les traités qu'il essaya inutilement de faire avec le pape, l'empereur et le roi d'Espagne, pour n'être point troublé dans cette grande entreprise, lui prouvèrent ce qu'il étoit d'ailleurs si facile de prévoir, que l'Europe entière voyoit d'un œil défiant et jaloux ses projets ambitieux, et qu'un ennemi vaincu alloit

---

(1) Le plus remarquable fut l'établissement de la tournelle perpétuelle créée pour procéder continuellement à l'interrogation des prisonniers, à la confrontation des témoins et à l'instruction des procès criminels, partie de l'administration judiciaire jusque-là très-mal ordonnée, et sujette aux plus grands abus.

lui susciter des ennemis nombreux et redoutables. Mais de telles considérations n'étoient pas de nature à arrêter un jeune prince courageux et sans expérience, parcequ'effectivement aucun de ces grands souverains n'étoit alors dans une position à pouvoir lui susciter de véritables obstacles. Pénétrant donc hardiment en Italie, sans autres alliés que les Vénitiens, il défait complètement les Suisses, seuls défenseurs du Milanais, à la fameuse bataille de Marignan, s'empare encore une fois de ce duché, force le pape épouvanté à signer une paix que ce pontife étoit bien décidé à rompre aussitôt qu'il auroit pu lui susciter des adversaires plus redoutables, et rentre dans ses États après avoir réglé l'administration de sa nouvelle conquête.

Cette conquête, doublement fatale à la France, fut le germe de toutes les guerres qui désolèrent le règne de François Ier, et la principale cause des violences d'une administration dont le caractère noble et généreux du monarque avoit fait mieux augurer. Dans les négociations qui furent entamées avec le pape, le chancelier Duprat, que des intérêts particuliers portoient à favoriser le Saint-Siège, abusa de la confiance sans bornes que lui accordoit son maître pour le déterminer à recevoir, à la place de la pragmatique-sanction, regardée comme la sauvegarde des libertés gallicanes, une constitution nouvelle, qui, sous le nom de *Concordat*, portoit de notables atteintes à ces libertés dont le clergé et le peuple fran1517. çais étoient si jaloux. Il s'agissoit de faire adopter à la nation un changement qui la blessoit dans ses prérogatives les plus chères, et l'embarras du roi, qui s'attendoit à de vives réclamations, peut-être même à une fâcheuse résistance, fut si grand, qu'il se passa une année avant qu'il se décidât à rompre le silence à ce sujet. Enfin, la chose ayant transpiré de tous les côtés, sur-tout par la publicité donnée aux actes du concile de Latran, il se décida à faire connoître sa volonté ; et, soit que la crainte d'avouer une faute dont il auroit eu à rougir eût influé sur ses dispositions, soit que Duprat l'eût excité à user, dans cette circonstance importante, de toute l'étendue de son pouvoir, François se rendit au parlement au milieu de l'appareil le plus imposant, et là, le chancelier, prenant la parole, essaya de prouver, dans un long discours, que la pragmatique étoit l'unique cause des guerres qui désoloient la France depuis un demi-siècle ; que la crainte seule d'une ligue nouvelle de toutes les puissances de l'Europe soulevées contre lui par le pape avoit pu déterminer le roi à sacrifier quelques règlements dont l'importance ne pouvoit être comparée aux malheurs qu'auroit entraînés une résistance téméraire et impolitique ; que le nouveau concordat, gage de la réconciliation du pape et de la paix de l'Europe, avoit été confirmé par le concile de Latran ; que cependant le projet du roi étoit de le faire examiner de nouveau par une assemblée composée de prélats et des plus notables personnages de son royaume ; mais qu'après ce dernier examen, il prétendoit que le parlement, le regardant comme l'expression formelle de sa volonté, l'enregistrât sans élever la moindre difficulté, sans se permettre la plus petite résistance ; et pour prouver ensuite que ce prince étoit décidé à user de toute son autorité, sur quelques remontrances que fit le président au sujet d'un nouveau règlement relatif à la police des eaux et forêts, le chancelier répondit avec aigreur, même avec des menaces, et exigea l'enregistrement pur et simple de l'ordonnance ; ce que le parlement ne fit toutefois qu'après s'être bien convaincu qu'une plus longue résistance prendroit le caractère de la rébellion.

Ces actes d'un pouvoir qui ne vouloit point rencontrer d'obstacles annonçoient clairement au parlement le parti qu'on vouloit prendre avec lui dans l'affaire du concordat, mais n'altérèrent en rien sa courageuse fermeté ; et l'on peut dire, à la louange de cette illustre compagnie, que, dans cette occasion, elle fit voir d'une manière éclatante comment, sous un gouvernement monarchique, on peut user de la liberté généreuse qui fait le caractère du citoyen, sans manquer à l'obéissance que doit le sujet. Lorsque les bulles du pape, qui proclamoient le concordat lui eurent été apportées, elle examina cette constitution nouvelle avec l'attention la plus scrupuleuse, ne se laissa point déconcerter par les injonctions réitérées du roi, qui s'impatientoit de ses lenteurs, osa même se plaindre à lui-même d'une démarche attentatoire à ses droits (1), et enfin, après de longues délibérations, qui se prolongèrent jusqu'à la fin de cette année, conclut à rejeter le concordat, comme contraire aux intérêts et à la discipline du clergé de France.

Aux raisons solides que donnoit le parlement pour motiver son refus, le chancelier opposa les sophismes d'un homme entêté du pouvoir absolu, et le roi donna bientôt lui-même la preuve qu'il prétendoit agir suivant les

____

(1) Le roi lui avoit envoyé le Bâtard de Savoie, son oncle, avec ordre de l'admettre à toutes les délibérations qui se feroient sur le concordat, ce qui étoit contre les privilèges du parlement.

principes établis par son chancelier, en accueillant avec dureté et même emportement les députés que cette cour souveraine lui avoit envoyés, et en lui dépêchant le seigneur de La Trémouille, chargé de lui signifier l'ordre le plus positif de procéder sur-le-champ à l'enregistrement. Ce ne fut qu'à cette dernière extrémité, et après s'être bien assuré que le roi étoit résolu de se porter à toutes sortes de violences s'il n'obtenoit satisfaction, que le parlement se décida enfin à faire l'enregistrement, mais avec cette clause : *Du très exprès commandement du roi, plusieurs fois réitéré,* laquelle exprimoit la contrainte à laquelle il étoit obligé de céder.

L'université, qui, dès le commencement, s'étoit présentée comme opposante au concordat, fut loin d'imiter la conduite à la fois noble et prudente du parlement. Ce corps conservoit toujours quelque chose de l'ancien esprit qui l'avoit animé; et accoutumé pendant plusieurs siècles à la mutinerie et à l'indépendance, il se plioit difficilement à cette entière obéissance, à laquelle tout étoit maintenant soumis dans la monarchie. Indignée qu'au mépris de son opposition cette compagnie n'en eût pas moins procédé à l'enregistrement, l'université l'accusa hautement de lâcheté et de collusion, convoqua des assemblées, où des avocats célèbres furent appelés pour l'aider de leurs conseils, et dans lesquelles il fut résolu de demander un concile national; défendit aux imprimeurs, sur lesquels elle avoit toute puissance, d'imprimer, vendre et afficher le concordat, sous peine de privation de leurs privilèges et de la perte de leur état. Les prédicateurs soumis à son influence, et soutenus d'ailleurs de tout le clergé, déclamèrent hautement dans leurs sermons contre la cour de Rome, la cour, les ministres, et n'épargnèrent pas même la personne du roi. Le parlement, soit qu'il craignît de compromettre son autorité, soit qu'il ne fût peut-être pas fâché d'un éclat qui justifioit en quelque sorte la lenteur et les répugnances qu'il avoit mises dans cette affaire, ne songea point d'abord à réprimer ces mouvements, et l'indifférence qu'il parut y mettre fut telle, que le roi, toujours éloigné de la capitale, dès qu'il fut instruit de ces désordres et de l'impunité dont ils jouissoient, lui écrivit une lettre très sévère, dans laquelle, le rendant responsable de tous les malheurs qui pourroient en résulter, il le menaçoit de lui ôter la haute police de la capitale, puisqu'il s'acquittoit si mal de ses fonctions dans une circonstance aussi grave. La cour s'excusa auprès de lui sur l'ignorance où elle prétendit être de toutes les *folies, inso-*

lences et témérités des prédicateurs et des étudiants, et suivant toujours la marche qu'elle s'étoit tracée, laquelle étoit d'obéir, sans réplique, sur *l'absolu commandement du roi*, elle manda sur-le-champ les principaux des collèges, et, après leur avoir fait de fortes réprimandes, leur enjoignit, sous les peines les plus graves, de tenir les écoliers étroitement renfermés, de s'abstenir de toutes assemblées et de tous discours séditieux. Toutefois le roi, peu rassuré par cette démarche, jugea à propos d'employer des moyens plus vigoureux, et dont Louis XII avoit déjà fait connoître l'efficacité. Deux compagnies d'archers commandées par des seigneurs de la cour arrivèrent à Paris; les placards séditieux de l'université furent arrachés; on emprisonna et l'on condamna à de fortes amendes quelques-uns de ses principaux membres, ainsi que les avocats qui lui avoient servi de conseil. Tout rentra aussitôt dans l'ordre, et le concordat fut paisiblement imprimé, publié et affiché. Toutefois le parlement, fidèle à ses premières résolutions, continua de juger toutes les affaires en matières bénéficiales, conformément aux décrets de la pragmatique, affectant toujours de méconnoître le concordat; et l'on ne parvint à donner une action véritable à cette loi nouvelle qu'en ôtant à cette compagnie la connoissance de ces sortes d'affaires, pour l'attribuer au grand-conseil : ce qui n'arriva néanmoins qu'après la prison et la délivrance du roi.

Les chagrins du parlement dans cette affaire ne furent pas les seuls qu'il eut à souffrir pendant la durée de ce règne; et les malheurs de François Ier dans la guerre, ses fautes en politique devoient amener de nouveaux orages et produire des coups d'autorité encore plus fâcheux pour cette cour souveraine. Peu de temps après l'évènement du concordat, commença entre ce prince et Charles d'Autriche, devenu roi d'Espagne, cette rivalité fameuse, cette haine implacable et envenimée qui inonda l'Europe de sang et produisit les plus grands évènements dont elle eût été le théâtre depuis plusieurs siècles. La première cause de cette division fut le dépit qu'éprouva le roi de France de la préférence accordée à Charles pour la dignité d'empereur, que François désiroit avec ardeur, et qu'il s'étoit flatté d'obtenir. Il chercha dès-lors à lui susciter des ennemis dans toute l'Europe, et peut-être y seroit-il parvenu sans l'inquiétude qu'inspiroit sa nouvelle conquête du Milanais. Cette considération l'emporta sur toutes les craintes que pouvoit causer son rival : le pape, avec lequel il négocia,

1518.

ne traita avec lui que pour le trahir; les intrigues du nouvel empereur, désormais connu dans l'histoire sous le nom de Charles-Quint, détachèrent de son alliance le roi d'Angleterre, alors entièrement dirigé par son premier ministre, le cardinal de Wolsey; et, par un retour de fortune auquel le roi de France étoit loin de s'attendre, la guerre éclata bientôt de tous les côtés contre lui. François a des succès dans les Pays-Bas et sur les frontières d'Espagne; mais en Italie tout semble se réunir pour l'accabler. Les peuples du Milanais se révoltent; le pape se déclare ouvertement son ennemi; il est mal secondé par ses alliés, les Suisses et les Vénitiens, toujours alarmés d'un voisinage aussi dangereux; Lautrec, son général, ne peut agir, faute d'argent; enfin, après une résistance opiniâtre, le combat sanglant de la 1522. Bicoque décide du succès de la campagne, et le duché de Milan est de nouveau évacué par les Français.

L'embarras des finances, l'une des premières causes de tant de désastres, s'étoit fait sentir dès les commencements de la guerre. Pour réparer un déficit causé en grande partie par les prodigalités auxquelles le roi se livroit au milieu de la cour nombreuse et galante dont il se plaisoit à être entouré (1), il fallut employer des moyens extraordinaires, et par conséquent nuisibles et violents. Parmi les ressources qu'imagina alors l'industrie financière, deux sont sur-tout remarquables : une somme de 200,000 liv. demandée à la ville de Paris en 1521, et la vénalité des offices établie quelque temps après. Ce n'étoit pas la première fois que les rois de France s'adressoient au corps municipal pour en tirer des secours dans leurs nécessités urgentes; mais jusqu'ici les sommes qu'ils en avoient obtenues leur avoient toujours été accordées à titre de don. Cette fois-ci elles furent considérées comme un emprunt portant intérêt jusqu'à l'entier remboursement; et pour faciliter le paiement de cet intérêt fixé à 12 pour cent, le roi céda aux officiers municipaux le produit des droits qu'il prélevoit sur tout le vin qui

---

(1) La reine Anne de Bretagne, qui jouissoit en propre des revenus de son duché, avoit donné la première l'exemple de cette nouveauté, en appelant auprès d'elle un grand nombre de demoiselles de condition qu'elle élevoit, et qui l'accompagnoient par-tout. Cet établissement fut conservé après la mort de cette princesse, et fit naître à François Ier la pensée d'attirer aussi à la cour les dames les plus distinguées par leur beauté, leur esprit et leur naissance. C'étoit un moyen infaillible d'y faire venir tout ce qu'il y avoit en France d'hommes ambitieux et galants. Dès ce moment la vie de la cour devint une suite de bals, de fêtes, de voyages qui se succédèrent sans interruption; le luxe y fit des progrès effrayants, et le trésor public en fut épuisé.

se consommoit dans Paris. Dès que cette disposition fut connue, les contri-buables à l'emprunt, envers qui l'on craignoit d'être forcé d'employer la contrainte, s'empressèrent, au contraire, d'y porter leur argent; et assurés désormais d'en tirer un intérêt si lucratif, ils craignirent plutôt qu'ils ne sollicitèrent un remboursement. C'est là le premier exemple des rentes perpétuelles en France, et le germe d'une des plus grandes maladies de l'État. « François, dit l'un de nos historiens, abusant de la dangereuse facilité que lui offroit l'oisive opulence des bourgeois, recourut plus d'une fois à cet expédient ruineux (1). Ses successeurs, plus embarrassés encore que lui, ne manquèrent pas de suivre son exemple : la classe stérile des rentiers se multiplia, et a toujours continué depuis à dévorer la substance de l'État. »

La multiplication et la vénalité des offices ne furent pas établies avec la même facilité. Le parlement, sans être découragé par les échecs qu'il avoit déjà essuyés, s'éleva fortement contre une nouveauté dangereuse qui tendoit à remplir toutes les parties de l'administration de sujets indignes d'y être admis par leurs mœurs ou par leur incapacité. Il osa même renvoyer avec mépris trois conseillers, convaincus d'avoir obtenu à prix d'argent leurs lettres de nomination. Le chancelier fit des représentations qui ne furent point écoutées, envoya des lettres de jussion, auxquelles on n'eut point égard. Jugeant alors qu'un coup d'autorité étoit nécessaire, il ne se contenta pas d'exiger, par l'*absolu commandement du roi*, l'admission des trois conseillers; mais pour déconcerter et accabler à la fois le parlement, en lui faisant voir le peu de puissance et de crédit qu'auroient désormais ses remontrances, il fit ordonner en même temps l'enregistrement d'un édit portant création d'une quatrième chambre, composée de dix-huit présidents et de deux conseillers. La cour, traitée avec cette dureté et ce

---

(1) On continua de créer des rentes sous les règnes de Henri II, de François II, et jusqu'au commence-ment de celui de Charles IX, avec une telle profusion, que l'hôtel-de-ville, qui, en 1562, ne payoit que 655,000 liv. de rente, s'en trouva chargé, en quatorze ans, de 1,958,000. Elles augmentèrent encore par la suite dans une proportion encore plus rapide; et le mal devint si grand sous Louis XIV, qu'il fallut songer sérieusement à détruire ce ver rongeur des finances, en remboursant le plus grand nombre des rentiers. C'est alors que furent créées les tontines, les rentes viagères, les rentes moitié viagères et moitié perpétuelles, etc. Toutefois l'hôtel-de-ville étoit encore chargé de beaucoup de rentes, au moment de la révolution.

mépris, se soumit comme elle l'avoit fait jusqu'alors, mais avec toutes les protestations et formalités qui constatoient la violence qui lui étoit faite, et de plus avec des distinctions si injurieuses pour les nouveaux membres qu'on vouloit introduire dans son sein, que les acheteurs d'offices s'en dégoûtèrent et n'osèrent plus se présenter. Il fallut de nouveaux ordres plus positifs encore, des menaces encore plus effrayantes pour les forcer à se relâcher de leur première sévérité; et néanmoins ce ne fut que long-temps après, et lorsque les anciennes charges eurent été soumises à la vénalité comme les nouvelles, que toute espèce d'inégalité fut enfin bannie entre les membres du parlement.

Cependant, malgré ces mesures extraordinaires, qui devoient, disoit-on, terminer heureusement la guerre, non seulement il fallut abandonner le Milanais, comme nous venons de le dire, mais encore François vit se former contre lui une ligue de tous les États de l'Europe pour la conservation de l'Italie, qu'il menaçoit encore. Pour déjouer cette ligue, il lui auroit suffi de se renfermer quelque temps dans son royaume, où il étoit difficile de l'attaquer avec succès; mais une conduite aussi prudente, un plan qui offroit des apparences de crainte et de timidité, ne pouvoient convenir à ce bouillant courage : il résolut de tenir tête à tous, et ne fut ébranlé ni par le nombre et le concert de ses ennemis, ni par la défection du connétable de Bourbon, que les persécutions de la duchesse d'Angoulême, mère du roi, et la perte injuste d'un procès qu'elle lui avoit suscité, ne peuvent justifier d'avoir trahi son roi et de s'être armé contre sa patrie.

1523. Ce dernier évènement étoit fait sur-tout pour exciter les plus vives alarmes, car on ignoroit dans l'intérieur jusqu'où s'étendoient les fils de la conspiration, et avant même qu'elle eût éclaté, une fermentation sourde dont la misère publique sembloit être la cause, des désordres et des brigandages commis audacieusement dans diverses parties de la France et jusque dans le sein de la capitale, avoient déjà fait craindre d'y voir renouveler les scènes horribles dont elle avoit été le théâtre sous Charles V et Charles VI : cependant Paris resta fidèle et donna même au roi une nouvelle preuve de son dévouement, en offrant de lever à ses frais un corps de mille hommes d'infanterie. François fut si touché de cet acte de patriotisme, qu'il alla lui-même à l'hôtel-de-ville exprimer la satisfaction qu'il ressentoit de la conduite des Parisiens. Il donna en même temps des marques de sa bienveillance au parlement, en le rassurant sur le bruit qui s'étoit répandu qu'il alloit créer à Poitiers une nouvelle cour de justice ; mais il fallut encore enregistrer par *exprès commandement* de nouvelles créations d'offices, qui fournissoient à ce prince de l'argent, dont il avoit un si grand besoin.

Depuis bien des années , la France n'avoit point été menacée d'un péril aussi éminent. L'empereur, le roi d'Angleterre, le pape, tous les princes de l'Empire, tous les États d'Italie étoient réunis contre elle dans une confédération générale ; et elle n'avoit d'autres alliés que les Suisses, sur lesquels l'expérience avoit appris qu'il falloit peu compter. Indépendamment de douze mille Allemands qui s'étoient joints à elle, l'armée anglaise, augmentée de toutes les forces des Pays-Bas, traversoit la Somme sans presque rencontrer d'obstacles, et sembloit annoncer le dessein de marcher droit sur Paris. D'un autre côté, toutes les milices impériales rassemblées à Pampelune se préparoient à fondre sur les provinces méridionales. A des forces si redoutables et qui menaçoient de pénétrer jusqu'au cœur du royaume, on n'avoit à opposer qu'un très petit nombre de soldats ; car, par une imprudence qui tenoit à ce malheureux système de conquête dont le roi ne vouloit point se départir, presque toutes les troupes françaises étoient passées en Italie, et il n'étoit déjà plus temps de les rappeler. Ces extrémités auxquelles il étoit réduit fournirent à ce prince une occasion nouvelle de donner des preuves de la fermeté de son ame et de l'activité de son courage. Il étoit alors à Lyon, où il attendoit un renfort de dix mille Suisses, résolu de se porter ensuite avec eux par-tout où sa présence seroit le plus nécessaire : craignant que l'approche des Anglais ou le regret qu'un grand nombre avoit encore du connétable ne causât à Paris quelque fermentation dangereuse, et sentant de quelle importance il étoit pour lui de conserver sur-tout sa ville capitale, il se hâta d'y envoyer Philippe de Chabot, seigneur de Brion. C'étoit alors le temps des vacances du parlement : Brion s'étant présenté à la chambre des vacations, annonça l'arrivée prochaine du duc de Vendôme avec deux cents lances et deux mille hommes, ajoutant que le roi lui-même étoit prêt à le suivre avec toutes ses forces et celles de ses alliés, si Paris venoit à courir le moindre danger ; qu'obligé de séjourner encore quelque temps à Lyon, le prince envoyoit à ses habitants, comme un gage de son affection particulière et du soin qu'il prendroit de les défendre, sa femme et ses enfants qui résideroient au milieu d'eux ; qu'il ne craignoit point ses ennemis tant qu'il pourroit compter sur la fidélité de sa bonne ville de Paris. Peignant ensuite le connétable sous les couleurs les plus odieuses, le représentant comme l'unique cause d'une guerre que l'empereur et le roi d'Angleterre n'eussent jamais osé entreprendre, si ce traître ne les eût flattés d'une révolution complète, ne leur eût promis la ruine et le partage de son pays ; étalant ensuite à leurs yeux le spectacle de toutes les horreurs qui désoleroient la France si son plan exécrable pouvoit obtenir quelque succès, il finit en disant que le roi désiroit que son parlement reprît sur-le-champ ses fonctions, qu'il fût exclusivement chargé de la haute police, qu'il l'exerçât avec plus de vigueur que jamais, et donnât son avis sur les mesures qu'il étoit nécessaire de prendre dans des circonstances aussi graves.

Le président de la chambre ne répondit au discours de l'envoyé du roi que par des protestations du plus entier dévouement. Il rappela les diverses circonstances dans lesquelles les Parisiens avoient donné à leurs souverains des marques éclatantes de leur fidélité ; et quant à ce qui regardoit la cour, il lui déclara qu'elle n'avoit point attendu les exhortations du monarque pour prendre toutes les précautions que la sûreté de Paris pouvoit exiger. En sortant du parlement, le sire de Brion se rendit à l'hôtel-de-ville, où il répéta le même discours, à peu près dans les mêmes termes, et annonça également l'arrivée très prochaine du duc de Vendôme. Ce prince entra, en effet, peu de jours après à Paris, et son premier soin fut de mettre en bon état les moyens de défense que la ville pouvoit offrir. Les anciennes fortifications furent réparées ; on en commença de nouvelles entre la porte Saint-Honoré et celle de Saint-Martin ; mais on les abandonna avant qu'elles fussent achevées, pour élever à la place de petits bastions, où l'on plaça quelques pièces d'artillerie. Le parlement, de son côté, ordonna une levée de deux mille hommes, qui furent pris parmi les habitants et joints à la garnison.

Cependant tant de précautions devinrent inutiles, et les alarmes nouvelles auxquelles Paris alloit être bientôt livré, les malheurs dont le royaume entier devoit être accablé, vinrent du côté où l'on devoit le moins les attendre. Le duc de Vendôme et le sire de La Trémouille repoussèrent les Anglais qui, après avoir fait quelques dégâts dans la Picardie, se virent obligés de se retirer dans leur île. Les Allemands entrés en Champagne en furent également chassés par le duc de Guise. La guerre se fit en Espagne avec moins de bonheur et de vivacité ; mais enfin les frontières méridionales de la France ne furent point entamées. Il étoit décidé que l'Italie seule seroit la source de tous nos maux : l'amiral Bonivet, à qui la faveur de la duchesse d'Angoulême avoit fait donner la conduite de cette guerre, la soutint, la première année, avec quelques avantages qui furent bientôt suivis des plus grands revers. L'année suivante, abandonné par les Suisses, battu par le connétable, la désastreuse retraite de Rebec lui fit perdre en un moment tout ce que deux campagnes lui avoient fait si difficilement acquérir. Ce fut alors que le roi, obstiné dans ses projets 1525. sur le Milanais, rentra en Italie, où, après quelques succès dont l'éclat sembloit annoncer l'avenir le plus heureux, il livra la malheureuse bataille de Pavie, qu'il perdit par sa faute, et dans laquelle il fut fait prisonnier.

Il seroit difficile de donner une idée de la consternation que répandit dans la France entière, et sur-tout à la cour, la nouvelle de ce grand désastre. La personne du roi étoit aimée, mais son administration avoit été mauvaise, quelquefois même oppressive ; tous les ordres de l'état avoient été ou offensés ou humiliés, et l'on accusoit principalement de ces vexations ceux qui, dans ce malheur général, étoient appelés à prendre la conduite des affaires, la duchesse d'Angoulême et le chancelier. La misère publique, grande par-tout, extrême à Paris, faisoit craindre dans cette capitale des désordres nouveaux, et plus affreux peut-être dans leurs suites que tous ceux qu'on y avoit éprouvés jusqu'alors ; aussi le parlement, dès qu'il eut reçu de la régente des lettres qui lui enjoignoient de veiller à la sûreté publique, s'empressa-t-il de convoquer à l'hôtel-de-ville une assemblée générale, à laquelle se trouvèrent des députés de toutes les cours supérieures, du chapitre et de l'université ; et l'on peut juger des alarmes qu'inspiroit la situation de Paris par les précautions qui furent prises pour y maintenir la tranquillité. Il fut arrêté que toutes les portes de la ville seroient murées, à la réserve de cinq (1), que l'on jugea

---

(1) Les portes Saint-Antoine, Saint-Denis, Saint-Honoré, Saint-Jacques et Saint-Victor.

nécessaires pour les approvisionnements; que ces portes, ouvertes à sept heures du matin et fermées à huit heures du soir, seroient continuellement gardées par des magistrats et autres notables bourgeois; et afin que personne ne pût refuser de s'acquitter de ce devoir, le premier président de Selve et Antoine Le Viste, troisième président, y montèrent la première garde en habit de guerre (1). On doubla les compagnies du guet bourgeois; les chaînes furent tendues au-dessus et au-dessous de la rivière, et l'on tint toutes préparées celles que l'on avoit coutume de tendre dans les rues. Il fut résolu de travailler sur-le-champ à réparer les murailles, à creuser les fossés, et le seigneur Guillaume de Montmorency, qui, soixante ans auparavant, s'étoit trouvé au siège de Paris dans la guerre du bien public (2), fut invité par le parlement à venir l'aider de son expérience et prendre la direction des travaux. Ce vieillard généreux, tout accablé qu'il étoit d'ans et d'infirmités, ne balança point à se rendre à cette invitation. Il arriva dans la capitale, accompagné de vingt gentilshommes, visita les fortifications, et par son exemple et ses discours raffermit tous les ordres de citoyens dans la disposition où ils étoient de rester fidèles à leur souverain, et de n'attendre de salut que de leur union et de leur courage. Il trouva ensuite, dans les travaux mêmes qu'il fit commencer pour la sûreté de la ville, les moyens de la délivrer des inquiétudes que lui causoit le grand nombre de mendiants et de gens sans aveu dont elle étoit remplie. Sans user envers eux de mesures rigoureuses qui auroient pu les exciter à la révolte et leur révéler ainsi le secret de leurs forces, Montmorency imagina de les former en ateliers de pionniers, qu'il sépara les uns des autres, et qui furent employés au nettoiement des fossés sous la surveillance des compagnies bourgeoises qu'il mêla parmi eux. Toutefois, le danger, considérablement diminué par ces sages précautions, ne fut point entièrement détruit; et l'on put reconnoître, dans cette circonstance autant que dans toutes celles qui l'avoient précédée, combien est misérable la situation d'un

---

(1) Tout fut réglé alors par un conseil, composé de quatre présidents à mortier du parlement, de quatre conseillers de la grand'chambre et trois des enquêtes, de trois officiers de la chambre des comptes, et six du corps de ville, de l'évêque de Paris, accompagné d'un chanoine, qui représentoit le chapitre, et d'un abbé avec deux docteurs représentant l'université.

(2) Voyez page 345.

peuple privé de son chef et soumis à une autorité empruntée, impuissante à protéger les bons, parce qu'elle n'a presque jamais la vigueur nécessaire pour comprimer les méchants. Malgré cette vigilance continuelle et cet appareil armé dont Paris offroit le spectacle imposant, des bandes de brigands cachés dans les villages situés au-dessus de la ville, osoient y descendre la nuit sur des radeaux et des batelets, abordoient dans différents quartiers, enfonçoient les portes, pilloient les maisons, et ne craignoient pas même d'attaquer le guet, qu'ils mettoient presque toujours en fuite (1). Parmi les citoyens les plus intéressés à la tranquillité publique, plusieurs partis commençoient déjà à se former : les prédicateurs déclamoient publiquement dans les chaires contre la régente et le chancelier, qu'ils accusoient de tous les maux de l'État; plusieurs personnages distingués, même parmi les membres du parlement, appeloient hautement le duc de Vendôme à la régence. Ce ne fut pas sans peine que l'on parvint à calmer le zèle indiscret des premiers, et la régente ne trouva d'autre moyen pour déconcerter les projets et les espérances des seconds que d'appeler le duc à Lyon, où elle avoit établi son séjour. Ce prince, cousin du connétable, montra par sa prompte obéissance à l'ordre qu'il venoit de recevoir, combien il étoit éloigné de l'imiter dans sa trahison : non seulement il quitta sur-le-champ la Picardie pour aller rejoindre la duchesse d'Angoulême, mais encore il évita, dans son voyage, de s'approcher de Paris, où sa présence auroit pu causer quelque nouvelle fermentation.

Le parlement, réduit au silence et à une obéissance purement passive sous le gouvernement du roi, crut pouvoir saisir cette occasion où la foiblesse et l'embarras de ceux qui administroient alors l'État étoient visibles, pour faire entendre enfin sa voix, exposer ses griefs, et présenter des remontrances sur les abus qu'il avoit été forcé si long-temps d'endurer sans se plaindre. Il s'éleva d'abord contre l'hérésie de Luther, et c'est pour la première fois qu'il est question, dans un acte public, de cette secte qui commençoit à se répandre dans le royaume, et dont les progrès étoient déjà

---

(1) Ces brigands, connus sous le nom de *mauvais garçons*, avoient des relations secrètes avec des archers de la ville, qui leur donnoient avis des moments où ils pouvoient y venir sans crainte. Ils étoient mieux armés, plus aguerris que les bourgeois, et ne craignoient pas même de les attaquer en plein jour. Il fallut employer contre eux des troupes de ligne, qui ensuite causèrent elles-mêmes des désordres, et qu'on fut forcé de réprimer à leur tour.

assez grands pour causer de véritables alarmes, quoiqu'on fût loin encore d'en bien comprendre l'esprit et de prévoir les maux affreux qu'elle alloit incessamment répandre sur la France entière. Zélé défenseur de la véritable doctrine, le parlement se plaint amèrement, dans ses lettres à la régente, de ce que plusieurs individus infectés de ces erreurs pernicieuses avoient été délivrés par la cour, des prisons où il les avoit fait renfermer, et demande en même temps qu'il lui soit permis de procéder contre tous les hérétiques qui lui seroient dénoncés, quels que soient d'ailleurs leur rang et leur dignité. La première cause de ce fléau et des autres malheurs qui désoloient l'État, il la voit dans l'abolition de la Pragmatique, sur laquelle il renouvelle toutes ses anciennes doléances, prouvant que, depuis l'époque où elle a été abolie, le clergé a perdu toute considération et le peuple toute obéissance. La mauvaise administration des finances, les aliénations continuelles du domaine et la vénalité des charges, qui en étoient les suites déplorables, les obstacles qu'éprouvoit à chaque instant l'administration de la justice par les évocations continuelles qui se faisoient au grand conseil, étoient ensuite présentés comme des causes non moins graves des désordres publics et du mécontentement de la nation.

Dans les circonstances où elle se trouvoit, la régente sentit qu'il falloit ménager avec le plus grand soin un corps dont le crédit étoit grand sur tous les ordres de l'État. Témoignant donc un vif désir de concourir avec lui à l'extinction de l'hérésie naissante, elle en écrivit au pape, qui crut l'occasion favorable pour établir l'inquisition en France, et nomma, mais sans succès, deux conseillers-clercs, vicaires du Saint-Siège, pour procéder en son nom à la recherche et à la punition des coupables. Quant au rétablissement de la Pragmatique, dont cette princesse paroissoit reconnoître les avantages et même la nécessité, elle n'eut pas de peine à prouver qu'il ne pouvoit être effectué dans un pareil moment où il étoit essentiel de ménager le chef de l'église, faisant entendre en outre que c'eût été offenser le roi, dont l'aveu étoit nécessaire pour détruire un acte aussi important de son autorité. Sur la vénalité des charges il n'y avoit aucune objection raisonnable à faire, et la voie de l'élection fut rétablie comme par le passé. De plus, la régente promit d'avoir égard à tous les autres articles que contenoient les remontrances du parlement, à mesure que l'occasion se présenteroit d'y faire droit. Toutefois la suite prouva qu'il y avoit peu de sincérité dans ces démonstrations bienveillantes. Le retour du roi, en faisant évanouir les craintes, fit oublier en même temps les promesses, et le parlement put reconnoître alors que sa liberté avoit offensé la régente et sur-tout le chancelier. Celui-ci, d'ailleurs, haïssoit cette compagnie, par la raison qu'il avoit des torts extrêmement graves à se reprocher à son égard ; et peu de temps après, attaqué par elle dans un acte arbitraire où son avidité honteuse éclata aux yeux de toute la nation, il n'en fut que plus ardent dans sa haine et dans ses persécutions.

Cependant la France, si agitée dans son intérieur, n'avoit réellement rien à redouter des ennemis du dehors. Charles-Quint, à qui sa victoire et l'illustre captif qu'elle avoit fait tomber entre ses mains, inspiroient les espérances les plus exagérées, qui peut-être se repaissoit déjà des rêves insensés d'une monarchie universelle, n'avoit effectivement pour continuer la guerre ni troupes ni argent. Les généraux habiles que la France possédoit encore couvroient toutes ses frontières, et l'on étoit entièrement rassuré sur la crainte d'une invasion ; d'ailleurs, cette puissance de l'équilibre politique, devenue la règle de tous les cabinets de l'Europe, commençoit déjà à changer tous les desseins et tous les intérêts. C'étoit alors contre l'empereur que se dirigeoient les alarmes et les jalousies des souverains. La régente négocioit dans toutes les cours et n'en trouvoit aucune qui ne fût disposée à entrer dans ses vues et à travailler avec elle à la délivrance du roi. Le seul prince qui pût opposer un frein suffisant à l'ambition de l'empereur, Henri VIII, en sentit heureusement toute l'importance, et tenant la balance entre ces deux monarques, il mérita d'être regardé, dans cette circonstance décisive, comme le gardien de la liberté de l'Europe. Charles trouvant de ce côté un obstacle invincible à ses projets ; d'un autre, voyant toutes les puissances d'Italie, autrefois ses alliées, maintenant liguées contre lui ; désespérant, en outre, d'abattre le courage de son prisonnier, que ses menaces, ses rigueurs, ses fausses caresses trouvoient également inflexible et décidé à mourir plutôt que de se déshonorer, commença lui-même à concevoir quelques inquiétudes, et consentit enfin à se relâcher un peu des conditions intolérables auxquelles il avoit d'abord attaché le prix de sa liberté. Le traité qui la lui rendit fut enfin signé à Madrid le 14 janvier 1526.

Il étoit temps pour le repos et peut-être pour le salut de la France que la main vigoureuse du monarque vînt enfin reprendre les rênes de l'État ; car chaque jour y voyoit naître de nouveaux désordres, et l'esprit de licence et de faction y faisoit à chaque instant les progrès les plus alarmants. Paris sur-tout étoit en proie à tous les maux qui résultent de l'anarchie et des discordes intestines : le parlement étoit brouillé avec la cour à l'occasion du chancelier Duprat, qu'il poursuivoit comme coupable d'abus de pouvoir et de violation du concordat (1) que ce ministre lui-même avoit fait établir ; l'archevêque d'Aix, que le roi avoit nommé gouverneur de Paris avant sa captivité, ne plaisoit ni aux Parisiens, ni au parlement, et son autorité étoit méprisée non seulement par le peuple, mais encore par les chefs militaires qu'on avoit envoyés pour détruire les brigands dont les environs de cette capitale étoient infestés. Ces capitaines (2), également divisés entre eux, se disputoient le droit de commander dans la ville, d'où ils cherchoient mutuellement à s'expulser ; et le corps municipal, ainsi que le parlement, se mêloit à toutes ces querelles. Les alarmes étoient encore augmentées par la fermentation qui régnoit dans l'université, où les écoliers nationaux et étrangers furent plus d'une fois sur le point d'en venir aux mains. Cependant les troupes allemandes et italiennes qui étoient au service de la France, n'étant point payées de leur solde, ravageoient les campagnes, et leurs chefs vinrent jusque dans la ville menacer le parlement d'en faire le siège si l'on ne satisfaisoit à leurs

---

(1) Duprat, qui étoit veuf et tonsuré, s'étoit fait conférer, par la voie du concordat, l'abbaye de Saint-Benoît-sur-Loire, laquelle jouissoit du droit d'élire ses abbés, par un privilège particulier du Saint-Siège, lequel avoit été maintenu par la teneur même du concordat. Le parlement, à qui les moines portèrent leurs plaintes, ayant voulu s'opposer à la prise de possession, Duprat fit évoquer l'affaire au grand conseil ; la régente prit parti pour lui ; et tandis que ce ministre, fort d'un tel appui, faisoit casser toutes les procédures commencées par le parlement, et signifioit même des ajournements personnels à plusieurs de ses membres par-devant le grand conseil, cette compagnie nommoit de son côté des commissaires pour informer de toutes les violences, fraudes et contraventions aux lois, commises par le chancelier, et chargeoit son avocat général de le dénoncer aux chambres assemblées.

(2) Le comte de Braine et le seigneur d'Alègre. Le premier, plus actif que l'autre, avoit déjà purgé les environs de Paris des brigands qui les désoloient, lorsque l'autre arriva avec une troupe de cinquante lances qu'il voulut loger dans la ville, suivant une lettre de la régente dont il étoit porteur. De Braine, assuré de l'affection des Parisiens, s'y opposa, et le seigneur d'Alègre se vit forcé d'aller établir sa troupe à Brie-Comte-Robert. Telles étoient les scènes licencieuses qui se passoient journellement dans cette capitale.

demandes. Du reste, la haine publique contre le chancelier et la régente, sa protectrice, étoit arrivée au dernier degré; on parloit d'assembler les états-généraux; et le parlement, uniquement occupé à poursuivre son ennemi ou à parer les coups qu'il étoit en danger d'en recevoir, sembloit avoir entièrement perdu de vue tout ce qui regardoit l'ordre public et le maintien de la police. Enfin, les choses en étoient venues au point que, le roi étant tombé malade pendant sa prison, on vit des gens parcourir impunément les rues à cheval, publiant hardiment que ce prince étoit mort; que la régente et Duprat ne cachoient cette triste nouvelle que pour perpétuer leur tyrannie; que tout étoit perdu, et que chacun songeât à soi dans de telles extrémités.

1526.   Le parlement ne tarda pas à reconnoître que ces bruits alarmants n'étoient nullement fondés, et le changement qui s'opéra tout à coup dans le ton et dans la conduite de la régente à son égard lui fit comprendre que la délivrance du roi étoit plus prochaine qu'il ne l'avoit pensé. Le désir général qu'on avoit paru témoigner de voir assembler les états-généraux paroissant servir ses projets, cette compagnie, qui n'avoit aucune autorité pour les convoquer, avoit cru devoir essayer d'arriver à ce but en mettant dans ses intérêts les princes du sang et les pairs de France. Elle leur avoit en conséquence adressé une lettre circulaire pour les inviter à venir prendre séance dans son sein après la Saint-Martin; et renouvelant en même temps ses poursuites contre le chancelier, au sujet de l'affaire dont nous avons déjà parlé, elle lui avoit fait signifier un décret d'ajournement personnel, résolue de le changer dans la séance même où il paroîtroit en décret de prise de corps. Ce fut alors que, ne gardant plus aucune mesure, la duchesse d'Angoulême manda à Lyon des députés du parlement, et, éclatant en menaces, leur reprocha leur insolence, leur esprit d'indépendance et de révolte, et leur enjoignit de lui donner satisfaction sur-le-champ, en lui expliquant les démarches irrégulières et scandaleuses qu'ils venoient de se permettre tant contre son autorité que contre le chancelier, qui étoit investi de la confiance du roi, et auquel ils devoient, par conséquent, respect et soumission. Intimidé par la fierté de la régente, le parlement s'excusa le mieux qu'il put d'une conduite dans laquelle il avoit effectivement outrepassé ses droits, et dès-lors il attendit à tous moments, et non sans quelque inquiétude, le retour du roi dans ses États et dans sa capitale.

Le roi revint, en effet, très prévenu contre ce corps, non seulement à cause des démêlés qu'il avoit eus avec la régente et le chancelier, mais encore (ce qu'on aura peine à croire) parce qu'il avoit montré contre les opinions nouvelles en matière de religion une chaleur et une fermeté qui avoient semblé exagérées (1). En effet, un des premiers actes d'autorité que ce prince fit à son arrivée à Paris, fut d'aller tenir au parlement un lit de justice dans le plus grand appareil. Il avoit déjà refusé de recevoir les députés que cette compagnie lui avoit envoyés avant son entrée dans la ville, et suspendu plusieurs conseillers de leurs fonctions pour un temps illimité et sans vouloir les entendre. Dans cette séance mémorable, sans daigner répondre au discours que fit le président pour justifier la cour sur les divers actes d'autorité qu'elle avoit cru pouvoir se permettre, le chancelier tirant de sa poche un édit sur la juridiction du parlement, édit par lequel le roi lui ôtoit toute connoissance des affaires ecclésiastiques, toute entremise dans les affaires politiques, et le réduisoit, sous les peines les plus sévères, à la simple administration de la justice, il lui signifia l'ordre de l'enregistrer sans la moindre réclamation ; et, sur-le-champ, le roi, se levant de son siège, rompit l'assemblée. L'enregistrement se fit, et le triomphe du chancelier sur le parlement fut aussi éclatant qu'il pouvoit le désirer.

La guerre continuoit toujours en Italie, et le roi, pour toute réponse aux députés que Charles-Quint lui avoit envoyés à l'effet d'obtenir la ratification du traité de Madrid, leur avoit fait la déclaration de la *sainte ligue* conclue entre la France, le pape Clément VII et toutes les puissances d'Italie, ligue dont le roi d'Angleterre s'avouoit le protecteur. Le succès toutefois n'en fut pas aussi heureux qu'on auroit pu l'espérer. Le roi n'osoit rentrer dans le Milanais, par le désir qu'il avoit de ravoir ses enfants donnés en otages à Charles-Quint ; Henri VIII restoit également dans l'inaction,

---

(1) Ce n'est pas que le roi ne partageât les sentiments de cette compagnie touchant l'hérésie, mais il n'en prévoyoit pas comme elle les suites dangereuses, et montroit quelquefois pour les hérétiques une indulgence qu'elle ne pouvoit approuver, et à laquelle elle osoit quelquefois résister. C'est ce qui arriva dans l'affaire d'un gentilhomme d'Amiens nommé Berquin, qui avoit été l'un des premiers à répandre en France la doctrine de Luther, et que le parlement avoit fait emprisonner. Le roi, qui vouloit le sauver, eut avec cette compagnie de longs débats, dans lesquels elle ne voulut point céder, et François 1ᵉʳ fut obligé d'employer la violence pour le lui arracher. Toutefois Berquin ayant persisté dans ses erreurs, et les excès des protestants ayant fini par faire ouvrir les yeux au monarque, il abandonna le coupable au parlement qui lui fit faire une seconde fois son procès, et le condamna à être brûlé vif, ce qui fut exécuté.

parcequ'il espéroit tout terminer par des négociations; et les généraux de la ligue, soit par trahison, soit par impéritie, étoient battus sans cesse par le connétable de Bourbon, qui, cette année même, acheva la conquête du Milanais, dont l'investiture lui avoit été promise. Le duc Sforce est obligé de se sauver. Le vainqueur, manquant d'argent, bien qu'il eût pillé Milan, marche vers Rome, dont il promet encore le pillage à ses troupes; il est tué dans l'assaut qu'il livre à cette ville; mais la capitale du monde chrétien est saccagée, le pape est assiégé dans le château Saint-Ange et réduit aux dernières extrémités. Alors Henri VIII et François Ier reconnurent, mais trop tard, la faute qu'ils avoient faite de se ralentir un seul instant devant un ennemi toujours infatigable. Ce fut aussitôt un mouvement général dans la France entière : une armée nouvelle rentra en Italie, sous le commandement de Lautrec; et pour pousser avec suite et vigueur les opérations d'une guerre dont la durée étoit incalculable, le roi, dans l'épuisement total de ses finances, résolut de demander à son peuple des secours extraordinaires, et indiqua, à cet effet, une assemblée de notables à Paris.

Elle eut tout le succès qu'on en pouvoit désirer, et l'on a toujours remarqué que cette confiance du monarque envers ses sujets, ces rapports familiers qui s'établissoient entre eux dans des intérêts qui leur étoient communs, n'ont jamais manqué de produire un grand effet sur cette nation sensible et généreuse, chaque fois que ses rois ont daigné l'employer. L'assemblée se tint dans la grande salle du Palais : François, qui, quelques jours auparavant, étoit venu se loger au palais des Tournelles, s'y rendit accompagné de ses ministres et de toute sa cour. Il n'est pas besoin de dire que dans le discours qu'il prononça il trouva le moyen de justifier toutes les opérations de son règne; mais s'il n'obtint pas une entière persuasion pour une semblable apologie, il n'en fut pas ainsi lorsque, peignant la situation du royaume menacé par un ennemi puissant et acharné, avec lequel il falloit combattre sans relâche, ou négocier à prix d'argent, puisqu'il retenoit entre ses mains les gages de là prospérité de la France dans les otages précieux qu'on avoit été forcé de lui donner, il les engagea à délibérer avec lui sur cet intérêt commun, à l'aider dans la recherche des moyens nécessaires pour parer à ce grand danger où se trouvoit la patrie. Ce fut un élan, un enthousiasme général. La délibération fut courte : le clergé, par l'organe

dú cardinal de Bourbon, s'engagea à fournir une somme considérable (1);
la noblesse, par celui du duc de Vendôme, offrit la moitié de ses biens et
tout son sang, s'il étoit nécessaire de le verser; le président du parlement,
le prevôt et les échevins, parlant au nom du tiers-état et de la ville de
Paris, ne montrèrent pas un moindre dévouement, et s'attachèrent sur-
tout à lui prouver que le traité de Madrid étoit nul, par la raison qu'il ne
pouvoit être exécuté sans compromettre le salut de la France. Le don que
la ville offrit au roi en cette occasion fut d'abord porté à cent mille écus (2)
et réduit ensuite d'un quart par l'ordre même de François Ier.

1528. La guerre continua donc, parceque l'empereur ne voulut point
accéder aux propositions qui lui furent faites par les rois de France et
d'Angleterre. Lautrec, poursuivant ses succès en Italie, s'avança jusqu'aux
portes de Naples, dont il entreprit le siège; mais, par une fatalité que peut
expliquer le caractère inconstant, inappliqué du roi, et le peu de suite
qu'il mettoit dans ses idées et dans ses desseins, de si beaux commencements ont une fin malheureuse, parcequ'on néglige d'envoyer à Lautrec
les secours d'hommes et d'argent nécessaires pour qu'il pût se maintenir.
Ce général meurt devant Naples, d'une maladie contagieuse. Sa mort et la
défection de l'amiral génois Doria, également trop négligé par la cour,
décident des affaires; le pape, par un de ces retours si fréquents dans la
politique italienne, s'étoit rapproché de l'empereur dès qu'il avoit vu les
Français pénétrer dans le cœur de l'Italie; leurs revers le décident à se
déclarer ouvertement contre eux; une révolution enlève au roi la ville de
Gênes; le comte de Saint-Paul est battu dans le Milanais par Antoine de
Lève. François, découragé par tant de mauvais succès, abandonne ses alliés
1529. et conclut le traité désavantageux de Cambrai, dit *la Paix des Dames* (3).
Alors Charles parut au milieu de l'Italie en vainqueur et en maître; et les
souverains de cette belle contrée, jouets continuels de l'ambition de deux

---

(1) 1,300,000 liv.

(2) Dans ce temps-là, tous les loyers de Paris réunis ne produisoient qu'une somme de 318,000 liv.

(3) Ainsi nommé parcequ'il fut conclu entre Marguerite d'Autriche et la régente. Dans ce traité
François renonçoit à tous ses droits sur le comté d'Ast, sur les comtés de Flandre et d'Artois, ainsi que
sur le Milanais; mais cette dernière renonciation n'étoit faite qu'en faveur de Sforce, et sa mort fit
renaître les prétentions du roi et de nouvelles brouilleries.

grands monarques, pensèrent dès-lors à revenir à la France pour échapper à la tyrannie de l'empereur.

Dans leur haine implacable, ces princes sembloient n'avoir fait la paix que pour se préparer à une guerre plus furieuse, et leur unique occupation pendant l'intervalle du repos qu'ils s'étoient procuré, fut de chercher mutuellement à soulever l'Europe entière, l'un contre l'autre. Dans cette longue suite d'opérations politiques et de négociations artificieuses, nous ne voyons rien qui se rapporte à l'histoire de Paris, si ce n'est le contraste singulier qu'offrent les alliances que François Ier cherche à faire avec les puissances luthériennes et les rigueurs qu'il jugea enfin nécessaire d'exercer en France contre ces schismatiques. Jusque-là, quoiqu'il eût témoigné hautement une grande aversion pour eux, au fond il avoit fait peu d'attention à la nouvelle doctrine, et l'on peut se rappeler que le parlement avoit même encouru sa disgrace pour avoir poursuivi avec trop de rigueur quelques-uns de ces sectaires. Cette espèce de tolérance enhardit les partisans de la réforme : voyant, en outre, ce prince intimement lié d'intérêt avec Henri VIII, qui tout récemment venoit d'adopter leurs principes; sachant qu'il négocioit avec les princes protestants d'Allemagne, qu'il venoit de faire un traité avec l'empereur des Turcs, évènement dont toute la chrétienté avoit été scandalisée, ils s'imaginèrent qu'au fond François Ier étoit très-indifférent sur ces matières ; que les persécutions exercées contre eux jusqu'alors ne devoient être imputées qu'aux importunités des évêques et au zèle trop ardent des magistrats; enfin, que l'occasion étoit favorable pour répandre plus librement leurs opinions. Des placards injurieux contre la messe et la présence réelle dans le saint sacrement furent 1535. affichés dans la nuit du 18 octobre, au coin des rues et dans tous les carrefours de Paris. On les afficha dans la même nuit et à la même heure aux portes du château de Blois, où la cour séjournoit alors, et dans plusieurs autres villes du royaume. Un tel concert annonçoit une association déjà nombreuse, et par cela seul de nature à inquiéter dans une monarchie; d'ailleurs, un tel scandale, s'il restoit impuni, pouvoit faire une impression fâcheuse sur l'esprit des peuples, et aigrir contre le roi le pape et ses alliés d'Italie, qu'à cette époque il avoit le plus grand intérêt à ménager. Il résolut donc de déployer la plus grande sévérité, et d'effrayer par des châtiments terribles des coupables que jusque-là l'impunité avoit enhardis. Le parlement, toujours plein d'ardeur contre les hérétiques, n'avoit pas même attendu ses ordres pour commencer des recherches à l'occasion d'un si grand attentat; on fit des processions dans toutes les églises de Paris pour la réparation du scandale; et par les soins des officiers du châtelet, les auteurs des placards furent arrêtés au nombre de vingt-quatre. Le roi, voulant que la réparation fût encore plus éclatante que l'outrage, vint à Paris au milieu de l'hiver, et ordonna une procession générale, dans laquelle les châsses de sainte Geneviève, de saint Marcel et des autres églises de Paris furent portées comme dans les plus grandes calamités publiques, et à laquelle il assista avec toute la famille royale, les ducs, les grands officiers de la couronne, les chevaliers de l'ordre, et tous les ambassadeurs étrangers. A la suite de cette pieuse solennité, François, ayant assemblé dans la grande salle de l'évêché les chefs de toutes les compagnies, fit un discours dans lequel exprimant toute son horreur pour le forfait exécrable qui venoit d'être commis, il déclara qu'il étoit décidé à poursuivre sans relâche et sans pitié tous les partisans et fauteurs d'hérésie; il publia en même temps un édit sévère par lequel il étoit enjoint à tous ses sujets de les dénoncer, sous peine d'être traités comme leurs complices. Jusqu'ici on ne peut qu'approuver cette conduite vigoureuse, digne en tous points d'un monarque prudent et religieux; mais ce que rien ne peut excuser, c'est qu'ayant fait condamner six de ces malheureux fanatiques au supplice du feu, il soit allé lui-même, au sortir de l'assemblée, repaître ses yeux d'un semblable spectacle, que par un raffinement de barbarie on se plut à prolonger pour augmenter les tortures des victimes. L'effet de cette scène atroce fut de faire sortir précipitamment du royaume un grand nombre d'Allemands religionnaires qui étoient alors à Paris, et d'aliéner contre lui les princes protestants, qui refusèrent, quelque temps après, d'entrer dans son alliance contre l'empereur.

Après six ans d'une paix simulée, la guerre se ralluma plus vivement que jamais entre ces deux monarques. Nous ne les suivrons point dans les nombreux évènements qu'elle fit naître, évènements qui sont entièrement étrangers à l'histoire de Paris. François, toujours obstiné à rentrer dans le Milanais, ne fut pas plus heureux dans cette entreprise, que Charles-Quint dans le projet qu'il conçut de conquérir la France en faisant une invasion dans ses provinces méridionales. Cette guerre nouvelle offre une alternative de bons et de mauvais succès qui épuisent les deux partis, sans procurer à l'un ni à l'autre aucun avantage décisif; et une trève de dix ans, conclue à Nice, donne à la France un repos plus funeste peut-être que les agitations dont elle venoit de sortir. Par cet accord et par les intrigues qui le suivirent, Charles-Quint trouva le moyen de brouiller le roi avec tous ses alliés; le connétable de Montmorency, qui avoit toute sa confiance, se montra moins habile politique qu'il n'avoit été prudent capitaine dans la campagne de Provence, et tomba dans tous les pièges que lui tendit le génie astucieux du perfide empereur.

1539. Ce fut pendant ces temps d'une apparente réconciliation, à laquelle la cour de France se livroit avec tant de sécurité, que Charles, pressé d'aller châtier les Gantois, qui venoient de se révolter, demanda et obtint de François Ier la permission de traverser la France, et eut la hardiesse de venir jusqu'à Paris se mettre entre les mains d'un ancien ennemi qu'autrefois il avoit si cruellement traité, et que dans ce moment même il trompoit encore. Son voyage eut l'air d'un triomphe continuel. Les deux fils de France et le connétable allèrent le recevoir sur les frontières d'Espagne; et, dans toutes les villes où il passa, il fut accueilli comme l'auroit été le souverain lui-même. Ces honneurs excessifs n'étoient toutefois que le prélude de la réception plus éclatante encore qui lui étoit préparée

1540. dans la capitale. Il y fit son entrée solennelle le 1er janvier 1540. Tous les ordres religieux, l'université, les cours de justice, le chancelier, à la tête du grand conseil, les gentilshommes de la maison du roi, les cardinaux, les princes, enfin le connétable, l'épée nue à la main, précédoient la marche de l'empereur, qui n'étoit vêtu que de noir, parcequ'il portoit encore le deuil de l'impératrice. Arrivé à la porte Saint-Antoine, les échevins lui présentèrent le dais aux armes impériales, qu'il accepta après s'en être défendu quelque temps. Il fut ainsi conduit au milieu de la population entière de Paris, à travers des rues toutes ornées des plus riches tapisseries et aux coups redoublés du canon de la Bastille, jusqu'à l'église de Notre-Dame, où il fit une courte prière. De là il se rendit au palais : le roi, qui l'y attendoit, le reçut au bas de l'escalier de marbre et le conduisit dans la grande salle, où l'on avoit préparé le banquet royal. Un bal brillant suivit ce festin magnifique; et pendant huit jours que l'empereur passa dans la capitale, les tournois, les danses, les cavalcades, en un mot, les fêtes de toute espèce, se succédèrent sans interruption.

Au milieu de ces réjouissances, ce prince affectoit une sécurité qu'il étoit loin d'éprouver. Quelques paroles échappées au roi (1) lui avoient fait comprendre que ceux qui environnoient ce prince et qui exerçoient sur lui quelque influence étoient loin d'approuver la loyauté impolitique dont il se piquoit envers son ennemi; et dès lors il vit avec le plus grand effroi tout le danger de sa position et l'imprudence qu'il avoit faite. Toutefois il sut dissimuler ses alarmes, fortifier dans ses intérêts ceux qui lui étoient déjà attachés, adoucir par ses galanteries et ses libéralités les personnes dont les intentions lui parurent suspectes; mais ce qui le servit mieux sans doute que toutes ces précautions, ce fut le grand cœur de François Ier. On a prétendu que le monarque français s'étoit repenti par la suite de n'avoir pas usé plus utilement pour ses intérêts d'une circonstance qui pouvoit lui faire regagner plus qu'il n'avoit perdu à Pavie, et le président Hénault fait entendre que ce fut là la cause de la disgrace du connétable, qui, gagné par la reine Éléonore, sœur de l'empereur, maintint le roi dans ses premières dispositions. Nous ne partageons point son opinion : le roi se dégoûta du connétable, parcequ'il reconnut, malheureusement trop tard, les fautes politiques qu'il lui avoit fait commettre, et une intrigue de cour très connue acheva de le perdre; mais nous ne croyons pas que l'on puisse trouver une seule preuve authentique que ce prince ait jamais eu de regret de n'avoir pas violé sa parole;

---

(1) On avoit effectivement fait quelques tentatives auprès du roi pour le déterminer à violer la parole qu'il avoit donnée : « Mon frère, dit-il à l'empereur, dans un de ces accès de gaieté et de franchise qu'il « n'étoit pas le maître de réprimer, voyez-vous cette belle dame (il lui montroit la duchesse d'Etampes)? « Elle me conseille de ne point vous laisser partir d'ici que vous n'ayez révoqué le traité de Madrid. » — « Eh bien ! répondit l'empereur un peu déconcerté, si l'avis est bon, il faut le suivre. » C'en fut un pour lui de mettre la duchesse dans ses intérêts. Cette dame n'étoit pas la seule qui eût conçu de semblables idées; le fou de la cour, nommé Triboulet, qui pouvoit, en raison du rôle qu'il jouoit, s'exprimer plus librement qu'un autre, avoit écrit sur ses tablettes que Charles-Quint étoit plus fou que lui de s'exposer à passer par la France. « Mais, lui dit François, si je le laisse passer sans lui rien faire, « que diras-tu »? — Cela est bien aisé, reprit Triboulet, j'effacerai son nom et je mettrai le vôtre. » On prétend que le dauphin, le roi de Navarre et le duc de Vendôme, désespérés de voir le roi laisser échapper une semblable occasion, avoient résolu d'arrêter l'empereur en leur propre nom dans le château de Chantilly, mais que le connétable fit avorter leur projet.

et le héros qui écrivoit dans les fers, *tout est perdu, fors l'honneur*, ne pouvoit se repentir de ne s'être pas déshonoré.

Toutefois la guerre ne tarda pas à recommencer, parceque Charles, échappé aux dangers qu'il avoit courus, refusa de tenir tous ses engagements, entre autres, de donner l'investiture du Milanais, qu'il promettoit depuis long temps à l'un des fils du roi de France. Telle fut la véritable cause de ces nouvelles hostilités; elles eurent pour prétexte le meurtre des ambassadeurs du roi, assassinés par ordre de Dugast, gouverneur du Milanais pour l'em-

1542. pereur. Le roi eut d'abord en Flandre des succès dont il ne tira aucun profit, par la conduite imprudente de son second fils le duc d'Orléans (1); l'année

1543. suivante, ce jeune prince répara sa faute en s'emparant du Luxembourg, et

1544. le comte d'Enguien gagna, peu de temps après, la bataille de Cerisolles; mais Charles-Quint, qui avoit trouvé le moyen de faire un ennemi à François de son allié le plus utile et le plus puissant, entra en Champagne avec une armée formidable, tandis que Henri VIII faisoit une irruption dans la Picardie. Les alarmes que causèrent cette expédition furent les dernières et les plus vives que les Parisiens eussent encore éprouvées pendant la durée de ce règne, car l'armée de l'empereur s'étant avancée jusqu'aux bords de la Marne, on vit bientôt arriver dans les murs de la ville une foule innombrable d'habitants de la campagne, traînant avec eux leurs familles désolées, leurs bestiaux, et tout ce qu'ils avoient pu dérober aux ravages de l'ennemi ou à la licence effrénée des troupes françaises. On y transporta le trésor de Saint-Denis, les vases sacrés et les ornements des églises circonvoisines; tandis que les Parisiens, saisis d'une terreur plus grande encore, mais bien moins fondée, chargeoient sur des chariots leurs effets les plus précieux et fuyoient, les uns à Rouen, les autres à Orléans ou dans les provinces méridionales. Le parti de la cour attaché au connétable de Montmorency, à la tête duquel étoit le dauphin, essaya d'obtenir son rappel dans une circonstance où son expérience dans la guerre pouvoit être décisive pour le salut de l'État; mais le roi, livré entièrement à ceux qui le haïssoient, n'y voulut point consentir. Cependant, alarmé lui-même de la consternation dont Paris étoit frappé, il se hâta de venir dans cette capitale, accompagné du duc de Guise et du

---

(1) Il abandonna les conquêtes qu'il y faisoit, ayant sous lui Claude de Guise, pour venir partager la gloire de la prise de Perpignan, dont le siège fut levé.

cardinal de Tournon. Ayant mandé aussitôt les députés du parlement, et leur ayant reproché la terreur panique à laquelle ils s'étoient livrés, eux à qui leur rang et leur état faisoient au contraire un devoir sacré de donner aux autres citoyens l'exemple de la confiance et du courage, il leur ordonna de reprendre le cours de la justice qu'ils avoient imprudemment interrompu, d'enjoindre aux marchands d'ouvrir leurs boutiques, aux artisans de se livrer à l'exercice de leur profession, ajoutant que, bien que l'ennemi se fût approché très près de la ville, il n'étoit arrivé aucun accident qui pût causer de l'effroi, ni qui présageât rien d'inquiétant pour l'avenir. Dès le même jour, le roi monta à cheval, se promena dans les rues de Paris, accompagné du duc de Guise (1), et parlant avec bonté à la multitude qui l'environnoit : « Mes enfants, leur disoit-il, Dieu vous garde de la peur et « je vous garderai des ennemis. » Doutant cependant si l'armée du dauphin pourroit contenir long-temps les troupes impériales au-delà de la Marne, et voulant lui assurer une retraite en cas de malheur, il entreprit d'envelopper Montmartre par de longs fossés, afin de pouvoir asseoir son camp sur cette éminence, et envoyer de là des détachements dans tous les quartiers de la ville ; mais la paix de Crespi rendit bientôt toutes ces précautions inutiles.

1545.   Dans les dernières années de son règne, François renouvela les mesures de rigueur qu'il avoit déjà prises contre les protestants : un recteur de l'université, ayant osé prêcher publiquement dans le sens de la nouvelle doctrine, ne dut son salut qu'à une prompte fuite, et peu de jours après, un moine jacobin, convaincu d'avoir répandu les mêmes principes, fut puni du dernier supplice. Alarmé de ces prédications dangereuses, François crut devoir prendre de nouvelles précautions pour arrêter un mal qui menaçoit déjà de se répandre sur la nation toute entière. La faculté de théologie, à laquelle il s'adressa, rédigea, d'après ses ordres, un formulaire en vingt-six articles, dans lequel étoient clairement expliquées toutes les matières controversées, et qui dut être signé par tous ses membres, sous peine de dégradation. Le roi, l'ayant revêtu de lettres-patentes, l'adressa à tous les

---

(1) La conduite que ce duc tint en cette circonstance fut, dit-on, la source de la vive affection que les Parisiens conçurent pour sa famille, affection dont elle fit par la suite un usage si criminel et si funeste à la France.

Tome II.   75

évêques, chapitres et couvents de son royaume, afin qu'il devînt loi de l'État, autorisant les tribunaux à traiter comme séditieux, rebelles et conspirateurs tous ceux qui refuseroient de s'y conformer. De telles mesures forçoient sans doute au silence les apôtres fanatiques de la réforme, mais n'attaquoient point le mal dans sa source; et tandis qu'on faisoit ainsi la guerre aux erreurs des luthériens, une secte plus dangereuse s'accroissoit dans les ténèbres, comptoit déjà des prosélytes dans les premiers rangs de l'État, et préparoit pour les époques suivantes les malheurs inouïs dont nous ne tarderons pas à parler.

Aux troubles qui agitèrent Paris pendant la durée de ce règne, se joignit le fléau plus désastreux encore des maladies pestilentielles. Elles se renouvelèrent deux fois dans ce court espace de temps, et enlevèrent un grand nombre de personnes. La première, qui se déclara en 1522, força le parlement à quitter la ville, et causa, en outre, une telle émigration de ses habitants, que le roi, craignant que sa capitale ne devînt tout-à-fait déserte, prit la résolution généreuse de s'y rendre lui-même et de calmer ainsi par sa présence, et en partageant ses dangers, l'effroi qui s'étoit emparé de toute la population. On prit alors des mesures qui, peu à peu, firent disparoître le fléau; mais on n'avoit point encore un système de police générale assez bien ordonné pour prévenir par la suite de semblables malheurs, et onze ans après, en 1533, une nouvelle épidémie vint désoler cette grande cité. Les ravages qu'elle y fit furent tels, qu'on fut obligé d'acheter six arpents de terre dans la plaine de Grenelle pour enterrer les morts.

1547. François Ier mourut au château de Rambouillet le dernier jour de mars 1547.

Ce prince a été jugé diversement par les historiens. Le président Hénault dit « que, pour être le premier prince de son temps, il ne lui a manqué « que d'être heureux. » Ce jugement semble un peu vague, et si l'on peut prouver que François Ier fut souvent malheureux par sa faute, par la mauvaise direction de ses entreprises commencées avec une ardeur et une activité qui déconcertoient d'abord son ennemi, poursuivies le plus souvent avec une lenteur, une imprévoyance qui lui faisoient perdre bientôt tous les avantages qu'il avoit obtenus, il faudra reconnoître que le rival contre lequel il combattoit avoit un génie supérieur au sien, et mérite, comme souverain , la première place. Cette opinion prendroit un nouveau degré de force, si la nature de cet ouvrage nous permettoit d'examiner avec quelques développements la situation des deux monarques, et de démontrer que, malgré tout l'éclat qui environnoit Charles-Quint, et cette réunion de couronnes qui le rend, en apparence, si formidable, ce prince, réduit dans ses vastes états à un pouvoir limité, étoit effectivement bien moins puissant que François Iᵉʳ, maître absolu dans la monarchie la mieux constituée qu'il y eût alors en Europe.

Cependant le roi de France a été jugé plus favorablement que l'empereur, et par son siècle et par la postérité : « C'est que, dit Robertson, la
« réputation des princes, sur-tout aux yeux de leurs contemporains, dépend
« autant de leurs qualités personnelles que de leurs talents pour le gou-
« vernement. François commit des fautes graves et multipliées, et dans sa
« conduite politique et dans son administration intérieure ; mais il fut
« humain, bienfaisant, généreux; il avoit de la dignité sans orgueil, de
« l'affabilité sans bassesse, et de la politesse sans fausseté ; il étoit aimé
« et respecté de tous ceux qui approchoient de sa personne, et tout
« homme de mérite avoit accès auprès de lui. Séduits par les qualités de
« l'homme, ses sujets oublièrent les défauts du monarque; ils l'admiroient
« comme le gentilhomme le plus accompli de son royaume, et ils se sou-
« mirent sans murmure à des actes d'administration vigoureuse, qu'ils
« n'auroient pas pardonnés à un prince moins aimable. Il semble cependant
« que cette admiration auroit dû n'être que momentanée et mourir avec
« les courtisans de ce monarque; l'illusion qui naissoit de ses vertus
« privées a dû se dissiper, et la postérité devroit juger sa conduite publique
« avec son impartialité ordinaire. Mais cet effet naturel a été contrebalancé
« par une autre circonstance, et le nom de François a passé à la postérité
« avec une gloire dont le temps n'a fait qu'augmenter l'éclat. Avant son
« règne, les sciences et les arts avoient fait peu de progrès en France; à
« peine commençoient-ils à franchir les limites de l'Italie, où ils venoient
« de renaître, et qui avoit été jusqu'alors leur unique séjour. François les
« prit sous sa protection; il voulut égaler Léon X, par l'ardeur et
« la magnificence avec laquelle il encouragea les lettres. Il appela les
« savants à sa cour, il conversa familièrement avec eux, il les employa

« dans les affaires, il les éleva aux dignités, et il les honora de sa
« confiance. Les gens de lettres ne sont pas moins flattés d'être traités avec
« la distinction qu'ils croient mériter, que disposés à se plaindre lorsqu'on
« leur refuse les égards qui leur sont dus; ils crurent qu'ils ne pouvoient
« porter trop loin leur reconnoissance pour un protecteur si généreux, et
« célébrèrent à l'envi ses vertus et ses talents. Les écrivains postérieurs
« adoptèrent ces éloges, et y ajoutèrent encore. Le titre de père des
« lettres, qu'on avoit donné à François, a rendu sa mémoire sacrée chez les
« historiens; ils semblent avoir regardé comme une sorte d'impiété de
« relever ses foiblesses et de censurer ses défauts. Ainsi François, avec
« moins de talents et de succès que Charles, jouit peut-être d'une réputa-
« tion plus brillante; et les vertus personnelles dont il étoit doué lui ont
« mérité plus d'admiration et d'éloges que n'en ont inspiré le vaste génie
« et les artifices heureux d'un rival plus habile, mais moins aimable. »

Le règne de François Ier ne fut pas seulement l'époque de l'introduction
des beaux-arts en France, mais on peut le considérer encore comme celle
de leur plus grande perfection. Les monuments qu'y produisirent alors la
sculpture et l'architecture n'ont point été depuis égalés; les plus grands
peintres de l'Italie remplirent de leurs chefs-d'œuvre les palais du monarque, et l'école qui se forma depuis, dans le siècle le plus brillant de la
France, ne produisit rien qui pût leur être comparé. On doit aussi à ce
prince l'établissement du collége royal, source des bonnes études qui
ont donné un si grand éclat à l'université de Paris.

Le parlement de Paris a joué un rôle si remarquable sous le règne de ce
prince; il prendra une part si active aux grands évènements que nous
avons encore à raconter, que nous croyons nécessaire, pour la clarté de
notre récit, de donner dès à présent, sur cette célèbre compagnie, le précis
historique que nous avions d'abord regardé comme inutile lorsque nous
avons traité de l'histoire du Palais (1), et qu'ensuite nous avions résolu
de rejeter à la fin de cet ouvrage. En examinant avec attention l'ordre et
l'importance des matières, il nous a semblé que c'étoit ici sa véritable
place.

Il faut bien se rappeler la différence que nous avons soigneusement

---

(1) Voyez tom. 1er, page 75.

établie dans notre premier volume, entre le caractère des anciens parlements généraux, qui n'étoient point d'institution royale, mais seulement présidés par les rois, et celui du conseil particulier de ces princes, lequel existoit dès le même temps, qui, vers la fin de la seconde race, lorsque le grand parlement fut entièrement éteint, en prit la place sans en avoir les attributions, et uniquement attaché à la personne du monarque, marchoit continuellement à sa suite, jusqu'à ce que Philippe-le-Bel l'eut rendu sédentaire à Paris.

Avant lui, Saint-Louis fut un de nos rois qui assembla le plus souvent le parlement, et ce fut toujours à Paris. Dès 1291, Philippe-le-Bel, frappé de l'utilité d'une convocation fréquente de ces assemblées, donna une ordonnance dont l'objet étoit de régler tout ce qui devoit être observé à l'avenir par rapport au parlement. Suivant cette ordonnance, il devoit être composé d'une cour ou chambre des plaids (1), de deux chambres des requêtes (2), et d'une chambre des enquêtes. Dans la première chambre des requêtes, instituée pour les sénéchaussées et les pays de droit écrit, on

---

(1) Avant que le parlement eût été rendu sédentaire, toute la compagnie s'assembloit dans une même chambre, qu'on appeloit la *chambre du parlement* ou la *chambre des plaids*. *Camera placitorum.*

Elle fut ensuite surnommée la *grand'chambre* *, soit parcequ'on y traitoit les plus grandes affaires, soit parcequ'elle étoit composée des plus grands personnages, et aussi pour la distinguer des autres chambres nouvellement établies.

C'est en la grand'chambre que le roi tenoit son lit de justice, et que le chancelier, les princes et les pairs venoient siéger quand ils le jugeoient à propos. Elle seule étoit compétente pour connoître des crimes jusqu'en 1515, que ce droit fut aussi accordé à la chambre des Tournelles.

Les ecclésiastiques, les nobles, les magistrats des cours supérieures avoient conservé le droit d'être jugés en la grand'chambre, lorsqu'ils étoient prévenus de quelques crimes. La présentation de toutes lettres de grace, pardon et abolition lui appartenoit, encore que le procès fût pendant à la tournelle ou aux enquêtes. On y plaidoit les requêtes civiles, même contre les arrêts de la tournelle. Elle connoissoit des appellations verbales interjetées des sentences des juges qui étoient du ressort du parlement de Paris, des causes auxquelles le procureur général étoit partie pour les droits du roi et de la couronne; des causes des pairs pour ce qui regardoit leurs pairies; des causes de l'université en corps et de plusieurs autres communautés. Elle recevoit le serment des ducs et pairs, des baillis et sénéchaux, et de tous les juges et magistrats, dont les appellations se relevoient immédiatement au parlement de Paris.

(2) Ces deux chambres se nommoient alors *chambres des requêtes de l'hôtel*. On les appeloit anciennement *les plaids de la porte*, parceque dans les lieux où séjournoit le roi, il y avoit toujours à la porte de son palais un ou deux officiers chargés par lui de recevoir les requêtes, et d'y répondre sur-le-champ, à moins que l'affaire ne méritât d'être portée au prince. Lorsque Philippe-le-Bel eut rendu

* On l'a aussi appelée la *grand'voute*, et, depuis Louis XII, la *chambre dorée*, à cause d'un plafond orné de culs-de-lampe dorés dont ce prince l'avoit enrichie.

comptoit cinq membres du conseil du roi et trois seulement dans la seconde, qui régloit les affaires des autres provinces. Il y avoit dans la chambre des enquêtes (1) huit membres du même conseil, moitié clercs et moitié laïques, qui siégeoient alternativement, partagés en deux compagnies. Le nombre des membres de la chambre des plaids n'est point marqué.

Ce ne fut toutefois que onze ans après, en 1302, que le même prince rendit le parlement sédentaire à Paris, en ordonnant qu'il y tiendroit régulièrement chaque année deux séances, dont il fixa la durée à deux mois, et le commencement aux octaves de Pâques et de la Toussaint. On trouve qu'en 1304 la chambre des plaids étoit composée de treize clercs et d'un pareil nombre de laïques, au-dessus desquels étoient deux prélats et deux seigneurs de la cour nommés par le roi. Les deux chambres des requêtes pour la *langue d'oc* et pour la *langue française* comptoient chacune cinq membres, et c'étoit toujours un évêque qui présidoit celle des enquêtes. L'établissement du parlement de Toulouse fut cause que peu de temps après on supprima une des chambres des requêtes. Celle qui resta ne fut composée que de quatre *maîtres* ; c'étoit ainsi qu'on appeloit les membres de cette chambre et de celle des plaids, dite la *grand'chambre*,

---

le parlement sédentaire, il fit un règlement pour les maîtres des requêtes de l'hôtel, par lequel il fut établi qu'ils serviroient par quartier aux lieux où seroit le roi, et le reste du temps au parlement. La chambre des requêtes du palais fut établie par Philippe-le-Long, à l'instar de celle des requêtes de l'hôtel, et on lui attribua, à l'égard du parlement, les mêmes fonctions qu'exerçoient les autres à l'égard du roi, c'est-à-dire qu'elle avoit le pouvoir de prendre et de juger les requêtes présentées à cette compagnie, à l'exception des plus importantes qui devoient lui être rapportées, et sur lesquelles elle avoit seule le droit de prononcer. Henri III créa une seconde chambre des requêtes du palais par son édit du mois de juin 1580.

(1) Cette chambre jugeoit les appellations des procès par écrit, pour connoître s'il avoit été bien ou mal appelé à la cour. Depuis Philippe-le-Long, qui en créa une seconde, jusqu'en 1483, on n'en compte que deux ; la première étoit appelée la *grand'chambre des enquêtes*, et l'autre *la petite*. François Ier, par lettres du dernier jour de janvier 1521, créa vingt conseillers au parlement, dont fut faite et composée *la troisième chambre des enquêtes ;* il en érigea, en 1543, une quatrième, qui fut d'abord nommée *chambre du domaine*, pour connoître des appellations des procès concernant le domaine et les eaux et forêts du royaume, et depuis *quatrième chambre des enquêtes.* Enfin Charles IX, par édit du mois de juillet 1568, créa une *cinquième chambre des enquêtes*, à l'instar des quatre autres.

Le parlement se composoit de toutes les chambres assemblées.

tandis que ceux de la chambre des enquêtes étoient nommés *jugeurs* et *rapporteurs*.

Cet ordre fut observé jusqu'en 1319, que Philippe-le-Long y apporta quelque changement, en réduisant à huit le nombre des clercs (1) dans la grand'chambre, tandis qu'il y laissa douze laïques, sans compter le chancelier. En créant une seconde chambre des enquêtes, il ordonna que, sur les deux, l'une devoit connoître des enquêtes du temps passé jusqu'au jour de son ordonnance; et l'autre, des enquêtes qui *adviendroient de ce jour en avant*. Il voulut qu'en ces deux chambres il y eût vingt conseillers-clercs et trente laïcs, dont seize seroient *jugeurs* et les autres *rapporteurs*. Il établit aussi la chambre des requêtes du palais, laquelle ne fut d'abord composée que de cinq membres, trois clercs qualifiés du titre de *maîtres*, et deux laïques désignés sous celui de *messires*.

Il y avoit dès-lors, et même dès 1318, au moins deux des laïques de grand'chambre, revêtus de la qualité de présidents; il y en avoit trois en 1342. Philippe-de-Valois ordonna cette année qu'à la fin de chaque séance ces trois maîtres présidents et dix membres de son conseil nommés par lui s'assembleroient pour régler le nombre des conseillers dont les diverses chambres du parlement seroient composées dans la séance suivante; ce qui prouve qu'il n'y avoit encore rien de fixe à cet égard.

Tel fut le premier état du parlement. Nos rois s'y rendoient alors très souvent, soit pour juger des causes particulières, soit pour faire des règlements généraux; et ils y étoient suivis des gens du conseil et de ceux des comptes. L'usage de faire des rôles à la fin de chaque séance pour la composition du parlement suivant dura sans interruption jusqu'au règne de Charles VI, qu'à la faveur des troubles qui agitèrent alors le royaume, ceux qui se trouvèrent en place de présidents et de conseillers se continuèrent d'eux-mêmes dans leurs fonctions. Ils commencèrent aussi dès-lors à tenir parlement toute l'année; mais cet usage ne fut pleinement autorisé que sous le règne de Louis XI.

Cependant les membres de cette cour souveraine continuèrent à être

---

(1) Il déclara qu'il ne députeroit plus de prélats, parcequ'il faisoit conscience *de eus empeschier au gouvernement de leurs experituautés*. Les seuls évêques de Paris et l'abbé de Saint-Denis continuèrent d'y être admis.

pourvus gratuitement de leurs offices par le roi, d'après la nomination qui en avoit été faite par le corps entier, lorsque quelque place venoit à vaquer; ce fut, comme nous l'avons dit, François Ier qui introduisit la vénalité des charges. Les remontrances que le parlement fit si inutilement à ce sujet sous le règne de ce prince furent renouvelées par les états d'Orléans en 1560, et par l'assemblée des notables en 1583, avec aussi peu de succès. Comme il y avoit déjà long-temps que les élections étoient abolies, et que les rois disposant à leur gré des places vacantes, donnoient souvent à des gens mariés celles qui étoient, dans le principe, affectées aux clercs, il se trouva que le nombre des laïques finit par l'emporter de beaucoup sur celui des ecclésiastiques. Enfin, Henri III fixa, en 1589, le nombre de ces derniers à quarante, y compris les présidents des enquêtes.

François Ier qui introduisit de si grandes nouveautés dans le parlement, y rendit *perpétuelle* la *tournelle* (1), déjà érigée en chambre particulière dès 1436; il confirma aussi la chambre des *vacations* (2), créée en 1405 par Charles VI, et maintenue par une ordonnance de Louis XII, de 1499.

Pendant long-temps il n'est point fait mention du procureur général et des avocats généraux du roi au parlement. Les procureurs du roi, établis dans les bailliages et sénéchaussées, venoient alors à Paris pour les causes dont il avoit été appelé au parlement. Ce n'est qu'en 1331 qu'il est parlé pour la première fois du procureur général, dont les attributions étoient de poursuivre les criminels et les usurpateurs soit des biens de la couronne, soit de ceux des particuliers. Les avocats généraux furent créés ensuite pour lui servir d'auxiliaire. C'étoit à ce magistrat qu'appartenoit le droit de tenir les *mercuriales* (3), assemblées ainsi nommées parcequ'elles se tenoient le mercredi.

---

(1) On y jugeoit des affaires criminelles qui n'emportoient pas condamnation à mort. Celles-ci étoient renvoyées à la grand'chambre, qui prononçoit. L'ordonnance de François Ier, qui la rendit perpétuelle, lui donna en même temps le droit de condamner à mort comme à toute autre peine corporelle.

En 1667 il fut érigé une tournelle civile qui jugeoit certaines affaires à l'audience. Il falloit tous les ans une nouvelle commission pour cette chambre, qui fut supprimé depuis 1698 jusqu'en 1735, et rétablie alors pour cette année seulement. Depuis il ne fut point donné de commissions.

(2) Elle avoit été établie pour siéger pendant les vacances du parlement, et faire l'expédition des procès criminels, des matières provisoires et autres qui demandoient de la célérité.

(3) On examinoit dans ces assemblées la conduite des conseillers du parlement; et les membres qui la composoient exerçoient, dans le principe, une autorité qui leur permettoit de destituer ou du moins de

Le parlement a toujours été le tribunal destiné à connoître des affaires majeures et des causes qui concernent l'état des grands du royaume. Dans le temps qu'il étoit encore ambulatoire à la suite de nos rois, on y délibéroit de la paix et de la guerre, de la réformation des lois, du mariage des enfants de France, du partage de leurs successions. Il jugeoit également des contestations qui s'élevoient sur le droit d'hérédité aux grands fiefs et même à la couronne de France, comme il arriva pour Philippe-le-Long et Philippe-de-Valois.

Devenu sédentaire, lorsque l'autorité des rois de la troisième race commençoit à prendre un plus grand caractère, on ne voit pas qu'il ait été moins considéré par eux, ni qu'aucune de ces belles prérogatives lui ait été enlevée. Du temps du roi Jean, les princes, les prélats et la noblesse furent convoqués au parlement pour y délibérer sur les affaires les plus importantes de l'État, et Charles V crut devoir le consulter lorsqu'il entreprit contre les Anglais cette guerre glorieuse qui lui rendit son royaume. Les grands vassaux ressortoient de son tribunal, dans les accusations de félonie, et Charles-Quint, déjà empereur, y fut décrété d'ajournement personnel en 1536, comme comte de Flandre, et par conséquent vassal du roi de France.

Il connoissoit seul des causes qui concernoient l'état et la personne des pairs, des matières de régale dans toute l'étendue du royaume, et en première instance, de certaines matières dont la connoissance lui étoit réservée privativement à tous autres juges.

Mais le plus beau droit qu'il possédât, droit qui rendit par degrés aux Français la liberté que le gouvernement féodal leur avoit enlevée, étoit de prononcer sur *le bien* ou *mal jugé* des sentences dont l'appel étoit porté devant lui. Ces appellations, qui étoient en usage dès le temps de la première race, ne furent jamais entièrement abolies, même à l'époque de la plus grande indépendance des hauts seigneurs et malgré toutes les

---

suspendre de leurs fonctions ceux qui étoient convaincus de négligence ou de prévarication dans l'exercice de leurs charges. Les *Mercuriales*, qui, du temps de François Ier, se tenoient une fois par mois, furen réduites à quatre par an, par l'ordonnance de Moulins, et depuis à deux. Depuis long-temps les droits du procureur ou du premier avocat général se bornoient à faire alternativement un discours pour la réformation de la compagnie en général, et spécialement pour la censure des défauts dans lesquels quelques magistrats pouvoient être tombés.

violences qu'ils exerçoient pour empêcher leurs vassaux d'en jouir; et ce fut par ce moyen que ceux-ci parvinrent peu à peu à se soustraire à leur tyrannie.

Dans les derniers temps de la monarchie, le parlement étoit composé de la grand'chambre, de trois chambres des enquêtes et d'une des requêtes.

Il y avoit dans la grand'chambre, outre le premier président, neuf présidents à mortier, vingt-cinq conseillers laïques, douze conseillers clercs, trois avocats généraux et un procureur général. Les cinq présidents les plus nouveaux servoient à la tournelle, les conseillers laïques y servoient aussi par sémestre; mais les conseillers clercs ne quittoient jamais la grand'-chambre; et s'ils alloient à la tournelle, c'étoit seulement dans certains cas où il y avoit assemblée de tournelle et de grand'chambre réunies.

La tournelle criminelle étoit composée de cinq présidents à mortier, de six conseillers laïques de la grand'chambre, et de deux de chacune des enquêtes.

Les trois chambres des enquêtes étoient composées chacune de deux présidents et de soixante-six conseillers.

Celle des requêtes du palais avoit deux présidents et quatorze conseillers.

La chambre des requêtes de l'hôtel étoit composée de maîtres des requêtes. Elle connoissoit des causes des officiers privilégiés.

Anciennement il n'y avoit au parlement de Paris qu'un greffier en chef civil; un édit du roi, de l'an 1709, créa quatre offices de greffiers en chef, lesquels furent de nouveau abolis en 1716, pour remettre les choses sur l'ancien pied. On y comptoit, en outre, un greffier en chef au criminel, un greffier des présentations, un des affirmations de voyage, des greffiers plumitifs de la grand'chambre, des greffiers garde-sacs de la tournelle, etc. un grand nombre d'huissiers, de procureurs, d'avocats, etc., etc.

Les ducs et pairs (1), dit Sauval, soit qu'ils fussent princes ou même fils

---

(1) L'origine des *pairs* en général est beaucoup plus ancienne que la pairie, laquelle n'a commencé d'être réelle de nom et d'effet que lorsque les grands fiefs commencèrent eux-mêmes à devenir héréditaires. Sous la première et la seconde race, on n'entendoit par ce mot que des gens d'une condition égale; et le droit d'être jugé par ses *pairs* paroît avoir été, pour toutes les classes de la société, une prérogative aussi ancienne que la monarchie. L'établissement de la féodalité, en produisant l'esclavage des peuples, restreignit ce privilège aux seuls gentilhommes. La pairie devint alors une dignité attachée à la possession d'un fief, laquelle donnoit le droit d'exercer la justice avec ses pairs ou *pareils* dans les

de France, les rois et reines de Navarre, etc. étoient jadis obligés de donner des roses au parlement, en avril, mai et juin. On ignore la cause d'une semblable coutume, et l'on n'est pas non plus fort instruit sur la manière dont elle s'observoit. Nous sommes seulement certains que le pair qui étoit appelé à faire cette cérémonie faisoit joncher de roses, de fleurs et d'herbes odoriférantes toutes les chambres du parlement, et avant l'audience réunissoit dans un déjeûner splendide les présidents, les conseillers, et même les greffiers et huissiers de la cour. Il alloit ensuite dans chaque chambre, faisant porter devant lui un grand bassin d'argent, lequel contenoit autant de bouquets de roses, d'œillets, et d'autres fleurs de soie ou naturelles qu'il y avoit d'officiers, avec un pareil nombre de couronnes composées des mêmes fleurs et rehaussées de ses armes. On lui donnoit ensuite audience dans la grand'chambre, puis il assistoit à la messe avec le parlement entier. Tant que duroit la cérémonie, l'audience excep-

---

assises du fief dominant ; et comme chaque grand fief avoit des fiefs mouvants de lui, les possesseurs de ces terres soumises au droit de vasselage, étant censés égaux entre eux, composoient la cour du principal seigneur, et jugeoient avec lui. Tel est le second âge de la pairie. Le roi avoit aussi ses pairs ou *barons*, d'abord élevés à cette dignité par des charges que leur conféroit le bon plaisir du souverain, ensuite devenus ses vassaux immédiats, et perpétués dans ces honneurs de même que dans la possession héréditaire des fiefs, ce qui arriva vers la fin de la seconde race. Il y avoit alors sept grandes principautés, qui furent données aux maisons les plus puissantes de l'État. Hugues Capet, l'un de ces sept pairs, étant devenu roi, il n'en resta plus que six, qui tous étoient laïques. On n'est pas d'accord sur le prince qui fit revivre ou créa les douze anciens pairs, c'est-à-dire ajouta six pairies ecclésiastiques aux laïques qui existoient ; mais il est certain qu'elles parurent avec éclat sous Philippe-Auguste. L'accroissement de la prérogative royale ayant depuis opéré la réunion à la couronne de ces grands fiefs, les rois créèrent de nouvelles pairies par lettres-patentes, ce qui ne s'étoit point pratiqué jusqu'alors. Les premières furent faites sous Philippe-le-Bel, en faveur des princes du sang seulement, et long-temps après on en créa pour les princes étrangers, ce qui fut continué jusqu'au règne de François Ier. Alors toutes les anciennes pairies laïques étant éteintes, on en créa aussi de nouvelles pour d'autres seigneurs, qui n'étoient ni princes du sang ni princes étrangers, et depuis ce temps les créations de duchés pairies ont été multipliées à mesure que nos rois ont voulu illustrer des seigneurs de leur cour.

Les droits et les honneurs des pairs étoient très-étendus. Ils assistoient au sacre du roi, la couronne en tête, y faisant *fonction royale*, c'est-à-dire représentant la monarchie, et soutenant tous ensemble la couronne du roi. Chacun d'eux y exerçoit en outre des fonctions particulières attachées à sa pairie. En qualité de plus anciens et de principaux membres de la cour, ils avoient entrée, séance et voix délibérative en la grand'chambre et aux chambres assemblées du parlement, chaque fois qu'ils le jugeoient à propos. Dans leurs causes, tant civiles que criminelles, ils avoient le droit de n'être jugés que par la cour *suffisamment garnie de pairs*, etc., etc., etc.

tée, il y avoit un concert de haut-bois qui alloit ensuite donner des sérénades aux présidents avant leur dîner. Il faut observer de plus, 1° que celui qui écrivoit sous le greffier avoit son droit de roses ; 2° que le parlement avoit son faiseur de roses., appelé le *rosier de la cour* ; 3° que les pairs achetoient de lui celles dont ils faisoient leurs présents. La présentation des roses se faisoit généralement par tous ceux qui avoient des pairies dans le ressort du parlement de Paris.

Sous le règne de François Ier il y eut, dit Hénault, dispute entre le duc de Montpensier et le duc de Nevers, sur la *baillée des roses* au parlement. Le parlement ordonna que le duc de Montpensier les bailleroit le premier, à cause de sa qualité de prince du sang, quoique le duc de Nevers fût plus ancien pair que lui. Parmi les princes du sang qui se soumirent à cette cérémonie, on compte encore les ducs de Vendôme, de Beaumont, d'Angoulême, et beaucoup d'autres. On trouve même qu'Antoine de Bourbon, roi de Navarre, s'y assujettit en qualité de duc de Vendôme. Henri IV, n'étant encore que roi de Navarre, justifia au procureur-général que ni lui, ni ses prédécesseurs, n'avoient jamais manqué de satisfaire à cette redevance. Elle a cessé entièrement dans le dix-septième siècle, sans qu'on en puisse fixer précisément l'époque. Il y a quelque apparence que ce fut sous le ministère du cardinal de Richelieu.

Le costume des membres du parlement varioit suivant leur rang et leur qualité. Les princes du sang, les pairs laïques et le gouverneur de Paris s'y rendoient, vêtus d'un habit de drap d'or, ou de velours, ou de drap noir recouvert d'un manteau, coiffés d'une toque ou bonnet de velours, garni de plumes, et l'épée au côté ; l'habit des pairs ecclésiastiques se composoit d'un rochet et d'une robe de satin violet, fourrée d'hermine.

Les présidents à mortier portoient le manteau d'écarlate fourré d'hermine, et le mortier de velours noir. Le premier président étoit distingué par deux galons d'or à son mortier, à la différence des autres qui n'en avoient qu'un. Les conseillers, avocats et procureurs généraux étoient revêtus d'une robe écarlate et coiffés d'un chaperon rouge fourré d'hermine. Les greffiers en chef portoient la robe rouge avec l'épitoge ; et cette robe étoit également affectée au greffier criminel, aux quatre secrétaires de la cour et au premier huissier. Celui-ci étoit distingué par un bonnet de drap d'or, fourré d'hermine et enrichi de perles. Ces costumes qui, depuis

leur origine, n'ont subi que peu de changements (1), peuvent nous donner,
ainsi que les habits ecclésiastiques , quelque idée des anciens costumes
français empruntés au vêtement romain , dont ils retracent en effet les
formes principales.

Il n'en est pas ainsi des costumes de cour et de ville : les changements
qu'ils ont subis parmi nous sont si bizarres et si multipliés, qu'il est difficile
de les suivre dans toutes leurs variétés; mais ce que nous avons pu en
recueillir paroîtra peut-être curieux à nos lecteurs; et comme ces costumes
éprouvèrent sous François Ier un changement très notable, l'histoire de leurs
diverses révolutions ne sera point déplacée après celle de cette époque.

Si l'on juge de la manière générale de s'habiller en France sous les deux
premières races par les monuments grossiers qui nous en sont restés, on y
reconnoît le costume antique dans toute sa simplicité. Toutes les statues
des anciens rois sont revêtues de la tunique et du manteau, et portent la
barbe. Ce costume se retrouve encore tout entier sous les premiers rois de
la troisième race, avec cette différence que les princes capétiens substituè-
rent un manteau court au vaste manteau que l'on portoit avant eux. Ils
conservèrent aussi la barbe jusque sous Louis VIII, époque à laquelle on
commença à se raser.

Outre le manteau et la tunique qui éprouvèrent peu de variations, on
se servit, dans les premiers temps de la troisième race, de *cottes simples*,
de *cottes hardies* , de *surcots*. Ce dernier vêtement étoit une espèce de
soubreveste qui se mettoit par-dessus la veste ou tunique (2). Du surcot des
hommes est venu notre *surtout*. La *ganache* , habit long, descendoit jusqu'aux talons : ce vêtement étoit ordinairement sans manches; en ne conservant que la partie supérieure de la *chape*, on forma le *chaperon*, qui ne
couvroit que les épaules. Il étoit taillé de manière à y faire entrer la tête,
sans l'ouvrir par-devant. On le relevoit par un pli qui prenoit environ trois

---

(1) Cependant un auteur prétend que sous François Ier les parlementaires étoient vêtus d'une longue
robe de velours noir, fourrée de martre ; mais il n'apporte aucune autorité à l'appui de son opinion.
(Musée des monuments français.)

(2) Il faut observer qu'alors les mêmes habillements étoient communs aux deux sexes. On lit dans le
roman d'Ermine de Reims : « Il me vint deux femmes portant surcots plus longs qu'elles n'étoient, environ
« une aune, et il falloit qu'elles portassent à leur bras ce qui étoit bas, ou traînât à terre, et avoient aussi
« poignées, en leurs surcots, pendant aux coudes, et leurs tétins troussés én haut. »

doigts de la *cornette*, espèce de béguin ou coiffe de toile, longue d'environ un pied et demi. Cette coiffure étoit ainsi appelée, parce qu'elle se terminoit en corne, à peu près semblable à celle que portoit le doge de Venise. Les coiffures de femmes en retinrent le nom. Une partie de la cornette des hommes changea ensuite de place et servit à garnir l'extrémité des manches de chemises, lorsqu'ils n'eurent plus pour ornement de tête que des chapeaux, diminutifs des chaperons comme ceux-ci l'étoient de la chape.

Sous Louis VIII, les femmes, outre le surcot à longue queue qui recouvroit leur tunique, portèrent des collets renversés et une ceinture dorée. Il étoit défendu aux courtisanes de se parer de ces marques de distinction, réservées aux femmes mariées. Une ordonnance de Louis VII leur avoit déjà défendu de porter la chape.

Saint-Foix tombe dans une erreur très grande, lorsqu'il avance que nous dûmes aux croisades la mode des habits longs qui exista jusqu'au quinzième siècle; nous venons de prouver qu'ils ont une origine bien différente et beaucoup plus ancienne. Mais il ajoute, avec raison, qu'il n'y avoit que les chevaliers qui eussent le droit de porter sur la tunique un manteau, ou casaque dont les manches, très larges et très amples, se rattachoient pardevant sur le pli du bras et pendoient par derrière jusqu'aux genoux. Ces casaques étoient des plus belles étoffes et doublées d'hermine, de martre, de petit-gris ou de menu-vair. On se couvroit alors la tête d'un chaperon, espèce de capuchon qui étoit surmonté d'un bourlet et se prolongeoit en pointe par derrière. Il étoit ordinairement de la même étoffe que le manteau, et garni des mêmes fourrures.

Sous Charles V, on porta des habits *blazonnés*, c'est-à-dire, qu'on les chamarroit de toutes les pièces de son écu. C'est alors qu'étoit le plus en vogue cette chaussure bizarre, connue sous le nom de souliers *à la Poulaine*, du nom peut-être de celui qui l'avoit inventée. Le soulier à la Poulaine finissoit en pointe, et son bec étoit plus ou moins long, suivant la qualité des personnes. C'étoit, pour les gens du commun, un demi-pied; pour les plus riches, un pied; pour les grands seigneurs et les princes, deux pieds. On l'ornoit quelquefois de cornes, quelquefois de griffes ou de quelque autre figure grotesque. A cette mode extravagante succéda celle des souliers faits en bec de canne, laquelle fut ensuite remplacée par des pantoufles d'un pied de large.

Sous Charles VI, on imagina l'habit *mi-parti*, semblable à celui que portoient encore les bedeaux dans le siècle dernier. Un journal de ce temps-là rapporte que « le 17 octobre 1409, le sire Jean de Montagu fut conduit « du petit châtelet aux halles, haut assis dans une charrette, vêtu de sa « livrée, à savoir d'une houpelande mi-partie de rouge et de blanc, le « chaperon de même, une chausse rouge et l'autre blanche, des éperons « dorés, les mains liées, deux trompettes devant lui ; et qu'après qu'on lui « eut coupé la tête, son corps fut porté au gibet de Paris et y fut pendu « au plus haut, avec ses chausses et ses éperons dorés. »

Ce fut sous le règne de ce prince, dit Saint-Foix, que les femmes commencèrent à se découvrir les épaules ; et du temps de Charles VII elles portèrent des pendants d'oreilles, des colliers et des bracelets.

Sous Charles VII, l'habit de ville des hommes consistoit en une espèce de camisole fort étroite, attachée avec des aiguillettes à des hauts-de-chausses si serrés, que toutes les formes s'y dessinoient d'une manière choquante et contraire à la décence. Les élégants s'élargissoient les épaules avec des *mahoîtres* ou épaules artificielles, desquelles pendoient de grandes manches déchiquetées ; leurs souliers étoient armés de longues pointes de fer. Les plus élégants laissoient tomber leurs cheveux sur le front, de manière qu'ils cachoient une partie de leurs sourcils. Le chapeau qui leur couvroit la tête étoit pointu et très élevé (1). « Un grave « magistrat, dit Mézerai, qu'on avoit vu en robe le matin, on le voyoit « courir les rues l'après-dîner, habillé comme un singe. » Les femmes quittèrent alors les robes traînantes pour en adopter d'extrêmement courtes, ornées de bordures d'une largeur démesurée ; leurs coiffures étoient de larges bourlets surmontés d'un haut bonnet pointu en forme

---

(1) Charles VII avoit introduit la mode des chapeaux, et il est le premier qui en ait porté. Ces chapeaux étoient à bord ou à roue ; ils n'étoient point retroussés ; on les doubloit de fourrures comme le chaperon ; on les garnissoit de franges d'or, de cordons de perles ou de pierreries ; un ruban les assujettissoit sous le menton. Le retranchement d'une partie du chapeau forma le *bonnet* ; c'étoit la partie supérieure du chaperon dont on avoit conservé le bourlet. Cette coiffure à rebords, long-temps l'ornement de nos docteurs, fut remplacée par des bonnets de forme quadrangulaire, qu'on appeloit bonnets à *quatre braguettes*. Cette mode perfectionnée produisit nos bonnets carrés. Le morceau d'étoffe que les gens du palais et de l'université portoient sur l'épaule représentoit la partie du chaperon dont le bonnet avoit été détaché.

de pain de sucre, à peu près semblable à celui que portent nos Cauchoises.
A ce bonnet étoit attaché un voile qui pendoit plus ou moins bas, selon
la qualité de la personne. Le voile d'une bourgeoise ne descendoit que
jusqu'aux épaules; celui de la femme d'un chevalier tomboit à terre. Elles
avoient alors la coutume de tresser leurs cheveux sous cette coiffure. Cette
mode n'existoit déjà plus sous Charles VIII. Alors les dames, dit un ancien
auteur, se coiffoient en cheveux et portoient des robes de satin blanc.
Quelquefois les plus qualifiées ornoient leur tête d'un chapeau entouré
d'une couronne relevée avec des trefles et un plumet.

Sous Louis XII on vit un changement remarquable dans le costume des
hommes. Leur habit à la cour et à la ville se composa d'un pantalon serré
de soie cramoisie ou couleur de feu ; une espèce de tunique ample et
plissée, qui descendoit jusqu'à la moitié des cuisses et dont les manches
étoient serrées au poignet, servoit de premier vêtement. Elle étoit fixée à
la hauteur des hanches par une ceinture plus ou moins riche, et l'épée étoit
attachée à cette ceinture, lorsqu'on avoit le droit de la porter. L'habit de
dessus, nommé *houpelande*, étoit une robe dont la longueur varioit à
volonté. A la place des manches, elle offroit deux ouvertures, dans lesquelles on passoit les bras, et étoit disposée par-devant de manière qu'on
pouvoit l'ouvrir ou la fermer à volonté. La partie supérieure de cette
houpelande se terminoit par un grand collet rond ou chaperon qui couvroit
entièrement les épaules et étoit fait en fourrures les plus riches, telles que
menu-vair, martre zibeline, hermine, etc. pour ceux qui avoient le droit
d'en porter. Les souliers étoient des espèces de sandales ou pantoufles
semblables à celles que l'on connoît aujourd'hui sous le nom de pantoufles
de palais. Le chapeau étoit rond et orné de plumes. Quant aux dames,
elles inventèrent une nouvelle coiffure, laquelle étoit formée par une toque
en forme de cœur et faisant l'éventail, d'où sortoit un grand voile, qui, en
se retroussant sur les épaules, venoit se rajuster avec leurs cheveux, dont
elles faisoient alors un de leurs plus beaux ornements.

Les Italiens, qui abondèrent à la cour de France sous le règne de
François Ier, introduisirent encore dans le costume de nouveaux changements. Au simple pantalon en usage sous Louis XII, on ajouta, à l'imitation
de ces étrangers, un retroussis d'étoffe plissée et recouverte de bandes
lâches, composées d'une étoffe de couleur différente. Le manteau raccourci

ne tomba plus que jusqu'aux jarretières; le chapeau fut composé également d'une étoffe plissée à plis très serrés, et cette coiffure, en forme de toque, étoit surmontée de plumes et chargée de perles, de pierreries, etc. La soubreveste, unie par-devant, eut alors des manches bouffantes et divisées par bandes comme la trousse. Tel étoit l'habit usité à la cour. Les bourgeois de Paris portoient communément dans les jours de cérémonie de longues robes de velours noir, cramoisi ou écarlate.

Le vêtement des femmes consistoit alors en une robe et un corset serré, le tout brodé ou uni, suivant leur dignité. Les manches du corset qu'elles ornoient de perles ou de pierres précieuses étoient bouffantes et chargées de rubans. Les dames de qualité couvroient dans les cérémonies le haut du corps d'un surcot, comme dans les siècles précédents. Leur manteau étoit doublé d'hermine.

Les Français reprirent sous le règne de ce prince (1) la barbe qu'ils avoient quittée dès le temps de Louis VII, et continuèrent de la porter sous Henri II, François II, Charles IX et Henri III. Elle fut d'abord longue et touffue; sous Henri IV, on la diminua. On ne la portoit alors que de la longueur de trois doigts sous le menton, en éventail, arrondie et accompagnée de deux moustaches longues et roides, en forme de barbes de chat. On ne retint ensuite que ces deux moustaches, avec un petit bouquet de poil au milieu et tout le long de la lèvre inférieure (2). Sous Louis XIII on se rasa entièrement le visage, ne réservant que deux moustaches sur la lèvre supérieure et le petit bouquet de poil au menton.

Les modes furent plus bizarres que jamais sous François II. Les hommes portèrent des ventres postiches; ils trouvoient que cela avoit un air de majesté. Les femmes s'affubloient d'un énorme bourlet qu'elles fixoient à la chute des reins pour donner de l'élégance à la taille. Sous le règne suivant, on vit paroître d'autres formes de vêtements qui n'éprouvèrent point de change-

____

(1) Cette mode fut amenée par le roi, qui, ayant été malheureusement blessé d'un tison par le capitaine de Lorges, sieur de Montgommery, se fit raser la tête et laissa croître sa barbe pour cacher les cicatrices de sa blessure.

(2) Dans le temps des barbes *à l'éventail*, on les faisoit tenir en cet état avec des cires préparées qui donnoient au poil une bonne odeur, et la couleur qu'on vouloit. On accommodoit sa barbe le soir; et pour qu'elle ne se dérangeât point la nuit, on l'enfermoit dans une *bigotelle*, espèce de bourse faite exprès.

ment notable jusqu'au règne de Henri IV. La mode de porter des fraises autour du cou et de grands collets rabattus sur les épaules devint alors générale pour les deux sexes. La partie supérieure du vêtement des hommes consistoit en une espèce de veste courte qui s'arrêtoit au bas-ventre par des rubans froncés ou plissés ; les manches en étoient ouvertes régulièrement par de petites crevasses, au travers desquelles on voyoit une étoffe d'une autre couleur, qui sembloit en être la doublure. Ces manches se terminoient par des manchettes de mousseline ou de dentelle plissée. La *trousse* ou culotte étoit divisée par bandes d'une ou deux couleurs. Cette trousse, extrême-ment courte sous Henri III, devint plus longue et plus décente sous son successeur. Enfin, un manteau court de velours, doublé de satin ou de tout autre tissu de la même matière, des bas de soie, des souliers à bouf-fettes, complétoient l'habit de ce temps-là.

Les femmes dans ces diverses époques, et sur-tout sous le règne de Henri IV, furent costumées avec beaucoup de richesse et une sorte d'élé-gance. Elles avoient la poitrine découverte et portoient de riches colliers qui en relevoient l'éclat. Leurs fraises, plus élevées que sous les règnes précédents, étoient échancrées par-devant, et laissoient voir la gorge presque nue ; auparavant ces fraises environnoient entièrement le cou, dont elles gênoient les mouvements. On abandonna pour la seconde fois l'usage des chapeaux pour se coiffer avec les cheveux, qu'on ornoit de pierres pré-cieuses, de perles, de fleurs, de rubans, etc.

Quant aux costumes employés sous Louis XIII, Louis XIV et Louis XV, la peinture et la gravure les ont trop multipliés pour qu'il soit nécessaire d'en donner ici la description. Il n'est personne qui ne connoisse la perruque *in-folio*, le *juste-au-corps*, les *canons*, les *paniers*, les *vertugadins* et autres modes ridicules qui semblent avoir été inventées pour rendre grotesque et monstrueux ce que la nature a fait de plus beau, le corps de l'homme, et qu'ont enfin remplacées les modes actuelles, plus raisonnables et plus élégantes pour les femmes qu'elles ne l'ont jamais été dans aucun temps chez les nations modernes, mais presque aussi ridicules et aussi désagréables pour les hommes que dans toute autre époque de notre histoire.

ORIGINE DU QUARTIER DU TEMPLE.

L'ENCEINTE élevée sous Charles V et Charles VI renferma dans Paris l'enclos du Temple, ainsi qu'une partie du quartier auquel il a donné son nom. A cette époque, tout le terrain que ce quartier renferme à l'orient et au midi, en dedans des boulevards, n'étoit composé que de cultures, dont une partie appartenoit au Temple, et l'autre à l'hôpital Saint-Gervais. Quelques amas de maisons s'étoient déjà formés au midi de la maison du Temple.

Les choses restèrent en cet état jusqu'au règne de Henri III. A cette époque on commença à bâtir sur la culture du Temple, et des rues nouvelles furent successivement percées derrière son enclos. Le terrain de la culture Saint-Gervais resta seul tel qu'il étoit, jusqu'au commencement du dix-septième siècle.

Quant au faubourg situé par-delà le boulevard, on trouve que dès le règne de Charles IX. il y avoit déjà dans cet endroit quelques maisons qu'on avoit élevées, suivant l'usage, aux portes de la ville, et dont le nombre s'étant augmenté par degrés, et principalement depuis le règne de Louis XIV, forma depuis cette vaste portion du quartier comprise dans la dernière enceinte élevée sous Louis XVI. La nomenclature des rues fera connoître plus précisément les époques et la nature des diverses révolutions qui ont amené cette portion de la ville au point où nous la voyons aujourd'hui.

LES CAPUCINS DU MARAIS (1).

Ce couvent, le troisième de cet ordre à Paris, fut fondé en 1622, sur l'emplacement d'un ancien jeu de paume, par le père Athanase Molé, capucin, frère de M. Matthieu Molé, alors procureur général, et depuis premier président et garde des sceaux. Le grand crédit de ce magistrat servit beaucoup à consolider cet établissement, auquel l'archevêque de Paris et le grand-prieur du Temple donnèrent leur consentement en 1623.

CURIOSITÉS DE L'ÉGLISE DES CAPUCINS.

TABLEAUX.

Sur le maître-autel, une adoration des bergers, par *La Hyre*.

Dans la chapelle de Saint-François, un autre tableau du même maître, dans lequel il s'étoit peint lui-même avec les attributs du secrétaire du pape Nicolas V. Ce pontife y étoit représenté visitant le corps de Saint-François d'Assise.

Dans la chapelle de Sainte-Anne, un tableau où cette sainte étoit peinte par le même artiste.

Sur le mur, vis-à-vis la chapelle de la Vierge, un saint Jérôme, par *l'Espagnolet*.

Dans le chœur des religieux, un saint François en prière, par *Michel Corneille*.

Dans la nef, en face de la chaire, une descente de croix, de l'école de *Vandyck*.

Huit tableaux représentant différents sujets de la vie de la Vierge, par *Robert, de Vamps, Colin de Vermont* et *d'André-Bardon* (2).

---

(1) Pour l'histoire des Capucins, *voyez* tome I, page 468.

(2) L'église de ce monastère existe encore, et a été rendue au culte. Elle n'offre du reste rien de remarquable dans son architecture.

LES FILLES DU SAINT-SACREMENT.

CET établissement est le second que les filles de cet ordre aient formé à Paris. Il doit son origine à quelques religieuses que la supérieure du monastère de Toul envoya dans cette ville en 1674, pour soustraire ainsi une partie de son troupeau aux dangers de la guerre qui désoloit alors ces contrées.

Ces religieuses furent d'abord recueillies dans le couvent que leur ordre possédoit déjà rue Cassette (1). Ayant ensuite obtenu de l'archevêque de Paris la permission de prendre à loyer une maison habitée par les sœurs de la Congrégation de Notre-Dame, et que celles-ci venoient de quitter pour aller s'établir ailleurs, les filles du Saint-Sacrement entrèrent, le 26 octobre de la même année, dans cette nouvelle demeure, située rue des Jeux-Neufs (ou Jeûneurs), près de la porte Montmartre. Elles y restèrent jusqu'en 1680, époque à laquelle cette maison fut vendue. Obligées de chercher un nouvel asile, elles jettèrent les yeux sur une maison située au-delà de la porte de Richelieu, et s'y installèrent, avec l'espérance d'y faire enfin un établissement durable, en vertu de lettres-patentes qu'elles avoient, cette année même, obtenues de la faveur du roi ; mais elles reconnurent bientôt que ce logement étoit trop incommode pour une communauté, et s'étant déterminées à le quitter encore, elles cherchoient à acheter une autre maison, lorsque la duchesse d'Aiguillon vint fort heureusement à leur secours. Cette dame, ayant appris l'embarras dans lequel ces religieuses se trouvoient, leur fit généreusement le don de l'hôtel de Turenne (2), situé rue Neuve-Saint-Louis

---

(1) Nous parlerons de leur origine à Paris à l'article de ce couvent.

(2) Piganiol est le premier qui ait fait connoître la pieuse munificence de cette dame. Tous les historiens venus avant lui avoient présenté l'établissement des Filles du Saint-Sacrement dans l'hôtel de Turenne comme le résultat d'une vente qui leur en avoit été faite.

au Marais, qu'elle venoit d'acquérir, peu de temps auparavant, du cardinal de Bouillon, en échange de la terre, seigneurie et châtellenie de Pontoise. Ceci arriva en 1684. « Ainsi, dit Jaillot, l'adoration per-« pétuelle du saint Sacrement fut établie dans le lieu même où s'étoient « tenues les assemblées de ceux qui attaquent cet auguste mystère. »

L'église de ces religieuses n'avoit rien de remarquable (1). Le maître-autel étoit décoré d'un tableau de *Hallé*, représentant la fraction du pain.

LES RELIGIEUSES DU CALVAIRE.

CET ordre fut établi à Paris en 1620, comme nous aurons occasion de le dire en parlant de leur première maison, située dans le quartier du Luxembourg. Ce fut le père Joseph, ce capucin fameux par les négociations importantes auxquelles l'employa le cardinal de Richelieu, qui forma le projet de leur procurer à Paris un second établissement. Il choisit à cet effet un emplacement d'environ trois arpents, qui s'étendoit depuis l'extré-mité de la vieille rue du Temple jusqu'à celles de Poitou et du Pont-aux-Choux, sur lequel on avoit déjà construit un grand corps-de-logis, plusieurs bâtiments, et trois jardins. Ces constructions étoient appelées l'*Hôtel d'Ardoise*. Piganiol ajoute que cet emplacement fut payé 37,000 l., des deniers communs de la Congrégation des Bénédictines du Calvaire.

Les historiens varient beaucoup sur l'époque de cet établissement. Il semble pourtant qu'on peut la fixer avec asséz de certitude à l'année 1633. En effet, dès le 25 mai de cette année, l'archevêque de Paris donna son consentement, sur lequel Louis XIII accorda au mois de septembre suivant ses lettres-patentes, enregistrées en 1635. Environ un an avant cette époque, douze religieuses avoient été tirées du monastère du Luxembourg et placées dans un hospice voisin du Temple, en attendant

____

(1) Cette église a été rendue au culte.

que le nouveau monastère fût bâti. On en jeta les fondements en 1635. Le cardinal de Richelieu, qui s'en étoit déclaré le protecteur, chargea la duchesse d'Aiguillon, sa nièce, d'y poser la première pierre, cérémonie qui fut faite avec beaucoup d'éclat. Les bâtiments en furent ensuite élevés par les libéralités du roi, du cardinal de Richelieu et de la duchesse. Dès qu'il fut achevé et béni, les douze religieuses établies dans le voisinage vinrent en prendre possession; elles y furent introduites le 10 avril 1637, par madame la duchesse d'Aiguillon et par plusieurs autres dames d'une grande distinction.

Cette maison devoit porter le nom de *Crucifixion*, pour la distinguer de celle de la rue de Vaugirard; et c'est pour cette raison qu'on avoit mis sur la porte cette inscription : Jesus *amor noster Crucifixus est.* Cependant l'église fut consacrée en 1650, sous le titre de la *Transfiguration.*

Ce couvent devint le chef-lieu de la Congrégation des Bénédictines de Notre-Dame-du-Calvaire, et la résidence ordinaire de la directrice générale de l'ordre, dont on comptoit en France vingt monastères (1).

---

(1) Ce monastère a été détruit, et sur son emplacement on a percé une rue nouvelle, qui, d'un côté, aboutit au boulevard, de l'autre, à la rue Saint-Louis. L'église et le couvent étoient tels que nous les représentons ici.

Les Filles du Calvaire.

L'HÔPITAL DES ENFANTS-ROUGES.

François Ier ayant consenti à fonder cet hôpital à la sollicitation de Marguerite de Valois, sa sœur, donna pour son établissement la somme de 3,600 l., laquelle fut remise entre les mains de Jean Briconnet, président de la chambre des comptes. Celui-ci chargea Robert-de-Beauvais d'acheter auprès du Temple une maison avec cour et jardin, laquelle coûta 1,200 livres. Sauval, Lebeuf, Corrozet, Germain Brice et Delamare se sont également trompés dans les différentes époques qu'ils assignent à la fondation de cet hôpital. On peut, sans craindre de s'écarter beaucoup de la vérité, la fixer à l'année 1534, car le contrat d'acquisition de la maison dont nous venons de parler est du 24 juillet de cette même année. Ce n'est cependant qu'au mois de janvier 1536 que le roi donna ses lettres patentes, par lesquelles il se déclare fondateur de cet hospice, où il veut qu'on reçoive *les pauvres petits enfants qui ont été et seront dores-en-avant trouvés dans l'Hôtel-Dieu, fors et exceptés ceux qui sont orphelins natifs et baptisés à Paris et ez fauxbourgs, que l'hôpital du Saint-Esprit doit prendre selon l'institution et fondation d'icelui, et les bâtards que les doyen, chanoines et chapitre de Paris ont accoutumé de recevoir et faire nourrir pour l'honneur de Dieu.*

Il est ordonné par ces mêmes lettres-patentes que ces enfants seront perpétuellement appelés *Enfants-Dieu;* et qu'on les vêtira d'étoffe rouge, pour marquer que c'est la charité qui les fait subsister (1). C'est ce qui leur fit donner le nom d'Enfants-Rouges. Ces lettres furent enregistrées au parlement le 1er mars de la même année 1536.

On ignore les motifs qui déterminèrent François Ier à ordonner, le 23 janvier 1539, que les enfants désignés pour le nouvel hôpital seroient mis à l'avenir à l'hôpital du Saint-Esprit; on ignore aussi pourquoi ce changement

____

(1) **On** sait que, dans l'écriture, la Charité est désignée par le rouge et le feu.

VUE EXTÉRIEURE du TEMPLE.

n'eut point lieu. Ce qu'il y a de certain, c'est que le 20 mai 1542, le roi, par ses lettres-patentes enregistrées le 4 septembre suivant, donna des règlements pour l'administration de l'hôpital des *Enfants-Dieu orphelins près le Temple.*

Cet hôpital fut enfin supprimé au mois de mai 1772, par lettres-patentes enregistrées au parlement le 5 juin suivant. Les enfants furent transférés à l'hospice des Enfants-Trouvés (1); on laissa seulement subsister la chapelle, dans laquelle on a célébré l'office les fêtes et les dimanches jusqu'à l'époque de la révolution. Ce petit édifice n'avoit rien de remarquable.

LE TEMPLE.

Vers le milieu du onzième siècle, quelques marchands d'Amalfi, au royaume de Naples, obtinrent du calife la permission d'avoir un hospice à Jérusalem, près le Saint-Sépulcre. Ils y firent bâtir une chapelle, qui fut desservie par des religieux de Saint-Benoît (2); et à côté de cette chapelle on construisit deux autres hospices pour y recevoir les pèlerins sains et malades, dont ces religieux s'engagèrent à prendre soin. Telle fut l'origine des hospitaliers de Saint-Jean-de-Jérusalem, ainsi appelés parceque leur chapelle étoit sous l'invocation de saint Jean l'aumônier. Guillaume de Tyr dit que *Gérard* ou *Girauld Tum*, qu'on regarde comme le fondateur de cet institut régulier, avoit long-temps servi les pauvres de l'hôpital, sous les ordres de l'abbé et des moines. Le nouvel institut fut approuvé par une bulle de Paschal II (3), du 15 des calendes de mars, indiction 6, an 1113.

Cependant *Raymond Dupuy*, qui succéda à Gérard, ayant conçu le projet de former, parmi les hospitaliers mêmes, une milice capable de

---

(1) Cette chapelle a été détruite, et sur son emplacement on a percé une rue nouvelle.

(2) Jean d'Ipres, dans sa Chronique, dit que c'étoient des oblats du monastère de Jérusalem, appelé Sainte-Marie-des-Latins.

(3) Il paroît qu'alors saint Jean-Baptiste étoit le patron des hospitaliers; car cette bulle est adressée à *Gérard, prevôt de l'hôpital de Saint-Jean-Baptiste de Jérusalem.*

résister aux invasions des infidèles , ce projet fut aisément adopté par des religieux dont la première profession avoit été celle des armes ; et son exécution devint d'autant plus méritoire , que Jérusalem, conquise par les chrétiens en 1099 , étoit déjà en butte aux attaques continuelles des Musulmans.

Mais c'étoit peu de garder la cité sainte , il falloit encore en faciliter l'accès aux chrétiens , qui de toutes parts y accouroient en foule , et qui avoient tout à craindre de la cruauté des Sarrasins , dont les routes étoient infestées. En 1118 , *Hugues des Payens* et *Geoffroi de Saint-Omer* résolurent de se dévouer à ce pénible ministère , et s'étant associé sept autres gentilshommes enflammés du même zèle , ils se présentèrent ensemble devant le patriarche , firent entre ses mains les vœux ordinaires de religion , et s'engagèrent à protéger et à défendre les pèlerins. On donna à ces nouveaux religieux un logement dans le palais , lequel étoit situé près du Temple ; et ils furent appelés les *frères de la milice du Temple , les chevaliers du Temple , les Templiers.*

Quelle que fût l'utilité de cet établissement, il ne fit cependant de progrès sensibles que lorsque Hugues des Payens eut repassé la mer , dans le dessein de se présenter au concile que l'on tint à Troyes en 1128 , et d'y demander la confirmation de son ordre , et une règle particulière pour son administration. Sa demande fût agréée avec tout l'empressement qu'elle méritoit ; et saint Bernard , dont les décisions étoient reçues comme des oracles , fut prié par le concile de se charger de ce grand travail. Il paroît qu'il s'en excusa ; et l'opinion communément reçue en fait honneur à *Jean de Saint-Michel* , quoiqu'il n'y en ait aucune preuve.

Dès ce moment l'accroissement de cet ordre fut extrêmement rapide ; la noblesse s'empressa de se mettre au nombre de ces défenseurs de la religion ; les rois et les princes les comblèrent de faveurs , et ils devinrent , en peu de temps , possesseurs de ces richesses immenses qui , en moins de deux siècles , devoient amener leur décadence et leur destruction.

On n'a point de lumière certaine sur la véritable époque de leur établissement à Paris (1) ; tout ce qu'on peut assurer , c'est qu'ils y existoient sous le règne de Louis-le-Jeune , car en 1147 , le 27 avril , les Templiers

---

(1) Lacaille la met en 1128, en supposant apparemment qu'ils y eurent un lieu fixe immédiatement

tinrent à Paris un chapitre , où ils étoient au nombre de cent trente ; le pape Eugène III étoit à leur tête , et le roi honora cette assemblée de sa présence , avec plusieurs prélats et seigneurs. Il existe en outre une charte de ce prince , datée de 1152, dans laquelle il qualifie ces religieux : *orientalis ecclesiæ sanctos propugnatores , venerabilem militiam , sacrosanctum ordinem* (1).

Au treizième siècle , le terrain qu'occupoient les Templiers étoit devenu si considérable , que dans plusieurs titres de ce temps il est appelé *villa nova Templi*. L'histoire nous apprend que saint Louis , Philippe-le-Hardi et Philippe-le-Bel avoient déposé leurs trésors dans la maison des Templiers , et qu'en 1301 et 1306 ce dernier y fit sa résidence (2). Les bâtiments en étoient si nombreux et si beaux , que lorsque Henri III , roi d'Angleterre , passa à Paris en 1254 , il préféra la maison du Temple au palais que lui offroit saint Louis.

Personne n'ignore quelle fut la fin malheureuse des Templiers : il n'est pas de notre sujet de discuter les diverses opinions des historiens sur les véritables motifs qui l'occasionnèrent , et nous avons déjà déclaré qu'il n'étoit point , à notre avis , de question plus difficile à éclaircir que ce

---

après le concile de Troyes ; le commissaire Delamarre la place dans un endroit en 1148 , dans un autre , dix ans plus tard ; dom Félibien la fixe après le retour de Louis-le-Jeune de la Terre-Sainte ; l'auteur des *Tabettes Parisiennes* en marque l'établissement à l'année 1100 , sans faire attention que cet ordre ne s'est formé que dix-huit ans après cette époque ; Dubreul , les historiens de Paris et Piganiol ne rapportent point de titres plus anciens que l'année 1211 ; et Sauval dit « qu'il ne sait ni par qui , ni « quand il a été fondé , mais qu'il a lu des actes qui en font mention avant l'année 1210. »

(1) On voit encore dans les registres du Châtelet que les Templiers eurent un différent avec les bouchers de Paris , au sujet d'une boucherie qu'ils avoient établie sur leur territoire, rue de Braque, et qu'en 1182 il fut décidé , par lettres de Philippe-Auguste , données au mois de juillet de cette année , que cette boucherie n'auroit que deux étaux de douze pieds de large chacun.

Il est aussi fait mention de la maison du Temple en 1205 , à l'occasion d'un legs de 10 sols fait en faveur de cette maison par Christophe Malcion , chambellan de Philippe-Auguste. Vingt ans auparavant ils sont nommés , dans un arrêt du parlement, *Præceptor et fratres militiæ Templi.* Enfin , nous pourrions encore citer les lettres de Philippe-le-Bel de 1292 , par lesquelles il confirme aux Templiers les privilèges qui leur avoient été accordés par Philippe-Auguste et par le roi Louis. *Ludovicum atavum nostrum.* (Louis VII.) (JAILLOT.)

(2) Cette particularité étoit inscrite sur des tablettes de cire qui se voyoient autrefois à l'abbaye de Saint Victor. On y lisoit , entre autres choses , qu'après un voyage fait dans le Gâtinois et dans la Brie durant l'hiver de l'année 1301 , ce prince vint résider dans la maison des Templiers , depuis le 16 janvier jusqu'au 25 février , etc., etc.

singulier évènement (1); nous nous bornerons donc à dire ici que cet ordre célèbre fut supprimé dans un consistoire secret tenu le mercredi saint 22 mars 1312; que cette suppression fut publiée le 3 avril suivant, pendant la seconde session du concile de Vienne, qui se tenoit alors, et enfin que la bulle de suppression, datée du 6 des nones de mai, porte qu'elle n'est point ordonnée par *jugement définitif, mais par sentence provisionnelle et ordonnance apostolique.* Cependant, comme elle porte que leurs biens seront donnés *aux hospitaliers de Saint-Jean de Jérusalem,* le parlement rendit un arrêt le mercredi après l'Annonciation 1313, à l'effet de mettre frère Léonard de Tibertis procureur général de l'ordre *du maître et des frères de l'ordre hospitalier,* en possession des biens des Templiers. Philippe-le-Bel ordonna l'exécution de cet arrêt, et les hospitaliers y ont été maintenus jusqu'à l'époque de leur destruction (2).

Ces religieux firent, des bâtiments du Temple, la maison provinciale du grand-prieuré de France. Cette maison occupoit un vaste terrain enfermé de hautes murailles crénelées, et fortifiées d'espace en espace par des tours, lesquelles ont été abattues en partie dans le siècle dernier.

Dans la vaste enceinte qui formoit l'enclos, il y avoit plusieurs corps de bâtiments accompagnés de cours et jardins : le plus considérable étoit le palais du grand-prieur, dont l'entrée est dans la rue du Temple ; il avoit été construit vers l'an 1667 par Jacques de Souvré, grand-prieur, sur les dessins de *de Lisle.* Le chevalier d'Orléans, ayant été depuis revêtu de cette dignité, fit faire à ce palais de grandes réparations en 1720 et 1721, par *Oppenord,* premier architecte du duc d'Orléans, régent.

La façade, d'une architecture assez médiocre, est décorée d'un ordre

---

(1) Voyez tome Ier, page 59.

(2) Ce fait, auquel on ne peut rien opposer, détruit de fond en comble les reproches odieux que des historiens mal informés, et notamment les déclamateurs du dix-huitième siècle, connus sous le nom de *philosophes,* ont fait à Clément V et à Philippe-le-Bel, d'avoir détruit l'ordre des Templiers pour s'emparer de leurs biens. Quand même le roi de France se seroit mis en possession de ceux qu'ils avoient en France, il n'eût fait qu'user du droit de souverain, lequel adjugeoit au profit du seigneur la confiscation des biens des coupables; et cependant l'on s'est plu à l'insulter, à le calomnier injustement dans une circonstance où il donna la plus grande marque de modération et de désintéressement. Il est vrai que les hospitaliers lui abandonnèrent quelques sommes qui appartenoient aux Templiers, et qui lui furent payées en vertu d'une transaction passée en 1315, mais ce fut pour l'indemniser des frais considérables que ce procès avoit occasionnés, et qu'il n'étoit pas juste qu'on lui fît supporter.

VUE EXTÉRIEURE de L'HOTEL du GRAND PRIEUR.

dorique à colonnes isolées, surmontées d'un attique avec fronton. La cour, très spacieuse, étoit entourée d'un péristyle à colonnes couplées, que l'on détruisit lors des dernières réparations, parcequ'il tomboit en ruine ; on y substitua des tilleuls plantés en palissade, qui furent loin de remplacer la magnificence de l'ancienne décoration. Le prince de Conti, mort grand-prieur en 1776, ajouta encore à ce palais divers bâtiments.

Les tours du Temple formoient aussi un édifice assez considérable : il étoit composé d'une tour carrée flanquée de quatre autres tours rondes, et accompagnées, du côté du nord, d'un massif surmonté de deux autres tourelles beaucoup plus basses. La hauteur de la grande tour étoit au moins de cent cinquante pieds, non compris le comble. Dans l'intérieur des créneaux on avoit pratiqué une galerie, d'où l'on jouissoit d'une vue fort étendue. Ce bâtiment renfermoit quatre étages, à chacun desquels on trouvoit une pièce de trente pieds carrés et trois autres petites pièces pratiquées dans trois des petites tours. La quatrième renfermoit un très bel escalier qui conduisoit à ces différents appartements, ainsi qu'aux deux tourelles. Les murs de la grosse tour avoient, dans leur moyenne proportion, neuf pieds d'épaisseur, et tout l'édifice étoit en pierres de taille. Cette tour, qui avoit été bâtie en 1306 par un commandeur de l'ordre des Templiers nommé *Jean le Turc* (1), servit, en plusieurs occasions, de prison d'état (2) et de magasin d'armes.

Il y avoit dans le Temple trois sortes d'habitants : plusieurs grands dignitaires et officiers de l'ordre y avoient leur demeure habituelle, et un grand nombre de seigneurs y possédoient aussi des hôtels (3).

---

(1) Il fut condamné à être brûlé, comme étant particulièrement accusé d'hérésie.

(2) Elles seront fameuses jusque dans la dernière postérité, par la captivité de l'infortuné Louis XVI et de sa famille.

(3) Tout le monde sait que l'abbé de Chaulieu alla demeurer au Temple lorsque Philippe de Vendôme, avec qui il étoit lié d'amitié, en eut été nommé grand-prieur. Il y étoit visité par ses amis La Fare, Chapelle, etc., et par tous les beaux esprits du temps. Telle fut l'origine de ces réunions fameuses, connues sous le nom de *soupers du Temple*, auxquelles le prieur de Vendôme assistoit habituellement. Jean-Baptiste Rousseau s'y rendoit aussi très souvent. On connoît son épître à Chaulieu, dans laquelle il dit :

> Par tes vertus, par ton exemple,
> Ce que j'ai de vertu fut trop bien cimenté,
> Cher abbé, dans la pureté
> Des innocents banquets du Temple.

La deuxième classe étoit composée des artisans que la franchise du lieu y avoit attirés.

La troisième comprenoit ceux qui s'y étoient réfugiés pour éviter les pousuites de leurs créanciers, dont ils ne pouvoient être atteints dans cet enclos privilégié (1).

La totalité de la population du Temple s'élevoit, en 1789, à trois ou quatre mille habitants.

L'église, d'architecture gothique assez jolie, fut bâtie, suivant la tradition, sur le modèle de Saint-Jean de Jérusalem. L'abbé Lebeuf, qui l'avoit visitée, remarque, comme une singularité dans sa construction, une rotonde qui se trouvoit à l'entrée, et qui formoit la nef; elle consistoit en six gros piliers disposés en cercle, qui soutenoient la voûte; et il présume que primitivement cette voûte étoit surmontée d'un dôme.

Cet ouvrage, ainsi que quelques vitraux du fond de l'église, paroissoient être du treizième siècle. On y remarquoit les galeries du cloître, à peu près du même temps, et un grand vestibule du goût du quatorzième siècle.

Le chœur de cette église étoit assez vaste. On avoit placé l'autel, disposé dans la forme d'un tombeau antique, au milieu d'un balustre de fer poli d'une belle exécution.

L'église du Temple étoit dédiée à la Vierge, sous le titre de Sainte-Marie du Temple. Cependant comme saint Jean-Baptiste étoit le patron de l'ordre, on y célébroit solennellement sa fête, et l'abbé Lebeuf voit en lui le second patron de cette paroisse. Le jour de saint Simon et saint Jude, anniversaire de la dédicace, il se tenoit au Temple une foire qui attiroit un grand concours de monde (2).

On donnoit à cette paroisse le titre de conventuelle. Elle étoit desservie par six religieux appartenant à l'ordre, ou qui y étoient agrégés pour cet

---

Lorsque Jean-Jacques Rousseau revint de Suisse en 1770, il demeura aussi quelque temps au Temple, sous la protection du prince de Conti.

(1) Les titres sur lesquels étoient fondés ces privilèges n'étoient peut-être pas d'une authenticité bien établie; cependant nos rois y avoient consenti tacitement, d'autant mieux que les grands-prieurs n'en abusèrent jamais, et que tout réfugié réclamé par un ordre de Sa Majesté étoit livré sur-le-champ.

(2) Il y avoit quatre confréries dans cette église : celle du Saint-Sacrement, celle de Notre-Dame-de-Lorette, la confrérie de Sainte-Anne, établie par les menuisiers en 1683, et celle de Saint-Claude, par les marchands de pain d'épice.

office. Ils composoient un chapitre qui avoit ses biens particuliers. L'un d'eux avoit le titre de prieur, et exerçoit les fontions curiales, mais seulement dans l'enceinte du Temple.

Comme le Temple étoit la maison principale du grand-prieuré de France, tous les chevaliers de l'ordre qui mouroient à Paris ou plus près de cette ville que d'aucune autre commanderie, étoient enterrés dans cette église (1).

CURIOSITÉS DE L'ÉGLISE DU TEMPLE.

TABLEAUX.

Dans le chœur, une Nativité, par *Suvée*.

Dans la chapelle de Saint-Pantaléon, un tableau très ancien représentant plusieurs miracles de ce saint.

Dans la chapelle de la Vierge, des vitraux attribués à *Albert Durer*, représentant différentes circonstances de la vie de Jésus-Christ.

Dans la chapelle de Saint-Jean, des vitraux par le même, représentant Jésus-Christ couronné d'épines (2).

TOMBEAUX.

Dans le chœur s'élevoit un mausolée de marbre noir et blanc, sur lequel étoit la statue d'*Amador de La Porte*, grand-prieur de France, mort en 1640. Ce monument avoit été exécuté par *Michel Bourdin*.

François de Lorraine, grand-prieur de France, et frère de l'épouse de Henri III, roi France, mort en 1562, étoit inhumé dans la chapelle de la Vierge.

Dans la chapelle du Saint-Nom de Jésus, ou de Saint-Jean, étoit le cénotaphe de *Philippe de Villiers de l'Isle-Adam* (3), grand-maître de l'ordre de Saint-Jean-de-Jérusalem, mort à Malte en 1534.

---

(1) Le droit que l'église du Temple avoit d'inhumer tous les chevaliers de l'ordre de Saint-Jean qui mouroient dans l'étendue de sa juridiction étoit fondé sur un usage fort ancien. En 1687, Charles Lefevre d'Ormesson, chevalier, étant mort, et sa famille désirant qu'il fût enterré avec ses ancêtres à Saint-Nicolas-des-Champs, elle fut obligée de demander une permission au chapitre de l'église du Temple, qui l'accorda, *sans tirer à conséquence pour l'avenir*. Ce qui fut mentionné sur les registres.

(2) Ces vitraux, qui doivent être mis au nombre des plus beaux qu'il y eût dans les églises de Paris, se voient maintenant au Musée des Petits-Augustins.

(3) Ce cénotaphe, actuellement au Musée des monuments français, représente ce chevalier à genoux devant un prie-dieu; auprès de lui sont déposés son casque et ses brassards. L'exécution totale en est médiocre; mais il y a de la naïveté dans la pose de la figure.

C'est dans cette chapelle que l'on enterroit tous les chevaliers de l'ordre qui mouroient à Paris et dans l'étendue du grand-prieuré.

Le bailli de Suffren, chef d'escadre, et vice-amiral de France, y fut inhumé en 1788.

On y voyoit encore les tombeaux et les épitaphes : de François Faucon, chevalier, commandeur de Villedieu, mort en 1626 ;

De Bertrand de Cluys et Pierre de Cluys, son neveu, tous les deux grands-prieurs, et dont le dernier avoit fait bâtir la chapelle de Saint-Pantaléon. Leur tombeau, engagé sous une arcade dans cette même chapelle, offroit leurs deux statues à genoux, et placées l'une derrière l'autre (1).

---

(1) Ces statues ne sont point au Musée des monuments français ; on n'y trouve point également celle d'Amador de La Porte. Il est probable qu'elles auront été détruites pendant la révolution.

La tour du Temple, l'église et une partie des bâtiments ont été détruites ; l'hôtel du grand-prieur subsiste encore.

Eglise du Temple.

LES RELIGIEUSES DE SAINTE-ÉLISABETH.

Ce couvent, situé vis-à-vis le Temple, et habité par des religieuses du Tiers-Ordre-de-Saint-François, doit son établissement ou plutôt son institution au père *Vincent Mussart*, qui rétablit en France l'entière discipline de cet ordre. Sa réforme fut d'abord adoptée par madame Marguerite Borrei et Odille de Réci, sa fille, qui avoient fondé, en 1604, un monastère du Tiers-Ordre au bourg de Verceil, près Besançon; et l'exemple de ces saintes femmes l'eut bientôt répandue par-tout. Ces dames, ayant transféré, en 1608, leur couvent à Salins, le mirent, lorsqu'elles embrassèrent la réforme, sous le nom de Sainte-Élisabeth de Hongrie, laquelle fut en conséquence adoptée pour patronne par toutes les religieuses du Tiers-Ordre. Plusieurs, et entre autres le père Hélyot, ont avancé que cette princesse, mise au rang des saints à cause de ses vertus, étoit aussi religieuse du Tiers-Ordre, et qu'elle est la *première tertiaire qui ait fait des vœux solennels;* mais Jaillot doute de cette assertion.

La réforme du père Mussart trouva des prosélytes à Paris. Sa belle-mère et sa sœur l'embrassèrent, et dix autres personnes suivirent leur exemple. Dès l'an 1613, on trouve plusieurs contrats de donations faits en faveur de cette institution nouvelle (1), ce qui détermina Louis XIII à l'approuver par des lettres-patentes données en 1614, et enregistrées l'année suivante, d'après le consentement accordé par l'évêque de Paris.

Cependant le père Mussart, ayant acheté une maison rue Neuve-Saint-Laurent, fit venir de Salins la mère Marguerite Borrei, et la mit à la tête de cette communauté naissante. Des douze novices que le roi avoit permis de recevoir, il n'y en eut que neuf qui persévérèrent, et qui furent admises à prononcer leurs vœux le 30 mai 1617.

____

(1) Quoique ces religieuses fissent profession du Tiers-Ordre-de-Saint-François, on croit néanmoins qu'elles possédoient des biens fonds dont elles recevoient les revenus, comme semblent le prouver les donations qu'elles acceptèrent, et les acquisitions qu'elles firent de plusieurs maisons aux environs de leur monastère.

Dans la suite ces religieuses ayant fait quelques acquisitions dans la même rue, vis-à-vis la maison des PP. de Nazareth, qui étoient du même ordre, y élevèrent un monastère et une église, dont Marie de Médicis posa la première pierre en 1628, et qui furent achevés en 1630.

L'église fut dédiée, le 14 juillet 1646, sous le titre et invocation de *Notre-Dame de Piété de sainte Élisabeth de Hongrie*, par Jean-François-Paul de Gondi, alors coadjuteur de l'archevêque de Paris.

Le portail, d'une forme pyramidale assez élégante, est décoré de deux ordres d'architecture en pilastres doriques et ioniques. L'église, qui vient d'être rendue au culte, offre intérieurement une ordonnance dorique.

CURIOSITÉS.

Le tableau du maître-autel représentoit Jésus-Christ sur la croix, la Vierge et saint Jean à ses pieds, par un peintre inconnu.

Près le sanctuaire on lisoit l'épitaphe de M. Babinot, l'un des bienfaiteurs de cette maison. Au-dessus étoit un Christ en marbre.

Les Filles Ste Élisabeth.

LES PÈRES DE NAZARETH.

Nous parlerons de l'origine de ces religieux à l'article Picpus (quartier Saint-Antoine.)

Dès l'année 1613 ils avoient, rue Neuve-Saint-Laurent, un hospice dont ils prêtoient une partie aux Filles de Sainte-Élisabeth, qui étoient sous leur direction. Ces religieuses y restèrent jusqu'en 1630, époque à laquelle elles prirent possession du monastère qu'elles venoient de faire bâtir dans le voisinage. Les pères de Nazareth saisirent cette occasion de se procurer un établissement permanent dans le lieu même qu'elles venoient de quitter. Les bâtiments y étoient disposés d'une façon convenable pour une communauté, et la direction de ces religieuses leur ayant été confiée, il étoit nécessaire qu'ils fussent à portée d'en remplir les fonctions (1). M. le chancelier Séguier contribua puissamment, par ses libéralités, au succès de leur établissement, dont il mérita d'être regardé comme le principal fondateur. Toutefois ces pères manquoient de fonds pour achever leur église, lorsqu'en 1732 une personne inconnue jeta dans leur tronc une somme de 5,000 liv., qui fut employée à cet usage. L'église et le couvent furent bénis sous le titre de Notre-Dame de Nazareth.

CURIOSITÉS DE L'ÉGLISE DE NAZARETH.

Dans l'enfoncement de l'aile droite du chœur étoit une Annonciation, par *Lebrun.*

Dans la deuxième chapelle, à gauche, un tableau représentant Marthe et Marie, par *Jouvenet.*

(1) Ces rapports qu'ils avoient avec les Filles de Sainte-Élisabeth ont fait dire à l'abbé Lebeuf et à plusieurs historiens que cet établissement fut fait en 1630. Il paroît certain néanmoins qu'il ne fut légalement autorisé que quelques années après, car ce n'est qu'en 1642 que leur fut accordé le consentement de l'archevêque de Paris *pour l'établissement dudit couvent, et pour la demeure et les fonctions desdits religieux en icelui.*

Les contrats pour la fondation sont du 19 novembre 1645, et dernier décembre 1649, et les lettres-patentes confirmatives de la fondation, du mois de janvier 1650. Ces religieux obtinrent des lettres de surannation en 1656, en vertu desquelles les précédentes furent enregistrées le 8 février suivant.

SÉPULTURES.

Le cœur du chancelier Séguier étoit déposé dans le caveau d'une chapelle destinée à la sépulture de cette famille.

On remarquoit que dans cette chapelle et dans tout le reste de l'église il n'y avoit point d'épitaphes (1).

LES FILLES DU SAUVEUR.

Cette communauté avoit été formée sur le modèle de celle du Bon-Pasteur, par les soins d'un pieux ecclésiastique nommé *Raveau*, en faveur des personnes du sexe qui, après s'être plongées dans les désordres du monde, avoient pris la résolution de faire pénitence de leurs égarements. Madame *des Bordes* et plusieurs autres personnes charitables à qui il avoit communiqué son projet se réunirent pour ouvrir un asile à ces infortunées. On les plaça d'abord, en 1701, rue du Temple; mais la maison qu'on leur avoit accordée n'étant ni assez grande ni assez commode, on leur en acheta une autre, en 1704, dans la rue de Vendôme; elles y élevèrent une chapelle, qui fut dédiée sous le titre *du Sauveur*, titre qu'elles adoptèrent aussi pour leur communauté.

Cet utile établissement fut autorisé par lettres-patentes du mois d'août 1727, enregistrées en 1731 (2).

---

(1) Ce couvent a été transformé, depuis la révolution, en maisons particulières.

(2) L'église, qui existe encore, sert de magasin à un faïencier; les bâtiments sont occupés par des particuliers.

SPECTACLES DES BOULEVARDS.

Grands danseurs de Nicolet.

CE théâtre, situé dans la partie du boulevard qui est au midi de la rue du faubourg du Temple, n'étoit autre chose dans son origine qu'un de ces spectacles ambulants qui se promenoient alternativement de la foire Saint-Germain à celle de Saint-Laurent. Après avoir subi dans ces deux foires une foule de révolutions dont nous aurons occasion de parler par la suite, son dernier directeur, le sieur *Nicolet*, obtint, il y a environ trente ans, la permission de s'établir sur ce boulevard, auquel la ville venoit de faire des embellissements. Aux exercices de ses sauteurs, Nicolet joignit la représentation de pantomimes à grand spectacle, et de petites pièces badines qui piquèrent la curiosité des Parisiens, toujours amoureux de la nouveauté. Il y fit assez rapidement sa fortune, et l'existence, jusque-là précaire, de son théâtre fut enfin consolidée (1).

Ambigu-Comique.

Ce spectacle commença en 1768, par des marionnettes connues alors sous la dénomination de *comédiens de bois*. Le début s'en fit aux foires Saint-Germain et Saint-Laurent.

Cette nouveauté eut d'abord quelque succès, mais on ne tarda pas à s'en lasser. Le sieur *Audinot*, entrepreneur de ce spectacle, obtint alors la permission de substituer des enfants à ses marionnettes, et parvint, à force d'exercices et de soins, à leur faire jouer agréablement de petites pièces composées exprès pour eux, ce qui ramena à son théâtre la foule qui l'avoit déjà abandonné.

---

(1) Ce théâtre s'est maintenu, pendant la révolution, sous le nom de Théâtre de la Gaieté. A l'exception des sauteurs de corde qui ont été supprimés, le genre de spectacle qu'on y donnoit n'a point changé.

Etabli sur le boulevard en même temps que les grands danseurs, le sieur Audinot se vit dans la nécessité d'augmenter les ressources de son spectacle, pour pouvoir rivaliser avec ce théâtre et avec celui des Variétés, également établi en 1775 dans son voisinage. Il joignit donc des représentations de pantomimes aux petites comédies qui formoient le fond de son répertoire, et cette heureuse innovation lui permit de soutenir la concurrence avec ses rivaux (1).

Théâtre des Variétés-Amusantes.

Ce théâtre, qui avoit pris également naissance dans les foires, fut transporté en 1775 sur les boulevards, sous la direction du sieur de *l'Ecluse.* On y jouoit de petites pièces de la nature des proverbes, dont le succès étoit principalement dû au jeu de quelques acteurs qui devinrent très fameux, et que tout Paris voulut voir (2). Leur prospérité dans cette nouvelle demeure ne les empêchoit point de se transporter aux foires dès qu'elles étoient ouvertes, et d'y donner des représentations pendant toute leur durée.

Cet état de choses se maintint jusqu'en 1784, qu'on fit entrer dans le plan des nouveaux bâtiments qui devoient être élevés autour du Palais-Royal, la construction de plusieurs salles de comédie. Avant même que ces bâtiments eussent été construits, on s'étoit empressé d'y bâtir un théâtre provisoire, sur lequel les acteurs des Variétés-Amusantes avoient été transférés. Ils y jouèrent toutes sortes de pièces, excepté la tragédie et la *comédie* à ariettes, en attendant qu'on eût achevé pour eux la vaste salle qu'occupe maintenant la comédie française, alors au faubourg Saint-Germain. Ils continuèrent leurs représentations sur ce nouveau théâtre jusqu'à l'époque de la révolution, époque à laquelle leur troupe prit un nouveau nom et un nouveau caractère.

Spectacle des sieurs Astley père et fils.

Ce spectacle, situé du côté droit du faubourg du Temple, se composoit

---

(1) Ce théâtre existe encore sous la même dénomination ; et si l'on en excepte les enfants, auxquels on a substitué des acteurs ordinaires, le genre de son spectacle n'a point été changé.

(2) C'est là que débuta *Volange*, dit *Janot*, et c'est lui principalement qui fit la fortune de ce théâtre.

de courses de chevaux, de danses sur la corde, et de divers autres exercices. La salle, en forme de rotonde, avoit deux rangs de loges, soixante-quatre pieds de diamètre, et n'étoit ouverte que depuis le mois de novembre jusqu'à la fin du mois de février (1).

Indépendamment de ces divers spectacles, on jouoit la comédie dans plusieurs des nombreux cafés dont ce boulevard étoit garni. C'étoit en quelque sorte une foire perpétuelle, et sans contredit l'endroit de Paris le plus fréquenté par les promeneurs. L'extrémité du faubourg du Temple, nommé *la Courtille*, formoit en outre une des plus fameuses guinguettes de Paris, et sa destination n'a point changé depuis la révolution.

------

(1) Ce genre de spectacle a été reproduit à Paris par les sieurs *Franconi*, dont le cirque est établi sur l'ancien emplacement des Capucins de la rue Saint-Honoré.

HÔTELS.

HÔTELS EXISTANTS EN 1789.

Hôtel de Cambis (rue d'Orléans).

Suivant Jaillot et Sauval, cet hôtel avoit appartenu dans l'origine aux ducs de Retz. Depuis il passa successivement à la famille de Sourdis, et à celle dont il portoit le nom au commencement de la révolution.

Hôtel Le Camus (rue de Thorigni).

Cet édifice, qui méritoit d'être remarqué, est situé au coin de la rue Couture-Sainte-Catherine. Il fut bâti en 1656 par le sieur Aubert de Fontenai, sur une partie de la culture Saint-Gervais, qu'il avoit acquise dans cette intention; et comme ce particulier étoit intéressé dans les gabelles, le peuple donna à sa nouvelle habitation le nom d'hôtel *Salé*, nom que cette maison a porté long-temps, et sous lequel elle étoit encore connue au commencement de la révolution.

Hôtel d'Ecquevilly (rue Saint-Louis).

Cet hôtel avoit été bâti par Claude de Guénégaud, trésorier de l'épargne. Il passa depuis au chancelier Boucherat, et enfin à la famille d'Ecquevilly. L'hôtel du chancelier Voisin étoit situé dans la même rue, entre celles de Saint-Claude et du Pont-aux-Choux.

Hôtel de Harlai (rue de Harlai).

Cet hôtel fut bâti au commencement du siècle dernier par M. de Harlai, sur un terrain qui s'étendoit entre le jardin de l'hôtel Boucherat et la rue Saint-Claude. Il a continué d'appartenir à sa famille jusqu'à la révolution, et sa construction donna naissance à la rue de Harlai, comme nous le dirons ci-après.

Hôtel de l'Hôpital (rue du Temple).

Cet hôtel faisoit l'angle de cette rue et de celle de Vendôme, et ses jardins se prolongeoient sur le boulevard. Il existe encore, mais il a subi de grands changements depuis la révolution. Ses constructions ont été augmentées d'une aile au coin du boulevard, et son jardin a été changé en une promenade publique, connue d'abord sous le nom de *jardin de Paphos*, et maintenant de *jardin des Princes*.

AUTRES HÔTELS LES PLUS REMARQUABLES.

Hôtel de l'intendant de Paris, rue de Vendôme ;
———— de Foulon, boulevard du Temple ;
———— de La Michodière, rue du Grand-Chantier.

Bailliage du Temple.

Ce bailliage tenoit son siège dans l'enclos du Temple, et connoissoit de toutes les causes civiles et criminelles dans l'étendue de son ressort. Les appels se relevoient au parlement.

Société royale d'Agriculture.

Cette société, établie par arrêt du conseil du 1ᵉʳ mars 1761, tenoit ses assemblées tous les jeudis, à l'hôtel de l'Intendance, rue de Vendôme.

Elle s'occupoit de tous les objets relatifs à l'agriculture ; sa principale destination étoit de faire connoître, dans la généralité de Paris, les différentes pratiques d'économie rurale mises en usage, dans les diverses provinces du royaume et chez l'étranger. Cette société étoit divisée en trois classes : 1° les membres du bureau, au nombre de vingt ; 2° les associés, au nombre de quarante ; 3° cent correspondants.

École des Ponts et Chaussées.

Elle étoit située à l'extrémité de la rue de la Perle, dans la maison oc-cupée par M. Perronet, directeur du bureau des plans, et l'un des plus habiles ingénieurs-architectes dont la France puisse se glorifier. Personne n'ignore quelle étoit la célébrité de cette école, d'où il est sorti tant d'ha-biles ingénieurs, et qui a été la source de tant de projets utiles et magni-fiques, dont l'exécution avoit rendu ce beau royaume un objet d'admira-tion et d'envie pour tous les peuples de l'Europe.

BARRIÈRES.

L'espace de l'enceinte qui borne au nord ce quartier en contenoit trois en 1789, savoir :

La barrière de Belleville ;
La barrière des Trois-Couronnes (1) ;
La barrière des Moulins (2).

---

(1) Elle avoit pris, pendant la révolution, le nom du fameux cabaretier *Ramponneau*, dont la maison étoit à côté.
(2) Elle a été supprimée.

RUES ET PLACES

DU QUARTIER SAINTE-AVOIE.

Rue Sainte-Anastase. Elle aboutit d'un côté à la rue Saint-Louis, et de l'autre aux rues de Thorigni et de Saint-Gervais. Ce nom lui vient de celui des religieuses hospitalières de Sainte-Anastase, dites depuis de Saint-Gervais. Le sixième plan du commissaire Delamare indique cette rue comme déjà existante en 1594 : c'est une erreur. Un procès-verbal d'alignement, trouvé dans les archives des dames hospitalières de Saint-Gervais, constatoit que ce ne fut qu'en 1620 que la culture Saint-Gervais commença d'être couverte de maisons. Dans cette pièce, qui est du 4 juillet de cette année, il est dit qu'on a jugé nécessaire de faire sur le terrain de cette culture une rue de vingt pieds de large, pour donner entrée et issue à la ruelle de Thorigni, qui sera appelée rue Saint-Gervais ; plus une autre rue de pareille largeur, aboutissant sur l'égout, qu'on appellera *rue Sainte-Anastase.*

Place d'Angoulême. Cette place, située sur la rue des Fossés-du-Temple, et à laquelle vient aboutir la rue d'Angoulême, a été tracée dans cet emplacement depuis 1780.

Rue d'Anjou (1). Elle fait la continuation des rues Pastourelle et de Poitou, entre lesquelles elle se trouve située. Elle a été ainsi nommée dès son origine, c'est-à-dire en 1626, comme on peut le voir sur les plans de ce temps-là. Cependant on la trouve désignée sous le nom de rue de *Vaujour* dans quelques plans postérieurs, notamment dans ceux de Jouvin, de 1676 et de de Fer, en 1692.

Rue de Beaujolois. Elle aboutit d'un côté à la rue de Forez, et de l'autre à celle de Bourgogne. Elle a été ouverte en 1626 (2).

---

(1) Henri IV avoit conçu le projet de faire au Marais une place magnifique et de la plus vaste étendue, qui auroit été appelée *place de France.* Ce prince en fit tracer le plan en sa présence l'an 1608. On devoit y entrer par huit rues, larges de dix toises, bordées de bâtiments uniformes, et chacune devoit porter le nom d'une de nos grandes provinces. La mort funeste du roi empêcha l'exécution de ce grand projet. Louis XIII ayant permis depuis de bâtir sur l'emplacement qui avoit été réservé à cet effet, on changea les alignements, et l'on donna aux rues qu'on y perça, en 1626 et depuis, les noms de nos provinces et de leurs principales villes. Telle est l'origine des noms d'Anjou, de Bretagne, du Perche, de Limoges, de Périgueux, etc., sous lesquelles sont indiquées diverses rues de ce quartier.

(2) Sauval parle d'un couvent de *Barratines*, sous le titre de saint François-de-Paule, établies dans cette rue. Nous n'avons pu rien découvrir sur cette communauté, détruite sans doute depuis très long-temps, si elle a jamais existé. La rue de Beaujolois se nomme maintenant *rue des Alpes.*

Rue de Beausse. Elle aboutit d'un côté à la rue d'Anjou, et de l'autre à l'extrémité des rues de la Corderie et de Bourgogne. Elle fut également tracée en 1626.

Rue de Berri. Elle fait la continuation de la rue d'Orléans, et aboutit aux rues de Bretagne et de Bourgogne, et à celle d'Angoumois ou Charlot. Son origine est de la même époque que les trois précédentes.

Rue Blanche. C'est la partie de la rue Saint-Maur ou du chemin de Saint-Denis qui se trouve entre la rue des Trois-Bornes et celle du bas Popincourt. Nous n'avons pu rien découvrir au sujet de cette dénomination (1).

Rue des Trois Bornes. C'est un chemin qui traverse de la rue de la *Folie-Moricourt* dans celle du chemin de Saint-Denis, au coin de la rue Blanche. Elle doit vraisemblablement son nom à quelques bornes qui s'y trouvoient, ou à trois maisons isolées qu'on voyoit encore à son extrémité dans le siècle dernier. Ce chemin étoit tracé dès la fin du dix-septième siècle ; mais il ne paroît pas qu'on lui ait donné un nom avant 1730 (2).

Rue de Boucherat. C'est la continuation de la rue Saint-Louis jusqu'à celle de Vendôme, à partir de la rue des Filles-du-Calvaire. Le roi, par son arrêt du conseil du 23 novembre 1694, et par celui du 7 août 1696, avoit ordonné que la rue Saint-Louis seroit continuée jusqu'au nouveau cours, et de là en retour jusqu'à la rue du Temple. La ville fut autorisée, l'année suivante, à faire quelques changements à ce plan. La rue qui devoit être continuée jusqu'au rempart sous le nom de rue Neuve-Saint-Louis, le fut sous celui de Boucherat, qui étoit le nom du chancelier d'alors, comme il paroît par le procès-verbal d'alignement, du 12 août 1697, et par l'arrêt confirmatif du 12 juillet 1698.

Rues de Bourgogne et de Bretagne. Nous réunissons ces deux rues, parceque l'une sert de continuation à l'autre depuis la rue de la Corderie jusqu'à celle de Saint-Louis, et que souvent on les a confondues ensemble. Tantôt les historiens n'en ont fait qu'une sous le nom de Bretagne, ou sous celui de Bourgogne, comme on peut le voir sur plusieurs anciens plans ; tantôt on a distingué les rues de Bourgogne et de Bretagne, ce qui a été fait sur les plans modernes. Enfin il y en a qui lui donnent les deux noms, quoiqu'ils n'en fassent qu'une rue qu'ils nomment ainsi indistinctement de Bretagne ou de Bourgogne. Cependant il y a lieu de croire que dans son origine, c'est-à-dire en 1626, on ne la connoissoit que sous le nom de Bretagne, car c'est ainsi qu'elle est indiquée dans le procès-verbal de 1636, et sur les plans antérieurs à celui de Gomboust, qui ne font point mention de la rue de Bourgogne.

Rue des Filles-du-Calvaire. Elle aboutit d'un côté aux rues Saint-Louis et de Boucherat, et de l'autre au boulevard ; c'est une continuation de la vieille rue du Temple. L'ouverture en fut ordonnée par arrêt du conseil, du 7 août 1696. On décida qu'elle

---

(1) Jaillot conjecture qu'elle pourroit venir d'une barrière dormante qu'on avoit posée à l'une de ses extrémités. Il y a eu effectivement plusieurs de ces barrières nommées *Blanches.*

(2) M. Robert indique une rue de la *Haute-Borne* : c'est la continuation du chemin de Mesnil-Montant, depuis la rue du bas Popincourt. Elle doit ce nom à un lieu dit la *Haute-Borne*, connu par quelques cabarets, dans l'un desquels le fameux *Cartouche* fut arrêté.

séroit appelée rue du Calvaire, à cause du monastère des religieuses de ce nom qui y étoit situé (1).

Rue du Grand-Chantier. Elle fait la continuation de la rue du Chaume, et aboutit à celle des Enfants-Rouges, au coin des rues Pastourelle et d'Anjou. Nous avons déjà eu occasion de remarquer qu'anciennement elle portoit ce nom *du Chaume* dans toute son étendue, depuis la rue des Blancs-Manteaux. On l'appela ensuite rue *du Chantier du Temple*, à cause de celui qui y étoit situé, et enfin rue du Grand-Chantier, nom qu'elle a toujours conservé depuis.

Rue Charlot. Elle commence au bout des rues de Bourgogne et de Bretagne, et aboutit au boulevard. Cette rue fut percée en 1626, et appelée d'*Angoumois*. Elle ne porte pas d'autre nom dans nos anciennes nomenclatures, et sur tous les plans du dix-septième siècle. Mais comme alors un riche financier, appelé Claude Charlot (2), y fit bâtir plusieurs maisons, le peuple lui donna le nom de ce particulier, et ce nom lui est resté ; elle aboutissoit alors à la rue Boucherat. En 1694 il fut ordonné qu'elle seroit prolongée jusqu'au boulevard, et dans cette partie elle devoit être nommée rue *Bosc*, à cause de M. Charles Bosc, seigneur d'Ivry, alors prevôt des marchands. La rue a été continuée, mais sous le même nom d'Angoumois ou Charlot.

Rue Sainte-Claude. Elle aboutit d'un côté à la rue Saint-Louis, et de l'autre au boulevard. On croit que son nom lui vient d'une statue de sainte Claude, qui étoit au coin du cul-de-sac qui se trouve dans cette rue. Elle existoit dès 1644. C'étoit la continuation de la rue ou chemin qu'on a depuis appelé rue Saint-Pierre. Elle a été ouverte en partie sur un terrain appartenant aux Célestins, nommé en 1481 le *clos Margot* (3).

Rue de la Corderie. Elle règne le long des murs de l'enclos du Temple, depuis la rue du Temple jusqu'à celle de Bourgogne. On l'a aussi nommée *Cordiere* et des *Corderies*. Ces noms viennent des cordiers qui y travailloient avant que cet emplacement eût été couvert de maisons.

Rue du Chemin-Saint-Denis (4). C'est un ancien chemin qui fait la continuation de la rue Saint-Maur jusqu'à la rue Blanche ; il a été ainsi appelé parcequ'il conduit aux chemins de Saint-Denis et de Saint-Maur.

Rue de l'Echaudé. Elle traverse de la rue du Temple dans celle de Poitou, et doit son nom à sa situation. Nous avons déjà eu occasion de remarquer qu'on appelle *Echaudé* une île de maisons en forme triangulaire, qui donne sur trois rues.

---

(1) Les deux rues percées sur l'emplacement de ce couvent se nomment, la première donnant sur le boulevard, rue *Neuve-de-Mesnil-Montant*, la seconde donnant dans celle-ci et dans la rue Saint-Louis, rue *Neuve-de-Bretagne*.

(2) Claude Charlot étoit originairement un pauvre paysan du Languedoc qui devint un riche financier, adjudicataire des gabelles et des cinq grosses fermes, et propriétaire d'une terre érigée en duché.

(3) Il y a dans cette rue un cul-de-sac qui porte le même nom, et qui existoit également en 1644. Il y en avoit un second qui conduisoit au jardin du chancelier Boucherat, et qui forme aujourd'hui une partie de la rue de Harlai. (Voyez plus bas cette rue.)

(4) Cette rue a pris le nom de celle de Saint-Maur, au bout de laquelle elle est située.

Rue des Enfants-Rouges. C'est la continuation de la rue du Grand-Chantier, depuis la rue d'Anjou jusqu'à la rue Porte-Foin. Nous avons remarqué ci-dessus qu'on l'appeloit rue du Chantier-du-Temple, parcequ'on ne la distinguoit pas alors de celle qui porte ce nom. Elle reçut son nouveau nom de l'hôpital établi depuis dans la rue Porte-Foin.

Rue des Quatre-Fils. Elle traverse de la rue du Grand-Chantier dans la vieille rue du Temple. Dans les anciens actes, elle est nommée rue de l'*Echelle-du-Temple*, dont elle fait la continuation. Elle se prolongeoit même alors jusqu'à la rue de Thorigni. On la trouve aussi désignée, en 1358, et dans quelques titres du milieu du quinzième siècle, sous le nom de rue *des Deux-Portes*. Mais peu de temps après, une enseigne des quatre Fils-Aimon lui en fit donner le nom, qu'elle a toujours conservé depuis. Aujourd'hui on dit simplement rue des Quatre-Fils.

Rue de la Folie-Moricourt. Elle va de la rue du Faubourg-du-Temple à celle de Mesnil-Montant. C'est un chemin de traverse qu'on trouve nommé sur le plan de Bullet, la *Folie-Marcaut*, et sur d'autres plans, *Moricaut*, *Mauricaute*, et *Mauricourt* ou *Moricourt*, qui est le nom d'un particulier.

Rue des Fontaines-du-Roi. Elle aboutit d'un côté à la rue du Faubourg-du-Temple, et de l'autre à celle du chemin de Saint-Denis. Gomboust l'appelle *Chemin du Mesnil*. Elle doit sans doute son nom à quelques tuyaux de fontaines qui pouvoient y conduire les eaux de Belleville, ou à quelque réservoir qu'on y avoit construit.

Rue de Forez. Elle aboutit à la rue Charlot et à celle de Beaujolois. C'est une des rues qui furent tracées en 1626, et désignées sous un nom de province.

Rue Neuve-Saint-François. Elle traverse de la vieille rue du Temple dans celle de Saint-Louis, et doit le nom qu'elle porte à François Lefevre de Mormans, président des trésoriers de France, qui en donna l'alignement le 4 juillet 1620. Piganiol a été mal informé, lorsqu'il a dit qu'elle s'appeloit Saint-François à cause de François Ier, sous le règne duquel elle fut bâtie. On l'a quelquefois confondue avec la rue Françoise, dite aujourd'hui du Roi-Doré.

Rue Saint-Gervais. Elle fait la continuation de la rue de Thorigni, et aboutit à la rue Neuve-Saint-François. Le procès-verbal de 1620, que nous avons déjà cité, porte que, *pour donner entrée et issue à la rue de Thorigni, il sera fait une rue de vingt pieds de large qui sera appelée rue Saint-Gervais.* Malgré cela, le peuple s'obstina à la nommer *rue des Morins*, comme on peut le voir sur les plans de Gomboust, de Bullet et autres, parceque la culture Saint-Gervais aboutissoit de ce côté au terrain des sieurs Morins, et qu'alors leurs jardins bordoient la rue Saint-Gervais.

Rue Culture-Saint-Gervais. Elle va de la vieille rue du Temple à la rue Saint-Gervais et à celle de Thorigni. Elle a été percée en même temps que la précédente, et non pas en 1594, comme le dit le commissaire Delamare. Cette rue devoit être nommée rue de *l'Hôpital-Saint-Gervais*, et on la trouve désignée sous ce nom dans plusieurs titres des dames de Saint-Gervais jusqu'en 1653. Cependant dès 1636 on l'appeloit rue de *la Culture*, de *la Couture*, et *des Coutures-Saint-Gervais*. Elle doit ce nom, ainsi que la précédente, au terrain de l'hôpital Saint-Gervais, sur lequel elle a été ouverte. Ce terrain ou culture s'étoit formé de différentes acquisitions, qui faisoient partie du clos Saint-Ladre et de la Courtille-Barbette.

Rues Saint-Gilles et *Neuve-Saint-Gilles.* Elles sont aussi connues sous le nom de *rue Neuve-Saint-Gilles*, et *Petite rue Neuve-Saint-Gilles.* La grande commence à la rue Saint-Louis. On l'a prolongée en retour d'équerre pour communiquer au boulevard, et c'est ce retour d'équerre qu'on appelle petite rue Neuve-Saint-Gilles. Valleyre ne les distingue pas l'une de l'autre. La première étoit déjà ouverte en 1644; la seconde ne l'a été qu'à la fin du dix-septième siècle.

Rue de Harlai. Elle aboutit à la rue Sainte-Claude et au boulevard. Nous avons déjà dit que dans la rue Sainte-Claude il y avoit autrefois un second cul-de-sac ou ruelle qui conduisoit au jardin de l'hôtel de Boucherat. Ce jardin se prolongeoit jusqu'au boulevard, et il étoit encore en cet état au commencement du dernier siècle; mais M. de Harlai ayant acheté le terrain qui étoit entre ce jardin et la rue Sainte-Claude, et y ayant fait bâtir un hôtel, alors le cul-de-sac fut prolongé en retour d'équerre le long de cet hôtel jusqu'au boulevard, et prit le nom de rue de Harlai.

Rue des Vieilles-Haudriettes. Elle va de la rue du Temple dans celle du Grand-Chantier, vis-à-vis la rue des Quatre-Fils. Son premier nom étoit *rue Jehan l'Huilier*, qu'elle portoit en 1290, et qu'elle devoit à un particulier. Elle a été ensuite appelée *des Haudriettes*, et *des Vieilles-Haudriettes*, à cause de quelques maisons qui y étoient situées, et qui appartenoient aux Hospitalières fondées par Etienne Haudri. On lui donna ensuite le nom de *l'Echelle du Temple*, parceque le grand-prieur du Temple en avoit fait élever une à son extrémité (1). On trouve aussi qu'en 1636 on l'appeloit *rue de la Fontaine-Neuve*, à l'occasion de celle que la ville avoit fait construire à l'un des coins de cette rue, et qu'on a rebâtie en 1762. Enfin elle a repris son ancien nom des Vieilles-Haudriettes avant le milieu du dix-septième siècle, et l'a toujours conservé depuis.

Rue de Limoges. Elle aboutit à celle de Poitou et à celle de Bretagne. C'est une des rues dont l'alignement et le nom furent donnés en 1626.

Rue Saint-Louis (2). Elle commence, pour ce quartier, au coin des rues du Parc-Royal et Neuve-Saint-Gilles, et finit au carrefour de la vieille rue du Temple et des Filles-du-Calvaire. C'étoit sur l'emplacement qu'elle occupe que passoit un grand égout découvert, lequel a subsisté ainsi jusqu'au règne de Louis XIII. C'est pourquoi on l'a nommée successivement *rue de l'Egout* et de *l'Egout couvert*, ensuite *rue Neuve-Saint-*

---

(1) On voyoit encore en 1789, au coin de cette rue et de la rue du Temple, des fragments de cette échelle. Ces échelles, qui étoient des espèces de piloris, ou carcans, servoient de marque de haute-justice. Pendant la minorité de Louis XIV, de jeunes seigneurs, qu'on appeloit *les petits-maîtres*, s'avisèrent de faire brûler l'échelle de la justice du Temple; elle fut rétablie sur-le-champ. L'archevêque de Paris en avoit deux, l'une dans le parvis Notre-Dame et l'autre au port Saint-Landry.

(2) On l'a nommée, depuis la révolution, *rue de Turenne.*

Louis, et *Grande rue Saint-Louis*. Cet égout couvert avoit été reconstruit à côté de l'ancien en 1618.

Rue de la Marche. Elle traverse de la rue de Poitou dans celle de Bretagne, et fut tracée comme celles-ci en 1626.

Rue du Mesnil-Montant. On appelle ainsi le chemin qui conduit du boulevard au hameau dont il a pris le nom. L'ancien nom de ce hameau est le *Mesnil-Maudan*. On l'a ensuite altéré en celui du *Mesnil-Mautemps* et *Mal-Temps*, enfin *Mesnil-Montant*. On sait qu'anciennement on appeloit *mesnil* une maison de campagne, *masnilium, mansionile*, et qu'on s'est souvent servi de ce mot pour désigner un hameau ou petit village. Si l'on a corrompu le nom primitif du *Mesnil-Meudan* en l'appelant *Montant*, ce nouveau nom étoit justifié par la position de ce hameau. Le chemin qui y conduisoit du rempart étoit roide et escarpé. La pente en fut adoucie, redressée et alignée en 1732. Deux ans après, le roi donna l'ordre de planter les arbres qui sont des deux côtés.

Rue des Moulins (1). C'est un chemin qui commence à la rue Saint-Maur, ou du chemin de Saint-Denis, et qui conduit aux moulins de la butte de Chaumont, d'où son nom est venu.

Rue de Normandie. Elle aboutit d'un côté à la rue Charlot, et de l'autre au carrefour des Filles-du-Calvaire. Ce n'étoit encore à la fin du dix-septième siècle qu'un chemin qui régnoit depuis ce carrefour jusqu'à l'ancienne porte du Temple. Le terrain entre ce chemin et le boulevard étoit vague. La ville ayant formé le dessein de le couvrir de rues et de maisons, il fut arrêté qu'on y traceroit une rue qui seroit appelée rue de Normandie. Mais elle fut supprimée par arrêt du conseil du 23 novembre 1694. Cette suppression ayant occasionné des plaintes et des représentations de la part des propriétaires des maisons qui avoient leur entrée dans cette rue, le roi y eut égard, et ordonna, par un nouvel arrêt du 7 août 1696, que le dessin formé pour la construction de cette rue seroit exécuté depuis la rue de Périgueux jusqu'à la rencontre de l'aile des murs du Temple. Elle a été prolongée ensuite jusqu'à la rue Saint-Louis, par un autre arrêt du conseil, du 21 février 1701.

Rue des Oiseaux. Elle commence à la rue de Beausse, et, retournant en équerre, elle aboutit à la rue de Bourgogne (2). Le nom de cette rue lui vient d'une enseigne. Elle est aussi indiquée sur quelques plans sous le nom de *la petite rue Charlot*.

Rue d'Orléans. Elle aboutit d'un côté à la rue des Quatre-Fils, et de l'autre au coin

---

(1) On la nomme maintenant *rue de Lorillon.*

(2) Il y a dans cet endroit un marché nommé autrefois le *Petit-Marché du Marais*, et que Piganiol dit avoir été établi en 1615. Il y a sans doute erreur dans cette date; car dans les lettres de permission du roi pour l'établissement de ce marché, il est dit qu'il sera construit sur une place contenant deux cent soixante-trois toises ou environ, tenant à la maison de M. Claude Charlot, à la rue de Bretagne et à la grande rue de Berri. Le procès-verbal de 1656 le place dans la rue de Berri; or, cette rue ainsi que celles qui sont contiguës à ce marché n'ont été percées qu'en 1626. On le nomme maintenant le *Marché-Rouge.*

des rues d'Anjou et de Poitou. Il y a dans cette rue une ruelle fermée à ses deux extrémités, qui, tournant en équerre, aboutit à la rue d'Anjou. On l'appele *ruelle de Sourdis*,
parcequ'elle régne, des deux côtés, le long de l'hôtel qui portoit autrefois ce nom.

Rue de l'Oseille. C'est la continuation de la rue de Poitou, depuis la vieille rue du
Temple jusqu'à celle de Saint-Louis. Les anciens plans ne la distinguent pas de l'autre,
qui conservoit alors son nom jusqu'au rempart. Jaillot conjecture que les noms
d'Oseille et de Pont-aux-Choux, qu'on a donnés à la prolongation de cette rue de Poitou,
pouvoient venir des légumes dont étoient couverts les marais potagers sur lesquels
elle a été continuée.

Rue du Parc-Royal. Elle aboutit d'un côté à la rue de Thorigni, et de l'autre à la
rue Saint-Louis. Elle portoit anciennement le nom de *Thorigni* depuis la vieille rue du
Temple jusqu'à l'égout, ou rue Saint-Louis. Sauval dit qu'on l'a nommée *rue du Petit-
Paradis*, à l'occasion d'une enseigne, et *rue des Fusées*, à cause de l'hôtel des Fusées qui en
occupoit une partie. Depuis on lui a donné le nom du *Parc-Royal*, parcequ'elle conduisoit
au parc de l'hôtel des Tournelles.

Rue Pastourelle. Elle traverse de la rue du Temple dans celle du Grand-Chantier,
vis-à-vis la rue d'Anjou. Suivant Sauval, cette rue s'appeloit *Groignet* en 1296, à cause
de Guillaume Groignet, mesureur des blés du Temple, et en 1302 *rue Jehan de
Saint-Quentin*. Elle ne conserva pas long-temps ce dernier nom ; car on trouve dans un
terrier de Saint-Martin-des-Champs une maison indiquée en 1328 rue du Temple, à
l'opposite de *la Barre de la Pastourelle* ; et en 1331, une maison à *Roger Pastourel*.
Ainsi, il y a lieu de croire que c'est à ce particulier ou à sa famille que cette rue doit
le nom qu'elle porte aujourd'hui.

Rue du Perche. Elle traverse de la rue d'Orléans dans la vieille rue du Temple ; c'est
une de celles dont l'alignement fut donné en 1626.

Rue de Périgueux. Elle aboutit d'un côté à la rue de Bretagne, et de l'autre à celle de
Boucherat. Elle ne s'étendoit d'abord que jusqu'au chemin sur lequel on a bâti la rue de
Normandie ; mais en 1697 il fut ordonné qu'elle seroit prolongée jusqu'à la rue de
Boucherat. Elle devoit porter en cet endroit le nom de *rue Letourneur*, qui étoit celui
d'un conseiller de ville, alors échevin ; mais on ne se conforma point à cette dernière
disposition.

Rue de la Perle. Elle traverse de la vieille rue du Temple dans celle de Thorigni, dont
elle a autrefois porté le nom, ainsi que celui de *l'Echelle-du-Temple*, comme nous
l'avons observé ci-dessus. Sauval dit « qu'elle n'avoit point encore de nom en 1759, et que
« celui qu'elle porte vient d'un tripot carré qui a passé long-temps pour le mieux
« entendu de Paris. » Piganiol, en copiant cet article, ajoute que c'étoit *la perle* des
tripots. Il eût été plus simple et plus vrai de dire que ce nom venoit de l'enseigne de
ce jeu de paume.

Rue Saint-Pierre ou *Neuve-Saint-Pierre.* Cette rue qui aboutit d'un côté à la rue
Saint-Gilles, et de l'autre à celle des Douze-Portes, fut ouverte en 1640, et appelée *rue*

Neuve, ensuite *rue Neuve-Saint-Pierre* (1). Elle se prolongeoit alors jusqu'à la rue Saint-Claude, et même au-delà. Peu de temps après on la nomma *rue Neuve-des-Minimes*, nom qu'elle portoit en 1655. Le roi, par ses lettres-patentes du mois d'octobre de cette année, permit à M. de Turenne, à M. de Guénégaud et à quelques autres de supprimer cette rue vis-à-vis de leurs maisons, et de la comprendre dans leurs jardins. Cette concession fut enregistrée au parlement le 26 août 1656. La rue ainsi diminuée reprit son ancien nom de Saint-Pierre, qu'elle tenoit d'une statue de ce saint placée à l'une de ses extrémités.

Rue de Poitou. Elle commence au carrefour des rues d'Orléans, d'Anjou et de Berri, et aboutit à la vieille rue du Temple. Au milieu du dix-septième siècle elle se prolongeoit jusqu'au rempart, ainsi qu'il paroît par les anciens plans.

Rue du Pont-aux-Choux. Elle fait la continuation de la rue de l'Oseille, depuis la rue Saint-Louis jusqu'au boulevard. Ce n'étoit, dans le principe, qu'un chemin qui conduisoit à des marais où l'on cultivoit des choux et autres légumes. A l'endroit (2) où elle commence étoit un *ponceau* ou petit pont, pour traverser l'égout que la rue Saint-Louis couvre aujourd'hui, et ce pont étoit appelé le pont Saint-Louis, ou le Pont-aux-Choux. Il en est fait mention dans un procès-verbal d'arpentage, du 2 janvier 1624, lequel se trouvoit dans les archives de l'archevêché.

Rue Porte-Foin. Elle va de la rue du Temple dans celle des Enfants-Rouges. Sauval dit qu'en 1282 elle se nommoit la *rue des Poulies*, et *Richard-des-Poulies;* que depuis *Jean Porte-Fin* y ayant élevé un grand logis, le peuple donna son nom à la rue, et que ce nom a été changé depuis en celui de Porte-Foin. Quand on eut établi dans cette rue l'hôpital des Enfants-Rouges, le peuple lui donna aussitôt le nom de rue des *Enfants-Rouges*, et des *Bons-Enfants*, comme on le voit sur quelques plans; mais elle a repris le nom de Porte-Foin, qu'elle portoit long-temps avant l'établissement de cet hôpital (3).

Rue des Douze-Portes. Elle aboutit d'un côté à la rue Saint-Louis, et de l'autre à la rue Saint-Pierre. Son premier nom étoit celui de *Saint-Nicolas.* Sauval dit qu'elle le

---

(1) Il y a dans cette rue un cul-de-sac qui porte le même nom, lequel faisoit partie, ainsi que le retour de la petite rue Saint-Gilles, d'un chemin ou ruelle qui conduisoit au rempart.

(2) Il y avoit aussi dans cet endroit une porte qui avoit reçu le nom de *Porte de Saint-Louis*, et sur laquelle on lisoit cette inscription :

Ludovicus Magnus avo divo Ludovico.

Anno R. S. M. DC LXXIV.

Cette inscription a fait croire à Piganiol que cette porte avoit été bâtie en 1674. Jaillot prétend que cette date ne se rapporte qu'à sa reconstruction, car il dit avoir trouvé dans un registre des ensaisinements de Saint-Éloi, du 18 septembre 1642, *porte commencée à bâtir au bout de la rue de Poitou;* il ajoute toutefois qu'il est difficile de concilier cette date avec les provisions *de la charge de concierge de la nouvelle porte du Marais du Temple*, appelée *la porte Saint-Louis*, qui, suivant un mémorial de la chambre des comptes, furent accordées en 1637. Cette porte a été abattue en 1760.

(3) La rue nouvelle percée sur l'emplacement de cet hôpital se nomme *rue Molay.*

devoit à M. Nicolas Le Jai, premier président, qui en étoit propriétaire. Elle a pris celui qu'elle porte de douze maisons dont elle étoit composée.

Rue du Roi-Doré. Elle traverse de la rue Saint-Gervais dans celle de Saint-Louis. Cette rue a d'abord été nommée *rue Saint-François*; elle est ainsi désignée dans le procès-verbal d'alignement du 4 juillet 1620, et dans celui de 1636, elle est nommée *Françoise*. Enfin on lui donna le nom de *rue du Roi-Doré*, à cause d'un buste doré de Louis XIII, qu'on avoit placé à l'une de ses extrémités.

Rue de la Roulette (1). Cette rue n'est connue comme telle que depuis le milieu du dernier siècle. C'est la continuation de la rue du Mesnil-Montant, depuis la rue de la Folie-Moricourt jusqu'à celle du bas Popincourt. Son nom est dû à ces anciens bureaux des commis des fermes préposés pour empêcher la fraude. On les appeloit *roulettes*, parcequ'ils étoient montés sur des roulettes pour être plus facilement transportés d'un lieu à un autre.

Rue de Saintonge. Elle va de la rue de Bretagne au rempart. On la continua jusqu'à la rue de Boucherat en 1697. Ensuite on décida de la continuer jusqu'au Boulevard, sous le nom de *rue de Montigni*, ce qui ne fut point exécuté.

Vieille rue du Temple (2). La partie de cette rue qui dépend de ce quartier commence aux coins des rues de la Perle et des Quatre-Fils, et finit au carrefour des Filles-du-Calvaire. On la nommoit autrefois rue de la *Couture*, *Culture*, et *Clôture du Temple*, parcequ'elle aboutissoit à cet édifice; puis, rue de l'*Egout du Temple* à cause de l'égout qui passoit en cet endroit. Enfin on la trouve désignée sous les noms de rue de *la Porte Barbette*, de *la Poterne Barbette*, rue *Barbette* et *Vieille-Barbette*. Elle devoit ces noms à l'hôtel Barbette, dont il sera parlé au quartier Saint-Antoine.

Rue du Temple. Cette rue qui fait la continuation de la rue Sainte-Avoie, et aboutit au boulevard, doit son nom à la maison des Templiers, à laquelle elle conduisoit. Dès 1235 on l'appeloit *vicus militiæ Templi*, et en 1252 rue de la *Chevalerie du Temple*. Elle a été prolongée jusqu'au boulevard en 1697 (3).

Rue du Faubourg-du-Temple. Le nom de cette rue est dû au Temple, au-delà duquel elle est située. Nous avons déjà dit que, dès avant le règne de Charles IX, il y avoit déjà en cet endroit quelques maisons, dont le nombre s'étant successivement augmenté, a formé ce faubourg. On trouve dans les archives de Saint-Merri qu'au treizième siècle

---

(1) Cette rue est nommée maintenant *Mesnil-Montant*, comme celle dont elle fait la continuation.

(2) Ce fut dans cette rue que fut assassiné le duc d'Orléans, frère de Charles VI, vis-à-vis d'une maison qu'on appeloit alors l'image Notre-Dame, près le couvent des religieuses hospitalières de Saint-Gervais. (*Voyez* page 55.)

(3) Il y a dans la rue du Temple un cul-de-sac appelé l'*Échiquier*, lequel a pris son nom de l'enseigne d'une maison qui en faisoit le coin. Sauval dit que ce cul-de-sac est un reste d'une rue nommée *du Noyer*; mais, selon Jaillot, cette rue du Noyer étoit placée entre celle de Braque et des Vieilles-Haudriettes. Il cite à l'appui de son opinion des lettres du garde de la prevôté de Paris, du 8 mai 1371, qui déterminent cette situation.

cet endroit s'appeloit *le clos de Malevart,* et qu'il fut donné à titre d'échange au chapitre en 1175 (1).

Rue des Fossés-du-Temple. Elle conduit du faubourg du Temple au Pont-aux-Choux, le long des fossés dont elle a tiré son nom.

Rue des Marais-du-Temple. Elle traverse de la rue du Faubourg-du-Temple dans celle de la Folie-Moricourt et de Mesnil-Montant. On l'a ainsi appelée à cause des marais potagers dont elle étoit environnée. Auparavant on la nommoit *Merderet,* et des *Trois-Portes,* parcequ'alors elle étoit en forme d'équerre, et fermée aux trois extrémités.

Rue de Thorigni. Elle aboutit d'un côté à la rue Saint-Gervais, et de l'autre au coin des rues de la Perle et du Parc-Royal. On la nommoit anciennement *rue Neuve-Saint-Gervais.* Elle étoit connue sous le nom de Thorigni dès 1575. Nous avons déjà eu occasion de remarquer qu'elle faisoit un retour d'équerre, et se prolongeoit jusqu'à la rue Saint-Louis. Ce retour s'appelle aujourd'hui *rue du Parc-Royal.*

Rue de Touraine. Elle traverse de la rue du Perche dans celle de Poitou. L'alignement en fut ordonné en 1626.

Rue de Vendôme. Elle aboutit d'un côté à la rue du Temple, et de l'autre à la rue Charlot, vis-à-vis celle de Boucherat. Le nom qu'elle porte n'a pas la même origine que ceux de la plupart des rues voisines qui tirent leur dénomination d'une province ou de sa ville capitale. Mais il lui fut donné en l'honneur de Philippe de Vendôme, grand-prieur de France, sur le terrain duquel elle avoit été ouverte, en exécution du contrat qui fut passé avec la ville le 17 août 1695.

-----

(1) A l'extrémité de cette rue étoit une caserne des Gardes-Françaises.

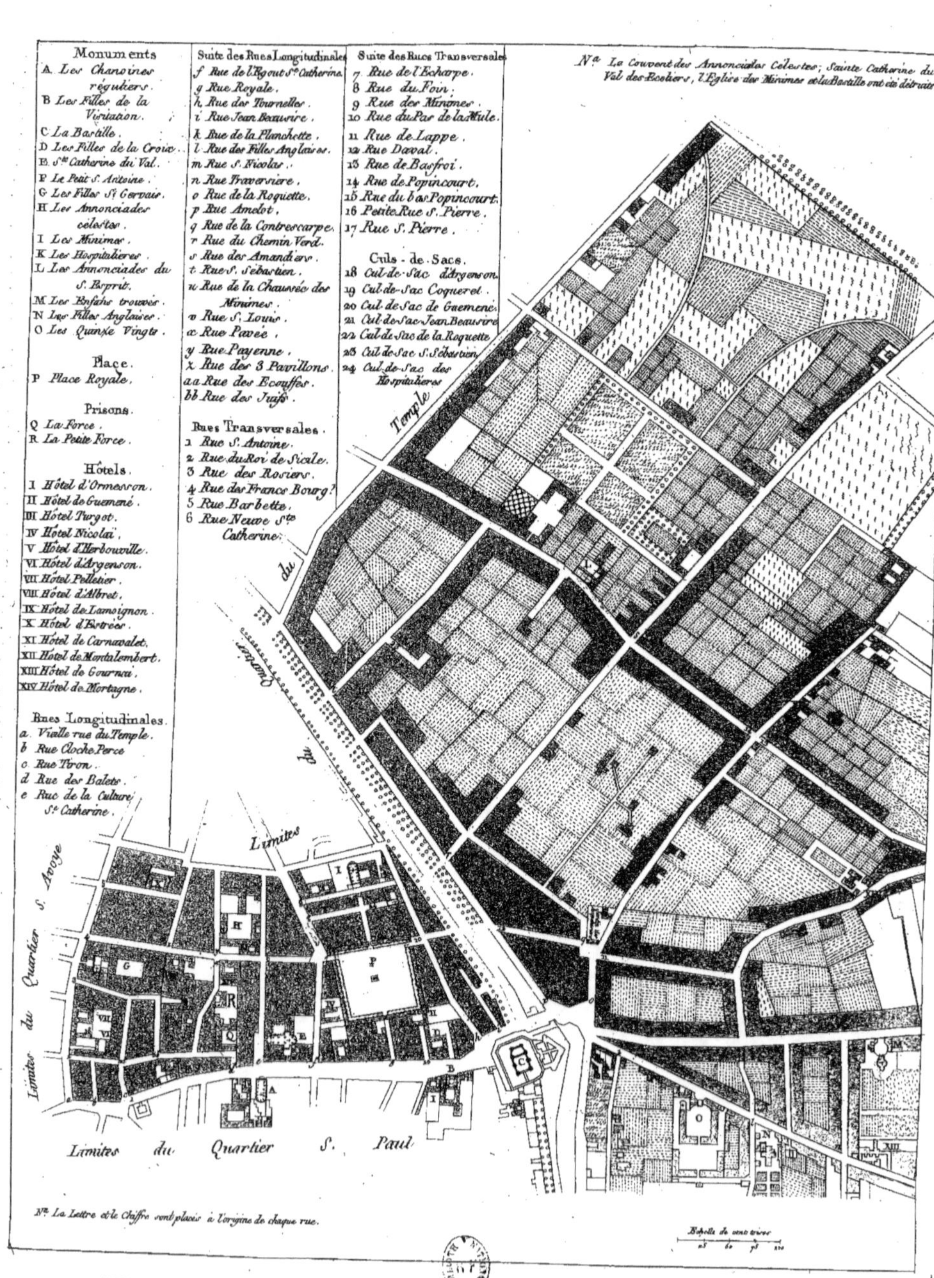

PLAN DU QUARTIER ST ANTOINE (Première partie, côté occidental.)

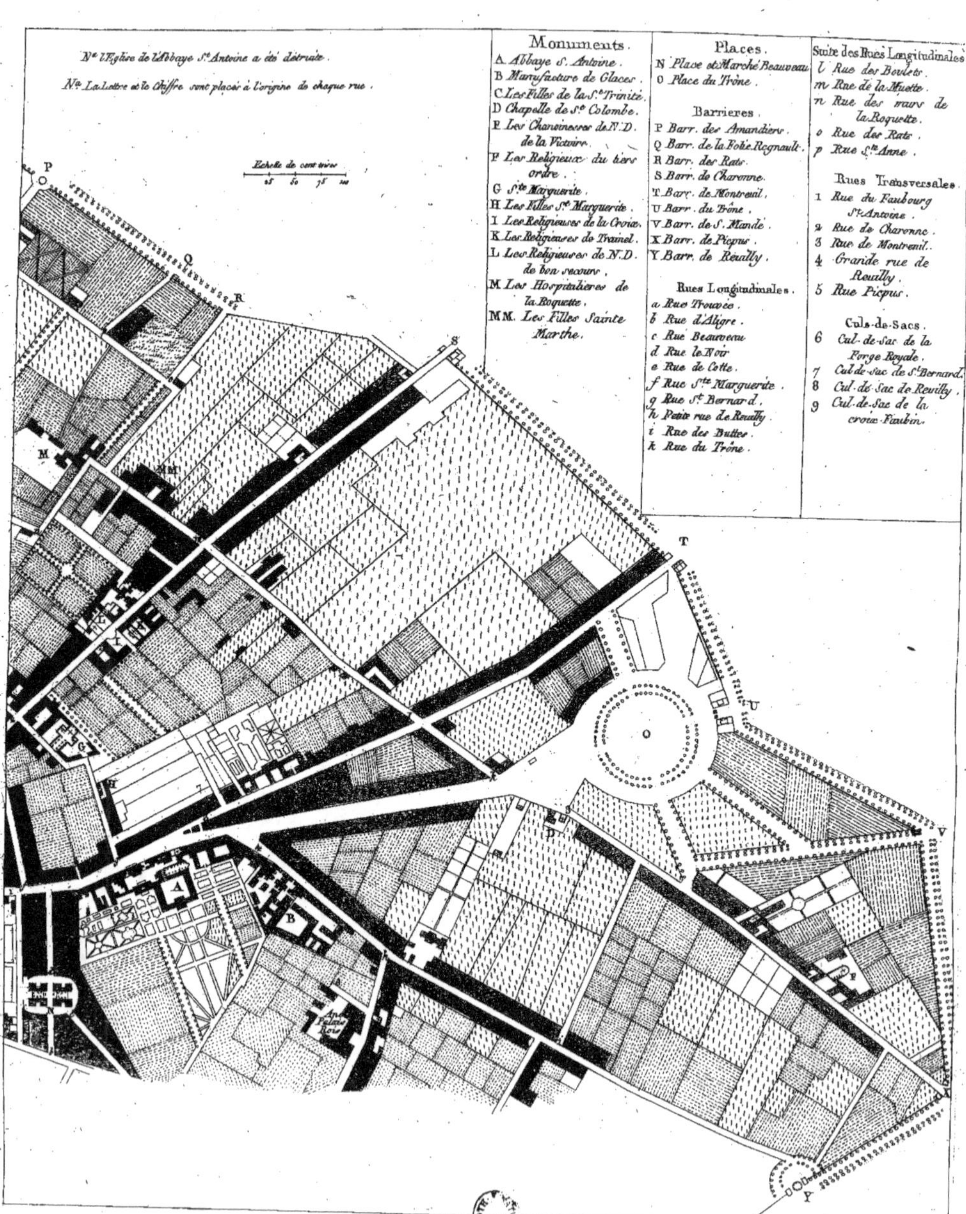

PLAN DU QUARTIER St. ANTOINE. (Deuxieme partie côté oriental)

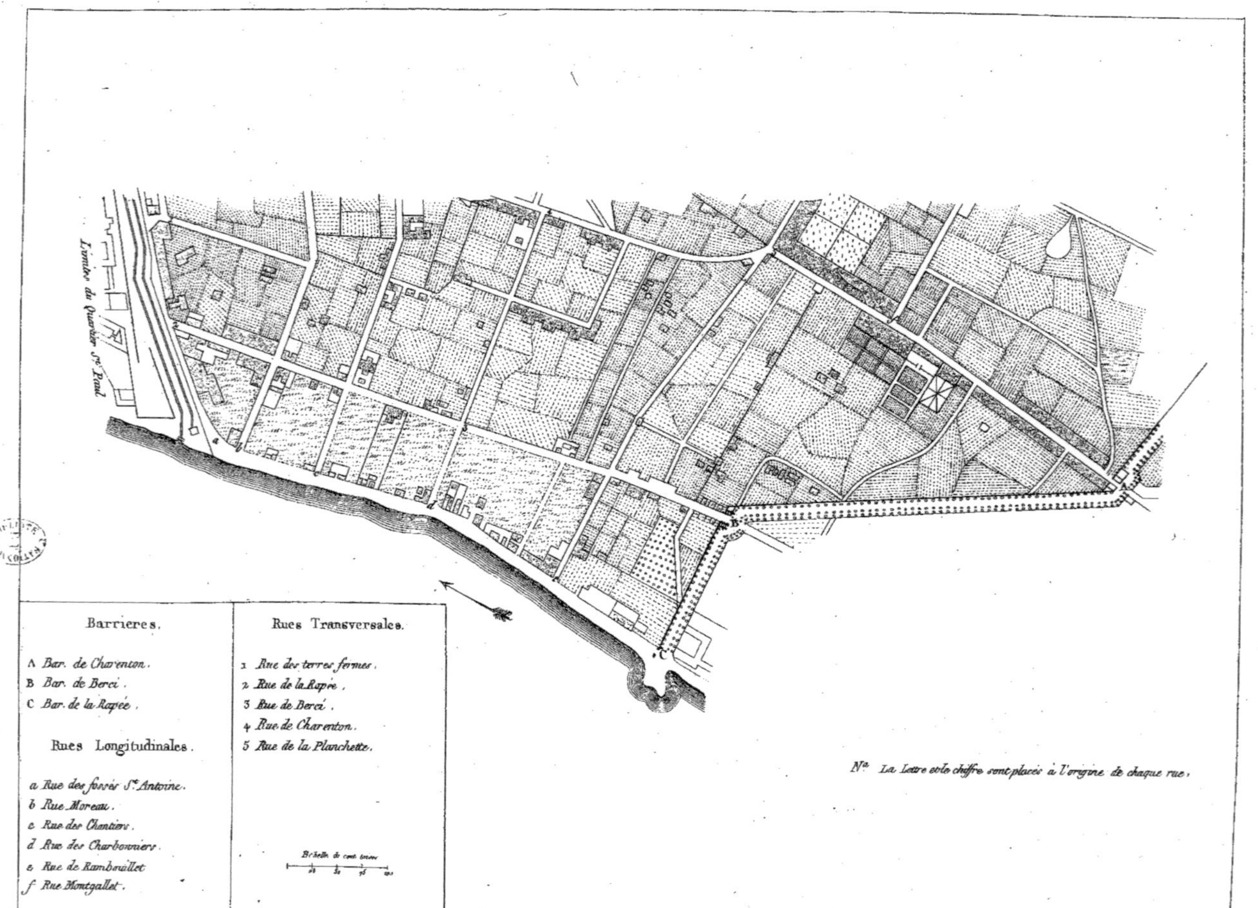

PLAN DU QUARTIER ST ANTOINE (Troisieme partie, côté méridional).

QUARTIER SAINT-ANTOINE.

Ce quartier est borné à l'orient par les extrémités du faubourg jusqu'aux barrières inclusivement; au septentrion, par l'extrémité du même faubourg et par les rues de Mesnil-Montant, Neuve-Saint-Gilles, du Parc-Royal et de la Perle exclusivement; à l'occident, par la vieille rue du Temple inclusivement, depuis les coins des rues des Quatre-Fils et de la Perle jusqu'à la rue Saint-Antoine; et au midi, par la rue Saint-Antoine inclusivement, depuis le coin de la vieille rue du Temple jusqu'à l'extrémité du faubourg.

On y comptoit, en 1789, soixante-quatorze rues, onze culs-de-sacs, une église paroissiale, deux chapelles, cinq communautés d'hommes, neuf couvents et quatre communautés de filles, quatre maisons hospitalières, une grande quantité d'hôtels, plusieurs places, etc.

Avant le règne de Philippe-Auguste, tout le vaste emplacement qu'occupe ce quartier étoit hors des murs; on n'y voyoit, à cette époque, que des cultures et quelques hameaux répandus çà et là, à une assez grande distance de la ville.

Il n'y a pas même d'apparence que l'enceinte élevée par ce prince en ait renfermé quelques parties, car les historiens de Paris qui lui donnent le plus d'étendue de ce côté, ne la placent pas plus loin que la porte *Baudoyer*, limite occidentale du quartier dont nous parlons.

Enfin, sous Charles V et Charles VI, on voit s'élever une nouvelle muraille, dans laquelle est renfermée toute la portion de ce quartier qui s'étend jusqu'à la Bastille. Il paroît, par le plan de Dheulland, que cette forteresse étoit appuyée, à l'occident, contre les murs de l'enceinte, car la porte de la ville y est indiquée dans la rue Saint-Antoine, entre celle des Tournelles et la rue Jean-Beausire.

Les choses restèrent en cet état jusqu'au règne de Henri III ; et pendant ce long intervalle on voit se former la rue du faubourg qui conduit à l'abbaye Saint-Antoine, et celle qui aboutit au chemin de Charenton.

Sous les règnes suivants se formèrent successivement des rues dans la direction des divers bourgs ou villages situés dans le rayon de ce quartier ; et pendant l'espace de deux cents ans, ces accroissements continuels devinrent si considérables, que le faubourg finit par embrasser dans sa circonférence le plus grand nombre de ces villages, tels que la Rapée, Reuilli, Picpus, la Croix-Faubin, Popincourt, etc.

Enfin la dernière enceinte élevée sous Louis XVI renferma dans la ville tout cet immense territoire.

Le quartier Saint-Antoine, qui, de même que celui de Saint-Paul, fut si long-temps habité par nos rois, devint aussi le lieu qu'habitèrent de préférence les personnages les plus distingués de la cour et de la ville. De nombreux et magnifiques hôtels y furent élevés de tous les côtés, et jusqu'à la fin du règne de Louis XIV il conserva cette antique splendeur, et fut pour la ville de Paris ce qu'ont été depuis les faubourgs Saint-Germain et Saint-Honoré (1).

---

(1) Nous avons joint à la représentation que nous donnons ici de la porte de ville qui dépendoit de ce quartier, celle du quartier du Temple située, jusqu'au règne de Louis XIV, à l'extrémité de la rue du même nom.

Porte du Temple sous Charles VI.   Porte St. Antoine sous Charles VI.

LES HOSPITALIÈRES DE SAINTE-ANASTASE,

DITES LES FILLES SAINT-GERVAIS.

« L'on ne doute point, dit Sauval, que, sous le règne de Louis-le-Gros,
« l'hôpital Saint-Gervais n'ait été fondé, qui se nomme à présent l'hô-
« pital des filles Sainte-Anastase. » Jaillot non seulement en doute, mais
il affirme le contraire, en produisant le plus ancien titre qui concerne
cette maison, lequel est de 1171. Ce titre nous apprend l'origine de cet
hôpital, situé d'abord au parvis de l'église Saint-Gervais, et nous en avons
déjà fait connoître les fondateurs (1). Par la bulle de confirmation que donna
Alexandre III, en 1173, suivant quelques uns, et 1179, suivant d'autres, il étoit administré par un maître ou procureur, et par des frères.
Les choses restèrent en cet état jusque vers le milieu du quatorzième
siècle, que Foulques de Chanac, évêque de Paris, y plaça quatre religieuses, sous la direction d'un maître et d'un proviseur. Cette nouvelle
forme d'administration subsista jusqu'en 1608, que le cardinal de Gondi,
s'étant vu forcé de supprimer ces deux chefs à cause de leur mauvaise
gestion, se réserva le droit de commettre l'agent nécessaire pour recevoir
les vœux des religieuses et les comptes qu'elles devoient rendre de leur temporel ; ce qui a toujours été observé depuis.

Le premier nom de cette maison, et son nom le plus ordinaire, a toujours
été celui de Saint-Gervais, qu'elle tiroit de son origine et de sa première
situation. On s'étoit même habitué à le donner à la chapelle, quoiqu'elle fût
dédiée dès l'année 1358 sous celui de Sainte-Anastase, martyre, circonstance qui cependant fit naître l'usage d'appeler religieuses de Sainte-Anastase
celles qui desservoient l'hôpital. Des causes semblables à celles qui ont occasionné tant de changements de domicile parmi les communautés hospitalières ou religieuses de Paris, telles que le nombre plus considérable des

____

(1) Voyez page 467.

professes, des pauvres, des malades dont elles prenoient soin, la caducité de leurs bâtiments, devenus d'ailleurs trop petits, les déterminèrent, en 1654, à chercher une autre demeure ; elles achetèrent en conséquence, dans la vieille rue du Temple, un hôtel assez vaste qui s'étendoit jusqu'à la rue des Francs-Bourgeois et à celle des Rosiers. Cet hôtel, qui avoit appartenu, dans le principe, au comte de Châteauvilain, leur fut vendu par les créanciers du marquis d'O, surintendant des finances et gouverneur de Paris ; l'acquisition en fut approuvée par l'autorité ecclésiastique le 30 mars 1656, confirmée et amortie par lettres-patentes de la même année.

Ces religieuses étoient de l'ordre de Saint-Augustin, et gouvernées par une prieure perpétuelle. Elles exerçoient l'hospitalité envers les hommes seulement, et pendant trois nuits de suite, comme celles de l'hôpital de Sainte-Catherine (1) la pratiquoient envers les femmes et les filles (2).

LE PETIT SAINT-ANTOINE.

Nous avons déjà parlé de ce fléau terrible connu sous les noms de *feu sacré, mal des ardents, mal de Saint-Antoine* (3), dont la France fut affligée pendant près de trois siècles, et dont les ravages furent tels qu'on put croire, à certaines époques, que la génération entière étoit condamnée à périr, à moins qu'un miracle n'opérât la guérison de ceux qui en étoient attaqués. Les secours humains ne pouvoient leur offrir d'autre moyen de salut que l'amputation du membre malade, et souvent la crainte de la contagion empêchoit de leur rendre ce triste et douloureux service. Ému du spectacle de tant de misères, un pieux et charitable gentilhomme du Dauphiné, nommé *Gaston*, conçut, vers l'an 1095, avec

(1) Voyez tome Ier, page 251.
(2) Les bâtiments de cette communauté sont maintenant occupés par une manufacture.
(3) Voyez tome Ier, page 118.

Gérin (ou Guerin) son fils, le projet de fonder un hôpital pour ces infortunés, dans le lieu appelé *la Motte Saint-Didier*, aliàs *aux Bois*, et aujourd'hui le bourg ou petite ville Saint-Antoine, au diocèse de Vienne. Plusieurs autres gentilshommes s'associèrent à leur généreuse entreprise; et la communauté séculière qu'ils formèrent, avec l'approbation du pape Urbain II, ne tarda pas à prendre une forme régulière. Honoré III leur permit, en 1218, de faire les trois vœux ordinaires; et l'on voit par la bulle de Boniface VIII, de 1297, qu'ils suivoient la règle de Saint-Augustin, et qu'on les appeloit *chanoines ou frères de Saint-Antoine*. C'est par cette bulle que leur maison fut érigée en abbaye, et qu'elle devint le chef-lieu de l'ordre; toutes les autres maisons n'avoient que le titre de commanderies.

Ceux qui ont écrit sur Paris assignent des époques différentes à l'établissement de ces religieux dans cette ville (1). On n'en connoît point en effet la date certaine; mais Jaillot, qui avoit vu l'histoire manuscrite de cette maison, ne croit pas qu'il soit possible d'en porter l'origine au-delà du règne du roi Jean. Cette histoire nous apprend en effet que la commanderie d'Auxerre comprenoit dans sa juridiction toutes les villes de la province de Sens dont Paris faisoit alors partie. On y lit que *Geoffroi de Privas*, grand prieur de l'abbaye de Saint-Antoine, et commandeur d'Auxerre, venoit souvent dans cette capitale, soit pour les affaires de l'ordre, soit pour celles de sa commanderie; et qu'il occupoit, en 1359, une maison située près du lieu où fut depuis le petit Saint-Antoine.

Charles, fils aîné du roi Jean, jouissoit alors du Dauphiné, que Humbert lui avoit cédé en 1349. Pendant le séjour qu'il avoit fait dans cette province, il avoit eu occasion de connoître l'ordre de Saint-Antoine, et le dévouement admirable de ces chanoines hospitaliers l'avoit profondément édifié. Il conçut dès-lors le projet d'accorder la plus éclatante protection à une institution aussi utile, projet qu'il effectua en leur abandonnant d'abord des biens confisqués sur des vassaux rebelles (2); ensuite

______

(1) Corrozet, Sauval et Lemaire le placent sous saint Louis, sans en apporter aucune preuve; l'abbé Lebeuf, vers 1360; Piganiol, en 1361; Dubreul et dom Félibien, en 1368.

(2) Drocon Guarrel et Jean de Vaux, qui s'étoient soustraits à son obéissance, et avoient embrassé le parti du roi de Navarre.

en leur faisant don, pour les établir à Paris, d'un grand manoir acheté de ses propres deniers et à leur intention, en l'année 1361. Ce terrain appelé *la Saussaie*, contenoit 539 toises carrées, et étoit situé entre les rues Saint-Antoine et du Roi de Sicile. Cette nouvelle maison fut aussitôt érigée en commanderie par le chapitre général de l'ordre ; il fut décidé qu'elle seroit appelée *Commanderie de France*, et que celle d'Auxerre venant à vaquer par la mort ou par la démission de Geoffroi de Privas, y seroit réunie. Cette mort arriva bientôt, et *Pierre de Lobet*, général de l'ordre, donna, le 18 septembre 1361, des provisions à *Aimard Fulcevelli* pour réunir et gouverner ces deux commanderies. On doit donc regarder cette date comme celle de la véritable époque de cet établissement, sans avoir égard à tout ce qu'ont pu dire de contraire les divers historiens de Paris (1).

D. Félibien s'est encore trompé lorsqu'il dit que « ces religieux se ser-« virent d'abord d'une chapelle, jusqu'à ce que Charles V, parvenu à « la couronne, leur eût fait bâtir une église, qui fut achevée en 1368. » — Les lettres de Charles V ne parlent point d'église ; elles ne font mention que du manoir de la Saussaie, et il paroît que la modicité des revenus n'avoit pas encore permis d'y bâtir ni l'hôpital ni l'église qui faisoient la base de l'établissement. Cet état de choses est prouvé jusqu'à l'évidence par un acte de 1373, dans lequel le chapitre déclare que « la commanderie « de Paris, érigée depuis peu, *nova plantatio*, a besoin d'une église et « d'un hôpital, et que la modicité de ses revenus ne lui fournissoit pas « les moyens d'élever ces constructions; que pour éviter le scandale qui « en résulteroit s'il n'y avoit pas une église de Saint-Antoine à Paris, il a

---

(1) Les nouveaux établissements éprouvent toujours des difficultés, et celui-ci en eut plusieurs à vaincre : le curé de Saint-Paul, dans la paroisse duquel étoit situé le monastère du Petit Saint-Antoine, éleva quelques contestations qui furent terminées par une transaction passée le 26 février 1365, par laquelle *Hugues d'Optère*, commandeur, s'oblige, lui et ses successeurs, à payer tous les ans dix livres au curé de Saint-Paul, et à partager avec lui l'honoraire de ceux qui seroient inhumés dans la nouvelle église. Cette transaction fut confirmée par Estienne, évêque de Paris, et par Pierre de Lobet, général de l'ordre.

Peu de temps après il s'éleva un autre différent entre Hugues de Châteauneuf, successeur de Hugues d'Optère, et le prieur de Saint-Éloi, à l'occasion du manoir de la Saussaie, qui relevoit de son prieuré. Cette contestation fut terminée moyennant une rente annuelle de quarante livres, que le commandeur s'obligea encore de payer, lui et ses successeurs.

« résolu d'unir à cette commanderie celle de Bailleul en Flandre, laquelle
« est assez riche pour subvenir à ces dépenses. » Cette réunion fut effectivement faite, et, suivant Dubreul et l'auteur des *Antiquités des villes
de France* (1), l'église fut bâtie, en 1375, par Hugues de Chateauneuf,
qu'ils qualifient d'abbé de Saint-Antoine, et qui n'étoit réellement que
commandeur de la maison de Flandre, à laquelle celle de Paris venoit
d'être réunie.

Dubreul, Lemaire et autres disent que cette église fut rebâtie en 1442,
sans donner d'autre preuve de ce fait, sinon qu'elle fut dédiée cette
même année; mais nous avons déjà fait voir que depuis quelques
siècles la dédicace des églises se faisoit souvent à de longs intervalles après
leur consécration (2), d'où il résulte qu'on ne peut rien inférer d'une
semblable circonstance.

L'union de la commanderie de Paris avec celle de Bailleul subsista jusqu'en 1523, qu'elles furent séparées l'une de l'autre par l'empereur
Charles-Quint, alors souverain des Pays-Bas, lequel ordonna que cette
dernière commanderie ne seroit possédée à l'avenir que par un religieux né
dans ses Etats. Environ un siècle après, en 1618, le titre de celle de
Paris fut supprimé, et cette suppression devint commune, en 1622, à
toutes les autres commanderies. Antoine Brunel de Grammont, abbé et
général de l'ordre, qui l'ordonna, n'exerça un semblable coup d'autorité que par les plus louables motifs. Il considéra que l'autorité dont jouissoient les commandeurs apporteroit indubitablement des obstacles invincibles à la réforme qu'il se proposoit d'introduire dans son ordre, réforme
qu'il eut en effet le bonheur et la gloire de lui faire accepter. Ce changement fut opéré en vertu d'une bulle de Paul V, du 3 avril 1618, que
suivirent des lettres-patentes du 8 juin suivant, et la maison fut dès-lors
changée en séminaire ou collège destiné à l'éducation des jeunes gens
nouvellement admis dans la communauté.

C'est donc sans fondement que Piganiol place l'époque de ce changement en 1615; cette réforme fut autorisée par Grégoire XV en 1622, et
par Urbain VIII, son successeur, en 1624; enfin elle fut introduite dans

---

(1) Publiées sous le nom de Duchesnes.
(2) Voyez page 245.

toutes les maisons de l'ordre qui depuis furent gouvernées , ainsi que celle de Paris, par des supérieurs triennaux que nommoit le chapitre général.

La maison fut rebâtie en 1689 ; on lui donna le nom de Petit Saint-Antoine , pour la distinguer de l'abbaye Saint-Antoine située dans le faubourg. Dans les dernières années qui ont précédé la révolution , les chanoines réguliers qui l'habitoient avoient été réunis à l'ordre de Malte , lequel avoit institué dans cette église un petit chapitre , avec un prieur chefcier destiné à l'acquit des fondations (1).

CURIOSITÉ.

Au maître-autel , un tableau représentant l'Adoration des Mages, par *Cazes* (2).

PRISON DE L'HÔTEL DE LA FORCE.

Cet hôtel dont nous ferons connoître l'origine et les diverses révolutions dans l'article qui traitera des édifices de ce genre, après avoir appartenu à des rois, à des princes , à des particuliers opulents, avoit été , quelques années avant la fin de la monarchie, transformé en une prison, dans laquelle on renfermoit uniquement les personnes arrêtées pour dettes et autres objets civils. Au moyen de cet établissement, dû à la bienfaisance de Louis XVI, elles ne se trouvoient plus confondues avec les criminels auxquels étoient destinées les prisons du grand Châtelet et de la Conciergerie.

Cette nouvelle prison étoit remarquable par son étendue, par sa salu-

---

(1) Dans cette église étoit établie, depuis plusieurs siècles, une confrérie de Saint-Claude, autrefois si célèbre, que le roi Charles VI ne dédaigna point de s'y faire recevoir, exemple qui fut suivi par les principaux seigneurs de sa cour.

(2) Les bâtiments du Petit Saint-Antoine sont remplacés par des maisons particulières, et l'on y a percé un passage qui donne vis-à-vis la rue des Juifs.

brité, par la commodité des logements, la diminution des frais ; la suppression des perceptions abusives, etc. Elle contenoit huit cours, dont quatre étoient très spacieuses, et six départements, dans lesquels étoient renfermés séparément les prisonniers détenus pour mois de nourrice ; les débiteurs civils de toute espèce ; les gens arrêtés par ordre du roi et de la police ; les femmes prisonnières ; les mendiants et vagabonds. L'infirmerie, les dortoirs, les réfectoires, tout étoit distribué avec un ordre, une propreté, une commodité qui adoucissoit, autant qu'il étoit possible, la situation des malheureux forcés d'habiter cette triste demeure.

La nature des délits pour lesquels on étoit renfermé dans cette prison nous conduit naturellement à parler de la police de Paris, à la juridiction de laquelle ces délits sembloient appartenir plus particulièrement.

Sur la police de Paris.

On a pu voir dans notre premier volume (1) les variations diverses qu'éprouva la police de Paris, non pas depuis son origine, car elle se perd dans l'obscurité des temps les plus reculés, mais à partir de l'époque où commença la troisième race de nos rois, jusqu'au règne de saint Louis, sous lequel le célèbre prevôt de Paris, *Étienne Boislève*, la rétablit dans toute sa vigueur. Dès ce temps-là, le châtelet étoit le siège de cette juridiction.

Elle fut successivement perfectionnée par les ordonnances des prevôts successeurs de Boislève. Ils continuèrent le recueil d'ordonnances que ce grand magistrat avoit commencé jusqu'en 1344 ; et l'on trouve qu'à cette époque *Guillaume Germont*, alors prevôt de Paris, y joignit la collection des lettres-patentes du roi et arrêts du parlement qui avoient rapport à ces matières ; puis, ayant formé du tout un registre, le déposa à la chambre des comptes, où il a été conservé jusqu'à la fin de la monarchie, sous le titre de *Premier livre des métiers*.

Nous avons dit que le roi Jean, monté sur le trône au milieu des calamités de toute espèce qui avoient désolé la fin du règne de son prédécesseur, donna une grande application à la police de Paris (2). Les règle-

---

(1) Pages 222—224.
(2) Voyez tome 1er, page 319.

ments généraux qu'il adressa à ce sujet au prevôt contiennent une foule de dispositions très sages, pour bannir de cette grande cité les vices que la paresse et la mendicité y avoient introduits, maintenir la tranquillité et la foi publique, protéger l'industrie, entretenir l'abondance des choses nécessaires à la vie, etc. Ils contiennent en outre des dispositions sur la juridiction du prevôt de Paris, qui prouvent l'unité de son tribunal en première instance sur tous ces points.

L'autorité de ce magistrat se maintint dans les mêmes attributions sous les successeurs de ce prince; et la première chose que fit Charles V lorsqu'il prit la place de son père, après cette longue anarchie qui avoit confondu tous les droits et fait méconnoître tous les pouvoirs, fut de rendre au prevôt de Paris toutes ses prérogatives, afin de parvenir à rétablir, dans cette capitale, l'ordre et la tranquillité. Dans les lettres-patentes données à ce sujet, il est remarquable que ce prince rappelle de nouveau ce principe déjà reconnu. « Qu'à cause du domaine de la cou- « ronne, la juridiction ordinaire de sa bonne ville de Paris appartient « de plein droit et de temps immémorial, pour lui et en son nom, à son « prevôt de Paris; qu'il le maintient dans cette possession, et qu'il veut et « entend qu'il ait seul, à l'exclusion de tous autres juges, la connoissance, « correction et punition de tous les délits et maléfices qui se commettent à « Paris par quelque personne que ce soit. » Cette unité de tribunal pour la police générale de la capitale fut également conservée par Charles VI; et l'on voit même qu'il en étendit le pouvoir hors des limites de la pre- vôté, lorsque cela pouvoit être nécessaire pour le bien de la ville.

Les choses restèrent en cet état jusqu'à l'année 1498, que des lettres-patentes du roi créèrent en titre d'office des lieutenants du prevôt de Paris, auxquels l'administration de la justice civile et criminelle fut par- tagée sous la juridiction suprême de ce magistrat. Il en résulta que la police étant mixte entre le civil et le criminel, chacun des deux lieute- nants prétendit qu'elle devoit appartenir à son tribunal; et cette contes- tation, devenue très vive, ne pût être éclaircie par l'ancien usage, car le prevôt de Paris ayant éminemment l'une et l'autre juridiction, il étoit impossible de décider en vertu de laquelle il avoit exercé la police. Tous les deux apportoient, à l'appui de leurs prétentions, des ordonnances sur ces matières rendues par ce magistrat dans l'un et l'autre tribunal.

Il semble que, dans un cas pareil, l'autorité suprême auroit dû sur-le-champ donner une décision; mais au lieu de prendre ce parti, qui seul pouvoit trancher toute difficulté, on souffrit que l'affaire fût portée au parlement, où elle fut débattue comme un procès ordinaire; et pendant la longue plaidoirie qu'elle occasionna, le soin de la police fut entièrement abandonné. Les désordres qui en résultèrent furent tels, que lorsqu'un arrêt de la cour eut jugé l'affaire, en ordonnant qu'il y auroit concurrence de pouvoir jusqu'à nouvel ordre entre ces deux magistrats, ils sentirent qu'ils ne pouvoient remédier à tant de maux produits par leurs divisions, qu'en mettant un accord parfait dans l'exercice ultérieur de leurs fonctions. Toutefois, malgré leurs efforts et leur bonne volonté, ce partage du pouvoir produisit de funestes effets, dont Paris ne tarda pas à s'apercevoir. Il est remarquable que c'est précisément à partir de cette époque que l'on trouve, dans les règlements, des énumérations de désordres et de crimes monstrueux, autrefois très rares dans cette ville, et devenus dèslors très fréquents; alors naquirent les plaintes sur la négligence des officiers subalternes chargés des détails de la police; enfin c'est depuis ce temps, et pendant plus d'un siècle que dura cette concurrence, que l'on voit tant d'assemblées, tant de bureaux et tant d'autres moyens extraordinaires mis en usage pour la réforme ou pour l'exercice de la police, « tant il est vrai, dit le commissaire Delamare, que le bon ordre et la « discipline publique ne peuvent jamais s'accorder avec la multiplicité « des tribunaux. »

Il paroît qu'on fut plus d'une fois frappé de ces inconvénients, car on voit, en 1572, un édit de Charles IX, portant formation d'un bureau de police composé de membres du parlement, des lieutenants civil et criminel, d'un membre du corps municipal et de plusieurs notables bourgeois. Cette chambre établie au palais jugeoit en dernier ressort de toutes les matières dépendantes de la police, et l'on pouvoit s'en promettre les plus heureux effets, lorsqu'une déclaration nouvelle, dont on ne peut expliquer les motifs, supprima, dès 1573, le bureau établi l'année précédente, et fit renaître l'ancien désordre, en renvoyant la police au châtelet et au bureau de ville.

Une ordonnance de 1577 rétablit au châtelet seul l'unité du tribunal du prevôt de Paris, pour la police générale, avec des modifications qui sem-

bloient concilier tous les droits et toutes les prétentions. En effet, depuis
cette époque jusqu'en 1630, si l'on en excepte les contestations toujours
trop fréquentes qui ne pouvoient manquer de s'élever entre les deux lieutenants de ce magistrat, sur la concurrence si mal éclaircie de leurs droits, la
marche de la police, quoique moins vigoureuse qu'elle auroit dû l'être, prit de
la régularité, et tous les règlements faits pendant cet intervalle furent exécutés
indistinctement par l'un et l'autre de ces deux officiers, ou conjointement
par tous les deux. Cependant, vers la fin, leurs divisions augmentèrent; il
en naquit des désordres qui de jour en jour devinrent plus intolérables:
enfin une ordonnance du parlement de cette année 1630 y mit fin, en
transportant au lieutenant civil l'autorité toute entière qu'il avoit partagée
avec le lieutenant criminel, lequel ne conserva de ses anciennes prérogatives que le droit de tenir la place de son rival, en cas de légitime empê-
chement dans l'exercice de ses fonctions. Il résulta de ce nouvel ordre des
règlements plus complets, « qui, dit encore Delamare, assuroient la tran-
« quillité publique, la correction des mœurs, la subsistance et la commo-
« dité des citoyens, et que soutint une force suffisante pour en assurer la
« pleine et entière exécution. »

Ce bel ordre dura peu; la minorité de Louis XIV ayant rallumé la
guerre intestine et accru les calamités de la guerre étrangère, le bruit des
armes imposa encore une fois silence aux lois; les soins de la police furent
de nouveau abandonnés, et tout retomba dans l'ancienne confusion. Mais
les troubles civils ayant été apaisés, et la paix de Pyrénées étant venue ensuite rendre un calme général à l'état, le roi, libre de se livrer uniquement
aux soins qu'exigeoit l'administration générale de son royaume, donna
une attention particulière à la police de Paris, qui subit alors une entière
et heureuse réforme. Non seulement il en ôta la connoissance aux autres
tribunaux qui avoient recommencé leurs entreprises pour la partager
avec le prevôt de Paris, mais dans le châtelet même, il la sépara de la
juridiction civile contentieuse, et créa un magistrat exprès pour exercer
seul cette ancienne juridiction, parcequ'en effet ce qu'on appelle *Police*
n'ayant pour objet que le service du prince et la tranquillité publique, son
action est incompatible avec les embarras et les subtilités litigieuses,
et tient beaucoup plus des fonctions du gouvernement que de celles de
l'ordre judiciaire. Ce nouveau magistrat fut nommé lieutenant du prevôt

de Paris pour la police, et son office a subsisté jusqu'à la fin de la
monarchie.

Le lieutenant de police avoit sous ses ordres quarante inspecteurs,
quarante-neuf commissaires, plusieurs exempts, un grand nombre de
bureaux et une foule d'agents subalternes employés au service de sa vaste
administration. Personne n'ignore qu'elle étoit parvenue, dans le siècle
dernier, à un degré de perfection auquel rien n'étoit comparable dans
aucun des états policés de l'Europe.

Police municipale.

On a pu voir dans l'article où nous avons traité de l'hôtel-de-ville que
le corps municipal avoit conservé de temps immémorial la juridiction
de tout le commerce qui se faisoit par eau, ce qui comprenoit naturellement la police des ports, des ponts, des quais, des fontaines et égouts
publics, les approvisionnements de la ville arrivant par la Seine, etc. Cette
administration dirigée par le prevôt des marchands, les échevins et le
procureur du roi de la ville, ne fut point abolie par l'édit qui créa le *lieutenant de police*; mais comme cet édit n'avoit pas assez déterminé les bornes
des deux juridictions, il naquit à ce sujet des contestations auxquelles
le roi se vit obligé de remédier par une ordonnance nouvelle donnée
en 1700, laquelle régla précisément les bornes et l'étendue de chaque
juridiction, en sorte que l'une ne put jamais anticiper sur l'autre; et
en effet depuis ce moment jusqu'aux derniers temps, rien n'en avoit
troublé l'harmonie.

Indépendamment de la police de la rivière, le bureau de ville dirigeoit
tout ce qui avoit rapport aux édifices publics, aux fêtes et réjouissances,
à la capitation, aux rentes créées sur l'hôtel de ville, etc. (1).

----

(1) L'hôtel de la Force, ainsi que la Petite-Force dont nous allons parler, sont encore aujour-
d'hui des prisons publiques.

LA PETITE-FORCE.

Cette prison avoit été élevée, peu d'années avant la révolution, sur un terrein dépendant de l'hôtel de la Force, pour y renfermer les filles débauchées. Elle a son entrée par la rue pavée.

La façade de cet édifice se compose d'un rez-de-chaussée appareillé en bossages vermiculés, au milieu duquel est pratiquée une arcade surbaissée qui sert d'entrée, et que surmonte une clef en grain d'orge. Au-dessus de la plinthe qui renferme cette portion du bâtiment s'élève un massif formant deux étages, couronné d'une corniche dorique, et bordé dans ses angles par des appareils en pierres et en bossages également vermiculés. L'aspect général de cette construction a le caractère d'âpreté qui lui convient.

Façade de la Petite Force

LES ANNONCIADES CÉLESTES.

Cet ordre fut institué à Gênes en 1602 par une sainte femme nommée *Victoire Fornari.* Une bulle de Clément VIII en autorisa l'établissement en 1604, le mit sous la règle de saint Augustin, et lui donna le titre de l'Annonciade. Il ne tarda pas à se répandre en Franche-Comté et en Lorraine ; dès 1616, ces religieuses eurent un établissement à Nanci ; et ce fut de ce monastère qu'elles furent appelées pour en former un nouveau à Paris. Madame Henriette de Balzac, marquise de Verneuil, qui avoit conçu ce projet, en facilita l'exécution, en leur assurant une rente de deux mille livres, par un contrat passé en 1621, en conséquence duquel M. Henri de Gondi, cardinal de Retz, et évêque, donna son consentement, lequel fut suivi de lettres-patentes enregistrées en 1623, confirmées en 1627 et 1656. Les termes de ces lettres annoncent qu'à l'époque où elles furent accordées cet établissement étoit déjà formé.

La marquise de Verneuil avoit loué pour ces religieuses un hôtel assez vaste, situé rue Culture-Sainte-Catherine, que l'on nommoit alors l'hôtel Damville, et qui avoit appartenu à la famille de Montmorency. Les donations considérables qui leur furent faites les mirent bientôt en état d'en faire l'acquisition, et dès 1626 elles s'en étoient rendues propriétaires pour une somme de 96,000 livres. Par de nouvelles lettres-patentes de 1629 il fut défendu aux Annonciades de faire aucun établissement dans le royaume sans le consentement du monastère de Paris, qui fut dès-lors regardé comme le chef-lieu de l'ordre. L'église, assez jolie, avoit été bâtie par les libéralités de la comtesse *des Hameaux,* que l'on comptoit parmi les principales bienfaitrices de ce couvent.

La vie de ces religieuses, sans être très austère, étoit extrêmement retirée. Aux trois vœux ordinaires, elles joignoient celui de ne se jamais laisser voir, si ce n'est à leurs plus proches parents, sans pouvoir cependant user de cette permission plus de trois fois par an. Elles portoient un habit blanc, un manteau et un scapulaire bleus, ce qui leur avoit fait donner leur nom d'Annonciades célestes, et vulgairement celui de *Filles-Bleues*. Suivant Sauval et de Chuyes, on les appela quelque temps *Célestines*, et ce fut pour ne pas confondre leur ordre avec celui des Célestins que ce dernier nom fut changé (1).

CURIOSITÉS DE L'ÉGLISE DES ANNONCIADES.

Sur le maître-autel, un tableau du *Poussin*, représentant une Annonciation.

Dans un parloir du premier étage, deux tableaux de fleurs et de fruits avec un perroquet, par *Fontenay*.

Ces religieuses possédoient encore un *Ecce Homo* et une Mère de douleur, morceaux qui passoient pour très précieux, et qu'on attribuoit à un ancien peintre allemand. Elles ne les exposoient qu'une fois l'an, le Jeudi-Saint, avec un autre tableau représentant une Magdeleine dans sa grotte, que les amateurs admiroient aussi pour son extrême vérité.

L'ÉGLISE SAINT-LOUIS

ET LA MAISON PROFESSE DES JÉSUITES.

Nous parlerons ailleurs de la société des Jésuites et de son établissement à Paris. Il nous suffira de dire ici, relativement au monument que nous allons décrire, que le cardinal Charles de Bourbon, voulant *leur fonder et établir une maison professe*, leur donna, le 12 janvier 1580, une grande maison rue Saint-Antoine, qu'il avoit acquise, peu de temps auparavant, de Magdeleine de Savoie, duchesse de Montmorency. Cet édifice, qui appartenoit à cette famille depuis le commencement du seizième siècle, avoit successivement porté les noms d'hôtel de Rochepot

---

(1) Les bâtiments de cette communauté ont été changés en maisons particulières.

VUE EXTÉRIEURE de l'Eglise ST. LOUIS (ci-devant des Jésuites.)

VUE INTÉRIEURE de l'Eglise **St. LOUIS** (ci-devant des Jésuites.)

et de Damville. On y construisit sur-le-champ une petite église ou chapelle, qui dès l'année 1582 portoit, ainsi que la maison, le nom de Saint-Louis. Mais celle-ci fut considérablement agrandie par plusieurs acquisitions que ces religieux firent sous le règne de Louis XIII, et l'église fut peu après entièrement rebâtie par les ordres de ce prince, qui en posa la première pierre en 1627. Le portail élevé en 1634, aux frais du cardinal de Richelieu, est décoré de trois ordres d'architecture l'un sur l'autre, deux corinthiens et un composite. Le tout fut achevé en 1641.

Il y a long-temps que ce morceau d'architecture a été jugé comme une composition bizarre, chargée de beaucoup trop d'ornements, d'un style pesant, et n'offrant dans cette profusion de richesses qu'une confusion désagréable. Quoiqu'une partie de cette sculpture ait disparu pendant la révolution, il en reste cependant encore assez pour attester le mauvais goût de l'ancienne, qui, associée avec une multitude de colonnes engagées et de profils de frontons, de tables saillantes et d'enroulements, déplaît même à l'œil le moins exercé. Le père *François Derrand*, jésuite, en fut l'architecte, et ne soutint pas, en cette occasion, la réputation qu'il s'étoit acquise.

L'église est en forme de croix romaine avec un dôme sur pendentifs, au centre de la croisée. Au pourtour sont plusieurs chapelles au-dessus desquelles règne une galerie voûtée. Une balustrade en fer s'étend dans toute la longueur de la grande corniche.

A la richesse des ornements, l'intérieur de cette basilique réunissoit celle des matières; les marbres, les bronzes, l'argent, la dorure éclatoient de tous côtés dans la décoration du maître-autel et des chapelles latérales. On y voyoit, en outre, un grand nombre de monuments des arts extrêmement précieux. En un mot, il étoit peu d'églises à Paris aussi dignes d'attirer l'attention des curieux, et que les étrangers visitassent avec plus d'empressement.

CURIOSITÉS DE L'ÉGLISE DES JÉSUITES.

TABLEAUX.

Sur le maître-autel, saint Louis, par *Vouet*.
Dans la chapelle de la Vierge, l'Assomption, par *Taraval*.

Dans la croisée, quatre grands tableaux, avec des bordures en marbre noir, par *Vouet*.

Dans une salle de la maison, la rencontre de Jacob et d'Ésaü, par *André del Sarte*.

La manne dans le désert, par le même.

Moïse frappant le rocher, par le même.

Les adieux de saint Pierre et de saint Paul, par *Dominique Passignano*.

Une Descente de Croix, par *Quintin-Messis*.

Une Nativité, par *Annibal Carrache*.

La Résurrection du Lazare, par *Sébastien del Piombo*.

Jésus-Christ au jardin des Olives, par *Albert Durer*.

Dans une autre salle plus élevée, un Christ couronné d'épines, par *Le Titien*.

Saint Jean prêchant dans le désert, par *l'Albane*.

Saint Praxède recueillant le sang des Martyrs, de l'école des *Carrache*.

Tomiris, par *Le Brun*.

Louis XIV à cheval, par *Vander-Meulen*.

Une sainte Face, par *Le Brun*.

Dans une salle à droite du jardin, les portraits des généraux de l'ordre, et trois paysages de *Patel*.

Dans un salon, sur la gauche du jardin, l'Apothéose de saint Louis, par *Vouet*.

Une Vierge et l'Enfant Jésus, par *La Hyre*.

Saint Roch guérissant les pestiférés, esquisse du *Tintoret*.

Les douze mois de l'année en douze tableaux, par *Patel*.

Dans le réfectoire, une Annonciation, par *Philippe de Champagne*,

La Visitation, par *Étienne Jeaurat*.

La Transfiguration, copie de Raphaël, etc.

SCULPTURES.

Derrière le maître-autel, du côté du chœur des religieux, un bas-relief en bronze, ouvrage de *Germain Pilon*, représentant une Descente de Croix.

Dans la chapelle de la Vierge, un groupe représentant la Religion qui instruit un Américain, par *Adam cadet*.

Un autre groupe offrant un ange qui foudroie l'Idolâtrie, par *Vinache*.

TOMBEAUX ET SÉPULTURES.

Dans les deux chapelles placées à droite et à gauche du maître-autel, quatre anges d'argent, avec des draperies en vermeil, soutenoient les cœurs de Louis XIII et de Louis XIV, lesquels avoient été déposés dans cette église. Ces deux morceaux, aussi précieux par l'art que par la matière, étoient de *Sarrazin* et de *Coustou jeune* (1). Les

______

(1) Ces monuments ne sont point au musée des Petits-Augustins ; ils auront sans doute été détruits pendant le règne de la terreur.

jambages des arcs étoient chargés de bas-reliefs également exécutés par ces deux habiles sculpteurs, et l'on y lisoit plusieurs inscriptions.

Dans la chapelle dite de Saint-Ignace, à gauche de la croisée, s'élevoit un mausolée imposant par sa masse, consacré à la mémoire de Henri, prince de Condé, et père du grand Condé, par le président Perrault, secrétaire de ses commandements. Les figures, bas-reliefs et autres ornements en avoient été jetés en bronze par *Perlan*, sur les modèles de *Sarrazin* (1). Le cœur de ce prince avoit été déposé dans cette chapelle, ainsi que ceux du grand Condé son fils, mort en 1686, de Henri-Jules de Condé, mort en 1709, et de Louis, duc de Bourbon, chef de la branche de Bourbon-Condé, mort en 1710.

Sur la clef de l'arc étoit un ange soutenant un cœur, avec plusieurs autres accessoires, le tout en bronze doré, par *Vancleve*.

De l'autre côté de la nef on trouvoit dans une chapelle plusieurs monuments qui appartenoient à la maison de La Tour-Bouillon. Des urnes de marbre blanc y renfermoient les cœurs de Marie-Anne de Mancini, duchesse de Bouillon; de Louis de La Tour, prince de Turenne, mort en 1692, à la bataille de Steinkerque; et de Maurice-Emmanuel de La Tour-d'Auvergne, mort en 1731. Au milieu, sur une pierre carrée, on lisoit l'épitaphe d'Élizabeth de La Tour-d'Auvergne, morte en 1725.

Sous le milieu de l'église, dans un caveau voûté qui servoit de sépulture aux religieux de la maison, avoient été inhumés :

Louis de Bourgogne, seigneur de Mautour, mort en 1656.

Daniel Huet, le savant évêque d'Avranches, qui passa les vingt dernières années de sa vie dans cette maison, et y mourut en 1721.

La bibliothèque de ces pères, très nombreuse et composée de livres du meilleur choix, avoit été formée, 1° d'un fond donné par le cardinal de

---

(1) Ce monument, qui se voit au musée des Petits-Augustins, est composé de quatre statues de bronze de grandeur naturelle, représentant des vertus assises sur des piédestaux de marbre noir, et environnées des symboles qui les caractérisent. Plusieurs bas-reliefs offrent des allégories qui rappellent les principales actions du prince, et deux anges placés un peu plus bas que les vertus, soutiennent, l'un son épée, l'autre une table sur laquelle est gravée une inscription.

Tous les historiens de Paris ont parlé de ce monument avec la plus vive admiration; il a encore été vanté dernièrement avec une sorte d'enthousiasme par un auteur * qui devoit s'entendre aux arts; et l'on prétend que Le Bernin le regardoit comme un des chefs-d'œuvre les plus excellents de la sculpture française. Nous avouons que de tels jugements nous confondent : si l'on en excepte les bas-reliefs et l'ange qui soutient l'écusson, dans lesquels on retrouve le style de Sarrazin, les autres figures nous semblent d'une conception si médiocre, d'un dessin si faux, si mesquin, si maniéré, que nous serions tentés de croire qu'il y a ici quelque grande erreur, et que c'est faussement qu'on les a attribuées à cet habile sculpteur. On ne faisoit pas plus mal dans l'école dégénérée du dix-huitième siècle.

* M. Legrand, architecte.

Bourbon ; 2° du don que *Gilles Ménage*, l'un des plus savants hommes de son siècle, leur fit de la sienne en 1692 ; 3° de la bibliothèque de l'évêque d'Avranches, *M. Huet*, que ce prélat leur légua également par son testament.

Ils possédoient aussi un cabinet de médailles très curieux, enrichi successivement par les *PP. La Chaise et Chamillart.* Enfin leur trésor étoit rempli d'une quantité prodigieuse de chandeliers, candelabres, girandoles, vases, lampes, reliquaires d'argent ou de vermeil, soleils enrichis de diamants d'un prix très considérable, ornements d'église brodés en perles, en or, en argent, etc. (1).

BIBLIOTHÈQUE DE LA VILLE.

Cette bibliothèque, léguée au corps municipal de Paris par M. *Morian*, avocat et procureur du roi et de la ville, fut rendue publique en 1763, suivant la volonté du testateur. Transportée en 1773 de l'hôtel de Lamoignon à l'ancienne maison professe des Jésuites, elle y fut placée dans la même galerie qu'occupoit déjà la bibliothèque de ces pères. Le plafond de cette galerie, ainsi que celui de l'escalier qui y conduisoit, avoient été peints par *Gio Ghirardini*, peintre italien.

On y voyoit en outre :

Un grand tableau, sujet allégorique de la Paix, par *Hallé.*

Le buste en bronze de l'évêque de Callinique. Au bas du socle qui le soutenoit étoit une figure de la Charité entourée d'enfants. Le tout avoit été exécuté par M. *Gois*, sculpteur du roi.

---

(1) L'église a été rendue au culte.

VUE INTÉRIEURE du CLOÎTRE de Ste CATHERINE du Val-des-Ecoliers.

LES CHANOINES RÉGULIERS

DE SAINTE-CATHERINE DU VAL-DES-ÉCOLIERS.

Cette congrégation commença en 1201, et voici quelle en fut l'origine. Quatre professeurs célèbres (1) de l'université de Paris, préférant la solitude au monde, et la vie obscure et contemplative à la réputation que leurs lumières et leurs talents leur avoient acquise, se retirèrent dans une vallée déserte de la Champagne, au diocèse de Langres. Hilduin de Vandœuvre, alors évêque de cette ville, leur permit de bâtir dans ce lieu des cellules et un oratoire. Attirés par le bruit de leurs vertus, quelques écoliers abandonnèrent les universités, se rendirent dans cette solitude, et s'associèrent à leurs austérités. Ce fut cette réunion de jeunes disciples qui fit donner à la nouvelle congrégation le nom d'ordre *du Val-des-Écoliers*; ils y joignirent peu après celui de sainte Catherine, qu'ils choisirent pour leur patronne.

Guillaume de Joinville, ayant succédé à Hilduin dans l'épiscopat de Langres, se déclara le protecteur des *écoliers du Val*, et leur donna, en 1212, la vallée qu'ils habitoient, appelée *vallis Barbillorum*. Il y ajouta une chapelle qu'il avoit fondée dans ce même lieu, dix livres de rente, dix muids de vin et dix setiers de blé par an. Des lettres qu'il leur accorda la même année constatèrent cette donation, laquelle fut confirmée en 1218 par le chapitre de Langres. Ce sont sans doute ces lettres qui ont fait penser au savant abbé de Longuerue, que cet ordre n'avoit été fondé qu'en 1212 (2).

---

(1) L'histoire les nomme Guillaume, dit l'Anglais, Richard de Narcey, Évrard et Manassès.

(2) La chronique d'Albéric ne place aussi l'origine de ce couvent qu'en 1212, et sans doute par la même erreur. L'historien de la ville de Paris, qui en fixe l'époque en 1201, ne parle cependant de cet établissement que comme s'il n'eût été formé qu'en 1207, par la donation que leur fit en ce temps Guillaume de Joinville. Ces deux dates sont fausses : la donation ne fut faite, ainsi que nous l'avons dit,

On voit par le règlement, que le même Guillaume de Joinville fit pour cet ordre en 1215, que les religieux qui le composoient s'étoient soumis à la règle de saint Augustin, telle qu'elle étoit observée par les chanoines de Saint-Victor. Quatre ans après, en 1219, il fut approuvé par le pape Honorius, et dès-lors son accroissement devint si rapide que, suivant la Chronique d'Albéric, il possédoit déjà seize prieurés dans les diverses provinces de la France.

Le nombre des écoliers qui se rendoient au prieuré de Sainte-Catherine du Val s'augmentant sans cesse, et les incommodités de leur habitation (1) se faisant sentir de jour en jour davantage, ces religieux formèrent le projet de s'en procurer une autre. Robert de Torotte, évêque de Langres, instruit de leur intention, les transféra, en 1234, dans une autre vallée, sur la rive opposée de la Marne. Ce prélat leur donna en même temps une partie d'un bois qu'on nommoit *Valedom*, et toute la vallée des deux côtés depuis *Chamarande* jusques au lieu dit *les Vannes*. C'est là qu'ils élevèrent le couvent et l'église qui subsistoient encore au commencement de la révolution. Ce prélat, du consentement de son chapitre, exempta ce monastère de la juridiction épiscopale, et Paul III, par sa bulle du 13 mai 1559, l'érigea en abbaye. Leur ancienne maison existoit encore à la fin du dernier siècle, et s'appeloit *le Vieux Val.*

Cependant, dès le commencement du règne de saint Louis, les chanoines du Val, considérant l'avantage qu'il y auroit pour eux de procurer aux jeunes gens de leur ordre les moyens de se livrer aux études, et d'acquérir dans les lettres des lumières qui étoient alors un si grand titre de recommandation, pensèrent à se procurer un établissement à Paris. Jean *de Milli*, chevalier et trésorier du Temple, instruit de leur intention, engagea un bourgeois de cette ville, nommé Nicolas *Giboin*, à leur faire présent de trois arpents de terre dont il étoit propriétaire

---

qu'en 1212, ce qui est parfaitement prouvé par la Chronique d'Albéric, qui dit que Joinville procura cet établissement aux écoliers du Val la troisième année de son épiscopat; or, Joinville n'étoit pas évêque en 1207.

(1) Ils se trouvoient dans la vallée exposés à la chute des pierres qui se détachoient des rochers dont leur maison étoit environnée, aux pluies, à des neiges abondantes, dont la fonte occasionnoit des inondations qui leur faisoient craindre d'être submergés.

près la porte *Bauder*. Cette donation, faite en 1228, et confirmée la même année par Henri de Dreux, archevêque de Reims, fut suivie de celle d'un champ contigu que Pierre *de Brenne* (Braine ou Brienne) leur céda dans le même temps. Ce champ étoit cultivé, et c'est là ce qui fit donner aux nouveaux propriétaires le nom de chanoines de la *Couture*, ou *Culture*.

Une circonstance ne tarda pas à contribuer très efficacement à la fortune du nouvel établissement, et ce fut l'exécution d'un vœu fait long-temps auparavant par les sergents d'armes qui composoient alors la garde de nos rois. Institués par Philippe-Auguste, ils avoient accompagné ce prince à la bataille de Bouvines; et, dans le moment le plus critique de cette journée mémorable, frappés de terreur à la vue des dangers extrêmes qu'il y courut, ils avoient imploré le secours du ciel, et promis de faire bâtir une église si leur vaillant monarque triomphoit de ses ennemis. Soit qu'il leur fût arrivé de négliger, après la victoire, l'accomplissement de ce vœu, soit qu'en effet ils n'eussent pu se procurer sous ce règne et sous le suivant les moyens de l'accomplir, ce qui semble plus probable, ce ne fut que sous la régence de la reine Blanche qu'ils songèrent à l'exécuter, parceque la piété de cette princesse, et celle du jeune roi son fils, leur firent espérer d'en obtenir les secours qui leur étoient nécessaires. La conjoncture parut favorable pour consolider en même temps l'établissement des chanoines du Val-des-Écoliers. Il fut donc décidé que la nouvelle église, vouée par les sergents d'armes, seroit bâtie (1) sur le terrain que Giboin avoit donné à ces chanoines, et qu'ils en auroient l'administration. Guillaume d'Auvergne, alors évêque de Paris, parut d'abord vouloir mettre quelques obstacles à ces dispositions; mais il les leva

---

(1) La fondation de cette église étoit gravée sur deux pierres du portail; l'une représentoit saint Louis gravé en creux entre deux archers de sa garde; l'autre les effigies d'un chanoine régulier du Val-des-Écoliers revêtu de sa chape, et ayant aussi à ses côtés deux archers armés de pied en cap. Sur la première de ces pierres on lisoit cette inscription:

A la prière des sergens d'armes, monsieur saint Louis fonda cette église, et y mit la première pierre; et fut pour la joye de la victoire qui fut au pont de Bouvines, l'an 1214.

Sur l'autre pierre on lisoit:

Les sergens d'armes pour le temps gardoient ledit pont, et vouèrent que si Dieu leur donnoit victoire, ils fonderoient une église de Sainte-Catherine, et ainsi soit-il.

lui-même bientôt après par le consentement qu'il y donna au mois d'octobre
1229. On peut même inférer des lettres qu'il fit expédier à ce sujet, qu'avant
cette époque les chanoines avoient déjà une église, ou du moins qu'on
l'avoit commencée : *Servientes* .... *unam fabricaverunt ecclesiam ad
opus dictorum fratrum* (1).

Tout semble donc prouver que, dès l'année 1228, on travailla aux
bâtiments et à l'église. L'ouvrage dut avancer rapidement, si l'on en juge
par le nombre de ceux dont les libéralités contribuèrent à son édification.
Herbert et Chrétien, chevaliers du Temple, firent bâtir à leurs frais les
trois quarts de l'église. Geoffroi, la reine Blanche et Henri de Groslei
donnèrent entre eux une somme de 1100 livres. Guillaume Le Breton,
clerc du Temple, fit construire le réfectoire, les écoles, les chambres
d'hôtes, la chapelle de l'infirmerie et les stales du chœur. Jean de Milli,
chevalier du Temple, éleva le dortoir et le cloître. Les libéralités de

---

(1) Jaillot apporte une foule de preuves qui confirment cette opinion. « Il n'est guère possible de douter,
dit-il, que ces chanoines n'eussent commencé leur église avant cette époque, puisque le nécrologe de cette
maison assure que ce bâtiment fut achevé en 1229. *Ecclesia*..... *fundata et perfecta fuit in opere
suo anno Domini* 1229. Germain Brice dit qu'elle ne fut bâtie qu'en 1234 : son opinion seroit-elle fondée
sur les doutes des nouveaux auteurs du *Gallia Christiana*, qui ne croient pas que ce bâtiment ait été
sitôt achevé : 1° parceque dans le nombre de ceux qui ont contribué aux frais de la construction est
nommé Geoffroi, évêque du Mans, qui ne fut pourvu de cet évêché qu'en 1234 ; 2° parceque le nécrologe déjà cité porte que saint Louis mit la première pierre à cette église, après le consentement de
l'évêque, donné au mois d'octobre 1229, et que l'espace de temps qui restoit à écouler de cette année
n'étoit pas assez long pour cette construction. »

Jaillot répond à ces objections qu'en disant que saint Louis mit la première pierre au mois d'octobre
1229, cela ne doit pas s'entendre strictement de la première pose dans les fondements : le bâtiment
pouvoit être dès-lors élevé à une certaine hauteur lorsque ce prince fit cette cérémonie. On en peut
citer un exemple dans l'église de Sainte-Geneviève, commencée le 1er août 1758, et dont le roi ne
posa la première pierre que le 6 septembre 1764.

« En second lieu, dit encore Jaillot, quoique Geoffroi n'ait été élevé à l'épiscopat qu'en 1234, je ne
crois pas qu'on en puisse tirer une conséquence juste qui détruise le fait avancé dans le nécrologe : Ce
registre n'a été fait que long-temps après ; on y a donné à Geoffroi le titre d'évêque, qu'il avoit à son
décès ; mais cela ne prouve ni ne suppose qu'il fût décoré de cette dignité lorsqu'il donna 600 livres
pour la construction de l'église. Ainsi nos historiens disent que Childebert fit bâtir l'église et le monastère de Saint-Vincent (depuis Saint-Germain-des-Prés), à la sollicitation de saint Germain, évêque
de Paris, quoique ce saint n'ait été placé sur le trône épiscopal que plus de dix ans après qu'on eut
commencé les bâtiments et l'église de l'abbaye. Je crois donc devoir préférer le témoignage du nécrologe aux opinions contraires, et ne regarder celles-ci que comme des conjectures incapables de détruire
un fait constaté par un monument aussi authentique que la lettre de Guillaume d'Auvergne. »

Gilon, trésorier du Temple, servirent à construire les bâtiments de l'infirmerie, et Herbert joignit à ses premiers bienfaits celui de faire clore de murs
toute l'enceinte du monastère.

Saint Louis se mit au nombre des bienfaiteurs de cette maison, et lui donna
trente deniers par jour, dix livres de rente, un muid de blé, deux
milliers de harengs le jour des cendres, et deux pièces de drap de vingt-
cinq aunes chacune, l'une blanche et l'autre noire. Philippe-le-Hardi,
Philippe-le-Bel, Louis X, Philippe VI, Charles V et Louis XI firent
aussi des dons considérables à l'église et au monastère de Sainte-Catherine-
du-Val-des-Ecoliers. Les sergents d'armes, de leur côté, convinrent entre
eux de faire à cette église une rente qui alloit pour chacun à dix sous
quatre deniers par an.

Ils manifestèrent plus particulièrement encore, dans le siècle suivant, l'attachement qu'ils avoient pour cette communauté, en y formant une confrérie composée uniquement de membres de leur corps, et dans laquelle
ils ne pouvoient être admis qu'en donnant *deux francs d'or* lors de la
réception, et un tous les ans. Tous les mardis de la Pentecôte, les confrères
dinoient dans l'église, et l'aggrégation dans la confrérie donnoit le droit
de sépulture dans le cloître ou le chapitre (1). Après les funérailles d'un
sergent d'armes, son écu et sa masse étoient appendus dans l'église.

Cette maison ne tarda pas à devenir le collège de toute la congrégation
du Val-des-Ecoliers, et les religieux qui y étudioient étoient admis aux
degrés dans l'université. Dans la suite des temps, le relâchement s'étant
introduit dans cet ordre, le cardinal de La Rochefoucauld, autorisé par
le Saint-Siège à faire des réformes dans différentes maisons religieuses,
plaça dans celle-ci, en 1629, plusieurs chanoines de la nouvelle réforme
de Sainte-Geneviève. Cette mesure éprouva d'abord quelques difficultés
de la part de l'abbé, qui se plaignit d'un changement par lequel ses droits
étoient blessés ; mais comme les dispositions du cardinal furent confirmées par arrêt du conseil, du 5 août 1633, cet abbé prit enfin le parti, en
1636, d'unir son ordre à celui de la congrégation de Sainte-Geneviève, et

---

(1) On voyoit encore, du temps de Henri III, plusieurs de leurs tombeaux ; mais le cloître ayant été
rebâti, il ne reste plus aucun vestige de ces monuments.

le prieuré de Paris servit depuis de noviciat à ceux qui désiroient devenir chanoines réguliers.

Les choses restèrent en cet état jusqu'au 23 mai 1767, que le roi jugea à propos de faire transférer les chanoines de la Couture-Sainte-Catherine dans la maison que les Jésuites occupoient jadis rue Saint-Antoine, et de destiner l'emplacement de leur église et de leurs bâtiments, déjà caducs, à la construction d'un marché public, ce qui fut exécuté.

Lors de l'introduction des chanoines réguliers de Sainte-Geneviève dans cette maison, le cloître du couvent et le portail de l'église avoient été rebâtis à neuf, tous les deux par le même architecte (1), mais dans un goût bien différent l'un de l'autre. Il se conforma, pour le premier édifice, au caractère des anciens bâtiments de ce monastère, qui étoient tous d'architecture gothique, et ce cloître fut composé de doubles arcades ogives, d'une forme très élégante, et telles que nous les représentons ici. Quant au portail, il lui donna la forme d'une tour creuse, au milieu de laquelle étoit un porche soutenu par deux colonnes avancées qui mettoient à couvert la porte d'entrée. Cette tour creuse étoit entourée de pilastres, entre lesquels il plaça, de chaque côté, deux niches circulaires enfermées dans dès niches carrées, distribuées avec symétrie, et d'une forme très régulière. Les deux colonnes du porche étoient accompagnées de triglyphes, mélange qui ne se pratique, dit-on, que dans les temples consacrés aux vierges qui ont reçu la couronne du martyre. Des feuilles de palmiers en composoient les chapiteaux, et quoiqu'on pût reprocher des défauts à l'ensemble de cette composition, ces deux colonnes formant un porche quadrangulaire au milieu de cette façade, circulaire à ses extrémités, présentoient une disposition d'ordonnance assez agréable. Au-dessus s'élevoit un amortissement, sur le sommet duquel étoit la statue de Sainte-Catherine appuyée sur une roue, symbole de son martyre. Des génies placés à l'aplomb des colonnes, et sur les pilastres des tours creuses, servoient de couronnement à tout ce frontispice. Ils portoient les instruments du supplice de la sainte, et avoient été exécutés, ainsi que sa statue, et tous les ornements du portail, par *Desjardins*.

---

(1) C'étoit un religieux de cette congrégation, nommé *Decreil*. L'intérieur du cloître que nous donnons ici, relevé sur d'anciens plans, n'a jamais été gravé en perspective.

Cette église renfermoit une assez grande quantité d'objets curieux, qui furent transférés, avec la communauté, dans l'église de Saint-Louis. Nous croyons mieux suivre l'ordre que nous avons adopté, en les décrivant ici, que si nous les avions joints aux monuments de l'autre église.

CURIOSITÉS DE L'ÉGLISE DE SAINTE-CATHERINE.

TOMBEAUX ET SÉPULTURES.

Dans cette église avoient été inhumés :

Pierre d'Orgemont, chancelier de France sous Charles V et Charles VI, mort en 1389. Son tombeau (1) étoit placé dans une chapelle qu'il y avoit fondée, et qui servit depuis de sépulture à plusieurs seigneurs de sa famille.

Jacques de Ligneries, seigneur de Crosnes, président au parlement de Paris, mort en 1556.

Antoine Sanguin, connu sous le nom du cardinal de Meudon, grand-aumônier de France sous François Ier, mort en 1559.

René de Birague, chancelier de France, mort en 1583. Son mausolée (2), placé dans la chapelle qui portoit son nom, étoit de la main du célèbre *Germain Pilon*.

Valence Balbienne, femme de René de Birague, morte en 1572. Son tombeau, exécuté par le même sculpteur, étoit placé auprès de celui de son mari (3).

---

(1) Cette sculpture, qui a toute la roideur et toute la barbarie du style gothique, représente ce chancelier à genoux et les mains jointes. Il est revêtu de l'habit militaire, lequel est orné, suivant l'usage de ce temps-là, de ses armoiries brodées dans la partie inférieure de la soubreveste. Une particularité remarquable de ce monument, c'est que la figure et le vêtement sont peints de couleurs imitant le naturel. Nous ignorons à quelle époque ces couleurs y ont été appliquées, mais elles paroissent très anciennes. Il est déposé au musée des Petits-Augustins.

(2) Ce chef-d'œuvre de la sculpture française se voit dans le même musée. Le chancelier de Birague y est représenté, en bronze, à genoux devant un prie-dieu, et revêtu des marques de sa dignité. Derrière lui, un génie éploré semble éteindre un flambeau. Il est impossible de rien imaginer de plus noble et de plus vrai que la tête de cette figure. La draperie, si difficile à agencer à cause de son énorme volume, est rendue avec un art admirable; et telle est la vérité qui règne dans son exécution, que l'on y sent tout le mouvement, que l'on y retrouve en quelque sorte toutes les formes du corps, bien qu'il soit entièrement enseveli sous cette vaste simarre. Le génie n'est pas exécuté avec moins de sentiment et de délicatesse; tout enfin, dans ce monument, rappelle le bel âge de la sculpture moderne, et porte l'empreinte d'un talent du premier ordre.

(3) Cette dame y est représentée à demi couchée sur son sarcophage, appuyée sur un coussin, et tenant un livre de la main droite. La forme de sa robe, composée d'une étoffe brochée et à grands ramages, ainsi que celle de sa coiffure, offrent une image exacte et naïve des modes de cette époque; auprès d'elle est un chien, symbole de la fidélité, et à ses pieds, de même que dans l'autre monument,

Dans ce même monument étoit renfermé le cœur de Jean de Laval, marquis de Nesle, etc., second mari de Françoise de Birague, fille unique du chancelier, mort en 1578.

---

un génie en pleurs éteint un flambeau. Dans cette sculpture, non moins excellente que la première, éclatent toute la grace, tout le sentiment, toute la finesse qui caractérisent les productions de Germain Pilon; et, pour la délicatesse du ciseau, peut-être est-elle préférable même à la statue du chancelier. Le marbre nous y semble travaillé avec une facilité égale à celle qu'on admire dans les plus beaux monuments antiques; cette facilité si attrayante, lorsqu'elle est réunie à la science et au sentiment, est sur-tout remarquable dans un bas-relief placé sur la partie inférieure du sarcophage, dans lequel est représenté le cadavre de madame de Birague, consumé par la maladie et déjà défiguré par la mort. Nous croyons qu'il n'y a rien dans la sculpture française que l'on puisse mettre au-dessus de ce morceau. (Déposé dans le même musée.)

Portail de S.te Catherine
du Val des Écoliers.

LE PALAIS DES TOURNELLES.

Le palais des Tournelles, que Dubreul et son éditeur ont confondu avec l'hôtel royal de Saint-Paul, étoit une vaste maison que Pierre d'Orgemont, seigneur de Chantilli, chancelier de France et de Dauphiné, avoit fait rebâtir et qu'il s'étoit plu à orner pour en faire sa demeure. Après sa mort, il passa à Pierre d'Orgemont son fils, évêque de Paris, qui le vendit à Jean, duc de Berri, frère de Charles V. Le contrat de vente, déposé dans les archives de l'archevêché, est du 16 mai 1402 (1). En 1404, le duc de Berri le céda, par échange, au duc d'Orléans. Ce palais ne tarda pas à entrer dans les domaines de la couronne ; car, dès 1417, il est qualifié *Domus regia Tornellarum* dans les registres capitulaires du chapitre de Notre-Dame.

Les Anglais s'étant rendus maîtres de Paris, le duc de Betfort, régent du royaume au nom du roi d'Angleterre, choisit l'hôtel des Tournelles pour sa demeure, et l'agrandit en y joignant huit arpents et demi de terre qu'il acheta des religieux de Sainte-Catherine. Cette acquisition avoit été faite le 17 juin 1425, moyennant 200 liv. une fois payées, et 16 sols de chef-cens; mais on voit dans les archives de cette communauté que cette vente forcée fut cassée douze ans après, et qu'en vertu des lettres de Charles VII, données le 3 décembre 1437, les religieux rentrèrent dans leur possession.

Cet hôtel étoit si spacieux qu'il renfermoit alors tout le terrain compris entre le boulevard, la rue Saint-Gilles et celles de l'Égout et de Saint-Antoine. Charles VII et ses successeurs en préférèrent le séjour à celui de

---

(1) Sauval, qui ne connoissoit pas ce contrat, dit que cette vente se fit en 1398; D. Félibien s'est conformé à cette date. Dans un autre endroit Sauval avance que ce fut en 1404, et que ce prince l'échangea, en 1422, avec le duc d'Orléans. Cet historien ne s'étoit pas aperçu que ces dates étoient doublement inadmissibles, le duc d'Orléans ayant été assassiné en 1407, et le duc de Berri étant mort en 1416.

l'hôtel Saint-Paul (1). Louis XII y mourut; et c'est aussi dans cette maison qu'expira Henri II, blessé mortellement dans une joute par un coup de lance qu'il avoit reçu du comte de Montgommeri. Ce funeste évènement détermina, comme nous l'avons déjà dit (2), Catherine de Médicis à quitter ce palais, et Charles IX à donner l'édit du 28 janvier 1565, qui en ordonnoit la démolition.

D. Félibien a avancé que l'exécution de cet édit fut pressée avec une si grande ardeur « que bientôt, par l'ordre de la reine, on eut abattu tout ce « qu'il y avoit de bâtiments, que les jardins furent pareillement détruits, « les murailles renversées, les fossés comblés, et qu'afin qu'il n'en restât « aucun vestige, elle ordonna que la cour intérieure fût réduite en place « publique, pour servir de marché aux chevaux. » Cependant Jaillot ne pense pas que cette démolition ait été aussi prompte, et il cite à l'appui de son opinion de nouvelles lettres-patentes du 15 mai 1565, et d'autres de 1569, qui contenoient encore des dispositions à ce sujet. Sauval prétend même que par la suite Henri III y plaça des Hiéronymites; mais il y a apparence que ce fut dans des bâtiments construits exprès pour eux sur une partie du palais des Tournelles, et qu'alors cet édifice étoit entièrement démoli.

On comptoit dans cette immense demeure plusieurs préaux et chapelles, douze galeries, deux parcs, six grands jardins, un labyrinthe qu'on nommoit *Dédale*, et un septième jardin de neuf arpents, que le duc de Betfort faisoit labourer par son jardinier.

L'emplacement qu'il occupoit a été successivement couvert par la place Royale, et par les rues dont elle est environnée.

Sauval a dit avec raison que tant que ce palais a subsisté, et dans le temps même que nos rois l'habitoient, il devoit au prieur, et aux religieux de Sainte-Catherine, lots et ventes, cens et rentes. François Ier qui disoit avec raison que le roi ne relevoit de personne, et que tout le monde relevoit du roi, les paya lui-même à l'exemple de ses prédécesseurs : et lors-

---

(1) A l'exception de Louis XI, car on voit dans les registres de la chambre des comptes qu'en 1467 « ce prince donna à Jacques Coitier (*alias* l'Hoste), *astrologien*, la conciergerie des jardins de l'hôtel « des Tournelles, et les profits, sa vie durante.» L'année suivante il appartenoit à la comtesse d'Angoulême.

(2) Voyez tome Ier, page 355.

VUE de la PLACE ROYALE.

que Henri IV en vendit les places vides, avec la réserve des droits seigneu-
riaux pour lui et ses successeurs, il promit aux religieux de Sainte-Catherine de les en dédommager, promesse qui fut exécutée par Louis XIII
en 1615.

LA PLACE ROYALE.

Elle fut commencée en 1604, par ordre de Henri IV, sur cette partie
de l'emplacement du palais des Tournelles qui servoit alors de marché
aux chevaux. Il y fit bâtir d'abord un vaste bâtiment de cent toises de
long sur soixante de large, dans lequel il plaça des manufactures de soie ;
et la même année vit élever une partie des constructions régulières qui
devoient former la nouvelle place. On construisit à ses frais le côté parallèle à
la rue Sainte-Antoine et le pavillon qui fait face à la rue de la chaussée des
Minimes ; les placés des trois autres côtés ayant été ensuite distribuées par
portions égales, on les céda à des particuliers pour un écu d'or de cens, à
la charge de bâtir toutes les maisons sur un plan symétrique et entièrement
semblable au dessin de celles que le roi avoit fait édifier, lesquelles furent vendues depuis à des particuliers. Des lettres-patentes de ce prince, du mois de
juillet 1605, ordonnèrent que cette place seroit appelée *Place Royale.*

L'enceinte en fut achevée en 1612 (1). Elle offre dans son intérieur une
surface de soixante-douze toises en carré. Tous les édifices qui la composent forment autant de pavillons bâtis de pierre et de brique, et couverts
séparément d'un comble à deux égouts. Au pied de ces façades, règne une
suite d'arcades, formant une galerie couverte de douze pieds dans œuvre
sur environ douze pieds de hauteur. Ces galeries sont voûtées en cintre
surbaissé, construites des mêmes matières que les pavillons, et décorées
du côté de la place d'un ordre toscan de vingt-deux pouces de diamètre,
sans entablement ni corniche. Au-dessus de cet ordre s'élèvent deux,

____

(1) Le 5 avril de cette même année, Marie de Médicis y donna le spectacle d'un magnifique carrousel,
qu'elle avoit ordonné à l'occasion de la double alliance contractée entre la France et l'Espagne.

rangs d'étages, non compris les logements pratiqués dans les combles. Les entrées des rues Royale, des Minimes et du pas de la Mule sont pratiquées sous les arcades de trois de ces pavillons. Celle de la rue de l'Écharpe est à découvert, et interrompt seule la clôture des bâtiments.

Entre tous ces corps de logis se remarquent deux pavillons beaucoup plus élevés que les autres, et sous lesquels sont ouvertes deux des entrées dont nous venons de parler (1). Ces deux pavillons sont décorés de pilastres d'ordre dorique de vingt pouces de diamètre, couronnés d'un entablement composé, au-dessus duquel s'élèvent également deux étages surmontés d'un grand comble qui domine sur tous les autres combles de la place.

Au devant de ces galeries est une chaussée pavée de quarante pieds de largeur, établie pour le passage des voitures. Cette chaussée, du côté opposé aux galeries, est bordée d'une grille de fer, renfermant un grand préau orné de gazons et d'allées sablées. C'est au milieu de cette enceinte que le cardinal de Richelieu fit placer, le 27 septembre 1639, la statue équestre de Louis XIII. — Elle étoit élevée sur un piédestal de marbre. Ce prince y étoit représenté le casque en tête, vêtu à la romaine, retenant d'une main la bride de son cheval et étendant l'autre en signe de commandement. La figure, exécutée par *Biard* le fils, sculpteur très médiocre, passoit pour un très mauvais ouvrage; mais les connoisseurs donnoient de grands éloges au cheval qui, de même que celui de la statue de Henri IV, n'avoit point été fait pour le monument auquel il étoit adapté. *Daniel Ricciarelli*, élève de Michel-Ange, l'avoit exécuté, dit-on, pour y placer une statue de Henri II. La mort l'empêcha de terminer ce grand ouvrage, et c'est ce qui en fit changer la destination (2).

Sur les faces du piédestal étoient placées des inscriptions à la louange de Louis XIII et de son ministre (3).

---

(1) Celles des rues Royale et des Minimes.

(2) Cette statue a été abattue le 10 août 1792.

(3) Sur la face qui étoit du côté de la rue Saint-Antoine, on lisoit :

« Pour la glorieuse et immortelle mémoire du très grand et très invincible Louis-le-Juste, XIIIᵉ du
« nom, roi de France et de Navarre. *Armand, cardinal et duc de Richelieu,* son principal ministre
« dans tous ses illustres et généreux desseins, comblé d'honneurs et de bienfaits par un si bon maître

Ce ne fut qu'en 1685, sous le règne de Louis XIV, que fut élevée la grille qui entoure ce monument : on la doit à la libéralité des proprié-

---

« et un si généreux monarque, lui a fait élever cette statue, pour une marque éternelle de son zèle, « de sa fidélité et de sa reconnoissance. 1639. »

Sur la face du côté des Minimes :

Ludovico XIII, Christianissimo Galliæ et Navarræ regi, justo, pio, felici, victori, triom-phatori, semper augusto, Armandus, cardinalis, dux Richelius, præcipuorum regni onerum adjutor et administer, domino optimè merito, principique munificentissimo, fidei suæ devotionis, et ob innumera beneficia, immensosque honores sibi collatos, perenne grati animi monimentum, hanc statuam equestrem ponendam curavit, anno dom. 1639.

Sur la face à droite :

POUR LOUIS-LE-JUSTE.

SONNET.

Que ne peut la vertu? que ne peut le courage?
J'ai dompté pour jamais l'Hérésie en son fort.
Du Tage impérieux j'ai fait trembler le bord,
Et du Rhin jusqu'à l'Ebre accru mon héritage.

J'ai sauvé par mon bras l'Europe d'esclavage,
Et si tant de travaux n'eussent hâté mon sort,
J'eusse attaqué l'Asie, et d'un pieux effort,
J'eusse, du saint tombeau, vengé le long servage.

Armand, le grand *Armand* *, l'ame de mes exploits,
Porta de toutes parts mes armes et mes lois,
Et donna tout l'éclat aux rayons de ma gloire.

Enfin il m'éleva ce pompeux monument,
Où pour rendre à son nom mémoire pour mémoire,
Je veux qu'avec le mien il vive incessamment.

Sur la face à gauche :

Quod bellator hydros pacem spirare rebelles,
Deplumes trepidare aquilas, mitescere pardos,
Et depressa jugo submittere colla leones;
Despectat Lodoicus, equo sublimis aheno,
Non digiti, non artifices fecere camini,
Sed virtus et plena Deo fortuna peregit.
Armandus vindex fidei pacisque sequester,
Augustum curavit opus; populisque verendam
Regali voluit statuam consurgere circo,
Ut post civilis depulsa pericula belli,
Et circum domitos armis felicibus hostes,
Æternum Dominâ Lodoicus in urbe triumphet.

* On doit remarquer, pour l'honneur du cardinal de Richelieu, que ce sonnet, composé par Desmarets de Saint-Sorlin, ne fut gravé sur ce piédestal que long-temps après la mort de ce ministre.

taires des trente-cinq pavillons qui la composent, lesquels donnèrent chacun à cet effet une somme de 1000 liv. — Ces maisons étoient alors regardées comme les plus grandes et les plus superbes habitations de Paris ; elles servoient de demeure à ce qu'il y avoit de plus illustre à la cour et à la ville : elles sont aujourd'hui presque abandonnées , ainsi qu'une partie de celles qui les environnent , ou du moins elles sont devenues l'asile de la médiocrité et même de l'indigence.

Statue Equestre de LOUIS XIII.

LES MINIMES DE LA PLACE ROYALE.

Nous avons déjà fait connoître en parlant des Minimes de Chaillot (1), vulgairement connus sous le nom de *Bons-Hommes*, tout ce qui a rapport à l'origine et à l'établissement en France de ces religieux. On a vu que leur premier couvent avoit été bâti sur le terrain de l'ancien manoir de *Nijon*, et le second, établi dans le monastère *de Grandmont*, situé au milieu du bois de Vincennes. Les choses restèrent en cet état jusqu'au commencement du 17ᵉ siècle.

Vers la fin du siècle précédent, les Minimes de Chaillot qui désiroient vivement former un établissement dans l'intérieur même de Paris, avoient été sur le point de voir leurs vœux exaucés par la libéralité de *Henri de Joyeuse*, d'abord duc, pair et maréchal de France, connu depuis dans l'histoire sous le nom de Père-Ange de Joyeuse, capucin. Cet homme célèbre ayant pris l'habit de Saint-François, le 4 septembre 1587, avoit légué en 1588 une portion de son hôtel (2) aux Minimes de Chaillot, à la charge par eux de remplir différentes fondations ; mais il changea presque aussitôt de disposition, et le donna en entier aux Minimes de la province de France, sous d'autres conditions, qui sont étrangères à l'objet que nous traitons ici.

Leurs espérances ayant été frustrées de ce côté, ils sembloient avoir entièrement renoncé à leur projet, lorsqu'environ vingt ans après, *Olivier Chaillou*, chanoine de Notre-Dame, et descendant d'une sœur de S. François-de-Paule, fondateur de leur ordre, entra dans le couvent des Minimes de Chaillot, et par le don qu'il leur fit de tous ses biens, les mit en état d'acheter une partie du parc des Tournelles, et de bâtir

____

(1) Voyez Tome Iᵉʳ, page 507.

(2) Cet hôtel, situé dans le quartier du Palais-Royal, étoit contigu à celui que le cardinal de La Rochefoucauld céda aux religieuses de l'Assomption. Il y en eut même une petite portion d'enclavée dans ce monastère.

les lieux qu'ils y ont occupés depuis jusqu'à la fin de la monarchie. Nos his-
riens ont fort varié sur la date de cet établissement, qu'il faut fixer, avec
Jaillot, à l'année 1609, date du contrat par lequel M. de Vitri vendit
au provincial des Minimes une place sur laquelle avoient été situés les
bâtiments élevés dans le parc des Tournelles par Henri III, pour y établir les Hiéronymites. L'achat de ce terrain, qui ne composoit qu'une
portion du jardin de ce seigneur, fut bientôt suivi de l'acquisition d'un
autre morceau de terre situé à l'extrémité de ce même jardin, et la totalité de l'emplacement forma environ 2000 toises de superficie. Henri IV
donna en 1610 des lettres-patentes qui autorisèrent cette transaction,
laquelle fut confirmée la même année par de nouvelles lettres de
Louis XIII, etc.

Les Minimes se contentèrent d'abord d'élever sur cet emplacement
quelques légers bâtiments construits à la hâte et une petite chapelle où
la messe fut célébrée, pour la première fois, le 25 mars 1610, jour de l'annonciation, circonstance qui engagea sans doute à désigner cette maison
sous le nom de l'*Annonciade*.

Il n'y a pas d'apparence qu'ils eussent pu de long-temps y établir un
monastère, si Marie de Médicis n'eût eu la pensée de se déclarer fondatrice
de ce couvent. Afin de mériter ce titre d'une manière vraiment digne d'elle,
elle fit d'abord rembourser aux Minimes la somme qu'ils avoient payée pour
le prix de leur acquisition, et ordonna aussitôt la construction de l'église
qui a subsisté jusqu'à la destruction de cet ordre. Le cardinal de Gondi y
mit la première pierre au nom de cette princesse, et le 4 mai 1630,
M. de La Vieuville, petit neveu de Saint-François-de-Paule, posa celle du
maître-autel, lequel fut sans doute élevé et décoré par sa libéralité; car il
est qualifié de fondateur dans l'inscription qui y fut gravée. L'église
fut dédiée le 29 août 1679, sous l'invocation du saint instituteur de
l'ordre des Minimes.

Cette église, construite sur les dessins de François Mansard, étoit
remarquable par son portail, élevé après coup, et qui passa long-temps
pour un bon morceau d'architecture. C'étoit un de ces frontispices si communs dans nos églises modernes, lesquels présentent plusieurs ordonnances
de colonnes, élevées les unes sur les autres, dans une forme pyramidale;
sorte de décoration qui ne se rattache en aucune manière à l'édifice; qui,

dans sa construction, ne présente aucun but d'utilité, et que nous avons
déjà signalée comme un des abus les plus déplorables du faux goût qui a
régné si long-temps en France dans l'architecture. Ce portail étoit composé au rez-de-chaussée d'un ordre dorique, surmonté d'un fronton triangulaire, au-dessus duquel s'élevoit un ordre composite, que couronnoit
un second fronton de forme circulaire. Toute cette composition avoit une
sorte d'éclat ; mais quoiqu'elle ait été mise par les critiques du siècle
dernier au rang des monuments français les plus recommandables, l'assemblage bizarre de tant de parties incohérentes ne pouvoit satisfaire les
yeux d'un homme de goût.

Plusieurs bienfaiteurs de la plus haute distinction, entre autres M. le
marquis de Sourdis, MM. Lefevre d'Eaubonne et d'Ormesson joignirent
leurs dons à ceux de la reine et du marquis de La Vieuville. Tant de bienfaits et une si haute protection procurèrent aux Minimes des moyens
suffisants, non seulement pour joindre des bâtiments vastes et commodes
à l'église qu'ils venoient de faire bâtir, mais encore pour l'enrichir et la
décorer de manière à la rendre digne de l'attention des curieux.

CURIOSITÉS DE L'ÉGLISE ET DE LA MAISON DES MINIMES.

TABLEAUX.

Sur le maître-autel, lequel étoit orné de six colonnes d'ordre corinthien en marbre de
Dinan, une très belle copie de la descente de croix de *Daniel de Volterre*.

Dans la première chapelle à gauche du sanctuaire, saint François de Paule ressuscitant
un enfant, par *Simon Vouet*.

Sur les panneaux de la boiserie de cette chapelle, les principaux traits de la vie de ce
saint, par les élèves du même peintre.

Dans la chapelle de Villacerf, une copie du saint Michel de *Raphaël*.

Dans la chapelle de Saint-François-de-Sales, qui étoit hors-d'œuvre et d'un plan
octogone, un tableau où ce saint étoit représenté, par un peintre inconnu (1).

Dans la cinquième chapelle, les Anges portant le corps de Jésus-Christ, par un peintre
inconnu.

---

(1) Cette chapelle étoit décorée de pilastres composites à cannelures dorées ; le plafond en calotte
étoit chargé de sculptures qui se détachoient sur un fond doré.

Dans la sixième, sainte Marguerite et un autre tableau, vœu des prevôt des marchands et échevins, aussi sans nom d'auteur.

Dans la troisième chapelle à droite, le sommeil de saint Joseph, excellent tableau de *Philippe de Champagne*.

Dans la quatrième, une Sainte-Famille, peinte par *Sarrazin*, sculpteur.

Dans la cinquième, dite chapelle de *Castille*, le mystère de la Trinité, par *La Hire*.

Sur l'autel de la sixième, dite de *Verthamont*, un Christ accompagné de trois figures.

Dans la première sacristie, un tableau représentant saint Pierre dans la prison. Ce morceau, qu'on estimoit sur-tout pour l'effet de lumière, étoit sans nom d'auteur.

A côté, saint François de Paule délivrant de la peste les habitants de Fréjus, par *Depape*.

A droite, Louis XI allant au-devant du saint ermite, par *Dumont le Romain*.

Dans le fond, le même saint traversant le phare de Messine sur son manteau, par *Noël Coypel*.

Dans la deuxième sacristie, une Descente de Croix, par *Jouvenet*.

Vis-à-vis ce tableau, saint François de Paule rendant la vue à une jeune fille, par *Dumont le Romain*.

En face des croisées, un grand tableau de *Largillière*, représentant l'érection d'un prevôt des marchands, lors de l'avènement de Philippe V au trône d'Espagne.

Dans le chapitre qui joignoit cette pièce, une suite de peintures en grisaille attribuées à *La Hire*, et représentant les principaux traits de la vie de Jésus-Christ. Ces morceaux jouissoient de la plus haute estime. — Sur l'autel étoit un très beau tableau représentant Notre-Seigneur crucifié (1).

SCULPTURES.

Sur le maître-autel de l'église, les statues de la Vierge et de saint François de Paule, par *Guérin*.

Dans la quatrième chapelle à droite, des sculptures d'ornement, par *Sarrazin*.

TOMBEAUX.

Dans la chapelle de Villacerf, laquelle étoit ornée de colonnes torses, avec festons et pampres, on voyoit le portrait en médaillon d'Édouard Colbert de Villacerf, surintendant des bâtiments du roi. Ce médaillon, exécuté par *Coustou* l'aîné, étoit entouré d'une draperie. Une table de marbre offroit au-dessous l'épitaphe de ce ministre (2).

---

(1) Les galeries qui régnoient au-dessus du cloître étoient également ornées de peintures. On y remarquoit une Magdeleine et un Saint-Jean dans l'île de Pathmos, ouvrages du père *Nicéron*, religieux de cette maison, et fameux mathématicien. Ces deux tableaux, peu remarquables sous le rapport de l'art, étoient extrêmement curieux comme prestiges d'optique. A mesure que le spectateur s'en approchoit, le sujet principal s'évanouissoit, et l'on n'apercevoit plus qu'un paysage.

(2) Ce médaillon, déposé au Musée des monuments français, est du bon faire de cet habile sculpteur. Les cheveux y sont traités sur-tout avec une grande vérité.

La chapelle de Saint-François-de-Sales renfermoit le mausolée du duc de La Vieuville, ministre d'état sous Louis XIII et Louis XIV, mort en 1653, et de dame Marie Bouhier son épouse, morte en 1663 (1).

Dans la chapelle de Bon-Secours, la quatrième à gauche, avoient été inhumés, Diane de France, duchesse d'Angoulême, fille naturelle de Henri II, morte en 1619 (2); Charles de Valois, duc d'Angoulême, fils naturel de Charles IX, mort en 1650 (3).

Dans un caveau pratiqué sous sa chapelle étoient renfermés les cercueils de Charlotte de Montmorency son épouse, morte en 1636; de Marie Touchet, sa mère, morte en 1638, et de presque tous les princes et princesses de sa famille.

Dans la cinquième chapelle du même côté étoient déposés trois ossements du B. Jean-de-Dieu, et l'on y lisoit les épitaphes de plusieurs personnes de la famille Lecamus qui y avoient leur sépulture.

Dans la chapelle de Sainte-Marguerite avoit été inhumé Octave de Périgny, président en la troisième chambre des enquêtes, et précepteur de Louis de France, dauphin de Viennois.

La chapelle Saint-Nicolas renfermoit le mausolée en marbre blanc du premier président Le Jay et de Magdeleine Marchand (4), son épouse; les bustes de Guillaume Leserat, seigneur de Lancrau, et de Charles Le Jay, baron de Maison-Rouge (5).

Dans la troisième à droite avoit été inhumé Abel de Sainte-Marthe, doyen de la cour des aides, garde de la bibliothèque royale de Fontainebleau.

Dans la chapelle de Castille étoit le mausolée de Pierre de Castille, orné de deux génies en bronze qui éteignoient un flambeau.

Le réfectoire de ces religieux étoit immense, et éclairé par neuf croisées, auxquelles correspondoient des arcades symétriques sur lesquelles *Laurent de La Hire* avoit peint des paysages d'un très bon choix. Il avoit aussi

---

(1) (Déposé aux Petits-Augustins.) Il est représenté à genoux, revêtu des marques de sa dignité, et tenant un livre de la main gauche. Sa femme est également à genoux, avec un livre entre ses mains. Ces deux statues sont d'une assez bonne exécution, quoiqu'un peu maniérée. La tête de madame de La Vieuville annonce une femme d'une grande beauté, et se fait remarquer sur-tout par une coiffure pleine d'élégance et de simplicité.

(2) Elle est à genoux devant un prie-dieu. Très mauvaise sculpture. (Déposé dans le même Musée.)

(3) Il est couché sur des canons, et revêtu du manteau ducal. Sculpture barbare. (Déposé dans le même Musée.)

(4) La statue de Magdeleine Marchand la représente à genoux et les mains jointes, dans le costume maussade de la fin du seizième siècle. La tête a quelque naïveté, mais tout le reste est traité d'une manière rude et grossière. (Déposé dans le même Musée.)

(5) Le marbre, dans ces deux bustes, est manié avec intelligence et facilité. (Déposé dans le même Musée.)

enrichi ces salles de figures et d'ornements d'architecture imitant le bas-relief. Toutes ces peintures passoient pour excellentes.

La bibliothèque étoit composée d'environ vingt six mille volumes, parmi lesquels on comptoit plusieurs manuscrits.

Cet ordre, qui avoit toujours conservé, sans aucune altération, la règle de son institut, qui n'avoit même jamais voulu accepter les adoucissements qu'on avoit offert de lui procurer, a produit plusieurs religieux également recommandables par leurs talents et par leurs vertus, entre lesquels on doit sur-tout distinguer les PP. *Niceron, Mersenne, Plumier, Avrillon, Le Clerc, de Coste, Giry*, etc. (1).

---

(1) L'église des Minimes a été détruite ; les bâtiments ont été changés en caserne.

Les Minimes.

HÔPITAL DE LA CHARITÉ-NOTRE-DAME,

OU

LES HOSPITALIÈRES DE LA CHARITÉ-NOTRE-DAME, DE L'ORDRE DE SAINT-AUGUSTIN.

CETTE institution, à la fois sublime et touchante, où l'on voyoit de jeunes filles consacrer toute leur vie au service et au soulagement des pauvres malades, fut fondée par Simonne *Gauguin*, plus connue sous le nom de Françoise de La Croix. Dès sa tendre jeunesse, elle avoit formé le projet d'un établissement pour les personnes malades de son sexe. Sa fortune, aussi médiocre que sa naissance, étoit loin de pouvoir lui procurer les moyens de le réaliser; mais, dit Jaillot, la providence qui lui en avoit inspiré l'idée, et dont les desseins s'accomplissent malgré tous les obstacles, lui ménagea la tendresse et les secours de la dame *Hennequin*, veuve d'un procureur en la chambre des comptes de Rouen, qui l'adopta pour sa fille. Réunies ensemble, ces deux vertueuses personnes conçurent le dessein plus vaste de fonder un double hôpital pour les hommes et pour les femmes, dont le dernier seroit desservi par elles; l'autre devoit être confié aux soins des frères de la Charité. On commença cet établissement à Louviers, au diocèse d'Evreux, et il fut autorisé par des lettres-patentes, qui nommoient les religieux du tiers-ordre de Saint-François, supérieurs de ces deux-communautés. Ces dames, et les personnes qu'elles s'associèrent, avoient pris, en 1617, un habit de religieuses, sans cependant se lier encore par aucun vœu, et leur institution charitable commençoit à prospérer, lorsque la mort imprévue de madame Hennequin vint tout à coup en arrêter les progrès. Françoise de La Croix prit aussitôt la résolution de venir à Paris, avec quelques unes de ses compagnes, pour former un nouvel établissement dans cette capitale. Elles y arrivèrent en 1623, et se logèrent d'abord au faubourg Saint-Germain, rue du Colombier ; l'archevêque de Paris ayant permis cet établissement par ses constitutions du 25 novembre 1624, les lettres-patentes qui le confirmoient leur furent accordées au mois de janvier de l'année suivante, et enregistrées le 16 mars 1626. Les libéralités de madame d'Orsai mirent bientôt ces religieuses en état de louer une grande maison rue des Tournelles ; mais M. Faure, maître-d'hôtel ordinaire du roi, mérita sur-tout le titre de fondateur, en leur donnant de quoi acheter cette maison, et fonder douze lits *pour les femmes ou filles malades, qui, nées dans une condition honnête, mais sans fortune, se font une peine de se rendre à l'Hôtel-Dieu.* M. Faure ne vécut que trois heures après cette fondation, laquelle fut exécutée avec tant de zèle par sa veuve, que la plupart des historiens de Paris lui ont aussi donné le titre de fondatrice.

Cependant, ce qu'on aura peine à croire, les frères de la Charité et les administrateurs de l'Hôtel-Dieu, égarés par des passions intéressées, ou plutôt par un esprit de vertige qu'on ne sauroit expliquer, virent avec déplaisir l'établissement d'une maison qui diminuoit réellement leurs fatigues et leurs dépenses, en multipliant les soins et les secours donnés aux malades, et formèrent opposition à l'enregistrement des lettres-patentes que Marie de Médicis avoit procurées aux Hospitalières. Le parlement n'eut aucun égard aux motifs d'opposition qu'ils présentèrent, et mit les parties hors de cour et de procès ; mais comme il n'enregistra les lettres-patentes qu'avec des modifications qui changeoient le plan de l'établissement, les Hospitalières obtinrent deux lettres de jussion pour l'enregistrement pur et simple auquel le parlement se conforma en 1628. Le 9 juin de cette année, M. de Gondi donna une nouvelle permission, et le 12 du même mois, Françoise de La Croix et ses compagnes furent mises en possession de leur hôpital, en présence de Marie de Médicis. Un an après, elles firent leurs vœux ; et leur ordre fut approuvé par Urbain VIII, le 20 décembre 1633.

Aux trois vœux ordinaires, ces religieuses ajoutoient celui de se consacrer au service des pauvres malades. Elles suivoient la règle de saint Augustin (1).

---

(1) Cette maison se faisoit honneur d'avoir servi de retraite à *Françoise d'Aubigné*, marquise de Maintenon, avant son séjour à la cour de Louis XIV.

La grande salle contenoit vingt-trois lits destinés à recevoir gratuitement les pauvres femmes et filles malades. Sur l'autel de la chapelle étoit
une Nativité peinte par *Coypel* (1).

LES FILLES DE LA SOCIÉTÉ DE LA CROIX.

Nous avons déjà parlé de cet établissement formé à Roye par les soins de
M. Guerin, curé à Amiens (2). Nous avons raconté comment, étant venues
se réfugier à Paris pour échapper aux désastres de la guerre, ces filles y furent
accueillies par une vertueuse dame nommée Marie *Luillier*, qui voulut
même aller s'établir avec elles dans l'asile qu'elle leur avoit procuré à
Brie-Comte-Robert. Enfin, on n'a point sans doute oublié que le refus
fait par quelques-unes des sœurs de s'engager avec elle par des vœux
solennels, à la profession religieuse, occasionna une scission dans ce petit
troupeau, dont une partie resta encore quelque temps à Brie-Comte-
Robert, pour venir s'établir ensuite à Paris, rue des Barres, tandis que
l'autre alla sur-le-champ rejoindre madame Luillier, déjà établie dans
cette capitale, rue de Vaugirard. Ceci se passa en 1643.

Ce fut alors que cette dame acheta des sieurs Villebousin l'hôtel *des
Tournelles*, c'est-à-dire une portion du terrain sur lequel il avoit été situé.
Les bâtiments dont il étoit composé se trouvèrent suffisants pour y installer
sa nouvelle communauté (3). Madame la duchesse d'Aiguillon, qui s'étoit
déclarée fondatrice des filles de la Croix, et qui, à ce titre, leur avoit
donné, par contrat, une somme de 30,851 liv., leur procura, de plus,
un autre établissement à Ruel, lequel fut autorisé par lettres-patentes
données en 1655.

____

(1) On a établi dans les bâtiments de cette communauté une filature en faveur des indigents.
(2) Voyez page 468.
(3) Ces bâtiments sont maintenant occupés par des particuliers.

LES RELIGIEUSES DE LA VISITATION

DE SAINTE-MARIE.

Personne n'ignore que cet ordre célèbre doit son institution à saint *François-de-Sales*, qui en jeta les fondements dans la petite ville d'Anneci, résidence des évêques de Genève, le 6 juin 1610. Ce ne fut, dans son origine, qu'une assemblée ou congrégation de filles et de veuves, dont l'objet étoit de visiter, de consoler les malades, et de soulager les pauvres en l'honneur de Dieu, et en mémoire de la visite que la sainte Vierge fit à sainte Elisabeth. Ces personnes gardoient la chasteté, la pauvreté et l'obéissance, portoient un habit séculier, mais modeste, ne s'obligeoient point à garder la clôture, et n'étoient engagées à ces exercices de piété et de charité que par un vœu simple. Le saint prélat pensoit, comme il le dit lui-même dans ses lettres, « que les vœux simples sont aussi « forts que les vœux de tous les ordres de religion, pour obliger la « conscience à leur observation », et le savant cardinal Bellarmin étoit du même sentiment. Cependant, malgré les avantages qui résultoient de ces congrégations, et particulièrement de celle-ci, saint François-de-Sales, sollicité par l'archevêque de Lyon, Denis *de Marguemont*, crut devoir sacrifier sa façon de penser aux instances de ce prélat, et consentit, peu de temps après l'institution de cette communauté, qu'elle devînt un ordre religieux. Elle fut donc érigée en titre par un bref de Paul V, du 23 avril 1618, sous la règle de saint Augustin, et saint François-de-Sales fut commis lui-même pour en régler les constitutions, qui furent approuvées par le même pontife le 9 octobre de la même année, et confirmées par Urbain VIII en 1626.

La réputation d'un ordre aussi utile se répandit bientôt par-tout, et ce succès fit naître au saint instituteur, qui se trouvoit alors à Paris, le dessein de lui procurer une maison dans cette capitale. Il écrivit à cet effet à la célèbre Jeanne-Françoise *Frémiot*, veuve de Christophe de Rabutin, baron de Chantal, qui, non moins zélée que lui pour le nouvel institut, avoit tout sacrifié pour le former, et en avoit été nommée première supérieure. A la réception de sa lettre, elle partit de Bourges, où elle étoit alors occupée à l'établissement d'un monastère de son ordre, et se rendit à Paris avec trois de ses religieuses. Arrivée dans cette ville le 6 avril 1619, elle alla demeurer chez madame Gouffier, au faubourg Saint-Marcel, et ne tarda pas à obtenir de M. Henri de Gondi, cardinal de Retz et évêque de Paris, la permission de se fixer dans cette ville. Les lettres-patentes du roi, à cet effet, furent données au mois de juin suivant (1). Madame de Chantal se rendit alors, avec son troupeau, au faubourg Saint-Michel, où on leur avoit préparé une maison. La douceur de cet institut, qui n'exigeoit ni le chant des offices, ni les abstinences ou jeûnes particuliers, ni l'austérité qui se pratiquoit dans les autres ordres monastiques, excita dans ceux-ci quelques inquiétudes, et fit même naître, de la part de quelques uns d'entre eux, des représentations auxquelles on n'eut aucun égard. Les motifs mêmes qu'on alléguoit pour empêcher l'établissement des Filles de Sainte-Marie, ne firent qu'en accélérer les progrès, et tant de personnes s'y engagèrent, qu'en moins de trente ans elles possédèrent trois maisons dans Paris.

Dès l'année 1621, ces religieuses furent transférées dans un logement plus vaste et plus commode, situé rue du Petit-Musc et de la Cerisaie (2); mais cet hôtel ne se trouvant bientôt plus assez grand pour le nombre de personnes qui entroient dans leur ordre, la dame Hélène-Angélique *l'Huillier*, bienfaitrice et supérieure de l'établissement, acheta l'hôtel de Cossé, rue Saint-Antoine, dont le jardin étoit contigu à celui des religieuses. On travailla de suite aux bâtiments nécessaires à une commu-

---

(1) Elles furent enregistrées le 5 avril 1621, et ratifiées par Louis XIV en 1651.

(2) On l'appeloit hôtel du Petit-Bourbon. Il fut confisqué, ainsi que tous les biens du connétable de Bourbon, et vendu à François de Kervenoi le 10 décembre 1554, moyennant 6,125 liv. La dame de Kervenoi le rétrocéda au roi le 16 décembre 1576; les filles de la Visitation en firent l'acquisition le 18 février 1621, et cette acquisition fut amortie par deux lettres-patentes, l'une du mois d'avril suivant, enregistrée au parlement le 3 juillet de la même année; l'autre du mois d'août, enregistrée à la chambre des comptes le 10 septembre de ladite année 1621.

nauté, et le 14 août 1629 les religieuses s'y rendirent, sans être obligées de sortir de leur enclos (1).

Le commandeur de Silleri, ami de madame de Chantal, donna une somme considérable pour faire bâtir l'église, dont il posa la première pierre le 31 octobre 1632. Elle fut achevée en moins de deux ans, et dédiée le 14 septembre 1634, sous le titre de *Notre-Dame-des-Anges*, par Fremiot, archevêque de Bourges, frère de madame de Chantal. Cette église, qui est du dessin de François *Mansart*, fut édifiée sur le modèle de Notre-Dame de la Rotonde à Rome.

« L'ensemble en est agréable, dit un habile architecte du siècle
« passé (2), et l'on trouve dans le plan l'idée première du dôme des
« Invalides, idée que Jules Hardouin Mansard, neveu de celui-ci,
« agrandit et perfectionna beaucoup, pour produire son chef-d'œuvre
« plus de quarante ans après.

« L'église de Sainte-Marie put ajouter à la réputation de François
« Mansard; il n'avoit pas encore produit alors les nombreux édifices qui
« l'ont rendu célèbre. Cependant il faut convenir que ni le plan, ni
« l'élévation ne donnent l'idée de cette pureté de goût, et de ce soin
« d'exécution qu'on lui attribue, et dont il a fait preuve dans beaucoup
« d'autres ouvrages. »

Louis XIII, qui avoit confirmé l'établissement général de cet ordre par ses lettres-patentes de 1620, enregistrées le 5 avril suivant, en accorda de particulières à la maison de Paris au mois d'octobre 1630. Son successeur fit don à ces religieuses, par son brevet du 12 juin 1643, de trois places entre la porte Saint-Antoine, la Bastille, et leur monastère, à la charge d'y faire bâtir des *maisons de même décoration et symétrie*, et il confirma ce don par ses lettres-patentes du mois de septembre de la même année, enregistrées le 13 mai de l'année suivante.

---

(1) C'est apparemment à ces émigrations qu'il faut attribuer les différentes époques que les historiens de Paris ont données à l'établissement des filles de la Visitation. L'abbé Lebœuf et M. Robert donnent à tort pour époque l'année 1628. L'éditeur de Dubreul se trompe plus grossièrement encore en faisant venir ces religieuses au faubourg Saint-Michel en 1612, et Le Maire en les établissant rue Saint-Antoine en 1619; enfin l'auteur du *Calendrier historique* a renchéri sur ces fautes en plaçant ces religieuses, à leur arrivée, rue du Faubourg Saint-Jacques en 1623.

(2) M. Legrand.

CURIOSITÉS DE L'ÉGLISE DE LA VISITATION.

TABLEAUX.

Dans une chapelle, un saint Augustin, par *Restou* fils.

Dans le chapitre, une Descente de Croix, par *La Hire*.

SÉPULTURES.

André Fremiot, archevêque de Bourges, et frère de madame de Chantal, avoit sa sépulture dans une chapelle à gauche en entrant.

Sous les marches de la même chapelle étoit inhumé *François Fouquet*.

Et dans le même endroit, *Nicolas Fouquet* son fils, si connu par sa faveur et par sa disgrace (1).

---

(1) L'église est maintenant destinée au culte des Réformés.

Les Filles Ste Marie.

LA PORTE SAINT-ANTOINE.

Lorsque Charles V fit bâtir la nouvelle enceinte dont nous avons si souvent parlé, on ne peut douter qu'il n'ait fait en même temps élever une porte pour servir de communication entre la ville et le faubourg Saint-Antoine. On trouve en effet différents actes qui font mention de cette porte, et plusieurs même en parlent comme d'une espèce de forteresse. Le monument qui l'a remplacée, et dont nous offrons ici une représentation, ne fut construit que très long-temps après. Cependant, quoique cette époque soit assez rapprochée de nous, les historiens n'en ont pas moins varié sur sa véritable date, les uns plaçant son érection sous le règne de Henri II, d'autres soutenant qu'elle fut construite en 1573, pour l'entrée solennelle que fit Henri III, en qualité de roi de Pologne. Jaillot présente, comme une preuve décisive contre ces assertions, une inscription conservée par Dubreul, laquelle porte que cet arc de triomphe avoit été construit dès les fondements l'an 1585, et par conséquent plus de dix ans après le retour de Henri III. Mais cet habile critique n'a pas fait attention qu'il détruit lui-même cette preuve quelques lignes plus bas, en rappelant les bas-reliefs dont *Jean Goujon* avoit décoré ce monument; et personne n'ignore que ce sculpteur célèbre étoit mort avant l'avènement de ce dernier prince au trône de France. Les mêmes contradictions se retrouvent dans ce que ces historiens rapportent sur la reconstruction de cette porte. Sauval et Delamare avancent qu'elle fut bâtie sur l'emplacement de l'enceinte. Quelques-uns parlent d'un arc de triomphe élevé au-devant de la première porte Saint-Antoine, auquel on ajouta depuis deux portiques qui en dégageoient l'entrée, en même temps qu'on abattit l'ancienne construction gothique. Ceux-là prétendent qu'on en conserva les sculptures lorsqu'on la rebâtit en 1660.

Le plan de Saint-Victor, gravé par Dheulland, et celui de Gomboust, peuvent servir à jeter quelques lumières dans ces récits contradictoires. Le premier ne nous offre qu'une simple porte, telle qu'on les construisoit

VUE DE LA PORTE St ANTOINE . (côté du Faubourg)

alors, placée entre la rue Jean Beausire et celle des Tournelles. Le second
nous fait voir une porte semblable située au lieu même où fut bâtie depuis
celle dont nous parlons. Elle est accompagnée d'un pont jeté sur le fossé,
pour communiquer avec le faubourg, et de retraites en forme de tourelles,
comme celles du Pont-Neuf; au milieu s'élève une autre porte, ou arc
triomphal, que Jaillot présume avoir été effectivement construit lors de
l'entrée de Henri III. Mais il prétend ensuite, sans en donner aucune preuve,
que ce monument n'est pas le même auquel *François Blondel* fut chargé
d'ajouter de nouveaux ornements, lorsque, sous le règne de Louis XIV,
on eut décidé de faire des principales portes de la ville autant d'arcs de
triomphe destinés à rappeler les souvenirs de la gloire de ce monarque. Cependant ce célèbre architecte dit lui-même que celle de Saint-Antoine fut
conservée en partie. « Ce n'est, dit-il, qu'un rhabillage, un rajustement. On
« a voulu conserver la vieille porte, parcequ'elle avoit au dehors des figures
« de fleuves en bas-reliefs, *faits de la main de l'illustre Goujon.* . . . . . .
« Je n'ai point trouvé d'autre expédient plus commode que de joindre
« deux autres portes, une à chaque côté de la *vieille.* » Tout nous porte
donc à croire que cet arc de triomphe et l'ancienne porte restaurée par
Blondel ne sont qu'un même monument.

Cette restauration, commencée en 1671, se composa de deux autres
portes, ou ouvertures, que cet architecte ajouta à celle du milieu, et à peu
près dans les mêmes dimensions, ce qui donna au monument entier une
longueur de neuf toises sur sept à huit de hauteur. Il continua de chaque
côté l'ordre dorique qui en faisoit la décoration.

Sur le tympan de la porte du milieu, du côté qui regardoit la ville,
étoient sculptées en bas-relief les armes de France et de Navarre. Les
tympans des deux autres portes offroient la copie d'une médaille frappée
par ordre de la ville à la gloire de Louis XIV. Elle portoit d'un côté la
tête de ce prince, avec cette légende : *Ludovicus magnus, Francorum
et Navarræ rex.* P. P. 1671. De l'autre, une Vertu assise et appuyée
sur un bouclier aux armes de la ville, avec cette autre légende : *Felicitas
publica.* Au dessus on lisoit *Lutetia.* Dans l'attique étoit un globe entre
deux trophées d'armes, et surmonté d'un soleil, devise du monarque.

La face du côté du faubourg offroit une décoration beaucoup plus riche.
Elle étoit ornée de refends et d'un grand entablement dorique, qui régnoit

sur toute sa largeur. Au-dessus s'élevoit un attique formant une sorte de piédestal continu, que couronnoient deux obélisques placés à ses extrémités. Des niches placées entre les pilastres contenoient deux statues allégoriques, destinées à représenter les suites heureuses de la paix des Pyrénées; elles étoient de la main de François *Anguier.* Au-dessus et de chaque côté étoit un vaisseau semblable à celui que la ville de Paris porte dans ses armes. Un buste du roi, en bronze, sculpté par *Vanopstal,* étoit placé sur une console entre les deux statues ; les armes de France et de Navarre, et des trophées, surmontoient l'attique du grand arc, et remplissoient l'intérieur du fronton, sur lequel étoient encore couchées deux statues représentant la France et l'Espagne qui se donnoient la main. Enfin l'Hymen s'élevoit au-dessus de toute cette composition, tenant son flambeau, et sembloit, par son attitude, approuver et confirmer l'auguste alliance des deux grandes nations. Toutes ces figures, plus grandes de quatre pieds que le naturel, avoient été exécutées par le même *Vanopstal,* et jouissoient de beaucoup d'estime ; mais ce qu'il y avoit de vraiment admirable dans ce monument, c'étoit les deux figures de fleuves dont nous avons parlé, ouvrages de *Jean Goujon.* Elles étoient placées dans les impostes du grand arc, au-dessous de l'attique, lequel étoit composé d'une grande table de marbre noir ornée d'une inscription (1).

Les deux ouvertures latérales ne furent achevées qu'en 1672, comme il paroissoit par les inscriptions gravées sur l'attique (2).

La porte Saint-Antoine a été abattue quelques années avant la révolution. C'étoit un monument de mauvais goût sous le rapport de l'architecture, et toute l'habileté de Blondel n'avoit pu sauver l'inconvénient qui résultoit de cette réunion de parties incohérentes, et de constructions ajoutées après coup.

---

(1) Cette inscription étoit conçue en ces termes :

Paci, victricibus Ludovici XIV armis, felicibus Annæ consiliis, augustis M. Theresiæ nuptiis, assiduis Julii cardinalis Mazarini curis, portæ fundatæ, æternùm firmatæ, præfectus urbis, ædilesque sacravére. Anno M. D. C. LX.

(2) La première portoit : *Ludovico Magno, præfectus et ædiles.* Anno R. S. H. 1672.
On lisoit sur l'autre : *Quod urbem auxit, ornavit, locupletavit* P C.

VUE de la BASTILLE du côté du Pont-Levis.

LA BASTILLE.

Il n'est personne qui n'ait entendu parler de cette célèbre prison d'état, qui servit si souvent de texte aux déclamations des sophistes du dix-huitième siècle, et dont la chute a signalé la plus grande époque de notre histoire, et peut-être de l'histoire du monde entier. Germain Brice dit que c'étoit autrefois une des principales portes de la ville. Il eût été sans doute bien embarrassé s'il eût fallu en apporter la preuve ; car il est certain qu'avant le règne de Charles V les murs de la ville ne s'étendoient pas jusque-là, et il ne l'est pas moins que cette forteresse ne fut construite que sous le règne de ce prince, lorsque la guerre avec l'Angleterre eut mis dans la nécessité de fortifier la ville, et de reculer l'enceinte de Philippe-Auguste. Cette nouvelle clôture ne se composa d'abord que de fossés et d'arrières-fossés; mais Charles V, devenu roi en 1364, ayant donné l'ordre d'élever de nouveaux murs, depuis le bastion de l'Arsenal jusqu'au Louvre, Hugues Aubriot, alors prevôt de Paris, fit construire la Bastille, non pour servir de porte à la nouvelle enceinte, mais comme un château destiné à défendre la porte même, et à arrêter les forces de l'ennemi.

Nos historiens varient sur l'époque à laquelle la construction en fut commencée, depuis 1369 jusqu'à 1371. Il en est même qui prétendent que ce château n'a été que réparé par Hugues Aubriot, et qu'il subsistoit dès le règne du roi Jean, puisqu'il est dit qu'Etienne Marcel, prevôt des marchands, s'y étant réfugié pour éviter la fureur de la populace, fut massacré dans son enceinte (1) ; mais Jaillot, dont la critique est si supérieure à tous ces écrivains, donne des preuves du contraire qui nous semblent décisives, et desquelles il faut conclure avec lui que

(1) Le récit de sa mort n'est présenté de cette manière que par des écrivains sans autorité, tels que Dubreul, Piganiol, Belleforets. Nos meilleurs écrivains le font périr de la main de Maillard, qui découvrit sa conspiration. *Voyez* pag. 29.

Mezerai parle exactement, lorsqu'il dit « qu'en 1369 Hugues Aubriot « fit édifier les tours de la Bastille, près la porte Saint-Antoine, telles « qu'on les voit aujourd'hui. »

La Bastille, telle qu'elle étoit avant sa démolition, offroit un vaste édifice, dont le plan auroit figuré un parallélogramme régulier, si les deux tours du milieu de la façade qui regardoit le faubourg n'eussent formé une espèce d'avant-corps. Ces deux tours paroissoient avoir servi jadis d'entrée à ce château, car on y voyoit encore, dans les derniers temps, le cintre góthique de la porte murée, les rainures où se plaçoient les montants du pont-levis, et quelques statues de saints qui en ornoient la partie supérieure.

Cette forteresse étoit composée de huit grosses tours en pierres de taille, et jointes les unes aux autres par des massifs égaux en dimensions. On les nommoit :

<table>
<tr><td colspan="2">Du côté de la ville.</td><td colspan="2">Du côté du faubourg.</td></tr>
<tr><td>1°</td><td>La tour du Puits.</td><td>1°</td><td>La tour du Coin.</td></tr>
<tr><td>2°</td><td>———— de la Liberté.</td><td>2°</td><td>———— de la Chapelle.</td></tr>
<tr><td>3°</td><td>———— de la Bertaudière.</td><td>3°</td><td>———— du Trésor.</td></tr>
<tr><td>4°</td><td>———— de la Bassinière.</td><td>4°</td><td>———— de la Comté.</td></tr>
</table>

Elles étoient de forme ronde, et avoient chacune, hors d'œuvre, huit toises de diamètre. Les massifs, tant de ces tours que des murs qui les unissoient, offroient une épaisseur d'environ dix pieds. Le parallélogramme entier embrassoit une étendue de trente-quatre toises de long sur dix-huit dans sa plus grande largeur, aussi hors d'œuvre, et sans y comprendre la saillie des tours ; la hauteur de l'édifice, prise du sol des deux cours intérieures, étoit de soixante-treize pieds.

Il étoit entouré d'un fossé de six toises de profondeur, et dont la largeur varioit de dix à quinze toises, suivant les endroits. Ce fossé étoit bordé d'un mur auquel étoient adossées, dans quelques parties, des maisons de particuliers. On avoit pratiqué à l'intérieur une banquette de cinq pieds de large, qu'on appeloit le *chemin des rondes*. Toutes ces constructions furent achevés en 1383.

Depuis, on jugea à propos de l'entourer de fortifications nouvelles, consistant en une courtine flanquée de bastions, que bordoient de larges fossés à fond de cuve. Ces constructions, commencées en 1553, étoient entièrement terminées en 1559. Les propriétaires des maisons de Paris furent, dit-on, taxés, pour cette dépense, depuis 4 livres jusqu'à 24, suivant le produit qu'ils tiroient de leurs locations. A l'époque de la révolution on y avoit planté un jardin qui appartenoit au gouverneur.

En 1634 on fit encore de nouvelles réparations à ce château, tant pour le fortifier que pour en agrandir les dépendances ; mais jusque-là l'intérieur n'offroit aucune division, et l'on n'y voyoit qu'une vaste cour qui régnoit dans toute son étendue.

Ce fut seulement en 1761, sous le règne de Louis XV et sous le ministère de M. *Phelipeaux de Saint-Florentin*, qu'on fit élever le bâtiment moderne qui servit depuis de logement aux officiers de l'état-major. Ce bâtiment divisa la cour en deux parties, qui furent appelées, l'une, la *cour du Puits*, l'autre, la *grande cour*.

Destinée d'abord à la défense de la ville de Paris, cette forteresse servit ensuite de prison aux criminels d'état, et quelquefois de dépôt au trésor de nos rois. Les mémoires du règne de Henri IV nous apprennent que ce prince y faisoit mettre ses épargnes en réserve, et qu'à sa mort on y trouva une somme de 36 millions.

On arrivoit à la Bastille par une première porte située à l'extrémité de la rue Saint-Antoine ; à droite étoient des casernes d'invalides. On voyoit plus loin une petite place, vis-à-vis de laquelle étoit située, à gauche, la première porte d'entrée du château. Cette porte étoit défendue par un pont-levis appelé le *pont-levis de l'avancé ;* elle introduisoit dans la cour du gouvernement, bordée à droite par l'hôtel du gouverneur, au fond par une terrasse qui dominoit les fossés de la ville ; à gauche étoient les fossés de la Bastille et le pont qui conduisoit dans la forteresse même. Au bout de ce pont, construit en pierres, on trouvoit deux pont-levis, l'un pour les gens de pied, l'autre pour les voitures. On parvenoit ensuite, à travers une voûte sombre et gothique, dans la grande cour dont nous avons déjà donné la description.

Autrefois la Bastille et l'Arsenal ne formoient qu'un même gouvernement. M. de Sully les réunissoit tous les deux : depuis ils furent séparés. A l'époque de la révolution, cette forteresse, placée dans le département du ministre de Paris, étoit administrée par un gouverneur et trois autres officiers supérieurs, sous lesquels deux capitaines commandoient une

escouade de quatre-vingt-deux invalides. Telle étoit la troupe formidable
que cent mille patriotes eurent la gloire de vaincre, et dont la défaite
leur valut le titre pompeux de vainqueurs de la Bastille (1).

Magasins d'armes.

En face des ponts-levis de la Bastille étoient de grandes salles, formant
magasin, où l'on avoit rassemblé des armes de toute espèce, au nombre
d'environ trente mille pièces, qui toutes étoient rangées avec beaucoup
d'ordre, et entretenues avec le plus grand soin.

---

(1) Personne n'ignore à quelle époque la Bastille a été abattue.

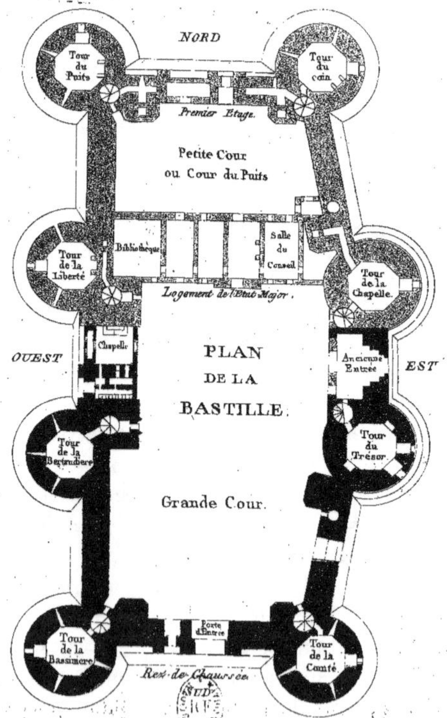

HÔPITAL ROYAL DES QUINZE-VINGTS.

Nous avons déjà dit, en parlant de la place Vendôme (1), qu'en 1699 le roi céda à la ville l'emplacement et les matériaux qu'il avoit achetés pour la construction de cette place, sous diverses conditions, entre lesquelles étoit celle de faire bâtir au faubourg Saint-Antoine un hôtel et des écuries pour la seconde compagnie des mousquetaires, dits *mousquetaires noirs*. La ville mit tant de zèle et d'exactitude à remplir ses engagements, que cet édifice, l'un des plus vastes de Paris, et dans lequel peuvent être logées mille à douze cents personnes avec toutes les commodités nécessaires, fut achevé dès l'année 1701.

Les mousquetaires noirs y furent établis, et les choses restèrent en cet état jusqu'en 1780, que le roi, sur la demande du cardinal de Rohan, ordonna que les Quinze-Vingts, qui, à cette époque, occupoient encore leur première demeure, rue Saint-Honoré, seroient transférés dans cette maison. Cette translation fut faite d'après un plan que cette éminence avoit présenté au monarque, et dont l'objet principal étoit de créer de nouvelles places pour les pauvres aveugles. Au moyen du nouveau règlement, adopté le 14 mars 1783, cet hôpital, qui n'avoit été fondé que pour 300 aveugles, dont le nombre même n'avoit jamais été complet, put recevoir dans son sein environ huit cents de ces infortunés, avec des avantages nouveaux et des douceurs dans leur traitement qu'ils n'avoient point encore éprouvées.

La maison des Quinze-Vingts étoit administrée par sept gouverneurs, à la nomination du grand aumônier. Ces gouverneurs tenoient des chapitres, auxquels le maître, le ministre et douze frères avoient le droit d'assister. On y délibéroit sur tout ce qui concernoit la régie et l'administration. Les jugements de ce chapitre ressortissoient directement au parlement.

L'église de cette maison étoit ornée de quelques tableaux représentant

---

(1) Voyez tome Ier, pag. 458.

différents sujets tirés de la vie de saint Louis. Elle étoit desservie par huit ecclésiastiques, également à la nomination du grand aumônier (1).

LES RELIGIEUSES ANGLAISES,

AUTREMENT DITES

LES RELIGIEUSES DE LA CONCEPTION.

Presque tous les historiens de Paris se sont trompés sur l'origine de cette maison, parcequ'ils ont confondu ensemble deux établissements différents de religieuses anglaises (2).

Jaillot est le seul qui, avec son exactitude ordinaire, ait rassemblé des matériaux exacts à ce sujet; et son autorité, toujours si considérable dans tout ce qui tient aux antiquités de cette ville, l'est d'autant plus dans cette circonstance, qu'elle est appuyée sur un manuscrit qui lui avoit été communiqué par les religieuses mêmes de ce couvent.

« Ces religieuses, dit-il, sont du tiers-ordre de Saint-François; elles étoient primitivement établies à Nieuport. Les malheurs de la guerre, et les dangers auxquels elle expose, les obligèrent de se rendre à Paris sous la

---

(1) Cet hôpital existe, et n'a point changé de destination.

(2) Les Anglaises qui ont causé cette erreur étoient des chanoinesses régulières, réformées, de l'ordre de Saint-Augustin, qui avoient obtenu, en 1635, la permission de s'établir dans la ville ou dans les faubourgs de Paris. Elles se fixèrent effectivement près des fossés Saint-Victor, sous la direction de la sœur Marie *Tresdurai*. Quoique, aux termes des lettres-patentes qui leur avoient été accordées, elles n'eussent pas été autorisées à créer un second établissement, cependant leur supérieure imagina de faire, dans la rue de Charenton, l'acquisition d'une maison et d'un jardin; puis ayant fait approuver ce nouveau monastère, elle s'y transporta avec sa communauté; mais comme il ne se présentoit pas, pour la profession, autant de sujets qu'elle l'avoit espéré, cette dame prit le parti de ramener son troupeau à l'ancien couvent, et céda celui-ci, en 1660, aux Anglaises du tiers-ordre dont nous parlons.

conduite de la dame *Jernigan*, leur abbesse. En 1658 on leur procura une maison au faubourg Saint-Jacques. Deux ans après, elles firent l'acquisition d'une maison et d'un jardin, rue de Charenton, et l'année suivante, elles obtinrent du souverain pontife Alexandre VII une bulle qui leur permettoit de prendre l'institut de l'ordre de la conception. Cet établissement fut confirmé par lettres-patentes en 1670. Madame la chancelière Le Tellier posa la première pierre de leur église le 2 juin 1672, et la chapelle fut bénite sous l'invocation de sainte Anne ; mais en 1676 madame de Cléveland fit construire celle qu'on voit encore aujourd'hui. Elle en posa la première pierre le 13 novembre 1679. » Sauval dit que cette église fut dédiée sous le nom de sainte Anne ; mais le mémoire manuscrit qui étoit entre les mains de Jaillot déclaroit expressément que cette église n'avoit point été dédiée.

La supérieure de ce couvent étoit triennale, et portoit le nom d'abbesse, suivant l'usage reçu dans l'ordre de Saint-François. Le monastère étoit appelé *Bethléem* (1).

HÔPITAL DES ENFANTS-TROUVÉS.

Il est inutile de répéter ce que nous avons dit au sujet des deux établissements destinés aux enfants trouvés (2). Nous ferons seulement observer que celui-ci fut construit en 1669, et non en 1677, comme l'avance l'abbé Lebeuf. Ce qui a pu l'induire en erreur, c'est qu'effectivement la première pierre de l'église fut posée par la reine Marie-Thérèse d'Autriche en 1676 ; mais il est certain que les autres bâtiments existoient déjà à cette époque. Elisabeth *Luillier*, femme du chancelier d'Aligre, et le président de *Berci*, donnèrent chacun 20,000 liv. pour cet établissement. Cette dame l'affectionna même à un tel point, qu'elle jugea à propos de s'y retirer après la mort de son

______

(1) Ces bâtiments sont occupés aujourd'hui par des religieuses qui tiennent une maison d'éducation.
(2) Voyez tom. 1ᵉʳ, page 166.

époux, et y fit construire une chapelle où elle a été inhumée. L'église de cet hôpital a été dédiée sous l'invocation de saint Louis.

La distribution de cet hôpital étoit heureuse ; les classes et les dortoirs étoient bien entretenus. Les sœurs de la Charité, qui dirigeoient l'éducation des orphelins avec un zèle et une vigilance au-dessus de tout éloge, faisoient apprendre la broderie aux jeunes filles et le tricot aux garçons, jusqu'à ce qu'ils eussent fait leur première communion : alors on les mettoit en métier.

CURIOSITÉS.

Sur le maître-autel de l'église, dont l'architecture étoit très simple, on voyoit un tableau représentant Jésus-Christ qui appelle à lui les petits enfants et les bénit, par *La Fosse* (1).

Maison de la Providence.

Près de la rue Saint-Nicolas, un ecclésiastique nommé *Barberé* avoit établi, sous le nom de *la Providence*, une maison destinée au même usage. L'utilité de cet établissement ayant été constatée par une expérience de douze années, l'archevêque de Paris le confirma en 1648, et la ville y donna son consentement en 1651. En 1775 il n'existoit plus depuis long-temps, sans que nous ayons pu découvrir les motifs qui l'avoient fait supprimer.

----

(1) Cet hôpital existe encore sous le même nom et avec la même destination.

LES RELIGIEUSES ANNONCIADES

DU SAINT-ESPRIT.

Cet ordre doit sa naissance à Jeanne de Valois, cette malheureuse épouse de Louis XII, que la politique et l'amour firent descendre d'un trône qu'elle eût mérité plus qu'une autre de posséder, s'il eût été le prix de la vertu la plus pure. Forcée de céder la place à son heureuse rivale, Anne de Bretagne, Jeanne se retira à Bourges, capitale du duché de Berri, qu'on lui avoit abandonnée ; et ce fut dans cette ville qu'elle institua, en 1500, l'ordre de *la bienheureuse vierge Marie*, dite *de l'Annonciade*, ou *des dix vertus* de la sainte Vierge. Elle le mit sous la conduite des religieux de Saint-François de l'Observance. Il fut approuvé par Alexandre VI le 14 février 1501, et confirmé depuis par Léon X en 1514 et 1517.

En lisant tous nos historiens, Jaillot excepté, on ne sait à quoi s'en tenir sur l'établissement de ces religieuses à Paris. Sauval fait mention de deux couvents d'Annonciades à Popincourt, l'un en 1636, l'autre en 1654 : Piganiol adopte ces deux dates ; l'abbé Lebeuf, Lacaille et Robert ne parlent que de la dernière.

Ces contradictions viennent de ce qu'on a confondu ensemble les divers établissements des Annonciades, erreur qu'il étoit d'ailleurs facile de commettre, en ce qu'ils ont été presque tous formés à la même époque. Quoique celui-ci soit le seul qui ait subsisté jusque dans les derniers temps, nous croyons devoir parler de tous, et raconter les faits tels que Jaillot les a rétablis.

Ce judicieux critique trouve qu'il y a eu à Paris trois établissements d'Annonciades, et une congrégation du même nom. Celle-ci, formée dans le diocèse de Troyes, par dame Marie *d'Abra de Raconis*, fut transférée à Paris en 1628, rue Cassette. Cet institut *des sœurs de la Congré-*

gation de Notre-Dame de l'Annonciade ne subsista pas longtemps.

Des trois couvents de l'Annonciade, le premier est celui des *Annonciades du Saint-Sacrement de saint Nicolas de Lorraine,* que les désastres de la guerre et l'incendie du bourg qu'elles habitoient obligèrent de venir chercher un asile à Paris. Logées d'abord dans une maison qu'elles avoient louée rue du Colombier, elles obtinrent, le 15 juin 1636, un brevet de l'abbé de Saint-Germain, et des lettres-patentes du mois d'août de la même année, en vertu desquelles elles formèrent un établissement rue du Bacq, à l'endroit qu'occupèrent depuis les religieuses de la Conception, ou Récollettes. Deux ans après, elles furent transférées rue de Vaugirard; mais la maison qu'elles occupoient fut vendue, en 1656, par décret, et elles furent remplacées par quelques religieuses de l'Assomption, dont nous aurons occasion de parler par la suite.

Le second établissement des Annonciades fut fait presque en même temps que le premier. Les titres de l'abbaye de Saint-Germain, qui ont fourni des éclaircissements sur celui dont nous venons de parler, font aussi connoître que, dès le premier avril 1636, il vint de Bourges d'autres religieuses Annonciades, qui sollicitèrent également la permission de se fixer à Paris. Sur le consentement qu'elles en obtinrent, l'année suivante, de l'abbé de ce monastère, elles choisirent une maison rue des Saints-Pères, entre la rue de Grenelle et celle de Taranne, et ce fut là qu'elles se logèrent d'abord. Une dotation de 2,000 liv. de rente que leur fit Monsieur, frère unique du roi, leur donna le moyen d'obtenir, en cette même année 1637, des lettres-patentes, et leur installation par l'official de Saint-Germain-des-Prés. Le 15 octobre 1640, elles présentèrent requête pour être transférées dans un hôtel, rue de Sèvre, près les Petites-Maisons. Ce nouveau couvent, bâti sous le nom des *Annonciades des dix vertus,* fut béni le 20 du même mois, en présence de mademoiselle de Bourbon, fondatrice principale, de la princesse de Condé, etc. Il ne subsista, toutefois, que jusqu'en 1654. Les religieuses se virent forcées de l'abandonner à leurs créanciers, et il fut acquis par celles de l'Abbaye-aux-Bois, qui l'occupèrent jusqu'au moment de la révolution.

Le troisième couvent des Annonciades est celui dont il est question dans cet article, et qui, comme l'a marqué Sauval, est une émigration de celui de Melun. Barbe *Jacquet*, mère *ancelle* (1) de ce couvent, avoit obtenu, le 1ᵉʳ février 1630, des lettres-patentes qui permettoient l'établissement des Annonciades à Corbeil. N'ayant pas trouvé dans cette ville de lieu commode pour y fixer leur domicile, des lettres de l'archevêque de Paris leur permirent, en 1632, de venir demeurer à Saint-Mandé. Forcées, peu de temps après, de quitter ce nouveau séjour, parceque le roi eut besoin du terrain qu'elles occupoient, elles acquirent de M. Angrand, secrétaire du roi, une grande maison et un jardin à Popincourt, où elles se transportèrent le 12 août 1636. Il y avoit dans cette maison une chapelle sous l'invocation de sainte Marthe, qui leur servit jusqu'en 1659, époque à laquelle fut achevée l'église qu'elles avoient fait bâtir. Des lettres-patentes données en 1640, et enregistrées au parlement, confirmèrent cet établissement. Ces religieuses y sont nommées *Annonciades du Saint-Esprit*, nom qui étoit commun à toutes les maisons de leur ordre. L'église avoit été dédiée, l'année précédente, sous le vocable de *Notre-Dame de Protection*.

Ce couvent fut supprimé quelques années avant la révolution (2).

LES RELIGIEUSES HOSPITALIÈRES

DE LA ROQUETTE.

Cette communauté prit sa naissance dans le sein de celle des Hospitalières de la Charité-Notre-Dame, dont nous avons déjà parlé, et voici ce qui donna lieu à ce nouvel établissement. La duchesse de Mercœur,

---

(1) Ce mot, formé du mot latin *ancilla*, qui signifie *servante*. Les religieuses de l'Annonciade l'avoient pris par humilité.

(2) L'église a été rendue au culte.

qui protégeoit cette communauté, lui avoit facilité l'acquisition d'une maison avec ses dépendances, située à l'extrémité de la rue de *la Roquette*, et nommée de même que cette rue *Rochette, Raquette* ou *Roquette*. Le contrat de vente en fut passé à leur profit le 3o janvier 1636, et l'archevêque donna, la même année, son consentement aux dispositions que ces religieuses avoient le projet d'y faire, dispositions qui n'avoient alors d'autre but que d'en former une retraite, où leurs malades convalescents pussent venir respirer un air plus pur, et achever ainsi leur entière guérison. Par la suite des temps, le zèle et la charité chrétienne ayant déterminé un grand nombre de personnes à entrer dans cette société, et le nombre des religieuses s'étant ainsi considérablement augmenté, on pensa qu'il seroit convenable et même nécessaire de diviser la communauté en deux parties, dont l'une seroit perpétuellement fixée à Paris, et l'autre à la Roquette. Ce changement, qui multiplioit les secours et les asiles ouverts aux infirmités humaines, ne pouvoit qu'être favorablement accueilli, et fut en effet autorisé par un décret de séparation que rendit l'archevêque le 12 octobre 1690. Depuis ce temps, il n'y eut plus rien de commun entre les deux maisons, que les liens de la charité et les vœux ordinaires de religion, auxquels ces religieuses ajoutoient celui d'exercer l'hospitalité. Elles suivoient la règle de saint Augustin, et avoient quelques constitutions différentes de celles qui s'observoient dans les autres monastères de cet ordre.

Il y avoit dans leur maison vingt lits destinés pour les femmes vieilles et infirmes, dont quinze étoient à la nomination des fondateurs. Pour les distinguer des dames Hospitalières de la Charité-Notre-Dame, on les appeloit Hospitalières de Saint-Joseph, parceque leur chapelle avoit été bénite sous l'invocation de ce saint (1).

______

(1) Les bâtiments de cette communauté sont occupés par une filature.

-LES FILLES DE SAINTE-MARTHE.

C ette communauté, instituée en 1713 par Elisabeth *Jourdain*, veuve du sieur Théodon, sculpteur du roi, avoit pour objet de procurer aux pauvres jeunes filles du faubourg Saint-Antoine une instruction convenable, c'est-à-dire de leur apprendre à lire, à écrire et à travailler. Placées d'abord dans une maison de la rue du faubourg, nommée *le Pavillon Adam*, que les Filles de la Trinité venoient de quitter, les filles de Sainte-Marthe changèrent de demeure en 1719, et vinrent s'établir rue de la Muette. Mais peu de temps après, la maison qu'elles occupoient fut vendue par décret, et ces filles eussent été obligées d'en sortir, si l'adjudicataire n'eût eu la générosité de leur en céder gratuitement la jouissance. Elles s'y sont maintenues jusqu'au moment de la révolution.

Cette petite société étoit gouvernée par une supérieure qui n'avoit que le titre de sœur première. C'étoit de leur communauté qu'on avoit tiré les sœurs chargées des petites écoles des paroisses Saint-Séverin et Saint-Paul (1).

LES RELIGIEUSES

DE NOTRE-DAME-DE-BON-SECOURS.

C e prieuré perpétuel de bénédictines *mitigées* fut fondé en 1648 par dame Claude *de Bouchavanne*, veuve de M. Vignier, conseiller du roi, en faveur de demoiselle Magdeleine-Emmanuelle *de Bouchavanne*, sa

---

(1) Leurs bâtiments ont été changés en maisons particulières.

sœur, religieuse du monastère de Notre-Dame de Soissons. Dès l'année 1646, madame Vignier avoit obtenu la permission de faire bâtir un monastère à Paris, et en conséquence elle avoit acheté, en 1647, une maison avec ses dépendances, située dans la rue de Charonne, dont elle fit don le 20 avril de l'année suivante, pour la fondation de ce couvent. L'évêque de Soissons et l'abbesse de Notre-Dame ayant consenti à ce nouvel établissement, l'archevêque de Paris donna, le 30 mars 1648, ses lettres pour l'érection du monastère, par lesquelles il consent « qu'il soit en titre de prieuré conventuel, que sœur Emmanuelle de « Bouchavanne en soit prieure, et que la dame Vignier jouisse, sa vie « durant, du droit de présentation, réservé après sa mort à l'archevêque « et à ses successeurs. » En conséquence de ces lettres, la sœur de Bouchavanne et deux autres religieuses de Notre-Dame de Soissons entrèrent dans la maison de Bon-Secours le 1er septembre 1648, et la clôture y fut mise le 8 du même mois (1). L'établissement légal de ce monastère n'eut lieu qu'en 1670, par l'enregistrement des lettres-patentes de 1667. Vers 1770, on fit de nombreuses réparations, et des augmentations au monastère de ces religieuses, et elles obtinrent qu'on réunît à leur temporel l'abbaye de Malnoüe, qui tomboit en ruine (2). La chapelle fut alors réparée avec beaucoup d'adresse par M. *Louis*, architecte du roi de Pologne, qui parvint à faire un petit monument assez élégant d'un édifice jusqu'alors choquant par ses irrégularités.

---

(1) Les Bénédictins qui ont donné l'*Histoire de Paris* et le *Gallia Christiana* donnent pour époque de cette institution l'année 1670, et l'auteur du *Calendrier historique* a suivi la même date. Il est vrai que les lettres-patentes ne sont que du mois de juillet 1667, et que le parlement ne les a enregistrées le 16 mai qu'après avoir vu le consentement de l'archevêque du 23 janvier 1669, et l'avis des prevôt des marchands et échevins, du lieutenant-général de police et du substitut du procureur-général au châtelet, en date des 16 mars et 18 juillet de la même année. Mais il faut observer, dit Jaillot, qu'on néglige quelquefois d'obtenir des lettres-patentes pour certains établissements religieux, ou qu'on ne les demande que plusieurs années après qu'ils ont été formés ; que les lettres-patentes de 1667 n'ont pas pour objet de permettre, mais de confirmer l'établissement fait par la dame Vignier ; ce qui prouve son existence antérieure : enfin que les auteurs du *Gallia Christiana* en fournissent eux-mêmes la preuve, en disant que la seconde prieure de cette maison fut dame Laurence de Saint-Simon Sandricourt, qui en étoit la première professe, *y ayant pris l'habit le 27 décembre* 1648, et prononcé ses vœux le 1er février 1650. Ainsi l'établissement réel et de fait du prieuré de *Notre-Dame-de-Bon-Secours* est de l'année 1648.

(2) Cette abbaye est située à quatre lieues de Paris du côté du levant.

CURIOSITÉS.

Dans le vestibule, deux vases d'une belle forme et bien exécutés, qui servoient de bénitiers; ils étoient placés dans deux niches, au-dessus desquelles on lisoit d'un côté les vers suivants :

Non tantùm digitis benedicta hæc hæreat unda ,
Abluat et mentes, flexuras judicis iram.

De l'autre côté :

Qui Samaritanæ donum imo pectore anhelant,
Hic fons ad vitam fit salientis aquæ (1).

LES RELIGIEUSES

DE LA MAGDELEINE-DE-TRAINEL.

Ce couvent fut fondé avant le milieu du douzième siècle , au lieu de Trainel en Champagne , sur les confins du diocèse de Sens , à deux lieues de Nogent-sur-Seine. D. Félibien avoit conjecturé , d'après un titre peu certain, que la fondation de ce prieuré de Bénédictines devoit être attribuée à la comtesse Mathilde , femme de Thibaut, comte de Champagne, et sa conjecture a été présentée comme un fait certain par Piganiol, aveugle copiste de tous ceux qui l'ont précédé. Cependant Jaillot demande avec raison sur quoi peut être appuyée une semblable assertion , puisque le titre primordial n'existe plus. « Seroit-ce, dit-il, parceque le monastère « de la Pommeraie , fondé par cette dame après le milieu du douzième « siècle, fut déclaré être une dépendance de l'abbaye du Paraclet, ainsi « que celui de Trainel ? Mais ce dernier y avoit été soumis plus de « dix ans auparavant, puisqu'on lit dans le *Gallia Christiana*, qu'en « 1142, Héloïse, abbesse du Paraclet, y avoit passé une transaction avec

____

(1) Cette maison a été changée en atelier de filature.

« l'abbé de Vauluisant. Cette prétendue origine est d'ailleurs détruite par
« le nécrologe même de cette maison, lequel faisoit mention au 4 des
« ides de décembre du décès de Gundric, prêtre et *fondateur*. »

D. Félibien, et ceux qui ont écrit après lui, n'ont pas été mieux instruits
en plaçant la translation de ces religieuses à Melun en 1622, et à Paris
en 1644. Ils ont ainsi confondu les faits et les dates. Celle de 1622 ne convient qu'à la réformation qui fut faite à Trainel même, par dame *de Veny
d'Arbouze*, qui en étoit prieure, et ce ne fut qu'en 1630 que sa communauté se réfugia à Melun, pour éviter les désastres de la guerre qui désoloit
alors ces contrées. Ne trouvant pas dans cette ville toute la sûreté qu'elles
désiroient, ces religieuses résolurent, en 1652, de venir chercher un asile
à Paris, où elles demeurèrent quelque temps en maison privée, du consentement des archevêques de Sens et de Paris. Enfin, en 1654, sur la
permission que ces deux prélats leur en donnèrent, elles achetèrent une
grande maison et un jardin dans la rue de Charonne, et y firent bâtir
des lieux réguliers et une chapelle dont la reine Anne d'Autriche voulut
bien poser la première pierre.

Ces religieuses étoient soumises à la juridiction de l'archevêque, et la
seule marque d'autorité qui fût restée à l'abbesse du Paraclet, consistoit
dans le droit d'élire et d'instituer la prieure. Leur premier bienfaiteur,
après leur établissement, fut le garde des sceaux *d'Argenson*. Elles durent
à ce ministre, non seulement une augmentation considérable dans leur
revenu temporel, mais encore des constructions nouvelles qui rendirent
leur habitation plus vaste et plus commode. Il fit, en outre, rétablir et
décorer l'église, et construire, par l'architecte *Cartaud*, une chapelle
sous l'invocation de saint René, son patron, dans laquelle son cœur fut
déposé. La duchesse d'Orléans, douairière, donna depuis aux religieuses
de la Magdeleine des marques éclatantes de sa protection, et ajouta encore
de nouveaux bâtiments à leur monastère.

CURIOSITÉS DE L'ÉGLISE.

TABLEAU.

Sur le maître-autel, une Descente de Croix, par *Louis Boullongne*.

SÉPULTURES.

Dans la chapelle construite par M. d'Argenson, s'élevoit son mausolée. La figure principale étoit un ange de marbre blanc à genoux sur un nuage, et présentant le cœur de ce ministre à saint René, son patron. Ce monument avoit été exécuté par un sculpteur nommé *Bousseau* (1).

Dans le bas-côté, à droite, étoit le cénotaphe élevé par demoiselle de Marillac à la mémoire de M. de La Fayette, son époux, colonel du régiment de la Fère, mort, en 1694, à l'armée d'Allemagne.

La duchesse d'Orléans et l'abbesse de Chelles sa fille avoient été inhumées dans cette église (2).

LES RELIGIEUSES DE LA CROIX.

CES religieuses sont les mêmes que celles de l'ordre de saint Dominique, dont nous avons parlé à l'article des Filles-Saint-Thomas, établies rue Vivienne (3). Nous avons déjà dit que leur première habitation étoit, suivant tous nos historiens, dans le faubourg Saint-Marcel. Le nombre des religieuses devenant trop considérable pour la maison qu'elles y occupoient, on prit des mesures pour les transférer en partie rue d'Orléans, au Marais, et ce furent celles dont nous parlons ici qui allèrent habiter cette nouvelle demeure. Le 6 mars 1627, la mère Marguerite de Jésus, qu'on avoit chargé de former le premier établissement, et qui en étoit prieure, accompagna la petite colonie qu'on en faisoit sortir, et en 1636 elle la transporta de nouveau rue Plâtrière, où ces religieuses restèrent jusqu'à la fin de cette année. Le manque des commodités nécessaires à une communauté les força encore de chercher un autre asile ; elles le choisirent rue de Matignon, où elles demeurèrent jusqu'en 1641, qu'elles se trouvèrent en état d'acheter la maison dont elles ne sont sorties qu'au moment de la

---

(1) Ce monument, déposé au musée des Petits-Augustins, est scellé sur les murs du cloître. C'est une sculpture extrêmement médiocre.

(2) On a aussi établi une filature dans les bâtiments de cette communauté.

(3) Voyez page 129.

révolution. Cette dernière migration a trompé presque tous nos historiens, qui l'ont prise pour celle de leur établissement. Le détail dans lequel nous venons d'entrer, pris sur des mémoires fournis à Jaillot par ces religieuses elles-mêmes, servira à rectifier les erreurs de date dans lesquelles ils sont tombés.

Les Filles de la Croix durent le repos et le bonheur dont elles jouirent depuis cette époque à la piété généreuse de mademoiselle *Ruzé d'Effiat*, fille du maréchal de ce nom, qui donna tout son bien à cette maison, et s'y fit religieuse en 1637. Ce fut ce don considérable qui leur fournit les moyens d'acheter le terrain qu'elles occupèrent, et d'y faire élever les bâtiments nécessaires. La première pierre en fut posée, le 3 août 1639, par madame la duchesse d'Anguillon, et par mademoiselle d'Effiat elle-même, à qui la reconnoissance de la communauté décerna justement le titre de fondatrice.

CURIOSITÉS.

L'église de ce monastère étoit petite, mais jolie; le maître-autel étoit décoré d'un très bon tableau de *Jouvenet*, représentant l'Élévation de la Croix (1).

L'ÉGLISE SAINTE-MARGUERITE.

CETTE paroisse est un démembrement de celle de Saint-Paul, de laquelle dépendoient jadis les habitants du faubourg Saint-Antoine et des hameaux voisins, qu'on y a depuis renfermés. Cependant, vu le grand éloignement où le plus grand nombre d'entre eux étoit de l'église parois-siale, on avoit permis de dire la grand'messe, de faire le prône et de bénir l'eau dans la chapelle Saint-Pierre, près l'église de l'abbaye Saint-Antoine. En l'année 1627, Antoine *Fayet*, curé de Saint-Paul, fit construire une seconde chapelle sous l'invocation de sainte Marguerite, et quoique le nombre des habitants du faubourg fût considérablement aug-

---

(1) Il y a maintenant une école dans les bâtiments de cette communauté.

menté, son intention, en élevant ce petit monument, fut uniquement de se procurer, par cette fondation, une sépulture particulière pour lui et pour sa famille ; et, quoi qu'en ait dit Piganiol, il ne pensa nullement à créer une succursale de son église (1).

Il étoit si loin d'avoir cette intention, que l'archevêque de Paris, sur le rapport qu'on lui fit que les habitants faisoient célébrer le service divin, les dimanches et fêtes, dans cette chapelle, ayant voulu, de son propre mouvement, l'ériger en succursale, les marguilliers de Saint-Paul se présentèrent comme opposants, et, sur leur requête, il intervint un arrêt le 26 juillet 1629, qui ordonna qu'elle demeureroit simple chapelle, sans qu'on pût y faire aucunes fonctions curiales, le titre de patron et fondateur étant réservé au sieur Fayet, et à ses parents ou héritiers.

Cependant le besoin de cette succursale devenant de jour en jour plus pressant, les habitants du faubourg mirent tant d'instances et d'activité dans leurs démarches, qu'ils obtinrent un nouvel arrêt, par lequel il fut décidé qu'après le décès du fondateur la chapelle seroit succursale, toujours avec la réserve des droits honorifiques de patron et fondateur appartenants à sa famille, et sous la condition que les habitants s'obligeroient à faire construire les logements nécessaires pour les prêtres chargés de la desservir.

On n'attendit pas le terme fixé par cet arrêt, et dès l'année suivante il en intervint un autre, qui, du consentement des parties, ordonna que la chapelle deviendroit à l'instant même succursale, sous les conditions déjà énoncées ; mais les habitants s'étant trouvés dans l'impossibilité de les remplir, malgré les délais qui leur furent accordés, le sieur Fayet lui-même demanda que la chapelle fût déclarée simple comme auparavant, ce qu'il obtint par un nouvel arrêt du 4 février 1634, et, quatre jours après, il mourut, après avoir nommé, par son testament, un chapelain pour la desservir. Elle fut alors déclarée succursale de Saint-Paul, et les choses restèrent en cet état jusqu'en 1712, que M. le cardinal de Noailles,

---

(1) Ce motif est constaté dans sa requête, visée dans l'arrêt du 4 février 1634, et détruit tout le récit de cet historien, qui n'avoit pas lu sans doute les titres originaux qu'il cite, et qui a pris pour une donation une vente réelle faite au curé de Saint-Paul par le seigneur de Reuilli.

archevêque de Paris, sépara, par un décret, tout le faubourg Saint-Antoine de la paroisse Saint-Paul, et érigea en cure l'église de Sainte-Marguerite, en réservant à la famille Fayet le droit de nomination à la chapelle ancienne, qui dès-lors ne faisoit qu'une petite partie de l'église, car on en avoit successivement augmenté les constructions, en raison de l'accroissement successif des habitants. Ce décret fut confirmé par des lettres-patentes du mois de février 1713.

Toutefois, malgré ces augmentations faites tant à l'église elle-même qu'aux logements du curé et des prêtres, cette paroisse se trouvant encore trop petite pour plus de quarante mille paroissiens que contenoit sa circonscription, on ne vit d'autre moyen de remédier aux incommodités continuelles qui en résultoient, que de prendre une partie du cimetière contigu, et de construire sur ce terrain une chapelle assez vaste pour permettre à tous les fidèles de participer aux offices.

Cet édifice fut exécuté en 1765, sur les dessins de M. Louis, architecte du Palais-Royal. Il a quarante-sept pieds de long sur trente de large, et trente-cinq de hauteur. Il est décoré de colonnes feintes, éclairé par une ouverture de dix pieds carrés pratiquée dans la voûte; et l'autel, en forme de tombeau, étoit isolé à l'une de ses extrémités. La peinture, tant en architecture qu'en ornements, étoit de *Brunetti*, artiste qui passoit alors pour habile en ce genre. Enfin ce petit monument méritoit d'être vu pour l'élégance de sa construction et la richesse de sa décoration.

CURIOSITÉS DE L'ÉGLISE SAINTE-MARGUERITE.

TABLEAUX.

Dans la chapelle de Sainte-Marguerite, derrière le chœur, cette sainte enchaînée dans sa prison, par *Alphonse Dufresnoi*.

Dans la chapelle neuve, la Délivrance des ames du Purgatoire, par *Briard*.

Deux bas-reliefs peints représentant la mort de Jacob, et Adam et Ève chassés du paradis.

Sur l'autel de la chapelle de la Communion, des camaïeux, par *Louis Boullongne*.

SÉPULTURES.

Entre les deux arcades qui servoient d'entrée à cette chapelle, on voyoit le médaillon, en marbre blanc, de M. de Vaucanson, mécanicien célèbre, mort en 1782. Son épitaphe étoit gravée en latin sur une table de marbre placée au-dessous.

CIRCONSCRIPTION.

Le territoire de cette paroisse, outre le faubourg Saint-Antoine, s'étendoit depuis la porte de ce nom, jusques et par-delà le couvent des religieux de Picpus d'un côté, et depuis le petit Bercy jusqu'à Mont-Louis de l'autre, y compris les moulins de Mesnil-Montant (1).

LES FILLES DE NOTRE-DAME-DES-VERTUS.

Ces filles, communément appelées *les Filles Sainte-Marguerite*, étoient destinées à l'instruction des pauvres filles du faubourg Saint-Antoine. Cet utile établissement fut commencé en 1679 par quelques sœurs de la communauté des Filles de Notre-Dame d'Aubervilliers, que les duchesses de Noailles et de Lesdiguières, et quelques dames de charité de la paroisse Saint-Paul avoient appelées à Paris à cette intention. Elles les placèrent d'abord dans une maison située rue Basfroi, où elles commencèrent à tenir une école de jeunes filles. Le succès qu'elles y obtinrent engagea M. Masure, curé de Saint-Paul, à consolider leur institution, ce qu'il fit en leur donnant, en 1681, la propriété d'une maison qu'il avoit rue Saint-Bernard; l'année suivante, il leur procura des lettres-patentes. Les sœurs de Notre-Dame-des-Vertus, transférées en 1685 dans ce nouveau domicile, y furent bientôt inquiétées par les créanciers de M. Masure, qui trouvèrent le moyen de faire annuler la donation et vendre la maison. Heureusement pour elles que M. de *Bragelongne*, conseiller à la cour des aides, s'en étant rendu adjudicataire, non seulement eut la générosité de la leur rendre, mais encore joignit à ce premier bienfait une rente pour l'en-

___

(1) Cette église a été rendue au culte.

tretien des sept sœurs. Elles se sont toujours maintenues depuis dans cette demeure jusqu'au moment de la révolution (1).

Il y avoit encore dans cette rue une maison des sœurs de la Charité.

L'ABBAYE DE SAINT-ANTOINE.

L'époque de la fondation de cette abbaye est rapportée différemment par les historiens. Dubreul la fixe en 1181, La Caille en 1182, Lemaire en 1190, Germain Brice en 1193, Rigord et Nangis en 1198, et Alberic en 1199. Corrozet adopte la date de 1198; mais il ajoute mal à propos que ce fut sous l'épiscopat et par la libéralité de Maurice de Sulli, évêque de Paris, que s'éleva cette communauté, puisque ce prélat étoit mort en 1196. On trouve cependant un contrat de vente fait à cette maison en 1191, et passé sous le scel de Philippe-Auguste la dixième année de son règne (2).

Jaillot, pour concilier ces différentes époques, pense que cette maison, où étoit primitivement une chapelle de saint Antoine, parut propre, en 1198, à servir d'asile aux filles et femmes débauchées que Foulques, curé de Neuilli, avoit converties par ses prédications, et que ce fut seulement alors qu'on éleva les bâtiments nécessaires pour les recevoir. Quoi qu'il en soit, ces nouvelles religieuses embrassèrent la règle de Cîteaux; leur maison fut agrégée à ce chef-d'ordre, et érigée en abbaye par Eudes de Sulli, évêque de Paris, qui leur accorda tous les privilèges et toutes les exemptions dont jouissent les abbayes de cet ordre, ainsi qu'il est constaté par les lettres qu'il en fit expédier en 1204, et qui sont rapportées dans l'Histoire ecclésiastique de Paris, tome II, page 209 (3).

---

(1) Cette maison est maintenant occupée par des particuliers.

(2) Gall. chr. l. 7, col. 899.

(3) On voit par le diplôme de saint Louis, pour la confirmation des droits de cette abbaye, donné à Saint-Germain-en-Laye, au mois de novembre 1227, et par l'acte de donation de Barthélemi de Roie, chambrier de France, dans la seigneurie duquel étoit située l'abbaye de Saint-Antoine, que l'enclos

La première chapelle, fondée, suivant les apparences, par Robert *de Mauvoisin*, fut construite sous l'invocation de saint Pierre, et dans les derniers temps il en existoit encore une sous le même titre. Dubreul et ses copistes se sont trompés lorsqu'ils ont avancé qu'on l'avoit dédiée sous le nom de saint Antoine, et cette erreur vient de ce qu'ils ont confondu cette chapelle avec celle des religieuses. Piganiol, qui la plaçoit sous l'invocation de saint Hubert, rapporte qu'on y a *donné long-temps le répit à ceux qui avoient été mordus par des bêtes enragées, et fait flâtrer des chiens soupçonnés d'être enragés ;* mais il est facile de voir que cet historien a pris cette chapelle pour celle d'une maison appelée *le Répi Saint-Hubert,* qui étoit située plus haut, comme on le voit sur les plans du siècle dernier, et qui servoit encore, avant la révolution, d'asile à des vieillards infirmes, ou à des personnes dont la raison étoit aliénée.

L'abbaye de Saint-Antoine étant bâtie dans l'étendue de la paroisse de Saint-Paul, Gui, curé de cette église, voulut d'abord jouir des droits curiaux sur ce monastère ; mais il ne tarda pas à se désister de ses prétentions, à la sollicitation de Pierre de Nemours, évêque de Paris. Ce prélat, par ses lettres du mois de mai 1215, ne se contenta pas d'exempter l'abbaye de toute dépendance, il consentit encore à ce que le desservant de la chapelle Saint-Pierre exerçât les droits utiles et honorifiques sur tout l'enclos, sur les domestiques et sur les particuliers même qui s'y établiroient. Cependant, par la suite, ils furent bornés à l'administration des derniers sacrements, et à la sépulture.

Ce fut peu de temps après, qu'en raison de l'accroissement continuel de la population dans ce quartier, on commença à élever la grande église qui existoit encore au commencement de la révolution. Quelques auteurs en font honneur à saint Louis ; mais Jaillot pense avec plus de fondement qu'on doit l'attribuer au seigneur de Saint-Mandé, qui donna à cet effet des sommes assez considérables, et accorda trente arpents à

---

de cette abbaye contenoit quatorze arpens de terre ; que les religieuses en possédoient en outre cent soixante-quatorze arpens, plus onze arpens et un quartier de vigne entre Paris et le bois de Vincennes, et deux maisons dans la ville, le tout dans la censive du chambrier. Cette communauté jouissoit de tous ces biens dès le temps de Philippe-Auguste et de Louis VIII. Ces deux actes détruisent entièrement ce qui a été avancé par Dubreul sur une prétendue donation faite à cette abbaye, donation qu'il suppose bien plus considérable qu'elle n'étoit.

l'abbaye dans l'étendue de sa seigneurie. Cette église fut dédiée sous le titre de N. S., de la sainte Vierge et de saint Antoine. C'étoit un monument gothique assez estimé. On en remarquoit sur-tout le chevet, à cause de la délicatesse de sa construction, et de la belle clarté que répandoit dans l'intérieur du vaisseau le double rang de ses vitraux. La nef étoit accompagnée de deux bas côtés, au-dessus desquels s'élevoient de petites arcades vitrées, et des galeries où se plaçoient les pensionnaires pendant l'office divin. Le sanctuaire avoit été réparé quelques années avant la révolution, sur les dessins de M. *Lenoir le Romain* ; le chœur des religieuses occupoit une partie de la nef.

Les bâtiments du monastère, déjà reconstruits au commencement du siècle dernier, avoient été édifiés de nouveau à l'époque où l'on répara l'église, et sous la conduite du même architecte (1) ; ils étoient vastes et magnifiques. L'abbesse jouissoit du titre de dame du faubourg Saint-Antoine.

CURIOSITÉS DE L'ÉGLISE SAINT-ANTOINE.

TOMBEAUX.

Dans l'église avoient été inhumées Jeanne et Bonne de France, filles du roi Charles V, mortes toutes les deux en 1360 ; on y voyoit leurs statues en marbre blanc, placées sur un tombeau en marbre noir. (Elles ont été brisées en 1793.)

Au milieu du chœur, près de la grille, étoit la tombe de madame de Bourbon, avant-dernière abbesse de cette communauté, morte en 1760.

---

(1) L'enclos de l'abbaye étoit entouré d'un fossé. On remarquoit, à l'angle qu'il forme avec la rue de Reuilli, une croix dont Dubreul fait mention : cet historien ajoute qu'en 1562 on trouva parmi les ruines de cette croix une pierre qui en faisoit partie, avec cette inscription : *L'an M. CCCC. LXV fut ici tenu le landit des trahisons, et fut par unes tresves qui furent données : maudit soit il qui en fut cause.* C'est d'après ce rapport que Sauval dit *qu'en 1465 on érigea une croix au carrefour de Reuilli, en mémoire de la paix faite entre le roi et les premiers chefs de la guerre du bien public.* Cependant, d'après l'inscription, il paroît constant que la croix ne fut point érigée en souvenir des traités de Conflans, de Saint-Maur et de la Grange-aux-Merciers, mais bien plutôt comme une marque de l'inexécution de ces traités, et de la perfidie de ceux qui s'étoient de nouveau révoltés contre le roi. D'ailleurs, le compte du domaine de 1479, rapporté dans les Antiquités de Paris par Sauval, prouve que ce ne fut qu'en cette année que ce monument fut élevé ; on y lit, fol. 378 : *à Jean Chevrin, maçon, pour avoir assis, par ordonnance du roi, une croix et épitaphe près la Grange du roi, au lieu où l'on appelle le Fossé des Trahisons, derrière Saint-Antoine-des-Champs.*

Dans le mur du pilier, à droite en entrant, on voyoit une table de marbre dont l'inscription annonçoit que les cœurs du maréchal de Clérambault et de dame Bouthillier de Chavigni son épouse y étoient renfermés. Le maréchal étoit mort en 1665, et sa femme en 1722. Le corps de la maréchale étoit inhumé dans l'église intérieure de l'abbaye (1).

---

(1) L'église a été abattue, et son emplacement forme maintenant une petite place. Le monastère a été changé en un hôpital.

L'Abbaye St Antoine

LA MANUFACTURE ROYALE DES GLACES.

CETTE manufacture étoit située à l'entrée de la rue de Reuilli. Les lettres-patentes du 1er août 1634, enregistrées le 21 du même mois, nous apprennent à peu près l'époque de son établissement. Elle dut ses progrès à la protection éclatante de M. Colbert, qui poursuivoit en cela le noble projet qu'il avoit conçu d'affranchir la France de tous les tributs qu'elle payoit à l'industrie des nations étrangères. En effet, avant cet établissement, les plus belles glaces se tiroient de Venise, et le besoin continuel qu'on en avoit faisoit sortir du royaume des sommes considérables. En peu de temps, la manufacture de Paris parvint non seulement à rivaliser avec celles de cette ville, mais même à les surpasser pour le volume et pour la beauté des glaces. On imagina des procédés nouveaux pour les fondre et pour les couler (1), et de cette manière on parvint à en fabriquer d'une grandeur extraordinaire. Le moyen qu'on emploie pour les polir fut inventé par *Rivière Dufresny*, qui, pour récompense de son invention, obtint un privilège exclusif, qu'il vendit ensuite à la manufacture.

Les ateliers de cette manufacture, où l'on employoit un nombre infini d'ouvriers, méritoient d'être visités (2).

---

(1) La fonte et le coulage s'en faisoient à Tour-la-Ville, près de Cherbourg, et à Saint-Gobin; elles étoient mises ensuite à leur perfection dans cette manufacture, où elles recevoient le *douci*, le *poli* et l'*étamure*.

(2) Ils existent encore dans le même état qu'avant la révolution.

LES FILLES DE LA TRINITÉ.

Cette communauté, connue aussi sous le nom de *Mathurines*, doit son établissement à une dame nommée Susanne *Farrabat*, qui, ayant eu le bonheur de reconnoître les erreurs du calvinisme, dans lequel elle avoit été élevée, et celui de les faire abjurer en même temps à sa mère et à deux de ses nièces, conçut avec elles le projet de se consacrer entièrement à l'éducation des jeunes filles. Ces dames ayant fait adopter la même résolution à deux demoiselles auxquelles elles montroient à travailler, ces six personnes formèrent entre elles une société à laquelle madame *Voisin*, épouse de M. Voisin, alors conseiller d'état, et depuis chancelier de France, procura la protection de M. le cardinal de Noailles, archevêque de Paris, et les permissions nécessaires pour former un établissement. Celui-ci se fit d'abord en 1703 (1), près le cloître Saint-Marcel. Peu de temps après, il fut transféré au faubourg Saint-Jacques, dans le voisinage de l'Observatoire. Enfin les accroissements considérables que venoit de recevoir le faubourg Saint-Antoine firent penser aux filles de la Trinité qu'elles seroient plus utiles dans ce quartier. Elles obtinrent, en conséquence, dès l'année 1707, la permission de s'y transporter, et s'établirent d'abord dans une maison qu'elles avoient louée dans la grande rue du faubourg; mais, en 1713, mademoiselle *Fréard de Chantelou* leur céda une maison qu'elle possédoit dans la petite rue de Reuilli, et c'est là qu'elles sont restées jusqu'au moment de la révolution, consacrant tous leurs moments à l'éducation gratuite des pauvres filles, qui étoient en très grand nombre dans ce quartier (2).

---

(1) C'est par erreur que Sauval place cette époque au commencement du seizième siècle, et dit qu'après avoir demeuré quelque temps aux faubourgs Saint-Marcel et Saint-Jacques, les *Filles de la Trinité* vinrent demeurer dans celui de Saint-Antoine en 1608, et dans la petite rue de Reuilli en 1613. Lebeuf, Piganiol et l'auteur des *Tablettes parisiennes* en fixent la date en 1618; et ceci est une suite de l'erreur de Sauval. Ces historiens, en se copiant sans réflexion, ne se sont pas aperçus que cette date étoit inadmissible, puisque madame Voisin et M. de Noailles n'étoient pas encore au monde.

(2) Cette maison a été changée en ateliers de filature.

LES CHANOINESSES RÉGULIÈRES

DE L'ORDRE DE SAINT-AUGUSTIN.

Ces religieuses, connues aussi sous le titre de *Notre-Dame de la Victoire de Lépante et de Saint-Joseph*, sont redevables de leur établissement à Jean-François de Gondi, archevêque de Paris, et à M. *Tubeuf*, surintendant des finances de la reine. Ce fut celui-ci qui en conçut le premier le dessein, et qui détermina le prélat à écrire, en 1640, à l'abbesse de Saint-Etienne de Reims, qu'il désiroit établir à Paris des religieuses de son ordre. Sur cet avis, cette abbesse se rendit la même année dans la capitale, amenant avec elle six religieuses, qui furent aussitôt placées à Picpus, où M. Tubeuf avoit acheté une maison et un enclos de sept arpents. Elles obtinrent de l'archevêque la permission d'élire une prieure triennale, et leur premier choix tomba sur une sœur de leur fondateur. Du reste, celui-ci pourvut à tous les besoins de cette maison, et lui procura, en 1647, des lettres-patentes qui confirmoient son établissement.

Ces chanoinesses étoient sous le titre de *Notre-Dame de la Victoire*, parcequ'elles avoient ajouté à leur règle l'obligation de célébrer, le 7 octobre de chaque année, la victoire remportée sur les Turcs à Lépante, à pareil jour, en l'an 1571.

Leur église n'avoit rien de remarquable (1).

CURIOSITÉS.

SÉPULTURES.

Marguerite-Louise d'Orléans, grande duchesse de Toscane, fille de Jean Gaston de France et de Marguerite de Lorraine, avoit été inhumée dans le cloître de ces religieuses en 1721.

----

(1) Cette maison est aujourd'hui destinée à l'éducation.

LES PÉNITENTS RÉFORMÉS

DU TIERS-ORDRE DE SAINT-FRANÇOIS,

VULGAIREMENT NOMMÉS PICPUS.

Le tiers-ordre, ainsi appelé parcequ'il fut le troisième que saint François d'Assise institua en 1221, avoit été formé en faveur des personnes des deux sexes, qui, sans s'assujettir à aucuns vœux, désiroient mener une vie chrétienne et pénitente. Dans la suite il devint régulier, et fut approuvé et confirmé sous ces deux formes, par Clément VIII, en 1603, et par un bref de Paul V, du 22 avril 1613.

Vers l'an 1594, le P. Vincent Mussart introduisit dans le tiers-ordre une réforme qui donna lieu à l'établissement des soixante monastères que ces religieux avoient encore en France avant la révolution, dont la maison de Paris étoit le chef-lieu, et auxquels elle a communiqué le nom de Picpus. Leur premier établissement se fit en 1594 à Franconville près de Beaumont, diocèse de Beauvais, et non à Franconville près Saint-Denis, comme l'ont avancé tous nos historiens. En 1600 ou 1601, ayant désiré s'établir à Paris, madame Jeanne *de Saulx*, veuve de M. René de Rochechouart, comte de Mortemart, chevalier des ordres du roi, leur donna le terrain et les bâtiments qu'ils occupoient encore au moment de la révolution (1). Les pénitents du tiers-ordre obtinrent, la même année,

---

(1) Un ancien mémoire manuscrit porte que dans l'endroit où ils s'établirent étoit autrefois un lieu destiné aux lépreux, et qu'il y avoit un bâtiment et une chapelle desservie par des chanoines, qui l'abandonnèrent. Mais, dit Jaillot, je n'en ai trouvé aucune preuve ; j'ai seulement lu que les capucins s'y établirent en 1573, et qu'ils n'en sortirent que pour venir occuper la maison qu'ils habitèrent rue Saint-Honoré. Les jésuites succédèrent ensuite aux capucins ; leur dessein étoit d'y établir une maison professe ; mais le cardinal de Bourbon leur ayant procuré un emplacement plus convenable, ils aban-donnèrent la chapelle, qui passa aux héritiers de l'évêque de *Sisteron*. Ceux-ci, à la considération de Diane de France, duchesse d'Angoulême, consentirent que la maison et la chapelle fussent occupées

le consentement de l'évêque de Paris, lequel fut aussitôt ratifié par des lettres-patentes confirmées par celles de Louis XIII, du 31 juillet 1621, enregistrées le 21 août suivant, et par celles de Louis XIV, du mois d'octobre 1701.

La première pierre de l'église que les Picpus firent élever à la place de leur chapelle fut posée par Louis XIII, le 13 mars 1611, faveur qui procura à leur maison le titre de fondation royale.

Il y avoit dans ce couvent une salle où se rendoient les ambassadeurs des puissances catholiques le jour de leur entrée, et dans laquelle ils recevoient les compliments des princes et des princesses de la maison royale.

CURIOSITÉS DE L'ÉGLISE DE PICPUS.

SCULPTURES ET TABLEAUX.

Sur le maître-autel, une Adoration des Rois et deux anges de grandeur naturelle, qu'on croyoit sculptés par *Germain Pilon*.

Sur les confessionnaux de la nef, six statues grandes comme nature, parmi lesquelles on remarquoit un *Ecce Homo*, de *Germain Pilon*; un Christ prêchant, du même auteur, et une Vierge, du *frère Blaise*, religieux de cette maison.

Dans le réfectoire, le Serpent d'airain, peint par *Lebrun*. Quelques statues de terre cuite représentant les instituteurs des ordres religieux, par deux frères convers de cette maison.

SÉPULTURES.

Plusieurs personnes illustres ont été inhumées dans cette église, savoir:

Dans la chapelle de la Vierge, sous une tombe de marbre noir, Antoine Leclerc de La Forest, l'un des descendants de Jean Le Clerc, chancelier de France, mort en 1628.

Gui-Aldonce, dit le chevalier Chabot, frère de Henri Chabot, duc de Rohan, mort en 1646; il n'avoit ni tombe ni épitaphe.

Judith de Mesmes, marquise de Soyecour, morte en 1659; aussi sans tombe et sans épitaphe.

Le maréchal de Choiseul, mort en 1711.

Dans le chœur de l'église étoient les sépultures de plusieurs seigneurs et dames de la famille de *Mortemart*.

---

par *Robert Reche* (alias *Richer*), ermite de l'ordre de Saint-Augustin, qui s'y établit avec son frère, en vertu de la permission de Jean Prévôt, vicaire-général du cardinal de Gondi, évêque de Paris, en date du 29 août 1588.

VUE DE L'ARC DE TRIOMPHE de la Barrière du Trône.

De madame de Damas-Thianges, veuve de Louis Conti-Sforce, duc de Segui, dame d'honneur de la duchesse d'Orléans, morte en 1730.

De Claude-François, comte de Bussi-Lamet, mort en 1730.

Les entrailles du cardinal du Perron, mort en 1618, avoient été inhumées dans le même lieu.

La bibliothèque de ce couvent étoit considérable, et leur enclos très spacieux (1).

ARC DÉ TRIOMPHE

DE LA BARRIÈRE DU TRÔNE.

A l'extrémité du faubourg Saint-Antoine étoit une place circulaire et entourée d'arbres, qu'on appeloit *le Trône*. Ce nom lui avoit été donné, parcequ'en 1660 la ville y avoit fait élever un trône magnifique, sur lequel Louis XIV et Marie-Thérèse d'Autriche se placèrent le 26 août de la même année, et reçurent l'hommage et le serment de fidélité de leurs sujets. Pour consacrer la mémoire de cette grande solennité, et pour donner en même temps à ce prince un témoignage d'amour et de reconnoissance, les officiers municipaux résolurent de faire élever sur cette même place un arc de triomphe qui surpassât en grandeur et en magnificence les plus beaux qui nous soient restés de l'antiquité. Tous les artistes furent appelés à ce concours mémorable, dans lequel Charles Perrault eut encore la gloire de l'emporter sur tous ses rivaux. Son plan ayant été accepté par la ville, la première pierre en fut posée le 6 août 1670, et les constructions s'élevèrent rapidement jusqu'aux piédestaux des colonnes. Diverses circonstances en ayant arrêté les travaux, on voulut cependant juger de l'effet général de ce monument, et l'ordre fut donné de l'exécuter en plâtre sur les constructions déjà commencées. Il fut, dit-on, généralement approuvé des connoisseurs, malgré les nombreux ennemis de

____

(1) La maison et le terrain sont maintenant occupés par des jardiniers.

l'architecte. « Cependant, dit Jacques Blondel, le roi parut si peu sensible à tout ce qu'on faisoit pour lui dans cette circonstance, que la ville ne jugea pas à propos de pousser plus loin les marques d'un zèle qui étoit si froidement accueilli. Ce prince étant mort, le duc d'Orléans, régent du royaume, y prit encore moins d'intérêt. De sorte qu'en 1716 on se détermina à raser cet édifice, qui d'ailleurs tomboit en ruine ; et, sous l'administration du duc de Bourbon, on acheva de le détruire jusqu'aux fondements. »

On peut juger, par le dessin que nous en offrons ici, que cet arc de triomphe étoit digne de l'architecte célèbre auquel nous devons le péristyle du Louvre. On y retrouve la même élégance, la même richesse et le même système de composition. Il avoit 146 pieds de largeur, sans compter la saillie des colonnes des faces latérales, sur 150 pieds de hauteur, y compris l'amortissement. Son ordonnance étoit composée d'un ordre de colonnes corinthiennes groupées deux à deux, et dans la même proportion que celles qu'il avoit employées dans son péristyle, c'est-à-dire qu'elles étoient élevées d'un module de plus que l'ordre ne le requiert, afin d'y répandre plus d'élégance. La hauteur de l'arcade étoit à sa largeur dans la proportion de deux à un, suivant les principes rigoureux de l'architecture ; cependant on a observé qu'en raison de la plus grande dimension des colonnes, il auroit fallu peut-être lui donner aussi un peu plus d'élévation. Les portes latérales, larges seulement de quinze pieds, et dans le même rapport que la grande arcade, étoient renfermées dans des niches carrées, couronnées de tables saillantes et rentrantes, que l'on avoit enrichies de sculptures en bas-reliefs. Entre chaque groupe de colonnes, des médaillons attachés sur le nu du mur, avec des rubans de sculpture, offroient les principales actions, les exploits et les conquêtes de Louis XIV.

Sur l'entablement corinthien régnoit un socle de toute la hauteur de la corniche, et sur ce socle étoient placés des esclaves et des trophées. A plomb du nu du mur s'élevoit une espèce d'attique, dont la hauteur, ainsi que celle des socles, égaloit la moitié de l'élévation des colonnes, et cet attique, ainsi reculé, laissoit une place convenable pour la saillie des groupes. Sur l'espace qu'il occupoit au-dessus du grand entrecolonnement devoit être gravée une inscription dans une table rentrante ; et dans de pareilles tables au-dessus des portes latérales, étoient des bas-reliefs qui désignoient les principales batailles de Louis XIV, ainsi que l'a pratiqué François Blondel à la porte Saint-Denis et aux portes Saint-Antoine et Saint-Bernard.

Enfin, sur cet attique, dans toute la largeur du principal avant-corps, s'élevoit un grand amortissement, orné des armes du roi. Sur cet amortissement étoit appuyé le piédestal d'une statue équestre de ce prince, laquelle terminoit majestueusement cette magnifique composition.

HÔTELS.

ANCIENS HÔTELS DÉTRUITS.

Hôtel de Rieux (vieille rue du Temple.)

Il étoit situé dans cette rue, au coin de celle des Blancs-Manteaux. Le maréchal Jean II de Rieux et Pierre de Rieux de Rochefort son fils, également maréchal de France, l'occupoient à la fin du quatorzième et au commencement du quinzième siècle. Il fut confisqué sur ce dernier par les Anglais en 1421, passa depuis successivement à plusieurs particuliers, et enfin dans le siècle dernier à M. Amelot de Biseuil. Cet hôtel a été remplacé par une maison particulière.

L'assassinat du duc d'Orléans, frère de Charles VI, fut commis justement vis-à-vis cet hôtel, et son corps y fut d'abord déposé.

Hôtel Barbette.

Cet hôtel, sur lequel a été percée la rue qui porte aujourd'hui son nom, étoit très vaste, et accompagné d'une culture qui portoit la même dénomination, et qui l'avoit donnée à une fausse porte située dans la vieille rue du Temple, un peu au-dessus des Blancs-Manteaux. La famille Barbette, à qui il appartenoit dans le principe, étoit très connue vers le milieu du treizième siècle; et l'on trouve qu'en 1306, sous le règne de Philippe-le-Bel, le peuple, mécontent de l'altération et de la diminution des espèces ordonnée par ce prince, et persuadé que c'étoit Étienne Barbette, alors maître des monnoies, qui lui en avoit donné le conseil, se porta en foule à son hôtel, en força les portes et le pilla. Jean de Montaigu, en étant devenu depuis propriétaire, le vendit, en 1403, à Isabelle de Bavière,

femme de Charles VI, qui en fit son *petit séjour* (1). Cet hôtel passa
ensuite dans la maison de Brezé, et ce fut à titre de femme de Louis de
Brezé, comte de Maulevrier, qu'il appartint à Diane de Poitiers, depuis
duchesse de Valentinois. Il fut vendu et démoli après la mort de son
mari, arrivée en 1561.

Hôtel du Petit-Musc (rue Saint-Antoine.)

Louis Ier, duc de Bourbon, ayant acheté cet hôtel en 1312, y joignit
un autre logis nommé la maison du *Pont-Perrin*, et Charles V acheta
ensuite ces deux édifices réunis, pour en agrandir l'hôtel Saint-Paul. Son
successeur le fit rebâtir, et alors il prit le nom d'hôtel d'Etampes, dit
l'hôtel Neuf. Il a été depuis démembré : les religieuses de la Visitation
en occupèrent une partie, et l'autre forma l'hôtel d'Ormesson, dont nous
ne tarderons pas à parler (2).

Hôtel de Cossé-Brissac (même rue.)

Cet hôtel étoit situé sur le terrain qu'occupe aujourd'hui l'église des
Filles de Sainte-Marie. Sauval l'a confondu avec l'hôtel de Boisi, ci-
devant du Petit-Musc.

Hôtel de la Reine (entre la rue du Petit-Musc et celle de Beautreillis.)

Cet hôtel, connu dans le principe sous le nom de la Pissote, prit ensuite les noms d'hôtel de la Reine et de Beautreillis. Louis XI le donna, en
1463, à Charles de Melun, bailli de Sens, et son lieutenant à Paris. Il
devoit passer à sa postérité ; mais cette clause n'eut pas son exécution,
car on trouve qu'en 1490 Charles VIII en fit présent à Antoine de Cha-

---

(1) Les historiens disent que le duc d'Orléans en sortoit lorsqu'il fut assassiné. *Voyez* page 55.

(2) Tout ce vaste emplacement, depuis la rue Saint-Antoine jusqu'aux Célestins et à la rivière, étoit
couvert de maisons, cours, jardins, et de vastes hôtels qui furent presque tous réunis à la maison
royale dite l'hôtel Saint-Paul, et ensuite divisés et vendus comme nous l'avons dit en parlant de ce
célèbre édifice. Cette division a trompé nos historiens, et les a mis dans le cas ou de confondre ces
différents hôtels, ou de ne pas remarquer que les noms divers qu'ils ont portés ne doivent souvent s'appliquer qu'à la même demeure, successivement occupée par divers particuliers. Ainsi cet hôtel du
Petit-Musc a porté successivement les noms d'hôtel Neuf, d'Étampes, de Bretagne, d'Orange, de
Valentinois, de Boïsi, de Langres, du Maine (Mayenne) et d'Ormesson.

bannes, grand maître d'hôtel de France ; Louis XII en confirma depuis la propriété à son fils (1).

Hôtel des comtes d'Angoulême (rue de l'Égout-Sainte-Catherine.)

On n'a aucun détail sur cet hôtel ; tout ce qu'on en sait, c'est qu'il étoit situé dans cette rue, et que François Ier étant parvenu à la couronne, le joignit au palais des Tournelles. Charles IX en ordonna la démolition et la vente en 1565.

Hôtel du duc d'Orléans.

On ne sait également de cet hôtel rien autre chose que sa situation, laquelle étoit très proche de l'enceinte de la ville, et sur un terrain qui depuis a fait partie des jardins de l'Arsenal.

Maison de plaisance de Henri II (rue de la Roquette.)

Jaillot dit avoir lu dans un mémoire imprimé que Henri II et Henri IV avoient leur maison de plaisance à la Grande-Roquette, au lieu même où étoient les Hospitalières. Nos historiens n'en font pas mention ; mais il est certain que Henri II y a demeuré, car nous avons des lettres de ce prince du 29 août 1568, données à la Roquette, pour informer « des pilleries, « voleries et autres torts faits à ceux de la religion prétendue réformée.

Château de Reuilli (rue du bas de Reuilli.)

Cet ancien château avoit donné son nom à la rue où il étoit situé, et D. Mabillon prétend que dans l'emplacement qu'il occupoit étoit jadis une maison de plaisance qui avoit appartenu à nos rois de la première race, et que ce fut là que Dagobert Ier épousa et répudia ensuite Gomatrude pour contracter un nouveau mariage avec Nanthilde. Quoi qu'il en soit de cette opinion, qui a trouvé des contradicteurs, on ne doute pas qu'en effet Reuilli, que les anciens historiens appellent *Romiliacum*, ne fût un château appartenant aux rois Mérovingiens. Il est probable qu'il

---

(1) Nous avons parlé de tout ce qui a rapport à la démolition de cet hôtel à l'article des hôtels du quartier Saint-Paul.

n'avoit point été aliéné , ou du moins que s'il a pu l'être, il étoit rentré dans le domaine de la couronne, car on voit qu'en 1352 le roi Jean promit d'en faire la vente à Humbert, patriarche d'Alexandrie, ancien dauphin de Viennois.

HÔTELS EXISTANTS EN 1789.

Hôtel d'Estrées (rue Barbette.)

Il fut construit par François-Annibal d'Estrées , maréchal de France ; et quoiqu'il ait depuis changé plusieurs fois de maître, il en a toujours conservé le nom.

Hôtel Pelletier (entre la rue des Rosiers et celle du Roi de Sicile.)

Cet hôtel avoit été bâti pour Antoine Coiffier de Ruzé , dit le maréchal d'Effiat, surintendant des finances en 1626. Après sa mort, ses héritiers le vendirent à Claude Le Pelletier , d'abord prevôt des marchands , puis contrôleur général des finances et ministre d'état. Il n'est point sorti de cette famille jusqu'à la fin de la monarchie.

Hôtel d'Argenson (même rue.)

Il appartenoit au garde des sceaux d'Argenson , et avoit son entrée par un cul-de-sac qui en a pris le nom , et qui existe encore.

Hôtel d'Albret (rue des Francs-Bourgeois.)

Cet hôtel, le plus considérable de ceux qui soient situés dans cette rue , fut construit au milieu du seizième siècle sur cinq places de la culture Sainte-Catherine , lesquelles furent acquises par le connétable Anne de Montmorency. Après un assez grand nombre de révolutions qu'il seroit fastidieux de rapporter , il fut porté dans la maison d'Albret par le mariage de Magdeleine de Guénégaud avec César-Phébus d'Albret, comte de Miossans et maréchal de France. Après sa mort , ses héritiers le vendirent à Jean Brunet de Chailli , garde du trésor royal ; et son dernier propriétaire fut M. du Tillet , président honoraire au parlement.

Dans cette même rue demeuroit Michel Le Tellier, chancelier sous Louis XIV.

Hôtel d'Herbouville (rue Pavée.)

Cet hôtel, connu d'abord sous les noms d'hôtel de Savoisi et de Lorraine, est célèbre dans l'histoire du règne de Charles VI. Il appartenoit alors à Charles de Savoisi, chambellan et favori de ce prince. Le 13 ou le 14 juillet 1404, l'université étant allée en procession à Sainte-Catherine-du-Val-des-Écoliers, il survint entre ses suppôts et les domestiques de ce seigneur une querelle qui dégénéra bientôt en une rixe scandaleuse et sanglante, dont les suites nous apprennent jusqu'à quel point cette compagnie poussoit, dans ces temps-là, l'abus de son pouvoir et de ses privilèges. Non contente de porter ses plaintes au prevôt de Paris, à la reine, aux ducs d'Orléans et de Bourgogne, au parlement, elle n'eut pas même la patience d'attendre la satisfaction qu'elle demandoit, et ordonna sur-le-champ de fermer les classes et de cesser les prédications. Cette violence eut tout l'effet qu'elle en pouvoit espérer dans un siècle où le respect qu'on lui portoit alloit jusqu'à la superstition la plus ridicule. Sur sa requête, le parlement de Paris ordonna, dès le 19 du même mois, que M. de Savoisi seroit arrêté, c'est-à-dire qu'il auroit la ville pour prison, avec défense d'en sortir, sous peine de confiscation de tous ses biens, et d'être réputé coupable des excès commis dans la journée du 14. Le 22 août suivant, le roi rendit son arrêt, par lequel il ordonna « que la « maison de Charles Savoisi seroit démolie le 26, aux frais des matériaux, « dont le surplus seroit donné à l'église de Sainte-Catherine, et qu'il feroit « assiette de 100 liv. parisis de rente amortie pour fondation de chapelles. » Il fut en outre *condamné en 1000 liv. envers les blessés, et pareille somme envers l'université*, moyennant quoi *on lui donne main levée de sa personne;* et pour le jugement des coupables, le roi les renvoie par-devant les juges ordinaires, et *veut qu'ils soient très bien punis selon leurs démérites.*

En conséquence, trois domestiques de M. de Savoisi firent amende honorable devant les églises de Sainte-Geneviève, de Sainte-Catherine et de Saint-Severin; furent fouettés ensuite aux carrefours de la ville, et bannis pour trois ans. La partie de l'arrêt qui regardoit ce gentilhomme ne fut pas exécutée avec moins de rigueur, malgré les prières du roi, qui s'intéressoit à ce que sa maison fût du moins respectée (1); l'université fut inflexible, la démolition s'en fit même avec une solennité nouvelle, au son des trompettes; elle fut rasée jusqu'à terre, et les historiens ajoutent même que Savoisi fut banni.

Ce fut en vain que deux ans après ce favori obtint de Charles VI la permission de rebâtir son hôtel; l'université s'y opposa avec plus de fureur que jamais, et l'autorité du roi fut encore obligée de céder à cette corporation redoutable. Enfin il fallut cent douze ans d'intervalle pour satisfaire sa vengeance et adoucir son animosité, encore n'accorda-t-elle la permission de rétablir cet édifice que sous la condition expresse qu'il y seroit placé une inscription contenant l'arrêt rendu contre Savoisi, et la grace spéciale qu'elle vouloit bien accorder (2).

Il y a quelques incertitudes sur le personnage qui fit rebâtir cet hôtel. Les traditions les plus sûres nous apprennent que ce fut le trésorier Morlet. Il passa ensuite à la famille des Savari, dont il prit le nom. Il le portoit en 1533, et c'est là que le duc de Norfolck, ambassadeur d'Angleterre, fut logé pendant le séjour qu'il fit à Paris dans le courant de cette année. Dix ans après, le 1er juin 1543, l'amiral de Chabot y mourut. On ignore à quel titre il lui appartenoit; mais en 1545 sa veuve le vendit au sieur de Bellassise, trésorier de l'extraordinaire des guerres, des mains duquel il passa dans celles du duc de Lorraine. Les princes de cette

---

(1) On proposa, dit l'historien de ce prince, de la donner au roi de Navarre, qui offroit de la payer comptant; « mais il fut impossible d'y réduire l'université : si bien que le roi n'en put sauver que les « galeries qui étoient bâties sur les murailles de la ville, et qui furent conservées, en les payant selon « l'estimation, pour la merveille de l'ouvrage, pour la rareté et la diversité des peintures. »

(2) Cette pierre, qui avoit deux pieds carrés, fut enlevée quand on bâtit l'hôtel de Lorraine, et trouvée depuis dans quelques démolitions. Elle a été long-temps encastrée dans les murs du jardin de M. Foucault, conseiller d'état. Voici ce qu'on y lisoit :

« Cette maison *de Savoisi*, en 1404, fut démolie et abattue par arrêt, pour certains forfaits et « excès commis par messire *Charles de Savoisi*, chevalier, pour lors seigneur et propriétaire d'icelle « maison, et ses serviteurs, à aucuns écoliers et suppôts de l'université de Paris, en faisant la procession « de ladite université à Sainte-Catherine du Val-des-Écoliers, près dudit lieu, avec autres réparations, « fondations de chapelles et charges déclarées audit arrêt, et a demeuré démolie et abattue l'espace « de cent douze ans, et jusqu'à ce que ladite université, de grace spéciale, et pour certaines causes, « a permis la réédification d'icelle, aux charges contenues et déclarées ès lettres sur ce faites et passées « à ladite université en l'an 1517. »

maison l'embellirent, le décorèrent et lui donnèrent leur nom, qu'il conserva même après avoir été acquis par les familles Desmarets et d'Herbouville.

Hôtel de Lamoignon (même rue.)

Cet hôtel avoit été bâti, de même que l'hôtel d'Albret, au milieu du seizième siècle, et sur cinq places de la culture Sainte-Catherine, que les chanoines de cette maison ainsi que ceux de Saint-Victor avoient eu la permission d'aliéner en 1545. Acquises d'abord par MM. Claude de Tudert et Simon Gallet, la propriété en passa, en 1555, à M. Robert de Beauvais. A cette époque on avoit déjà joint à ce terrain une grande maison avec cour, jardin et étables à pourceaux, qui avoit appartenu aux religieux de Saint-Antoine, et à laquelle on donnoit le nom de *Porcherie de Saint-Antoine*. Elle passa ensuite à la famille de Pisseleu et à plusieurs autres particuliers jusqu'en 1581, que le duc d'Angoulême en fit l'acquisition. On trouve qu'il étoit occupé, en 1622, par l'un de ses héritiers, M. Charles de Valois, comte d'Alez ; et qu'il fut enfin vendu, en 1684, à M. Chrétien de Lamoignon, qui le transmit à ses descendants. Dom Félibien a confondu cet hôtel avec celui des comtes d'Angoulême dont nous avons déjà parlé.

Hôtel Saint-Paul ou de la Force (rue du Roi de Sicile.)

Cet hôtel fut bâti, suivant les apparences, par Charles, frère de saint Louis, comte d'Anjou et de Provence, et depuis appelé aux royaumes de Naples et de Sicile ; il en est du moins le premier possesseur dont l'histoire fasse mention. Son fils, héritier de cette demeure, la donna, en 1292, à Charles de Valois et d'Alençon, fils de Philippe-le-Hardi ; et les comtes d'Alençon continuèrent d'en jouir jusqu'au règne de Charles VI. Ce prince, qui aimoit passionnément les exercices de chevalerie alors en usage, ayant remarqué que cet hôtel n'étoit séparé que par l'enceinte de Philippe-Auguste des lices de la culture Sainte-Catherine, jugea qu'il seroit commode pour lui d'avoir une semblable maison dans laquelle il pourroit ou se reposer ou se préparer aux joutes et aux tournois qui se donnoient fréquemment en cet endroit. Il la fit en conséquence demander à Pierre d'Alençon, qui la lui céda par deux actes de 1389 et

VUE EXTÉRIEURE de l'Hôtel ST. POL du côté du Jardin.

1390 , dont le second contenoit un abandon pur et simple. Le roi la donna aussitôt à Robert et Charles de Bausson , sans doute sous certaines réserves qui toutefois ne sont point mentionnées par les historiens.

Cet hôtel appartint depuis aux rois de Navarre et au comte de Tancarville. Le cardinal de Meudon en étant devenu propriétaire , le fit rebâtir en 1559; mais il ne fut achevé que par René de Birague (1) aussi cardinal et chancelier de France. Après sa mort, arrivée en 1583 , cet hôtel , acquis d'abord par le maréchal de Roquelaure , fut bientôt revendu par lui à M. François d'Orléans Longueville, comte de Saint-Paul, ce qui lui fit donner le nom d'*hôtel Saint-Paul*, nom qu'il a conservé jusqu'au milieu du siècle dernier , quoiqu'il ait appartenu depuis à M. de Chavigni, ministre et secrétaire d'état , sous le nom duquel il est indiqué dans quelques anciens plans. Étant passé ensuite à M. de La Force par son mariage avec la petite-fille de M. de Chavigni , il prit enfin le nom de ce seigneur , et l'a conservé jusqu'à nos jours.

A la fin du règne de Louis XIV , cet hôtel fut partagé en deux parties , dont l'une formoit l'hôtel de Brienne, et avoit son entrée dans la rue Pavée ; l'autre , qui conserva son entrée dans celle du Roi de Sicile , fut acquise , en 1715, par les frères Pâris , deux financiers fameux , qui y firent de grands embellissements. En 1731 cette portion de l'hôtel de la Force changea encore de propriétaire. On trouve que MM. Pâris le vendirent à la demoiselle Toupel, de qui M. le comte d'Argenson l'acheta le 12 septembre 1754 , pour le compte de l'École Militaire ; acquisition que confirma un édit du mois d'août 1760.

Nous avons fait connoître plus haut la dernière destination de cet hôtel.

Hôtel de Carnavalet (rue Culture-Sainte-Catherine.)

Cet hôtel , qui mériteroit la célébrité dont il jouit , seulement pour avoir été quelque temps habité par l'illustre madame de Sévigné et par la comtesse de Grignan sa fille , est digne en outre, sous le rapport de l'art,

---

(1) La gravure que nous donnons ici représente cet hôtel tel qu'il étoit après ces dernières constructions.

de fixer l'attention des curieux autant qu'aucun autre monument de Paris.

Cet édifice, commencé par Bullant, continué par Ducerceau, ne fut achevé que dans le dix-septième siècle par François Mansart. Il se compose d'abord d'un bâtiment sur la rue, lequel n'est élevé que d'un seul étage au-dessus du rez-de-chaussée. Il a cinq croisées de face, et présente deux pavillons en avant-corps placés à ses deux extrémités, et couronnés de frontons. Le rez-de-chaussée, orné de refends vermiculés, forme le soubassement d'un ordre de pilastres ioniques accouplés qui décore le premier étage. La porte est en plate-bande dans une niche cintrée, et surmontée d'une corniche en forme de fronton. On ne peut se dissimuler que toute l'architecture de cet hôtel, si l'on en excepte cette porte, exécutée par le premier architecte, ne soit d'un effet très médiocre, et peu digne des éloges qu'elle a reçus de tous les historiens de Paris.

Mais ce qui lui assure une réputation à jamais durable, ce sont les sculptures dont il a été décoré par le célèbre Jean Goujon, et dont plusieurs doivent être mises au nombre des ouvrages les plus charmants qui soient sortis de son ciseau. Toutefois les divers écrivains qui ont fait des descriptions de Paris, même en payant à ces chefs-d'œuvre le tribut d'admiration qu'ils méritent, ont donné une preuve nouvelle de leur inexactitude, et sur-tout de leur ignorance extrême dans tout ce qui tient aux beaux-arts.

Le plus grand nombre de ces écrivains ne s'est pas aperçu que ces excellentes sculptures étoient mêlées avec d'autres faites long-temps après, et d'une exécution bien inférieure ; et se figurant qu'elles étoient toutes de la même main, il les ont toutes confondues dans le même éloge.

Quelques uns, qui même ont écrit de nos jours, ayant voulu se donner un air plus savant, ont cherché à reconnoître les ouvrages de Jean Goujon parmi ceux de ses successeurs ; mais par une bévue pire peut-être que l'ignorance des premiers, ils lui ont justement attribué les plus détestables de ces dernières sculptures.

Nous espérons être plus heureux dans l'examen que nous allons en faire, et distinguer, pour la première fois, ce qui appartient réellement à ce grand sculpteur.

A l'extérieur, les deux enfants qui sont groupés dans l'écusson, les

EXTÉRIEURE de l'Hôtel de CARNAVALET

ornements qui le soutiennent, la petite figure ailée placée sur la clef, le lion et le léopard entourés de trophées que l'on voit aux deux côtés de la porte, sont bien de la main de ce grand sculpteur. Les deux figures représentant la Force et la Vigilance posées sur les trumeaux du premier étage, et la Minerve qui s'élève au-dessus, non seulement n'ont point été faites par lui, mais doivent être considérées comme de très mauvais ouvrages, d'un style mesquin et d'une exécution grossière (1).

Au pourtour de la cour, sur les trumeaux des faces du premier étage, s'élèvent encore douze figures colossales en bas-relief. A la première inspection il est facile de reconnoître que les quatre qui sont placées dans le fond, et qui représentent les saisons, peuvent être seules attribuées à Jean Goujon; mais ce que n'ont point dit ceux qui ont décrit cet hôtel, et ce qu'il étoit toutefois important de dire, c'est qu'elles sont inférieures aux autres sous tous les rapports. Quoiqu'elles rappellent bien certainement le style de ce maître, on y découvre une sorte d'exagération de sa manière, qui pourroit faire penser qu'elles ont été exécutées après sa mort sur de simples croquis de sa main non encore arrêtés.

Enfin ce dont aucun auteur n'a fait mention, et ce qui mérite cependant plus d'attention que tout le reste, ce sont trois petites figures sculptées en bas-relief sur le fronton intérieur du portail, dont deux sont couchées, et tiennent à la main une branche de laurier et une palme; la troisième, debout au milieu, et posée sur un globe, est armée d'un arc et d'une flèche. Non seulement ces figures sont de Jean Goujon, mais on peut dire qu'elles surpassent toutes les autres, et qu'elles égalent ce qui nous reste de plus pur et de plus gracieux de cet artiste excellent.

Hôtel Turgot, ci-devant de Sulli (rue Saint-Antoine.)

Jaillot dit avoir trouvé dans les titres originaux qui concernent l'hôtel de Sulli que, le 15 avril 1624, le sieur Mesme Gallet acquit deux maisons qui appartenoient à M. Louis Huaut de Montmagni et autres; qu'il y fit construire cet hôtel qu'il n'acheva pas, parceque le terrain sur lequel la façade étoit bâtie ne lui appartenoit qu'en partie; que sa fortune

---

(1) L'auteur du quatrième volume de la *Description de Paris et de ses édifices* les présente comme des chefs-d'œuvre.

s'étant trouvée dérangée, cette propriété fut saisie et vendue par décret en 1627. Plusieurs propriétaires qui se succédèrent accrurent depuis cet édifice de plusieurs maisons qu'ils achetèrent dans le voisinage, et le dernier, M. du Vigean, fit construire l'entrée de l'hôtel en 1629. Il fut cédé en cet état, par échange, à M. Maximilien de Béthune, duc de Sulli, qui l'agrandit encore par l'acquisition d'une maison, laquelle forma le petit hôtel de Sulli. Le grand hôtel fut depuis acquis, en 1752, par M. Turgot de Saint-Clair, qui lui donna le nom qu'il a porté jusqu'au commencement de la révolution.

Hôtel de Beauvais (même rue.)

Cet hôtel doit son nom à M. Pierre de Beauvais, conseiller ordinaire du roi, qui le fit bâtir. L'histoire en fait mention, parceque l'épouse de M. de Beauvais, première femme de chambre d'Anne d'Autriche, eut l'honneur d'y recevoir cette reine, la reine d'Angleterre, les dames de la cour et le cardinal Mazarin, le 26 août 1660, jour de l'entrée solennelle de Louis XIV et de Marie-Thérèse d'Autriche.

Hôtel de Guémené.

Cet hôtel, situé à l'extrémité du cul-de-sac auquel il a donné son nom, a son entrée principale dans la place Royale, et avoit appartenu, dans le principe, à la famille de Lavardin. Il passa ensuite dans la maison de Rohan, et dans la branche de Rohan-Guémené.

Hôtels de la place Royale.

Tous les édifices qui composent cette place étoient occupés, comme nous l'avons déjà dit, par les gens les plus qualifiés de la cour et de la ville, et plusieurs de ces hôtels avoient, comme celui de Guémené, une sortie sur les rues adjacentes. Nous croyons qu'on verra avec quelque intérêt les noms des principaux habitants de cette place vers le milieu du siècle dernier.

M. le duc de Richelieu.	Madame la comtesse d'Armalay.
M. d'Ormesson père.	M. le marquis de Beausang.
M. d'Ormesson, avocat général.	M. de Nicolaï.
M. le prince de Talmon.	M. de Creil.
Madame la marquise de Menoux.	M. le comte de Chabot.
M. le marquis de Tessé.	M. d'Ormesson du Charet.
Mademoiselle du Châtelet.	M. le comte de Chabane.
M. l'évêque de Verdun.	M. le président d'Etiaux.
M. de Gagny.	

Hôtel d'Ormesson (rue Saint-Antoine.)

Il est bâti sur une portion du terrain occupé autrefois par l'hôtel du Petit-Musc.

Hôtel royal de l'Arquebuse (au coin de la rue de la Roquette et de celle de Contrescarpe.)

Dans cet endroit étoit un jardin sur la porte duquel on lisoit cette inscription : *Hôtel royal de l'Arquebuse.* C'étoit le lieu destiné jadis aux exercices de la *compagnie royale des chevaliers de l'arbalète et de l'arquebuse de Paris.* On ignore l'origine de cette société ou confrérie d'arbalétriers , qu'il ne faut pas confondre avec les compagnies de bourgeois qui formèrent depuis la garde de la ville. Celle-ci , beaucoup plus ancienne, jouissoit, dès le règne de Louis-le-Gros , de plusieurs privilèges , et son objet étoit de servir le roi quand il le requéroit, et de défendre Paris contre les ennemis du dehors. Nous apprenons que saint Louis ne dédaigna pas de régler lui-même ses exercices, et fixa le nombre des chevaliers à cent quatre-vingts. Il fut depuis porté à deux cents par des lettres-patentes de Charles, dauphin (depuis Charles V). Ce prince, étant devenu roi, montra l'affection qu'il avoit pour ce corps, et l'importance qu'il y attachoit, par une ordonnance rendue en 1369 , dans laquelle il défend les jeux de hasard, et excite la jeunesse à se livrer à de plus nobles exercices, tels que l'arc et l'arbalète, capables de former le corps , et de le rendre propre à supporter les fatigues de la guerre. Depuis cette époque, cette compagnie n'a cessé de voir augmenter et confirmer ses privilèges par tous les rois qui ont succédé à Charles V, jusqu'à Louis XV inclusivement.

Nos historiens ne font point mention des lieux anciennement destinés aux exercices de ces chevaliers de l'arquebuse. Le premier qu'on ait pu découvrir étoit situé près des murs de l'enceinte de Philippe Auguste , et dans l'endroit où est aujourd'hui la rue des Francs-Bourgeois. Ils y furent établis, en 1379, par Charles V, et l'on trouve que, dès 1390, on les avoit transférés entre les rues Saint-Denis et Mauconseil. En 1604, sous le règne de Henri IV, ils occupoient un espace dans le bastion , situé entre les portes du Temple et de Saint-Antoine. Enfin, en vertu de lettres-patentes données en 1671, cet établissement fut transporté dans le lieu que nous venons d'indiquer, et depuis n'en a point changé (1).

Les brevets des chevaliers de l'arquebuse étoient signés du gouverneur de Paris, colonel de cette compagnie royale. Dans les cas urgents, ils étoient tenus de faire le service comme les troupes réglées; et tous les dimanches, à partir du premier dimanche de mai jusqu'au jour de Saint-Denis inclusivement, ils se rassembloient pour leurs exercices, et distribuoient des prix composés de jetons d'argent frappés au coin de la compagnie. Le corps de ville assistoit un jour de l'année à cet exercice, et distribuoit lui-même trois prix aux vainqueurs.

Hôtel Montalembert (rue de la Roquette.)

C'étoit une grande maison, agrandie et embellie dans le dix-huitième siècle par le comte de Clermont, qui en fit sa demeure. Elle prit depuis le nom qu'elle a porté jusqu'en 1789, et le dut sans doute à son nouveau propriétaire.

Hôtel de Mortagne (rue Charonne.)

Cette maison, connue depuis long-temps sous ce nom, fut habitée dans le siècle dernier par le célèbre mécanicien M. de Vaucanson. Cet artiste ayant légué au roi les pièces mécaniques de son invention, qui composoient son cabinet, Louis XVI, alors régnant, résolut de faire l'acquisition de la maison où tous ces objets étoient rassemblés, et d'y former un établissement de mécanique, que son intention étoit de rendre public, et d'enrichir de tout ce que l'Europe pouvoit offrir de plus intéressant en ce genre. Cet établissement, déjà commencé et dirigé par un membre de l'académie des sciences, M. de Vandermonde, fut détruit par la révolution, avant d'avoir acquis toute la perfection dont il étoit susceptible.

---

(1) Sur plusieurs plans du dix-huitième siècle on trouve un jardin des arquebusiers placé à côté de la boucherie, qui étoit alors située à l'esplanade de la porte Saint-Antoine. Quelques particuliers s'y exerçoient effectivement à tirer de l'arquebuse, et même on y distribuoit des prix; mais ils ne formoient point un corps comme la compagnie des arquebusiers.

Le jardin de Reuilli.

On avoit donné ce nom à une maison située dans la rue de la Planchette. Cette maison, très belle, très vaste, et accompagnée d'un jardin planté avec autant de goût que de magnificence, avoit pris d'abord le nom de Rambouillet, qui étoit celui du particulier qui l'avoit fait bâtir, et elle le portoit dès 1676. On la trouve aussi quelquefois indiquée sous celui des *Quatre Pavillons.* C'étoit là que se rendoient les ambassadeurs des puissances étrangères non catholiques, le jour destiné à leur entrée solennelle. Cette habitation fut acquise en 1720 par une personne qui, préférant l'utile à l'agréable, ne laissa subsister que le logement du jardinier, changea les bocages en vergers, et les parterres en marais potagers.

BARRIÈRES.

On en compte douze dans le vaste territoire qu'embrasse ce quartier, depuis son extrémité septentrionale jusqu'à la rivière, savoir :

1. Barrière des Amandiers.	7. Barrière Saint-Mandé.
2.——— de la Folie-Regnault.	8.——— de Picpus.
3.——— des Rats (1).	9.——— de Reuilli (4).
4.——— de Charonne (2).	10.——— de Charenton.
5.——— de Montreuil.	11.——— de Berci.
6.——— du Trône (3).	12.——— de la Rapée.

---

(1) Maintenant barrière d'Aunay.

(2) On la nomme barrière de Fontarabie.

(3) Barrière de Vincennes.

(4) Barrière de Marengo.

FONTAINES ET BOULEVARDS.

FONTAINES.

Nous avons déjà parlé de quelques unes des nombreuses fontaines qui sont répandues dans les quinze quartiers de Paris que nous venons de parcourir, lesquels composent le centre et toute la partie septentrionale de cette grande cité. Les plus remarquables de ces fontaines, la Samaritaine, la fontaine des Innocents, le Château-d'Eau, ont même été le sujet de descriptions particulières assez étendues. Cependant nous sommes loin d'avoir complété cette nomenclature. Nous l'avons même interrompue à dessein, parceque nous avons pensé que la réunion de ces petits monuments dans un ordre méthodique offriroit quelque chose de plus clair et de plus satisfaisant. A l'exception des trois que nous venons de citer, et de quatre autres que nous avons fait graver, elles sont généralement peu remarquables sous le rapport de l'architecture, et n'offrent rien de curieux que quelques inscriptions que nous aurons soin de rapporter..

QUARTIER DE LA CITÉ,

La Samaritaine. (Voy. tom. 1 , pag. 56.)

QUARTIER SAINT-JACQUES-DE-LA-BOUCHERIE,

Fontaine du Grand Châtelet. Elle étoit située à l'endroit que l'on appelle *l'Apport-Paris*, près d'une croix où le curé et le clergé de Saint-Germain-l'Auxerrois venoient tous les ans en procession, le jour du dimanche des Rameaux. Après y avoir chanté l'Évangile, ils se rendoient à la prison, et y délivroient quelques prisonniers.

Fontaine de Marle. Cette fontaine, située au coin de la rue Salle-

Fontaine de Birague.

Fontaine de Richelieu

Fontaine du Diable

Fontaine de la Croix-du-Tiroir.

au-Comte, avoit été construite en 1606. Elle donne de l'eau de la Seine.

Fontaine de la Croix-du-Tiroir. Nous avons déjà dit que cette fontaine, élevée par ordre de François Ier au milieu de la rue de l'Arbre-Sec, où elle obstruoit la voie publique, avoit été transférée, ainsi que la croix qui portoit le même nom, dans un pavillon construit, en 1606, au coin de la même rue pour servir de réservoir aux eaux d'Arcueil. Ce monument, que l'on devoit au célèbre prévôt des marchands *Miron*, fut réédifié en 1776, sur les dessins de l'architecte *Soufflot*. Il a la forme d'un pavillon carré composé d'un rez-de-chaussée et de deux étages que couronne une galerie soutenue par des consoles à têtes marines. Le soubassement, appareillé en bossages, est terminé dans toute sa longueur par une plinthe sur laquelle s'élèvent des pilastres en stalactiques qui encadrent les croisées, et qui sont ornés de chapiteaux à coquilles. Entre les croisées du premier étage est placée une figure de naïade en demi-relief. Toute cette construction est d'un bon style, et d'un caractère convenable ; on y lisoit l'inscription suivante, composée par l'architecte lui-même.

« *Ludovicus XVI, anno primo regni, utilitati publicæ consulens, castellum aquarum arcûs « Juli. Vetustate collapsum, à fundamentis reædificari et meliore cultu ornari jussit. Carol. Claud. « d'Angeviller, com. regiis ædificiis præp.* »

Le Château-d'Eau. (Voy. tom. 1, pag. 407.)

Fontaine des Quinze-Vingts. Elle étoit située dans l'enclos de cet hôpital, et a été abattue en même-temps que ses bâtiments.

Fontaine de Richelieu. Elle est située dans la rue qui porte ce nom, au coin de la rue Traversière. On y lisoit cette inscription, composée par Santeuil :

Qui quondam magnum tenuit moderamen aquarum
Richelius, fonti plauderet ipse novo.

Cette fontaine, qui rappelle les compositions incohérentes de l'ancienne architecture française, se compose d'une niche, accompagnée de pilastres doriques, avec table renfoncée et coquilles ; un fronton que surmontent deux figures en relief couronne cette composition ; et au-dessus s'élève un grand amortissement avec pilastres corinthiens et consoles renversées. Il n'est pas nécessaire de faire remarquer combien un semblable style est bizarre et contraire à tous les principes du bon sens et du bon goût.

Fontaine du Diable. Cette fontaine, située rue de l'Echelle, à l'extrémité de celle de Saint-Louis, fut reconstruite à neuf en 1759. La composition en est agréable. Elle offre une pyramide portée sur un piédestal, et ornée d'une table saillante, au-dessus de laquelle sont groupées deux divinités marines qui soutiennent la proue d'un vaisseau. Ces figures sont d'un bon caractère, et celui du monument entier est d'une simplicité élégante qui peut étonner, si l'on considère l'époque à laquelle il a été construit. Elle donne de l'eau de la Seine.

Fontaine d'Amour. Butte Saint-Roch, au coin des rues des Moineaux et des Moulins.

Fontaine des Capucins. (Voy. tom. 1, pag. 471.)

Fontaine de la place Louis XV. Cette fontaine, qui a été détruite, étoit située près de l'entrée de l'Orangerie.

QUARTIER MONTMARTRE.

Fontaine des Petits-Pères. Cette fontaine, située contre le mur du couvent des Augustins déchaussés, vulgairement dits *Petits-Pères*, au coin des rues Vide-Gousset et Notre-Dame-des-Victoires, n'avoit rien de remarquable, que l'inscription suivante, composée par Santeuil :

> *Quæ dat aquas, saxo latet hospita Nympha sub imo :*
> *Sic tu cum dederis dona, latere velis.*

Fontaine de Colbert. Cette fontaine, qui donne de l'eau de la Seine, est située dans la rue du même nom.

Fontaine de la rue Montmartre. Elle a été construite dans la rue de ce nom, vis-à-vis celle de Saint-Marc, et donne également de l'eau de la Seine.

QUARTIER SAINT-EUSTACHE.

Fontaine de la Nouvelle-Halle. Elle a été pratiquée dans le piédestal de la colonne astronomique élevée par Catherine de Médicis, et adossée à la Halle aux blés.

QUARTIER DES HALLES.

Fontaine des Innocents. (Voy. tom. 2, pag. 256.)
Fontaine du Marché-Carreau, ou *Pilori.* (Voy. tom. 2, pag. 242.)

QUARTIER SAINT-DENIS.

Fontaine des Filles-Dieu. Elle étoit située dans la rue Saint-Denis,
à côté de la porte d'entrée de ce couvent, Etablie d'abord en 1265,
ensuite détruite, elle fut reconstruite au même endroit en 1605. Cette
fontaine donne de l'eau de l'aqueduc des Prés-Saint-Gervais.

Fontaine de la Reine, ou *de la Trinité.* (Voy. tom. 2, pag. 280.)

Fontaine du Ponceau. Cette fontaine, réparée en 1605, donne de
l'eau de l'aqueduc des Prés-Saint-Gervais (1).

Fontaine de Saint-Lazare. Elle fut construite dans le treizième siècle,
vis-à-vis de cette maison, et réparée dans le dix-septième. L'eau qu'elle
donne vient de la même source que la fontaine précédente.

QUARTIER SAINT-MARTIN.

Fontaine Maubuée. Cette fontaine, située au coin de la rue de ce
nom, et de celle de Saint-Martin, donne de l'eau de l'aqueduc de
Belleville.

Fontaine Saint-Martin, ou *du Verbois.* Elle fut construite en 1712,
sur un emplacement donné à cet effet par les religieux Bénédictins de
Saint-Martin, près de l'encoignure de la rue du Verbois. Cette fontaine
donne de l'eau du même aqueduc.

Fontaine des Récollets. Cette fontaine, située dans le faubourg Saint-
Laurent, est très ancienne. L'eau qu'elle donne vient de l'aqueduc des
Prés-Saint-Gervais.

QUARTIER DE LA GRÈVE.

Fontaine de la Grève. (Voy. tom. 2, pag. 440.)
Fontaine du Cimetière Saint-Jean. Place Baudoyer. On ignore l'é-
poque de sa construction.

---

(1) Elle a été réédifiée entièrement depuis deux ans, sous une forme beaucoup plus élégante.

Tome II.   94

Fontaine de Sainte-Avoie. Située dans la rue de ce nom. On y lisoit l'inscription suivante :

Civis aquam petat his de fontibus, illa benigno
De patrum patriæ munere, jussa venit. — 1687.

Fontaine du Paradis. Elle tire son nom de la rue où elle est située, et donne de l'eau de l'aqueduc de Belleville.

Fontaine de Braque. Elle est située rue du Chaume, et tire son eau du même aqueduc.

QUARTIER DU TEMPLE.

Fontaine Boucherat, ou *de l'Égout du Marais.* Cette fontaine, qui donne de l'eau de la Seine, fut construite au coin de la rue Charlot en 1697.

Fontaine du Calvaire du Temple. Cette fontaine, construite en forme de piédestal, et ornée de deux tritons en sculpture, offroit l'inscription suivante, composée par Santeuil :

Felix sorte tuâ Naïas amabilis,
Dignum, quo flueres, nacta situm loci,
Cui tot splendida tecta
Fluctu lambere contigit.
Te Triton geminus personat amulâ
Conchâ, te celebrat nomine regiam,
Læto non sine cantu,
Portat vasta per æquora.
Cedent, credo equidam, dotibus his tibi
Posthac nobilium numina fontium.
Hâc tu sorte beata
Labi non eris immemor.

Fontaine Saint-Claude. Cette fontaine, située au coin de la rue du même nom, du côté du Temple, fut construite vers la fin du siècle dernier. On y avoit gravé cette inscription :

Fausta Parisiacam, Lodoico rege, per urbem,
Pax ut fundet opes, fons ita fundit aquas.

Fontaine de l'Echaudé. Vieille rue du Temple, au coin de celle de Poitou. Elle fut bâtie en 1671, et donne de l'eau de l'aqueduc de Belleville.

Fontaine de Vendôme. Cette fontaine, ainsi nommée, parcequ'elle fut construite du temps que le chevalier de Vendôme étoit grand prieur de France, est située au bout des murailles du Temple, du côté du boulevard. On y lisoit autrefois les deux vers suivants :

> *Quem cernis fontem, Malthæ debetur et urbi ;*
> *Hæc præbet undas, præbuit illa locum.*

Fontaine des Vieilles-Haudriettes. Cette fontaine, située au coin de cette rue et de celle du Chaume, tire son eau de l'aqueduc de Belleville. Elle fut construite sur les dessins de l'architecte *Moreau*, et ornée d'une figure de naïade en bas-relief, par un sculpteur nommé *Mignot*. Le tout est d'une grande médiocrité.

QUARTIER SAINT-ANTOINE.

Fontaine de Birague, ou *de Sainte-Catherine.* Cette fontaine, ainsi nommée, parcequ'elle fut achevée en 1579 par la munificence de René de Birague, cardinal et chancelier de France, est située sur une place nommée alors *Cimetière des Anglais*, que depuis Louis XIII donna aux Jésuites, afin de rendre plus commode et plus agréable l'entrée de leur église et de leur maison professe. Lors de cette première construction, on grava sur une table de marbre les inscriptions suivantes :

> *Henrico III,*
> *Franciæ et Poloniæ rege Christianisssimo.*
> *Renat. Birag.*
> *Sanctæ Romanæ ecclesiæ presbyt. cardin.*
> *Et Franc. cancellar. illustriss.*
> *Beneficio Claudii d'Aubray, præfecto,*
> *Mercator. Johann. le Comte ;*
> *Renat. Baulert ; Johann. Gedoyn :*
> *Petr. Laisné, tribunis plebis*
> *Curantibus.*
> *Anno redemptionis M. D. LXXIX.*

> *Hunc deduxit aquam duplicem Biragus in usum ;*
> *Serviat ut domino ; serviat ut populo.*

Publica sed quanta privatis commoda, tanto
Præstat amore domús, publicus urbis amor.

Renat. Birag. Franc. Cancell.
Publ. comm.
M. D. LXXXII.

Cette fontaine fut refaite sous la prevôté de *Nicolas Bailleul*, et l'on y grava alors cette inscription :

Siccatos latices, et ademptum fontis honorem
Officio œdiles restituere sao.

Ob reditum aquarum. 1627.

Enfin on la rebâtit pour la dernière fois en 1707, et cette construction, plus élégante que les autres, subsiste encore aujourd'hui. Elle a la forme d'une espèce de tour à cinq pans, ornée, sur chaque face, de pilastres, de frontons, de tables renfoncées, et recouverte d'une calotte sphérique appareillée en pierres que surmonte un clocheton ; le tout d'un style assez agréable. Les tables et les frontons sont enrichis de sculptures et d'inscriptions en vers latins.

Ire face.

Prætor et œdiles fontem hunc posuere, beati
Sceptrum si Lodoix, dum fluct unda, regat.

IIe.

Ante habuit raros, habet urbs nunc mille canales
Ditior, hos sumptus oppida longa bibant.

IIIe.

Ebibe quem fundit purum Catharina liquorem,
Fontem at virginem, non nisi purus, adi.

IVe.

Naïas exesis male tuta recesserat antris ;
Sed notam sequitur, vix reparata, viam.

V^e.

Civibus hinc ut volvat opes, nova munera, largas
Nympha, supernè fons, desinit in fluvium.

Son eau, qui lui vient de la pompe construite sur le pont Notre-Dame,

VUE des **BOULEVARDS** prise du **THÉATRE ITALIEN** jusqu'à leur extrémité Occidentale.

se distribue ensuite dans plusieurs quartiers, et principalement dans le faubourg Saint-Antoine.

Fontaine Royale. Cette fontaine, construite entre les années 1687 et 1692, dans la rue Saint-Louis, auprès de la place dont elle a pris le nom, est ornée de sculptures représentant deux tritons. Son eau vient de l'aqueduc de Belleville.

Fontaine des Tournelles. Cette fontaine, située au coin de la rue de ce nom et de celle Saint-Antoine, fut construite en 1671. Elle donne de l'eau de la Seine.

Fontaine des Mousquetaires. Construite en 1719, rue de Charenton, faubourg Saint-Antoine. Son eau vient aussi de la Seine.

Fontaine de l'Abbaye Saint-Antoine. Située dans la grande rue du faubourg de ce nom, au coin de la rue de Montreuil. Elle tire également son eau de la Seine.

Fontaine de Charonne. Placée à l'entrée de la rue de ce nom; la Seine lui fournit son eau.

Fontaine de Bas-Froid. Elle est située à l'angle de la rue du même nom, et tire son eau de la même source.

BOULEVARDS ET REMPARTS.

Il est inutile de répéter que cette promenade, qui embrasse dans son circuit et coupe en deux parties tout le côté septentrional de Paris, a été formée sur l'emplacement de ses dernières murailles, dont elle retrace assez exactement l'enceinte. Elle est composée d'une grande allée pavée pour le passage des voitures, de deux contre-allées plantées d'arbres, et sert de communication entre *la ville*, proprement dite, et les faubourgs qui la terminent. Quoiqu'elle n'ait rien de très remarquable, ni par la beauté de ses ombrages, ni par la nouveauté de leur disposition, les jolies maisons, les cafés, les salles de spectacle, les monuments, les jardins élégants qui la bordent dans toute sa longueur, en font un des aspects les plus brillants et les plus variés de Paris.

Les boulevards commencent à la porte Saint-Honoré, et, renfermant tous les quartiers que nous venons de décrire, leurs faubourgs exceptés, viennent finir à la porte Saint-Antoine. Dans ce long espace qu'ils parcourent, leur nom change plusieurs fois et dans l'ordre suivant :

Depuis la rue Saint-Honoré jusqu'à celle des Capucines, *boulevard de la Magdeleine.*

Depuis cette dernière rue jusqu'à celle du Mont Blanc (ci-devant de la Chaussée-d'Antin), *boulevard des Capucines.*

De la rue du Mont-Blanc à celle de Richelieu, *boulevard des Italiens.*

De cette dernière rue jusqu'à celle de Montmartre, *boulevard Montmartre.*

De la rue Montmartre jusqu'à la rue Poissonnière, *boulevard Poissonnière.*

De la rue Poissonnière jusqu'à celle de Saint-Denis, *boulevard de Bonne-Nouvelle.*

De cette dernière rue jusqu'à la rue Saint-Martin, *boulevard Saint-Denis.*

De la rue Saint-Martin jusqu'à la rue du Temple, *boulevard Saint-Martin.*

De la rue du Temple jusqu'à celle des Filles du Calvaire, *boulevard du Temple.*

De ce dernier point jusqu'à la rue du Pont-aux-Choux, *boulevard des Filles du Calvaire.*

De la rue du Pont-aux-Choux jusqu'à la rue Saint-Antoine, *boulevard Saint-Antoine.*

RUES ET PLACES

DU QUARTIER SAINTE-ANTOINE.

Rue d'Aligre. Cette rue, percée depuis 1780, donne d'un côté dans la rue de Charenton, de l'autre sur le marché Beauvau.

Rue des Amandiers. Elle fait la continuation de la rue du Chemin-Vert, dont on lui a quelquefois donné le nom, et aboutit à la campagne et à la rue des Murs de la Roquette. Le terrain sur lequel elle fut percée s'appeloit encore, dans le siècle dernier, *les Amandiers.* Peut-être y avoit-il en cet endroit une certaine quantité d'arbres de cette espèce, ce qui lui en aura fait donner le nom.

Rue Amelot. Cette rue donne d'un côté sur le boulevard, au coin de la rue Daval, de l'autre à l'entrée du faubourg Saint-Antoine. Elle a été ouverte depuis 1780.

Rue Saint-André. Elle aboutit d'un côté à la rue des Rats, et de l'autre à celle de la Folie-Regnault. On n'a nul renseignement sur l'origine de son nom.

Rue Saint-Antoine. Elle commence à la porte Baudoyer, et finit à la porte Saint-Antoine. Jaillot croit qu'elle doit ce nom à l'abbaye située dans le faubourg, à laquelle elle conduit, plutôt qu'à la maison du Petit-Saint-Antoine, ce qui étoit l'opinion de l'abbé Lebeuf. Le premier nom que cette rue ait porté est celui de rue de la *Porte Baudéer,* *vicus Portæ Baldeerii :* on l'appeloit ainsi au commencement du treizième siècle ; mais il faut observer que c'étoit seulement dans la partie voisine de cette porte ; plus loin on la nommoit *rue de l'Aigle, vicus de Aquilâ.* Elle devoit ce nom à une maison qui portoit vraisemblablement un aigle dans son enseigne. Les cartulaires de Saint-Éloi et de Saint-Maur en font souvent mention, ainsi que du four banal que le prieuré de Saint-Éloi avoit dans cette rue, presque au coin de la rue de Joui : *domus Aquilæ in vico Baldaeri* 1227 ; en 1230 elle est ainsi désignée, *domus Aquilæ sita apud portam Bauderii ;* on y trouve aussi la rue indiquée sous le même nom de *vicus de Aquilâ per quem itur apud Sanctum Antonium,* juin 1244. Ainsi la rue de l'Aigle faisoit la continuation de la rue de la porte Baudeer. Or, comme la censive de Saint-Éloi ne s'étendoit pas en-deçà de la rue des Barres, il est aisé d'en conclure que la rue de l'Aigle n'étoit ainsi nommée que depuis celle-ci jusqu'à la porte Saint-Antoine de l'enceinte de Philippe-Auguste. Le Cartulaire de Saint-Germain-l'Auxerrois fait mention de cet endroit à l'an 1289, et le nomme *terra quæ dicitur de Aquilâ versus portam Sancti Antonii.* Enfin, depuis cette

porte jusqu'à celle qui fut depuis construite sous le même nom, au règne de Charles VI,
la rue Saint-Antoine portoit celui de *rue du Pont-Perrin* (1): la place qui est à l'extrémité
de cette rue, près de l'emplacement de la Bastille, se nomme *place Saint-Antoine*.

Rue du Faubourg-Saint-Antoine. Elle commence à la porte Saint-Antoine, et finit à
l'endroit dit le *Trône*. On l'appeloit anciennement la *chaussée Saint-Antoine*, et ce nom
elle le portoit encore en 1632 (2).

Rue des Fossés-Saint-Antoine. Elle règne le long des fossés depuis la rue du faubourg
jusqu'à la rivière; on la nomme aussi rue de la Contrescarpe.

Rue des Ballets. Elle aboutit à la rue Saint-Antoine et à celle du Roi-de-Sicile. Sauval
a pensé que la famille des *Baillet* avoit pu donner son nom à cette rue, et que le peuple
l'aura corrompu en l'appelant rue des Ballets au lieu de *rue des Baillet;* mais il n'en donne
aucune preuve. Guillot et le rôle de taxe de 1313 n'en parlent point. La liste du quinzième siècle et le censier de l'archevêché de 1495 en font mention sous le nom de *rue des
Ballays;* et celui de Saint-Éloi, en 1613, énonce une maison au coin de la *rue des
Ballays*, acquise par la ville, pour agrandir cette rue. Cette orthographe détruit l'étymologie que Sauval en a donnée.

Rue Barbette. Elle aboutit d'un côté à la vieille rue du Temple, et de l'autre à celle
des Trois-Pavillons. Elle tire son nom de l'hôtel Barbette, dont nous avons déjà parlé,
et sur l'emplacement duquel elle a été ouverte.

Rue de Basfroi. Elle fait la continuation de la rue de Popincourt, et traverse de la
rue de la Roquette dans celle de Charonne. Nous n'avons rien pu découvrir sur l'étymologie du nom de cette rue, qu'on appelle et qu'on écrit communément *Basfroid*. Le plus
ancien titre qui en fasse mention est un bail à cens du 15 novembre 1393, d'un arpent
et demi et sept perches de vignes au lieu dit *Baffer*, sur le chemin Saint-Antoine. Les

---

(1) Nicolas Bonfons, libraire, qui nous a donné une édition plus ample des *Antiquités de Paris*,
publiées par Corrozet, indique dans ce quartier quatre rues que nous ne connoissons plus : la *rue
Sainte-Catherine, pour aller droit à la porte Saint-Antoine*, la *rue de la Royne*, la *rue Royale*
et la *rue d'Orléans*. Corrozet n'avoit point fait mention de ces rues, soit par oubli, soit qu'elles n'exis-
tassent pas alors, comme cela paroît plus vraisemblable.

Le palais des Tournelles ayant été détruit presque de fond en comble en 1565, on put faire un chemin
qui conduisoit en droite ligne de l'église de la Couture Sainte-Catherine à la porte Saint-Antoine, et qui
se trouve aujourd'hui couvert de maisons. La *rue d'Orléans* semble être le chemin qui conduit à la
Bastille et à l'Arsenal. On sait que le duc d'Orléans avoit un hôtel situé en cet endroit, et qui fait partie
des jardins de l'Arsenal. La *rue de la Royne* pourroit être le passage qui conduisoit au cimetière Saint-
Paul et aux charniers, lesquels subsistoient encore vers la fin du dix-huitième siècle. Jaillot avoit vu cependant un ancien plan manuscrit de la censive et des terrains dépendants du monastère de la culture
Sainte-Catherine, sur lequel ce passage étoit indiqué sous le nom de *rue aux Lyons*. La *rue Royale*
semble être représentée par le cul-de-sac Guémené.

(2) A l'endroit où cette rue se rencontre avec celle de Montreuil on a percé une rue nouvelle qui
aboutit à l'une et à l'autre. Elle est nommée *rue Saint-Jules*.

Dans cette même rue, et un peu avant celle de Saint-Bernard qui vient y aboutir, il y a un cul-de-
sac nommé des *Forges-Royales*.

déclarations passées au terrier du roi en 1540 énoncent le terroir de *Basfert*, *Baffert* ou *Baffroi*; et dans un ancien compte on lit : *Le chantier du Grand-Basfroi et celui de Popincourt, dit le Petit-Basfroi.*

Place et marché Beauvau. Cette place et ce marché, situés entre la rue Saint-Antoine et celle de Charenton, communiquent à ces deux rues par diverses autres rues transversales.

Rue Beauvau. Cette rue, ouverte depuis 1780, donne d'un côté rue de Charenton, de l'autre sur le marché Beauvau.

Rue de Bercy. Elle fait la continuation de la rue de la Rapée, et aboutit hors la ville au château de Bercy, dont elle a tiré son nom.

Rue Saint-Bernard. Elle traverse de la rue de Charonne dans celle du faubourg Saint-Antoine. On pense qu'elle a reçu le nom de ce saint parceque l'abbaye Saint-Antoine en suivoit la règle (1).

Rue des Boulets. Elle va de la barrière Saint-Antoine à celle de Charonne, et fait la continuation des rues de la Muette et du Trône. Quelques nomenclateurs l'appellent *rue des Boules*, mais mal à propos. Elle doit ce nom au territoire où elle est située, que d'anciennes déclarations du seizième siècle indiquent ainsi : *Lieu dit les Boulets, anciennement les Basses-Vignolles.* Elle porte la même dénomination sur le plan de Jouvin, publié en 1676, et sur tous ceux qu'on a faits depuis.

Rue des Buttes. Cette rue, ou plutôt ce chemin n'étoit presque pas connu avant l'enceinte élevée sous Louis XVI, parceque la plus grande partie des plans de Paris ne s'étendoit pas jusque-là. Elle traverse de la grande rue de Reuilly dans celle de Picpus.

Rue Caron. Cette rue, ouverte en même temps que le marché Sainte-Catherine, donne d'un côté sur ce marché, de l'autre dans la rue Jarentes.

Rue Culture-Sainte-Catherine. Elle aboutit d'un côté à la rue Saint-Antoine, et de l'autre à celle du Parc-Royal. Nous avons déjà fait observer qu'elle doit ce nom au terrain cultivé des chanoines de Sainte-Catherine-du-Val-des-Écoliers, sur lequel elle fut ouverte. On la nommoit d'abord simplement rue Sainte-Catherine, comme on peut le voir sur le plan de d'Heuland et dans Corrozet; et M. Robert l'appelle encore de même, quoiqu'avant le milieu du siècle passé on la désignât déjà sous le nom de la *Couture* et *Culture Sainte-Catherine*, et qu'elle porte cette dénomination sur le plan de Gomboust et sur les autres plans postérieurs. Boisseau, sur le sien, en fait deux rues : celle qu'il appelle de la Couture prend depuis la rue Saint-Antoine jusqu'à celle des Francs-Bourgeois; et depuis celle-ci jusqu'à la rue du Parc-Royal il la nomme *rue du Val* (2).

Rue Neuve-Sainte-Catherine. Elle aboutit d'un côté à la rue Culture-Sainte-Catherine, et de l'autre à la rue Saint-Louis et à celle de l'Egout. Son nom est dû au terrain du prieuré sur lequel elle a été ouverte.

____

(1) Il y a dans cette rue un cul-de-sac qui porte le même nom.

(2) Ce fut dans cette rue que le connétable de Clisson fut assassiné par l'ordre de Pierre de Craon le 13 juin 1392; et que le roi et une partie de sa cour allèrent le visiter dans la boutique d'un boulanger chez lequel il s'étoit réfugié.

Tome II. 95

Rue de l'Egout Sainte-Catherine. Elle va de la rue Saint-Antoine aux rues Saint-Louis et Neuve-Sainte-Catherine. Elle est ainsi nommée à cause d'un égout qui passoit sur le terrain de Sainte-Catherine, près de l'endroit où cette rue a été ouverte. On l'appeloit, en 1590, *ruelle des Egouts,* et *rue des Egouts* en 1606. On l'a nommée depuis *rue de l'Egout couvert.* Nous avons déjà parlé de l'égout du pont Perrin, qui régnoit le long de la rue Saint-Antoine. En 1417 il fut ordonné de le détourner et de le joindre à celui qui portoit les eaux et les immondices au grand égout du Temple.

On le fit donc passer sur le terrain de la culture Sainte-Catherine, dans la longueur de 625 toises, jusqu'à l'endroit où finit aujourd'hui la rue de Boucherat: il ne fut couvert qu'au commencement du siècle dernier.

Marché Sainte-Catherine. Il a été ouvert, comme nous l'avons déjà dit, vers la fin du siècle dernier, sur l'emplacement de l'église du même nom.

Rue des Chantiers. La plupart de nos plans ne la distinguent pas de la rue Traversière, dont elle fait la continuation depuis la rue de la Rapée jusqu'à la rivière. Ces deux rues ne doivent pas cependant être confondues, celle-ci n'ayant été ouverte qu'à la fin du dix-septième siècle. On voit, par les anciens plans, qu'on la nommoit alors, ainsi que la rue Traversière, rue du *Cler-Chantier.* Sur d'autres plans elle est appelée *rue de la Planchette* et *rue Pavée.* Elle doit son dernier nom aux chantiers auxquels elle aboutissoit. Nous observerons en passant que le terrain où elle est située fait partie de celui qu'on appeloit anciennement le *Champ au Plâtre,* et qu'on nommoit encore dans le siècle dernier *Port au Plâtre,* dans la partie qui borde la rivière, depuis le bastion de l'Arsenal jusqu'à Saint-Bonnet.

Rue des Charbonniers. Elle aboutit d'un côté à la rue de Charenton, et de l'autre au Port-au-Plâtre. Les anciens plans l'indiquent sous le nom de *rue du Port-au-Plâtre,* et *rue Clochepin.* Nous ignorons à quelle occasion elle a quitté ces anciennes dénominations pour prendre celle qu'elle porte encore aujourd'hui (1).

Rue de Charenton. Elle commence au fossé de la porte Saint-Antoine, et aboutit aux coins de la petite rue de Reuilly et de celle de Rambouillet. Son nom provient du bourg de Charenton, où elle conduit.

Rue de Charonne. Elle aboutit à la rue du Faubourg-Saint-Antoine et à la barrière qui portoit jadis la même dénomination. Cette rue tire aussi son nom du village où elle conduit (2).

Rue du Chemin-Vert. Elle aboutit d'un côté à la rue de la Contrescarpe, et de l'autre à celle des Amandiers, au coin de la rue de Popincourt. Ce n'étoit encore, au milieu du seizième siècle, qu'un chemin qu'on appeloit *Vert,* à cause des herbes dont il étoit bordé, et des marais potagers au travers desquels il passoit. En 1667 on le nommoit simplement *la ruelle qui va à Popincourt.* Il est indiqué dans le censier de

---

(1) Cette rue est fermée maintenant depuis la rue de Berci jusqu'à la rivière.

(2) Il y avoit dans la rue de Charonne deux culs-de-sacs: le premier, appelé de *Mortagne,* lequel n'existe plus, devoit son nom à un hôtel voisin; le second, nommé de la *Croix-Faubin,* existe encore, et doit son nom à une croix vis-à-vis de laquelle il étoit situé. Du reste ce nom tire sa première origine d'un petit hameau qui fait aujourd'hui partie du faubourg Saint-Antoine.

Saint-Eloi, sous le nom de la *ruelle des Neuf-Arpents*, parcequ'il avoit été ouvert sur un terrain nommé la culture Saint-Eloi, lequel contenoit neuf arpents. Cette culture étoit divisée en deux parties, et bornée par les rues de Mesnil-Montant, de Popincourt, de la Contrescarpe et du Chemin-Vert. Cette dernière est nommée rue *Verte* dans des actes de 1718, quoiqu'elle fût connue dès le siècle passé sous le nom qu'elle porte, comme on peut le voir sur quelques plans de ce temps-là.

Rue Cloche-Perce. Elle traverse de la rue Saint-Antoine dans celle du roi de Sicile (1). Le procès-verbal de 1636 la nomme *rue de la Cloche-Percée.* C'étoit le nom d'une enseigne qu'on a changé en celui de Cloche-Perce, et c'est ainsi qu'elle est écrite sur tous les plans. Si on lui a donné ensuite, vers 1660, le nom de *rue de la Grosse-Margot,* comme le dit Sauval, à cause de l'enseigne d'un cabaret, ce nom, adopté par le bas peuple, n'a pas fait fortune ; car on ne le trouve ni dans aucun acte, ni sur aucun plan. Nous ignorons quelle pouvoit être la rue de *Pute-y-Muce* dont parle Guillot. Mais sa marche nous fait conjecturer qu'il pouvoit y avoir alors une rue ou ruelle qui ne subsiste plus depuis long-temps, et qui traversoit de la rue Cloche-Perce dans celle de Tiron.

Rue Neuve-du-Colombier. Cette rue ouverte sur le marché Sainte-Catherine, et à la même époque que ce marché, donne de l'autre bout dans la rue Saint-Antoine.

Rue de la Contrescarpe (2). Cette rue nouvelle, percée depuis 1780, donne d'un côté à l'extrémité des rues Daval et de Lappe, de l'autre à la petite rue Saint-Pierre.

Rue de Cotte. Cette rue, ouverte depuis 1780, donne d'un côté rue du Faubourg-Saint-Antoine, de l'autre sur le marché Beauvau.

Rue Daval. Elle donne d'un côté sur le boulevard, de l'autre dans la rue de la Contrescarpe. Cette rue a été percée depuis 1780.

Rue de l'Echarpe. Elle commence à la rue Saint-Louis, et aboutit à la place Royale. On l'appela d'abord *rue de Henri IV,* parceque cette place fut commencée sous le règne de ce prince. Une enseigne lui fit donner le nom de *rue de l'Echarpe Blanche.* Elle le portoit dès 1636. Depuis, on a dit simplement rue de l'Echarpe.

Rue des Ecouffes. Elle aboutit d'un côté à la rue des Rosiers, et de l'autre à celle du roi de Sicile. Cette rue est ancienne ; son nom n'a varié que dans la façon de l'écrire ou de le prononcer. On disoit, en 1233 et en 1254, *rue de l'Ecofle;* en 1300 *de l'Escoufle;* en 1313, *des Escoufles ;* en 1430, *des Escofles,* et au siècle suivant, *des Escloffes,* enfin des *Ecouffes.* Un topographe du siècle passé a jugé à propos de la nommer *rue des Ecossais,* quoiqu'elle n'ait jamais été appelée ainsi.

---

(1) L'abbé Lebeuf, dans ses notes sur le *Dit* des rues de Paris de Guillot, a cru que c'étoit cette rue-ci que le poète désigne sous le nom de *Pute-y-Muce.* M. Robert, on lui donnant aussi ce dernier nom, ajoute qu'elle le portoit encore en 1560, et qu'en 1620 on lui donnoit celui de la *Grosse-Margot,* de l'enseigne d'un cabaret. Nous croyons que ces deux auteurs se sont trompés. Guillot, d'accord avec les rôles de taxe de 1300 et de 1313, indique la *rue Renaut-Lefevre;* or c'étoit ce nom que portoit alors la rue Cloche-Perce, comme on peut s'en convaincre en voyant le plan de d'Heuland et autres plans anciens, de même qu'en lisant Sauval et Corrozet.

(2) On la nomme maintenant *rue Saint-Sabin.*

Rue de la Vallée de Fécan. Elle fait la continuation de la rue de la Planchette, et conduit au chemin de Charenton. Son nom est dû au terrain sur lequel elle est située. On l'appeloit *le bas de Fécant* au quinzième siècle, et c'est ainsi qu'il est nommé dans un titre nouvel, du 16 février 1498. Dans une déclaration rendue au Terrier du roi, en 1540, il est fait mention d'une vigne hors la porte Saint-Antoine, *au val de Fesquant, lieu dit Beauregard.*

Rue du Foin. Elle va de la rue Saint-Louis à celle de la chaussée des Minimes. Elle s'étendoit même autrefois jusqu'à la maison des Hospitalières. Nous ne trouvons point qu'elle ait eu d'autre nom. Il est assez vraisemblable qu'elle doit celui qu'elle porte à un terrain en pâturage qui faisoit partie du parc des Tournelles, sur lequel elle fut ouverte sous le règne de Henri IV.

Rue de la Folie-Regnault (1). Elle aboutit d'un côté à la barrière qui porte ce nom, de l'autre à la rue des Murs-de-la-Roquette. Cette dénomination vient d'une maison de plaisance qui appartenoit à *Regnault l'épicier.*

Rue des Francs-Bourgeois. Elle va de la vieille rue du Temple à celle Sainte-Catherine (2). Elle se nommoit d'abord *rue des Poulies,* et conserva ce nom jusqu'au moment de la construction d'un hôpital qui fut fondé dans cette rue en 1334, suivant dom Félibien, et vers l'an 1350, suivant Sauval, par Jean Roussel et Alix sa femme. Cet hôpital se composoit de vingt-quatre chambres contiguës, dans lesquelles on retiroit des pauvres. En 1415, Pierre Le Mazurier et sa femme, fille de Jean Roussel, donnèrent cet hôpital au grand prieur de France, avec 70 livres de rente, sous la condition de loger deux pauvres dans chaque chambre. Ce fut cet asile qui fit donner à cette rue le nom de Francs-Bourgeois, ceux qui demeuroient dans cet hôpital étant, par leur pauvreté, *francs,* c'est-à-dire exempts de toutes taxes et impositions.

Rue de Jarentes. Ouverte en même temps que le marché Sainte-Catherine, elle le traverse et va aboutir d'un côté rue de l'Egout-Sainte-Catherine, de l'autre rue Culture-Sainte-Catherine.

Rue Jean-Beausire. Elle commence à la rue Saint-Antoine, vis-à-vis la Bastille, et formant un retour d'équerre, aboutit au boulevard. Boisseau, sur son plan, la nomme *rue du Rempart.* Au quatorzième siècle, elle s'appeloit *rue d'Espagne.* On trouve bien, au siècle suivant, une rue Jean-Beausire; mais ce nom étoit donné à celle qu'on a depuis appelée rue des Tournelles. Il fut appliqué à celle-ci dès 1538 (3).

---

(1) On la nomme maintenant rue Sainte-Anne.

(2) Sauval et ses copistes disent qu'elle a porté successivement les noms de *Vieille-Barbette,* des *Poulies,* des *Viez-Poulies,* de *Ferri-des-Poulies* en 1258, et de *Richard-des-Poulies :* cet auteur ajoute que les poulies étoient un jeu usité alors, et qu'on ne connoît plus aujourd'hui, lequel produisoit 20 sols parisis de rente, que Jean Gennis et sa femme donnèrent aux Templiers en 1271. Il est certain qu'au quinzième siècle et au suivant elle portoit le nom de *rue des Poulies;* mais nous n'avons point trouvé ailleurs que dans Sauval qu'elle ait été appelée *Vieille-Barbette.* Il l'a peut-être confondue avec la vieille rue du Temple, à laquelle elle aboutit, et qui dans cet endroit se nommoit *rue Vieille-Barbette.*

(3) Il y a dans la rue Saint-Antoine un cul-de-sac parallèle à cette rue, et qui porte le même nom.

Rue des Juifs. Elle traverse de la rue du roi de Sicile dans celle des Rosiers. Dom Félibien a suivi exactement ce que le commissaire Delamare avoit écrit sur le rappel des Juifs, en 1198. Ces auteurs disent qu'après cette époque les Juifs se logèrent dans différents quartiers qu'ils indiquent, et ils mettent du nombre la rue dont il s'agit. Ce fait peut être vrai, et il y a grande apparence que le nom des Juifs qu'elle porte ne vient que de ceux qui l'ont habitée; mais nous n'avons pu découvrir si elle existoit alors, et sous quel nom. Ce qu'il y a de certain, c'est qu'il n'en est point fait mention dans Guillot, ni dans les rôles de taxe de 1300 et de 1313, ni même dans la liste du milieu du quinzième siècle. Corrozet est, à ce que nous croyons, le premier qui l'ait désignée sous ce nom, lequel se trouve sur tous les plans postérieurs. Nous pensons donc avec Jaillot qu'elle ne l'a pris que sous le règne de Louis XII (1).

Rue de Lappe. Elle va de la rue de la Roquette à celle de Charonne. Jaillot a lu dans un registre des ensaisinements de Saint-Eloi, que le 22 décembre 1635, les chanoinesses régulières de Saint-Augustin (les Filles Anglaises de Notre-Dame de Sion) acquirent de Bertrand Ferrier, marchand épicier, «cinq arpents de terre hors la porte Saint-Antoine, « sur le chemin de Charonne, au lieu dit *l'eau qui dort*, tenant d'une part à *Girard* « *de Lappe*, maître jardinier, d'autre au chemin tendant de Paris à la Roquette, etc. à « présent clos de murs fors du côté dudit Girard de Lappe. » C'est donc de ce jardinier que la rue dont il s'agit a pris son nom. Piganiol a tort d'écrire *rue de la Lape* (2).

Rue Saint-Louis. La partie de cette rue comprise dans ce quartier commence au coin des rues Neuve-Sainte-Catherine et de l'Echarpe, et finit à celles du Parc-Royal et Neuve-Saint-Gilles. Nous avons déjà remarqué qu'elle s'appeloit *rue de l'Egout couvert,* *rue Neuve-Saint-Louis*, et *Grande rue Saint-Louis.*

Rue Sainte-Marguerite. Elle va de la rue du Faubourg-Saint-Antoine à celle de Charonne. Son nom est dû à l'église paroissiale de Sainte-Marguerite, dont elle est voisine.

Rue des Minimes. Elle aboutit d'un côté à la rue Saint-Louis, et de l'autre à celle des Tournelles. On l'a nommée ainsi à cause des religieux qui s'y sont établis (3).

---

(1) Au bout de cette rue, et en face de celle des Rosiers, est un cul-de-sac appelé *Coquerel.* C'étoit anciennement une rue ou ruelle nommée de la *Lamproie*, laquelle aboutissoit à la rue Couture-Sainte-Catherine. Dans le terrier du roi de 1540 elle est nommée *rue de la Cocquerie* et *rue Coquerée* dans les titres des Haudriettes, et de la *Cocquerée* dans ceux du Temple en 1415.

En face de cette rue, sur le terrain du Petit-Saint-Antoine, on a ouvert un passage qui donne dans la rue du même nom. On l'appelle passage du *Petit-Saint-Antoine.*

(2) De Chuyes, dans son *Guide de Paris*, ne fait pas mention de la rue de Lappe, mais il indique une *rue Gaillard*, qui nous paroît être celle-ci : s'il dit qu'elle aboutit à la rue de Charenton, c'est une faute d'impression, il faut lire à la rue de Charonne. Cette identité nous semble prouvée par la fondation que l'abbé Gaillard avoit faite dans cette rue, d'une communauté composée de six frères et d'un supérieur ecclésiastique, pour apprendre à lire et à écrire aux pauvres garçons du faubourg Saint-Antoine.

(3) Sur le terrain de l'église des Minimes on a percé une rue nouvelle qui donne d'un côté dans cette rue, de l'autre dans celle de Saint-Gilles. On la nomme *rue de la Chaussée.*

Rue de la Chaussée-des-Minimes. Elle aboutit d'un côté à l'un des pavillons de la place Royale, et de l'autre à l'église des Minimes. C'est de cette situation qu'elle a pris le nom qu'on lui donne aujourd'hui. Cette rue fut percée sous le règne de Henri IV, et appelée *rue du Parc-Royal.* En 1637 on la nomma *rue du Parc-des-Tournelles,* parce-qu'elle fut ouverte alors sur le parc du palais des Tournelles (1).

Rue de Montgallet. Elle aboutit d'un côté à la rue de Reuilly, et de l'autre à celles de la Planchette et de la vallée de Fécan. On la nommoit dans l'origine *rue du Bas-Reuilly.*

Rue de Montreuil. Elle conduit du faubourg Saint-Antoine au petit village de Montreuil, dont on lui a donné le nom. Ce chemin est ancien, car il est fait mention de Montreuil dès le commencement du douzième siècle (2).

Rue Moreau. Elle conduit de la rue de Charenton à celle de la Rapée. On la nomme aussi *ruelle des Filles-Anglaises,* parcequ'elle régnoit en partie le long du couvent de ces religieuses.

Rue de la Muette. Cette rue, qui aboutit aux barrières de la Croix-Faubin et de la Roquette, doit son nom au territoire où elle est située. Le lieu dit *la Muette* est énoncé dans la déclaration des censitaires du grand chambrier de France, en 1540.

Rue du Pas-de-la-Mule. Elle aboutit d'un côté à la place Royale, et de l'autre au boulevard. Il paroît par plusieurs titres que le premier nom qu'on lui donna fut celui de *rue Royale,* que portoient également les autres rues par lesquelles on entroit dans cette place. Elle prit ensuite celui de *Petite rue Royale.* Cette rue fut ouverte en 1604, selon Le Maire; cependant elle est indiquée dès 1603 sous le nom de rue du Pas-de-la-Mule. Elle aboutissoit alors, et même long-temps après, à la rue des Tournelles; mais par arrêt du conseil, du 15 juillet 1673, il fut ordonné qu'elle seroit prolongée jusqu'au boulevard, ce qui fut exécuté, comme on peut le voir, sur le plan de Bullet, publié en 1676. Cependant les plans de Nollin et du sieur de Fer, qui sont postérieurs de plus de vingt ans, la nomment encore rue Royale. Nous n'avons pu rien découvrir sur l'étymologie du nom de Pas-de-la-Mule qu'on lui a donné.

Rue Necker. Cette rue, ouverte avec le marché Sainte-Catherine, donne d'un côté dans la rue de Jarentes, de l'autre dans celle d'Ormesson.

Rue Saint-Nicolas. Elle traverse de la rue du Faubourg-Saint-Antoine dans celle de Charenton. Sur un plan de 1676 elle est déjà indiquée sous ce nom, qu'elle doit à une enseigne.

Rue le Noir. Cette rue, percée depuis 1780, donne d'un côté rue du Faubourg-Saint-Antoine, de l'autre sur le marché Beauvau.

Rue d'Ormesson. Cette rue, percée et bâtie en même temps que le marché Sainte-

---

(1) Il y a dans cette rue un cul-de-sac qui faisoit la continuation de la rue du Foin. On l'appelle *des Hospitalières,* parceque leur maison y étoit située.

(2) L'avenue qui donne d'un côté sur la place du Trône, de l'autre dans cette rue, se nomme *avenue des Ormes.* On a ouvert aussi en cet endroit une rue nouvelle parallèle à cette avenue. Elle est appelée *rue des Ormeaux.*

Catherine, donne, d'un côté, rue de la Culture-Sainte-Catherine, de l'autre dans celle de l'Egout-de-Sainte-Catherine, en traversant ledit marché.

Rue Pavée. Elle aboutit d'un côté à la rue des Francs-Bourgeois, et de l'autre à celle du roi de Sicile. Sauval dit qu'en 1406 on l'appeloit *rue du Petit-Marais*, et depuis *rue de Marivas, de Marivaux* et *du Petit-Marivaux.* Corrozet la nomme *rue du Petit-Marivaux,* et il est certain qu'on l'appeloit ainsi en 1235. Cependant la liste du quinzième siècle fait mention d'une *rue Pavée* qui nous paroît être celle-ci. Elle est désignée sur tous les plans sous ce dernier nom.

Rue des Trois Pavillons. Elle aboutit d'un côté à la rue du Parc-Royal, et de l'autre à celle des Francs-Bourgeois. Anciennement ce n'étoit qu'un chemin qui coupoit le terrain de Sainte-Catherine. En 1545 on l'appeloit *rue de la Culture-Sainte-Catherine.* Elle se prolongeoit alors le long de l'hôtel d'Albret jusqu'au retour de la rue des Rosiers, qu'on a depuis appelée *rue des Juifs,* et dans cette partie elle se nommoit *rue des Valets.* Cette dernière rue, ainsi que celle de *la Lamproie,* dont il subsiste encore une partie sous le nom de cul-de-sac Coquerel, furent bouchées en 1604.

Sauval dit que cette rue fut pratiquée dans l'hôtel Barbette. Cela n'est pas exact. Nous venons d'observer qu'elle existoit en 1545, et cet hôtel ne fut vendu qu'en 1561. La source de son erreur vient sans doute du nom que cette rue portoit encore au dix-septième siècle. On l'appeloit *rue Diane,* à cause de *Diane* de Poitiers de Valentinois. Elle occupoit l'hôtel Barbette, dont les jardins s'étendoient jusqu'à la rue dont nous parlons. Piganiol, en adoptant l'opinion de Sauval, ajoute que *dans la suite on l'a nommée des Trois Pavillons, sans qu'on en sache la raison.* Jaillot a été plus heureux que lui dans ses recherches, car il a trouvé qu'elle devoit ce nom à la maison *des Trois Pavillons,* appartenant à dame Anne Châtelain. Elle étoit située au coin de la rue des Francs-Bourgeois et de celle-ci; et composée de trois pavillons qui lui en firent donner le nom dès la fin du seizième siècle; car le même auteur l'a trouvée indiquée, en 1598, sous celui *des Trois Pavillons, ou de Diane.*

Rue Payenne. Elle fait la continuation de la rue Pavée, et aboutit aux rues du Parc-Royal et des Francs-Bourgeois. De Chuyes la nomme *rue Payelle;* le tableau des rues de Paris par Valleyre, *rue Parellé,* et l'éditeur de Dubreul, en 1639, *rue de Guienne.* On voit cependant, par le procès-verbal de 1636, que dès-lors elle s'appeloit *Payenne,* nom qu'elle a toujours conservé depuis. Henri II ayant demandé à la ville, en 1547, les granges pour l'artillerie qui avoient été prêtées à François Ier en 1533, et *d'aviser à ce qu'elle vouloit pour son dédommagement* (1), elle délibéra, le 10 mars 1550, d'acheter une grange et une partie de terrain de la culture Sainte-Catherine. Elle y fit construire ensuite un nouvel arsenal, lequel étoit situé au coin de cette rue et de celle du Parc-Royal. Cet emplacement a été occupé depuis par un hôtel.

Rue de Picpus. Elle va de la barrière du Trône à celle de Picpus, à laquelle elle a donné son nom, lequel vient de celui du petit village qu'elle traverse. Dès 1540 on

____

(1) Voyez page 526.

trouve indiqués le terroir et la ruelle de *Piquepusse* : ce nom n'a varié que dans la manière de l'écrire ; car on lit dans les différents actes *Picpus*, *Piquepus*, *Picpuce*, *Picpusse* et *Piquepusse*. Nous n'avons rien découvert sur l'étymologie de ce nom, qui est plus ancien que l'abbé Lebeuf ne l'indique. Jaillot pense que ce fut en cet endroit qu'on éleva, en 1191, une croix, qui fut nommée *la Croix Benoiste*, et depuis *la Croix Brisée*. Dubreul rapporte l'évènement à l'occasion duquel cette croix fut érigée, lequel ne vaut pas la peine d'être répété, n'étant autre chose qu'une pieuse tradition absolument destituée de toute authenticité (1).

Rue Saint-Pierre. C'est le nom que l'on donne maintenant au chemin qui règne le long du boulevard et du fossé depuis la rue de Mesnil-Montant jusqu'à la rivière. On le nommoit autrefois *rue de la Contrescarpe* (2).

Petite rue Saint-Pierre. C'est une petite rue ouverte depuis 1780, qui donne d'un côté rue Contrescarpe, et de l'autre sur le boulevard.

Iʳᵉ *Rue de la Planchette.* Cette rue, qui aboutit d'un côté à la rue de Charenton, et de l'autre à celle des Terres-Fortes, fut ouverte au milieu du dix-septième siècle, au travers de plusieurs chantiers de bois flotté. On ne lui donna d'abord aucun nom, mais on la trouve indiquée sous celui qu'elle porte, dans un contrat de vente, en 1660 ; cependant elle n'étoit encore marquée sur aucun plan. Celui du sieur Roussel, publié en 1731, est le premier dans lequel on la trouve. Le commissaire du Brillet fait mention d'une rue de la Planchette ou *des Charbonniers*. Cette dernière est connue, et nous en avons parlé ci-dessus ; mais sa position ne convient ni à cette rue-ci ni à la suivante.

IIᵉ *Rue de la Planchette.* On appelle ainsi la continuation de la rue de Charenton, depuis les coins de la petite rue de Reuilli et de celle de Rambouillet, jusqu'à la vallée de Fécan. Elle est mentionnée dans des actes de 1540, sous le nom de *chemin de Charenton* et de *rue de la Planchette allant de Paris à Charenton* (3).

Rue de Popincourt. Elle traverse de la rue de Mesnil-Montant à celle de la Roquette. L'auteur des *Tablettes Parisiennes* la coupe en deux sur son plan, et donne le nom de *Pincourt* à la partie qui commence à la rue du Chemin-Vert, et aboutit à celle de la Roquette. L'abbé de La Grive avoit fait la même faute. Il est vrai que le peuple appeloit autrefois cette rue *Pincourt* dans toute son étendue ; mais c'est par aphérèse du nom de Popincourt. Elle le doit à Jean de Popincourt, premier président du parlement sous Charles VI, dont la maison de plaisance étoit située en cet endroit. On en bâtit successivement aux environs plusieurs autres, qui formèrent un petit hameau. Il prit le nom de

---

(1) On a percé une rue nouvelle qui donne d'un côté dans celle de Picpus, de l'autre dans la grande rue de Reuilli, en face de la barrière. Elle se nomme *rue des Moulins*.

(2) Il y avoit autrefois dans cette rue, entre la rue Saint-Sébastien et celle du Chemin-Vert, trois culs-de-sacs qui n'existent plus. Le premier n'avoit point de nom certain ; le second étoit appelé *des Jardiniers* ; le troisième, *de la ruelle Pelée*.

(3) On a percé une ruelle qui aboutit d'un côté dans cette rue, de l'autre aux murs de la ville. Elle se nomme *ruelle des Jardiniers*.

Popincourt, et vers la fin du règne de Louis XIII, fut réuni avec le faubourg Saint-Antoine (1).

Rue du Bas-Popincourt. Elle fait la continuation de la rue du chemin Saint-Denis, et aboutit à la rue des Amandiers. On a altéré ou abrégé son nom, comme celui de la précédente ; c'est pourquoi on la trouve presque par-tout indiquée sous le nom de *ruc du Bas-Pincourt* (2).

Rue de Rambouillet. Cette rue, qui va des rues de Charenton et de la Planchette à celle de la Rapée, doit son nom à un particulier (3).

Rue de la Rapée. Elle commence à la rue des Fossés-Saint-Antoine, et finit à la barrière du même nom, à l'extrémité de la rue de Rambouillet. Ce nom est dû à une maison, ainsi appelée parcequ'elle avoit été bâtie par M. de La Rapée, commissaire-général des troupes. C'est depuis long-temps une guinguette très fréquentée.

Rue des Rats. Elle va de la rue des murs de la Roquette à celle de Saint-André. Tous nos plans, et les nomenclatures, la nomment rue de *l'Air*, ou de *Lair*. Nous ne savons d'où lui vient ce dernier nom, ni celui des Rats qu'on y a substitué depuis 1731.

Rue de Reuilly. Elle commence à la rue du Faubourg-Saint-Antoine, près l'Abbaye, et finit au chemin de Charenton. Nous avons déjà donné l'étymologie de ce nom, qui étoit celui d'un territoire remarquable par sa grande antiquité, et par un palais de nos rois dont nous avons également fait mention (4).

Rue du Bas-Reuilly, qu'on appelle aussi quelquefois *petite rue de Reuilly*. Nous avons déjà remarqué qu'on avoit donné le même nom à la rue Mongallet. Celle-ci aboutit à la rue de Reuilly et à celle de la Planchette. Le château de Reuilly, auquel elle doit son nom, y étoit situé (5).

Rue du Roi de Sicile. Elle aboutit d'un côté à la Vieille rue du Temple, et de l'autre à celle des Balets. Il n'est pas douteux qu'elle ne doive son nom à Charles, comte d'Anjou et de Provence, frère de Saint-Louis, appelé aux royaumes de Naples et de Sicile, qui avoit son hôtel dans cette rue.

---

(1) Cette maison est mentionnée dans l'histoire de Charles IX ; les protestants y tenoient une de leurs assemblées. Les registres de la ville nous apprennent que, le 24 avril 1562, le connétable de Montmorency s'y transporta, ainsi que dans deux autres appelées *le Patriarche* et *le temple de Jérusalem*, et fit brûler les bancs et la chaire du ministre. Quelques auteurs ont prétendu que ce lieu fut ensuite donné à des hospitalières du Saint-Esprit de Montpellier, qu'on y construisit une chapelle sous le titre du Saint-Esprit, et que c'est de là que les religieuses *Annonciades du Saint-Esprit* ont pris leur nom ; mais cette opinion est destituée de tout fondement.

(2) Il a été percé sur le terrain des Annonciades une rue nouvelle qui traverse de cette rue dans celle de Popincourt. On la nomme *rue Saint-Ambroise*.

(3) Depuis la rue de Bercy jusqu'à la rivière on la nomme maintenant *rue Villiot*.

(4) Dans cette rue aboutissent trois ruelles : la première, nommée *ruelle des Quatre-Chemins*, commence à côté de la barrière de Charenton ; la seconde s'appelle *ruelle des Trois-Chandelles* ; la troisième, désignée sous le titre de *ruelle des Trois-Sabres*, se dirige vers la barrière de Reuilly.

(5) Il y a dans cette rue un cul-de-sac nommé *cul-de-sac de Reuilly*.

Tome II. 96

Rue de la Roquette. Elle commence à l'esplanade de la porte Saint-Antoine, et aboutissoit jadis à la maison hospitalière qui y étoit située. Son nom lui vient du terrain sur lequel elle a été ouverte. Dans le Terrier du roi de 1540, et dans les titres de l'archevêché, ce lieu est appelé *la Rochette* (1).

Rue des murs de la Roquette (2). On donne ce nom au chemin qui règne autour des murs de l'enclos des Hospitalières, depuis l'entrée de leur maison jusqu'à la rue des Amandiers. Dans la nomenclature des rues de Paris, de Valleyre, elle est nommée *rue des Canettes.* Nous ne l'avons pas trouvée indiquée ailleurs sous cette dénomination.

Rue des Rosiers. Elle aboutit d'un côté à la Vieille rue du Temple, et de l'autre à celle des Juifs. Elle portoit ce nom dès 1233, et nous ne voyons pas qu'elle en ait changé; mais nous conjecturons qu'elle faisoit alors un retour d'équerre, et qu'elle aboutissoit à la rue du Roi de Sicile. Cette dernière partie forme aujourd'hui la rue des Juifs (3).

Rue Royale (4). Elle commence à la rue Saint-Antoine, et finit à la place Royale, dont elle a tiré son nom, ainsi que les autres qui aboutissoient à cette place. Pour la distinguer, on la nomme *rue du Pavillon du Roi.* Elle est indiquée ainsi sur le plan de Boisseau.

Rue Saint-Sébastien. Elle aboutit d'un côté au chemin de la Contrescarpe, et de l'autre à la rue de Popincourt. Au siècle dernier, on l'appeloit *rue Saint-Etienne.* Elle est ainsi désignée sur les plans de Jouvin, de Fer, etc., et même sur celui que publia de Lisle en 1715; mais en 1718 on la trouve sous sa dénomination actuelle. Ces deux noms viennent d'une enseigne (5).

Vieille rue du Temple. Nous avons déjà parlé de cette rue. (*Voyez quartier du Temple.*) La partie qui dépend du quartier Saint-Antoine commence à la rue Saint-Antoine; et finit aux coins des rues de la Perle et des Quatre-Fils. L'auteur *des Tablettes*

---

(1) Il y a dans cette rue un cul-de-sac qui porte le même nom.

(2) On la nomme maintenant *rue de la Folie-Regnault.*

(3) En parlant de la rue des Juifs, nous avons remarqué que Guillot, le rôle de 1313 et autres titres subséquents n'en faisoient pas mention, et cette observation pourroit suffire; mais nous avons encore, pour nous appuyer dans notre opinion, un monument de sculpture placé à la maison qui fait l'angle de la rue du Roi de Sicile et de celle des Juifs. Nos historiens nous ont conservé le souvenir de l'attentat commis sur une statue de la sainte Vierge, qui fut mutilée la nuit du 31 mai au 1er juin 1528 : elle étoit placée *en la rue des Rosiers.* François Ier fit faire une autre statue en argent, qu'il plaça *au lieu même où étoit l'ancienne de pierre.* Cette cérémonie se fit le 12 dudit mois, à la fin d'une procession générale ordonnée à cet effet. Cette statue ayant été volée en 1545, on en substitua une troisième en bois, qui fut brisée par les hérétiques la nuit du 13 au 14 décembre 1551. On fit de nouveau une semblable procession, et l'on y plaça alors une statue de marbre. Les actes qui constatent ces différents faits indiquent que ces réparations furent faites *rue des Rosiers, devant l'huis de derrière du Petit-Saint-Antoine.* Ce monument en sculpture, où François Ier est représenté, a toujours subsisté depuis au même lieu, et n'a été déplacé qu'au moment de la révolution.

(4) On la nomme aujourd'hui rue des *Vosges*, ainsi que la place.

(5) Il y a dans cette rue un cul-de-sac qui porte le même nom.

Parisiennes dit qu'en 1300 elle s'appeloit simplement *rue du Temple*. Il est vrai que Guillot ne la nomme pas autrement, et que l'abbé Lebeuf dit qu'elle n'a pas changé de nom ; mais Jaillot croit qu'ils se sont trompés, et que la rue du Temple a toujours été distinguée de celle-ci (1).

Rue des Terres-Fortes. Elle aboutit d'un côté à la rue des Fossés-Saint-Antoine, et de l'autre à la rue Moreau. Elle s'appeloit auparavant *rue des Marais*, parcequ'elle étoit environnée de marais potagers. Sur les plans de MM. de La Grive et Robert, elle est nommée *rue du Fumier*. Ils l'ont confondue avec une ruelle qui portoit ce nom, et qui étoit parallèle à celle-ci. Cette ruelle ne subsiste plus.

Rue du Trône. Elle fait la continuation de la rue des Boulets, depuis la rue de Montreuil jusqu'à celle du Faubourg-Saint-Antoine. Son nom est dû à la place du Trône, dont nous avons parlé, et à laquelle elle conduit (2).

Rue Tiron. Elle traverse de la rue Saint-Antoine dans celle du Roi de Sicile. Corrozet l'appelle *rue Jean-de-Tizon*. Un grand nombre d'autres la nomment simplement *rue Tison*. Cependant dès le treizième siècle elle se nommoit *de Tiron*. Elle devoit ce nom à une grande maison qu'on y avoit bâtie, dont l'entrée subsistoit encore vers la fin du siècle dernier, et qui avoit appartenu à l'abbaye de Tiron.

Rue des Tournelles. Elle aboutit d'un côté à la rue Saint-Antoine, et de l'autre à la rue Neuve-Saint-Gilles. Nous voyons par les plans manuscrits de Sainte-Catherine du Val-des-Écoliers, qu'on l'appeloit dans le principe *rue Jean-Beausire*, comme nous l'avons remarqué à l'article de la rue qui porte ce nom. Mais on la trouve indiquée, dès 1546, sous sa nouvelle dénomination dans plusieurs titres des archives de Sainte-Opportune. Elle la devoit au palais des Tournelles.

Rue Traversière. Elle est ainsi nommée parcequ'elle traverse de la rue du Faubourg-Saint-Antoine à celle de Charenton. Elle se prolonge même sous ce nom jusqu'à celle de la Rapée, et jusqu'au chemin qui règne le long de la rivière dans cette dernière partie. On la trouve indiquée sur quelques plans sous le nom de *rue des Chantiers*, sous ceux du *Cler-Chantier*, et de *rue Pavée*, entre les rues de Charenton et de la Rapée.

Rue Trouvée. Cette rue, percée depuis 1780, donne d'un côté rue de Charenton, de l'autre sur le marché Beauvau.

QUAIS.

Quai de la Rapée. On donne ce nom à tout l'espace qui s'étend le long de la rivière, depuis la rue des Fossés-Saint-Antoine jusqu'à la barrière de la Rapée. Il est destiné à l'arrivage de diverses marchandises, telles que vins, charbons de terre, bois flotté, etc.

---

(1) Sur partie du territoire des filles Saint-Gervais, située dans cette rue, on a ouvert trois passages, dont l'un donne rue des Rosiers, l'autre rue des Francs-Bourgeois, le troisième dans la vieille rue du Temple.

(2) On la nomme maintenant *rue Saint-Denis*.

FIN DU TOME SECOND.

TABLE DES MATIÈRES

CONTENUES DANS LE SECOND VOLUME

DU TABLEAU HISTORIQUE ET PITTORESQUE DE PARIS,

DEPUIS LES GAULOIS JUSQU'A NOS JOURS.

———

QUARTIER MONTMARTRE.

(Histoire de Paris sous les rois Jean, Charles V et Charles VI.)

Origine du quartier Montmartre. 89
Monastère des Capucines. 92
Les Nouvelles-Catholiques.. 97
Bibliothèque du Roi 99
Place des Victoires. 113
Les Augustins-Réformés. 119
L'église Saint-Joseph. 128
Les Filles Saint-Thomas. 129
Théâtre Italien. 130
Les Capucins de la Chaussée d'Antin. 137
La chapelle Notre-Dame de Lorette. 140
La chapelle Saint-Jean-Porte-Latine. 141
Hôtels. 142
Rues du quartier Montmartre. 150

QUARTIER SAINT-EUSTACHE.

Origine du quartier. 163
L'église Saint-Eustache. 164
Communauté de Sainte-Agnès. 174
Chapelle de Sainte-Marie-Égyptienne. 175
Collège des Bons-Enfans et chapelle Saint-Clair. 179
Halle au Blé. 180
Hôtels. 184
Rues du quartier Saint-Eustache. 194

QUARTIER DES HALLES.

(Histoire de Paris sous Charles VII.)

Les Halles. 235
L'église des Saints-Innocents. 243
Cimetière des Saints-Innocents. 248
Les Charniers. 249
Place et Fontaine des Innocents. 256
Rues du quartier des Halles. 260

QUARTIER SAINT-DENIS.

Origine du quartier. 267
Saint-Jacques-de-l'Hôpital. 269
L'hôpital de la Trinité. 275
L'église de Saint-Sauveur. 281
Communauté des Filles-Dieu. 285
Les Filles de Saint-Chaumont. 290
Notre-Dame-de-Bonne-Nouvelle. 293
La porte Saint-Denis. 296
Maison de Saint-Lazare. 299
Les prêtres de la Mission. 303
Les filles de la Charité.. 309
La foire Saint-Laurent. 311
Chapelle Sainte-Anne. 313
Hôtels. 314
Rues du quartier Saint-Denis. 317

QUARTIER SAINT-MARTIN.

(Histoire de Paris sous Louis XI.)

Origine du quartier. 364
Église Saint-Merri. 366
Les Juges-Consuls. 373
L'église Saint-Julien des Ménétriers.. 374
Les Carmélites de la rue Chapon. 376
L'église Saint-Nicolas-des-Champs. 377
Le prieuré Saint-Martin-des-Champs. 385
Les filles de la Magdeleine. 391
La porte Saint-Martin. 395
L'Opéra. 396
L'église Saint-Laurent. 407
Les Récolets. 413
L'hôpital du Saint-Nom-de-Jésus. 416

L'hôpital Saint-Louis. 417
Hôtels. 422
Rues du quartier Saint-Martin. 424

QUARTIER DE LA GRÈVE.

Origine du quartier. 437
Place de Grève. 439
Hospice et chapelle des Haudriettes. 440
Hôtel-de-Ville. 442
Hôpital du Saint-Esprit. 450
Chapelle Saint-Bont. 451
L'église Saint-Jean. 452
Marché ou vieux Cimetière Saint-Jean. 457
Cloître Saint-Jean. 458
Place Baudoyer. 459
L'église Saint-Gervais. 460
Hôpital Saint-Gervais. 467
Les filles de la Croix. 468
Hôtels. 470
Rues du quartier de la Grève. 473

QUARTIER SAINT-PAUL ou DE LA MORTELLERIE.

(Histoire de Paris sous Charles VIII et Louis XII.)

Origine du quartier. 503
Religieuses de l'Ave-Maria. 504
L'église Saint-Paul. 509
Les Célestins. 514
L'Arsenal. 525
Hôtels. 528
Rues du quartier Saint-Paul. 534

QUARTIER SAINTE-AVOIE.

Origine du quartier. 539
Les Carmes Billettes. 540
Les chanoines de Sainte-Croix-de-la-Bretonnerie. 544
Les religieuses de Sainte-Avoie. 546
Les religieux de la Merci. 549
Les Blancs-Manteaux. 553
Hôtels. 557
Mont-de-Piété. 560
Rues du quartier Sainte-Avoie. 562

QUARTIER DU TEMPLE ou DU MARAIS.

(Histoire de Paris sous François Ier.)

Histoire du Parlement. 596
Costumes sous les différentes races. 605
Origine du quartier. 611
Les Capucins du Marais. 612
Les Filles du Saint-Sacrement. 613
Les religieuses du Calvaire. 614
L'hôpital des Enfants-Rouges. 616
Le Temple. 617
Les religieuses de Sainte-Élisabeth. 625
Les pères de Nazareth. 627
Les filles du Sauveur. 628
Spectacles des Boulevards. 629
Hôtels. 632
Rues du quartier du Temple. 635

QUARTIER SAINT-ANTOINE.

Origine du quartier. 645
Hospitalières de Sainte-Anastase. 647
Petit-Saint-Antoine. 648
Prison de la Force. 652
Police de Paris. 653
Petite-Force. 658
Les Annonciades-Célestes. 659
L'église de Saint-Louis. 660
Les chanoines de Sainte-Catherine-du-Val. 665
Palais des Tournelles. 673
La place Royale. 675
Les Minimes de la place Royale. 679
Hôpital de la Charité-Notre-Dame. 685
Les filles de la Société-de-la-Croix. 687
Les Religieuses de Sainte-Marie. 688
La porte Saint-Antoine. 692
La Bastille. 695
Les Quinze-Vingts. 699
Les religieuses Anglaises. 700
Hôpital des Enfants-Trouvés. 701
Les Annonciades du Saint-Esprit. 703
Les religieuses Hospitalières de la Roquette. 705
Les filles de Sainte-Marthe. 707
Les religieuses de Notre-Dame-de-Bon-Secours. . . . . *Ibid.*

Les religieuses de la Magdeleine-de-Trainel. 709
Les religieuses de la Croix. 711
L'église de Sainte-Marguerite. 712
Les filles de Notre-Dame-des-Vertus. 715
L'abbaye de Saint-Antoine. 716
La Manufacture des Glaces. 720
Les filles de la Trinité. 721
Les chanoinesses régulières de l'ordre de Saint-Augustin. 722
Les Pénitents réformés du Tiers-Ordre de Saint-François, vulgairement nommés Picpus. . . 723
Arc de Triomphe de la barrière du Trône. 725
Hôtels. 728
Fontaines et Boulevards. 734
Rues du quartier Saint-Antoine. 746

FIN DE LA TABLE DU TOME SECOND.

BIBLIOTHÈQUE NATIONALE IMPRIMÉS

BIBLIOTHEQUE NATIONALE
Restauration 19 94
sous N° 4090

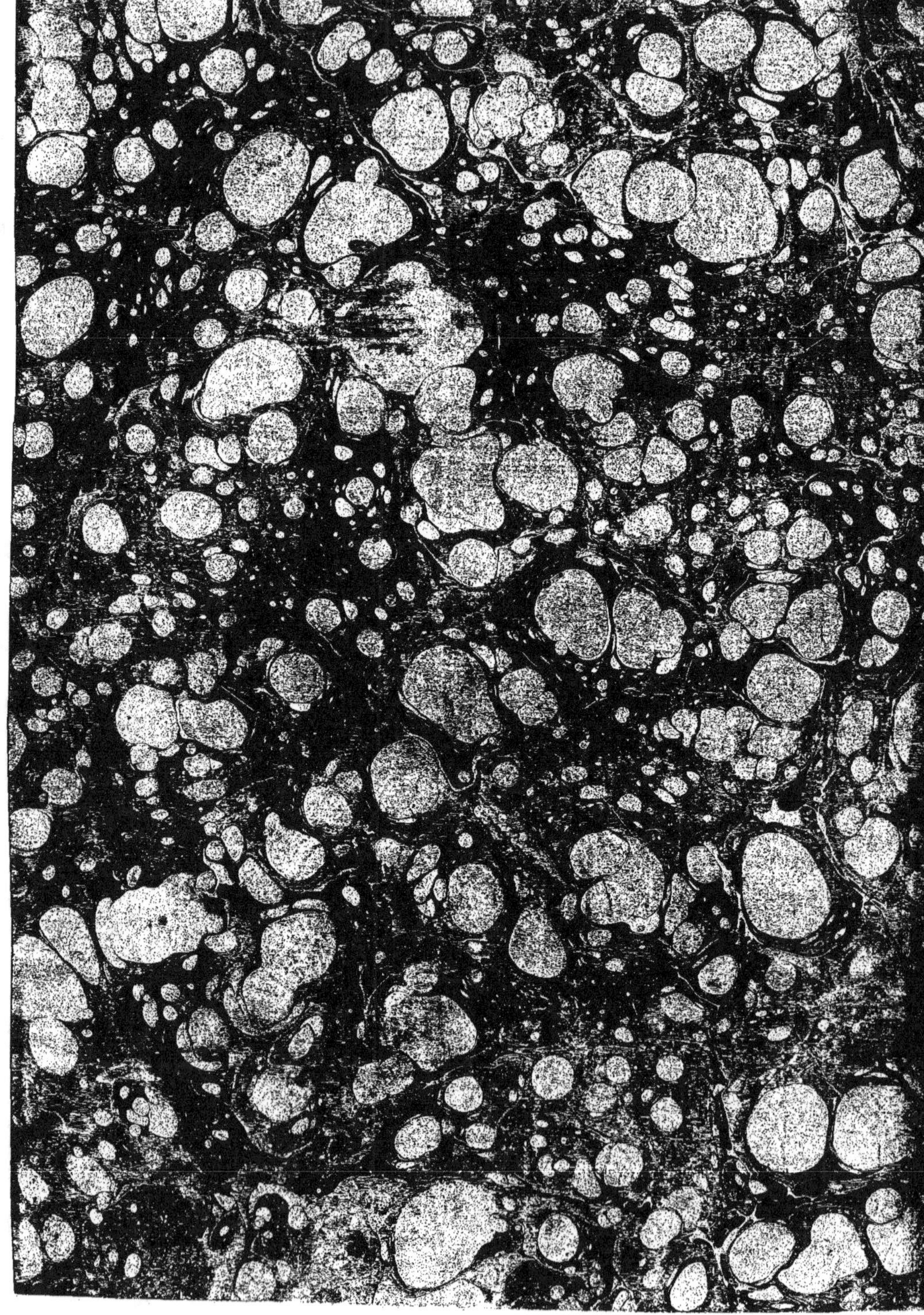

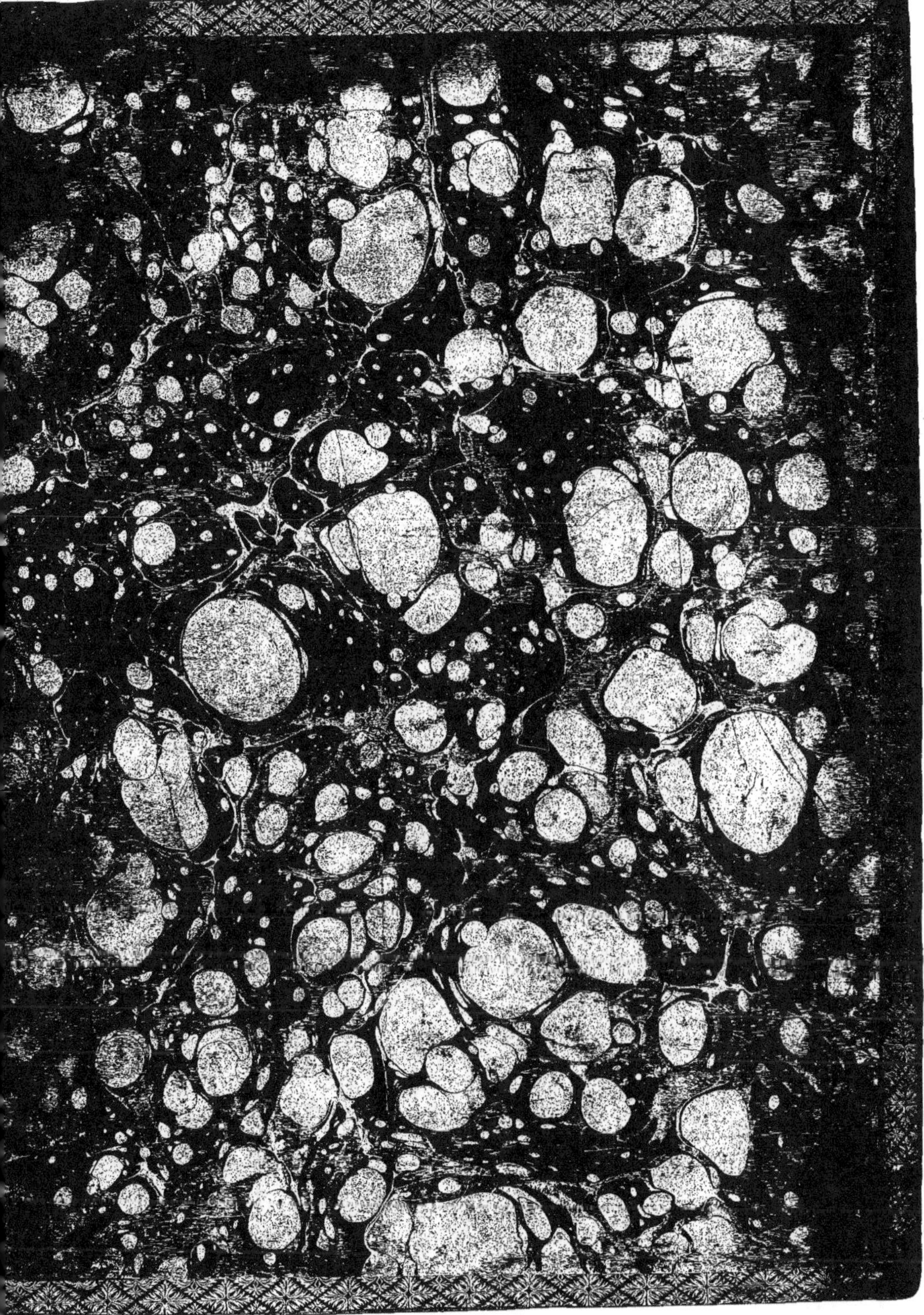

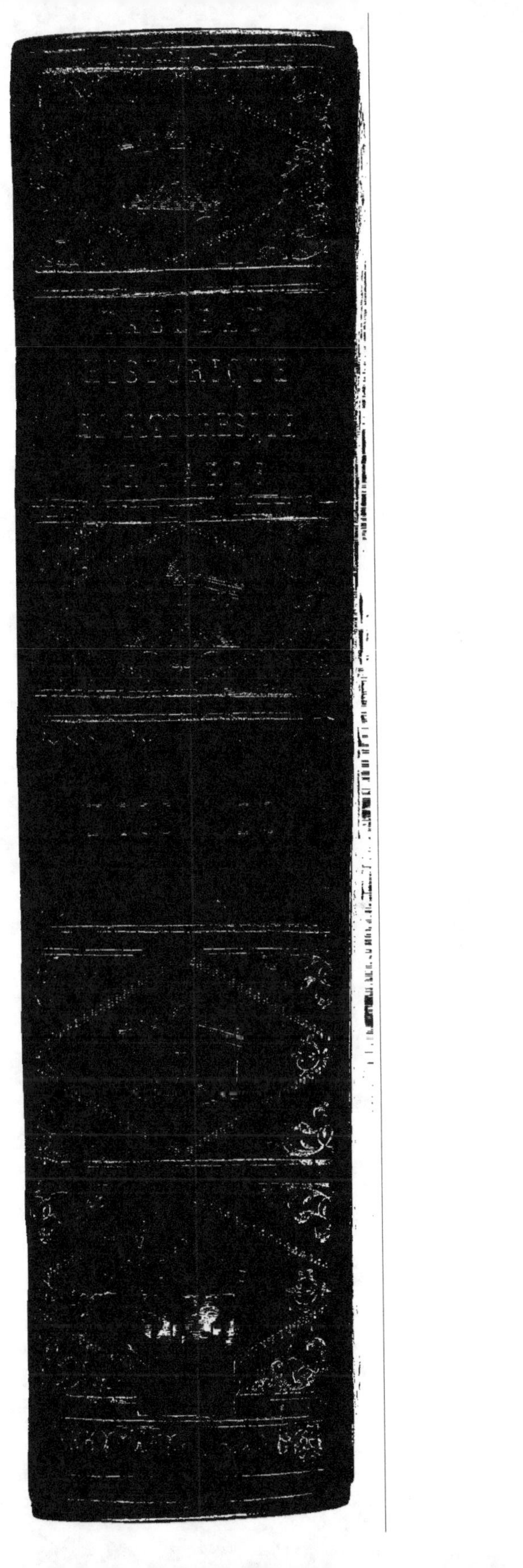

www.ingramcontent.com/pod-product-compliance
Lightning Source LLC
Chambersburg PA
CBHW071931130726
47908CB00015B/47